교주 완월회맹연 3

[교주]

완월회맹연 3

玩月會盟宴

완월회맹연 번역연구모임

ㅐ

《완월회맹연》 교주본과 현대역본을 내면서

조선시대 최장편 국문소설《완월회맹연》

완월회맹연(玩月會盟宴, 달구경을 하면서 굳은 약속을 하는 모임 혹은 잔치). 이는 18세기 조선의 장편소설 제목이다. 달밤의 약속이라니, 낭만적이다. 무슨 이야기일까? 《완월회맹연》은 고전문학 연구자들에게는 익숙한 작품일 터인데, 일반 독서 대중들에게는 낯선 소설일 수도 있겠다. 《완월회맹연》의 교주본과 현대역본 출판을 앞두고 쓰는 서문은 각별하다. 궁금한 작품이었고 또 널리 알리고 싶은 작품이었지만 너무나도 방대한 분량에 압도되어 오늘날의 독서물로 번역할 엄두를 내기 어려운 작품이었기 때문이다. 번역을 하기 위해서는 원문 교주본이 필요하다. 제대로 된 번역을 하기 위해서는 원문에 대한 정확한 이해가 확보되어야 하는데, 이 긴 분량을 교감 작업을 하면서 주석하는 일 역시 엄두가 나지 않기는 마찬가지였다. 그런데 지금 그 1차 교주본과 현대역본의 출간을 앞두고 서문을 쓰고 있다. 1976년 창덕궁 낙선재에서《완월회맹연》이 발견된 이후 첫 번째 교주 및 현대역 작업의 결과물이 이제 첫선을 보이는 것이다.

창덕궁 안에 있는 낙선재에 소장되어 있었던 장서각본《완월회맹연》의 독자는 비빈과 상궁, 궁녀 등 궁중에 거처하는 여성들이었을 것이다. 조선시대에는 소설을 읽기도 했지만 남이 읽어주는 것을 듣는 방식으로 즐기기도 했다. 그렇기 때문에 '독자'라는 단어를 사용하기가 조심스러운 부분이 있는데, 180권이나 되는 작품을 듣는 방식으로 즐긴다는 것은 엄두가 나지 않을 것으로 보이기에 이 같은 국문장편소설의 경우는 독사라는 단어가 적합할 것으로 보인다.

이 최장편 국문장편소설의 작가는 안겸제의 어머니로 알려진 여성이다. 이를 뒷받침하는 것은 조재삼(1808-1866)이 쓴《송남잡지(松南雜識)》의 기록이다.

> 또 완월은 안겸제의 어머니가 지은 바로, 궁궐에 흘려 들여보내 이름과 명예를 넓히고자 했다(又玩月 安兼濟母所著 欲流入宮禁 廣聲譽也).

안겸제의 어머니가《완월》을 지었는데, 궁중에 들여보내 자기 이름이 알려지고 명예가 더해지기를 바라서 이 소설을 지었다는 내용이다. 조선시대 소설은 작가가 밝혀진 경우가 드문데, 이 장편 거질은 작가가 거론되고 창작 이유까지 언급되어 있다. 더구나 작가가 여성이라니 더더욱 눈길이 가지 않을 수 없다.《완월》은《완월회맹연》을 가리키는 것으로 보인다. 조재삼의 기록은 신뢰할 만한 근거가 있다. 조재삼 집안과 안겸제의 모친 전주 이씨는 외가이자 사돈지간으로, 조재삼의 외고조부가 안겸제 모친과 재종지간이며 조재삼의 큰며느리도 전주 이씨이다. 이런 경로로 조재삼은 집안끼리의 왕래를 통해 안겸제 모친에 대한 소식을 들었을 수 있다. 안겸제의 모친 전주 이씨는 1694년에 아버지 이언경과 어머니 정부인 안동 권씨 사이에서 태어나 20세 무렵 안개(1693-1769)와 혼인했으며, 안겸제는 그녀의 셋째 아들이다. 지금도 파주에 가면 전주 이씨가 남편인 안개와 함께 묻힌 묘소가 있다. 무덤 앞의 비석에 새겨진 비문을 보면 전주 이씨는 부덕을 갖췄으며 여사(女史)의 풍모가 있는 여성이었음을 알 수 있다. 이런 자질은 《완월회맹연》의 작가로서 잘 어울리는 요소이다. 그뿐만 아니라 안겸제 모친 전주 이씨의 친정 가문 여성들에게 소설을 즐기는 문화가 있었다는 연구 결과도 보고되어 있다. 다만 소설 분량이 너무 방대하고 후반부에 약간 결이 다른 서술들이 발견된다는 점을 염두에 두고 볼 때 《완월회맹연》을 지은 작가가 전주 이씨 한 명만이 아닐 가능성은 있다. 중국의 장편소설인 탄사소설 《재생연(再生緣)》도 공동 창작 작품으로, 원래 작가였던 진단생이 마무리를 못 하고 죽자 후에 양덕승이라는 여성이 그 뒤를 채워 결말을 맺었다.

《완월회맹연》은 180권으로 이루어진, 단일 작품으로는 가장 긴 서사 분량을 지닌 한글소설이다. 지금 우리가 보기에 180권이나 되는 소설 작품은 돌출적인 작품인 것처럼 보일 수도 있다. 그러나 17세기 중후반부터 조선에서는 이 같은 길이의 국문장편소설을 창작하고 즐기는 여가 문화가 펼쳐졌을 것으로 보인다. 17세기 작품인 《소현성록》 연작이 그 효시가 되는 작품이며, 소위 삼대록계 국문장편소설로 불리는 다수의 작품이 있고, 이 같은 장편대하소설들은 18, 19세기까지 지속적으로 창작되고 독자들을 확보했다. 세책가라고 불리는 책 대여점에서도 국문장편소설은 중요한 비중을 차지했다. 이런 소설들은 가문

소설이라고 불리기도 하는데, 그 까닭은 이런 소설에서는 대개 두세 가문이 등장하여 혼인 관계로 사건이 얽히고 삼대에 걸쳐 가문의 흥망성쇠를 보여주는 서사가 펼쳐지기 때문이다.

'완월회맹연'이라는 제목처럼 이 작품은 아름다운 달밤에 자식들의 혼인 약속을 정하는 것이 서사의 근간을 이룬다. 그 이야기의 세계는 우아하고 유장하고 섬세하고 구체적이며 때로는 격렬하며 역동적이고 선악의 길항이나 인간 내면의 여러 겹 층위를 다양하게 드러내어 보여주고 있다.《완월회맹연》서사 세계의 정교함과 풍부함 그리고 문제적 징후를 포착해 내는 시선은 중국의《홍루몽》에 비견할 만하다. 또《완월회맹연》서사의 방대함이란 여느 연의소설에 견주어도 못지않은 장강 같은 흐름을 보여준다. 이 작품에는 조선시대의 상층 문화가 상세하게 재현되어 있다. 배경은 중국이지만 이 작품이 다루고 있는 내용은 조선시대 상층 양반들의 이야기이자 그들의 생활문화이다. 180권에 달하는 서사 분량 속에 당대 문화의 규범과 일상의 디테일들이 풍부하고도 섬세하게 담겨 있는 것이다. 그러나 그렇다고 하여 이 작품이 상층의 인물만을 재현하는 것은 아니다.《완월회맹연》은 하층 인물들 또한 구체적으로 실감나게 재현하고 있으며 하층 인물의 경우에도 인물마다 이야기를 만들어주고 있다. 이 교주와 번역 작업을 통해《완월회맹연》의 서사 세계와 그 가치가 드러날 수 있기를 기대한다.

《완월회맹연》 교주 및 현대역 작업 과정

《완월회맹연》 교주 및 번역 작업은 이화여자대학교 고전소설 전공자들이 진행하고 있다. 박사 논문을 쓴 선배부터 석사과정 학생에 이르기까지 이화여대에서 고전소설을 전공하는 이들이 모여 매주 열너덧 명의 인원이 강독 스터디에 참여하고 있으며, 그중 국문장편소설을 번역할 역량을 갖춘 구성원들이 주축이 되어 교주 및 번역 작업을 담당하고 있다. 《완월회맹연》 강독은 2016년 무렵부터 시작하여 그 이후 매주 토요일에 각자 입력하고 주석한 원문과 번역문을 가지고 와서 안 풀리는 부분을 함께 풀어가고 있다. 이 모임에는 이미 삼대록계 국문장편소설을 번역·출판한 경험을 비롯하여 다수의 한문소설을 번역한 경험을 지닌 연구자들 여럿이 함께하고 있는데, 《완월회맹연》 번역은 기존에 했던 어떤 국문장편소설들보다도 난도가 높은 것으로 보인다. 방학 동안에는 조금 더 집중적으로 작업을 해왔으며 코로나 이후로는 토요일마다 계속 줌(zoom)을 통해 같은 작업을 이어가고 있다. 혼자서는 도저히 안 풀리던 구절이 여럿이 함께 의논하면 신기하게도 풀리곤 하는 경험을 반복하고 있다. 여럿의 입이 난공불락의 글자들을 녹여 뜻을 드러내는 듯하다. 이렇듯 노력을 기울이고 있지만 그 과정에서 툭툭 오류들이 발견되고 수정될 때마다 아차 싶고 교차 검토에서도 오류가 바로잡히는 것을 보게 된다. 첫 번 시도하는 《완월회맹연》 교주 및 번역 작업에 만전을 기하고자 노력하지만 여전히 발견하지 못한 부분들이 남아 있을 수도 있다. 이어지는 또 다른 작업에서 오류가 시정되기를 바라면서 《완월회맹연》의 첫 번 교주본과 현대역본을 세상에 내보낸다.

《완월회맹연》은 180권으로 이루어진, 단일 작품으로는 가장 긴 서사 분량을 지닌 한글소설이다. 이 작품은 현재 두 개의 완질본이 있는데, 하나는 한국학중앙연구원 장서각본(180권 180책)이고 다른 하나는 서울대학교 규장각본(180권 93책)이다. 장서각본은 원래 창덕궁 낙선재에 소장되어 있었다. 이 두 이본은 책수가 다르고 필사 과정에서 약간의 차이를 보이는 부분들이 있으나 전체적인 내용과 분량은 서로 유사하다. 이 두 이본 중에는 장서각본이 전체적으로 더 보관 상태가 깨끗하며, 상대적으로 구개음화나 단모음화가 일어나지 않은 표기가 빈번하므로 필사 시기도 앞설 가능성이 높을 것으로 논의되고 있다. 그러므로《완월회맹연》의 교주 작업 역시 장서각본을 대상으로 했으며, 규장각본으로 교감 작업을 병행하여 장서각본의 원문이 불확실한 부분을 보완했다. 이 작업을 마친 후에는 본격적으로 규장각본을 함께 검토하고 교열하면서 교주 및 번역 작업을 해오고 있다.

《완월회맹연》은 한글소설이지만 한자 어휘 및 용사나 전고 등의 한문 교양이 대거 사용되고 있다. 교주본 작업을 하면서 각주를 통해 용사나 전고 등의 전거를 최대한 정확하게 밝히고자 했다. 미진한 경우에는 맥락에 따라 추정을 하고·그 추정 근거를 밝히는 방식으로 작업했다. 각자 교열 및 주석 작업을 한 후에는 수차례에 걸쳐 서로의 교주본 파일을 교차 검토하면서 교주본의 완성도를 높이기 위해 노력했으며 오류가 발견되는 경우 강독 모임을 통해 그 경우의 수들을 공유하면서 각자 수정을 하여 교주 및 번역의 일관성을 유지할 수 있도록 했다.

국문장편소설에는 길이가 긴 문장들이 자주 보이는데《완월회맹연》도 한 문장의 길이가 매우 긴 경우들이 빈번하게 등장하며 그 안에서 초점화자가 바뀌는 경우들이 있기에 주술 관계나 수식 관계를 파악할 때 각별한 주의를 기울였다. 긴 문장 속에서 자칫하면 서술어의 주체를 놓치기 쉽고, 경우에 따라서는 인물들의 호칭도 헷갈릴 수 있기에 조심스럽다. 남성 인물들은 대개 성씨에 관직명을 더해 부르는데 두세 가문의 인물들이 주로 나오므로 같은 성씨가 반복되는 데다가 여러 인물들이 같은 벼슬을 할 수도 있고 같은 인물이라 해도 승진이나 부서 이동에 따른 호칭 변동이 있을 수 있다. 여성 인물의 경우에도 용례는 다르나 비슷한 어려움에 처할 경우가 생긴다. 친정의 맥락에서는 남편 성씨에 따라 부르기도 하기 때문이다. 예를 들어 서씨 성을 가진 여성이 정씨 집안으로 시집을 가면 시집 맥락에서는 계속 서부인으로 불리다가 친정의 맥락에서는 정부인으로 불리는 식이다. 더군다나 친족 관계 호칭도 상황에 따라 변할 수 있기에 인물들 간의 관계를 잘 따져가면서 확인할 필요도 있다.

《완월회맹연》 번역은 특히 이런저런 신경을 늘 쓰고 있어야 맥락이 풀리는 경우가 많다. 매주 하는 강독 모임에서 발견하는 즐거움이 있다면 그것은 이런 문제 해결에서 온다. 혼자서는 맥락이 잘 안 잡히던 부분이 여럿의 공동 고민을 경유하면 툭 하고 풀리는 시원함을 경험한다. 이러니 힘들지만 우리는 서로에게 책임을 느끼며 모이는 데 열심을 낼 수밖에 없다. 《완월회맹연》 교주와 번역은 이화여대 《완월회맹연》 번역팀의 열너덧 명이 한마음으로 진행하고 있다. 이렇게 작업할 수 있음에 감사하고 또 묵묵하게 힘든 작업을 해내는 구성원들 모두에게 존경을 보낸다. 보다 구체적인 번역 원칙은 교주본의 일러두기에 적어놓았다. 《완월회맹연》 작품 자체에 대해서는 이 팀의 공동 저서인 《달밤의 약속, 완월회맹연 읽기》에 미룬다.

우리 팀은 우선 교주와 번역을 시작했는데 막상 이런 장편 거질을, 그것도 원문 입력과 주석까지 더한 학술적 성격의 초역을 출판해 줄

출판사를 만나는 것이 또 하나의 숙제였다. 이처럼 방대한 작업의 출판을 기꺼이 결정해 주신 휴머니스트 출판사에 마음 깊은 곳에서 우러나는 감사를 드린다.

이야기는 인류의 유산이자 자산이다. 지금도 새로운 이야기들이 만들어지고 있다. 《완월회맹연》은 18세기 조선에서 만들어진 유례없는 장편소설이다. 이 작품이 지니는 여러 매력적인 지점들과 의미 있는 부분들로 인해 《완월회맹연》에 대해서는 지속적으로 연구들이 쌓이고 있다. 이런 《완월회맹연》의 첫 교주본을 낼 수 있게 되다니 감개가 무량하다. 《완월회맹연》 교주본과 현대역본 출판은 학문적 연구의 활성화는 물론이며 다양한 문화콘텐츠의 원천으로도 충분히 활용 가능할 것이다.

2021년 투명한 가을 공기 속에서

조혜란 씀

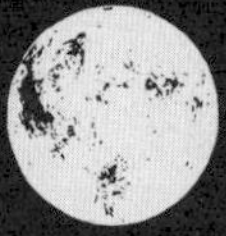

일러두기

- 교주본은 장서각본을 중심으로 규장각본을 대교하며, 교감 내용은 각주로 제시함.
- 띄어쓰기가 되어 있지 않은 원문의 가독성을 높이기 위해 현대어 문법에 따라 띄어쓰기를 하고(단, 호칭과 관직은 붙여 씀), 대화문이나 이야기가 전환되는 장면에서는 줄 바꾸기를 함.
- 장서각본의 면수를 표시하고 새로운 면이 시작되는 글자 위에 ● 표시를 하였음.
- 문장부호의 경우 대화는 큰따옴표(“ ”), 강조는 작은따옴표(‘ ’), 병렬은 가운뎃점(·), 의문형은 물음표(?), 그 외 느낌표, 마침표, 쉼표만 사용함.
- 순한글 고어로 표기되어 있는 원문의 문해성을 높이기 위해 한자어의 경우 한자를 병기함. 원문에 각주 형식으로 전고 및 어휘의 의미를 보충함.
- 동일 한자어의 한자 병기는 원문 1면에 1회를 기준으로 하고, 빈도에 따라 조정함.
- 각주 형식은 ‘표제어: 기본형 혹은 원형. 의미. 출전’ 순으로 제시하고, 표제어는 원문에 병기된 한자를 포함하며, 출전은 필요한 경우에만 제시함.
- 한자와 각주는 고어대사전, 한자어사전, 국어사전, 한국고전번역원DB 등을 참고하여 작성함.
- 원문의 세주는 【 】로 표시함.

차례

정잠과 정삼 집안

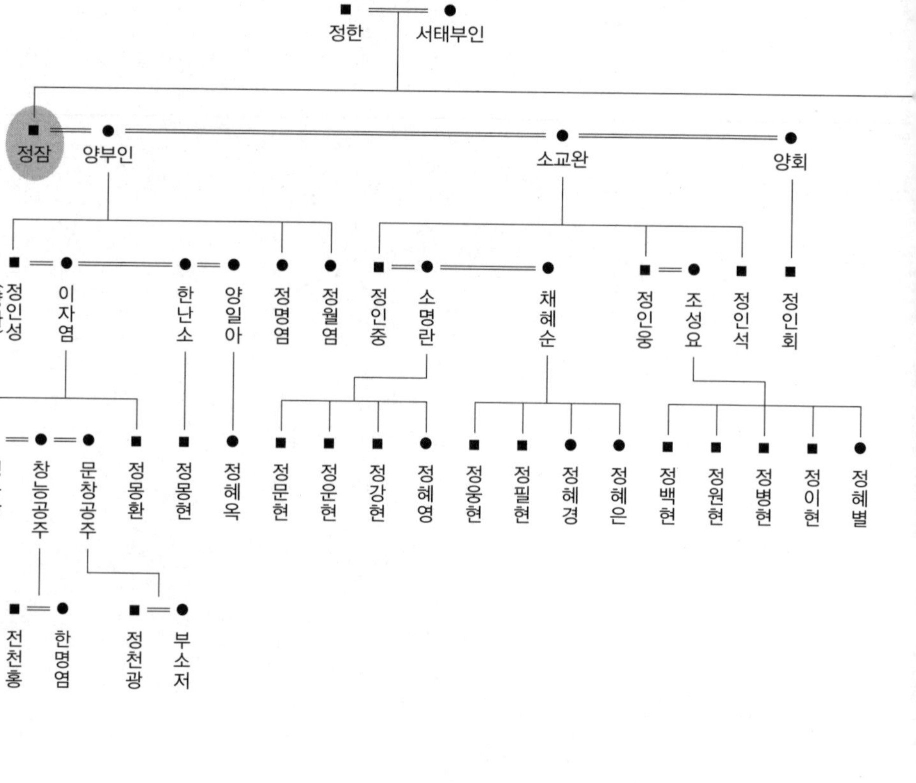
정한
서태부인
정잠
양부인
소교완
양회
정인성 (양자)
이자염
한난소
양일아
정명염
정월염
정인중
소명란
채혜순
정인웅
조성요
정인석
정인회
정몽창
창능공주
문창공주
정몽환
정몽현
정혜옥
정문현
정운현
정강현
정혜영
정웅현
정필현
정혜경
정혜은
정백현
정원현
정병현
정이현
정혜별
전천홍
한명염
정천광
부소저

인물 관계도

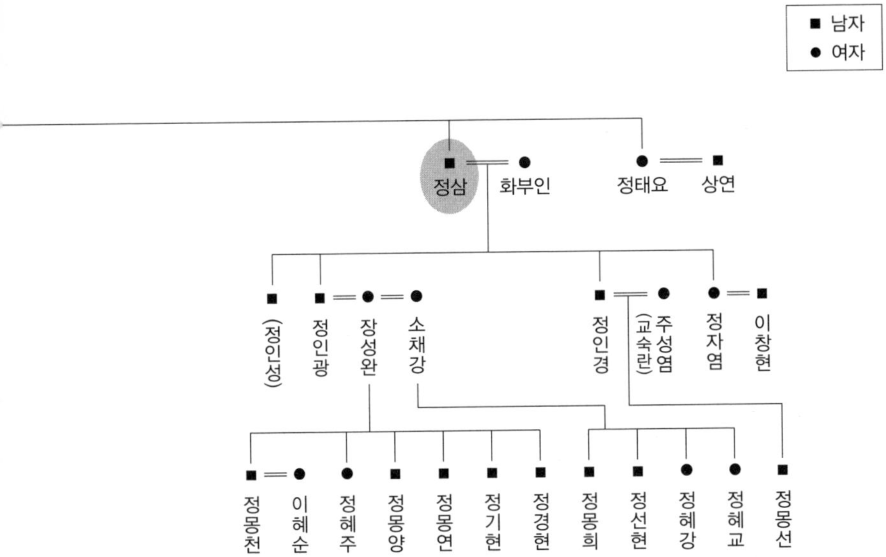
■ 남자
● 여자
정삼
화부인
정태요
상연
(정인성)
정인광
장성완
소채강
정인경
주성염
(교숙란)
정자염
이창현
정몽천
이혜순
정혜주
정몽양
정몽연
정기현
정경현
정몽희
정선현
정혜강
정혜교
정몽선

정흠과 정염 집안

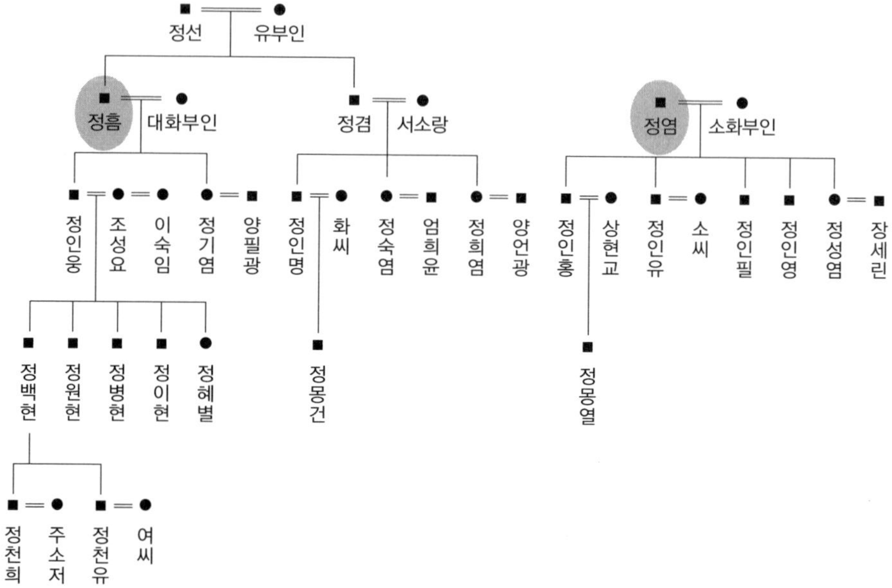

조세창 집안

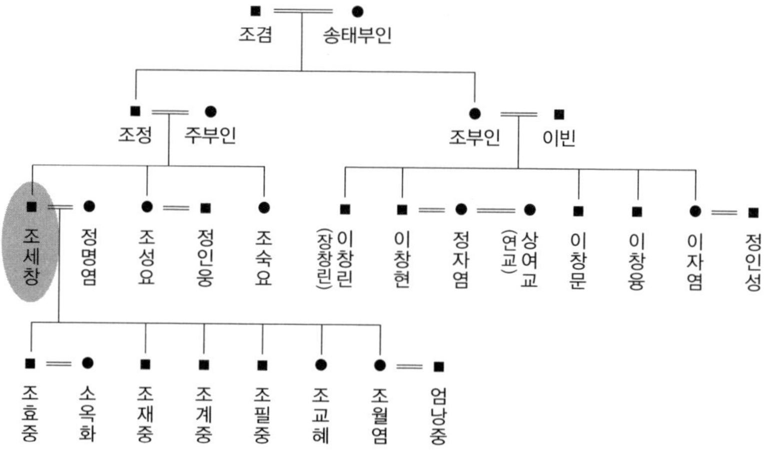

장헌 집안

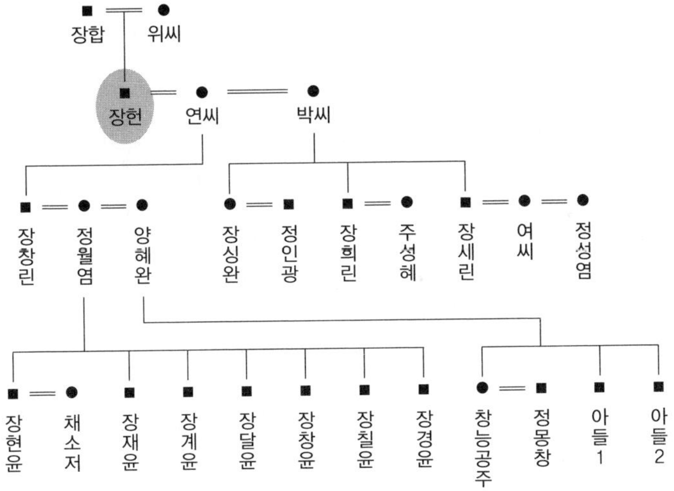
장합
위씨
장헌
연씨
박씨
장창린
정월염
양혜완
장싱완
정인광
장희린
주성혜
장세린
여씨
정성염
장현윤
채소저
장재윤
장계윤
장달윤
장창윤
장칠윤
장경윤
창능공주
정몽창
아들 1
아들 2

소교완 집안

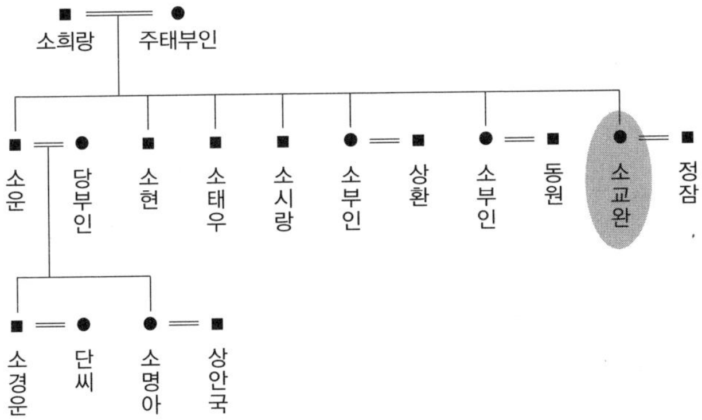
소희랑
주태부인
소운
당부인
소현
소태우
소시랑
소부인
상환
소부인
동원
소교완
정잠
소경운
단씨
소명아
상안국

상연 – 정태요 집안

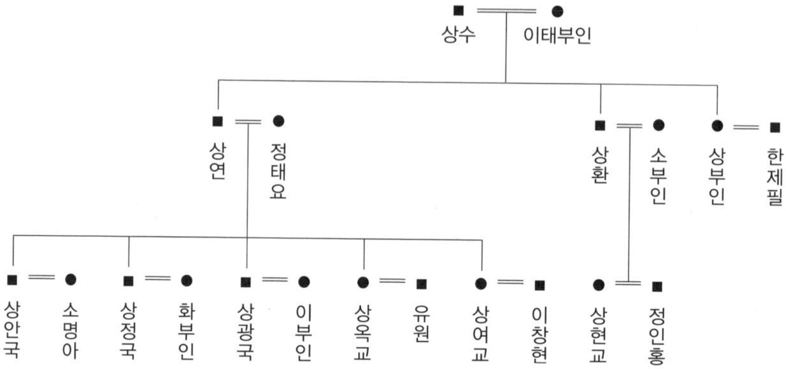

주성염(교숙란) 집안 – 정인경 처가

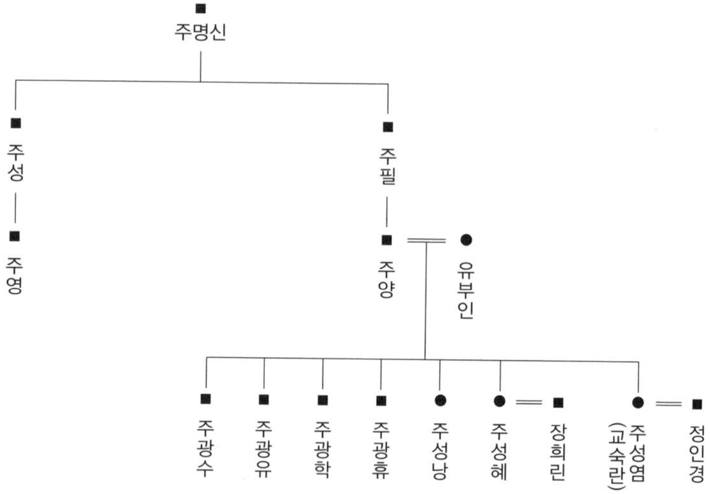

완월회맹연 玩月會盟宴

권디이십일 卷之二十一

익셜[1]. 댱쇼제 듯기ᄅᆞᆯ 다 못 ᄒᆞ여[2] 만심(滿心)이 괴연경ᄒᆡ(怪然驚駭) 1면
ᄒᆞ며 심골(心骨)이 셔늘하믈 ᄭᆡ닷디 못ᄒᆞ니 비록 그 부모의 실덕실톄(失德失體)와 무신파측(無信叵測)ᄒᆞᆫ 인믈이 비린추셰(鄙吝趨勢)ᄒᆞ기의 병이 깁허 ᄇᆡᆨ방(百方) 이치의 브득기력(不得其力)ᄒᆞ고 다만 ᄡᆞ딘 ᄌᆞᄅᆞᆯ 더옥 밀치며 니(利) ᄂᆞᆫ 곳을[3] 붓드러 머리ᄅᆞᆯ 두로혀고[4] ᄭᅩ리ᄅᆞᆯ 쳐 결교(結交)ᄒᆞᆫ 무리와 친밀ᄒᆞᆫ 곳이 다 근일(近日)의 혁혁고벌(赫赫高閥)과 당당셰개(堂堂勢家)로ᄃᆡ 그 사ᄅᆞᆷ을 니ᄅᆞᆫᄌᆞᆨ 일제히 참녕(讒佞)ᄒᆞᄂᆞᆫ 쇼인(小人)이 아니면 쥐 장식의 녀호 밉시며 인면견ᄒᆡᆼ(人面犬行)의 것들이니 고요히 댱ᄂᆡ(將來)ᄅᆞᆯ 혜아려 부모의 패덕(悖德)이 후ᄇᆡᆨ셰(後百世)의 니ᄅᆞ히 ᄆᆡ명(賣名)[5]을 면치 못ᄒᆞᆯ 바ᄅᆞᆯ ᄉᆡᆼ각ᄒᆞᄆᆡ 낫치 달호이고[6] 심니(心裏)[7] 황황(遑遑)ᄒᆞ여 봉변당화(逢變當禍)ᄒᆞᆷ ᄀᆞᆺᄐᆞ니 오히려 십 셰 젼[8] 유녀(幼女)의 화도(畫圖)ᄅᆞᆯ 그려 님군긔 드리려
블측(不測)ᄒᆞᆫ 음ᄉᆞ(淫事)ᄅᆞᆯ 도모ᄒᆞ믄 몽니(夢裏)의도 념치 아녓던디 2면
라 놀나오미 쳥텬(靑天)의 급ᄒᆞᆫ 뇌우(雷雨)ᄅᆞᆯ 만남도곤 더으ᄆᆡ 도로혀 어히업기ᄅᆞᆯ 인ᄒᆞ여 어린[9] ᄃᆞ시 말이 업고 실연이 옥면(玉面)을 숙

1 익셜: 규장각본에는 '익일'로 되어 있음.
2 다 못 ᄒᆞ여: 규장각본에는 '다ᄒᆞ여'로 되어 있음.
3 곳을: 규장각본에는 'ᄌᆞ을'로 되어 있음.
4 두로혀고: 두로혀다. 두루혀다. 돌이키다.
5 ᄆᆡ명(賣名): 매명. 권세나 부귀를 얻고자 이름을 파는 모양.
6 달호이고: 달호다. 달구다.
7 심니(心裏): 규장각본에는 '심히'로 되어 있음.
8 젼: 규장각본에는 '져'로 되어 있음.
9 어린: 어리이다. 홀리다.

이며 참연(慘然)이 운빈(雲鬢)[10]을 굽혀 합연(溘然)이 셰ᄉᆞ(世事)ᄅᆞᆯ 모로고ᄌᆞ ᄒᆞ미라. 츈홍이 쇼져의 심ᄉᆞ(心事)ᄅᆞᆯ 혜아려 슬픔과 근심 되믄 츄연과 일반이오 다만 눈믈을 흘니며 뫼실 ᄯᆞᄅᆞᆷ이오 다시 말이 업더니 쇼졔 날호여[11] ᄋᆡ연(哀然)이 한숨디고 옥셩(玉聲)이 쳐열ᄒᆞ여 왈

"내 취뎐 ᄌᆞ위(慈闈)[12]ᄅᆞᆯ ᄯᅥ나온 후 혈연(孑然)이 큰 의디ᄅᆞᆯ 일흔 ᄃᆞᆺ 금니(衾裏)의[13] 아회ᄒᆞ시던[14] 바ᄅᆞᆯ ᄉᆞ모(思慕)ᄒᆞᄆᆡ 읍읍(泣泣)히 밤의 우ᄅᆞᆷ을 ᄭᆡ닷디 못ᄒᆞᆯ ᄲᅳᆫ 아니라 대인(大人)[15]의 실덕(失德)ᄒᆞ심과 모친(母親)의[16] 실톄(失體)ᄒᆞ시미 ᄌᆞᄌᆞ 숨은 시ᄅᆞᆷ과 그윽ᄒᆞᆫ 용녜(用慮) 방촌(方寸)[17]을 어ᄌᆞ러이니 비록 작위(作爲)ᄒᆞ여 화열(和悅)코ᄌᆞ ᄒᆞ나 쳔단념녜(千端念慮) 구곡심원(九曲心源)이 요요(搖搖)ᄒᆞ니 사ᄅᆞᆷ이 날

3면 노벼 ᄌᆡ상일교(宰相一嬌)로 부귀일신(富貴一身)ᄒᆞ여 괴로온 회푀(懷抱) 업ᄉᆞᆫ가 넉이려니와 스ᄉᆞ로 블길(不吉)ᄒᆞ여 그러ᄒᆞᆫ가 내 간언(諫言)이 쳐음으로브터 효험(效驗)이 업ᄉᆞᄆᆡ 쳑쳑(慼慼)히 ᄇᆡᆨ우(百憂)ᄅᆞᆯ 시ᄅᆞᆫ 사ᄅᆞᆷ ᄀᆞᆺᄐᆞ여 울울블낙(鬱鬱不樂)[18]ᄒᆞ고 쳐쵸감열(凄楚感咽)ᄒᆞ여 셰샹이 역녀(逆旅)와 부유(浮遊) ᄀᆞᆺᄐᆞ니 셰ᄉᆞ(世事)ᄅᆞᆯ 부운(浮雲)의

---

10 운빈(雲鬢): 여자의 탐스러운 귀밑머리.

11 날호여: 천천히. 느리게. 더디게.

12 취뎐 ᄌᆞ위(慈闈): 취전 자위. 자위는 어머니를 이르는 말. 문맥상 '취전 자위'는 장현의 첫째 부인인 연부인을 지칭하는 것으로 보임.

13 금니(衾裏)의: 규장각본에는 '금이의'로 되어 있음.

14 아회ᄒᆞ시던: 문맥상 '어루만지다'의 뜻으로 봄.

15 대인(大人): 아버지.

16 모친(母親)의: 규장각본에는 '부모의'로 되어 있음.

17 방촌(方寸): 마음.

18 울울블낙(鬱鬱不樂): 울울불락. 우울하고 즐겁지 않음.

더딤[19] ᄀᆞᆺᄐᆞᆫ 듕 이제 만난 ᄇᆡ 쳔만긔험(千萬奇險)ᄒᆞᆫ디라 그 죽디 아니하고 장ᄎᆞᆺ 엇디ᄒᆞ리오?”

츈홍 등이 경통비절(驚痛悲絶)ᄒᆞ여 왈

“쇼제 이 엇디 니ᄅᆞ시ᄂᆞᆫ 말ᄉᆞᆷ이시니잇고? 젼ᄌᆞ(前者)의 취뎐 녀군이 쇼져ᄅᆞᆯ 경계ᄒᆞ시며 고ᄉᆞ(故事)을 논난ᄒᆞ실 즈음의 닐너 ᄀᆞᆯ오샤ᄃᆡ 신ᄉᆡᆼ(申生)[20]의 슌(順)ᄒᆞ여 가연이[21] 셰간(世間) 영욕(榮辱)을 ᄉᆞ절(謝絶)ᄒᆞ고 죽ᄂᆞᆫ 거시 젹은[22] 회오 대슌(大舜)[23]이 우믈의 겻굼글 두시며 블을 피ᄒᆞ샤 그 명을 보젼ᄒᆞ시고 ᄡᅧ곰 만대(萬代)의 셩명을 뉴젼(遺傳)ᄒᆞ시미 큰 회라 ᄒᆞ시던 바ᄅᆞᆯ 엇디 ᄎᆞ시(此時)ᄅᆞᆯ 당ᄒᆞ여 ᄉᆡᆼ각디 아니ᄒᆞ시나니잇가? 비록 이ᄢᆡ 뜻 ᄀᆞᆺ디 못ᄒᆞᆫ 일이 이셔도 원대히 혜아려 쳔금지구(千金之軀)[24]ᄅᆞᆯ 보젼ᄒᆞ실 도리ᄅᆞᆯ ᄉᆡᆼ각ᄒᆞ샤 태산(太山)으로ᄡᅧ 4면
가바야이 홍모(鴻毛)의 붓치디 마ᄅᆞ시미 효되(孝道) 완젼ᄒᆞ고 도량(度量)이 심원(深遠)ᄒᆞ실 ᄲᅮᆫ 아니라 디혜(智慧) 홍원(弘遠)ᄒᆞ믈 뜻ᄒᆞ건ᄃᆡ 문니ᄌᆡ(文理者) 칭도(稱道)ᄒᆞ오리니 엇디 일시(一時) 괴롭고 슬프며 욕된 거ᄉᆞᆯ 못 견ᄃᆡ여 ᄉᆞᄉᆡᆼ(死生) 이ᄌᆞ(二字)의 듕대(重大)ᄒᆞ온 의논을 ᄀᆞᄇᆡ야이 발ᄒᆞ시ᄂᆞ니잇고? 쇼져ᄂᆞᆫ 괴로온 셰ᄉᆞ(世事)ᄅᆞᆯ 모로

---

19 더딤: 규장각본에는 ‘더진’으로 되어 있음.

20 신싱(申生): 신생. 진(晉)나라 헌공의 태자. 여희가 헌공에게 자신을 모함했으나 사실을 밝히지 않은 채 자살함.

21 가연이: 흔쾌히.

22 젹은: 규장각본에는 ‘ᄌᆞ근’으로 되어 있음.

23 대슌(大舜): 대순. 순(舜)임금. 고수가 아들 순에게 우물을 파게 한 후 순이 우물로 들어가자 우물을 메워버렸는데, 순이 우물 옆에 굴을 파서 죽음을 면한 일이 있음.

24 쳔금지구(千金之軀): 천금지구. 매우 귀한 몸.

시미 ᄯᅩ 가히 영홰(榮華)라 ᄒᆞ실 ᄇᆡ오 녈졀(烈節)을 잡으시미 쳔츄(千秋) 녈녀(烈女)의 븟그러오미 업ᄉᆞ오려니와 쇼졔 보젼(保全)치 못ᄒᆞ시ᄂᆞᆫ 날은 노야(老爺)와 부인(婦人)의 역니(逆理)ᄅᆞᆯ 슬허ᄒᆞ시ᄂᆞᆫ[25] 통(痛)이 상명(喪明)[26]의 니ᄅᆞ시리니 블효ᄅᆞᆯ ᄡᆞ흘 곳이[27] 업ᄉᆞᆯ 쁜 아니라 사ᄅᆞᆷ이 노야ᄅᆞᆯ ᄶᅮ디ᄌᆞ미 그 어ᄃᆡ 밋ᄎᆞᆯ가 시브니잇가? 원컨ᄃᆡ 쇼져ᄂᆞᆫ 닉이 ᄉᆡᆼ각ᄒᆞ시고 널니 헤아리샤 일ᄌᆞᆨ이 화(禍)ᄅᆞᆯ 방비케 ᄒᆞ쇼셔.”

쇼졔 댱탄왈(長嘆曰)

“여등(汝等)은 다시 니ᄅᆞ디 말나. 셰ᄉᆞ범간(世事凡間)이 인녁(人力)
5면 아니라 ᄉᆞᄉᆡᆼ(死生)이 유명(有命)이오 부귀ᄌᆡ텬(富貴在天)이니 득죄어텬(得罪於天)이면 무소도얘(無所逃也)라. 엇디 필부(匹夫)의 미(微)ᄒᆞ므로 하날을 항형(抗衡)ᄒᆞ리오? 오딕 하날을 어긔오디 아냐 부디어텬(付之於天)ᄒᆞ고 도모ᄒᆞ여 면코ᄌᆞ 아니 ᄒᆞᄂᆞ니 부뫼 텬디(天地)시라 엇디 텬디ᄅᆞᆯ 어긔오리오? 삼간(三諫)이 블쳥(不聽)[28]이어시든 몸이 업셔 대욕(大辱)을 면ᄒᆞ여 문호(門戶)의 화(禍)ᄅᆞᆯ 졔방(除防)ᄒᆞ미 가ᄒᆞ니라.”

셜파(說罷)의 믁연잠와(默然潛臥)ᄒᆞ여 말ᄉᆞᆷ의 ᄯᅳᆺ이 업ᄉᆞ니 이(二) 비ᄌᆡ(婢子) 다시 긴 셜화ᄅᆞᆯ 시작디 못ᄒᆞ고 각각 우ᄉᆡᆨ(憂色)을 씌여 시

---

25 슬허ᄒᆞ시ᄂᆞᆫ: 슬허ᄒᆞ다. 슬퍼하다.

26 상명(喪明): 자하가 자식이 죽자 그 슬픔으로 눈이 먼 일. 상명지통(喪明之痛).

27 곳이: 규장각본에는 ‘곳지 이’로 되어 있음.

28 삼간(三諫)이 블쳥(不聽): 은나라의 미자가 주왕에게 한 이야기에서 전함. 미자는 주왕에게, 부모에게 잘못이 있는 경우는 자식이 세 번 간언을 드려보고도 들어주지 않으면 큰 소리로 울어야 하고, 신하는 임금에게 간언을 세 번 올렸는데도 들어주지 않으면 의리상 떠나야 한다고 했다고 함.《사기》〈송미자세가(宋微子世家)〉.

위(侍衛)ᄒᆞ여실 쁜이라. ᄋᆡ(哀)라! 댱공과 박시 부귀(富貴)ᄅᆞᆯ 탐년
(耽戀)ᄒᆞ며 ᄌᆡ빅(財帛)을 취탐(聚貪)ᄒᆞᄂᆞᆫ 욕심이 날노 더어 블의패
되(不義悖道)라도 샤양치[29] 아니키의 밋쳐시니 졍히 삼ᄀᆡ(三個) ᄌᆞ
녀ᄅᆞᆯ 위ᄒᆞ여 누만금(累萬金)을 ᄡᆞ하 후ᄇᆡᆨ셰(後百世)의 니ᄅᆞ히 ᄌᆞᄌᆞ
손손(子子孫孫)이 호샤극부(豪奢極富)ᄒᆞ믈 ᄇᆞ라거ᄂᆞᆯ 쇼져ᄂᆞᆫ 일노
뼈 심간(心肝)을 초삭(焦削)ᄒᆞ고 부모의 참덕(慙德)과 과실을 ᄂᆞ리
올[30] 길히 업ᄉᆞ믈 슬허ᄒᆞᄆᆡ 유시(幼時)로브터 골돌ᄒᆞ믈 니긔디 못ᄒᆞ 6면
다가 연부인을 폐츌(廢黜)ᄒᆞ고 졈졈 ᄒᆡ거괴ᄉᆡ(駭擧怪事) 니음ᄎᆞᄆᆡ[31]
스ᄉᆞ로 낫치 취ᄒᆞ이고 녕원[32]이 요동ᄒᆞ니 댱야(長夜)의 ᄀᆞ마니 벽을
쳐 슬허ᄒᆞ며 하일(夏日)의 ᄆᆞ옴을 알하 후셜(喉舌)이 ᄐᆞ고 마ᄅᆞ며 쇼
변이 젹홍(赤紅)ᄒᆞ니 어이 음식이 편ᄒᆞ리오? ᄌᆞ연이 모ᄅᆡᄅᆞᆯ 뻡고 가
ᄉᆡᄅᆞᆯ 삼키ᄂᆞᆫ ᄃᆞᆺ 쇽으로 젹취(積聚)ᄒᆞᆫ 병이 삼ᄌᆡ(三載)의 니ᄅᆞ히 신고
(辛苦)[33]ᄒᆞ니 감슈(減壽)ᄒᆞᆯ 징죄(徵兆) 이 밧긔 더으미[34] 업거ᄂᆞᆯ 희린·
셰린이 탁아(卓雅)ᄒᆞᆫ ᄌᆡ질(才質)과 ᄆᆡ영(邁英)ᄒᆞᆫ 픔슈(稟受)ᄅᆞᆯ 타나
시나 ᄇᆡ호디 못ᄒᆞ고 ᄌᆞ라ᄆᆡ ᄒᆡᆼ검(行檢)이 잇디 아냐 유희방탕(遊戲
放蕩)ᄒᆞ며 쳐ᄉᆡ(處事) 호패ᄒᆞ여 표문제인(表門諸人)의 취광(醉狂)
ᄒᆞ믈 공문(孔門) 칠십ᄌᆞ(七十子)갓치 아라 범ᄇᆡᆨ(凡百)의 보고 ᄇᆡ호

29 샤양치: 규장각본에는 '상양치'로 되어 있음.
30 ᄂᆞ리올: ᄂᆞ리오다. 내리게 하다.
31 니음ᄎᆞᄆᆡ: 니음ᄎᆞ다. 잇달다.
32 녕원: 문맥상 '마음'을 비유한 것으로 봄.
33 신고(辛苦): 어려운 일로 인해 매우 고생함.
34 더으미: 규장각본에는 '더으며 더으미'로 되어 있음.

니 문ᄌᆡ(文才) ᄲᆞ혀나ᄃᆡ 훈ᄎᆡᆨ(訓責)ᄒᆞ여 ᄀᆞᄅᆞ치리 업ᄉᆞ니 ᄉᆡᆼ어부댱어귀(生於富長於貴)ᄒᆞ여[35] 오ᄅᆡ 고량(膏粱)의 잠일ᄒᆞ고 호화의 ᄯᅵ이여 방약무인(傍若無人)ᄒᆞ며 동셔(東西)의 긔탄(忌憚)ᄒᆞ미 업셔 낭
7면 ᄃᆡ(囊帶)의 금젼(金錢)을 ᄎᆞ고 화림원듕(花林苑中)과 십ᄌᆞ가(十字街) 쥬샤(酒肆)[36]의 곳곳이 무리 디어 박혁유희(博奕遊戲)의 흔흔ᄌᆞ락(欣欣自樂)ᄒᆞ여 술을 거후ᄅᆞ며[37] 나기[38]ᄅᆞᆯ 시ᄒᆡᆼ(施行)ᄒᆞ여 거동의 호방패리(豪放悖理)ᄒᆞ미 군ᄌᆞ(君子)의 덕ᄒᆡᆼ(德行)으로 ᄂᆡ도ᄒᆞ니[39] 당공과 박시 그 한심ᄒᆞ믈 아디 못ᄒᆞ여 녜의(禮儀)로 교훈(敎訓)ᄒᆞ미 업고 두굿기ᄂᆞᆫ[40] 닙이 버러[41] 무한이 일ᄏᆞᄅᆞ며 궁쳔고(窮千古) 통ᄇᆡᆨ셰(通百世)의 무빵절츌(無雙絶出)ᄒᆞᆫ 풍광신ᄎᆡ(風光神彩)로 ᄌᆞ고금ᄂᆡ(自古今來)의 다시 잇디 아닌 문댱ᄌᆡ예(文章才藝)라 ᄒᆞ여 니ᄇᆡᆨ(李白)[42]의 승난(乘鸞)ᄒᆞ미 므어시 착ᄒᆞ며 ᄌᆞ딘(子晉)[43]의 승학(乘鶴)ᄒᆞ미 므어시 긔특ᄒᆞ리오 ᄒᆞ여 일신(一身)을 금슈(錦繡)로 ᄭᅮ미고 닙 가온ᄃᆡ 딘미(珍味)ᄅᆞᆯ 드리워 고기 쥬머니와 슐 부ᄃᆡ 날노 비ᄐᆡᆨ(肥澤)ᄒᆞ며 윤염(潤艶)ᄒᆞ믈 두굿기니 그 ᄉᆞ랑ᄒᆞ미 실노 믜워홈 ᄀᆞᆺ디 못ᄒᆞ여 일녀(一

35 ᄉᆡᆼ어부댱어귀(生於富長於貴)ᄒᆞ여: 규장각본에는 'ᄉᆡᆼ어부장어부귀하여'로 되어 있음.
36 쥬샤(酒肆): 주사. 규모 있는 큰 술집.
37 거후ᄅᆞ며: 거후로다. 거우르다. 기울이다.
38 나기: 내기.
39 ᄂᆡ도ᄒᆞ나: ᄂᆡ도하다. 판이하다. 크게 다르다.
40 두굿기ᄂᆞᆫ: 두굿기다. 매우 기뻐하다.
41 버러: 버리다. 벌리다.
42 니ᄇᆡᆨ(李白): 이백. 자는 태백(太白)이며, 두보와 함께 당나라를 대표하는 시인임.
43 ᄌᆞ딘(子晉): 자진. 왕자진. 주 영왕 때의 신선. 피리를 잘 불었다고 전해지며 학을 탔다고 알려짐.

女)ᄅᆞᆯ 밀치고 이ᄌᆞ(二子)ᄅᆞᆯ 경박탕ᄌᆞ(輕薄蕩子)ᄅᆞᆯ ᄆᆡᆫᄃᆞᆯ고ᄌᆞ ᄒᆞ니 원녀(遠慮)ᄅᆞᆯ ᄉᆡᆼ각ᄒᆞ노라[44] ᄒᆞ미 도로혀 목젼(目前)도 ᄉᆞᆯ피디 못ᄒᆞᆷ ᄀᆞᆺᄐᆞᆫ디라. ᄒᆡᆼ혀 월ᄋᆞ[45]쇼져 셩완이 ᄉᆡᆼ디(生知)ᄒᆞᄂᆞᆫ 셩명긔딜(性命氣質)이 8면
이셔 부모의 블의패덕(不義悖德)의 무들미[46] 업셔 텬셩(天性)이 탈쇽(脫俗)ᄒᆞ며 이상ᄒᆞ여 유시(幼時)로브터 셩덕(成德)과 ᄇᆡᆨᄒᆡᆼ(百行)이 찬연(燦然)이 일워 반ᄃᆞ시 승믁(繩墨)[47]을 드ᄃᆡ여 방원(方圓)을 뎡제(整齊)ᄒᆞ니 가히 쳔고(千古)의 시초(始初) ᄉᆡᆼ인이라. 긔운이 심히[48] 호연(浩然)ᄒᆞ고 광활(廣闊)ᄒᆞ여 춍명신긔(聰明神奇)ᄒᆞ미 블언이딘학(不言而進學)ᄒᆞ며 무교이셩취(無教而成就)ᄒᆞ여 만믈의 무블통디(無不通知)ᄒᆞ고 능화능언(能和能言)ᄒᆞ며 능강능약(能强能弱)ᄒᆞ여 약슈약달(若修若達)ᄒᆞ니 비록 말ᄉᆞᆷ이 드믈고 ᄉᆞ긔(辭氣) 한일(閑逸)ᄒᆞ여 단듕간믁(端重簡默)ᄒᆞ나 ᄒᆞᆫ번 ᄌᆡ조ᄅᆞᆯ ᄡᆡ히ᄆᆡ 텬디조화ᄅᆞᆯ 호호(皓皓)히 거두어 구쥐(九州) 변화ᄒᆞ며 만믈이 뉴ᄒᆡᆼ(流行)ᄒᆞ여 붓ᄉᆞᆯ 뻘치ᄆᆡ 풍운이 변ᄉᆡᆨ(變色)ᄒᆞ고 뇽회(龍虎) 브ᄅᆞ디지ᄂᆞᆫ ᄃᆞᆺ 고산(高山)이 암암(巖巖)ᄒᆞ며 뉴쉬(流水) 양양(洋洋)ᄒᆞ여 신인(神人)이 ᄒᆞᆫ가디로 즐겨 슈무족도(手舞足蹈)ᄒᆞᆯ ᄇᆡ로ᄃᆡ 홀노 박시 녀ᄋᆞ의 디셩디현(至性至賢)과 셩문대학(聖門大學)을 ᄌᆞ셰히 아디 못ᄒᆞ고 연부인긔 정셩이 흡연(洽然)ᄒᆞ믈 아쳐ᄒᆞ여[49] 언언(言言)이 연시 흉믈(凶物)을 위ᄒᆞ여 난 거시 9면

44 ᄉᆡᆼ각ᄒᆞ노라: 규장각본에는 'ᄉᆡᆼ각ᄒᆞ라'로 되어 있음.

45 월ᄋᆞ: 월아. 장성완의 아명(兒名).

46 무들미: 무들다. 물들다.

47 승믁(繩墨): 먹통에 있는 실줄.

48 심히: 규장각본에는 '심니'로 되어 있음.

오 어미 구로ᄋᆡ휵(劬勞愛畜)ᄒᆞᆫ 은혜ᄅᆞᆯ 모로ᄂᆞᆫ 거시라 ᄡᆞ디ᄌᆞ니 쇼졔 쇄두혈간(碎頭血諫)ᄒᆞ여 효험을 엇디 못ᄒᆞᄆᆡ 이 발셔 ᄌᆞ긔 명되(命途) 긔험(崎險)ᄒᆞ믈 ᄭᆡ다라 응셜각[50] 심쳐(深處)의 머리ᄅᆞᆯ 움쳐[51] 가듕ᄉᆞ(家中事)ᄅᆞᆯ 보며 알냐 ᄒᆞ미 업셔 부모긔 신혼현알(晨昏見謁)ᄒᆞᄂᆞᆫ 외의ᄂᆞᆫ 침소(寢所)의 고요히 쳐ᄒᆞ여 고셔(古書)ᄅᆞᆯ 잠심(潛心)ᄒᆞ며 비록 혼ᄌᆞ 잇ᄂᆞᆫ ᄯᆡ라도 프러지고 게어ᄅᆞ미 업ᄉᆞ며 블호(不好)ᄒᆞᆫ 낫빗과[52] 만홀(漫忽)ᄒᆞᆫ[53] 거동이 업고 옥(玉)을 밧들며 가ᄃᆞᆨᄒᆞᆫ 거ᄉᆞᆯ 잡은 ᄃᆞ시 ᄒᆞ미 ᄉᆞ오 셰로브터 이졔 니ᄅᆞ히 ᄒᆞᆫ갓 녜 듕ᄒᆞᆯ ᄲᆞᆫ 아니라 약딜(弱質)이 심간(心肝)을 상ᄒᆡ오미 만흔 고로 당시(當時)ᄒᆞ여ᄂᆞᆫ 몸 우희 실닌 병이 ᄌᆞ로[54] 발ᄒᆞ여 침금(寢衾)을 ᄯᅥ나디 못ᄒᆞ미 되엿더라.

각셜. 어ᄉᆞ태우 박상규ᄂᆞᆫ 좌영도독(左營都督) 박도의 댱ᄌᆞ(長子)니 강명뎡딕(剛明正直)ᄒᆞ미 아니로ᄃᆡ 브졍암밀(不正暗密)ᄒᆞ믄 업ᄉᆞ니
10면 놉히 니ᄅᆞᆯ딘ᄃᆡ 관후댱ᄌᆞ(寬厚長者)라 ᄒᆞᆯ 거시오 나디 니ᄅᆞᆯ딘ᄃᆡ ᄯᅩᄒᆞᆫ 됴흔 위인이라 ᄒᆞᆯ디니[55] 졔박 무리의 일등군ᄌᆞ(一等君子)라. 문듕(門中)이 취듕긔ᄃᆡ(聚中期待)ᄒᆞ미 비ᄒᆞᆯ ᄃᆡ 업고 ᄇᆡᆨ집ᄉᆞ(百執事)의 상귀 쥬론(主論)ᄒᆞ여 가부(可否)ᄅᆞᆯ 니ᄅᆞᆫ족 ᄉᆞᄉᆞ(事事)[56]의 언쳥계용(言

---

49 아쳐ᄒᆞ여: 아쳐ᄒᆞ다. 싫어하다.

50 응셜각: 응설각. 장성완의 처소.

51 움쳐: 움치다. 움츠리다.

52 낫빗과: 규장각본에는 '낫밋'으로 되어 있음.

53 만홀(漫忽)ᄒᆞᆫ: 규장각본에는 '만홀'로 되어 있음.

54 ᄌᆞ로: 자로. 자주.

55 ᄒᆞᆯ디니: 규장각본에는 'ᄒᆞᆯ 거시니'로 되어 있음.

56 ᄉᆞᄉᆞ(事事): 사사. 모든 일. 일마다.

聽計用)ᄒᆞᄂᆞ디라. 쏘 복녹(福祿)이 무흠(無欠)ᄒᆞ여 샹존구경(上存具慶)ᄒᆞ며 하셩형뎨(下盛兄弟)ᄒᆞ고 현필(賢匹)을 우비(偶配)ᄒᆞ여 금슬의 낙이 관져(關雎)[57]의 노릐롤 화ᄒᆞ니 ᄌᆞ녜 션션(詵詵)[58]ᄒᆞ여 오남이녀롤 두어시ᄃᆡ ᄀᆡᄀᆡ히 표치(標致)[59] ᄉᆡᆼ혀나며 ᄌᆡ죄 졀등ᄒᆞᆫ디라. 우ᄒᆞ로 삼ᄌᆞ롤 셩인(成姻)ᄒᆞ고 녀ᄋᆞ 교랑이 쳐음으로 ᄌᆞ라 시년(時年)이 이뉵(二六)의 풍완호딜(豊婉好質)이 작약(綽約)ᄒᆞ여 당가(唐家) 태진(太眞)[60]과 한시(漢時) 비연(飛燕)[61]으로 흡ᄉᆞ(恰似)ᄒᆞ고 ᄌᆞ셩(資性)이 춍오(聰悟)ᄒᆞ고 풍뉴곡됴(風流曲調)의 모롤 거시[62] 업ᄉᆞ며 시셔(詩書)의 졀츌(絶出)ᄒᆞ여 ᄎᆡ문희(蔡文姬)[63]·탁문군(卓文君)[64]의 일뉴(一類)라 부모의 ᄉᆞ랑이 근근쳬쳬(懃懃棣棣)ᄒᆞ여 텬뉸(天倫) 밧긔 ᄌᆞ별(自別)홀 쁜 아니라 댱상셔 부인 박시 졔질(諸姪) 듕 교랑을 특별이 ᄋᆡ듕(愛重)ᄒᆞ여 ᄌᆞ로 다려와 ᄋᆢᆸ히 두고 귀듕(貴重)ᄒᆞ믈 친녀(親女) 셩완의게 디나니 교랑이 쏘ᄒᆞᆫ 춍오민달(聰悟敏達)ᄒᆞ여 공교(工巧)ᄒᆞ미 사ᄅᆞᆷ의 ᄯᅳᆺ 맛치믈 못 밋츨 ᄃᆞ시 ᄒᆞ며 ᄌᆡ담미어(才談美語)로ᄡᅥ 사ᄅᆞᆷ의 ᄆᆞ음을 동ᄒᆞ여 깃기믈[65] ᄆᆞ로녹게 ᄒᆞᄂᆞ디라. 박시 ᄉᆞᄉᆞ(事事)의 11면

57 관져(關雎): 관저. 여자의 덕과 부부간의 화목 등에 대한 노래로, 《시경》의 편명임.

58 션션(詵詵): 선선. 메뚜기가 떼 지어 모이는 모양. 자손이 많음을 비유하여 이르는 말.

59 표치(標致): 얼굴이 아름다운 것을 말함.

60 당가(唐家) 태진(太眞): 양귀비. 재색(才色)이 뛰어나 당 현종에게 총애를 받음.

61 한시(漢時) 비연(飛燕): 조비연. 가무에 능했던 미인으로 한(漢)나라 성제에게 총애를 받음.

62 모롤 거시: 규장각본에는 '를거시'로 되어 있음.

63 ᄎᆡ문희(蔡文姬): 채문희. 후한 때의 여성 문학가. 명사(名士) 채옹의 딸로 서법(書法)으로도 유명함.

64 탁문군(卓文君): 한나라 탁왕손의 딸로 어려서부터 문재(文才)가 뛰어났음.

65 깃기믈: 깃기다. 기뻐하게 하다.

블승ᄋᆡ듕(不勝愛重)ᄒᆞ고 언언(言言)이 칭찬블이(稱讚不已)ᄒᆞ여 녀듕
ᄌᆡ걸(女中才傑)이라 ᄒᆞ며 일삭(一朔)의 십오 일을 댱부의 머믈믈 당
당 규례(閨禮)ᄀᆞᆺ치 뎡ᄒᆞ여실 ᄲᅳᆫ 아니라 댱공 ᄂᆡ외(內外) 누만금(累萬
金)을 ᄡᆞ코 십만ᄌᆡ산(十萬財産)을 도라보건ᄃᆡ ᄇᆡᆨᄌᆞ쳔손(百子千孫)이
라도 간핍(艱乏)ᄒᆞᆯ 일이 업ᄉᆞᆯ ᄃᆞᆺᄒᆞ거ᄂᆞᆯ 희린 등 이ᄌᆞ(二子)와 셩완 일
교(一嬌)로 믈갓치 흣트며 ᄒᆞᆰᄀᆞᆺ치 ᄌᆞᆺ바라도[66] 능히 다 ᄡᅳ디 못ᄒᆞ리니
ᄌᆡ믈은 만코 사ᄅᆞᆷ은 젹으ᄆᆡ 인ᄒᆞ여 ᄆᆡ양 교랑으로ᄡᅧ 양녀(養女)ᄅᆞᆯ 삼
12면 으렷노라 ᄒᆞ면 상ᄀᆔ 블가ᄒᆞ믈[67] 일ᄏᆞᆺᄂᆞᆫ 고로 능히 결단(決斷)치 못ᄒᆞᆯ
즈음의 교랑이 졔집 부귀(富貴) 비록 브족(不足)든 아니 ᄒᆞ나 오히려
댱부만 못ᄒᆞ므로 그윽이 슉모의 양녜(養女) 되고ᄌᆞ ᄒᆞ니 부귀ᄅᆞᆯ 탐
ᄒᆞᄂᆞᆫ 욕심과 ᄌᆡ보(財寶)ᄅᆞᆯ ᄉᆞ랑ᄒᆞᄂᆞᆫ 뜻이[68] 유치(幼齒)의 기러 날노 탐
심(貪心)과 욕홰(慾火) ᄌᆞ랄 ᄲᅳᆫ 아니라 의ᄉᆡ(意思) ᄆᆡ양 큰 곳의 잇고
평ᄉᆡᆼ(平生)을 놉흔 곳의 긔탁(寄託)고ᄌᆞ ᄒᆞ여 용인쇽ᄌᆞ(庸人俗子)[69]
의 ᄇᆡ쳬(配妻) 되기ᄅᆞᆯ 원치 아니ᄒᆞᄃᆡ 상ᄀᆔ 아ᄃᆡᆨ 동상(東床)을[70] 탁(擢)
ᄒᆞᄂᆞᆫ 일이 업ᄉᆞ므로 교랑이 오히려 녀ᄌᆞ의 념치로 이러타 져러타 말
을 못 ᄒᆞ나 댱상셰 월ᄋᆞᄅᆞᆯ 위ᄒᆞ여 동셔구친(東西求親)의 현낭을 갈희
미 십분소요(十分騷擾)ᄒᆞ믈 볼딘ᄃᆡ 그윽이 기부(其父)의 무신(無信)

---

66 ᄌᆞᆺ바라도: ᄌᆞᆺ볿다. 짓밟다.

67 블가ᄒᆞ믈: 규장각본에는 '블ᄒᆞ믈'로 되어 있음.

68 뜻이: 규장각본에는 '뜻'으로 되어 있음.

69 용인쇽ᄌᆞ(庸人俗子): 용인속자. 평범한 보통 사람.

70 동상(東床)을: 동상은 '동쪽 평상'이라는 뜻으로, '사위'를 이르는 말. 동쪽의 평상에 있던 왕희지로 진(晉)나라 극감이 사위를 삼았다는 데서 전함. 규장각본에는 '동싱을'로 되어 있음.

ᄒᆞ믈 한ᄒᆞ여 심니(心裏)의 혜오ᄃᆡ '셩완은 년긔 나의셔 두어 ᄒᆡ 못ᄒᆞ미 이시나 댱슉과 슉뫼 가랑(佳郞)을 ᄐᆡᆨᄒᆞᄂᆞᆫ ᄆᆞ옴이 일시(一時)로 방하(放下)치 못ᄒᆞ시거놀 우리 부친은 내 거의 도요(桃夭)의 시[71]롤 옮게 되여시ᄃᆡ ᄐᆡᆨ셔(擇壻)홀 ᄯᅳᆺ이 몽니(夢裏)의도 잇디 아냐 혹ᄌᆞ 구혼(求婚)ᄒᆞ리 이셔도 나히 어리므로ᄲᅧ 일ᄏᆞ라[72] 밀막기롤 구실 삼으니 그 엇딘 의ᄉᆡᆫ(意思)고? 가히 답답ᄒᆞ고 통분(痛憤)ᄒᆞᆫ 일이로다' ᄒᆞ여[73] 한ᄒᆞ믈 마디 아니ᄒᆞᄃᆡ 모친(母親) 범시 ᄯᅩᄒᆞᆫ 졍녈(貞烈)이 잇ᄂᆞᆫ 녀ᄌᆞᆫ 고로 져의 회포(懷抱)롤 고치[74] 못ᄒᆞ더니 신년(新年) 셰알(歲謁)[75]노 모친을 조ᄎᆞ 범부의 니ᄅᆞ니 범문 졔인(諸人)이 교랑의 ᄌᆡ용미딜(才容美質)을 ᄉᆞ랑ᄒᆞ여 여러 날 머므롤ᄉᆡ 화경 부마(駙馬) 범단의 일ᄌᆞ(一子) 경홰 시년(時年)이 이칠(二七)의 풍뫼(風貌) 미려(美麗)ᄒᆞ며 ᄌᆡ죄 민쳡(敏捷)ᄒᆞ여 남녀(男女) 다롤디언졍 셩졍긔딜(性情氣質)이 교랑으로 흡샤ᄒᆞᆫ디라. 뉴뉴상죵(類類相從)으로 믈이 믈을 ᄯᆞ로미 ᄌᆞ연디니(自然之理)니 경홰 교랑을 ᄃᆡᄒᆞᄆᆡ 친ᄆᆡ(親妹)의 더은 졍이 잇고 교랑이 경화롤 보ᄆᆡ 가형(家兄)의 ᄌᆞ별(自別)ᄒᆞ미 이셔 말을 발ᄒᆞᄆᆡ ᄆᆞ옴이 합ᄒᆞ며 ᄯᅳᆺ의 마ᄌᆞ미 되여 피ᄎᆞ 심담(心膽)을 거후롤ᄉᆡ 화경공쥬ᄂᆞᆫ 션덕황뎨(宣德皇帝) 계녀(季女)로 금황(今皇)의 ᄋᆡᄃᆡ(愛待)ᄒᆞᄂᆞᆫ ᄆᆡ뎨(妹弟)라. 남녀 간 다ᄅᆞᆫ 골육(骨肉)이 업시 다만 경화 일인(一人)을 두어

13면 14면

71 도요(桃夭)의 시: 혼인할 때를 뜻함. '도요'는《시경》〈국풍〉'도요'에 나옴.

72 일ᄏᆞ라: 규장각본에는 '일크라 밀'로 되어 있음.

73 일이로다 ᄒᆞ여: 규장각본에는 '일로 아라'로 되어 있음.

74 고치: 규장각본에는 '곳치지'로 되어 있음.

75 셰알(歲謁): 세알. 세배. 새해에 어른께 문안드리던 일.

ᄉᆡᆼ젼ᄉᆞ후(生前死後)의 태산디망(泰山之望)과 븍두디탁(北斗之托)이 이시므로 ᄐᆡᆨ부(擇婦)ᄒᆞᄂᆞᆫ ᄯᅳᆺ이 타인(他人)으로 더브러 만히 갓디 아냐 ᄉᆡᆨ광(色光)인ᄌᆞᆨ 임샤(妊姒)[76]·반소(班昭)[77]ᄅᆞᆯ 상우(尙友)ᄒᆞᆯ 숙녀현완(淑女賢婉)을 구ᄒᆞᄃᆡ ᄇᆡᆨ집ᄉᆞ(百執事)의 ᄒᆞᆫ 허믈도 업ᄉᆞᆫ[78] 고문명벌(高門名閥)을 ᄀᆞᆯ희ᄂᆞᆫ디라. 댱상셔 부군(父君)이 비록 궁박(窮迫)ᄒᆞ기ᄅᆞᆯ 면치 못ᄒᆞ여 초년(初年)의 경태부 구빈관의[79] 걸식(乞食)ᄒᆞ미 되여시나 댱가 문미(門楣)[80] 쇠폐(衰廢)치 아닌 바로 댱상셔의 밋쳐ᄂᆞᆫ 부귀(富貴) 혁연(赫然)ᄒᆞ니 기녀(其女)의 만고무비(萬古無比)ᄒᆞᆫ 풍ᄎᆡ긔딜(風采氣質)을 닉이 듯고 결승(結繩)의 호연(好緣)을 기리 희망ᄒᆞ다가 님왕이 뎨(帝)긔 쥬(奏)ᄒᆞ여 후궁으로 드리게 되믈 화경공쥬 맛촘 입궐(入闕)ᄒᆞᆫ ᄣᆡ므로 몬져 알고 나와 일심(一心)이[81] 앙앙(怏怏)ᄒᆞᆯ ᄲᅳᆫ 아니
15면 라 경해 댱소져의 셩화(聲華)[82]ᄅᆞᆯ 놉히 듯고 용약환희(踊躍歡喜)ᄒᆞ여 댱가 입막디빈(入幕之賓)[83]이 되기ᄅᆞᆯ 근심치 아니ᄒᆞ다가 일이 ᄯᅳᆺ ᄀᆞᆺ디[84] 못ᄒᆞ믈 만심통앙(滿心痛快)ᄒᆞ더니 금일(今日) 모친침뎐(母親寢

---

76 임샤(妊姒): 임사. 태임(太妊)과 태사(太姒). 주나라 문왕의 어머니인 태임과 문왕의 비이자 무왕의 어머니인 태사는 부덕이 뛰어난 인물로 알려짐.

77 반소(班昭): 후한 대의 문재가 뛰어났던 여성. 《한서(漢書)》를 지은 반고의 동생.

78 업ᄉᆞᆫ: 규장각본에는 '업'으로 되어 있음.

79 구빈관의: 규장각본에는 '인민관의'로 되어 있음.

80 문미(門楣): 가문.

81 일심(一心)이: 규장각본에는 '일신이'로 되어 있음.

82 셩화(聲華): 성화. 세상에 알려진 훌륭한 명성.

83 입막디빈(入幕之賓): 입막지빈. 가까운 관계를 가리키는 말인데, 여기서는 맥락상 '사위'를 의미함.

84 ᄀᆞᆺ디: 규장각본에는 '갓'으로 되어 있음.

殿)의셔 교랑으로 더브러 종용이 말솜하다가 쇼이문왈(笑而問曰) “종ᄆᆡ(從妹)의 ᄇᆡᆨᄌᆞ쳔딜(百姿千質)이 츌뉴특이(出類特異)ᄒᆞ여 됴후(趙后)의 표경(剽輕)ᄒᆞᆫ 톄(體)[85]와 양비(楊妃)[86]의 신듕(身重)ᄒᆞ믈 겸ᄒᆞ여 폐월슈화디ᄐᆡ(蔽月羞花之態)와 침어낙안디용(沈魚落雁之容)이 과연 인셰간(人世間)의 독보(獨步)ᄒᆞᆯ디라. 아디 못게라, 댱네부의 교옥은 종ᄆᆡ(從妹)로 비컨ᄃᆡ 그 엇더ᄒᆞ뇨?”

교랑의 간휼교활(奸譎狡猾)ᄒᆞᆫ 심술이 사ᄅᆞᆷ의 긔식 알기와 말ᄉᆞᆺ ᄭᆡ치기ᄂᆞᆫ 남달니 총오(聰悟)ᄒᆞᆯ 쓴 아니라 댱소져 셩완으로 하여곰 금누패궐(金樓陛闕)의 디존(至尊)을 겻디어[87] 삼뎐(三殿)[88] 젼툥(專寵)ᄒᆞᆯ 바ᄅᆞᆯ 블승(不勝) 아쳐ᄒᆞᄆᆡ 경화의 ᄆᆞ ᄋᆞᆷ을 요동(搖動)ᄒᆞ여 댱시로뼈 후궁(後宮)의 참예ᄒᆞ믈 엇게 못 ᄒᆞᄂᆞᆫ 듕(中) 져의 젼졍(前程)[89]을 디귀(至貴)키ᄅᆞᆯ 도모(圖謀)코져 ᄒᆞ여 짐ᄌᆞᆺ 댱쇼져의 쳔미ᄇᆡᆨ염(千美百艶)이 졀셰무빵(絶世無雙)이오 져와 비길딘ᄃᆡ 만만블급(萬萬不及)ᄒᆞ미 노쥬간(奴主間)이나 오히려 블가ᄒᆞ믈 일ᄏᆞ라 교혜능변(巧慧能辯)으로 댱쇼져의 셩ᄌᆞ난딜(盛姿蘭質)을 ᄀᆞᆺ초 칭찬ᄒᆞᄆᆡ 그 긔이ᄒᆞ고 탁이(卓異)ᄒᆞ믈 목젼(目前)의 ᄃᆡᄒᆞᆫ ᄃᆞᆺᄒᆞ니[90] 공쥬ᄂᆞᆫ 드ᄅᆞᆯᄉᆞ록 한ᄒᆞ여 왈

16면

85 됴후(趙后)의 표경(剽輕)ᄒᆞᆫ 톄(體): 한나라 성제의 황후 조비연의 날렵한 모습. 황제의 손 위에서 춤을 출 정도로 가벼웠다는 이야기가 전해짐.

86 양비(楊妃): 양귀비.

87 겻디어: 겻짓어. 동행하여.

88 삼뎐(三殿): 삼전. 왕대비전, 대전, 중궁전을 가리킴.

89 젼졍(前程): 전정. 앞날.

90 ᄃᆡᄒᆞᆫ ᄃᆞᆺᄒᆞ니: 규장각본에는 ‘ᄃᆡ흠 갓트니’로 되어 있음.

"아모리 긔특ᄒᆞ나 이졔 쥬진(朱陳)의 호연(好緣)[91]을 바랄 길히 업ᄉᆞ니 댱공의 결단 업ᄉᆞ며 우리 촉혼(促婚)ᄒᆞ믈 쐴니 못 ᄒᆞᆫ 탓시로다."

경화ᄂᆞᆫ 젼일 댱쇼져의 셩화(聲華)를 드러시나 이ᄃᆡ도록[92] ᄌᆞ셔히 드른 바ᄂᆞᆫ 업더니 오날놀 비로소 통만고(通萬古) 궁쳔ᄃᆡ(窮千代)의 다시 잇디 아니ᄒᆞ믈 셰셰히 드러오ᄆᆡ 능히[93] 죽기를 도라보디 못ᄒᆞᆯ디라. ᄒᆞᆫ 번 길게 숨 쉬고 두 번 하날을 우러러 암츅(暗祝)ᄒᆞ기를 마지 아니ᄒᆞ다가 모친(母親)의[94] 손을 븟들며 낙누왈(落淚曰)

"태태(太太)야, 쇼ᄌᆞ를 죽으라 ᄒᆞ시ᄂᆞ니잇가?"

17면 공쥐 뎡ᄉᆡᆨ왈(正色曰)

"엇디 이리 밋치게 구ᄂᆞ뇨? 어미 졍(情)으로 엇디 너를 죽으라 ᄒᆞᆯ 니이시리오?"

경홰 우왈(又曰)

"연즉 쇼ᄌᆞ의 원(願)을 조ᄎᆞ시리잇가?"

공쥐 왈

"원ᄒᆞᄂᆞᆫ ᄇᆡ 댱가 규슈(閨秀)즉 내 능히 도모(圖謀)치 못ᄒᆞᆯ노라."

경홰 왈

"모친이 스ᄉᆞ로 도모치 못ᄒᆞ시나 박ᄆᆡ로 더브러 긔모비계(奇謀秘計)를 힝ᄒᆞ여 댱시를 입궐치 못ᄒᆞ게 ᄒᆞ고 박ᄆᆡ의 셜부화뫼(雪膚花貌) 교

---

91 쥬진(朱陳)의 호연(好緣): 주씨 가문과 진씨 가문의 좋은 인연. 중국 서주(徐州)에서 주씨와 진씨가 대대로 혼인한 것에서 유래하는 것으로, 혼인을 뜻함.

92 이ᄃᆡ도록: 규장각본에는 '이ᄃᆡ 비록'으로 되어 있음.

93 능히: 규장각본에는 '능'으로 되어 있음.

94 모친(母親)의: 규장각본에는 '모친'으로 되어 있음.

연(較然)ᄒᆞ니 ᄒᆞᆫ번 입궐ᄒᆞᆯ딘ᄃᆡ 텬측(天側)의 승은(承恩)ᄒᆞ믄[95] 보디 아냐 알디라. 후궁을 ᄲᅢᆫ는 디셩(至誠)은 셩심(聖心)이 비록 댱시의게 유의ᄒᆞ여 계시나 다만 ᄒᆞᆫ 댱시만 드리디 못ᄒᆞ여 만셩(萬姓) ᄉᆞ문고별(士門高閥)의 규슈를 다 드리미 되오리니 ᄌᆞ위(慈闈) 그ᄯᅴ의 찬조(贊助)ᄒᆞ샤 박ᄆᆡ로ᄡᅧ 금누옥궐(金樓玉闕)의 만승(萬乘)을 겻ᄃᆡᆺᄂᆞᆫ 디귀(至貴)ᄒᆞ믈 누리게 ᄒᆞ실가 시브니잇가?"

공쥐 침음냥구(沈吟良久)의 왈

"박딜이 실노 귀격존톄(貴格尊體) 이셔 녜ᄉᆞ로이 고으며 빗날 ᄲᅮᆫ 아니니 용인쇽ᄌᆞ(庸人俗子)의 ᄇᆡ필(配匹)ᄒᆞ믄 만만블가(萬萬不可)ᄒᆞ거니와 텬연(天緣)이 뎡ᄒᆞᆫ 곳이 이시리니 내 비록 도모ᄒᆞ나 인뉸대관(人倫大關)의 다ᄃᆞ라 엇디 위력(威力)으로 ᄆᆞᄋᆞᆷ과 ᄀᆞᆺ기를 ᄇᆞ라리오? 아모커나 박딜노 더브러 댱시를 입궐치 못ᄒᆞ게 ᄒᆞᆯ 도리를 몬져 의논ᄒᆞ라. 내 드러 가부(可否)를 혜아리리라."

18면

경홰 몸을 도로혀 교랑을 향ᄒᆞ여 심심작ᄇᆡ(深深作拜) 왈

"관듕(管仲)의 지믈 가디미 이시나 포슉(鮑叔)의 ᄆᆞᄋᆞᆷ 알오미 붉고[96] ᄇᆡᆨ아(白牙)의 거믄고를 ᄌᆞ긔(子期) ᄒᆞᆫ 번 드러 디음(知音)ᄒᆞ미 붉으니[97] ᄌᆞ고로 디긔(知己)예 귀ᄒᆞ믄 동긔(同氣)의 디난디라. 경홰 비록 붉지 못ᄒᆞ나 현ᄆᆡ(賢妹)를 보건ᄃᆡ 별눈이 낭낭(朗朗)ᄒᆞ여 춍민(聰敏)이

95 승은(承恩)ᄒᆞ믄: 규장각본에는 '셩은ᄒᆞ믄'으로 되어 있음.

96 관듕(管仲)의 ~ 붉고: 관표지교(管鮑之交). 춘추시대 관중과 포숙아의 돈독한 우정을 뜻하는 것으로, 매우 친한 친구 사이를 가리킴. '관듕의'는 규장각본에는 '광즁의'로 되어 있음.

97 ᄇᆡᆨ아(白牙)의 ~ 붉으니: 춘추시대 거문고의 명인이던 백아의 연주를 종자기가 알아준 것에서 유래함. 진정한 친구 사이를 뜻함.

발양(發揚)ᄒᆞ고 긔상(氣像)이 능상ᄒᆞ여 모략(謀略)이 유츌(流出)ᄒᆞ며 옥셩(玉聲)을 ᄒᆞᆫ 번 드ᄅᆞ미 ᄌᆡ조롭고 찬연(燦然)ᄒᆞᆫ 긔운이 셰샹의 다시 잇디 아니ᄒᆞ믈 일일히 아ᄂᆞ니 남녀의 되(道) 다ᄅᆞ나 디긔(知己)의 ᄌᆞ별(自別)ᄒᆞ미야 엇디 관포와 유죵을 밋디 못ᄒᆞ리오? ᄒᆞ믈며 디친

19면 (至親)의 졍이 동포골육(同胞骨肉)이 아니믈 아디 못ᄒᆞᆫ 후ᄂᆞᆫ 셔로 심혈을 거훌너 은닉(隱匿)ᄒᆞᆯ 일이 업슬디라. 내 임의[98] 졀츌(絶出)ᄒᆞᆫ 식염(色艶)과 특이ᄒᆞᆫ 셩ᄒᆡᆼ(性行)을 드ᄅᆞ미 ᄉᆞᄉᆡᆼ(死生)을 긔약ᄒᆞ여 취ᄒᆞᆯ ᄯᅳᆺ이 잇ᄂᆞ니 현ᄆᆡ(賢妹) 디친(至親)의 졍으로ᄡᅧ 져를 일시 히ᄒᆞ믈 ᄎᆞ마 못 ᄒᆞ나 이 ᄀᆞᆺᄐᆞ여 져의 젼졍(前程)을 희디으미[99] 아니니 현ᄆᆡ 아닌즉 ᄎᆞᄉᆞ(此事)를 도모치 못ᄒᆞᆯ디라. 이 비록 뎡되(正道) 아니나 이러ᄐᆞᆺ 아닌 후ᄂᆞᆫ 당시로ᄡᅧ 우형(愚兄)의 긔믈(己物)을 삼디 못ᄒᆞᆯ디니 남녀의 념치(廉恥) 슈습(收拾)ᄒᆞ며 아니므로 잠간 달나 일ᄉᆡᆼ을 길션(吉善)코ᄌᆞ ᄒᆞ고 졍욕(情慾)의 동ᄒᆞ미야 어나 다ᄅᆞ리오? 녕대인(令大人)[100]이 심히 소탈ᄒᆞ시고 슉뫼 무심ᄒᆞ샤 현ᄆᆡ의 ᄌᆡ용미딜(才容美質)을 ᄉᆞ랑치 아니시미[101] 아니로ᄃᆡ 동상(東床)을 ᄐᆡᆨᄒᆞ시미 현ᄆᆡ로 상젹(相敵)ᄒᆞᆫ 가랑(佳郎)을 듯보디 아니샤 녜ᄉᆞ 문미(門楣)의 약간 표치(標致)이시면 필연(必然) 셩친(成親)코ᄌᆞ ᄒᆞ시리니 ᄒᆞᆫ번 젹승(赤繩)[102]을 그릇

20면 ᄆᆡ존즉 현ᄆᆡ의 긔딜(氣質)을 져바리미 봉황(鳳凰)으로ᄡᅧ 야계(野鷄)

---

98 임의: 규장각본에는 '임'으로 되어 있음.

99 희디으미: 희짓다. 막는다는 뜻.

100 녕대인(令大人): 영대인. 타인의 아버지를 높여 부르는 말.

101 아니시미: 규장각본에는 '아니ᄒᆞ시미'로 되어 있음.

102 젹승(赤繩): 적승. 인연을 연결해 주는 끈으로, 부부의 인연을 가리킴.

ᄅᆞᆯ 겻딧고 쥬옥(珠玉)으로뼈 와셕(瓦石)을 ᄃᆡᄒᆞᆷ[103] ᄀᆞᆺᄐᆞ리니 가히 평ᄉᆡᆼ
의 무광(無光)ᄒᆞ미 한[104] 되디 아니ᄒᆞ랴? 경화로뼈 댱시의 인연을 열딘
ᄃᆡ 경홰 당당이 현ᄆᆡ의 만니젼졍(萬里前程)을 디귀대길(至貴大吉)토
록 도모ᄒᆞ여 쇽ᄌᆞ(俗者)의 ᄇᆡ쳬(配妻) 되ᄂᆞᆫ 욕되미 업게 ᄒᆞ리라."

교랑이 긔이ᄇᆡ샤(起而拜謝)ᄒᆞ나 쳐음은 규슈의 념치로 경화의 말
을[105] 능히 ᄃᆡ치 못ᄒᆞᄂᆞᆫ 쳬ᄒᆞ더니 경홰 ᄌᆡ삼 간쳥ᄒᆞᆯ ᄲᆞᆫ 아냐 공쥐 ᄯᅩᄒᆞᆫ
ᄐᆡᆨ부(擇婦)ᄒᆞᄂᆞᆫ 의ᄉᆡ(意思) 궁극(窮極)ᄒᆞ므로 경화의 획계(劃計)ᄒᆞ믈
ᄉᆞ디뎌 능히 믈니치디 못ᄒᆞ고 도로혀 교랑을 다ᄅᆡ며 ᄋᆡ걸왈(哀乞曰)
"일이 되도록 ᄒᆞᆯ딘ᄃᆡ ᄆᆡᆼ셰코 현뎔노뼈 옥누패궐(玉樓貝闕)의 디존
(至尊)을 겻디어 늉늉(融融)ᄒᆞᆫ 부귀ᄅᆞᆯ 누리게 ᄒᆞ리라."

ᄒᆞ니 교랑이 평ᄉᆡᆼ의 흠모ᄒᆞᄂᆞᆫ 거시 궁금부귀(宮禁富貴)라. 블감쳥(不
敢請)이언정 고소원애(固所願也)[106]니 경화의 니ᄅᆞᆫ 바ᄅᆞᆯ 조ᄎᆞ 져의 젼
졍을 디귀(至貴)ᄒᆞᆫᄃᆡ[107] 닐위고 댱시로뼈 경화의 ᄇᆡ우(配偶)ᄅᆞᆯ 삼ᄂᆞᆫ 거 21면
시 ᄉᆞᄉᆡ(事事) 편(便)ᄒᆞ믈 퍽[108] 무던이 넉일 ᄲᆞᆫ 아니라 평ᄉᆡᆼ 간흉교활
(奸凶狡猾)ᄒᆞᆫ 심경이[109] 승긔ᄌᆞ(勝己者)ᄅᆞᆯ 념(厭)ᄒᆞ미 원슈 ᄀᆞᆺᄐᆞ므로
뼈 댱쇼져의 셩덕문딜(盛德文質)이 고셰(高世)ᄒᆞᆫ 군ᄌᆞ(君子)도 경이

103 겻딧고 쥬옥(珠玉)으로뼈 와셕(瓦石)을 ᄃᆡᄒᆞᆷ: 규장각본에는 '겟딧고 쥬옥으로 와셕을 ᄒᆞᆷ'으로 되어 있음.

104 한: 규장각본에는 '한 되'로 되어 있음.

105 말을: 규장각본에는 '말'로 되어 있음.

106 블감쳥(不敢請)이언정 고소원애(固所願也): 감히 청하지는 못하나 원하던 것임을 이르는 말.

107 디귀(至貴)ᄒᆞᆫᄃᆡ: 규장각본에는 '지ᄒᆞᆫᄃᆡ'로 되어 있음.

108 퍽: 규장각본에는 '더욱'으로 되어 있음.

109 심경이: 규장각본에는 '심이경이'로 되어 있음.

(輕易)히[110] 비길 지 업ᄉᆞ니 더옥 녀ᄌᆞ의 무리의 엇디 그 곳ᄐᆞ니 이시리오? 져의 교용미딜(嬌容美質)이 작작쇄려(灼灼灑麗)ᄒᆞ믈 깁히 ᄌᆞ부(自負)ᄒᆞ다가도 댱쇼져의게 비ᄒᆞᆯ딘ᄃᆡ 낫고 더러워 시비뉴(侍婢類)의도 튱슈(充數)치 못ᄒᆞᆯ 바ᄅᆞᆯ ᄀᆞ읍이 한ᄒᆞ여 댱치 아닌 복통(腹痛)이 니러나ᄆᆡ ᄆᆡ양 남모로게[111] ᄒᆡ(害)코ᄌᆞ 의ᄉᆡ(意思) 이시ᄃᆡ 더브러 동모(同謀)ᄒᆞᆯ 사ᄅᆞᆷ이 업고 댱공과 슉모의 져ᄅᆞᆯ 과ᄋᆡ(過愛)ᄒᆞᄂᆞᆫ 은혜ᄅᆞᆯ 밧고 도로혀 기녀(其女)ᄅᆞᆯ ᄒᆡᄒᆞ믄 텬앙(天殃)이 두리오므로[112] 간독(奸毒)ᄒᆞᆫ ᄆᆞᄋᆞᆷ을 주리 잡ᄂᆞᆫ ᄇᆡ 만터니 공쥬 모ᄌᆞ의 쳔만(千萬) 다리ᄂᆞᆫ 말이 금셕(金石)을 녹일 ᄃᆺᄒᆞ므로 술연이[113] ᄃᆡ왈(對曰)

"댱가 죵뎨(從弟)로뼈 거거(哥哥)의 ᄇᆡ우(配偶)ᄅᆞᆯ 삼으미 피ᄎᆞ의 문미(門楣)[114] 겸손ᄒᆞ미 업ᄉᆞ며 범간(凡間) 형셰 편호ᄒᆞᆯ ᄇᆡ어ᄂᆞᆯ 의외의 님왕의 작희(作戱)ᄒᆞ미 되여시니 과연 계교ᄅᆞᆯ 쓰디 아닌즉 댱시로뼈 거거(哥哥)의 긔믈(己物)을 삼으미 어렵거니와 쇼딜(小姪)이 십여 셰 유튱약녜(幼沖弱女)라. 셰ᄉᆞ(世事)ᄅᆞᆯ 알 거시[115] 업ᄉᆞᆸ고 우암미렬(愚暗微劣)ᄒᆞ오미 디분(脂粉)의 홍ᄇᆡᆨ(紅白)도 ᄎᆡ 분변치 못ᄒᆞᄋᆞᆸ거ᄂᆞᆯ ᄆᆞᄉᆞᆷ 디략(智略)으로 대ᄉᆞ(大事)ᄅᆞᆯ 도모ᄒᆞ리잇고? 다만 옥쥬슉모(玉主叔母)와 거게 됴흔 계교ᄅᆞᆯ ᄀᆞᄅᆞ치시면 쇼딜이 졍을 갈(竭)ᄒᆞ여 쥰ᄒᆡᆼ(遵行)

22면

---

110 경이(輕易)히: 규장각본에는 '경히'로 되어 있음.
111 남모로게: 규장각본에는 '남으로게'로 되어 있음.
112 두리오므로: 두리다. 두려워하다.
113 술연이: 문맥상 '대번에', '곧바로'로 보임.
114 문미(門楣): 가문.
115 셰ᄉᆞ(世事)ᄅᆞᆯ 알 거시: 규장각본에는 '셰를 아ᄂᆞᆫ 거시'로 되어 있음.

ᄒᆞ오려니와 일이 심히 브졍암샤(不淨暗邪)ᄒᆞ며[116] 궤휼간교(詭譎奸巧)ᄒᆞ여 ᄉᆞ문녀ᄌᆞ(士門女子)의 ᄎᆞ마 힝치[117] 못ᄒᆞᆯ 빈ᄌᆞᆨ 쇼딜이 비록 표형(表兄)을 위ᄒᆞᆫ 졍이 디극(至極)ᄒᆞ나 스ᄉᆞ로 힝실(行實)을 니져ᄇᆞ리디 못ᄒᆞ오리니 슉모와 표형은 힝계(行計)ᄒᆞ실 바ᄅᆞᆯ 잠간 니ᄅᆞ쇼셔."

공쥬와 경홰 좌(座)ᄅᆞᆯ 나와 교랑의 겻틔 안ᄌᆞ며 머리ᄅᆞᆯ 맛초고 귀ᄅᆞᆯ 기우려 계교ᄅᆞᆯ 그을ᄉᆡ ᄒᆞᆫ 사ᄅᆞᆷ이 두 사ᄅᆞᆷ의 응ᄒᆞ고 ᄒᆞᆫ ᄆᆞ옴이 셰 ᄆᆞ옴의 23면
발ᄒᆞ여 ᄌᆞ라의 소ᄅᆡᄅᆞᆯ 거북이 응ᄒᆞ며[118] 소로개 브ᄅᆞᄆᆡ 옷밤이[119] ᄃᆡ답ᄒᆞᆫ ᄃᆞᆺ 흉모간계(凶謀奸計) 셔로 합ᄒᆞ여 ᄆᆞ옴의 어긋나미 업ᄉᆞ나 교랑이 거ᄌᆞᆺ 규녀의 단아ᄒᆞ믈 슝상ᄒᆞᄂᆞᆫ 쳬ᄒᆞ여 우ᄉᆡᆨ(憂色)을 디어 ᄀᆞᆯ오ᄃᆡ

"슉모의 거거(哥哥)ᄅᆞᆯ ᄀᆞᄅᆞ치시ᄂᆞᆫ ᄇᆡ 어려온 거시 아니로ᄃᆡ 실노 속이며 긔(欺)이디 못ᄒᆞᆯ 거ᄉᆞᆫ 텬신(天神)이라. 쇼딜(小姪)이 규녀의 단졍침일(端正沈逸)ᄒᆞ믈 ᄇᆞ리고 음샤간계(淫邪奸計)로뼈 스ᄉᆞ로 브졍암샤ᄒᆞᄆᆡ 나아가미 참괴뉵니(慙愧忸怩)[120]ᄒᆞ니 본심이 당ᄆᆡᄅᆞᆯ ᄒᆡ코ᄌᆞ ᄒᆞ믄 아니언마ᄂᆞᆫ 일시 경참ᄒᆞ믄 그윽이 믜워 ᄒᆡᄒᆞ미나 다ᄅᆞ디 아니ᄒᆞ니 텬신(天神)이 쇼딜의 간휼(奸譎)ᄒᆞ믈 외오[121] 넉여 벌ᄒᆞ실딘ᄃᆡ 쇼딜이 공연ᄒᆞᆫ 가온ᄃᆡ 앙홰(殃禍) 두립디 아니ᄒᆞ니잇가?"

공쥐 쇼왈(笑曰)

---

116 심히 브졍암샤(不淨暗邪)ᄒᆞ며: 규장각본에는 '심 부져암ᄉᆞᄒᆞ며'로 되어 있음.

117 힝치: 규장각본에는 '치'로 되어 있음.

118 응ᄒᆞ며: 규장각본에는 '응ᄒᆞᄒᆞ며'로 되어 있음.

119 옷밤: 올빼미.

120 참괴뉵니(慙愧忸怩): 참괴육니. 부끄럽고 창피함.

121 외오: 그릇. 잘못.

“현딜(賢姪)의 말이 심히 일편되도다. 텬여신(天與神)이 사ᄅᆞᆷ의 ᄆᆞᄋᆞᆷ
을 알ᄉᆞ록 현딜의 당시ᄅᆞᆯ ᄒᆡ코ᄌᆞ 아니ᄆᆡᆫ 줄 ᄇᆞᆰ히 ᄉᆞᆯ피시리니 그러ᄐᆞᆺ
24면 계교ᄅᆞᆯ 일워 내 ᄋᆞᄒᆡ 당가의 셔랑(壻郞)[122]이 될딘ᄃᆡ 비록 당시의 긔특
ᄒᆞ믈 밋디 못ᄒᆞ나 사ᄅᆞᆷ의 젼졍(前程)을 ᄆᆡ몰(埋沒)케 아닐마ᄂᆞᆫ ᄒᆞ니
당시 평ᄉᆡᆼ이 욕되든 아닐디라. 현딜(賢姪)이 굿ᄐᆞ여 ᄒᆡᄒᆞ미 아니오
쥬딘(朱陳)의 호연(好緣)을 일우도록 ᄒᆞᆯ ᄲᅳᆫ이니 일이 잠간 브졍(不正)
ᄒᆞ나 엇디 텬신(天神)의 앙화(殃禍)ᄅᆞᆯ 바드미 되리오? 쳥컨ᄃᆡ 괴이ᄒᆞᆫ
념녀ᄅᆞᆯ 두디 말고 힘ᄡᅳ며 힘ᄡᅧ 우리 모ᄌᆞ의 현딜 밋ᄂᆞᆫ ᄠᅳᆺ을 져바리디
아닐딘ᄃᆡ 우슉(愚叔)과 경홰 현딜의 대덕(大德)을 감심명골(感心銘
骨)ᄒᆞ여 온가지로 도모ᄒᆞᆯ디라도 현딜의 젼졍을 존귀토록 ᄒᆞ리니 텬
뎡(天定)이 승인(勝人)이나 인듕(人重)이 역승텬(亦勝天)이라. 범간
(凡間) ᄇᆡᆨᄉᆡ(百事) 엇디 인녁(人力)으로 되ᄂᆞᆫ 거신들 업ᄉᆞ리오[123]?”
경홰 말을 니어 간쳥ᄒᆞ며 빌기ᄅᆞᆯ 마디 아니ᄒᆞ고 크게 ᄆᆡᆼ셰ᄅᆞᆯ 두어 당
시로 ᄒᆞ여곰 져의 가인(家人)을 삼을딘ᄃᆡ 져도 교랑의 평ᄉᆡᆼ을 존귀
25면 키로 도ᄒᆞ여 맛ᄎᆞᆷᄂᆡ 져바리미 업ᄉᆞ렷노라 ᄒᆞ니 교랑이 디리히[124] 빗 ᄉᆡ
오미 가치 아냐 비로소 머리 조으며 셔로 규규(糾糾)히 회계ᄒᆞ믈 다
ᄒᆞᄆᆡ 교랑의 유모ᄂᆞᆫ 본ᄃᆡ 범가 비ᄌᆞ(婢子)로 경화의 유모와 동ᄉᆡᆼ(同
生)이라. ᄆᆡ양 경셩이 깁허 경화의 유모 ᄒᆡ연은 교랑을 져의 쇼져갓치
ᄉᆞ랑ᄒᆞ고 교랑의 유모 ᄒᆡ월은 경화ᄅᆞᆯ 졔 기ᄅᆞᆫ 공ᄌᆞᄀᆞᆺ치 밧드러 범연

---

122 셔랑(壻郞): 서랑. 남의 사위를 칭하는 말.

123 업ᄉᆞ리오: 규장각본에는 ‘업스ᄉᆞ리오’로 되어 있음.

124 디리히: 지리히. 지루하게. 규장각본에는 ‘지허’로 되어 있음.

훈 비복(婢僕)과 다ᄅᆞ미 이시므로 공쥬와 경홰 희월을 블너 이 계교ᄅᆞᆯ 알게 ᄒᆞ며 황금 일 정(錠)을 주어 왈

"텬하ᄉᆡ(天下事) 다 금이 만흐면 일이 쉽ᄉᆞ리 되ᄂᆞ니 댱가 일개 유녀(幼女)로ᄲᅧ 내 집의 닐위미[125] 므엇시 어려워 ᄉᆞᄉᆞ로이 계교ᄅᆞᆯ ᄡᅳ리오마ᄂᆞᆫ 열업ᄉᆞᆫ 님왕이 여ᄎᆞ여ᄎᆞᄒᆞ미 이시니 엇디 이ᄃᆞᆲ디 아니ᄒᆞ리오? 황샹(皇上)이 크게 흔흡(忻洽)ᄒᆞ샤 긔강의 ᄉᆡ로 딘뉴샤ᄅᆞᆯ 보ᄂᆡ시고 댱공을 브ᄅᆞ시니 댱공이 도라와 블구(不久)의 후궁 ᄲᅢᄂᆞᆫ 명이 ᄂᆞ릴 거시오 댱시 ᄒᆞᆫ번 입궐ᄒᆞᆫ죽 텬안(天顔)이 황혹대열(怳惑大悅)ᄒᆞ샤[126] 도라보ᄂᆡ시미 되디 아니리니 일이 여ᄎᆞᄒᆞᆫ 후ᄂᆞᆫ 댱시ᄅᆞᆯ ᄇᆞ랄 거시 업ᄉᆞᆯ디라. 급급(急急)히 ᄒᆡᆼ계(行計)ᄒᆞ여 댱공이 도라오ᄂᆞᆫ 날이라도 그 ᄯᆞᆯ을 궐졍(闕庭)의 드리디 못ᄒᆞ게 ᄒᆞᆯ디라. ᄎᆞ믈(此物)이[127] 약쇼ᄒᆞ나 몬져 ᄒᆡᆼ계ᄒᆞᄂᆞᆫ 바의 인졍(人情)[128]을 ᄡᅳ면 미조ᄎᆞ[129] ᄇᆡᆨ만금이라도 앗기디 아니ᄒᆞ리라." 26면

ᄒᆞ고 교랑다려 왈

"현딜(賢姪)이 이리로셔 바로 댱아로 나아가리니 희연을 다려가 댱쇼져ᄅᆞᆯ 잠간 구경케 ᄒᆞ고 범ᄉᆞᄅᆞᆯ 도모ᄒᆞᄂᆞᆫ 곳의 동심합녁(同心合力)ᄒᆞ여 우익(羽翼)을 삼으라."

ᄒᆞ며 희연을 명ᄒᆞ여 박쇼져ᄅᆞᆯ 조ᄎᆞ가라 ᄒᆞ니 희월은 댱쇼져로 ᄒᆞ여

---

125 닐위미: 닐위다. 이루다, 일으키다.

126 황혹대열(怳惑大悅)ᄒᆞ샤: 규장각본에는 '황혹ᄂᆡ열ᄒᆞ샤'로 되어 있음.

127 ᄎᆞ믈(此物)이: 규장각본에는 'ᄎᆞ믈이 비록'으로 되어 있음.

128 인졍(人情): 뇌물.

129 미조ᄎᆞ: 미조초. 뒤이어, 곧이어.

곰 범가의 쇽현(續絃)ᄒᆞ믈 깃븐 일노 알 ᄲᅳᆫ 아니라 공쥐 도모ᄒᆞ여 쇼져ᄅᆞᆯ 금누옥궐(金縷玉闕)의 드리고ᄌᆞ ᄒᆞ믈 흔심ᄎᆞ열(欣心且悅)ᄒᆞ여 죽을힘을 다ᄒᆞ려 ᄒᆞ고 ᄒᆡ연은 댱쇼져의 ᄀᆡ이ᄒᆞ믈 잠간 드러시므로 브
27면 ᄃᆡ 닐위여 져의 공ᄌᆞ(公子) 가상의 두고ᄌᆞ ᄒᆞ니 ᄯᅩᄒᆞᆫ 슈고로오며 난안(赧顔)ᄒᆞᆫ 거ᄉᆞᆯ 피ᄒᆞᆯ ᄯᅳᆺ이 업ᄂᆞᆫ디라. ᄒᆞᆫ 무리 브졍간힐(不正奸黠)ᄒᆞᆫ 뉘 댱쇼져의 ᄋᆡᆨᄒᆞᆫ ᄊᆡᄅᆞᆯ 인ᄒᆞ여 요괴로온 ᄌᆞ최로뼈 댱부의[130] 굴혈(窟穴)을 삼아 빈빈(頻頻)히 모히ᄃᆡ 박시 쳔쳔만만(千千萬萬) 몽상디간(夢想之間)의도 ᄭᆡ닷디 못ᄒᆞ고 만금 일교(一嬌)ᄅᆞᆯ 함디ᄀᆡᆼ참(陷地坑塹)ᄒᆞᄂᆞᆫ 원슈ᄅᆞᆯ 반기ᄂᆞᆫ 낫과 깃븐 ᄉᆞ식으로 머믈워 친녀딜녀(親女姪女)ᄅᆞᆯ 간격디 아니ᄒᆞ며 ᄒᆡ월 등을 ᄉᆞ랑ᄒᆞᄂᆞᆫ 졍이 셔뎨(庶弟)ᄀᆞᆺ치 ᄒᆞ다가 므ᄉᆞᆷ 봉변을 비로ᄉᆞᆫ고? 시시(時時)의 박교랑이 공쥬 모ᄌᆞ의 흉모간계ᄅᆞᆯ 난망이 샹냥(商量)ᄒᆞ여 의논을 뎡ᄒᆞ고 ᄒᆡ월 등으로 더브러 댱부로 도라오니 박시 형상 업시 반기미 십 년 니별을 단취(團聚)ᄒᆞᆷ[131] ᄀᆞᆺᄐᆞ며 댱공이 ᄀᆡ강으로셔 도라오ᄂᆞᆫ 션문(先文)[132]이 니ᄅᆞ러시므로 합문(闔門)이 딘동ᄒᆞ여 쥬찬(酒饌)을 ᄃᆡ후ᄒᆞ고 인인(人人)이 영ᄃᆡ(迎
28면 待)ᄒᆞ여 문을 비겨[133] ᄒᆡᆼ거(行車)ᄅᆞᆯ 현망(懸望)ᄒᆞ미 박시로브터 미말ᄎᆞ환(微末叉鬟)의 니ᄅᆞ히 일졔(一體) ᄃᆞᆺᄒᆞ니 그 므ᄉᆞᆷ 모양이 이시리오? 기듕 난향이라 ᄒᆞᄂᆞᆫ 양낭(孃娘)[134]은 잠간 나히 만흔디라 박시 등을 어

---

130 댱부의: 규장각본에는 '댱부'로 되어 있음.

131 단취(團聚): 단취. 가족이나 친한 이들이 한데 모임.

132 션문(先文): 선문. 지방 출장을 간 중앙 관리의 도착 일정을 미리 알려주던 공문.

133 비겨: 규장각본에는 '비계'로 되어 있음.

134 양낭(孃娘)은: 규장각본에는 '양은'으로 되어 있음.

로만져 흔하왈(欣賀曰)

“노얘(老爺) 쳐음의 긔강으로 향ᄒᆞ실 ᄯᆡ의 슈히 환경(還京)ᄒᆞ시믈 뎡치 못ᄒᆞ샤 갓가와도 슈삼 년이 될가 ᄒᆞ엿더니 비록 그 ᄉᆞ이 ᄒᆡᄅᆞᆯ 밧고 와시나 뉘 삼ᄉᆞ 삭 만의 도라오실 줄 뜻ᄒᆞ여시리잇고? 부인의 둣터오신 복이[135] 창ᄒᆡ월(滄海月)과 녕두운(嶺頭雲)이 되고ᄌᆞ ᄒᆞᆯ ᄇᆡ 업시 노얘 슈히 도라오시니 산호댱니(珊瑚帳裡)의 홍딘만(紅塵滿)이오 경요계하(瓊褥階下)의 벽태ᄉᆡᆼ(碧苔生)[136]ᄒᆞ미 업ᄉᆞ온디라. 유복(有福)도 그디업고 인연도 측냥[137]업도소이다.”

ᄒᆞ거ᄂᆞᆯ 년쇼비ᄌᆞ(年少婢子) 등이 안ᄉᆡᆨ을 디어 ‘이거시 다 우리 부인[138] 덕이시고 우리 녀군(女君) 복이시라.’ ᄒᆞ여 하셩(賀聲)이[139] 십분요요(十分擾擾)ᄒᆞᄃᆡ 박시 그 버ᄅᆞᆺ업ᄉᆞ믈 아디 못ᄒᆞ고 흔연ᄌᆞ부(欣然自負)ᄒᆞ니 화경궁으로조ᄎᆞ 온 ᄒᆡ연은 샹하존비(上下尊婢)의 엄졀ᄒᆞ믈 닉이 보며 힝ᄒᆞ미 박시의 모양 업ᄉᆞᆫ 거동을 보고 ᄀᆞ장 한심이 넉여 ᄒᆡ월다려 왈 29면

“내 이의 온 디 슈일의 아딕 댱쇼져ᄅᆞᆯ 구경치 못ᄒᆞ엿거니와 져 부인의 쇽업ᄉᆞᆫ 거동이 고은 비단의 분즙(糞汁)을 ᄲᆞᆷ ᄀᆞᆺᄐᆞ여 의용긔딜(儀容氣質)을 ᄲᆡ혀나다 ᄒᆞ려니와 춍비어하(寵婢御下)ᄒᆞᄂᆞᆫ 모양이[140] 어린 ᄋᆞᄒᆡ

135 둣터오신 복이: 규장각본에는 ‘두터오신’으로 되어 있음.
136 벽태ᄉᆡᆼ(碧苔生): 규장각본에는 ‘벽터ᄉᆡᆼ’으로 되어 있음.
137 측냥: 규장각본에는 ‘칭’으로 되어 있음.
138 부인: 규장각본에는 ‘분인’으로 되어 있음.
139 하셩(賀聲)이: 규장각본에는 ‘화셩이’로 되어 있음.
140 모양이: 규장각본에는 ‘모양’으로 되어 있음.

만도 못ᄒᆞ니 그 쇼제 부인을 달마실딘ᄃᆡ 고음도 쁠ᄃᆡ업ᄉᆞ리니 내 괴로이 잇디 말고 도라가고ᄌᆞ ᄒᆞ노라.”

ᄒᆡ월이 쇼왈(笑曰)

“형은 과연 참을셩 업ᄂᆞᆫ 픔딜(品質)이랏다. 박부인은 비록 져러ᄐᆞᆺ 상업ᄉᆞ나 댱쇼져ᄂᆞᆫ 쳔고 이ᄅᆡ의 다시 잇디 아닌 용ᄐᆡ긔딜(容態氣質)과[141] 셩ᄒᆡᆼᄉᆞ덕(性行四德)이니 형은 잠간 머므러 ᄒᆞᆫ번 구경ᄒᆞ라. 우리 쇼져의 풍식ᄌᆞ딜(風色資質)노ᄂᆞᆫ 댱쇼져긔 비겨 한화야초(寒花野草) ᄀᆞᆺᄐᆞ여 더러워 뵈ᄂᆞ니라.”

ᄒᆡ연이 역쇼왈(亦笑曰)

30면 “셩화ᄂᆞᆫ 놉고 딘짓 사ᄅᆞᆷ은[142] 아모란 줄 모로니 ᄆᆞᄋᆞᆷ의 답답ᄒᆞᆯ 쁜 아니라 원간[143] 일긔(日氣) 쵹한(觸寒)ᄒᆞ여 블평ᄒᆞ미 대단ᄒᆞᆫ 증휘(症候) 아닐 ᄃᆞᆺᄒᆞᄃᆡ 머리ᄅᆞᆯ ᄂᆡ왓ᄂᆞᆫ 일이 업ᄉᆞ니 심히 괴이ᄒᆞᆫ[144] 인믈이로다.”

이러ᄐᆞᆺ 닐너 심니(心裏)의 굼거워ᄒᆞ믈[145] 마디 아니ᄒᆞ더라. 이윽고 댱공이 도라오ᄃᆡ 쇼제 나와 맛디 아니ᄒᆞ므로 공이 친히 녀ᄋᆞ의 침소의 나아가 볼ᄉᆡ ᄒᆡ연이 ᄒᆡ월노 더브러 그윽ᄒᆞᆫ 곳의셔 응셜각을 쳠망(瞻望)ᄒᆞ여 쇼제 계졍(階庭)[146]의 나려 부친을 마ᄌᆞ믈 얼프시 구경ᄒᆞᄆᆡ 도로혀 졍신과 의ᄉᆡ 여취여광(如醉如狂)ᄒᆞ여 아모라타 니ᄅᆞᆯ 줄 아디 못ᄒᆞ

---

141 용ᄐᆡ긔딜(容態氣質)과: 규장각본에는 ‘용ᄐᆡ긔질이며’로 되어 있음.

142 사ᄅᆞᆷ은: 규장각본에는 ‘사ᄅᆞᆷ’으로 되어 있음.

143 원간: 워낙.

144 괴이ᄒᆞᆫ: 규장각본에는 ‘고이ᄒᆞᆫ’으로 되어 있음.

145 굼거워ᄒᆞ믈: 굼겁다. 궁금하다.

146 계졍(階庭): 계정. 층계 앞의 뜰.

고[147] 다만 ᄀᆞᆯ오ᄃᆡ

“졔 딘실노 사ᄅᆞᆷ일딘ᄃᆡ 과연 텬샹인간(天上人間)의 궁ᄉᆡᆨ(窮索)ᄒᆞ나 방블(髣髴)ᄒᆞ니 업ᄉᆞᆯ 거시오. 고금이ᄅᆡ(古今以來)의 산계(算計)ᄒᆞ여도 의희(依稀)ᄒᆞᆫ ᄌᆡ 업ᄉᆞ니 왕뫼(王母)[148] ᄌᆞ봉(紫峰)의 숨으며 항ᄋᆡ(姮娥) 계궁(桂宮)의 ᄇᆡ회(徘徊)ᄒᆞ믄[149] 이의 ᄌᆞᆨ히 더을 ᄇᆡ 업거니와 내 ᄯᅳᆺ의ᄂᆞᆫ 혈육디신(血肉之身)인즉 아마도 져 ᄀᆞᆺ디 못ᄒᆞᆯ노라.” 31면

ᄒᆡ월이 함쇼왈(含笑曰)

“형이 이졔야 댱쇼져의 특츌긔이(特出奇異)ᄒᆞ믈 알 거냐? 딘실노 져러치 아니면 뉘 공ᄌᆞ의 ᄇᆡ우(配偶)를 삼고ᄌᆞ ᄒᆞ리오? 형은 이졔 궁의 도라가 공쥬와 공ᄌᆞ긔 댱쇼져의 츌인특이(出人特異)ᄒᆞ믈 쥬(奏)ᄒᆞ고 밧비 ᄒᆡᆼ계(行計)ᄒᆞ시믈 알외라.”

ᄒᆡ연이 즉시 보보(步步) 급급(急急)히 화경궁의 도라와 옥쥬(玉主)와 공ᄌᆞ긔 쇼져를 얼프시 본 바를 고ᄒᆞᆯᄉᆡ 닙이 마ᄅᆞ며 혜 결을 업셔 능히 다 형상치 못ᄒᆞ니 삼촌셜(三寸舌)을 가ᄇᆡ야이 나붓기며 여ᄅᆞᆫ 부리를 ᄲᅧᆯ니 놀니고 손바닥을 경망(輕妄)이 두다리며 고개를 쳘업시 갸웃거려 니로[150] 측냥치 못ᄒᆞᆯ디라. 원간 ᄒᆡ연의 안견(眼見)이 일편도이[151] 고상ᄒᆞ여 아모 졀ᄉᆡᆨ미염(絶色美艶)이라도 긔특다 ᄒᆞ믈 두 번 일ᄏᆞᄅᆞ미 업

147 줄 아디 못ᄒᆞ고: 규장각본에는 ‘아지 못고’로 되어 있음.

148 왕뫼(王母): 왕모. 서왕모. 곤륜산에 산다는 여신.

149 항ᄋᆡ(姮娥) 계궁(桂宮)의 ᄇᆡ회(徘徊)ᄒᆞ믄: 계궁은 달 속의 궁전으로, 항아는 그곳에 사는 여신임.

150 니로: 규장각본에는 ‘니른’으로 되어 있음.

151 일편도이: 규장각본에는 ‘일연도’로 되어 있음.

던 바로 댱쇼져ᄅᆞᆯ 친견(親見)ᄒᆞᄆᆡ 다ᄃᆞ라ᄂᆞᆫ 능히 칭션(稱善)ᄒᆞ믈 형 32면 용치 못ᄒᆞ니 공ᄌᆡ 모ᄌᆡ 목젼(目前)의 ᄃᆡᄒᆞᆫ[152] ᄃᆞᆺ ᄯᅩᄒᆞᆫ 긔이코 아ᄅᆞᆷ다오믈 니긔디 못ᄒᆞ여 왈

"밧비 힝계(行計)ᄒᆞ라."

닐너 보ᄂᆡ며 경화ᄂᆞᆫ 어린 ᄃᆞᆺ 밋칠 ᄃᆞᆺ ᄒᆞ여 쳔ᄉᆞ난계 요요(搖搖)히 심신(心身)을 뎡(定)치 못ᄒᆞ더라.

ᄒᆡ연이 도라와 교량과 ᄒᆡ월을 보고 공쥬 모ᄌᆡ ᄒᆞᆫ가지로 힝계ᄒᆞ기ᄅᆞᆯ ᄌᆡ쵹ᄒᆞ믈[153] 젼ᄒᆞ니 교랑이 다만 고개[154] 조으며 틈을 엿더니[155] ᄎᆞ시 댱공이 ᄂᆡ루(內樓)의셔 셕반(夕飯)을 파ᄒᆞ고 졔박이 도라간 후 좌우(左右) 고요ᄒᆞ믈 인ᄒᆞ여 박시ᄅᆞᆯ ᄃᆡᄒᆞ여 왈

"녀ᄋᆡ 감긔(感氣) 이셔 여러 날 미류(彌留)ᄒᆞ미 념녀롭거ᄂᆞᆯ 부인은 엇디 가보디 아닛ᄂᆞ뇨? 내 긔강으로셔[156] 밧비 도라오미 ᄯᆞᆯ 잘 나흔 연괴나 이 ᄌᆞ식이 심히 정녈(貞烈)ᄒᆞ며 고집히 녜ᄅᆞᆯ 잡아 혹ᄌᆞ 부운(浮雲) ᄀᆞᆺᄐᆞᆫ 구약(舊約)을 ᄉᆡᆼ각ᄒᆞ미 이실가 일단 념녀 업디 아니ᄒᆞ고 내 져의 화도(畫圖)ᄅᆞᆯ[157] 일워 님궁으로 보ᄂᆡᆫ 바ᄅᆞᆯ 긔(欺)이고 오날ᄂᆞᆯ 슈히 33면 도라온 곡졀을 영영(永永) 모로게 ᄒᆞ엿ᄂᆞ니 부인도 명심ᄒᆞ여 그런 말을 구두(口頭)의 올니디 말고 다만 궐졍(闕庭)으로 드린즉 ᄉᆞᄉᆞ혼네

152 ᄃᆡᄒᆞᆫ ᄃᆞᆺ: 규장각본에는 'ᄒᆞᆫ ᄃᆞᆺ'으로 되어 있음.
153 ᄌᆡ쵹ᄒᆞ믈: 규장각본에는 'ᄌᆡᄒᆞ물'로 되어 있음.
154 고개: 규장각본에는 '고ᄀᆡ을'로 되어 있음.
155 엿더니: 규장각본에는 '엇더니'로 되어 있음.
156 긔강으로셔: 규장각본에는 '긔강으로'로 되어 있음.
157 화도(畫圖)ᄅᆞᆯ: 규장각본에는 '화도'로 되어 있음.

(私私婚禮)와 달나 텬위(天威)로 핍박(逼迫)ᄒᆞ면[158] 녀ᄋᆡ 비록 견고ᄒᆞ나 년긔 유튱(幼沖)ᄒᆞ므로뼈 디존(至尊) 엄위지디(嚴威之地)를 님ᄒᆞ여 능히 소회(所懷)를 토셜(吐說)치 못ᄒᆞ고 희음업시[159] 텬측(天側)을 시위(侍衛)ᄒᆞ미 될가 ᄒᆞ노라."

박시 눈을 흡ᄯᅳ며 골오ᄃᆡ

"상공쳐로 당치 아닌 녯일을 ᄉᆡᆼ각ᄒᆞ리잇고? 구약(舊約)이란 말은 므ᄉᆞᆷ 일이며 녀ᄋᆡ 연가 흉믈(凶物)[160]의 ᄉᆞ오나이 ᄀᆞᄅᆞ치고 몹시 길드려 잘 삼긴 ᄌᆞ식의 셩픔(性品)조ᄎᆞ 그릇되믈 쳡이 거상(居常) 졀통(切痛)ᄒᆞᄂᆞ니 졍녈과 녜를 좁으미 아란곳치니잇가? 상공이 쥬후광언(酒後狂言)으로 ᄉᆞ회 삼으렷노라 ᄒᆞ여신들 발셔 몃몃 셰월이 되여시며 닌광이 어ᄃᆡ 가 죽은 줄 모로ᄂᆞᆫ 거ᄉᆞᆯ 들먹여 ᄂᆡ여 ᄯᅩ 잡셜(雜說)을 ᄒᆞ려 ᄒᆞ시ᄂᆞ니잇가? 상공은 실업시 ᄯᆞᆯ을 다리고 다쇼 셜화(說話)를 디리히 ᄒᆞ시나 나ᄂᆞᆫ 평ᄉᆡᆼ(平生)의 월ᄋᆞ로 더브러 죵용이[161] 말ᄒᆞ여 본 젹이 업ᄂᆞ니 화상(畫像)을 일워 님궁의 보ᄂᆡ미 므ᄉᆞᆷ ᄌᆞ랑이라 브ᄃᆡ 그 말을 녀ᄋᆡ 알게 ᄒᆞ리잇가? 상공이 아니면 그런 말이 날 일이 업ᄂᆞ니 날다려 당부(當付) 마ᄅᆞ시고 상공 닙을 당부ᄒᆞ쇼셔. 근간(近間)의 월ᄋᆡ 풍한(風寒)의 촉감(觸感)ᄒᆞ여 신음도 ᄒᆞ거니와 그 셩졍이 연가 흉믈을 달마 ᄒᆞᆫ 조각 민오난이ᄒᆞ미 우리 형뎨군죵(兄弟群從)이 모혀 근 34면

158 핍박(逼迫)ᄒᆞ면: 규장각본에는 '피박ᄒᆞ면'으로 되어 있음.

159 희음업시: 이 맥락에서는 '하염없이'로 봄.

160 연가 흉믈(凶物): 장헌의 정실인 연씨 부인을 가리킴.

161 죵용이: 규장각본에는 '죵이'로 되어 있음.

간 즐기믈 슬히 넉여 졔 방의 들고 나디 아니ᄒᆞ니 ᄋᆞ히 심술(心術)이 온냥(溫良)치 못ᄒᆞ미 통분(痛憤)ᄒᆞ여 가셔 보디 아녓더니 상공이 니ᄅᆞ시ᄆᆡ 이제 가보고ᄌᆞ ᄒᆞᄂᆞ이다."

셜파(說罷)의 몸을 니러 응셜각으로 향ᄒᆞ거ᄂᆞᆯ 공이 ᄯᅩᄒᆞᆫ 부인으로 더
35면 브러 녀ᄋᆞ의 침소(寢所)로 드러가니 ᄣᆡ의 쇼졔 츈홍 등의 고(告)ᄒᆞᄂᆞᆫ 말노조ᄎᆞ 그 부모의 ᄒᆡ연파측(駭然叵測)ᄒᆞᆫ ᄒᆡᆼᄉᆡ(行事) 졀졀이 한심ᄎᆞ악(寒心嗟愕)ᄒᆞᄆᆡ 엇디 ᄒᆞᆫ갓 의(義)ᄅᆞᆯ ᄇᆡ반ᄒᆞ고 신(信)을[162] 문희여 은덕(恩德)을 아오로[163] 져바릴 ᄲᅮᆫ이리오? 아모 츄셰비린(趨勢鄙吝)의 흉괴블인(凶怪不人)이라도 규녀(閨女)의 얼골을 그려 황친국쳑(皇親國戚)의 보ᄂᆡ여 텬측(天側)의 승은(承恩)ᄒᆞ믈 도모치 아닐 바ᄅᆞᆯ 혜아려 만심(滿心)이 참황뉵니(慙惶忸怩)ᄒᆞ고 일신(一身)이 쳔인징참(千仞坑塹)의 쎠러딘 ᄃᆞᆺ ᄌᆞ긔로 비로ᄉᆞ 부모의 패덕(悖德)이 더으믈 ᄉᆡᆼ각ᄒᆞ여ᄂᆞᆫ 일신이 합연(溘然)이 업셔질 의ᄉᆡ(意思) 급ᄒᆞᄃᆡ ᄎᆞ마 칼과 노흘 가져 목숨을 결단치 못ᄒᆞ고 고요히 누어시나 셰렴(世念)이 ᄉᆞ연(捨然)ᄒᆞ니 엇디 식반(食飯)의 ᄉᆡᆼ각이 이시리오? 다만 쳥슈(淸水)로 ᄆᆞ른 목을 축이고 향벽잠와(向壁潛臥)ᄒᆞ여시니 츈홍이 츄연으로 더브러 블승민민초황(不勝憫憫焦惶)ᄒᆞ여 딘젼궤고(進前跪告)[164] 왈

"비ᄌᆞ 등이 황공ᄒᆞ오나 감히 고ᄒᆞᄋᆞᆸᄂᆞ니 쇼졔 일시(一時)의 이러ᄐᆞᆺ
36면 젼심초려(煎心焦慮)ᄒᆞ샤 폐식잠적(廢食潛跡)ᄒᆞ시미[165] 크게 블가ᄒᆞ온

162 신(信)을: 규장각본에는 '심을'로 되어 있음.

163 아오로: 아울러.

164 딘젼궤고(進前跪告): 규장각본에는 '지젼궤고'로 되어 있음.

디라. 쳥컨ᄃᆡ 무익(無益)ᄒᆞᆫ 심녀(心慮)ᄅᆞᆯ 마ᄅᆞ시고 노야(老爺)와 부인긔 혈읍고간(血泣固諫)ᄒᆞ샤 맛ᄎᆞᆷᄂᆡ 쳥납(聽納)ᄒᆞ시믈 웃듬ᄒᆞ여 타일(他日)을 기다리시며 효졀(孝節)을 완젼ᄒᆞ샤 ᄇᆡᆨᄒᆡᆼ(百行)이 찬연(燦然)의 ᄉᆞ덕(四德)[166]이 풍셩ᄒᆞ믈 ᄇᆞ라ᄂᆞ이다."

쇼졔 댱탄왈(長嘆曰)

"여등(汝等)이 호언(好言)으로 날을 권ᄒᆞ여 됴흘 도리ᄅᆞᆯ ᄉᆡᆼ각고ᄌᆞ[167] ᄒᆞ나 내 능히 못ᄒᆞᆯ ᄲᅳᆫ 아니라 일노조ᄎᆞ 몸이 ᄀᆡᆼ참(坑塹)의 함닉(陷溺)ᄒᆞ믈 혜아리ᄆᆡ 심혼(心魂)이 경니(驚離)ᄒᆞ고 심담(心膽)이 최할(摧割)ᄒᆞᆫ디라. ᄇᆡᆨ우쳔녀(百憂千慮)ᄅᆞᆯ 픔은 ᄌᆞ(者) 날 ᄀᆞᆺᄐᆞ니 ᄯᅩ 이시랴? ᄣᆡᄅᆞᆯ 당ᄒᆞ여 말ᄒᆞ미 올코 이ᄣᆡ의 니ᄅᆞᆯ ᄇᆡ 아니오. 앏ᄒᆡ 당ᄒᆞᆫ 변괴(變故) 업시 죽기ᄅᆞᆯ 구ᄒᆞ여도 그 길(吉)치 아니ᄒᆞ믈 모로지 아니ᄒᆞᄃᆡ 내 얼골 그린 거시 님궁[168]의 가며 만셩(萬姓)이 나의 ᄌᆞ라믈 알므로조ᄎᆞ ᄢᅵᆺᄂᆞᆫ[169] ᄃᆞᆺᄒᆞᆫ 화란(禍亂)이 이셔 참욕(慘辱)과 누얼(陋孽)이 내 몸이[170] 다 모히리니 그 살미 죽음만 ᄒᆞ리오마ᄂᆞᆫ 내 본ᄃᆡ 디극히 완(頑)ᄒᆞᆫ디라 37면 폐식(廢食)ᄒᆞ나 아ᄉᆞ(餓死)치 아니ᄒᆞ고 비우초려(悲憂焦慮)ᄒᆞ나 ᄌᆞ딘(自盡)ᄒᆞ미 업ᄉᆞ리니 죽디 아니치 못ᄒᆞᆯ 바의 보명(保命)ᄒᆞ미 될가 슬허ᄒᆞ노라."

---

165 폐식잠젹(廢食潛跡)ᄒᆞ시미: 규장각본에는 '폐식작젹ᄒᆞ시미'로 되어 있음.

166 ᄉᆞ덕(四德): 사덕. 여자가 갖춰야 할 네 가지 덕. 부덕(婦德), 부용(婦容), 부언(婦言), 부공(婦功).

167 ᄉᆡᆼ각고ᄌᆞ: 규장각본에는 'ᄉᆡᆼ각ᄒᆞ고져'로 되어 있음.

168 님궁: 임궁. 임왕의 궁.

169 ᄢᅵᆺᄂᆞᆫ: 찢다. 몹시 아프게 하다.

170 몸이: 규장각본에는 '몸'으로 되어 있음.

츈홍 등이 쳬읍왈(涕泣曰)

"쇼져의 홍원관대(弘遠寬大)ᄒᆞ시므로뼈 엇디 ᄉᆡᆼ각ᄒᆞ시ᄂᆞᆫ ᄇᆡ 이러ᄐᆞᆺ 일편되시니잇고? 쇼져의 화되(畫圖) 님긍의 간 바ᄂᆞᆫ 한심ᄒᆞ나 님왕비 임의 업시ᄒᆞ여 타인(他人)의 본 ᄌᆡ 쇼져ᄅᆞᆯ 셜샤 타쳐(他處)의 셩혼(成婚)코ᄌᆞ ᄒᆞ시나 쇼졔 졍원(情願)[171]을 쥬ᄒᆞ여 노야(老爺)와 부인의 회쳥(回聽)ᄒᆞ시믈 바랄 거시오? 비록 ᄲᅵᆺᄂᆞᆫ ᄃᆞᆺᄒᆞᆫ 변괴(變故) 니ᄅᆞᆯ디라도 보명(保命)ᄒᆞ믈 위쥬(爲主)ᄒᆞ샤 태산(太山)을 가져 홍모(鴻毛)의 더지디 마ᄅᆞ실디니 일시(一時)의 초딘아ᄉᆞ(憔盡餓死)코ᄌᆞ ᄒᆞ시믄 오히려 혜아리디 못ᄒᆞ시미라. 노야(老爺)와 부인은 이(二) 공ᄌᆞ(公子)ᄅᆞᆯ 앏ᄒᆡ 두샤 슬ᄒᆡ(膝下) 젹막(寂寞)ᄒᆞ시믈 모로시나 쥐뎐 녀군(女君)은 삼종디탁(三從之托)[172]을 실노 미들 곳이 업셔 쇼져로뼈 긔츌(己出)이
38면 아니믈 아디 못ᄒᆞ시며 디극(至極)ᄒᆞ신 ᄌᆞᄋᆡ(慈愛) 텬셩(天性)의 친ᄒᆞᆫ 바ᄅᆞᆯ 다ᄒᆞ샤 귀듕ᄒᆞ시미 만금(萬金)의 디나고 미드시미 태산(太山)의 더으시니 쇼졔 ᄉᆡᆼ아구로(生我劬勞)의 호텬막대디은(昊天莫大之恩)[173]은 니ᄅᆞ도 말녀니와 연부인의 댱셩(長城)과 교악(喬嶽)ᄀᆞᆺ치 과우ᄒᆞ시ᄂᆞᆫ 졍의(情意)ᄅᆞᆯ 엇디 ᄎᆞ마 져ᄇᆞ리고ᄌᆞ ᄒᆞ시ᄂᆞ니잇가[174]? 쇼졔 ᄯᅩᄒᆞᆫ 남쥐 녀군(女君)[175]을 밧드ᄅᆞ샤 동쵹(洞屬)[176]ᄒᆞ신 졍셩이 일즉 친ᄉᆡᆼᄌᆞ뫼(親

---

171 졍원(情願): 정원. 진심으로 바람.

172 삼종디탁(三從之托): 삼종지탁. 여자가 어려서는 아버지를, 혼인 후에는 남편을, 남편 사후에는 자식을 따르는 것이 도리임을 뜻한 말. 《예기》 〈의례〉.

173 ᄉᆡᆼ아구로(生我劬勞) 호텬막대디은(昊天莫大之恩): 부모의 은혜를 나타낸 표현. 《시경》 〈소아(小雅)〉 '육아(蓼莪)'에 나옴.

174 ᄒᆞ시ᄂᆞ니잇가: 규장각본에는 'ᄒᆞ시이잇가'로 되어 있음.

生慈母) 아니시믈 간격(間隔)ᄒᆞ시미 업ᄉᆞ시던 바로 이제 잠간 난연(難然)코 괴로온 마ᄃᆡᄅᆞᆯ 당ᄒᆞ여 합연(溘然)이 업셔져 모로고ᄌᆞ ᄒᆞ시믈 보ᄋᆞᆸ건ᄃᆡ 비로소 친ᄌᆞ졍(親慈情)과 달니 아ᄅᆞ시믈 ᄭᆡ치오리니 쇼졔 만일[177] 남쥐 녀군의 ᄉᆡᆼ탄(生誕)ᄒᆞ신 ᄇᆡᆫᄌᆞᆨ 난안(難安)ᄒᆞ며 망극ᄒᆞ미 아모 디경(地境)의 밋ᄂᆞᆫ다 ᄒᆞ여도 가바야이 ᄉᆞᄉᆡᆼ으로ᄡᅧ 의논치 아니샤 남쥐 녀군의 ᄇᆞ라시ᄂᆞᆫ 졍을 ᄉᆞᆺ디 아니ᄒᆞ시리이다."

쇼졔 냥비(兩婢)의 말노 인ᄒᆞ여 더옥 슬프믈 니긔디 못ᄒᆞ니 눈믈이 낭낭(浪浪)[178]ᄒᆞ여 벼개ᄅᆞᆯ 젹시ᄆᆡ 취미(翠眉) 쳑연(慽然)ᄒᆞ며 슈운(愁雲)[179]이 가득ᄒᆞ고 ᄡᅡᆼ셩(雙星)이 뉴졍(幽靜)ᄒᆞ여 광ᄎᆡ 옥안(玉顔)의 윤ᄐᆡᆨ(潤澤)ᄒᆞ니 화벽(和璧)[180]이 초산(楚山)의 상셔(祥瑞)ᄅᆞᆯ ᄲᅳ리며[181] 옥난(玉蘭)[182]이 옥계(玉階)의 쁠니ᄂᆞᆫ ᄃᆞᆺ 슬픈 빗치 먼니 젼ᄒᆞᄆᆡ 아ᄅᆞᆷ다온 형상이 더옥 긔이ᄒᆞᆫ디라. 이의 유져(柳柢) ᄀᆞᆺᄐᆞᆫ 셤슈(纖手)ᄅᆞᆯ 드러 ᄡᅡᆼ누(雙淚)ᄅᆞᆯ 거두며 희허탄식(噫噓嘆息) 왈

39면

"여등(汝等)의 말을 듯건ᄃᆡ 나의 셩회(誠孝) 쳔박ᄒᆞ미 가히 븟그럽디 아니ᄒᆞ랴? 연이나 여등이 날을 ᄎᆡ 아디 못ᄒᆞ고 말이 유리(有理)ᄒᆞᆫ ᄃᆞᆺᄒᆞ나 타일(他日)을 헤아리디 못ᄒᆞ미라. 내 딘실노 취뎐 ᄌᆞ위(慈

---

175 남쥐 녀군(女君): 장헌의 첫째 부인인 연부인.

176 동쵹(洞屬): 동촉. 공경하고 조심하는 모양. 동동쵹쵹(洞洞屬屬).

177 만일: 규장각본에는 '만'으로 되어 있음.

178 낭낭(浪浪): 거침없이 흐르는 눈물의 모양.

179 슈운(愁雲)이: 규장각본에는 '슈운'으로 되어 있음.

180 화벽(和璧): '화씨의 구슬'이라는 뜻으로, 천하의 이름난 옥(玉).

181 ᄲᅳ리며: ᄲᅳ리다. 뿌리다.

182 옥난(玉蘭): 백목련.

闈)를 친ᄌ모로 달니 아옴도 업거니와 과연 내 몸이 취뎐 모친의 쇼싱인족 참변긔홰(慘變奇禍) 일일층츌(日日層出)ᄒ나 내 명(命)을 태산(太山)의 븟쳐 하날이 죽이지 아니신족 스ᄉ로 죽으려 아니 ᄒ리니 그 ᄒᆞᆫ갓 취뎐 ᄌ위 날만 미드시믈 버힘만 아니라 내 목숨이 ᄭᅳᆺ촌족 야야(爺爺)와 모친(母親)을 져마다 브ᄌ(不慈)ᄒ다 ᄉᆞ디져 내 죽으믈

40면 신싱(申生)의게 비ᄒ리니 내 엇디 부모긔 미명(賣名)을 도라보니고 스ᄉ로 죽어 근심을 닛고ᄌ ᄒ여 업셔디고ᄌ ᄒ리오마ᄂᆞᆫ 형셰(形勢) 그와 달나 부뫼 날을 일편도이 ᄋᆡ듕(愛重)ᄒ시ᄂᆞᆫ 바로 일싱(一生)을 호샤극부(豪奢極富)콰ᄌ ᄒ시믜 도로혀 화(禍)를 모도 안기시기의 밋쳐시ᄃᆡ 능히 ᄭᆡ닷디 못ᄒ시니 내 몸이 업셔디나 남이 우리 야야(爺爺)와 태태(太太)로 ᄒ여곰 브ᄌ(不慈)타 아닐 ᄇᆡ오. 남쥐 모친이 잔인통졀(殘忍痛絶)ᄒ시나 ᄇᆡᆨ형(伯兄)[183]을 맛ᄎᆞᆷᄂᆡ 일흐미[184] 되디 아니리니 ᄒᆞᆫ번 길운(吉運)을 만나 텬뉸(天倫)을 단합(團合)ᄒᄂᆞᆫ 경ᄉᆡ(慶事)이신족 ᄌ위(慈闈)의 외로오시믈 위로ᄒᆞᆯ ᄲᅳᆫ 아니라 댱문 종샤(宗嗣)의 대경(大慶)이 그 밧긔 나지 아니ᄒ리니 ᄌ위에 위란(危亂)ᄒ신 신셰 영화(榮華)로오믜 니롤디라. 블초녀(不肖女)의 박브득이(迫不得已)[185] ᄉ디 못ᄒ믈 굿ᄐ여 죄를 삼디 아니샤 ᄉ셰(事勢) 그러ᄒ믈 숄피시미 일ᄐᆡᆨ디샹(一宅之上)의 뫼신 ᄌ위도곤 나으시리니 내 엇디 남

183 ᄇᆡᆨ형(伯兄): 백형. 장남. 장헌이 소주 자사로 부임 받아 소주로 향하던 중 도적을 만났을 때 잃어버린 장헌과 연부인의 아들을 뜻함.

184 일흐미: 규장각본에는 '일히시미'로 되어 있음.

185 박브득이(迫不得已): 박부득이. 매우 급히 벌어져 어찌할 방법이 없는 상황.

쉬 ᄌᆞ녀를 져바리고ᄌᆞ ᄒᆞ리오? 다만 모시(毛詩)[186]의 닐너시ᄃᆡ '은막대어부(恩莫大於父)ᄉᆞ다 혜막대어모(惠莫大於母)샷다' ᄒᆞ시니 비록 ᄌᆞ모(慈母)의 디졍(至情)이 텬디(天地)로 활연(濶然)ᄒᆞ나 엄부(嚴父)의 존(尊)ᄒᆞ시미 병텬(倂天)ᄒᆞ여 비길디라. 어나 사ᄅᆞᆷ이 ᄋᆡᄌᆞ디졍(愛子之情)이 업ᄉᆞ리오마ᄂᆞᆫ 우리 야야(爺爺)와 태태(太太)의 블초(不肖)를 과ᄋᆡ편ᄋᆡ(過愛偏愛)ᄒᆞ심 ᄀᆞᆺᄐᆞ니ᄂᆞᆫ 셰간(世間)의 드믈 ᄇᆡ어놀 내 쳔효(淺孝)와 박셩(薄誠)을 베프디 못ᄒᆞ고 셔하(西河)의 탄(歎)[187]을 닐위와 층봉(層峯)의 ᄋᆡᄉᆞ(哀事)[188]를 깃치오미[189] 귀신뉴(鬼神類)의도 블효죄인(不孝罪人) 되믈 면치 못ᄒᆞ리로다." 41면

셜파(說罷)의 읍읍비졀(泣泣悲絶)ᄒᆞ니 냥(兩) 시ᄋᆡ(侍兒) ᄒᆞᆫ가디로 슬허ᄒᆞ믈 마디 아니ᄒᆞᄂᆞᆫ디라. 댱공과 박시 ᄒᆡᆼ뵈(行步) 유법(有法)디 못ᄒᆞ므로 죵적(蹤跡) 업시 응셜각의 니ᄅᆞ러 츈홍 등이 쇼져의 딘반(進飯)ᄒᆞ믈 권ᄒᆞᄂᆞᆫ 말을 듯고 녀ᄋᆡ 어ᄃᆡ를 대단이 블평(不平)ᄒᆞ미 잇ᄂᆞᆫ가 ᄒᆞ여 거롬을 머추고 몬져 창틈으로조ᄎᆞ 동졍(動靜)을 ᄉᆞᆯ피고ᄌᆞ ᄒᆞ다가 쇼져 노쥬(奴主)의 문답(問答)을 다 드ᄅᆞᄆᆡ 크게 블힝블열(不幸不悅)ᄒᆞ며 님궁의 보낸 바 화도디ᄉᆞ(畵圖之事)를 발셔 알미[190] 되여 42면

---

186 모시(毛詩): 《시경》의 별칭.

187 셔하(西河)의 탄(歎): 자하가 서하에 머무를 당시 자식을 잃은 슬픔으로 눈이 멀게 된 것에서 유래함. 규장각본에는 '셔의 탄을'로 되어 있음.

188 층봉(層峯)의 ᄋᆡᄉᆞ(哀事): 부모가 자식을 잃은 슬픔을 의미함. 한유의 딸이 층봉역에서 죽은 일을 뜻함.

189 깃치오미: 깃치다. 끼치다.

190 알미: 규장각본에는 '알게'로 되어 있음.

시믈 경심미쾌(驚心未快)ᄒᆞᆯ 쁜 아니라 녀ᄋᆡ 언언(言言)이 죽기ᄅᆞᆯ 일ᄏᆞ라[191] 뎡ᄒᆞᆫ ᄯᅳᆺ이 강쳘ᄀᆞᆺ치 어려오믈 보니 공은 만심ᄎᆞ악(滿心嗟愕)ᄒᆞ여 아모라타 말이 업고 박시ᄂᆞᆫ 녀ᄋᆞ의 연부인 위ᄒᆞᆫ 졍이 ᄌᆞ긔의게 더으믈 심한통히(深恨痛駭)ᄒᆞ여 졸연(猝然)[192]이 문을 박ᄎᆞ고 드러가며 소ᄅᆡᄅᆞᆯ 포학(暴虐)히 질너 ᄀᆞᆯ오ᄃᆡ

"못ᄲᅳᆯ ᄌᆞ식이 어믜 디졍디ᄋᆡ(至情至愛)ᄅᆞᆯ 모로고 연가 흉믈(凶物)의게 졍을 ᄲᅩ다 쥬듀야야(晝晝夜夜)의 연녜 도라오기ᄅᆞᆯ 희망ᄒᆞᄆᆡ 날을 도로혀[193] 죽과져 ᄒᆞ더니 금야(今夜)ᄂᆞᆫ 므ᄉᆞᆷ 변난(變亂)을 맛낫관ᄃᆡ 공교로이 머리ᄅᆞᆯ ᄡᆞ고 누어 청상박복디인(靑孀薄福之人)의 신혼(晨昏) 톄읍(涕泣)을 효측(效則)ᄒᆞ여 죽으믈 원ᄒᆞ며 ᄉᆞᆯ믈 구치 아니ᄒᆞᄂᆞ뇨? 상공(相公)이 슈쳔 니(里) ᄒᆡᆼ도(行途)의 무ᄉᆞ환경(無事還京)ᄒᆞ시믈 어드니 쳑동쇼복(尺童少僕)과 ᄎᆞ두쳔예(叉頭賤隸)라도 흔ᄒᆡᆼ(欣幸)
43면 ᄒᆞ믈 일ᄏᆞᆺ고 우러러 반기ᄂᆞᆫ 낫빗치 화열(和悅)ᄒᆞ거ᄂᆞᆯ 네 홀노 부친의 무ᄉᆞ히 도라오믈 블ᄒᆡᆼ(不幸)이 넉임ᄀᆞᆺ치 복 업ᄉᆞᆫ 거동으로 무고(無故)히 울기ᄅᆞᆯ 마디 아니ᄒᆞ니 아비 나갓다가 죽어 도라온들 셜워ᄒᆞ미야 이 밧긔 더ᄒᆞ랴? 나히 어린 거ᄉᆞ로셔 남달니 쳥승ᄀᆞᆺ고 단졀(短折)ᄏᆡᆫ들 너 ᄀᆞᆺᄐᆞᆫ 거시 ᄯᅩ 어ᄃᆡ 이시리오? 샹원일(上元日)[194]의 등홰(燈火)가히 보암 ᄌᆞᆨᄒᆞ므로 내 오ᄃᆡᆨ 희린 등과 졔딜(諸姪)노 더브러 ᄎᆡ루의

---

191 일ᄏᆞ라: 규장각본에는 '크라'로 되어 있음.

192 졸연(猝然)이: 갑작스럽게.

193 도로혀: 규장각본에는 '도으혀'로 되어 있음.

194 샹원일(上元日): 상원일. 음력 정월 보름날.

올나 관등(觀燈)ᄒᆞ며 잠간 나와 보라 ᄒᆞ니 연녀[195]의 머리롤 버혀 다랏던가 ᄀᆞ장 못 볼 거ᄉᆞ로 아라 ᄎᆡ뤼(彩樓) 놉흐니 오로디 못홀 거시미 아니 보노라 ᄒᆞ고 어득ᄒᆞᆫ 방구셕의 드러 업ᄃᆡ여 가ᄂᆞᆫ 한숨과 슬픈 눈믈노 날을 보ᄂᆡ니 던실노 블길ᄒᆞ고 ᄉᆞ회스러온디라.[196] 요긔(妖氣) 거시 결단(決斷)ᄒᆞ여 상공과 날을 ᄒᆞᆷᄭᅴ 죽여 ᄒᆞ묫ᄒᆞᆫ 일을 보고야 녜ᄉᆞ로이 굴 ᄃᆞᆺᄒᆞ니라.”

셜파(說罷)의 돌돌(咄咄)이 분한(憤恨)ᄒᆞ여 츈홍 등을 ᄎᆞ더디며 ᄉᆞ디져 왈

“쳔ᄒᆞᆫ 요괴(妖怪) 년들이 녀ᄋᆞ의 겻ᄐᆡ 잇셔 모녀(母女)의 졍을 니간(離間)ᄒᆞ고 어ᄃᆡ 가 당치 아닌 거즛말이나 드러다가 젼ᄒᆞ여 갓득 셩픔(性品)이 션화(善和)치 못ᄒᆞᆫ ᄋᆞᄒᆡ롤 쳥승궂게 민ᄃᆞᄂᆞᆫ다?”

ᄒᆞ며 형상 업시 노ᄒᆞ믈 마니 아니ᄒᆞᄃᆡ 공은 굿ᄐᆞ여 말이 업셔 녀ᄋᆡ 블평(不平)ᄒᆞ여 ᄒᆞᄂᆞᆫ가 근심된 안싀[197]쁜이라. 쇼졔 모친(母親) 소ᄅᆡ로조ᄎᆞ 년망(連忙)이 침금(寢衾)을 밀고 나ᄂᆞᆫ ᄃᆞ시 몸을 니러 부모롤 마졸ᄉᆡ 모친의 무디블식(無知不識)ᄒᆞᆫ[198] 드롤ᄉᆞ록 ᄒᆡ연경악(駭然驚愕)ᄒᆞ나 맛ᄎᆞᆷᄂᆡ ᄌᆞ도(子道)의 슌효(純孝)ᄒᆞᆷ믈 일치 아니려 ᄒᆞᄂᆞᆫ디라. 옥누(玉淚)롤 영엄ᄒᆞ고 안셔(安舒)히 듯기롤 다ᄒᆞᄆᆡ 온유히 샤죄왈(謝罪曰) 44면

195 연녀: 연부인.

196 ᄉᆞ회스러온디라: ᄉᆞ외ᄒᆞ다. 꺼림칙해 하다.

197 안싀: 규장각본에는 ‘아싀’으로 되어 있음.

198 무디블식(無知不識)ᄒᆞᆫ: 규장각본에는 ‘무지블식ᄒᆞᆫ믈’로 되어 있음.

"블초녀(不肖女)의 셩회(誠孝) 쳔박(淺薄)ᄒᆞ와[199] 친위(親闈)[200]예 희열ᄒᆞ시믈 닐위디 못ᄒᆞ오며 우ᄉᆡᆨ(憂色)과 고어(苦語)로ᄡᅧ 들니와 고인(古人)의 반의(班衣)를 닙어 열의(悅意)를 구ᄒᆞ던 바[201]의 더옥 죄 깁고 허믈이 듕(重)ᄒᆞ오니 스ᄉᆞ로 블효(不孝)를 혜아려 심상(心想)의 탄우(嘆憂)ᄒᆞ옵ᄂᆞᆫ 밧ᄌᆡ 쇼녜 본ᄃᆡ 그딜이 쳬박(体薄)ᄒᆞ와 길션(吉善)치 못ᄒᆞ오ᄆᆡ 혹ᄌᆞ 빵친(雙親)그[202] 역니(逆理)로ᄡᅧ 더어 셔하(西河)의 탄이 상명(喪明)ᄒᆞᄂᆞᆫ 곳을 밋치올가 두리옵ᄂᆞ니 구로ᄉᆡᆼ휵(劬勞生畜)의 욕보디은(欲報之恩)인ᄃᆡ 호텬망극(昊天罔極)이라. 이양현달(頤養顯達)[203]ᄒᆞ여 막대디은(莫大之恩)을 갑ᄉᆞᆸ디 못ᄒᆞ옵고 도로혀 쵹디통(蜀之痛)과 셔하디쳑(西河之慽)을 더으미 유명디간(幽明之間)의 결ᄉᆡᆨ(結轖)ᄒᆞ온 한이 쳔ᄃᆡ(千代)의 가ᄉᆡ디 아니ᄒᆞ올 ᄇᆡ로ᄃᆡ 블초(不肖)의 목금(目今) 당ᄒᆞ온 ᄇᆡ 딘실노 죽디 아니코 면홀 도리 업ᄉᆞ온디라. 우회(愚懷)를 가져 엄위(嚴闈)와 ᄌᆞ졍(慈情)긔 번득디 못ᄒᆞ옵고 비ᄌᆞ(婢子) 등을 ᄃᆡᄒᆞ여 우연이 나른 ᄇᆡ 잇ᄉᆞᆸ더니 일노ᄡᅧ ᄌᆞ위(慈闈) 노ᄒᆞ시믄 ᄉᆡᆼ각디 못ᄒᆞ온[204] ᄇᆡ라. 젼후(前後)의 여러 번 읍혈고간(血泣固諫)ᄒᆞᄃᆡ 셩의(誠意) 도로혀시미 업ᄉᆞ오니 졍간(正諫)이 무익(無益)ᄒᆞ옵

45면

199 쳔박(淺薄)ᄒᆞ와: 규장각본에는 '쳥박'으로 되어 있음.

200 친위(親闈): 부모가 계신 방. 부모.

201 고인(古人)의 ~ 구ᄒᆞ던 바: 나이가 많아도 부모에게 효를 다한다는 뜻. 초나라 사람 노래자가 70세에도 부모를 기쁘게 하고자 색동옷을 입었다는 것에서 전함.

202 빵친(雙親)긔: 규장각본에는 '빵친'으로 되어 있음.

203 이양현달(頤養顯達): '이양'은 '이신양성(頤神養性)'으로 마음을 다듬고 정신을 수련하는 것을 의미함. '현달'은 이름을 드러내는 것을 의미함.

204 못ᄒᆞ온: 규장각본에는 '못ᄒᆞᆫ'으로 되어 있음.

거니와 취뎐 ᄌ위ᄂ 대인(大人)의 조강원비(糟糠元妃)시니 모친이 녀영(女英)[205]의 온순ᄒ믈 싱각디 아니시고 미양 후(後)로뼈 션(先)을 업누로고ᄌ ᄒ샤 법도(法度)의 착난(錯亂)ᄒ믈 도라보디 아니시니 엇디 남쥐 ᄌ위긔 히로오미 이시리잇고? 이 블과 댱창(臧倉)이 밍ᄌ(孟子)ᄅᆯ 훼방(毁謗)ᄒᆯ 쁜[206]이로ᄃᆡ ᄌ위(慈闈)예 실덕(失德)이 극ᄒ시믈 쇼녜 깁히 슬허ᄒᄋᆸᄂ 비오. 부ᄌ모녀ᄂ 텬뉸(天倫)의 소ᄉ난 친(親)이라 그 귀ᄒ며 듕ᄒ믈 니ᄅᆯ딘ᄃᆡ 만믈의 비ᄒᆯ 거시[207] 업ᄉ 바의 엇디 회포ᄅᆯ 긔망(欺罔)ᄒ리잇고? 쇼녜 년긔 댱셩(長成)ᄒ고 ᄒ 조각 거리낄 거시 업ᄉ디라도 대인(大人)과 ᄌ위의 뜻이 디졍을 다ᄒ샤 일싱(一生)을 안한(安閑)코ᄌ ᄇ라실 법은 잇거니와 엇디 ᄎ마 유녀(幼女)의 얼골을 그려 황친국쳑(皇親國戚)의게 보ᄂᆡ시며 구두(口頭)의 니ᄅ디 못ᄒᆯ 부귀(富貴)ᄅᆯ 구ᄎ히 도모코ᄌ ᄒ시ᄂ니잇가? 블초이 비록 결부(潔婦)[208]의 쳥고(淸高)홈과 왕부[209]의 결개(潔介)ᄒ미며 녀죵(女宗)[210]의 밍녈(猛烈)ᄒ믈 밋디 못ᄒ오나 초녀(楚女)[211]의 고졀을 잠간

46면

---

205 녀영(女英): 여영. 요임금의 딸이자 순임금의 부인. 언니 아황과 함께 순임금의 부인이 되어 화목하게 지냈음.

206 댱창(臧倉)이 밍ᄌ(孟子)를 훼방ᄒᆯ 쁜: 소인이 일을 훼방한다는 뜻. 장창은 노나라 평공의 신하였는데, 평공이 맹자를 만나려 하자 맹자가 부친상보다 모친상을 후하게 치른 사람이라 하며 평공의 행차를 막음.《맹자》〈양혜왕〉.

207 거시: 규장각본에는 '곳이'로 되어 있음.

208 결부(潔婦): 추결부. 추결부는 노나라 추호자의 아내. 남편 추호자가 혼인한 지 닷새 만에 관직 때문에 떠났다가 5년이 지난 후 돌아오는 길에 자신을 못 알아보고 수작을 부리자 이를 부끄러워하여 강에 투신해 자살했다고 함.

209 왕부: 왕응의 처 이씨에 대한 고사로 추정. 여관 주인이 남편의 뼈를 지고 온 이씨의 팔을 잡자, 이씨가 도끼로 팔을 베어버렸다는 이야기가 전함.

흠모ᄒᆞ미 잇ᄂᆞ니 초로잔쳔(草露殘喘)을 긋ᄎᆞ미 므어시 어려워 스ᄉᆞ로 더러온 계집이 되기ᄅᆞᆯ 달게 넉이고 엄위(嚴闈)긔 무궁(無窮)ᄒᆞᆫ 유

47면 취(遺臭)[212]ᄅᆞᆯ 더어 블효(不孝) 우희 다시 큰 죄ᄅᆞᆯ 더으리잇고? 대인(大人)이 셜ᄉᆞ 일시(一時) ᄉᆡᆼ각을 그ᄅᆞᆺᄒᆞ시나 ᄌᆞ위(慈闈) 반ᄃᆞ시 블가ᄒᆞᄆᆞᆯ 극간(極諫)ᄒᆞ실 거시오 모친(母親)이 비록 실덕(失德)ᄒᆞ시나 대인이 인도(引導)ᄒᆞ시ᄆᆞᆯ 뎡딕(正直)히 ᄒᆞ실 ᄇᆡ어ᄂᆞᆯ ᄒᆡᆼ션ᄒᆡᆼ덕(行善行德) ᄒᆞ시ᄆᆞᆯ ᄉᆡᆼ각디 못ᄒᆞ시고 ᄒᆞᆫ갈ᄀᆞᆺ치 일월(日月)의 광홰(光華) 아득ᄒᆞ샤 혁년쇼명(赫然昭明)ᄒᆞ미[213] 업ᄉᆞ시니 이 ᄯᅩᄒᆞᆫ ᄒᆡᄋᆞ의 블초(不肖)ᄒᆞᆷ과 용우(庸愚)ᄒᆞ여 간ᄌᆡᆼ(諫爭)의 효험을[214] 엇디 못ᄒᆞᆫ 연괴(緣故)로소이다.[215]"

셜파(說罷)의 옥안(玉顔)이 참담(慘憺)ᄒᆞ여 셩안(星眼)의 쥬뤼(珠淚) ᄌᆡᆼ동(爭動)ᄒᆞ며 뉴미(柳眉)의 슈한(愁恨)이 쳡다(疊多)ᄒᆞ니 쳐변(處變)을 난연ᄒᆞ고 시ᄅᆞᆷ을 니긔디 못ᄒᆞ여 슬허ᄒᆞᄂᆞᆫ 형상이 ᄀᆞᆺ초 긔이코 일마다 졀셰(絶世)ᄒᆞ니 ᄭᅩᆺ치 광풍(狂風)을 만나며 달이 구ᄅᆞᆷ의 ᄡᆞ혓ᄂᆞᆫ ᄃᆞᆺ 경영ᄒᆞᆫ 긔상이 뇨라(嫋娜)ᄒᆞᄆᆞᆯ 겸ᄒᆞ여 미묘ᄒᆞᆫ ᄐᆡ되(態度) 표표(表表)ᄒᆞ여 우화(羽化)ᄒᆞ고 긔긔(奇奇)ᄒᆞ여 등션(登仙)ᄒᆞᆯ ᄃᆞᆺᄒᆞᆫ디라.

---

210 녀죵(女宗): 여종. 춘추시대 송나라 포소의 부인. 포소가 다른 부인을 얻었음에도 투기하지 않고 부덕(婦德)을 다한 것으로 유명함.

211 초녀(楚女): 초나라 접여의 부인. 접여가 초왕으로부터 회남 지역을 다스려줄 것을 부탁받았을 때, 접여의 아내가 이를 거절하자고 하며 다시 찾을 것을 대비해 은둔했다고 함.

212 유취(遺臭): 유취. 누추한 이름을 다음 세대에도 남김. 유취만년(遺臭萬年).

213 혁년쇼명(赫然昭明)ᄒᆞ미: 규장각본에는 '혁년쇼명ᄒᆞ시미'로 되어 있음.

214 효험을: 규장각본에는 '효 ᄒᆞᄆᆞᆯ'로 되어 있음.

215 연괴(緣故)로소이다: 규장각본에는 '여괴로소이다'로 되어 있음.

그 긔개의 놉흐미 구츄상텬(九秋霜天)[216] ᄀᆞᆺᄐᆞ며 긔질이 졀셰ᄒᆞ미 츈궁(春窮)의 상운(祥雲)[217] ᄀᆞᆺᄐᆞ니 댱공의[218] 블명무디(不明無知)홈과 박시의 무형블식(無形不識)ᄒᆞ므로도 텬눈(天倫)이 ᄌᆞ동(自動)ᄒᆞ여 싀호(豺狐)도 삿기[219]롤 픔으미 이시니 댱공 ᄂᆡ외(內外) 역인애(亦人也)니 이 ᄀᆞᆺ튼 어린 ᄯᆞᆯ의 효슌ᄌᆞ별(孝順自別)홈과 녈녈졍숙(烈烈貞淑)ᄒᆞ믈 엇디 감동치 아니리오마ᄂᆞᆫ 믈욕(物欲)의 교폐(交蔽)ᄒᆞ여[220] 텬셩(天性)을 병드리고 부귀(富貴)를 탐ᄒᆞᄂᆞᆫ 욕심이 ᄌᆞᄋᆡ(慈愛)의 더은디라. 녀ᄋᆡ 비록 죽기로 져히나[221] 어이 ᄉᆞᄉᆡᆼ(死生)을 소리(率爾)히[222] 결(決)ᄒᆞ리오? ᄒᆞ여 댱공은 다만 웃ᄂᆞᆫ 얼골과 됴흔 말노 어린 ᄋᆞᄒᆡ 다리ᄃᆞᆺ ᄒᆞ고 박시ᄂᆞᆫ 오히려 셩이 긋치디 아냐 눈을 호되게 ᄯᅳ며 ᄎᆞ셔(次序) 업시 ᄉᆞ디져 욕ᄒᆞ믈 마디 아니ᄒᆞᄃᆡ 쇼졔 ᄀᆞᆺᄐᆞ여 닷토디 아니ᄒᆞ고 다만 샤죄(謝罪)홀 ᄯᆞ롬이니 박시 분분(紛紛)이 노즐(怒叱)ᄒᆞᄂᆞᆫ 듕(中)이나 녀ᄋᆞ의 폐식(廢食)ᄒᆞ믈 념녀(念慮)ᄒᆞ여 식상(食床)을 앏ᄒᆡ 노코 먹기를 권ᄒᆞᄆᆡ 쇼져의 공규(空閨)[223] 폐륜(廢倫)코ᄌᆞ ᄒᆞᄂᆞᆫ 바롤 다시 빗최디 못ᄒᆞ게 ᄉᆡᆨ딜너 일홈 업ᄉᆞᆫ 슈졀(守節)이 어인 일이뇨 ᄒᆞ다가 믄득 어ᄌᆞ 48면

216 구츄상텬(九秋霜天): 규장각본에는 '구축상쳔'으로 되어 있음.

217 상운(祥雲): 규장각본에는 '상의'로 되어 있음.

218 댱공의: 규장각본에는 '댱의'로 되어 있음.

219 삿기: 새끼.

220 믈욕(物欲)의 교폐(交蔽)ᄒᆞ여: 물욕이 앞을 가린다는 뜻으로, 《소학》에서 나온 말.

221 져히나: 저히다. 저어하게 하다. 두렵게 하다.

222 소리(率爾)히: 솔이히. 행동이나 말이 조심스럽지 못하고 가벼움. 규장각본에는 '쇼호리'로 되어 있음.

223 공규(空閨): 남편 없이 부인이 오랜 시간 홀로 있는 방.

러온 말노뼈 수디ᄌᆞ딕

49면 "네 졍닌광의 옥면호풍(玉面豪風)을 어려셔 보아시미 ᄉᆞ모(思慕)ᄒᆞᄂᆞᆫ 졍이 간졀ᄒᆞ여 져러ᄒᆞ거니와 어딕 닌광만 못ᄒᆞᆫ 풍신(風身)이 이시리오?"

ᄒᆞ여 ᄉᆞ톄(事體)를 모로고 어ᄌᆞ러이 욕ᄒᆞ미 언ᄉᆡ(言辭) 비아쳔누(非雅賤陋)ᄒᆞ니 쇼졔 평ᄉᆡᆼ(平生) 목블시비례(目不視非禮)와 이블쳥음셩(耳不聽淫聲)을 공부ᄒᆞ여 비례(非禮)의 동(動)치 아니ᄒᆞ며 비례의 ᄒᆡᆼ(行)치 아니ᄒᆞᄂᆞᆫ디라. 모친(母親)의 잡욕난셜(雜辱亂說)이 ᄌᆞ긔의게 밋ᄎᆞᆷ을 아디 못ᄒᆞᆷ ᄀᆞᆺ치 명뫼(明眸) 미미(微微)ᄒᆞ고[224] 원산(遠山)이 나죽ᄒᆞ니 그 젹뇨(寂寥)히 태공(太空)의 머름 ᄀᆞᆺᄐᆞ며 유연(幽然)이[225] ᄉᆞ시ᄒᆡᆼ언(四時行焉)[226]ᄒᆞᄂᆞᆫ 긔상이라. 공이 불승이듕(不勝愛重)ᄒᆞ여 나아가 집슈무ᄋᆡ(執手撫愛) 왈

"내 비록 블현(不賢)ᄒᆞ나 너의 젼졍(前程)을 맛ᄎᆞᆷ닉 그ᄅᆞ게 아닐 거시오 쏘 디극(至極)히 원치 아닛ᄂᆞᆫ 바룰 위력(威力)으로 권치 아니ᄒᆞ리니 오ᄋᆞ(吾兒)ᄂᆞᆫ 믈우소려(勿憂小慮)ᄒᆞ고 일이 되여가믈 보라. 내 결단(決斷)ᄒᆞ여 너의 평ᄉᆡᆼ(平生)을 헛되게 아니 ᄒᆞ리라.[227] 님궁의 화도

50면 (畫圖)를 일워 보닌 ᄇᆡ 네 ᄆᆞ옴의 측ᄒᆞ나 님왕비 즉시 소화(燒火)ᄒᆞ엿다 ᄒᆞ니 긔 무ᄉᆞᆷ 허믈이 되리오? 네 아비의 쥬후광언(酒後狂言)을 인

224 미미(微微)ᄒᆞ고: 미미하다. 보잘것없다. 여기서는 문맥을 고려해 '미동이 없다'로 옮김.

225 유연(幽然): 구름이 피어나는 모양.

226 ᄉᆞ시ᄒᆡᆼ언(四時行焉): 사시행언. 사철이 운행함. 《논어》 〈양화〉에 나옴.

227 아니 ᄒᆞ리라: 규장각본에는 '아이ᄒᆞ이니'로 되어 있음.

ᄒᆞ여 초녀(楚女)의 고졀(高節)을 비겨 의방(依倣)ᄒᆞ여 ᄀᆞᆺ고ᄌᆞ ᄒᆞ나 길히 다ᄅᆞ고 일이 되디 못ᄒᆞ리니 어이 ᄉᆡᆼ각기ᄅᆞᆯ 회ᄉᆡᆨ(晦塞)히 ᄒᆞᄂᆞ뇨? ᄒᆞ믈며 졍ᄋᆞ 등이 젹슈(賊手)의 산망(散亡)ᄒᆞᆫ ᄇᆡ 되여 ᄇᆡᆨ골(白骨)도 남디 아냣고 졍개(程家) 쇠운(衰運)이 극ᄒᆞ여 금황(今皇)이 그윽이 그 ᄲᅵᄅᆞᆯ 남기디 아니려 ᄒᆞ시니 인신디도(人臣之道)의 그런 집과 결연(結緣)치 못ᄒᆞᆯ디라. 오ᄋᆡ 유시(幼時)로브터 의리 광달(廣達)ᄒᆞ여 아ᄇᆡ 우암(愚暗)ᄒᆞᆷ과 ᄀᆞᆺ디 아니ᄒᆞ므로ᄡᅧ 엇디 ᄉᆞ쳬(事體)ᄅᆞᆯ 모로고 당치 아닌 고집을 발ᄒᆞᄂᆞ뇨?”

쇼졔 그 부모의 ᄯᅳᆺ이 ᄒᆞᆫ갈ᄀᆞᆺ치 탁셰(濁世)의 병드러 딘욕(塵慾)이 골부(骨膚)ᄅᆞᆯ ᄉᆞ뭇ᄎᆞ[228] 가바야이 긋치디[229] 못ᄒᆞᆯ 줄 모로디 아니ᄒᆞᄃᆡ 믁믁함한(默默含恨)ᄒᆞ여 ᄌᆞ긔 ᄯᅳᆺ을 다시 알외디 아니ᄒᆞ미 텬셩디친(天性之親)의 셔어(齟齬)ᄒᆞᆷ[230] ᄀᆞᄐᆞ므로 ᄂᆞᆺ긔 나려 일장(一場)을 간징(諫爭)ᄒᆞ여 신의(信義)와 언ᄒᆡᆼ(言行)이 젼후(前後)의 밧괴이디 못ᄒᆞᆯ 바ᄅᆞᆯ
ᄀᆞᆺ초 일ᄏᆞᄅᆞᆯ시 졈졈담담(漸漸淡淡)ᄒᆞ며 고고결결(高高潔潔)ᄒᆞ여 ᄎᆞᆼ 51면
명긔이ᄒᆞ고 민달뎡슉(敏達貞淑)ᄒᆞ미 고ᄅᆡ(古來) 녈부졀녀(烈婦節女)의 더으미 이실 ᄲᅳᆫ 아니라 큰 덕이 합연[231]ᄒᆞ며 놉흔 ᄒᆡᆼ(行)이 울연(蔚然)ᄒᆞ여 ᄒᆞᆨ니군ᄌᆞ(學理君子)의 풍ᄎᆡ(風采) 흡흡ᄒᆞ니 당헌 ᄀᆞᄐᆞᆫ 아비와 박시 ᄀᆞᄐᆞᆫ 어미 이 ᄀᆞᄐᆞᆫ ᄯᆞᆯ을 두미 고쉬(瞽叟) ᄉᆡᆼ슌(生舜)ᄒᆞᆷ과 ᄀᆞᆺ

228 ᄉᆞ뭇ᄎᆞ: ᄉᆞᄆᆞᆾ다. 사무치다. 꿰뚫다.
229 긋치디: 규장각본에는 ‘곳치지’로 되어 있음.
230 셔어(齟齬)ᄒᆞᆷ: 서어하다. 서먹하다.
231 합연: 문맥을 고려하여 ‘흡연(洽然)’으로 옮김.

디 아니ᄒᆞ리오? 공이 녀ᄋᆞ의 통니슌달(通理順達)ᄒᆞᆫ 언ᄉᆞ(言辭)로조ᄎᆞ 그 싁싁ᄒᆞᆫ[232] 졍녈(貞烈)이[233] 부월(斧鉞)과[234] 졍확(鼎鑊)으로[235] 져혀도 경이히 뜻을 옴기디 못ᄒᆞᆯ 바ᄅᆞᆯ 보ᄆᆡ 일시 ᄉᆞ딧고 위력(威力)으로 그 뜻을 앗디 못ᄒᆞ리라 ᄒᆞ여 다만 위로왈(慰勞曰)

"네 모로미 과도히 심녀(心慮)ᄅᆞᆯ 허비치 말나. 내 비록 어디지 못ᄒᆞ나 ᄌᆞ식의 평ᄉᆡᆼ(平生)을 기리 즐겹과져 ᄒᆞᄂᆞ니 혜아리미 닉고[236] ᄉᆡᆼ각이 깁헛ᄂᆞᆫ디라. 다시 니ᄅᆞ디 아냐도 니ᄒᆡ(利害)ᄅᆞᆯ ᄉᆞᆯ펴 됴토록 ᄒᆞ리라."

ᄒᆞᄃᆡ 박시ᄂᆞᆫ 믁연무에(默然無語)라가 날호여 공으로 더브러 뎡당(正堂)으로 드러가니라.

52면 ᄎᆞ셜(且說). 댱공이 녀ᄋᆞᄅᆞᆯ 어로만져 안심ᄒᆞ라 ᄒᆞ고 박시로 더브러 침당(寢堂)으로 도라오더니 어두온 구셕으로조ᄎᆞ 일ᄀᆡ 쇼ᄋᆡ 죵젹(蹤跡) 업시 ᄂᆡᄃᆞ라 박시의 나군(羅裙)을 잡으며 왈

"셔유랑【댱쇼져의 유뫼라】아, 엇디 사ᄅᆞᆷ을 그ᄃᆡ도록 기다리게 ᄒᆞ시뇨? 나조ᄒᆡ 와셔 밤이 드도록 부인을 어더 보려 ᄒᆞᄃᆡ 형영(形影)이 업ᄉᆞ니 그져 도라갈 거시로ᄃᆡ 쇼쥬군(小主君)이 브ᄃᆡ 답찰(答札)을 밧드러 오라 ᄒᆞ신 고로 금야(今夜)ᄅᆞᆯ 기다려 부인을 어더 보디 못ᄒᆞ거든 츈낭이나 ᄎᆞᄌᆞ 봉셔(封書)ᄅᆞᆯ 젼코ᄌᆞ ᄒᆞ더니라."

ᄒᆞ며 픔 ᄉᆞ이로셔 일봉셔간(一封書簡)을 ᄂᆡ여주어 왈

---

232 싁싁ᄒᆞᆫ: 싁싁ᄒᆞ다. 엄숙하다, 장엄하다.

233 졍녈(貞烈)이: 규장각본에는 '졀녈니'로 되어 있음.

234 부월(斧鉞): 형구로 쓰던 작은 도끼와 큰 도끼.

235 졍확(鼎鑊): 정확. 극형 중 하나로, 죄인을 삶던 솥.

236 닉고: 규장각본에는 '잇고'로 되어 있음.

“내 ᄉᆡᄇᆡ[237]예 와셔[238] 기다릴 거시니 쇼져긔 답간(答簡)을 맛탓다가 주쇼셔.”

ᄒᆞ고 쎨니 다ᄅᆞ니 그 가ᄂᆞᆫ 바ᄅᆞᆯ ᄯᆞ로디 못ᄒᆞᆯ디라. 댱공 ᄂᆡ외(內外) 밋
쳐 일언(一言)을 뭇디 못ᄒᆞ고 블승경의(不勝驚疑)ᄒᆞ여 밧비 침소의
도라와 봉셔(封書) 개탁(開坼)ᄒᆞ기ᄅᆞᆯ 급히 넉이며 쇼ᄋᆞᄅᆞᆯ ᄎᆞᄌᆞ 어ᄂᆡ
곳의셔 므ᄉᆞᆷ 일노 이의 니ᄅᆞ러시믈 므ᄅᆞᆯ 줄은 ᄉᆡᆼ각디 못ᄒᆞ니 그 블명
혼암(不明昏暗)ᄒᆞ미 딘짓 일빵가위(一雙佳偶)러라. 즉시 침소(寢所) 53면
의 도라와 옥촉(玉燭)을 도도고[239] 피봉(皮封)을 ᄉᆞᆯ피건ᄃᆡ ‘쇼ᄉᆡᆼ 범형옥
【경화의 ᄌᆞ회(自號)라】은 댱쇼져 장ᄃᆡ하(粧臺下)의 근ᄇᆡ이셔(謹拜而
書)ᄒᆞ노라.’ ᄒᆞ엿거ᄂᆞᆯ 댱공이 두 눈이 두렷ᄒᆞ여 ᄉᆡᆼ각ᄒᆞᄃᆡ 형옥은 부
마(駙馬) 범단의 ᄌᆡ(子)러니 이 엇딘 봉셴(封書)고 ᄒᆞ며 쎨니 개간(開
簡)ᄒᆞᄆᆡ 대개 쇼ᄉᆡᆼ 범경홰 쇼져로 더브러 암밀(暗密)ᄒᆞᆫ ᄉᆞ은(私恩)을
몬져 두어시ᄃᆡ 부모 명을 기다려 녜(禮)로 마ᄌᆞ믈 ᄇᆞ라다가 블의예 님
왕이 호ᄉᆞ(好事)ᄅᆞᆯ 작희(作戲)ᄒᆞ미 되여시니 한분(恨憤)ᄒᆞ믈 니긔디
못ᄒᆞ여 경홰 댱공을 친히 보아 쇼져로 샤은이 잇던 바ᄅᆞᆯ 고코ᄌᆞ ᄒᆞᄃᆡ
오히려 쇼져의 ᄯᅳᆺ과 녕엄(令嚴)의 셩픔(性品)을 ᄎᆡ 아디 못ᄒᆞ여 유유
(儒儒)ᄒᆞᄂᆞ니[240] ᄇᆞᆰ히 ᄀᆞᄅᆞ치라 ᄒᆞ엿ᄂᆞᆫ디라. 댱공이 쳐음은 면ᄉᆡᆨ(面色)
이 여회(如灰)ᄒᆞ여 블승경악(不勝驚愕)이라가 밋 셔ᄉᆞ(書辭)ᄅᆞᆯ 보ᄆᆡ

237 ᄉᆡᄇᆡ: 새배. 새벽.

238 와셔: 규장각본에는 ‘와’로 되어 있음.

239 도도고: 도도다. 돋우다.

240 유유(儒儒)ᄒᆞᄂᆞ니: 유유하다. 주저주저하다.

스ᄉᆞ로 놀나믈 뎡ᄒᆞ고 이연브동 왈

"아녀ᄂᆞᆫ 초ᄉᆡᆼ긔셩(初生其性)이 엄연이 셩녀디풍(聖女之風)이라. 유
54면 시(幼時)로브터 비례믈시(非禮勿視)ᄒᆞ며 비례믈쳥(非禮勿聽)ᄒᆞ니 딘
실노 규측(閨則)의 셩범(聖範)이라. 이런 일은 남의 일이라도 귀예 머
므러 드ᄅᆞ려 아니 ᄒᆞ리니 엇디 문군(文君)의 벽(壁)을 쭈ᄅᆞ믈[241] 몸소
힝ᄒᆞ리오? 이ᄂᆞᆫ 필연(必然) 아녀로 놉흔 셩화(聲華)로조ᄎᆞ 젹승(赤
繩)의 인연(因緣)을 희망(希望)ᄒᆞ던 ᄂᆔ(類) 쇠로뼈 우리 부부(夫婦)의
ᄆᆞᄋᆞᆷ을 엿보미니 셔젹(書跡)을 머므러 둘 거시 아니라."

ᄒᆞ고 소화(燒火)ᄒᆞ여 업시ᄒᆞ거ᄂᆞᆯ ᄎᆞ시 박시 쳔만 몽ᄆᆡ지외(夢寐之
外)의 흉음(凶淫)ᄒᆞᆫ 셔ᄉᆞ(書辭)ᄅᆞᆯ 보ᄆᆡ 만심(滿心)이 ᄎᆞ악(嗟愕)ᄒᆞ여
혼ᄇᆡᆨ(魂魄)이 요요(搖搖)ᄒᆞ믈 ᄭᆡ닷디 못ᄒᆞ더니 댱공이 조곰도 요동
(搖動)ᄒᆞ미 업시 글을 ᄉᆞᆯ와 업시ᄒᆞ며 말숨과 ᄉᆞ식(辭色)이 타연ᄒᆞ여
녀ᄋᆞ의게 의심을 두디 아니ᄒᆞ믈 보ᄆᆡ 평ᄉᆡᆼ 심졍(心情)의 쥬(主)ᄒᆞᆫ 거
시 업거니 므ᄉᆞᆷ 별 의견이[242] 이시리오? 다만 ᄀᆞᆯ오ᄃᆡ

"내 ᄯᆞᆯ이 금누옥궐(金縷玉闕)의 드러 디존(至尊)을 겻디어 늉늉(隆
55면 隆)ᄒᆞᆫ 부귀와 호호(皓皓)ᄒᆞᆫ 영광(榮光)이 만고(萬古)의 희한코ᄌᆞ ᄒᆞ
거ᄂᆞᆯ 어ᄃᆡ로셔 괴이(怪異)ᄒᆞᆫ 거ᄉᆞᆫ 이런 더러온 말노 녀ᄋᆞᄅᆞᆯ 욕ᄒᆞᄂᆞ
뇨? 실노 분ᄒᆡ(忿駭)ᄒᆞᆫ 일이로다."

공이 빈미왈(顰眉曰)

241 문군(文君)의 벽(壁)을 쭈ᄅᆞ믈: 탁문군이 사마상여를 좇은 일. 과부가 된 탁문군이 사마상여의 거문고 소리를 듣고 반해 밤중에 사마상여 집으로 가 그의 부인이 된 일.

242 별 의견이: 규장각본에는 '별견니'로 되어 있음.

"ᄎᆞᄉᆞ(此事)도 괴이ᄒᆞ거니와 녀ᄋᆞ의 거동을 보고 그 말을 듯건ᄃᆡ 아모리 ᄒᆞ여도 혼ᄉᆞ롤 슌히 일우디 못홀가 근심이 무궁(無窮)ᄒᆞ도다."

박시 분연왈(憤然曰)

"졔 ᄉᆞ쳬(事體)롤 모로고 그리혼들 긔 므숨 대ᄉᆡ(大事)리오? 위력(威力)으로 혼ᄉᆞ롤 일우면 나죵은 홀일업셔 잠잠코 이시리니 상공은 그과히 일으란 념녀치 마ᄅᆞ쇼셔."

공이 심심블낙(深深不樂)ᄒᆞ여 골오ᄃᆡ

"십 셰 유녀(幼女)의 뜻을 앗지 못홀가 근심ᄒᆞ미 아니로ᄃᆡ 그[243] ᄒᆞᄂᆞᆫ 말이 ᄉᆞ리(事理)의 당연ᄒᆞ여 일호(一毫) 그ᄅᆞᆫ 일이 업ᄉᆞ며 ᄉᆡᆼᄉᆞ(生死)롤 가져 의논ᄒᆞ니 강녈(强烈)혼 아ᄒᆡ 초녀(楚女)의 고고혼 졀개(節槪)롤 ᄯᆞ라 혹ᄌᆞ 죽기로ᄡᅧ 졍가(程家)롤 ᄃᆡ힐딘ᄃᆡ 그 블ᄒᆡᆼ(不幸) ᄒᆞ믈 어ᄃᆡ 비ᄒᆞ리오? 졍닌광이 죽디 아냐시믈 내 ᄇᆞᆰ히 알고 임의 긔 강지디의셔 보미 잇거니와 나의 만금일교(萬金一嬌)로ᄡᅧ[244] 져 피폐(疲弊)혼 한ᄉᆞ(寒士)의 며ᄂᆞ리롤 삼아 쳑ᄌᆞ목동으로 겻디으믄 ᄎᆞ마 못 홀 욕일 ᄲᅮᆫ 아니라 금황(今皇)이 졍문(程門)을 졀치교아(切齒咬牙)[245]ᄒᆞ샤 멸망(滅亡)키롤 긔약(期約)ᄒᆞ시니 졔졍(諸程)은 텬인(天人)이라 비록 일시(一時) 산야(山野)의 침굴ᄒᆞ나 족히 슈화(受禍)롤 버셔나려니와 나ᄂᆞᆫ 쇽인(俗人)이라 능히 졔졍을 ᄇᆞ라디[246] 못ᄒᆞ리니 그 56면

243 그: 규장각본에는 '그 혼'으로 되어 있음.

244 만금일교(萬金一嬌)로ᄡᅧ: 규장각본에는 '만일교로ᄡᅧ'로 되어 있음.

245 졀치교아(切齒咬牙): 절치교아. 이를 갈 정도로 매우 분한 상태. '교아절치'라고도 함.

246 ᄇᆞ라디: 규장각본에는 '바라브지'로 되어 있음.

ᄅᆞᆺ 졍가(程家)의 결연(結緣)ᄒᆞ엿다가 ᄒᆞᆫ번 님군의 노(怒)ᄅᆞᆯ 만나며 권문셰가(權門勢家)의 믜이믈 어든즉 쇽졀업시 뇌졍(雷霆)이 딘쳡(震疊)[247]ᄒᆞᄂᆞᆫ 아ᄅᆡ 최졀(摧折)ᄒᆞ믈[248] 면치 못ᄒᆞ리니 가히 위ᄐᆡ롭고 두립디 아니랴? 당ᄎᆞ디시(當此之時)ᄒᆞ여ᄂᆞᆫ 셕년(昔年) 완월ᄃᆡ샹(玩月臺上)의셔 브졀업ᄉᆞᆫ 언약(言約)을 두며 글을 깃쳐 ᄆᆡᆼ셰(盟誓)ᄅᆞᆯ 듕대히 ᄒᆞᆫ ᄇᆡ ᄋᆡᄃᆞᆲ고 뉘웃브미 ᄇᆡ복(背腹)을 너흐러도[249] 밋디 못ᄒᆞᆯ디라. 졍ᄌᆡ 젹환(賊患)의[250] 실산(失散)ᄒᆞ며 졔졍이 슈히 딘긔(振氣)ᄒᆞᆯ 길히 업
57면 ᄉᆞ니[251] 나의 ᄆᆡᆼ약(盟約)을 ᄇᆡ반(背叛)ᄒᆞ믈 ᄊᆞ디ᄌᆞ리 잇디 아닐가 조곰도 ᄆᆞᄋᆞᆷ의 거리ᄶᅵ디 아냣더니 졍ᄌᆞ의 ᄉᆞ라시믈 보고 녜리(禮吏) 최언션이 여ᄎᆞ여ᄎᆞ 져ᄅᆞᆯ 위ᄒᆞ여 죽기ᄅᆞᆯ ᄇᆞ야던[252] 바ᄅᆞᆯ 본 후로 ᄆᆞᄋᆞᆷ의 블평(不平)하던 듕 녀ᄋᆞ의 슈졀(守節)코ᄌᆞ ᄒᆞᄂᆞᆫ 말을 드ᄅᆞᄆᆡ 놀납고 블ᄒᆡᆼ(不幸)ᄒᆞ미 여러 가디어ᄂᆞᆯ 더러온 셔간(書簡)은 ᄇᆡᆨ옥(百玉)이 무하(無瑕)ᄒᆞ고 쳥빙(淸氷)이 틔 업ᄉᆞᆫ 녀ᄋᆞᄅᆞᆯ 욕고자 ᄒᆞ니 ᄉᆞᄉᆡ(事事) ᄯᅳᆺᄀᆞᆺ디 못ᄒᆞᆯ가 분울(憤鬱)ᄒᆞ도다.”

박시 블열왈(不悅曰)

“상공은 브당디셜(不當之說)을 그만ᄒᆞ쇼셔. 녀ᄋᆞᄂᆞᆫ 옥장(玉帳)의 ᄆᆡ

---

247 딘쳡(震疊): 진첩. 지위나 신분이 높은 이가 거듭 화를 내는 것.

248 최졀(摧折)ᄒᆞ믈: 규장각본에는 ‘초졀믈’로 되어 있음.

249 너흐러도: ‘너흘다’는 이로 물어뜯는다는 뜻. 배를 물어뜯는다는 것은 사향노루가 붙잡힌 후에 자신의 배꼽에서 사향이 나서 붙잡혔다고 생각하여 배꼽을 물어뜯는 ‘서제막급(噬臍莫及)’을 의미하는 것으로, 후회해도 늦었음을 뜻함.

250 젹환(賊患)의: 규장각본에는 ‘젹ᄒᆞᆫ의’로 되어 있음.

251 업ᄉᆞ니: 규장각본에는 ‘업히스니’로 되어 있음.

252 ᄇᆞ야던: ᄇᆞ야다. 재촉하다.

홰(梅花)오 유곡(幽谷)의 향난(香蘭)이라. ᄉᆡᆼ어부귀(生於富貴)ᄒᆞ며 댱어호치(長於豪侈)ᄒᆞ여 그 존듕ᄒᆞ미 금달공쥬(禁闥公主)[253]ᄅᆞᆯ 블워 아니 ᄒᆞ리니 엇디 졍ᄉᆞᆷ 촌부(村夫)의 며나리 삼기ᄅᆞᆯ 의논ᄒᆞᆯ ᄇᆡ리오마ᄂᆞᆫ 셕년(昔年)의 문졍공이 계시고 그 집이 쇠폐치 아니ᄒᆞ며 졍ᄌᆡ 박미(薄微)치 아니ᄒᆞ므로 상공이 취듕(醉中) 희언(戲言)으로 닌광을 ᄉᆞ회 삼으렷노라 ᄒᆞ여신들 긔 므ᄉᆞᆷ 듕대ᄒᆞᆫ 말이라 이졔 ᄇᆡ약(背約) 58면
ᄒᆞ나 ᄆᆞ음의 거리ᄭᅵ리오? 원간 상공이 너모 인션(仁善)ᄒᆞ여 듕약(重約)기의 갓가온 고로 쳐ᄉᆡ(處事) 강ᄆᆡᆼ(强猛)치 못ᄒᆞ미 흠ᄉᆡ(欠事)러니[254] 졍ᄌᆞᄅᆞᆯ 목젼(目前)의 보고 술연이 노화바려 죽이디 못ᄒᆞ여시니 일을 엇디 그러ᄐᆞᆺ 잘못ᄒᆞ시뇨? 최언션은 죽을 곳을 엇디 못ᄒᆞ여 ᄒᆞᄂᆞᆫ 밋친놈이라 그 거ᄉᆞᆯ 보고 감동(感動)ᄒᆞᆯ 일이 아니라. 디효(至孝)의 ᄌᆞ식과 ᄌᆞᄋᆡ(慈愛)의 부뫼라도 명(命)을 ᄃᆡᄒᆞ여 죽으미 어렵거ᄂᆞᆯ ᄒᆞ믈며 대단ᄒᆞᆫ 은혜(恩惠) 업ᄉᆞᆫ 남을 위ᄒᆞ여 죽으리오? 최언션은 결단코 샹셩(喪性)ᄒᆞᆫ 거시니 사ᄅᆞᆷ이라 의논ᄒᆞᆯ 거ᄉᆞᆫ 아니어니와 상공이 밋치디 아냣고 병드디 아닌 바로 녯날 젹은 은혜ᄅᆞᆯ ᄉᆡᆼ각ᄒᆞ며 졍ᄌᆞᄅᆞᆯ 됴히 도라보ᄂᆡ여시나 후일(後日)의 졍ᄌᆡ 상공 은혜란 ᄉᆡᆼ각디 아니ᄒᆞ고 다 언션의 공덕(功德)으로 알니니 긔 므ᄉᆞᆷ 유익(有益)ᄒᆞ며 졍ᄌᆡ ᄉᆞ랏신 후ᄂᆞᆫ 내 집 교옥(嬌玉)을 희망ᄒᆞ미 외람(猥濫)ᄒᆞᆫ 줄을 모ᄅᆞᆯ 거시오 남 59면
이라도 상공이[255] 실신ᄇᆡ약(失信背約)[256]ᄒᆞ다 ᄒᆞ여 혹 시비(是非)ᄒᆞ리 이

253 금달공쥬(禁闥公主): 금달공주. 금달은 임금 처소의 앞문을 뜻하므로, 궁전에 사는 공주를 의미.

254 흠ᄉᆡ(欠事)러니: 규장각본에는 '험ᄉᆡ러니'로 되어 있음.

실 ᄃᆞᆺᄒᆞ거ᄂᆞᆯ ᄂᆡ두(來頭)[257]ᄅᆞᆯ 혜아리디 못ᄒᆞ고 간샤(奸邪)의 ᄡᅵᄅᆞᆯ 브졀업 살녀시니 엇디 ᄋᆡ돏디 아니ᄒᆞ리오? 이런 일을 녀ᄋᆡ 듯ᄂᆞᆫᄃᆡ 힝혀 말 거시라. 졍ᄌᆡ ᄉᆞ라심 곳 드ᄅᆞ면 더옥 당당이 딕희고ᄌᆞ ᄒᆞ리이다.”

공이 탄왈(嘆曰)

“부인의 말이[258] 그ᄅᆞᆫ든 아니 ᄒᆞ거니와 우리 부부(夫婦)ᄂᆞᆫ 졍문(程門) 은덕(恩德)을 바드미 산고ᄒᆡ활(山高海濶)ᄒᆞ니 ᄒᆞᆫ갓 내 몸만 니ᄅᆞ디 말고 션군(先君)과 션비(先妣)며 악댱(岳丈)[259]과 ᄎᆔ뫼[260] 다 부ᄌᆞ(夫子)[261]의 은ᄐᆡᆨ(恩澤)[262]으로 도로ᄒᆡᆼ걸(道路行乞)[263]을 면ᄒᆞ샤 ᄉᆞ족(士族)의 됴흐믈 일치 아냐 계시니 비록 각별보은(各別報恩)치 못ᄒᆞ나 그 ᄌᆞ손을 도로혀 ᄒᆡᄒᆞ미 텬앙(天殃)이 두리온디라. 내 뜻도 쳐음은 ᄆᆡᆼ츄의 말을 조ᄎᆞ 졍ᄋᆞᄅᆞᆯ 죽이려 ᄒᆞ엿더니 언션이 계교로ᄡᅧ ᄉᆡᆼ혀ᄂᆡ고 제 죽으
60면 려 ᄒᆞᄆᆡ ᄒᆞᆯ일업셔 언션을 마ᄌᆞ 여ᄎᆞ여ᄎᆞ 노화시니 졍ᄌᆡ 엇디 날을 감격(感激)ᄒᆞ여 아니리오? 혼인을 타쳐(他處)의 디ᄂᆡ면 졍개 날노ᄡᅧ 실신ᄇᆡ약(失信背約)다 ᄒᆞ려니와 텬위(天威)ᄅᆞᆯ 항형(抗衡)치 못ᄒᆞ여 후궁(後宮)의 드린[264] ᄇᆡ야 어이 시비(是非)ᄒᆞ리오마ᄂᆞᆫ 녀ᄋᆡ 어버이 뜻을

---

255 상공이: 규장각본에는 ‘상상공이’로 되어 있음.

256 실신ᄇᆡ약(失信背約): 실신배약. 신의를 저버리고 약속을 배반함.

257 ᄂᆡ두(來頭)ᄅᆞᆯ: 규장각본에는 ‘ᄂᆡ두두를’로 되어 있음.

258 부인의 말이: 규장각본에는 ‘부인의’로 되어 있음.

259 악댱(岳丈)과: 규장각본에는 ‘악낭과’로 되어 있음.

260 ᄎᆔ뫼: 취모. 문맥상 ‘장모’로 추정.

261 부ᄌᆞ(夫子): 부자. 정한.

262 은ᄐᆡᆨ(恩澤)으로: 규장각본에는 ‘은덕으로’로 되어 있음.

263 도로ᄒᆡᆼ걸(道路行乞)을: 규장각본에는 ‘도로ᄒᆡᆼ지을’로 되어 있음.

264 드린: 규장각본에는 ‘들린’으로 되어 있음.

슌치 아닐가 념녀롭도다."

박시 뎡식왈(正色曰)

"상공은 졍신 됴코 춍명(聰明)도 과인(過人)ᄒᆞ셔이다. 발셔 언졔 디닌 일이라 이졔 ᄉᆡ로이 일ᄏᆞᄅᆞ시ᄂᆞ뇨? 션구고(先舅姑)와 우리 부뫼 졍문쳥[265]이 아니라도 뉴리걸식(遊離乞食)을[266] 면ᄒᆞ라 ᄒᆞ여실딘ᄃᆡ[267] ᄌᆞ연이 됴흔 바ᄅᆞᆷ을 만나 복녹(福祿)을 향(享)ᄒᆞ시리니 졍개(程家) 부쳐셰존이시라 사ᄅᆞᆷ의 복을 주며 녹을 더으리잇가? 쑴 갓ᄐᆞᆫ 말ᄉᆞᆷ도 ᄒᆞ시ᄂᆞ이다. 션구고ᄂᆞᆫ 향슈(享壽)치 못ᄒᆞ시기로 복을 누리신 일이 업거니와 우리 부모ᄂᆞᆫ ᄌᆞ손이 만당(滿堂)ᄒᆞ고 복녹이 호호(浩浩)ᄒᆞ며 영화부귀(榮華富貴) 날노 더으니 그도 졍개 주엇다 ᄒᆞ리잇가? 온갓 일을 상공이 그ᄅᆞᆺᄒᆞ여 녀ᄋᆡ 혼ᄉᆞ(婚事)의 잡셜(雜說)을 ᄒᆞ고ᄌᆞ ᄒᆞ니 엇디 ᄋᆡ돏디 아니리오[268]? 이후(以後)란 졍가(程家) 은혜(恩惠)ᄅᆞᆯ 다시 일ᄏᆞᆺ디 말며 녀ᄋᆞ란 쥰졀(峻截)이 ᄭᆞ디져 졍문(程門)을 딕흰다 말을 일졀 닙 밧긔 ᄂᆡ디 못ᄒᆞ게 ᄒᆞ쇼셔."

댱공의 무디(無知)ᄒᆞ므로도 박시의 언ᄉᆡ(言辭) 사ᄅᆞᆷ의 ᄒᆞᆯ ᄇᆡ 아니믈 혜아려 긴 셜홰(說話) 브졀업ᄉᆞ므로 다시 말을 아니 ᄒᆞ고 침금(寢衾)의 나아가니라.

ᄎᆞ시 교랑이 협실(夾室)의셔[269] 댱공 ᄂᆡ외(內外)의 셜화ᄅᆞᆯ 낫낫치 듯고 61면

265 졍문쳥: 정문청. 정한.

266 뉴리걸식(遊離乞食)을: 규장각본에는 '유걸식'으로 되어 있음.

267 ᄒᆞ여실딘ᄃᆡ: 규장각본에는 '하실진ᄃᆡ'로 되어 있음.

268 아니리오: 규장각본에는 '아니ᄒᆞ리요'로 되어 있음.

269 협실(夾室)의셔: 규장각본에는 '협실의'로 되어 있음.

긔록ᄒᆞ여 화경궁으로 보ᄂᆡ니 원ᄂᆡ 박시롤 셔유랑이라 ᄒᆞ며 셔간(書簡)을 주던 쇼ᄋᆞᄂᆞᆫ 희연의 ᄎᆞ녀(次女) ᄋᆡ랑이러라. 명됴(明朝)의 희연이 교랑의 셔간을 가디고 밧비 화경궁의 도라와 공쥬긔 현알(見謁)ᄒᆞᆫ 후 댱공 부부의 ᄒᆞ던 말과 댱쇼져의 졍문을 위ᄒᆞ여 슈졀(守節)코ᄌᆞ
62면 ᄒᆞᄂᆞᆫ 바롤 셰셰히 고(告)ᄒᆞ며 교랑의 셔간(書簡)을 올니니 공쥬와 경홰 쇼왈(笑曰)

"초(初)의 젹은 계교롤 베프믄 댱공 부부(夫婦)의 심쳔(心遷)을 녀흐미러니 임의 ᄯᆞᆯ의 ᄋᆡᄆᆡ(曖昧)ᄒᆞ믈 혜아려 의심치 아니ᄒᆞ고[270] 궁금(宮禁)[271]의 드리기롤 결단(決斷)ᄒᆞᆯ딘ᄃᆡ 그ᄣᆡ의 우리 모ᄌᆞ(母子) 쳔방ᄇᆡᆨ계(千方百計)롤 베퍼 댱시로 ᄒᆞ여곰 후궁(後宮)의 튱슈(充數)치 못ᄒᆞ도록 져희ᄒᆞ리니 댱시의 필젹(筆跡)과 ᄌᆞ장패믈(資粧佩物)을 급히 어더야 일이 되리라."

ᄒᆞ고 교랑의게 답간(答簡)을 닷가 보ᄂᆡ니 희연이[272] 즉시 댱아의[273] 도라와 교랑을 보고 공쥬의 ᄒᆞ던 말을 젼ᄒᆞ니 교랑이 봉셔(封書)롤 보ᄆᆡ 만디셔듕(滿紙書中)의 흉모악ᄉᆞ(凶謀惡事)롤 의논ᄒᆞ여시며 댱시의 필젹과 ᄌᆞ장ᄑᆡ믈을 구ᄒᆞ엿거ᄂᆞᆯ 교랑이 댱부의셔 만히 ᄌᆞ라시므로 박시의 긔용범믈(器用凡物)을 제 것ᄀᆞᆺ치[274] 뒤져기니 엇디 댱쇼져의 ᄌᆞ장
63면 지믈을 어더ᄂᆡ미 어려오리오마ᄂᆞᆫ 쇼졔 텬셩(天性)이 현검딕개 보화

---

270 아니ᄒᆞ고: 규장각본에는 '못ᄒᆞ고'로 되어 있음.

271 궁금(宮禁): 궁금. 임금의 처소.

272 희연이: 규장각본에는 '힝연이'로 되어 있음.

273 댱아의: 규장각본에는 '댱의'로 되어 있음.

274 제 것ᄀᆞᆺ치: 규장각본에는 '제것치'로 되어 있음.

(寶貨)의 패산디뉴(佩珊之類)[275]ᄅᆞᆯ 심히 슬히[276] 넉이ᄂᆞᆫ 고로 박시 비록 녀ᄋᆡ나 금쥬보옥(金珠寶玉)으로ᄡᅧ 그 ᄆᆞᄋᆞᆷ을 더러이디 못ᄒᆞ여 슬히 넉이ᄂᆞᆫ 바ᄅᆞᆯ 주디 아니ᄒᆞ고 모다[277] ᄌᆞ긔 협ᄉᆞ(篋笥)[278]의 둔 ᄇᆡ니 쇼져긔 일홈 디은 보패(寶貝) 업ᄉᆞ며 ᄯᅩ 쇼져의 신명(神明)ᄒᆞ미 만ᄉᆞ(萬事)의 무블통디(無不通知)ᄒᆞ여 문명긔홰 셩문(聖門)의 도통(道統)을 니을 ᄇᆡ로ᄃᆡ 평ᄉᆡᆼ의 작시낙필(作詩落筆)ᄒᆞ미 업셔 침션방젹(針線紡績)을 힘ᄡᅳ고 문ᄎᆡ(文彩)의 빗나믈 ᄌᆞ랑치 아니ᄒᆞ므로 댱공과 박시 녀ᄋᆞ의 문댱(文章)이 그ᄃᆡ도록 ᄒᆞ믈 오히려 모ᄅᆞᆯ ᄲᅳᆫ 아니라 댱공은 영녹(榮祿)을 도모ᄒᆞᄆᆡ 몸이 한가ᄒᆞᆫ ᄣᆡ 업고 박시ᄂᆞᆫ 범간(凡間) 욕화(欲火)의 ᄡᅴ이여 심ᄉᆡ(心思) ᄌᆞᆼ용ᄒᆞᆯ 젹이 업ᄉᆞ므로 ᄯᆞᆯ을 ᄃᆡᄒᆞ여 문니댱진(文理將進)ᄒᆞ믈 뭇디 아니ᄒᆞ고 쇼졔 언두(言頭)의 문ᄌᆡ(文才)ᄅᆞᆯ 일ᄏᆞᆺ디 아니ᄒᆞ므로 ᄒᆞᆫ 조각 셔젹(書跡)을 박시 침소(寢所)의 머므ᄅᆞᆫ 거시 업ᄉᆞ니 엇디 쇼져의 두어 줄 필젹(筆跡)을 어들 길히 이시리오? 교랑이 십 64면
분민민(十分憫憫)ᄒᆞ여 박시ᄅᆞᆯ ᄃᆡᄒᆞ여 고왈(告曰)

“슉뫼 ᄆᆡᄆᆡ(妹妹)의 문장필한(文章筆翰)을 아ᄅᆞ시ᄂᆞ니잇가?”

박시 왈

“녀ᄌᆞ의 학(學)이 유무 셔젹(書籍)이나 통졍(通情)ᄒᆞᆯ 만ᄒᆞ면 족ᄒᆞ디 그 밧긔 더을 거ᄉᆞᆫ 업ᄉᆞᆫ가 ᄒᆞᄂᆞ니 녀ᄋᆡ 아모리타 유무 셔찰(書札)이

---

275 패산디뉴(佩珊之類)ᄅᆞᆯ: 규장각본에는 ‘펴산지믈을’로 되어 있음.

276 슬히: 규장각본에는 ‘슬피’로 되어 있음.

277 모다: 모두.

278 협ᄉᆞ(篋笥): 협사. 상자 모양의 그릇.

야 일울 만ᄒᆞ리라."

교랑이 쏘 우어 왈

"쇼뎔 ᄀᆞᆺ튼 경쳔(輕賤)ᄒᆞᆫ 거실ᄉᆡ 슉모 면젼(面前)의셔 ᄃᆡ셔ᄃᆡ작(代書代作)과 범ᄉᆞ(凡事) 슈응(隨應)을 못 밋출 ᄃᆞ시 ᄒᆞ옵디 댱ᄆᆡ ᄀᆞᆺ튼 귀ᄒᆞᆫ 사ᄅᆞᆷ이야 아모리 문장이 강하(江河) ᄀᆞᆺ튼들 어ᄃᆡ 가 감히 슉모 ᄀᆞᆺ튼 모친(母親)이라셔 ᄒᆞᆫ번 ᄃᆡ셔나 ᄡᅳ여 보실가 시브니잇가? 아스쇼셔. 항복(降伏)되디[279] 아니ᄒᆞ더이다. 진시황(秦始皇)도 모표의 간ᄒᆞᄆᆞ로조ᄎᆞ[280] 모ᄌᆞ텬뉸(母子天倫)을 슷디 못ᄒᆞ여 궁듕(宮中)의 다시 용납ᄒᆞ미 되엿거든 ᄆᆡᄆᆡ(妹妹)ᄂᆞᆫ 므슨 사ᄅᆞᆷ이완ᄃᆡ 슉모 보오믈 힝노(行路)[281]갓치 홀가 시브니잇가? ᄆᆡᄆᆡ 아모리[282] 착ᄒᆞ고 슉뫼 아모리 블현(不賢)ᄒᆞ시나 십삭회잉(十朔懷孕)의 구로(劬勞)ᄒᆞ신 은혜(恩惠)와 십년슬하(十年膝下)의 교무(敎撫)ᄒᆞ신 졍ᄋᆡ(情愛)로 밧ᄌᆞ온 후ᄂᆞᆫ 그러치 못ᄒᆞ리이다. 연이나 ᄆᆡᄆᆡ(妹妹)의 슉모롤 ᄇᆡᆨ안(白眼)으로 쳠시(瞻視)홈과 여디업시 낫게 넉이ᄂᆞᆫ 거동은 슉부의 말좌잉흰(末座媵姬)들 그ᄃᆡ도록 ᄒᆞ리잇가? 셔찰(書札)도 아니 왕복(往復)ᄒᆞ염 즉ᄒᆞᆫ ᄃᆡᄂᆞᆫ 흰 깁의 쥬옥(珠玉)이 듯드러[283] 구술함의 너허 잘 보ᄂᆡ더이다마ᄂᆞᆫ 슉모ᄂᆞᆫ ᄯᆞᆯ의

65면

279 항복(降伏)되디: 규장각본에는 '황복되지'로 되어 있음.

280 진시황(秦始皇)도 모표의 간ᄒᆞᄆᆞ로조ᄎᆞ: 진시황이 태후를 별궁에서 지내게 했는데, 이를 두고 모초가 제후들이 이를 알면 등을 돌리지 않을까 걱정이 된다고 간언을 올려 진시황이 태후를 데려와 감천궁에서 지내게 했다는 이야기가 《사기》 〈본기〉에 전함.

281 힝노(行路): 행로지인(行路之人). 길 가는 사람이라는 뜻으로, 남을 의미함.

282 아모리: 규장각본에는 '아리'로 되어 있음.

283 듯드러: 듯듯다. 떨어지다.

필젹(筆跡)을 귀경도 못 ᄒᆞ여 계시니 실노 사름의 ᄌᆞ모(慈母) 되시미 붓그러오시니이다.[284]"

셜파(說罷)의 긔괴(奇怪)ᄒᆞ며 망측(罔測)ᄒᆞ믈 니긔디 못ᄒᆞᄂᆞᆫ 거동을 디으니 박시 ᄎᆞ언(此言)을 드ᄅᆞ미 과연(果然)ᄒᆞ여 녀ᄋᆞ롤 한분통완(恨憤痛惋)ᄒᆞᄂᆞᆫ 의ᄉᆡ(意思) 가득ᄒᆞ며 안ᄉᆡᆨ(顏色)이 변이(變異)ᄒᆞ여 왈

"내 팔ᄌᆡ 괴이(怪異)ᄒᆞ므로 블초녀(不肖女)롤 두어 ᄒᆞᆫ 일도 죵요로온[285] 구셕을 보디 못하고 원슈 연시의 녁[286]ᄉᆞᆯ 드러 날을 구슈(仇讐)ᄀᆞᆺ치 녁이니 십 삭 구로홈과 삼 년 긍회ᄒᆞᆫ[287] 은혜(恩惠)롤 모로난디라. 그러므로 현딜(賢姪)노뼈 슉딜(叔姪)의 졍이 ᄌᆞ별(自別)ᄒᆞ여 모녀(母女)의 더으미 잇고 일홈ᄒᆞ여 모녜 되고ᄌᆞ ᄒᆞᄃᆡ 거게(哥哥) 허치 아니시니[288] 심니(心裏)의 ᄋᆡ돌오믈 니긔디[289] 못ᄒᆞ노라. 아디 못게라, 월ᄋᆡ 어나 곳의 셔ᄉᆞ왕복(書辭往復)을 남모르게 ᄒᆞ더뇨?" 66면

교랑이 혹쇼혹탄(或笑或嘆)ᄒᆞ며[290] 말을 ᄎᆞᆷ아 능히 발(發)치 못ᄒᆞᄂᆞᆫ 쳬ᄒᆞ다가 믄득 날호여 옷깃ᄉᆞᆯ 념의고 ᄀᆞᆯ오ᄃᆡ

"이졔 므ᄉᆞᆷ 쾌ᄒᆞᆫ 일이라 그리 밧비 알고ᄌᆞ ᄒᆞ시ᄂᆞ니잇고? 곳비[291] 길ᄆᆡ ᄌᆞ연이 드ᄃᆡ이ᄂᆞᆫ 날이 잇ᄉᆞ오리니 그ᄤᅴ의 아ᄅᆞ시려니와 쇼딜이 몬져

284 붓그러오시니이다: 규장각본에는 '붓그려오신이니이다'로 되어 있음.
285 죵요로온: 종요롭다. 없으면 안 될 만큼 요긴하다.
286 녁: 녘, 편.
287 삼 년 긍회ᄒᆞᆫ: 규장각본에는 '삼 년 공회ᄒᆞᆫ'으로 되어 있음.
288 아니시니: 규장각본에는 '아이ᄒᆞ시니'로 되어 있음.
289 니긔디: 규장각본에는 '니지'로 되어 있음.
290 혹소혹탄(或笑或嘆)ᄒᆞ며: 규장각본에는 '호쇼혹단ᄒᆞ며'으로 되어 있음.
291 곳비: 고삐.

ᄆᆡᄆᆡ(妹妹)의 필젹(筆跡)을 잠간 보오면 의심을 빙셕(氷釋)ᄒᆞᆯ 일이 잇ᄉᆞᆸ것마ᄂᆞᆫ 숙뫼 어드시기 쉬오리잇가?"

박시 ᄎᆞ언을 드ᄅᆞᄆᆡ 슈상코 괴이ᄒᆞ믈 니긔디 못ᄒᆞ여 졸연(猝然)이 닓더나며[292] ᄀᆞᆯ오ᄃᆡ

"월ᄋᆡ 젼ᄌᆞ(前者)의 연시 압히셔 녀계(女戒)[293]를 벗기던[294] 거시 잇더니 67면 이졔 그거시 어ᄃᆡ 이실디라. 내 가셔 어더 오마."

ᄒᆞ고 나ᄂᆞᆫ ᄃᆞ시 ᄂᆡᄃᆞᄅᆞ니 교랑이 ᄯᅡ라가 귀예 다혀[295] 왈

"요란이 구디 말고 죵용이 어더 오쇼셔."

ᄒᆞ니 박시 고개 조으며 쇼져 침소(寢所)의 나아가 굿ᄐᆞ여 한셜(閑說)을 아니 ᄒᆞ고 협ᄉᆞ(篋笥)를 두로 들혀보니 아득히 모로던 가온ᄃᆡ 쇼져 친필(親筆)노 슈십 권 셔칙(書冊)을 일운 거시 잇ᄂᆞᆫ디라. ᄒᆞᆫ 권을 ᄲᆡ혀 가지고 나오ᄃᆡ 쇼져ᄂᆞᆫ 맛촘 여측(如厠)ᄒᆞᆫ ᄶᅵ오 츄연이 혼ᄌᆞ 이시나 부인이 가져가ᄂᆞᆫ 거ᄉᆞᆯ 감히 막디 못ᄒᆞ여 볼 ᄯᆞ롬이어ᄂᆞᆯ 박시 ᄲᆞᆯ니 도라와 교랑을 뵌ᄃᆡ 교랑이 만심환열(滿心歡悅)ᄒᆞᄃᆡ 거ᄌᆞᆺ 경히난측(驚駭難測)ᄒᆞᄂᆞᆫ 빗ᄎᆞᆯ 디어 혀 ᄎᆞ며 ᄀᆞᆯ오ᄃᆡ

"필획(筆劃)도 긔이(奇異)ᄒᆞ고 ᄌᆡ조도 쵸츌(超出)ᄒᆞ여이다. 이 ᄌᆡ조이 긔딜(氣質)노 부귀(富貴) 일신(一身)커ᄂᆞᆯ 므ᄉᆞ 거시 그ᄃᆡ도록 밧브던고? 위ᄒᆞ여 한 되도다. 쇼딜이 죵용이 말솜을 다 ᄒᆞ오리니 아딕

292 닓더나며: 일떠나다. 기운차게 일어나다.

293 녀계(女戒): 여계. 여자의 생활과 처신에 관한 계율.

294 벗기던: 벗기다. 베끼다.

295 다혀: 다히다. 대다.

은 발셜(發說)치 못ᄒᆞᄂᆞ이다.”

박시 심니(心裏)의 착급(着急)ᄒᆞ여 다시 뭇고ᄌᆞ ᄒᆞ더니 그 죵형(從 68면
兄) 박급ᄉᆞ 등이 니ᄅᆞ러 취ᄒᆞᆫ 소ᄅᆡ와 브잡ᄒᆞᆫ 거동으로 술 ᄂᆡ라 보ᄎᆡ
거ᄂᆞᆯ 박시 흔연(欣然)이 마ᄌᆞ 담화(談話)ᄒᆞ믈 인ᄒᆞ여 교랑다려 죵용
ᄒᆞᆫ 말을 못 ᄒᆞ더라.[296] 교랑이 댱쇼져 글을 가져 반일(半日)을 모ᄉᆞ(模
寫)코ᄌᆞ ᄒᆞ나 디샹(紙上)의 운영(雲影)이 취디(聚至)ᄒᆞ여 난봉(鸞
鳳)과 교룡(蛟龍)과 셔렷ᄂᆞᆫ ᄃᆞᆺ[297] ᄌᆞ획(字劃)이 ᄉᆡᆼ긔유동(生氣流動)ᄒᆞ
여 일만 줄 딘쥬(珍珠)ᄅᆞᆯ 드리오고 금ᄌᆞ(金字)ᄅᆞᆯ 엿것ᄂᆞᆫ ᄃᆞᆺ 광ᄎᆡ 현
난됴요(眩亂照耀)ᄒᆞ믈 십ᄉᆡᆼ구ᄉᆞ(十生九死)ᄒᆞ여도 모습(模襲)ᄒᆞᆯ 길
히 업ᄉᆞᆯ 거시로ᄃᆡ 텬ᄌᆡ(淺才) 졀영(絶英)ᄒᆞ여 타류(他類)의 ᄇᆡᆨ승쳔
츌(百勝千出)ᄒᆞ미 이시므로 갈셩딘녁(竭誠盡力)ᄒᆞ여 계오[298] 모ᄉᆞᄒᆞᄆᆡ
댱쇼져의 졍심신슐(精心神術)의 비로셔 죵호 ᄉᆞ체[299]의 발ᄒᆞᆫ 문젹(文
跡)과 요녀(妖女)의 공교로이 모ᄉᆞᄒᆞᆫ 거시 달인(達人)의 명감(明鑑)
의ᄂᆞᆫ ᄒᆞᆫ번 보아 쾌히 아라 샹셔(祥瑞)의 문ᄎᆡ(文彩)와 귀ᄆᆡ(鬼魅)[300]의
요젹(妖跡)을 발단ᄒᆞᆯ 거시로ᄃᆡ 박시의 어두온 눈은 족히 쇽일 만ᄒᆞ더
라. 교랑이 심니(心裏)의 환환열열(歡歡悅悅)ᄒᆞ여 죵슉(從叔) 등의 69면
오ᄅᆡ 안ᄌᆞᆺ기ᄅᆞᆯ ᄇᆞ라더니 과연 술고ᄅᆡ 취ᄒᆞᆯᄉᆞ록 무한(無限)이 탐ᄒᆞ여

296 못 ᄒᆞ더라: 규장각본에는 ‘못더라’로 되어 있음.
297 셔렷ᄂᆞᆫ ᄃᆞᆺ: 규장각본에는 ‘셧겻ᄂᆞᆫ 듯’으로 되어 있음.
298 계오: 겨우.
299 죵호 ᄉᆞ체: 후한 시대의 서예가로 잘 알려진 인물 가운데 종요가 있어서, 문맥상 종요의 서체를 뜻하는 것으로 봄.
300 귀ᄆᆡ(鬼魅): 귀매. 도깨비와 귀신.

즛쳐[301] 먹고 임의 즌쫑ᄀᆞᆺ치 취ᄒᆞ미 부담잡셜(浮談雜說)[302]이 브졀여루(不絶如縷)[303]ᄒᆞ며 날이 져므ᄃᆡ 니러날 줄을 모로니 졍히 교랑의 원(願)을 맛ᄎᆞᆺᄂᆞᆫ디라. 죵일(終日) 모ᄉᆞ(摹寫)ᄒᆞ여 ᄌᆞ톄(字體) 얼프시 우러러 ᄀᆞᆺ고ᄌᆞ ᄒᆞ기의 밋쳐ᄂᆞᆫ 두어 댱 흉음(凶淫)ᄒᆞᆫ 셔간(書簡)을 일워 히연으로 ᄒᆞ여곰 화경궁으로 보ᄂᆡ니 그 흉모간계(凶謀奸計) 엇디 되며 댱쇼져의 젼졍(前程)이 무ᄒᆡ(無害)ᄒᆞᆫ가 하회를 셕남ᄒᆞ라.

(책임교주 최수현)

---

301 즛쳐: 즛치다. 짓치다. 함부로 마구 치다.

302 부담잡셜(浮談雜說): 부담잡설. 허튼 이야기.

303 브졀여루(不絶如縷): 부절여루. 끊이지 않고 계속됨.

완월회맹연 玩月會盟宴

권디이십이 卷之二十二

시시(是時)의 박교랑이 갈셩딘녁(竭誠盡力)ᄒᆞ여 댱쇼져의 ᄌᆞ체(字 1면
體)ᄅᆞᆯ 모ᄉᆞ(摹寫)ᄒᆞᄆᆡ 얼프시 우러러 갓기의 ᄆᆡᆺ쳐ᄂᆞᆫ 두어 댱 흉음(凶淫)ᄒᆞᆫ 셔간(書簡)을 일워 ᄒᆡ연으로 ᄒᆞ여곰 화경궁 공쥬긔 보ᄂᆡ며 왈 "댱ᄆᆡ[1]의 패산디믈(佩珊之物)은 업ᄉᆞᆯ 쁜 아니라 가바야이 엇기 어려오니 셔간 두 장이 죡히 슉모의 눈을 ᄀᆞ리올 거시오. 댱공과 슉모ᄂᆞᆫ 춍명(聰明)치 못ᄒᆞᆫ 위인(爲人)이라 믈ᄀᆞᆺ치 흔ᄒᆞᆫ 보화(寶貨)의 다 유심(有心)ᄒᆞ여 젼의 본 거시며 아니 본 거시믈 분간치 못ᄒᆞ올디라. 옥쥬 슉모 패산디뉴(佩珊之類)의 ᄒᆞᆫ 가디ᄅᆞᆯ 댱ᄆᆡ의 거시라 ᄒᆞ여도 말이 되오리니 쇽쇽(速速)히 ᄒᆡᆼ계(行計)ᄒᆞ시려니와 댱공이 그 ᄯᆞᆯ을 심히 미드미 되여 가바야이 의심ᄒᆞᆯ ᄇᆡ 아니라. 잠간 듯ᄌᆞ온즉 셰샹 사ᄅᆞᆷ의 ᄆᆞᄋᆞᆷ을 밧고와 쇼ᄋᆡᄌᆞ(所愛者)ᄅᆞᆯ 믜워ᄒᆞ며 소박ᄌᆞ(所薄者)ᄅᆞᆯ ᄉᆞ랑ᄒᆞ
ᄂᆞᆫ 약이 잇다 ᄒᆞ오니 옥쥐(玉主) 쳔금(千金)을 기우려 이 약을 구ᄒᆞ시 2면
면 쇼딜(小姪)이 댱공과 슉모긔 나와 그 쇼교(小嬌)ᄅᆞᆯ 믜워ᄒᆞ미 되게 ᄒᆞ올디라. 댱ᄆᆡ ᄉᆞ셰(事勢) 디극히 슬프고 궁박(窮迫)ᄒᆞᆫ 후의 박브득이(迫不得已) 뜻을 ᄀᆞᆺ칠 ᄃᆞᆺᄒᆞ오니 고루화당(高樓華堂)의 됴히 둔 후ᄂᆞᆫ 쳔ᄇᆡᆨ년(千百年)이라도 뎡문(程門) 위ᄒᆞᆫ ᄆᆞᄋᆞᆷ을 변치 아니ᄒᆞ올디라. 그 신셰ᄅᆞᆯ 슬프며 괴롭게 ᄒᆞᆯ 도리 댱공 ᄂᆡ외(內外)ᄅᆞᆯ 변심(變心)ᄒᆞ여 노흡게[2] ᄒᆞᆫ 후의 졔 ᄒᆡ음업시[3] ᄌᆞᄋᆡ(慈愛)ᄅᆞᆯ[4] 일허 유부이무부(有

1 댱ᄆᆡ: 장매. 장성완.

2 노흡게: 노흡다. 노엽다.

3 ᄒᆡ음업시: 하염없이.

4 ᄌᆞᄋᆡ(慈愛)ᄅᆞᆯ: 규장각본에는 'ᄅᆞᆯ'로 되어 있음.

父而無父)ᄒᆞ고 유모이무모(有母而無母)ᄒᆞ여 혈혈무의(孑孑無依)ᄒᆞᆫ 후(後)의ᄂᆞᆫ 졔 졀개(節槪)도 간ᄃᆡ업고 ᄌᆞ연이 범형을 조ᄎᆞ미 되오리니 쳥ᄒᆞᄂᆞ니 도모ᄒᆞ쇼셔."

ᄒᆞ거ᄂᆞᆯ ᄒᆡ연이 총총이 화경궁의 니ᄅᆞ러 공쥬긔 ᄉᆞ연(事緣)을 고ᄒᆞ며 셔간(書簡)을 올니니 공쥬 모ᄌᆡ 교랑의 요괴로이 모ᄉᆞ(摹寫)ᄒᆞᆫ ᄌᆞ획(字劃)만 보아도 블승황홀(不勝恍惚)ᄒᆞ여 왈

"우리 모ᄌᆞᄂᆞᆫ 당시의 필톄(筆體) 이ᄃᆡ도록 긔이(奇異)ᄒᆞᆯ 줄 모로고

3면 쳐음의 필젹(筆跡)을 어더 모ᄉᆞ코ᄌᆞ ᄒᆞ엿더니 이졔 교랑의 모샤(摹寫)ᄒᆞᆫ 거ᄉᆞᆯ 보건ᄃᆡ 우리[5] 모ᄌᆞᄂᆞᆫ 죵신(終身)토록 공부ᄒᆞ나 이 ᄀᆞᆺ기 어려오니 박딜의 ᄌᆡ죄 과연 졀등(絶等)ᄒᆞ믈 알니로다."

ᄒᆞ고 즉시 약궤(藥櫃)를 ᄂᆡ여다가 두낫 환약(丸藥)을 슈금낭(繡錦囊)의 너허 ᄒᆡ연을 쥬며 왈

"쳔금(千金)으로뼈 쳥ᄒᆞᄂᆞ니 약 ᄉᆞ기를 슈고치 아냐도 이거시 ᄯᅩᄒᆞᆫ 변심단(變心丹)이니 밧비 댱공 부부긔 나오라."

ᄒᆞ고 교랑의게 감은(感恩)ᄒᆞᄂᆞᆫ 바를 젼ᄒᆞ여 일이 슌(順)히 되도록 ᄒᆞ라 ᄒᆞ니 ᄒᆡ연이 슌슌 슈명(受命)ᄒᆞ고 댱아의 도라오ᄆᆡ 셕반(夕飯)을 파ᄒᆞ며 쵹을 ᄇᆞᆰ히니 원ᄂᆡ 댱부와 화경궁이 디근(至近)ᄒᆞ여 장원(牆垣)을 년ᄒᆞ엿더라. ᄒᆡ연이 환약을 가져 교랑의게 젼ᄒᆞ며[6] 공쥬의 말을 고ᄒᆞ니 교랑이 평ᄉᆡᆼ 싀긔편벽(猜忌偏僻)ᄒᆞ므로뼈 댱쇼져 ᄒᆡ키를 도모ᄒᆞᄂᆞᆫ 듕의도 그 필획(筆劃)이 녕농긔이(玲瓏奇異)ᄒᆞ믈 ᄀᆞ마니 복

5 우리: 규장각본에는 '우'로 되어 있음.
6 젼ᄒᆞ며: 규장각본에는 '젼ᄒᆞ'로 되어 있음.

통(腹痛)ᄒᆞ여 공쥬와 경화로 ᄒᆞ여곰 졔 ᄌᆡ조롤 뵈여 공이 놉흐믈 알게 ᄒᆞ고 댱쇼져의 필젹(筆跡)을 보디 못ᄒᆞ여셔 홀홀히 녁술 일케 ᄒᆞ려 ᄒᆞ 4면
므로 규녀(閨女)의 ᄎᆞ마 못홀 바롤 술연이 힝ᄒᆞ여 셩완쇼져 ᄒᆡ키롤 골몰ᄒᆞᄆᆡ 인ᄉᆞ(人事)롤 도라보디 아니ᄒᆞ니 이 혼갓 경화롤 위홀 쁜 아니라 텬셩(天性)이 요독간음(妖毒奸淫)ᄒᆞ여 투현딜능(妬賢嫉能) ᄒᆞ미 남다ᄅᆞᆫ 연괴(緣故)라. 임의 공쥬 모ᄌᆞ의 감골(感骨)ᄒᆞᄂᆞᆫ 말을 듯고 다시 변심단(變心丹)을 어더 댱공 부부긔 나와 그 ᄆᆞ옴을 밧골 ᄇᆡ 흔흔쾌열(欣欣快悅)ᄒᆞᆫ디라. 이의 호쥬(好酒) 일쥰(一樽)을 어더 단약(丹藥)을 화ᄒᆞᆫ 후 안쥬롤 각별 빗나게 ᄒᆞ여 금은긔(金銀器)의 가득이 버려[7] ᄒᆡ월을 들니고 금년(金蓮)[8]을 작작(爵爵)히 옴겨 댱공 부부 앏ᄒᆡ 나아가 교교(皎皎)히 우으며[9] 낭낭(朗朗)ᄒᆞᆫ 말솜으로 '슉뷔 무ᄉᆞ(無事) 환경(還京)ᄒᆞ시므로뼈 하작(賀酌)을[10] 밧드ᄂᆞ니' ᄒᆞ며 스ᄉᆞ로 잔을 부어 댱공 부부긔 헌(獻)ᄒᆞᄆᆡ 동용(動容)이 민오(敏悟)ᄒᆞ고 쥬션(周旋)이 ᄆᆡ영(邁英)ᄒᆞᆫᄃᆡ ᄋᆡ용(愛容)이 졀셰(絶世)ᄒᆞ고 묘딜(妙質)이 션연(嬋娟)ᄒᆞ니 공의 ᄂᆡ외(內外) ᄉᆞ랑이 ᄆᆡᆺ촐 ᄃᆞᆺᄒᆞ여 슌슌이 주ᄂᆞᆫ 잔을 5면
바다 거후ᄅᆞ며 만만칭ᄋᆡ(萬萬稱愛) 왈

"ᄋᆞ녜(兒女) 실노 져 ᄀᆞᆺ톨딘ᄃᆡ 부ᄌᆞ디졍(父子之情)과 텬뉸디ᄋᆡ(天倫之愛) 더옥 ᄌᆞ별(自別)ᄒᆞ리로다."

---

7 버려: 버리다. 벌이다.

8 금년(金蓮): 금련. 예쁜 걸음걸이. 중국 남조(南朝) 때 반비(潘妃)가 금으로 만든 연꽃 위에서 걸었다는 데서 전함.

9 우으며: 우으다. 웃다.

10 하작(賀酌)을: 규장각본에는 '하을'로 되어 있음.

ᄒᆞ여 칭션혹ᄋᆡ(稱善酷愛)ᄒᆞ다가 날호여 교랑이 퇴ᄒᆞᄆᆡ 공의 부뷔 침금(寢衾)의 나아갈ᄉᆡ 박시 교랑다려 녀ᄋᆞ의 셔젹(書跡)을 보고 탄(嘆)ᄒᆞ던 바ᄅᆞᆯ 뭇고ᄌᆞ ᄒᆞᄃᆡ 오히려 댱공이 이시므로 개구(開口)치 아니ᄒᆞ더니 이 밤의 부뷔 혼혼블셩(昏昏不醒)ᄒᆞ여 날이 ᄉᆡᄂᆞᆫ 줄 모로고 ᄌᆞᄂᆞᆫ ᄃᆞ시 누어시나 그 실은 좀도[11] 아니오 쑴도 아니로ᄃᆡ ᄉᆞ디무긔(四肢無氣)ᄒᆞ여 됴반(朝飯)이 밋촌 후야 냥인(兩人)이 비로소 게얼니 니러 안ᄌᆞ나 오히려 몽농(朦朧)ᄒᆞ여 취ᄒᆞᆫ 술과 깁흔 좀을 ᄭᆡ디 못ᄒᆞᆫ 사ᄅᆞᆷ ᄀᆞᆺᄐᆞ니 희린 등이 좌우(左右)로[12] 안ᄌᆞ 부모ᄅᆞᆯ 조롱(嘲弄)ᄒᆞᄃᆡ 혹 안졍(眼睛)이 허황(虛荒)타 ᄒᆞ며 혹 니미망냥(魑魅魍魎)[13]을 들닌 사ᄅᆞᆷ ᄀᆞᆺ다 ᄒᆞ여 보ᄎᆡ기ᄅᆞᆯ 져의 벗ᄀᆞᆺ치 ᄒᆞᄃᆡ 공과 박시 헛도이[14] 우을 쓴이오
6면 긔운이 현황(眩慌)ᄒᆞ니 현혼증(眩暈症)[15]을 어든가 근심ᄒᆞᆯ디언졍 요약(妖藥)을 먹은 줄이야 어이 몽니(夢裏)의나 ᄉᆡᆼ각ᄒᆞ리오? 셰린이 공의 겻ᄐᆡ 안ᄌᆞ 골오ᄃᆡ

"응셜각의 가 져져(姐姐)[16]ᄅᆞᆯ 보니 대단이 블평ᄒᆞ여 누엇더이다."

공이 만일 젼 ᄀᆞᆺᄐᆞᆯ딘ᄃᆡ 반ᄃᆞ시 근심ᄒᆞ여 근심ᄒᆞ여 즉시[17] 가 보고 통쳐(痛處)ᄅᆞᆯ ᄆᆞᄅᆞ며 구호(救護)ᄒᆞ믈 디극히 ᄒᆞᆯ 거시로ᄃᆡ 발셔 심졍(心

11 좀도: 규장각본에는 '잠'으로 되어 있음.
12 좌우(左右)로: 규장각본에는 '죄우로'로 되어 있음.
13 니미망냥(魑魅魍魎): 이매망량. 도깨비.
14 헛도이: 헛되이.
15 현혼증(眩暈症): 어지러운 증상.
16 져져(姐姐): 저저. 누이.
17 근심ᄒᆞ여 즉시: 규장각본에는 '황황급급히'로 되어 있음.

情)이 변ᄒᆞ여 녀ᄋᆞ 다히[18] 말을 드ᄅᆞ면 졸연(猝然)이 증염(憎厭)ᄒᆞᄂᆞᆫ 의ᄉᆡ(意思) ᄂᆡ러나ᄂᆞᆫ디라. 미우(眉宇)[19]를 찡긔여 왈

"ᄋᆞ희 거거시[20] 병도 만코 알키도 심ᄒᆞ다. 내 온 디 날이 두 번 디나ᄃᆡ 졔 방 밧글 나ᄂᆞᆫ 일이 업시 병 ᄌᆞ랑만 ᄒᆞ고 누어시니 거ᄌᆞᆺ 병인동[21] 딘짓 병인동[22] 엇디 알니오?"

박시 니어 발연왈(勃然曰)

"므ᄉᆞᆷ 일 사ᄅᆞᆷ의 병이 그ᄃᆡ도록 ᄌᆞᄌᆞ리오? 요괴로온 ᄋᆞ희 듕회(衆會)의 나기를 슬희 녁여 거ᄌᆞᆺ 칭병(稱病)ᄒᆞ기를 능ᄉᆞ로 아ᄂᆞ니라."

ᄒᆞ며 쇼져를 가 볼 ᄯᅳᆺ이 돈무(頓無)ᄒᆞ니 희린 등이 비록 •이친경댱디도(愛親敬長之道)를 아디 못ᄒᆞ여 무ᄒᆡᆼ(無行)이 ᄌᆞ라ᄂᆞᆫ 바ᄋᆡ오 동긔(同氣) 우ᄋᆡ(友愛)ᄂᆞᆫ 엇디ᄒᆞ여 디극(至極)ᄒᆞ믈 ᄭᆡ닷디 못ᄒᆞᄂᆞᆫ 바ᄅᆞᄃᆡ 긔픔(氣品)인ᄌᆞᆨ 탁월(卓越)ᄒᆞ고 작인(作人)인ᄌᆞᆨ 쵸츌(超出)ᄒᆞᆫ디라. 부모를 공경ᄒᆞᆯ 줄 모로미 금슈이젹(禽獸夷狄) ᄀᆞᆺᄐᆞ나 심듕(心中)의 부모의 ᄉᆞ랑ᄒᆞᄂᆞᆫ 줄은 능히 알며 월ᄋᆞ쇼져를 형ᄆᆡ(兄妹)라 ᄒᆞ여 밧들미 아니로ᄃᆡ 동포골육(同胞骨肉)의 혈ᄆᆡᆨ(血脈)이 상응(相應)ᄒᆞᆫ 졍(情)은 ᄌᆞ연이 특별ᄒᆞ므로 부뫼 ᄆᆡ져(妹姐)의 딜통(疾痛)ᄒᆞ믈 드ᄅᆞᄃᆡ 가 보디 아니ᄒᆞ믈 ᄀᆞ장 ᄆᆡᆸ게 녁여 형뎨 냥인(兩人)이 응셜각의 나아가 져져(姐姐)를 구호(救護)ᄒᆞ미[23] 디셩디졍(至誠至情)의 비롯더라. 댱 7면

18 다히: 편, 쪽.
19 미우(眉宇): 눈썹 주변.
20 거거시: 규장각본에는 '거시'로 되어 있음.
21 병인동: 규장각본에는 '병인지'로 되어 있음.
22 병인동: 규장각본에는 '병이지'로 되어 있음.

공이 졍미인[24]을 ᄉᆞ렴(思念)ᄒᆞ미 디극ᄒᆞᄃᆡ 박시 삼ᄉᆞ 삭 상니(相離)ᄒᆞ엿던 바로 디한(至恨)을 삼아 공을 일시도 ᄯᅥ나디 못ᄒᆞ게 ᄒᆞ여 도라오던 날브터 ᄂᆡ루(內樓)의 머므ᄂᆞᆫ ᄇᆡ 되ᄆᆡ ᄎᆞ일(此日) 됴셕반(朝夕飯)을 파(罷)ᄒᆞ고 촉을 니어 교량의 총민(聰敏)ᄒᆞ며 난이ᄒᆞ믈 과ᄋᆡ(過愛)ᄒᆞ미 평일(平日)의 더ᄒᆞ니 교량이 암희(暗喜)ᄒᆞ여 ᄋᆡᆼ슌(鶯脣)이 ᄉᆞ개(乍開)의 호치(皓齒) 교영(嬌影)ᄒᆞ며 ᄌᆡ담미어(才談美語)를 발ᄒᆞᄆᆡ 사ᄅᆞᆷ의 넉ᄉᆞᆯ 어리ᄂᆞᆫ디라. 박시의 ᄆᆡᆺ칠 ᄃᆞᆺ 탐혹(耽惑)히 ᄉᆞ랑ᄒᆞ믄 니ᄅᆞ도 말고 공의 귀듕(貴重)ᄒᆞ미 친녀(親女)의 셰 번 더어 젼ᄌᆞ(前者)의 셩완을 ᄉᆞ랑ᄒᆞᆷ ᄀᆞᆺ더니 홀연 원듕(園中)으로조ᄎᆞ 인셩(人聲)이[25] 분분(紛紛)ᄒᆞ여 짓궤기를[26] 마디 아닛ᄂᆞᆫ 바의 장확(臧獲)[27] 등은 도젹 웨기를 급히 ᄒᆞ거ᄂᆞᆯ 댱공이 경동(驚動)ᄒᆞ여 급히 ᄂᆡ려 노복(奴僕)으로 ᄒᆞ여곰 횃블을 ᄇᆞᆰ히고 친히 원듕으로 향코ᄌᆞ ᄒᆞ더니 믄득 여러 노복이 두어 도젹을 결박(結縛)ᄒᆞ여 나려오ᄂᆞᆫ디라[28]. 공이 거ᄅᆞᆷ을 두로혀 승당(升堂) 좌뎡(坐定)ᄒᆞᄆᆡ 좌우(左右)의 등촉(燈燭)을 ᄇᆞᆰ힌 후 냥젹(兩賊)을 계하(階下)의 ᄭᅮᆯ니니 ᄒᆞ나흔 면뫼(面貌) 옥 ᄀᆞᆺ고 풍ᄎᆡ(風采) ᄲᅧ혀나 표연(飄然)ᄒᆞᆫ 신댱(身長)과 활양ᄒᆞᆫ 거동이 ᄌᆡ긔(才氣) 방

8면

23 구호(救護)ᄒᆞ미: 규장각본에는 '구ᄒᆞ미'로 되어 있음.
24 졍미인: 정미인. 진유사로 장헌이 나갔을 때 여장한 정인광을 첩으로 들인 일이 있었는데, 정미인은 여장한 정인광을 가리킴.
25 인셩(人聲)이: 규장각본에는 '이셩니'로 되어 있음.
26 짓궤기를: 짓궤다. 지껄이다.
27 장확(臧獲): 장획. 노비.
28 나려오ᄂᆞᆫ디라: 나려오다. 내려오다.

타ᄒᆞ여 ᄎᆞᆼ민(聰敏)이 절영(絶英)ᄒᆞ니 이 다ᄅᆞᆫ 사ᄅᆞᆷ이 아니라 화경도
위 범단의 만금귀ᄌᆡ(萬金貴子)니 ᄃᆡᄃᆡ화벌(代代華閥)노 텬가디엽(天 9면
家枝葉)이라. 블힝이 도젹의 일홈을 므ᄅᆞᆸ뼈 댱상셔 계하(階下)의 굴
슬브복(屈膝俯伏)ᄒᆞ여시나 의ᄃᆡ(衣帶)의 빗나미 극딘히 부귀(富貴)
ᄅᆞᆯ 타낫거ᄂᆞᆯ 노복(奴僕) 등이 그 머리의 ᄡᅳᆫ 관을 벗겨 업시ᄒᆞ엿고 ᄯᅩ
므ᄉᆞᆷ 일노 가ᄉᆞᆷ을 상ᄒᆡ와 뉴혈(流血)이 돌지(突之)ᄒᆞ니 가히 놀나온
ᄇᆡ어놀 ᄒᆞ나흔 풍신(風神)이 ᄇᆡᆨ셕헌앙(白晳軒昻)ᄒᆞ여 십분(十分) 호
긔(豪氣)롭고 긔상(氣相)이 쥰ᄆᆡ발월(俊邁發越)ᄒᆞ여 댱(壯)ᄒᆞᆫ 거동
(擧動)이 협태산이초븍ᄒᆡ(挾泰山以超北海)[29]ᄒᆞᆯ ᄃᆞᆺ 허화(虛華)의 ᄡᅳᆯᄃᆡ
업ᄉᆞᆫ 의표(儀表)ᄡᅳᆫ이믈 댱공의 블명무디(不明無知)ᄒᆞ므로 어이 분간
(分揀)ᄒᆞ리오마ᄂᆞᆫ[30] 대개 범가 귀공ᄌᆞ를 ᄒᆞᆫ번 나리미러보ᄆᆡ[31] 놀나오미
혼블부톄(魂不附體)[32]ᄒᆞ여 블문곡딕(不問曲直)ᄒᆞ고 친히 나리다라[33] 그
ᄆᆡᆫ 거ᄉᆞᆯ 그ᄅᆞ며 왈

"가히 놀납고 ᄎᆞ악(嗟愕)ᄒᆞ도다. 형옥이 엇디 이의 니ᄅᆞ뇨?"

ᄒᆞ며 그 상쳐를 ᄉᆞᆯ펴 ᄡᆞᄆᆡ고 경악(驚愕)ᄒᆞ믈 딘졍(鎭靜)치 못ᄒᆞᄂᆞᆫ 바
의 그 거동이 웅호(雄豪)ᄒᆞᆫ 도젹이 소ᄅᆡ를 ᄆᆡ이[34] 딜너 왈 10면

29 협태산이초븍ᄒᆡ(挾泰山以超北海): 협태산이초북해. 태산을 끼고 북해를 넘을 정도로 매우 힘이 센 것을 비유.
30 분간(分揀)ᄒᆞ리오마ᄂᆞᆫ: 규장각본에는 '분간ᄒᆞ리마ᄂᆞᆫ'으로 되어 있음.
31 나리미러보ᄆᆡ: ᄂᆞ리미러보다. 내려다보다.
32 혼블부톄(魂不附體): 혼불부체. 몹시 놀라서 혼백이 흩어짐.
33 나리다라: ᄂᆞ리ᄃᆞᆮ다. 내리닫다.
34 ᄆᆡ이: 몹시.

“댱상셰 과연 일편(一偏)되도다. 나도 녕ᄋᆞ(令兒)의 유졍낭(有情郎)이오 져도 녕녀(令女)의 유졍낭이어늘 어나ᄅᆞᆯ 덜ᄒᆞ며 어ᄂᆡᄅᆞᆯ 더ᄒᆞᆯ 거시라? 날은 글너 노토 아니 ᄒᆞ고 다만 경화만 븟드러 구호(救護)ᄒᆞ믈 못 밋ᄎᆞᆯ ᄃᆞ시 ᄒᆞᄂᆞ뇨? 딘실노 날을 박히 ᄒᆞᆯ딘ᄃᆡ 내 ᄒᆞᆫ갓 경화 요젹(妖賊)을 셤멸(殲滅)ᄒᆞᆯ ᄡᅳᆫ 아니라 삼쳑(三尺) 날을 잡아 공을 시험치 못ᄒᆞ랴?”

댱공이 쳔만긔약(千萬期約)디 아닌 바의 여ᄎᆞ 흉음패셜(凶淫悖說)을 드ᄅᆞᄆᆡ 분긔(憤氣) 블ᄀᆞᆺ고 심골(心骨)이 딘경(震驚)ᄒᆞ여 역시 몸을 떨며 졔노(諸奴)ᄅᆞᆯ 호령ᄒᆞ여 왈

“여등(汝等)은 져놈의 호패(號牌)ᄅᆞᆯ ᄣᅧ히고 그 닙을 돌노 ᄌᆞᆺ두ᄃᆞ려[35] 흉음패셜을 못 ᄒᆞ게 ᄒᆞ라.”

졔뇌(諸奴) 슈명(受命)ᄒᆞ고 다라드러 기인의 호패ᄅᆞᆯ ᄣᅧ힌ᄌᆞᆨ[36] 왕후관이라 ᄒᆞ여시니 이ᄂᆞᆫ 각노(閣老) 왕문범의 듕ᄌᆡ(仲子)[37]라. 댱공이 젼ᄌᆞ
11면
(前者)의 왕각노 집의 ᄌᆞ로 왕ᄂᆡ(往來)ᄒᆞ여시나 왕시 졔ᄉᆡᆼ(諸生)을 ᄒᆞᆫ번 본 ᄇᆡ 업고 다만 쇼문(所聞)의 왕각노의 듕ᄌᆡ(仲子) 용녁(勇力)이 졀뉸(絶倫)ᄒᆞ며 풍신(風神)이 호쥰(豪俊)타 ᄒᆞ믈 닉이 드럿던디라. 이ᄂᆞᆫ 의심 업ᄉᆞᆫ 왕가 ᄌᆞ뎨(子弟)로다 ᄒᆞ여 ᄎᆞ악(嗟愕)ᄒᆞ고 경황(驚惶)ᄒᆞ미 아모리 ᄒᆞᆯ 줄을 모로며 ᄲᆞᆯ니 소ᄅᆡ 지ᄅᆞ고 나리다라 왕ᄉᆡᆼᄌᆞᄅᆞᆯ 글너흐며 두 편으로 도라보아 ᄀᆞᆯ오ᄃᆡ

---

35 ᄌᆞᆺ두ᄃᆞ려: 짓두드리다. 함부로 두드리다.

36 ᄣᅧ힌: ᄣᅧ히다. 떼다.

37 듕ᄌᆡ(仲子): 중자. 둘째 아들.

“공ᄌᆞ ᄂᆡ 이 므ᄉᆞᆷ[38] ᄋᆡᆨ회(厄會)로 이 어인 일이뇨? 범형옥은 젼일 ᄌᆞ로 보아시므로 면목(面目)을 ᄂᆡᆨ이 아ᄂᆞᆫ ᄇᆡ나 왕공ᄌᆞᄂᆞᆫ 일면(一面)의 분(分)이 업ᄉᆞ니 엇디 왕각노의 ᄌᆞ데시믈 아라시리잇가? ᄒᆡᆼ혀[39] 젼ᄌᆞ(前者)의 놉흐신 휘ᄧᆞ(諱字)[40]ᄅᆞᆯ 귀예 우레 디남ᄀᆞᆺ치 드럿던 고로 호ᄑᆡ(號牌)ᄅᆞᆯ 보오ᄆᆡ 비로소 왕공ᄌᆡ시믈 ᄭᆡ닷ᄂᆞ니 공ᄌᆞᄂᆞᆫ 원컨ᄃᆡ 식노(息怒)ᄒᆞ라.”

왕ᄉᆡᆼᄌᆡ ᄉᆞᄉᆡᆨ(辭色)이 만분분한(萬分憤恨)ᄒᆞ여 ᄉᆞᄆᆡ로조ᄎᆞ 한 장 셔간(書簡)을 ᄂᆡ여 ᄶᅡᄒᆡ 더지며 크게 소ᄅᆡ 딜너 왈

“셰샹의 간ᄉᆞ(奸詐)코 요괴로온 거시 계집이라 ᄒᆞᆫ들 과연 공의 ᄯᆞᆯ ᄀᆞᆺᄐᆞᆫ 거ᄉᆞᆫ 보디 못ᄒᆞ괘라. 작년(昨年) 동(冬)의 내 맛츰 젼샤(戰射)[41]ᄒᆞ다 12면 가 살이 그ᄅᆞᆺ 공의 집 원듕(園中)의 나려디거ᄂᆞᆯ 무심히 살흘[42] ᄎᆞᆺ고ᄌᆞ ᄂᆡ원(內園)가디[43] 드러왓더니 응셜각 듕(中)의 옥인(玉人)을 ᄒᆞᆫ번 보ᄆᆡ 진실노 경셩경국디ᄉᆡᆨ(傾城傾國之色)[44]이라. ᄉᆞᄉᆡᆼ(死生)을 그음ᄒᆞ고[45] 옥인으로 ᄯᅳᆺ을 통ᄒᆞ여 네(禮)로 마ᄌᆞ믈 언약(言約)ᄒᆞ엿더니 어제날의 홀연 옥인이 비ᄌᆞ(婢子) 츈홍을 보ᄂᆡ여 이 글을 젼ᄒᆞ여시ᄃᆡ ᄎᆞᄉᆡᆼ(此生)의 인연을[46] 닛기 어려오니 후세(後世)로 긔약(期約)ᄒᆞ노라 ᄒᆞ

---

38 므ᄉᆞᆷ: 규장각본에는 ‘ᄉᆞᆷ’으로 되어 있음.
39 ᄒᆡᆼ혀: 행여. 어쩌다.
40 휘ᄧᆞ(諱字): 휘자. 돌아가신 어른이나 높은 어른의 이름자.
41 젼샤(戰射): 전사. 내기 활쏘기.
42 살흘: 규장각본에는 ‘살’로 되어 있음.
43 ᄂᆡ원(內園)가디: 규장각본에는 ‘ᄂᆡ원의ᄭᆞ지’로 되어 있음.
44 경셩경국디ᄉᆡᆨ(傾城傾國之色): 나라와 성이 기울어져도 모를 정도의 미인.
45 그음ᄒᆞ고: 그음ᄒᆞ다. 한정하다.

며 낫ᄎᆞ로 영결(永訣)치 못ᄒᆞ믈 슬허ᄒᆞ엿거ᄂᆞᆯ 내 ᄆᆞ음의 쳐참달도ᄒᆞ믈 니긔디 못ᄒᆞᄂᆞᆫ 듕 막디기고(莫知其故)[47]ᄒᆞ여 무인심야(無人深夜)ᄅᆞᆯ 타 ᄒᆞᆫ번 니ᄅᆞ러 그 얼골을 다시 보고 곡졀(曲折)을 알고ᄌᆞ ᄒᆞ므로 일이 브뎡(不正)ᄒᆞ며 구ᄎᆞᄒᆞ믈 알오ᄃᆡ 능히 긋치디 못ᄒᆞ여 월장(越墻)ᄒᆞᄂᆞᆫ 슈고ᄅᆞᆯ 피치 아니ᄒᆞ고 신고(辛苦)히 담을 넘으ᄆᆡ 응셜각을
13면 바라보도 못ᄒᆞ여 뉘 도로혀 화경궁으로조ᄎᆞ 범가 요젹(妖賊)이 장원(牆垣)을[48] 넘어 나의 몬져 언약(言約)을 둔[49] 옥인(玉人)을 도적ᄒᆞ여 도라가고ᄌᆞ ᄒᆞᆯ 줄 엇디 아라시리오? 블승히분(不勝駭憤)ᄒᆞ여 ᄇᆡᆨ인(白刃)을 빗겨 요젹(妖賊)의 머리ᄅᆞᆯ 버혀 들고 응셜각의 드러가 날을 ᄇᆡ반(背叛)ᄒᆞ고 범가로[50] 도라가고ᄌᆞ ᄒᆞᄂᆞᆫ 죄ᄅᆞᆯ 다ᄉᆞ리고져 ᄒᆞ엿더니 요젹이 그려도[51] 댱슈(長壽)ᄒᆞᆫ디 창승(蒼繩)의 머리ᄅᆞᆯ 밋쳐 단졀치 못ᄒᆞ여셔 듕복(衆僕)이 ᄂᆡᄃᆞ라 날과 범젹을 ᄒᆞᆷ긔 결박(結縛)ᄒᆞ니 심니(心裏)의 가쇼로와 짐ᄌᆞᆺ ᄆᆡ이여 공의 면젼(面前)의 니ᄅᆞ럿거니와 공이 날을 그 엇디ᄒᆞ리오? 녕녀(令女)의 금환(金環) 일빵(一雙)으로ᄡᅧ 나의 ᄇᆡᆨ옥건잠(白玉巾簪)을 밧고와 신믈(信物)[52]을 삼ᄌᆞ ᄒᆞ엿더니 계집의 간교블의(奸巧不義)ᄒᆞ믈 보건ᄃᆡ 댱공의 ᄯᆞᆯ 아냐 쳔승(千乘) 농옥

---

46 인연을: 규장각본에는 '이연을'로 되어 있음.

47 막디기고(莫知其故): 막지기고. 일의 이유를 알지 못함.

48 장원(牆垣)을: 규장각본에는 '장장원을'로 되어 있음.

49 둔: 규장각본에는 '두은'으로 되어 있음.

50 범가로: 규장각본에는 '밤가로'로 되어 있음.

51 그려도: 그래도.

52 신믈(信物): 훗날에 증거로 활용하기 위해 주고받는 물건.

(弄玉)이라도 귀홀 거시 업ᄉᆞ니 댱부(丈夫)의 쳥텬빅일디힝(靑天白日之行)으로뼈 엇디[53] 두 번 구ᄎᆞᄒᆞ믈 감심(甘心)ᄒᆞ리오? 금환과 셔간을 아오로 더지고 가ᄂᆞ니 나의 건잠은 ᄇᆞ졀업시 머므ᄅᆞ디 말고 명일(明日)이라도 즉시 환복(還復)홀디어다." 14면

셜파(說罷)의 댱아[54] 졔노(諸奴)를 호령ᄒᆞ여 져의 관을 ᄎᆞᄌᆞ 머리의 ᄡᅳ고 ᄉᆞ믹를 쩔쳐 도라가ᄃᆡ 댱공이 능히 ᄒᆞᆫ 말을 못 ᄒᆞ고 황황(遑遑)ᄒᆞ며 초조(焦燥)ᄒᆞ고 망극(罔極)ᄒᆞ며 졀박(切迫)ᄒᆞ미[55] 좌(左)의 쳔창(千槍)[56]과 빅인(白刃)이 잇고 우(右)의 부월(斧鉞)과 경확(鼎鑊)이 버럿ᄂᆞᆫ ᄃᆞᆺ 범가의 권위(權威)와 왕가의 셰엄(勢嚴)을 도라 혜건ᄃᆡ 그 ᄒᆞᆫ 말의 족히 ᄉᆡᆼᄌᆞ(生者)를 가살(可殺)ᄒᆞ고 ᄉᆞᄌᆞ(死者)를 가활(可活)이라. 범ᄌᆞ의 듕상(重傷)홈도 ᄌᆞ긔 녀ᄋᆞ의 연괴(緣故)니 도위(都尉) 만일 볼딘ᄃᆡ 보원(報怨)ᄒᆞ미 익구즌 ᄌᆞ가의게 이실 ᄃᆞᆺᄒᆞ고 왕각뇌[57] 분분대로(忿憤大怒)ᄒᆞ여 도라가시니 왕각뇌 알딘ᄃᆡ 놉흔 셩이 블곳ᄐᆞ여 밧비 힉코ᄌᆞ 홀디라. 평싱 힝신(行身)의 위틱(危殆)ᄒᆞᆫ 거ᄉᆞᆯ 범치 아냐 득실(得失)을 혜아려[58] 화란(禍亂)을 져허ᄒᆞ미[59] 비홀 곳이 업던 바로 오날 밤의 쳔고(千古)의 업ᄉᆞᆫ 경상(驚狀)을 당ᄒᆞ여 괴변(怪變)의[60] 한심ᄒᆞ

---

53 엇디: 규장각본에는 '엇'으로 되어 있음.
54 댱아: 규장각본에는 '댱이'로 되어 있음.
55 졀박(切迫)ᄒᆞ미: 규장각본에는 '졀ᄒᆞ미'로 되어 있음.
56 쳔창(千槍): 천창. 천 개의 창.
57 왕각뇌: 왕각로. 문맥상 왕각로의 둘째 아들인 왕후관.
58 혜아려: 규장각본에는 '혜려'로 되어 있음.
59 져허ᄒᆞ미: 저허ᄒᆞ다. 두려워하다.
60 괴변(怪變)의: 규장각본에는 '과변의'로 되어 있음.

15면 믄 밋쳐 결을치 못ᄒᆞ고 ᄎᆞ악(嗟愕)ᄒᆞ며 경황(驚惶)ᄒᆞ고 난쳐(難處)ᄒᆞ며 망극(罔極)ᄒᆞ믈 므어싀 비ᄒᆞ여 형용(形容)ᄒᆞ리오? ᄯᆞᆯ을[61] 파라 부귀(富貴)ᄅᆞᆯ 도모코ᄌᆞ ᄒᆞ던바 양양(揚揚)ᄒᆞᆫ 즐거오믄 ᄂᆡᄀᆞᆺ치 스러지고 ᄌᆡᄀᆞᆺ치 흣터니 그ᄂᆞᆫ 다시 니ᄅᆞ디 말디라도 이ᄣᆡᄅᆞᆯ 당ᄒᆞ여ᄂᆞᆫ ᄯᆞᆯ이 아이의 업더니만 못ᄒᆞ여 그 ᄉᆞ라시미 만분통완(萬分痛惋)ᄒᆞ니 ᄯᅩ 엇디 인졍(人情)이 머믈니오? 이의 범공ᄌᆞ의 말을 듯고ᄌᆞ ᄒᆞ여 졸연(猝然)이 벽상(壁上)의 댱검(長劍)을 ᄲᆡ혀 들고 범공ᄌᆞᄅᆞᆯ 향ᄒᆞ여 왈

“만ᄉᆡᆼ(晩生)[62]이 블ᄒᆡᆼ(不幸)이 일(一) 녀식(女息)을 두엇다가 오날ᄂᆞᆯ 변고(變故)ᄂᆞᆫ ᄎᆞ마 니ᄅᆞ디 못ᄒᆞᆯ ᄇᆡ니 엇디 ᄒᆞᆫ갓 문호(門戶)ᄅᆞᆯ 욕ᄒᆞᆯ ᄲᅮᆫ이리오? 형옥의 쳔금듕신(千金重身)이 이ᄀᆞᆺ치 상ᄒᆞᆫ 바ᄂᆞᆫ 쇼녀ᄅᆞᆯ[63] 일만 조각의 뼈흐러도[64] 죄ᄅᆞᆯ 쇽(贖)디 못ᄒᆞ리니 만ᄉᆡᆼ이 이제 드러가 블초녀(不肖女)의 머리ᄅᆞᆯ 버혀 형옥의게 샤죄(謝罪)ᄒᆞ리라.”

범공ᄌᆡ 믄득 댱공의 손을 ᄌᆞᆸ아 그 칼흘 아ᄉᆞ며 뎡ᄉᆡᆨ왈(正色曰)

“공이 딘실노 잔인(殘忍)ᄒᆞ고 무셔온 심ᄉᆡ(心思)로다. 부ᄌᆞ(父子)ᄂᆞᆫ
16면 텬셩디친(天性之親)이어ᄂᆞᆯ 공이 엇디 골육(骨肉) 잔ᄒᆡ(殘害)ᄅᆞᆯ 심상(尋常)이 ᄒᆞ고ᄌᆞ ᄒᆞᄂᆞ뇨? 내 임의 녕녀(令女)의 ᄉᆡᆨ(色)이 잇고 졀(節)이 업ᄉᆞ믈 알오ᄃᆡ ᄎᆞ마 샤(捨)치 못ᄒᆞ며 ᄀᆞᆺ치디 못ᄒᆞ믄 고인(古人)의 유언(有言)ᄒᆞᆫ 바 ‘두낫 계란(鷄卵)으로ᄡᅥ 간셩지댱(干城之將)을 ᄇᆞ리

61 ᄯᆞᆯ을: 규장각본에는 ‘ᄯᆞᆯ’로 되어 있음.
62 만ᄉᆡᆼ(晩生): 만생. 말하는 이가 스스로를 낮춰 부르는 표현.
63 쇼녀ᄅᆞᆯ: 규장각본에는 ‘쇼져ᄅᆞᆯ’로 되어 있음.
64 뼈흐러도: 뼈흐다. 썰다. 규장각본에는 ‘뼈ᄂᆡ여도’로 되어 있음.

리오[65]' ᄒᆞ믈 ᄉᆡᆼ각ᄒᆞᄆᆡ 그 대개 텬하(天下)의 긔특ᄒᆞᆫ 거ᄉᆞᆫ ᄌᆞ근 허믈노 ᄲᅧ 흠을 삼디 아니ᄒᆞ미라. 녕녀의 묘염긔ᄉᆡᆨ(妙艶奇色)이 예쥬[66] ᄉᆡᆼ졍(性情)이 아니면 복비(宓妃)[67] 여혼(餘魂)이라[68]. 아름다온 긔약(期約)을 맛초와 월하(月下)의 못기롤 빈빈(頻頻)이 ᄒᆞᄆᆡ ᄆᆞᄋᆞᆷ의 과ᄒᆞ고 ᄯᅳᆺ의 족ᄒᆞ여 그 졀힝(節行)이 놉디 못ᄒᆞ믈 깁히 허믈치 아닛ᄂᆞ니 딘평(陳平)[69]은 만고 영걸디ᄉᆡ(英傑之士)로ᄃᆡ 댱부(丈夫)의 녀ᄌᆞ롤 위부(爲婦)ᄒᆞ고 소렬(昭烈)[70]은 한실디쥬(漢室之主)로ᄃᆡ 상거(喪居)ᄒᆞᆫ 계집으로 뎡궁(正宮)을 칙봉(冊封)ᄒᆞ며 당태종(唐太宗)[71]은 심시로 위비(爲妃)ᄒᆞ믈 ᄉᆡᆼ각건ᄃᆡ 영웅호걸(英雄豪傑)이 쇼졀(小節)을 거리ᄭᅵ미 업ᄂᆞᆫ디라. 경홰 비록 영웅의 댱(壯)홈과 호걸의 쾌(快)ᄒᆞ미 업ᄉᆞ나 평ᄉᆡᆼ(平生) ᄯᅳᆺ 좁으미 쇼졀의 ᄩᅳ러지고 대졀(大節)의 강ᄆᆡᆼ(强猛)코ᄌᆞ ᄒᆞ므로 미인(美人)의 다졍(多情)한 ᄯᅳᆺ이 경화의게 기울믈 보니 냥졍(兩 17면
情)이 이 ᄀᆞᆺᄐᆞᆫ 바의 월장(越墻)ᄒᆞ여 신고(辛苦)히 응셜각으로 향코ᄌᆞ ᄒᆞ다가 왕후관을 만나 이ᄀᆞᆺ치 듕상(重傷)ᄒᆞᄆᆡ 밋ᄎᆞ니[72] ᄌᆞ연 ᄉᆞ긔(事機) 죵용치 못ᄒᆞ여 존부(尊府) 노복(奴僕)은 도젹으로 좁아ᄆᆡ믈 닙어

65 두낫 계란(鷄卵)으로ᄡᅧ 간셩지댱(干城之將)을 ᄇᆞ리리오: 자사(子思)가 위군(衛君)에게 구변(苟變)이 장수의 재능이 있음을 말하자, 구변이 일전에 어떤 사람에게 계란 두 개를 받은 일이 있어 등용할 수 없다 하자 자사가 이를 다른 나라가 알도록 할 수 없다고 한 이야기가 전함.

66 예주: 문맥으로 보아 '여주(閭姝)'로 보임. 여주는 양왕(梁王) 위적(魏翟)의 미녀로 보임.

67 복비(宓妃): 낙수(洛水)의 수신(水神).

68 녕녀의 ~ 여혼(餘魂)이라: 규장각본에는 빠져 있음.

69 딘평(陳平): 진평. 한(漢)나라 초기 공신.

70 소렬(昭烈): 소열. 촉한의 황제 유비의 시호.

71 당태종(唐太宗): 당나라 제2대 황제로 이름은 이세민.

72 듕상(重傷)ᄒᆞᄆᆡ 밋ᄎᆞ니: 규장각본에는 '즁상ᄒᆞ고 ᄆᆡ 맛ᄎᆞ니'로 되어 있음.

당하(堂下) 죄슈(罪因)로 허다ᄒᆞᆫ 붓그러오믈 당ᄒᆞᄆᆡ 스ᄉᆞ로 참괴(慚愧)ᄒᆞ미 아ᄌᆞ미ᄅᆞᆯ 도적ᄒᆞ던 일홈 어듬과 쇠잔(衰殘)ᄒᆞᄆᆡ ᄑᆡ릉 쇼년의 과하(胯下)의 나므로[73] 감치 아니ᄒᆞ거니와 ᄡᅵᄂᆞᆫ 득실(得失)이 잇고 명(命)도 궁통(窮通)이 잇ᄂᆞ니 경홰 일시(一時) ᄋᆡᆨᄒᆞ므로뼈 왕젹의게 욕을 보며 존부의 젹명(賊名)을 어더시나 당당ᄒᆞᆫ 금지옥엽(金枝玉葉)이라. 공가(公家)로 더브러 겸손(謙遜)ᄒᆞ미 업거ᄂᆞᆯ 공이 하고(何故)로 ᄯᆞᆯ을 죽이고 쇼ᄉᆡᆼ(小生)을 박튝(迫逐)ᄒᆞ여 ᄶᅳᆫ코ᄌᆞ ᄒᆞᄂᆞ뇨?"

셜파(說罷)의 노ᄉᆡᆨ(怒色)이 표동(表動)ᄒᆞ니 댱공이 비록 츄셰니욕(趨勢利慾)의 병 드러시나 요약(奴藥)의 변심(變心) 곳 아냐신즉 어이 이ᄃᆡ도록 녀ᄋᆞ의 녈졀(烈節)노 만만무거(萬萬無據)ᄒᆞ믈 쾌히 ᄭᆡ쳐 참

18면 누흉얼(慚累凶孽)노뼈 녀ᄋᆞ의 몸을 욕되게 아닐 거시로ᄃᆡ 발셔 요약(妖藥)의 댱부(腸腑)와 골졀(骨節)이 잠기여 춍명(聰明)을 상망(喪亡)ᄒᆞ고 본셩(本性)을 난실(亂失)ᄒᆞ여 심졍(心情)이 크게 달니 되여 녀ᄋᆞ의 ᄇᆡᆨ옥(白玉)이 무하(無瑕)ᄒᆞᆫ 녜의졀ᄒᆡᆼ(禮儀節行)은 몽ᄆᆡ(夢寐)의도 ᄉᆡᆼ각디 아니ᄒᆞ며 범ᄌᆞ의 말이 개개(個個)히 딘실ᄒᆞ고 슌담(純談)ᄒᆞ므로 아라 셩완의 ᄒᆡᆼ실이 음쳔비루(淫賤鄙陋)ᄒᆞ믈 통ᄒᆡ(痛駭)ᄒᆞ며 범ᄌᆞ의 화홍관대(和弘寬大)ᄒᆞ믈 보고 흠ᄋᆡ(欽愛)ᄒᆞᄂᆞᆫ ᄀᆞ온ᄃᆡ ᄌᆞ긔ᄅᆞᆯ 그ᄅᆞᆺ 넉여 노(怒)ᄒᆞᄂᆞᆫ 바ᄅᆞᆯ 만심(滿心)이 블안ᄒᆞ여 됴흔 말과 슌ᄒᆞᆫ 낫빗ᄎᆞ로 일장(一場)을 다ᄅᆡ여[74] ᄒᆡ로(解怒)코ᄌᆞ ᄒᆞ더니 믄득 화

73 ᄑᆡ릉 쇼년의 과하(胯下)의 나므로: 한나라 장수 한신이 젊은 시절 불량배들에게 자신들의 다리 밑으로 지나가라는 모욕을 당했을 때 혼자서는 이길 방법이 없을 것이라 생각해 그 밑을 지나가 위기를 모면한 일을 말함.

경궁으로조ᄎᆞ 궁감하리(宮監下吏) 금ᄉᆞ초롱과 횃블을 빵빵이 잡히고 댱부 밧문을 드레며[75] 공ᄌᆞ롤 뫼시라 왓노라 ᄒᆞ니 범싱지 거ᄌᆞᆺ 대경실ᄉᆡᆨ(大驚失色) 왈

"일이 이러틋 요란(搖亂)ᄒᆞ여 발셔 본부(本府)의셔 안 ᄇᆡ 되여시니 부군(父君)과 모비(母妃) 반ᄃᆞ시 블초(不肖)의 경박탕일(輕薄蕩逸)ᄒᆞ믈 엄치(嚴治)ᄒᆞ실 ᄲᅮᆫ 아니라 녕녀(令女)의 음교(淫巧)ᄒᆞᆫ 죄롤 그져 두디 아니실 ᄃᆞᆺᄒᆞ니 이롤 장ᄎᆞᆺ 엇디ᄒᆞ리오?" 19면

댱공이 더옥 경히(驚駭)ᄒᆞᆫ[76] 눈을 모흐로[77] 쓰고 밋쳐 일언(一言)을 못ᄒᆞ여셔 화경궁 하리(下吏) 교ᄌᆞ(轎子)[78]롤 가져 뎡(庭)의 노코 경화롤 븟드러 교듕(轎中)의 올닐ᄉᆡ 궁감(宮監) 일인(一人)이 몬져 교듕의 드러안ᄌᆞ 공ᄌᆞ롤 조심ᄒᆞ여 븟들고 허다 하리(下吏) 분분(紛紛)이 짓궤며 황황(遑遑) 조심ᄒᆞ여 공ᄌᆞ의 상쳐(傷處)롤 놀나디 아니리 업거놀 댱공이 필경(畢竟)이 아모리 될 줄 아디 못ᄒᆞ여 심간(心肝)이 경ᄀᆡᆨ(頃刻)의 초삭(焦削)ᄒᆞ믈 ᄭᆡ닷디 못ᄒᆞ니 어린 ᄃᆞ시 말을 일우디 못ᄒᆞ고 심혼(心魂)이 경니(驚離)ᄒᆞ여 면여토ᄉᆡᆨ(面如土色)이러라. 이ᄯᅢ 박시 ᄂᆡ루(內樓)의셔 시녀(侍女)의 젼ᄒᆞᄂᆞᆫ 말노조ᄎᆞ 경히(驚駭)ᄒᆞᆫ 변고(變故)롤 듯고 놀나옴과 ᄎᆞ악(嗟愕)ᄒᆞ믈 니긔디 못ᄒᆞ여 좌블안셕(座不安席)ᄒᆞ며 ᄲᅥᆯ니 외루(外樓)의 나와 왕·범 냥ᄉᆡᆼ(兩生)의 ᄒᆞᄂᆞᆫ 말을 듯

74 다리여: 다래다. 달래다.
75 드레며: 들레다. 수선스럽게 떠들다. 규장각본에는 '드리며'로 되어 있음.
76 경히(驚駭)ᄒᆞᆫ: 규장각본에는 '경화ᄒᆞᆫ'으로 되어 있음.
77 모흐로: 모흐로. 모퉁이로.
78 교ᄌᆞ(轎子): 교자. 조선 시대 종일품 이상 및 당상관이 타던 가마.

고ᄌᆞ ᄒᆞᄃᆡ 오히려 념치(廉恥)를 도라보아 계오 ᄆᆞ음을 주리잡으나 슈산돈족(手散頓足)ᄒᆞ며 쇼져를 흉음난셜(凶音亂說)노 참욕(慘辱)ᄒᆞ믈
20면 마디 아니ᄒᆞ다가 밋 왕ᄉᆡᆼ지 스ᄉᆞ로 몬져 도라가고 범ᄉᆡᆼ지 미조ᄎᆞ 화경궁의셔 다려가믈[79] 드ᄅᆞᄆᆡ 므ᄉᆞᆷ 됴흔 말이나 ᄒᆞᆯ ᄃᆞ시 젼디도디(顚地倒地)ᄒᆞ며 외헌(外軒)의 나와[80] 공을 드립더[81] 븟들고 호란(胡亂)이 낢쒸며 소ᄅᆡ를 되오[82] 질너 ᄀᆞᆯ오ᄃᆡ

“우리 부체(夫妻) 므ᄉᆞᆷ 젹앙(積殃)으로 못ᄡᅳᆯ ᄌᆞ식을 나핫다가 셰샹의 다시 잇디 아닌 변고(變故)를 당ᄒᆞ니 이ᄂᆞᆫ 반ᄃᆞ시 젼ᄉᆡᆼ(前生) 극슈(極讐)로 금ᄉᆡᆼ(今生)의 악착(齷齪)히 갑고ᄌᆞ 부ᄌᆞ(父子) 모녜(母女) 되여시미라. 비록 ᄉᆞ졍(事情)이 난연(難然)ᄒᆞ나 살녀두어ᄂᆞᆫ 그 홰(禍) 아니 밋출 곳이 업ᄉᆞ리니 출하리 이ᄯᅴ의 셔ᄅᆞ져[83] 죽이ᄂᆞᆫ 거시 대댱부(大丈夫)의 강ᄆᆡᆼ디단(强猛之斷)이라. 샹공은 장ᄎᆞᆺ 죄녀(罪女)를 엇디 쳐치ᄒᆞ려 ᄒᆞᄂᆞ뇨?”

댱공이 ᄯᅩᄒᆞᆫ 박시를 븟들고 일장(一場)을 크게 우러 분ᄒᆞᆫ 소ᄅᆡ와 근심ᄒᆞᄂᆞᆫ 눈믈이 비ᄀᆞᆺ치 ᄯᅥ러디며 별학[84]ᄀᆞᆺ치 울히믈 ᄭᆡ닷디 못ᄒᆞ더니 이ᄯᅴ 희린 등이 져져(姐姐)를 구호ᄒᆞ다가 도적 웨ᄂᆞᆫ 소ᄅᆡᄂᆞᆫ 우연ᄒᆞᆫ 일노 아라 요동(搖動)치 아니ᄒᆞ더니 부친의 통곡(慟哭)ᄒᆞ믈 듯고 대

---

79 다려가믈: 규장각본에는 ‘나려가믈’로 되어 있음.
80 나와: 규장각본에는 ‘가 와’로 되어 있음.
81 드립더: 드립더. 들입다. 마구.
82 되오: 되우. 아주 몹시.
83 셔ᄅᆞ져: 셔렂다. 거두어 치우다.
84 별학: 벼락.

경(大驚)ᄒᆞ여 급히 셔헌(書軒)의 나온즉 부모(父母)의 거동이 블승 21면
경히(不勝驚駭)ᄒᆞᆫ디라. ᄒᆡᆼ실을 가다듬디 못ᄒᆞᆫ ᄋᆞᄒᆡ 경슌디녜(敬順之禮)의 화긔이셩(和氣怡聲)으로 봉영집옥(奉盈執玉)[85]ᄒᆞᄂᆞᆫ 조심을 모로거니 엇디 누그러이 화ᄒᆞᆫ 소ᄅᆡ로 연고(緣故)ᄅᆞᆯ 나즉이 므ᄅᆞᆯ 길히 이시리오? 일시(一時)의 다라드러 부모ᄅᆞᆯ 가로[86] 븟들고 급급(急急)히 된소ᄅᆡ[87]ᄅᆞᆯ 닐너 ᄀᆞᆯ오ᄃᆡ

"야야(爺爺)와 태ᄐᆡ(太太)야, 어ᄃᆡ셔 뉘 상변(喪變)이 낫ᄂᆞ니잇가? 엇딘 연고로 블의(不意)예[88] 방셩대곡(放聲大哭)ᄒᆞ시ᄂᆞ니잇고? 우리도 곡졀(曲折)이나 알게 머뭇기지 말고 어셔 ᄀᆞᄅᆞ치쇼셔."

박시 드ᄃᆡ여 닐너 왈

"네 누이 여ᄎᆞ여ᄎᆞ 변(變)을 디어시니 이졔ᄂᆞᆫ 궁금(宮禁)의도 드리기ᄂᆞᆫ 의논 밧기오 필경(畢竟)이 엇디 될디 모로니 이런 몹쁠 ᄌᆞ식도 잇ᄂᆞ냐? 두 곳의 허신디믈(許身之物)을 바들 줄 엇디 알니오?"

ᄒᆞ니 희린·셰린이 년방(年方) 구 셰오 칠 셰라. 그 누의 셩완쇼져의 ᄉᆡᆼ디(生知)ᄒᆞᄂᆞᆫ 셩명긔딜(性命氣質)이 무교이셩취(無教而成就)ᄒᆞ며 블언이딘학(不言而進學)ᄒᆞ여 호호(浩浩)히 텬디(天地)의 규량(奎量)이 잇고 의의(猗猗)히 만믈의 연화ᄅᆞᆯ 거두어시믄 ᄇᆡᆨ분디일(百分之一) 22면
을 밋디[89] 못ᄒᆞ여 언ᄒᆡᆼ쳐신(語行處身)이 표문졔인(表門諸人)의 취광

85 봉영집옥(奉盈執玉): 가득 담긴 그릇을 받들고 옥을 조심히 잡는 것과 같다는 뜻으로, 지극한 효성을 나타냄. 《예기》 〈제의(祭義)〉.

86 가로: '막'의 방언.

87 된소ᄅᆡ: 된소리. 큰소리.

88 블의(不意)예: 규장각본에는 '부의에'로 되어 있음.

(醉狂)ᄒᆞᆫ 무리ᄅᆞᆯ 효측(效則)ᄒᆞ미 함위텬하경박ᄌᆡ(陷爲天下輕薄者)[90] 될 ᄃᆞᆺᄒᆞ나 일단 총명(聰明)은 업디 아닌디라. 모친의 말을 다 못 드러 크게 울며 가ᄉᆞᆷ을 두다리고 눈믈이 하슈(河水)ᄀᆞᆺ치 흐ᄅᆞ니 댱공이 ᄯᆞᆯ ᄉᆞ랑ᄒᆞ던 ᄆᆞᄋᆞᆷ은 변ᄒᆞ여시나 ᄋᆞ들을 귀듕(貴重)ᄒᆞᄂᆞᆫ ᄠᅳᆺ은 오히려 변치 아냣ᄂᆞᆫ디라. ᄋᆞᄒᆡ 과히 우러 상홀가 념녀(念慮)ᄒᆞ여 ᄌᆞ긔 우롬을 ᄀᆞᆺ치고 이ᄌᆞ(二子)ᄅᆞᆯ 붓드러 ᄀᆞᆯ오ᄃᆡ

"네 누의 음ᄒᆡᆼ(淫行) 작변(作變)이 경ᄒᆡ(驚駭)ᄒᆞ나 너의 조ᄎᆞ 이러ᄐᆞᆺ 슬허ᄒᆞ여 무ᄉᆞᆷ 유익ᄒᆞ미 되리오? 모로미 ᄆᆞᄋᆞᆷ을[91] 상ᄒᆡ오디 말나."

이ᄌᆡ(二子) 졸연이 넓더나 분개(憤慨)ᄒᆞᆫ 셩음(聲音)과 노호온 모딘 눈ᄡᆞᆯ이 바로 아비와 어미ᄅᆞᆯ 홈긔 박ᄎᆞ 더질 ᄃᆞᆺᄒᆞ여 소ᄅᆡ 질너 왈

"디ᄌᆞ(知子)ᄂᆞᆫ 막여뷔(莫如父)라[92] ᄒᆞ엿거ᄂᆞᆯ 부친과 모친ᄀᆞᆺ치[93] ᄌᆞ식을 모ᄅᆞᆯ딘ᄃᆡ 타인(他人)이야[94] 더옥 져져(姐姐)ᄅᆞᆯ 알 길히 이시리잇가? 남이 져져ᄅᆞᆯ 참누(慙累)의 모라너흔들 부친 모친이 ᄎᆞ마 엇디 힘힘히 간계(奸計)의 ᄡᆡ져 어린 ᄌᆞ식을 함디ᄀᆡᆼ참(陷地坑塹)ᄒᆞ믈 남은 싸히 업시 ᄒᆞ시ᄂᆞ니잇가? 져제(姐姐) 텬ᄉᆡᆼ대셩(天生大聖)으로 ᄇᆡᆨᄌᆞ쳔질(百姿千質)이[95] 야야(爺爺)와 태ᄐᆡ(太太)의 ᄉᆡᆼ휵(生畜)이라 ᄒᆞ미 그윽

23면

---

89 밋디: 규장각본에는 '엇지'로 되어 있음.

90 함위텬하경박ᄌᆡ(陷爲天下輕薄者): 규장각본에는 '텬하경박ᄌᆡ'로 되어 있음.

91 ᄆᆞᄋᆞᆷ을: 규장각본에는 '음을'로 되어 있음.

92 디ᄌᆞ(知子)ᄂᆞᆫ 막여뷔(莫如父)라: 자식을 아는 것에는 부모보다 나은 사람이 없다는 뜻. 《한비자》〈십과(十過)〉.

93 모친ᄀᆞᆺ치: 규장각본에는 '모친 갓'으로 되어 있음.

94 타인(他人)이야: 규장각본에는 '탄이니야'로 되어 있음.

95 ᄇᆡᆨᄌᆞ쳔질(百姿千質)이: 규장각본에는 'ᄇᆡᆨᄌᆞ쳔지이'로 되어 있음.

이 외람(猥濫)ᄒᆞ믈 모로시고 도로혀 음악간녀(淫惡奸女)로 밀위시니[96] 일노조ᄎᆞ 져제 민텬(旻天)의 우롬[97]과 신싱(申生)의 한(恨)이 이실디라. 상모(象母)[98]ᄂᆞᆫ 오히려 젼츌(前出)을 히코ᄌᆞ ᄒᆞ미 괴이치 아니ᄒᆞ거니와 모친은 친싱(親生)을 히코ᄌᆞ ᄒᆞ미 고금(古今)의 잇디 아닌 변괴(變故)라. 져져를 업시ᄒᆞᆫ 후 ᄎᆞ례로 아등(我等)의 밋쳐 ᄒᆞ나토 솔오미 업ᄉᆞ리니 우리 므어ᄉᆞᆯ 미드며 누를 의디ᄒᆞ여 면화(免禍)ᄒᆞ리오? 인싱(人生)이 부뫼 어질고 형뎨 무고(無故)ᄒᆞ미 안낙(安樂)의 초복(初福)이어ᄂᆞᆯ 우리 부모ᄂᆞᆫ 브ᄌᆞ블인(不慈不仁)ᄒᆞ여 이졔 대현셩녀(大賢聖女)를 몬져 업시코ᄌᆞ ᄒᆞ시니 ᄒᆞ믈며 블초(不肖)ᄒᆞᆫ ᄋᆞ돌이야 일긱(一刻)이나 머므러 두시리잇가? 우리 ᄆᆡ져(妹姐)의 누명(陋名)을 망극(罔極)ᄒᆞ여 통곡(慟哭)ᄒᆞ미어ᄂᆞᆯ 부친과 모친은 알기를 ᄂᆡ도히[99] ᄒᆞ시니 이거시 발셔 집을 업쳐[100] ᄒᆞᆫ낫 ᄌᆞ식도 압히 두지 아니려 ᄒᆞ시ᄂᆞᆫ 징되(徵兆)라. 아등(我等)이 어딘 누의로뼈 누셜(陋說)의 얽혀 부모의 블명패덕(不明悖德)을 보미 ᄒᆞ로도 살고 시브디 아니ᄒᆞ니 스ᄉᆞ로 죽어 부모의 ᄆᆞ옴을 싀훤케 ᄒᆞ리니 우리 남ᄆᆡ(男妹)를 죽이고 ᄌᆞ하(子夏)의 상명(喪明)을 니엇노라 ᄒᆞ며 우럿다가ᄂᆞᆫ 아등의 혼빅(魂魄)이라도 화증(火症) 나리이다.” 24면

---

96 밀위시니: 밀위다. 미루어 헤아리다.

97 민텬(旻天)의 우롬: 민천의 울음. 부모를 그리워한 순임금이 하늘을 우러러 부르짖으며 운 것을 가리킴. 《맹자》 〈만장 상(萬章上)〉.

98 상모(象母): 순임금의 동생인 상의 어머니.

99 ᄂᆡ도히: ᄂᆡ도ᄒᆞ다. 판이하다. 크게 다르다.

100 업쳐: 업치다. 엎치다. 엎어뜨리다.

셜파(說罷)의 초독(楚毒)ᄒᆞᆫ 분노(忿怒)와 조급(躁急)ᄒᆞᆫ 셩악(性惡)[101]을 ᄎᆞᆷ디 못ᄒᆞ여 머리ᄅᆞᆯ 기동[102]의 브ᄃᆡᄌᆞ며 가ᄉᆞᆷ을 두다려 간간이 부모ᄅᆞᆯ 원망(怨望)ᄒᆞ여 블순ᄑᆡ악디셜(不順悖惡之說)이 브졀기구(不絶其口)ᄒᆞ니 이 거동(擧動)과 언ᄉᆞ(言辭)ᄅᆞᆯ 보아ᄂᆞᆫ 동긔(同氣) 위ᄒᆞᆫ 졍(情)은 죡히 귀ᄒᆞᆯ 거시 업고 이젹(夷狄)의 삿기며 금슈(禽獸)의 ᄲᅵ라. 부모의 존엄(尊嚴)ᄒᆞ믈 몽니(夢裏)의도[103] 아디 못ᄒᆞ고 제 ᄆᆞ음의 ᄎᆞ지 못ᄒᆞ며 누의ᄅᆞᆯ ᄋᆡᄆᆡ(曖昧)ᄒᆞᆫ 죄의 모라넛ᄂᆞᆫ가 ᄒᆞ여 만단(萬端) 악착히 울기ᄅᆞᆯ 마디 아니ᄒᆞ니 교동(嬌童)의 망측(罔測)ᄒᆞᆫ 버ᄅᆞᆺᄉᆞᆫ 가히 제어(制御)키 어려오ᄃᆡ 댱공 ᄂᆡ외(內外) 그 허믈 된 바ᄅᆞᆯ 아디 못ᄒᆞ고
25면 어린 ᄋᆞᄒᆡ 이ᄅᆡ[104]의 ᄌᆞ라시ᄆᆡ 아ᄃᆡᆨ 효순디도(孝順之道)ᄅᆞᆯ 모로미라 ᄒᆞ여 조곰도 계칙(戒責)ᄒᆞᆯ 뜻이 업시 그 셩악(性惡)을 니긔디 못ᄒᆞ여 몸을 상ᄒᆡ와 머리의 피 흐ᄅᆞ며 가ᄉᆞᆷ을 두다리고 닙시욹[105]을 웃쳐디게[106] ᄊᆡ믈믈 ᄎᆞ마 보디 못ᄒᆞ여 부뷔 달녀드러 ᄒᆞ나식 거두쳐 안고 다ᄅᆡ고ᄌᆞ ᄒᆞᄆᆡ 희린은 오히려 공의 무ᄅᆞᇢ히 업ᄃᆡ여 울 ᄲᅮᆫ이로ᄃᆡ 셰린은 괴독(怪毒)ᄒᆞᆫ 셩악을 니긔디 못ᄒᆞ여 제 몸을 쥐여ᄯᅳ드며 어미의게 고요히 안겻디 아냐 아비와 어미로ᄲᅧ 누의 죽이ᄌᆞ ᄒᆞᄂᆞᆫ 원쉬(怨讎)라 ᄒᆞ여 언언(言言)이 ᄒᆡ괴(駭怪)ᄒᆞ고 망측(罔測)ᄒᆞᄃᆡ 댱공 ᄂᆡ외(內外) 힝혀도 수

---

101 셩악(性惡): 성악. 악한 성미.

102 기동: 기둥.

103 몽니(夢裏)의도: 규장각본에는 '몽의도'로 되어 있음.

104 이ᄅᆡ: 일의. 응석.

105 닙시욹: 입시울. 입술.

106 웃쳐디게: 웃쳐디다. 웃처지다. 으깨어지다.

짓디[107] 아냐 다리기를 금셕(金石)이 녹을 ᄃᆞ시 ᄒᆞ며 네 누의 음ᄒᆡᆼ악ᄉᆡ(淫行惡事) 아모 곳의 밋쳐도 죽이디 말니라 ᄒᆞ여 혹 손바닥을 두다려 ᄆᆡᆼ셰(盟誓)ᄒᆞ며 혹 님 가온ᄃᆡ 듕ᄆᆡᆼ(重盟)을 발ᄒᆞ여 ᄒᆡ괴ᄒᆞᆫ 언ᄉᆡ(言辭) 진실노 유시부유시ᄌᆡ(有是父有是子)라. 냥(兩) 교동(嬌童)이 평ᄉᆡᆼ 잠이 ᄯᆡ를 어그미 업다가 금야(今夜)의 응셜각의셔 반야(半夜) 26면
나 되도록 안ᄌᆞᆺ더니 ᄯᅩ 이의 나와 머리로브터 왼몸[108]을 두다리며 발악기를 딘녁(盡力)히 ᄒᆞ여시ᄆᆡ 디극(至極)ᄒᆞᆫ 약딜(弱質)이라. 앏흐미 젼신을 슈습(收拾)디 못ᄒᆞ고 곤(困)ᄒᆞᆫ 잠이 두 눈을 ᄀᆞ리오니 댱공 ᄂᆡ외(內外) ᄀᆞ로 안아 편히 침금(寢衾)의 누여 좀을 깁히 드린 후 공이 다시 몸을 니러 밧긔 나와 왕ᄉᆡᆼ ᄌᆞ의 더지고 가던 셔간(書簡)을 어더 펴본즉 과연 금환(金環) 일빵(一雙)이 조희 ᄉᆞ이의 드러시며 쇼졔 왕ᄉᆡᆼ의게 인연(因緣)을 ᄉᆞᆺ는 셔간이라. 흉음통히(凶淫痛駭)ᄒᆞ미[109] 익익층가(益益層加)ᄒᆞᆫ지라. 가지고 드러와 박시를 뵈며 왕ᄉᆡᆼ의 ᄒᆞ던 말을 니ᄅᆞ고 ᄯᅩ 범경화는 녀ᄋᆞ의 녈졀(烈節)이 놉디 못ᄒᆞᄆᆞᆯ 거리ᄭᅵ디 아니코 ᄉᆡᆨ염(色艶)이 졀셰(絶世)ᄒᆞ므로 ᄯᅳᆺ이 잇던 바를 일일히 젼ᄒᆞ며 쵹하(燭下)의셔 톄ᄉᆞ(涕泗) 방타(滂沱)ᄒᆞ여 왈

"왕ᄉᆡᆼ이 관후셩덕(寬厚盛德)으로 이 일을 들쳐ᄂᆡ디 아니ᄒᆞ고 범가의셔 기ᄌᆞ(其子)의셔 쇼원을 조ᄎᆞ 아녀(我女)의 음쳐ᄒᆞᄆᆞᆯ 바리디 아냐 됴히 녜를 일우ᄌᆞ ᄒᆞᆫ들 내 므ᄉᆞᆷ 낫ᄎᆞ로 더러온 ᄌᆞ식으로ᄲᅧ 남의 27면

107 ᄉᆞ짓디: 규장각본에는 'ᄉᆞᆺ지'로 되어 있음.

108 왼몸: 온몸.

109 흉음통히(凶淫痛駭)ᄒᆞ미: 규장각본에는 '흉음통히미'로 되어 있음.

화엽명문(華葉名門)을 흐리오리오? ᄉᆞᄉᆞ절절(辭辭節節)이 간음난녀(奸淫亂女)를 죽이미 쾌홀 ᄲᅳᆫ 아니라 필경(畢竟)이 아모리 될 줄을 아디 못ᄒᆞ니 몹쓸 일(一) 녀식(女息)을 두엇다가 평ᄉᆡᆼ(平生)의[110] 화를 피ᄒᆞ고 위틱(危殆)ᄒᆞ믈 범치 아니ᄒᆞ던 조심이 그림의 ᄯᅥᆨ 곳ᄐᆞ리니 이런 블ᄒᆡᆼ(不幸)ᄒᆞ미 ᄯᅩ 어ᄃᆡ 이시리오? 범부마의 독ᄌᆞ(獨子)를 귀듕(貴重)ᄒᆞᄂᆞᆫ 졍이 텬뉸(天倫) 밧긔 ᄲᅱ여나므로ᄡᅧ 그갓치 듕상(重傷)ᄒᆞ여시믈 볼던ᄃᆡ 필연(必然) 왕후관의게 원슈(怨讐)를 갑고 말니니 두 집 권위(權威) 당당ᄒᆞ므로 냥댱이 공투(共鬪)ᄒᆞ미 ᄒᆞ나히 죽을 ᄲᅳᆫ 아니라 궐홰(厥禍) 내 집의 비경(非輕)ᄒᆞ여 고ᄅᆡ ᄡᅡ홈의 ᄉᆡ오 죽으믈 면치 못ᄒᆞ리니 망극(罔極)홈과 블ᄒᆡᆼ(不幸)ᄒᆞ미 이의 더으미 업도다."

박시 교랑의 븟ᄉᆞᆺ틱 입ᄂᆡ닌[111] 요악간샤(妖惡奸邪)ᄒᆞᆫ 필젹(筆跡)을 모로고 딘짓 ᄯᆞᆯ의 소작(所作)이라 ᄒᆞ며 금환(金環)을 가져 두어 번 들혀
28면
솔피다가 망측(罔測)ᄒᆞᆫ 인믈이 평ᄉᆡᆼ 쥬(主)ᄒᆞᆫ 쇼견(所見)이 업ᄉᆞᄃᆡ 거즛 춍명(聰明)ᄒᆞ고 신긔로온 체ᄂᆞᆫ 일슈(一手)[112]로 잘ᄒᆞᄂᆞᆫ디라. 감연(欿然)이 낫빗출 곳쳐 왈

"이 금환(金環)은 우리 외왕모(外王母)[113] 남부인이 각별이 날을 ᄉᆞ랑ᄒᆞ샤 주신 거시러니 요괴로온 ᄌᆞ식이 도젹ᄒᆞ여다가 졔 음ᄒᆡᆼ(淫行)으로 외인(外人)을 유졍(有情)ᄒᆞᆫ 바의 신믈(信物)을 삼아시니 엇디 통히치[114]

110 평ᄉᆡᆼ(平生)의: 규장각본에는 '평ᄉᆡᆼ'으로 되어 있음.
111 입ᄂᆡ닌: 입ᄂᆡᄂᆡ다. 입내내다. 흉내내다.
112 일슈(一手): 일수. 뛰어난 솜씨.
113 외왕모(外王母): 외할머니.
114 통히치: 규장각본에는 '통치'로 되어 있음.

아니ᄒᆞ리오?"

댱공 왈

"가듕(家中) 흔ᄒᆞᆫ 보화(寶貨)의 므어ᄉᆞ로뼈 신믈을 못 ᄒᆞ여 브ᄃᆡ 녯 거ᄉᆞᆯ ᄂᆡ여 간고? 그도 분히ᄒᆞ거니와 곽시랑은 쳥빈(淸貧)키로 유명(有名)ᄒᆞᆫ 포ᄉᆡ(布士)러니[115] 그려도 남부인긔ᄂᆞᆫ 금환이 잇던가? 허다ᄒᆞᆫ ᄌᆞ녀의 므어시[116] 남아셔 그ᄃᆡ롤 주미 되엿던고? 이상ᄒᆞᆫ 일이로다."

박시 금환이 졔 거시며 남의 거시믈 젼연이[117] 아디 못ᄒᆞᄃᆡ 짐작의 녀ᄋᆡ ᄌᆞ긔 협ᄉᆞ(篋笥)[118]의 둔 거ᄉᆞᆯ 가져다가 왕싱을 주엇ᄂᆞ니라 ᄒᆞ여 짐즛 외왕모 남부인의 준 거시라 ᄒᆞ엿더니 곽시랑 집이 빈ᄒᆞᆫ(貧寒)ᄒᆞ믈 인ᄒᆞ여 댱공이 고디듯디 아니믈 보고 분ᄒᆞ여 낫빗촐 븕히며 ᄀᆞᆯ오ᄃᆡ

"우리 표문(表門)이 부요(富饒)ᄒᆞ든 못 ᄒᆞ던 거시나 그러나 근본[119] 잇ᄂᆞᆫ ᄉᆞ태우(士大夫) 집의 둔 거시야 엇던시라[120]? 금은보홰(金銀寶貨) 바히[121] 휴헐홀가 넉이나니잇가? 이 금(金)이 녜ᄉᆞ 금이 아니라 극픔(極品) ᄌᆞ금(紫金)으로뼈 골희[122]롤 ᄆᆡᆫᄃᆞ라 외왕뫼(外王母) 가디시던[123] 거ᄉᆞᆯ 날을 특별이 ᄉᆞ랑ᄒᆞ시ᄂᆞᆫ 졍을 낫ᄐᆞ샤 내 손의 ᄭᅵ이시며 일ᄏᆞ라 니 29면

115 포ᄉᆡ(布士)러니: 규장각본에는 'ᄌᆡᄉᆡ러니'로 되어 있음.

116 므어시: 규장각본에는 '무어'로 되어 있음.

117 젼연이: 전연히. 전연.

118 협ᄉᆞ(篋笥): 협사. 상자.

119 그러나 근본: 규장각본에는 '그러나이 본'으로 되어 있음.

120 엇던시라: 규장각본에는 '엇던 거시라'로 되어 있음.

121 바히: 바이. 전혀. 아주.

122 골희: 고리.

123 가디시던: 규장각본에는 '가 ᄭᅵ시던'으로 되어 있음.

ᄅᆞ시ᄃᆡ '삭춍(削蔥)[124] ᄀᆞᆺᄐᆞᆫ 셤슈(纖手)의 단금(檀金)[125] 빗치 영영(盈盈)ᄒᆞ여 샹셔(祥瑞) 됴요(照耀)ᄒᆞ니 더옥 신긔롭도다.' ᄒᆞ시거ᄂᆞᆯ 내 왕모(王母)의 ᄋᆡ듕(愛重)ᄒᆞ시ᄂᆞᆫ ᄯᅳᆺ을 감격ᄒᆞ며 주신 바ᄅᆞᆯ 경이(輕易)히 넉이디 못ᄒᆞ여 상ᄒᆡ ᄡᅵ디 못ᄒᆞ고 상협(箱篋)의 너허두엇더니 간음난녀(奸淫亂女) 도적ᄒᆞ여 갈 줄이냐 어이 ᄉᆡᆼ각ᄒᆞ여시리오? 그러나[126] 님ᄌᆞᄅᆞᆯ ᄀᆞᆺᄐᆞ여 ᄎᆞᄌᆞ오ᄂᆞᆫ가 왕ᄉᆡᆼ이 더지고 가기[127] 의외(意外)로다."

ᄒᆞ며 거두어 옥함(玉函) 듕(中)의 너커ᄂᆞᆯ 당공이 탄왈(嘆曰)

"금환(金環)이 딘실노 남부인의 ᄡᅵ시던 거시면 그ᄃᆡ 귀히 넉임도 괴이치 아니ᄒᆞ거니와 내 집의 ᄡᆞ힌 거시 다 긔딘이뵈(奇珍異寶)라. ᄇᆡᆨ
30면 ᄌᆞ쳔손(百子千孫)의 젼ᄒᆞ여도 브족디 아닐 바ᄅᆞᆯ 혜아리ᄆᆡ 녀ᄋᆞ의 혼구범ᄇᆡᆨ(婚具凡百)은 공쥬 부귀(富貴)ᄅᆞᆯ 거의 앙망(仰望)ᄒᆞᆯ가 ᄒᆞ엿더니 ᄯᅳᆺ밧긔 연괴(緣故) 이의 밋ᄎᆞ니 이ᄂᆞᆫ 져의 젼졍(前程)을 스ᄉᆞ로 그ᄅᆞᆺᄒᆞ미라. 오히려 한ᄒᆞᆯ 거시 업거니와 왕·범 냥개(兩家) 닷토ᄂᆞᆫ 디경(地境)의ᄂᆞᆫ 나의 위ᄐᆡ(危殆)ᄒᆞ미 살기ᄅᆞᆯ 긔필(期必)치 못ᄒᆞ리니 심녁(心力)을 허비ᄒᆞ여 모흔 바 ᄌᆡ산을 므ᄉᆞ 곳의 ᄡᅳ리오? 초(初)의 ᄇᆡᆨᄋᆞ(伯兒)[128]ᄅᆞᆯ 일허 참상(慘喪)[129]ᄒᆞᆫ 회푀(懷抱) 일일ᄋᆡᆨ심(日日益甚)ᄒᆞ던 바의 월ᄋᆞ[130]ᄅᆞᆯ ᄉᆡᆼᄒᆞᄆᆡ 져의 작픔긔셩(作稟氣性)이 향ᄀᆡᆨ(向刻) 희린 등

---

124 삭춍(削蔥): 삭총. 고운 손의 비유로 흰 파뿌리. 섬섬옥수(纖纖玉手).

125 단금(檀金): 적황색.

126 그러나: 규장각본에는 빠져 있음.

127 가기: 규장각본에는 '가기의'로 되어 있음.

128 ᄇᆡᆨᄋᆞ(伯兒): 백아. 맏이. 여기서는 장헌과 연부인의 잃어버린 아들.

129 참상(慘喪): 부모보다 자손이 먼저 죽은 일.

의 말 ᄀᆞᆺᄐᆞ여 실노 그ᄃᆡ의 나흔 ᄇᆡ라 ᄒᆞ며 내 ᄯᆞᆯ이라 ᄒᆞ미 외람(猥濫)ᄒᆞ니 희ᄋᆡ(喜愛)ᄒᆞ고 귀듕(貴重)ᄒᆞ미 텬샹인간(天上人間)을 궁식(窮索)ᄒᆞ나 다시 잇디 아니ᄒᆞ믈 아라 졈졈 옥(玉)이 날노 향긔로오며 달이 날노 둥글믈 두굿겨 심상(心想)의 긔화(奇貨)ᄅᆞᆯ 삼고 장쥬(藏珠)ᄅᆞᆯ 어로만디ᄂᆞᆫ ᄃᆞᆺ 어엿브며 긔이ᄒᆞ믈 니긔지 못ᄒᆞᄆᆡ ᄎᆞ마 용인쇽ᄌᆞ(庸人俗子)의 ᄇᆡ쳬(配妻)ᄅᆞᆯ 의논치 못ᄒᆞ여 우각노와 범부매 간졀이 청혼(請婚)ᄒᆞᄂᆞᆫ 바ᄅᆞᆯ 쾌허(快許)치 못ᄒᆞ고 놉히 금누옥궐(金樓玉闕)의 드려 만승(萬乘)[131]을 겻디어 쥬션강후(周宣姜后)[132]의 셩덕ᄉᆞ(盛德事)ᄅᆞᆯ 효측(效則)ᄒᆞᆯ가[133] ᄇᆞ라미 듕(重)ᄒᆞ더니 이제 허다 긔변(奇變)과 괴ᄉᆡ(怪事) 문호(門戶)ᄅᆞᆯ 욕ᄒᆞ며 화ᄅᆞᆯ 부모의게 깃칠 ᄇᆡ 되여시니 이ᄂᆞᆫ 결단코 내 ᄌᆞ식이 아니라. 젼셰(前世) 극슈(極讐)로 말ᄆᆡ암아 삼긴가 넉이ᄂᆞ니 강ᄆᆡᆼ(强猛)ᄒᆞᆫ ᄌᆞ(者)로 니ᄅᆞᆯ딘ᄃᆡ 일시(一時)ᄅᆞᆯ 머므ᄅᆞ디 아니ᄒᆞ고 죽여 업시ᄒᆞ미 마당ᄒᆞᄃᆡ 범싱의 니ᄅᆞᆫ바 골육(骨肉)을 잔ᄒᆡ(殘害)ᄒᆞ미 과연 잔인(殘忍)ᄒᆞ며 무셔온 노ᄅᆞᆺ시라. 죽이기도 ᄯᅳᆺ ᄀᆞᆺ디 못ᄒᆞ고 살녀두어셔ᄂᆞᆫ 쥬쳬 어ᄌᆞ러오니 이ᄅᆞᆯ 장ᄎᆞᆺ 엇디ᄒᆞ리오?” 31면

셜파(說罷)의 울기ᄅᆞᆯ 마디 아니ᄒᆞ거ᄂᆞᆯ 박시ᄂᆞᆫ ᄒᆞᆫ 조각 사ᄅᆞᆷ의 ᄆᆞᄋᆞᆷ이 머므디 아냣ᄂᆞᆫ 고로 오날날을 당ᄒᆞ여 ᄯᆞᆯ을 믜오미 구슈 ᄀᆞᆺᄐᆞᆫ디라. 이의 강ᄆᆡᆼ디단(强猛之斷)과 쾌셜디논(快雪之論)을 댱부의 디나게[134] 잘 ᄉᆡᆼ

---

130 월ᄋᆞ: 월아. 장성완의 아명(兒名).

131 만승(萬乘): '만 대의 수레'라는 뜻으로, 천자를 가리킴.

132 쥬션강후(周宣姜后): 주선강후. 주나라 선왕(宣王)의 비 강후. 어질고 덕이 있었다고 함.

133 효측(效則)ᄒᆞᆯ가: 규장각본에는 '효측ᄒᆞᆯ 바를'로 되어 있음.

134 디나게: 디나다. 뛰어나다.

각ᄒᆞᄂᆞᆫ 톄ᄒᆞ여 믄득 손벽 치며 ᄀᆞᆯ오ᄃᆡ

"내 일계(一計)를 ᄉᆡᆼ각ᄒᆞ엿ᄂᆞ니 샹공은 드러보쇼셔. 져 왕·범 냥개
32면 (兩家) 셔로 닷토아 범부마ᄂᆞᆫ ᄋᆞ들이 상ᄒᆞᆫ 원슈(怨讐)를 갑고ᄌᆞ ᄒᆞ고 왕각노ᄂᆞᆫ 오ᄋᆞ(吾兒)의 졀힝(節行)이 업ᄉᆞ믈 통한(痛恨)ᄒᆞ여 분을 플고ᄌᆞ ᄒᆞᆯ ᄌᆞ음의ᄂᆞᆫ 상공이 능히[135] 화를 버셔나디 못ᄒᆞ리니 비록 셰샹의 들니미 참괴(慙愧)ᄒᆞ나 이 일이 맛ᄎᆞᆷᄂᆡ 뭇치여 고요ᄒᆞ믈 엇디 못ᄒᆞᆯ디라. ᄎᆞᆯ히리 션발졔인(先發制人)[136]으로 상공이 ᄒᆞᆫ 장 표문(表文)[137]을 밧드러 농탑(龍榻)[138] 하(下)의 올녀 월ᄋᆞ의 죄상(罪狀)을 낫낫치 쥬ᄒᆞ고 왕·범 냥ᄉᆡᆼ(兩生)은 풍뉴랑(風流郎)의 호긔(豪氣)로뼈[139] 미인의 경을 보ᄂᆡ믈 박졀(迫切)치 못ᄒᆞ여 잠간 도라보미 허믈되디 아니ᄒᆞ믈 ᄒᆡ비(該備)히 쥬달(奏達)ᄒᆞᆫ즉 범부마와 왕각뇌 상공의 강밍(强猛)ᄒᆞ믈 ᄀᆞ장 항복(降伏)되이 넉여 공졍무ᄉᆞ(公正無私)ᄒᆞ믈 칭도(稱道)ᄒᆞᆯ ᄇᆡ오. 텬심(天心)이라도 ᄉᆞ졍(私情)을 버혀 그 ᄀᆞᆺᄐᆞ믈 녈일(烈日) 대댱부(大丈夫)의 쳐ᄉᆞ(處事)로 아ᄅᆞ시리니 월ᄋᆞ의 죽으며 살믄 셩샹(聖上)의 쳐결(處決)의 다라두고 상공의 화(禍)를 졔방(制防)ᄒᆞᆯ 조각이 이 밧긔 됴흔 계괴(計巧) 업ᄂᆞ이다."

33면 ᄒᆞ거ᄂᆞᆯ 댱공이 다 못 드러 눈셥을 찡긔며 머리를 흔드러 왈

"부인의 의논(議論)[140]이 비록 유리(有理)ᄒᆞᆫ ᄃᆞᆺᄒᆞ나 내 ᄎᆞ마 사ᄅᆞᆷ의 아

---

135 상공이 능히: 규장각본에는 '상이 능'으로 되어 있음.

136 션발졔인(先發制人): 선발제인. 미리 일어나기 전에 막음.

137 표문(表文): 임금에게 올리는 글.

138 농탑(龍榻): 용탑. 임금이 앉는 곳.

139 호긔(豪氣)로뼈: 규장각본에는 '호걸호긔로뼈'로 되어 있음.

비 되여 ᄌᆞ식의[141] 흉음대죄(凶淫大罪)를 스ᄉᆞ로 낫타ᄂᆡ리오? 연이나 ᄌᆞᆼ용이 ᄉᆞ량(思量)ᄒᆞ고 ᄇᆞᆰᄂᆞᆫ 날의 계ᄒᆡᆨ【박상규의[142] ᄌᆞ회(自號)라】 형뎨로 더브러 의논ᄒᆞ여 결단ᄒᆞ리니 부인은 그만 긋치라."

ᄒᆞᆫᄃᆡ 박시 ᄌᆡ삼 계교(計巧) 그밧긔 나디 아니ᄒᆞ믈 일ᄏᆞᆺ고 부뷔 왕·범 냥가(兩家)의셔 엇디 ᄒᆞᆯ가 두리ᄂᆞᆫ 의ᄉᆡ(意思) ᄀᆞ득ᄒᆞ여 ᄒᆞᆫ잠을 일우디 못ᄒᆞ고 안ᄌᆞ ᄉᆡ오더니 미명(未明)의 밋쳐 셔동(書童)이 급보왈(急報曰)

"화경도위 범노애 니ᄅᆞ러 계시니이다."

ᄒᆞ거ᄂᆞᆯ 댱공이 창황이 옷깃ᄉᆞᆯ 념의오며 관금(冠襟)을 뎡제(整齊)ᄒᆞ고 보ᄃᆡ(寶帶)를 도도와[143] ᄇᆞᆯ을 셔슴ᄃᆞ시[144] ᄒᆞ며 ᄉᆡᆨ(色)을 변ᄐᆞ시 ᄒᆞ여 부마(駙馬)를 마ᄌᆞᆯ시 댱공은 동계(東階)로 말ᄆᆡ암고 부마는 셔계(西階)로 말ᄆᆡ암아 피ᄎᆞ 몬져 승당(昇堂)키를 ᄌᆡ삼 츄양(推讓)ᄒᆞ다가 날호여 승당(昇堂) 녜필좌뎡(禮畢坐定)ᄒᆞᄆᆡ 부매 몬져 말을 펴 ᄀᆞᆯ오ᄃᆡ

"형이 긔강으로조ᄎᆞ 도라오신 후의 쇼데(小弟) 즉시 니ᄅᆞ러 하어(賀語)를 나올 거시로ᄃᆡ 맛ᄎᆞᆷ 친위(親闈) 미령(靡寧)ᄒᆞ시믈 인ᄒᆞ여 시탕(侍湯)의 골몰(汨沒)ᄒᆞᄆᆡ 한만(閑漫)ᄒᆞᆫ 인ᄉᆞ(人事)를 펴디 못ᄒᆞ엿더니 거야(去夜) 긔괴(奇怪)ᄒᆞᆫ ᄒᆡ변(駭變)을 드ᄅᆞᄆᆡ 블승경심(不勝驚心)ᄒᆞ여 몬져 가돈(家豚)[145]을 경칙(警責)ᄒᆞ여 ᄒᆡᆼ실(行實)의 패려(悖戾) 34면

140 의논(議論)이: 규장각본에는 '의노이'로 되어 있음.

141 ᄌᆞ식의: 규장각본에는 '녀ᄌᆞ식의'로 되어 있음.

142 박상규의: 규장각본에는 '박시규의'로 되어 있음.

143 도도와: 도도다. 돋우다. 위로 끌어 올리다.

144 셔슴ᄃᆞ시: 서슴다. 머뭇거리다.

145 가돈(家豚): 다른 이에게 본인의 아들을 낮춰 부르는 것.

ᄒᆞ믈 다ᄉᆞ리고 계오 날이 ᄉᆡ믈 기ᄃᆞ려 이의 니ᄅᆞ믄 현형(賢兄)[146]의 ᄀᆞᄅᆞ치믈 듯고ᄌᆞ ᄒᆞ미라. 월장투화(越牆偸花)의 무상(無狀)ᄒᆞᆫ 거조(擧措)ᄂᆞᆫ 젼혀 가돈의 ᄉᆞ오나온 연괴(緣故)니 쇼뎨 기간곡졀(其間曲折)을 베프디 아냐도 형의 알오믄 쇼뎨도곤 더 ᄌᆞ셔ᄒᆞᆯ디라. 반ᄃᆞ시 심골(心骨)이 딘경(震驚)ᄒᆞ믈 므러 알 ᄇᆡ 아니어니와 ᄎᆞᄉᆡ(此事) 년유ᄌᆞ녀(年幼子女)의 ᄋᆞᄒᆡ라 ᄒᆞ여 무더두디 못ᄒᆞᆯ ᄇᆡ오. 변괴(變故) 뉸상(倫常)의 관디(關之)ᄒᆞ니 단이 남녀 간 다ᄅᆞᆫ ᄌᆞ식이 업서 경화 일(一) 패ᄌᆞ(悖子)ᄅᆞᆯ 두어시나 강녈(强烈)ᄒᆞᆫ 의ᄉᆡ(意思) 무드디 아니리니 션ᄇᆡ 힝실이 그 갓ᄐᆞᆫ 후 문호(門戶)ᄅᆞᆯ 츄락(墜落)ᄒᆞᆯ 밧제 목숨을 그ᄅᆞᆺ 맛ᄎᆞ
35면 미 쳡경(捷經)이라. ᄎᆞᆯ하리 내 손으로 죽이고ᄌᆞ 의ᄉᆡ(意思) 이시니 엇디 호발(毫髮)이나 앗가오미 이시리오? 져의 궤듕(櫃中)을 다 뒤여[147] 녕녀(令女)의 셔간(書簡)과 월환(月環)을 아오로 가져와시니 형은 ᄒᆞᆫ 번 보고 ᄉᆞᄉᆞ로이 쳐결(處決)치 못ᄒᆞ 량이어든 법부(法部)의 고ᄒᆞ여 녕녀와 미돈(迷豚)[148]의 죄ᄅᆞᆯ ᄒᆞᆫ가지로 다ᄉᆞ리게 ᄒᆞ라. 단이 딘실노 블초(不肖) 경화의 ᄉᆞᄉᆡᆼ(死生)을 거리ᄭᅵ미 업ᄉᆞ리이다."

언필(言畢)의 궁노(宮奴)로 ᄒᆞ여곰 가져온 바 월환과 셔간을 드리라 ᄒᆞ여 댱공의 ᄋᆞᆲᄒᆡ 노흐니 댱공이 범부마의 말을 드러오ᄆᆡ 참치슈괴(慙恥羞愧)ᄒᆞ미 욕ᄉᆞ무디(欲死無地)라. 난연(赧然)이 면홍(面紅) ᄌᆞ져ᄒᆞ여 막연이 ᄶᅡ흘 파고 몸을 ᄀᆞᆷ촐 ᄃᆞᆺ 홀홀(忽忽)이 숨을 드리그어[149] 븟그

---

146 현형(賢兄): 친구를 높여 부르는 말.

147 뒤여: 뒤이다. 뒤지다.

148 미돈(迷豚): 우둔한 돼지라는 뜻으로, 다른 이에게 자기 아들을 낮춰 부르는 말.

러오믈 ᄇᆞᆺ흐며 손바닥을 부븨고 손톱을 ᄡᅢ므러 능히 ᄃᆡᄒᆞᆯ 바ᄅᆞᆯ 아디 못ᄒᆞ더니 밋 월환과 셔간을 보ᄆᆡ 녀ᄋᆞᄅᆞᆯ 고ᄃᆡ[150] 뼈흐러 죽이고 시븐디라. 븟그림과 분ᄒᆞ믈 포집어 안ᄉᆡᆨ디참(顔色之慙)과 셩음디분(聲音之憤)을 ᄊᆡ닷디 못ᄒᆞ여 왈 36면

"학ᄉᆡᆼ(學生)이 블ᄒᆡᆼ(不幸)이 간음난녀(奸淫亂女)ᄅᆞᆯ 두어 이졔 변(變)을 디은 ᄇᆡ 블가ᄉᆞ문어타인(不可使聞於他人)이라. 왕합하 듕ᄌᆞ(仲子)와 녕낭(令郞) 형옥의 풍뉴호긔(風流豪氣)로 간녀(奸女)의 초요월안(楚腰月顔)[151]을 무심(無心)치 못ᄒᆞ여 졍(情)을 머므러 언약(言約)을 두믄 ᄒᆡᆼ실(行實)의 유ᄒᆡ(有害)ᄒᆞᆯ ᄇᆡ 아니니 존형(尊兄)의 ᄎᆡᆨ망(責望)ᄒᆞ시믄 도로혀 엄쥰(嚴峻)ᄒᆞ미 극ᄒᆞ샤 텬셩디친(天性之親)을 ᄉᆡᆼ각디 아니시미어니와 만ᄉᆡᆼ(晩生)의 녀식(女息)은 죄악(罪惡)이 관영(貫盈)ᄒᆞ여 간음대죄(奸淫大罪)ᄅᆞᆯ ᄀᆞᆺ초 범ᄒᆞ엿ᄉᆞ오니 관졍(官廷)의 나아가 형뉵(刑戮)을 닙어 텬하음흉간녀(天下陰凶奸女)ᄅᆞᆯ 징계(懲戒)ᄒᆞ미 맛당ᄒᆞ온디라. 거야(去夜) 변고(變故)ᄅᆞᆯ 본 후ᄂᆞᆫ 신혼(神魂)이 경니(驚離)ᄒᆞ고 심담(心膽)이 산할ᄒᆞ여 능히 측냥(測量)치 못ᄒᆞ니 이 엇디 음악간녀(淫惡奸女)ᄅᆞᆯ[152] 앗기ᄂᆞᆫ 일이리오? 웃듬이 녕낭의 듕상(重傷)ᄒᆞ믈 경ᄒᆡ(驚駭)ᄒᆞ고 조초 간녀의 음악을 분ᄒᆡᄒᆞ여 쳐치ᄒᆞᆯ 바ᄅᆞᆯ ᄉᆞ량(思量)ᄒᆞ오ᄆᆡ 이 비록 국가(國家)의 간셥ᄒᆞᆫ ᄇᆡ 아니나 죄상(罪

149 드리그어: 드리긋다. 들이긋다. 들이켜다.

150 고ᄃᆡ: 고대. 곧, 즉시.

151 초요월안(楚腰月顔): 미인의 가는 허리와 아름다운 얼굴.

152 음악간녀(淫惡奸女)ᄅᆞᆯ: 규장각본에는 '음학간녀를'로 되어 있음.

狀)이 난뉸패상(亂倫悖常)ᄒᆞ미 이신즉 텬졍(天廷)의 쥬달(奏達)ᄒᆞ와
37면 법뷔(法部) 뉼쳐(律處)케 ᄒᆞ미 공졍(公正)ᄒᆞᆫ디라. 바야흐로 귀부(貴府)의 나아가 소유(所由)를 픔(稟)코ᄌᆞ ᄒᆞᄃᆡ 스ᄉᆞ로 참황뉵니(慙惶忸怩)ᄒᆞ와 머뭇기ᄂᆞᆫ ᄇᆡ올너니 존개(尊駕)[153] 욕님(辱臨)ᄒᆞ샤 ᄒᆡ변(駭變)을 니ᄅᆞ시니 학싱의 ᄯᅳᆺ이 ᄯᅩᄒᆞᆫ ᄉᆞ졍(私情)을 거리쟈 참경(慘景)을 무더두고ᄌᆞ 아니 ᄒᆞᄂᆞᆫ디라. 밧비 법부(法部)의 고코ᄌᆞ ᄒᆞᄂᆞ이다.”

원ᄂᆡ 범부마ᄂᆞᆫ 픔되(稟道) 잠간 강밍(强猛)ᄒᆞᆫ디라. 공쥬 모ᄌᆞ(母子)의 힝ᄉᆞ(行事)ᄂᆞᆫ 젼연이 아디 못ᄒᆞ고 기ᄌᆞ(其子)의 경박디힝(輕薄之行)이 ᄉᆞ류(士類)의 튱슈(充數)키 어려오믈 통ᄒᆡ(痛駭)ᄒᆞ며 당시의 간음교활(奸淫狡猾)ᄒᆞ믈 대분대ᄒᆡ(大憤大駭)ᄒᆞ여 젼일(前日) 댱공의게 간졀이 쳥혼(請婚)ᄒᆞ던 바를 뉘웃고 츄히 넉이ᄂᆞᆫ 바의 혹ᄌᆞ(或者) 댱공이 그 ᄯᆞᆯ을 죽이디 아니ᄒᆞ고 고이 두어 경화의 평싱(平生)을 욕되게 홀가 블힝(不幸)ᄒᆞ믈 니긔디 못ᄒᆞ여 짐즛 댱공을 와 보고 ᄒᆡ악(駭惡)ᄒᆞᆫ 변괴(變故)를 무더두디 못홀 ᄇᆡ라 ᄒᆞ여 댱공으로[154] ᄒᆞ여곰 ᄌᆞ긔 ᄋᆞ돌을 동상(東床)의 희망치 못ᄒᆞ게 ᄒᆞ미러니 긔약(期約)디 아닌
38면 댱공의 ᄯᅳᆺ이 그 ᄯᆞᆯ의 음휼간활(淫譎奸猾)ᄒᆞ믈 분완통ᄒᆡ(憤惋痛駭)ᄒᆞ여 텬뉸(天倫)의 ᄌᆞᄋᆡ(慈愛)와 부녀의 졍을 아오로[155] ᄭᅳᆫ코 법뉼(法律)노 다ᄉᆞ리고ᄌᆞ ᄒᆞ믈 보ᄆᆡ 그 어두오며 망측(罔測)ᄒᆞᆫ 위인(爲人)이믈 아디 못ᄒᆞᄂᆞᆫ 고로 심니(心裏)의 거북ᄒᆞ여 혜오ᄃᆡ

153 존개(尊駕): 존가. 지위가 높은 이의 행차.
154 댱공으로: 규장각본에는 ‘댱으로’로 되어 있음.
155 아오로: 규장각본에는 ‘아로’로 되어 있음.

'내 평일(平日)의 당헌을 알오미 이ᄃᆡ도록 강ᄆᆡᆼ쥰딕(強猛峻直)디 못 ᄒᆞᆫ가 넉엿더니 사ᄅᆞᆷ의 ᄒᆡᆼ키[156] 어려온 바ᄅᆞᆯ 가연이 긔탄(忌憚)치 아니 ᄒᆞ여 쇼교(小嬌)의 죄ᄅᆞᆯ 다ᄉᆞ리고ᄌᆞ ᄒᆞᄆᆡ ᄉᆞ졍(私情)을 ᄊᆞᆺ쳐 법부(法部)의 고코ᄌᆞ ᄒᆞ니 대져 쾌단(快斷)ᄒᆞᆫ 인믈이랏다.'

ᄒᆞ며 그윽이 ᄉᆡᆼ각ᄒᆞᄆᆡ

'법부의 고ᄒᆞᄂᆞᆫ 디경(地境)은 일이 십분(十分) 요란(搖亂)ᄒᆞ고 경화의 탕일음패(蕩逸淫悖)ᄒᆞ미 ᄯᅩᄒᆞᆫ 드러나미 되여 혼취(婚娶)의 말이 유ᄒᆡ(有害)ᄒᆞᆯ 거시므로 각각 제 집의 됴코ᄌᆞ ᄒᆞ미 제 앏ᄒᆡ 허믈을 ᄀᆞ리오고ᄌᆞ ᄒᆞ믄 쇽인(俗人)의 상ᄉᆡ(常事)라. 당시ᄅᆞᆯ ᄊᆞᆺ쳐 경홰 음부(淫婦)ᄅᆞᆯ 취치 아니ᄒᆞᆷ만 다ᄒᆡᆼ타.'

ᄒᆞ여 이의 안ᄉᆡᆨ(顏色)을 화히 ᄒᆞ고 무룹흘 쁘러 ᄀᆞᆯ오ᄃᆡ

"현형(賢兄)의 인현덕화(仁賢德化)로ᄡᅧ 그ᄅᆞᆺ 녕녀(令女)의 음비파측 39면
(淫非叵測)ᄒᆞᆫ 변을 당ᄒᆞ시니 텬니(天理) 괴이(怪異)ᄒᆞ믈 탄ᄒᆞ여 요슌 디ᄌᆡ(堯舜之子) 블쵸(不肖)ᄒᆞ믈 ᄭᆡ닷과이다. 변괴(變故) ᄒᆡ악(害惡)ᄒᆞ므로조ᄎᆞ ᄉᆞ졍(私情)의 거리ᄭᅧ 무더두미 가치 아닐ᄉᆡ 가돈(家豚) 경화의 무상(無狀)ᄒᆞᆫ[157] 죄ᄅᆞᆯ 아오로[158] 긔록ᄒᆞ여 법부(法部)의 고코ᄌᆞ ᄒᆞ엿더니 다시 ᄉᆞ량(思量)컨ᄃᆡ ᄎᆞᄉᆡ(此事) 국가의 간셥(干涉)ᄒᆞᆫ ᄇᆡ 아니어ᄂᆞᆯ 스ᄉᆞ로 낫타ᄂᆡ여 고장(告狀)ᄒᆞᄂᆞᆫ 디경(地境)은 상문(相門)을 심욕(甚辱)ᄒᆞ고 화벌(華閥)을 참굴(慘屈)ᄒᆞ여 현형을 츄락(墜落)ᄒᆞ미

---

156 ᄒᆡᆼ키: 규장각본에는 '키'로 되어 있음.

157 무상(無狀)ᄒᆞᆫ: 규장각본에는 '무쌍ᄒᆞᆫ'으로 되어 있음.

158 아오로: 규장각본에는 '아로'로 되어 있음.

극ᄒᆞ니 므ᄉᆞᆷ 유익(有益)ᄒᆞᆯ ᄇᆡ 되리오? 현형이 위거경상(位居卿相)ᄒᆞ며 문명ᄉᆞᄒᆡ(文名四海)ᄒᆞ고 위만텬하(威滿天下)ᄒᆞ여 국녹(國祿)을 쇠ᄒᆞ며 왕폐ᄅᆞᆯ 결ᄒᆞᄂᆞᆫ 바의 명약일월(明若日月)ᄒᆞ고 엄여츄상(嚴如秋霜)ᄒᆞ니 년유(年幼) 일(一) 쇼녀(小女)의 죄ᄅᆞᆯ[159] 다ᄉᆞ리디 못ᄒᆞᆯ ᄇᆡ 아니라. 쳥컨ᄃᆡ ᄌᆞ샹ᄌᆞ결(自傷自決)ᄒᆞ여 음비(淫非)ᄒᆞᆫ 졍젹(情迹)을 뭇딜너 업시ᄒᆞ고 영영(永永)이 블미디ᄉᆞ(不美之事)ᄅᆞᆯ 함믁(含默)ᄒᆞ여 쳥문(聽聞)의 한심ᄒᆞ믈 닐위지[160] 말미 맛당ᄒᆞ니 이 일이 다만 단의 부
40면 ᄌᆞ(父子)와 존뷔(尊府) 알며 왕후관이 알 ᄲᅳᆫ이로ᄃᆡ 후관은 사ᄅᆞᆷ을 칼노 디ᄅᆞᆫ 허믈이 이시므로 필연(必然) 은닉(隱匿)고ᄌᆞ ᄒᆞᆯ 거시오 단의 부ᄌᆞ(父子)ᄂᆞᆫ 스ᄉᆞ로 참누(慙累)ᄅᆞᆯ 디음ᄀᆞᆺ치 낫토디 아니ᄒᆞ리니 현형(賢兄)이 블츌구외(不出口外)ᄒᆞᆯ딘ᄃᆡ 뉘 알 ᄌᆡ(者) 이시며 화복(禍福)이란 거ᄉᆞᆫ 됴셕(朝夕)의 비롯고[161] 딜양(疾恙)이란 거ᄉᆞᆫ ᄣᆡ로 발ᄒᆞᄂᆞ니 녕녀(令女)ᄅᆞᆯ 블의(不意)예 급ᄉᆞ(急死)ᄒᆞ다[162] ᄒᆞᆫ들 뉘 이런 변고(變故)ᄅᆞᆯ ᄊᆡ치리오? 그러ᄐᆞᆺ 고요ᄒᆞ여 분난(紛亂)ᄒᆞ디 아니미 가ᄒᆞ니 현형은 ᄂᆡᆨ이 ᄉᆡᆼ각ᄒᆞ여 어ᄌᆞ러오믈 취치 마ᄅᆞ쇼셔."

댱공의 본셩(本性)이 견확(堅確)ᄒᆞ미 업ᄉᆞᆫ 바의 요약(妖藥)을 먹어 심간(心肝)을 흐리오고 다시 흉ᄒᆡ(凶害)ᄒᆞᆫ 변괴(變故)ᄅᆞᆯ 당ᄒᆞ여 놀나오며 ᄎᆞ악(嗟愕)ᄒᆞ믄 둘ᄌᆡ오 상부(上府) 후문(侯門)의 산악(山岳) ᄀᆞᆺ

159 죄ᄅᆞᆯ: 규장각본에는 '를'로 되어 있음.
160 닐위지: 규장각본에는 '이루지'로 되어 있음.
161 비롯고: 비롯다. 비롯하다.
162 급ᄉᆞ(急死)ᄒᆞ다: 규장각본에는 '급ᄒᆞ다'로 되어 있음.

ᄐᆞᆫ 셰엄(勢嚴)이 날닌 칼노뼈 ᄃᆡᄅᆞᆯ ᄯᆞ리ᄆᆡ 더ᄒᆞ거ᄂᆞᆯ 평ᄉᆡᆼ 권문셰가(權門勢家)의 츄쥬복알(趨走伏謁)ᄒᆞ여 아요쳠미(訝訞諂尾)ᄒᆞ던 일이 그림의 떡 ᄀᆞᆺᄐᆞᆯ디라. 범부마의 만금(萬金) 일(一) 공ᄌᆞ(公子)ᄅᆞᆯ 듕히 상ᄒᆡ온 ᄇᆡ 젼혀 ᄌᆞ긔 녀ᄋᆞ의 연괴(緣故)니 범도위[163] ᄒᆞᆫ번 노(怒)ᄅᆞᆯ 41면
발ᄒᆞᆫ즉 ᄌᆞ긔 ᄀᆞᆺᄐᆞᆫ 뉴(類)ᄅᆞᆯ 뭇디ᄅᆞ믄 창승(蒼蠅)을 ᄡᅳ리치ᄆᆡ[164] 더ᄒᆞ리라 ᄒᆞ여 궐홰(厥禍) 아모 곳의 밋ᄎᆞᆯ 바ᄅᆞᆯ 아디 못ᄒᆞ고 심장(心臟)이 초삭(焦削)ᄒᆞ여 일야디간(一夜之間)의 오ᄂᆡ(五內)[165] 붕녈(崩裂)ᄒᆞᄆᆞᆯ ᄊᆡ닷디 못ᄒᆞᆯ너니 ᄉᆡᆼ각디 아닌 바의 범도위 말ᄉᆞᆷ이 십분(十分) 쥬편(主便)ᄒᆞ여 고요히 쇼문 업기ᄅᆞᆯ 취ᄒᆞ며 분난(紛亂)이 낫타나기ᄅᆞᆯ 구치 아냐 위엄(威嚴)을 거두어 덕(德)으로뼈 화ᄒᆞ고 원슈(怨讐)로뼈 은혜(恩惠)ᄅᆞᆯ 밋고ᄌᆞ ᄒᆞᄆᆞᆯ 듯건ᄃᆡ 만심(滿心)이 ᄒᆡᆼ열(幸悅)[166]ᄒᆞ니 향ᄀᆞᆨ(向刻) 초삭ᄒᆞᆫ 폐간(肺肝)이 일시(一時)의 흔심(欣心)ᄒᆞᄆᆞᆯ 인ᄒᆞ여 마ᄅᆞᆫ 남긔[167] ᄆᆞᆯ이 졋고 뼉은 썌의 ᄉᆡ살이 남 ᄀᆞᆺᄐᆞᄆᆡ 도로혀 감은(感恩)ᄒᆞ미 디극(至極)ᄒᆞᆫ 바의 녀ᄋᆞᄅᆞᆯ 쇼문 업시 죽이미야 긔 므ᄉᆞᆷ 거리ᄊᆡᆯ 거시 이시리오? 황망(慌忙)이 몸을 니러 졀ᄒᆞ며 칭은숑덕(稱恩頌德)ᄒᆞᄂᆞᆫ 말이 브졀여루(不絶如縷)ᄒᆞ여 톄면(體面)을 도라보디 아니ᄒᆞ니 범부매 붓드러 과도ᄒᆞᄆᆞᆯ 일ᄏᆞᆺ고 음흉난녀(陰凶亂女)ᄅᆞᆯ 밧비 업시ᄒᆞ여 문호(門戶)의 욕되ᄆᆞᆯ ᄢᅵᄉᆞ라 ᄒᆞ며 날호여 도라가니 댱공이 하 42면

---

163 범도위: 부마도위 범단.

164 ᄡᅳ리치ᄆᆡ: 쓰리치다. 쓸어버리다.

165 오ᄂᆡ(五內): 오내. 다섯 가지 내장. 간장, 심장, 비장, 폐장, 신장.

166 ᄒᆡᆼ열(幸悅): 행열. 다행스러워 기뻐함.

167 남긔: 남기. 나무.

당숑지(下堂送之)ᄒᆞ여 공경(恭敬)ᄒᆞ미 젼일(前日)의 ᄇᆡ승(倍勝)ᄒᆞ더라. 원ᄂᆡ 당부 거야(去夜) 젹변(賊變)의 왕각노의 듕ᄌᆞ(仲子) 후관이라 ᄒᆞ던 ᄌᆞᄂᆞᆫ 경화의 유모 ᄒᆡ연이니 젼ᄌᆞ(前者)의 왕ᄉᆡᆼ의 얼골을[168] ᄂᆡ이 보아시므로 여의개용단을 마셔 왕ᄉᆡᆼ이 되여 남의(男衣)롤 ᄀᆡ착(改着)ᄒᆞ엿고 경홰라 ᄒᆞ던 ᄌᆞᄂᆞᆫ 궁노(宮奴) 열영이니 비록 계집의 일홈을 가져시나 효용담대(驍勇膽大)ᄒᆞ미 ᄒᆡ연의 일뉴(一類) 고로 공쥐 또 변용단을 먹여 경화의 얼골이 되게 ᄒᆞ시 녈영이 맛춤 동뉴(同類)와 ᄡᅡ호다가 가ᄉᆞᆷ을 상ᄒᆞ여시므로 공쥐 짐즛 듁통(竹筒)의 양혈(羊血)을 너허주며 여ᄎᆞ여ᄎᆞᄒᆞ라 ᄒᆞ며 당공의 ᄆᆞ음을 온가지로 놀ᄂᆡ며 황황(遑遑)이 ᄎᆞ악(嗟愕)게 ᄒᆞ믄 당쇼져롤 함디깅참(陷地坑塹)ᄒᆞ여 음악누힝(淫惡陋行)을 만구일담(萬口一談)으로 츔 밧타 ᄭᅮ짓고 간딜(癇疾)ᄒᆞᄂᆞᆫ 병부(病夫)와 풍증(風症) 들닌 누ᄌᆡ(陋者)라도 디어미 삼

43면

기롤 븟그리ᄂᆞᆫ 디경(地境)의 경홰 ᄆᆡᆼ약(盟約)을 져바리디 못ᄒᆞᄂᆞᆫ 톄ᄒᆞ여 취ᄒᆞᆫ족 당공 ᄂᆡ외(內外) 만분외람(萬分猥濫)ᄒᆞ며 과망(過望)ᄒᆞ여 복복승슌(僕僕承順)케 ᄒᆞ미오. 계교(計巧)로ᄡᅧ 취ᄒᆞ여 은의(恩義) 듕ᄒᆞᆫ 후ᄂᆞᆫ 착착히 누얼(陋孽)을 신셜(伸雪)ᄒᆞ고 당시 신상(身上)의 욕되미 업과져 ᄒᆞ므로 효용(驍勇)ᄒᆞᆫ 궁노(宮奴)와 복심(腹心)의 환관(宦官)이 만흐ᄃᆡ 남ᄌᆞ롤 보ᄂᆡ지 아니ᄒᆞ여 ᄒᆡ연과 녈영을 변용(變容)ᄒᆞ여 보ᄂᆡ며 또 경홰 친히 가지 아니ᄒᆞ믄 공쥐 ᄋᆞᄌᆞ롤 보ᄂᆡ엿다가 혹ᄌᆞ 상ᄒᆞ미 이실가 두릴 ᄲᅮᆫ 아니라 부마의 셩(性)이 강녈(强烈)ᄒᆞ믈 아

168 얼골을: 규장각본에는 '얼골'로 되어 있음.

ᄂᆞᆫ 고로 힝계(行計)ᄒᆞᆯ 바로 고치[169] 못ᄒᆞ고 ᄎᆞᄉᆞ(此事)롤 맛촘ᄂᆡ 긔(欺)이든 못홀디라. 일시(一時)의 괴로옴과 위틔(危殆)ᄒᆞᆯ 모도 녈영의게 도라보ᄂᆡ여 경화ᄂᆞᆫ 조곰도 블평(不平)ᄒᆞ미 업과져 ᄒᆞ므로 히연이 댱공을 쇽여 왕싱인 쳬ᄒᆞ고 몬져 도라온 후 공쥐 크게 혼동(混同)ᄒᆞ여 ᄋᆞ지(兒子) 댱가의 가 칼의 질닌 바롤 박쇼져 교랑이 급보(急報)ᄒᆞ엿다 ᄒᆞ며 교ᄌᆞ(轎子)롤 가져 궁감하리(宮監下吏)롤 명ᄒᆞ여 썔니 가라 ᄒᆞ니 부마ᄂᆞᆫ 외루(外樓)의 잇다가 이 말을 듯고 만분ᄎᆞ악(萬分嗟愕)ᄒᆞ여 경화의 도라오기롤 기다려 댱가의 가 칼의 딜닌 곡졀을 므ᄅᆞᆫᄃᆡ 녈영이 공쥬의 분부(分付)롤 쥰힝(遵行)ᄒᆞ여 졔 몸 죽기롤 도라보디 아니ᄒᆞ고 앙연이 경홴 쳬ᄒᆞ여 댱녀로 졍(情)을 ᄆᆡᄌᆞ미 잇던 고로 월장(越墻)ᄒᆞ여 갓다가 왕싱의게 질니이므로뼈 ᄃᆡᄒᆞ니 부매 대로(大怒)ᄒᆞ여 그 상쳐롤 솔피디 아니ᄒᆞ고 즉시 나리와[170] 슈죄(數罪)ᄒᆞ며 타둔(打臀) 오십장(五十杖)을 ᄆᆡᆼ타(猛打)ᄒᆞ여 문 밧긔 ᄡᅳ어 ᄂᆡ치니 녈영이 반ᄉᆡᆼ반ᄉᆞ(半生半死)ᄒᆞ여시ᄆᆡ 공쥐 궁감(宮監) 등을 당부ᄒᆞ여 각별 구호(救護)ᄒᆞᆯ 등한(等閑)이 말나 ᄒᆞᆫᄃᆡ 궁감 등이 져의 만금(萬金) 일(一) 공ᄌᆞ(公子)로 아라 구호의 졍셩과 조심이 비상(非常)ᄒᆞ고 진짓 경화ᄂᆞᆫ 공쥬 협실(夾室)의 이셔 유모와 녈영의 힝계(行計)ᄒᆞᄂᆞᆫ 바롤 깃거ᄒᆞ나 부친의 셩(盛)히 노ᄒᆞ시믈 듯고 일단 블안ᄒᆞᆫ ᄇᆡ 업디 아니ᄒᆞᄃᆡ 이 가온ᄃᆡ도 댱공으로 ᄒᆞ여곰 그 ᄯᆞᆯ이 져와 ᄆᆡᆼ약(盟約)이 구드믈 알게 ᄒᆞ려 ᄒᆞ여 교랑의 일워 보ᄂᆡᆫ 바 흉셔(凶書) 두 장의셔

---

169 고치: 규장각본에는 '고치지'로 되어 있음.

170 나리와: 나리다. 내리다.

ᄒᆞ나흔 임의 ᄒᆡ연이 공쥬의 금환(金環) 아오로 댱공이 보ᄂᆞᆫ ᄃᆡ 더디고 왓거니와 ᄒᆞᆫ 장은 오히려 남아 이시므로 졔 궤듕(櫃中)의 너코 모친 월환(月環)을 ᄒᆞᆫ가디로 ᄡᆞ두어 부친이 듯ᄂᆞᆫᄃᆡ 여ᄎᆞ여ᄎᆞᄒᆞ쇼셔 ᄒᆞ니 공쥐 부마의 드러오기ᄅᆞᆯ 기다려 댱시의 셔간(書簡)과 월환을 ᄂᆡ여 뵈며 ᄀᆞᆯ오ᄃᆡ

"댱녜 ᄋᆞᄌᆞ의 풍미(風味)ᄅᆞᆯ 혹ᄒᆞ여 졔 스ᄉᆞ로 셔간과 월환을 보ᄂᆡ여 졍(情)을 통ᄒᆞ니 경홰 남ᄌᆞ의 호일(豪逸)ᄒᆞ므로ᄡᅧ 졀염미완(絶艶美婉)의 이 ᄀᆞᆺᄐᆞ믈 무심치 못ᄒᆞᄆᆡ ᄌᆞ연 가랍(嘉納)ᄒᆞ미 굿ᄐᆞ여 죄 되리잇가?"

ᄒᆞᆫᄃᆡ 부매 댱녀의 음교(淫驕)ᄒᆞ믈 크게 흉참(凶慘)이 넉여 ᄲᆞᆯ니 월환과 셔간을 가지고 댱공을 ᄎᆞᄌᆞ본 후 그 ᄯᆞᆯ을 죽여 업시ᄒᆞ라 권ᄒᆞ고 도라오니 공쥬와 댱공이 댱공이[171] 혹ᄌᆞ 부마의 말노조ᄎᆞ 기녀(其女)ᄅᆞᆯ 죽
46면
일가 겁ᄒᆞ여 ᄲᆞᆯ니 ᄒᆞᆫ 장 셔간을 닷가 ᄒᆡ연을 주며 댱아의 니ᄅᆞ러 모든 눈이 보ᄂᆞᆫᄃᆡ 박쇼져 교랑을 주라 ᄒᆡ연이 작야(昨夜)의 왕후관이 되여 댱공을 여디업시 쇽이고 오날ᄂᆞᆯ 앗ᄎᆞᆷ을 당ᄒᆞ여 본상(本像)을 회복(回復)ᄒᆞ여 화경궁 쳥의양낭(青衣養娘)으로 슌연(順然)이 녀군(女君)의 셔함(書函)을 밧드러 언연(偃然)이 댱부의 니ᄅᆞ러 술연이 박쇼져 교랑을 보고 셔함을 드린ᄃᆡ 교랑이 그 ᄯᅳᆺ을 디긔(知機)ᄒᆞ고 짐ᄌᆞᆺ 댱공과 박시 앏ᄒᆡ셔 개간(開簡)ᄒᆞᆯᄉᆡ 초(初)의 댱공이 범부마ᄅᆞᆯ 보ᄂᆡᆫ 후 월환(月環)과 흉셔(凶書)ᄅᆞᆯ 가디고 드러와 박시ᄅᆞᆯ 보며 범부마의 ᄒᆞ던

---

171 댱공이 댱공이: 문맥상 앞의 '댱공이'는 범경화로 보임. 규장각본에는 '댱공이'로 되어 있음.

말을 일일히 젼ᄒᆞᆯᄉᆡ 텬셩(天性)의 친(親)과 부녀(父女)의 졍(情)을 임의 상망(喪亡)ᄒᆞ여 ᄌᆞᄋᆡ(慈愛) 이ᄌᆞ(二字)ᄅᆞᆯ 다시 일ᄏᆞᄅᆞᆯ 거시 업ᄉᆞ니 녀ᄋᆞ의 디인대효(至仁大孝)와 녈졀상ᄒᆡᆼ(烈節常行)을 몽ᄆᆡ(夢寐)의도 ᄉᆡᆼ각디 아니ᄒᆞ고 범부마의 말이 덕(德) 되며 법다와 흉음간녀(凶淫奸女)ᄅᆞᆯ 죽이기ᄅᆞᆯ 권ᄒᆞᄃᆡ 일이 죵용ᄒᆞᆷ만 ᄎᆔᄒᆞ고 요란이 법부(法部)의 고ᄒᆞ믈 말니며 만금소듕(萬金所重)의 놀나 이상ᄒᆞᆫ 바ᄅᆞᆯ 믈시(勿施)ᄒᆞ여 원슈로뼈 은혜ᄅᆞᆯ 드리오미 ᄉᆡᆼ각디 못ᄒᆞᆫ ᄇᆡ믈 일ᄏᆞ라 흔ᄒᆡᆼ 47면
(欣幸)ᄒᆞ미 듕심(中心)을 흔득이고[172] 감격(感激)ᄒᆞ미 골슈(骨髓)의 ᄉᆞᄆᆞᆺᄎᆞ 녀ᄋᆞᄅᆞᆯ 죽이ᄂᆞᆫ 바ᄂᆞᆫ 도로혀 즐거온 일노 아라 졔 몸의 ᄒᆡᄂᆞᆫ 념녀(念慮)ᄒᆞᆯ 거시 업ᄉᆞ며 부귀(富貴)ᄅᆞᆯ 일흘 근심이 업ᄉᆞ믈 ᄉᆡᆼ각ᄒᆞᄆᆡ 쳔희만열(千喜萬悅)ᄒᆞ니 박시 귀로 댱공의 말을 드ᄅᆞ며 눈으로 흉셔(凶書)와 월환(月環)을 보ᄆᆡ 일변 깃브고 분완(忿惋)ᄒᆞ믈 니긔디 못ᄒᆞ여 닙 가온ᄃᆡ 범부마의 화홍셩덕(和弘盛德)을 가득이 일ᄏᆞᄅᆞ며 녀ᄋᆞ의 음비파측(淫鄙叵測)ᄒᆞ믈 ᄭᆞ디져 범가ᄅᆞᆯ 칭덕(稱德)ᄒᆞᆷ과 녀ᄋᆞᄅᆞᆯ 욕ᄆᆡ(辱罵)ᄒᆞᄂᆞᆫ 소ᄅᆡ 십분(十分) 어ᄌᆞ러오니 화경공쥬의 월환을 션ᄌᆞ뫼(先慈母) ᄋᆞᄒᆡ 졔 귀예 거럿던 거시라 ᄒᆞ여 일ᄏᆞᄅᆞ며 빵동을 호란(胡亂)이 뒤젹여 ᄀᆞᆯ오ᄃᆡ

“간음난녜(奸淫亂女) 내 ᄉᆞ랑ᄒᆞ고 귀히 넉이ᄂᆞᆫ 잠영지믈(簪纓之物)을 다 도젹ᄒᆞ여 음악디ᄉᆞ(淫惡之事)의 신믈(信物)을 삼아시니 엇디 통ᄒᆡ(痛駭)치 아니ᄒᆞ리오? ᄎᆞ믈(此物)은 우리 왕모부인(王母婦人)이

172 흔득이고: 흔드기다. 흔들거리다.

48면 우귀박문(于歸朴門)[173]ᄒᆞ시던 날 귀예 드리오고 오신 바로 당신긔는 ᄯᆞᆯ이 업ᄉᆞᆫ 고로 우리 모친(母親)긔 젼ᄒᆞ샤 모친이 ᄯᅩ 날을 주신 빈니 내 어려실 졔로브터 ᄌᆞ라기의 니ᄅᆞ히 삼ᄃᆡ긔믈(三代奇物)이믈 귀듕(貴重)ᄒᆞ여 앗춤의 니러나 귀예 걸면 밤의 누을 ᄯᅵ ᄒᆞᆫ 번도 무심(無心)치 아냐 옥합(玉盒)의 담아 놉히 언ᄌᆞ므로 나려지며 ᄯᅥ러디ᄂᆞᆫ 졔 업셔 여러 셰월의 ᄒᆞᆫ갈ᄀᆞᆺ치 보광(寶光)이 찬난(燦爛)ᄒᆞᆫ디라. 근간(近間)은 더옥 ᄌᆞ로 ᄂᆡ여 보ᄂᆞᆫ 일이 업셔 깁히 너허두엇더니 요괴년이 우리 왕모(王母) 거시라 ᄒᆞ면 다 도젹ᄒᆞ여 외왕모(外王母) 금환(金環)은 왕가의 신믈(信物)을 삼고 딘조모(眞祖母)[174] 월환(月環)은 범가의 신믈을 삼아시니 이 엇딘 일이뇨?"

ᄒᆞ며 뛰놀며 욕ᄒᆞ기를 마디 아니ᄒᆞ니 댱공이 빈미왈(顰眉曰)

"죄녀(罪女)의 음흉악착(陰凶齷齪)ᄒᆞᆫ 죄상(罪狀)이 임의 ᄒᆞᆫ 목슘을 빌니디 못ᄒᆞ여 죽일 밧긔 더을[175] 벌이 업거놀 그ᄃᆡ 엇디 이러틋 요란이 구ᄂᆞ뇨? 금환과 월환이 그ᄃᆡ 두 왕모의 거시라 닐너도 음잡(淫雜)ᄒᆞᆫ

49면 곳의 더러이 도라갓던 거시니 깁피 드리쳐[176] 둘디언졍 온젼(穩全)ᄒᆞᆫ 부녀(婦女) 장염(粧奩)의ᄂᆞᆫ ᄡᅳ디 못ᄒᆞᆯ가 ᄒᆞᄂᆞ니 ᄎᆞᄌᆞ믈 깃거 말나."

박시 월환(月環)의 긔이(奇異)ᄒᆞ믈 ᄉᆞ랑ᄒᆞ여 ᄇᆡ야흐로 손의 들고 삼ᄃᆡ구믈(三代舊物)이라 ᄒᆞ며 졔 ᄌᆞ랄 졔도 호샤(豪奢)ᄒᆞ여 피폐(疲弊)

173 우귀박문(于歸朴門): 우귀는 혼인 후 3일 뒤 신부가 시가로 가는 것으로, 여기서는 박씨의 할머니가 시가인 박씨 가문으로 가는 것을 의미함.

174 딘조모(眞祖母): 진조모. 증조모.

175 더을: 규장각본에는 '더홀'로 되어 있음.

176 드리쳐: 드리치다. 드리티다. 던져 넣다.

치 아니케 길니인 줄을 평싱(平生)의 언언(言言)이 드놋ᄂᆞᆫ 셩졍(性情)이라. 월환의 다ᄃᆞ라ᄂᆞᆫ ᄌᆞ긔 집 거시라 ᄒᆞ고 왕모부인 강시 우귀(于歸)ᄒᆞ여 박가의 법다히[177] 오던 날 귀예 드리오고 온 거시라 ᄒᆞ엿더니 댱공이 이런 말을 신연(信然)이 넉이디 아냐 고지듯디 아니ᄒᆞ믈 한분(恨忿)ᄒᆞ여 고셩왈(高聲曰)

"요녜 비록 삼ᄃᆡ구믈이 더러온 곳의 신믈을 삼노라 도젹ᄒᆞ여 가시나 ᄎᆞ믈이 굿ᄐᆞ여 님ᄌᆞ롤 ᄎᆞᄌᆞ 도라오니[178] 단금(檀金)이 영영(盈盈)ᄒᆞ여 흐리워 더럽디 아니ᄒᆞ고 보쥐(寶珠) 광윤(光潤)ᄒᆞ여 상셔롤 띄여시니 볼ᄉᆞ록 긔이ᄒᆞᆫ디라. 므ᄉᆞᆷ 일 부녀 장염의 ᄡᅳ디 못ᄒᆞ리오? 금환을 두엇다가 희린의 쳐롤 줄 거시오 월환을 두엇다가 셰린의 쳐롤 주리니 상공은 당치 아닌 ᄉᆞ의(私意) 말나." 50면

ᄒᆞ고 월환(月環)을 깁히 너흐며 조모(祖母) 강부인 거시라 일ᄏᆞᆺ기롤 쳔만번이나 ᄒᆞ거놀 교랑이 심니(心裏)의 우읍기롤 마디 아니ᄒᆞᄃᆡ ᄉᆞ식(辭色)디 아니ᄒᆞ고 기리 혀 ᄎᆞ 골오ᄃᆡ

"쇼딜(小姪)이 향ᄌᆞ(向者)의 슉모(叔母)긔 아니 고ᄒᆞ엿ᄉᆞᆸᄂᆞ잇가? ᄆᆡᄆᆡ(妹妹)의 셔간(書簡)이 아니 감ᄌᆞᆨᄒᆞᆫ 곳의ᄂᆞᆫ 빈빈(頻頻)이 왕복(往復)ᄒᆞ여시믈 딘실노 골돌 ᄎᆞ한(嗟恨)ᄒᆞ더이다. 쇼딜이 규슈(閨秀)의 념치로뼈 이 말ᄉᆞᆷ이 ᄒᆞ염 ᄌᆞᆨ디 아니ᄒᆞᄋᆞᆸ거니와 텬뉸(天倫)이 블격(不隔)ᄒᆞ온 슉딜(叔姪)이 모녀(母女)의 감치 아닌 바의 므ᄉᆞᆷ 말ᄉᆞᆷ을 못 ᄒᆞ오리잇가? 신년(新年) 셰알(歲謁)을 인ᄒᆞ여 화경궁의 가온즉 공

177 법다히: 법대로. '다히'는 '답게', '대로'의 의미임.

178 ᄎᆞᄌᆞ 도라오니: 규장각본에는 '차지라오니'로 되어 있음.

쥐 쇼딜을 ᄃᆡᄒᆞ여 ᄆᆡᄆᆡ의 현부(賢否)ᄅᆞᆯ ᄆᆞᄅᆞ시거ᄂᆞᆯ 쇼딜이 답ᄒᆞᄃᆡ 궁만고통쳔ᄃᆡ(窮萬古通千代)의 딘짓 무빵졀염(無雙絶艶)이라 ᄒᆞᆫᄃᆡ 공쥐 요슈왈(搖手曰) '블연(不然)ᄒᆞ다. 아모리 ᄌᆞ식이 ᄡᆡᆼ혀난들 규녜(閨女) 외인(外人)을 빈빈(頻頻)이 통(通)ᄒᆞᄂᆞᆫ ᄌᆡ 엇디 노류댱화(路柳墻花)와 다ᄅᆞ미 이시리오?' ᄒᆞ셔ᄂᆞᆯ[179] 쇼딜(小姪)이 경ᄒᆡ(驚駭)ᄒᆞ와 ᄆᆡᄆᆡ(妹妹)의 녜(禮) 잡으미 타별(他別)ᄒᆞ오믈 누누히 베프나 공쥐 호발(毫髮)도[180] 곳이듯디 아니시고[181] 표죵(表從)의[182] 궤듕(櫃中)으로조ᄎᆞ 두어 댱 셔간(書簡)을 ᄂᆡ여주시며 왈 '네 이거ᄉᆞᆯ 보라. ᄎᆞ마 규녀(閨女)의 ᄒᆞᆯ ᄇᆡ냐?' ᄒᆞ시거ᄂᆞᆯ 쇼딜이 잠간 보오ᄆᆡ ᄆᆡᄆᆡ 표죵 범공ᄌᆞ의게 븟친 셔간이라. 심한골경(心恨骨驚)ᄒᆞ믈 니긔디 못ᄒᆞ여 낫빗치 변이(變移)ᄒᆞ믈 ᄭᆡ닷디 못ᄒᆞ니 공쥐 도로혀 우어 왈 '모로미 놀나디 말나. 내 ᄋᆞᄒᆡ 댱녀의 졀ᄒᆡᆼ(節行)이 놉디 못ᄒᆞ믈 허믈치[183] 아니ᄒᆞ고 ᄉᆡᆨ(色)을 취ᄒᆞ며 민오(敏悟)ᄒᆞᆫ 위인(爲人)을 ᄉᆞ랑ᄒᆞ여 일이 블ᄒᆡᆼ(不幸)ᄒᆞ나 현마[184] 엇디ᄒᆞ리오? 이런 음비디ᄒᆡᆼ(淫鄙之行)을 ᄡᅳ리쳐 모로ᄂᆞᆫ 톄ᄒᆞ고 됴히 구혼(求婚)ᄒᆞ여 녜ᄅᆞᆯ 일우고ᄌᆞ ᄒᆞ나 혹ᄌᆞ 너의 구시(舅氏)[185] 아ᄅᆞ시면 경화의 ᄯᅳᆺ을 좃디 아니샤 음악(淫惡)ᄒᆞᆫ 며ᄂᆞ리ᄅᆞᆯ 엇고ᄌᆞ 아니시리니

51면

52면

179 ᄒᆞ셔ᄂᆞᆯ: 규장각본에는 'ᄒᆞ셔거날'로 되어 있음.
180 호발(毫髮)도: 규장각본에는 '호발'로 되어 있음.
181 아니시고: 규장각본에는 '아니ᄒᆞ고'로 되어 있음.
182 표죵(表從)의: 규장각본에는 '표죵'으로 되어 있음.
183 허믈치: 규장각본에는 'ᄒᆞ믈치'로 되어 있음.
184 현마: 설마.
185 구시(舅氏): 구씨. 외삼촌.

이의 다ᄃᆞ라ᄂᆞᆫ 근심되도다.' ᄒᆞ시거ᄂᆞᆯ 쇼딜(小姪)이 능히 일언(一言)을 ᄃᆡ치 못ᄒᆞᄋᆞᆸ고 도라와 ᄆᆞᄋᆞᆷ의 혜오ᄃᆡ ᄆᆡᄆᆡ 엇디 그런 음비(淫鄙)ᄒᆞ미 잇시리오? 귀신의 조홰(造化)며 조믈(造物)이 작희(作戱)ᄒᆞ민가 측냥(測量)치 못ᄒᆞ여 ᄆᆡᄆᆡ의 필젹(筆跡)이나 다시 보아 힝혀 표죵(表從)의게 보ᄂᆡᆫ 글월과 다ᄅᆞ미[186] 잇ᄂᆞᆫ가 알고ᄌᆞ ᄒᆞ여 슉뫼(叔母) 친히 가샤 ᄆᆡᄆᆡ의 셔권(書卷)을 가져와 계시거ᄂᆞᆯ ᄒᆞᆫ번 보오ᄆᆡ 딘실노 표형(表兄) 궤 쇽의 잇ᄂᆞᆫ 글시와 다ᄅᆞ미 업ᄉᆞ오니 놀나오며 ᄎᆞ악(嗟愕)ᄒᆞ오미 표문(表門)의 가 공쥬의 뵈시던 셔ᄉᆞ(書辭)ᄅᆞᆯ 다시 ᄃᆡᄒᆞᆫ ᄃᆞᆺᄒᆞᄃᆡ 일이 듕대(重大)ᄒᆞᆫ 바의 말이 급ᄒᆞᆯ 거시 아니므로 슉모긔 ᄌᆞ셔히 고치 못ᄒᆞ엿ᄉᆞᆸ더니 거야(去夜) 참변(慘變)이 블가ᄉᆞ문어타인(不可使聞於他人)이라. 표슉(表叔)[187]이 니ᄅᆞ샤 ᄆᆡᄆᆡᄅᆞᆯ 죽이기로 권ᄒᆞ시미 잇던가 시브니 그 죄의 경듕(輕重)을 니ᄅᆞ디 말고 디친(至親)의 정(情)이 동긔(同氣)로[188] 다ᄅᆞ미 업던[189] 바로 그 참몰요졀(慘歿夭折)ᄒᆞᆯ ᄇᆡ 통상(痛傷)ᄒᆞ며 다시 표형(表兄)의 심ᄉᆞ(心思)ᄅᆞᆯ 혜아리건ᄃᆡ ᄆᆡᄆᆡ(妹妹)의 음쳔비루디ᄉᆞ(淫賤鄙陋之事)ᄂᆞᆫ 부운(浮雲)의 흣고[190] ᄉᆞᄉᆡᆼ(死生)을 긔약(期約)ᄒᆞ여 ᄆᆡᄆᆡᄅᆞᆯ 취코ᄌᆞ ᄒᆞ다가 쇽졀업시 요몰(夭歿)ᄒᆞᆫ 바ᄅᆞᆯ 드ᄅᆞᆫ즉 반ᄃᆞ시 ᄯᆞ라 죽어 셰샹을 뉴젼(遺傳)ᄒᆞ미 업ᄉᆞ리니 표형이 죽ᄂᆞᆫ 날이면[191] 공쥐 원슈(怨讐)ᄅᆞᆯ 슉부모(叔父母)긔 옴겨 곡ᄌᆞ(哭子)ᄒᆞᄂᆞᆫ 53면

186 다ᄅᆞ미: 규장각본에는 '다르시미'로 되어 있음.

187 표슉(表叔): 표숙. 외삼촌.

188 동긔(同氣)로: 규장각본에는 빠져 있음.

189 업던: 규장각본에는 '업'으로 되어 있음.

190 흣고: 흣다. 흩다.

셜운 화ᄅᆞᆯ 모도 플고 말니이다."

댱공과 박시 ᄎᆞ언(此言)을 드ᄅᆞ미 더옥 감연(欿然)ᄒᆞ여 셩완쇼져의 음교누ᄒᆡᆼ(淫驕陋行)을 ᄉᆞ디ᄌᆞ며 왈

"향ᄌᆞ(向者)의 응셜각으로조ᄎᆞ 도라올 ᄣᆡ의 범ᄉᆡᆼ의 셔간(書簡)을 어더 잠간 보고 즉시 소화(燒火)ᄒᆞ여 조곰도 의심치 아녓더니 과연 졍(情)을 통ᄒᆞ미 잇도다. 범ᄉᆡᆼ이 월ᄋᆞ의 교용미딜(嬌容美質)을 혹ᄒᆞ여신들 그 ᄒᆡᆼ실이 음비(淫鄙)ᄒᆞ믈 모로디 아니ᄒᆞ니 엇디 ᄯᆞ라 죽도록 ᄒᆞ리오?"

54면 교랑이 경화의 댱시ᄅᆞᆯ 위ᄒᆞᆫ 뜻이 금셕(金石)도곤 더으믈 ᄌᆡ삼 일ᄏᆞ라 ᄆᆡᄆᆡ(妹妹) 죽으면 표형(表兄)이 결단코 ᄉᆞ디 아니리라 ᄒᆞ니 댱공 ᄂᆡ외(內外) 심신(心身)이 경동(驚動)ᄒᆞ여 왈

"범ᄉᆡᆼ의 뜻이 그러ᄒᆞ면 월ᄋᆞᄅᆞᆯ 죽이기도 어렵고 ᄉᆞᆯ오ᄌᆞ ᄒᆞᆫᄌᆞᆨ 부마의 명을 어긔오ᄂᆞᆫ 마ᄃᆡ니 이ᄅᆞᆯ 장ᄎᆞᆺ 엇디ᄒᆞ여야 쥬편(主便)ᄒᆞ리오?"

졍언간(正言間)[192]의 화경공쥬의 셔간(書簡)이 니ᄅᆞ러 교랑이 볼ᄉᆡ 댱공 ᄂᆡ외 황망(慌忙)이 ᄒᆞᆫ가디로 보건ᄃᆡ 셔듕(書中)의 베픈 말이 다 ᄋᆞᄌᆞ의 뜻이 댱시ᄅᆞᆯ 위ᄒᆞ여 ᄉᆞᄉᆡᆼ(死生)을 동결(同決)코ᄌᆞ ᄒᆞ니 일의 블ᄒᆡᆼ(不幸)ᄒᆞ믈 니ᄅᆞ고 음비(淫鄙)ᄒᆞᆫ 며ᄂᆞ리ᄅᆞᆯ 어들디언졍 독ᄌᆞ(獨子)의 참참요졀(慘慘夭折)ᄒᆞ믈 보디 못ᄒᆞ리니 부매(駙馬) 비록 죽이믈 닐너시나 댱공 부부ᄂᆞᆫ 년ᄌᆞ시 ᄯᆞᆯ을 죽다 거ᄌᆞᆺ 쇼문을 펴지오고 진짓 댱시ᄅᆞᆯ ᄲᆡ혀 문외(門外) 그윽ᄒᆞᆫ 곳으로 옴기면 ᄉᆞ디상궁을 보ᄂᆡ

191 날이면: 규장각본에는 '일진ᄃᆡ'로 되어 있음.

192 졍언간(正言間): 정언간. 한창 이야기하고 있는 사이.

여 디극히 보호ᄒᆞ다가 죵용이 댱시의 셩시(姓氏)를 밧고와 허다 누힝(陋行)을 곰초고 경홰 법다히 춰코ᄌᆞ ᄒᆞᄂᆞᆫ 바를 댱공 ᄂᆡ외(內外)긔 앙 55면
달(仰達)ᄒᆞ여 댱시를 죽이디 말믈 누누히 당부ᄒᆞ엿거ᄂᆞᆯ 댱공과 박시 공쥬의 이 ᄀᆞᆺᄐᆞ믈 깁히 감은(感恩)홀 ᄲᅳᆫ 아니라 음악간녀(淫惡奸女)로뼈 공쥬의 며ᄂᆞ리 삼을 바를 황공과람(惶恐過濫)ᄒᆞ여 교랑다려 닐너 왈

"화경옥쥬의 셩덕(盛德)이 여ᄎᆞ 호호(浩浩)ᄒᆞ샤 간녀(奸女)의 음악대죄(淫惡大罪)를 샤(赦)ᄒᆞ시고 공ᄌᆞ의 ᄇᆡ쳬(配妻)로 거두고져 ᄒᆞ시니 우리 부부의 감은ᄒᆞ미 어ᄃᆡ 비ᄒᆞ리오마ᄂᆞᆫ 월ᄋᆞ의 죄악(罪惡)이 목숨 빌니미 어렵고 범공지 그 엇더ᄒᆞᆫ 화벌명예(華閥名裔)완ᄃᆡ ᄎᆞ마 비루음쳔(鄙陋淫賤)ᄒᆞᆫ 간녀로뼈 겻디으리오? 일이 블가(不可)ᄒᆞ미 만흐니 존교(尊敎)를 봉힝(奉行)키 어렵도다."

교랑 왈

"ᄎᆞᄉᆡ(此事) 그러치 아니ᄒᆞ여이다. 우리 구시(舅氏)와 공쥐 ᄆᆡᄆᆡ(妹妹)의 간음극악디죄(奸淫極惡之罪)를 낫토아 밧비 죽이믈 ᄌᆡ촉ᄒᆞ시ᄂᆞᆫ 디경(地境)이라도 슉부모(叔父母)ᄂᆞᆫ 골육(骨肉) 잔ᄒᆡ(殘害)를 ᄎᆞ마 못 ᄒᆞ며 쳐치(處置)를 난연통박(難然痛迫)ᄒᆞ샤 ᄆᆡᄆᆡ(妹妹)로뼈 ᄉᆞ 56면
샤ᄒᆞ미 잇게 ᄒᆞ실 ᄇᆡ어ᄂᆞᆯ 이ᄂᆞᆫ 우리 구시(舅氏) 일시(一時) 경ᄒᆡ통완(驚駭痛惋)ᄒᆞ믈 인ᄒᆞ여 슉부(叔父)긔 ᄆᆡᄆᆡ를 죽여 업시ᄒᆞ쇼셔 ᄒᆞ여시나 실디 이심(已甚)히[193] ᄆᆡᄆᆡ의 ᄉᆡᆼ사(生死)를 긔찰(譏察)ᄒᆞ여 알녀

193 실디 이심(已甚)히: 규장각본에는 '질지 심니'로 되어 있음.

아니 ᄒᆞ실 거시오. 옥쥐 또 은혜로 셔간(書簡)을 깃쳐 ᄆᆡᄆᆡ의 급ᄒᆞᆫ 목숨을 늦추어 다ᄒᆞᆫ 명을 닛ᄂᆞᆫ 활블(活佛)이 되고ᄌᆞ ᄒᆞ실 ᄲᆞᆫ 아니라 일셕(一夕)의 여디업시 폐(廢)ᄒᆞᆫ 젼졍(前程)을 다시 영복(榮福)으로ᄡᅧ 졔도(濟度)코ᄌᆞ ᄒᆞ시니 일이 잠간 딕ᄇᆡᆨ(直白)디 못ᄒᆞ나 슉부모(叔父母)와 ᄆᆡᄆᆡ로ᄡᅧ 의논컨ᄃᆡ 만금(萬金)을 가져 구ᄒᆞ나 득(得)디 못ᄒᆞᆯ 일이어ᄂᆞᆯ 엇디 브졀업시 고집ᄒᆞ시ᄂᆞ니잇가? 됴히 옥쥬의 명을 조ᄎᆞ샤 금일(今日)이라도 ᄆᆡᄆᆡᄅᆞᆯ 문외(門外) 벽쳐(僻處)로 옴기쇼셔."

댱공이 침음냥구(沈吟良久)의 왈

"현딜(賢姪)의 말도 유리ᄒᆞ고 화경옥쥬의 디교(指教)ᄒᆞ신 덕ᄐᆡᆨ(德澤)도 져ᄇᆞ리미 도로혀 은혜ᄅᆞᆯ 아디 못ᄒᆞᆷ ᄀᆞᆺᄐᆞ니 쳔만브득이(千萬不
57면 得已) 죄녀(罪女)ᄅᆞᆯ 문외(門外) 태운산으로 옴기려니와 범도위 그러ᄐᆞᆺ 죽이라 ᄒᆞ신 명을 거ᄉᆞ리미[194] 되니 나의 깁히 블안ᄒᆞ미 또 엇더ᄒᆞ리오? ᄉᆞᄉᆞ(事事)의 블ᄒᆡᆼ(不幸)ᄒᆞ며 졀졀(節節)이 ᄎᆞ악(嗟愕)ᄒᆞ니 그 살와두미 죽여 업시ᄒᆞᆷ만 ᄀᆞᆺ디 못ᄒᆞᆫ디라. 현딜(賢姪)은 모로미 우리 부부의 ᄯᅳᆺ을 회셔(回書)의 베퍼 옥쥐 아ᄅᆞ시게 ᄒᆞ고 녀ᄋᆞᄅᆞᆯ 셜혹 거두고ᄌᆞ ᄒᆞ실디라도 공ᄌᆞ의 뎡실(正室)은 외람(猥濫)ᄒᆞ니 몬져 호문벌열(豪門閥閱)의 뇨됴슉완(窈窕淑婉)을 취ᄒᆞᆫ 후 부빈(副嬪)으로나 마ᄌᆞ시믈 고ᄒᆞ라."

교랑 왈

"이ᄂᆞᆫ 굿ᄐᆞ여 겸샤(謙辭)ᄒᆞᆯ ᄇᆡ 아니오. 다시 ᄉᆡᆼ각건ᄃᆡ 샤례(私禮)ᄒᆞᆯ

194 거ᄉᆞ리미: 거ᄉᆞ리다. 거스르다.

ᄇᆡ도 아니라. 표형(表兄)이 ᄆᆡᄆᆡ(妹妹)의 음쳔비루(淫賤鄙陋)ᄒᆞ믈 발셔 아ᄂᆞᆫ ᄇᆡ로ᄃᆡ 츄호(秋毫)도 허믈ᄒᆞ미 업셔 ᄉᆞᄉᆡᆼ(死生)을 동결(同決)ᄒᆞᆯ 의ᄉᆡ(意思) 금셕(金石)ᄀᆞᆺ치 구드니 이졔ᄂᆞᆫ ᄆᆡᄆᆡ의 평ᄉᆡᆼ우락(平生憂樂)이 표형의게 달녓ᄂᆞᆫ디라. 슉부모(叔父母)라도 ᄆᆡᄆᆡ의 젼졍(前程)을 임의로 못 ᄒᆞ시리니 일ᄌᆞᆨ 옥쥬의 명을 슌ᄒᆞ여 ᄆᆡᄆᆡ란 문외(門外) 벽쳐(僻處)로 옴기시고 옥쥐 거두어 ᄌᆞ부(子婦) 삼기ᄅᆞᆯ 기다리실 58면
디언졍 조강뎡실(糟糠正室)노 취키ᄅᆞᆯ 나디 넉이디 아닛ᄂᆞᆫ 바ᄅᆞᆯ 슉부뫼(叔父母) 외람(猥濫)타 ᄒᆞ샤 부빈(副嬪)으로 마ᄌᆞ라 ᄒᆞ시미 도로혀 우은 거죈(擧措)가 ᄒᆞᄂᆞ이다."

당공 ᄂᆡ외(內外) 교랑 요녀(妖女)의 간악흉계(奸惡凶計)ᄅᆞᆯ 모로고 그 슈듕(手中)의 농낙(籠絡)ᄒᆞᆫ ᄇᆡ 되여 교랑을 귀듕(貴重)ᄒᆞ미 인ᄉᆞ(人事)ᄅᆞᆯ 일흘 쁜 아니라 듕심(中心)의 ᄀᆞᆺ게 ᄃᆡᆨ흰 거시 업ᄉᆞᆫ 바의 교랑의 니ᄅᆞᄂᆞᆫ 말이 슌니합도(順理合道)ᄒᆞ여 ᄌᆞ긔 부부의 ᄉᆡᆼ각디 못ᄒᆞᆯ ᄇᆡ믈 더옥 암암칭긔(暗暗稱奇)ᄒᆞ며 언언(言言)이 고개 좃고 박시ᄂᆞᆫ 모양을 바로 가지디 못ᄒᆞ여 등을 두다리며 머리ᄅᆞᆯ 쓰다돔아 쳔만ᄂᆡᆨᄋᆡ(千萬溺愛)ᄒᆞ미 영ᄋᆞ(嬰兒) ᄀᆞᆺᄐᆞ니 교랑이 ᄒᆡᆼ심ᄎᆞ열(幸甚且悅)ᄒᆞ여 거ᄌᆞᆺ 쳑쳑(慼慼)ᄒᆞᆫ ᄉᆞᄉᆡᆨ(辭色)으로 월ᄋᆞ쇼져의 음비파측(淫鄙叵測)ᄒᆞ믈 위ᄒᆞ여 앗기고 슬허ᄒᆞᄂᆞᆫ 쳬ᄒᆞ니 당공 부뷔 ᄉᆞᄉᆞ(事事)의 어딜게 넉이 59면
믈 마디 아니ᄒᆞ더라. 이의 교랑이 화경공쥬긔 회셔(回書)ᄅᆞᆯ 닷가 당공 ᄂᆡ외(內外) 감은각골(感恩刻骨)ᄒᆞᄂᆞᆫ ᄯᅳᆺ을 ᄀᆞᆺ초 베퍼[195] 죄녀(罪女)ᄅᆞᆯ

195 베퍼: 규장각본에는 '베프러'로 되어 있음.

죽일 의ᄉᆡ(意思) 각별이 살 ᄀᆞᆺᄐᆞᄃᆡ 은혜로온 교명(敎命)을 역(逆)디
못ᄒᆞ여 ᄇᆞ득이 그 명을 빌녀 태운산으로 옴기고ᄌᆞ ᄒᆞᄂᆞᆫ 바ᄅᆞᆯ 일일히
긔록(記錄)ᄒᆞ여 ᄒᆡ연을 주어 도라보ᄂᆡ니 댱공이 기리 탄식(嘆息)ᄒᆞ며
박시ᄅᆞᆯ 도라보아 왈

"우리 부뷔(夫婦) 일녀(一女)ᄅᆞᆯ 편ᄋᆡ(偏愛)ᄒᆞᄂᆞᆫ 졍(情)이 텬눈(天倫)
밧긔 ᄌᆞ별(自別)ᄒᆞ여 져의 년긔(年紀) 팔구(八九)의 현낭(賢郞)을 ᄐᆡᆨ
ᄒᆞᄆᆡ 황친국쳑(皇親國戚)으로브터 명문화벌(名門華閥)의 유ᄌᆞᄌᆡ(有
子者) 닷토아 쳥혼(請婚)ᄒᆞ며 져마다 젹승(赤繩)의 가연(佳緣)을 현
망(懸望)ᄒᆞᄃᆡ 능히 나의 허락을 엇디 못ᄒᆞ여 민민(憫憫)ᄒᆞᄂᆞᆫ ᄌᆡ(者)
블가승쉬(不可勝數)러니 일셕(一夕)[196]의 ᄠᅳᆺ 잡기ᄅᆞᆯ 그ᄅᆞᆺᄒᆞ여 ᄒᆡᆼ실(行
實) 가디기ᄅᆞᆯ 음쳔(淫賤)이 ᄒᆞᄆᆡ 비루(鄙陋)ᄒᆞ고 츄악(醜惡)ᄒᆞ미 상
님(桑林)의 쳔인(賤人)만 ᄀᆞᆺ디 못ᄒᆞ니 비록 화경공쥬의 호ᄉᆡᆼ디덕(好
60면 生之德)을 힘닙어 잔쳔(殘喘)[197]을 닛고 다시 범문의 의탁(依託)기ᄅᆞᆯ
ᄇᆞ라나 구ᄎᆞᄒᆞ며 더러오미 ᄎᆞᆯ하리 죽음만 ᄀᆞᆺ디 못ᄒᆞᆫ디라. 나와 부인
이 사ᄅᆞᆷ 뉴(類)의 ᄲᅢ혀나미 업ᄉᆞ나 평ᄉᆡᆼ(平生)을 졈검ᄒᆞ여 악착블인디
ᄉᆡ(齷齪不仁之事) 이시믈 ᄭᆡ닷디 못ᄒᆞᄂᆞ니 엇디 ᄌᆞ식을 두ᄆᆡ 월ᄋᆞ ᄀᆞᆺ
튼 흉음난녀(凶淫亂女)ᄅᆞᆯ ᄉᆡᆼ휵(生畜)ᄒᆞᆯ 줄이야 몽니(夢裏)의나 ᄉᆡᆼ각ᄒᆞ
여시리오? ᄒᆞ믈며 져의 작인(作人)을 혜건ᄃᆡ ᄂᆡ블치의의 ᄇᆞ졍이로ᄃᆡ
ᄋᆞ녀ᄂᆞᆫ 곱고 빗ᄂᆞ며 ᄲᅢ혀ᄂᆞ미 됴시(趙時)의 년셩디벽(連城之璧)[198]과
혜왕(惠王)의 됴승디쥬(照乘之珠)[199]라도 월ᄋᆞ의 용모(容貌) 샹광(祥光)

---

196 일셕(一夕)의: 규장각본에는 '일셕'으로 되어 있음.

197 잔쳔(殘喘): 잔천. 간신히 붙어 있는 목숨.

을 밋촐 길히 업술너니 엇디ᄒᆞ여 왕싱을 통ᄒᆞ고 범ᄌᆞ롤 ᄉᆞ괴미 되엿ᄂᆞ뇨? 그 심술(心術)을 가히 측냥(測量)치 못ᄒᆞ리로다."

셜파(說罷)의 두어 줄 눈믈이 가뷔야이 ᄯᅥ러디니 ᄯᆞᆯ의 젼졍(前程)을 다시 볼 거시 업ᄉᆞ믈 ᄒᆞᆫ갓 슬허홈만 아니라 권문셰가(權門勢家)롤 두리던 ᄠᅳᆺ이 잠간 나즉ᄒᆞ여[200] ᄆᆞᄋᆞᆷ이 한가ᄒᆞ믜 비로소 녀ᄋᆞ롤 파라 부귀(富貴)롤 도모코ᄌᆞ ᄒᆞ던 일이 헛곳의 도라가믈 각골통분(刻骨痛憤)ᄒᆞ니[201] 고ᄃᆡ 븨종(背腫)[202]이 발홀 ᄃᆞᆺᄒᆞᆫ디라. 박시 ᄯᅩᄒᆞᆫ 욕믜(辱罵)ᄒᆞ며 향ᄌᆞ(向者)의 거ᄌᆞᆺ 졍가(程家)롤 딕힐 ᄃᆞ시 ᄒᆞ고 화도(畫圖)롤 님궁의 보ᄂᆡ여시믈 놀나던[203] 비 왕·범 냥ᄌᆞ(兩者)롤 유졍(有情)ᄒᆞᆫ 연괴(緣故)라 ᄒᆞ여 참측디셜(慘惻之說)이 브졀(不絶)이러니 날이 느즌 후 희린 형뎨 ᄭᆡ여 니러나믜 비로소 부담잡셜(浮談雜說)을 긋치고 시ᄋᆞ(侍兒)롤 명ᄒᆞ여 온미(溫糜)롤 가져다가 공ᄌᆞ 등을 먹이라 ᄒᆞᆫᄃᆡ 희린 등이 미듁(糜粥)을 나오디 아니ᄒᆞ고 몸을 니러 응셜각으로 향ᄒᆞ거놀 댱공 부뷔 ᄯᅩᄒᆞᆫ 녀ᄋᆞ롤 보아 화경공쥬의 늉은대덕(隆恩大德)을 니ᄅᆞ며 태운산으로 옴기려 ᄒᆞᄂᆞᆫ 바롤 ᄀᆞᆺ초 젼코ᄌᆞ ᄒᆞ여 일시의 응셜각으로 향ᄒᆞ니라. 61면

---

198 됴시(趙時)의 년셩디벽(連城之璧): 조시의 연성지벽. 이름난 옥. 뛰어난 옥으로 유명한 화씨의 구슬을 조(趙)나라 혜문왕이 가지자 진(秦)나라 소양왕이 이를 성(城)과 바꾸자고 했던 것에서 '연성지벽'이 유래함.

199 혜왕(惠王)의 됴승디쥬(照乘之珠): 혜왕의 조승지주. 위 혜왕이 제 위왕에게 위나라는 작지만 수레 12승을 비출 수 있는 구슬이 있다고 한 것에서 유래한 말. 《사기》 〈전경중완세가(田敬仲完世家)〉에 나옴.

200 나즉ᄒᆞ여: 나작하다. 나른하다.

201 각골통분(刻骨痛憤)ᄒᆞ니: 규장각본에는 '각골통분ᄒᆞ여'로 되어 있음.

202 븨종(背腫): 배종. 등에 나는 종기.

203 보ᄂᆡ여시믈 놀나던: 규장각본에는 '보ᄂᆡ시믈 놀라'로 되어 있음.

션시(先時)의 댱쇼져 셩완이 그 부모의 무신블의(無信不義)와 츄셰니욕(趨勢利慾)이 칠규만톄(七竅滿體)의 쳥명(晴明)ᄒᆞᆫ 거술 업시ᄒᆞ여 본인디셩(本人之性)과 듕용디도(中庸之道)의 멀오미 만 니 갓ᄐᆞ믈 보건ᄃᆡ 이 굿ᄐᆞ여 오날놀 쳐음으로 알오미 아니오 인낙유현부형(人樂唯

62면 賢父兄)이 초복(初福)의 뎨일(第一)이라 ᄒᆞᆫ 곳의 다ᄃᆞ라ᄂᆞᆫ 실연이 고개롤 숙여 슬픈 의ᄉᆡ(意思) 만복(滿腹)ᄒᆞ고 부뫼 다만 부귀(富貴)롤 구ᄒᆞ미 념치(廉恥)롤 상딘(喪盡)ᄒᆞ며[204] 빈쳔(貧賤)을 비쳑(排斥)ᄒᆞ미 원슈(怨讐)의 더으믈 우러러볼 젹마다 녕원이 요동(搖動)ᄒᆞ여 ᄆᆞ옴이 스ᄉᆞ로 앏흐믈 ᄭᆡ닷디 못ᄒᆞ니 간ᄒᆞ여 효험(效驗)을 보디 못ᄒᆞ고 모친(母親)은 슌슌이 연부인을 참욕(慘辱)ᄒᆞ며 ᄌᆞ긔 말을 터럭 ᄭᅳᆺ도 듯ᄂᆞᆫ 빈 업ᄉᆞ니 졍간(正諫)이 무익(無益)ᄒᆞ믈 혜아려 근일(近日)은 ᄌᆞ로 고간(固諫)ᄒᆞᄂᆞᆫ 일이 업더니 츈홍 등의 고ᄒᆞ므로조ᄎᆞ ᄌᆞ긔 화되(畫圖) 님궁의 가시믈 쳐음으로 드ᄅᆞ미 만심(滿心)이 경히ᄎᆞ악(驚駭嗟愕)ᄒᆞ여 그 한심ᄒᆞ며 ᄎᆞ악ᄒᆞᆫ 바롤 잠간 고ᄒᆞ미 부친(父親)의 ᄠᅳᆺ이 신의녜법(信義禮法)의 초월(楚越)[205] ᄀᆞᆺ고 모친의 형상(形像) 업ᄉᆞᆫ 거동은 더옥 니롤 거시 업ᄉᆞ니 쇼졔 슬프며 한심홈과 놀나오미 좌우로 병츌(迸出)ᄒᆞ여 이날 더옥 간곡이 회젼(悔悛)ᄒᆞ믈 ᄭᆡ닷디 못ᄒᆞ니 츈홍 등

63면 이 블승초민(不勝焦悶)ᄒᆞ여 댱공과 부인이 뎡당(正堂)으로 도라간 후 쇼져롤 븟드러 안휴(安休)ᄒᆞ믈 쳥ᄒᆞ며 기리 늣겨[206] ᄀᆞᆯ오ᄃᆡ

---

204 상딘(喪盡)ᄒᆞ며: 규장각본에는 '상지ᄒᆞ며'로 되어 있음.

205 초월(楚越): 전국시대의 초나라와 월나라의 사이라는 뜻으로, 관계없는 사이를 가리킴.

206 늣겨: 늣기다. 흐느끼다.

“상문(相門) 일교(一嬌)로 댱어부귀(長於富貴)ᄒᆞ시ᄃᆡ 우리 쇼져ᄀᆞᆺ치 쳔비만슈(千悲萬愁)ᄅᆞᆯ 픔으신 바ᄂᆞᆫ 셰간(世間)의 다시 잇디 아니시리니 이 ᄀᆞᆺᄐᆞ여 노야(老爺)와 부인(婦人)의 ᄌᆞᄋᆡ(慈愛) 브죡(不足)ᄒᆞ신 바ᄂᆞᆫ 아니엇마ᄂᆞᆫ 시운(時運)이 브졔(不齊)ᄒᆞ여 쇼져의 심녀(心慮)ᄂᆞᆫ ᄒᆞ로도 안졍(安定)ᄒᆞ믈 엇디 못ᄒᆞ시거ᄂᆞᆯ 쇼비(小婢) 등이 무상(無狀)ᄒᆞ와 ᄒᆡ우(解憂)ᄒᆞ실 도리ᄅᆞᆯ ᄉᆡᆼ각디 못ᄒᆞ오니 고인(古人)의 니ᄅᆞᆫ바 쥬우신욕(主憂臣辱)[207]이 그 엇더ᄒᆞ온디 아디 못ᄒᆞ오며 각각 ᄆᆞᄋᆞᆷ이 안안(晏晏)ᄒᆞ와 무우ᄌᆞ(無憂者) 갓ᄉᆞ오믈 스ᄉᆞ로 붓그리ᄂᆞ이다.”

쇼졔 그 말 만코ᄌᆞ ᄒᆞ믈 깃거 아냐 날호여 츄파(秋波)ᄅᆞᆯ 잠간 드러 냥비(兩婢)ᄅᆞᆯ 보고 믁믁히 침금(寢衾)의 나아가니 냥(兩) 비ᄌᆞ(婢子) 블승튝쳑(不勝蹴踖)ᄒᆞ여 다시 말을 못 ᄒᆞ며 상하(牀下)의 시좌(侍坐)ᄒᆞ엿더니 쇼졔 이날노브터 신긔(身氣) 더옥 블안(不安)ᄒᆞ여 통셰(痛勢) 비경(非輕)ᄒᆞᄃᆡ 부모의 우려(憂慮)ᄅᆞᆯ 더을가 고치 못ᄒᆞ고 부친(父親) 64면 이 도라오신 후ᄂᆞᆫ 신혼녜알(晨昏禮謁)[208]을 ᄎᆞᆯ히디 못ᄒᆞ믈 울울(鬱鬱)ᄒᆞᄃᆡ 능히 긔거(起居)ᄅᆞᆯ 임의치 못ᄒᆞ더니 명일(明日) 맛ᄎᆞᆷ[209] 쇼졔 유모 셔파의게 붓들녀 여측(如廁)ᄒᆞᆫ ᄉᆞ이의 박시 니ᄅᆞ러 쇼져의 친필셔권(親筆書卷)을 가져가니 츄연이 의아(疑訝)ᄒᆞ나 감히 뭇디 못ᄒᆞ고 ᄯᅩ 감히 앗디 못ᄒᆞ여 ᄌᆞ슈ᄎᆡ메(紫袖彩袂)ᄅᆞᆯ 경히 ᄭᆞᆺ고[210] 고개ᄅᆞᆯ 숙여실 ᄡᅳᆫ

207 쥬우신욕(主憂臣辱): 주우신욕. 임금이 근심하면 신하는 욕을 당한다는 뜻. 《사기》 〈범수열전〉.

208 신혼녜알(晨昏禮謁): 신혼예알. 새벽과 해 질 무렵의 문안.

209 맛ᄎᆞᆷ: 규장각본에는 ‘아ᄎᆞᆷ’으로 되어 있음.

210 ᄭᆞᆺ고: ᄭᆞᆺ다. 꽂다.

이러니 셔패 츈홍으로 더브러 쇼져를 뫼셔 도라오다가 방듕(房中)의 경딕(鏡臺) 상협(箱匧)이 어즈러이 흣터져 뽁뽁이 구을믈[211] 보고 그 연고(緣故)를 므론딕 츄연이 실노뼈 딕ᄒᆞ니 셔패 쇼져를 붓드러 침금(寢衾)의 안와(安臥)ᄒᆞᆫ 후 경딕 상협을 거두어 뎡돈(整頓)ᄒᆞᆯ시 쇼졔 신녕(神靈)ᄒᆞᆫ 심디(心地)의 ᄌᆞ연 놀나오미 업디 아냐 츄연다려 문왈(問曰)

"ᄌᆞ위(慈闈) 셔권(書卷)을 어더 가시냐?"

츄연이 일권(一卷)을 가져가신 바를 고ᄒᆞ니 쇼졔 심심블낙(深深不樂)

65면 ᄒᆞ나 굿ᄐᆞ여 ᄉᆞ식(辭色)디 아니ᄒᆞ고 쏘 말을 아니 ᄒᆞ니 시ᄋᆞ(侍兒) 등은 무심(無心)ᄒᆞ여 좌우(左右)의 뫼셔실 쁜이오. 유랑은 노모(老母)의 병이 듕ᄒᆞ므로 이의 잇디 못ᄒᆞ여 씌씌 드러와 쇼져긔 문안(問安)ᄒᆞᆫ 후 힝각(行閣)[212]으로 나아가므로 즉시 믈너가니 쇼졔 요홀ᄒᆞᆫ 가온딕 놀나오미 만코 근심되미 무궁(無窮)ᄒᆞ여 츄연(惆然)이 빵아(雙蛾)[213]를 삉긔오며[214] 믁믁히 말이 업ᄉᆞ나 통셰(痛勢) 비경(非輕)ᄒᆞ여 ᄉᆞ디빅히(四肢百骸)를 쇄분분ᄒᆞᄂᆞᆫ ᄃᆞᆺ 디란(芝蘭) ᄀᆞᆺᄐᆞᆫ 약딜(弱質)노뼈 병을 니긔디 못ᄒᆞᄂᆞᆫ 거동을 ᄎᆞ마 보디 못ᄒᆞᆯ 빅라. 츈홍 등이 블승초황(不勝憔惶)ᄒᆞ나 쇼졔 뎡당(正堂)을 요란을[215] 요란치 말나 ᄒᆞ여시므로[216] 감히 이딕도록 ᄒᆞ믈 알외디 못ᄒᆞ고 공과 부인이 다시 니ᄅᆞ러 쇼져를 보미

---

211 구을믈: 구을다. 구르다.

212 힝각(行閣): 행각. 행랑.

213 빵아(雙蛾): 쌍아. 미인의 아름다운 눈썹.

214 삉기오며: 삉긔다. 찡그리다.

215 요란을: 규장각본에는 빠져 있음.

216 ᄒᆞ여시므로: 규장각본에는 'ᄒᆞ시므로'로 되어 있음.

업ᄉᆞ니 쇼졔 유튱미ᄋᆞ(幼冲迷兒)의 딜양(疾恙)을 당ᄒᆞ여 아비의게 이릐ᄒᆞ믈 더으며 어미의게 븟들녀 교티(嬌態)ᄒᆞ믈 딧고ᄌᆞ ᄒᆞ미 아니라 디극효심(至極孝心)으로뼈 부친이 긔강으로조ᄎᆞ 도라오신[217] 후의 ᄌᆞ긔 질셰(疾勢) 쳠가(添加)ᄒᆞ여 긔동(起動)홀 길이 업ᄉᆞ므로 신혼셩경(晨昏省定)을 폐ᄒᆞ고 좌하(座下)의 시봉(侍奉)ᄒᆞ여 은혜(恩惠)로온 ᄌᆞᄋᆡ(慈愛)를 밧줍디[218] 못ᄒᆞ믈 울울쳑쳑(鬱鬱慼慼)ᄒᆞ더니 홀연 남줘로조ᄎᆞ 연부 노ᄌᆡ(奴子) 니ᄅᆞ러 셔파를 보고 연부인 셔간(書簡)을 밧드러 주며 쇼져긔 드리라 ᄒᆞᄆᆡ 유뫼 희식(喜色)을 씌여 즉시 봉셔(封書)를 가지고 응셜각의 드러와 셔간을 드리니 쇼졔 바야흐로 심ᄉᆡ(心思)[219] 홀홀(忽忽) 망(忙)ᄒᆞ여 쳐초비졀(凄楚悲絶)ᄒᆞ믈 억졔(抑制)치 못ᄒᆞᄂᆞᆫ 바의 연부인 찰(札)을[220] 밧ᄌᆞ오미 쥬옥(珠玉) ᄀᆞᆺ튼 필획(筆劃)이 디샹(紙上)의 경운(瓊韻)[221]이 어릐여시니 고고담담(孤高淡淡)ᄒᆞᆫ 긔상(氣像)과 쳔연단일(天然端一)ᄒᆞᆫ 위의(威儀)를 다시 앙쳠(仰瞻)ᄒᆞ여 슬하디ᄌᆞ(膝下之慈)를 밧ᄌᆞ온 ᄃᆞᆺ 우러러 반가오미 넘찌이ᄆᆡ[222] 눈믈이 낭낭(浪浪)ᄒᆞ여 의금(衣衾)을 젹시ᄂᆞᆫ디라. 이의 봉함(封緘)을 개열(開裂)ᄒᆞ니 기셔(其書) 왈 66면

217 도라오신: 규장각본에는 '도라오시신'으로 되어 있음.
218 밧줍디: 밧줍다. 받들어 바치다.
219 심ᄉᆡ(心思): 규장각본에는 '심시'로 되어 있음.
220 찰(札)을: 규장각본에는 '셔찰을'로 되어 있음.
221 경운(瓊韻): 구슬 같은 문장.
222 넘찌이ᄆᆡ: 넘씨다. 넘치다.

67면 남븍(南北)이 격원(隔遠)의 음문(音問)[223]이 졀연(絶然)ᄒᆞ니 한난상역(寒暖相易)의 셰번(歲翻) 신츈(新春)[224]이로다. 봉시디여(奉侍之餘)의 약딜(弱質)이 무양호(無恙乎)아. 조망힝운의 슉쳐블어ᄒᆞ나 몽혼(夢魂)이 경경(耿耿)ᄒᆞ여 여디음용(汝之音容)이 안듕(顔中)과 이변(耳邊)의 버러시니 졍모의 구구ᄒᆞ미 효셩잔월(曉星殘月)의 구장(九腸)이 초삭(焦削)ᄒᆞ며 모텬야우(暮天夜雨)의 오ᄂᆡ(五內) 여할(如割)ᄒᆞ여 듁님(竹林) ᄌᆞ아(慈鴉)[225]의 농쥬(弄珠)[226]ᄒᆞ믈 ᄎᆞ마 보디 못ᄒᆞ고 오동(梧桐) 조란(鳥卵)의 현죄(玄鳥)[227] ᄌᆞ회(慈誨) 니긔여 듯디 못ᄒᆞ니 엇디 ᄒᆞᆫ갓[228] 녀ᄋᆞᄅᆞᆯ ᄉᆡᆼ각ᄒᆞᆯ 쁜이리오? 일흔 ᄋᆞᄒᆡ 나흘 혜건ᄃᆡ 하마 이뉵(二六)을 디ᄂᆡ시니 시쳬(時體)로 의논컨ᄃᆡ 거의 관(冠)ᄒᆞ며 취부(娶婦)ᄒᆞᄆᆡ 밋쳣실거ᄂᆞᆯ ᄒᆞᆫ갈ᄀᆞᆺ치 ᄉᆞᄉᆡᆼ거쳐(死生去處)ᄅᆞᆯ 망연브디(茫然不知)ᄒᆞ여 참졀ᄋᆡ상(慘絶哀傷)ᄒᆞ미 엇디 곡ᄌᆞ(哭子)의 상명(喪明)ᄒᆞ믈 면ᄒᆞ리오마ᄂᆞᆫ 촌초디심(寸草之心)을 가져 삼츈디광(三春之光)을 갑디 못ᄒᆞ므로뼈[229] 회고(回顧) 편당ᄒᆞ여 일광(日光)이 뉴뉴(幽幽) 님ᄌᆞᄒᆞ니 쳐ᄒᆡ막급(悽悕莫及)이어ᄂᆞᆯ 망극죵상(罔極終喪)이 블
68면 원(不遠)ᄒᆞ와 ᄉᆡᆼ아구로(生我劬勞)의 호텬대은(昊天大恩)을 ᄎᆞ마[230] 져

---

223 음문(音問): 편지로 안부를 물음.

224 신츈(新春): 규장각본에는 '신츌'로 되어 있음.

225 ᄌᆞ아(慈鴉): 자아. 까마귀.

226 농쥬(弄珠): 농주. 공을 던졌다 받는 놀이.

227 현죄(玄鳥): 현조. 제비.

228 ᄒᆞᆫ갓: 규장각본에는 '그갓'으로 되어 있음.

229 ᄎᆞᆫ초디심(寸草之心)을 ~ 못ᄒᆞ므로뼈: 당나라 시인 맹교의 〈유자음(游子吟)〉에 나온 구절로, 자식의 작은 마음으로 어머니의 사랑을 갚기 어렵다는 뜻.

바리디 못ᄒᆞ고 다시 훼블셩(毁不性)[231]이 셩문(聖門)의 경계시믈 ᄉᆡᆼ각ᄒᆞ미 스ᄉᆞ로 보명(保命)ᄒᆞ믈 어드니 그 완한(頑悍)ᄒᆞ며 블효(不孝)ᄒᆞ고 브ᄌᆞ(不慈)ᄒᆞ며 강악(强惡)ᄒᆞᆫ ᄌᆡ(者) 셰간(世間)의 날 ᄀᆞᆺᄐᆞ니 이시랴? 네 셔편의 슌슌이 날을 죽디 말나[232] 당부(當付)ᄒᆞ여시믈 내 도로혀 븟그리ᄂᆞ니 다시 네 나의게 ᄒᆞᄂᆞᆫ 말노ᄡᅧ 너의게 븟쳐 태산(太山)으로ᄡᅧ 홍모(鴻毛)의 더디미 업과져 ᄒᆞ노라. ᄋᆞᄒᆡ ᄯᅩᄒᆞᆫ 인효(仁孝)ᄒᆞ고 광달(曠達)ᄒᆞ여 셰쇽유녀(世俗幼女)의 쇼암미렬(疎暗微劣)홈과 ᄀᆞᆺ디 아니ᄒᆞ믈 내 깁히 밋는 ᄇᆡ로ᄃᆡ 오히려 나히 어리믈 인ᄒᆞ여 ᄒᆞᆫ갓 녜(禮) 잡으믈 크게 넉이고 권되(權道) 이시믈 혹ᄌᆞ(或者) ᄉᆡᆼ각디 못ᄒᆞ며 긴 목숨을 ᄇᆞ리미 웃듬이오 효슌(孝順)ᄒᆞ여 죽기의 니ᄅᆞ러도 거ᄉᆞ리미 업숄 바롤 올히 넉일가 념녀(念慮)ᄒᆞ미 무궁(無窮)ᄒᆞ미 비록 일 위급(危急)ᄒᆞ믈 듯디 못ᄒᆞ여시나 딜ᄋᆞ(姪兒)[233]의 젼ᄒᆞ므로조ᄎᆞ 군ᄌᆞ(君子)[234]의 환경(還京)이 ᄊᆡ 아니믈 경악(驚愕)ᄒᆞᄂᆞ니 69면
[235]임의 쇼문이 아롬답디 아니ᄒᆞ니 혹ᄌᆞ(或者) ᄉᆞᆺ촐 여믈고ᄌᆞ[236] ᄒᆞ미 이실디라도 네 반ᄃᆞ시 할ᄒᆞ며 졀비(絶悲)ᄒᆞ기의 니ᄅᆞ러도 부군으로 ᄒᆞ여곰 듕인(衆人)[237] 회좌(會坐)의 듕밍(重盟)을 발ᄒᆞ고 미급오륙ᄌᆡ(未

230 ᄎᆞ마: 규장각본에는 'ᄎᆞ'로 되어 있음.
231 훼블셩(毁不性): 훼불성. 부모님 상에 슬퍼한 나머지 목숨을 잃어서는 안 된다는 말. 《효경》에 나옴.
232 죽디 말나: 규장각본에는 '죽이지 말나'로 되어 있음.
233 딜ᄋᆞ(姪兒): 질아. 조카.
234 군ᄌᆞ(君子): 군자. 아내가 남편을 부르던 말.
235 임의: 규장각본에는 빠져 있음.
236 여믈고ᄌᆞ: 여믈다. 여물다.

及五六載)의 실신ᄇᆡ약(失信背約)ᄒᆞ여 은혜(恩惠)와 덕(德)을 아오로 져바린 사ᄅᆞᆷ이 되게 말 거시니 네 기리 혜아리며 널니 ᄉᆡᆼ각ᄒᆞ여 보라. 인ᄌᆡ(人子) ᄇᆡᆨᄒᆡᆼ(百行)은 시위효얘(是謂孝也)라. 효로뼈 말ᄆᆡ암아 튱(忠)을 완젼치 못ᄒᆞ미 과실(過失)이 아니오 녀ᄌᆡ(女子) 부명(夫命)을 슌ᄒᆞ여 져근 ᄆᆡᆼ약(盟約)을 져ᄇᆞ리미 허믈이 아니로ᄃᆡ ᄎᆞ(此)ᄂᆞᆫ 져바리ᄆᆡ 허믈이 군ᄌᆞ(君子)긔 이시니 ᄎᆞ마 못 ᄒᆞᆯ ᄇᆡ라. 비록 그러ᄒᆞ나 효ᄌᆞ(孝子)ᄂᆞᆫ 거샹(居常)의 졀졀(切切)ᄒᆞ여 여림박빙(如臨薄氷)[238]ᄒᆞ고 여젼취한ᄒᆞ여 일보디ᄒᆡᆼ(一步之行)의 블감망부모(不敢忘父母)ᄒᆞ며 일거죡(一擧足)의 블감망효야(不敢忘孝也)ᄒᆞ여 그 니ᄅᆞᆫ바 계어죡(戒於足)ᄒᆞ며 계어슈(戒於手)ᄒᆞ라. 시금(是今) 이후(以後)의 면부ᄋᆡ라 ᄒᆞ
70면 믈 져바리디 말고 신톄발부(身體髮膚)ᄅᆞᆯ 훼상살신(毁傷殺身)ᄒᆞ믈 아닛ᄂᆞ니 ᄋᆞᄒᆡ 유시(幼時)로브터 고셔(古書)ᄅᆞᆯ 박남(博覽)ᄒᆞᄆᆡ 식견(識見)이 회ᄉᆡᆨ(晦塞)디[239] 아닐디라. 엇디 이ᄅᆞᆯ 모로리오? 효(孝)ᄅᆞᆯ 힘ᄡᅳᄂᆞᆫ ᄌᆞᄂᆞᆫ[240] 오딕 열의(熱意)와 양디(養志)[241] 대얘(大也)오. 블양기디야(不養其志也)ᄂᆞᆫ 죡가위블효(足可謂不孝)로ᄃᆡ 큰 블의(不義)와 대단ᄒᆞᆫ 패덕(悖德)인죽 삼간(三諫)이 블쳥(不聽)이면 마디못ᄒᆞ여 슌(順)ᄒᆞᆯ ᄇᆡ나 반ᄃᆞ시 달니 ᄒᆡᆼᄒᆞ려니와 봉명왈(奉命曰) 그ᄃᆡ로 ᄒᆡᆼᄒᆞ리이다 ᄒᆞᆫ죽

237 듕인(衆人): 규장각본에는 '인'으로 되어 있음.

238 여림박빙(如臨薄氷): 살얼음을 디디는 것처럼 조심스럽게 함. 《시경》 〈소아〉에 나옴.

239 회ᄉᆡᆨ(晦塞)디: 규장각본에는 '회ᄉᆡᆨ지'로 되어 있음.

240 ᄌᆞᄂᆞᆫ: 규장각본에는 빠져 있음.

241 양디(養志): 양지. 증자가 부모를 봉양한 방법으로, 부모님의 뜻을 봉양한다는 것임. 《맹자》 〈이루(離婁)〉에 나옴.

그 열(烈)ᄒᆞ미오 슌죵디도(順從之道)의 어긔미 업ᄉᆞᆸ디라. 만일 명을 ᄯᅳᆫ코ᄌᆞ ᄒᆞᆯ진ᄃᆡ 패ᄉᆞ(悖事)와 취단이 부모긔 더ᄒᆞ리니 ᄉᆞ라셔 욕되며 후셰(後世)의 유취(遺臭)[242] 젼ᄒᆞ나 그 엇디ᄒᆞ리오마ᄂᆞᆫ 밧드디 못ᄒᆞᆯ 일 의ᄂᆞᆫ 반ᄃᆞ시 역(逆)ᄒᆞ미 될디니 출하리 죽으리라 ᄒᆞ여 명을 ᄇᆞ리ᄂᆞᆫ ᄌᆞ ᄂᆞᆫ 그 블회(不孝) 더옥 니를 거시 업ᄉᆞᆸ디라. 녀태ᄌᆞ(戾太子)의 박브득이(迫不得已) 죽으ᄆᆡ 니른다[243] ᄒᆞ믈 내 실노 괴이(怪異)히 넉이ᄂᆞ니 대댱뷔(大丈夫) 일신디칙(一身之策)을 어이 그러툿 용이(容易)히 뎡ᄒᆞ리오? 이 혜를 널니 ᄒᆞ면 피발위광(被髮爲狂)ᄒᆞ며 칠신위나(七身爲喇) ᄒᆞ여도[244] ᄌᆞ연 구싱죵득(九生終得)이 되리니 어이 브득이(不得已) ᄉᆞ(死)ᄒᆞ여 군부(君父)의 실덕(失德)을 더으고 귀릐망ᄉᆞᄃᆡ(歸來忘死臺)[245]의 한을 깃치리오? 슌(舜)이 우믈의 익(厄)을[246] 피ᄒᆞ시미[247] 곳 슌치 아니미 아니오 블고이취(不告而娶)ᄒᆞ미 소위 이가디 ᄒᆞ시미니 신싱(申生)의 힘힘히[248] 슌ᄒᆞ여 죽ᄂᆞᆫ 거시 져근 회(孝)니 가히 의논(議論)ᄒᆞᆯ ᄇᆡ냐? 71면

---

242 유취(遺臭): 유취. 더러운 이름을 오래도록 남김. 유취만년(遺臭萬年).

243 녀태ᄌᆞ(戾太子)의 박브득이(迫不得已) 죽으ᄆᆡ 니른다: 한 무제의 장자인 여태자가 무고(誣告)로 인해 자살한 것을 가리킴.

244 피발위광(被髮爲狂)ᄒᆞ며 칠신위나(七身爲喇)ᄒᆞ여도: 머리를 풀어 실성한 사람처럼 하고 몸에 옻칠을 해 나병 환자같이 한다는 뜻으로, 범수가 진(秦) 소왕에게 한 간언의 구절. 《사기》 〈범수채택열전〉.

245 귀릐망ᄉᆞᄃᆡ(歸來忘死臺): 귀래망사대. 여태자의 죽음을 두고 한 무제가 뉘우치며 지은 것. 병에 걸린 한 무제에게 강충이 여태자의 저주로 인한 것이라 하자 여태자가 강충을 죽이고 자살했는데, 이를 후회한 무제가 귀래망사대와 사자궁(思子宮)을 지었다고 전함. 《한서》 〈여태자전〉.

246 익(厄)을: 규장각본에는 'ᄋᆡ롤'로 되어 있음.

247 슌(舜)이 우믈의 익(厄)를 피ᄒᆞ시미: 고수가 아들 순에게 우물을 파게 한 후 순이 우물로 들어가자 우물을 메워버렸는데, 순이 우물 옆에 굴을 파서 죽음을 면한 일이 있음.

곤(鯀)이 홍슈(洪水)를 다ᄉᆞ리미 뎨(帝)긔 득죄(得罪)ᄒᆞ니 위(禹) 슬허ᄒᆞ샤 홍슈를 다ᄉᆞ리미 대공(大功)을 일우시니[249] 부형(父兄)이 이셔든[250] ᄌᆞ뎨(子弟) 된 ᄌᆡ 엇디 붓그려 죽으리오? 내 본ᄃᆡ 정신이 혼모(昏耄)ᄒᆞ고 심혼(心魂)이 현난(眩亂)ᄒᆞ여 긴 셜화(說話)와 만흔 조건을 셔ᄉᆞ(書辭)로뼈 다 긔록(記錄)디 못ᄒᆞᄂᆞᆫ 바ᄂᆞᆫ 너의 붉히 아ᄂᆞᆫ ᄇᆡ라. 허다ᄒᆞᆫ 졍회(情懷)를 다 못 베프ᄂᆞ니[251] 모로미 ᄋᆞ히ᄂᆞᆫ 효졀(孝節)을 완젼ᄒᆞ여 부모의게 ᄆᆡ명(賣名)을 깃치디 말고 나의 쳔니(千里)의셔[252] 바라ᄂᆞᆫ 졍(情)을 슷디 말나.

ᄒᆞ엿더라.

(책임교주 최수현)

---

248 힘힘히: 부질없이.

249 곤(鯀)이 ~ 일우시니: 홍수가 많이 발생하자 요임금이 곤을 기용했지만 9년 동안 치수에 성공하지 못했으나 그 후 순(舜)이 곤의 아들 우(禹)에게 치수를 맡게 했음. 《사기》 〈본기〉.

250 이셔든: 규장각본에는 '니져셔든'으로 되어 있음.

251 베프ᄂᆞ니: 규장각본에는 '베프니'로 되어 있음.

252 쳔니(千里)의셔: 규장각본에는 '쳐리의셔'로 되어 있음.

완월회맹연 玩月會盟宴

권디이십삼 卷之二十三

화셜. 댱쇼졔 밧드러 보기ᄅᆞᆯ 다ᄒᆞᄆᆡ 더옥 통연비만(痛憐痞滿)[1]ᄒᆞ믈 1면
니긔디 못ᄒᆞᄂᆞᆫ 듕 ᄌᆞ긔 ᄯᅳᆺ 잡기ᄅᆞᆯ 고고결결(高高潔潔)이 ᄒᆞ여 졍뎡개개(貞靜介介)히 ᄒᆞᄆᆡ 비록 환난을 님ᄒᆞ나 녜도(禮度)ᄅᆞᆯ 문희치지[2] 말고ᄌᆞ ᄒᆞ여 오ᄃᆡᆨ ᄇᆡᆨ희(伯姬)[3]의 화염(火焰) 듕 소신(燒身)ᄒᆞ믈 흠모ᄒᆞ고 태산(太山)으로뼈 홍모(鴻毛)의 바리ᄆᆡ[4] ᄉᆞᄉᆡᆼ(死生)을 근심ᄒᆞᄂᆞᆫ ᄇᆡ 잇디 아니ᄒᆞ며 골돌히 한ᄒᆞ고 붓그리며 슬허ᄒᆞᄂᆞᆫ ᄇᆡ 다만 부모의 과실(過失)이러니 연부인 셔듕의 ᄌᆞ긔 ᄯᅳᆺ을 거울ᄀᆞᆺ치 빗최여 여러 가디로 살기ᄅᆞᆯ 당부ᄒᆞ샤 효졀(孝節)의 어긔오미 업ᄉᆞ니 얼프시 부인을 뫼셔 녜도로 훈회(訓誨)ᄅᆞᆯ 밧ᄌᆞᆸᄂᆞᆫ ᄃᆞᆺ 반갑고 감은(感恩)ᄒᆞ미 모양ᄒᆞ여 견ᄌᆞᆯ 곳이 업ᄉᆞᆫ 바의 ᄌᆞ긔 고집이 일편(一偏)되기의 갓가와 부모긔 셔하탄(西河嘆)[5]을 깃쳐 역니디통(逆理之痛)[6]을 더으ᄂᆞᆫ 블효와 부모의 참덕(慙德)[7]이 ᄌᆞ긔 죽으ᄆᆡ 더옥 극ᄒᆞᆯ 바ᄅᆞᆯ ᄉᆡᆼ각디 아니ᄒᆞ고 다만[8] 2면

1 비만(痞滿): 기(氣)가 순조롭게 소통되지 못해 가슴과 배가 더부룩한 증상.

2 문희치지: 문희치다. 무너뜨리다.

3 ᄇᆡᆨ희(伯姬): 백희. 춘추시대 노나라 선공(宣公)의 딸로, 송나라 공공(恭公)에게 시집갔으나 남편이 세상을 떠나고 홀로 지내게 됨. 그러던 어느 날 궁궐에 불이 났을 때 관리가 피하라고 했으나 부인은 한밤에 보모 없이 집을 나설 수 없다고 고집을 부려 결국 불 속에서 죽었다고 함.《춘추곡량전》.

4 태산(太山)으로뼈 홍모(鴻毛)의 바리ᄆᆡ: 사마천의 〈보임소경서(報任少卿書)〉에서 유래한 것으로, 태산과 기러기 털을 비교하며 그 경중이 심하게 차이가 나는 것을 비유하는 말.

5 셔하탄(西河嘆): 서하탄. 자하가 서하에 있을 때 자식을 잃고 슬퍼한 나머지 소경이 되었다는 고사에서 유래한 것으로, 부모가 자식을 잃은 슬픔을 뜻함.

6 역니디통(逆理之痛): 역리지통. 천리(天理)를 거스르는 아픔이라는 뜻으로, 부모가 자식을 잃는 슬픔을 말함.

7 참덕(慙德): 임금의 덕화가 미치지 못하는 것을 부끄러워하는 것을 말함.

8 다만: 규장각본에는 '단만'으로 되어 있음.

대의(大義)로 간ᄒᆞ여 효험을 엇디 못ᄒᆞ며 뉴혈징간(流血爭諫)ᄒᆞ여 감동ᄒᆞ미 업ᄉᆞᆯ딘ᄃᆡ 궁졍(宮庭)을 ᄇᆞᆲ디 말고 ᄒᆞᆫ번 쾌히 죽어 부친으로 ᄒᆞ여곰 무신블의(無信不義)ᄒᆞᆫ 곳의 나아가디 아니케 ᄒᆞ며 ᄌᆞ긔 졍녈(貞烈)ᄒᆞᆫ 뜻을 ᄇᆞᆰ혀 구ᄎᆞ히 ᄉᆞᆯ오미 업고ᄌᆞ ᄒᆞᄆᆡ 죽으믈 도라감ᄀᆞᆺ치 넉일 ᄇᆡ러니 오날ᄂᆞᆯ 연부인 셔ᄉᆞ(書辭)로조ᄎᆞ 죽ᄂᆞᆫ 거시 크게 회 아니오 부모의 누덕(累德)이 더으믈 ᄭᆡ치ᄆᆡ 쳔단괴치(千端愧恥)ᄒᆞᆷ과 만분악착(萬分齷齪)ᄒᆞᆫ 화변(禍變)의 밋쳐도 가바야이 목숨을 결ᄒᆞᆯ 뜻이 업ᄉᆞᆯ ᄲᅳᆫ 아니라 젼일 죽기로뻐 단뎡(斷定)ᄒᆞ엿던 바ᄅᆞᆯ 도로혀 ᄌᆞ칙(自責)ᄒᆞ여 일시의 홍모(鴻毛)로뻐 태산(太山)의 긔약ᄒᆞᄃᆡ 이러ᄒᆞᆯᄉᆞ록 졍녈(貞烈)ᄒᆞ믈 밧골 바ᄂᆞᆫ 몽니(夢裏)의도 잇디도 잇디 아냐 궁졍을 ᄇᆞᆲ디 아니ᄒᆞ며 타쳐(他處)의 의혼(議婚)ᄒᆞᄂᆞᆫ 길흘 영영이 막ᄌᆞᄅᆞᆯ 의ᄉᆞ(意思)ᄂᆞᆫ 증익층심(增益層甚)ᄒᆞ니 연부인 명교(明敎)ᄅᆞᆯ
3면 밧들미 못 밋ᄎᆞᆯ ᄃᆞᆺᄒᆞᆯ ᄲᅳᆫ 아니라 텬ᄉᆡᆼ녀질(天生麗質) 셩ᄒᆡᆼ(聖行)이 경강(敬康)[9]의 녜(禮) 듕ᄒᆞᆷ과 ᄇᆡᆨ희의 고집ᄒᆞ믈 겸(兼)ᄒᆞ며 딕개(直介)ᄒᆞ여 념시[10]의 고드미 잇고 결쳥(潔淸)ᄒᆞ여 왕과부[11]의 단비(斷臂)ᄒᆞ믈 올히 넉이므로뻐 그 부친의 무신블의(無信不義)[12]ᄒᆞᆷ과 ᄇᆡ은망혜(背恩忘

9 경강(敬康): 노나라의 대부 공보목백의 부인이자 공보문백의 어머니. 남편이 죽었을 때는 낮에만 곡을 하고, 아들이 죽었을 때는 밤낮으로 곡을 해서 현명하다는 평을 들었음.

10 념시: 미상.

11 왕과부: 왕응의 처 이씨에 대한 고사로 추정. 이씨가 남편의 뼈를 지고 여관에 들어오다가 여관 주인에게 팔이 잡히자 “내가 아내로서 절개를 지키지 못하고 이 손이 남에게 잡히니 한 손으로 몸을 함께 더럽히지 못하리라.” 하고 도끼로 팔을 베어버렸다고 함.

12 무신블의(無信不義): 규장각본에는 ‘무심불의’로 되어 있음.

惠)ᄒᆞ믈 골돌초박ᄒᆞ여 스ᄉᆞ로 몸을 형벌ᄒᆞ며 낫갓촐 벗길디언졍 부명(父命)을 쥰(遵)ᄒᆞ여 부귀룰 탐ᄒᆞ고 녈졀(烈節)을 문희치ᄂᆞᆫ 더러온 계집이 되디 아니려 ᄒᆞᄂᆞᆫ디라. 이의 필연(筆硯)을 나와 회셔(回書)룰 닷근 후 부인의 일습의상(一襲衣裳)을 일워 츈츄(春秋)로 밧드러 ᄌᆞ도(子道)룰 그 만의 ᄒᆞ나흘 펴고ᄌᆞ ᄒᆞᄂᆞᆫ 고로 임의 졔양(制樣)을 맛갓게[13] ᄒᆞ여 왕편(往便)을 기다련 디 오란디라. 즉시 옥함(玉函)의 너허 샹셔(上書)룰 동봉ᄒᆞ고 ᄉᆞᄌᆞ(使者)의 노량(路糧)을 주어 도라보닐시 효의(孝義)에 동촉(洞屬)[14]ᄒᆞ믄 ᄒᆞᆫ 장 글 가온ᄃᆡ 낫타나며 졍셩의 디극ᄒᆞ믄 쳔 니의 ᄉᆞᄆᆞᆺᄎᆞ시나 모녀의 쯧이 유유(悠悠)ᄒᆞ여 비록 쳔니애각(千里涯角)[15]의 난호이미 잇셔도 글이 얼골을 옴기고 말이 소ᄅᆡ룰 젼ᄒᆞ여 셔로 보호(保護)ᄒᆞᄂᆞᆫ 도리 좌와(坐臥)[16]의 써나디 아님 ᄀᆞᆺᄐᆞ니 ᄌᆞᄋᆡ와 셩효룰 니룰딘ᄃᆡ 의모의녀(義母義女)[17] 간이 엇디 엇디[18] 이 ᄀᆞᆺ튼 지 이시리오? 쇼졔 죽을 ᄆᆞ옴을 긋치ᄆᆡ 살 쯧이 등한한ᄒᆞᆫ ᄇᆡ[19] 아니로ᄃᆡ 딜셰(疾勢) 비경(非輕)ᄒᆞ여 식음이 거ᄉᆞ려 한쵹(寒觸)ᄒᆞ니 슈히 가복(可復)ᄒᆞ믈 엇디 못ᄒᆞᆯ가 우민(憂悶)ᄒᆞ더니 일야ᄂᆞᆫ 통셰(痛勢) 더으믈 인ᄒᆞ여 희린 등 냥ᄋᆡ(兩兒) 니ᄅᆞ러 머리룰 집흐며 손을 달화 ᄌᆞ 4면

13 맛갓게: 맞갖다. 마땅하다.
14 동촉(洞屬): 동촉. 《예기》 〈제의(祭儀)〉에 나오는 말로, 성실한 태도로 삼가 공경함을 말함.
15 쳔니애각(千里涯角): 천리애각. 외지고 먼 땅.
16 좌와(坐臥): 앉음과 누움이라는 뜻으로, 기거 및 일상생활을 말함.
17 의모의녀(義母義女): 피로 연결되지는 않았지만 어머니와 딸처럼 맺어진 관계.
18 엇디 엇디: 규장각본에는 '엇지 엇지'로 되어 있음.
19 등한한ᄒᆞᆫ ᄇᆡ: 맥락상 '등한ᄒᆞᆫ ᄇᆡ'로 보임.

연 동긔년디(同氣連枝)[20]의 혈ᄆᆡᆨ(血脈)이 상응ᄒᆞ니 쇼졔 ᄯᅩᄒᆞᆫ 냥뎨(兩弟)의 손을 ᄌᆸ고 그 인물이 아ᄃᆡᆨ 형상(形狀) 업ᄉᆞᄃᆡ 오히려 동긔 ᄉᆞ랑ᄒᆞᄂᆞᆫ 줄 아ᄂᆞᆫ 바롤 어엿비 녁여 인ᄌᆞ(人子)의 ᄋᆡ친경댱디도(愛親敬長之道)롤 니ᄅᆞ고ᄌᆞ ᄒᆞ나 신긔불평(神氣不平)ᄒᆞ여 심혼(心魂)이 놀나오며 녕원이 요동(搖動)ᄒᆞ믈 마디 아니ᄒᆞ니 스ᄉᆞ로 괴이ᄒᆞ믈 결을치 못ᄒᆞ고 말솜의 ᄯᅳᆺ이 업셔 고요히 누어실 ᄲᅮᆫ이로ᄃᆡ 졍신과 의ᄉᆡ 홀홀경경(忽忽驚驚)ᄒᆞ믈 능히 딘졍치 못ᄒᆞ너니 믄득 원듕(園中)으로조
5면 ᄎᆞ 도적 웨ᄂᆞᆫ 소ᄅᆡ 니러나며 크게 짓궤믈 드롤너니 이윽고 셔패 놀난 거ᄉᆞᆯ 뎡치 못ᄒᆞ고 황망(慌忙)이 드러오ᄃᆡ 면ᄉᆡᆨ(面色)이 남빗 ᄀᆞᆺᄐᆞ며 소ᄅᆡ 오열(嗚咽)ᄒᆞ여 능히 말을 일우디 못ᄒᆞᄂᆞᆫ ᄀᆞ온ᄃᆡ나 노야(老爺)의 통곡ᄒᆞ믈 고ᄒᆞ니 냥공ᄌᆡ(兩公子) 대경ᄒᆞ여 즉시 외헌(外軒)[21]으로 나아가고 쇼졔 역시 경아(驚訝)ᄒᆞ믈 니긔디 못ᄒᆞᄃᆡ 참누변ᄋᆡᆨ(慙累變厄)이 님ᄒᆞᆫ 바의 말을 날ᄂᆡᄒᆞ미 브졀업ᄉᆞ므로 부친의 통곡ᄒᆞ시던 곡졀을 믓디 아니ᄒᆞ니 츈홍 등이 블승경악(不勝驚愕)ᄒᆞ여 연고(緣故)롤 므른ᄃᆡ 셔패 손을 드러 가슴을 치ᄆᆡ 그 울히 소ᄅᆡ 돌노 ᄢᅵᆺᄂᆞᆫ 듯[22]ᄒᆞ고 말을 일우고ᄌᆞ[23] ᄒᆞᄆᆡ 분뇌 쳘골(徹骨)ᄒᆞ여 닙시욹을 ᄭᅵ무러 피 흐ᄅᆞᄃᆡ 알흔 줄을 모로고 누쉬(淚水) 피롤 화(和)ᄒᆞ여 압흘 ᄀᆞ리오니[24] 그 거

20 동긔년디(同氣連枝): 동기연지. 동기는 형제와 자매의 총칭이며, 연지 또한 한 뿌리에서 나온 가지라는 뜻으로 형제 및 자매를 이름.

21 외헌(外軒): 바깥주인이 거처하며 손님을 접대하는 방. 집의 안채와 떨어져 있음.

22 돌노 ᄢᅵᆺᄂᆞᆫ 듯: 규장각본에는 '돌 ᄲᅵᆺᄂᆞᆫ 듯'으로 되어 있음.

23 말을 일우고ᄌᆞ: 규장각본에는 '말을 일우르고ᄌᆞ'로 되어 있음.

24 압흘 ᄀᆞ리오니: 규장각본에는 '압흘 나리오니'로 되어 있음.

동이 원분쳘텬(怨憤徹天)ᄒᆞ여 화광딜쥬(火光疾走)ᄒᆞᆯ ᄃᆞᆺᄒᆞ거ᄂᆞᆯ 츈홍 등이 더옥 놀나오믈 니긔디 못ᄒᆞ여 ᄌᆞ삼 곡졀을 ᄆᆞᄅᆞᆫᄃᆡ 셔패 엄혈뉴톄(奄血流涕) 왈

“여등(汝等)은 쥬인의 몸의 참누흉얼(慘陋凶孼)이 밋쳐시믈 오히려 6면
아디 못ᄒᆞ므로 나의 이 ᄀᆞᆺ투믈 괴이히 넉이거니와 너의 잠간 나가 노야(老爺)와 부인의 말ᄉᆞᆷ을 듯ᄌᆞ와 보라. 비록 쥬욕신ᄉᆞ(主辱臣死)[25]ᄅᆞᆯ 효측(效則)디 못ᄒᆞ나 ᄉᆞᆯ고ᄌᆞ ᄆᆞᄋᆞᆷ이 잇디 아니리라.”

츈홍 등이 쳥파(聽罷)의 경황(驚惶)ᄒᆞ여 ᄲᆞᆯ니 밧긔 나아가 대강(大綱)을 드러 알ᄆᆡ 놀나오믄 오히려 버금이오 통원분개(痛冤憤慨)ᄒᆞ미 가ᄉᆞᆷ이 막혀 즉시 응셜각의 도라와 셔파ᄅᆞᆯ 븟들고 통읍(慟泣)ᄒᆞ믈 마디 아니ᄒᆞ더니 츄연이 ᄂᆞᆯ호여 ᄀᆞᆯ오ᄃᆡ

“우리 쇼져의 당당졍녈(堂堂貞烈)과 츌뉴셩ᄒᆡᆼ(出類性行)으로 왕·범 냥인(兩人)의 참욕난셜(慘辱亂說)을 당ᄒᆞ신 바ᄂᆞᆫ 쳔만고이ᄅᆡ(千萬古以來)의 다시 잇디 아닌 원통이라. 아등(我等)이 고인(古人)의 쥬욕신ᄉᆞ(主辱臣死)ᄅᆞᆯ 효측디 못ᄒᆞ나 쳥빙(淸氷)의 틔 업ᄉᆞ며 ᄇᆡᆨ옥(白玉)이 무하(無瑕)ᄒᆞᆫ 쥬인으로 ᄒᆞ여곰 참누흉얼(慙累凶孽)의 잠기이믈 ᄎᆞ마 견ᄃᆡ여 보디 못ᄒᆞ리니 왕·범 냥젹(兩敵)을 잡아 텬문(天門)[26]의 븍을
울녀 오쥬(吾主)의 디원극통(至怨極痛)[27]을 신셜(伸雪)ᄒᆞ고 부월(斧 7면

25 쥬욕신ᄉᆞ(主辱臣死): 주욕신사. 임금이 욕을 당하면 신하가 죽음으로서 그 죄를 받는다는 의미. 범휴의 말로 “군주가 근심하면 신하가 욕을 당해야 하고 군주가 욕을 당하면 신하가 죽음으로써 그 죄를 받아야 한다(主憂臣辱 主辱臣死).”라는 말이 《사기》에 나옴.

26 텬문(天門): 천문. 대궐문의 경칭.

27 디원극통(至怨極痛): 규장각에는 ‘진원극통’으로 되어 있음.

鉞)[28]의 나아가믈 님(臨)ᄒᆞ나 즐거온 우음을 먹음으리니 이를 능히 ᄎᆞᆷ을 ᄇᆡ며 능히 견ᄃᆡᆯ ᄇᆡ니잇가?"

유랑이 츄연의 입을 막아 왈

"이졔 흉젹이 난언패셜(亂言悖說)을 닐위여 참욕(慘辱)이 쇼져의게 도라디믈 ᄉᆡᆼ각건ᄃᆡ 골졀(骨節)을 쇄분(碎粉)ᄒᆞᄂᆞᆫ 통원이어ᄂᆞᆯ 네 엇디 됴흔 방의셔 그런 드러온 말을 일ᄏᆞᆺᄂᆞ뇨? 격고등문(擊鼓登聞)ᄒᆞ믈 네 니ᄅᆞ디 아니ᄒᆞ나 내 역시 ᄇᆰᄂᆞᆫ 날이라도 텬졍(天庭)의 원상(原狀)을 고홀 의ᄉᆡ 블ᄀᆞᆺ것마ᄂᆞᆫ 노야와 부인이 쇼져의 디원극통(至怨極痛)을 모로시고 냥젹(兩敵)의 셰엄(勢嚴)이 산악 ᄀᆞᆺᄐᆞ니 호슈(虎鬚)[29]를 거워 누욕(陋辱)과 참홰 더을 ᄲᅮᆫ이오 ᄒᆞᆫ 조각 유익(有益)ᄒᆞ미 업ᄉᆞ리니 오딕 일이 되여가믈 보아 쥬인으로 더브러 ᄉᆞᄉᆡᆼ(死生)을 ᄒᆞᆫ가디로 ᄒᆞ려니와 월만즉휴(月滿則虧)ᄒᆞ고 한극즉셔(寒極則署)ᄒᆞᄂᆞ니 흉당(凶黨)의 권위ᄂᆞᆫ ᄆᆡ양(每樣)일 거시 아니오 오쥬의 참누흉언(慙累凶
8면 言)도 버ᄉᆞ실 날이 이시리니 하날이 죽이디 아니시며 사ᄅᆞᆷ이 개장(鎧仗)[30]을 가져 ᄒᆡ(害)ᄒᆞ려 아니커든 아딕 보명(保命)ᄒᆞ믈 읏듬ᄒᆞ여 ᄉᆞᄂᆞᆫ 거시 올흘가 ᄒᆞ노라."

셜파(說罷)의 통원(痛寃)ᄒᆞ믈 셔리담고[31] 비분(悲憤)하믈 억졔(抑制)ᄒᆞ여 누슈(淚水)를 거두며 긔운을 화(和)히 ᄒᆞ여 쇼져 상하(床下)의

28 부월(斧鉞): 천자의 위엄을 큰 도끼와 작은 도끼에 비유하는 말.

29 호슈(虎鬚): 호수. 호랑이의 수염.

30 개장(鎧仗): 투구와 갑옷. 무력을 의미함.

31 셔리담고: 서리담다. 어떤 생각을 마음속 깊이 간직하다.

나아가 나ᄌᆞᆨ이 소ᄅᆡ ᄒᆞ여 왈

“쳡의 광망(狂妄)홈과 츈홍 등의 망녕(妄靈)되미 일시(一時) 원분(怨憤)ᄒᆞᆫ 바ᄅᆞᆯ ᄎᆞᆷ디 못ᄒᆞ와 괴이ᄒᆞᆫ 말ᄉᆞᆷ을 만히 ᄒᆞ여 존젼(尊前)을 삼가디 아니ᄒᆞ오니 쇼졔 반ᄃᆞ시 분난(紛亂)ᄒᆞ믈 죄ᄒᆞ실디라. 이제 쇼져의 만나신 바 변괴(變故) 흉ᄒᆡᄎᆞ악(凶害嗟愕)ᄒᆞ여 금고(今古)의 다시 잇디 아니ᄒᆞ오나 빙쳥옥결(氷淸玉潔) ᄀᆞᆺᄐᆞ신 바의 므ᄉᆞᆷ 욕되미 이시리잇가?[32] 원컨ᄃᆡ 널니 ᄉᆡᆼ각ᄒᆞ샤 과히 놀나디 마ᄅᆞ쇼셔.”

쇼졔 유모와 냥비(兩婢)의 말노조ᄎᆞ 흉젹(凶賊)의 참욕패셜(慘辱悖說)이 ᄌᆞ긔의게 밋쳐시믈 잠간 드ᄅᆞᄆᆡ 흉참(凶慘)ᄒᆞ며 경ᄒᆡ(驚駭)ᄒᆞ미 모골(毛骨)이 숑연(悚然)ᄒᆞ여 더럽고 츄악ᄒᆞ미 구듕(口中)의 분즙(糞汁)을 먹음은 ᄃᆞᆺ 몸이 일만 장(一萬丈) 굴헝의 ᄲᆡ져 누튱(陋蟲)과 언졍소(蝘蜓沼)ᄅᆞᆯ 님ᄒᆞᆫ ᄃᆞᆺ 셰샹의 엇디 비ᄒᆞᆯ 거시[33] 이시며 영쳔슈(潁川水)[34]의 목욕ᄒᆞ고 슈양산(首陽山)[35]의 아ᄉᆞ(餓死)ᄒᆞᆫ들 ᄯᅩ 엇디 이런 누얼(陋孼)을 ᄡᅵ ᄉᆞᆯ 길히 이시리오? 평ᄉᆡᆼ 녜의ᄅᆞᆯ 슝상ᄒᆞ여 년시오셰(年始五歲)로브터 무쵹이거(無燭而去)[36]ᄒᆞ여 불이 계졍(階庭)을 9면

32 이시리잇가: 규장각본에는 ‘엇스리잇가’로 되어 있음.

33 거시: 규장각본에는 ‘곳이’로 되어 있음.

34 영쳔슈(潁川水): 영천수. 요순시대 허유가 요임금에게 재상이 되어달라는 말을 듣자 영천으로 달려가 귀를 씻은 고사에서 유래.

35 슈양산(首陽山): 수양산. 백이와 숙제가 주나라 무왕이 은나라를 멸망시킨 것에 반대하여 주나라의 곡식을 거부하고 수양산에서 고사리를 캐어 먹다가 아사했다고 함.

36 무쵹이거(無燭而去): 무촉이거. 여자는 어디를 가야 할 때 반드시 촛불을 밝혀야 한다는 뜻. 유향의《열녀전》에 “예에 부인이 부모를 대동하지 않으면 밤에 당을 내려설 수 없다. 어디를 가야 할 때는 반드시 촛불을 밝혀야 한다는 것은 백희를 두고 한 말이다.”라는 구절이 있음.

ᄇᆞᆲ디 아니ᄒᆞ고 듕문(中門)을 엿디 아니ᄒᆞ며 일동일졍(一動一靜)을 규구(規矩)[37]와 쥰승(準繩)[38]의 어긔미 업던 바로 오날날을 당ᄒᆞ여 쳔누비아(賤陋非雅)ᄒᆞ미 노류쟝화(路柳牆花)의 동인(東人)과 븍ᄌᆞ(北者)롤 무심치 아님 ᄀᆞᆺᄐᆞ니 고고졍녈(高高貞烈)과 결결디힝(潔潔之行)을 빗쵤 곳이 업ᄉᆞ나 오딕 ᄌᆞ긔 쳥심녈졀(淸心烈節)이 텬여신(天與神)의 븟그러올 ᄇᆡ 업ᄉᆞ니 ᄉᆞ라셔 참누흉언(慙累凶言)을 신ᄇᆡᆨ(伸白)[39]디 못ᄒᆞ고 포원참졀(抱怨慘絶)ᄒᆞᆫ 죽엄이 될디언졍 실졀(失節)ᄒᆞᆫ 계집이
10면 되디 아니려 ᄒᆞᄆᆡ ᄉᆞᄉᆞ졀졀(辭辭節節)이 연부인 원녜(遠慮) 디극(至極)ᄒᆞ믈 고요히 혜아려 이ᄡᅵ의 죽으미 부모긔 유취(遺臭) 더으믈 ᄭᆡ다ᄅᆞᄆᆡ 살 ᄯᅳᆺ을 굿게 뎡ᄒᆞ여 변고(變故)와 환난(患亂)의 간ᄃᆡ로 요동치 말고ᄌᆞ ᄒᆞ나 악착(齷齪)ᄒᆞ며 흉ᄒᆡ(凶害)ᄒᆞ미 ᄌᆞ연이 ᄇᆡᆨ검(百劍)을 뭇거 만톄(萬體)롤 ᄲᅮ시ᄂᆞᆫ ᄃᆞᆺ 능히 말을 일우디 못ᄒᆞ고 금금(錦衾)을 다리여 낫과 몸을 ᄀᆞ리와 ᄡᆞ기롤 더욱 단단이 ᄒᆞ니 셔패 황겁비졀(惶怯悲絕)ᄒᆞ여 소ᄅᆡᄒᆞ여 문왈(問曰)

"쇼졔 누얼(陋孽)의 흉참ᄒᆞ믈 능히 ᄎᆞᆷ디 못ᄒᆞ샤 쳔금디구(千金之軀)롤 엇디 일시(一時)의 바리고ᄌᆞ ᄒᆞ시ᄂᆞ니잇가? ᄒᆞᆫ번 결ᄒᆞ샤 셰샹을 니ᄌᆞ시면 향혼(香魂)이 옥경(玉京)[40]의 도라가샤 비예(誹譽)와 오셩(汚聲)이 침신(浸身)ᄒᆞᆫ 누욕(陋辱)을 버셔 인간 괴로온 화ᄋᆡᆨ(禍厄)을 모

37 규구(規矩): 규는 원을 그리는 도구이고, 구는 사각형을 그리는 도구임. 통치의 법도 및 일상생활에서의 규범을 뜻하는 말.

38 쥰승(準繩): 준승. 준은 수평을 재는 도구이고, 승은 수직을 재는 도구임. 일정한 법식을 이름.

39 신ᄇᆡᆨ(伸白): 신백. 억울함을 명확히 밝힘.

40 옥경(玉京): 옥황상제가 산다고 하는 상상 속 천계의 도성.

로심도 즐겁고 쾌ᄒᆞ다 ᄒᆞ려니와[41] 노야(老爺)와 부인긔 셔하디탄(西河之嘆)을 닐위옵ᄂᆞᆫ 블효와 남쥐 녀군(女君)[42]의 년ᄌᆞ디ᄋᆡ(戀子之愛)를 져바리옵ᄂᆞᆫ 블초디죄(不肖之罪)를 어나 곳의 ᄡᅡ코ᄌᆞ[43] ᄒᆞ시ᄂᆞ니잇가?" 11면

쇼졔 낫출 ᄀᆞ리온 금금(錦衾)을 여디 아니ᄒᆞ며 날호여 답왈(答曰)

"하날이 죽이디 아니시고 부뫼 명ᄒᆞ여 죽으라 아니시면 참누(慙累)와 흉얼이 아모 곳의 밋쳣셔도 굿ᄐᆞ여 명(命)을 긋ᄎᆞ려 아니리니 어미ᄂᆞᆫ 모로미 분난(紛亂)ᄒᆞ믈 더으디 말며 츈홍도 잠잠ᄒᆞ여 일이 되여가믈 보라."

언필(言畢)의 향벽잠와(向壁涔臥)ᄒᆞ여 밤이 다 가고 날이 ᄇᆰ으ᄃᆡ 움ᄌᆞᆨ이미 업ᄉᆞ니 유랑과 츈홍 등이 샹하(上下)의 업ᄃᆡ여 원분(怨憤)ᄒᆞᆫ 눈믈이 히음업시 흘너 능히 말을 일우디 못ᄒᆞ더니 희린 등 이 공ᄌᆡ 몬져 드러오고 댱공과 부인이 미조ᄎᆞ 입실(入室)ᄒᆞᄆᆡ 유랑 등이 황망(慌忙)이 니러나고 쇼졔 야야(爺爺)와 태태(太太)의 니ᄅᆞ시믈 모로디 아닛ᄂᆞᆫ 바로ᄡᅧ 언연(偃然)이[44] 누어시미 더옥 블안홀 ᄲᅳᆫ 아니라 임의 ᄠᅳᆺ을 결ᄒᆞ여 ᄌᆞ상훼면(自傷毀面)ᄒᆞ며 화안운빈(花顔雲鬢)[45]으로ᄡᅧ 박용누딜(薄容陋質)을 ᄆᆞᆫ돌고ᄌᆞ ᄒᆞ므로 ᄌᆞ긔 평ᄉᆡᆼ 용의(容儀)를 마ᄌᆞ막 부모긔 뵈오려 ᄒᆞᄆᆡ 즉시 금금(錦衾)을 밀치고 니러나 안셔(安舒)히 12면

41 ᄒᆞ려니와: 규장각본에는 'ᄒᆞ래이와'로 되어 있음.

42 남쥐 녀군: 남주 여군. 연부인을 가리킴.

43 ᄡᅡ코ᄌᆞ: ᄡᅡ다. 쌓다.

44 언연(偃然)이: 규장각본에는 '언언니'로 되어 있음.

45 화안운빈(花顔雲鬢): 규장각본에는 '환안운빈'으로 되어 있음.

마ᄌᆞᆯᄉᆡ 슈쳑(瘦瘠)ᄒᆞᆫ 병쳬(病體)로ᄡᅧ ᄋᆡ원(哀怨)ᄒᆞᆫ 근심을 씌여 딘슈아미(螓首蛾眉)[46]ᄅᆞᆯ 빈져(嚬抵)ᄒᆞᆷ과 낭모명셩(朗眸明星)[47]의 아연(俄然)이 통혹(通惑)ᄒᆞ믈 인ᄒᆞ여 ᄇᆡᆨ태슈츌(百態秀出)의 만염(萬艷)이 겸발(兼發)ᄒᆞ니 그 단장(丹粧)치 아닌 거동이 젼일(前日)의셔 승졀(勝絶)ᄒᆞ고 병든 형상이 셩ᄒᆞᆫ ᄣᅢ의 어엿브미 더ᄒᆞᄃᆡ ᄌᆞ연ᄒᆞᆫ 위(威)와 신긔(新奇)ᄒᆞᆫ 모양이 비범(非凡)되고 경다와 니ᄅᆞᆫ바 딘연(塵緣)이 면모(面貌)[48]의 머므디 아냐시ᄆᆡ 그윽이 믈외(物外)의 버셔시며 그 ᄯᅳᆺ이 표연(飄然)이 우쥬의 독쳥(獨淸)ᄒᆞ믈 그 변모(變貌)로조ᄎᆞ 알 ᄇᆡ로ᄃᆡ 댱공의 블명무디(不明無知)ᄒᆞᆷ과 박시의 혼암블식(昏暗不識)ᄒᆞ미 두 눈이 병드디 아냐시ᄃᆡ 그 ᄌᆞ식을 아디 못ᄒᆞ미 고슈(瞽瞍)[49]의 디나니

13면 이 ᄀᆞᆺᄐᆞᆫ 용ᄐᆡ긔딜(容態氣質)을 보ᄆᆡ 그 원억(冤抑)ᄒᆞᆫ 죄루(罪累)[50]ᄅᆞᆯ 위ᄒᆞ여 슬허ᄒᆞ미 업고 ᄒᆞᆫ갓 일이 계교(計巧)ᄒᆞᆫ 바와 다ᄅᆞ믈 졀졀분한(節節憤恨)ᄒᆞ니 엇디 슈죄(數罪)ᄒᆞ믈 남은 ᄶᅡ히 잇게 ᄒᆞ리오? 댱공이 몬져 왕·범 냥싱의 ᄒᆞ던 말을 니ᄅᆞ고ᄌᆞ ᄒᆞᄆᆡ 박시 믄득 손벽을 너ᄅᆞ[51] 두다리며 블을 탕탕 구로고 허다 음참비어(淫慘鄙語)ᄅᆞᆯ 결을업시 닐너 간간이 눈을 브릅ᄯᅳ며 시시로 니ᄅᆞᆯ 갈고 칼흘 드러 창젼(窓前)

---

46 딘슈아미(螓首蛾眉): 진수아미. 매미 이마에 나방 눈썹이라는 뜻. 미인을 가리킴.

47 낭모명셩(朗眸明星): 규장각본에는 '낭모명경'으로 되어 있음.

48 면모(面貌): 얼굴.

49 고슈(瞽瞍): 고수. 순임금의 아버지. 고수는 '눈먼 노인'이라는 뜻인데, 순임금의 아버지가 아들 순임금의 정성과 효성을 몰라보자 마을 사람들이 순임금의 아버지를 '눈뜬장님'이라는 뜻에서 이렇게 불렀다고 함.

50 죄루(罪累): 죄에 연루됨.

51 너ᄅᆞ: 규장각본에는 '너루'로 되어 있음.

을 두다리며[52] 음악난녀(淫惡亂女)를 쇄분(碎分)ᄒᆞ여 빅골(白骨)도 남기디 아닐 거시로ᄃᆡ 화경옥쥬의 여ᄎᆞ여ᄎᆞ 셩덕(聖德)의 교명(敎命)을 거역(拒逆)디 못ᄒᆞ여 금일 태운산으로 옴겨 살 길흘 드ᄃᆡ고 타일 젼졍(前程)을 도모ᄒᆞᄂᆞᆫ 바롤 분분(紛紛)이 ᄎᆞ셔(次序) 업시 니ᄅᆞᆫᄃᆡ 쇼졔 그 흉음난셜(凶音亂說)을 ᄎᆞ마 듯디 못ᄒᆞ여 옥슈(玉手)롤 드러 귀롤 ᄀᆞ리오며 스ᄉᆞ로 머리롤 두다리ᄆᆡ 뉴혈(流血)이 돌관(突貫)ᄒᆞ고 말을 일우고ᄌᆞ ᄒᆞᄆᆡ 소ᄅᆡ 경열(硬咽)ᄒᆞ여 블승철(不勝綴)ᄒᆞᄂᆞᆫ 바의 텬쉬(泉水) 환낙(環落)ᄒᆞ여[53] 화벽(和壁)[54] ᄀᆞᆺᄐᆞᆫ 안화(顔華)롤 가리오니 옥 갓ᄐᆞᆫ 간장(肝腸)은 ᄡᅥ로 ᄉᆞ라디며 난초 ᄀᆞᆺᄐᆞᆫ 방촌(方寸)은 시각(時刻)의 ᄌᆡ 되믈 뭇디 아냐 알니러라. 이의 읍혈ᄌᆡᄇᆡ(泣血再拜) 왈 14면

"블초ᄋᆡ(不肖兒) 젼셰죄악(前世罪惡)이 특듕(特重)ᄒᆞ와 황텬(皇天)의 딘노(震怒)ᄒᆞ시믈 밧ᄌᆞ오ᄆᆡ 여ᄎᆞ 흉참ᄒᆞᆫ 변괴[55]롤 당ᄒᆞ온디라. 엇디 일각(一刻)인들 디연(遲延)ᄒᆞ와 문호(門戶)의 참욕(慘辱)과 친위(親闈)예 블효롤 더으리잇고마ᄂᆞᆫ ᄋᆞ히 힝혀 왕교랑[56]·가운화[57]의 허믈을 디으미 업ᄉᆞ오니 참누(慙累)와 흉얼을 므릅ᄡᅳ나 ᄆᆞᄋᆞᆷ의 븟그럽디

52 불을 탕탕 ~ 두다리며: 규장각본에는 없음.

53 환낙(環落)ᄒᆞ여: 규장각본에는 '환낙하고'로 되어 있음.

54 화벽(和璧): 화씨벽. 춘추시대 초나라 변화(卞和)라는 사람이 발견한 귀한 보옥.

55 변괴: 규장각본에는 '변고'로 되어 있음.

56 왕교랑(王嬌娘): 명나라의 맹칭순이 지은 〈교홍기(嬌紅記)〉의 등장인물로 추정. 왕교랑과 신순은 서로 사랑하고 있었는데 다른 사람과 혼인하라는 핍박을 이기지 못하고 둘 다 죽음.

57 가운화(賈雲華): 《전등여화(剪燈餘話)》 중 〈가운화환혼기(賈雲華還魂記)〉의 여주인공. 남주인공 위붕과의 사랑이 좌절되어 상사병을 앓다 죽음. 이후 월아라는 여성의 몸으로 환생하여 위붕과 결혼한 인물.

아냐 텬디신기(天地神氣)로 딜졍(質正)ᄒᆞ오리니 이ᄶᅵ 슌셜(脣舌)노 뼈 발명(發明)치 못ᄒᆞ오나 타일의 혹ᄌᆞ(或者) 신셜(伸雪)ᄒᆞᆯ 조각이 잇ᄉᆞ올가 바라ᄂᆞᆫ 의ᄉᆡ 업디 아니ᄒᆞ온디라. 잔쳔(殘喘)을 멸ᄉᆞ(滅死)치 마옵고 잠간 셰샹의 머므러 누셜(陋說)을 벗ᄉᆞ온 후 ᄒᆞᆫ번 죽어 몸은 귀신이 되오리니 복원(伏願) 야야(爺爺)와 태태ᄂᆞᆫ 흉인(凶人)의 음참비어(陰慘鄙語)ᄅᆞᆯ 다시 니ᄅᆞ디 마ᄅᆞ샤 비례믈시(非禮勿視)와 비례믈언(非禮勿言)과 비례믈쳥(非禮勿聽)[58]을 ᄉᆡᆼ각ᄒᆞ쇼셔."

15면

셜파(說罷)의 긔운이 ᄭᅳᆺ쳐질 ᄃᆞᆺ 참참원분(慘慘怨憤)을 텬디(天地) 달(達)코ᄌᆞ ᄒᆞ디 부모의 블명부ᄌᆞ(不明不慈)ᄒᆞ믈 조곰도 원(怨)치 아냐 셩효의 특츌ᄒᆞᆷ과 녜도(禮道)의 합듕(合中)ᄒᆞ미 볼ᄉᆞ록 긔이ᄒᆞ고 듯ᄂᆞᆯᄉᆞ록 비상(非常)ᄒᆞ니 그 ᄶᅵᆼ긔ᄂᆞᆫ 톄되(體度) 간졀ᄒᆞᆫ디언졍 복 업디 아니ᄒᆞ며 우ᄂᆞᆫ 형상이 감창(感愴)[59]ᄒᆞᆫ디언졍 경박(輕薄)디 아냐 빗나고[60] 고으미 텬디의 슈츌(秀出)ᄒᆞ여 다시 ᄶᅡᆼ이 업ᄉᆞ니 댱공과 박시의 심장(心腸)이 요약(妖藥)의 더옥 변상(變狀)ᄒᆞ여 ᄌᆞᄋᆡ(慈愛)ᄅᆞᆯ 아디 못ᄒᆞ나 오히려 그 ᄆᆞᄋᆞᆷ이 비여쳘비여셕(非如鐵非如石)이라 ᄒᆡ음업시 두어 줄 눈믈이 가바야이 ᄯᅥ러져 ᄀᆞᆯ오디

"가통가통(可痛可痛)이여 ᄎᆞᄌᆡ(嗟哉)라 월ᄋᆡ야. 텬디의 가득ᄒᆞᆫ 음쳔비ᄒᆡᆼ(淫賤卑行)을 뉘라셔 식엿관ᄃᆡ 네 그러틋 범ᄒᆞ미 되엿ᄂᆞ뇨? ᄉᆡᆼ

58 비례믈시(非禮勿視)와 비례믈언(非禮勿言)과 비례믈쳥(非禮勿聽): 《논어》〈안연(顔淵)〉에 나온 말로, 예가 아니면 보지도 말고 예가 아니면 말하지도 말고 예가 아니면 듣지도 말라는 뜻.

59 감창(感愴): 어떤 느낌이 가슴에 사무쳐 슬퍼함.

60 빗나고: 규장각본에는 '밧나고'로 되어 있음.

각ᄒᆞᆯᄉᆞ록 ᄋᆡ돏고 ᄒᆞᆫᄒᆞ미 살흘 디ᄅᆞ며[61] ᄊᆡᄅᆞᆯ 마으ᄂᆞᆫ ᄃᆞᆺ 부모의 졍이 엇디 ᄌᆞ식을 위ᄒᆞ여 범연(泛然)ᄒᆞ리오? 왕가ᄅᆞᆯ 유졍(有情)ᄒᆞᆯ디라도 범ᄌᆞᄅᆞᆯ 도라보디 말 거나[62] 범ᄌᆞᄅᆞᆯ 통(通)ᄒᆞᆯ디라도 왕ᄉᆡᆼ을 쳐음브터 믈니쳐시면 실졀(失節)ᄒᆞᆫ 더러오미나 잇디 아닐낫다. 네 오날 일을 그ᄅᆞᆺᄒᆞ고 부모ᄅᆞᆯ 모로게 ᄒᆡᆼ실을 음쳔(淫賤)히 ᄒᆞ여시니 누ᄅᆞᆯ 탓ᄒᆞ며 므어ᄉᆞᆯ 원ᄒᆞ리오? ᄒᆡᆼ혀 화경공쥬의 늉산대은(隆山大恩)[63]과 하ᄒᆡ디덕(河海之德)을 인ᄒᆞ여 당당이 형뉵(刑戮)의 복(服)ᄒᆞᆯ 죄ᄅᆞᆯ 샤ᄒᆞ시고 너의 젼졍(前程)을 일분졔도(一分濟度)코ᄌᆞ ᄒᆞ미 계시니 우리 부부ᄂᆞᆫ 다만 공쥬의 명을 슌ᄒᆞ여 져 집의셔 너ᄅᆞᆯ 거두믈 기다릴 쁜이니 블ᄒᆡᆼ 듕일다ᄒᆡᆼ이로ᄃᆡ[64] 범ᄇᆡᆨ(凡百)의 구ᄎᆞ홈과 욕되믈 ᄉᆡᆼ각건ᄃᆡ 하날 우ᄒᆡ 신션(神仙)이 변ᄒᆞ여 ᄯᅡ[65] 아ᄅᆡ 귓거시[66] 되엿고 농(龍)이 밧괴여 언졍(蝘蜓)이 되여심 ᄀᆞᆺᄐᆞ니 문호(門戶)의 욕됨과 ᄌᆞ식을 그ᄅᆞᆺ 나흔 븟그러오믄 오히려 버금이오 너의 일ᄉᆡᆼ이 무광(無光)ᄒᆞ믈 슬허ᄒᆞ노라."

16면

17면

언파(言罷)의 크게 슬허ᄒᆞ니 쇼졔 그 부모의 닙을 여ᄂᆞᆫ 바의 참측비어(慘惻悲語)ᄂᆞᆫ 긋칠 줄 아디 못ᄒᆞ고 ᄌᆞ긔 쳥상(清爽)을 능두(凌頭)ᄒᆞ며 백옥무하(白玉無瑕)[67]ᄒᆞᆫ 졀조녈ᄒᆡᆼ(節操烈行)을 몽니(夢裏)의도

61 디ᄅᆞ며: 규장각본에는 '이르며'로 되어 있음.
62 거나: 규장각본에는 '거시나'로 되어 있음.
63 늉산대은(隆山大恩): 규장각본에는 '늉산태은'으로 되어 있음.
64 일다ᄒᆡᆼ이로ᄃᆡ: 규장각본에는 '일다ᄒᆡᆼ이로다'로 되어 있음.
65 ᄯᅡ: 규장각본에는 'ᄯᆡ'로 되어 있음.
66 귓거시: 귓것. 귀신을 뜻함.
67 무하(無瑕): 규장각본에는 '무ᄒᆡ'로 되어 있음.

싱각디 못ᄒᆞ믈 보ᄆᆡ 슌셜(脣舌)이 무익(無益)ᄒᆞ고 음흉간교(陰凶奸巧)ᄒᆞᆫ 왕희(王姬)[68]의 셰엄(勢嚴)[69]을 두려ᄒᆞ며[70] 교명(敎命)을 복복승슌(僕僕承順)ᄒᆞ여 ᄌᆞ긔를 태운산 고튁(故宅)으로 옴기려 ᄒᆞᄂᆞᆫ 바를 골돌분완ᄒᆞᄃᆡ 능히 범가를 셜한(雪恨)ᄒᆞᆯ 길히 업고 부모의 심ᄉᆞ를 여러 가디로 어ᄌᆞ러여 비회(悲懷)를 더으미 블회믈 ᄭᆡ다라 다시[71] 말을 아니 ᄒᆞ고 ᄒᆞᆫ갓 업ᄃᆡ여 오열비읍(嗚咽悲泣)ᄒᆞᆯ ᄯᆞᆫ이니 희린 등이 좌우로 ᄆᆡ져(妹姐)를 븟드러 부모의 ᄌᆞ식 모로믈 원망ᄒᆞ며 변괴를 슬허 ᄯᅩᄒᆞᆫ 울기를 마디 아니ᄒᆞ니 쇼졔 그 인ᄉᆡ(人事) 블슌괴이(不純怪異)ᄒᆞ믈 한심ᄒᆞ여 두어 말노 경슌디도(敬順之道)를 닐너 ᄌᆞ도(子道)의 이 ᄀᆞᆺ
18면 ᄐᆞ미 업ᄉᆞ믈 알게 ᄒᆞ니 교동(嬌童)의 호긔튱텬(豪氣衝天)ᄒᆞ여 부모도 그러틋 혜디 아닛ᄂᆞᆫ ᄇᆡ로ᄃᆡ 오히려 져져(姐姐)의 두어 말의 잠간 구쇽(拘束)ᄒᆞ여 블공디셜(不恭之說)을 긋치나 혈심딘졍(血心眞情)으로 ᄆᆡ져(妹姐)의 누얼을 통원ᄒᆞ여 읍읍뉴톄(悒悒流涕)ᄒᆞ믈 마디 아니ᄒᆞ거ᄂᆞᆯ 댱공이 경ᄉᆡᆨ(景色)의 슈참(愁慘)ᄒᆞ믈 보디 말고ᄌᆞ ᄒᆞ여 믄득 니러나며 골오ᄃᆡ

"범도위ᄂᆞᆫ 여ᄎᆞ여ᄎᆞ 너를 죽이라 ᄒᆞᄂᆞᆫ 거ᄉᆞᆯ 공쥬 교명(敎命)을 위월(違越)치 못ᄒᆞ고 골육(骨肉)을 잔ᄒᆡ(殘害)ᄒᆞ미 고금의 대변(大變)인 고로 거죄(擧措) 구ᄎᆞ(苟且)ᄒᆞ믈 도라보디 못ᄒᆞ여 이졔 너를 다려 내

68 왕희(王姬): 임금의 딸을 말함. 여기에서는 화경공주.

69 셰엄(勢嚴): 규장각본에는 '셰업'으로 되어 있음.

70 두려ᄒᆞ며: 규장각본에는 '두래ᄒᆞ며'로 되어 있음.

71 다시: 규장각본에는 '긔시'로 되어 있음.

친히 운산으로 가려니와 일을 신밀(愼密)이 못 ᄒᆞ여ᄂᆞᆫ 범부마의 알오미 되여 내 큰 화ᄅᆞᆯ 바드리니 범ᄇᆡᆨ(凡百)을 조심ᄒᆞ미 웃듬이라. 능히 거교(車轎)ᄅᆞᆯ ᄎᆞᆯ혀 대도샹(大道上)의 완연(宛然)이 ᄒᆡᆼ치 못ᄒᆞ리니 네 됴반(早飯) 후의 큰 의장(衣欌) 웃층의 드러안고 츈홍 등을 아ᄅᆡ층의 드려안쳐 봉쇄ᄒᆞ여 아뫼 보아도 의장이오 사ᄅᆞᆷ 든 거시 아니믈 알게 19면
ᄒᆞᆫ 후 가듕(家中) 복부(僕夫)[72]도 ᄌᆞ셔히 모로ᄂᆞᆫ 바의 수ᄅᆡ의 언져 문을 나리니 ᄋᆞᄒᆡᄂᆞᆫ 내 니ᄅᆞᄂᆞᆫ ᄃᆡ로 ᄒᆞ라."

쇼제 ᄌᆞ긔 누얼(陋孽)의 흉ᄒᆡ참측(凶害慘惻)ᄒᆞ믄 니ᄅᆞ도 말고 그 부친의 ᄒᆞᄂᆞᆫ 말이 다 한심괴ᄒᆡ(寒心怪駭)ᄒᆞ여 범가ᄅᆞᆯ 두리미 텬신(天神)도곤 더ᄒᆞ믈 보ᄆᆡ 말노뼈 닷토아 유익ᄒᆞ미 업고 요란ᄒᆞᆷ만 더을 ᄲᅮᆫ인 고로 낫ᄎᆞᆯ 슉여 명을 알 ᄯᆞᄅᆞᆷ이오 말을 아니 ᄒᆞ니 박시 ᄯᅩ 혀 ᄎᆞ고 니러나며 ᄀᆞᆯ오ᄃᆡ

"졔 아비 ᄯᆞᆯ노 엇디 음황난일(淫荒亂逸)ᄒᆞ여 조심ᄒᆞᆯ 줄 모로던고? 실노 괴이ᄒᆞᆫ 일이로다. 표문(表門)의 고고담담(高高淡淡)ᄒᆞ며 슌상특이(純爽特異)ᄒᆞ믈 담디 못ᄒᆞ나 부습(父襲)이나 잠간 ᄒᆞ엿더면 조신ᄒᆞᆫ 픔이 아니 이시랴. 상공은 남ᄌᆞ라도 연녀[73] ᄒᆞ나흘 둘 ᄯᆞᄅᆞᆷ이니 그 밧근 타쳐(他處) 유졍(有情)ᄒᆞ미 업고 내 ᄉᆞᆲ히셔 일ᄌᆞᆨ 녀ᄉᆡᆨ(女色) 븟치 말도 ᄒᆞ믈 듯디 못ᄒᆞ엿더니 사ᄅᆞᆷ의 집이 망ᄒᆞᆯ 징됴(徵兆)가? ᄯᆞᆯ
ᄒᆞ나흘 둔들 어ᄃᆡ셔 그다디 음쳔극악(淫淺極惡)ᄒᆞᆫ 거시 삼겻ᄂᆞᆫ고? 20면
내 스ᄉᆞ로 나하시믈 ᄭᆡ닷디 못ᄒᆞᄂᆞ니 일노조ᄎᆞ 태샤(太姒)[74]의 관ᄎᆡ

72 복부(僕夫): 종으로 부리는 남자.

73 연녀: 연부인.

(管蔡)[75]ᄅᆞᆯ ᄉᆡᆼᄒᆞ시믈 알니로다."

셜파(說罷)의 나군(羅裙)을 ᄯᅥᆯ치며 ᄎᆡ슈(彩袖)ᄅᆞᆯ 븟쳐 뎡당(正堂)으로 드러가거ᄂᆞᆯ 쇼졔 그 부모의 도젹 ᄀᆞᆺᄐᆞᆫ 거동을 보ᄆᆡᄂᆞᆫ[76] 말ᄉᆞᆷ을 의딘(儀秦)[77]의게 빌고 ᄭᅬᄅᆞᆯ 냥평(良平)[78]의게 므러도 일시의 회셩(回省)ᄒᆞ믈 엇디 못ᄒᆞᆯ ᄲᅳᆫ 아니라 안광(眼光)이 허황(虛荒)ᄒᆞ여 졍ᄎᆡ(精彩)ᄅᆞᆯ 일코 거지(擧止) 더옥 괴이ᄒᆞ여 일편 쥬(主)ᄒᆞᆫ 심졍(心情)이 업ᄉᆞᄆᆡ 젼혀 ᄯᅳᆫ 긔운과 잡의ᄉᆞ(雜意思)ᄲᅳᆫ이믈 보ᄆᆡ 놀나오미 가득ᄒᆞ여 혜오ᄃᆡ '태태(太太)ᄂᆞᆫ 본ᄃᆡ 심졍의 머므ᄅᆞ신 ᄇᆞᆰ은 거시 남 ᄀᆞᆺ디 못ᄒᆞ샤 부탕(浮蕩)ᄒᆞ미 업디 아니시거니와 야야(爺爺)ᄂᆞᆫ 평ᄉᆡᆼ ᄉᆞᄅᆞᆷ을 두려 소견(所見)을 낫토디 아니실디언졍 총심(聰心)과 졍긔ᄂᆞᆫ ᄀᆞᆺᄐᆞ여 브죡ᄒᆞ신 ᄇᆡ 아니러니 어이 일됴(一朝)의 졍광(精光)을 일흐시미 되엿ᄂᆞᆫ고? 이 아니 블녕디인(不逞之人)이 독갑의 술(術)노뼈 우리 친위(親闈)ᄅᆞᆯ 더
21면 옥 혼우블찰(昏愚不察)ᄒᆞ시게 작변(作變)ᄒᆞ미냐?'

의심이 이의 밋ᄎᆞᄆᆡ 교랑의 표문이 범개믈 혜아려 간계(奸計)ᄅᆞᆯ 획쥬(劃主)ᄒᆞ미 교랑의 쇼위(所爲)믈 디긔(知機)ᄒᆞ미 ᄇᆞᆰ으므로 힝혀도 언두(言頭)의 일ᄏᆞᄅᆞ미 업ᄉᆞ며 그러ᄒᆞᆯᄉᆞ록 ᄌᆞ상훼면(自傷毁面)ᄒᆞ믈 밧

---

74 태샤(太姒): 태사. 주 문왕의 아내이자 주 무왕의 아내.

75 관ᄎᆡ(管蔡): 관채. 관숙과 채숙. 주 무왕의 형제로 무왕에 대항하여 반란을 일으킴.

76 보ᄆᆡᄂᆞᆫ: 규장각본에는 'ᄀᆞᄂᆞᆫ ᄉᆡᆼ각ᄒᆞ되'로 되어 있음.

77 의딘(儀秦): 의진. 장의와 소진. 장의는 춘추전국시대의 변론가로 동방의 6국이 진(秦)나라에 복종하여 섬기자는 연횡설을 주장함. 소진은 춘추전국시대의 변론가로 진나라에 맞서 동방의 6국이 연합하여 진나라를 제압하자는 합종책을 주장함.

78 냥평(良平): 양평. 장량과 진평. 두 사람 모두 전한(前漢)의 개국공신이자 책사, 뛰어난 지혜를 가진 지장(智將).

비 ᄒᆞ여 흉인(凶人)의 ᄇᆞ라믈 끈코 부뫼 ᄌᆞ긔롤 가져 다시 의논홀 거시 업게 ᄒᆞ려 ᄒᆞᄆᆡ 쳔ᄉᆞ만상(千思萬想)의 박브득이(迫不得已) ᄒᆡᆼᄒᆞ는 ᄇᆡ나 효녀의 신체발부(身體髮膚)롤 앗기는 의ᄉᆡ 엇디 고ᄌᆞ(古者)의 군ᄌᆞ만 곳디 못ᄒᆞ리오? 스ᄉᆞ로 통혹(通惑)ᄒᆞ며 비만(痞滿)ᄒᆞ믈 니긔디 못ᄒᆞᄃᆡ 쏘 능히 말믈 엇디 못ᄒᆞᄆᆡ 날호여 금금(錦衾)을 므롭쓰고 상샹(床上)의 오롤ᄉᆡ 냥공ᄌᆞ(兩公子)롤 도라보아 왈

“내 졍신이 어득ᄒᆞᆫ 바의 네 겻ᄐᆡ셔 짓괴ᄆᆡ[79] 더옥 분난ᄒᆞᆫ디라. 잠간 뎡당(正堂)의 드러가 됴반(朝飯)을 먹은 후 나오게 ᄒᆞ라.”

냥 공ᄌᆡ 져져의 만만비원(萬萬悲怨)ᄒᆞᆫ 심ᄉᆞ로뼈 계오 니ᄅᆞ는 말을 어이 거ᄉᆞᄅᆞ미 이시리오? 즉시 몸을 니러 뎡당(正堂)으로 드러가니 셔파와 츈홍 등이 공과 부인의 말을 드롤ᄉᆞ록 분원쳘텬(憤怨徹天)ᄒᆞ여 쇼져의 녈녈(烈烈)ᄒᆞᆫ 상ᄒᆡᆼ(常行)과 늠늠(凜凜)ᄒᆞᆫ 졀조(節操)롤 명텬(明天)과 신기(神鬼)의 딜졍(叱正)ᄒᆞ나 츄호(秋毫)도 겸연(慊然)홀 ᄇᆡ 업ᄉᆞ믈 닐너 눈믈이 피롤 화(和)ᄒᆞ고 됴운모월(朝雲暮月)의 진딘이 늣겨 쳬ᄉᆞ방타(涕泗滂沱)[80]ᄒᆞ는 눈믈의 슬픈 한숨이 바람을 닐위나 쇼져의 급히 결홀 ᄉᆞᄉᆡᆨ(辭色)이 업ᄉᆞ믈 ᄒᆞᆫ갓 의아ᄒᆞ믈 픔어 상하(床下)의 뫼셔시ᄆᆡ 쇼제 니블을 므롭뼈 향벽좀와(向壁涔臥)ᄒᆞ엿고 유랑이 셰 번 브ᄅᆞ면 ᄒᆞᆫ 번 ᄃᆡ답이 업디 아냐 옥셩이 뇨뇨쇄랑(了了灑朗)ᄒᆞ니 유랑과 츈홍 등이 그 쥬의 아모 곳의 이시믈 아디 못ᄒᆞ여 더옥 초박(焦迫)ᄒᆞ나 쇼제 고요히 누어 낫가족을 벗기며 귀롤 버히기의 니 22면

79 짓괴미: 짓괴다. 지껄이다.

80 쳬ᄉᆞ방타(涕泗滂沱): 체사방타. 하염없이 눈물을 흘리는 모양.

ᄅᆞᆯ 줄이야 엇디 쳔쳔만만(千千萬萬) 몽ᄆᆡ디간(夢寐之間)의나 ᄉᆡᆼ각ᄒᆞ
23면 여시리오? 두어 시ᄀᆡᆨ(時刻)이 디나도록 니블을 벗디 아니ᄒᆞ고 동졍(動靜)이 고요ᄒᆞ더니 홀연 ᄋᆡ영일셩(哀詠一聲)의 몸을 소소쳐 놀나ᄂᆞᆫ ᄃᆞᆺᄒᆞᆫ 후ᄂᆞᆫ 유랑이 년ᄒᆞ여 블너 열 번의 니ᄅᆞᄃᆡ 쇼져의 ᄃᆡ답이 업거ᄂᆞᆯ 츈홍·츄연이 울며 다라드러 니블을 여러 왈

"반ᄃᆞ시 므ᄉᆞᆷ 일이 잇ᄂᆞ이다."

유랑이 ᄯᅩᄒᆞᆫ 챵망(悵惘)이 니블을 열고 보ᄆᆡ 쇼져의 팔ᄎᆡ미우(八彩眉宇)[81]로조ᄎᆞ 션명 긔질이 일신을 두로며 미모염ᄐᆡ(美貌艶態) 만고(萬古)ᄅᆞᆯ 기우리나 비ᄒᆞᆯ 거시 업ᄂᆞᆫ 바의 일뉸은셤(一輪銀蟾)[82]이 츄공댱텬(秋空長天)의 ᄇᆡ회(徘徊)ᄒᆞᄆᆡ[83] 명광(明光)이 만 니의 흐ᄅᆞ고 홍일(紅日)이 됴하(朝霞)의 소ᄉᆞᄆᆡ 광휘(光輝) 팔황(八荒)[84]의 찬난(燦爛)ᄒᆞᆫ ᄃᆞᆺ 건곤(乾坤)이 창이(瘡痍)ᄒᆞ며[85] 만믈(萬物)이 탈ᄉᆡᆨ(脫色)ᄒᆞᄂᆞᆫ 션풍옥골(仙風玉骨)은 형영(形影)이 머ᄅᆞ미 유명(幽明)[86]을 격(隔)ᄒᆞᆷ[87] ᄀᆞᆺᄐᆞ여 다시 볼 길히 업고 다만 젹혈(赤血)이 금금(錦衾)과 상샹(床上)의 ᄉᆞ못 흘넛ᄂᆞᆫᄃᆡ ᄒᆞᆫ 조각 블근 고기덩이ᄅᆞᆯ 옷 닙혀 누임 ᄀᆞᆺᄐᆞᆫ 듕 두

---

81 팔ᄎᆡ미우(八彩眉宇): 팔채미우. 성인의 미간에 어리어 있다는 여덟 가지 광채. 요임금의 눈썹에 이런 광채가 있었다는 데서 유래하여 제왕의 얼굴을 형용하는 말로 쓰임.

82 일뉸은셤(一輪銀蟾): 일륜은섬. '은섬'은 은색 두꺼비라는 뜻. 달 속에 두꺼비가 있다는 전설로 인해 밝은 달을 비유함.

83 ᄇᆡ회(徘徊)ᄒᆞᄆᆡ: 규장각본에는 'ᄇᆡ호ᄒᆞᄆᆡ'로 되어 있음.

84 팔황(八荒): 온 세상을 이름.

85 건곤(乾坤)이 창이(瘡痍)ᄒᆞ며: 본래는 온 세상이 전쟁 및 전란에 시달린다는 뜻. 여기에서는 자해를 하기 전 아름다웠던 장성완의 모습을 형용하는 맥락을 과장하는 데 쓰임.

86 유명(幽明): 저승과 이승.

87 격(隔)ᄒᆞᆷ: 격하다. 나누어지다, 막히다, 멀어지다.

어 치 날닌 칼흘 초옥(楚玉) ᄀᆞᆺᄐᆞᆫ 셤슈(纖手)의 빗기 잡아 호셔(瓠犀)[88] 24면
갓ᄐᆞᆫ 가락으로 굿게 눌너 쥐여시며[89] 녹운(綠雲)[90] ᄀᆞᆺᄐᆞᆫ 빈발(鬢髮)[91]을 헷ᄡᅳ러 올흔 귀ᄅᆞᆯ 버히고ᄌᆞ ᄒᆞ여 칼이 임의 귀ᄅᆞᆯ 범(犯)ᄒᆞ여시ᄃᆡ 긔운이 밋디 못ᄒᆞ여 능히 ᄎᆡ 버히디 못ᄒᆞ고 혼도(昏倒)[92]ᄒᆞ여 인ᄉᆞ(人事)ᄅᆞᆯ 모로니 시신(屍身)으로도 니ᄅᆞ디 못ᄒᆞ여 ᄒᆞᆫ낫 육괴(肉塊)라. 유랑등이 이 경상(景狀)을 ᄃᆡᄒᆞᄆᆡ 망극(罔極)ᄒᆞᆷ과 통원(痛冤)ᄒᆞ믄 버금이오 놀나옴과 ᄎᆞ악(嗟愕)ᄒᆞ미 심혼(心魂)이 경니(驚離)ᄒᆞ며 심담(心膽)이 최할(摧割)[93]ᄒᆞ니 텬디(天地)ᄅᆞᆯ 부앙(俯仰)ᄒᆞ여 원혹(冤酷)ᄒᆞᆷ과 참독(慘毒)ᄒᆞ믈 할 곳이 업ᄉᆞᆫ디라. 셔파ᄂᆞᆫ 역시 ᄒᆞᆫ 소ᄅᆡᄅᆞᆯ 디ᄅᆞ고 엄홀(奄忽)ᄒᆞ여 인ᄉᆞᄅᆞᆯ 모로거ᄂᆞᆯ 츄연은 쇼져의 잡은 칼흘 아ᄉᆞ며 어미[94]의 손을 ᄌᆞᆸ아 ᄒᆞᆫ가디로 죽을 ᄯᅳᆺ이 살 ᄀᆞᆺ고 츈홍은 일이 이의 밋쳐시믈 도로혀 어히업셔 우롬도 나디 아니ᄒᆞᄃᆡ 이 듕의도 쇼졔 만일 회
소(回蘇)치 못ᄒᆞᆯ진ᄃᆡ 왕·범 냥젹(兩敵)의 간혈(肝血)을 너흐러 보슈 25면
(報讐)ᄒᆞᆯ ᄯᅳᆺ이 깁흐며 몬져ᄂᆞᆫ 댱공과 박시로 ᄒᆞ여곰 이 거동을 보과ᄌᆞ ᄒᆞ여 ᄲᆞᆯ니 슈산돈족(手散頓足)ᄒᆞ고 쳘텬ᄋᆡ호(徹天哀呼)ᄒᆞ며 뎡당의 드리다라 쇼졔 ᄌᆞ훼살신(自毁殺身)ᄒᆞ믈 고ᄒᆞ니 댱공 ᄂᆡ외 힉음업

88 호셔(瓠犀): 호서. 박씨. 관습적으로 박씨처럼 희고 가지런한 치아를 의미하나 여기에서는 가지런한 손가락을 묘사하는 데 쓰임.

89 쥐여시며: 규장각본에는 '쥐며'로 되어 있음.

90 녹운(綠雲): 녹색의 구름. 숱이 많고 짙은 여인의 머리카락을 형용함.

91 빈발(鬢髮): 귀밑머리.

92 혼도(昏倒): 정신이 어지러워 넘어짐.

93 최할(摧割): 규장각본에는 '최활'로 되어 있음.

94 어미: 문맥상 장성완의 유모 설란(서파)으로 추정.

시 면무인쇡(面無人色)ᄒᆞ여 급급히 니러나고 희린 등과 교랑이 흠긔

응셜각의 니ᄅᆞ러 개호입실(開戶入室)ᄒᆞᄆᆡ 상샹(床上)의 ᄒᆞᆫ낫 육괴

(肉塊) 더디엿ᄂᆞᆫᄃᆡ[95] 흐ᄅᆞᄂᆞᆫ 피 잔계(潺溪)와 셰류(細流)ᄅᆞᆯ 의논치 못

ᄒᆞᆯ ᄇᆡ오 ᄒᆡ슈(海水)의 궁진(窮盡)치 아니므로 방블(彷彿)ᄒᆞ니 어ᄃᆡ로

조ᄎᆞ 셩완쇼져의 쳔미ᄇᆡᆨ염(千美百艶)이 슈초ᄉᆡᆼ(遂初生)ᄒᆞ며 만틔억

ᄎᆡ(萬態億彩) 졀셰샹(絶世上)ᄒᆞ여 난(鸞)의 딜(質)과 봉(鳳)의 ᄎᆡ(彩)

츌어범뉴(出於凡類)ᄒᆞ고 용의 ᄡᅢ혀남과 닌(麟)의 긔이ᄒᆞᄆᆡ 홀노 건

곤(乾坤)의 빗나던 바ᄅᆞᆯ 다시 구경ᄒᆞ리오? 다만 그 옥비셤슈(玉臂纖

26면 手)[96]와 운빈녹발(雲鬢綠髮)이 조화의 긔특ᄒᆞᄆᆞᆯ 변치 아녓ᄂᆞᆫ디라. 가

ᄂᆞᆫ 허리 깁[97]을 뭇거시미 젼후의 밧괴이디 아냐실디언졍 그 밧근 홍혈

(紅血)의 박힌 육괴(肉塊)라 이목구비(耳目口鼻)ᄅᆞᆯ 분변(分辨)치 못

ᄒᆞ니 어나 곳의 눈이 박이고 어ᄂᆡ 곳의 코히 삼겻던 줄 창졸(倉卒)의

엇디 알니오? 이 거동을 삼ᄃᆡ원슈(三代怨讐)와 ᄇᆡᆨ년ᄃᆡ쳑(百年對隻)

이 ᄃᆡᄒᆞ여도 ᄎᆞ악ᄒᆞ며 경심(驚心)ᄒᆞ여 낫츨 가리올 ᄇᆡ오 ᄒᆡᆼ뇌(行路)

라도 쳬타오열(涕沱嗚咽)ᄒᆞ여 인심(人心)의 비졀(悲絶)ᄒᆞᄆᆞᆯ ᄎᆞᆷ디 못

ᄒᆞᆯ ᄇᆡ니 댱공과 박시 비록 변심상셩(變心喪性)ᄒᆞ여 ᄌᆞᄋᆡᄅᆞᆯ ᄉᆡᆼ각디 못

ᄒᆞ나 목젼의 경통(驚痛)ᄒᆞᄆᆞᆯ 엇디 ᄎᆞᆷ을 ᄇᆡ리오? 부디블각(不知不覺)[98]

의 드리다라 상샹(床上)의 육괴(肉塊)ᄅᆞᆯ 븟드러 통곡ᄒᆞ노라 ᄒᆞᆫ 거시

95 더디엿ᄂᆞᆫᄃᆡ: 규장각본에는 '더지였는 듯'으로 되어 있음.

96 옥비셤슈(玉臂纖手): 옥비섬수. 옥 같은 팔과 가느다란 손.

97 깁: 비단의 일종.

98 부디블각(不知不覺): 부지불각. 자기도 모르게 느닷없이.

혼ᄇᆡᆨ이 경월(驚越)ᄒᆞ여 셔패 쇼져의 겻ᄐᆡ 혼절ᄒᆞ여 구러졋ᄂᆞᆫ 고로 셔파ᄅᆞᆯ 븟들고 울기ᄅᆞᆯ 마디 아니니 냥(兩) 교동(嬌童)이 누의ᄅᆞᆯ 부뫼뫼[99] 죽이ᄃᆞ시[100] 모딘 소ᄅᆡ와 블슌ᄒᆞᆫ 말노 상 우ᄒᆡ 육괴ᄅᆞᆯ 어셔 쓰더 • 먹 27면
으라 ᄒᆞ며 브ᄃᆡ잇고[101] 통곡(慟哭)ᄒᆞ여 ᄋᆡ절(哀切)ᄒᆞ믈 니긔디 못ᄒᆞ니 댱공과 박시 냥ᄋᆞ(兩兒)의 븟들고 우ᄂᆞᆫ 거시 녀ᄋᆞ(女兒)의 신(身)이믈 비로소 아라 목을 느ᄅᆞ혀 육괴(肉塊)ᄅᆞᆯ 어로만디며 ᄋᆡ도규셩(哀悼叫聲)ᄒᆞ니 ᄎᆞ환양낭(叉鬟養娘)의 무리 일시의 응셜각의 니ᄅᆞ러 고지통호(叩地痛呼)ᄒᆞ여 쇼져의 셩ᄌᆞ이딜(聖姿異質)을 앗기디 아니리 업고 곡셩(哭聲)이 혼가(渾家)[102]ᄅᆞᆯ 움ᄌᆞᆨ일 쁜이오 오ᄅᆡ도록 약음(藥飮)으로 회소(回蘇)키ᄅᆞᆯ ᄉᆡᆼ각디 아니커ᄂᆞᆯ 츈홍이 블승착급(不勝着急)ᄒᆞ여 희린 공ᄌᆞᄅᆞᆯ 흔드러 회ᄉᆡᆼ단(回生丹)[103] 환혼단(還魂丹)[104]의 무리로 구호(救護)ᄒᆞ믈 쳥(請)ᄒᆞ니 공ᄌᆡ 즉시 약환(藥丸)을 ᄀᆞ라 삼다(蔘茶)[105]의 화(和)ᄒᆞ여 이윽이 시험ᄒᆞᄆᆡ 오히려 명ᄆᆡᆨ(命脈)을 긋디 아냐시므로 약녁(藥力)이 긔부(肌膚)의 편ᄒᆡᆼ(便行)[106]ᄒᆞ여 어롬 ᄀᆞᆺ튼 슈죡(手足)의 잠간 온긔(溫氣) 나며 슘소ᄅᆡ 가ᄂᆞᆯ게 니어시니 ᄒᆞᆫ 덩이 븕은 고기의 슘소ᄅᆡ 동(動)ᄒᆞ미 더옥 놀납더라. 어시의 샹셰 녀ᄋᆞ의 일분(一分)[107]

---

99 부뫼뫼: 규장각본에는 '부뫼'로 되어 있음.

100 죽이ᄃᆞ시: 규장각본에는 '죽이시다'로 되어 있음.

101 브ᄃᆡ잇고: 브드잊다. 부딪히다.

102 혼가(渾家): 온 집안.

103 회ᄉᆡᆼ단(回生丹): 회생단. 죽은 사람을 살려주는 단약.

104 환혼단(還魂丹): 환혼단. 죽은 사람을 살려주는 단약.

105 삼다(蔘茶): 인삼차.

106 편ᄒᆡᆼ(便行): 편행. 편하게 감.

28면 ᄉᆡᆼ되(生途) 이시믈 보건ᄃᆡ 텬뉸(天倫)의 디극(至極)ᄒᆞᆫ 졍과 부녀의
유연(幽然)ᄒᆞᆫ ᄌᆞᄋᆡ로뼈 흔ᄒᆡᆼ(欣幸)치 아닐 ᄇᆡ리오마ᄂᆞᆫ 경ᄉᆡᆨ(景色)의
참담(慘憺)ᄒᆞᆷ과 형용(形容)의 참혹(慘酷)ᄒᆞ미 ᄒᆞᆫ낫 시신을 겻ᄐᆡ 노흠
만 ᄀᆞᆺ디 못ᄒᆞᆫ 바의 좌위 실셩ᄋᆡ읍(失聲哀泣)ᄒᆞ여 하날의 ᄉᆞᄆᆞᆺᄂᆞᆫ 소
ᄅᆡ와 짜ᄒᆡ 괴이ᄂᆞᆫ 눈믈이 텬디(天地)ᄅᆞᆯ 변ᄉᆡᆨ(變色)ᄒᆞ고 산쳔(山川)
을 늣기이니 ᄒᆡ음업시 살흘 디ᄅᆞ며 쎠ᄅᆞᆯ 바으ᄂᆞᆫ 원혹디통(寃酷之痛)
이 만심(滿心)의 간졀ᄒᆞ나 권귀(權貴)[108]ᄅᆞᆯ 두리고 화흔(禍釁)[109]을 져허
ᄒᆞᄂᆞᆫ 뜻은 발셔 폐부의 깁히 든 병이 되엿거ᄂᆞᆯ 다시 요약(妖藥)의 본
셩(本性)을 아조 상망(喪亡)ᄒᆞ여 만금일교(萬金一嬌)[110]의 ᄉᆞᄉᆡᆼ유무(死
生有無)ᄅᆞᆯ 관듕(關重)이 넉이ᄂᆞᆫ ᄇᆡ 잇디 아닌디라. 목금(目今) 엄엄위
위(奄奄危危)ᄒᆞ여 잔인ᄒᆞᆫ 육괴 되여시믈 보ᄆᆡ 참담ᄒᆞ미 방인(傍人)
으로 ᄒᆞ여곰 휘루(揮淚)ᄒᆞᆯ디라. 실 갓ᄐᆞᆫ 명ᄆᆡᆨ이 긋디 아냐시나 그 살
미 만분(萬分)이나 난득(難得)ᄒᆞ니 기ᄇᆡᆨ[111]의 신긔(神技)와 헌원(軒轅)[112]
29면 의 긔국(器局)이라도 셩완쇼져의 본상(本像)[113]을 회복기ᄂᆞᆫ 능히 못 ᄒᆞᆯ
ᄇᆡ오 화태(華陀)[114]와 편작(扁鵲)[115]이라도 월ᄋᆞ쇼져의 딘(盡)ᄒᆞᄂᆞᆫ 목숨을

---

107 일분(一分): 10분의 1을 이르는 말로, 아주 조그만 정도를 말함.

108 권귀(權貴): 벼슬이 높고 권세가 강한 사람.

109 화흔(禍釁): 재앙. 주로 집안의 화를 이름.

110 만금일교(萬金一嬌): 규장각본에는 '만금일곳'으로 되어 있음.

111 기빅(岐伯): 기백. 중국 전설 속의 의사. 상고시대 사람으로, 황제와 함께 의약을 토론했다고 함.

112 헌원(軒轅): 중국 고대 전설상의 제왕인 삼황오제 중 황제(黃帝). 기백과 함께 의학의 시조로 일컬어짐.

113 본상(本像)을: 규장각본에는 '본을'로 되어 있음.

니을 길히 업ᄉ믈 모로디 아니ᄒ딘 화경궁[116]으로 ᄉ이 디근(至近)ᄒ 믜 범도원즉 혹 쇼져의 아조 죽디 아냐시믈 드롤딘딘 ᄌ긔롤 깁히 그 룻 넉일 거시오 공쥐 임의 문외(門外) 벽쳐(僻處)로 옴기라 명ᄒ미 이 시니 져 부부의 디휘(指揮)롤 호발(毫髮)이나 어긔웟다가 ᄋ̇ᄌ(睚眥)의 원[117]이 그룻 망신멸문(亡身滅門)ᄒᄂ 혹화(酷禍)롤 만나 부귀환낙(富貴歡樂)을 온젼이[118] 누리디 못홀가 착급초조(着急焦燥)ᄒ며 민민황겁(悶悶惶怯)ᄒ미 녀ᄋ(女兒)의 ᄉ싱(死生)을 가져 비(比)치 못홀 둧ᄒ니 엇디 일식(一息)이 니어시믈 보고 훈찌나 디류(遲留)ᄒ미 이시리오? 굿ᄐ여 다룬 말 업시 졸연(猝然)이 닓더나며 우던 눈을 부븨 씻고 일변 큰 의장을 가져와 좌우복쳡(左右僕妾)을 다 믈니친 후 츈홍·츄연을 겻틔 이시라 ᄒ며 일변(一邊) 유랑을 쥐믈너 졍신을 출히믜 30면 이의 급급히 댱 쇽의 들나 ᄒ고 희린 등을 믈너 안ᄌ라 ᄒ며 녀ᄋ롤 가져 니블의 휘마라 흐ᄅᄂ 피롤 씻도 아니 ᄒ고 밧비 장 쇽의 너흐니 유랑 등이 쇼져와 ᄉ싱을 훈가디로 ᄒ려 ᄒ믜 그 노야(老爺)의 거동을 보건딘 텬디(天地)롤 부앙(俯仰)ᄒᄂ 원한(怨恨)은 버금이오 만심(滿心)이 괴히망측(怪駭罔測)ᄒ니 도로혀 어히업ᄉ믈 니긔디 못ᄒ여 일언(一言)을 블개(不開)ᄒ고 쇼져롤 붓드러 장 쇽의 안ᄌ니 공이 쇄

---

114 화태(華陀): 화타. 신의(神醫)라고 불리는 후한 말의 명의.

115 편작(扁鵲): 전국시대의 의사로, 명의를 상징함.

116 화경궁: 규장각본에는 '황경궁'으로 되어 있음.

117 ᄋ̇ᄌ(睚眥)의 원(怨): 애자의 원. 눈을 흘겨보는 정도의 원망이라는 뜻으로, 작은 불만을 뜻함.

118 온젼이: 규장각본에는 '온졀이'로 되어 있음.

약(鎖鑰)[119]을 가져 장 문을 봉(封)코ᄌᆞ 홀ᄉᆡ 희린 등이 크게 울며 가ᄉᆞᆷ을 두다려 부모의 ᄌᆞᄋᆡ 박(薄)ᄒᆞ믈 원망ᄒᆞ며 ᄲᅮᆯ니 죽어 ᄆᆡ제(妹姐)로 더브러 ᄒᆞᆫ가지로 도라가 인세(人世) 늣거온[120] 디우(知遇)ᄅᆞᆯ 펴리라 ᄒᆞ니 댱공이 역시 고흉대곡(叩胸大哭) 왈

"ᄌᆞ식마다 부모ᄅᆞᆯ 원슈로 아라 ᄉᆡᆼ아구로(生我劬勞)의 호텬막대디은(昊天莫大之恩)을 아디 못ᄒᆞ며 권귀(權貴)의 위엄(威嚴)이 듕(重)ᄒᆞ
31면 믈 ᄭᆡ닷디 못ᄒᆞ고 아비로 ᄒᆞ여곰 함신(陷身)ᄒᆞᄂᆞᆫ 망나(網羅)의 ᄲᅥ러디게 ᄒᆞ니 이 엇디 ᄌᆞ식의 도리리오? 내 본ᄃᆡ ᄉᆞ라 문호ᄅᆞᆯ 흥긔(興起)ᄒᆞ고 여등을 셩취(成娶)[121]ᄒᆞ여 ᄌᆞ손이 계계승승(繼繼承承)ᄒᆞ믈 보고ᄌᆞ ᄒᆞ엿더니 너희 아비ᄅᆞᆯ 못 견ᄃᆡ도록 보ᄎᆡ니 ᄂᆡ ᄉᆞ라 므엇 ᄒᆞ리오? 너의 보ᄂᆞᆫ ᄃᆡ 쾌히 멱[122] 딜너 죽으리니[123] 여등(汝等)은 아비 죽은 후 누의로 더브러 됴히 살나."

ᄒᆞ고 칼흘 ᄲᆡ혀 디ᄅᆞ고ᄌᆞ ᄒᆞ거ᄂᆞᆯ 박시 년망(連忙)[124]이 다라드러 공의 잡은 칼흘 아ᄉᆞ며 냥(兩) 교동(嬌童)을 다ᄅᆡ여 왈

"셩완이 아조 죽디 아냐시ᄃᆡ 치료약셕(治療藥石)을 ᄡᅳ기 편편(便便)치 못ᄒᆞ고 혹ᄌᆞ(或者) 범부마의 알오미 될가 두리워 잠간 운산으로 옴긴 후ᄂᆞᆫ 의원(醫員)을 기ᄇᆡᆨ과 헌원의 구ᄒᆞ며 약을 녕디(靈芝)와

---

119 쇄약(鎖鑰): 자물쇠. 규장각본에는 '져약'으로 되어 있음.

120 늣거온: 늣겁다. '느껍다'의 옛말. 어떤 느낌이 마음에 북받쳐서 벅차다.

121 셩취(成娶): 성취. 장가드는 것을 뜻함.

122 멱: 규장각본에는 '목'으로 되어 있음.

123 죽으리니: 규장각본에는 '죽으리라'로 되어 있음.

124 년망(連忙): 규장각본에는 '텬망'으로 되어 있음.

신초(神草)[125]의 갈망(渴望)ᄒᆞ여 도라가ᄂᆞᆫ 넉ᄉᆞᆯ 닐위고 헐운 살흘 아몰나 녯 얼골을 회복도록 ᄒᆞ리니 너희 비록 나히 어린들 부모의 디졍ᄌᆞ이(至情慈愛)를 아디 못ᄒᆞ미 이ᄃᆡ도록 ᄒᆞ여 괴이ᄒᆞᆫ 말을 만히 ᄒᆞᄂᆞ뇨? 여등(汝等)이 누의를 ᄯᅥ나미 어려올딘ᄃᆡ ᄯᆞ라가 구호(救護)ᄒᆞᆯ 거시오 그러치 아니면 ᄌᆞ로 왕ᄂᆡ(往來)ᄒᆞ여 보리니 므어시 부죡ᄒᆞ여 부모를 이러ᄐᆞᆺ 원망ᄒᆞᄂᆞ냐?" 32면

냥(兩) 교동(嬌童)이 블ᄀᆞᄐᆞᆫ 셩을 낫초고 모친의 말을 드러오ᄆᆡ 일이 그러ᄒᆞᆯ ᄃᆞᆺᄒᆞᆫ 듕 부친(父親)의 범부마를 두려ᄒᆞ믄 엄ᄒᆞᆫ 샹뎐(上典)ᄀᆞᆺ치 넉이믈 보ᄆᆡ 다시 ᄒᆞᆯ 말이 업셔 다만 운산의 ᄌᆞ로 왕ᄂᆡᄒᆞ여 ᄆᆡ져(妹姐)를 구호(救護)ᄒᆞ렷노라 ᄒᆞ니 댱공 부뷔 이ᄌᆞ(二子)의 칼 ᄀᆞᄐᆞᆫ 괴독(怪毒)이 잠간 프러디믈 흔힝(欣幸)ᄒᆞ여 그리ᄒᆞ라 ᄒᆞ고 이의 장문을 봉쇄ᄒᆞᆫ 후 공이 두어 잔 술을 구ᄒᆞ여 마시고 근신(謹愼)ᄒᆞᆫ 노ᄌᆞ(奴者)를 명ᄒᆞ여 의장(衣欌)을 시러 문외 태운산 고튁(故宅)으로 나아가라 ᄒᆞᆫᄃᆡ 노복(奴僕)은 아모 곡졀(曲折)인디 아지 못ᄒᆞ고 다만 의장을 시러 문을 나ᄆᆡ 공이 뒤흘 조ᄎᆞ갈ᄉᆡ 녀ᄋᆞ를 구호ᄒᆞᆯ ᄯᅳᆺ이 간졀ᄒᆞᆫ 거시 아니라 졍미인을 다리고 음쥬달난(飮酒團欒)ᄒᆞ여 날을 보ᄂᆡ고 33면 ᄌᆞ ᄒᆞᄆᆡ 박시를 도라보아 왈

"내 잠간 운산의 머므러 의약(醫藥)으로 치료ᄒᆞ여 녀ᄋᆞ를 ᄉᆞ도록 ᄒᆞ리니 부인은 ᄋᆞᄌᆞ 등을 거ᄂᆞ려 심ᄉᆞ를 요동치 말며 다만 말을 퍼디오ᄃᆡ 쇼네 일일(一日) ᄂᆡ(內)의 급ᄉᆞ(急死)ᄒᆞᄆᆡ 복(僕)은 상셩발광(喪性

125 신초(神草): 깊은 산에 야생하는 삼. 산삼.

發狂)ᄒᆞ여 상ᄉᆞ(喪事)부치의 보디 말고ᄌᆞ 문외(門外)로 피ᄒᆞ다 ᄒᆞ고 녀ᄋᆞ의 시톄(屍體)ᄂᆞᆫ 운산으로 옴기다 ᄒᆞ거나 일퇵지샹(一宅之上)의셔 ᄎᆞ마 보디 못ᄒᆞ여 타쳐(他處)로 보ᄂᆡ엿다 ᄒᆞ거나 일이 니(理)의 당케 ᄒᆞ여 사ᄅᆞᆷ이 의심ᄒᆞ미 업게 ᄒᆞ며 화경공쥬긔ᄂᆞᆫ 실(實)노뼈 ᄀᆡ별ᄒᆞ여 만일 화티(華陀)와 편작(扁鵲) ᄀᆞᆺᄐᆞᆫ 신의(神醫)ᄅᆞᆯ 만나 쇼녜 복상(復常)ᄒᆞ미 될딘ᄃᆡ 은혜로온 명을 밧드러 블초녀(不肖女)로뼈 범공ᄌᆞ의 비쳡디녈(婢妾之列)이라도 감심(甘心)ᄒᆞᆯ 바ᄅᆞᆯ 고ᄒᆞ라.”

ᄒᆞᆫᄃᆡ 박시 ᄌᆞ모의 졍니(情理)로뼈 녀ᄋᆞᄅᆞᆯ 원혹참쳑(寃酷慘慽)히 맛
34면 ᄂᆞᆫ 바ᄅᆞᆯ 슬허치 아냐 ᄆᆞ옴의 ᄒᆞᆫ 조각 인졍(人情)과 ᄌᆞᄋᆡ(慈愛) 머므디 아냐시니 비록 요약(妖藥)의 상ᄒᆞ미 되여시나 본셩이 통달(通達)ᄒᆞᆯ딘ᄃᆡ 엇디 이러ᄒᆞ리오마ᄂᆞᆫ 쇼져의 초년명되(初年命道) ᄀᆡ구(崎嶇)ᄒᆞ믈 인ᄒᆞ여 부모의 ᄌᆞᄋᆡ(慈愛)ᄅᆞᆯ 아오로 일코 몸 우ᄒᆡ 누얼이 참참(慘慘)ᄒᆞ여 텬디망극(天地罔極)ᄒᆞᆫ 원혹(寃惑)과 고ᄅᆡ(古來)의 잇디 아닌 ᄋᆡᆨ화(厄禍)ᄅᆞᆯ 만나니 ᄒᆞᆫ갓 댱공 부부ᄅᆞᆯ 칙망(責望)치 못ᄒᆞᆯ디라. 텬셩(天性)은 션악(善惡)의 ᄒᆞᆫ 가디언마ᄂᆞᆫ 통악(痛愕)ᄒᆞᆯᄉᆞᆫ 박시여, 공을 오ᄅᆡ 떠낫던 졍을 죵용이 펴디 못ᄒᆞ고 녀ᄋᆞᄅᆞᆯ 다려 운산으로 가나 즉시 도라오디 아니려 ᄒᆞ믈 보ᄆᆡ 홀연ᄒᆞ여 낫ᄎᆞᆯ 븕히며 ᄀᆞᆯ오ᄃᆡ

“블초녀(不肖女)로 ᄒᆞ여 죽다 쇼문을 퍼디오고 상공은 집을 떠나다 ᄒᆞ미 니(理)의 당치 아니ᄒᆞ니 브졀업시 운산의 머므디 마ᄅᆞ시고 ᄌᆞ로 왕ᄂᆡᄒᆞ며 구호(救護)ᄒᆞ실디라도 금일(今日)노 도라오샤 거ᄌᆞᆺ 상ᄉᆞ(喪事)ᄅᆞᆯ 다ᄉᆞ리ᄂᆞᆫ 쳬ᄒᆞ여 범부마의 의심을 닐위디 마ᄅᆞ쇼셔.”

35면 공이 그 떠나믈 깃거 아니 ᄒᆞᄂᆞᆫ 줄 짐작ᄒᆞᄃᆡ 그 ᄠᅳᆺ을 ᄯᅩᄒᆞᆫ 욱이디 못ᄒᆞ여 졈두왈(點頭曰)

"부인의 말도 올흐니 가셔 보아 금일(今日)노 못 도라와도 명일(明日) 도라와 상ᄉᆞ(喪事)롤 다ᄉᆞ리ᄂᆞᆫ 쳬ᄒᆞ리라."

ᄒᆞ고 쐴니 슈릐롤 구을녀 운산으로 나아가니 노ᄌᆞ(奴者) 등이[126] 의장(衣欌)을 가져 ᄂᆡ졍(內庭)[127]의 니ᄅᆞ럿거ᄂᆞᆯ 이의 쇼져의 침소(寢所) 응셜각【원ᄂᆡ 댱쇼져의 이곳 침쇠 응셜각이니라[128]】의 드려노흔 후 공이 친히 좌우 창호(窓戶)롤 긴긴(緊緊)히 닷고 비로소 유랑 등을 ᄂᆡ여노흐며 쇼져롤 븟드러 침셕(寢席)의 누이니 쇼졔 오히려 졍신을 출히디 못ᄒᆞ고 잠혈(潛血)ᄒᆞᆫ 육괴(肉塊) 되여시니 이목구비(耳目口鼻) 어ᄃᆡ 박혀시믈 알니오? 삼십 니롤 힝ᄒᆞ여 이의 나오ᄃᆡ 뉴혈(流血)이 돌의(突衣)ᄒᆞ믄 볼ᄉᆞ록 경참(驚慘)ᄒᆞ며 ᄃᆡ홀ᄉᆞ록 통혹ᄒᆞ니 유랑 등이 죽기롤 ᄌᆞ분(自分)ᄒᆞᄂᆞᆫ 바의 므ᄉᆞᆷ 녜모(禮貌)롤 출히리오? 일변(一邊) 쇼져 입의 약음(藥飮)을 드리오며 일변 텬디 귀신을 블너 쥬인의 ᄇᆡᆨ옥무하(白玉無瑕)[129]ᄒᆞᆫ 셩힝녈졀(聖行烈節)을 숣와 원셩(怨聲)이 하ᄂᆞᆯ의 ᄉᆞ믓고 혼가(渾家)롤 움즉이ᄂᆞᆫ디라. 공이 그 어ᄌᆞ러오믈 ᄭᅮ디ᄌᆞᄃᆡ 셔파 등이 두리ᄂᆞᆫ 뜻이 업셔 울기롤 마디 아니ᄒᆞ니 공이 역시 심ᄉᆡ 비창(悲愴)ᄒᆞ여 쳬하여우(涕下如雨)ᄒᆞ더라. 이윽고 공이 스ᄉᆞ로 금억(禁抑)ᄒᆞ여 광슈(廣袖)롤 드러 누흔(淚痕)을 업시ᄒᆞ고[130] 유랑 등을 당부ᄒᆞ 36면

126 등이: 규장각본에는 '등의'로 되어 있음.

127 ᄂᆡ졍(內庭): 내정. 안뜰.

128 원ᄂᆡ 댱쇼져의 이곳 침쇠 응셜각이니라: 규장각본에는 '원ᄂᆡ 댱쇼져 잇든 침쇼 응셜각이라'로 되어 있음.

129 ᄇᆡᆨ옥무하(白玉無瑕): 규장각본에는 'ᄇᆡᆨ옥무히'로 되어 있음.

130 누흔(淚痕)을 업시ᄒᆞ고: 규장각본에는 '눈물을 � 업시ᄒᆞ고'로 되어 있음.

여 구호ᄒᆞ믈 등한(等閑)히 말나 하며 즉시 니러 ᄂᆡ헌졍침(內軒正寢)의 드러가 졍미인을 ᄎᆞᄌᆞ니 시ᄋᆡ(侍兒)[131] 고왈(告曰)

"졍냥ᄌᆡ ᄂᆡ헌(內軒)의 머믈기ᄅᆞᆯ 원치 아니ᄒᆞ고 외루(外樓) 문회당(文會堂)의 쳐ᄒᆞ나이다."

ᄒᆞ거ᄂᆞᆯ 공이 밧비 문회당의 니ᄅᆞ니 ᄎᆞ시 공ᄌᆡ 운산으로 오므로브터 쳑운(隻雲)의 슬픔과 망산(望山)의 회푀 일모심고(日暮甚苦)ᄒᆞᄃᆡ 능히 몸을 ᄲᅢ혀 도라가지 못ᄒᆞ믄 오직 ᄒᆞᆫ 조각 핑계ᄅᆞᆯ 엇디 못ᄒᆞ여시니 무고(無故)히 도망치 못ᄒᆞ고 괴로이 댱공의 왕ᄂᆡ(往來)ᄒᆞ기ᄅᆞᆯ 고ᄃᆡ(苦

37면 待)ᄒᆞ더니 이날 비로소 댱공이 ᄒᆞᆫ낫 의장(衣欌)을 시러 밧비 안흐로 드러가믈 몬져 창경(窗鏡)[132]으로 빗최여 보ᄆᆡ 거동(擧動)이 허황(虛慌)ᄒᆞ믄 젼ᄌᆞ(前者)의 십ᄇᆡ(十培) 더ᄒᆞ믈 괴이히 넉이더니 아이오[133] 개호(開戶) 입실커ᄂᆞᆯ 공ᄌᆡ 마디못ᄒᆞ여 니러 마ᄌᆞ 좌뎡(座定)ᄒᆞᆫ 후 다시 공을 ᄉᆞᆯ피건ᄃᆡ 젼ᄀᆞᆺ치 흔흔쾌락(欣欣快樂)디 못ᄒᆞ여 미우(眉宇) 슈집(愁集)ᄒᆞ여 ᄉᆡᆨ위(色位) 블안ᄒᆞᆫᄃᆡ 안광(眼光)이 졍긔(精氣)ᄅᆞᆯ 일코 거동이 장부(臟腑)ᄅᆞᆯ ᄲᅢ디온 ᄃᆞᆺ 홀홀(忽忽)ᄒᆞ여 넉시 업ᄉᆞ며 황황(遑遑)ᄒᆞ여 심졍(心情)의 ᄃᆡᆨ흰 거시 업셔 젼일(前日)노 비치 못ᄒᆞ게 되여시니 공ᄌᆡ 심니(心裏)의 우읍고 망측(罔測)ᄒᆞ믈 니긔디 못ᄒᆞ여 혜오ᄃᆡ

'그리 아냐도 데삼긴 못쁠 거시 또 어ᄃᆡ 가 니ᄆᆡ망냥(魑魅魍魎)을 홀니디 아냐시면 뇌졍(雷霆)이 딘쳡(震疊)ᄒᆞᄂᆞᆫ 가온ᄃᆡ 오관칠졍(五官

---

131 시ᄋᆡ(侍兒): 규장각본에는 '시녀'로 되어 있음.

132 창경(窗鏡): 창문에 단 유리.

133 아이오: 곧.

七情)[134]의 쥬(主)ᄒᆞᆫ 거ᄉᆞᆯ 모다 일허 완연이 소혼실백(消魂失魄)ᄒᆞ미 되여시니 사ᄅᆞᆷ의 그릇되미 뉵칠일(六七日) ᄂᆡ(內)의 져러ᄒᆞᆫ고?'

ᄒᆞ며 ᄌᆞ연(自然) 쇼안(笑顔)이 미미(微微)ᄒᆞ믈 ᄭᆡ닷디 못ᄒᆞ니 쇄락(灑落)[135]ᄒᆞᆫ 용의(容儀)예 미미ᄒᆞᆫ 우음을 ᄯᅴ여시ᄆᆡ 화창ᄒᆞᆫ 긔운이 삼츈화시(三春和詩)의 만홰(萬花) 징발(爭發)ᄒᆞᆫ ᄃᆞᆺ 신신표표(申申表表)ᄒᆞ여 일신광ᄎᆡ(一身光彩) 만실(萬室)커ᄂᆞᆯ 댱공의 일일ᄌᆞ상(日日自傷)ᄒᆞ던 ᄆᆞ옴으로ᄡᅧ 졍공ᄌᆞ의 텬양경일디풍(天壤傾日之風)[136]을 ᄃᆡᄒᆞ여 신연(信然)이 긔디(旣知)ᄒᆞ며 황연(晃然)이 ᄋᆡ복(愛服)ᄒᆞ믈 ᄯᅩ 어ᄃᆡ 비기리오? 황망(慌忙)이 나아안ᄌᆞ 옥슈(玉手)ᄅᆞᆯ 년집(連執)ᄒᆞ고 어린 ᄃᆞ시 공ᄌᆞ의 화안(花顔)을 우러러 오ᄅᆡ도록 말이 업더니 날호여 숨을 길게 쉬며 골오ᄃᆡ

38면

"현경이 이곳의 외로이 이시므로조ᄎᆞ 비회 일일익심(日日益甚)ᄒᆞ여 친당(親堂)[137]을 ᄎᆞᆺ디 못ᄒᆞᆫ 한이 통골초심(痛骨焦心)ᄒᆞ미 밋ᄎᆞ리니 내 ᄉᆡᆼ각ᄒᆞᄆᆡ 필연 화안(花顔)이 초쵀(憔悴)ᄒᆞ고 옥용(玉容)이 젹막(寂寞)하여 신샹(身上)의 딜양(疾恙)으로 더브러 ᄒᆞᆫ가디로 니쳑슈븨(羸瘠瘦膚)ᄒᆞᆯ가 ᄒᆞ엿더니 오날ᄂᆞᆯ 보건ᄃᆡ 빙ᄌᆞ(氷姿)ᄂᆞᆫ 더옥 풍영(豊盈)

---

134 오관칠졍(五官七情): 오관칠정. 오관은 시각, 청각, 미각, 후각, 촉각을 뜻함. 칠정은 기쁨(喜), 노여움(怒), 슬픔(哀), 즐거움(樂), 사랑(愛), 미움(惡), 욕심(欲)을 뜻함. 즉 인간의 감각과 감정을 아울러 이르는 말.

135 쇄락(灑落): 몸 또는 기운이 개운한 상태.

136 텬양경일디풍(天揚傾日之風): 천양경일지풍. 천지가 해를 향해 기울여 공경하는 기풍. 천자가 될 기풍을 말함. '천일지풍(天日之風)' 혹은 '천일지표(天日之表)'라고도 함.

137 친당(親堂): 낳아주신 부모님을 이르는 말.

39면 ᄒᆞ고 옥부(玉膚)ᄂᆞᆫ 가디록[138] 윤ᄐᆡᆨ(潤澤)ᄒᆞ여 남풍운향(南風雲鄕)의 부용(芙蓉)이 만파(萬播)ᄒᆞ며 동군(東君)[139] 혜풍(惠風)[140]의 만홰(萬花) ᄌᆡᆼ발(爭發)ᄒᆞᆫ ᄃᆞᆺᄒᆞ니 텬딜(天質)[141]의 탁월슈ᄆᆡ(卓越秀美)ᄒᆞ믈 인(因)ᄒᆞ여 비우초려디듕(悲憂焦慮之中)의 잇셔도 화안(花顔)의 긔이ᄒᆞ믄 변치 아니ᄒᆞ여시니 엇디 아ᄅᆞᆷ답디 아니ᄒᆞ리오? 내 환가(還家)ᄒᆞᆫ 디 블과 슈일(數日)의 쳡봉괴란(疊逢乖亂)[142]ᄒᆞ여 밋쳐 너ᄅᆞᆯ ᄎᆞᆺ디 못ᄒᆞ여시나 이곳은 ᄂᆡ당(內堂)이 아니라 외루(外樓)어ᄂᆞᆯ 녀ᄌᆡ(女子) 뉴셔(留處)ᄒᆞ미 가치 아니믈 ᄉᆡᆼ각디 아니ᄒᆞᄂᆞ뇨?”

공ᄌᆡ 댱튝[143]의 황홀침혹(恍惚沈惑)ᄒᆞᄂᆞᆫ 거동을 볼ᄉᆞ록 비위 눅눅ᄒᆞ고 분ᄒᆞ믈 니긔디 못ᄒᆞ여 슉연(肅然)이 웃ᄂᆞᆫ 빗ᄎᆞᆯ 거두며 믁연(默然)이 손을 ᄲᅦ쳐 늠연(凜然)이 좌ᄅᆞᆯ 믈니고 옥셩(玉聲)을 미토(未吐)의 긔상(氣像)이 더옥 한엄(寒嚴)ᄒᆞ여 동황(東皇)[144]이 됴흔 빗ᄎᆞᆯ 변ᄒᆞᄆᆡ 취산(翠山)이 그림ᄌᆞᄅᆞᆯ 함(含)ᄒᆞ며 은셤(銀蟾)이 감텬(甘天)의 잠간 슈
40면 ᄉᆡᆨ(羞色)ᄒᆞ고 ᄇᆡᆨ일(白日)이 ᄌᆡ양(載陽)의 ᄉᆡ풍(塞風)이 날호여 뉼녈(栗烈)[145]ᄒᆞᆫ ᄃᆞᆺ 다시 말 븟치기 어려오ᄃᆡ 댱공의 만심이 어린 ᄃᆞᆺ 취ᄒᆞᆫ ᄃᆞᆺ 은졍(恩情)이 황황(遑遑)ᄒᆞ며 의ᄉᆡ 젼도(顚倒)ᄒᆞ여 약ᄉᆞ체디무골(若

---

138 가디록: 갈수록.

139 동군(東君): 봄의 신.

140 혜풍(惠風): 화창하게 부는 따뜻한 봄바람.

141 텬딜(天質): 천질. 천성.

142 쳡봉괴란(疊逢乖亂): 규장각본에는 ‘쳡봉과란’으로 되어 있음.

143 댱튝: 장축. 장헌을 축(畜), 곧 짐승으로 비하하여 이르는 말.

144 동황(東皇): 오방신장 중 동쪽을 맡고 있는, 봄을 관장하는 천신(天神)의 이름.

145 뉼녈(栗烈): 율렬. 추위가 매우 심한 모습.

四體肢無骨)ᄒᆞ니 공ᄌᆞ의 ᄂᆡᆼ엄(冷嚴)ᄒᆞᆫ 위의(威儀)ᄅᆞᆯ ᄃᆡᄒᆞᆫ들 엇디 건곤(乾坤)의 강약(强弱)이 현슈(懸殊)홈과 존비(尊卑)의 ᄂᆡ도ᄒᆞ믈 ᄉᆡᆼ각ᄒᆞ여 톄면(體面)을 도라보리오? 년망이 공ᄌᆞ의 겻트로 나그어[146] 안ᄌᆞ며 졉싀교면(接腮交面) 왈

"우부(愚夫)ᄂᆞᆫ 현경을 상봉디후(相逢之後)로 은졍이 여텬디무궁(如天地無窮)ᄒᆞ여 ᄇᆡᆨ년동낙(百年同樂)이 늣거울 ᄃᆞᆺᄒᆞᆫ 바의 심상(心上)의 병이 되여 착급우민(着急憂悶)ᄒᆞᄂᆞᆫ 밧ᄌᆞᄂᆞᆫ[147] 너의 고집이 듕ᄒᆞ고 소ᄉᆡᆼ지디(所生之地)ᄅᆞᆯ 슈히 알 길히 업ᄉᆞ니 무산(巫山)의 신녀(神女)[148]ᄅᆞᆯ ᄃᆡᄒᆞᆫ 양왕(襄王)[149]의 ᄯᅳᆺ이 젼도(顚倒)[150]ᄒᆞ나 무협(巫峽)의 ᄒᆡᆼ운(行雲)이 초ᄃᆡ(楚臺)의 봄비ᄅᆞᆯ 화ᄒᆞ미 아득ᄒᆞ니 쥬쥬야야(晝晝夜夜) 너의 부모 ᄎᆞᆺ기ᄅᆞᆯ 튝(祝)ᄒᆞ고 ᄀᆞ온ᄃᆡ ᄉᆞᄉᆞ밀은(私私密恩)을 엇디 못ᄒᆞ여 믄득 긔운이 올나 두면(頭面)이 통열(痛裂)ᄒᆞ믈 ᄉᆡᆺᄃᆞᆺ디 못ᄒᆞ고 간이 ᄑᆞ러져 ᄆᆞ옴이 ᄉᆞ라디기의 밋거ᄂᆞᆯ 너ᄂᆞᆫ 엇던 인졍(人情)이완ᄃᆡ 나의 이 ᄀᆞᆺᄐᆞᆫ ᄯᅳᆺ을 아디 못ᄒᆞ며 갈ᄉᆞ록 ᄂᆡᆼ담(冷淡)ᄒᆞ여 쇼텬(所天)[151]의 듕홈과 은의(恩義) 후(厚)ᄒᆞ믈 ᄉᆡᆼ각디 아니ᄒᆞᄂᆞ뇨?" 41면

공ᄌᆡ 괴롭고 증분(憎憤)ᄒᆞ미 익익층가(益益層加)ᄒᆞ나 졸연(猝然)이

146 나그어: 문맥상 '다가오다'의 뜻으로 추정.

147 밧ᄌᆞᄂᆞᆫ: 문맥상 '것밖에는'의 의미로 추정.

148 무산(巫山)의 신녀(神女): 무산신녀. 중국 전설 속의 인물로, 황제 또는 염제의 딸이라고 함. 결혼 전에 죽어서 무산에 묻힌 후 신이 되었다고 함.

149 양왕(襄王): 꿈에서 무산신녀를 보고 함께 즐거움을 누렸다고 함. 무산신녀가 비와 구름이 되어서 양왕을 찾아갔다는 고사에서 남녀 간의 사랑을 이르는 '운우지정(雲雨之情)'이 유래됨.

150 젼도(顚倒): 전도. 원래와 달리 거꾸로 됨.

151 쇼텬(所天): 소천. 군주, 아버지, 남편 등을 일컬음. 여기에서는 문맥상 '남편'을 이름.

ᄎᆞᄇᆞ리디 못ᄒᆞ며 앙연(怏然)이 ᄯᅥᆯ치고 도라가디 못ᄒᆞ여 다만 뎡ᄉᆡᆨᄃᆡ왈(正色對曰)

"쳡이 비록 부모ᄅᆞᆯ 실니(失離)ᄒᆞ여 쇼ᄉᆡᆼ지디(所生之地)[152]ᄅᆞᆯ 아디 못ᄒᆞᄂᆞᆫ 일쇼녜(一小女)나 근본이 노류장화(路柳墻花)ᄂᆞᆫ 다ᄅᆞᆫ 후ᄂᆞᆫ 상공이 ᄯᅩᄒᆞᆫ 창희쳔쳡(娼姬賤妾)과 달니 알오시미 올커ᄂᆞᆯ 엇디 ᄆᆡ양 브잡(浮雜)ᄒᆞᆫ ᄆᆞᆯᄉᆞᆷ으로 광탕(狂蕩)ᄒᆞᆫ 거조(擧措)ᄅᆞᆯ 겸ᄒᆞ여 유희달난(遊戲團欒)ᄒᆞ믈 니ᄅᆞ시ᄂᆞ니잇가? 쳡이 본ᄃᆡ 댱신궁(長信宮)[153] 고난(孤單)ᄒᆞ믈 감심(甘心)ᄒᆞ여 춘연ᄌᆞ오(春燕慈烏)의 외로이 조을기ᄅᆞᆯ 원ᄒᆞᆯ디언졍 비연(飛燕)[154]의 즐기믈 엇고ᄌᆞ 아니 ᄒᆞᄋᆞᆸᄂᆞ니 상공의 이 ᄀᆞᆺᄐᆞᆫ 은ᄋᆡ(恩愛)ᄂᆞᆫ 몽니(夢裏)의도 감격(感激)ᄒᆞ여 ᄒᆞ지 아니ᄒᆞᄂᆞ이다."

42면 언필(言畢)의 몸을 ᄲᅢ혀 슉연뎡돈(肅然整頓)ᄒᆞ니 댱공이 미인의 이러ᄐᆞᆺ 녈일격상(烈日激上)ᄒᆞ믈 보ᄆᆡ 간ᄃᆡ로 핍박(逼迫)디 못ᄒᆞ여 기리 탄식(嘆息)고 믈너안ᄌᆞ 이윽이 말이 업더니 날호여 ᄂᆡ당(內堂)으로 드러가믈 니ᄅᆞᆫᄃᆡ 공ᄌᆡ 몸을 움즉일 의ᄉᆡ 업셔 ᄃᆡ왈(對曰)

"이곳이 비록 셔당(書堂)이나 상공이 뉴(留)ᄒᆞ시ᄂᆞᆫ ᄇᆡ 업ᄉᆞ므로 인젹(人跡)이 번거히 님(臨)치 아닛ᄂᆞ니 쳡이 굿ᄐᆞ여 ᄂᆡ당뎡뎐(內堂正殿)을 웅거(雄據)ᄒᆞᆯ ᄇᆡ 아니오 ᄎᆞ쳐(此處)의 부벽도셔(付壁圖書)ᄒᆞᆫ 바

---

152 쇼ᄉᆡᆼ지디(所生之地): 소생지지. 태어난 곳.

153 댱신궁(長信宮): 장신궁. 한(漢)나라 성제의 후궁 반첩여가 조비연의 참소로 소박을 당하고 거처하던 곳.

154 비연(飛燕): 조비연. 궁녀 출신으로 한나라 애제 때에 황태후가 되었으나, 한나라 평제가 즉위한 후에 황태후에서 폐위되어 효성황후가 되었고, 1개월 후에 서인(庶人)으로 강등되어 자살함. 허리가 매우 가늘었고 가무에 뛰어났음.

문필(文筆)이 심니(心裏)의 흠경앙복(欽敬仰服)ᄒᆞ믈 ᄭᆡ닷디 못ᄒᆞ여 쥬야(晝夜)의 ᄉᆞ벽(四壁)을 ᄇᆞ라 기리 음영(吟詠)ᄒᆞᄆᆡ 슈회(愁懷)ᄅᆞᆯ 위로ᄒᆞ미 되엿ᄂᆞ니 본셩이 침션방젹디뉴(針線紡績之類)의 소여(疎如)ᄒᆞ여 녀공(女工)[155]이 딘월(秦越)[156] ᄀᆞᆺ고 잠간 문믁(文墨)을 통코ᄌᆞ ᄒᆞ오므로 셔ᄉᆞ고젹(書史古籍)의 무심치 아니ᄒᆞ온디라 만일 당(堂)을 옴겨 ᄂᆡ루(內樓)의 박힐딘ᄃᆡ 도셔부벽(圖書付壁)ᄒᆞᆫ 글도 다시 보디 못ᄒᆞ고 바늘을 잡으며 실을 희롱ᄒᆞᄂᆞᆫ 비ᄇᆡ(婢輩)와 밥 짓고 술 빗ᄂᆞᆫ 양낭[157]으로 더브러 날을 보ᄂᆡᄆᆡ 회푀(懷抱) 울울(鬱鬱)ᄒᆞ여 병이 날 ᄃᆞᆺᄒᆞ오리니 상공은 옴기ᄅᆞᆯ 다시 니ᄅᆞ디 마ᄅᆞ쇼셔." 43면

공이 그 뜻을 욱이디 못ᄒᆞ여 왈

"네 뜻이 그러ᄒᆞᆯ딘ᄃᆡ 내 엇디 굿ᄐᆞ여 안흐로 드러가라 ᄒᆞ리오? ᄆᆞ음ᄃᆡ로 이의 이시려니와 대져 녀ᄌᆡ란 거시 귀쳔간(貴賤間) 장신(藏身)ᄒᆞ믈 힘ᄡᅳ고 외인(外人)의게 셩문(聲聞)을 통치 마ᄂᆞᆫ 거시 맛당ᄒᆞ니 금번 흉음변괴(凶淫變怪)ᄅᆞᆯ 본 후ᄂᆞᆫ 만심(滿心)이 경할(驚割)ᄒᆞ여 디금의 ᄎᆞ악ᄒᆞ믈 졍치 못ᄒᆞᆯ디라. 일노조ᄎᆞ 쳔댱ᄒᆡ심(千丈海深)은 아라도 사ᄅᆞᆷ의 ᄆᆞ음 알기ᄂᆞᆫ 어려오믈 ᄭᆡ닷괘라.[158]"

공ᄌᆡ 댱공의 쳐음브터 봉변ᄒᆞᆯ와 ᄒᆞ믈 괴이히 넉이ᄃᆡ 슈작(酬酌)ᄒᆞ미 괴로와 뭇디 아녓더니 다시 일ᄏᆞᄅᆞᄆᆡ 밋쳐ᄂᆞᆫ 므슴 ᄉᆞ괸(事故)고 알고

155 녀공(女工): 여공. 부녀자들이 하는 길쌈을 비롯한 집안일.

156 진월(秦越): 춘추전국시대의 진나라와 월나라를 이름. 진나라는 서북쪽, 월나라는 동남쪽에 있어 거리가 멀었기 때문에 거리나 사이가 먼 것을 비유하는 의미로 쓰임.

157 양낭: 주방 일을 담당하는 여자들로 추정.

158 ᄭᆡ닷괘라: 규장각본에는 'ᄭᆡ닷어라'로 되어 있음.

ᄌᆞ ᄒᆞ여 쳥문기고(請問其故)ᄒᆞᆫᄃᆡ 공이 길게 한숨디며 미우(眉宇)ᄅᆞᆯ 찡긔여 왈

"ᄂᆞ려 ᄒᆞᄆᆡ 흉ᄒᆡ(胸海)[159]의 진납이 뛰놀고[160] 혜 도와 말이 나디 아니
44면 ᄒᆞ니 엇디 ᄒᆞᆫ닙으로 다 ᄒᆞ리오? 내 젼일 녀ᄋᆞ의 초츌(超出)ᄒᆞᄆᆞᆯ 언언칭도(言言稱道)ᄒᆞ여 너ᄅᆞᆯ ᄃᆡᄒᆞᄆᆡ ᄌᆞ랑ᄒᆞᄆᆞᆯ ᄒᆞᆫ두 슌(旬)이 아니니 현경이 ᄯᅩᄒᆞᆫ ᄋᆞ녀의 셩화(聲華)ᄅᆞᆯ ᄂᆡᆨ이 들어실디라. 작셩긔딜(作性氣質)이 금세(今世)의ᄂᆞᆫ커니와 쳔고(千古)ᄅᆞᆯ 궁ᄉᆡᆨ(窮索)ᄒᆞ나 그 둘히 업ᄉᆞᆯ ᄇᆡ오 셩회 츌텬(出天)ᄒᆞ여 녀듕(女中) 증ᄆᆡᆼ(曾孟)[161]이라 ᄒᆞ엿더니 일됴(一朝)의 상셩패광(喪性悖狂)ᄒᆞ여 그러ᄒᆞ민디 가운(家運)의 블ᄒᆡᆼ(不幸)ᄒᆞᄆᆞᆯ 인(因)ᄒᆞ여 ᄒᆞᆫ낫 더러온 ᄯᆞᆯ이 조션(祖先)을 욕먹이며 부모의게 븟그러오ᄆᆞᆯ ᄡᆞ흐라고 그러ᄒᆞ민디 내 환가(還家)ᄒᆞ던 날의 졔 유질(有疾)[162]ᄒᆞ여 니러나디 못ᄒᆞ다 ᄒᆞ거ᄂᆞᆯ 내 친히 졔 침소(寢所)의 가 보고 나왓다가 그 밤의 ᄯᅩ 닛디 못ᄒᆞ여 부인으로 더브러 다시 응셜각의 니ᄅᆞᆫ즉 밋쳐 입실(入室)치 못ᄒᆞ여셔 녀ᄋᆡ(女兒) 비ᄌᆞ(婢子) 츈홍 등으로 더브러 ᄉᆞᆯ고ᄌᆞ 아닛ᄂᆞᆫ 말을 여ᄎᆞ여ᄎᆞᄒᆞᄃᆡ 그 ᄠᅳᆺ이 졍문(旌門)[163]을 위홈 갓거ᄂᆞᆯ 부인이 드러가 녀ᄋᆞᄅᆞᆯ 대칙(大責)ᄒᆞ고 도라오다
45면 가 길의셔 여ᄎᆞ여ᄎᆞᄒᆞᆫ 셔간(書簡)을 어더 ᄒᆞᆫ번 보ᄆᆡ 딘실노 녀ᄋᆞ(女兒)의 그 갓ᄐᆞᆫ 누ᄒᆡᆼ(陋行)이 이시ᄆᆞᆯ ᄭᆡ닷디 못ᄒᆞ여 즉시 소화(燒火)ᄒᆞᆫ

159 흉ᄒᆡ(胸海): 흉해. 가슴 속을 이름.

160 진납이 뛰놀고: 원숭이가 뛰논다는 뜻. 마음이 혼란스러운 상태.

161 증ᄆᆡᆼ(曾孟): 증맹. 증자와 맹자를 이름. 규장각본에는 '징밍'으로 되어 있음.

162 유질(有疾): 병이 듦.

163 졍문(旌門): 정문. 열녀문을 뜻함.

후 ᄆᆞ음의 일호(一毫) 거리ᄭᅵ디 아냣더니 그 후 혼야(昏夜)ᄅᆞᆯ 당ᄒᆞ여
왕·범 냥ᄉᆡᆼ(兩生)의 여ᄎᆞ여ᄎᆞ 닷토ᄂᆞᆫ 변을 만나ᄆᆡ 음흉난녀(淫凶亂
女)ᄅᆞᆯ ᄉᆞᆯ녀두었던 줄이 참치슈괴(慘恥羞愧)ᄒᆞᆯ ᄲᅳᆫ 아냐 왕후관을 능히
잘 다ᄉᆞ리디 못ᄒᆞ여셔 ᄯᅥᆯ쳐 도라가ᄂᆞᆫ ᄃᆡ로 두고 범ᄉᆡᆼ만 다ᄅᆡ여 도라보
ᄂᆡ엿더니 범도위 니ᄅᆞ러 여ᄎᆞ여ᄎᆞ ᄋᆞ녀(兒女)ᄅᆞᆯ 죽이라 ᄌᆡ촉ᄒᆞ거ᄂᆞᆯ
내 슌슌응답(順順應答)ᄒᆞ며 ᄯᅳᆺ을 결ᄒᆞ여 간음난녀(奸淫亂女)ᄅᆞᆯ 죽이
려 ᄒᆞ엿더니 ᄯᅩ 믄득 화경공쥬 박ᄋᆞ의게 여ᄎᆞ여ᄎᆞ 글을 보ᄂᆡ여 쇼녀
ᄅᆞᆯ ᄉᆞᆯ와두믈 깁히 당부ᄒᆞ여시ᄆᆡ 실노 은혜 듕ᄒᆞ고 덕이 후ᄒᆞᆫ디라. 그
명을 밧들며 부녀텬셩(父女天性)으로 일시(一時)의 골육(骨肉)을 잔
ᄒᆡ(殘害)ᄒᆞ믈 ᄎᆞ마 못 ᄒᆞ고 됴히 운산으로 옴겨 공쥬의 쳐치(處置)ᄅᆞᆯ
보려 ᄒᆞ더니 블초녜(不肖女) 음비누ᄒᆡᆼ(淫卑陋行)을 스ᄉᆞ로 븟그리 46면
며 죄과(罪科)ᄅᆞᆯ 그윽이 혜아려 아조 병잔지인(病殘之人)이 되려 ᄒᆞ
고 사ᄅᆞᆷ이 업ᄉᆞᆫ ᄣᆡᄅᆞᆯ 타 낫갓ᄎᆞᆯ 벗기며 귀ᄅᆞᆯ 버혀 거의 ᄧᅥ러디ᄆᆡ 밋ᄎᆞᆯ
번ᄒᆞ니 ᄒᆞᆫ낫 육괴(肉塊) 되여 이목구비ᄅᆞᆯ 아라볼 길 업고 뉴혈(流血)
이 ᄂᆡᄅᆞᆯ 일우게 되여시니 목젼의 참인경통(慘忍驚痛)ᄒᆞ믈 엇디 형상
ᄒᆞ리오? ᄎᆞᆯ하리 시신을 겻ᄐᆡ 노흠 ᄀᆞᆺ디 못ᄒᆞ여 졔 죄ᄂᆞᆫ 아모 곳의 밋
쳣다 닐너도 형톄(形體)ᄅᆞᆯ 그러ᄐᆞᆺ 잔혹히 상ᄒᆡ와시믈 보ᄆᆡᄂᆞᆫ 악착(齷
齪)ᄒᆞ고 통할ᄒᆞ미 살흘 디ᄅᆞ며 ᄲᅧᄅᆞᆯ ᄇᆞᄋᆞᄂᆞᆫ ᄃᆞᆺᄒᆞᆫ디라. 내 ᄆᆞ음이 ᄇᆞ
야흐로 여취여광(如醉如狂)ᄒᆞ여 여상여실(如喪如失)ᄒᆞ며 뎡ᄒᆞᆫ 거시
업ᄉᆞ니 ᄉᆡᆼ셰(生世)[164]의 엇디 그런 변괴(變怪)ᄅᆞᆯ 당ᄒᆞᆯ 줄 아라시리오?

164 ᄉᆡᆼ셰(生世): 생세. 세상에 태어남.

읏듬이 블초녀(不肖女)의 음악간힐(淫惡奸黠)ᄒᆞᆫ 죄어니와 버거ᄂᆞᆫ 나의 허믈이라. 녀ᄋᆡ 유하(乳下)를 갓 면ᄒᆞ므로브터 여러 곳의 옥인가
47면 랑(玉人佳郎)을 듯볼ᄉᆡ[165] ᄌᆞ못 분난(紛亂)ᄒᆞ여 공ᄌᆞ왕손(公子王孫)의 호일호방(豪逸豪放)ᄒᆞᆫ 지 ᄀᆞ마니 향(香)을 도젹ᄒᆞ여[166] 옥을 겻딋고ᄌᆞ[167] ᄒᆞ므로 왕·범 냥ᄉᆡᆼ(兩生)의 변이 이시니 츄호(推戶)ᄒᆞᄂᆞᆫ 의ᄉᆡ(意思) 엇디 업ᄉᆞ리오? 내 일녀(一女)를 두어 그 젼졍(前程)을 호샤극부(豪奢極富)콰ᄌᆞ ᄇᆞ라던 ᄯᅳᆺ이 당금(當今)ᄒᆞ여 ᄌᆡ갓치 ᄉᆞ라지고 져의 본형(本形)을 회복(回復)ᄒᆞᆯ 길이 업ᄉᆞ니 화경공쥬의 덕의(德意)를 밧드디 못ᄒᆞᆯ디라. 필경(畢竟)이 아모리 될 줄 모로니 이 근심과 슬프믈 어ᄃᆡ 비겨 므어ᄉᆞ로 의논(議論)ᄒᆞ리오?”

말노조ᄎᆞ 츌쳬쳠포(出涕添布)ᄒᆞ며 참통간졀(慘痛懇切)ᄒᆞ믈 니긔디 못ᄒᆞ거ᄂᆞᆯ 졍공ᄌᆡ 본ᄃᆡ 댱쇼져의 말의 밋쳐ᄂᆞᆫ 듯기의 괴로오미 악질(惡疾)을 당ᄒᆞᆷ ᄀᆞᆺ고 ᄌᆞ긔 디극히 바라며 졀박히 원하ᄂᆞᆫ ᄇᆡ 댱가의 동상(東床)이 되디 말고ᄌᆞ ᄒᆞ미어ᄂᆞᆯ 비록 하날의 식이시고 텬ᄌᆡ 샤혼(賜婚)ᄒᆞ시며 부뫼 명ᄒᆞ시나 댱헌의 ᄯᆞᆯ이라 ᄒᆞᆯ딘ᄃᆡ 머리를 ᄡᆞᆨ고 뉸
48면 긔(倫紀)를 폐졀(廢絶)ᄒᆞᆫ 죄인이 되여 산듕(山中)의 깁히 도망ᄒᆞᆯ디언졍 댱튝의 녀셰(女婿) 되ᄂᆞᆫ 통히(痛駭)ᄒᆞ믄 당치 말고ᄌᆞ 의ᄉᆡ 가득ᄒᆞ던 ᄇᆡ니 댱쇼져의 ᄉᆡᆨ덕(色德)이 댱강(莊姜)·반비(班妃)[168]의 열 번 더

165 듯볼ᄉᆡ: 듣보다. 알아보거나 살피다.

166 ᄀᆞ마니 향(香)을 도젹ᄒᆞ여: 남녀가 몰래 정을 통하는 것을 비유하는 말. 규장각본에는 ‘도젹ᄒᆞ며’로 되어 있음.

167 겻딋고ᄌᆞ: 규장각본에는 ‘겻지고ᄌᆞ’로 되어 있음.

으미 잇ᄂᆞᆫ 고졀녈ᄒᆡᆼ(高節烈行)이 왕가부(王家婦)·녀종(女宗)의 상두(上頭)를 당ᄒᆞ리라 ᄒᆞᆫ들 엇디 터럭 긋치나 개렴(改念)ᄒᆞ며 타일(他日) 인연을 일우고ᄌᆞ ᄒᆞᆯ ᄇᆡ리오? 일단심디(一團心志)[169] ᄆᆡᄆᆡ쥰녈(浼浼峻烈)[170]ᄒᆞ여 큰 고집이 ᄀᆡ강 이실 ᄯᅢ로브터 발(發)ᄒᆞᄆᆡ ᄆᆡᆼ셰(盟誓)코 댱공을 권ᄒᆞ여 기녀(其女)를 타문(他門)의 도라보ᄂᆡ고ᄌᆞ ᄒᆞ엿더니 오날놀을 당ᄒᆞ여 댱공의 긴 셜화(說話)를 드러오ᄆᆡ 일일히 가슴 가온ᄃᆡ 담아 ᄆᆞ옴의 ᄉᆡᆼ각ᄒᆞᄂᆞᆫ 바의 엇디 분난(紛亂)이 경의(驚疑)[171]ᄒᆞ며 요요(撓撓)히 ᄉᆞ량(思量)ᄒᆞ여[172] ᄯᅢ칠 ᄌᆡ리오? 신명(神明)ᄒᆞᆫ 의견(意見)과 통달(通達)ᄒᆞᆫ 심디(心志)로 일변(一邊) 드ᄅᆞ며 일변 댱쇼져의 디취(志趣) 만만허무(萬萬虛無)ᄒᆞᄆᆞᆯ ᄭᆡ다라 결부(潔婦)의 쳥고(淸高)ᄒᆞᆷ과 왕부의 졀개(節介)의 디나고 녀종의 ᄆᆡᆼ녈(猛烈)ᄒᆞᄆᆡ 더으니 빙옥(氷玉)의 교교(皎皎)ᄒᆞᆷ과 냥모(樣貌)의 담담(淡淡)ᄒᆞᄆᆞᆯ ᄇᆞᆰ히며 원녜 텬셩(天性)의 발(發)ᄒᆞ여 그 부모의 블명패려(不明悖戾)ᄒᆞᄆᆞᆯ 혜아리ᄆᆡ 큰 결단(決斷)을 엄(嚴)히 ᄌᆞᆸ아 낫갓촐 벗기고 귀를 버혀 ᄆᆞᆰ은 졀(節)을 엄슉(嚴肅)히 ᄒᆞᆯ디언졍 셩회텬셩(聖孝天性)의 디극(至極)ᄒᆞᆫ 바로 일식(一食)을 니어 그 부모로 ᄒᆞ여곰 ᄌᆞ식을 살ᄒᆡ(殺害)ᄒᆞᄂᆞᆫ 49면

168 댱강(莊姜)·반비(班妃): 장강과 반첩여. 장강은 위(衛)나라 장공의 부인으로 남편을 공경하는 태도로 유명함. 반첩여는 한(漢)나라 성제가 놀이에 나가면서 자신을 수레에 함께 태우려고 하자 굳이 사양한 것으로 유명함.

169 일단심디(一團心地): 일단심지. 마음에 품은 의지.

170 ᄆᆡᄆᆡ쥰녈(浼浼峻烈): 매매준열. 쌀쌀맞고 엄한 모습.

171 경의(驚疑): 놀라워하고 의심함.

172 ᄉᆞ량(思量)ᄒᆞ여: 규장각본에는 '사랑하여'로 되어 있음.

허믈을 면(免)케 ᄒᆞ미 십 셰 쇼녀의 능히 ᄉᆡᆼ각디 못ᄒᆞᆯ ᄇᆡ라. 원간 셩인연후(聖人然後)의야 능디셩인(能知聖人)[173]이니 댱공과 박시ᄂᆞᆫ 부ᄌᆞ모녀의 텬셩디친(天性之親)이로ᄃᆡ 셩완쇼져를 아득히 아디 못ᄒᆞ고 졍공ᄌᆞ 닌광은 십 셰 치몽(稚蒙)으로 ᄂᆡ외현격(內外懸隔)ᄒᆞ미 만니(萬里)의 머롬 ᄀᆞᆺᄐᆞ며 쇼져의 위인현부(爲人賢否)를 모로미 유명(幽明) 갓ᄐᆞ여 피ᄎᆞ 슈삼 셰 히ᄋᆞ(孩兒)로 얼프시 본 ᄇᆡ 혹 면목(面目)을 긔억ᄒᆞ나 그 셩ᄒᆡᆼ녈졀(聖行烈節)이야 엇디 알니오마ᄂᆞᆫ 심디(心志) 신녕(神靈)ᄒᆞ미 임의 귀신을 예탁(穢濁)ᄒᆞᄂᆞᆫ디라. 슈미(首尾)를 드ᄅᆞ미 셕연(釋然)이 마ᄃᆡ[174]를 ᄭᆡ다라 댱시의 ᄇᆡᆨ옥(白玉)이 무하(無瑕)ᄒᆞ므로ᄡᅧ 형톄(形體)를 스ᄉᆞ로 심학참변(深虐慘變)ᄒᆞ여 살신히명(殺身解明)ᄒᆞᄆᆡ 니ᄅᆞ러시믈 위비ᄎᆞ악(爲悲嗟愕)ᄒᆞᆯ ᄲᅳᆫ 아니라 그 졀의(節義)를 놉히 넉이며 효ᄒᆡᆼ(孝行)을 항복(降服)[175]ᄒᆞ여 만심의 개탄(慨嘆)ᄒᆞ믈 결을치 못ᄒᆞ니 ᄒᆡ음업시 안ᄉᆡᆨ(顏色)이 변ᄒᆞ믈 ᄭᆡ닷디 못ᄒᆞ여 낭셩츄파(朗星愁波)[176]의 놀난 빗출 ᄯᅴ이고 옥면화풍(玉面和風)[177]의 ᄎᆞ악ᄒᆞ믈 먹음어 냥구(良久)히 머리를 숙여 앏흘 볼 ᄲᅳᆫ이러니 날호여 혜오ᄃᆡ

50면

'댱튝의 무식블명(無識不明)ᄒᆞ믄 도로혀 깃븐 일이 될 ᄃᆞᆺᄒᆞ더니 이졔

173 셩인연후(聖人然後)의야 능지셩인(能知聖人): 《중용장구(中庸章句)》 32장의 "오직 성인만이 성인을 알 수 있다(唯聖人能知聖人也)."에서 나온 말.

174 마ᄃᆡ: 규장각본에는 '막ᄃᆡ'로 되어 있음.

175 항복(降服): 규장각본에는 '황복'으로 되어 있음.

176 낭셩츄파(朗星愁波): 낭성추파. 밝은 별과 가을 호수의 물결이라는 뜻으로, 눈빛을 의미함.

177 옥면화풍(玉面和風): 옥 같은 얼굴에 온화한 기운이 돈다는 뜻.

댱녜 젼일 구ᄆᆡᆼ(舊盟)이 금셕(金石)의 더으믈 ᄉᆡᆼ각ᄒᆞ여 훼면졀이(毁面絶耳)ᄒᆞᄂᆞᆫ 녈졀(烈節)이 고ᄅᆡ녈부(古來烈婦)의 붓그럽디 아니ᄒᆞ니 그 어린 나ᄒᆡ 특이(特異)ᄒᆞᆫ ᄒᆡᆼᄉᆡ(行事) 탄복(歎服)되디 아니미 아니로ᄃᆡ 내 임의 ᄯᅳᆺ을 결(決)ᄒᆞ여 댱튝의 ᄉᆞ회 되디 아니려 ᄆᆡᆼ세(盟誓)ᄒᆞ여시니 댱녀의 고졀녈ᄒᆡᆼ(孤節烈行)이 나의게 당치 아닌디라. 비록 ᄆᆞᄋᆞᆷ의 측은(惻隱)ᄒᆞ나 졔 부뫼 텬셩디친(天性之親)으로뼈 앗기디 아니미 이의 밋ᄎᆞ니 내 그 엇디ᄒᆞ리오? 굿ᄐᆞ여 다시 아ᄅᆞᆫ 쳬 말고 이 집을 밧비 ᄶᅥ날 거시라.' 51면

ᄒᆞ다가 곳쳐 ᄉᆡᆼ각ᄒᆞ며 ᄀᆞ마니 탄(嘆)ᄒᆞ여 왈

"군ᄌᆞ(君子)ᄂᆞᆫ 인의겸젼(仁義兼全)커ᄂᆞᆯ 내 본셩(本性)이 고집과격(固執過激)ᄒᆞ믈 인(因)ᄒᆞ여 평ᄉᆡᆼ(平生)의 의ᄀᆡ(義氣)ᄅᆞᆯ 당ᄒᆞᄃᆡ 홍대(弘大)ᄒᆞ믈 아디 못ᄒᆞ고 딜악(疾惡)을 여슈(如讎)ᄒᆞ미[178] 도로혀 당젼(當前)ᄒᆞ여시니 이 ᄯᅩ 가졍(家庭)의 훈(訓)이 아니라. 댱녜 ᄒᆞᆫ갓 내 집을 위ᄒᆞ여 ᄃᆡᆨ힐 ᄲᅳᆫ 아니라 기부(其父)로 ᄒᆞ여곰 ᄇᆡ은망덕(背恩忘德)ᄒᆞ며 무신블의(無信不義)ᄒᆞᆫ 허믈을 더으디 말고ᄌᆞ ᄒᆞ여 오히려 노ᄒᆡ ᄆᆡ이고 칼ᄒᆡ 숫디 아냐 일누(一縷)ᄅᆞᆯ 디연(遲延)ᄒᆞ미 부모의게 유취(遺臭) 더을가 두리미니 그 딘졍(眞情)이 ᄉᆞᆯ고ᄌᆞ ᄒᆞ여 ᄉᆞᄂᆞᆫ 거시 아니라. 외람(猥濫)이 비길던ᄃᆡ 슌(舜)이 우믈의 겻굼글 두시므로[179] 방블

---

178 딜악(疾惡)을 여슈(如讎)ᄒᆞ미: 질악을 여수함이. 악한 것을 원수 보듯이 본다는 뜻.

179 슌(舜)이 우믈의 겻굼글 두시므로: 순임금이 아버지 고수가 그를 우물에 빠트려서 죽이고자 하여 우물을 파게 하고 구멍을 막았는데, 이런 일이 있을까 하여 자신이 빠져나올 구멍을 하나 더 만들어서 탈출한 것. 규장각본에는 '겻굼글'이 '겻궁글'로 되어 있음.

(彷彿)ᄒᆞ고 신싱(申生)의 급ᄒᆞ여 죽ᄂᆞᆫ 효[180]로 길히 다ᄅᆞ니 그 효졀쳥힝(孝節淸行)을 아ᄂᆞᆫ ᄌᆡ(者)면 힝뇌(行路)라도 감읍(感泣)[181]ᄒᆞ믈 ᄭᆡ닷디

52면 못ᄒᆞᆯ ᄇᆡ오 토목(土木) 심장이라도 참연(慘然)ᄒᆞᆯ ᄇᆡ니 내 홀노 ᄎᆞ셕(嗟惜)ᄒᆞ미 업ᄉᆞᆯ던ᄃᆡ 이ᄂᆞᆫ 블인(不仁)ᄒᆞᄆᆡ 밋ᄎᆞᆯ디라. 타일(他日)의 져를 거두며 아니키ᄂᆞᆫ 죡히 거리ᄭᆡᆯ ᄇᆡ 아니니 다만 일이 되여가믈 보려니와 목금(目今) 져의 ᄉᆞ싱(死生)이 슈유(須臾)의 급ᄒᆞ나 그 아비 된 ᄌᆡ(者) 휘루비읍(揮淚悲泣)ᄒᆞᆯ디언졍 간졀(懇切)이 ᄉᆞᆯ오고ᄌᆞ 아니 ᄒᆞ고 그 ᄌᆞ모(慈母) 된 ᄌᆡ 더옥 비ᄒᆞᆯ ᄃᆡ 업ᄉᆞᆫ 비인졍(非人情)인가 시브니 그만ᄒᆞ여 더져두면 죽으미 오라디 아닐디라. 인명(人命)이 디극(至極)히 관듕(關重)ᄒᆞ며 그 무죄(無罪)ᄒᆞ미 신명(神明)을 질졍(叱正)ᄒᆞᆯ 바로 효녈(孝烈)과 졀힝(節行)이 금셕(金石)의 박아 쳔츄(千秋)의 뉴젼(遺傳)ᄒᆞᄆᆡ 븟그럽디 아니ᄒᆞ믄 내 ᄇᆞᆰ히 알고 깁히 경복(敬服)ᄒᆞ며 ᄒᆞᆫ갓 고집을 프디 못ᄒᆞ여 ᄉᆞᆯ오기를 ᄉᆡᆼ각디 아니ᄒᆞ미 군ᄌᆞ(君子)의 덕이 아니라. 하혜(下惠)[182]·미ᄌᆡ(微子)[183] ᄒᆞᆫ 수ᄅᆡ의[184] 녀ᄌᆞ(女子)를 구ᄒᆞᄃᆡ 힝실(行實)의 휴손(虧損)ᄒᆞ미 업ᄉᆞ니 내 져를 젼ᄌᆞ(前者)의 뎡혼(定婚)ᄒᆞ미라 ᄒᆞ여 ᄉᆞ졍(私情)으로ᄡᅧ 구ᄒᆞ면 음일(淫佚)ᄒᆞᆫ ᄃᆡ 갓갑거니

180 신싱(申生)의 급ᄒᆞ여 죽ᄂᆞᆫ 효: 진(晉)나라 헌공의 태자 신생이 허공의 총비인 여희가 자신의 아들을 태자로 삼기 위해 신생을 참소하자 신원하지도 않은 채 자살한 것.

181 감읍(感泣): 규장각본에는 '감음'으로 되어 있음.

182 하혜(下惠): 유하혜. 유하혜는 춘추전국시대 노나라의 현인.

183 미ᄌᆡ(微子): 미자. 은나라 주왕의 이복형으로, 현인으로 유명한 인물. 주왕이 음란한 것을 간했지만 주왕이 듣지 않아 은나라를 떠나 은둔했다고 함.

184 수ᄅᆡ의: 규장각본에는 '슈ᄅᆡ이'로 되어 있음.

와 공변된[185] 현심(賢心)으로뼈 그 위ᄐᆡ(危殆)ᄒᆞ믈 구ᄒᆞ여 ᄉᆞᆯ 곳의 닐위 53면
믄 ᄀᆞᆺᄐᆞ여 허믈 되미 업고 비록 말이 효험(效驗)이 업ᄉᆞᆯ디라도 ᄎᆞ(此)
튝ᄉᆡᆼ(畜生)[186]을 권(勸)ᄒᆞ여 기녀(其女)의 원억(冤抑)ᄒᆞ믈 잠간 닐너 텬
셩디의(天性之義)예 막힌 거ᄉᆞᆯ 두로혀디 못ᄒᆞ나 그 구호(救護)의 경
셩(精誠)을 다ᄒᆞ게 ᄒᆞ리라 ᄒᆞ여 이의 댱공을 향ᄒᆞ여 왈

"쇼져의 참ᄋᆡᆨ(慘厄) 변괴ᄅᆞᆯ 듯ᄉᆞ오ᄆᆡ 인심(人心)의 경ᄒᆡᄎᆞ악(驚駭嗟
愕)ᄒᆞ믈 니긔디 못ᄒᆞ리로소이다. 쳡이 다만 상공의 쳐ᄉᆞ(處事)ᄅᆞᆯ 블
복(不服)ᄒᆞᄋᆸᄂᆞ니 왕·범 냥ᄉᆡᆼ(兩生)이 쇼져와 ᄉᆞᄉᆞᄆᆡᆼ약(私私盟約)
과 밀은(密恩)이 이시믈 상공(相公)이 친히 보고 듯디 못ᄒᆞ신 후ᄂᆞᆫ 그
간활(奸猾)ᄒᆞᆫ 요언(妖言)을 취신(取信)치 못ᄒᆞᆯ디라. 부ᄌᆞ(父子)ᄂᆞᆫ 텬
셩(天性)의 소ᄉᆞ난 친(親)이니 그 귀(貴)ᄒᆞ며 듕(重)ᄒᆞ미 만믈(萬物)
의 비ᄒᆞᆯ ᄃᆡ 업ᄉᆞᆯ 쁜 아니라 범간(泛看) 사ᄅᆞᆷ이 ᄒᆞᆫ 일노 만ᄉᆞ(萬事)ᄅᆞᆯ
추이(推移)ᄒᆞ여 ᄉᆡᆼ각ᄒᆞ고 그 작픔긔딜(作稟氣質)을 보아 소ᄒᆡᆼ(所行)
을 짐작ᄒᆞ리니 쇼제 임의 텬ᄉᆡᆼ디셩(天生之性)이 초츌특이(超出特異)
ᄒᆞᆫ 바로 ᄌᆡ상(宰相)의 일괴(一嬌) 되여 몸이 귀듕(貴重)ᄒᆞ미 금달공 54면
쥬(禁闥公主)의 버금일디니 옥장(玉帳)의 ᄆᆡ화(梅花)오 유곡(幽谷)
의 향난(香蘭)이라. 계젼(階前)의 거름을 옴기ᄆᆡ[187] 반ᄃᆞ시 시ᄋᆞ유랑(侍
兒乳娘)이 조ᄎᆞ 야ᄒᆡᆼ(夜行)의 무쵹이거(無燭而去)ᄅᆞᆯ 아닐 ᄃᆞᆺᄒᆞ고 옥
계(玉階)의 몸을 동ᄒᆞᄆᆡ 규구(閨矩)ᄅᆞᆯ 쥰승(準繩)의 어긔미 업ᄉᆞ리

---

185 공번된: 공변되다. 한쪽으로 치우치지 않고 공평하다.

186 튝ᄉᆡᆼ(畜生): 축생. 정인광이 장헌을 짐승에 빗대어 부르는 말.

187 옴기ᄆᆡ: 규장각본에는 '옴ᄆᆡ'로 되어 있음.

니 ᄌᆞ최 화원(華院)과 셔루(書樓)의 분쥬ᄒᆞ며 광탕방일(狂蕩放逸)ᄒᆞ미 잇디 아닌 후ᄂᆞᆫ 화간(花間)의 호졉(胡蝶)이 돈무(頓無)ᄒᆞ고 난초(蘭草)의 광봉(狂蜂)이 얽히지 아닐디라. ᄒᆞ믈며 년긔유튱(年紀幼沖)ᄒᆞ고 표ᄆᆡ(摽梅)의 한(恨)[188]이 업ᄉᆞ니 소호(蘇護)[189]의 음난(淫亂)과 측텬(則天)[190]의 흉교(凶狡)ᄒᆞ미 가ᄌᆞ도 고요히 부명(父命)을 기다려 인뉸(人倫)을 ᄎᆞᆯ힐 ᄇᆡ오 즈레 ᄒᆡᆼ실(行實)을 음쳔(淫淺)이 ᄒᆞ여 동(東)녁 남ᄌᆞ와 힐(歆)ᄒᆞᆷ과 셧(西)녁 ᄉᆞ나ᄒᆡ 셥(囁)ᄒᆞ믈 바다 노류쟝화(路柳牆花)의 더은 비아(非雅)ᄒᆞ믄 결단코 잇디 아니ᄒᆞ오리니 상공이 엇디 그 마ᄃᆡᄅᆞᆯ ᄭᆡ닷디 못ᄒᆞ시ᄂᆞ니잇고? 쳡이 ᄃᆞᆺᄉᆞ온ᄌᆞᆨ 왕각노의 듕ᄌᆞ(仲子) 후관이 용녁(勇力)이 절뉸(絶倫)ᄒᆞ여 당세무젹(當世無敵)이라 ᄒᆞ
55면 던 거시니 만일 쇼져와 ᄉᆞᄉᆞ언약(私私言約) 잇던가 쇼제 그ᄅᆞᆺ 범ᄌᆞ의게 뜻을 옴겨 범ᄌᆡ 쇼져의 침실(寢室)노 향(向)코ᄌᆞ ᄒᆞ믈 알딘ᄃᆡ 필연 칼ᄒᆞᆯ 날녀 창승(蒼蠅)의 머리ᄅᆞᆯ 단졀(斷切)ᄒᆞᆯ 거시오 그러치 못ᄒᆞ여도 녁브ᄌᆞᆨ(力不足)ᄒᆞ여 존부(尊府) 노ᄌᆞ(奴者)의게 잡히디 아니ᄒᆞ리니 므ᄉᆞᆷ 일 힘힘히 샹공(相公) 면젼(面前)의 ᄒᆞᆫ낫 도젹(盜賊)으로 잡혀 니ᄅᆞ리잇가? 이 일의 발셔 간계(奸計) 이시믈 뭇디 아냐 알 ᄇᆡ오. 화경공쥬ᄂᆞᆫ 금디옥엽(金枝玉葉)으로 뜻이 교만(驕慢)ᄒᆞ고 셩되(性

188 표ᄆᆡ(摽梅)의 한(恨): 표매의 한. '표매'는 매화 열매가 떨어진다는 것으로, 여자의 혼기가 지나감을 의미. 즉 '표매의 한'이란 여자의 혼기가 지나간 한스러움을 뜻함.

189 소호(蘇護): 문맥상 소호의 딸이자 주왕의 두 번째 황후인 달기로 추정됨. 사람들에게 잔인한 형벌을 가하는 것을 즐겼다고 하며, 주왕과 함께 연못을 술로 채우고 고기를 나무에 매달아 놓는 주지육림(酒池肉林)을 만들어서 즐겼다고 함.

190 측텬(則天): 측천. 당나라의 측천무후.

度) 거오(倨傲)ᄒᆞ리니 상공의 음비난녀(淫卑亂女)를 므엇만 넉여 브ᄃᆡ[191] 솔와두기를 간절이 쳥(請)ᄒᆞ며 기ᄌᆞ(其子)의 듕상(重傷)ᄒᆞᆫ 바를 한치 아냐 연고(緣故) 업시 은혜를 깃치리잇고? 쳡이 쇼져를 아디 못ᄒᆞᄋᆞᆸ거니와 그 죄뤼(罪累)ᄌᆞᆨ 만만허무(萬萬虛無)ᄒᆞ믈 셰셰(細細)히 ᄉᆡ치ᄋᆞᆸ거ᄂᆞᆯ 샹공은 엇디 그 ᄯᆞᆯ을 모로시미 이에 밋ᄎᆞ시며 혹어후쳐(惑於後妻)ᄒᆞ여 ᄋᆡ쇼ᄌᆞ상(愛少仔詳)ᄒᆞ미 업시 완악(頑惡)히 살녀(殺女)코ᄌᆞ ᄒᆞ시미 고슈(瞽叟)의 눈 어두오ᄆᆡ 더으시니잇고? ᄒᆞ믈며 쇼졔 훼면할이(毁面割耳)[192]ᄒᆞ여 정결(貞節)을 붉히고 난음패ᄌᆞ(亂淫悖子)[193]의 흉활(凶猾)[194]ᄒᆞᆫ 간계(奸計)로 말ᄆᆡ암아 일명(一命)을 ᄇᆞ리디 아니ᄒᆞ여 상공으로 ᄒᆞ여곰 골육(骨肉)을 잔ᄒᆡ(殘害)ᄒᆞᆫ ᄆᆡ명(罵名)을 면케 ᄒᆞ니 그 효의 특이ᄒᆞ미 쳔고(千古)의 다시 잇디 아닌디라. 말ᄉᆞᆷ이 외람(猥濫)ᄒᆞ오나 샹공의 셰ᄐᆡ(世態)와 딘욕(塵慾)이 만흐므로 이 ᄯᆞᆯ을 두시미 극ᄒᆞᆫ 영홰(榮華)믈 아디 못ᄒᆞ시미 ᄯᅩᄒᆞᆫ 쇼져의 명되(命途) 긔험(崎險)ᄒᆞᆫ 연괴(緣故)라. 인ᄉᆡᆼ애 부뫼 션덕(善德)ᄒᆞ고 형뎨 무고(無辜)ᄒᆞ미 안낙(安樂)의 초복(初福)이어ᄂᆞᆯ 쇼졔 능히 이를 득(得)디 못ᄒᆞ여시니 상문교와(相門嬌瓦)의 즐거오미 므어시 귀ᄒᆞ리잇고? 쳡은 비록 부모를 실니(失離)ᄒᆞ여 근본 귀쳔을 붉히디 못ᄒᆞᆫ 인ᄉᆡᆼ(人生)이로ᄃᆡ 쇼져의 호샤극부(豪奢極富)ᄂᆞᆫ 블워 아니터니이다.” 56면

191 브ᄃᆡ: 부디. 반드시.

192 훼면할이(毁面割耳): 얼굴을 훼손하고 귀를 칼로 베어냄.

193 난음패ᄌᆞ(亂淫悖子): 규장각본에는 ‘난음펴자’로 되어 있음.

194 흉활(凶猾): 규장각본에는 ‘흉할’로 되어 있음.

댱공이 쳥파(聽罷)의 개용ᄎᆞ탄(改容嗟嘆) 왈

"너의 말을 드러ᄂᆞᆫ 녀ᄋᆡ(女兒) 무죄ᄒᆞᆫ ᄃᆞᆺᄒᆞ나 왕후관과 범경홰 다 녀ᄋᆞ의 주던 바 신믈(信物)이 이셔 증험(證驗)이 명ᄇᆡᆨ(明白)ᄒᆞ니 이ᄂᆞᆫ 57면 욕피브득(欲避不得)이오 음셔ᄌᆞ획(淫書字劃)이 녀ᄋᆞ의 필톄[195](筆體)로 호발(毫髮)도 다ᄅᆞ미 업ᄉᆞ니 이 일은 샤광디춍[196](師曠之聰)과 니루디명[197](離婁之明)이라도 ᄭᅦ칠 길히 업고 또 녀ᄋᆞ(女兒)를 그러ᄐᆞᆺ ᄒᆡ(害)ᄒᆞᆯ ᄌᆡ 업ᄉᆞᆯ ᄲᅮᆫ 아니라 내 집이 피폐(疲弊)ᄒᆞᆫ 한유은ᄉᆞ(寒儒隱士)의 모옥초샤(茅屋草舍)와 달나 쳔문만호(千門萬戶)의 노비장확(奴婢臧獲)이 벌 뭉긔ᄃᆞᆺ[198] ᄒᆞ며 나의 친쳑은 비록 션소(鮮小)ᄒᆞ나 부인의 동긔디친[199](同氣之親)이 ᄉᆞ마쥬륜[200](駟馬朱輪)으로 부귀혁혁(富貴赫赫)ᄒᆞ니 아모 담대(膽大)ᄒᆞᆫ 탕ᄌᆡ(蕩子)라도 녀ᄋᆞ의 ᄯᅳᆺ을 모로고 엇디 월장투향[201](越墻偸香)ᄒᆞᆯ 의ᄉᆞ를 ᄂᆡ리오? 녀ᄋᆡ 반ᄃᆞ시 응ᄒᆞ미 이셔 스ᄉᆞ로 져의 젼졍(前程)을 맛ᄎᆞ니 그 누를 원(怨)ᄒᆞ며 므어ᄉᆞᆯ 탓ᄒᆞ리오? 내 명도[202](命途)를 슬허ᄒᆞᄂᆞᆫ 밧ᄌᆞᄂᆞᆫ 괴이ᄒᆞᆫ 음흉난녀(淫凶亂女)를 두

---

195 필톄(筆體): 규장각본에는 '필쳐'로 되어 있음.

196 샤광디춍(師曠之聰): 사광지총. 사광은 춘추전국시대 진(晉)나라의 악사임. 음률을 잘 아는 것으로 유명함. 규장각본에는 '상공긔춍'으로 되어 있음.

197 니루디명(離婁之明): 이루지명. 이루는 중국 황제 시절에 살았던, 눈이 밝은 것으로 이름난 인물. 백 보 떨어진 곳에서 붓의 털끝을 살필 수 있었다고 함.

198 뭉긔ᄃᆞᆺ: 뭉긔다. 뭉치다, 합치다, 모이다.

199 동긔디친(同氣之親)이: 규장각본에는 '동긔지친이니'로 되어 있음.

200 ᄉᆞ마쥬륜(駟馬朱輪): 사마주륜. 네 마리의 말이 끌고 바퀴에 붉은 칠을 한 수레. 타는 사람이 지위가 높고 부귀함을 의미함.

201 월장투향(越墻偸香): 담을 넘고 향을 훔침. 향을 훔친다는 것은 남녀 간에 정을 통하는 것이나 은밀히 통한 정을 숨기기 어렵다는 의미.

어 붓그림과 욕되믈 ᄡᆞ흐ᄃᆡ 쾌히 죽이디 못ᄒᆞ고 또 ᄎᆞ악(嗟愕)ᄒᆞᆫ 경상(景像)을 ᄃᆡ(對)ᄒᆞᄆᆡ 능히 ᄎᆞᆷ디 못ᄒᆞ노라.”

공ᄌᆡ 댱튝의 아득히 ᄭᆡ닷디 못ᄒᆞ믈 통ᄒᆡ(痛駭)ᄒᆞ여 다시 두어 말노ᄡᅧ 댱쇼져의 원억(冤抑)ᄒᆞ믈 일ᄏᆞ라 댱공의 블명브ᄌᆞ(不明不慈)ᄒᆞᆷ과 인정(人情)의 갓갑디 아니ᄒᆞ믈 니ᄅᆞᆫᄃᆡ 댱공이 고요히 ᄉᆞ상(思想)ᄒᆞ여 58면 ᄆᆡᆺ쳐 ᄒᆡ셕(解析)ᄒᆞᆫ ᄇᆡ 아니로ᄃᆡ 미인의 신명ᄒᆞᆫ 언어를 드ᄅᆞᄆᆡ 비록 상셩실혼(喪性失魂)ᄒᆞᆫ 듕이나 부녀디졍(父女之情)의 비로셔 참연통졀(慘然痛切)ᄒᆞ미 칼흘 삼키며 돌을 먹음은 ᄃᆞᆺ 졍미인을 다리고 음쥬달난(飮酒團欒)코ᄌᆞ ᄒᆞ던 ᄯᅳᆺ을 스ᄉᆞ로 쥬리잡으며 ᄒᆡ음업시 항뉘(行淚) 년낙(連落)ᄒᆞ여 왈

“네 말을 드ᄅᆞ니 내 과연 ᄌᆞᄋᆡ(慈愛) 박(薄)ᄒᆞ고 셩졍(性情)이 혼미(昏迷)ᄒᆞ미라. 유죄무죄간(有罪無罪間)의 아ᄃᆡᆨ ᄉᆞᆯ와두어 필경(畢竟)을 보고ᄌᆞ ᄒᆞᄃᆡ 그 참참(慘慘)ᄒᆞᆫ 상쳬(傷處) 아마도 보명(保命)ᄒᆞ믈 엇디 못ᄒᆞᆯ디라. 혹ᄌᆞ(或者) 신초(神草)와 녕약(靈藥)을 어더 일누(一縷)[203]를 ᄡᆞ으미 되여도 이 ᄌᆞ식이 본ᄃᆡ 말이 젼후(前後)를 변ᄒᆞ미 업ᄉᆞ니 져의 ᄒᆡᆼ실이 음쳔(淫淺)ᄒᆞ믈 곰초고 ᄒᆞᆫ갈ᄀᆞᆺ치 졍가(程家)를 ᄃᆡᆨ히렷노라 ᄒᆞ면 블ᄒᆡᆼ(不幸)ᄒᆞ미 그 밧긔 업ᄉᆞᆯ디라. 공쥬(公主)의 활인디덕(活人之德)을 져바리ᄂᆞᆫ 마ᄃᆡ[204] 될 거시오 져 왕희(王姬)의 놉흔 셩이 ᄒᆞᆫ번 동ᄒᆞᆯ딘ᄃᆡ 내 집을 뭇디ᄅᆞ미 반장(反掌)[205] ᄀᆞᆺᄐᆞ리니 문호(門戶) 59면

202 명도(命途): 운명과 재수. 팔자.

203 일누(一縷): 일루. 한 가닥 남은 생명. 목숨줄.

204 마ᄃᆡ: ᄆᆞᄃᆡ. 경우. 사리나 도리.

의 존망(存亡)이 이 ᄒᆞᆫ 일의 달녓ᄂᆞᆫ디라 ᄉᆞᄉᆞ졀졀(事事節節)이 근심되믈 엇디 비ᄒᆞᆯ 곳이 이시리오? 내 또 그윽이 뉘웃ᄂᆞᆫ ᄇᆡ 잇ᄂᆞ니 향일(向日) 긔강 딘무시(鎭撫時)의 졍ᄌᆞ(程子) 닌광을 만나 즉ᄀᆡᆨ(卽刻)의 쇼문업시 박살ᄒᆞ여 최언션이라도 밋쳐 구ᄒᆞᆯ ᄉᆞ이 업시 죽여시면 비록 졍가의 은혜ᄅᆞᆯ ᄇᆡ반ᄒᆞ미 되나 녀ᄋᆡ라도 내 손으로 졍ᄌᆞᄅᆞᆯ 죽여시믈 드ᄅᆞ면 도로혀 어히업셔 일홈ᄒᆞ여 슈졀ᄒᆞ렷노라 말도 못 ᄒᆞᆯ 거시오 내 ᄆᆞᄋᆞᆷ도 거리ᄭᆡᆯ 거시 업ᄉᆞᆯ 거ᄉᆞᆯ 맛ᄎᆞᆷᄂᆡ 듕졍(中情)이 굿디 못ᄒᆞ여 졍ᄋᆞ(程兒)ᄅᆞᆯ ᄒᆞᆫ번 보ᄆᆡ ᄌᆞ연비창(自然悲愴)ᄒᆞ여 일호(一毫) ᄒᆡᄒᆞᆯ ᄯᅳᆺ이 업다가 이제 ᄉᆡᆼ각건ᄃᆡ 후회막급(後悔莫及)이로다. 일이 괴이ᄒᆞ여 언션이 이ᄉᆞ위 구ᄒᆞ므로 졍ᄌᆡ 완연이 ᄉᆞ라 도라가시니 엇디 ᄋᆡ돏디 아니리오?
60면 근일(近日)의 심ᄉᆡ(心思) 온젼(穩全)치 못ᄒᆞ여 됴흔 계교(計巧)ᄅᆞᆯ 획디 못ᄒᆞ거니와 이제ᄂᆞᆫ 졍가로 더브러 셰(勢) 냥닙(兩立)디 못ᄒᆞ게 되여시니 금황(今皇)이 졀치(切齒)ᄒᆞ시ᄂᆞᆫ 가온ᄃᆡ 쾌히 ᄒᆡᄒᆞ고 말니라."

공ᄌᆡ 댱공의 ᄒᆞᄂᆞᆫ 말마다 파측(叵測)히 넉이ᄃᆡ ᄉᆞ식(辭色)디 아니ᄒᆞ고 본ᄃᆡ ᄌᆞ긔만 ᄒᆡ코ᄌᆞ ᄒᆞᄂᆞᆫ 거ᄉᆞᆫ 원슈로 아디 아냐 심상(尋常)ᄒᆞᆫ 일노 아ᄂᆞᆫ디라. 져의 츄세(趨勢)ᄒᆞᄂᆞᆫ 더러옴과 블인ᄒᆞᆫ ᄒᆡᆼᄉᆞ곳 아니면 죡히 셔랑(婿郎) 되기ᄅᆞᆯ 념치 아냐 ᄌᆞ긔ᄅᆞᆯ 아홉 번 죽을 곳의 너허도 열 번 ᄉᆞᆯ믈 어든 후ᄂᆞᆫ ᄋᆞ시뎡ᄆᆡᆼ(兒時定盟)을 져ᄇᆞ리디 아닐 거시로ᄃᆡ 댱공의 범간ᄒᆡᆼᄉᆞ(犯奸行事)ᄅᆞᆯ 더러이 넉이ᄂᆞᆫ 고로 ᄯᅳᆺ을 결ᄒᆞ여 댱시ᄅᆞᆯ 거졀코ᄌᆞ ᄒᆞ엿더니 댱시의 셩효녈졀(聖孝烈節)을 크게 감동ᄒᆞ여

205 반장(反掌): 손바닥을 뒤집는다는 뜻으로, 일이 매우 쉬움을 말함.

당시(當時)ᄒᆞ여ᄂᆞᆫ 타일 인연(因緣)은 셩여블셩간(成與不成間) 그 위틔ᄒᆞ믈 구ᄒᆞ여 살 곳의 니ᄅᆞ과ᄌᆞ ᄒᆞᄃᆡ 댱공의 언ᄉᆡ(言辭) 이러ᄐᆞᆺ 파측ᄒᆞ니 만일 ᄌᆞ긔 부슉(父叔)을 ᄒᆡ코ᄌᆞ 홀딘ᄃᆡ ᄇᆡᆨ부(伯父)와 야야(爺爺)의 명은 하날의 이시니 댱튝의 ᄒᆡᄒᆞ므로 가디 아니려니와 ᄒᆡ여블ᄒᆡ간(害與不害間) ᄌᆞ딜(子姪)의 도리의 부슉(父叔)을 ᄒᆡᄒᆞ려 ᄒᆞᄂᆞᆫ 구슈(仇讐)로 ᄃᆡᄒᆞ여 그 ᄯᅳᆯ을 념녀(念慮)치 못ᄒᆞᆯ디라. 이의 한셜(閑說)을 말고ᄌᆞ ᄒᆞ여 다만 ᄀᆞᆯ오ᄃᆡ 61면

“상공이 졍가로 더브러 셰블냥닙(勢不兩立)이라 ᄒᆞ여 제졍(諸程)을 ᄒᆡ코ᄌᆞ ᄒᆞ시나 제졍의 명이 하날의 이신즉 ᄉᆞᄉᆞ로온 암ᄒᆡ(暗害)로ᄲᅧ져 군ᄌᆞ의 사ᄅᆞᆷ들을 ᄒᆡ치 못ᄒᆞ리니 다만 졍ᄌᆞ 닌광을 후일 만나셔든 쇼문 업시 박살ᄒᆞ여 쇼져의 ᄇᆞ라ᄂᆞᆫ 바ᄅᆞᆯ ᄉᆞᆺᄎᆞ미 올흘가 ᄒᆞᄂᆞ이다.”

댱공이 졈두왈(點頭曰)

“너ᄂᆞᆫ 나의 놉흔 스싱이라. 어이 ᄀᆞᄅᆞ치믈 좃디 아니리오? 다만 졍ᄌᆞᄅᆞᆯ 다시 만나미 어려올가 ᄒᆞ노라.”

공ᄌᆡ 팔ᄎᆡ미우(八彩眉宇)의 미미ᄒᆞᆫ 우음을 ᄯᅴ여 ᄀᆞᆯ오ᄃᆡ

“구ᄐᆞ여 금명년(今明年)을 니ᄅᆞ리잇가? 긴 셰월의 ᄌᆞ연 만나미 업디 아니ᄒᆞ오리니 ᄀᆞ마니 죽이기ᄅᆞᆯ 결(決)ᄒᆞ고 쇼제 ᄉᆡᆼ도(生途)ᄅᆞᆯ 어더 사ᄅᆞᆷ과 슈작(酬酌)ᄒᆞᆯ 만ᄒᆞ거든 샹공이 여ᄎᆞ여ᄎᆞ 니ᄅᆞ샤 긔강셔 졍ᄌᆞᄅᆞᆯ 만나 박살ᄒᆞᆯ와 ᄒᆞ소셔.” 62면

공이 심히 즐겨 아냐 왈

“녀ᄋᆡ 졍가ᄅᆞᆯ ᄃᆡᆨ희려 홈도 졀(節)이라 니ᄅᆞ미 가쇼로온ᄃᆡ 이ᄂᆞᆫ 바히 부모ᄅᆞᆯ 긔(欺)이고 쇽으로ᄂᆞᆫ 범가ᄅᆞᆯ 위ᄒᆞ다가 져리 됨 갓ᄐᆞ니 내 그 ᄯᅳᆺ을 아디 못ᄒᆞᄂᆞᆫ ᄇᆡ오. 졔 거동을 보아ᄂᆞᆫ 인뉸셰ᄉᆞ(人倫世事)ᄅᆞᆯ 부

운(浮雲)의 더딤 ᄀᆞᆺᄐᆞ여 부인이 거즛말노ᄡᅧ 졍ᄌᆡ 젹환(賊患)의 죽으니라 ᄒᆞᄃᆡ 녀ᄋᆡ 굿ᄐᆞ여 놀나도 아니 ᄒᆞ고 셜워도 아니 ᄒᆞ니 졍가ᄅᆞᆯ ᄇᆞ라ᄂᆞᆫ ᄆᆞᄋᆞᆷ일딘ᄃᆡ 그러ᄐᆞᆺ 무심ᄒᆞ리오?”

공ᄌᆡ 져 블인(不人)과 여러 말 ᄒᆞ미 괴로와 다시 닙을 여디 아니ᄒᆞᄃᆡ 댱시(當時)의 참잔(慘殘)ᄒᆞᆫ 형상을 보디 아냐시나 ᄃᆡᄒᆞᆫ ᄃᆞᆺ 딘실노 츄연위쳑(惆然慰慽)ᄒᆞ여 아ᄃᆡᆨ 딘(盡)ᄒᆞᄂᆞᆫ 목숨이나 니을 약을 ᄉᆡᆼ각ᄒᆞᆯ
63면 ᄉᆡ ᄇᆡ호며 알녀 ᄒᆞ미 업시 쳥허ᄌᆞ 두보형이 의리의 달통(達通)ᄒᆞ여 셕갑(石匣) 듕의셔 졍공ᄌᆞ와 죵용히 담화ᄒᆞᆯᄉᆡ 인간 딜병(疾病)의 괴증(怪症)과 악딜(惡疾)이 쳔ᄇᆡᆨ 가디나 되믈 닐너 당졔(當劑)와 냥약(良藥)을 의논ᄒᆞ며 의셔(醫書)ᄅᆞᆯ 가져 논난(論難)ᄒᆞ여 심산ᄇᆡᆨ초(深山百草)로ᄡᅧ 작환(作丸)ᄒᆞᄂᆞᆫ 묘리(妙理)ᄅᆞᆯ ᄀᆞᄅᆞ치ᄃᆡ 공ᄌᆡ 요도(妖徒)의 음화디초(淫花之草)로 작환ᄒᆞᄂᆞᆫ 바ᄂᆞᆫ 아이의 니ᄅᆞ디 말나 ᄒᆞ고 다만 헌원(軒轅)의 신긔와 기ᄇᆡᆨ(岐伯)의 능ᄒᆞ믈 일ᄏᆞ라 화ᄐᆡ(華陀)와 편작(扁鵲)의 술(術)을 그윽이 통ᄒᆞ니 쳥허ᄌᆡ ᄆᆡ양 공ᄌᆞ의 ᄌᆡ조ᄅᆞᆯ 우러러 흠앙(欣仰)ᄒᆞᄂᆞᆫ ᄯᅳᆺ이 더으고 공ᄌᆞᄂᆞᆫ 원간 두ᄉᆡᆼ을 인ᄒᆞ여 잠간 의술을 통ᄒᆞᆯ가 시버라 ᄒᆞ더니 이날 당쇼져ᄅᆞᆯ 위ᄒᆞ여 ᄌᆞ셔히 명약(命藥)ᄒᆞᆯᄉᆡ 원ᄂᆡ 당공이 쥬밀ᄌᆞ셔(周密仔細)ᄒᆞ여 가ᄉᆞ(家事)의 보익(補益)ᄒᆞᄂᆞᆫ 거ᄉᆞᆫ 터럭 ᄊᆞᆺ만 ᄒᆞ여도 무심히 ᄇᆞ리디 아니ᄒᆞ므로 ᄌᆞ연(自
64면 然)이 범믈(凡物)이 만히 모히며 곳곳이 간슈ᄒᆞᆫ ᄇᆡ 이시나 운산의 가샤(家事)ᄅᆞᆯ 폐(廢)ᄒᆞ여시ᄃᆡ ᄂᆡᆺ다감 왕ᄂᆡ(往來)ᄒᆞ므로 ᄌᆞ연 긔용ᄇᆡᆨ믈(器用百物)의 구간(苟艱)ᄒᆞᆫ 거시 업ᄂᆞᆫ디라. 디어약ᄌᆡ류(至於藥材類)와 신긔로온 환약이 궤듕(櫃中)의 ᄡᆞ히고 상ᄌᆞ의 넘찌니 공ᄌᆡ ᄒᆞᆫ번 닙을 여러 ᄌᆡ류(劑類)ᄅᆞᆯ ᄂᆡ라 ᄒᆞᄆᆡ 당공이 엇디 일시 디완(遲緩)ᄒᆞ며

또 미인의 의술(醫術)이 신통(神通)ᄒᆞ믈 보디 아냐 대희쾌락(大喜快
樂)ᄒᆞ니 즉시 못 밋ᄎᆞᆯ ᄃᆞ시 응(應)ᄒᆞ여 약ᄌᆡ류(藥材類)ᄅᆞᆯ 슈업시 ᄂᆡ
여노흐니 공ᄌᆡ 몬져 셔너 쳡을 지어 댱공 알ᄑᆡ 미러 왈
"쇼졔 아딕 훼면할이(毁面割耳)ᄒᆞᆫ 바ᄂᆞᆫ 완합(完合)ᄒᆞᆯ 약을 날호여 ᄡᅳ
려니와 목금(目今)애 그 ᄉᆞᄉᆡᆼ이 위ᄐᆡᄒᆞ니 이 약을 밧비 일ᄌᆡ복(日再
服)ᄒᆞ여 혹ᄌᆞ(或者) 일분동졍(一分動靜)이 잇ᄂᆞᆫ가 보쇼셔."
댱공이 닙 가온ᄃᆡ ᄀᆞᆺ초 미인의 ᄌᆡ조ᄅᆞᆯ 칭찬ᄒᆞ며 밧비 몸을 니러 응셜
각의 드러가 츈홍 등을 명ᄒᆞ여 약을 달히라 ᄒᆞ고 금금(錦衾)을 여러
쇼져ᄅᆞᆯ 다시 보ᄆᆡ 경참ᄒᆞ믄 향ᄀᆡᆨ(向刻)의 더은 ᄃᆞᆺ ᄃᆡ홀ᄉᆞ록 ᄎᆞ악(嗟 65면
愕)ᄒᆞ며 일식(一息)이 ᄭᅳᆺ디 아냐실지언졍 ᄉᆡᆼ되(生途) 만무(萬無)ᄒᆞ여
ᄒᆞᆫ낫 육괴(肉塊)로 디각이 업셔시니 공이 미인의 말노조ᄎᆞ 텬눈ᄌᆞᄋᆡ
(天倫慈愛)ᄅᆞᆯ 잠간 동(動)ᄒᆞᄆᆡ 본ᄃᆡ ᄆᆞᄋᆞᆷ이 굿디 못ᄒᆞᆫ 바의 통박(痛
迫)ᄒᆞ믈 니긔디 못ᄒᆞ여 녀ᄋᆞ의 옥비셤슈(玉臂纖手)ᄅᆞᆯ 어로만져 실셩
비오(失聲悲嗚)ᄒᆞ며 기리 곡디통(哭之痛)ᄒᆞ믈 ᄭᆡ닷디 못ᄒᆞ더니 이윽
고 츈홍이 약을 달혀 왓거ᄂᆞᆯ 공이 우롬을 긋치고 셔파로 ᄒᆞ여곰 쇼져
닙의 ᄡᅧ 너흐라 ᄒᆞ니 요ᄒᆡᆼ(僥倖) 약이 후셜(喉舌)을 슌히 넘어 그ᄅᆞᆺ시
ᄇᆡ오니 공이 ᄀᆞ장 깃거 또 ᄒᆞᆫ 쳡을 달히라 ᄒᆞ고 날호여 외당의 나와
미인을 ᄃᆡᄒᆞ여 약 ᄡᅳᆫ 바ᄅᆞᆯ 젼ᄒᆞ며 잠간 드러가 딘ᄆᆡᆨ(診脈)ᄒᆞ믈 쳥ᄒᆞᆫ
ᄃᆡ 공ᄌᆡ 댱시의 원앙조몰(怨殃早沒)ᄒᆞᆯ 바ᄅᆞᆯ 위ᄒᆞ여 ᄌᆞ제명약(自製命
藥)기ᄅᆞᆯ 피치 아니ᄒᆞ나 ᄂᆡ외현격(內外懸隔)ᄒᆞ고 남녀의 되(道) 혼잡
(混雜)디 아니ᄒᆞ믈 슝상(崇尙)ᄒᆞ거니 어이 몸 우희 녀복(女服)을 착 66면
(着)ᄒᆞ다 ᄒᆞ고 남의 집 ᄂᆡ루(內樓)의 드러가 규슈(閨秀)의 손을 잡으
며 간ᄆᆡᆨ(看脈)ᄒᆞᄂᆞᆫ 무례(無禮)ᄒᆞ미 이시리오? 이의 ᄌᆞ긔 비위 약ᄒᆞ고

ᄆᆞ옴이 ᄀᆞᆺ디 못ᄒᆞᆫ 바의 ᄎᆞ마 그러ᄒᆞᆫ 육괴(肉塊)ᄅᆞᆯ ᄃᆡ치 못ᄒᆞᆯ와 ᄒᆞ며 비록 쇼져의 낫ᄎᆞᆯ ᄀᆞ리오고 ᄉᆞ이의 장(帳)을 드리워 의관(醫官)의게 간ᄆᆡᆨ(肝脈)ᄒᆞᄂᆞᆫ 긔구(器具)ᄅᆞᆯ ᄎᆞᆯ혀도 그 병인(病人)의 손을 집허 ᄆᆡᆨ을 ᄉᆞᆯ피미 실노 아니ᄭᅬ아 능히 못ᄒᆞᆯ 바ᄅᆞᆯ 일ᄏᆞᄅᆞ니 댱공이 미인의 ᄯᅳᆺ을 감히 욱이디 못ᄒᆞ여 다시 쳥치 못ᄒᆞ고 ᄒᆞᆫ갓 상셩실혼(喪性失魂)ᄒᆞᆫ 사ᄅᆞᆷᄀᆞᆺ치 고요히 안ᄌᆞᆺ디 못ᄒᆞ며 응셜각과 문회당 ᄉᆞ이로 힝ᄆᆡ 브딘(不盡)ᄒᆞ여 날이 어둡고 밤이 깁흐ᄃᆡ 안휴(安休)ᄒᆞᆯ ᄯᅳᆺ이 업ᄉᆞ니 공ᄌᆡ 심니의 혜오ᄃᆡ

‘ᄎᆞ튝(此畜)이 신의(信義) 멸졀(滅絶)ᄒᆞ연 디 오ᄅᆡ나 ᄌᆞ식의 다ᄃᆞ라ᄂᆞᆫ 싀호(豺虎)도 그 ᄉᆞ랑ᄒᆞᆯ 줄을 아ᄂᆞᆫ디라. 비록 블명무디(不明無知)
67면 ᄒᆞᆫ 듕이나 기녀(其女)의 참담(慘憺)ᄒᆞᆫ 형용(形容)을 보ᄆᆡ 능히 참디 못ᄒᆞ리로다.’

ᄒᆞ며 ᄀᆞᆺᄐᆞ여 안휴(安休)ᄒᆞ믈 권치 아니ᄒᆞ고 고요히 셔칙(書冊)을 ᄃᆡᄒᆞ여 문니(文理)의 관통밀찰(貫通密察)ᄒᆞ니 ᄯᅩᄒᆞᆫ 타ᄉᆞ(他事)의 무심(無心)ᄒᆞ고 다만 이 집을 슈히 ᄲᅥ나 친정의 반ᄎᆡ디낙(班彩之樂)[206]과 열무디희(悅舞之戲)[207]ᄅᆞᆯ 다ᄒᆞ며 븍당훤위(北堂萱闈)예 하례(賀禮)ᄒᆞ믈 계교ᄒᆞᆯ ᄯᆞ름이러라. 이ᄣᅴ 츈홍 등이 약을 년ᄒᆞ여 쇼져의 닙의 드리오ᄆᆡ[208] 쳔식(喘息)이 잠간 분명ᄒᆞ고 ᄉᆞ디(四肢)의 온긔 이시며 면모의 놀

---

206 반ᄎᆡ지낙(班彩之樂): 반채지락. ‘색동옷의 즐거움’이라는 뜻으로, 춘추시대 초나라의 노래자가 효도를 하기 위해 70세가 되어서도 부모님 앞에서 색동옷을 입고 어린애 장난을 하면서 부모님을 기쁘게 한 것에서 유래.

207 열무디희(悅舞之戲): ‘반채지락’과 같은 의미.

208 드리오ᄆᆡ: 규장각본에는 ‘드리고’로 되어 있음.

나오미 ᄒᆞᆫ갈ᄀᆞᆺᄐᆞᆯ디언졍 ᄉᆡᆼ되(生途) 이시믄 향ᄀᆡᆨ(向刻)으로 비치 못 ᄒᆞᆯ ᄇᆡ니 유랑 등이 쳔만ᄒᆡᆼ심(千萬幸甚)ᄒᆞ나 하날을 우러러 쇼졔 회소(回蘇)ᄒᆞ여 복상(復常)ᄒᆞ기ᄅᆞᆯ ᄇᆡ튝(拜祝)ᄒᆞ고 뎡공이 죵야(終夜)토록 졉목(接目)ᄒᆞ미 업셔 ᄌᆞ로 녀ᄋᆞ의 쳔식(喘息)을 ᄉᆞᆯ피며 슈죡(手足)을 어로만져 살기 바라ᄂᆞᆫ ᄆᆞ음이 잇셔 잠간 부녀의 졍이 머믄 ᄃᆞᆺᄒᆞ더라. 유랑 등이 도로혀 의아ᄒᆞ믈 마디 아냐 일일디간(一日之間)의 그 거동(擧動)이 다ᄅᆞ믈 괴이히 넉이더라. 명됴(明朝)의 뎡공이 유랑 등을 당 68면 부ᄒᆞ여 녀ᄋᆞᄅᆞᆯ 조심 구호ᄒᆞ라 ᄒᆞ고 외당(外堂)의 나와 미인을 보아 승셕(乘夕)[209]ᄒᆞ여 다시 오믈 니ᄅᆞᆫ 후 셩ᄂᆡ(城內)로 향ᄒᆞ니 공ᄌᆡ 뎡쇼져의 병소(病所)와 ᄌᆞ긔 잇ᄂᆞᆫ 곳이 ᄂᆡ도ᄒᆞ나 오히려 일ᄐᆡᆨ디샹(一宅之上)[210]을 면치 못ᄒᆞ니 뎡공이 업ᄉᆞᆫ ᄊᆡ의 ᄌᆞ긔 이의 이시믈 깁히 쌔리며 그윽이 졀박히 넉이나 졸연이 뗠치고 가디 못ᄒᆞ여 다만 밤이라도 쇼져의 병셰 위악(危惡)ᄒᆞᆫ 바의 공이 ᄎᆞ마 더디고 도라가미 비인졍(非人情)이니 날마다 됴참(朝參) 후 도라와 쇼져ᄅᆞᆯ 구호ᄒᆞ라 ᄒᆞᆫᄃᆡ 공이 졈두응낙(點頭應諾)ᄒᆞ며 이의 셩ᄂᆡ로 향ᄒᆞ니 공ᄌᆡ 빈 집의 밧긔ᄂᆞᆫ ᄌᆞ긔만 잇고 안ᄒᆡᄂᆞᆫ 뎡시만 거ᄒᆞ니 심히 블편ᄒᆞ여 창호(窓戶)ᄅᆞᆯ 구 닷고[211] 셔안(書案)을 ᄃᆡᄒᆞ여 듕용(中庸)[212]을 잠심믁되(潛心默睹)러니 일모셔령(日暮西嶺)의 홀연 눈을 셔창(西窓)을 ᄉᆞᆯ피ᄆᆡ 잔양(殘陽)이 몽농

209 승셕(乘夕): 승석. 저녁을 틈타 행동한다는 뜻.

210 일ᄐᆡᆨ디샹(一宅之上): 규장각본에는 '일ᄐᆡᆨ긔상'으로 되어 있음.

211 구 닷고: 장서각본에는 '구지 닷고'로 되어 있음.

212 듕용(中庸): 《중용》. 사서삼경(四書三經) 중 하나.

69면 (朦朧)ᄒᆞᆫᄃᆡ 인젹이 그림ᄃᆡ거ᄂᆯ 창경(窓鏡)으로조ᄎᆞ 잠간 보건ᄃᆡ 이 믄득 조ᄎᆔ 쳥허ᄌᆞ 두보현이니 눈건도복(綸巾道服)으로 표홀(飄忽)이 니ᄅᆞ러 계졍(階庭)의 ᄒᆡᆼᄆᆡ(行馬)ᄒᆞᄂᆞᆫ디라. 분슈(分手)[213]ᄒᆞᆯ ᄯᅢ의 후회(後會) 아득ᄒᆞ믈 피ᄎᆞ 결연(缺然)[214]ᄒᆞ여 ᄉᆞ오년디ᄂᆡ(四五年之內)의 상봉(相逢)ᄒᆞ믈 긔필(期必)치 못ᄒᆞᆫ ᄇᆡ니 엇디 오날놀 이의 보기를 쳔만몽ᄆᆡ디간(千萬夢寐之間)의나 ᄉᆡᆼ각ᄒᆞ여시리오? ᄒᆞ믈며 져의 은혜 깁고 졍히 얽힌 바의 그 용의(容儀)를 보ᄆᆡ 반가오미 넘ᄧᅵ이믈 ᄭᆡ닷디 못ᄒᆞ여 급히 긔신츌보(起身出步)ᄒᆞ며 하계영디(下階迎之)ᄒᆞ니 쳥허ᄌᆡ ᄯᅩᄒᆞᆫ 반가오미 가득ᄒᆞ여 공ᄌᆞ의 손을 잡으며 ᄒᆞᆫ가디로 방의 드러가ᄆᆡ 공ᄌᆡ 이의 온 연고를 뭇고 다시 엄도ᄉᆞ 부ᄌᆞ의 평부(平否)와 댱어ᄉᆞ의 긔거(起居)를 므ᄅᆞᆫᄃᆡ 쳥허ᄌᆡ 모다 무양(無恙)ᄒᆞ시므로ᄡᅧ ᄃᆡᄒᆞ며 왈
"나의 ᄒᆡᆼ젹(行蹟)이 표홀(飄忽)ᄒᆞ미 이 ᄀᆞᆺᄐᆞ니 딘실노 군의 허탄(虛誕)이 넉이믈 감슈(甘受)ᄒᆞᆯ디라."
ᄒᆞ더라.

(책임교주 남혜경)

---

213 분슈(分手): 분수. 서로 작별함.

214 결연(缺然)ᄒᆞ여: 결연하다. 마음을 다하지 못해 서운하다.

완월회맹연 玩月會盟宴

권디이십ᄉ 卷之二十四

화셜. 청허ᄌᆞ[1] 두보현이 모다 무양(無恙)ᄒᆞ시므로뼈 ᄃᆡᄒᆞ며 왈 1면
"나의 힝젹이 표홀(飄忽)ᄒᆞ미 이 갓ᄐᆞ니 딘실노 군의 허탄이 넉이믈 감슈ᄒᆞᆯ디라. 만니운무(萬里雲霧)ᄅᆞᆯ 타미 아니오 홍곡디비(鴻鵠之飛)ᄅᆞᆯ ᄯᆞ로미 아니로ᄃᆡ 션ᄉᆡᆼ의 명을 밧ᄌᆞ와 졸연 발마(發馬)ᄒᆞᄆᆡ ᄒᆡ슈(海水)의 다ᄃᆞ라 신힝법(神行法)[2] 붓친 ᄇᆡᄅᆞᆯ ᄐᆞ고 블과 슌일(旬日)의 상경(上京)ᄒᆞᄃᆡ 션ᄉᆡᆼ이 비밀이 보ᄂᆡ시므로 졔엄(諸嚴)이 다 아디 못ᄒᆞ며 댱어ᄉᆡ[3] ᄯᆞᄒᆞᆫ 모로ᄂᆞᆫ 고로 일ᄌᆞ셔(一字書)ᄅᆞᆯ 붓치미 업ᄉᆞ니 군은 괴이히 넉이디 말디어다. 현ᄉᆡ(賢士) 조쥬로브터 발졍(發程)ᄒᆞ여 도로ᄋᆡᆨ화(道路厄禍)ᄂᆞᆫ 조ᄎᆞ갓던 노복이 대강 고(告)ᄒᆞᆯ 쁜 아니라 션ᄉᆡᆼ이 발셔 아ᄅᆞ시니 다시 므ᄅᆞ며 니ᄅᆞᆯ 거시 업ᄉᆞᆫ디라. 셩현(聖賢)이 위란(危亂)을 당ᄒᆞ샤 유힝경권(有行經權)이라 ᄒᆞ시니 현ᄉᆡ 규복(閨服)이 ᄉᆞ셰(事勢) 브득이ᄒᆞ미라 부ᄌᆞ(夫子)의 미복과숑(微服過宋)[4]으
로 어이 다ᄅᆞ미 이시리오? 션ᄉᆡᆼ이 현ᄉᆞ의 긔강으로조ᄎᆞ 상경(上京) 2면
ᄒᆞᆫ 후 이의 우환(憂患)을 당ᄒᆞᆫ 일슈(日數)ᄅᆞᆯ 혜아려 미신(微身)으로 ᄒᆞ여곰 약을 가져 ᄣᆡᄅᆞᆯ 어긔오디 말게 ᄒᆞ엿ᄂᆞ니 군은 괴이히 넉이디 말고 밧비 이 약을 시험ᄒᆞ여 쳔고(千古) 졀부녈녀(節婦烈女)로 ᄒᆞ여

---

1 청허ᄌᆞ: 청허자. 두보현의 도명(道名). 조주 계행산에서 위기에 빠진 정인광을 구해준 인물.

2 신힝법(神行法): 신행법. 이 도술을 쓰면 하루 800리를 갈 수 있다고 함. 《수호전》에 등장하는 인물인 대종(戴宗)이 사용한 도술.

3 댱어ᄉᆞ: 장어사. 어사 장두. 예전 정한을 사부로 모시며 그 문하에 있던 제자 중 한 사람. 조주 태행산에 유배 와 지내던 중 엄정 일행과 함께 위기에 처한 정인광을 구하게 됨.

4 부ᄌᆞ(夫子)의 미복과숑(微服過宋): 공자가 미복으로 송나라를 지나갔던 일을 말함. 송나라 대부 환사마가 공자를 죽이려 했기에 그 위험을 피하기 위해 공자가 남루한 차림으로 송나라를 지나갔다 함.

곰 원통이 병잔(病殘)이 되디 말게 ᄒᆞ라."

셜파(說罷)의 ᄉᆞᄆᆡ로조ᄎᆞ 셰낫 환약(丸藥)을 ᄂᆡ며 ᄯᅩ 두 쳡 복약(服藥)을 ᄂᆡ여 공ᄌᆞ 앏ᄒᆡ 노커ᄂᆞᆯ 공ᄌᆡ 보ᄆᆡ 빗치 븕은 환약은 아면복상단[5]이라 ᄒᆞ엿고 빗치 슈졍(水晶) 갓ᄐᆞᆫ 환약은 딘쳥회소단[6]이라 ᄒᆞ여시며 두 쳡 복약은 먹으라 ᄒᆞᆫ 거시 아니라 낫치 ᄀᆡ야 바ᄅᆞ라 ᄒᆞᆫ ᄇᆡ로ᄃᆡ 엄도ᄉᆞ의 친필노 각각 약봉디의 ᄡᅳᆯ 바ᄅᆞᆯ ᄎᆞ례로 ᄀᆞᄅᆞ쳐시니 심하(心下)의 이상이 넉이고 너모 신긔ᄒᆞ미 딘셩딘유(眞聖眞儒)의 텬디도슈(天地度數)[7]ᄅᆞᆯ 통ᄒᆞ여 이날 만믈의 ᄇᆡᆨ셰디후(百歲之後)ᄅᆞᆯ 소연명각
3면 (昭然明覺)ᄒᆞ나 믁믁침단(默默沈端)ᄒᆞᆷ과 갓디 아냐 보디 아닌 일을 몬져 혜아려 ᄡᅧᆺ니 발(發)ᄒᆞ미 근어이단(近於異端)ᄒᆞ믈 맛ᄎᆞᆷᄂᆡ 블복(不服)ᄒᆞ여 약봉(藥封)을 셔안(書案) 우희 언고 샤례왈(謝禮曰)

"형이 션ᄉᆡᆼ의 명을 밧ᄌᆞ와 만 니ᄅᆞᆯ 겻 보ᄃᆞᆺ ᄒᆞ며 이의 니ᄅᆞ러 쇼뎨로 ᄒᆞ여곰 만분(萬分) 감샤ᄒᆞ미 젼ᄌᆞ 은혜 우희 다시 감격ᄒᆞ믈 니긔디 못ᄒᆞ니 칭샤ᄒᆞᆯ 바ᄅᆞᆯ 아디 못ᄒᆞ거니와 쇼뎨의 녀장규복(女裝閨服)을 놉히 위ᄌᆞ(慰藉) 무궁ᄒᆞ니 젼일 친후(親厚)ᄒᆞ던 졍이 아니라 쇼뎨 븟그려 ᄃᆡᄒᆞᆯ 바ᄅᆞᆯ 모로ᄂᆞᆫ 바의 ᄎᆞ우(此又)의 혹ᄌᆞᄂᆞᆫ 우환(憂患)을 당ᄒᆞ다 ᄒᆞ믈 ᄭᆡ닷디 못ᄒᆞᄂᆞ니 디금 친당(親堂)의 도라가디 못ᄒᆞ미 민민초박(憫憫焦迫)ᄒᆞ나 의약으로ᄡᅧ 시험ᄒᆞᆯ ᄇᆡ 아니니 약을 가져 니ᄅᆞ믄 엇

---

5 아면복상단: 문맥상 훼손되거나 망가진 얼굴을 원래대로 되돌리는 약으로 보임.

6 딘쳥회소단: 진청회소단. 문맥상 죽었던 사람이 복용하면 다시 살아나는 효과를 지닌 알약으로 보임.

7 텬디도슈(天地度數): 천지도수. 일월운행의 변화를 상수(常數)적으로 표현한 말.

디미오? 모로미 붉히 ᄀᆞᄅᆞ치라.”

쳥허ᄌᆡ 쇼왈(笑曰)

“군이 션싱의 너모 신명(神明)ᄒᆞ시믈 도로혀 블복(不服)ᄒᆞ여 근어이단(近於異端)이믈 아쳐ᄒᆞ거니와 군ᄌᆞ는 슉연(肅然)ᄒᆞ여 ᄂᆡ외(內外)예 ᄀᆞ리미 업고 언ᄉᆡ(言辭) ᄆᆞ음을 쇽이는 일이 업거놀 현ᄉᆞ(賢士)는 군ᄌᆞ(君子)의 덕힝(德行)을 슝상(崇尙)ᄒᆞᄃᆡ 오히려 시쇽(時俗)의 버셔나디 못ᄒᆞ여 말솜이 ᄆᆞ옴으로 ᄂᆡ도ᄒᆞ니 보현이 당돌ᄒᆞ나 ᄯᅩᄒᆞᆫ 취치 아닛노라. 군이 바야흐로 녈의졀부(烈義節婦)의 목숨 구ᄒᆞ믈 갈망ᄒᆞ여 필연 ᄌᆞ작명약(自作命藥)ᄒᆞ미 이시리니 군의 ᄌᆡ죄 비록 헌원(軒轅)과 기ᄇᆡᆨ(岐伯)의 신긔ᄒᆞ믈 겸ᄒᆞ여시나 약의 ᄌᆡ뉴(材類)ᄌᆞ 셰간 잡초(雜草)라. 녕디(靈芝)와 신초(神草)의 이상ᄒᆞ미 업ᄉᆞᆫ 후는 졀효녈녀(節孝烈女)를 능히 복상(復常)치 못ᄒᆞᆯ 거시오 션싱이 ᄒᆞᆫ번 손을 움즉이ᄆᆡ 소강졀(邵康節)[8]의 신슐(神術)의 쳥허(淸虛)ᄒᆞ믈 우이 넉이며 위곡의 고항(膏肓)[9]의 숨으믈 능히 곳치 못ᄒᆞ믈 용쇽(庸俗)히 넉이시ᄂᆞ니 셰낫 환약이 비록 미믈(微物)이나 댱쇼져의게 ᄒᆞᆫ번 시험ᄒᆞᆫ죽 태샹노군(太上老君)[10]의 금단(金丹)[11]을 밧드러 오ᄆᆡ 감치 아냐 신효(神効)[12]

4면

8 소강절(邵康節): 소강절. 중국 북송의 학자인 소옹을 가리킴. 상수학을 집대성함.

9 고항(膏肓): ‘천석고황(泉石膏肓)’의 준말. 샘과 돌이 고황에 들었다는 뜻으로, 자연을 사랑하는 고칠 수 없는 병을 일컬음.

10 태샹노군(太上老君): 태상노군. 도교에서 노자를 높여 일컫는 말.

11 금단(金丹): 신선이 정련한 황금의 정(精)으로 만든 환약. 먹으면 장생불사의 신선이 된다고 하는 영약.

12 신효(神效): 신기한 효과나 효험이 있음.

ᄒᆞᆯ 거시오 두 쳡 복약이 ᄯᅩᄒᆞᆫ ᄌᆞ제명약(自製命藥)ᄒᆞᆫ ᄌᆡ류의 만히 나
5면 ᄒᆞ리니 ᄲᆞᆯ니 달혀 ᄡᅳᆫᄌᆞᆨ 유익ᄒᆞ미 업디 아냐 긔운을 슈습(收拾)ᄒᆞ고 블
슈월(不數月)의 효험을 볼디라. 괴로이 의리(醫理)ᄅᆞᆯ 궁구(窮究)ᄒᆞ며
약(藥)을 딧ᄂᆞ니 임의 디어 온 약이 맛당ᄒᆞ니 ᄡᅳ미 올치 아니ᄒᆞ랴?"

공ᄌᆡ 잠쇼왈(潛笑曰)

"현ᄉᆡ 임의 션ᄉᆡᆼ의 ᄀᆞᄅᆞ치시믈 밧고 쇼뎨의 ᄆᆞ옴을 알오미 ᄇᆰ으니 엇
디 은휘(隱諱)ᄒᆞ리오? 나의 ᄠᅳᆺ이 사ᄅᆞᆷ의 비명원요(非命寃夭)ᄒᆞ믈 측
은(惻隱)ᄒᆞ여 ᄉᆞᆯ오고ᄌᆞ ᄒᆞᄂᆞᆫ ᄇᆡ 업디 아니ᄒᆞ거니와 과연 ᄉᆡᆼ각건ᄃᆡ ᄎᆞ
ᄉᆡ(此事) 나의게 간셥디 아니ᄒᆞ고 유뮈(有無) 블관(不關)ᄒᆞᆫ디라. ᄒᆡᆼ
혀 활명디덕(活命之德)으로 사ᄅᆞᆷ을 ᄉᆞᆯ오려 ᄒᆞᆯ딘ᄃᆡ 약(藥)을 가져 당
헌을 주엄 ᄌᆞᆨᄒᆞ거ᄂᆞᆯ 엇디 구ᄐᆞ여 쇼뎨ᄅᆞᆯ ᄎᆞᄌᆞ 줄 일이 이시리오? 하
혜(下惠)·미ᄌᆞ(微子)ᄂᆞᆫ ᄒᆞᆫ 수ᄅᆡ의 녀ᄌᆞᄅᆞᆯ 구ᄒᆞ여시ᄃᆡ 졍닌광은 본ᄃᆡ
고인(古人)의 활연(闊然)ᄒᆞᆫ 덕ᄒᆡᆼ이 업ᄂᆞᆫ디라 이 집의 쥬인 업시 안ᄌᆞ
시미 그 비편(非便)ᄒᆞᆷ과 괴로오미 극ᄒᆞᆫ 바의 엇디 오ᄅᆡ 머므러 약 ᄡᅳ
6면 기ᄅᆞᆯ ᄀᆞᄅᆞ치리오? ᄉᆞᄉᆞ로 ᄒᆡᆼ실이 독경(篤敬)치 못ᄒᆞ여 음양(陰陽)
을 밧고와 튝ᄉᆡᆼ(畜生)의 눈을 ᄀᆞ리오미 죵신참덕(終身慙德)[13]이라. 타
일(他日) 훤당(萱堂)[14]의 도라가나 ᄋᆡᆨ화(厄禍)ᄅᆞᆯ 버ᄉᆞᆫ ᄐᆡ 업ᄉᆞ며 사ᄅᆞᆷ
을 ᄃᆡᄒᆞᆯ 면목(面目)이 업ᄉᆞ니 그ᄋᆞᆨ이 뉵니우듕(忸怩尤重)[15]ᄒᆞ여 아모
리 ᄒᆞᆯ 바ᄅᆞᆯ 모로고 일시 쳥문(聽聞)의 경악(驚愕)ᄒᆞ믈 인ᄒᆞ여 당녀ᄅᆞᆯ

13 죵신참덕(終身慙德): 종신참덕. 죽을 때까지의 부끄러움.

14 훤당(萱堂): 어머니가 계신 곳으로, 어머니를 가리키는 말.

15 뉵니우듕(忸怩尤重): 육니우중. 심히 부끄러움.

ᄉᆞᆯ오고ᄌᆞ ᄒᆞ미나 므슴 졀박(切迫)ᄒᆞᆫ 우환(憂患)으로 녀렴(慮念)ᄒᆞ미 이시며 내 ᄯᅩ 화태(華陀)와 편작(扁鵲)의 술이 업ᄉᆞ니 텬명이 다ᄒᆞᆫ 슈(壽)와 ᄒᆞᆯ일업시 병잔(病孱)ᄒᆞᆫ 뉴(類)ᄅᆞᆯ 엇디 곳쳐 ᄉᆞᆯ올 도리(道理) 이시리오? 져 댱시 녀ᄌᆞᄂᆞᆫ 졀뷘(節婦) 동 음뷘(淫婦) 동 내 아디 못ᄒᆞ거니와 그 살믈 갈망ᄒᆞ다 ᄒᆞ믄 가쇼(可笑)의 말이오 실노 녀ᄌᆞᆯ(女子) 딘ᄃᆡ 나의 깁히 괴로오미 도로혀 음쳔(淫賤)ᄒᆞᆷ만 ᄀᆞᆺ디 못ᄒᆞᆯ디라. 오년(吾年)이 초구(初九)ᄅᆞᆯ 계오 디난 바로 구상유취(口尙乳臭)ᄅᆞᆯ 면치 못ᄒᆞ여 딘실노 음양디니(陰陽之理)의 뉴동(遊動)ᄒᆞᆯ ᄇᆡ 업ᄉᆞ니 월녀(月女)와 텬손(天孫)이 ᄀᆞᆲ[16] 안ᄌᆞ셔도 ᄭᅮᆷ 갓ᄐᆞ려니와 몸이 남ᄌᆡ 되여 녀ᄌᆞ의 복ᄉᆡᆨ(服色)을 ᄒᆞ고 비편(非便)ᄒᆞᆫ 곳의 뉴우(留寓)ᄒᆞ미 졀박통 7면
ᄒᆡ(切迫痛駭)ᄒᆞᆫ디라. 슈히 ᄑᆡᆼ계ᄅᆞᆯ 어더 도라가려 ᄒᆞᄃᆡ 됴흔 모칙(謀策)이 업더니 이제 형을 만나니 ᄒᆡᆼ심극의(幸甚極矣)라. 튝ᄉᆡᆼ(畜生)이 필연 오리ᄃᆡ 아냐 오리니 현ᄉᆡ(賢士) 모로미 잠간 기다려 그 드러오ᄂᆞᆫ ᄡᅵ의 딤ᄌᆞᆺ 마조 니러 나가 날노 ᄒᆞ여곰 졀ᄒᆡᆼ(節行) 업ᄉᆞᆫ 계집이라 ᄒᆞ여 의심을 동ᄒᆞ며 일장젼진(一場戰陣)을 닐월딘ᄃᆡ 내 이 ᄑᆡᆼ계ᄅᆞᆯ 드ᄃᆡ여 ᄎᆞ튝(此畜)의 가샤(家舍)ᄅᆞᆯ ᄯᅥ나리라."

쳥허ᄌᆡ 고요히 듯기ᄅᆞᆯ 다ᄒᆞᄆᆡ 댱쇼져의 신셰명도(身世命途)의 볼 거시 업ᄉᆞ믈 ᄎᆞ악(嗟愕)ᄒᆞ고 공ᄌᆞ의 말이 딘졍(眞情)의 비로셔 조곰 교식(矯飾)ᄒᆞᆫ ᄇᆡ 업ᄉᆞ믈 경복(敬服)ᄒᆞ며 ᄀᆡ욕ᄉᆞ왈(改欲謝曰)

"우리 ᄉᆞ부ᄂᆞᆫ 딘실노 신인(神人)이시라. 댱가(張家)로 더브러 일면디

---

16 ᄀᆞᆲ: ᄀᆞᆲ다. '나란히 하다'라는 뜻.

분(一面之分)과 쳑촌디은(尺寸之恩)이 업ᄉᆞᄃᆡ 댱쇼져의 원억요몰(寃抑夭沒)ᄒᆞᆯ 바ᄅᆞᆯ 위ᄒᆞ여 참연(慘然)ᄒᆞ시미 ᄒᆞᆫ갓 현ᄉᆞ의 긔약(期約)이 실허(失虛)ᄒᆞ여 종고(鐘鼓)[17]의 ᄉᆡᆫ이 니으미 어렵고 금슬(琴瑟)의 줄이
8면 곡됴의 오로믈 엇디 못ᄒᆞ리라 ᄒᆞ여 녀렴(慮念)ᄒᆞᆯ 쁜 아니라 활인디덕(活人之德)이 쳔고녈졀(千古烈節)의 효녀(孝女)로 ᄒᆞ여곰 나뷔[18] 화롱(花籠)[19]의 잠기며 명쥐(明珠) 고학(高壑)의 ᄯᅧ러디믈 ᄎᆞ마 괄연무심(恝然無心)치 못ᄒᆞ여 급급(急急)히 날노 ᄒᆞ여곰 약을 가져 이의 니ᄅᆞ기ᄅᆞᆯ 명ᄒᆞ실ᄉᆡ 님ᄒᆡᆼ(臨行)의 션ᄉᆡᆼ이 현ᄉᆞ의게 말ᄉᆞᆷ을 븟쳐 ᄀᆞᆯ오ᄉᆞᄃᆡ '놉흔 명에ᄅᆞᆯ ᄒᆞᆫ번 두로현 후로 챵앙(彰仰)ᄒᆞᄂᆞᆫ 회표ᄅᆞᆯ[20] 가히 니긔랴? 연이나 산야비인(山野卑人)이 귀문(貴門) 공ᄌᆞ로 동거(同居)ᄒᆞᆯ ᄇᆡ 아니라. 비록 결울(結鬱)한 졍은 이시나 말ᄆᆡ암아 구구(區區)ᄒᆞᆫ 회포ᄅᆞᆯ 다ᄒᆞᆯ 길히 업ᄉᆞᄆᆡ 기리 쳥운ᄇᆡᆨ운(靑雲白雲)[21]이 난호여시믈 ᄎᆞ탄ᄒᆞ고 보현을 보ᄂᆡ믄 내 ᄯᅩᄒᆞᆫ 긔약디 아닌 ᄇᆡ러니 비록 허탄ᄒᆞ나 셩슈(星宿)ᄅᆞᆯ 잠간 ᄉᆞᆯ피ᄆᆡ 졀효녈녀(節孝烈女)의 화흔(禍釁)이 참참(慘慘)ᄒᆞᆫ 바의 군이 그 부형(父兄)의 년좌(連坐)ᄅᆞᆯ 쓰미 이셔 일시 딘(盡)ᄒᆞᄂᆞᆫ
9면 목슘을 닛고ᄌᆞ ᄒᆞᆯ디언졍 깁히 거두고ᄌᆞ 의ᄉᆡ 업ᄉᆞᆯ 쁜 아니라 그 복상(復常)ᄒᆞᆯ 약을 ᄇᆞᆰ히 쓰디 못ᄒᆞ고 급급(急急)히 도라갈가 ᄒᆞ여 졸연(猝

17 종고(鐘鼓): 종고지락(鐘鼓之樂). 종과 북을 치며 즐긴다는 의미로 쓰여 부부간의 화목한 정을 뜻하는 말.

18 나뷔: 나비.

19 화롱(花籠): 화초 또는 꽃가지를 담는 바구니.

20 챵앙(彰仰)ᄒᆞᄂᆞᆫ 회표ᄅᆞᆯ: 규장각본에는 '창앙ᄒᆞᄂᆞᆫ 회표을'로 되어 있음.

21 쳥운ᄇᆡᆨ운(靑雲白雲): 청운백운. 청운은 출사를, 백운은 은둔을 뜻함.

然)이 양익【두싱의 ᄌ회(自號)라】을 보ᄂᆡᄂᆞ니 군은 모로미 블슈텬명(不受天命)이면 반슈기왕(反受其殃)[22]이믈 ᄉᆡᆼ각ᄒᆞ여 ᄇᆡᆨ년길연(百年吉緣)으로ᄡᅧ 져근 혐의롤 인ᄒᆞ여 믈니치디 못홀 바롤 고ᄒᆞᄂᆞ니 군은 노부(老夫)의 말을 허탄타 ᄉᆞ닷디 말디어다.' ᄒᆞ신디라. 이졔 보현이 뎡공의 눈의 뵈여 의심을 닐위디 아니ᄒᆞ나 ᄉᆞ쳬(事體)[23]롤 모로ᄂᆞᆫ 부인의 투긔 머디 아니리니 현ᄉᆞ(賢士)의 도라가믄 ᄌᆞ연 쉬오려니와 ᄉᆞᄇᆡ(師父) 니ᄅᆞ샤ᄃᆡ '뎡쇼져의 복상(復常)ᄒᆞ믈 보디 아니ᄒᆞ고 뎡아롤 ᄡᅧ나가나 ᄒᆡ음업시 듕도(中途)의 디쳬(遲滯)ᄒᆞ여 다시 뎡쇼져롤 구ᄒᆞ미 권되(權道)라.' ᄒᆞ시던 거시니 나의 우견(愚見)인즉 현ᄉᆡ 이의 머므러 뎡쇼져의 소셩(蘇醒)ᄒᆞ기롤 기다려 도라가미 다시 ᄌᆡ앙(災殃)이 업ᄉᆞᆯ가 ᄒᆞᄂᆞ니 비록 약을 가져 바로 뎡공을 주라 ᄒᆞ나 현ᄉᆡ 임의 ᄌᆞ졔명약(自製名藥)ᄒᆞᆫ 바의 이 약을 가져 뎡공긔 젼ᄒᆞ미 므ᄉᆞᆷ 혐의로오미 이시리오? 졍이 깁고 말이 무궁(無窮)ᄒᆞ나 ᄉᆞ부의 명(命)을 바다 도라가미 시직(時刻)을 어긔디 못홀디라. 일노조ᄎᆞ 긴 니별을 고(告)ᄒᆞᄂᆞ니 타일(他日)의 후회(後會)롤 긔약(期約)ᄒᆞ노라." 10면

언파(言罷)의 몸을 니러 읍(揖)ᄒᆞ거놀 공지 밧비 손을 잡아 머므론ᄃᆡ 두싱이 도라가미 밧브믈 인ᄒᆞ여 잠시 더 머믈 의ᄉᆡ(意思) 업ᄉᆞ니 공지 홀일업셔 ᄯᅩᄒᆞᆫ 후회롤 일ᄏᆞᄅᆞ며 분메(分袂)[24]홀ᄉᆡ 회푀(懷抱) 울울

---

22 블슈텬명(不受天命)이면 반슈기왕(反受其殃): 하늘이 내리는 명을 받지 않으면 도리어 그 재앙을 받게 됨.《사기》〈회음후열전〉.

23 ᄉᆞ쳬(事體): 사체. 사리와 체면.

24 분메(分袂): 서로 인사를 나누고 헤어짐.

(鬱鬱)ᄒᆞ여 츄연낙누(惆然落淚)ᄒᆞ믈 ᄭᆡ닷디 못ᄒᆞ더라. 두ᄉᆡᆼ이 표연(飄然)이 계졍(階庭)으로조ᄎᆞ 밧문을 나더니 댱공의 도라오ᄂᆞᆫ 위의(威儀)ᄅᆞᆯ 만나 몸을 기우려 그윽ᄒᆞᆫ 곳의 숨고ᄌᆞ ᄒᆞ다가 댱공이 몬져 본 ᄇᆡ 되여 공이 시ᄌᆞ(侍者)로 ᄒᆞ여곰 쳥ᄒᆞ여 왈

"군의 풍의골격(風儀骨格)이 탈이비쇽(脫而卑俗)ᄒᆞ니 산님고현(山林高賢)이믈 뭇디 아냐 알디라. 원문존셩대명(願聞尊姓大名)ᄒᆞ노라."

ᄒᆞᆫᄃᆡ 두ᄉᆡᆼ이 댱공과 한화(閑話)ᄒᆞᆯ 뜻이 업셔 ᄉᆞᄆᆡᄅᆞᆯ 쎨치며 ᄒᆡᆼ보ᄅᆞᆯ 가바야이 ᄒᆞ여 왈

11면 "나ᄂᆞᆫ 비블비션(非佛非仙)이라. 텬디의 무가ᄀᆡᆨ(無家客)이오 ᄒᆡ외(海外)의 유발승(有髮僧)이니 셩(姓)도 업고 일홈도 업노라."

셜파(說罷)의 발셔 동구(洞口)ᄅᆞᆯ 디나니 밋쳐 ᄯᆞ라잡을 길히 업ᄂᆞᆫ디라. 댱공이 그 쇼년(少年) 남ᄌᆞ의 풍의 고긔(高貴)ᄒᆞ믈 보ᄆᆡ 심하(心下)의 의려(疑慮)ᄒᆞ미 깁흐니 졍미인을 의심ᄒᆞ미 아니라 그 녀ᄋᆞ의 ᄒᆡᆼ실이 음쳔(淫淺)ᄒᆞᆫ 바의 왕·범 냥ᄉᆡᆼ(兩生) 밧긔 또 유졍ᄀᆡᆨ(有情客)이 잇던가 경의(驚疑)ᄒᆞ여 ᄲᆞᆯ니 드러오며 슈문하리(守門下吏)ᄅᆞᆯ 블너 그 유ᄉᆡᆼ(儒生)이 어ᄃᆡ로조ᄎᆞ 니ᄅᆞ러 누ᄅᆞᆯ 보고 가던고 므른ᄃᆡ 슈문노ᄌᆡ(守門奴子) 다 아디 못ᄒᆞ므로뼈 ᄃᆡᄒᆞ더니 최후의 시녀 일인(一人)이 딘젼고왈(進前告曰)

"엇던 유ᄉᆡᆼ인디 문회당의 드러가 졍낭ᄌᆞᄅᆞᆯ 본 후 도라가더이다."

댱공이 시녀의 말이 헛된가 ᄒᆞ여 미인을 보고 므ᄅᆞᆫᄃᆡ 공ᄌᆡ 어이 은휘(隱諱)ᄒᆞ리오? 딤ᄌᆞᆺ ᄃᆡ왈(對曰)

"쳡이 본ᄃᆡ 조ᄎᆔ 거ᄉᆞ(居士) 두보현으로 친쳑 ᄀᆞᄐᆞᆫ ᄉᆞ이러니 제 ᄎᆞᄌᆞ 니ᄅᆞ럿기로 셔로 보과이다."

댱공이 쳥파(聽罷)의 대로(大怒)ᄒᆞ여 눈의 흰ᄌᆞᄅᆞᆯ 뒤여뼈 브릅ᄯᅳ며 얼골을 븕히고 소ᄅᆡᄅᆞᆯ ᄆᆡ이 딜너 왈 12면

"네 말이 심히 오활(迂闊)ᄒᆞ다. 녀ᄌᆡ 친쳑이라도 가뷔(家夫) 업ᄂᆞᆫ ᄉᆞ이의 혼집ᄒᆞ미 가치 아니커ᄂᆞᆯ 더옥 공연ᄒᆞᆫ 남을 셔로 볼 니 이시리오? 아디 못게라, 네 두가로 더브러 결약남ᄆᆡ(結約男妹)ᄒᆞ미 잇ᄂᆞ냐? 그러치 아니ᄒᆞ면 무단(無斷)이 타문(他門) 남ᄌᆞᄅᆞᆯ 보디 아니리니 ᄲᆞᆯ니 곡졀을 닐너 나의 놀나믈 플게 ᄒᆞ라."

공ᄌᆡ 미미(微微)히 우어 왈

"샹공(上公)이 원간 경긔(驚氣)ᄒᆞ시ᄂᆞᆫ 증(症)이 잇ᄂᆞᆫ가 놀나기도 잘 ᄒᆞ시ᄂᆞ이다. 상문귀부(相門貴府)의 덕ᄒᆡᆼ(德行)으로 ᄉᆡᆼ댱(生長)ᄒᆞ여 시ᄅᆞᆯ 외오며 녜(禮)ᄅᆞᆯ ᄇᆡ호ᄂᆞᆫ 금디옥엽(金枝玉葉)[25]도 간간이 음비디ᄉᆞ(淫鄙之事)ᄅᆞᆯ ᄒᆡᆼᄒᆞᄂᆞᆫ 녀ᄌᆡ 잇ᄂᆞ니 ᄒᆞ믈며 쳡 ᄀᆞᆺᄐᆞᆫ 인ᄉᆡᆼ은 어려셔 부모ᄅᆞᆯ 실니(失離)ᄒᆞ고 쳔녀(賤女)의게 휵양(畜養)을 바드니 ᄌᆞ연이 녀ᄒᆡᆼ(女行)의 방소(方所)[26]ᄅᆞᆯ 모로며 낫 가리오ᄂᆞᆫ 녜(禮)ᄅᆞᆯ 엄히 ᄎᆞᆯ히디 못ᄒᆞ여 ᄆᆞ옴이 호방(豪放)ᄒᆞᄆᆡ 삼월(三月)의 곡강(曲江)[27]의 션유(船遊)ᄒᆞ고 샹원(上元)[28]의 ᄎᆡ루(彩樓)의 관등(觀燈)ᄒᆞ여 청하(清河)의 부쳐 삣기ᄂᆞᆫ ᄃᆡ 졀ᄒᆞ고 오월(五月)의 도관(道觀)의 분향(焚香)코ᄌᆞ 13면
ᄒᆞᄂᆞ니 도법(道法)이 ᄯᅩᄒᆞᆫ 엄치 못ᄒᆞᆫ 바의 외인(外人)을 상면(相面)

25 금디옥엽(金枝玉葉): 금지옥엽. 금으로 된 가지와 옥으로 된 잎이란 뜻으로, 아주 귀한 자손을 일컫는 말.

26 방소(方所): 위치. 여기서는 '바른길'을 의미함.

27 곡강(曲江): 당나라 수도 장안에 있었던 연못.

28 샹원(上元): 상원. 음력 정월 보름날.

ᄒᆞ미 그 므슴 변괴리오? 굿ᄐᆞ여 두ᄉᆡᆼ과 약위남ᄆᆡ(約爲男妹)ᄒᆞ미 업ᄉᆞ나 의(義)ᄂᆞᆫ ᄃᆞᆺ터워 셔로 친쳑ᄀᆞᆺ치 보ᄂᆞᆫ ᄇᆡ라. 쳡이 본ᄃᆡ 낫ᄎᆞᆯ ᄀᆞ리오며 소ᄅᆡᄅᆞᆯ 낫초와 규방(閨房) ᄀᆞ온ᄃᆡ 침션(針線)을 닉이고 바ᄂᆞᆯ을 희롱ᄒᆞ여 부도(婦道)ᄅᆞᆯ 뎡코ᄌᆞ 아닛ᄂᆞ니 ᄒᆡᆼ실이 잠간 온유(溫柔)하지 못ᄒᆞᆫ들 그 므어시 대ᄉᆡ(大事)며 쳡이 쥬샤쳥누(酒肆青樓)[29]의 소유ᄌᆞ락(遡遊自樂)[30]ᄒᆞᆫ들 ᄯᅩ 샹공 쳥덕녜절(淸德禮節)의 므어시 막힐가 넉이시ᄂᆞ니잇가?"

댱공이 미인의 언ᄉᆡ(言辭) 일시의 패리무식(悖理無識)ᄒᆞ믈 블승ᄒᆡ연(不勝駭然)ᄒᆞᄃᆡ 원간 가바야이 넉이디 못ᄒᆞ므로 분노ᄒᆞ믈 나ᄂᆞᆫ ᄃᆡ로 못 ᄒᆞ여 면ᄉᆡᆨ(面色)이 ᄌᆞ로 변이ᄒᆞᆯ디언졍 ᄑᆡ광(悖狂)ᄒᆞᆫ 소ᄅᆡᄅᆞᆯ 임의로 딜너 싀훤이 ᄡᅮ딧도 못 ᄒᆞ고 노긔(怒氣)ᄅᆞᆯ 흉복간(胸腹間)의 셔리담아 간간이 닙슈알[31]을 감믈며[32] 은연(隱然)이 교아절치(咬牙切齒)
14면 ᄒᆞ니 그 거동(擧動)이 더옥 용녈(庸劣)코 우은디라. 공ᄌᆡ 딤ᄌᆞᆺ 핑계ᄅᆞᆯ 어더 댱공의 박튝(迫逐)[33]ᄒᆞ믈 엇고ᄌᆞ ᄒᆞ미러니 공이 스ᄉᆞ로 분노(忿怒)ᄅᆞᆯ 니긔디 못ᄒᆞᆯ디언졍 ᄌᆞ긔ᄅᆞᆯ ᄧᅩᆺᄎᆞ 보ᄂᆡ디 아니려 ᄒᆞ믈 보ᄆᆡ 블승통ᄒᆡ(不勝痛駭)[34]ᄒᆞ여 다시 두어 말노 댱공의 분긔(憤氣) ᄇᆡᆨ댱(百丈)이나 놉도록 격동(激動)ᄒᆞᄃᆡ 공이 맛ᄎᆞᆷᄂᆡ 말을 아니 ᄒᆞ고 ᄯᅳᆯ을 보랴

---

29 쥬샤쳥누(酒肆青樓): 주사청루. 술집과 기생집 따위를 일컫는 말.

30 소유ᄌᆞ락(遡遊自樂): 소유자락. 물결을 따라 흘러가 스스로 즐김.

31 닙슈알: 입시울. 입술.

32 감믈며: 감믈다. '꼭 다물다'라는 뜻.

33 박튝(迫逐): 박축. 내쫓김.

34 블승통ᄒᆡ(不勝痛駭): 불승통해. 괴롭고 놀라움을 이기지 못함.

안흐로 향ᄒᆞ거놀 공ᄌᆡ 두ᄉᆡᆼ의 주던 약을 공의 알ᄑᆡ 미러 왈 "이 약을 ᄒᆞᆫ 도인(道人)이 샹공긔 젼ᄒᆞ여 쇼져의 병후(病候)의 ᄡᅳ라 ᄒᆞᆯᄉᆡ 유심히 바닷다가 샹공긔 드리ᄂᆞ니 모로미 시험ᄒᆞ여 보쇼셔." 공이 약은 미인의 디은 거ᄉᆞ로 아라 도인이 주더라 ᄒᆞ믄 허언(虛言)인가 넉여 굿ᄐᆞ여 도인의 근본(根本)을 뭇디 아니코 응셜각의 드러가 녀ᄋᆞᄅᆞᆯ 보ᄆᆡ 졍미인의 약회(藥效) 신긔ᄒᆞ여 졈졈 ᄉᆡᆼ되(生道) 만흐니 작일(昨日) 만무일ᄉᆡᆼ(萬無一生)[35]ᄒᆞ던 바로 비(比)치 못ᄒᆞᆯ디라. 심니(心裏)의 ᄒᆡᆼ열(幸悅)ᄒᆞ여 미인의 주던 약을 몬저 ᄂᆡ여 면모(面貌)의 두로 바ᄅᆞᆫ 후 그 남은 거ᄉᆞᆯ 유랑을 맛겨 봉디의 ᄡᅳᆫ ᄃᆡ로 ᄎᆞ례로 바ᄅᆞ라 ᄒᆞ며 츈홍 등을 명ᄒᆞ여 복약(服藥)을 달혀 ᄡᅳ기ᄅᆞᆯ 당부ᄒᆞ니 유랑 등이 약의 츌쳐(出處)ᄂᆞᆫ 아디 못ᄒᆞ나 신효(神效)ᄒᆞ믈 영ᄒᆡᆼ(永幸)ᄒᆞ여 구호(救護)ᄒᆞᆷ과 시약(侍藥)[36]ᄒᆞᄂᆞᆫ 경셩이 텬디(天地)ᄅᆞᆯ 감동ᄒᆞᆯ너라. 댱공이 이 밤을 녀ᄋᆞ 침쇼(寢所)의셔 디ᄂᆡ고 명됴(明朝)의 미인을 ᄎᆞᆺᄂᆞᆫ ᄇᆡ 업시 바로 셩ᄂᆡ(城內)로 향ᄒᆞᆯᄉᆡ 졍미인의 두ᄉᆡᆼ 보믈 크게 미흡(未洽)ᄒᆞᄃᆡ 오히려 그 놉흔 위인(爲人)이 음난(淫亂)ᄒᆞᄆᆡ 먼 줄을 아라 두가로 ᄉᆞ졍(私情)은 업ᄉᆞᆫ가 넉이ᄃᆡ 이 가온ᄃᆡ ᄒᆞᆫ낫 요괴로온 시비(侍婢) 박시의게 아당(阿黨)키ᄅᆞᆯ[37] 즐기고 사ᄅᆞᆷ의 형셰ᄅᆞᆯ 보아 강굴ᄌᆞᄅᆞᆯ 븟들며 약ᄒᆞᆫ ᄌᆞᄅᆞᆯ 밀치니 딘짓 댱헌의 시비러라. 젼일은 댱공이 졍미인을 통ᄋᆡ(寵愛)[38]ᄒᆞ미 비길 곳이 업ᄉᆞ므로 감히 쥬모(主母) 15면

35 만무일ᄉᆡᆼ(萬無一生): 만무일생. 만에 하나라도 살지 못함.

36 시약(侍藥): 약시중.

37 아당(阿黨)키ᄅᆞᆯ: 아당ᄒᆞ다. 아첨하다.

긔 고치 못ᄒᆞ엿더니 금일은 졸연(猝然)이 졍이 셧기여 미인을 다시 보
16면 디 아니ᄒᆞ고 셩ᄂᆡ(城內)로 향ᄂᆞᆫ디라. 됴흔 ᄯᆡᄅᆞᆯ 만나 박시긔 듕상(重賞)을 당ᄒᆞ리라 ᄒᆞ여 보보급급(步步急急)[39]히 셩ᄂᆡ(城內)의 드러가 박시긔 뵈고 벽좌우(僻左右)[40]ᄒᆞ믈 쳥ᄒᆞ니 박시 녀ᄋᆞ의 참덕변고(慚德變故)ᄅᆞᆯ 슬허 아냐 교랑을 ᄋᆡ이듕디(愛而重之)ᄒᆞ미 인ᄉᆞ(人事)ᄅᆞᆯ 모로ᄂᆞᆫ 바의 댱공이 녀ᄋᆞᄅᆞᆯ 죽이롸 소문(所聞)을 펴디오고 범ᄉᆞ(凡事)ᄅᆞᆯ 초상긔구(初喪器具)[41]ᄅᆞᆯ ᄎᆞᆯ히ᄆᆡ 나ᄌᆞᆫ 쇼요(騷擾)[42]ᄒᆞ여 죵용이 ᄃᆡ치 못ᄒᆞ며 밤은 운산의 가 녀ᄋᆞᄅᆞᆯ 구호(救護)ᄒᆞ니 비록 말뉴(挽留)ᄒᆞ나 득(得)디 못ᄒᆞ고 ᄀᆞ장 울울블낙(鬱鬱不樂)ᄒᆞ더니 운산의 가사(家事)ᄅᆞᆯ 딕희엿던 비ᄌᆡ(婢子) 홀홀(忽忽)이 말ᄒᆞ며 ᄀᆞ만ᄒᆞᆫ 소ᄅᆡ로 좌우(左右)ᄅᆞᆯ 츼오라 ᄒᆞ믈 괴이히 넉일 쁜 아니라 평ᄉᆡᆼ 셩픔이 사ᄅᆞᆷ으로 더브러 밀밀셰어(密密細語)ᄅᆞᆯ 됴히 넉이고 타인의 시비(是非)와 밀ᄉᆞ(密事)ᄅᆞᆯ 알녀 ᄒᆞ믈 긋치디 아니ᄒᆞᄂᆞᆫ디라. 즉시 좌우ᄅᆞᆯ 츼오며 비ᄌᆞ(婢子)ᄅᆞᆯ 갓가이 나아오라 ᄒᆞ여 회두졉이(回頭接耳)[43]ᄒᆞ고 그 고ᄒᆞᄂᆞᆫ 바ᄅᆞᆯ
17면 잠간 드러오ᄆᆡ ᄒᆞᆫ갓 놀나오미 블의흉변(不意凶變)[44]을 당ᄒᆞ여 쳥텬(靑天)의 급ᄒᆞᆫ 뇌우(雷雨)ᄅᆞᆯ 만날 쁜 아니라 졀졀분완(切切憤惋)ᄒᆞ미 싱

38 통ᄋᆡ(寵愛): 총애. 사랑함.
39 보보급급(步步急急): 발걸음이 매우 급함. 몹시 서두르는 모양.
40 벽좌우(辟左右): 좌우 곁에 있는 사람들을 물러나게 함.
41 초상긔구(初喪器具): 초상기구. 장사 지낼 때 필요한 물품 따위.
42 쇼요(騷擾): 소요. 시끄러움.
43 회두졉이(回頭接耳): 회두접이. 머리를 돌려 귀에 댐.
44 블의흉변(不意凶變): 뜻하지 않은 흉한 변고.

셰(生世)의 오날ᄂᆞᆯ ᄀᆞᆺᄐᆞᆫ 젹이 업셔 망녕된 노한(怒恨)이 하날이라도 ᄶᅢ칠 ᄃᆞᆺ ᄯᆞ히라도 ᄯᅮᆯ흘 ᄃᆞᆺ 능히 측냥(測量)치 못ᄒᆞ니 밋쳐 ᄉᆞ졍(私情)을 도라보며 두미(頭尾)ᄅᆞᆯ 다시 알녀 ᄒᆞ리오? ᄎᆞ사(此事)ᄅᆞᆯ 밀보(密報)[45]ᄒᆞᄂᆞᆫ 시녀의 튱셩(忠誠)을 긔특이 넉이ᄃᆡ 미인이 오던 날 즉시 고치 아니ᄒᆞ고 공이 두어 번 왕ᄂᆡᄒᆞᆫ 후 고ᄒᆞ믈 대로대분(大怒大憤)ᄒᆞ여 겻ᄐᆡ 노혓ᄂᆞᆫ 셔안(書案)을 드러 대골노브터 일신(一身)을 다 ᄃᆞᆺᄂᆞᆫ ᄃᆡ로 마고 ᄌᆞᆺ울히니[46] 뉴혈(流血)이 돌디(淡之)ᄒᆞ며 다시 ᄒᆞᆫ 말을 못ᄒᆞ고 혀ᄅᆞᆯ ᄊᆡ믈며 것구러져 긔졀ᄒᆞ니 교랑이 대경(大驚)ᄒᆞ여 급히 슉모ᄅᆞᆯ 븟들고 고왈(告曰)

“엇딘 연고로 시녀ᄅᆞᆯ 친히 난타(亂打)ᄒᆞ샤 톄위(體位)ᄅᆞᆯ 일흐시ᄂᆞ니잇가?”

박시 쳔 가지 노홈과 만 가디 분ᄒᆞ미 뉵쳑간(六尺間)을 ᄯᅱ놀며 ᄇᆡᆨ 가디 ᄋᆡ돌옴과 열 가디 통한(痛恨)ᄒᆞ미 십경녕ᄃᆡ(十頃靈臺)[47]ᄅᆞᆯ 일시의 18면 흔드러 말을 발ᄒᆞᄆᆡ 엇디 션휘(先後) 이시리오? 손으로 운산을 ᄀᆞᄅᆞ쳐 계오 달긔(妲己)[48] ᄀᆞᆺᄐᆞᆫ 요녜(妖女) 잇다 ᄒᆞᆯ ᄲᅳᆫ이니 교랑이 즉시 슉모ᄅᆞᆯ 븟드러 식노(息怒)ᄒᆞ믈 쳥ᄒᆞ고 좌우로 시ᄋᆞ(侍兒)로 ᄒᆞ여곰 긔ᄉᆡᆨ(氣塞)ᄒᆞᆫ 양낭을 쥐믈너 ᄭᆡ오ᄆᆡ 부인의 노ᄒᆞ시ᄂᆞᆫ 연고(緣故)ᄅᆞᆯ 므ᄅᆞᆫᄃᆡ 쳔인(賤人)이 무식간교(無識奸巧)ᄒᆞ여 박시긔 아요쳠미(阿搖諂

---

45 밀보(密報): 남몰래 알림.

46 ᄌᆞᆺ울히니: 짓울히다. 짓쳐 후리다. 세게 때리거나 치다.

47 십경녕ᄃᆡ(十頃靈臺): 십경영대. 온 마음.

48 달긔(妲己): 달기. 은나라 주왕의 비(妃)로, 음란하여 주왕의 폭정을 방조해 망하게 함.

尾)ᄒᆞᆫ즉 필유듕상(必有重賞)ᄒᆞᆯ가 녁이다가 도로혀 박살코ᄌᆞ ᄒᆞᄂᆞᆫ 참벌(慘罰)을 당ᄒᆞ니 아모리 ᄒᆞ여 됴흘 줄을 아디 못ᄒᆞ고 다만 상쳐ᄅᆞᆯ 어로만디며 입을 여디 못ᄒᆞ거ᄂᆞᆯ 교랑이 ᄌᆡ삼 다ᄅᆡ여 그 곡졀을 ᄎᆡ 알고 박시ᄅᆞᆯ 향ᄒᆞ여 왈

"슉뷔 미인을 의심ᄒᆞᄂᆞᆫ 디경이믈 드ᄅᆞᄆᆡ ᄡᅳ리쳐 업시ᄒᆞ미 어렵디 아니ᄒᆞ온디라. 슉모ᄂᆞᆫ 식노ᄒᆞ시고 밀보(密報)ᄒᆞᄂᆞᆫ 시녀의 공(功) 이시믈 ᄉᆞᆯ피쇼셔."

박시 한(恨)ᄒᆞ여 왈

19면 "공(功)도 잇고 죄(罪)도 이시니 몬져 죄ᄅᆞᆯ 다ᄉᆞ리고 후의 공(功)을 상ᄒᆞ미 일의 맛당ᄒᆞᆫ디라. 운산의 잇ᄂᆞᆫ 시녀들이 다 알고 디금 고치 아냐시니 곳 나라ᄒᆡ 역신(逆臣)과 집의 한노역비(閑奴逆婢) 대강 ᄒᆞᆫ가디 죄라. 밀보(密報)ᄒᆞᄂᆞᆫ 비ᄌᆞ(婢子)ᄂᆞᆫ 오히려 목숨을 남기며 단금을 상ᄒᆞ려니와 기여(其餘)ᄂᆞᆫ 다 샤(赦)치 못ᄒᆞ리라."

ᄒᆞ고 일변(一邊) 거장(車帳)을 ᄎᆞᆯ히라 ᄒᆞ며 장ᄎᆞᆺ 태운산으로 향코ᄌᆞ ᄒᆞᆯᄉᆡ 교랑이 슉모의 ᄒᆡᆼ거(行車)ᄅᆞᆯ 머출 길히 업셔 역시 ᄒᆡᆼ구위의(行具威儀)ᄅᆞᆯ 분부ᄒᆞ나 족히 안ᄌᆞ셔 쳐치ᄒᆞᆯ 바ᄅᆞᆯ 급급히 ᄯᆞ라가미 우으믈 일ᄏᆞᆺ고 ᄒᆞᆫ 계교(計巧)ᄅᆞᆯ ᄀᆞᄅᆞ쳐 슉부ᄅᆞᆯ 뵈와든 여ᄎᆞ여ᄎᆞᄒᆞ쇼셔 ᄒᆞ니 박시 딜녀 알오믈 녀듕(女中) 딘유ᄌᆡ(陳留子)[49]며 댱ᄌᆞ방(張子房)[50]으로 아ᄂᆞᆫ디라 엇디 그 ᄭᅬᄅᆞᆯ 좃디 아니ᄒᆞ리오? 안ᄌᆞ셔 날이 ᄉᆡ기ᄅᆞᆯ

---

49 딘유ᄌᆡ(陳留子): 진유자. 진평. 한(漢)나라의 공신. 유방을 도와서 천하를 평정했음.

50 댱ᄌᆞ방(張子房): 장자방. 이름은 장량. 한(漢)나라 건국 공신. 선견지명이 있는 책사로서 소하, 한신과 함께 한나라 창업의 삼걸(三傑)로 불리는 인물.

기다릴ᄉᆡ 이ᄢᆡ 희린 형뎨ᄂᆞᆫ 유질(有疾)ᄒᆞ여 듕셔당의셔 유뫼 각각 구호(救護)ᄒᆞ므로 이런 일을 아디 못ᄒᆞ고 모친의 운산 힝게(行車) 누의ᄅᆞᆯ 보라 가민가 깃거ᄒᆞ니 뉘 이셔 말니리오? 박시 계셩(鷄聲)[51]을 응ᄒᆞ 20면
여 운신으로 향ᄒᆞᆯᄉᆡ 시녀 등을 분부ᄒᆞ여 말을 이긋니게 말니 ᄒᆞ더라. ᄢᆡ의 댱공이 녀ᄋᆞᄅᆞᆯ 파라 부귀(富貴)ᄅᆞᆯ 도모코ᄌᆞ ᄒᆞ던 바ᄂᆞᆫ 임의 화병(畵餠)[52]이 되여 ᄉᆞᆺ쳐져 ᄇᆞ랄 거시 업ᄉᆞ니 므ᄉᆞᆷ 일노ᄲᅧ 텬의(天意)ᄅᆞᆯ 영합(迎合)ᄒᆞ여 금황(今皇)의 튱신(忠臣)이 되리오? 혹ᄌᆞ 작녹(爵祿)을 일흘가 초조민민(焦燥憫憫)ᄒᆞᄂᆞᆫ 가온ᄃᆡ 태감(太監) 김영보ᄅᆞᆯ 길ᄒᆡ셔 만나 간졀이 졔 집으로 쳥ᄒᆞᄆᆞᆯ 인ᄒᆞ여 잠간 드러가 말ᄒᆞᆯᄉᆡ 댱공은 김영보로ᄲᅧ 금황의 통ᄋᆡ(寵愛)ᄒᆞᄂᆞᆫ ᄇᆡ라 ᄒᆞ여 공경ᄒᆞᄆᆞᆯ 젼일 왕ᄃᆡ ᄀᆞᆺ치 ᄒᆞ고 김영보ᄂᆞᆫ 댱공의 ᄯᆞᆯ이 후궁(後宮)의 들니라 ᄒᆞ여 댱공으로 더브러 깁히 ᄉᆞ괴고ᄌᆞ ᄒᆞ미러니 댱공 언ᄂᆡ(言內)의 셔하디쳑(西河之慽)을 일ᄏᆞ라 슬허ᄒᆞᄆᆞᆯ 보ᄆᆡ 크게 놀나 그 곡졀을 므ᄅᆞᆫᄌᆞᆨ 댱공이 임의 ᄯᆞᆯ을 죽이롸 ᄒᆞ더라. 김태감이 블승ᄎᆞ악(不勝嗟愕)ᄒᆞ여 치위(致慰)ᄒᆞᄆᆞᆯ 마디 아니ᄒᆞᄂᆞᆫ ᄀᆞ온ᄃᆡ나 시졍문리(市井物理)ᄅᆞᆯ 논난(論難)ᄒᆞ여 21면
말이 죵용ᄒᆞᄆᆡ 밋쳐ᄂᆞᆫ 금황의 분완졀치(忿惋切齒)ᄒᆞ시ᄂᆞᆫ 바ᄅᆞᆯ ᄀᆞ마니 혜여 니ᄅᆞᆯᄉᆡ 김영뵈 왈

“텬의(天意) 그ᄋᆞᆨ이 절치ᄒᆞ샤 도륙(屠戮)고ᄌᆞ ᄒᆞ시믄 졍쳥계 곤계(昆季)[53]의 더은 ᄌᆡ(者) 업ᄉᆞᄃᆡ 드러난 죄명(罪名)이 업고 사ᄅᆞᆷ의 젼언(傳

---

51 계셩(鷄聲): 계성. 새벽닭의 울음소리.

52 화병(畵餠): 그림의 떡.

53 곤계(昆季): 형제.

言)을 듯건ᄃᆡ 졔경이 태쥬ᄅᆞᆯ 떠나 심산(深山)의 ᄌᆞ최ᄅᆞᆯ ᄀᆞᆷ초미 되엿다 ᄒᆞ니 져 무리 본ᄃᆡ 텬의ᄅᆞᆯ 혜아려 위방블입(危邦不入)ᄒᆞ며 난방블거(亂邦不居)ᄒᆞ여 텬ᄒᆡ 유도애현(有道愛見)ᄒᆞ고 텬ᄒᆡ 무도ᄋᆡ은(無道愛隱)[54]ᄒᆞ여 신여명(身與命)을 ᄀᆞᆺ초 보젼코ᄌᆞ ᄒᆞᄆᆡ 만승(萬乘)의 위엄(威嚴)으로도 능히 졔경을 도모치 못ᄒᆞ시ᄂᆞᆫ디라. 상공이 위거경샹(位居卿相)ᄒᆞ여 늉우(隆遇)[55]ᄅᆞᆯ 밧ᄌᆞ오미 ᄌᆞ못 가ᄇᆡ압디 아니ᄒᆞ니 ᄉᆞᄉᆞ로온 은혜ᄅᆞᆯ 닛고 대의ᄅᆞᆯ ᄌᆞᆸ아 졔경을 함몰(陷沒)ᄒᆞᆯ ᄌᆈᄅᆞᆯ 능히 그으리잇가?”

댱공이 쳥미필(聽未畢)의 모골(毛骨)이 ᄉᆞᆼ연(悚然)ᄒᆞ고 ᄇᆡ한(背汗)이 졈의(沾衣) 황연(惶然)이 봉변(逢變)ᄒᆞᆫ 사ᄅᆞᆷ ᄀᆞᆺᄐᆞ니 므ᄉᆞᆷ ᄂᆡ두(來頭)ᄅᆞᆯ 혜아리미 이시리오? 평ᄉᆡᆼ의 경가로 블공ᄃᆡ텬디쉬(不共戴天之讐)[56]련 ᄃᆞ시 말을 ᄒᆞ여 졍ᄌᆞᆷ의 형뎨 결단코 ᄌᆞᆼ시(終時)ᄅᆞᆯ 평안(平安)이 못ᄒᆞ리라 ᄒᆞ며 ᄌᆞ긔ᄂᆞᆫ 그 거쳐(去處)ᄅᆞᆯ 알 길히 업ᄉᆞ니 다만 그 얼골을 그려 방방곡곡(坊坊曲曲)이 구ᄉᆡᆨ(求索)ᄒᆞ여 ᄒᆡᄒᆞ미 맛당ᄒᆞ믈 일ᄏᆞᄅᆞᆫᄃᆡ 김영뵈 왈

“상공의 획계(劃計)ᄒᆞᆷ도 묘ᄒᆞ거니와 뉘 능히 졍쳥계 곤계의 얼골을 그려ᄂᆡᆯ ᄌᆡ(者) 이시며 텬하인(天下人)이 혹 남이라도 의형미목(儀形

22면

54 위방블입(危邦不入)ᄒᆞ며 ~ 무도ᄋᆡ은(無道愛隱): 《논어》 〈태백〉 제13장의 “위태로운 나라에는 들어가지 말고, 어지러운 나라에는 거주하지 말아야 한다. 천하에 도가 있으면 자기를 드러내고, 천하에 도가 없으면 숨어야 한다(危邦不入 亂邦不居 天下有道則見 無道則愛).”에서 온 것.

55 늉우(隆遇): 융우. 극진한 대우.

56 블공ᄃᆡ텬디쉬(不共戴天之讐): 불공대천지수. 하늘을 같이 이지 못하는 원수라는 뜻. 곧 이 세상에서 함께 살아갈 수 없을 만큼 깊은 원한 관계에 있는 원수를 비유적으로 일컫는 말.

眉目)이 방블ᄒᆞᆫ ᄌᆡ ᄒᆞ나둘히 아니니 딘짓 경가ᄅᆞᆯ 좁아 ᄒᆡ(害)ᄒᆞ믈 엇디 긔필(期必)ᄒᆞ리오?”

댱공이 쇼왈(笑曰)

“제졍의 용뫼(容貌) ᄯᅩᄒᆞᆫ 타인(他人)으로 더브러 갓디 아닌 곳이 만흘 쁜 아니라 십분 츌뉴(出類)ᄒᆞ고 겸ᄒᆞ여 내 잠간 셔화(書畵)의 ᄌᆡ죄 둔치 아니ᄒᆞ니 그 얼골을 그려ᄂᆡ미 슈고롭디 아닌디라. 인신(人臣)이 되여 ᄉᆞ디(死地)라도 블피(不避)려든 져근 ᄉᆞ은(私恩)을 ᄉᆡᆼ각ᄒᆞ여 국은(國恩)을 져ᄇᆞ리랴?”

김영뵈 댱공의 튱의(忠義)ᄅᆞᆯ 못ᄂᆡ 칭도(稱道)ᄒᆞ니 댱공이 놀난 ᄆᆞᄋᆞᆷ 23면
을 져기[57] 딘뎡(鎭靜)ᄒᆞ며 명일(明日)노 제졍의 화도(畵圖)ᄅᆞᆯ 일워오믈 일ᄏᆞᆺ고 술위[58]ᄅᆞᆯ 두로혀 운산의 도라와 녀ᄋᆞᄅᆞᆯ 잠간 본 후 즉시 나와 웃옷ᄉᆞᆯ 버셔 후리치며[59] 문회당 협실의 드러가 일필ᄇᆡᆨ나(一疋白羅)와 여러 가디 ᄎᆡ식(彩色)을 어더 손의 들고 빵촉(雙燭)을 휘황이 ᄇᆞᆰ히거ᄂᆞᆯ 공ᄌᆡ 심ᄂᆡ(心內)의 괴이히 넉이ᄃᆡ 굿ᄐᆞ여 곡졀(曲折)을 뭇디 아니ᄒᆞ고 공슈단좌(供手端坐)러니 공이 젼일 ᄀᆞᆺᄐᆞ면 반ᄃᆞ시 제졍(諸程)의 얼골을 김태감으로 ᄒᆞ여곰 황샹(皇上)긔 헌(獻)ᄒᆞ여 졍가(程家)ᄅᆞᆯ 각쳐(各處)로 심방(尋訪)ᄒᆞ며 ᄒᆡᄒᆞᆯ 계교(計巧)ᄅᆞᆯ 주ᄒᆞ랴 ᄒᆞ믈 못 밋ᄎᆞᆯ ᄃᆞ시 셜파(說破)ᄒᆞᆯ 거시로ᄃᆡ 작일(昨日) 두ᄉᆡᆼ을 본 후로 크게 미온(未穩)ᄒᆞ여 일언(一言)을 블개(不開)[60]ᄒᆞ고 ᄎᆡ필(彩筆)을 드러 쳥홍흑

57 져기: 적이. 꽤 어지간한 정도로.

58 술위: 수레.

59 후리치며: 후리치다. 팽개치다.

ᄇᆡᆨ(靑紅黑白)을 난만(爛漫)이 취ᄒᆞ며 평ᄉᆡᆼ 졍녁(精力)과 ᄌᆡ조(才操)ᄅᆞᆯ 다ᄒᆞ여 ᄆᆞᆫ져 쳥계의 상모(相貌)[61]ᄅᆞᆯ 일우고 버거 운계의 상모ᄅᆞᆯ 일울ᄉᆡ 화법(畫法)이 신긔ᄒᆞ며 ᄌᆡ죄 특이(特異)ᄒᆞ여 쳥계 곤계의 상뫼(相貌) 그림 ᄀᆞ온ᄃᆡ 완연(完然)이 졍신을 먹음어 영풍옥골(英風玉骨)이 ᄌᆞ안(子安)[62]을 묘시(藐視)ᄒᆞ고 니ᄇᆡᆨ(李白)을 타비(唾鄙)ᄒᆞ니 쥬슌미염(朱脣美髥)을 잠간 동(動)ᄒᆞᆫᄌᆞᆨ 쥬론(周論)과 ᄆᆡᆼ변(猛辯)을 발ᄒᆞᆯ ᄃᆞᆺ 호리(豪釐) 다ᄅᆞ미 업ᄉᆞ니 공ᄌᆡ 보기ᄅᆞᆯ 다 못 ᄒᆞ여 반가옴과 슬프미 교집(交集)ᄒᆞᄆᆡ 참디 못ᄒᆞ여 화도(畫圖) 앏ᄒᆡ 나아가 공경ᄒᆞ여 어로만져 므러 왈

"상공이 뉘 화상(畫像)을 이러ᄐᆞᆺ 신긔히 일워ᄂᆡ시니잇고?"

공이 믁연브답(默然不答)ᄒᆞ며 화도ᄅᆞᆯ 마라 셔안(書案)의 언거ᄂᆞᆯ 공ᄌᆡ 뎡ᄉᆡᆨ왈(正色曰)

"쳡슈미렬(妾雖微劣)이나 ᄯᅩᄒᆞᆫ 사ᄅᆞᆷ이라. 상공이 폐부(肺腑)ᄅᆞᆯ 거ᄒᆞᆯ너 ᄃᆡ졉ᄒᆞ시므로 고금(古今)을 답논(答論)ᄒᆞ고 일의 가부(可否)ᄅᆞᆯ 상확(相確)고ᄌᆞ ᄒᆞ므로 상공을 도으미 업ᄉᆞ나 므ᄉᆞᆷ 일 더브러 말 못 ᄒᆞᆯᄇᆡ라 ᄒᆞ여 화도의 곡졀을 ᄆᆞ른ᄃᆡ ᄃᆡ답을 두디 아니시ᄂᆞ니잇가? 쳡신이 혈혈무의(孑孑無依)ᄒᆞ여 ᄉᆞ쳐(四處)[63]의 아ᄂᆞᆫ ᄇᆡ 업ᄉᆞ나 상공의 염박(厭薄)[64]ᄒᆞ미 이에 밋ᄎᆞᆯ딘ᄃᆡ 비록 반비(班妃)의 졀ᄌᆈ(節操) 쳥쇄(淸

---

60 블개(不開): 입을 열지 않음. 즉 한마디도 하지 않음.

61 상모(相貌): 얼굴 생김새.

62 ᄌᆞ안(子安): 자안. 왕발의 자(字). 당나라 때 시인.

63 ᄉᆞ쳐(四處): 사처. 모든 곳 또는 여러 곳을 비유적으로 이르는 말.

灑)ᄒᆞ믈 ᄯᆞ로디 못ᄒᆞ나 엇디 ᄀᆞᆺᄐᆞ여 존부(尊府)의 머므러 상공의 은통(恩寵)을 구구히 바라리오? 고어(古語)의 니ᄅᆞᆫ바 부귀ᄌᆡ(富貴者) 교(驕)인즉 부귀롤 일흘가 두리미나 빈쳔ᄌᆡ(貧賤者) 교인즉 사ᄅᆞᆷ의 노(怒)롤 만나거든 신을 들메고 갈디니 어ᄃᆡ 가 빈쳔을 엇디 못ᄒᆞ리오 ᄒᆞ미 과연 달니(達理)ᄒᆞᆫ 의논이라. 쳡의 명되 발셔 그만ᄒᆞ여 존부롤 ᄯᅥ나도 이의셔 더은 일은 업ᄉᆞ리니 쳥컨ᄃᆡ 상공은 쳡을 다시 머므ᄅᆞ디 마ᄅᆞ쇼셔."

댱공이 쳥파(聽罷)의 어히업기롤 니긔디 못ᄒᆞ여 ᄯᅩᄒᆞᆫ 분연뎡ᄉᆡᆨ(忿然正色) 왈

"녜로브터 국가 흥망(興亡)이 계집으로 만히 비로ᄉᆞ니 녀ᄌᆞ의 덕이 호호(浩浩)ᄒᆞ여 크면 능히 나라흘 흥(興)ᄒᆞ며 집을 챵(昌)ᄒᆞ거니와 블힝ᄒᆞ여 빈계(牝鷄)[65]의 외월(猥越)ᄒᆞ미 극ᄒᆞᆫ즉 ᄆᆡ희(妺姬)[66] 걸(桀)을 망ᄒᆞ고 달긔(妲己) 쥬(紂)롤 망ᄒᆞ며 포ᄉᆡ(褒姒)[67] 유왕(幽王)을 망ᄒᆞ고 셔시(西施)[68] 부ᄎᆞ(夫差)롤 망홈 ᄀᆞᆺᄐᆞ니 어이 경계치 아념 족ᄒᆞ리오? 26면

64 염박(厭薄): 밉고 싫어서 쌀쌀하게 대함.

65 빈계(牝鷄): 암탉.

66 ᄆᆡ희(妺姬): 매희. 말희(末喜) 또는 말희(妺嬉)로도 씀. 하나라 걸왕의 총희(寵姬)로, 걸왕이 실덕(失德)을 쌓게 하여 망하게 만듦.

67 포ᄉᆡ(褒姒): 포사. 주(周)나라의 마지막 왕인 유왕의 비(妃). 평소 잘 웃지 않아 유왕이 그녀를 웃기기 위해 봉화를 올려 제후들을 헛걸음하게 하자 비로소 웃었다고 함. 이후 유왕은 포사를 웃게 하기 위해 수시로 봉화를 올렸다가 제후들의 신임을 크게 잃었고 훗날 견융에게 망하게 됨.

68 셔시(西施): 서시. 춘추시대 월나라 미녀. 월왕(越王) 구천이 오왕(吳王) 부차와의 전쟁에서 패하자 구천의 충신인 범려의 전략에 따라 부차에게 바쳐지게 됨. 이후 부차는 그 미색에 빠져 월나라를 경계하는 것을 소홀하게 돼 패망하게 됨.

모로미 조심ᄒᆞ라. 네 비록 가기ᄅᆞᆯ 쳥ᄒᆞ나 내 임의 됴히 보ᄂᆡ디 아니려 ᄒᆞᆫᄌᆞ 엇디 무ᄉᆞ히 문을 나리오? 벽샹의 일쳑 검이 죡히 네 목숨을 씃ᄎᆞ리라."

공ᄌᆡ 닝쇼왈(冷笑曰)

"쳡이 평ᄉᆡᆼ 죄ᄅᆞᆯ 삼쳑(三尺)[69]의 범ᄒᆞ미 업고 상공이 도부ᄉᆔ(刀斧手)[70] 아니라 므ᄉᆞᆷ 일 대죄인(大罪人) 죽이ᄂᆞᆫ 법을 ᄒᆡᆼᄒᆞ리오? 셰원인망(世遠人亡)[71]ᄒᆞ여 뎐ᄒᆡ 무소귀의(無所歸依)라. 거셰(擧世)의 념위(廉義) 쁠니이며[72] 뉸강(倫綱)이 ᄑᆡ멸(敗滅)ᄒᆞ니 의(義)와 신(信)이 업고 은(恩)과 덕(德)을 ᄇᆡ반(背叛)ᄒᆞᄂᆞᆫ 블인흉젹(不仁凶賊)도 복(福)을 누리며 녹(祿)을 바다 부귀호호(富貴浩浩)ᄒᆞᆫ ᄌᆡ(者) 간간이 이시니 비록 졍인이 술(術)이 업고 되(道) 용납디 못ᄒᆞ나 내 엇딘 연고로 칼 아ᄅᆡ ᄒᆡ명(害命)ᄒᆞ미 되리오?"

셜파(說罷)의 안광(眼光)이 ᄆᆡᆼ녈(猛烈)ᄒᆞ여 노긔대발(怒氣大發)ᄒᆞ니 슈발(垂髮)이 샹긔(上起)ᄒᆞ며 옥면(玉面)이 한엄(寒嚴)ᄒᆞ여 위풍(威風)이 규규(赳赳)[73]ᄒᆞ니 사ᄅᆞᆷ으로 ᄒᆞ여곰 쳠망일견(瞻望一見)ᄋᆡ 외구튝쳑(畏懼蹴踖)ᄒᆞ믈 니긔디 못ᄒᆞᆯ디라. 댱공이 ᄆᆞᄋᆞᆷᄃᆡ로 즐ᄆᆡ(叱罵)[74]
27면 코ᄌᆞ ᄒᆞ나 미인의 셩되(性度) 엄녈(嚴烈)ᄒᆞ여 혹ᄌᆞ 스ᄉᆞ로 죽이미 이

---

69 삼쳑(三尺): 삼척. 옛날 중국에서 석 자 길이의 대쪽에 법률을 썼던 고사에서 나온 말.

70 도부ᄉᆔ(刀斧手): 도부수. 큰 칼이나 큰 도끼로 무장한 군사.

71 셰원인망(世遠人亡): 세원인망. 세대가 멀어지고 성인이 없어짐. 《소학》 〈제사(題辭)〉.

72 쁠리이며: 쁠리이다. 쓸리이다. 닳아 없어지다.

73 규규(赳赳): 헌걸차고도 용맹스러움.

74 즐ᄆᆡ(叱罵): 질매. 몹시 꾸짖어 나무람.

실가 오히려 앗기ᄂᆞᆫ 의ᄉᆡ 이시므로 다시 말을 아니 ᄒᆞ고 다만 함노(含怒) 뎡좌(正坐)러니 홀연 일ᄀᆡ노괴(一介老姑) ᄇᆡᆨ두(白頭)ᄅᆞᆯ 두리며[75] 실셩통곡(失聲痛哭)ᄒᆞ여 그 소ᄅᆡ 크디 아니ᄒᆞ나 간졀이 슬허ᄒᆞ미 셩쳘언텬(聲徹於天)ᄒᆞ고 누쳘어디(淚徹於地)ᄒᆞ니[76] 공이 블각경동(不覺驚動)ᄒᆞ여 눈을 둘너 ᄉᆞᆯ피ᄆᆡ 이 다ᄅᆞ니 아니라 그 유모 교시 머리ᄅᆞᆯ 브ᄃᆡ이ᄌᆞ며 오열블능셩(嗚咽不能聲)ᄒᆞ여 계오 션태부노야(先太夫老爺)와 셔태부인의 늉산대은(隆山大恩)과 활ᄒᆡ디덕(闊海之德)을 일ᄏᆞᆺ고 당금(當今) 졔졍 상공이 실시(失時)ᄒᆞᆷ과 심산(深山)의 은젹(隱跡)ᄒᆞᆷ도 디통(至痛)이어ᄂᆞᆯ ᄎᆞ마 녜부노야(禮部老爺)와 쳐ᄉᆞ션ᄉᆡᆼ(處士先生)의 얼골을 그려 여ᄎᆞ여ᄎᆞᄒᆞ신다 ᄒᆞ니 이ᄂᆞᆫ ᄇᆡ은망혜(背恩忘惠)ᄲᅮᆫ 아니라 텬신(天神)의 딘노(震怒)ᄅᆞᆯ 만나 화앙(禍殃)이 필유신상(必有身上)ᄒᆞ며 급우ᄌᆞ손(及于子孫)ᄒᆞᆯ 바ᄅᆞᆯ ᄀᆞᆺ초 고(告)ᄒᆞᆯᄉᆡ 언ᄉᆡ(言辭) 녈녈강딕(烈烈剛直)ᄒᆞ니 고슈(枯瘦)ᄒᆞᆫ 골격과 쳥미(淸美)ᄒᆞᆫ 안ᄉᆡᆨ이 늙으나 육황피루(肉荒皮陋)ᄒᆞ여 뵈미 업셔 담담ᄉᆡᆨᄉᆡᆨᄒᆞ고 튱뎡강개 28면
(忠貞慷慨)ᄒᆞ여 아ᄉᆞ(雅士)[77]의 풍(風)이 이시니 이 곳 녯날 졍부 태부인 셔위로 댱공의 유모ᄅᆞᆯ 뎡ᄒᆞ여 맛딘 ᄇᆡ니 유랑의 손ᄋᆞ(孫兒) 운ᄌᆞᄂᆞᆫ 십일 셰 쇼ᄋᆡ(小兒)로ᄃᆡ 위인(爲人)이 영니총혜(伶俐聰慧)ᄒᆞ므로 댱공이 심히 ᄉᆞ랑ᄒᆞ여 셔칙(書冊)을 가음알게[78] ᄒᆞ고 츌입디졔(出入之

75 두리며: 두리다. 두르다. 여기서는 문맥상 '(머리를) 흔들며'의 뜻.

76 셩쳘언텬(聲徹於天)ᄒᆞ고 누쳘어디(淚徹於地)ᄒᆞ니: 소리는 하늘에 닿을 듯하고 눈물은 땅에 사무칠 듯함. 규장각본에는 '셩쳘언쳔ᄒᆞ고 누쳘어긔ᄒᆞ니'로 되어 있음.

77 아ᄉᆞ(雅士): 아사. 맑고 깨끗한 선비.

78 가음알게: 가음알다. 맡아 다스리다, 주관하다.

際)의 브ᄃᆡ 슈ᄅᆡᄅᆞᆯ 조ᄎᆞ 단니게 ᄒᆞ므로 금일 공이 김영보와 슈작(酬
酌)ᄒᆞ던 셜화(說話)ᄅᆞᆯ 낫낫치 듯고 도라와 급히 졔 한미[79]ᄅᆞᆯ 보아 젼ᄒᆞᆫ
ᄃᆡ 교시 대경망극(大驚罔極)ᄒᆞ여 죽기로ᄡᅧ 간(諫)코ᄌᆞ ᄒᆞᆯᄉᆡ 원ᄂᆡ 교
랑은 졍부 태운산을 ᄯᅥ나믈 슬허 댱공을 조ᄎᆞ 셩ᄂᆡ(城內)의 가디 아니
ᄒᆞ고 댱부의도 잇디 아냐 졍부 파락(破落)ᄒᆞᆫ ᄒᆡᆼ각(行閣)의 머믈며 댱공
의 얼골도 ᄌᆞ로 보디 못ᄒᆞ고 그 ᄒᆡᆼᄉᆞᄅᆞᆯ 모로ᄂᆞᆫ 고로 ᄌᆞ셰히 아디 못ᄒᆞ
며 공이 ᄯᅩᄒᆞᆫ 유랑의 위인이 강딕ᄒᆞ믈 괴로이 넉여 의식을 후히 줄디
언졍 갓가이 블너두고ᄌᆞ 아니 ᄒᆞ고 ᄌᆞ긔 ᄒᆡᆼᄉᆞ(行事)ᄅᆞᆯ ᄯᅩᄒᆞᆫ 알게 아
29면 니 ᄒᆞ더니 화상디ᄉᆞ(畫像之事)ᄅᆞᆯ 발셔 아라 이러ᄐᆞᆺ 고간(固諫)ᄒᆞ믈
당ᄒᆞᄆᆡ 블ᄒᆡᆼ(不幸)ᄒᆞ믈 니긔디 못ᄒᆞ며 그 ᄒᆞᄂᆞᆫ 말마다 심ᄉᆡ(心思) 요
동(搖動)ᄒᆞ여 졀졀비비(切切悲悲)ᄒᆞ고 참연체루(慘然涕淚)ᄒᆞ믈 ᄭᆡ
닷디 못ᄒᆞ니 본심(本心)이 악착(齷齪)히 ᄉᆞ오납디 못ᄒᆞᆫ디라. 졍태부
의 젼일 은덕(恩德)이 여텬약ᄒᆡ(如天若海)ᄒᆞ믈 어이 모로리오? ᄒᆞ믈
며 유랑의 말 ᄀᆞ온ᄃᆡ ᄌᆞ긔 부뫼 ᄌᆡ시(在時)의 뉴ᄒᆡᆼ걸식(流行乞食)ᄒᆞ
여 구빈관(救貧館)의 ᄌᆞ최ᄅᆞᆯ 븟친 바로 태부 홍은늉덕(鴻恩隆德)이
협골흡체(挾骨洽體)ᄒᆞ여 고루화각(高樓華閣)의 호치(豪侈)ᄒᆞ다가 기
셰(棄世)ᄒᆞᄆᆡ 금슈입념(錦繡入殮)ᄒᆞ여 명산길디(名山吉地)의 장(葬)
ᄒᆞ고 삼년증상(三年蒸嘗)[80]과 당시 션셰향ᄉᆞ(先世享祀)ᄅᆞᆯ 시녀 등으로
ᄒᆞ여곰 극딘히 밧드러 공이 ᄌᆞ라 취실(娶室)ᄒᆞᄆᆡ 비로소 연부인긔 젼
ᄒᆞ믈 일ᄏᆞ라 녁녁ᄒᆡ비(歷歷該備)ᄒᆞᄆᆡ 일이 목젼(目前)의 버러심 ᄀᆞᆺᄐᆞ

79 한미: 할미. 할머니.

80 삼년증상(三年蒸嘗): 3년 동안의 겨울 제사와 가을 제사.

니 인ᄌᆞ디도(人子之道)의 ᄆᆞ음이 엇디 통골(痛骨)ᄒᆞ믈 면ᄒᆞ리오? 황망이 유랑의 손을 잡고 비톄농낙(悲涕濃落)ᄒᆞ여 이윽이 말을 못 ᄒᆞ더니 30면 믄득 화도(畫圖)를 가져 급히 쵹화(燭火)의 다릐여[81] 경긱(頃刻)의 소화(燒火)ᄒᆞᆫ 후 가ᄉᆞᆷ을 어로만져 댱탄왈(長嘆曰)

"어미ᄂᆞᆫ 다시 니ᄅᆞ디 말나. 내 과연 ᄇᆡ은망덕(背恩忘德)ᄒᆞ믈 모로디 아니ᄒᆞᄃᆡ 졍부(程府)의 슈은(酬恩)ᄒᆞ롸 잠간이나 져를 후(厚)히 ᄒᆞᆫ죽 ᄒᆞᆫ갓 내 몸이 망할 쓴 아니라 문호(門戶)를 보젼(保全)ᄒᆞᆯ 길히 업ᄉᆞ니 촐히리[82] 시쇽(時俗)의 당(當)ᄒᆞᆫ 풍(風)을 ᄯᆞᆯ와 졍가를 ᄇᆡ쳑(排斥)ᄒᆞ며 권귀(權貴)를 븟조ᄎᆞ 나의 작녹(爵祿)을 보젼ᄒᆞ고 졔졍은 그 명(命)이 하날의 이시니 나의 ᄒᆡ(害)코자 ᄒᆞ므로 간ᄃᆡ로 죽디 아닐가 ᄒᆞ여 화상(畫像)을 일워 김태감을 주며 내 졍가로뼈 졀의(絶義)ᄒᆞ여 아조 셔로 보디 말고ᄌᆞ ᄒᆞ엿더니 어미의 말이 여ᄎᆞ유리(如此有理)ᄒᆞᆫ죽 엇디 화도(畫圖)로뼈 김태감을 뵈리오? 져를 보아든[83] 화도(畫圖)를 못 일우다 ᄒᆞ리니 어미ᄂᆞᆫ 안심믈녀(安心勿慮)ᄒᆞ고 슈히 도라가 편히 쉬라."

유랑이 목젼(目前)의 화도를 소화(燒火)ᄒᆞ며 공의 말이 이 ᄀᆞᆺᄐᆞ믈 드ᄅᆞ미 다시 긴 셜화(說話)로뼈 샹하톄면(上下體面)을 상손(傷損)ᄒᆞ미 31면 블가(不可)ᄒᆞ여 다만 ᄇᆡᆨᄇᆡ칭샤(百倍稱謝)의 공이 ᄀᆡ심슈덕(改心修德)[84]ᄒᆞ믈 하례(賀禮)ᄒᆞ고 다시 믈너 졍ᄋᆞ로 향ᄒᆞ니라.

---

81 다릐여: 다리다. 댕기다. 불이 붙게 하다.

82 촐히리: 차라리. 규장각본에는 '촐하리'로 되어 있음.

83 보아든: 규장각본에는 '보와든'으로 되어 있음.

84 ᄀᆡ심슈덕(改心修德): 개심수덕. 잘못된 마음을 바르게 고치고 덕을 닦음.

시시(是時)의 졍공ᄌᆡ 비로소 댱공의 ᄒᆡᆼ흉(行凶)코ᄌᆞ ᄒᆞ던 바ᄅᆞᆯ 드ᄅᆞᄆᆡ 만심(滿心)이 경ᄒᆡ(驚駭)ᄒᆞ며 골졀(骨節)이 셔늘ᄒᆞ니 ᄎᆞ튝(此畜)의 무상(無狀)ᄒᆞ므로 이런 거죄(擧措) 이시믈 ᄉᆡ로이 놀날 거시 아니오 부슉(父叔)의 슝학대되(崇學大道) 텬디(天地)의 감응(感應)ᄒᆞᆯ 바로 ᄇᆡᆨ신(百神)이 보우(保佑)ᄒᆞ니 져 쥐 무리의 져근 계교(計巧) 듕의 몰몰히 맛촐 거시 아니로ᄃᆡ ᄌᆞ긔 인ᄌᆞ디도(人子之道)로뼈 부슉(父叔)을 도모(圖謀)ᄒᆞᄂᆞᆫ 원(怨)이 극슈(極讐)의 잇거ᄂᆞᆯ 그 집의 안연(安然)이 머므러 시일(時日)을 쳔연(遷延)ᄒᆞ고 블의흉인(不義凶人)으로 더브러 동실상ᄃᆡ(同室相對)[85]ᄒᆞ미 효의(孝義)에 명미ᄅᆞᆯ[86] 막힐 ᄃᆞᆺ ᄒᆡ연ᄎᆞ악(駭然嗟愕)ᄒᆞ믈 니긔디 못ᄒᆞ니 경ᄀᆡᆨ으로셔 댱가ᄅᆞᆯ ᄉᆞᆺ쳐 영영(永永)히 됴흔 안면(顏面)으로 셔로 보디 말 ᄲᅮᆫ 아니라 댱시의 졀의녈ᄒᆡᆼ(節義烈行)이 디금의 셰 번 더은 거죄 이시리라 닐너도 ᄌᆞ긔ᄂᆞᆫ ᄎᆞ
32면 마 댱튝의 셔랑(婿郎)이 되디 아닐디라 큰 고집(固執)이 일시(一時)의 발ᄒᆞᄆᆡ 구졍(九鼎)[87]이 가ᄇᆡ압고 강쳘(鋼鐵)이 연약(軟弱)ᄒᆞ니 댱공으로 ᄒᆞ여곰 말ᄉᆞᆷ을 의진(儀秦)의게 빌며 계교(計巧)ᄅᆞᆯ 냥평(良平)의게 므러도 졍공ᄌᆞᄅᆞᆯ 셔랑(婿郎) 삼아 졍의상슉(情誼相熟)ᄒᆞᆫ 옹셰(翁婿) 될 길은 업ᄉᆞᆫ디라. 이의 댱아ᄅᆞᆯ 떠날 의ᄉᆡ(意思) 시위 떠난 살 ᄀᆞᆺᄐᆞ니 통ᄒᆡ비분(痛駭悲憤)ᄒᆞ미 극ᄒᆞᆫ 바의 ᄆᆡᆺ쳐 그 화도(畫圖)ᄅᆞᆯ 앗디 못ᄒᆞ

85 동실상ᄃᆡ(同室相對): 동실상대. 같은 방에서 서로 마주함.

86 명미ᄅᆞᆯ: 규장각본에는 '명미를'로 되어 있음.

87 구졍(九鼎): 구정. 고대 중국 하나라 우왕 때 전국의 아홉 주에서 바친 금으로 만든 솥. 천자의 보물.

고 임의 ᄉᆞ룬 후ᄂᆞᆫ ᄉᆞ식이 무익(無益)ᄒᆞ여 다만 믁연경좌(默然正坐)러니 댱공이 미인의 거동이 엄녈(嚴烈) 싀싀ᄒᆞ여 보기의 무셔오믈 더옥 깃거 아냐 날호여 ᄉᆞ미를 ᄯᅥᆯ쳐 ᄂᆡ루(內樓)로 향ᄒᆞ니 공ᄌᆡ 이 밤을 타 댱가를 ᄯᅥ나려 쥬의(主義)라. 공의 드러가믈 다힝ᄒᆞ여 ᄲᅡᆯ니 문을 나고ᄌᆞ ᄒᆞᄃᆡ 오히려 야심(夜深)치 아냐시므로 이목(耳目)이 번거ᄒᆞ믈 ᄭᅥ려 잠간 지쳬ᄒᆞ여 만뇌(萬奴) 구젹(俱寂)ᄒᆞ믈 기다리더니 졸연(猝然)이 복듕(腹中)이 알파 장부(腸腑)를 칼노 ᄢᅧ흐ᄂᆞᆫ 듯 능히 움즉일 기운이 업셔 ᄌᆞ리의 구러져 고통ᄒᆞᄃᆡ 사ᄅᆞᆷ이 겻ᄐᆡ셔 구호(救護)ᄒᆞ리 업고 뉘 잇셔 그 병이 급ᄒᆞ믈 념녀(念慮)ᄒᆞ리오? 죵야(終夜)토록 반ᄉᆡᆼ반ᄉᆡ(半生半死)러니 효계(曉鷄) ᄉᆡ비를 보(報)ᄒᆞᆯ ᄯᅢ의 인ᄉᆞ(人事)를 슈습(收拾)고ᄌᆞ ᄒᆞ나 대져 공ᄌᆡ 위졍의 집을 ᄯᅥ난 후로 됴셕(朝夕)의 식상(食床)을 바드미 업ᄉᆞ며 건어(乾魚)와 미시[88]로ᄡᅧ 긔아(饑餓)를 면(免)ᄒᆞ나 딘짓 보긔(保氣)ᄒᆞᆯ 거ᄉᆞᆯ 맛보디 아니ᄒᆞ미 날이 오ᄅᆡ니 비록 텬픔(天稟)이 강항쥰격(强項俊格)ᄒᆞ믈 인ᄒᆞ여 견ᄃᆡ며 참기를 잘ᄒᆞ나 엇디 허핍현난(虛乏眩亂)[89]ᄒᆞᆯ 젹이 업ᄉᆞ리오? 신상(身上)의 딜(疾)이 잇디 아닌 ᄯᅢᄂᆞᆫ 오히려 긔운이 허약(虛弱)ᄒᆞ믈 모로더니 이졔 병이 이시믈 타 ᄉᆞ디(四肢)를 운동(運動)치 못ᄒᆞ고 현난무긔(眩亂無氣)[90]ᄒᆞ여 슈히 니디 못ᄒᆞᆯ 둧ᄒᆞ미 스ᄉᆞ로 근심ᄒᆞ며 념녀(念慮)ᄒᆞ여 블인의 집을 오날놀 ᄯᅥ나디 못ᄒᆞᆯ가 두리더니 홀연 안으로조ᄎᆞ 분분(紛 33면

88 미시: 미수. 미숫가루.

89 허핍현난(虛乏眩亂): 허핍현란. 배고파서 현기증이 일어남.

90 현난무긔(眩亂無氣): 현란무기. 아찔하고 어지러우며 기운이 없음.

紛)이 드레ᄂᆞᆫ 듕 댱공이 손의 상인(霜刃)[91]을 빗기 들고 디게[92]롤 박ᄎᆞ며 브디블각(不知不覺)의 다라드니 검광(劒光)이 셤삭(閃爍)ᄒᆞ여 월하 34면 (月下)의 셔리 나림 ᄀᆞᆺ고 댱공의 싀포(猜暴)ᄒᆞᆫ 거동이 사ᄅᆞᆷ을 외니로[93] 므러 삼킬 ᄃᆞᆺᄒᆞ니 이 어인 일인고? 셕남하회(釋覽下回)[94]ᄒᆞ라.

션시(先時)의 박시 계초명(鷄初鳴)[95]을 인ᄒᆞ여 ᄭᆡ니 운산의 나아오ᄆᆡ 오히려 동방(東方)이 ᄇᆞᆰ디 아냐 별이 드믈고 풍뇌(風露) ᄂᆡᆼ엄(冷嚴)ᄒᆞᆫᄃᆡ 박시 노긔(怒氣) 녈화(熱火) ᄀᆞᆺᄐᆞ여 바로 ᄂᆡ루의 드러가ᄆᆡ ᄡᅵ의 댱공이 응셜각의셔 잠간 몸을 쉬더니 시녀의 고ᄒᆞᄆᆞ로조ᄎᆞ 부인의 졸연(猝然)이 니ᄅᆞ믈 경아(驚訝)ᄒᆞ여 친히 마졸ᄉᆡ 박시 녀ᄋᆞ의 ᄉᆡᆼ도가감(生途加減)은 아이의 뭇도 아니 ᄒᆞ고 몬져 댱공의게 다라드러 슈염과 옷깃술 모도잡으며 참욕난셜(慘辱亂說)노 무슈(無數) 즐ᄆᆡ(叱罵)ᄒᆞᆯᄉᆡ 능히 헛거술 던짓 곳의 다히고 거즛말을 ᄂᆡ의 당케 ᄭᆞ며 경망(輕妄)이 손을 졋고 호란이 눈을 뒤룩이며 모진 소ᄅᆡ롤 급히 딜너 ᄀᆞᆯ오ᄃᆡ

"어제날 야반(夜半)의 일개 호ᄆᆡ(豪邁)ᄒᆞᆫ 협ᄉᆡ(俠士) 비슈(匕首)롤 픔고 뎡침(正寢)의 다라드러 댱공을 ᄎᆞᄌᆞ며 져의 유졍(有情)ᄒᆞᆫ 미인 35면 을 아ᄉᆞ 쳡 삼으므로 브ᄃᆡ 죽여 분을 플니라 ᄒᆞ고 일장을 작난(作亂) ᄒᆞ니 이런 변괴(變故) 어ᄃᆡ 이시리오?"

ᄒᆞ며 요녀(妖女)롤 어더 이의 두어시믈 참욕(慘辱)ᄒᆞ니 그 언ᄉᆞ(言

91 상인(霜刃): 서릿발 같은 칼날.

92 디게: 지게. 지게문.

93 외니로: 온 이로. 규장각본에는 '왼 이로'로 되어 있음.

94 셕남하회(釋覽下回): 석람하회. 다음 회를 자세히 보라.

95 계초명(鷄初鳴): 새벽닭의 첫 울음소리.

辭)의 괴ᄑᆡ(乖悖)홈과 거동(擧動)의 ᄒᆡ연(駭然)ᄒᆞ믄 형상(形象)ᄒᆞ여 니ᄅᆞᆯ 거시 업거ᄂᆞᆯ 댱공의 블명무디(不明無知)홈과 용녈망측(庸劣罔測)ᄒᆞ미 ᄯᅩ 엇디 의논ᄒᆞᆯ ᄇᆡ 이시리오? 박시의게 븟들녀 슈염을 ᄯᅳᆺ기고 옷시 발발이 믜여디며 능히 긔운을 ᄎᆞᆯ히디 못ᄒᆞ여 어린 ᄃᆞ시 셧ᄂᆞᆫ 모양이 ᄆᆡ게 ᄲᅩᆺ친 ᄭᅯᆼ과 괴[96]게 믈닌 쥐 ᄀᆞᆺᄐᆞ여 아모리 ᄒᆞᆯ 줄 모로ᄂᆞᆫ 듕이나 박시의 말을 니연신디(理然信之)[97]ᄒᆞ여 조곰도 헛되믈 아디 못ᄒᆞ니 미인의 거동이 더옥 작금(昨今)의 슈상ᄒᆞ고 두ᄉᆡᆼᄌᆡ 단녀가며 이변(變)이 나시니 셩ᄂᆡ(城內) 본부(本部)의 가 작난(作亂)ᄒᆞᆫ ᄌᆡ(者) 두ᄉᆡᆼ밧긔 나디 아니리라 ᄒᆞ여 볼연(勃然)ᄒᆞᆫ 분뇌(忿怒) 미인의게 다 도라디니 오날ᄂᆞᆯ 미인을 믜워ᄒᆞ미 엇디 박시의 악악[98]ᄒᆞᆫ 투긔(妬忌)의 감ᄒᆞ미 이시리오? 이ᄣᆡᄅᆞᆯ 당ᄒᆞ여 졍미인을 엇디 쳐치ᄒᆞᆫ고? 공의 셩졍(性情)이 본ᄃᆡ 강ᄉᆡ음[99]이 심ᄒᆞ여 ᄌᆞ긔 유의(有意)ᄒᆞᄂᆞᆫ 미인을 타인 36면 (他人)이 유의(有意)ᄒᆞ여도 분긔(憤氣)ᄅᆞᆯ 억졔(抑制)치 못ᄒᆞ여 ᄒᆞᆫ ᄎᆞ례 싀훤이 절치(切齒)ᄒᆞ던 셩졍(性情)이라. ᄌᆞ긔ᄂᆞᆫ 졍미인을 알오미 고금(古今)을 상고(詳考)ᄒᆞ고 텬샹인간(天上人間)을 궁식(窮索)ᄒᆞ여도 무빵초츌(無雙超出)타 ᄒᆞ여 듕ᄃᆡ(重待)홈과 ᄋᆡ경(愛敬)ᄒᆞ미 부인의 비치 못ᄒᆞᆯ ᄇᆡ어ᄂᆞᆯ 미인은 ᄂᆡ도ᄒᆞᆫ ᄯᅳᆺ을 두어 쳐음브터 ᄌᆞ가(自家)ᄅᆞᆯ ᄉᆞ갈(蛇蝎)ᄀᆞᆺ치 원거(遠距)ᄒᆞ고 이졔 반부난뉸(反夫亂倫)ᄒᆞ여 음

96 괴: 고양이.

97 니연신디(理然信之): 이연신지. 이치에 합당하다고 여겨 굳게 믿음.

98 악악: '악악거리다'의 어근. 억지를 부려 고함을 내지르며 떠들썩한 모양.

99 강ᄉᆡ음: 강새음. 강새암. 강샘. 부부 사이 또는 사랑하는 이성(異性) 사이에서 상대방이 다른 이성을 좋아할 경우, 지나치게 질투하는 것을 말함.

분도쥬(淫奔逃走)코ᄌᆞ ᄒᆞ미 현져(顯著)ᄒᆞ믈 분분통히(忿憤痛駭)ᄒᆞ여 노긔(怒氣) ᄇᆡᆨ 쟝(百丈)이나 놉흐니 엇디 젼후롤 도라보아 ᄉᆡᆼ각홀니 이시리오? 계오 손을 드러 박시의 읆쥐여[100] 뜻ᄂᆞᆫ 거술 머츄고 딘졍(眞情)으로 빌기롤 잔인히[101] ᄒᆞ여

"즉긱(卽刻)의 요녀롤 요참(腰斬)ᄒᆞ여 부인긔 샤죄ᄒᆞ리니 쳥건ᄃᆡ 부인은 식노(息怒)ᄒᆞ라."

ᄒᆞ니 박시 비로소 공을 노흐며 셩ᄂᆡ(城內)로조ᄎᆞ 온 복부(僕夫)롤 명37면 ᄒᆞ여 이곳을 딕희엿던 창두(蒼頭)[102]와 시녀롤 일졔히 결박(結縛)ᄒᆞ여다가 쳐치롤 기다리라 ᄒᆞ고 공으로 나가ᄌᆞ ᄒᆞ여 스ᄉᆞ로 ᄆᆡᆼ셰(盟誓)ᄒᆞ여 왈

"내 오날놀 녀태후(呂太后)의 쳑시(戚氏)롤 인톄(人彘) 믿드던 위엄[103]을 니어 요식간녀(妖色奸女)의 ᄉᆞ디(四肢)롤 버히고 면모(面貌)롤 병잔(倂殘)ᄒᆞ여 측간(厠間)의 것구로 박디 못ᄒᆞ면 박당군의 ᄯᆞᆯ이 아니오 댱상셔의 부인이 아니라."

ᄒᆞ여 소ᄅᆡ롤 어ᄌᆞ러이 디ᄅᆞᄂᆞᆫ 바의 댱공은 셔리 ᄀᆞᆺᄐᆞᆫ 날난 칼흘 빗겨 문회당으로 당ᄒᆞ니 박시 ᄯᅩᄒᆞᆫ 뒤흘 조ᄎᆞ 나올ᄉᆡ 댱공이 분분이 디게롤 열치고 드러가 공ᄌᆞ롤 향ᄒᆞ여 고셩대ᄆᆡ(高聲大罵) 왈

---

100 읆쥐여: 문맥상 '옭아 쥐어'를 의미함.

101 잔인히: 문맥상 '불쌍하고 애처롭다'는 뜻의 '잔잉히'로 보임.

102 창두(蒼頭): 사내종.

103 녀태후(呂太后)의 쳑시(戚氏)롤 인톄(人彘) 믿드던 위엄: 여태후는 전한(前漢) 고조의 황후이고, 척씨는 척부인으로 전한 고조의 후궁이자 조왕 여의의 생모임. 척부인은 고조에게 총애를 받았는데 훗날 고조가 죽은 뒤 평소 척씨를 투기하던 여태후는 척부인의 팔다리를 자르고 눈알을 뽑아 이를 인체(人彘, 사람돼지)라 칭하고는 측간에 넣었다는 고사가 있음.

"내 널노뼈 쇼셩디위(小星之位)[104]예 두므로브터 늉늉(隆隆)혼 은혜와 무궁(無窮)혼 통이(寵愛)는 소원(所願)을 개죵(皆從)호여 혼 조각 브죡호미 업거놀 네 므어술 낫비[105] 넉여 날을 반(叛)호고 두가롤 조추가고주 호여 몬져 내 집의 변을 디어 야반(夜半)의 주긱(刺客)을 드려 날을 죽이려 호느뇨? 고소(故事)롤 녁상(歷詳)호고 금셰(今世)롤 광계(廣稽)호여도 너 굿톤 간음교활(姦淫狡猾)의 궁흉난녀(窮凶亂女)는 둘히 업소리니 모로미 죄롤 혜아려 목을 느리혀[106] 칼흘 공순(恭順)히 바드라." 38면

졍공지 통셰비경(痛勢非輕)호여 니러나디 못호고 상(床)의 누엇다가 이 광경(光景)을 당호니 망측괴패(罔測乖悖)호믈 니긔디 못호나 블변안식(不變顔色)호고 쳔쳔 긔영(起迎)호여 골오디

"상공의 니루시는 비 다 쳔쳔만만 몽상지외(夢想之外)니 쳡이 아디 못호거니와 만승디위(萬乘之位)[107]로도 필부(匹夫)롤 죽이려 호미 일국(一國)이 다 가살(可殺)이라 혼 연후(然後)의 죽여야 후셰(後世) 시비(是非)롤 면호느니 상공이 도부슈(刀斧手)의 소임을 아니 호거놀 공연이 발검(拔劒)호여 사롬을 히코주 호시느니잇가?"

뎡공이 노긔(怒氣) 븍밧쳐 다시 말을 못 호여셔 박시 난함(欄檻)으로브터 쳥소롤 즛울히며 올나와 돌연이 공주의게 다라드러 삭발난타

104 쇼셩디위(小星之位): 소성지위. 첩의 지위.

105 낫비: 모자라게. 부족하게.

106 느리혀: 느리혀다. 늘이다, 늘어뜨리다.

107 만승디위(萬乘之位): 만승지위. 만 대의 전차와 그에 부속된 군사, 무기 등을 보유하고 동원할 수 있는 거대 군사력과 경제력을 지닌 군주 혹은 그 지위. 보통 천자의 높은 지위를 일컬음.

(削髮亂打)코ᄌᆞ ᄒᆞ다가 눈을 드러 공ᄌᆞ의 텬양경일디풍(天壤傾日之風)과 태산졔월디상(太山霽月之像)을 잠간 보ᄆᆡ 쳥텬ᄇᆡᆨ일(靑天白日)은 노예하쳔(奴隷下賤)도 역디기명애(亦知其明也)니 박시 비록 사ᄅᆞᆷ

39면

의 심ᄉᆡ 되디 아냐시나 공ᄌᆞ의 당당ᄒᆞᆫ 상모(相貌)와 규규(赳赳)ᄒᆞᆫ 위풍(威風)이 만듕(萬衆)을 춍녕(總領)ᄒᆞ여 국가(國家)도 가균애(可均也)[108]니 엇디 공교로이 고소ᄃᆡ(姑蘇臺)[109] 샹(上)의 팔경(八景)을 ᄃᆡᄒᆞ여 ᄇᆡ알(拜謁)턴 완ᄉᆞ녀(浣紗女)[110]와 마외역(馬嵬驛)[111] 하(下)의 쳥작취소[112]ᄅᆞᆯ 싸 우ᄒᆡ 더져 뉵군(六軍)의 핍박(逼迫)을 바든 태진비ᄌᆞ(太眞妃子)[113]의 견조와 욕홀 ᄇᆡ리오? 삼킬 ᄃᆞᆺ 믜온 ᄆᆞ음과 텬디(天地)ᄅᆞᆯ 분변(分辨)치 못ᄒᆞᄂᆞᆫ 통앙(痛怏)ᄒᆞᆫ 눈의도 일쳠(一瞻)의 악연져상(愕然沮喪)ᄒᆞ여 형상(形狀) 업ᄉᆞᆫ 거조(擧措)ᄅᆞᆯ 간ᄃᆡ로 못 ᄒᆞ고 잠간 거ᄅᆞᆷ을 머추어 시녀로 ᄒᆞ여곰 요ᄉᆞ간녀(妖邪奸女)ᄅᆞᆯ ᄭᅳ어ᄂᆞ리와 형벌을 더으라 ᄒᆞ니 어ᄌᆞ러온 호령과 블냥(不良)ᄒᆞᆫ 셩음(聲音)이 젼혀 강

---

108 국가(國家)도 가균애(可均也)니: 나라와 집안을 고르게 다스릴 수 있음.《중용》 제9장에 "子曰 天下國家 可均也"라는 구절이 나옴. 규장각본에서는 '국가도 가금애'로 되어 있음.

109 고소ᄃᆡ(姑蘇臺): 고소대. 춘추시대 오왕(吳王) 부차가 고소산 위에 지은 대(臺). 부차가 월나라를 격파한 후 이 대를 지어 서시와 함께 그 위에서 노닐기만 하자 오자서가 곧 오나라가 망할 것이라고 간언했으나 이를 듣지 않은 부차는 결국 월나라의 침공으로 멸망당했음.

110 완ᄉᆞ녀(浣紗女): 완사녀. 춘추시대 월나라 미녀인 서시를 가리키는 말.

111 마외역(馬嵬驛): 안녹산이 난을 일으키자 양귀비가 현종과 함께 피난을 가던 중 이곳에서 관군들의 반발로 인해 목매달아 죽었던 곳.

112 쳥작취소: 청작취소. 금작(金雀), 취교(翠翹), 옥소두(玉搔頭) 등의 장신구로 보임. 백거이의 〈장한가〉 참고.

113 태진비ᄌᆞ(太眞妃子): 태진비자. 태진은 양귀비의 호. 당나라 현종의 귀비(貴妃). 안녹산의 난이 일어났을 때 현종과 함께 피난 가던 중 마외역에서 죽게 됨.

악(强惡)기ᄅᆞᆯ 쥬(主)ᄒᆞ나 미치고 망녕되여 법귀 힝혀도 잇디 아니ᄒᆞ니 공ᄌᆞᄂᆞᆫ 니ᄅᆞ디 말고 쳥의양낭(青衣養娘)[114]이라도 디식(知識)이 이신ᄌᆞᆨ 블복디심(不服之心)이 가득ᄒᆞ여 비록 머리ᄅᆞᆯ 버힌다 ᄒᆞ여도 긔탄(忌憚)ᄒᆞᆯ 뜻이 젹으려든 ᄒᆞ믈며 닌광공ᄌᆞ의 태산(太山)을 협(挾)ᄒᆞ고 븍ᄒᆡ(北海)ᄅᆞᆯ 넘ᄠᅱᆯ 긔운과 텬쥬(天柱)[115]ᄅᆞᆯ 괴오고 디리(地理)ᄅᆞᆯ 낫 40면
게 넉이ᄂᆞᆫ 신위(神威)로ᄃᆡ 댱헌과 박녀ᄅᆞᆯ 무엇만 넉이리오? 스ᄉᆞ로 명되(命途) 긔구(崎嶇)ᄒᆞ여 이런 괴ᄑᆡ(怪悖)ᄒᆞᆫ 경상(景狀)을 ᄀᆞᆺ초 당ᄒᆞ여 보믈 탄(嘆)ᄒᆞ나 ᄋᆞ쇼디심(兒少之心)의 져 부부(夫婦)의 거동(擧動)이 우읍기ᄅᆞᆯ 니긔디 못ᄒᆞ여 도쥬 ᄀᆞᆺᄐᆞᆫ 단슌(丹脣)이 미미히 동ᄒᆞᄂᆞᆫ 바의 졀츌(絶出)ᄒᆞᆫ 긔상(氣像)이 더옥 눈 옴기기 앗가온지라. 만니댱ᄒᆡ(萬里長海)의 연운(煙雲)을 ᄡᅳ리치니 왕왕이 뜻글이 ᄡᅵ이디 아닛ᄂᆞᆫ 거동이오 ᄇᆡᆨ운(白雲)이 딘탕(震蕩)ᄒᆞ고 셤뉸(蟾輪)[116]이 광화(光華)ᄒᆞᆫᄃᆡ 한텬상노(寒天霜露)의 만니(萬里)ᄅᆞᆯ 통일(統一)ᄒᆞᆯ 긔상(氣像)이라. 늉쥰일각(隆準日角)[117]의 뇽미봉안(龍尾鳳眼)[118]이 발ᄎᆔ긔특(拔萃奇特)ᄒᆞ고 탁호기명(卓乎其明)ᄒᆞ니 긔린디어쥬슈(麒麟至於走獸)와 봉황디어비됴(鳳凰至於飛鳥)의 홀노 ᄡᅮᆨ이 업ᄉᆞ니[119] 박시 위

---

114 쳥의양낭(青衣養娘): 청의양랑. 천한 사람.

115 텬쥬(天柱): 천주. 하늘이 무너지지 않도록 괴고 있다는 상상 속의 기둥.

116 셤뉸(蟾輪): 섬륜. 둥근 달.

117 늉쥰일각(隆準日角): 융준일각. 제왕(帝王)의 상(相)을 뜻함. 이마 중앙의 뼈가 해 모양으로 두두룩하게 나와 귀인의 상으로 일컫는 데서 비롯된 말.

118 뇽미봉안(龍眉鳳眼): 용미봉안. 용의 눈썹과 봉의 눈같이 가늘고 긴 사납고 붉은 기운이 있는 눈.

엄이 시녀복부(侍女僕夫)의 ᄉᆡᆼ살(生殺)을 임의로 ᄒᆞ나 공ᄌᆞᄅᆞᆯ ᄌᆞᆸ아 ᄂᆞ리와 형벌을 더으라 ᄒᆞᄆᆡ 다ᄃᆞ라ᄂᆞᆫ 좌우 시위(侍衛) 능히 응명(應
41면 命)치 못ᄒᆞ여 슈히 미인의게 달녀드디 못ᄒᆞ니 박시 더옥 노ᄒᆞ여 듕시녀(衆侍女)ᄅᆞᆯ 악악 즐ᄆᆡ(叱罵)ᄒᆞ니 요란ᄒᆞ미 극ᄒᆞᆫ디라. 댱공이 미인의 용ᄐᆡ(容態)ᄅᆞᆯ ᄃᆡᄒᆞᄆᆡ 죽일 ᄯᅳᆺ이 ᄉᆞ라디나 ᄌᆞᄀᆡᆨ(刺客)을 드려 변(變)을 짓고ᄌᆞ ᄒᆞ미 져근 일이 아니니 다ᄉᆞ리믈 범연(泛然)이 못 ᄒᆞ리라 ᄒᆞᆯ ᄲᅳᆫ 아니라 ᄌᆞ긔 젼후(前後)의 미인을 집슈년비(執手延臂)ᄒᆞ미 ᄒᆞᆫ두 슌이 아니로ᄃᆡ 그 비홍(臂紅)[120]의 유무(有無)ᄅᆞᆯ 굿ᄐᆞ여 ᄉᆞᆯ피디 아냐시니 미인이 만일 쥬푀(朱標)[121] 이실딘ᄃᆡ 타쳐의 유졍낭(有情郞)이 업ᄉᆞᆯ 거시오 비홍이 업ᄉᆞᆫᄌᆞᆨ 반ᄃᆞ시 음분도쥬(淫奔逃走)ᄒᆞᆯ 쇠ᄅᆞᆯ ᄂᆡ여시리라 ᄒᆞ여 그 쥬표ᄅᆞᆯ 보고 죽이며 ᄉᆞᆯ오믈 결(決)코ᄌᆞ ᄒᆞ여 우슈(右手)의 칼흘 쥐고 좌슈(左手)로 공ᄌᆞ의 팔흘 급히 ᄲᆡ혀 본ᄌᆞᆨ ᄋᆡᆼ혈(鶯血)이 터도 업ᄂᆞᆫ디라. 이 계집이 과연 음흉교활(陰凶狡猾)ᄒᆞ고 간악무비(奸惡無比)ᄒᆞ여 ᄌᆞ긔ᄅᆞᆯ 연무듕(煙霧中) 사ᄅᆞᆷ을 ᄆᆡᆫᄃᆞ라
42면 궁흉극포(窮凶極暴)ᄒᆞᆫ 쇠ᄅᆞᆯ ᄭᆡ닷디 못ᄒᆞ게 ᄒᆞ고 ᄀᆞ마니 타인(他人)으로 더브러 졍을 통ᄒᆞ여 ᄌᆞ긔ᄅᆞᆯ 죽이고 도망코ᄌᆞ ᄒᆞ미 젹실명ᄇᆡᆨ(的實明白)ᄒᆞ니 다시 므ᄅᆞᆯ 거시 업다 ᄒᆞ여 급ᄒᆞᆫ 셩과 흉ᄒᆞᆫ 뇌(怒) 익익

119 긔린디어쥬슈(麒麟至於走獸)와 봉황디어비됴(鳳凰至於飛鳥)의 홀노 ᄧᅡᆨ이 업ᄉᆞ니: 기린이 길짐승 가운데, 봉황이 날짐승 가운데 홀로 짝이 없으니. 곧 독보적으로 매우 뛰어남을 의미. 《맹자》〈공손추 상(公孫丑上)〉.

120 비홍(臂紅): 여자의 팔에 꾀꼬리의 피로 문신한 자국으로, 처녀임을 상징하는 표시. 곧 앵혈(鶯血).

121 쥬푀(朱標): 주표. 앵혈.

층쳡(益益層疊)ᄒᆞ니 젼일 산비ᄒᆡ박(山卑海薄)[122]ᄒᆞᆫ 졍이 늣게야 만나믈 ᄋᆡ돌나 ᄒᆞ고 ᄇᆡᆨ년동낙(百年同樂)을 브죡ᄒᆞ여 ᄌᆡ텬원작비익됴(在天願作比翼鳥)와 ᄌᆡ디원위년리디(在地願爲連理枝)[123]로 긔약(期約)ᄒᆞ던 ᄉᆞ랑이 일됴(一朝)의 ᄉᆞ라져 분연(忿然)히 팔흘 쎕ᄂᆡ며 입시욹[124]을 ᄊᆡ므러 피 나기의 밋거ᄂᆞᆯ 분분(忿憤)ᄒᆞᆫ 면ᄉᆡᆨ(面色)이 긔운을 통치 못ᄒᆞ여 쳥화(青華)[125]ᄅᆞᆯ 칠ᄒᆞᆫ ᄃᆞᆺ 븍밧치ᄂᆞᆫ 노긔(怒氣)예 급ᄒᆞᆫ 소ᄅᆡᄂᆞᆫ 말이 젼후ᄎᆞ셔(前後次序)ᄅᆞᆯ 다히디 못ᄒᆞ고 노긔와 쳔식(喘息)이 요요(搖搖)ᄒᆞ여 헐헐[126]이ᄂᆞᆫ 거동이 뉵월념텬(六月炎天)의 훈텬(熏天)이 막막(漠漠)ᄒᆞ고 초목(草木)이 무셩ᄒᆞᆫᄃᆡ 늙은 쇠게 잠기ᄅᆞᆯ 메워 젼애(田野) 벽(劈)ᄒᆞ며 인민(人民)이 촌음(寸陰)[127]을 앗길 ᄯᆡ로 방블ᄒᆞ니 엇디 사ᄅᆞᆷ의 모양이 이시리오? 대강 공ᄌᆞ의 죄상(罪狀)을 졀•졀이 43면 니ᄅᆞᄂᆞᆫ 바의 쥬표(朱標)ᄅᆞᆯ 업시ᄒᆞ미 웃듬 죄목(罪目)이 되ᄂᆞᆫ디라. 계오 슈죄(數罪)키ᄅᆞᆯ 맛ᄎᆞᄆᆡ 셜인(雪刃)이 바로 공ᄌᆞ의 머리ᄅᆞᆯ 향ᄒᆞ여 상광(霜光)이 번득이니 댱공의 노긔 녈화(熱火) ᄀᆞᆺᄐᆞᆫ 바의 미인을 ᄒᆞᆫ 조각 년셕(憐惜)[128]ᄒᆞᄂᆞᆫ 빗치 업ᄉᆞ니 공ᄌᆞ의 셩명(性命)이 졍히 위급ᄒᆞ여 블인(不人)의 칼 아ᄅᆡ ᄯᅥ러디믈 면치 못ᄒᆞᆯ 거시로ᄃᆡ 공ᄌᆞ의

---

122 산비ᄒᆡ박(山卑海薄): 산비해박. 산이 낮고 바다가 얕음.

123 ᄌᆡ텬원작비익됴(在天願作比翼鳥)와 ᄌᆡ디원위년리디(在地願爲連理枝): 하늘에서는 비익조가 되길 원하고 땅에서는 연리지가 되기를 원함.

124 입시욹: 입술.

125 쳥화(青華): 청화. 중국에서 나는 푸른 물감의 한 종류.

126 헐헐: 숨이 몹시 차서 숨을 고르지 않게 쉬는 모양.

127 촌음(寸陰): 매우 짧은 시간. 얼마 안 되는 시간.

128 년셕(憐惜): 연석. 가련하게 여김.

작픔(作品)이 용협(勇俠)의 풍ᄎᆡ(風采)를 아오라 젼ᄌᆞ(前者)의 댱손 환 ᄀᆞᆺ튼 요도(妖道)와 태원녕 흉젹(凶賊) ᄀᆞᆺ튼 무리도 능히 믈니쳐 화를 보디 아냐시니 엇디 댱공의 칼흘 두리며 또 엇디 댱공을 당치 못ᄒᆞ리라 근심ᄒᆞ리오마ᄂᆞᆫ ᄌᆞ긔 죵야(終夜)토록 고통ᄒᆞᆫ 바로 과연 ᄉᆞ디(四肢)를 움즉이디 못ᄒᆞᆯ 쁜 아니라 졔 비록 무상블인(無狀不仁)ᄒᆞ나 왕부(王父)의 뎨ᄌᆡ(弟子)오 부슉(父叔)의 ᄋᆞ시고귀(兒時故舊)라 다만 져를 ᄀᆞᆺ쳐 됴흔 안면(顔面)으로 보디 아닐디언졍 ᄌᆞ긔 손으로 져를
44면 ᄒᆡᄒᆞ며 욕되이 치고 시브든 아니 ᄒᆞ므로 급히 몸을 돌쳐 상인(霜刃)을 면ᄒᆞ고 댱공이 밋쳐 손을 놀리디 못ᄒᆞ여셔 나ᄂᆞᆫ ᄃᆞ시 칼을 아ᄉᆞ 슈고 아냐 두 조각의 브ᄅᆞ쳐 더지고 안ᄉᆡᆨ(顔色)을 화히 ᄒᆞ며 소ᄅᆡ를 브드러이 ᄌᆞ긔 팔 우ᄒᆡ 쥬표ᄂᆞᆫ 본ᄃᆡ 시험ᄒᆞ여 ᄃᆡᆨ은 일이 업ᄉᆞ믈 닐너 공이 만일 의심ᄒᆞᆯ딘ᄃᆡ 잉혈(鶯血)을 취ᄒᆞ여 내 팔ᄒᆡ ᄃᆡᆨ으라 ᄒᆞ여 ᄌᆞᄀᆡᆨ ᄃᆡᄉᆞ(刺客之事)로브터 여러 조건 슈죄(數罪)ᄒᆞ던 바를 낫낫치 ᄃᆡᄒᆞ여 ᄌᆞᄌᆞ히[129] 발명(發明)치 아니ᄒᆞ나 일의 허무ᄒᆞ믈 아라듯게 니ᄅᆞᄃᆡ 댱튝의 듯ᄂᆞᆫ 귀 막막(寞寞)ᄒᆞ고 보ᄂᆞᆫ 눈이 홀홀(忽忽)ᄒᆞ여 맛ᄎᆞᆷᄂᆡ 그런가 넉이디 아닐 쁜 아니라 박시 또 믄득 칼흘 어더 공을 주며 악악히 어셔 슈히 죽이라 ᄌᆡ쵹ᄒᆞ니 댱공이 미인의 칼흘 쌕거 더디ᄂᆞᆫ 용녁(勇力)을 무셔히 넉이ᄃᆡ 분(忿)이 븍밧쳐 ᄒᆞᆫ판 ᄡᅡ홈을 죽기 ᄉᆞᆯ기를 혜디 아니ᄒᆞ고 다시 비검(匕劒)[130]을 번득여 디ᄅᆞ려 ᄒᆞ니 공ᄌᆡ 댱공을 상
45면 ᄒᆡᄒᆞᆯ ᄠᅳᆺ이 이시면 죡히 당치 못ᄒᆞᆯ가 근심ᄒᆞ미 아니로ᄃᆡ 져를 ᄀᆞᆺᄐᆞ여

129 ᄌᆞᄌᆞ히: 자세히.

130 비검(匕劒): 원래 비수와 검을 아울러 이르는 말이나 여기서는 문맥상 '날카로운 칼'을 뜻함.

상히오디 아니려 ᄒᆞ여시므로 말노뼈 칼흘 잠간 머므ᄅᆞ믈 비러 ᄉᆞ오 슌(巡)의 밋치ᄃᆡ 댱공이 드룬 쳬 아니 ᄒᆞ고 흉패(凶悖)[131]히 디ᄅᆞ려 ᄒᆞ여 공ᄌᆞ의 ᄉᆞ미롤 디른ᄃᆡ 공지 급히 피ᄒᆞ므로 대단이 상(傷)치 아니 ᄒᆞ나 을닙엇ᄂᆞᆫ 고로 ᄉᆞ미 좁고 칼히 날나미 괴이ᄒᆞ여 팔흘 잠간 상ᄒᆞ미 되니 피 소ᄉᆞ나ᄃᆡ 댱공이 긋치디 아니하고 달녀드니 슈간방ᄉᆞ(數間房舍)의셔 ᄉᆞ면(四面)으로 피ᄒᆞ나 디게 압히 박시 막아셧고 댱공이 어린 ᄋᆞ히 ᄧᅩᆺ듯 ᄉᆞ모로 ᄯᆞ라 디ᄅᆞ고ᄌᆞ ᄒᆞ니 잠간 몸을 쒸오쳐 밧그로 나가 ᄯᅥᆯ니 블인의 하리노ᄌᆞ(下吏奴子)의 효용(驍勇)ᄒᆞᆫ 지(者) 다다(多多)ᄒᆞ니 뒤흘 ᄯᆞ라좁도록 ᄒᆞᆯ 거시오 다시 좁힌즉 욕됨과 분ᄒᆞ미 이에셔 더ᄒᆞᆯ디라. 창황분난디듕(蒼黃紛亂之中)[132]이나 ᄉᆡᆼ각ᄒᆞᄃᆡ

'내 ᄯᅳᆺ을 결ᄒᆞ여 ᄎᆞ튝을 긋출디언졍 부형(父兄)의 고위(故友)믈 도라보고 댱유유셔(長幼有序)롤 ᄉᆡᆼ각ᄒᆞ여 손으로 블인을 상히오지 말고ᄌᆞ ᄒᆞ엿더니 블인(不人)의 흉패(凶悖)ᄒᆞ미 이 ᄀᆞᆺᄐᆞ여 날을 브ᄃᆡ 죽이고 긋치려 ᄒᆞ니 내 젼후(前後) ᄉᆞ변(事變)[133]을 만히 디ᄂᆡ고 쳐쳐(處處)의 흉젹(凶賊)을 겻거 구ᄉᆞ일ᄉᆡᆼ(九死一生)ᄒᆞᆫ 바로 오날놀 이 튝ᄉᆡᆼ(畜生)의 독슈(毒手)[134]롤 버셔나디 못ᄒᆞ여 힘힘히 죽으미 도로혀 우은디라. 목금(目今) 나의 위급ᄒᆞ미 병법(兵法)의 니룬바 슈딘(數陣)이오 의ᄃᆡ승긔란이라[135]. 므롯 합변디슐(合變之術)을 아라 ᄇᆡ승일젼(倍勝一 46면

---

131 흉패(凶悖): 험상궂고 그 성질이나 행동이 도리에 어긋나고 나쁨.

132 창황분난디듕(蒼黃紛亂之中): 창황분란지중. 미처 어찌할 사이도 없이 매우 급작스럽고 어수선하고 소란스러운 가운데.

133 ᄉᆞ변(事變): 사변. 감당하기 어려운 천재나 그 밖의 중대한 사건이나 변고.

134 독슈(毒手): 독수. 남을 해치려는 악랄한 수단을 뜻하는 말.

戰)을 ᄒᆞᆯ 만ᄒᆞᄃᆡ 젹진(敵陣)을 두호(斗護)[136]ᄒᆞ여 ᄎᆞ마 못 ᄒᆞ여 안ᄌᆞ셔 망ᄒᆞ고 진원이 짓터 ᄃᆡ승긔ᄅᆞᆯ ᄡᅳᆯ 만ᄒᆞᄃᆡ 유쥐라 ᄒᆞ여 아니코 병을 길워 죽ᄂᆞᆫ 거ᄉᆞᆫ 부인 녀ᄌᆞ의 혼용(昏庸)ᄒᆞ미라도 아닐 노ᄅᆞ시라. 내 ᄉᆞᆯ기ᄅᆞᆯ 취ᄒᆞ여 ᄎᆞᄐᆞᆨ을 잠간 상ᄒᆡ오고 모든 인심(人心)을 경구(驚懼)케 ᄒᆞ여 날을 감히 잡으며 ᄯᆞᆯ올 ᄉᆡᆼ의(生意)ᄅᆞᆯ 못 ᄒᆞ게 ᄒᆞ미 굿ᄐᆞ여 죄 되디 아니리니 임의 남화위녀(男化爲女)ᄒᆞ여 죵신(終身)의 붓그러옴도
47면 디엇ᄂᆞᆫ 바의 이 거조(擧措)ᄅᆞᆯ 다시 ᄒᆞᆫ다 므ᄉᆞᆷ 젼졍(前程)의 더 막히미 되리오?'

ᄒᆞ여 의ᄉᆡ(意思) 운동(運動)ᄒᆞᄆᆡ 잇디 아니ᄒᆞ니 ᄯᅩᄒᆞᆫ 분긔튱격(憤氣衝擊)ᄒᆞ믈 조ᄎᆞ 통쳐(痛處)의 비경(非輕)턴 바ᄅᆞᆯ 닛고 호대(浩大)ᄒᆞᆫ 긔운이 ᄉᆡᆨᄉᆡᆨᄒᆞ니 졸연(猝然)이 ᄒᆞᆫ 소ᄅᆡᄅᆞᆯ 놉히 디ᄅᆞ니 강개분발(慷慨奮發)ᄒᆞᆫ 셩음(聲音)이 ᄒᆞᆫ갓 학(鶴)이 쳥년슈[137]의셔 슬피 울고 봉(鳳)이 오동상(梧桐上)의셔 ᄆᆞᆰ게 우ᄂᆞᆫ 듯ᄒᆞᆯ ᄲᅳᆫ 아니라 측실고루의 훈풍(薰風)이 운호ᄒᆞ니 텬디동요(天地動搖)ᄒᆞ고 산쳔(山川)이 울히ᄂᆞᆫ 듯ᄒᆞ거ᄂᆞᆯ ᄒᆞᆫ번 팔흘 움즉여 댱공의 쥔 칼흘 아ᄉᆞ 산산이 바ᄋᆞ고 믄득 몸을 ᄯᅱ오쳐 댱공의 ᄡᅳᆫ 관(冠)을 벗기 치고 허튼[138] 머리ᄅᆞᆯ ᄭᅳ드러[139] 나ᄂᆞᆫ ᄃᆞ시 손의 ᄀᆞᆷ을ᄉᆡ 무슈(無數) 시녀와 박시 다라들고ᄌᆞ ᄒᆞ거ᄂᆞᆯ 공ᄌᆡ 녀셩

135 슈딘(數陣)이오 의ᄃᆡ승긔란이라: 규장각본에는 '슈던이오 의ᄃᆡ승일란이라'로 되어 있음.

136 두호(斗護): 두둔하여 보호함.

137 쳥년슈: 규장각본에는 '쳥텬슈'로 되어 있음. 문맥상 학이 나무 위에서 우는 상황이라 '쳥텬슈'가 나무를 가리키는 듯하나 정확한 한자 표기는 미상.

138 허튼: 허틀다. 흐트러지다.

139 ᄭᅳ드러: ᄭᅳ들다. 끄들다.

(厲聲)ᄒᆞ여 박부인을 뫼셔 ᄂᆡ라 ᄒᆞ며 졔시녀(諸侍女)ᄅᆞᆯ 우(右)로 밀치며 좌(左)로 박ᄎᆞ 혹 대골[140]이 ᄊᆡ여져 면뫼(面貌) 웃쳐져 다 각각 알픈 거ᄉᆞᆯ 니긔디 못ᄒᆞ여 두면(頭面)을 우희고[141] 일시의 믈너셔 뼉은 플ᄀᆞᆺ고 져녁 ᄒᆞ로ᄉᆞ리[142] ᄀᆞᆺᄐᆞᆫ디라. 박시 망녕(妄靈)된 ᄠᅳᆺ과 헛된 강악(强 48면
惡)으로뼈 댱공을 졔어ᄒᆞ고 시녀ᄅᆞᆯ 호령(號令)ᄒᆞ나 진딧 모딘 셩(性)도 아니오 과영(過贏)[143]이 ᄉᆞ오나온 인믈도 아니라. 오날ᄂᆞᆯ 졍공ᄌᆞ의 엄ᄒᆞᆫ 소ᄅᆡ의 혼블부톄(魂不附體)ᄒᆞ나 댱공을 구ᄒᆞ라 달녀드다가 도로 거ᄅᆞᆷ을 믈녀 디게 알ᄑᆡ 나셔미 되니 미인을 인쳬(人彘)ᄅᆞᆯ ᄆᆡᆫᄃᆞᆯ녀 오롸 ᄒᆞ던 소ᄅᆡ ᄯᅩᄒᆞᆫ 주러디고 면무인ᄉᆡᆨ(面無人色)[144]ᄒᆞ니 대강 미인의 긔질(氣質)이 쳥약(淸弱)ᄒᆞ여 옥비셤슈(玉臂纖手)의 의건(衣巾)을 니긔디 못ᄒᆞᆯ ᄃᆞᆺ 셤외(纖腰)[145] 농촌ᄒᆞ고 골격(骨格)이 어ᄅᆞᆷ을 ᄲᅵᄉᆞᆫ ᄃᆞᆺᄒᆞᆫ 바로 두 번 댱검(長劍)을 셧그ᄃᆡ 셕은 남글 ᄉᆡᆨ근 ᄃᆞᆺᄒᆞ여 조곰도 힘 잇ᄂᆞᆫ 거동이 업고 댱공을 잡아 슈이 치ᄃᆡ 헷 거ᄉᆞᆯ 달홈 ᄀᆞᆺᄐᆞ니 그 용녁(勇力)을 무셔히 넉일 ᄲᅮᆫ 아냐 ᄀᆞ장 이상히 넉여 혹ᄌᆞ 쇽셰(俗世) 사ᄅᆞᆷ이 아닌가 의아(疑訝)ᄒᆞᄆᆡ 요망(妖妄)ᄒᆞᄃᆡ 허탄(虛誕)ᄒᆞᆫ 일을 슝상(崇尙)ᄒᆞᄂᆞᆫ 픔도(品度)의 이 아니 신션(神仙)이 하강(下降)ᄒᆞ며 귀신이 조화ᄒᆞᄆᆡᆫ가? 능히 측냥(測量)치 못ᄒᆞ여 감히 입을 움ᄌᆞᆨ이지 못ᄒᆞ

---

140 대골: '대가리'의 방언.

141 우희고: 우희다. 움켜쥐다.

142 ᄒᆞ로ᄉᆞ리: 하루살이.

143 과영(過贏): 지나치게 많이 남음. 과잉.

144 면무인ᄉᆡᆨ(面無人色): 면무인색. 몹시 놀라거나 겁에 질려 얼굴에 핏기가 없음.

145 셤외(纖腰): 섬요. 가냘프고 연약한 여자의 허리. 곧 미인을 형용하는 말.

49면

고 댱공은 분뇌(憤怒) 막딜녀[146] 엄ᄉᆡᆨ(嚴塞)ᄒᆞ미 되엿ᄂᆞᆫ디라. 공ᄌᆡ 댱공의 머리ᄅᆞᆯ 다엿 번 휘도라 벽샹(壁上)의 브ᄃᆡ잇고 낫ᄎᆡ[147] 춤을 밧트며 금노(金爐)[148]의 ᄌᆡᄅᆞᆯ 쥐여 그 눈의 드리치고 두 ᄲᅣᆷ을 셔너 번 즛울히며 완악무식(頑惡無識)[149] 블측패악(不測悖惡)ᄒᆞ며 츄셰비린(趨勢鄙吝) 흉음블명(凶淫不明)ᄒᆞ믈 ᄀᆞᆺ초 슈죄(數罪)ᄒᆞᆯᄉᆡ 위풍(威風)이 규규(赳赳)ᄒᆞ여 농(龍)이 창ᄒᆡ(滄海)의 음ᄋᆡ(陰崖)[150]ᄅᆞᆯ 디어 풍운(風雲)을 니ᄅᆞ혀며 범이 태산(太山)의 위엄(威嚴)을 ᄀᆞ다ᄃᆞᆷᄂᆞᆫ ᄃᆞᆺᄒᆞ니 회음후(淮陰侯)[151]의 놉호령과 쥬아부(周亞夫)[152]의 엄엄(嚴嚴)ᄒᆞᆫ 위의(威儀) 므어시 무셔리오? 봉안(鳳眼)을 놉히 ᄯᅳ니 목ᄌᆡ딘녈(目眥盡裂)[153]ᄒᆞ고 광미(廣眉)ᄅᆞᆯ 거ᄉᆞ리니 슈발(垂髮)이 상디(上指)ᄒᆞ여 호령(號令)이 산악(山岳) ᄀᆞᆺ고 위엄이 즐풍뇌우(疾風雷雨) ᄀᆞᆺᄐᆞ니 그 몸의 나군쉬삼(羅裙翠衫)이 보ᄂᆞᆫ ᄌᆞ로 ᄒᆞ여곰 규복(閨服)이믈 ᄊᆡ닷디 못ᄒᆞ여 만군댱듕(萬軍將中)의 샹댱(上將)의 노(怒)ᄅᆞᆯ 니ᄅᆞ혀ᄂᆞᆫ ᄃᆞᆺ 능히 숨을 ᄂᆡ쉬디

146 막딜녀: 막딜니다. 막질니다. 막히다.

147 낫ᄎᆡ: 낯에. 얼굴에.

148 금노(金爐): 금로. 금으로 장식하여 만든 향로.

149 완악무식(頑惡無識): 억세게 고집스럽고 사나우며 행동이 격에 맞거나 세련되지 않고 우악스러움.

150 음ᄋᆡ(陰崖): 음애. 햇빛이 들지 않는 낭떠러지.

151 회음후(淮陰侯): 한신. 전한의 장군이자 제후. 동해군 회음현 사람. 한초삼걸(漢初三傑) 중 하나로 꼽히며 소하가 국사무쌍(國士無雙)이라고 일컬은 명장.

152 쥬아부(周亞夫): 주아부. 전한의 장군. 문제 때에 세류에서 흉노의 침입을 막았는데 당시 군율을 엄격하게 지키기로 유명했음. 경제 때에 오(吳), 초(楚), 조(趙), 교서(膠西), 교동(膠東), 제남(濟南) 등 7개국이 연합하여 난을 일으키자 이를 평정함.

153 목ᄌᆡ딘녈(目眥盡裂): 목재진열. 몹시 화가 난 모양을 뜻함. 《사기》 〈항우본기〉.

못ᄒᆞ고 ᄯᅩ 말을 옴겨 공의 엄쇡(嚴塞)홈과 미인의 작난(作亂)ᄒᆞ믈 힝각(行閣)의도 니ᄅᆞ디 못ᄒᆞ고 시녀마다 죄 업시 죽을가 음으로 쳥ᄉᆞ의 모다 두면을 우희고 녁술 일허 아모리 홀 줄 모롤 즈음의 공지 번신(飜身)ᄒᆞ여 나오며 녀셩왈(厲聲曰) 50면

"너희 무리 날을 조ᄎᆞ올 ᄌᆡ(者) 잇거든 당현 블인(不人)의 머리롤 버혀 와 죽으믈 면(免)ᄒᆞ고 상(償)을 당ᄒᆞ라."

셜파(說罷)의 방ᄌᆞ무인(放恣無人)[154]히 동헌(東軒)을 인ᄒᆞ여 ᄒᆞᆫ번 몸을 소소치ᄆᆡ[155] 아으라ᄒᆞᆫ[156] 장원(墻垣)을 슈고 아냐 넘으니 이 곳 경부로 가미로ᄃᆡ 시녀 등이 황황망극(遑遑罔極)ᄒᆞ여 그 월장(越墻)ᄒᆞ여 가ᄂᆞᆫ 곳이 경뷔믈 아디 못ᄒᆞ고 박시의 영민(英敏)컨 쳬ᄒᆞ므로도 미인의 가ᄂᆞᆫ 바롤 숣피디 못ᄒᆞ여 다만 급급히 방듕의 드러가 공을 구호(救護)ᄒᆞ여 입의 약믈을 드리오며 슈죡(手足)을 쥐므ᄅᆞ고 눈의 ᄌᆡ롤 ᄲᅢ혀 ᄂᆡ며 부어오른 ᄲᅣᆷ을 어로만져 ᄭᆡ기롤 기다릴ᄉᆡ 박시의 심담(心膽)이 요요경경(擾擾耿耿)[157]ᄒᆞ여 투악(妬惡)은 주러디고 이상ᄒᆞ며 놀나오믈 결을치 못ᄒᆞ니 낫빗치 죽은 ᄌᆡ(者) ᄀᆞᆺᄐᆞ여 역시 혼도(昏倒)ᄒᆞ미 되여시니 시녀뉴(侍女類)의 담대(膽大)ᄒᆞ고 영니(怜悧)ᄒᆞᆫ 인믈이 계오 경신을 출혀 온ᄎᆞ(溫茶)롤 가져 부인의 딘음(進飮)ᄒᆞ믈 쳥ᄒᆞ고 비로소 경낭ᄌᆡ 크게 작난(作亂)ᄒᆞ고 다라나다 ᄒᆞ여 힝각(行閣)과 군관소(軍 51면

154 방ᄌᆞ무인(放恣無人): 방자무인. 곁에 사람이 없는 것처럼 제멋대로 행동함.
155 소소치ᄆᆡ: 소소치다. 솟구치다.
156 아으라ᄒᆞᆫ: 아으라ᄒᆞ다. 아스라하다. 까마득하게 멀거나 아슬아슬하게 높다.
157 요요경경(擾擾耿耿): 마음이 자꾸 흔들려 들뜨고 잊히지 않고 걱정이 됨.

管所)의 니ᄅᆞ니 부하(部下) 딘경(震驚)ᄒᆞ여 하리복뷔(下吏僕夫) 벌 뭉긔ᄃᆞᆺ 모다 공의 분부를 기ᄃᆞ려 미인의 ᄌᆞ최를 ᄯᆞ로려 ᄒᆞ더라. 당공이 ᄀᆞ장 오란 후 회소(回蘇)ᄒᆞ여 요녀(妖女)의 거쳐(去處)를 므ᄅᆞ니 박시 도망ᄒᆞᆫ 바를 니ᄅᆞ고 쥬긔(酒氣)로조ᄎᆞ 다시 ᄯᅳᆫ 긔운과 거ᄌᆞᆺ 강악(强惡)이 니러나니 능히 ᄎᆞᆷ디 못ᄒᆞ여 어ᄃᆡ 가 만고이릐(萬古以來)[158]의 ᄡᅡᆨ 업ᄉᆞᆫ 별믈요ᄉᆞ(別物妖邪)를 어더 와 ᄒᆞ마[159] 집을 업치고 몸을 맛촐 번ᄒᆞ믈 악악 대믜(大罵)ᄒᆞ니 공이 심신(心身)이 어득ᄒᆞᆯ ᄲᅮᆫ 아니라 냥안(兩眼)이 모릐를 너허 브븨ᄂᆞᆫ ᄃᆞᆺ 알프미 심ᄒᆞ며 두 ᄲᅣᆷ이 오히려 울히ᄂᆞᆫ ᄃᆞᆺ 괴로이 알하 분히 ᄎᆞ악한심(嗟愕寒心)ᄒᆞ고 놀나오믄 니

52면

ᄅᆞ도 말고 미인이 삼오(三五)[160]도 ᄎᆞ디 못ᄒᆞᆫ 어린 녀ᄌᆞ로 용뮝(勇猛)이 항왕(項王)[161]의 일뉴(一類)오 ᄌᆡ죄(才操) 쳔ᄃᆡ(千代)의 다시업ᄉᆞ니 ᄌᆞ긔를 반(叛)ᄒᆞ여 가믜 ᄯᅩ 므ᄉᆞᆫ 변(變)을 디어 모로ᄂᆞᆫ ᄀᆞ온ᄃᆡ 악착(齷齪)ᄒᆞᆫ 환(患)이 이실가 궁구(窮究)ᄒᆞᄂᆞᆫ 듕 향킥(向刻) 발검참두(拔劍斬頭)코ᄌᆞ 브졀업시 못된 셩을 덧ᄂᆡ여 도쥬(逃走)키의 니ᄅᆞ믈 츄회(追悔)ᄒᆞ고 박시의 ᄌᆞ즐ᄒᆞᆫ[162] 투긔(妬忌)를 ᄉᆡᆼ각ᄒᆞ니 홀연 연부인의 단일유법(端一有法)ᄒᆞ믈 ᄉᆡᆼ각ᄒᆞ여 만일 연부인이 이시면 그 ᄀᆞᆺᄐᆞᆫ 미인을 됴히 거ᄂᆞ려 이 거죄(擧措) 업ᄉᆞᆯ낫다 한(恨)ᄒᆞ나 그 인믈의 용녈

158 만고이릐(萬古以來): 만고이래. 오랜 세월을 통해 지금에 이르기까지.

159 ᄒᆞ마: 하마. 하마터면.

160 삼오(三五): 15세.

161 항왕(項王): 항우. 진(秦)나라 무장. 해하에서 전한(前漢) 군사에게 겹겹으로 포위되자 비분강개하여 "힘은 산을 뽑을 만하고 기개는 세상을 덮을 만하나 때가 이롭지 못해 오추마가 가지 않는구나(力拔山兮氣蓋世 時不利兮騅不逝)."라고 노래했다고 함.

162 ᄌᆞ즐ᄒᆞᆫ: ᄌᆞ즐하다. 지질하다. 구질구질하다.

(庸劣)ᄒᆞ미 박시 졔어(制御)ᄅᆞᆯ 바다 겁이 만흐므로 미인을 ᄎᆞᄌᆞ라 말도 못 ᄒᆞ고 계오 몸을 ᄡᅳ어 미인의 협ᄉᆞ(篋笥)ᄅᆞᆯ 뒤니 ᄒᆞᆫ 궤(櫃)ᄅᆞᆯ 긴긴히 잠가ᄂᆞᆫ디라. 이에 보ᄆᆡ 초의 신믈(信物)과 의ᄌᆞ(衣資) ᄎᆞᄅᆞᆯ 보ᄂᆡᆫ 금ᄇᆡᆨ(金帛)[163]이 이실 ᄲᅳᆫ이 이실 ᄲᅳᆫ 아니라 최언션으로 ᄒᆞ여곰 졍공ᄌᆞ 닌광의게 보ᄂᆡᆫ 은ᄌᆞ(銀子)와 셔간(書簡)이 다 이시니 이ᄅᆞᆯ 보ᄆᆡ 엇디 ᄊᆡ닷디 못ᄒᆞ리오마ᄂᆞᆫ 우혼(愚昏)ᄒᆞ고 블명(不明)ᄒᆞ여 근일(近日) 53면
은 더옥 사ᄅᆞᆷ이 되디 아녀시므로 미인이 졍공ᄌᆡ련 줄 능히 아디 못ᄒᆞ고 최언션이 엇디ᄒᆞ여 미인을 은(銀)을 주고 졍공ᄌᆞ의게 젼(傳)치 아녓ᄂᆞᆫ고 ᄒᆞ여 기간ᄉᆞ(其間事)ᄅᆞᆯ 측냥(測量)치 못ᄒᆞᄃᆡ 박시 ᄯᅩᄒᆞᆫ 곡졀(曲折)을 ᄉᆞᄆᆞᆺ디 못ᄒᆞ여 다만 죰쳡 엇ᄂᆞᆫ ᄃᆡ 금은(金銀)을 이ᄃᆡ도록 줄 일이 어이 이시리오 ᄒᆞ여 만일 요녜(妖女) 은ᄌᆞᄅᆞᆯ 가디고 도쥬(逃走)ᄒᆞ여시면 패가(敗家)ᄒᆞᆯ 번ᄒᆞ엿다 ᄒᆞ고 ᄉᆡ로이 공을 ᄭᅮ디ᄌᆞ며 은ᄌᆞᄅᆞᆯ 거두어 근신(謹愼)ᄒᆞᆫ 양낭(養娘)을 맛져 셩ᄂᆡ(城內)로 가져오라 ᄒᆞ고 이에 가샤(家事)ᄅᆞᆯ ᄃᆡᆨ희엿던 노ᄌᆞ(奴子)ᄅᆞᆯ 다 일죄(一罪)[164]로 마련ᄒᆞ여 공의 득쳡(得妾)ᄒᆞ믈 알고 고(告)치 아녓다 ᄒᆞ여 죽이고ᄌᆞ ᄒᆞ더니 교유랑이 니ᄅᆞ러 ᄉᆞ리(事理)로 개유(開諭)[165]ᄒᆞᄆᆡ 박시 ᄯᅩᄒᆞᆫ 유랑을 긔ᄃᆡ(貴待)ᄒᆞᄂᆞᆫ 고로 그 니ᄅᆞᄂᆞᆫ 바ᄅᆞᆯ 아니 듯디 못ᄒᆞ여 시비(侍婢)와 노ᄌᆞᄅᆞᆯ 샤(赦)ᄒᆞ니 모든 일을 다 쳐결(處決)컨 쳬ᄒᆞᄆᆡ 비로소 응셜각의 드러가 녀ᄋᆞᄅᆞᆯ 볼ᄉᆡ 쇼졔(小姐) 이날은 능히 사ᄅᆞᆷ의 소ᄅᆡᄅᆞᆯ 아라듯고 54면

163 금ᄇᆡᆨ(金帛): 금백. 금과 비단.

164 일죄(一罪): 사형에 해당하는 죄.

165 개유(開諭): 사리를 알아듣도록 타이름.

희미히 눈을 ᄯᅳᄃᆡ 빵광이 일월(日月)의 영ᄎᆡ(英彩)를 일치 아냐시니 셜파 모녀(母女)와 츈홍이 만심(滿心) 용약환희(踊躍歡喜)ᄒᆞ여 구호(救護)ᄒᆞᄂᆞᆫ 졍셩이 시시(時時)의 층가(層加)ᄒᆞ니 타ᄉᆞ(他事)를 ᄆᆞ음의 거리ᄢᅵ미 업셔 쇼져를 구호ᄒᆞ여 회소복상(回蘇復常)홈만 튝원(祝願)ᄒᆞ니 공의 부부의 징단(爭端)홈과 졍미인의 유무(有無)를 알녀 아니 ᄒᆞ므로 문희당의 죡젹(足跡)이 님치 못ᄒᆞ여 졍미인의 얼골을 보디 못ᄒᆞ미 되여시나 이 무리ᄂᆞᆫ 하류(下流)의 탁마(琢磨)[166]ᄒᆞ여 유식춍단(有識聰端)ᄒᆞ미 댱공과 박시 ᄀᆞᆺᄐᆞᆫ 쥬인으로셔ᄂᆞᆫ ᄇᆡᆨ분디일(百分之一)을 밋디 못홀디라. 츄연이 미인의 작난도쥬(作亂逃走)[167]ᄒᆞ믈 듯고 므득 의심ᄒᆞ여 혹ᄌᆞ 녀ᄌᆡ 아니런가 ᄒᆞᄃᆡ 츈홍은

"위졍의 녀ᄋᆡ로ᄃᆡ 경ᄉᆞ(京師)의 이시므로 기간ᄉᆞ(其間事)를 아디 못ᄒᆞ나 쇼져의 망극(罔極)ᄒᆞᆫ 변ᄋᆡᆨ(變厄)과 우환(憂患)을 당ᄒᆞ여 다ᄅᆞᆫ

55면 일을 밋쳐 결을ᄒᆞ여 의논홀 ᄇᆡ 아니니 여등(汝等)은 브졀업ᄉᆞᆫ 말을 긋치라. 다만 쇼졔 약효(藥效)의 신긔로오믈 인ᄒᆞ여 ᄶᅥ러진 귀 도로 졔 ᄌᆞ곡의 븟고ᄌᆞ ᄒᆞ고 안광(眼光)이 상치 아냐 계시니 복상(復常)홀 가망이 잇거놀 이졔 부인이 니ᄅᆞ러 계시니 쇼져를 한번 보실딘ᄃᆡ 향일(向日) 놀납던 형모(形貌)와 ᄉᆞ이 녯 얼골이 도라온 ᄃᆞ시 젼파ᄒᆞ샤 다시 쇼져 신상의 ᄒᆡ로오믈 닐위실 ᄃᆞᆺᄒᆞ니 비록 가치 아니ᄒᆞ나 쇼졔 혼혼(昏昏)[168]ᄒᆞ시믈 타 일승양혈(一升羊血)을 낫 우ᄒᆡ ᄲᅵ쳐 흔갈ᄀᆞᆺ치

166 탁마(琢磨): 학문이나 덕행 따위를 닦음을 비유적으로 이르는 말.
167 작난도쥬(作亂逃走): 작란도주. 난리를 일으키고 도망감.
168 혼혼(昏昏): 정신이 가물가물하고 희미함.

피 흐ᄅᆞ믈 뵈오미 엇더ᄒᆞ뇨?"
츄연 왈
"노얘(老爺) 효신(曉晨)의 그러치 아니믈 보아 계신 빗니 곡졀(曲折)을 므ᄅᆞ실가 ᄒᆞ나이다."
츈홍 왈
"비록 므ᄅᆞ셔도 ᄉᆡ로이 뉴혈(流血)이 돌디(突之)ᄒᆞ므로뼈 ᄃᆡ(對)ᄒᆞ리라."
ᄒᆞ고 ᄀᆞ마니 쇼졔 모로ᄂᆞᆫ ᄀᆞ온ᄃᆡ 피롤 ᄊᆡ치니 이목구비(耳目口鼻)롤 창졸간(倉卒間)[169]은 능히 분변치 못ᄒᆞ고 면판(面板)의 젹혈(赤血)이 흐ᄅᆞᄂᆞᆫ 놀나오미 향ᄌᆞ(向者)로 다ᄅᆞ디 아닌디라. 박시 눈을 드러 보고 경참(驚慘)ᄒᆞ여 즉시 나올ᄉᆡ 믄득 츄연으로 ᄒᆞ여곰 녀ᄋᆞ의 낫촐 ᄀᆞ리라 ᄒᆞ고 손으로 어로만져 셩ᄂᆡ(城內)로 도라가믈 니롤ᄉᆡ 변심상셩(變心喪性)ᄒᆞᆫ ᄀᆞ온ᄃᆡ나 오날놀을 당ᄒᆞ여 잠간 텬뉸(天倫)이 ᄌᆞ동(自動)ᄒᆞ여 심회ᄌᆞ통(心懷自痛)ᄒᆞ여 두어 줄 눈믈이 가ᄇᆡ야이 ᄯᅧ러디니 인심이 디뎡(至情)[170]이라. 박시 교랑 잇ᄂᆞᆫ 줄을 알고 월ᄋᆞ쇼져의 잇ᄂᆞᆫ 줄 아디 못ᄒᆞᄆᆡ ᄌᆞᄋᆡ막연(慈愛漠然)ᄒᆞᄃᆡ 일노조ᄎᆞ 긴 니별이 아으라홀 거시므로 ᄒᆡ음업시 쳑연하루(惕然下淚)ᄒᆞ믈 면치 못ᄒᆞ고 의ᄉᆡ(意思) 요요(搖搖)ᄒᆞ여 디박(止迫)지 못ᄒᆞ니 비컨ᄃᆡ 동졍(洞庭) 츄엽(秋葉)이 ᄯᅧ러져 향홀 바롤 업슴 ᄀᆞᆺᄐᆞᆫ디라. 기리 늣겨 왈 56면
"녀ᄋᆡ야, 널노뼈 뉘 이 디경(地境)의 밋ᄎᆞ리라 ᄒᆞ여시리오마ᄂᆞᆫ ᄉᆞᄉᆞ

169 창졸간(倉卒間): 급작스러운 동안.
170 디뎡(至情): 지정. 진심에서 우러나오는 참된 정.

로 죄를 ᄲᅡ코 스ᄉᆞ로 형모(形貌)를 벌ᄒᆞ니 그 므어ᄉᆞᆯ 탓ᄒᆞ며 누를 한ᄒᆞ리오? 이제 요힝(僥倖) 일뉘(一縷) ᄉᆞᆺ디 아냐시니 녯 얼골이 도라
57면 오디 못ᄒᆞ나 평인(平人)의 용모(容貌)만이나 ᄒᆞ여 화경옥쥬의 넙은 덕화(德化)를 므릅뻐 젼졍(前程)[171]을 도모(圖謀)ᄒᆞᆯ가 ᄇᆞ라거니와 귄들 엇디 미드리오? 잠간 보고 도라가미 ᄉᆞ졍(私情)의 참졀(慘絶)ᄒᆞ나 ᄃᆡ(對)ᄒᆞᄆᆡ 통도(痛悼)ᄒᆞ미 더을 ᄯᅳᆫ이오 유익(有益)ᄒᆞ미 업ᄉᆞᆫ 바의 머므러 무엇ᄒᆞ리오? 녀ᄋᆡ 복상(復常)ᄒᆞᆷ을 드ᄅᆞ면 ᄐᆞᆷ을 타 나와 보리라.”

ᄒᆞ고 니러나니 쇼졔 혼혼(昏昏)ᄒᆞ여 아모란 줄을 모로다가 비읍(悲泣)ᄒᆞᄂᆞᆫ 소ᄅᆡ로조ᄎᆞ 모친(母親)의 어언(語言)을 계오 ᄎᆞᆯ혀 듯고 일단디각(一端之覺)[172]이 잇셔 블효(不孝)를 셜워ᄒᆞ고 모친의 블명블식(不明不識)ᄒᆞ미 ᄌᆞ긔 ᄯᅳᆺ을 아디 못ᄒᆞᆷ을 비원(悲寃)ᄒᆞ여 희미히 늣겨 울ᄆᆞᆯ 마디 아니ᄒᆞ니 부인은 발셔 나가고 유랑이 븟드러 위로ᄒᆞᆷ을 마디 아니ᄒᆞ더라. 박시 공을 ᄌᆡ촉ᄒᆞ여 ᄒᆞᆫ가지로 가믈 니ᄅᆞ니 공이 ᄌᆞ긔 부은 ᄲᅣᆷ을 들고 대로샹(大路上)의 힝ᄒᆞ미 졀박(切迫)ᄒᆞᄃᆡ 박시 말을 아니 좃디 못ᄒᆞ여 ᄒᆞᆫ가디로 힝ᄒᆞᆯ식 녀ᄋᆞ를 잠간 드러가 보고 대경(大
58면 驚)ᄒᆞ여 뉴혈(流血)이 만면(滿面)ᄒᆞᆷ을 념녀(念慮)ᄒᆞᄃᆡ 머므러 구호(救護)키를 니ᄅᆞᆫ즉 박시 요식(妖色)을 심방(尋訪)코ᄌᆞ ᄒᆞ미라 욕ᄆᆡ(辱罵)ᄒᆞᆯ가 괴로이 발셜(發說)치 못ᄒᆞ고 셜파를 당부ᄒᆞ여 구호(救護)의 태만(怠慢)치 말나 ᄒᆞ고 부뷔 화거옥뉸(華車玉輪)으로 도라와 교랑을 황홀ᄋᆡ듕(恍惚愛重)ᄒᆞ미 이ᄌᆞ(二子)의 우히니 엇디 굿ᄐᆞ여 셩

---

171 젼졍(前程): 전정. 앞날.

172 일단디각(一端之覺): 일단지각. 한 가지 깨달은 바.

완쇼져롤 ᄉᆞ렴(思念)ᄒᆞ미 되리오? 교랑이 슉모롤 ᄃᆡᄒᆞ여 ᄀᆞ마니 미녀 쳐치ᄒᆞᆫ 곡졀(曲折)을 ᄆᆞᄅᆞ니 박시 교랑의 획계(畫計)ᄒᆞᆫ ᄃᆡ로 공을 속이믈 니ᄅᆞ고 미인이 도쥬(逃走)ᄒᆞ믈 일일히 니롤ᄉᆡ 만흔 금빅(金帛)을 뵈여 왈

"기녜(其女) 아마도 사롬이 아니런가 보화(寶貨)롤 즌흙ᄀᆞᆺ치 ᄇᆞ리고 갈 쁜 아니라 거동(擧動)이 쇽인(俗人)과 ᄂᆡ도ᄒᆞ고 용밍(勇猛)으로 닐너도 녀ᄌᆞ의ᄂᆞᆫ 젼쳔고(前千古) 후만셰(後萬世)의 그런 뉴(類) 업ᄉᆞ리니 엇디 괴이(怪異)치 아니리오?"

만히 신인(神人)인가 의아(疑訝)ᄒᆞ거놀 교랑이 그러치 아니믈 일ᄏᆞᄅᆞ며 은화(銀貨)롤 뒤져기다가 댱공이 졍가의 ᄒᆞᆫ 셔간(書簡)을 보고 졍공ᄌᆞ의게 보ᄂᆡᆫ 은ᄌᆡ(銀子) 미인의 궤듕(櫃中)의 잇던 바롤 듯고 셕연돈오(釋然頓悟)[173]ᄒᆞ여 ᄀᆞᆯ오ᄃᆡ 59면

"소위 그 미인ᄌᆞ(美人者)ᄂᆞᆫ 의심(疑心) 업ᄉᆞᆫ 졍닌광인가 시브니 슉뫼 ᄯᅩᄒᆞᆫ 닌광의 면모(面貌)롤 긔억ᄒᆞ실디라. 유시(幼時) 얼골이 변치 아냐실 거시니 갓ᄐᆞᆫ 곳이 만터니잇가?"

박시 경심ᄎᆞ악(驚心嗟愕)ᄒᆞ여 침음냥구(沈吟良久)의 왈

"닌광의 ᄋᆞ시면목(兒時面目)을 츄이ᄒᆞ여 ᄉᆡᆼ각건ᄃᆡ 미인이 혹 ᄀᆞᆺᄐᆞᆫ ᄃᆞᆺᄒᆞ다마ᄂᆞᆫ 그 ᄅᆡ력(來歷)을 엇디 아라 졍ᄌᆡ라 지목(指目)ᄒᆞ리오?"

교랑이 슉모와 댱공의 블명(不明)ᄒᆞ믈 실쇼(失笑)ᄒᆞ고 그 미인ᄌᆡ 분명 졍공ᄌᆡ므로 욱이니 박시 댱공을 보아 교랑의 의심(疑心)ᄒᆞᄂᆞᆫ 바롤

173 셕연돈오(釋然頓悟): 석연돈오. 미심쩍거나 꺼림칙한 일들이 완전히 풀려 개운할 정도로 갑자기 깨달음.

니르니 공이 만만 그러치 아니믈 닐너 쳐음 취쳡(娶妾)ᄒᆞ던 소유(所由)를 베플ᄉᆡ 경공ᄌᆞᄂᆞᆫ ᄉᆞ옥(私獄)의 슈계(囚繫)ᄒᆞᆫ ᄶᅵ 가월낭이 위경의 곳의 가 미인을 보고 쳔거(薦擧)ᄒᆞ거ᄂᆞᆯ 위경을 블너 온가지로 져혀 미녀를 드리라 ᄒᆞᆫ 바를 일일히 셜파(說破)ᄒᆞ니 경공지 남화위녀

60면 (男化爲女)ᄒᆞᆫ가 의심ᄒᆞ믄 도로혀 궁극(窮極)ᄒᆞ고 당치 아니ᄒᆞᄃᆡ 다만 은ᄌᆞ와 셔간(書簡)이 경ᄌᆞ의게 보닌 비 이시니 측냥(測量)치 못ᄒᆞᆯ 일이믈 니르미 박시 ᄯᅩᄒᆞᆫ 만만무려(萬萬無慮)[174]ᄒᆞ여 미인ᄌᆞᄂᆞᆫ 경공지 아니런가 넉이고 비록 디난 일이나 가월낭이 미인 쳔거ᄒᆞ믈 통완분만(痛惋憤懣)ᄒᆞᄃᆡ 경사(京師)의 잇ᄂᆞᆫ 비ᄌᆞ(婢子)와 다ᄅᆞ므로 즉시 죱아다가 죄(罪)치 못ᄒᆞ고 ᄒᆞᆫ갓 돌돌에분(咄咄恚忿)ᄒᆞᆯ ᄯᆞ롬이오 댱은 미인의게 곤히 마즌 ᄲᅧ이 알플 ᄲᅳᆫ 아니라 심ᄉᆡ(心思) 만만분울(萬萬憤鬱)ᄒᆞᆯ ᄲᅳᆫ이오 범빅(凡百)이 ᄯᅳᆺ ᄀᆞᆺ디 못ᄒᆞ믈 탄돌(嘆咄)ᄒᆞ여 침블안(寢不安) 식블감(食不感)[175]ᄒᆞᄆᆡ ᄌᆞ연 딜(疾)이 니러 상셕(床席)을 ᄯᅥ나디 못ᄒᆞ고 이 공지 딜셰(疾勢) ᄯᅩᄒᆞᆫ 슈이 가복(可復)디 못ᄒᆞ여 운산의 나아가 쇼져를 보디 못ᄒᆞ니 삼십 니(里)를 격ᄒᆞ여 셩식(聲息)[176]을 통치 못ᄒᆞ미 만니ᄋᆡ각(萬里涯角)[177]을 즈음치ᄆᆡ[178] 감치 아니ᄒᆞ니 슬프다 부ᄌᆞ모녀(父子母女)ᄂᆞᆫ 텬쇽(天屬)의 친(親)으로 ᄌᆞᄋᆡ(慈愛)ᄂᆞᆫ 금슈(禽獸)라도 삿기를 포휵(哺畜)ᄒᆞ거ᄂᆞᆯ 댱공과 박시ᄂᆞᆫ ᄌᆞᄋᆡ(慈愛)의

---

174 만만무려(萬萬無慮): 생각했던 것보다 훨씬 많이.

175 침블안(寢不安) 식블감(食不感): 잠을 자나 편안하지 못하고 먹으나 음식 맛을 느끼지 못함.

176 셩식(聲息): 성식. 소식이나 편지.

177 만니ᄋᆡ각(萬里涯角): 만리애각. 만 리나 떨어진 매우 궁벽하고 먼 땅.

178 즈음치ᄆᆡ: 즈음치다. 가로막히다, 사이에 두다.

박(薄)홈과 인졍(人情)의 막연(漠然)ᄒᆞ미 금슈(禽獸)만 ᄀᆞᆺ디 못ᄒᆞ니 이 엇디 셩완쇼져의 명되(命途) 디궁(至窮)[179]ᄒᆞ고 익회(厄會) 참참(慘慘)ᄒᆞ미 아니리오? 쳔고(千古)를 녁상(歷詳)ᄒᆞ고 금셰(今世)를 광계(廣稽)ᄒᆞ나 사ᄅᆞᆷ의 ᄌᆞ뫼(慈母) 되여 박녀 ᄀᆞᆺᄐᆞᆫ ᄌᆞ는 ᄉᆡᆼ각디 못ᄒᆞ니 혹ᄌᆞ 자식이 효(孝)ᄒᆞ나 어미 ᄌᆞ(慈)치 못ᄒᆞ여 민ᄌᆞ(閔子)[180]의 치위와 신싱(申生)[181]의 깃친 한(恨)이 잇ᄂᆞᆫ ᄌᆡ(者) 간간이 업디 아니ᄒᆞ나 이ᄂᆞᆫ 계모(繼母)의 젼츌(前出)이 아니면 양모(養母)와 의ᄌᆞ(義子)를 잔인(殘忍)ᄒᆞ고 표독(慓毒)ᄒᆞᆫ 녀ᄌᆡ 친싱(親生)이 아니믈 ᄭᅴ리미 잇거니와 박시ᄂᆞᆫ 친싱틔휵(親生胎慉)으로 쇼져의 어지롬과 셩ᄌᆞ디되(聖者之道) 듕화(中華)의 비겨 외람치 아니커ᄂᆞᆯ 졀졀이 ᄌᆞ익를 버히고 ᄉᆞᄉᆞ(事事)의 인졍(人情)을 긋쳐 손으로 죽이디 아냐 그 목숨 긋기를 ᄌᆡ촉ᄒᆞ여 쇼져의 젼졍(前程)을 함(陷)ᄒᆞ미 스ᄉᆞ로 모쥬(謀主)ᄒᆞ여 획계(畫計)ᄒᆞ미 감치 아니ᄒᆞ니 그 비록 변심상셩(變心喪性)ᄒᆞ여 쇽으로 일만 괴를 마시고 것ᄎᆞ로 ᄠᅳᆫ 긔운이 왕왕ᄒᆞ여 장부(臟腑)를 흔들 즈음의 큰 소릐와 밋친 셩으로 위엄쳐로 ᄌᆞ랑ᄒᆞ고 거쳐(去處)의 실이(失理)ᄒᆞ여 슈치(羞恥)ᄒᆞ믈 즐겁고 ᄉᆞ쳐(四處)의 무로녹아 것칠 거시 업ᄂᆞᆫ ᄃᆞᆺᄒᆞ나 홀연(忽然)이 회푀(懷抱) 쳐황(悽慌)ᄒᆞ고 의ᄉᆡ(意思) 비상

61면 62면

179 디궁(至窮): 지궁. 굉장히 곤궁함.

180 민ᄌᆞ(閔子): 민자. 춘추시대 노나라의 학자이자 '공문십철(孔門十哲)'의 한 사람인 민자건. 어릴 때 계모가 민자건을 구박했음에도 끝까지 효를 실천한 인물.

181 신싱(申生): 신생. 중국 진(晉)나라 헌공의 태자. 부친이 여희를 총애하여 그 소생 해제를 후계자로 봉하고 신생을 팽형(烹刑)에 처하고자 했으나 도망가지 않고 부친에 대한 공경을 다했다고 함.

(非常)ᄒᆞ여 한숨지고 ᄯᅩᄒᆞᆫ 눈믈 나릴 적이 ᄌᆞᄌᆞ니 이 ᄀᆞᆺᄐᆞ여 셩완쇼져를 몽니(夢裏)의나 ᄉᆡᆼ각고 그러ᄒᆞᆫ 거시 아니라 ᄌᆞ연이 하ᄂᆞᆯ이 삼긴 바인 니(理)를 거ᄉᆞ리디 못ᄒᆞ여 쇼져의 ᄋᆡᆨ(厄)홈과 곤(困)ᄒᆞ미 잔인 ᄋᆡ졀(殘忍哀切)[182]ᄒᆞᆫ 가온ᄃᆡ 이시믈 그 어미 된 ᄌᆡ ᄯᆞᆯ을 위ᄒᆞ여 념(念)ᄒᆞ미 아니로ᄃᆡ 의ᄉᆡ(意思) 쳐초(悽憔)ᄒᆞ믈 면치 못ᄒᆞ고 그 아비 된 ᄌᆡ ᄯᅩᄒᆞᆫ ᄌᆞᄋᆡ로 거리ᄭᅵ미 아니로ᄃᆡ 병이 일워 신음(呻吟)ᄒᆞ여 그 ᄆᆞ옴이 아득ᄒᆞ여 아디 못ᄒᆞ나 그 일신골졀(一身骨節)이 몬져 블평(不平)ᄒᆞ여 이 ᄀᆞᆺᄐᆞ미라. 교랑 요인(妖人)은 평ᄉᆡᆼ의ᄉᆡ(平生意思) 궁극(窮極)ᄒᆞ고 념녜(念慮) 번다(繁多)홀 ᄲᅮᆫ 아니라 춍오(聰悟)ᄒᆞᆫ 졍신이 일을 혜아리며 ᄉᆡᆼ각기를 교밀(巧密)이 ᄒᆞᄂᆞᆫ디라. 댱공의 미쳡(美妾)이 일장(一場)을 작난(作亂)ᄒᆞ고 쾌히 도쥬(逃走)ᄒᆞ믈 드ᄅᆞᆫ 후ᄂᆞᆫ 졍진(程
63면 子)가 의심ᄒᆞ미 플니디 아냐 이 소유(所由)를 화경궁의 셰셰히 고ᄒᆞ고 '만일 졍ᄌᆡ ᄉᆞ라실진ᄃᆡ 댱쇼졔 요ᄒᆡᆼ(僥倖) 복상(復常)ᄒᆞ미 이셔도 반ᄃᆞ시 졍ᄌᆞ를 조ᄎᆞ가고 경화 긔쵸(箕帚)[183]를 쇼임(所任)ᄒᆞ미 되디 아니리라.' ᄒᆞᆫ디 공쥬 모ᄌᆡ(母子) 댱시 어린 나히 훼면할이(毁面割耳)ᄒᆞ여 졍졀(貞節)을 엄히 ᄒᆞ미 고릐(古來) 녈부(烈婦)의 더으믈 크게 흠탄경복(欽歎敬服)ᄒᆞ여 경화의 ᄯᅳᆺ이 이목구비(耳目口鼻)를 분간치 못ᄒᆞᄂᆞᆫ 병인이라도 댱쇼져라 ᄒᆞ면 ᄇᆞᄃᆡ 졔 집의 닐위고ᄌᆞ ᄒᆞ므로 공쥬를 보ᄎᆡ여 댱시를 다려오믈 쳥ᄒᆞ니 공쥐 왈

---

182 잔인ᄋᆡ졀(殘忍哀切): 잔인애절. 몹시도 모질어 애처롭고 슬픔.

183 긔쵸(箕帚): 기취. 쓰레받기와 비. '기취첩(箕帚妾)'은 쓰레받기와 비 잡는 여자라는 뜻으로, 아내가 스스로를 겸손하게 이르는 말.

“졔 심상치 아닌 녀ᄌᆡ라. 비록 병잔디인(病殘之人)이 되여시나 그 가온ᄃᆡ 일단디각(一端知覺)이 이실딘ᄃᆡ 너의 힝ᄉᆞ(行事)ᄅᆞᆯ 졀졀이 원망(怨望)ᄒᆞ여 죽어 좃디 아니ᄒᆞ리니 여ᄎᆞ여ᄎᆞ 군관(軍官) 장획(臧獲)을 ᄡᆞ ᄇᆡᆨ여 인(人)을 명ᄒᆞ여 밤을 타 태운산 장원(牆垣)을 ᄡᆞ고 져ᄅᆞᆯ 겁칙ᄒᆞ여 산곡간(山谷間)으로 힝ᄒᆞ여 네 거즛 발힝(發行)ᄒᆞ여 그 아뫼 줄 모로고 다만 의긔(義氣)로 구ᄒᆞ여 도라오ᄂᆞᆫ 쳬ᄒᆞ면 졔 너ᄅᆞᆯ 감덕(感德)ᄒᆞ고 형셰(形勢) ᄒᆞᆯ일업셔 너ᄅᆞᆯ 조ᄎᆞ미 되리라.” 64면

경홰 맛당ᄒᆞ믈 일ᄏᆞᆺ고 ᄀᆞ마니 계교(計巧)ᄅᆞᆯ 힝ᄒᆞᆯᄉᆡ 영니(怜悧)ᄒᆞᆫ 궁노(宮奴)로 ᄒᆞ여곰 몬져 미혼쥬(迷魂酒)[184]ᄅᆞᆯ 가져 태운산 댱부 노복(奴僕)과 근지닌니(近地隣里)ᄅᆞᆯ 졔졔히 먹이ᄃᆡ 술을 못 먹ᄂᆞᆫ ᄌᆡ어든 안쥬ᄅᆞᆯ 미혼약(迷魂藥)[185]을 셧거 먹여 졍신을 흐리오라 ᄒᆞ고 져ᄂᆞᆫ ᄀᆞ마니 뒤흘 조ᄎᆞ 일ᄇᆡᆨ 군(軍)을 거ᄂᆞ려 운산으로 향ᄒᆞᆯᄉᆡ 궁뇌(宮奴) 미혼쥬(迷魂酒)ᄅᆞᆯ 가져 태운산 근닌(近隣)으로브터 댱아 노복(奴僕)을 약간 갑ᄉᆞᆯ 밧고 ᄡᅳ러다 먹이니 술마시 긔이(奇異)ᄒᆞ고 갑시 젹으므로 인인(人人)이 됴히 넉여 이월(二月) 찬바ᄅᆞᆷ의 심동(深冬)[186]과 감치 아니ᄒᆞ더니 활블(活佛)의 쥬옹(酒翁)이 감노(甘露)[187]ᄅᆞᆯ 시러 와 헐가(歇價)ᄅᆞᆯ 밧고 파니 져마다 먹으ᄆᆡ 만신(滿身)이 훈화(醺化)[188]ᄒᆞ여 샹녜(常例)로온 어한(禦寒)[189] 술이 아니라 ᄒᆞ고 ᄋᆞ동쇼녀(兒童少女)라도

184 미혼쥬(迷魂酒): 미혼주. 마시면 정신을 잃거나 혼미하게 되는 술.
185 미혼약(迷魂藥): 복용하면 정신을 잃거나 혼미하게 만드는 약.
186 심동(深冬): 한창 추운 겨울.
187 감노(甘露): 감로. 좋은 술과 달고 맛있는 것을 비유적으로 이르는 말.
188 훈화(醺化): 술에 얼근하게 취함.

닷토아 먹기ᄅᆞᆯ 구ᄒᆞ여 쇼가(小軻)의 다엿 통 시ᄅᆞᆫ 술이 경ᄀᆡᆨ(頃刻)의
65면 딘(盡)ᄒᆞ니 뎡히 간샤(奸邪)의 ᄡᅬᄅᆞᆯ 맛쳣더라.
ᄡᅵ의 셜유랑의 모녀(母女)와 츈홍이 쇼져ᄅᆞᆯ 환약(丸藥)을 ᄎᆞ례로 바ᄅᆞ고 탕약(湯藥)을 ᄡᅵ로 ᄲᅳᆯᄉᆡ 하날의 놉흔 뜻이 ᄯᅩᄒᆞᆫ 당시 셩완의게 후ᄒᆞᆫ디라. 유랑과 냥비ᄌᆞ(兩婢子)로ᄡᅧ 좌우(左右)의 두고 엄도ᄉᆞ 광능ᄌᆞ의 션약(仙藥)으로ᄡᅧ 보ᄂᆡ시니 태상노군(太上老君)이 금단(金丹)을 밧드러 보ᄂᆡᆫ 바와 ᄀᆺᄐᆞ니 븍두칠셩(北斗七星)이 감히 ᄉᆡᆼ살(生殺)을 쥬댱(主張)ᄒᆞ여 간범(干犯)치 못ᄒᆞᄆᆡ 진환회소단[190] 일환(一丸)의 쇼져의 죽은 긔운(氣運)이 다시 뉸회(輪廻)ᄒᆞ여 산의 녕(靈)과 믈의 슈(壽)ᄅᆞᆯ 거두어 일월(日月)의 광홰(光華) ᄉᆡ로이 쳥명소아(淸明素雅)ᄒᆞ거ᄂᆞᆯ 아면복상단 일환(一丸)의 녯 얼골이 도라오니 미옥(美玉)은 ᄇᆞᆰ디 못ᄒᆞ고 츈화(春花)ᄂᆞᆫ 곱디 못ᄒᆞ니 엇디 당쇼져 의용(儀容)의 비겨 의논ᄒᆞ리오? 문명이 ᄌᆞ연ᄒᆞᆫ 미우(眉宇)ᄂᆞᆫ 셩ᄌᆞ긔ᄆᆡᆨ(聖者氣脈)을 니엇고 빙담(氷澹)이 어린 안모(顔貌)ᄂᆞᆫ 음양(陰陽)의 졍긔(精氣)ᄅᆞᆯ 아오라 쥬슌아협(朱脣雅頰)은 텬디ᄇᆡᆨ염(天地百艶)을 졈득(占
66면 得)[191]ᄒᆞ고 명모호치(明眸皓齒)[192]ᄂᆞᆫ 덕셩(德性)을 거두어시며 월미셩안(月眉星眼)은 쳔고긔질(千古氣質)이 낫타나니 아연(峨然)이 만 니 강ᄒᆡ쳔(江海川)을 닷가시며 탈연(脫然)[193]이 츄슈명광(秋水明光)[194]이 ᄇᆡᆨ일

189 어한(禦寒): 추위를 막음. 추위에 언 몸을 녹임.

190 진환회소단: 문맥상 의식 잃은 사람의 기운을 북돋게 하여 깨어나게 하는 약으로 보임.

191 졈득(占得): 점득. 차지하여 얻음.

192 명모호치(明眸皓齒): 맑고도 아름다운 눈동자와 희고도 깨끗한 치아. 아름다운 여인의 모습.

193 탈연(脫然): 속박을 벗어난 듯 자유롭고 경쾌함. 느릿느릿함.

(白日)을 ᄃᆡᄒᆞᆫ ᄃᆞᆺ 고슈(高秀)ᄒᆞ믄 구츄(九秋)[195]의 셔리 빗치 ᄉᆡᆼ혀나고 광화(光華)ᄒᆞ믄 삼츈(三春)[196]의 셔ᄉᆡᆨ(曙色)이 방셩(方盛)ᄒᆞ니 혜풍(惠風)을 ᄌᆞ아닌 ᄃᆞᆺᄒᆞ거ᄂᆞᆯ ᄉᆡᆼ형안실단[197] 일환(一丸)의 쇼져의 죽은 몸이 다시 솔믈 어드니 난(鸞)의 질(質)과 봉(鳳)의 ᄌᆡ(才) 츌어범뉴(出於凡類)ᄒᆞ고 닌(麟)의 ᄀᆡ이(奇異)ᄒᆞᆷ과 뇽(龍)의 조홰(造化) ᄒᆞᆯ노 건곤(乾坤)의 빗난디라. 훼면할이(毁面割耳)ᄒᆞ미 삼십 일이 넘디 못ᄒᆞ여 쾌히 복상(復常)ᄒᆞ미 되여 옥빵이ᄂᆞᆫ 명쥬(明珠)ᄅᆞᆯ 드리오며 교옥(皎玉)을 다ᄃᆞᆷ은 ᄃᆞᆺ 쳔ᄐᆡ만광(千態萬光)[198]이 젼일(前日)의 더은 ᄃᆞᆺ 고금(古今)을 기우려 비우ᄒᆞᆯ 곳이 업ᄉᆞ니 유랑과 냥비(兩婢) 하날의 ᄉᆞᄆᆞᆺᄂᆞᆫ 원억(冤抑)을 픔고 신긔ᄅᆞᆯ 질ᄒᆞᆯ 튱의(忠義)로뼈 날이 가고 밤이 오ᄃᆡ 희미히 조으롬이 업고 앗ᄎᆞᆷ으로브터 져녁의 니ᄅᆞ히 먹디 아니ᄒᆞ나 허핍(虛乏)ᄒᆞ믈 아디 못ᄒᆞ여 쥬야(晝夜)로 쇼져ᄅᆞᆯ 구호(救護)ᄒᆞᆷ만 동동쵹쵹(洞洞屬屬)[199]● ᄒᆞ여 반ᄀᆡᆨ일시(半刻一時) 게어ᄅᆞ디 아니ᄒᆞ니 밋 67면
쳐 ᄉᆞ심(死心)을 결을치 못ᄒᆞ여 각각 몸의 평블(平不)을 ᄭᆡ닷디 못ᄒᆞᆫ 일삭(一朔)의 쇼져의 복상회소(復常回蘇)ᄒᆞ믈 당ᄒᆞ니 일ᄉᆡᆼ(一生) 텬

194 츄슈명광(秋水明光): 추수명광. 맑고 깨끗한 사람의 밝은 얼굴빛을 비유적으로 이르는 말.

195 구츄(九秋): 구추. 가을철의 약 90일 동안. 음력 9월을 가을이란 뜻으로 일컫는 말.

196 삼츈(三春): 삼춘. 봄의 석 달 동안. 맹춘(孟春)과 중춘(仲春)과 계춘(季春)을 이르는 말.

197 ᄉᆡᆼ형안실단: 문맥상 복용하면 죽었던 사람이 다시 살아나는 신비한 약으로 추정.

198 쳔ᄐᆡ만광(千態萬光): 천태만광. 여러 가지 모양과 온갖 빛남.

199 동동쵹쵹(洞洞屬屬): 동동촉촉. 공경하고 삼가며 매우 조심스러워하는 모습을 말함. 《예기》 〈제의(祭儀)〉에 "효자는 부모를 섬길 때 옥을 잡듯이 하고, 가득 찬 그릇을 받들 듯이 하며, 겉과 속이 빈틈없이 공경하고, 성실하고 거짓이 없이 하며, 감당하지 못할 듯이, 장차 잃어버릴 듯이 한다(孝子 如執玉 如奉盈 洞洞屬屬然 如弗勝 如將失之)."라고 하였음.

디간(天地間)의 즐겁고 쾌ᄒᆞ며 긔이코 다힝ᄒᆞ미 엇디 이 ᄀᆞᆺᄐᆞ미 다시 이시리오? 동반모녜(同伴母女) ᄀᆞ마니 슈무족두(手舞足蹈)ᄒᆞ여 용약환희(踊躍歡喜)ᄒᆞ나 쇼제 두 쳡 복약(服藥)으로 드ᄃᆡ여 신효(神效)ᄒᆞ믈 어더 디각(知覺)이 이시므로브터 복상치 못ᄒᆞᆫ ᄯᆡ의ᄂᆞᆫ 플벼개 뵈니블을 취ᄒᆞ여 머리로브터 일신(一身)을 ᄡᆞᄆᆡ고 시신(屍身)ᄀᆞᆺ치 누은 후ᄂᆞᆫ 블너도 답디 아니ᄒᆞ고 흔드러도 동(動)치 아니ᄒᆞ다가 효명(曉明)을 당ᄒᆞ여 ᄒᆞᆫ 종(鍾) 미음을 마시고 어두온 후면 듁음(粥飮)을 나오므로뼈 규식(規式)을 삼아 아ᄉᆞ(餓死)ᄒᆞᆫ 시신(屍身) 되기ᄅᆞᆯ 말고ᄌᆞᄒᆞᆯ ᄲᅳᆫ 아니라 ᄌᆞ긔 죽으ᄆᆡ 부모긔 ᄆᆡ명(罵名)을 더을가 두려 아딕 보명(保命)키ᄅᆞᆯ 요구ᄒᆞᄃᆡ 블의디변(不意之變)을 두려 유아 시녀ᄅᆞᆯ 눈 68면 으로뼈 보아 방듕(房中)을 칠ᄒᆞᆫ ᄃᆞ시 ᄒᆞ여 좌우 창호(窓戶)ᄅᆞᆯ 봉쇄(封鎖)ᄒᆞ믈 긴긴히 ᄒᆞ고 벼개 밋ᄐᆡ 져근 칼흘 ᄀᆞᆷ초아 급ᄒᆞᆫ 변(變)을 당ᄒᆞᆫ즉 ᄒᆞᆫ번 결ᄒᆞ기ᄅᆞᆯ 뎡ᄒᆞ나 입을 여러 말ᄒᆞ미 업고 눈을 머므러 보고ᄌᆞᄒᆞ미 업셔 셰샹 소ᄅᆡᄅᆞᆯ 블뉴쳥이(不留聽耳)ᄒᆞ니 과연 ᄒᆞᆫ낫 죽엄이라.

유랑과 츈홍 등이 쇼져의 뜻을 ᄉᆞᆺ치ᄆᆡ[200] 감히 분난(紛亂)ᄒᆞ믈 더으지 못ᄒᆞ여 셩ᄂᆡ(城內)로조ᄎᆞ 이의 나올 ᄯᆡᄂᆞᆫ 쟝듕의 드러온 바ᄅᆞᆯ 일ᄏᆞ라 알게 못 ᄒᆞ고 공의 긔강으로조ᄎᆞ 온 미인(美人)이 잇다가 모일(某日)의 여ᄎᆞ 작난도쥬(作亂逃走)ᄒᆞ믈 고(告)치 못ᄒᆞ여 입을 열미 업고 밧긔 나와 혹 동반(同伴)을 ᄃᆡᄒᆞ여도 쇼져의 위ᄐᆡ(危殆)ᄒᆞ기 ᄒᆞᆫ갈ᄀᆞᆺ다 ᄒᆞ여 힝혀도 복상(復常)ᄒᆞ믈 언두(言頭)의 니ᄅᆞ미 업셔 심듕(心中)의

200 ᄉᆞᆺ치ᄆᆡ: ᄉᆞᆺ치다. 알아채다.

ᄀᆞ마니 깃븐 일이로ᄃᆡ 쇼져의 ᄌᆞ쳐(自處)[201]ᄒᆞ미 완연ᄒᆞᆫ 죄인(罪人)으로 구목(口目)이 업ᄉᆞᆷ ᄀᆞᆺᄐᆞ여 디각(知覺)이 이션 지ᄂᆞᆫ 오라ᄃᆡ ᄒᆞᆫ번 희미ᄒᆞᆫ 소ᄅᆡ도 통ᄒᆞ미 업ᄉᆞ믈 통원비졀(痛冤悲絶)[202]이러니 일일야(一日夜)의 쇼제 ᄯᅩᄒᆞᆫ 통열비도(痛裂悲悼)ᄒᆞ미 젼ᄌᆞ(前者)로 비(比)치 못 69면
ᄒᆞᆯ ᄃᆞᆺ ᄋᆡ호삼셩(哀號三聲)의 희허일영(噫噓一詠)이러니 잠간 몸을 동(動)ᄒᆞᄂᆞᆫ ᄃᆞᆺᄒᆞ거ᄂᆞᆯ 유랑이 뎡히 금금(錦衾) ᄉᆞ이로 손을 너허보고ᄌᆞ ᄒᆞᆯ 즈음의 함셩(喊聲)이 대딘(大振)ᄒᆞ며 화광(火光)이 됴요(照耀)ᄒᆞ여 쳔군만ᄆᆡ(千軍萬馬) 즛쳐오ᄂᆞᆫ ᄃᆞᆺᄒᆞ니 셜파 모녜(母女) 혼ᄇᆡᆨ(魂魄)이 경월(驚越)ᄒᆞ고 심담(心膽)이 여쇄(如碎)ᄒᆞ여 츈홍으로 ᄒᆞ여곰 젹셰(賊勢) 엇더ᄒᆞᆫ고 잠간 ᄂᆡ와다 보라 ᄒᆞ며 딘녁(盡力)히 쇼져의 덥흔 바 니블을 쩔치고 쇼져ᄅᆞᆯ 븟드러 안으려 ᄒᆞᆯᄉᆡ 쇼제 임의 옥슈(玉手)의 삼촌셜인(三寸雪刃)을 빗기 좁아 ᄇᆞ야흐로 가ᄉᆞᆷ을 향ᄒᆞᄂᆞᆫ디라. 유뫼 창황망극(蒼黃罔極)[203]ᄒᆞᆫ 가온ᄃᆡ 급히 소ᄅᆡᄒᆞ고 다라드러 쇼져의 쥔 칼흘 아ᄉᆞ 먼니 더져ᄇᆞ리니 다시 어들 길히 업ᄉᆞᆫ디라. 쇼제 비로소 입을 여러 ᄌᆞ긔 옥ᄎᆞ(玉釵)[204]ᄅᆞᆯ 어더달나 ᄒᆞᄃᆡ 유모와 츄연이 좌우로 섀븟드러 죽기ᄅᆞᆯ 그음ᄒᆞ여 쇼져의 손을 놀니디 못ᄒᆞ게 ᄒᆞ더라.

(책임교주 한정미)

201 ᄌᆞ쳐(自處): 자처. 스스로 목숨을 끊음.

202 통원비졀(痛冤悲絶): 통원비절. 원통하고 슬픔.

203 창황망극(蒼黃罔極): 놀라고 다급해 어찌할 바를 모름.

204 옥ᄎᆞ(玉釵): 옥채. 옥비녀.

완월회맹연 玩月會盟宴

권디이십오 卷之二十五

익셜. 댱쇼졔 비로소 입을 여러 ᄌᆞ긔 옥ᄎᆞ(玉釵)를 어더달나 ᄒᆞᄃᆡ 유 1면
랑 등이 좌우로 셔븟드러[1] 죽기를 그음ᄒᆞ여 쇼져의 손을 놀니디 못ᄒᆞ게 ᄒᆞ더니 츈홍이 돈죡[2]왈(頓足曰)

"젹셰(敵勢) 셩화(星火) ᄀᆞᆺᄐᆞ여 바로 안흐로 쌔쳐[3] ᄉᆞ면(四面)으로 에우거놀 유랑과 츄져는 엇디 움즉일 의ᄉᆞ(意思)를 아니 ᄒᆞᄂᆞ뇨?"

유랑이 브디블각(不知不覺)의 쇼져를 니블의 마라 업고 ᄂᆡ다ᄅᆞ니 츈홍·츄연이 젼후(前後)로 븟드러 나오ᄆᆡ 임의 젹이 ᄉᆞ면으로 에워ᄡᆞ고 ᄂᆡ당(內堂)을 곳곳이 뒤여[4] 댱쇼져를 실포(失捕)ᄒᆞ미 되디 말나 ᄒᆞ는 소ᄅᆡ 급ᄒᆞ다가 셜피 프론 거술 업고 다ᄅᆞᄆᆞᆯ 보고 일시의 ᄀᆞᄅᆞ쳐 왈

"일개 쾌쳡(快捷)ᄒᆞ고 효용(驍勇)ᄒᆞᆫ 남ᄌᆡ면 져 셰낫 녀ᄌᆞ의 등의 딘 거술 ᄒᆞᆫ 손으로 활착(活捉)[5]ᄒᆞ여 도라오리니 우리 만흔 사ᄅᆞᆷ의 엇디 용(勇)을 분발(奮發)ᄒᆞᆯ 지 업ᄉᆞ리오?"

ᄒᆞ고 일변(一邊) 당샤(堂舍)를 뒤며 일변 셜파를 좃ᄎᆞ니 계집의 다리 2면
약ᄒᆞ고 블이 젹으며 담긔(膽氣) 젹으미 아니라도 져 ᄇᆡᆨ여 강도(强盜)를 당ᄒᆞᆯ 길히 업거놀 ᄒᆞ믈며 셜파와 츈홍 등은 쇼져의 봉변(逢變) 이후로 간위(肝胃)를 술오고 월여(月餘)를 먹디 못ᄒᆞ며 ᄌᆞ디 못ᄒᆞ여 시병(侍病)의 초황민박(焦惶憫迫)ᄒᆞ미 몸이 죽으ᄆᆡ 밋촐 ᄃᆞᆺᄒᆞ던 바로 블의흉젹(不意凶賊)을 맛나ᄆᆡ 그 엇디 피ᄒᆞᆯ 의신들 나리오마는 틈분

1 셔븟드러: 껴붙들다. 팔로 끼어서 붙들다.
2 돈죡(頓足): 돈족. 발을 동동 구름.
3 쌔쳐: 쌔치다. 뚫고 나가다.
4 뒤여: 뒤다. 뒤지다.
5 활착(活捉): 산 채로 잡음.

(忠憤)이 강개격통(慷慨激痛)ᄒᆞ여 쇼져ᄅᆞᆯ 업고 츈홍·츄연 등을 좌우로 셰오고 ᄂᆡ다ᄅᆞ나 손 ᄀᆞ온ᄃᆡ 촌검(寸劒)이 업ᄉᆞ니 댱ᄎᆞᆺ 엇디ᄒᆞ리오? 홍·연 냥비ᄌᆡ(兩婢子) 오히려 담대(膽大)ᄒᆞ여 길가의 ᄡᆞ혓ᄂᆞᆫ 돌흘 드러 젹을 향ᄒᆞ여 비 ᄡᅳ리ᄃᆞᆺ 더디ᄆᆡ 젹이 쳐음은 우이 넉여 피치 아니코 쳔쳔이 ᄯᆞ로다가 ᄉᆞ오 인이 돌흘 마ᄌᆞᄃᆡ 골을 ᄯᆞᆯ히고[6] 낫출 상히와시ᄆᆡ 대로(大怒)ᄒᆞ여 위슈ᄌᆡ(爲首者) 소ᄅᆡᄒᆞ여 ᄶᅩᆯ니 활착ᄒᆞ여 오라 ᄒᆞᄆᆡ 악도흉젹(惡徒凶賊)이 벌 뭉긔ᄃᆞᆺ 다라드니 이에 다ᄃᆞ라ᄂᆞᆫ
3면 하날의 ᄯᅱ여오로디 못ᄒᆞ고 ᄯᆞ히 드디 못ᄒᆞᆫ 후ᄂᆞᆫ 젹도(敵徒)의 핍박(逼迫)ᄒᆞᄂᆞᆫ 욕(辱)이 급ᄒᆞᆫ디라. 쇼졔 셜파의 등을 붓드러 왈

"어미ᄂᆞᆫ 날노뼈 죽기의 니ᄅᆞ고ᄌᆞ ᄒᆞ믄 창졸(倉卒)의 칭도(稱道)ᄒᆞᆯ ᄇᆡ 아니어니와 ᄯᅩ 엇디 내 몸을 가져 됴흔 죽엄이 못 되게 ᄒᆞ여 날노 ᄒᆞ여곰 댱신(藏身)ᄒᆞᆯ ᄯᅡ히 잇게 ᄒᆞᆯ딘ᄃᆡ 당당이 슈호(隋侯)의 구ᄉᆞᆯ[7]을 먹음고 화산(華山)의 플흘 ᄆᆡᄌᆞ[8] 어믜 은혜ᄅᆞᆯ 갑흐리라."

유랑이 이 변(變)을 당ᄒᆞ여 텬디망망(天地茫茫)ᄒᆞ고 일월(日月)이 회ᄉᆡᆨ(晦塞)ᄒᆞ니 ᄆᆡᆺ쳐 통혹(痛酷)ᄒᆞ며 비만(痞滿)ᄒᆞ믈 아디 못ᄒᆞ며 젹슈(敵讎)의 잡히ᄂᆞᆫ 환(患)을 면치 못ᄒᆞᆯ가 심원(心源)이 여촌(如寸)ᄒᆞ

6 ᄯᆞᆯ히고: ᄯᆞᆯ히다. 깨어지다.

7 슈호(隋侯)의 구ᄉᆞᆯ: 수후의 구슬. 수나라 제후가 큰 뱀이 상처가 난 것을 보고 약을 발라주었더니 뒤에 그 뱀이 강 속에서 큰 구슬을 물고 나와 보답했다는 고사에서 유래한 말. 수후지주(隋侯之珠).

8 화산(華山)의 플흘 ᄆᆡᄌᆞ: 결초보은(結草報恩). 진(晉)나라 위과가 부친의 애첩을 개가시킨 뒤 훗날 진(秦)나라와의 전쟁에서 그 애첩의 죽은 아버지가 묶어놓은 풀 덕분에 승리할 수 있었다는 데서 유래한 고사. 죽은 뒤에도 은혜를 잊지 않고 갚는다는 뜻.

고 구곡(九曲)[9]이 붕삭(崩削)ᄒᆞ니 쌜니 죽으믈 원ᄒᆞᄃᆡ 그곳을 엇디 못ᄒᆞ니 쇼져의 ᄌᆞ문(自刎)코ᄌᆞ ᄒᆞᄂᆞᆫ 바의 칼ᄒᆞᆯ 아ᄉᆞ믈 스ᄉᆞ로 형벌코ᄌᆞᄒᆞ여 죄ᄅᆞᆯ 다ᄉᆞ릴 ᄃᆞᆺ 황황ᄋᆡ절(遑遑哀切)ᄒᆞᆫ 경상(景狀)이 니긔여[10] 니ᄅᆞ기 어렵더니 쇼져의 연정(蓮亭)으로 가ᄌᆞ ᄒᆞ믈 드ᄅᆞᄆᆡ 스ᄉᆞ로 몸을 쟝(藏)ᄒᆞᆯ 곳이 이시니 도로혀 반갑고 다ᄒᆡᆼᄒᆞ미 우졔지일(雨霽之日)의 4면
쳥풍명월(淸風明月)을 ᄃᆡᄒᆞᆫ ᄃᆞᆺ 용약(踊躍)ᄒᆞ여 다ᄅᆞᆷ 주어 죽을 ᄌᆡ 살 곳을 향ᄒᆞᄂᆞᆫ ᄃᆞᆺ 보보급급(步步急急)ᄒᆞ여 쌜니 ᄒᆡᆼᄒᆞᆯᄉᆡ 홍·연 냥인(兩人)을 뒤ᄒᆡ 써디워 돌ᄒᆞᆯ 드러 젹을 치라 ᄒᆞ고 창황(蒼黃)이 연디(蓮池)의 밋쳐ᄂᆞᆫ 홍·연 등이 뒤ᄒᆞᆯ 쫄와 ᄒᆞᆫ가디로 결코ᄌᆞ ᄒᆞᄆᆡ 슈쳑디간(數尺之間)은 써졋고 젹의 무리ᄂᆞᆫ 슈간(數間) 동안 뒤졋더라. 쇼졔 연디의 다ᄃᆞᄅᆞᄆᆡ 젹의 욕(辱)을 면ᄒᆞᆯ ᄇᆡ라 ᄒᆡᆼ심(幸甚)ᄒᆞ여 셜파 등을 조ᄎᆞ 급히 몸을 쒸오쳐 연디의 잠기고져 ᄒᆞᆫᄃᆡ 유랑이 쇼져ᄅᆞᆯ 구디 업고 홍·연 등을 도라보아 왈

"일의 급ᄒᆞ미 누란(累卵)[11] 갓ᄐᆞ여 승텬입디(昇天入地)[12]ᄒᆞᄂᆞᆫ 술(術)이 업ᄉᆞᆫ 후ᄂᆞᆫ 능히 젹도(敵徒)의 흉강(凶强)ᄒᆞᆫ 셰(勢)ᄅᆞᆯ 면ᄒᆞᆯ 길히 업고 내 아ᄌᆞ 쇼져의 ᄌᆞ쳐(自處)코ᄌᆞ ᄒᆞ믈 말녀 헤아리미 단쳔(短淺)ᄒᆞ고 식견(識見)이 암ᄆᆡ(暗昧)ᄒᆞ여 오날ᄂᆞᆯ 쇼져로뼈 이에 니ᄅᆞ게 ᄒᆞ미 다 나

---

9 구곡(九曲): 구곡간장. 굽이굽이 서린 창자라는 뜻으로, 깊은 마음속 또는 시름이 쌓인 마음속을 비유적으로 이르는 말.

10 니긔여: 니긔다. 이기다.

11 누란(累卵): '쌓거나 포개놓은 알'이라는 뜻으로, 매우 위태로운 형편을 비유한 말.

12 승텬입디(昇天入地): 승천입지. 하늘로 오르고 땅으로 들어간다는 뜻으로, 자취를 감추고 없어짐을 뜻함.

의 허믈이라. 외람이 뉵슈부(陸秀夫)[13]의 님군을 업고 믈의 ᄲᅢ디믈 효측(効則)ᄒᆞᄂᆞ니 여등(汝等)이 ᄯᅩᄒᆞᆫ 튱셩(忠誠)을 가즉이 ᄒᆞ여 고인(古人)을 본밧고 그ᄅᆞᆺ 니릉(李陵)[14]의 샤항(使行)이 한졀(漢節)을 잡아 븍ᄒᆡ(北海)의 근고(謹苦)ᄒᆞ던 소무(蘇武)[15]와 ᄀᆞᆺ디 못ᄒᆞ믈 효측디 말나."

5면

셜파 쇼져롤 업고 창낭(滄浪)을 향ᄒᆞ여 쒸여드니 츄연·츈홍이 이 경상을 보ᄆᆡ 통도비만(痛悼痞滿)ᄒᆞ미 ᄋᆡ 믜여디ᄂᆞᆫ ᄃᆞᆺ 셔로 손을 잡고 호통ᄋᆡ절(號痛哀切) 왈

"유랑이 임의 쇼져롤 뫼셔 뉵슈부롤 효측ᄒᆞ니 아등(我等)이 튱효(忠孝)롤 ᄀᆞ족이 ᄒᆞ여 ᄒᆞ나흔 고인을 입ᄂᆡᄂᆡ고 ᄒᆞ나흔 쇼져롤 뫼셔 인셰(人世) 늣거온 디락(至樂)을 구원(九原)의 뫼오리니 인ᄉᆡᆼ이 ᄉᆞᆯ미 손ᄀᆞᆺ고 죽ᄂᆞᆫ 거시 도라가미라 그 므어시 슬프리오마ᄂᆞᆫ 디극히 원굴(寃屈)ᄒᆞ고 통만(痛懣)ᄒᆞ미 오쥬(吾主)의 빙옥신상(氷玉身上)을 참뉘(塹累) 얽혀시니 텬디신기(天地神祇)[16]ᄂᆞᆫ ᄒᆞᆫ가디로 우리 ᄉᆞ노쥬(四奴主)의 원통참몰(怨痛慘沒)ᄒᆞ믈 슬피 넉이샤 아쥬(我主)의 누셜(陋說)을 신ᄇᆡᆨ(伸白)ᄒᆞ여 넉시라도 쾌ᄒᆞ게 ᄒᆞ쇼셔."

---

13 뉵슈부(陸秀夫): 육수부. 중국 남송 때 재상을 지낸 인물. 원나라에 패한 후 송나라 왕실을 지키기 위해 위왕을 모시고 애산(崖山)에 숨었는데 원나라 군대가 이곳을 공격하자 처자식을 먼저 바다에 빠져 죽게 한 다음 위왕을 등에 업고 배로 도망하다가 함께 바다에 투신함. 이 일로 인해 나라를 위해 절의를 지킨 인물로 칭송받음.

14 니릉(李陵): 이릉. 전한 시절의 무장. 무제 때 군사 5천 명을 거느리고 흉노를 대비하고 있다가 보병 부대를 이끌고 나가 준계산에서 흉노군 수천 명을 죽였으나 지원 병사가 없어 결국 흉노에게 항복함.

15 소무(蘇武): 전한 시절의 충신. 무제 때 흉노에 사신으로 가서 약 19년간 잡혀 있는 동안 갖은 고생을 하면서도 전한 부절(符節)이 해질 때까지 몸에 지녔다는 고사가 있음.

16 텬디신기(天地神祇): 천지신기. 천신지기(天神地祇). 하늘의 신령과 땅의 신령.

언죵(言終)의 연디(蓮池)의 ᄠᅥ러디니 ᄣᆡ의 하날이 슈ᄉᆡᆨ(愁色)ᄒᆞ고 ᄯᅩ
히 시ᄅᆞᆷᄒᆞ여 흑운(黑雲)이 침건(沈乾)ᄒᆞ니 월ᄉᆡᆨ이 무광(無光)ᄒᆞ고 한 6면
풍(寒風)이 늪난(嚆亂)ᄒᆞ니 봄바람이믈 아디 못ᄒᆞᆯ디라. 댱소져 노쥬
ᄉᆞ인(奴主四人)이 일시(一時)의 믈 ᄀᆞ온ᄃᆡ ᄠᅥ러져 스ᄉᆞ로 죽기ᄅᆞᆯ 영
화로이 넉여 십 세 어린 녀ᄌᆞ의 졀의녈ᄒᆡᆼ(節義烈行)이 만고(萬古)ᄅᆞᆯ
기우려 희한ᄒᆞ거ᄂᆞᆯ 그 시ᄋᆞ(侍兒)의 튱의녜ᄒᆡᆼ(忠義禮行)이 ᄯᅩᄒᆞᆫ 댱
쇼져ᄅᆞᆯ 시위(侍衛)ᄒᆞ염 ᄌᆞᆨᄒᆞ거니와 셰 비ᄌᆡ(婢子) ᄒᆞᆷ긔 죽어 ᄒᆞ나히
ᄉᆞᆯ믈 원치 아니ᄒᆞ니 한연[17]의 졀ᄉᆞ(節死)ᄒᆞ믈 최본디졀(最本之節)노
알고 예ᄌᆞ(豫子)의 됴항비슈ᄒᆞ여 교하(橋下)이 디ᄇᆡᆨᄒᆞ믈[18] 뵈호디 못
ᄒᆞ니 쳥의(靑衣)[19] 하류(下類)의 무식ᄒᆞ므로ᄡᅧ 일시 통혹(痛酷)ᄒᆞ믈 니
긔디 못ᄒᆞ미냐? 맛ᄎᆞᆷᄂᆡ 노쥬의 인의(仁義) 듕ᄒᆞ여 ᄉᆞᄉᆡᆼ(死生)의 가
히 ᄠᅥ나디 못ᄒᆞ미냐? 내 그 아디 못ᄒᆞᄂᆞ니 댱쇼져 노쥬 ᄉᆞ 인이 연디
의 함몰(陷沒)ᄒᆞ여 능히 ᄉᆞ디 못ᄒᆞᆫ가? 하회(下回)ᄅᆞᆯ 보라. 이의 졔젹
(諸賊)이 댱쇼져 노쥬ᄅᆞᆯ ᄯᆞᆯ와 연디의 니ᄅᆞ럿다가 목젼(目前)의 노쥬
(奴主) 네 사ᄅᆞᆷ의 ᄒᆞᆫ가디로 슈심(水心)의 ᄠᅥ러디믈 보고 비록 토목심
장(土木心臟)이나 ᄎᆞ악경심(嗟愕驚心)ᄒᆞ믈 니긔디 못ᄒᆞᆯ ᄲᅳᆫ 아니라 7면
슈젹(水賊)은 화경궁 ᄉᆞ디태감으로 공쥬와 경화의 툥우(寵遇)ᄒᆞᄂᆞᆫ ᄇᆡ
라. 브ᄃᆡ 댱시ᄅᆞᆯ 다려 도라가 공쥬 모ᄌᆞ(母子)의 ᄯᅳᆺ을 밧들고 공을 낫

17 한연: 문맥상 절개를 지키다가 죽음을 맞이한 인물로 보임.

18 예ᄌᆞ(豫子)의 됴항비슈ᄒᆞ여 교하(橋下)이 디ᄇᆡᆨᄒᆞ믈: 조양자가 지백을 멸하자 지백의 신하 예양이 원수를 갚기 위하여 비수를 품고 다리 아래에 엎드려 조양자를 기다렸는데 조양자의 말이 놀라자 발각되어 잡혀 죽은 일. 《사기》 〈자객열전〉.

19 쳥의(靑衣): 청의. 푸른 빛깔의 옷. 신분이 낮은 사람을 말함.

토고ᄌᆞ ᄒᆞ다가 당시 노쥐(奴主) 들의 써러디믈 보ᄆᆡ 경악(驚愕)ᄒᆞ믈 니긔디 못ᄒᆞ니 이 블과(不過) 년졍(蓮亭)이니 강ᄒᆡ슈(江海水)의 깁흠과 달나 건디미 쉬울가 ᄒᆞ여 일시의 년졍(蓮亭)을 두ᄅᆞ고 무ᄌᆞ미[20]의 닉은 ᄌᆞ로 디휘ᄒᆞ여 건디고져 ᄌᆞ셔히 보ᄆᆡ 이 믄득 녜ᄉᆞ 년졍과 달나 남강(南江)을 통ᄒᆞ여 큰믈을 년ᄒᆞ여 다리 밋트로 홍용(洶湧)ᄒᆞᆫ 믈결이 강슈(江水)의 조곰도 감치 아니ᄒᆞ니 무ᄌᆞ미ᄒᆞᄂᆞᆫ 션뷔(船夫) 두어 번 휫도라 어드ᄃᆡ 그림ᄌᆞ도 못 보고 알 니 이실가 두려 허여져 도라갈ᄉᆡ 경홰 산곡(山谷)의 숨어 기다리미 졀(切)ᄒᆞᆯ 거시므로 궁뇌(宮奴) ᄲᅧᆯ니 가 이 소유(所由)롤 젼ᄒᆞ니 경화의 낙막통운(落寞痛隕)홈과 각
8면 졀비만(刻節痞滿)ᄒᆞ미 셰샹의 이 ᄀᆞᆺᄐᆞ미 업ᄉᆞᆫ디라. 크게 통곡(痛哭)ᄒᆞ여 통졀(痛切)ᄒᆞ고 가ᄉᆞᆷ을 두다려 ᄋᆡ돌와 ᄒᆞ미 측냥(測量)업ᄉᆞ니 궁뇌 계오 구호(救護)ᄒᆞ여 도라가 모ᄌᆡ ᄃᆡᄒᆞᄆᆡ 공주의 묘한 ᄭᅬ와 경화의 심녁(心力)을 허비(虛費)ᄒᆞ미 그림의 ᄯᅥᆨ이 되여시니 분완(憤惋)코 슬프믈 니긔디 못ᄒᆞ여 ᄋᆡᆨ구즌 궁노롤 댱칙(杖責)[21]ᄒᆞ여 댱쇼져롤 그ᄅᆞᆺ 믈 가온ᄃᆡ 몰(沒)케 ᄒᆞ믈 칙(責)ᄒᆞ더라.

화셜(話說). 졍공ᄌᆡ 용긔롤 분발(奮發)ᄒᆞ여 당샹셔롤 쾌히 즐ᄆᆡ타비(叱罵唾鄙)[22]ᄒᆞ고 ᄒᆞᆫ번 몸을 ᄲᅱ웃쳐 아라ᄒᆞᆫ 쟝원(牆垣)을 넘어 녯 가샤(家舍)로 도라오니 ᄒᆡᆼ각(行閣)의 ᄉᆞ오 노복(奴僕)이 ᄃᆡ희여시나 ᄎᆞ공ᄌᆡ(次公子) 변복개장(變服改裝)ᄒᆞ여 댱아로조ᄎᆞ 오믄 만만(萬萬) 몽

20 무ᄌᆞ미: 무자미. 무자맥질. 물속에서 헤엄치기.

21 댱칙(杖責): 장책. 볼기를 쳐서 벌함.

22 즐ᄆᆡ타비(叱罵唾鄙): 질매타비. 꾸짖고 욕하며 더럽다 여겨 침을 뱉음.

상디왼(夢想之外) 고로 ᄒᆞ나토 유의ᄒᆞ여 공ᄌᆞ의 ᄌᆞ최ᄅᆞᆯ ᄭᆡ칠 ᄌᆡ(者) 업ᄉᆞᆫ디라. 공ᄌᆡ 바로 계취졍을 디나 문윤각을 ᄉᆞᄆᆞᆺᄎᆞ니 믈ᄉᆡᆨ가형(物色家形)이 의연(依然)ᄒᆞ여 반가오믈 도으ᄃᆡ 빈집이 젹연(寂然)ᄒᆞ여 9면
고ᄃᆡ광실(高臺廣室)의 인젹(人跡)이 ᄭᅳᆺ쳔 디 오란디라. 뎡심헌과 듁셔당을 다 봉쇄ᄒᆞ고 운당은 파훼(破毁)ᄒᆞ여 일시(一時)도 몸을 곰촐 곳이 업ᄉᆞ니 거목촉견(擧目觸見)의 ᄇᆡᆨ쉬(百愁) 층ᄉᆡᆼ(層生)ᄒᆞ고 만감(萬感)이 증익(增益)ᄒᆞ여 문윤각 난함(欄檻)의 이윽이 것구러져 읍읍통되(泣泣痛悼)러니 스ᄉᆞ로 ᄆᆞ음을 구지 잡아 혜오ᄃᆡ

'내 임의 댱튝의 그믈을 버셔나시니 인ᄌᆞ(人子)의 친젼(親前)을 ᄉᆞ모(思慕)ᄒᆞᄂᆞᆫ 뜻 일시(一時)ᄅᆞᆯ 더ᄃᆡ지 아냠 ᄌᆞᆨᄒᆞ거ᄂᆞᆯ 엇디 무익(無益)히 상비(傷悲)ᄒᆞ여 친젼의 졀ᄒᆞ믈 ᄉᆡᆼ각디 아니ᄒᆞᄂᆞ뇨? ᄲᆞᆯ니 양아의 가 져져(姐姐)ᄅᆞᆯ 보고 즉시 니발(離發)ᄒᆞ여 태향으로 향ᄒᆞ리라.'

ᄒᆞ고 ᄉᆞᄆᆡᄅᆞᆯ 드러 눈믈을 거두고 ᄂᆡ루의 드러가 태젼을 보ᄆᆡ ᄌᆞ연 흉금(胸襟)이 옹ᄉᆡᆨ(壅塞)ᄒᆞ믈 ᄭᆡ닷디 못ᄒᆞ니 이 곳 은허(殷墟)[23]의 녯터히 아니오 욕곡블가(欲哭不可)의 욕읍(欲泣)이 근어부인(近於夫人)이믈 모로디 아니ᄒᆞᄃᆡ 능히 ᄎᆞᆷ디 못ᄒᆞ여 츌체쳠금(出涕添衾)이
러니 날호여 각 당(堂)을 다 둘너보고 ᄒᆞᆫ 벌 남의(男衣)ᄅᆞᆯ 엇고ᄌᆞ ᄒᆞ 10면
ᄃᆡ 졔부인의 상협디뉘 탕연(蕩然)ᄒᆞ여 쳑포(尺布)도 머믄 거시 업ᄉᆞ니 우우민민(憂憂憫憫)[24]ᄒᆞ더니 최후의 쇼양각 ᄌᆞ근 문을 비틀고 슉모(叔母)의 상협디뉴(箱篋之類)ᄅᆞᆯ 뒤여보니 요ᄒᆡᆼ(僥倖) 상공ᄌᆞ

23 은허(殷墟): 중국 은나라의 도읍지.

24 우우민민(憂憂憫憫): 근심하며 고민함.

안국풍[25]의 닙던 헛옷시 이에 머므럿ᄂᆞᆫ디라. 즉시 결군(結裙)을 탈(脫)ᄒᆞ고 단의(單衣)[26]ᄅᆞᆯ 버셔바리고 너른 ᄉᆞᄆᆡ와 긴 옷ᄉᆞᆯ 나와 총총(悤悤)이 닙기ᄅᆞᆯ 다ᄒᆞ고 깁을 어더 두어 줄 글을 나와 쁠ᄉᆡ 부탁ᄒᆞᄂᆞᆫ 뜻을 긔록ᄒᆞ고 다시 문호봉쇄(門戶封鎖)ᄒᆞ믈 녜ᄀᆞᆺ치 ᄒᆞᄆᆡ 거ᄅᆞᆷ을 두로혀 원문(院門)으로 나아갈ᄉᆡ 후졍(後庭) 명광헌 벽샹(壁上)의 삼슈시(三首詩)ᄅᆞᆯ 디어 타일(他日) ᄇᆡᆨ당(北堂)을 밧드러 녯집의 도라와 반ᄎᆡ디락(斑彩之樂)과 연문디의[27]ᄅᆞᆯ 다ᄒᆞᆯ 바ᄅᆞᆯ ᄲᅧ 오날ᄂᆞᆯ ᄒᆡᆼᄉᆡᆨ(行色)의 춍홀(悤悤)[28]ᄒᆞᆷ과 졍ᄉᆞ(情思)의 비만(悲滿)ᄒᆞ믄 일장츈몽(一場春夢)의 비길 바ᄅᆞᆯ 일ᄏᆞ라 스ᄉᆞ로 심회(心懷)ᄅᆞᆯ 위로ᄒᆞ니 문댱(文章)이 탁월(卓越)ᄒᆞ고 시의(詩意) 암암(暗暗)ᄒᆞ여 엇디 ᄒᆞᆫ갓 문ᄎᆡ ᄯᆞᄅᆞᆷ이리오? 츈츄(春秋)의 고상ᄒᆞᆫ 문의(文意)와 운몽(雲夢)의 박남(博覽)ᄒᆞᆫ 댱셩이라. 필획(筆畫)이 찬난(燦爛)ᄒᆞ여 뇽봉(龍鳳)이 셔리고 샹운(祥雲)이 ᄋᆡᄋᆡ(靄靄)[29]ᄒᆞ니 필낙(筆落)의 경풍우(驚風雨)와 시셩(詩聖) 읍귀신(泣鬼神)[30]을 가히 이에 니ᄅᆞᆯ디라. 쓰기ᄅᆞᆯ 맛ᄎᆞᄆᆡ ᄒᆡᆼ보(行步)ᄅᆞᆯ 신쇽히 ᄒᆞ여 취령산 양부ᄅᆞᆯ ᄎᆞᄌᆞ 니ᄅᆞ니 양참졍 ᄉᆞ곤계(四昆季)와 양도헌 군죵 형뎨 경공ᄌᆞ 셰 ᄌᆞ(字)ᄅᆞᆯ 듯고 크게 반겨 밧비 쳥ᄒᆞ여 셔로 볼

11면

25 안국풍: 정태요의 아들 상안국을 가리킴.

26 단의(單衣): 홑옷. 속곳.

27 연문디의: 문맥상 '열무지의(悅舞之意)'로 보아, 그동안 헤어졌던 부모님을 뵙고 기쁘게 해 드리고 싶다는 뜻.

28 춍홀(悤悤): 총홀. 바쁘고 소홀함.

29 ᄋᆡᄋᆡ(靄靄): 애애. 자욱하게 끼어 있음.

30 필낙(筆落)의 경풍우(驚風雨)와 시셩(詩聖) 읍귀신(泣鬼神): 붓이 떨어지는 곳에 비바람이 놀라고 시성이 귀신을 울림.

ᄉᆡ 십셰치몽(十歲稚蒙)이 화고풍상(禍故風霜) ᄀᆞ온ᄃᆡ 동표셔박(東漂西泊)ᄒᆞ고 남쥬븍뉴(南周北遊)ᄒᆞ여 조험간익(阻險艱厄)이 비상(非常)ᄒᆞ니 일식(一息)을 니어 셩명을 보젼(保全)홈도 션조(先祖)의 젹덕(積德)과 부모의 음덕(陰德)을 므ᄅᆞᆸᄡᅳ미어ᄂᆞᆯ 도로혀 신긔로오며 이상ᄒᆞᆫ 바ᄂᆞᆫ 신댱(身長)이 언건(偃蹇)[31]이 댱부(丈夫)ᄅᆞᆯ 쳬ᄅᆞᆯ 일우고 풍의늠연(風儀凜然)ᄒᆞ여 군ᄌᆞ의 덕딜(德質)이 외모의 빈빈(彬彬)ᄒᆞ니 개졔(愷悌)ᄒᆞᆫ 긔상(氣像)이 댱텬(長天)이 고광(高廣)ᄒᆞ고 창ᄒᆡ(蒼海) 호활(浩闊)ᄒᆞ여 우레 만학(萬壑)을 울니고 됴쉬(潮水) ᄇᆡᆨ쳔 12면
(百川)을 삼킨 ᄃᆞᆺ 봉황(鳳凰)이 기산(岐山)[32]의 ᄂᆞ리고 츄위(騶虞)[33] 쥬교(舟橋)의 건니ᄂᆞᆫ ᄃᆞᆺ 놉흔 긔개(氣槪)ᄂᆞᆫ 셔리 구츄(九秋)의 날니고 싁싁ᄒᆞᆫ 경개(耿介)[34]ᄂᆞᆫ 태산교악(泰山嶠嶽)[35]이 양혹[36]ᄒᆞ니 사ᄅᆞᆷ으로 ᄒᆞ여곰 ᄒᆞᆫ번 보ᄆᆡ 숑연(悚然)이 국튝(跼縮)ᄒᆞ여 긔운을 숨키고 숨이 나ᄌᆞᆨᄒᆞ여[37] 그 쥰엄괴위(峻嚴魁偉)[38]ᄒᆞ미 음아즐타(喑啞叱咤)[39]ᄅᆞᆯ 발치

---

31 언건(偃蹇): 크고 왕성한 모양.

32 기산(岐山): 주(周)나라 문왕의 덕치로 나라가 잘 다스려지자 이 산에 봉황새가 날아와 울었다고 함.

33 츄위(騶虞): 추우. 신령스러운 상상의 짐승. 흰 바탕에 검은 무늬와 긴 꼬리가 있으며 생물을 먹지 않고 살아 있는 풀을 밟지 않는 동물로, 성인의 덕에 감응하여 나타난다고 함.

34 경개(耿介): 시류에 영합하지 않고 굳게 지조를 지킴.

35 태산교악(泰山嶠嶽): 높고 큰 산과 웅장한 봉우리. 사람의 인품이나 능력이 뛰어나 모든 사람들로부터 존경과 신뢰를 받을 만한 것을 비유하는 말.

36 양혹: 문맥상 '높은 산과 봉우리가 우뚝 솟아오른 것'으로 보임.

37 나ᄌᆞᆨᄒᆞ여: 나직하다. 소리가 꽤 낮다.

38 쥰엄괴위(峻嚴魁偉): 준엄괴위. 조금도 타협함이 없이 매우 엄격함과 장대하고 훤칠한 체격.

39 음아즐타(喑啞叱咤): 음아질타. 분한 마음이 일시에 터져 나와서 큰 소리로 꾸짖는 것을 일컫는 말.

아냐 고공(高空)이 믁믁(默默)ᄒᆞ니 현도빙상이 탁탁ᄒᆞ믈 만인(萬人)이 구숑(懼悚)ᄒᆞᆯ ᄇᆡ어ᄂᆞᆯ 댱ᄌᆞ(長者)ᄅᆞᆯ 공경(恭敬)ᄒᆞᄂᆞᆫ 녜졀(禮節)과 년ᄇᆡ붕당(年輩朋黨)을 졉화(接話)ᄒᆞᄂᆞᆫ 언ᄉᆞ(言辭) 온냥슉딘(溫良肅眞)[40]ᄒᆞ여 일ᄇᆡᆨᄒᆡᆼ실(一百行實)과 일쳔위의(一千威儀) ᄒᆞᆫ 몸의 가ᄌᆞ시니 왕양발췌(汪洋拔萃)ᄒᆞ미 쥰걸(俊傑)과 영웅긔상(英雄氣像)이 브족ᄒᆞᆫ ᄇᆡ 아니로ᄃᆡ 은은간간(隱隱侃侃)[41]ᄒᆞ고 온듕과믁(穩重寡默)[42]ᄒᆞ여 시셔(詩書)ᄅᆞᆯ 창논(唱論)ᄒᆞ며 도학(道學)을 존숑[43]ᄒᆞ여 쳐ᄒᆡᆼ(處行)이 슉균(肅均)ᄒᆞ고 의리명달(義理明達)ᄒᆞ여 공시(孔氏)의 문(門)의 승당입실(升堂入室)[44]ᄒᆞ미 이ᄅᆞᆯ 진딧 니ᄅᆞᄃᆡ니 셩문(聖門)의 ᄌᆞ뎨(子弟)오 군ᄌᆞ(君子)의 ᄉᆡᆼ훈(生訓)이믈 뭇디 아냐 알디라. 양공 ᄉᆞ곤계

13면 • 일셰(一世)ᄅᆞᆯ 안공(眼空)ᄒᆞ여[45] 텬하군유(天下群儒)ᄅᆞᆯ 셕은 플ᄀᆞᆺ치 녁이ᄂᆞᆫ 의견과 양도헌 등의 안하무인(眼下無人)ᄒᆞ여 태악(泰嶽)ᄀᆞᆺ치 고듕(高重)ᄒᆞᆫ ᄆᆞᄋᆞᆷ의도 경복(敬服)ᄒᆞ미 넘디고 흠ᄋᆡᄒᆞ미 무궁(無窮)ᄒᆞ니 홀홀(忽忽) 변ᄉᆡᆨ(變色)ᄒᆞ여 좌ᄎᆡ(坐次)[46] 실셔(失序)ᄒᆞ믈 ᄭᆡᄃᆞᆺ디 못ᄒᆞᄂᆞᆫ디라. 밧비 츈·경 이파(二婆)ᄅᆞᆯ 블너 쇼져긔 공ᄌᆞ의 와시믈 통(通)ᄒᆞ라 ᄒᆞ고 젼후간난(前後艱難)의 긔구(崎嶇)ᄒᆞ믈 니ᄅᆞ며 목금시

---

40 온냥슉딘(溫良肅眞): 온량숙진. 온순하고 무던하며 진중하고 참됨.

41 은은간간(隱隱侃侃): 겉으로 뚜렷하게 드러내지 않으며 당당하고 차분하게 말하는 모양.

42 온듕과믁(穩重寡默): 온중과묵. 성격이 조용하며 침착하고 말이 적음.

43 존숑: '존숭(尊崇)'의 오기로 보임.

44 승당입실(升堂入室): 학문이 점점 깊어짐을 비유적으로 이르는 말.

45 일셰(一世)ᄅᆞᆯ 안공(眼空)ᄒᆞ여: 안공일세(眼空一世). 온 세상이 눈 안에 들어온다는 뜻으로, 세상 사람을 업신여기며 지나치게 교만 부리는 것을 비유적으로 일컫는 말.

46 좌ᄎᆡ(坐次): 좌차. 자리에 앉는 차례.

셰(目今時勢) 괴이(怪異)ᄒᆞ여 황샹(皇上)이 븍변(北邊)의 곤(困)ᄒᆞ시고 존뷔(尊父) 피화(避禍)ᄒᆞ믈 위ᄒᆞ여 태향[47]을 써나 텬태산 듕의 은거(隱居)ᄒᆞ믈 젼ᄒᆞ며 쳥계공[48]이 발셔 노영(虜營)[49]으로 ᄉᆞ뭇ᄎᆞ 가시믈 ᄀᆞᆺ초 베픈ᄃᆡ 공ᄌᆡ 임의 혜아린 ᄇᆡ라 ᄉᆡ로이 놀날 거시 업ᄉᆞᄃᆡ ᄌᆞ긔 댱툑의 그믈의 걸녀 오기롤 더ᄃᆡ ᄒᆞ므로 ᄇᆡᆨ부(伯父)롤 알현(謁見)치 못ᄒᆞ믈 깁히 비결(悲訣)ᄒᆞ여 돌 ᄀᆞᆺ튼 니ᄆᆡ 쳑연(惕然)ᄒᆞ고 광미(廣眉) 슈툑(收縮)[50]ᄒᆞ여 ᄇᆡᆨ부의 긔거동졍(起居動靜)[51]을 냥파(兩婆)다려 므ᄅᆞ미 두어 슌(巡)의 봉안(鳳眼)의 징쳥(澄淸)이 어릐믈 ᄭᆡ돗디 못ᄒᆞ니 어나 결을의[52] ᄌᆞ긔 디난 바 고ᄉᆡᆼ을 일ᄏᆞᄅᆞ리오? 년ᄒᆞ여 가군(家君)의 텬태산의 올믄 바롤 뭇고 금일(今日) 니발(離發)ᄒᆞ려 ᄒᆞ믈 고ᄒᆞ고 죵ᄆᆡ(從妹)롤 잠간 보아디라 ᄒᆞᆫᄃᆡ 양도헌 등이 친히 닛그러 셔부인 침누(寢樓)의 드러와 남ᄆᆡ(男妹) 셔로 보게 ᄒᆞ니 양공 부인 셔시 공ᄌᆞ롤 반기미 친딜(親姪)의 더으니 도로혀 디난 바롤 슬허ᄒᆞ고 당금시셰(當今時世)롤 근심ᄒᆞ여 비뤼(悲淚) 년금(連襟)ᄒᆞ믈 ᄭᆡ닷디 못ᄒᆞ거놀 쇼져와 공ᄌᆡ 셔로 ᄃᆡᄒᆞᄆᆡ 일희일비(一喜一悲)롤 니긔디 못ᄒᆞ니 이윽이 통열(痛裂)ᄒᆞ여 옥누(玉淚)롤 녕엄ᄒᆞ고 기리 탄식ᄒᆞ여 ᄀᆞᆯ오ᄃᆡ 14면

---

47 태향: 정씨 가문의 본거지. 이곳에 조상의 묘가 있는 것으로 나옴.

48 쳥계공: 정잠. 청계는 정잠의 호.

49 노영(虜營): 본래 뜻은 천자가 궁궐 밖에 진을 친 것이나, 여기서는 오랑캐 마선의 군영을 가리킴.

50 슈툑(收縮): 수축. 오그라들거나 줄어듦. 여기서는 문맥상 넓은 눈썹을 찡그린다는 뜻.

51 긔거동졍(起居動靜): 기거동정. 사람이 일상생활에서 행하는 모든 행동을 말함.

52 결을의: 겨를에. 틈에.

"현뎨(賢弟)ᄅᆞᆯ 이에 와 상봉(相逢)ᄒᆞ믄 임의 피ᄎᆡ(彼此) 다 헤아린 ᄇᆡ니 녀외디ᄉᆡ(慮外之事)라 니ᄅᆞ디 못ᄒᆞ나 조각을 타 무ᄉᆞ히 농듕(籠中)을 버셔나믈 긔필(期必)치 못ᄒᆞ여 쥬쥬야야(晝晝夜夜)의 녀렴(慮念)이러니 오날ᄂᆞᆯ 이에 니ᄅᆞ믈 보니 탈신(脫身)ᄒᆞ믈 뭇디 아냐 알녀니와 안뫼(顔貌) 슈쳑(瘦瘠)ᄒᆞ고 긔븨(肌膚) 초고(憔枯)ᄒᆞ여 대병(大
15면 病)을 디닌 사ᄅᆞᆷ ᄀᆞᆺᄐᆞ니 아디 못게라. 디우금일(至于今日)의 여상(如常)ᄒᆞ믈 엇디 못ᄒᆞ엿ᄂᆞ냐?"

공ᄌᆡ 져져(姐姐)의 태산(太山) ᄀᆞᆺᄐᆞᆫ 의디ᄅᆞᆯ 어더 이에 안신(安身)ᄒᆞ믈 만심영ᄒᆡᆼ(滿心榮幸)ᄒᆞ고 ᄇᆡᆨ부의 ᄯᅳ시 본부(本府)의 가믈 니ᄅᆞ디 아니코 양공 부ᄌᆞ긔 부탁ᄒᆞ시믈 발셔 양도헌의 말노조ᄎᆞ 외루(外樓)의셔 드럿ᄂᆞᆫ디라. 그 반ᄃᆞ시 헤아리신 ᄇᆡ 깁흐시믈 ᄭᆡ다라 ᄒᆞᆫ가디로 하향(下鄕)ᄒᆞ믈 ᄇᆞ야디[53] 아니ᄒᆞ고 다만 탈신(脫身)ᄒᆞᆫ 소유ᄅᆞᆯ ᄃᆡ강 ᄃᆡ(對)ᄒᆞ나 ᄀᆞᆺᄐᆞ여 박시ᄅᆞᆯ 거드디 아니ᄒᆞ고 당툭의 노(怒)ᄅᆞᆯ 닐위여 그 곳의 잇디 못ᄒᆞ므로 나올와 ᄒᆞᄃᆡ 또 당쇼져 다히 말은 힝혀도 아니 ᄒᆞ고 근간 신음(呻吟)ᄒᆞ미 업디 아니므로 ᄌᆞ연이 슈쳑ᄒᆞ믈 일ᄏᆞᄅᆞ나 위졍의 집을 ᄯᅥ나므로브터 오ᄅᆡ 시식(試食)을 폐(廢)ᄒᆞ믄 ᄀᆞᆺᄐᆞ여 고치 아니ᄒᆞᄃᆡ 쇼졔 우려(憂慮)ᄒᆞ믈 마지 아냐 쳔여 리 ᄒᆡᆼ역(行役)[54]을 능히 못 ᄒᆞ게 되여시믈 니ᄅᆞ며 남ᄆᆡ ᄃᆡᄒᆞ여 태모(太母)며 친위(親闈)와 슉
16면 당(叔黨)이 오히려 긔력(氣力)을 디연ᄒᆞ여 왕부(王父)의 삼긔(三忌)ᄅᆞᆯ 맛잡고 산듕(山中)의 은거(隱居)ᄒᆞ여 셰샹을 ᄉᆞᆺᄎᆞ믈 일변 깃그며

53 ᄇᆞ야디: ᄇᆞ야다. 재촉하다.

54 ᄒᆡᆼ역(行役): 행역. 여행으로 인한 피로와 괴로움.

일변(一邊) 늣겨 대인(大人)의 노영(虜營) 힝도(行道)를 쵸민우황(焦憫憂慌)ᄒᆞ여 ᄒᆞᆫ갓 텬도(天道)의 ᄉᆞᆯ피믈 원(願)ᄒᆞᆯ ᄲᅳᆫ이니 문답셜홰(問答說話) 다 디효(至孝)의 비로ᄉᆞ미오 셰샹ᄉᆞ(世上事)를 ᄆᆞ옴의 머므ᄅᆞ디 아니니 양도헌 등의 호활(浩闊)ᄒᆞᆫ 긔상(氣像)과 풍늉(豊隆)ᄒᆞᆫ 담논(談論)으로도 당헌의 ᄋᆡ희(愛姬) 되여 화됴월셕(花朝月夕)[55]의 년니비익됴(連理比翼鳥)[56]로 즐기던 바를 여러 번 일ᄏᆞᆺ디 못ᄒᆞ여 다만 당헌의 황홀탐혹(恍惚耽惑)던 바를 므ᄅᆞ니 공ᄌᆡ 미쇼왈(微笑曰)

"노형(老兄) 등이 호화(豪華)ᄒᆞ믈 인ᄒᆞ여 졀도디ᄉᆞ(絶倒之事)[57]를 엇고ᄌᆞ ᄒᆞ시나 쇼뎨 심신(心身)이 비황쳐초(悲惶凄楚)[58]ᄒᆞ여 남을 우ᄉᆞᆯ 흥미 업ᄉᆞᆯ ᄲᅳᆫ 아니라 남ᄌᆞ의 건복(巾服)으로ᄡᅥ 녀ᄌᆞ의 규장(閨粧)을 밧고와 져 튝싱(畜生)의 눈을 쇽인 허믈이 쳔고(千古)의 공교(工巧)ᄒᆞ믈 면(免)치 못ᄒᆞ리니 모로고 쇽ᄂᆞᆫ ᄌᆞᄂᆞᆫ ᄒᆞᆫ갓 어두온 ᄉᆞ롬이어니와 알고 쇽이ᄂᆞᆫ ᄌᆡ(者) 그 요괴로오미 엇더ᄒᆞ뇨? ᄉᆞ셰(事勢) 박브득이 ᄒᆞ미로ᄃᆡ 스ᄉᆞ로 참황뉵니(慘惶忸怩)ᄒᆞ미 몸 둘 바를 아디 못ᄒᆞᄂᆞ니 17면 다시 니ᄅᆞ디 말나. 져 눈 업ᄉᆞᆫ 댱튝이 날노ᄡᅧ 제 쳡(妾)이라 ᄒᆞ여 쳥산녹슈(青山綠水)로 젼밍(前盟)을 두다가 일됴(一朝)의 증염(憎厭)ᄒᆞ여 비홍(臂紅)이 업ᄉᆞ믈 의심ᄒᆞ여 거죄(擧措) 장ᄎᆞᆺ 요란키의 니를시

55 화됴월셕(花朝月夕): 화조월석. '꽃이 피는 아침과 달이 밝은 밤'이라는 뜻으로, 경치가 좋은 시절을 일컫는 말.

56 년니비익됴(連理比翼鳥): 연리비익조. '연리지와 비익조'라는 뜻으로, 부부가 아주 화목함을 일컫는 말.

57 졀도디ᄉᆞ(絶倒之事): 절도지사. 배를 그러안고 넘어질 정도로 몹시 웃긴 일.

58 비황쳐초(悲惶凄楚): 비황처초. 슬프고 두렵고 마음이 아픔.

조각을 인ᄒᆞ여 몸을 버셔 이에 왓ᄂᆞ니 그 밧 다시 니롤 거시 므어시리오?"

양도헌 등이 일시(一時)의 크게 웃고 셔부인이 ᄯᅩᄒᆞᆫ 우음을 먹음어 골오ᄃᆡ

"현딜(賢姪)의 ᄒᆡᆼ되(行道) 밧브디 아닐딘ᄃᆡ 당헌의 블미참혹디ᄉᆞ(不美慘惑之事)롤 ᄃᆡ강 모롤 거시로ᄃᆡ 현딜이 이런 곳의 념이 밋디 못ᄒᆞᆯ 거시므로 다시 뭇디 못ᄒᆞᄂᆞ니 졔 ᄯᆞᆯ을 금황(今皇)긔 밧쳐 부귀(富貴)롤 ᄉᆞ고져 ᄒᆞᆫ다 ᄒᆞ더니 풍문(風聞)의 기녜(其女) 죽다 ᄒᆞ니 젹실(適實)ᄒᆞ냐?"

공ᄌᆡ ᄃᆡ왈(對曰)

"당툭의 쳔ᄒᆡᆼ만ᄉᆡ(千行萬事) 츄셰비루(趨勢鄙陋)ᄒᆞ믄 무비가살(無悲可殺)이어니와 쇼딜을 모르고 녀ᄌᆞ로 아라 쇼셩(小星)[59]으로 취ᄒᆞ믄 피튝(彼畜)의 허믈이 아니니 일노뼈 죵신참덕(終身慙德)을 삼ᄂᆞ이다. 기녀의 ᄉᆡᆼᄉᆞ(生死)ᄂᆞᆫ 쇼딜의 태운산의 이시므로 ᄌᆞ셔히 아디 못ᄒᆞᄃᆡ 죽다 ᄒᆞ여 비쳑(悲慽)ᄒᆞᆫ 빗출 보디 아냣ᄂᆞ이다."

셔부인 왈

"연즉(然則) 그 ᄯᆞᆯ을 ᄉᆞᆷ와두고 쇼문(所聞)을 펴디오미니 그ᄂᆞᆫ 어인 ᄯᅳᆺ인고? 반ᄃᆞ시 남모로게 궐졍(闕庭)의 드리려 ᄒᆞ미로다."

졔양이 입마다 ᄭᅮ딧고 욕ᄒᆞ여 당헌의 무상(無狀)ᄒᆞ미 그 ᄯᆞᆯ을 거ᄌᆞᆺ 죽다 ᄒᆞ고 ᄀᆞ마니 입궐(入闕)케 사ᄉᆞᄒᆞᆫ 쇼문을 ᄂᆡ여 텬안(天顔)의 ᄉᆞᆼ

59 쇼셩(小星): 소성. 첩을 일컫는 말.

은(承恩)ᄒᆞ믈 ᄇᆞ라미니 뎡궁(正宮)을 당치 못ᄒᆞᆯ가 브쵹ᄒᆞ여 그러ᄒᆞ미 아냐 기간 별단사괴(別段邪恠) 잇ᄂᆞ니라 ᄒᆞ여 춤 밧타 ᄭᅮ디ᄌᆞ며 의논이 분분(紛紛)ᄒᆞ여 댱쇼져의 빙상절개(氷霜節介)의 욕되미 무궁(無窮)ᄒᆞᄃᆡ 다시 거드디 아니ᄒᆞ고 ᄆᆡ져(妹姐)ᄅᆞᆯ 향ᄒᆞ여 '존당친위(尊堂親闈)에 샹셔ᄅᆞᆯ 밧드쇼셔.' ᄒᆞ며 즉시 발힝(發行)ᄒᆞᆯ 바ᄅᆞᆯ 고ᄒᆞ니 쇼졔 비결(悲訣)ᄒᆞᆯ ᄲᅳᆫ 아니라 양도헌 등이 결훌(缺欻)ᄒᆞ믈 니긔디 못ᄒᆞ여 이에 쥰ᄆᆞ(駿馬)와 힝낭(行囊)을 출혀 근실(勤實)ᄒᆞᆫ 노복(奴僕)을 19면
뎡ᄒᆞ여 공ᄌᆞᄅᆞᆯ 뫼셔 태산으로 힝ᄒᆞ믈 니ᄅᆞᆫᄃᆡ 공ᄌᆡ 졔양의 탁초(卓超)ᄒᆞᆫ 인믈(人物)을 알거니 엇디 노마(奴馬)[60]와 힝냥(行囊) 주믈 길게 샤례ᄒᆞ며 ᄯᅩ 비법읫 거시 아니어니 엇디 굿ᄐᆞ여 샤양ᄒᆞ리오? 조곰도 믈니치디 아니ᄒᆞ고 셔부인 침젼(寢殿)의셔 됴반(朝飯)을 나와 긔량(饑量)을 져기 메오ᄃᆡ 복듕(腹中)이 궤란(憒亂)ᄒᆞ며 흉격(胸膈)이 ᄧᅵᆺᄂᆞᆫ ᄃᆞᆺᄒᆞ여 거야(去夜) 댱아의셔 앏흐던 병이 다시 니러나나 강댱견고(强壯堅固)ᄒᆞ미 남다ᄅᆞᆫ 고로 ᄎᆞᆷ기ᄅᆞᆯ 잘ᄒᆞᆯ ᄲᅳᆫ 아니라 친젼(親前)의 졀ᄒᆞᆯ ᄠᅳᆺ이 시ᄀᆡᆨ(時刻)이 급ᄒᆞ니 잠간도 디류(遲留)ᄒᆞᆯ ᄆᆞᄋᆞᆷ이 업ᄂᆞᆫ디라. 져져(姐姐)의 샹셔(上書) 일우믈 기다려 거두어 ᄉᆞᄆᆡ의 너코 이에 하딕(下直)을 고ᄒᆞᆯᄉᆡ 긔류 냥졍이 쳐황비절(凄惶悲絶)ᄒᆞ믈 엇디 잘 금억(禁抑)ᄒᆞ리오? 회푀(懷抱) 암암(暗暗)ᄒᆞ고 체뤼(涕淚) 산산(散散)ᄒᆞ여 ᄒᆞᆫ갓 후회(後會)ᄅᆞᆯ 긔약(期約)ᄒᆞ며 피ᄎᆞ(彼此) 보듕(保重)ᄒᆞ믈 일ᄏᆞ라 가ᄂᆞᆫ 졍을 다 니ᄅᆞ디 못ᄒᆞ고 소ᄅᆡ 경열(哽咽)ᄒᆞ여 통만(痛懣)ᄒᆞ 20면

60 노마(奴馬): 사내종과 말.

믈 도으니 셔부인이 ᄯᅩᄒᆞᆫ 누슈(淚水)ᄅᆞᆯ ᄡᅳ려 쳔여 리 댱졍(長程)의 무ᄉᆞ득달(無事得達)ᄒᆞ믈 당부ᄒᆞᄂᆞᆫ디라. 공ᄌᆡ 응ᄃᆡᄇᆡ샤(應對拜謝)ᄒᆞ며 다시 졀ᄒᆞ여 하딕ᄒᆞᄆᆡ 쇼져의 심담(心膽)이 버히ᄂᆞᆫ ᄃᆞᆺᄒᆞ믄 닐너 알 ᄇᆡ 아니러라. 공ᄌᆡ 양도헌 등으로 더브러 외헌(外軒)의 나와 양공 ᄉᆞ곤계(四昆季)ᄀᆡ 하딕을 고ᄒᆞᆫ 후 도헌 등으로 더브러 작별분슈(作別分手)ᄒᆞᆯᄉᆡ 그 친측(親側)으로 도라갈 ᄠᅳᆺ이 시위 ᄡᅥ난 살 ᄀᆞᆺᄐᆞᆫ디라. 졍히 홍곡(鴻鵠)[61]의 나ᄅᆡᄅᆞᆯ 비디 못ᄒᆞ믈 한ᄒᆞ거ᄂᆞᆯ 양참졍 부ᄌᆞ곤계(父子昆季) 능히 머므ᄅᆞ디 못ᄒᆞ고 총홀(悤悤)이 단녀가믈 챵결(悵訣)[62]ᄒᆞ여 냥ᄌᆞ(糧資)와 노마(奴馬)ᄅᆞᆯ 근심 업시 주어 원노(遠路)의 핍졀(逼切)ᄒᆞ미 업게 ᄒᆞ더라. 공ᄌᆡ 양부 노ᄌᆞ(奴子) 션학으로 ᄆᆞᆯ을 ᄎᆡ쳐 ᄲᆞᆯ니 남강(南江)의 다ᄃᆞᄅᆞᄆᆡ 오히려 어ᄅᆞᆷ이 녹디 아니ᄒᆞ여시ᄃᆡ 일긔(日氣) 심동(深冬)과 다ᄅᆞ므로 구든 거시 완젼치 못ᄒᆞ여 ᄀᆞ장 위ᄐᆡᄒᆞ나 공ᄌᆡ 션학으로 더브러 계오 빙졍(氷程)을 건너 져편 강촌(江村)을 더 위잡으ᄆᆡ 믄득 통셰(痛勢) 대단ᄒᆞ여 능히 마상(馬上)의 안졉(安接)디 못ᄒᆞᆯ디라. ᄇᆞ득이 강촌(江村)의 잠간 나려 시ᄀᆡᆨ을 딘졍(鎭定)ᄒᆞ여 ᄒᆡᆼ코ᄌᆞ ᄒᆞᆫ 거시 ᄒᆞᆫ번 ᄀᆡᆨ졈(客店)의 누으ᄆᆡ ᄉᆞ디ᄇᆡᆨ톄(四肢百體)와 일신골졀(一身骨節)이 아니 앏흔 곳이 업ᄉᆞᆯ ᄲᆞᆫ 아니라 인ᄉᆞ(人事)ᄅᆞᆯ 슈습(收拾)디 못ᄒᆞ여 ᄒᆡᆼ도(行道)의 착급ᄒᆞᆷ도 오히려 ᄭᆡ닷디 못ᄒᆞ니 션학이 초민(焦悶)ᄒᆞ여 슈일(數日)을 디셩구호(至誠救護)ᄒᆞ다가 증셰 졈졈 더으믈 보고 취령산의 도라가 쥬군(主君)ᄀᆡ 고ᄒᆞ며 의ᄌᆞ(醫者)ᄅᆞᆯ

21면

61 홍곡(鴻鵠): 큰기러기와 고니.

62 창결(悵訣): 몹시 서운하고 섭섭함.

일위여 약셕(藥石)[63]을 다ᄉᆞ리고ᄌᆞ ᄒᆞ더니 일이 크게 ᄯᅳᆺ ᄀᆞᆺ디 못ᄒᆞ여 션학이 ᄯᅩᄒᆞᆫ 듕병(重病)을 어더 일일디ᄂᆡ(一日之內)의 대통(大痛)ᄒᆞ니 원ᄂᆡ 션학이 년과삼십(年過三十)이로ᄃᆡ 두역(痘疫)[64]을 디닌 일이 업더니 공교히 이의 와 두역을 시작ᄒᆞᄃᆡ 각별 위듕(危重)ᄒᆞ여 ᄉᆞ오일(四五日)을 고통ᄒᆞ나 발험(發驗)홈도 업고 거동(擧動)이 흉측(凶測)하여 염질(染疾)과 다ᄅᆞ미 업ᄉᆞ니 졈쥬(店主) 손최인이 비록 측은(惻隱)ᄒᆞᆫ ᄯᅳᆺ이 이셔도 냥ᄌᆞ(糧資)를 ᄂᆡ여 구호(救護)코ᄌᆞ ᄒᆞ나 강촌(江村)의 용심(用心)[65] ᄉᆞ오나온 무리와 ᄯᅩ 벌열(閥閱)의 ᄉᆞ족(士族)이 만흔디라. 념질(染疾)노 듕통(重痛)ᄒᆞᄂᆞᆫ 과긱(過客)을 머므러 두고 듁음으로 구호ᄒᆞ미 흉ᄒᆞᆫ 욕심이라 ᄒᆞ여 동가의셔 잡아다가 엄곤듕장(嚴棍重杖)ᄒᆞ여 ᄶᅩᆺ니 병인(病人)을 공산무인쳐(空山無人處)의 옴기라 ᄒᆞ니 최인이 두로 욕(辱)을 보ᄃᆡ 오히려 ᄒᆞᆫ 조각 인심(人心)이 이셔 공ᄌᆞ 노쥬(奴主)를 ᄎᆞ마 공산(空山)의 ᄇᆞ려 죽이디 못ᄒᆞ여 오 리 허(許)의 산막(山幕)을 일우고 공ᄌᆞ 노를[66] 칙여(輜輿)의 담아다가 구호ᄒᆞᄃᆡ 공ᄌᆞᄂᆞᆫ 아조 인ᄉᆞ(人事)를 ᄇᆞ렷고 션학은 이의 온 디 슈일(數日) 만의 비로소 두역이 발초ᄒᆞ나 험난코 놀나오미 비위 약ᄒᆞᆫ ᄌᆞ로 ᄒᆞ여곰 ᄒᆞᆫ번 보ᄆᆡ 긔졀키를 면치 못홀 ᄃᆞᆺᄒᆞᄃᆡ 최인이 능히 두리오믈 ᄎᆞᆷ으며 구호ᄒᆞ나 흉조(凶兆)와 패증(敗症)이 층출(層出)ᄒᆞ고 공ᄌᆞᄂᆞᆫ 일 22면

63 약셕(藥石): 약석. 약과 침. 여러 약제의 총칭.

64 두역(痘疫): 천연두.

65 용심(用心): 남을 미워하고 시기하는 심술궂은 마음.

66 노를: 규장각본에는 '노쥬를'이라고 되어 있음.

식(一息)을 니은 시신(屍身)이 되여시니 노쥬의 병셰(病勢) 만무일싱
23면 (萬無一生)이로ᄃᆡ 다만 듁음(粥飮)을 닙의 흘니면 거ᄉᆞ리디 아니코 후셜(喉舌)을 슌슌이 넘으니 손최인이 일분 밋ᄂᆞᆫ 뜻이 힝혀 회두(回頭)ᄒᆞ믈 어들가 ᄒᆞᄃᆡ 션학은 광담망셜(狂談妄說)[67]이 긋칠 젹이 업ᄉᆞ며 상뫼(相貌) 날노 흉참(凶慘)ᄒᆞ여 보기의 놀나오미 무궁(無窮)ᄒᆞ니 최인이 조심ᄒᆞ여 쥬야(晝夜) 게어ᄅᆞ디 아니ᄒᆞᄃᆡ 촌효(寸效)[68]ᄅᆞᆯ 보디 못ᄒᆞ고 노쥐 아모 곳으로조ᄎᆞ 니ᄅᆞ러시믈 아디 못ᄒᆞ며 ᄯᅩ 근파(根派)ᄅᆞᆯ 모로ᄂᆞᆫ 바의 그 집이 어ᄃᆡ믈 아라 병보(病報)ᄅᆞᆯ 통(通)ᄒᆞ리오? 공연(空然)ᄒᆞᆫ 우환(憂患)이 졔 몸을 알흐ᄆᆡ 더으더니 일일(一日)은 그 쥬군(主君)의 소상셰 향니(鄕里)로조ᄎᆞ 니ᄅᆞ러 강촌의 안고 최인을 브ᄅᆞᆫᄃᆡ 최인이 기ᄌᆞ(其子)로뼈 병소(病所)ᄅᆞᆯ ᄃᆡᆨ희온 후 ᄲᆞᆯ니 도라와 ᄇᆡ알(拜謁)ᄒᆞ니 소상셰 최인으로 더브러 ᄒᆞᆫ갓 유뎨간(乳弟間)일 ᄲᅳᆫ 아니라 그 튱근션냥(忠謹善良)ᄒᆞᆫ 위인(爲人)을 신듕(愼重)ᄒᆞ여 더브러 말ᄉᆞᆷᄒᆞᄆᆡ 당태종(唐太宗)이 군신(群臣)의게 낫빗 빌니던 일을 효
24면 측(效則)ᄒᆞ여 간간유열(懇懇愉悅)ᄒᆞᄆᆡ 그 긔운을 펴게 ᄒᆞ더니 이날은 졔 집의 잇디 아닌 연고(緣故)ᄅᆞᆯ 므ᄅᆞᆫᄃᆡ 최인이 실(實)노뼈 ᄃᆡᄒᆞ여 여ᄎᆞ여ᄎᆞ 향긱(鄕客) 노쥬의 병(病)을 구호ᄒᆞᄃᆡ 죵ᄌᆞ(從者)ᄂᆞᆫ 악착(齷齪)험 될디언졍 일홈 아ᄂᆞᆫ 병이어니와 그 공ᄌᆞᄂᆞᆫ 혼혼(昏昏)이 인ᄉᆞᄅᆞᆯ ᄇᆞ려시니 그 므ᄉᆞᆷ 병이믈 아디 못ᄒᆞ오나 결단ᄒᆞ여 념질은 아닌 줄 고ᄒᆞᆫᄃᆡ 소공이 의긔현심(義氣賢心)이 쇽인(俗人)으로 더브러 크게

67 광담망셜(狂談妄說): 광담망설. 이치에 맞지 않는 허황된 말. 여기서는 '헛소리'를 뜻함.

68 촌효(寸效): 아주 작은 효험.

ᄀ᠎ᆺ디 아닌디라. 슈미(首尾)를 일쳥(一聽)의 측은디심(惻隱之心)을 능히 참디 못ᄒᆞ여 왈

"두환(痘患)은 아모 험역(險疫)이라도 츌막(出幕)ᄒᆞᄂᆞᆫ 일이 업고 향긱(鄕客)은 념질(染疾)과 다롤딘ᄃᆡ 산막(山幕)의 두어 풍노(風露)를 무릅ᄡᅳ게 ᄒᆞ여 쥬증(主症)을 더으디 못ᄒᆞ리니 네 임의 사롬을 구ᄒᆞᆯ딘ᄃᆡ 쳐음과 나죵을 달니 마람 ᄌᆞᆨᄒᆞᆫ디라. 모로미 네 집으로 다려오라. 내 ᄒᆞᆫ번 보아 가히 의치(醫治)로ᄡᅧ 술올 형셰면 죽게 바려두디 아니ᄒᆞ리라."

최인이 소공의 말솜으로조ᄎᆞ 흔심만열(欣心滿悅)ᄒᆞ여 ᄇᆡ이슈명(拜而受命)ᄒᆞ니 공이 ᄌᆞ긔 ᄒᆡᆼ도(行途)의 다려온 창두(蒼頭)로 ᄒᆞ여곰 ᄒᆞᆷ긔 가 병인(病人)을 시러 오라 ᄒᆞ고 즉시 최인의 더온 방을 셔ᄅᆞᆺ라[69] ᄒᆞ여 ᄌᆞ긔 몬져 드러안ᄌᆞ 병인의 오기를 기다리더니 아이오 최인이 험두(險痘)[70]와 병ᄋᆞ(病兒)를 시러 도라오ᄆᆡ 험두의 누악(陋惡)ᄒᆞᆫ 형모(形貌)ᄂᆞᆫ 소공의 존엄ᄒᆞ므로도 놀나오믈 니긔디 못ᄒᆞ여 이의 ᄆᆡᆨ을 잡아보며 약(藥)을 긔걸ᄒᆞ여[71] 최인을 맛져 구호(救護)ᄒᆞ라 ᄒᆞ고 병ᄋᆞ를 친히 안아 ᄌᆞ긔 요금(褥衾)의 편히 누인 후 눈을 드러 ᄒᆞᆫ번 술피ᄆᆡ 이 믄득 범골쇽ᄌᆞ(凡骨俗子) 아니라. 텬디(天地)의 신화(神化)를 거두어시며 일월(日月)의 경긔(精氣)를 아ᄉᆞ시니 모난 낫과 둥근 형상이 오악(五嶽)[72]을 상(像)ᄒᆞ여 귀ᄒᆞᆫ 표와 달(達)ᄒᆞᆫ 격(格)이 헌옷과 슈 25면

69 셔ᄅᆞᆺ라: 셔롯다. 거두어 치우다.

70 험두(險痘): 험한 천연두에 걸린 사내종.

71 긔걸ᄒᆞ여: 긔걸ᄒᆞ다. 명령하다, 분부하다.

삭(瘦削)[73]혼 가온ᄃᆡ 더옥 현져(顯著)ᄒᆞ고 영형(英炯)혼 미우(眉宇)와 완구(完具)혼 픔쉬(稟受) 셩인(聖人)의 갓가오며 쥰골(俊骨)이 미왕(邁汪)ᄒᆞ고 쇄질(灑質)이 영위(英偉)ᄒᆞᄆᆞᆫ 호걸(豪傑)의 뎨일좌(第一座)를 당ᄒᆞ염 즉ᄒᆞᄃᆡ 그 병세(病勢) 위악(危惡)ᄒᆞ미 인ᄉᆞ(人事)를 바

26면 려시니 엄엄(嚴嚴)혼 거동(擧動)이 비컨ᄃᆡ 남산(南山)이 최최(崔崔)혼ᄃᆡ 약쉬(弱水)[74] 쁠니이며 엄지 황황혼ᄃᆡ 낙일(落日)이 의의(猗猗)혼 ᄃᆞᆺ 학이 여의ᄆᆡ 녯 소남글 슬허ᄒᆞ고 쳔튁(川澤)이 경갈(罄竭)혼ᄃᆡ 농(龍)이 조화(造化)를 일헛ᄂᆞᆫ ᄃᆞᆺ혼디라. 공이 슉시냥구(熟視良久)의 홀홀변식(忽忽變色)ᄒᆞ여 스ᄉᆞ로 ᄆᆞ음의 밍셰왈(盟誓曰)

'나 소귀 ᄎᆞᄋᆞ(此兒)를 구ᄒᆞ여 능히 ᄉᆞᆯ니디 못홀진ᄃᆡ 이 늙은 몸이 고원(故園)의 도라가디 못홀디라. 셰의 블튱신(不忠臣)의 무리ᄂᆞᆫ 거직두량(車載斗量)[75]이어니와 ᄎᆞᄋᆞᄂᆞᆫ 혼번 셰샹의 쁘이믈 어들딘ᄃᆡ 암낭(巖廊)[76]의 대뵈(臺輔)[77]오 샤딕(社稷)[78]의 간셩(干城)[79]이라. 우리 명실(明室)의 늉셩(隆盛)ᄒᆞ미 이에 더으미 업ᄉᆞ리니 노부(老夫)의 명을 드려 ᄎᆞᄋᆞ의 목숨을 ᄉᆞᆯ와 됴졍(朝廷)의 둘딘ᄃᆡ 만셰(萬歲)[80] 노영(虜營)의

---

72 오악(五嶽): 관상학에서 사람의 이마, 코, 턱, 좌우 광대뼈를 일컫는 말.

73 슈삭(瘦削): 수삭. 몹시 야윔.

74 약쉬(弱水): 약수. 신선이 살았다는 중국 서부의 전설적인 강.

75 거직두량(車載斗量): 거재두량. 수레에 싣고 말로 헤아린다는 뜻으로, 물건이나 인재 따위가 많아서 그다지 귀하지 않음을 일컫는 말.

76 암낭(巖廊): 암랑. 행정부 최고 의사 합의체. 삼정승과 육조(六曹)를 총칭.

77 대뵈(臺輔): 대보. 삼공(三公)으로 천자(天子)를 돕던 신하.

78 샤딕(社稷): 사직. 나라나 조정.

79 간셩(干城): 간성. '간성지재(干城之材)'의 준말. 나라를 지키는 인재를 일컫는 말.

80 만셰(萬歲): 만세. 천자를 가리킴.

곤ᄒᆞ신 욕을 ᄢᅵ셔 후셰(後世)의 븟그러오믈 셜(雪)ᄒᆞ고 위엄(威嚴)이 화이(華夷)의 딘동(震動)ᄒᆞ며 덕(德)이 ᄉᆞᄒᆡ(四海)의 덥히리니 작인(作人)을 이ᄀᆞᆺ치 ᄒᆞ고 엇디 요슈박복(夭壽薄福)ᄒᆞᆫ 인ᄉᆡᆼ(人生)이 되리오?'
이러ᄐᆞᆺ 암암칭긔(暗暗稱奇)ᄒᆞ며 블승흠ᄋᆡ(不勝欽愛)ᄒᆞ나 그 근본셩 27면
시(根本姓氏)ᄅᆞᆯ 아디 못ᄒᆞ고 귀쳔존비(貴賤尊卑)ᄅᆞᆯ ᄯᅩᄒᆞᆫ 브득디(不得知)로ᄃᆡ 혈심(血心)[81]으로 ᄉᆞ랑ᄒᆞ며 흠션귀듕(欽羨貴重)ᄒᆞ미 친ᄉᆡᆼ교ᄋᆞ(親生嬌兒)의 감치 아니니 그 병을 구호(救護)ᄒᆞᄂᆞᆫ 바의 정셩과 힘을 다ᄒᆞ여 밋디 아닌 곳이 업고 쳔방ᄇᆡᆨ초(千方百草)로 시험치 아니미 업셔 쥬야(晝夜)ᄅᆞᆯ 블분(不分)ᄒᆞ며 ᄆᆞ음이 타ᄉᆞ(他事)의 머므ᄅᆞ디 아냐 힝혀 ᄉᆡᆼ도(生途)의 밋디 못ᄒᆞᆯ가 초조ᄒᆞ니 침슈(寢睡)ᄅᆞᆯ 폐(廢)ᄒᆞ고 머리ᄅᆞᆯ 집흐며 ᄆᆡᆨ(脈)을 ᄉᆞᆯ펴 능히 ᄌᆞ긔의 허핍(虛乏)ᄒᆞ믈 ᄭᆡ닷디 못ᄒᆞ고 일쥬야(一晝夜)[82]ᄅᆞᆯ 구호ᄒᆞ니 ᄎᆞ시(此時) 정공ᄌᆡ 신댱(身長)이 언건(偃蹇)ᄒᆞ며 ᄇᆡᆨᄒᆡᆼ(百行)이 슉딘(肅眞)ᄒᆞ나 나흔ᄌᆞᆨ 십셰치몽(十歲稚蒙)이라. 풍상간ᄋᆡᆨ(風霜艱厄)을 ᄀᆞᆺ초 겻거 약장(弱腸)이 만히 상(傷)ᄒᆞᆫ디라 ᄒᆞᆫ번 침질(侵疾)ᄒᆞᄆᆡ 혼혼(昏昏)이 인ᄉᆞ(人事)ᄅᆞᆯ ᄇᆞ려 셰ᄉᆞ(世事)ᄅᆞᆯ 모로더니 소공의 디셩완호(至誠完護)ᄒᆞ믈 힘닙어 홀연(忽然) 정신이 ᄉᆡᆨᄉᆡᆨᄒᆞ여 눈을 드러 ᄉᆞᆯ피건ᄃᆡ 일위댱ᄌᆡ(一位長者) ᄌᆞ긔 겻ᄐᆡ셔 손을 좁아 디셩구호(至誠救護)ᄒᆞ나 풍의덕딜(風儀德質)
이 안모(顏貌)의 낫타나고 경텬위디(經天緯地)[83]ᄒᆞ여 ᄉᆞᄒᆡᄅᆞᆯ 딘복(震 28면

81 혈심(血心): 진심에서 우러나오는 정성.

82 일쥬야(一晝夜): 일주야. 새벽부터 밤까지 만 하루.

83 경텬위디(經天緯地): 경천위지. 온 천하를 조직적으로 잘 계획하여 다스림을 일컫는 말.

服)[84]ᄒᆞᆯ 녁냥(力量)이 흡연(洽然)ᄒᆞ며 슈미호ᄇᆡᆨ(鬚眉皓白)ᄒᆞ여 셔리 빗치 ᄆᆡᆺ쳐시니 년광(年光)이 봄긔운을 하딕(下直)ᄒᆞ연 디 오라믈 뭇디 아냐 알니니 ᄎᆞ인(此人)의 풍위골상(風威骨相)[85]이 왕부(王父) 듁마고우(竹馬故友) 소셩암으로 호발(毫髮)도 다ᄅᆞ미 업ᄉᆞ나 그 셩명(姓名)을 모로고 바로 소셩암이라 ᄒᆞ미 망녕(妄靈)된 고로 다만 ᄲᆞᆯ니 병톄(病體)ᄅᆞᆯ 움ᄌᆞᆨ여 ᄇᆡ이브복(拜而俯伏) 왈

"쇼ᄌᆡ(小子) 쇼암블민(疏暗不敏)[86]ᄒᆞ와 젼ᄌᆞ(前者)의 노대인(老大人)긔 알현(謁見)ᄒᆞ믈 ᄉᆡᆼ각디 못ᄒᆞ니 아디 못게이다. 대인(大人)이 어ᄃᆡ로조ᄎᆞ 이의 니ᄅᆞ샤 쇼ᄌᆞ(小子)의 쳔질(賤疾)을 구호ᄒᆞ시ᄂᆞ니잇고? 의의(依依)ᄒᆞ와 몽완(夢頑)ᄒᆞ오니 오히려 그 상시(常時)믈 ᄭᆡ닷디 못ᄒᆞ옵ᄂᆞ니 원컨ᄃᆡ ᄇᆞᆰ히 ᄀᆞᄅᆞ치쇼셔."

소공이 공ᄌᆞ의 머리ᄅᆞᆯ 집흐며 손을 ᄌᆞᆸ아 병셰(病勢)ᄅᆞᆯ ᄉᆞᆯ피다가 졸연(猝然)이 긔동(起動)ᄒᆞ믈 경아(驚訝)[87] ᄆᆡᆺ쳐 말을 못 ᄒᆞ여셔 이ᄀᆞᆺ치 므ᄅᆞ믈 듯고 도로혀 이상이 넉여 ᄲᆞᆯ니 니블을 ᄀᆞᄅᆞ쳐 눕기ᄅᆞᆯ 쳥ᄒᆞ여 왈

29면 "여러 날 인ᄉᆞ(人事)ᄅᆞᆯ 바리고 언어(言語)ᄅᆞᆯ 통치 못ᄒᆞ여 ᄒᆞᆫ낫 숨 잇ᄂᆞᆫ 시신(屍身)이 되엿던 사ᄅᆞᆷ이 졸연(猝然)이 긔동(起動)ᄒᆞᄆᆡ 딜(疾)을 더을 ᄲᅳᆫ이오 유익(有益)ᄒᆞ미 업ᄉᆞ리니 쳥컨ᄃᆡ 침금(寢衾)의 안와(安臥)ᄒᆞ여 노부(老夫)의 답언(答言)을 드ᄅᆞ라. 내 역시 현ᄉᆞ(賢士)의 셩시

---

84 딘복(震服): 진복. 무서워 떨면서 복종함.

85 풍위골상(風威骨相): 풍채와 얼굴이나 머리뼈의 겉으로 나타난 길흉화복의 상.

86 쇼암블민(疏暗不敏): 소암불민. 서툴고 어두워 민첩하지 못함.

87 경아(驚訝): 규장각본에는 '경아ᄒᆞ여'라고 되어 있음.

(姓氏)와 명ᄌᆞ(名字)를 뭇고ᄌᆞ ᄒᆞᄃᆡ 오히려 굼거오믈 ᄎᆞᆷ아 딜셰(疾勢) 가복(可復)ᄒᆞᆫ 후의 문답(問答)고ᄌᆞ ᄒᆞ므로 말ᄒᆞ기를 쳥치 못ᄒᆞ롸.”

셜파(說罷)의 공ᄌᆞ를 붓드러 눕기를 ᄌᆡ삼(再三) 권ᄒᆞᄃᆡ 공ᄌᆡ 계슈ᄇᆡ슈(稽首拜手)[88]ᄒᆞ여 구호(救護)ᄒᆞ시ᄂᆞᆫ 덕음(德陰)[89]을 일ᄏᆞᄅᆞ며 댱ᄌᆞ(長者)를 존경(尊敬)ᄒᆞ여 능히 눕디 못ᄒᆞ니 소공이 그 딜셰 더을가 두려 친히 공ᄌᆞ를 붓드러 침셕(寢席)의 누이고ᄌᆞ ᄒᆞ니 공ᄌᆡ 민망(憫惘)ᄒᆞ여 브득이 벼개를 취ᄒᆞ믹 소공이 슈삼 권(卷) 셔칙(書冊)을 다릐여[90] 공ᄌᆞ의 겻ᄐᆡ 눕고 니블을 ᄒᆞᆫ가디로 덥흐며 공ᄌᆞ의 손을 어로만져 ᄀᆞᆯ오ᄃᆡ

“현ᄉᆞᄂᆞᆫ 날노ᄡᅧ 밋친가 넉이디 말나. 노뷔 모황(耗荒)[91]ᄒᆞ나 안평듕(晏平仲)[92]이 벗을 ᄉᆞ괴믹 오릐도록 공경(恭敬)ᄒᆞ믈 올히 넉이ᄂᆞ니 엇디 현ᄉᆞ를 압모(押侮)[93]ᄒᆞ여 이러ᄒᆞ리오마ᄂᆞᆫ 현ᄉᆞᄂᆞᆫ 병듕 졍신(精神)을 슈습(收拾)디 못ᄒᆞ여 노부를 아디 못ᄒᆞ나 노부ᄂᆞᆫ 현ᄉᆞ를 ᄃᆡᄒᆞ미 ᄌᆞ못 날이 오란디라. 흠ᄋᆡ(欽愛)ᄒᆞᄂᆞᆫ 졍(情)과 경복(敬服)ᄒᆞᄂᆞᆫ ᄆᆞ음을 니긔디 못ᄒᆞ여 비록 근본(根本)을 아디 못ᄒᆞ나 이ᄀᆞᆺ치 친ᄋᆡ(親愛)ᄒᆞᄂᆞ니 현ᄉᆡ 필연(必然) 괴이히 넉이리로다. 노부의 셩명은 소귀니 미산인 30면

[88] 계슈ᄇᆡ슈(稽首拜手): 계수배수. 이마가 땅에 닿도록 머리를 조아리며 두 손을 맞잡고 절함.

[89] 덕음(德陰): 숨은 덕행.

[90] 다릐여: 다릐다. 당기다.

[91] 모황(耗荒): 늙어 정신이 흐릿흐릿하고 가물가물함.

[92] 안평듕(晏平仲): 안평중. 춘추시대 제나라의 정치가이자 사상가였던 안영을 말함. 검소한 생활을 하며 매우 겸손하고 공손한 성품을 지녔다고 함.

[93] 압모(押侮): 교만한 마음에서 남을 낮추어 보거나 하찮게 여기는 일.

이라. 숑됴문ᄉᆞ(宋朝文士) 동파디후예(東坡之後裔)로ᄃᆡ 평ᄉᆡᆼ의 무셩 무취(無成無就)ᄒᆞ여 ᄒᆞᆫ 터럭 셰운 일이 업셔 무디무텬(無地無天)ᄒᆞ고 무부무빈(無富無貧)[94]ᄒᆞ여 사ᄅᆞᆷ의 몸이오 금슈(禽獸)의 ᄆᆞᄋᆞᆷ이니 거리ᄭᅵ며 념녀(念慮)ᄒᆞᆯ 일이 업ᄉᆞ와."

ᄒᆞ니 이 말은 소공이 작위(爵位) 슝고(崇高)ᄒᆞᄃᆡ 만셰뇽거(萬歲龍車)[95]ᄅᆞᆯ 조ᄎᆞ 노영(虜營)의 가 죽디 못ᄒᆞ믈 븟그려 ᄉᆞᄉᆞ로 인면슈심(人面獸心)[96]을 일ᄏᆞᄅᆞ미러라. 공ᄌᆡ 발셔 소공의 풍의(風儀)ᄅᆞᆯ 우러러 션조고(先祖考)의 디우(知友) 니부상셔(吏部尙書) 금ᄌᆞ광녹태우[97] 치ᄉᆞ 위공 셩암 소션ᄉᆡᆼ이믈 디긔(知機)ᄒᆞ나 삼 셰의 본 바ᄅᆞᆯ 몬져 아른 쳬
31면 ᄒᆞ미 가치 아냐 소공의 니ᄅᆞ기ᄅᆞᆯ 기다리더니 ᄎᆞ언(此言)을 드ᄅᆞ미 반갑고 감창(感愴)ᄒᆞ믈 니긔디 못ᄒᆞ여 이의 벼개의 업ᄃᆡ여 할연쳬루(豁然涕淚)[98] ᄃᆡ왈(對曰)

"노대인(老大人)의 존셩(尊姓)과 휘ᄧᆞ(諱字)ᄅᆞᆯ 듯ᄌᆞ오니 쇼ᄌᆡ(小子) 비록 년쇼미튱(年少微沖)[99]이오나 감창ᄒᆞᆫ 회포(懷抱)와 의앙(依仰)[100]ᄒᆞᆫ 졍셩을 더옥 니긔디 못ᄒᆞᆸᄂᆞ니 쇼ᄌᆞᄂᆞᆫ 문쳥공 졍태부의 블초손

94 무디무텬(無地無天)ᄒᆞ고 무부무빈(無富無貧): 하늘과 땅의 차이도 없고 부유함과 가난함의 차이도 없음.

95 만셰뇽거(萬歲龍車): 만세용거. 임금이 타는 수레.

96 인면슈심(人面獸心): 인면수심. 얼굴은 사람의 모습이나 마음은 짐승과 같음.

97 금ᄌᆞ광녹태우: 금자광록태우. 벼슬명으로 보임. 고려시대에 '금자광록대부(金紫光祿大夫)'란 관직명이 있었으나 본문의 '금ᄌᆞ광녹태우'와 동일한 관직인지는 알기 어려움.

98 할연쳬루(豁然涕淚): 활연체루. 의문을 밝게 깨닫고 눈물을 흘림.

99 년쇼미튱(年少微沖): 연소미충. 열 살 안팎의 나이 어린 보잘것없는 아이.

100 의앙(依仰): 의지하고 우러러 사모함.

(不肖孫) 닌광이라. 왕부ᄌᆡ시(王父在時)의 노대인이 왕패디도(王覇之道)[101]를 기리 픔으시ᄃᆡ 튱군(忠君)을 긋쳐 대도(大道)를 산듕(山中)의 피(避)ᄒᆞ시믈 일ᄏᆞᄅᆞ샤 쳥복(淸福)[102]을 블워ᄒᆞ시나 증민(蒸民)[103]의 박복(薄福)홈과 샤딕(社稷)의 블힝(不幸)ᄒᆞ믈 기리 탄(嘆)ᄒᆞ시믈 닉이 드럿습더니 오날놀 우러러 년무(憐撫)ᄒᆞ시ᄂᆞᆫ 은ᄋᆡ(恩愛)를 밧ᄌᆞ오니 ᄒᆞᆫ갓 감골슈심(感骨守心)[104]홀 쁜 아니오라 대인(大人)이 션조(先祖)와 년갑(年甲)이 ᄀᆞᆺᄐᆞ시ᄃᆡ 봄빗촐 깅득(更得)ᄒᆞ샤 학발(鶴髮)[105]이 부셩(復盛)ᄒᆞ시고 도홰(桃花) 화안(華顔)ᄒᆞ시니 반ᄃᆞ시 남산무강디슈(南山無彊之壽)[106]를 누리실디라. 션조의 튱딕대셩(忠直大聖)으로 향슈(享壽)치 못ᄒᆞ샤 쳔츄고ᄉᆡ(千秋故事)[107] 아ᄋᆞ라ᄒᆞ믈 싱각ᄒᆞ옵건ᄃᆡ 심담(心膽)이 최졀(摧折)ᄒᆞ믈 ᄭᆡ닷디 못ᄒᆞ리로소이다." 32면

소공이 쳔만긔약(千萬期約) 밧 ᄎᆞ언(此言)을 드ᄅᆞᄆᆡ 셕연대오(釋然大悟)[108]ᄒᆞ여 복복칭탄(僕僕稱歎)의 번연역ᄉᆡᆨ(翻然易色)[109]ᄒᆞ며 악연실찬(愕然悉讚)[110] 왈

---

101 왕패디도(王覇之道): 왕패지도. 왕도와 패도를 말함. 왕도는 유가에서 이상으로 생각하는 인과 덕을 바탕으로 한 정치이며, 패도는 무력과 권모술수로 나라를 다스리는 일.

102 쳥복(淸福): 청복. 청아하고 한가하게 사는 복.

103 증민(蒸民): 모든 백성. 서민.

104 감골슈심(感骨守心): 감골수심. 뼈에 사무치게 느껴 마음을 지킴.

105 학발(鶴髮): 학의 머리처럼 하얀 머리털이란 뜻으로, 노인의 백발을 비유적으로 일컫는 말.

106 남산무강디슈(南山無彊之壽): 남산무강지수. 오래도록 끝없이 삶. 남산은 중국 '종남산'을 뜻하며 보통 장수를 축원할 때 쓰이는 말로 《시경》에 나옴.

107 쳔츄고ᄉᆡ(千秋故事): 천추고사. 길고 오랜 세월에 걸쳐 있었던 일.

108 셕연대오(釋然大悟): 석연대오. 마음이 환하게 풀려 크게 깨달음.

109 번연역ᄉᆡᆨ(翻然易色): 번연역색. 갑자기 얼굴빛을 바꿈.

"대지(大哉)라. 공시문(孔氏門)의 ᄌᆞᄉᆞ지(子思子)[111] 잇고 증셕(曾晳)[112]의 ᄋᆞ히 증삼(曾參)[113]이 잇시니 비로소 문쳥 형(兄)의 손이(孫兒)오 운계의 ᄋᆞ돌이믈 알니로소니 너의 텬셩작픔(天性作禀)도 대져 긔이(奇異)ᄒᆞ거니와 딘실노 명도(明道)[114] 후손(後孫)이 아니며 졍시 문ᄆᆡᆨ(門脈)을 니어 난 ᄇᆡ 아니면 과연 이 ᄀᆞᆺ디 아닐디라. 하날이 셩인(聖人)을 앗기시고 방실(邦室)[115]이 블힝ᄒᆞ여 문쳥 형의 긔지대도(奇才大道)와 졍튱덕화(貞忠德化)[116]로뼈 향년(享年)이 디명(知命)[117]을 닛디 못ᄒᆞ여 관샤(官仕)를 ᄇᆞ리시미 창싱(蒼生)[118]의 박복(薄福)이라. ᄉᆞ히(四海) 여상고비(如喪考妣)ᄒᆞ여 슬허홀 쑌 아니라 ᄉᆞ문(斯文)[119]의 태악(泰岳)이 문허디며 샤딕(社稷)의 동냥(棟梁)이 업셔디니 ᄒᆞᆫ갓 졍시 문운(門運)의 망극(罔極)홈만 니ᄅᆞ디 못홀디라. 만셰농게(萬歲龍

---

110 악연실찬(愕然悉讚): 몹시 놀라며 칭찬하기를 마지않음.

111 ᄌᆞᄉᆞ지(子思子): 자사자. 전국시대 노나라의 학자인 자사를 말함. 공자의 손자이며 증자에게 학문을 배워 유학의 전승에 힘썼고《중용》을 편찬함.

112 증셕(曾晳): 증석. 춘추시대 노나라의 학자이자 아들 증삼과 함께 공자의 제자로 알려짐.

113 증삼(曾參): 춘추시대 노나라의 학자이자 '공문십철(孔門十哲)'의 한 사람인 증자. 효행으로 유명한 인물.

114 명도(明道): 정호의 호. 정호는 중국 북송 때의 유학자로 일찍이 동생 정이와 함께 주돈이의 제자로 입문하여 '이기일원론(理氣一元論)', '성즉이설(性則理說)' 등을 주창하였음. 이후 이들의 사상은 주자에게 큰 영향을 끼쳤으며 송나라 새 유학의 기초를 세우는 정주학의 핵심을 이룩하게 됨. 동생 정이와 함께 '이정자(二程子)'로 불리기도 함.

115 방실(邦室): 나라.

116 졍튱덕화(貞忠德化): 정충덕화. 절개가 곧고 충성스러우며 덕행으로 감화함.

117 디명(知命): 지명. 50세.

118 창싱(蒼生): 창생. 세상의 모든 사람.

119 ᄉᆞ문(斯文): 사문. 유교의 도의(道義)나 문화를 일컫는 말.

車) 븍디(北地)의 파쳔(播遷)[120]ᄒᆞ시미 ᄯᅩᄒᆞᆫ 문쳥 형이 나라ᄒᆡ 머므디 아니신 연괴(緣故)니 됴야ᄉᆞ민(朝野士民)[121]이 ᄒᆞᆫ가디로 말ᄉᆞᆷ이 문쳥 33면 형의 밋쳐ᄂᆞᆫ 누ᄉᆔ(淚水) ᄯᅥ러져 텬되(天道) 셩인(聖人)을 쌜니 아ᄉᆞ시믈 탄(嘆)ᄒᆞᆯ ᄲᅳᆫ이오 황ᄒᆡ(黃河) 쳔년(千年)의 일쳥(一淸)ᄒᆞ고 셩인(聖人)이 오ᄇᆡᆨ ᄃᆡ(代)의 일ᄉᆡᆼ(一生)ᄒᆞᄂᆞ니 당금(當今) 말셰탁쇽(末世濁俗)[122]의 문쳥 형의 대도(大道)ᄅᆞᆯ 니을 명현(名賢)이 이시믈 ᄉᆡᆼ각디 못ᄒᆞ엿더니 이제 너ᄅᆞᆯ 보건ᄃᆡ 문풍(門風)을 니어 빗나미 나리디[123] 아닐 ᄲᅳᆫ 아니라 원복(遠福)과 긴 슈(壽)ᄅᆞᆯ 타나 슈복(壽福)을 니향(二享)ᄒᆞᆯ ᄇᆡ 졍시 션ᄃᆡ(先代)로뼈 나리ᄂᆞᆫ ᄇᆡ 쳐음이니 원간 굴(屈)ᄒᆞ니 신(伸)ᄒᆞ며 왕(往)ᄒᆞ니 복(復)ᄒᆞ미 다 하날이라. 보시(普施)ᄒᆞᄂᆞᆫ ᄇᆡ 비록 그 몸의 밋디 아니ᄒᆞ나 응당 ᄌᆞ손의 긔필(期必)ᄒᆞᄂᆞ니 문쳥 형이 ᄑᆡᆼ조(彭祖)[124]의 댱슈(長壽)ᄒᆞ믈 ᄯᆞ로디 못ᄒᆞ샤 원약(遠約)을 펴디 못ᄒᆞ고 슈히 귀텬(歸天)[125]ᄒᆞ믈 인ᄒᆞ여 복션디응(福善之應)이 흡연(洽然)치 못ᄒᆞ믈 일ᄏᆞᆺᄂᆞᆫ ᄇᆡ러니 이제 너의게 다ᄃᆞ라 타일(他日) 반ᄃᆞ시 귀ᄒᆞ며 복되미 션조(先祖)의 디날디라. 비로소 덕문경홰(德門慶華)오 졍시 긔린(麒麟)이믈 ᄭᆡ닷ᄂᆞ니 봉텬경일(奉天傾日)[126]을 ᄇᆞᆰ히 알디라. 샤딕

---

120 파쳔(播遷): 파천. 임금이 본궁(本宮)을 떠나 다른 곳으로 옮겨 난(亂)을 피함.

121 됴야ᄉᆞ민(朝野士民): 조야사민. 조정과 민간의 선비와 백성.

122 말셰탁쇽(末世濁俗): 말세탁속. 정치, 도덕, 풍속 등이 아주 쇠퇴한 시대로 혼탁하고 세속적임.

123 나리디: 나리다. 떨어지다, 못하다.

124 ᄑᆡᆼ조(彭祖): 팽조. 요임금 때 사람. 팽성(彭城)에 봉해진 뒤 하(夏)·은(殷)·주(周) 삼대에 걸쳐 800년을 살았다는 전설상의 인물.

125 귀텬(歸天): 귀천. 사람의 죽음.

34면 (社稷)이 시금(時今) 무우애(無憂也)리니 노뷔(老夫) ᄒᆞᆫ갓 존문(尊門)을 위ᄒᆞ여 흔하(欣賀)ᄒᆞᆯ 쓴 아니라 방실(邦室)의 경ᄉᆡ(慶事)오 샤딕(社稷)의 대뵈(大寶)믈 흔심만힝(欣心萬幸)ᄒᆞ노라.”

공ᄌᆡ 브복계슈(俯伏稽首)ᄒᆞ여 셩언(聖言)을 블감당(不堪當)이 션조의 덕딜(德質)노 슈ᄅᆞᆯ 누리디 못ᄒᆞ시믈 슬허ᄒᆞ고 대인(大人)을 우러오ᄆᆡ 션조ᄅᆞᆯ 우러오므로 다ᄅᆞ미 업ᄉᆞ믈 일ᄏᆞ라 녜모(禮貌)의 합당(合當)ᄒᆞ며 효의(孝義)예 발어(發語)ᄒᆞ니 공이 긔ᄋᆡ(貴愛)ᄒᆞ고 취듕(取重)ᄒᆞ미 비ᄒᆞᆯ 곳이 업더라. 공ᄌᆡ 다시 뭇ᄌᆞ와 ᄀᆞᆯ오ᄃᆡ

“쇼ᄌᆡ(小子) 여러 날 침돈(沈頓)[127]ᄒᆞ오ᄆᆡ 그 ᄉᆞ이 몃 날이 디난 줄 아디 못ᄒᆞ오니 금일(今日)이 므ᄉᆞᆷ 날이니잇가?”

소공이 금일이 듕츈(仲春)[128] 념삼일(念三日)[129]이믈 니ᄅᆞᆫᄃᆡ 공ᄌᆡ 놀나 왈

“쇼ᄌᆡ 그ᄃᆡ도록 여러 날 침병(沈病)ᄒᆞ여 위듕(危重)ᄒᆞ믈 아디 못ᄒᆞ올너니 기간일ᄌᆡ(其間日子) 오ᄅᆡ믈 조ᄎᆞ 딜셰(疾勢) 위독(危篤)던 바ᄅᆞᆯ 알니로소이다.”

ᄒᆞ며 션학의 거쳐(居處)ᄅᆞᆯ 뭇ᄌᆞ오니 소공이 그 두역(痘疫)이 험난ᄒᆞᆫ 바ᄅᆞᆯ 니ᄅᆞ고 비록 죽기ᄅᆞᆯ 면ᄒᆞ여시나 화열(火熱)을 것디[130] 못ᄒᆞ여 광
35면 담망셜(狂談妄說)이 긋디 아니믈 젼ᄒᆞ니 공ᄌᆡ ᄉᆞᄉᆞ(事事)의 괴이(怪

126 봉텬경일(奉天傾日): 봉천경일. 하늘을 받들고 해를 향해 기울여 공경하는 모습. 천자가 될 기풍.

127 침돈(沈頓): 기운이 빠짐.

128 듕츈(仲春): 중춘. ‘봄이 한창인 때’라는 뜻으로, 음력 2월을 이르는 말.

129 념삼일(念三日): 염삼일. 23일.

130 것디: 것다. 걷어내다, 없애다.

異)ᄒᆞ여 친젼(親前)의 도라가미 더ᄃᆡ믈 졀민초우(切憫焦憂)ᄒᆞ여 병듕(病中) 비울(悲鬱)ᄒᆞᆫ 회포(懷抱)를 더으니 ᄌᆞ긔 삼ᄌᆡ츈츄(三載春秋)[131]를 동셔표박(東西漂泊)ᄒᆞ여 만상긔화(萬狀奇禍)를 경녁(經歷)ᄒᆞ미 사ᄅᆞᆷ의 은혜(恩惠) 닙으미 ᄒᆞᆫ두 곳이 아니라. 뎨일(第一) 두보현의 덕의(德義)로ᄡᅧ 셕갑(石匣)의 아ᄉᆞ(餓死)를 면(免)ᄒᆞ고 뎨이(第二)ᄂᆞᆫ 엄도ᄉᆞ의 구ᄒᆞ므로ᄡᅧ 요도(妖道)의 화(禍)를 버셔나고 뎨삼(第三)은 운학·경농의 튱용(忠勇)으로ᄡᅧ 흉젹(凶賊)의 독슈(毒手)를 면ᄒᆞ고 뎨ᄉᆞ(第四)ᄂᆞᆫ 위경·언션의 의긔현심(義氣賢心)으로 ᄉᆞ디(死地)를 버셔나 ᄉᆞᆯ 곳의 니ᄅᆞ고 뎨오(第五)ᄂᆞᆫ 손최인의 어디롬과 소공의 활혜ᄃᆡ덕(濶惠大德)을 인ᄒᆞ여 ᄉᆞ병(死病)을 회소(回蘇)ᄒᆞ니 은심하ᄒᆡ(恩深河海)ᄒᆞ며 덕여태산(德如泰山)이 아닌 곳이 업ᄉᆞᄃᆡ 그 ᄀᆞ온ᄃᆡ 경듕(輕重)이 이셔 언션 ᄀᆞᆺᄐᆞᆫ ᄌᆞᄂᆞᆫ 쳔고(千古)의 다시 잇디 아니ᄒᆞ니 공덕(功德)이 뎨일(第一) 되기를 샤양치 아닐 ᄇᆡ오 엄도ᄉᆞ와 두싱이 다 인의(仁義)를 겸젼(兼全)ᄒᆞᆫ 현ᄉᆡ(賢士)오 운학·경농의 과인(過人)ᄒᆞᆫ 튱셩(忠誠)이 고인(古人)을 족히 ᄯᆞ올디니[132] 인의공덕(仁義功德)과 은혜현심(恩惠賢心)을 니롤던ᄃᆡ 오히려 손최인이 버금이 되고 소공의 의긔현심(義氣賢心)이 엄쳐ᄉᆞ의 더으디 못ᄒᆞᄃᆡ 공ᄌᆡ 듕니(中裡)[133]의 항복(降伏)ᄒᆞ미 깁흐며 의앙(依仰)ᄒᆞ미 듕(重)ᄒᆞ믄 소공을 웃듬ᄒᆞ니 이ᄂᆞᆫ 소공의 덕음문딜(德陰文質)을 흠션(欽羨)ᄒᆞ미라. 년치(年齒) 다쇠 36면

131 삼ᄌᆡ츈츄(三載春秋): 삼재춘추. 3년.

132 ᄯᆞ올디니: ᄯᆞ오다. 따르다.

133 듕니(中裡): 중리. 마음 혹은 마음속.

(多少) ᄂᆡ도ᄒᆞ고 노유(老幼) 현격(懸隔)ᄒᆞᆯ디언졍 ᄆᆞᄋᆞᆷ과 뜻인ᄌᆞᆨ 셔로 합ᄒᆞ여 소공은 공ᄌᆞᄅᆞᆯ 복복칭ᄋᆡ(僕僕稱愛)ᄒᆞ며 공ᄌᆞᄂᆞᆫ 소공을 흠앙션복(欽仰羨服)ᄒᆞ여 피ᄎᆞ(彼此) 죵용이 문답(問答)ᄒᆞᄆᆡ 소공의 흔열(欣悅)ᄒᆞ미 듕보(重寶)ᄅᆞᆯ 어드ᄆᆡ 더은디라. ᄎᆞ야(此夜)로브터 심곡(心曲)[134]을 거훌너 학문(學文)을 창논(唱論)ᄒᆞ고 녁ᄃᆡ(歷代)ᄅᆞᆯ 의란(議難)ᄒᆞᆯᄉᆡ 소공이 평ᄉᆡᆼ(平生)의 ᄌᆡ조ᄅᆞᆯ 낫토디 아니ᄒᆞ며 소견(所見)을 ᄂᆡ디 아냐 닙됴거가(入朝居家)의 공근검냑(恭謹儉約)ᄒᆞ고 온냥인ᄌᆞ(溫良仁慈)ᄒᆞ믈 쥬(主)ᄒᆞ여 과격ᄒᆞ며 일편된 쳐ᄉᆡ 잇디 아니ᄒᆞᄃᆡ ᄇᆡᆨᄒᆡᆼ(百行)이 구비(具備)ᄒᆞ고 언튱신(言忠信) ᄒᆡᆼ독경(行篤敬)[135]의 가히 만ᄆᆡᆨ디방(蠻貊之邦)의 달ᄒᆞᆯ 졍튱(貞忠)이 금셕(今昔)[136]의 낫타나며
37면 문ᄎᆡ녜의(文彩禮儀) 쳔츄(千秋)의 흐ᄅᆞᆯ ᄇᆡ니 니ᄅᆞᆫ바 왕패디긔(王霸之氣)오 ᄌᆡ상디위(宰相之位)라. 평ᄉᆡᆼ(平生) 금회(襟懷)의 ᄋᆡ체(礙滯)ᄒᆞ미 업고 녕원의 슈집(愁集)ᄒᆞ믈 두디 아냐 우흐로 두 ᄋᆞᄃᆞᆯ과 ᄒᆞᆫ ᄉᆞ회며 맛손ᄌᆡ 녕ᄒᆡ 원조의 셔졍ᄒᆞ고[137] 아ᄅᆡ로 세 ᄋᆞᄃᆞᆯ이 탈관문츌(脫冠門出)[138]ᄒᆞ여 산님(山林)의 깃드리미 되여시ᄃᆡ 구구히 비쳑(悲慽)ᄒᆞ미 업ᄉᆞ며 무익(無益)히 원굴(寃屈)ᄒᆞ믈 일컷디 아냐 니합(離合)이 ᄊᆡ잇고 화복(禍福)이 관슈(關數)ᄒᆞ믈 혜아려 괴로이 상도(傷悼)ᄒᆞ미 업

---

134 심곡(心曲): 간절하고 애틋한 마음.

135 언튱신(言忠信) ᄒᆡᆼ독경(行篤敬): 말은 참되고 믿음직하며 행동은 도탑고 공손하다는 말. 《논어》〈위령공〉.

136 금셕(今昔): 금석. 지금과 옛날을 아울러 이르는 말.

137 녕히 원조의 셔졍ᄒᆞ고: 규장각본에는 '녕회 원조의 셔졍ᄒᆞ고'로 되어 있음.

138 탈관문츌(脫冠門出): 탈관문출. 관직을 떠나고 집에서 떠남.

ᄉᆞ미 미일 온침슉믁(穩沈肅默)이러니 경공ᄌᆞ롤 ᄃᆡᄒᆞ여ᄂᆞᆫ 논난디ᄉᆡ(論難之事) 긋칠 ᄉᆞ이 업ᄉᆞ니 본셩(本性)이 셔로 ᄀᆞᆺᄐᆞ여 그러ᄒᆞ미 아니라 공ᄌᆞ의 긔딜(氣質)이 탁췌(卓萃)ᄒᆞ며 논ᄉᆡ(論辭) 항항딕고(抗抗直告)ᄒᆞ여 긔긔졀통(奇奇絶通)ᄒᆞ니 그 소견을 다 펴게코ᄌᆞ ᄒᆞ므로 비록 온당치 아닌 일이라도 그ᄅᆞ게 넉이ᄂᆞᆫ ᄇᆡ 업셔 언언칭도(言言稱道)ᄒᆞ며 ᄉᆞᄉᆞ경ᄋᆡ(辭辭敬愛)ᄒᆞ여 졀졀션복(節節羨服)ᄒᆞ니 공ᄌᆡ 쏘ᄒᆞᆫ 블감당(不堪當)이믈 샤례ᄒᆞ며 다시 뭇ᄌᆞ와 ᄀᆞᆯ오ᄃᆡ

"노대인(老大人)이 므슴 연고로 강촌(江村)의 니ᄅᆞ러 계시니잇고?"

공 왈

"션능(先陵)의 오ᄅᆡ 못 단녀시므로 한식졀향(寒食節享)[139]을 디닌 후 도라오미러니 너롤 만난 ᄇᆡ 된디라. 엇디 범연(泛然)ᄒᆞᆫ 일이리오?" 38면

공ᄌᆡ 왈

"노대인(老大人)이 경샤(京師)의ᄂᆞᆫ 소원외 밧근 다른 친쳑이 업ᄂᆞ니잇가?"

공 왈

"당슉(堂叔) 원외공쁜 아니라 죵족디친(宗族之親)이 두어 집 경샤의 잇고 쏘 이죵뎨(姨從弟) 댱후ᄇᆡᆨ[140]이 잇ᄂᆞ니 후ᄇᆡᆨ은 녕왕고(令王考)의 거두어 기ᄅᆞ신 ᄇᆡ라 네 쏘ᄒᆞᆫ 모로디 아니ᄒᆞ리로다."

공ᄌᆡ 경문왈(驚問曰)

"노대인이 원간 댱샹셔와 이죵형뎨(姨從兄弟) 간이 되시다소이다. 당

139 한식졀향(寒食節享): 한식절향. 한식 명절을 맞이해 지내는 제사.

140 댱후ᄇᆡᆨ: 장후백. 장헌. 후백은 장헌의 자(字).

상셔 ᄌᆞ부인(慈夫人)이 대인(大人) ᄀᆞᆺᄐᆞ신 ᄉᆡᆼ딜(甥姪)을 두어 계시면 엇디 영쳔을 ᄡᅥ나 궁곤(窮困)ᄒᆞ미 그 디경의 니ᄅᆞ러 계시더니잇가?”

공이 탄왈(嘆曰)

“네 셕ᄉᆞ(昔事)ᄅᆞᆯ 의아(疑訝)ᄒᆞ여 므ᄅᆞ미 여ᄎᆞᄒᆞ니 내 ᄯᅩᄒᆞᆫ ᄌᆞ셰히 너 다려 니ᄅᆞ리라. 션비(先妣) 댱부 이모(姨母)로 더브러 명위(名謂) ᄌᆞᄆᆡ(姉妹)시나 실위(實謂) 모녜(母女)라. 외왕뫼(外王母) 이모(姨母)ᄅᆞᆯ ᄉᆡᆼᄒᆞ시고 즉시 기셰(棄世)ᄒᆞ시니 션비 우리 ᄇᆡᆨᄆᆡ(伯妹)ᄅᆞᆯ 믈니치시고 이 39면 모ᄅᆞᆯ 거두어 유즙(乳汁)의 구간(苟艱)[141]ᄒᆞ미 업ᄉᆞ며 범ᄉᆞ(凡事)의 간초(艱楚)[142]ᄒᆞ미 업시 댱셩취가(長成娶嫁)ᄒᆞᄆᆡ ᄇᆡᆨ믈(百物)을 ᄌᆞ뢰(藉賴)ᄒᆞ미 ᄯᅩ 엇디 범연ᄒᆞ리오마ᄂᆞᆫ 댱슉의 집이 ᄌᆞ로 화고상변(禍故喪變)을 만나 가ᄉᆡ(家事) 탕딘(蕩盡)ᄒᆞᆯ 즈음의 우리 션비 기셰ᄒᆞ시고 션군(先君)이 샹노(上怒)ᄅᆞᆯ 쵹범(觸犯)[143]ᄒᆞ샤 십 년을 원방(遠方)의 찬츌(竄黜)[144]ᄒᆞ시니 내 ᄯᅩ 가군(家君)을 조ᄎᆞ 원별(遠別)의 ᄉᆡᆼ활(生活)이 망단(望斷)[145]ᄒᆞ니 과연 이모(姨母)의 화(禍)ᄅᆞᆯ 념녀(念慮)치 못ᄒᆞᆫ디라. 만니ᄋᆡ각(萬里涯角)의 음신(音信)[146]이 ᄭᅳᆺ쳐시니 내 집으로 뇨ᄉᆡᆼ(僥生)ᄒᆞ던 ᄌᆡ 그 엇디 견딜 도리 이시리오? ᄌᆞ연 뉴리걸식(遊離乞食)[147]을

141 구간(苟艱): 본래 ‘구차하게도 몹시 가난함’을 뜻하나, 여기서는 문맥상 ‘부족함’으로 봄.

142 간초(艱楚): 힘들고 괴로움.

143 쵹범(觸犯): 촉범. 꺼려 피할 일을 저지름.

144 찬츌(竄黜): 찬출. 벼슬을 빼앗고 귀양을 보냄.

145 망단(望斷): 바라던 바가 실패해 어떻게도 못하는 딱한 처지.

146 음신(音信): 소식. 편지.

147 뉴리걸식(遊離乞食): 유리걸식. 이리저리 떠돌아다니며 음식을 구걸함.

면치 못ᄒᆞ여 경사(京師)의 올나와 녕왕고(令王考)의 홍은대혜(鴻恩大惠)를 무릅뻣ᄂᆞ디라. 션군(先君)이 텬문(天門)의 은샤(恩赦)[148]를 닙어 환래(還來)ᄒᆞ시미 내 ᄯᅩᄒᆞᆫ 밧드러 도라오니 발셔 댱슉과 이뫼 쌍망(雙亡)ᄒᆞ여 양ᄉᆞ(養嗣)[149]를 일우고 시졔(時祭)[150]를 디ᄂᆡᄂᆞᆫ 날이라. 기시(其時)의 통졀(痛切)ᄒᆞ던 바를 어이 다 긔록ᄒᆞᆯ ᄇᆡ리오? 힝혀 녕왕고 은덕(恩德)으로 헌뎨를 무양(撫養)[151]ᄒᆞ여 댱셩키의 밋ᄎᆞ미 우리 고모부 연태ᄉᆡ 녕왕고와 친위(親友)시라 헌으로ᄡᅧ 복(福)을 누릴 ᄌᆡ(者)라 ᄒᆞ여 동상(東床)을 삼앗더니 죵ᄆᆡ(從妹)[152] 칠거(七去)[153]의 죄(罪)를 범(犯)ᄒᆞ미 업시 헌이 무단(無斷)이 폐츌(廢黜)ᄒᆞ니 눈긔패멸(倫紀敗滅)ᄒᆞᆷ은 둘ᄌᆡ오 고뫼(姑母) 오히려 당의 계신디라 날노ᄡᅧ 슉딜(叔姪)의 졍(情)과 년치(年齒)의 상젹(相適)[154]ᄒᆞᆷ을 아오라 ᄌᆞ별(自別)ᄒᆞ신 ᄆᆞ옴이 이실 ᄲᅳᆫ 아니라 헌으로 더브러 이죵(姨從) 간이라 ᄒᆞ샤 ᄆᆡ양 그 위인(爲人)의 져ᄅᆞᆫ[155] 거ᄉᆞᆯ 니ᄅᆞ시며 힘ᄡᅧ 개유(開諭)코져 ᄒᆞ시나 나의 말이 능히 헌으로 ᄒᆞ여곰 니연신디(理然信之)케 못 ᄒᆞ니 스ᄉᆞ로 블민(不敏)ᄒᆞᆷ을 고모긔 샤죄(謝罪)ᄒᆞ노라." 40면

148 은샤(恩赦): 은사. 나라에 경사가 있을 때 죄가 가벼운 죄인을 석방하던 일.

149 양ᄉᆞ(養嗣): 양사. 양자를 들이는 일.

150 시졔(時祭): 시제. 음력 2월, 5월, 8월, 11월에 사당에서 지내는 제사.

151 무양(撫養): 어루만지듯 보살펴 기름.

152 죵ᄆᆡ(從妹): 종매. 사촌 여동생. 여기서는 연부인을 가리킴.

153 칠거(七去): 과거 아내를 내쫓을 수 있는 이유가 되었던 일곱 가지 허물. 시부모에게 불손함, 자식이 없음, 행실이 음탕함, 투기함, 몹쓸 병을 지님, 말이 지나치게 많음, 도둑질 등을 말함.

154 상젹(相適): 양쪽 실력이 서로 거의 비슷함.

155 져ᄅᆞᆫ: 져ᄅᆞ다. 짧다. 여기서는 '모자라다'는 의미로 쓰임.

공ᄌᆡ 댱공의 츄비망측(醜鄙罔測)[156]ᄒᆞᆫ 인믈을 ᄉᆡᆼ각ᄒᆞᄆᆡ ᄉᆡ로이 통ᄒᆡ(痛駭)ᄒᆞᄃᆡ 맛ᄎᆞᆷᄂᆡ 댱공의 ᄋᆡ희(愛姬) 되엿던 바ᄅᆞᆯ 일ᄏᆞᆺ디 아니ᄒᆞ고 ᄯᅩ 셕일(昔日) 뎡혼디ᄉᆞ(定婚之事)ᄅᆞᆯ 일졀 거드디 아니ᄒᆞ니 소공은 칠팔 년을 향니(鄕里)의 ᄲᅧ져 친쳑고구(親戚故舊)[157]의 소식을 모로 41면 미 유명(幽明) ᄀᆞᆺᄐᆞ므로 댱공의 ᄯᆞᆯ이 그ᄃᆡ도록 ᄀᆡ특홈과 졍공ᄌᆞ와 약혼(約婚)ᄒᆞ여 당금(當今)의 댱공이 실신ᄇᆡ약(失信背約)ᄒᆞ여 거졀코ᄌᆞ ᄒᆞᄂᆞᆫ 바ᄅᆞᆯ 아득히 아디 못ᄒᆞ고 다만 ᄌᆞ긔 만ᄂᆡ(晩來)의 어든 교옥(嬌玉)[158]이 금년(今年) 초팔(初八)이나 경ᄌᆞ난딜(瓊姿蘭質)[159]의 녜힝ᄉᆞ덕(禮行四德)[160]이 만고(萬古)ᄅᆞᆯ 기우려 비우컨ᄃᆡ 댱강(莊姜)[161]·반비(班妃)[162]도 일두(一頭)ᄅᆞᆯ 샤양(辭讓)ᄒᆞᆯ디라. 그윽이 ᄀᆞᆺᄐᆞᆫ 빵(雙)을 만나디 못ᄒᆞᆯ가 근심ᄒᆞ던 바의 ᄂᆡ광을 보ᄆᆡ ᄯᅳᆺ이 기울기ᄅᆞᆯ 면치 못ᄒᆞᄃᆡ 아딕 가취(嫁娶)ᄒᆞᆯ 년긔(年紀) 되디 못ᄒᆞ여시므로 발셜(發說)치 말고ᄌᆞ ᄒᆞ더니 공ᄌᆞ의 거동(擧動)을 볼ᄉᆞ록 언건웅댱(偃蹇雄壯)[163]ᄒᆞ여 조곰도 치몽미셩(稚蒙未成)[164]ᄒᆞᆫ 형상(形狀)이 업ᄉᆞ니 ᄒᆞᆫ 안ᄒᆡ 취ᄒᆞ기ᄅᆞᆯ 니ᄅᆞ

156 츄비망측(醜鄙罔測): 추비망측. 추하고 더럽고 이치에 맞지 않아 헤아릴 수 없음.

157 친쳑고구(親戚故舊): 친척고구. 친척과 옛 친구들.

158 교옥(嬌玉): 딸. 여기서는 소채강을 가리킴.

159 경ᄌᆞ난딜(瓊姿蘭質): 경자난질. 옥 같은 자태와 난초 같은 자질.

160 녜힝ᄉᆞ덕(禮行四德): 예행사덕. 여자로서 갖추어야 할 네 가지 덕인 마음씨, 말씨, 맵시, 솜씨를 갖춰 행함.

161 댱강(莊姜): 장강. 춘추시대 위(衛)나라 장공(莊公)의 비. 아름답고 덕이 있었으나 아들을 낳지 못해 박대를 당함.

162 반비(班妃): 전한(前漢) 성제(成帝)의 후궁인 반첩여. 한때 성제의 총애를 받았으나 조비연의 참소로 총애를 잃고 장신궁으로 물러나게 됨.

163 언건웅댱(偃蹇雄壯): 언건웅장. 성대하며 웅장한 모습.

디 말고 텬ᄒᆡ(天下)라도 광거(廣居)ᄒᆞ며 ᄉᆞᄒᆡ(四海)라도 딘복(震服)ᄒᆞᆯ 규모(規模)와 덕냥(德量)이라. 이에 옥비소슈(玉臂素手)를 어로만져 쇼왈(笑曰)

"여년(汝年)이 슈쇠(雖少)나 톄딜(體質)이 댱대(壯大)ᄒᆞ여 미딘(未盡)ᄒᆞᆫ 곳이 업ᄉᆞ니 훤젼(萱前)[165]의 결ᄒᆞ여 냥ᄃᆡ존당(兩大尊堂)을 시봉(侍奉)ᄒᆞᄂᆞᆫ 날이면 태부인이 반ᄃᆞ시 시구(鳲鳩)[166]의 빵(雙)을 가ᄌᆞᆨ이[167] 42면 ᄒᆞ여 작소(鵲巢)의 깃드리믈 보고져 ᄒᆞ시리니 만일 동셔(東西) 구친(求親)[168]의 유유디지(悠悠遲遲)[169]ᄒᆞ여 슈년(數年)을 더딜 형셰(形勢)어든 노부(老夫)의 한문취ᄌᆞᆨ(寒門脆族)[170]을 나모라 ᄇᆞ리디 말고 머리 누ᄅᆞᆫ 녀ᄋᆡ(女兒) 일단 현슉(賢淑)ᄒᆞ니 타쳐(他處)를 유의치 말고 날노더브러 구ᄉᆡᆼ디의(舅甥之義)[171]를 ᄆᆡᄌᆞ미 엇더ᄒᆞ뇨?"

공ᄌᆡ 취쳐(娶妻)의 ᄆᆞᄋᆞᆷ이 부운(浮雲) ᄀᆞᆺᄐᆞ여 일호(一毫) 거리ᄭᅵ미 업ᄉᆞ나 댱공이 ᄌᆞ긔 부슉(父叔)의 화도(畫圖)를 일워 경태(景泰)긔 밧치려 ᄒᆞ므로브터 원슈ᄀᆞᆺ치 치부ᄒᆞ여 댱시를 아조 ᄇᆞ리기로 결단(決斷)ᄒᆞ엿ᄂᆞᆫ디라. 그 녈졀효의(烈節孝義)를 션복(羨服)디 아니미 아니로ᄃᆡ 부슉을 도모(圖謀)ᄒᆞᄂᆞᆫ 원슈의 ᄯᆞᆯ을 어이 취ᄒᆞ리오? ᄒᆞ여 큰

---

164 치몽미셩(稚蒙未成): 치몽미성. 유치하고 어려 아직 성인이 되지 못함.

165 훤젼(萱前): 훤전. 어머니 앞.

166 시구(鳲鳩): 뻐꾸기.

167 가ᄌᆞᆨ이: 가지런히. 나란히.

168 구친(求親): 신부를 구함.

169 유유디지(悠悠遲遲): 유유지지. 아득히 멀고도 더딤.

170 한문취ᄌᆞᆨ(寒門脆族): 한문취족. 한미하고 보잘것없는 집안.

171 구ᄉᆡᆼ디의(舅甥之義): 구생지의. 장인과 사위의 관계.

고집(固執)이 발ᄒᆞᄆᆡ 일만(一萬) 쇠 ᄭᅳ어도 두로혀디 아닐디라. 소공의 쳥혼홈과 ᄌᆞ긔ᄅᆞᆯ 년무(憐撫)ᄒᆞ미 이 ᄀᆞᆺᄐᆞ니 인졍(人情)의 믈니치 43면 디 못ᄒᆞᆯ ᄲᅳᆫ 아니라 문디가셰(門之家勢) 상당ᄒᆞ고 악댱ᄌᆡ목(岳丈材木)[172]이 블감쳥(不敢請)이언졍 고쇼원얘(固所願也)라. 엇디 ᄆᆡᄆᆡ히 거졀ᄒᆞ리오? 이에 샤례왈(謝禮曰)

"대인(大人)이 쇼ᄌᆞ의 블민박녈(不敏薄劣)ᄒᆞ믈 도로혀 놉히 허(許)ᄒᆞ시며 과(過)히 ᄉᆞ랑ᄒᆞ샤 언언칭도(言言稱道)ᄒᆞ시ᄂᆞᆫ 하괴(下敎) 블감황공(不堪惶恐)커ᄂᆞᆯ 다시 동상(東床)을 유의(有意)ᄒᆞ시니 쇼ᄌᆡ 복(福)이 손(損)ᄒᆞᆯ가 두리ᄂᆞ이다. 다만 쇼ᄌᆡ 아ᄃᆡᆨ 치발(齒髮)이 기디 못ᄒᆞᆫ[173] 바의 가취(嫁娶)ᄅᆞᆯ 의논ᄒᆞᆯ ᄇᆡ 아니라. 가친(家親)과 왕뫼(王母) ᄌᆡ당(在堂)ᄒᆞ시니 인뉸대ᄉᆞ(人倫大事)ᄅᆞᆯ ᄌᆞ젼(自專)ᄒᆞᆯ ᄇᆡ 아니오라 인ᄌᆡ(人子) 친의(親意)ᄅᆞᆯ 아디 못ᄒᆞ고 망녕(妄靈)도이 응슌(應順)ᄒᆞ므로 뼈 ᄃᆡ(對)치 못ᄒᆞ오리니 대인은 괴이(怪異)히 넉이디 마ᄅᆞ쇼셔."

소공이 쇼왈(笑曰)

"노뷔(老夫) 비록 무식(無識)ᄒᆞ나 인뉸듕ᄉᆞ(人倫重事)ᄅᆞᆯ ᄌᆞ젼(自專)코져 ᄒᆞ리오? 네 뜻이 허(許)ᄒᆞ믈 뵐딘ᄃᆡ ᄊᆡᄅᆞᆯ 타 녕존(令尊)과 면의상약(面議相約)[174]ᄒᆞ리니 녕존의 허락은 노뷔 어들디라. 미리 너다려 니ᄅᆞ믄 타쳐(他處)의 구혼(求婚)ᄒᆞ미 잇셔도 네 뜻을 옴기디 말고ᄌᆞ ᄒᆞ

172 악댱ᄌᆡ목(岳丈材木): 악장재목. 장인이 되기에 합당한 인물.

173 치발(齒髮)이 기디 못ᄒᆞᆫ 바: 치발부장(齒髮不長). 배냇니를 다 갈지 못하고 머리는 다박머리라는 뜻으로, 아직 나이가 어림을 일컫는 말.

174 면의상약(面議相約): 서로 만나 의논하여 약속함.

미로다."

공ᄌᆡ ᄃᆡ왈(對曰)

"대인(大人)이 친히 구ᄒᆞ샤 가엄(家嚴)과 뎡약(定約)ᄒᆞ시면 쇼ᄌᆞᄂᆞᆫ 44면
오ᄃᆡ 부모(父母)의 명(命)을 조ᄎᆞ 별 의견이 업ᄉᆞ오리니 허락을 두시
며 아니키ᄂᆞᆫ 쇼ᄌᆡ 알 ᄇᆡ 아니로소이다."

공이 졈두(點頭)ᄒᆞ고 ᄯᅳᆺ을 결(決)ᄒᆞ여 운계를 보아 구친(求親)ᄒᆞ려 ᄒᆞ더라. 슈일(數日) 됴리(調理)ᄒᆞᄆᆡ 공ᄌᆞ의 질셰(疾勢) 가복(可復)기의 밋ᄎᆞ며 셤학도 졈졈 나하 광담망셜(狂談妄說)을 긋치고 고요히 누어 약음(藥飮)과 미쥭(米粥)을 슌히 바다먹ᄂᆞᆫ디라. 소공이 블승다힝(不勝多幸)ᄒᆞ며 공ᄌᆡ 도라갈 ᄆᆞ음이 시각(時刻)이 급ᄒᆞ여 소공긔 힝홀 바를 고ᄒᆞ니 공이 븟줍고 말녀 대병디여(大病之餘)의 가ᄇᆡ야이 원노(遠路)를 말ᄆᆡ암디 못ᄒᆞ리라 ᄒᆞᆫᄃᆡ 공ᄌᆡ 댱ᄌᆞ(長者)의 니ᄅᆞᄂᆞᆫ ᄇᆡ 그ᄅᆞ디 아닌 바의 간ᄃᆡ로[175] 욱이디 못ᄒᆞ여 스ᄉᆞ로 몸을 보호ᄒᆞ믈 여린 옥ᄀᆞᆺ치 ᄒᆞ여 슈히 쾌소(快蘇)ᄒᆞ믈 기다리나 민민착급(憫憫着急)ᄒᆞ믈 니긔디 못ᄒᆞ더라. 일일(一日)은 소공이 최인을 블너 니ᄅᆞᄃᆡ

"내 잠간 강졍(江亭)의 단녀오고ᄌᆞ ᄒᆞᄂᆞ니 네 모로미 일엽쇼션(一葉
小船)을 쥰비ᄒᆞ라." 45면

최인이 슈명(受命)ᄒᆞ고 즉시 ᄇᆡ를 어더 ᄉᆞ변(沙邊)의 다혓더라. 원ᄂᆡ 소공의 강졍은 셩듕(城中)으로셔 나오ᄆᆡ 믈을 건너ᄂᆞᆫ ᄇᆡ 잇디 아니ᄒᆞᄃᆡ 최인의 집이 강슈(江水)를 건너 잇ᄉᆞ므로 비록 디쳑(咫尺)이나 어

175 간ᄃᆡ로: 멋대로. 함부로.

룸이 녹은 후는 션노(船路)로 단니는디라. 공이 즉시 니러나며 공즈를 보아 골오디

"혼즈 이의 이시미 더옥 비울(悲鬱)훈 심ᄉ(心思)를 더으리니 날과 훈가디로 힝ᄒ여 디긔(志氣)를 소창(消暢)[176]ᄒ미 엇더ᄒ뇨?"

공지 슈명ᄒ고 공을 뫼셔 홈긔 비를 타 듕뉴(中流) ᄒ엿더니 홀연 음풍(陰風)이 대긔(大起)ᄒ여 비를 흔들며 믈결이 흉용(洶湧)[177]ᄒ니 ᄆ옴의 놀나믈 마디 아냐 공즈의 놀나고 신샹(身上)의 히로오미 이실가 념녀(念慮)ᄒ니 공지 왈

"노대인(老大人)은 무익디녀(無益之慮)를 허비(虛費)치 마ᄅ쇼셔."

ᄒ며 션부(船夫)를 지촉ᄒ여 비를 졋니 져으라 ᄒ더니 홀연 믈 가온디로조ᄎ 훈 줄 셔광(瑞光)이 니러나 밋친 바룸과 음음(陰陰)훈 닝긔

46면

(冷氣)를 졔어(制御)ᄒ며 찬난(燦爛)훈 븕은 빗치 태양의 됴요(照耀)히니 쥬듕졔인(舟中諸人)이 셔광을 놀나고 긔이ᄒ믈 결을치 못ᄒ니 소공이 역시 경동(驚動)ᄒ여 션부(船夫)로 ᄒ여곰 비를 져으며 믈 아리 므어시 잇는가 보라 ᄒ니 슈패(水波) 잔잔ᄒ고 셔긔(瑞氣) 됴요(照耀)ᄒ믈 인ᄒ여 강심(江心)의 가는 모리와 즈근 고기도 셰셰히 뵈이거든 엇디 사룸이 ᄲ져 믈결의 밀니여 오는 바를 모로리오? 션뷔(船夫) 크게 소리 질너 여러 사룸이 ᄲ졋다 ᄒ니 소공이 크게 놀나 밧비 몸을 니는 줄 씨닷디 못ᄒ여 블 굴너 밧비 건디라 ᄒ며 공지 ᄯ훈 인심(人心)의 블승경참(不勝驚慘)ᄒ여 션두(船頭)의 나와 구버볼시 여

176 소창(消暢): 심심하거나 갑갑한 마음을 풀어 후련하게 함.

177 흉용(洶湧): 물결이 세차게 일어나거나 힘차게 솟아남.

러 시신(屍身)이 혹 소소ᄯᅳ락 혹 가라안ᄌᆞ락 ᄒᆞ여 건디려 ᄒᆞᄆᆡ 슈고롭디 아닌 바ᄅᆞᆯ 션뷔 ᄒᆞᆫ갓 소ᄅᆡ치고 어ᄌᆞ러이 짓괼 ᄲᅳᆫ이오 슈히 건디지 못ᄒᆞ거ᄂᆞᆯ 공ᄌᆡ 개연(慨然)[178]ᄒᆞ믈 니긔디 못ᄒᆞ여 원비(猿臂)ᄅᆞᆯ 느리혀 ᄇᆡ 앏ᄒᆡ 소소ᄯᅳᄂᆞᆫ 신톄(身體)ᄅᆞᆯ 몬져 건져ᄂᆡ니 소공이 브디블각 47면 (不知不覺)의 드립더 안아 ᄌᆞ긔 옷ᄌᆞ락으로 믈을 ᄡᅵᄉᆞ며 션부ᄅᆞᆯ ᄌᆡ촉ᄒᆞ여 남은 시신을 건디라 ᄒᆞ고 공ᄌᆞᄅᆞᆯ 집슈왈(執手曰)

"사ᄅᆞᆷ을 구활(救活)ᄒᆞ여 ᄉᆞ디(死地)의 건디미 젹션음공(積善陰功)[179]이 긔특ᄒᆞ나 엇디 위ᄐᆡᄒᆞ믈 ᄉᆡᆼ각디 아냐 듕병디여(重病之餘)의 몸을 조심치 아니ᄒᆞᄂᆞ뇨?"

공ᄌᆡ 평ᄉᆡᆼ 의긔(義氣)로ᄡᅧ 사ᄅᆞᆷ이 믈 가온ᄃᆡ 밀니여 오믈 보ᄆᆡ ᄎᆞᆷ디 못ᄒᆞ여 건져시나 규복(閨服)이 완젼ᄒᆞ여 남ᄌᆡ 아니믈 ᄉᆞᆯ피고 비록 쉬(嫂) 닉(溺)이어든 ᄉᆞᆫ이원디라[180] ᄒᆞ여시나 심히 블평(不平)ᄒᆞ여 다시 눈 드러 보미 업ᄉᆞ며 갓가이 안ᄌᆞ 공의 말ᄉᆞᆷ을 ᄃᆡ코ᄌᆞ 뜻이 업셔 나ᄌᆞᆨ이 손을 ᄲᅢ히고 먼니 좌(座)ᄒᆞ여 다시 머리ᄅᆞᆯ 두로혀미 업ᄉᆞ니 소공이 그 위인(爲人)을 ᄉᆞᄉᆞ(事事)의 ᄋᆡ복(愛服)ᄒᆞ나 아ᄃᆡᆨ 만심(滿心)이 요요분분(搖搖紛紛)ᄒᆞ믈 ᄭᆡ닷디 못ᄒᆞ여 타ᄉᆞ(他事)의 결을이 업

178 개연(慨然): 억울하고 원통하여 몹시 분하다는 뜻. 여기서는 다급한 상황에서 뱃사람이 소리만 지르고 정작 물에 빠진 사람을 속히 건져내지 못하는 답답한 상황을 보고 분개하는 인광의 모습을 가리키는 용어로 쓰였음.

179 젹션음공(積善陰功): 적선음공. 선한 일을 많이 하고 남몰래 공덕을 쌓음.

180 쉬(嫂) 닉(溺)이어든 ᄉᆞᆫ이원디라: 《맹자》 〈이루 상(離婁上)〉의 "남녀 간에 직접 주고받지 않는 것은 예이고, 제수가 물에 빠졌을 때 손으로 건져주는 것은 권이다(男女授受不親 禮也 嫂溺援之以手 權也)."라는 말에서 나온 것. 규장각본에는 '쉬 익이어든 ᄉᆞᆫ이원지라'로 되어 있음.

ᄉᆞ며 션부 등이 비로소 셰 시신을 건져ᄂᆡ니 즉시 ᄇᆡ를 두로혀 ᄉᆞ변(沙
48면 邊)의 다히ᄆᆡ 공이 최인을 명ᄒᆞ여 그윽ᄒᆞᆫ 방ᄉᆞ(房舍)를 셔ᄅᆞᄌᆞ라 ᄒᆞ
고 공ᄌᆞ를 햐쳐(下處)[181]의 머므른 후 ᄌᆞ긔ᄂᆞᆫ 시신을 안은 ᄎᆡ 니러나며
셰 시신을 최인으로 븟드러 구호(救護)ᄒᆞ라 ᄒᆞ고 바로 별당(別堂)의
드러가 시신을 나리와 더온 곳의 누이며 ᄌᆞ긔 모의(毛衣)를 버셔 덥
흔 후 약믈(藥物)을 ᄀᆞᆺ초와 겻ᄐᆡ셔 구호ᄒᆞᆯᄉᆡ 쵹(燭)을 나와 ᄌᆞ셔히 ᄉᆞᆯ
피건ᄃᆡ ᄃᆡ실노 눈이 어리고[182] 졍신이 취ᄒᆞ이니 어ᄃᆡ 고으며 므어시 빗
나믈 알니오? 다만 팔ᄎᆡ미우(八彩眉宇)의 셔ᄋᆡ녕녕(瑞靄玲玲)ᄒᆞ고
ᄇᆡᆨ셜안모(白雪顔貌)의 오ᄉᆡᆨ(五色)이 찬난(燦爛)ᄒᆞ니 츄공상텬(秋空
霜天)의 은셤(銀蟾)이 ᄇᆡ회(徘徊)ᄒᆞ며 명광(明光)이 만니(萬里)의 흐
ᄅᆞᄂᆞᆫ ᄃᆞᆺ 미모염ᄐᆡ(美貌艶態) 쳔고이ᄅᆡ(千古以來)로 무빵(無雙)ᄒᆞ니
공의 태악(泰嶽)ᄀᆞᆺ치 고듕(高重)ᄒᆞ므로도 쇄연역ᄉᆡᆨ(灑然易色)ᄒᆞ여
숨을 길게 쉬믈 ᄭᆡ닷디 못ᄒᆞ니 이의 손을 잡아 간ᄆᆡᆨ(看脈)ᄒᆞ며 가슴
의 손을 너허 어로만져 보ᄆᆡ 일졈온긔(一點溫氣) 업ᄉᆞᄃᆡ 오히려 실낫
ᄀᆞᆺᄐᆞᆫ 명ᄆᆡᆨ(命脈)이 아조 ᄭᅳᆺ디[183] 아녓ᄂᆞᆫ디라. 힝혀 살믈 어들가 흔연(欣
49면 然)ᄒᆞ믈 니긔디 못ᄒᆞ여 디셩구호(至誠救護)ᄒᆞᆯᄉᆡ 믄득 최인이 창외
(窓外)의 니ᄅᆞ러 고왈(告曰)

“쇼복(小僕)이 그 셰 녀ᄌᆞ를 구호(救護)ᄒᆞ와 비로소 회소(回蘇)ᄒᆞ오
ᄆᆡ 몬져 쥬인소져(主人小姐)를 블너 ᄋᆡ도규셩(哀悼叫聲)ᄒᆞ여 도로

181 햐쳐(下處): 하처. 거처.

182 어리고: 어리다. 황홀하고 현란한 빛으로 눈이 부시거나 어른어른하다.

183 ᄭᅳᆺ디: 규장각본에는 ‘ᄭᅳᆺ지’로 되어 있음.

살믈 깃거 아니 ᄒᆞ옵거놀 쇼복이 젼후슈말(前後首末)을 셰셰히 니ᄅᆞ오ᄃᆡ 오히려 밋디 아니ᄒᆞ여 경상(景狀)이 괴이(怪異)ᄒᆞ온디라. 노애(老爺) 잠간 그 녀인을 브ᄅᆞ샤 닉슈(溺水)ᄒᆞᆫ 곡졀을 므ᄅᆞ시고 그 쇼졔 쾌히 회소ᄒᆞ믈 알게 ᄒᆞ시미 맛당홀가 ᄒᆞᄂᆞ이다."

공이 즉시 명ᄒᆞ여 다 브ᄅᆞ라 ᄒᆞᆫᄃᆡ 슈유(須臾)의 삼가녀ᄌᆡ(三個女子)[184] 인가(人家) 쳥의복ᄉᆡᆨ(青衣服色)[185]으로 면젼(面前)의 브복(俯伏)[186]ᄒᆞ니 ᄒᆞ나흔 년만ᄉᆞ십(年滿四十)은 ᄒᆞ여시며 둘흔 계오 십여 셰 쇼ᄋᆡ로ᄃᆡ 신장(身長)이 초연(超然)[187]ᄒᆞ고 셤외(纖腰) 슈경(瘦莖)ᄒᆞ여 뉴지(柳枝) 븟치이는 ᄃᆞᆺᄒᆞ거놀 운발(雲髮)[188]이 편편(翩翩)ᄒᆞ여 길과 가ᄌᆞᆨᄒᆞ고[189] 쇼안(素顔)이 가려(佳麗)ᄒᆞ여 니홰(梨花) 츈우(春雨)롤 므릅쁜 ᄃᆞᆺ 교험(嬌頰)이 작작(灼灼)[190]ᄒᆞ여 도홰(桃花) 연홍(軟紅)을 ᄯᅴ엿ᄂᆞᆫ ᄃᆞᆺ 뉴미(柳眉)ᄂᆞᆫ 츈산(春山)이 아당(阿黨)ᄒᆞ며 명목(明目)은 효셩(曉星)이 방블(髣髴)커놀 규귀(規矩) 득디(得之)ᄒᆞ고 거지슉딘(擧止肅眞)ᄒᆞ여 톄도(體度)롤 어더시니 군ᄉᆞ(軍士)롤 보ᄆᆡ 댱슈(將帥)롤 ᄌᆞᆨ히 알디라. 50면

소공이 일변(一邊) 쇼져롤 구호ᄒᆞ며 삼인(三人)을 향ᄒᆞ여 ᄀᆞᆯ오ᄃᆡ

"ᄎᆞ시(此時) 국운(國運)이 블ᄒᆡᆼ(不幸)ᄒᆞ여 만승뎨위(萬乘帝位)롤 노

184 삼가녀ᄌᆡ(三個女子): 규장각본에는 'ᄉᆞᆷ개녀ᄌᆡ'로 되어 있음.

185 쳥의복ᄉᆡᆨ(青衣服色): 청의복색. 옛날에 천한 사람이 푸른 옷을 입었던 데서 비롯된 표현. 곧 신분이 낮은 사람을 일컬음.

186 브복(俯伏): 부복. 고개를 숙이고 엎드림.

187 초연(超然): 보통 수준보다 뛰어남.

188 운발(雲髮): 여자의 탐스러운 머리 모양.

189 가ᄌᆞᆨᄒᆞ고: 가ᄌᆞᆨᄒᆞ다. 갖추어지다, 가득하다.

190 작작(灼灼): 말과 행동 따위가 여유 있는 모양. 성한 모양.

영호디(虜營胡地)의 곤(困)ᄒᆞ시니 기타 인신(人臣)의 쇼쇼가란(小小家亂)과 미셰봉변(微細逢變)을 족히 니ᄅᆞᆯ ᄇᆡ 아니어니와 너의 노쥬(奴主) ᄉᆞ 인은 원간 므ᄉᆞᆷ ᄎᆞᆷ변흉화(慘變凶禍)ᄅᆞᆯ 만낫관ᄃᆡ 태산(泰山)을 가져 홍모(鴻毛)의 붓쳐[191] 죽으믈 도라감 ᄀᆞᆺ치 ᄒᆞᄂᆞ뇨? 나ᄂᆞᆫ 미산인 소귀니 비록 인션디힝(仁善之行)과 의긔디덕(義氣之德)이 업ᄉᆞ나 오히려 사ᄅᆞᆷ의 죽으믈 괄연(恝然)[192]이 멸시(蔑視)코져 아닛ᄂᆞ니 여등(汝等)의 젼후소유(前後所由)와 셩명거쥬(姓名居住)ᄅᆞᆯ 잠간 니ᄅᆞ라. 딘실노 살 터히 업ᄉᆞ면 ᄒᆞᆯ일업거니와 호발(毫髮)이나 살미 유익(有益)ᄒᆞᆯ딘ᄃᆡ 내 당당이 너의 노쥬 ᄉᆞ 인을 거두어 도라가 아모 궁원(窮寃)과 참통(慘痛)이라도 ᄊᆡᄅᆞᆯ 기다려 텬일(天日)을 보게 ᄒᆞ리니 여등(汝等)이 비록 하류쳥의(下類靑衣)나 쥬ᄒᆞᆫ 소견이 이시리니 모ᄅᆞ

51면 미 실딘무은(悉陳無隱)[193]ᄒᆞ라."

삼 인이 브복문파(俯伏聞罷)의 셔패 진젼궤고(進前跪告) 왈

"노애(老爺) 상셔 댱금오 상공과 이죵디간(姨從之間)이 되시ᄂᆞ니잇가?"

공이 졈두왈(點頭曰)

"내 과연 그러ᄒᆞ거니와 네 엇디 아ᄂᆞᆫ다?"

셔패 듯기ᄅᆞᆯ 다 못 ᄒᆞ여 오열뉴톄(嗚咽流涕) 왈

"쇼비(小婢)ᄂᆞᆫ 댱부 시비(侍婢) 셜난이ᄋᆞᆸ고 닉슈(溺水)ᄒᆞ엿던 쇼져ᄂᆞᆫ

---

191 태산(泰山)을 가져 홍모(鴻毛)의 붓쳐: 태산홍모(泰山鴻毛). 태산과 기러기 털. 아주 무거운 것과 아주 가벼운 것을 비유하는 데 쓰이며, 주로 죽음의 무게를 따질 때 일컫는 말.

192 괄연(恝然): 업신여기는 듯함.

193 실딘무은(悉陳無隱): 실진무은. 모두 다 펼쳐 숨김이 없게 함.

댱노야 일괴(一嬌)시니 노쥬(奴主) ᄉᆞ 인이 흉화젹변(凶禍賊變)을 말
ᄆᆡ암아 몸을 장(藏)ᄒᆞᆯ 곳이 업ᄉᆞ므로 창황(愴惶)이 믈의 ᄯᅥ러져 죽기
ᄅᆞᆯ 도라감ᄀᆞᆺ치 ᄒᆞ엿ᄉᆞᆸ더니 텬디신명(天地神明)이 아쥬(我主)의 당당
(堂堂)ᄒᆞᆫ 녈졀(烈節)과 졍졍(貞正)ᄒᆞᆫ ᄒᆡᆼ의(行義)ᄅᆞᆯ ᄉᆞᆯ피시미 소소(昭
昭)ᄒᆞ샤 노야로 ᄒᆞ여곰 죽을 곳의 살믈 엇게 ᄒᆞ시니 늉산대은(隆山大
恩)과 활디덕(濶之德)[194]이 쳔비(賤婢)의 노쥬로ᄡᅧ 슈호(隋侯)의 구ᄉᆞᆯ
을 먹음고 화산(華山)의 플흘 ᄆᆡᄌᆞ나 다 갑ᄉᆞᆸ디 못ᄒᆞᆯ ᄲᅮᆫ 아니라 쇼져
로 더브러 디친(至親)의 졍분(情分)이 계시며 ᄌᆡᄉᆡᆼ디은(再生之恩)이
하날 ᄀᆞᆺᄐᆞ시니 아쥬의 졍녈개이(貞烈介怡)ᄒᆞᆷ과 고고결결(高高潔潔)
ᄒᆞ므로도 ᄉᆞᆯ오신 ᄇᆡ 비범이 아니믈 ᄭᆡ다라 반ᄃᆞ시 ᄉᆞᄉᆞ(事事)의 교명 52면
(敎命)을 좃ᄎᆞ리니 엇디 ᄒᆡᆼ열(幸悅)ᄒᆞ믈 젹은 곳의 비ᄒᆞ리잇가?"
소공이 쳥흘(聽訖)의 역시 대경대ᄒᆡᆼ(大驚大幸)ᄒᆞ고 ᄎᆞ악발비(嗟愕發
悲)ᄒᆞ여 소ᄅᆡ ᄉᆡᄅᆞ믈 면치 못ᄒᆞ여 쇼져ᄅᆞᆯ 어로만져 왈
"이 사ᄅᆞᆷ이 엇디 이 ᄯᆞᆯ을 두엇ᄂᆞ뇨? 딘실노 후ᄇᆡᆨ[195]의 ᄯᆞᆯ일딘ᄃᆡ 옥누고
ᄃᆡ(玉樓高臺)[196]의 호호(浩浩)ᄒᆞᆫ 부귀(富貴) 금달공쥬(禁闥公主)의 버
금이 되리니 하유ᄉᆞ고(何由事故)로 여ᄎᆞ 참혹(慘酷)ᄒᆞᆫ 화고(禍故)[197]ᄅᆞᆯ
당ᄒᆞᆫ고? 네 과연 댱부 시녠다? 연ᄆᆡᄂᆞᆫ 일ᄌᆞ(一子)ᄅᆞᆯ 나하 그ᄅᆞᆺ 실니
(失離)ᄒᆞ믈 내 알거니와 ᄎᆞᄋᆞ(此兒)ᄂᆞᆫ 박부인 쇼ᄉᆡᆼ이냐? 젼ᄌᆞ(前者)

---

194 활디덕(濶之德)이: 넓은 바다와 같은 덕이. 규장각본에는 '활히디덕(濶海之德)을'로 되어 있음.

195 후ᄇᆡᆨ: 후백. 장헌.

196 옥누고ᄃᆡ(玉樓高臺): 옥루고대. 옥으로 화려하게 장식한 누각과 높은 지대.

197 화고(禍故): 재앙과 변고.

의 보디 못ᄒᆞ여시므로 면목(面目)을 쳐음 ᄃᆡᄒᆞ거니와 모로미 봉변셜화(逢變說話)와 젼후곡졀(前後曲折)을 ᄌᆞ셔히 고ᄒᆞ여 날노뼈 ᄎᆞ악경ᄒᆡ(嗟愕驚駭)ᄒᆞ믈 딘졍(鎭靜)케 ᄒᆞ라.”

셔패 쇼져의 ᄋᆡᆨ화(厄禍)ᄅᆞᆯ 고ᄒᆞᄂᆞᆫ 디경의ᄂᆞᆫ 쥬군(主君)과 쥬모(主母)의 과실(過失)이 낫타날가 져허 잠간 디지(遲遲)ᄒᆞ더니 소공의 ᄌᆡ삼 므ᄅᆞ믈 조ᄎᆞ 심니(心裏)의 ᄉᆡᆼ각ᄒᆞᄃᆡ

‘소노애 쥬인(主人)과 이죵간(姨從間)일 쁜 아니라 연부인과 죵남ᄆᆡ
53면 (從男妹)[198] 되시니 ᄉᆞ셰(事勢) 긔(欺)이미 블가(不可)타.’

ᄒᆞ고 이에 ᄌᆡᄇᆡ복디(再拜伏地)ᄒᆞ여 쇼져의 젼후 참ᄋᆡᆨ변고(慘厄變故)ᄅᆞᆯ 실(實)노뼈 고ᄒᆞ니 소공이 듯기ᄅᆞᆯ 맛디 못ᄒᆞ여 빗난 눈셥을 찡긔며 안ᄉᆡᆨ(顔色)이 쳑의(慽意)ᄒᆞ여 참연무에(慘然無語)러니 쇼져의 빙심옥장(氷心玉臟)이 고고결결(高高潔潔)ᄒᆞᆫ 묽은 졀(節)을 잡아 훼면할이(毁面割耳)ᄒᆞ던 바의 다ᄃᆞ라ᄂᆞᆫ 복복경앙(僕僕敬仰)ᄒᆞ고 홀홀탄칭(忽忽歎稱)ᄒᆞ며 텬디신기(天地神祇)의 보호(保護)ᄒᆞ시믈 닙어 일삭디ᄂᆡ(一朔之內)의 완연(完然) 복상(復常)ᄒᆞ믈 더옥 이상이 넉여 약의 츌쳐(出處)ᄅᆞᆯ 므론ᄃᆡ 셔패 오히려 ᄌᆞ셔히 아디 못ᄒᆞ므로 다만 쥬군(主君)의 쇼희(小姬) 디은 ᄇᆡ라고 ᄒᆞ니 소공이 그 녀ᄌᆞ의 의슐(醫術)을 놀나 디금 잇ᄂᆞᆫ 곳을 므론ᄃᆡ 발셔 뽓치여 나가다 ᄒᆞ여ᄂᆞᆯ ᄉᆞᄉᆞ(事事)의 댱공의 졔가(齊家)ᄅᆞᆯ 망측괴ᄒᆡ(罔測怪駭)히 넉이ᄆᆡ 다시 말을 아니 ᄒᆞ고 쇼져ᄅᆞᆯ 구호(救護)ᄒᆞ여 ᄀᆞ장 이윽ᄒᆞᆫ 후 인ᄉᆞ(人事)ᄅᆞᆯ ᄎᆞᆯ히ᄆᆡ 유랑

198 죵남ᄆᆡ(從男妹): 종남매. 사촌오빠와 누이.

과 냥비ᄌᆡ(兩婢子) 나아 안ᄌᆞ 손을 븟들며 소공이 어로만져 왈

"네 가히 놀나디 말고 의심치 말나. 내 비록 여부(汝父)의 이죵(姨從)이나 졍(情)읜즉 동긔(同氣)의 감ᄒᆞ미 업ᄉᆞ니 네 ᄯᅩ 날노ᄡᅧ 졔 부(父) 54면
로 알고 ᄯᅩ다시 부녀디졍(父女之情)을 ᄆᆡᄌᆞ 텬뉸(天倫)의 감(減)ᄒᆞ미 업게 ᄒᆞ리라. 나ᄂᆞᆫ 미산인 소ᄀᆔ니 여부의 이죵이믈 젼ᄌᆞ(前者)의 드럿ᄂᆞ냐?"

쇼졔 심신(心身)이 요요(擾擾)ᄒᆞᆫ 듕이나 죽기도 ᄯᅳᆺ ᄀᆞᆺ디 못ᄒᆞ믈 통원비만(痛冤悲滿)ᄒᆞ던 바로 유랑과 냥시ᄋᆡ(兩侍兒) 완연(完然)이 겻ᄐᆡ셔 구호ᄒᆞ며 소공의 놉흔 의긔(義氣)와 어진 덕냥(德量)으로ᄡᅧ 이ᄀᆞᆺ치 니ᄅᆞᄂᆞᆫ 말을 잠간 듯건ᄃᆡ 딘실노 죽ᄂᆞᆫ 날이 ᄉᆞᄂᆞᆫ ᄒᆡ ᄀᆞᆺᄐᆞᆯ ᄲᅮᆫ 아니라 ᄌᆞ긔 죽으ᄆᆡ 부모의 참덕(慚德)이 더을 바ᄅᆞᆯ 슬허 본ᄃᆡ 병잔디인(病殘之人)이 될디언졍 브ᄃᆡ 일식(一息)을 니으려 ᄒᆞ엿더니 젹셰(賊勢) 급ᄒᆞᄆᆡ 다ᄃᆞ라ᄂᆞᆫ ᄲᆞᆯ니 죽어 욕(辱)을 면코ᄌᆞ ᄒᆞ엿다가 소공의 구활디덕(救活之德)을 힘닙고 디친졍분(至親情分)이 ᄃᆞᆺ터오믈 듯건ᄃᆡ 타인(他人)의 건져 구ᄒᆞᆷ과 ᄂᆡ도ᄒᆞ나 다만 이곳이 어ᄃᆡ며 ᄌᆞ긔 엇디ᄒᆞ여 살고 뉘 손으로 건디믈 모로ᄂᆞᆫ디라. 만일 쳔ᄒᆞᆫ 션부(船夫)의 건져낸 ᄇᆡ 55면
되여실딘ᄃᆡ 그 욕되미 비ᄒᆞᆯ ᄃᆡ 업ᄉᆞᆯ디라. 밧비 건딘 사ᄅᆞᆷ을 알고ᄌᆞ ᄒᆞ여 소공의 말을 ᄃᆡ(對)치 아니ᄒᆞ고 유랑을 도라보아 ᄂᆞᆺ겨 왈

"내 몸이 슈심(水深)의 잠기인 ᄇᆡ어늘 뉘 도로혀 건져 ᄉᆞᆯ오며 이곳이 어ᄃᆡ라 ᄒᆞᄂᆞ뇨?"

셔ᄑᆡ 미급ᄃᆡ(未及對)의 소공이 답왈(答曰)

"이곳은 남강(南江) 명월촌이오 너ᄅᆞᆯ 건딘 ᄌᆞᄂᆞᆫ 곳 내라. 맛춤 강졍(江亭)으로셔 도라오다가 여ᄎᆞ여ᄎᆞ 셔운(瑞雲)과 샹광(祥光)으로 인

ᄒᆞ여 노뷔(老夫) 친히 건졋ᄂᆞ니 내 어이 허언(虛言)을 ᄒᆞ리오? 모로미 안심됴리(安心調理)ᄒᆞ여 가복(可復)ᄒᆞᆫ 후 날노 더브러 부녀 되기ᄅᆞᆯ 낫게 넉이디 말나."

쇼제 비로소 복이ᄋᆡ읍(伏而哀泣) 왈

"대인(大人)은 가엄(家嚴)의 죵형(從兄)이시고 ᄌᆞ모(慈母)의 죵남ᄆᆡ(從男妹) 간이시니 쇼녜 비록 블민유튱(不敏幼沖)ᄒᆞ여 젼일(前日)의 알현(謁見)ᄒᆞ미 업ᄉᆞ오나 대셩존휘(大姓尊諱)ᄅᆞᆯ 듯ᄌᆞ오ᄆᆡ 슉당(堂叔)이시믈 엇디 ᄊᆡ닷디 못ᄒᆞ리잇고? 겸ᄒᆞ와 참난디듕(慘亂之中)의 구ᄒᆞ시믈 닙ᄉᆞ와 ᄌᆡᄉᆡᆼ디은(再生之恩)이 산고ᄒᆡ활(山高海闊)ᄒᆞ오며 여ᄎᆞ무휼(如此撫恤)ᄒᆞ시믈 밧ᄌᆞ오니 죽어 갑ᄉᆞ올 바ᄅᆞᆯ 아디 못ᄒᆞ
56면 리로소이다."

셜파(說罷)의 빵안(雙眼)의 징ᄑᆡ(澄波) 년낙(連落)ᄒᆞ여 의금(衣襟)을 젹시이고 취미(翠眉)의 슈운(愁雲)이 함집(咸集)ᄒᆞ여 아미(蛾眉)의 빵원(雙朊)을[199] 씌엿거ᄂᆞᆯ 옥음(玉音)이 뇨료(寥寥)ᄒᆞ여 쐬소리 아릿다이 브ᄅᆞ며 졔비 교교(姣姣)히 말ᄒᆞᄂᆞᆫ ᄃᆞᆺ 장곡(長谷)의 유봉(幼鳳)이 브ᄅᆞ디지고 경게(瓊琚)[200] 옥뉼(玉律)을 화(化)ᄒᆞᆷ ᄀᆞᆺᄐᆞ니 딘실노 텬디(天地)의 화긔(和氣)ᄅᆞᆯ 닐위며 만믈(萬物)이 치셩(致誠)키ᄅᆞᆯ 구ᄒᆞᆯ ᄇᆡ어ᄂᆞᆯ 온유(溫柔)ᄒᆞᆫ 셩덕(性德)이 안ᄎᆡ(眼彩)의 ᄇᆞᄋᆡᄂᆞᆫ[201] 바의 녈녈(烈烈)ᄒᆞᆫ 쳥심(淸心)이 면모(面貌)ᄅᆞᆯ 둘너시니 소공의 희ᄋᆡ년셕(喜愛憐

---

199 아미(蛾眉)의 빵원(雙朊)을: 규장각본에는 '오시의 빵원을'로 되어 있음.

200 경게(瓊琚): 경거. 아름다운 옥.

201 ᄇᆞᄋᆡᄂᆞᆫ: ᄇᆞᄋᆡ다. 빛나다, 부시다.

惜)ᄒᆞ미 좌우로 병츌(併出)ᄒᆞᄆᆡ 실노 ᄌᆞ긔 녀ᄋᆡ(女兒) 아니믈 ᄭᆡ닷디 못ᄒᆞ여 그 운발(雲髮)을 ᄡᅳ다듬고 귀밋ᄎᆞᆯ ᄡᅳ러 위로ᄒᆞᄃᆡ 말ᄉᆞᆷ이 댱공 부부를 블명(不明)타 ᄒᆞ미 업셔 다만 운익(運厄)이 비상(非常)ᄒᆞᆫ 바의 ᄉᆞ라나시믈 셰샹이 알게 ᄒᆞ미 필ᄒᆡ무궁(必害無窮)이니 본부(本府)의 아딕 통(通)치 말며 ᄌᆞ긔를 ᄯᆞ라가 연부인으로 ᄒᆞᆫ가디로 이시믈 니ᄅᆞᄃᆡ 쇼졔 냥위친당(兩位親堂)의 과실(過失)을 소공이 발셔 아라시믈 더옥 참괴(慙愧)ᄒᆞ고 ᄌᆞ긔 ᄉᆞ라시믈 통치 마ᄌᆞ ᄒᆞᄆᆡ 다ᄃᆞ라ᄂᆞᆫ 57면
슬허ᄒᆞ믈 마디 아니ᄒᆞ나 원간 ᄌᆞ긔 복샹(復常)ᄒᆞᆷ과 이의 와 ᄌᆡᄉᆡᆼ(再生)ᄒᆞ믈 본부의셔 아ᄂᆞᆫ 날이면 필연 참변흉홰(慘變凶禍) ᄌᆞ최를 ᄯᆞ라 ᄌᆞ긔를 죽인 후 긋칠 바를 디긔(知機)ᄒᆞᄆᆡ 소공의 말ᄉᆞᆷ을 욱이기도 졍니(情理)의 망망비통(茫茫悲痛)ᄒᆞ여 ᄒᆞᆫ갓 비뤼(悲淚) 산산(散散)ᄒᆞᆯ ᄯᆞᄅᆞᆷ이오 다시 말이 업ᄉᆞ니 공이 즉시 좌우(左右)로 ᄒᆞ여곰 보유(補遺)ᄒᆞᆯ ᄆᆡ음을 가져오라 ᄒᆞ여 친히 그ᄅᆞᆺ술 잡아 쇼져를 먹이고 위로ᄒᆞ며 편히 됴리(調理)ᄒᆞ믈 당부ᄒᆞ여 유랑 등으로 좌우를 ᄯᅥ나디 말나 ᄒᆞ고 비로소 몸을 니러 외당(外堂)의 나와 공ᄌᆞ를 보니 공ᄌᆡ 하당영디(下堂迎之)ᄒᆞ여 승당녜필(昇堂禮畢)의 이에 피셕궤고(避席跪告) 왈

"쇼ᄌᆡ 거일(去日)의 대인(大人)의 착급초조(着急焦燥)ᄒᆞ시믈 보오ᄆᆡ 져근 슈고를 샤양ᄒᆞᄂᆞᆫ ᄆᆞ음이 업ᄉᆞᆯ ᄲᅮᆫ 아냐 어린 의긔(義氣)로ᄡᅧ 사ᄅᆞᆷ이 믈의 ᄲᅡ러져 시신(屍身)을 어복(魚腹)의 ᄎᆡ올 바를 참연(慘然)ᄒᆞ와 젼혀 무심코 건져 ᄂᆡ온즉 임의 남ᄌᆡ(男子) 아니라 듕(中)의 블안 58면
(不安)ᄒᆞ오미 깁ᄉᆞ오ᄃᆡ 오히려 그 ᄉᆞᄉᆡᆼ(死生)이 엇디 될 바를 아디 못ᄒᆞ여 결의남ᄆᆡ(結義男妹)ᄒᆞ믈 발셜(發說)치 못ᄒᆞ엿ᄉᆞᆸ더니 대인의 구활늉은(救活隆恩)을 닙ᄉᆞ와 그 녀ᄌᆡ 회ᄉᆡᆼ(回生)ᄒᆞ믈 엇다 ᄒᆞ오니 뉘

집 ᄉᆡᆼ훈(生訓)으로 므ᄉᆞᆷ 화란(禍亂)을 당ᄒᆞ여 낙슈투강(落水投江)ᄒᆞ온디 아든 못 ᄒᆞᄋᆞᆸ거니와 만일 ᄉᆞ족(士族)일딘ᄃᆡ 쇼ᄌᆡ 결의남ᄆᆡᄒᆞ와 ᄆᆞᄋᆞᆷ의 혐의(嫌疑)로오믈 업시코ᄌᆞ ᄒᆞᄋᆞᆸᄂᆞ니 존의(尊意)예 엇더ᄒᆞ시니잇고?“

소공이 임의 쇼져의 유랑(乳娘)의 고(告)ᄒᆞ오므로조ᄎᆞ 공ᄌᆞ와 댱시 ᄋᆞ시(兒時) ᄆᆡᆼ약(盟約)이 이시믈 ᄇᆞᆰ히 알고 공ᄌᆞ의 손으로 댱시ᄅᆞᆯ 건딘 ᄇᆡ 더옥 텬도(天道)의 유의(有意)ᄒᆞ시민 줄 ᄭᆡ다라 긔이ᄒᆞ믈 니긔디 못ᄒᆞ며 졍공ᄌᆞ로 ᄒᆞ여곰 댱가 변고(變故)ᄅᆞᆯ 모로게 ᄒᆞ여 쇼져로뼈 슈괴블안(羞愧不安)ᄒᆞ믈 더으디 말고ᄌᆞ ᄒᆞ므로 쇼져ᄅᆞᆯ ᄃᆡ(對)ᄒᆞ나 ᄌᆞ긔 친히 건디롸[202] ᄒᆞ엿ᄂᆞᆫ디라. 공ᄌᆞ의 말이 이 ᄀᆞᆺᄐᆞᄃᆡ 조곰도 그 ᄯᅳᆺ
59면 을 조ᄎᆞᆯ ᄆᆞᄋᆞᆷ이 업셔 다만 손으로 미염(美髥)을 어로만디며 화연쇼디(和然笑之) 왈

“너의 의논이 금옥(金玉) ᄀᆞᆺ고 ᄒᆡᆼ실이 빙상(氷霜) ᄀᆞᆺᄐᆞ믈 보니 대가디츌(大家之出)이며 셩문디ᄌᆡ(聖門之子)믈 흠복(欽服)ᄒᆞ노라. 다만 거일(去日)의 믈의 든 녀ᄌᆞᄅᆞᆯ 건디롸 ᄒᆞ여 결의남ᄆᆡ(結義男妹)ᄒᆞ믈 구ᄒᆞ나 이 ᄯᅩᄒᆞᆫ 대ᄉᆡ(大事)라. 소리히 결(決)치 못ᄒᆞᆯ ᄲᅳᆫ 아니라 그 녀ᄌᆡ 나의게 남이 아니오 죵뎨(從弟) 연태우의 ᄯᆞᆯ이니 경샤(京師)의 가 잇다가 그ᄅᆞᆺ 젹화(賊禍)ᄅᆞᆯ 만나 닉슈(溺水)ᄒᆞᆫ ᄇᆡ 남강(南江)가디 니ᄅᆞ미어니와 긔특이 너의 건디미 되니 이 ᄯᅩ 범연ᄒᆞᆫ 일이 아니라. 딜ᄋᆞ(姪兒)ᄅᆞᆯ 거ᄂᆞ려 도라가 죵용이 연부로 보ᄂᆡ고 노뷔 ᄲᆡᄅᆞᆯ 타 녕존(令

202 건디롸: 건지라. ‘건지다’라는 뜻.

尊)을 보아 면의(面議)ᄒᆞᆯ 일이 잇ᄂᆞ니 너ᄂᆞᆫ 노부(老夫)의 다ᄉᆞ(多事)
ᄒᆞ믈 웃디 말나."

공ᄌᆡ 소공의 슌일뎡대(純一正大)ᄒᆞ믈 깁히 밋거니 엇디 댱녀ᄅᆞᆯ 가
져 연시라 ᄒᆞ믈 ᄭᆡ다ᄅᆞ리오? 다만 남ᄆᆡ디의(男妹之義)ᄅᆞᆯ ᄆᆡᄌᆞ 혐의
(嫌疑)ᄅᆞᆯ 업시코져 ᄒᆞ엿더니 소공이 좃디 아니믈 민울(悶鬱)ᄒᆞ여 다
시 쳥ᄒᆞᄃᆡ 득(得)디 못ᄒᆞ고 딘실노 깃거 아니 ᄒᆞ나 ᄒᆞᆯ일업셔 다시 말 60면
이 업더라. 소공이 날호여 모든 션부(船夫)ᄅᆞᆯ 블너 작일(昨日) 슈고ᄒᆞ
믈 일ᄏᆞ라 듕상(重賞)ᄒᆞᆫ 후 다시 몸을 니러 별당(別堂)의 드러가 쇼
져ᄅᆞᆯ 보니 그 긔운이 ᄯᆡ로 나하 위증(危症)이 업ᄉᆞ믈 뭇디 아냐 알디
라. 그윽이 ᄉᆡᆼ각건ᄃᆡ 이곳의셔 여러 날을 머믄죽 그 츌텬(出天)ᄒᆞᆫ 셩
효(誠孝)로ᄡᅧ ᄉᆡᆼ존(生存)ᄒᆞ믈 부모긔 아니 고치 못ᄒᆞ여 혹ᄌᆞ 유랑 등
으로 ᄒᆞ여곰 이의 잇ᄂᆞᆫ 쇼유(所由)ᄅᆞᆯ 젼ᄒᆞ여 다시 참화(慘禍)ᄅᆞᆯ 더을
가 념녜(念慮) 번다(繁多)ᄒᆞᄆᆡ ᄎᆞᆯ하리 셔도로 다려가고ᄌᆞ ᄒᆞ여 쇼져
ᄅᆞᆯ 븟드러 명일(明日) 니발(離發)ᄒᆞ믈 니ᄅᆞ며 부녜(父女) 되믈 쳥ᄒᆞ
ᄃᆡ 쇼졔 망망ᄒᆞᆫ 심회(心懷) 아모라타 가을잡아[203] 뎡ᄒᆞᆯ ᄇᆡ 업ᄉᆞ나 소공
의 니ᄅᆞᄂᆞᆫ 바ᄅᆞᆯ 또 가히 어긔오디 못ᄒᆞ여 이에 네 번 졀ᄒᆞ여 부녀디
의(父女之義)ᄅᆞᆯ 밋고 슬젼(膝前)의 업ᄃᆡ여 비회(悲懷)ᄅᆞᆯ 금(禁)치 못
ᄒᆞ니 유랑 등이 구학(溝壑)[204]을 버셔나 알연(戛然)[205] 등운(登雲)ᄒᆞᆯ ᄃᆞᆺ 각

---

203 가을잡아: 규장각본에는 '가을잡ᄋᆞ'로 되어 있음.

204 구학(溝壑): 구학. 구렁텅이. 깊고 험하게 땅이 움푹 팬 곳. 헤어나기 어려운 나쁜 환경을 비유적으로 일컫는 말.

205 알연(戛然): 맑고 아름다움.

61면 각 명ᄆᆡᆨ(命脈)을 니으믈 힝열(幸悅)ᄒᆞ믄 둘ᄶᅵ오 쇼져를 위ᄒᆞ여 즐기며 깃브믈 니긔디 못ᄒᆞᄃᆡ 쇼져ᄂᆞᆫ 실연소혼(失然消魂)[206]ᄒᆞ고 삭연실ᄇᆡᆨ(索然失魄)[207]ᄒᆞ여 오딕 소공의 명을 밧들 ᄯᆞᄅᆞᆷ이오 ᄒᆞᆫ 말ᄉᆞᆷ ᄃᆡᄒᆞ미 업셔 유모와 냥시ᄋᆞ(兩侍兒)로 ᄃᆡᄒᆞ나 이롱(耳聾)과 아인(啞人) ᄀᆞᆺᄐᆞ여 언어(言語)로 통ᄒᆞ미 업ᄉᆞ니 유랑 등이 ᄯᅩ 감히 ᄌᆡᄉᆡᆼ(再生)ᄒᆞᆫ 희ᄉᆞ(喜事)로 일ᄏᆞᆺ디 못ᄒᆞ더라. 소공이 다시 외당(外堂)의 나와 명일(明日) 셔도로 향ᄒᆞᆯ 바ᄅᆞᆯ 니ᄅᆞ며 션학은 오히려 소셩(蘇醒)ᄒᆞᆯ 날이 머러시니 원노심협(遠路深峽)의 말ᄆᆡ암디 못ᄒᆞᆯ디라. 바로 양부로 도라보ᄂᆡ고 ᄌᆞ긔 창두(蒼頭)로 더브러 태산으로 힝ᄒᆞ라 ᄒᆞ니 공ᄌᆡ 슌슌슈명(順順受命)ᄒᆞ여 ᄇᆡ이샤례(拜而謝禮)ᄒᆞ며 션학을 취령산으로 도라보ᄂᆡᆯᄉᆡ 양참졍 부ᄌᆞ(父子)와 져져(姐姐)긔 셔간(書簡)을 븟쳐 젼후(前後)의 디난 바ᄅᆞᆯ 셰셰 고ᄒᆞᆫᄃᆡ 션학이 역시 원노(遠路)ᄅᆞᆯ 득달(得達)ᄒᆞᆯ 길히 업ᄉᆞ므로 공ᄌᆞ긔 하딕(下直)ᄒᆞᆫ 후 쥬옹(主翁) 손최인의 활은대덕(闊恩大德)을 일ᄏᆞ라 분슈(分手)ᄒᆞᄆᆡ 즉시 취령산으로 도라가
62면 니라. 소공이 ᄯᅩᄒᆞᆫ 힝니(行李)[208]ᄅᆞᆯ 다ᄉᆞ려 명됴(明朝)의 발힝ᄒᆞ려 ᄒᆞᆯᄉᆡ 졍공ᄌᆞ의 총명발췌(聰明拔萃)ᄒᆞ미 삼ᄉᆞ 셰 유시디ᄉᆡ(幼時之事)라도 녁녁명각(歷歷明覺)[209]ᄒᆞ미 희미ᄒᆞ미 업ᄉᆞᆯ 바ᄅᆞᆯ 혜아리건ᄃᆡ 당부시녀 차환(叉鬟)[210]의 얼골을 모로디 아닐 거시오 ᄒᆞᆫ번 심긔뉴동(心機

206 실연소혼(失然消魂): 마음을 다쳐 넋을 잃음.

207 삭연실ᄇᆡᆨ(索然失魄): 삭연실백. 외롭고 쓸쓸하게 넋을 잃음.

208 힝니(行李): 행리. 길 가는 데 쓰는 여러 가지 물건이나 차림.

209 녁녁명각(歷歷明覺): 역력명각. 또렷하고 분명하게 깨달음.

210 차환(叉鬟): 주인을 가까이서 모시는 머리 얹은 여자 종.

遊動)[211]ᄒᆞ여 댱쇼졔 닉슈투강(溺水投江)ᄒᆞ믈 알던ᄃᆡ 그 졀ᄒᆡᆼ(節行)을 놉히 넉이나 댱공의 가ᄉᆞ(家事)ᄅᆞᆯ 통ᄒᆡ(痛駭)ᄒᆞ여 입막디빈(入幕之賓)이 되기ᄅᆞᆯ 념피(厭避)ᄒᆞ리라 ᄒᆞ여 셔파와 츈홍 등을 공지 보디 못ᄒᆞ게 짐즛 거장(車帳)을 둣거이 두른 후 셔파 등으로 쇼져ᄅᆞᆯ 븟드러 오로게 ᄒᆞ니 셔파 등이 블감쳥(不敢請)이언졍 고쇼원얘(固所願也)라. 쇼져ᄂᆞᆫ ᄉᆞᄉᆡᆼ거취(死生去就)[212]ᄅᆞᆯ 소공긔 븟쳐 친ᄉᆡᆼ부모(親生父母)긔 하딕을 고(告)치 못ᄒᆞ고 쵹도 삼쳔 니(里)ᄅᆞᆯ 아ᄋᆞ라히 ᄒᆡᆼᄒᆞ여 수ᄅᆡ 닌닌(轔轔)[213]이 구을기ᄅᆞᆯ 당ᄒᆞ믹 홀홀망망(忽忽茫茫)[214]ᄒᆞᆫ 심ᄉᆡ 셰샹의 더브러 비홀 거시 업ᄉᆞ니 ᄒᆞᆫ갓 오열비읍(嗚咽悲泣)ᄒᆞ여 안쉬(眼水) 나삼(羅衫)[215]을 젹시ᄂᆞᆫ디라. 소공이 년셕(憐惜)ᄒᆞ며 보호ᄒᆞ믈 ᄌᆞ모(慈母) 업ᄉᆞᆫ 강보(襁褓)ᄀᆞᆺ치 ᄒᆞ고 유랑 등이 좌우로 븟드러 디극ᄒᆞᆫ 졍셩이 일시(一時)ᄅᆞᆯ 방하(放下)치 못ᄒᆞ더라. 졍공지 소공을 조ᄎᆞ 길ᄒᆡ 오로기ᄅᆞᆯ 당ᄒᆞ여 최인을 블너 각별 말을 두어 놉흔 공과 어딘 덕을 ᄎᆞᄉᆡᆼ(此生)의 져ᄇᆞ리디 아니키ᄅᆞᆯ 일ᄏᆞᄅᆞ니 최인이 ᄇᆡᆨᄇᆡ고두(百拜叩頭)[216]ᄒᆞ며 ᄇᆡᆨ니졍의 나와 ᄇᆡ별(拜別)[217]ᄒᆞ더라. 소공이 길ᄒᆡ 오ᄅᆞᆫ ᄃᆡ 일망(一望)[218]의 길흘 난화 남셔(南西)로 각각 향(向)케 되니 소공이 분슈ᄒᆞᄂᆞᆫ 63면

211 심긔뉴동(心機遊動): 심기유동. 마음의 실마리가 움직임. 마음이 달라짐.
212 ᄉᆞᄉᆡᆼ거취(死生去就): 사생거취. 죽고 사는 것과 어디로 나아가는 일.
213 닌닌(轔轔)이: 수레바퀴가 굴러 덜거덕거림.
214 홀홀망망(忽忽茫茫): 대수롭지 않게 아득히 멀어져 감.
215 나삼(羅衫): 얇고 가벼운 비단으로 만든 적삼.
216 ᄇᆡᆨᄇᆡ고두(百拜叩頭): 백배고두. 머리를 조아리며 몇 번이고 거듭 절함.
217 ᄇᆡ별(拜別): 배별. 절하고 작별함. 존경하는 사람과의 작별을 높여 하는 말.
218 일망(一望): 한 보름 동안.

졍이 의의(猗猗)ᄒᆞ여 비록 후회(後會)ᄅᆞᆯ 일ᄏᆞᄅᆞ나 ᄌᆞ연 안ᄉᆡᆨ(顏色)이 쳑연(惕然)ᄒᆞ여 공ᄌᆞᄅᆞᆯ 집슈왈(執手曰)

"노뷔(老夫) 쵹도의 도라가 연ᄋᆞᄅᆞᆯ 안둔(安屯)ᄒᆞ고 틈을 타 녀ᄆᆞ(驢馬)ᄅᆞᆯ 두로혀 녕존(令尊)을 ᄎᆞᆺ고ᄌᆞ ᄒᆞᄂᆞ니 조만(早晩)의 다시 너ᄅᆞᆯ 만나려니와 이의셔 분슈ᄒᆞᄂᆞᆫ 졍(情)이 창결(悵訣)ᄒᆞᆫ디라. 너ᄂᆞᆫ 훤당(萱堂)의 도라가 반ᄎᆡ(斑彩)의 즐기믈[219] 다ᄒᆞ여 가의(加意)[220] 노부(老夫)의 구구(區區)ᄒᆞᆫ 졍을 져ᄇᆞ리디 말나."

공ᄌᆡ 또ᄒᆞᆫ 소공을 ᄶᅧ나미 결연(缺然)ᄒᆞ여 손을 밧들고 댱궤(長跪)[221] 복슈이쳥(伏首而聽)의 다시 니러 ᄌᆡᄇᆡ왈(再拜曰)

64면 "쇼ᄌᆡ 비록 블민용우(不敏庸愚)[222]ᄒᆞ오나 대인(大人)의 구활(救活)ᄒᆞ신 늉은(隆恩)을 기리 심곡(心曲)의 삭이ᄋᆞᆸᄂᆞ니 몰신(歿身)토록 져ᄇᆞ리오미 업ᄉᆞ오려니와 이에셔 ᄇᆡ별(拜別)ᄒᆞᄋᆞᆸᄂᆞᆫ 하회(下懷)[223] 결울(結鬱)ᄒᆞ와 고ᄒᆞᆯ 바ᄅᆞᆯ 아디 못ᄒᆞ리로소이다."

소공이 그 손을 어로만져 쇼왈(笑曰)

"노뷔(老夫) 용쇽(庸俗)ᄒᆞ여 너의게 깃친 덕이 업ᄉᆞ므로뼈 날을 져ᄇᆞ리디 말나 ᄒᆞ미 아니라 댱부일언(丈夫一言)이 쳔년블개(千年不改)[224]라 ᄒᆞ

---

219 반ᄎᆡ(斑彩)의 즐기믈: 반채지락(斑彩之樂).

220 가의(加意): 특별히 마음을 씀.

221 댱궤(長跪): 장궤. 공손하게 꿇어앉아 절함.

222 블민용우(不敏庸愚): 불민용우. 민첩하지 못하고 옹졸하며 어리석음.

223 하회(下懷): 웃어른에게 자기의 심정이나 뜻을 낮추어 이르는 말.

224 댱부일언(丈夫一言)이 쳔년블개(千年不改)라: 장부의 말 한마디는 천금과 같아 반드시 지켜야 하며 천 년이 지나도 변치 않음을 일컫는 말.

니 네 연ᄋᆞ를 손으로 건딜 줄을 아디 못ᄒᆞ고 블초녀(不肖女)로뼈 너의 건즐(巾櫛)을 쇼임(所任)코ᄌᆞ[225] 발셜(發說)ᄒᆞ미 잇더니 이졔 연ᄋᆞ를 건딘 이ᄉᆡ(異事) 이시니 비록 사ᄅᆞᆷ이 아디 못ᄒᆞ나 신명(神明)이 그윽이 ᄀᆞᄅᆞ치시미니 도라가 연뎨[226]다려 니ᄅᆞᆫ 후 녕존긔 종용이 고ᄒᆞ여 내 특별이 ᄆᆡ작(媒妁)이 될 ᄲᅮᆫ 아니라 쇼녜 비록 번월(樊越)[227]의 덕이 업ᄉᆞ나 너의 긔상(氣像)이 당당이 문왕(文王)[228]의 삼쳔 후비(後妃)[229]를 효측(效則)ᄒᆞ리니 쇼셩(小星)의 ᄒᆞᆫ ᄌᆞ리를 구ᄒᆞ여 녕존(令尊)의 허락(許諾)을 어든죽 됴히 친ᄉᆞ(親事)[230]를 일우리니 너ᄂᆞᆫ 이 두 가디 말을 져바리디 말고 쳥ᄒᆞᄂᆞᆫ 바를 ᄲᅵ쳐 드ᄅᆞ미 잇ᄂᆞ냐?” 65면

공ᄌᆡ 쳥파(聽罷)의 안ᄉᆡᆨ(顔色)을 뎡히 ᄒᆞ여 ᄃᆡ왈(對曰)

“쇼ᄌᆡ 사ᄅᆞᆷ의 ᄉᆞᄉᆡᆼ(死生)이 디극히 듕ᄒᆞ므로뼈 슈듕(水中)의 잠겨시믈 ᄎᆞᆷ디 못ᄒᆞ여 근본귀쳔(根本貴賤)을 모로고 건딘 ᄇᆡ 되여시나 일즉 의ᄉᆡ(意思) 구ᄎᆞ(苟且)ᄒᆞ며 음일(淫逸)ᄒᆞᆫ 곳의 잇디 아니믈 대인(大人)이 거의 통쵹(洞燭)ᄒᆞ실 ᄇᆡ라 ᄒᆞ엿습더니 일노뼈 텬의(天意) 유의(有意)ᄒᆞ미라 ᄒᆞ샤 여ᄎᆞ디교(如此之教)를 두실 줄은 ᄯᅳᆫ실노 ᄉᆡᆼ각디

---

225 건즐(巾櫛)을 쇼임(所任)코ᄌᆞ: 남편이 사용할 수건과 빗을 담당하는 일을 뜻함. 여자가 아내나 첩이 되는 일을 일컫는 말.

226 연뎨: 연제. 연씨 동생. 연부인.

227 번월(樊越): 춘추시대 초나라의 번희와 월희. 번희는 장왕(莊王)의 부인으로 내조를 잘하여 국가 번영에 큰 기여를 했으며, 월희는 소왕(昭王)의 첩으로 전쟁에서 병이 난 왕을 위해 자기 목숨을 바쳐 왕을 구호하고자 하는 도리를 실행에 옮긴 열녀임.

228 문왕(文王): 중국 고대 주(周)나라의 기초를 닦으며 덕치에 힘쓴 명군(名君). 그의 통치로 나라가 잘 다스려지자 기산(岐山)에 봉황새가 날아와 울었다고 함.

229 후비(後妃): 후궁. 첩.

230 친ᄉᆞ(親事): 친사. 혼인.

못ᄒᆞ온 ᄇᆡ라. 쇼ᄌᆡ 초(初)의 연쇼져로 결의남ᄆᆡ(結義男妹)ᄒᆞ와 혐의(嫌疑)를 업시코ᄌᆞ ᄒᆞᆷ믈 고ᄒᆞ온ᄃᆡ 대인(大人)이 쳥납(聽納)디 아니시고 이런 의논을 주시니 블승경히(不勝驚駭)ᄒᆞ와 평일(平日) ᄇᆞ라던 ᄇᆡ 아니오며 존문화벌(尊門華閥)노뼈 녕ᄋᆞ쇼져(令兒小姐)를[231] 가져 빈위(嬪位)를 혐의치 아닛노라 말숨이 ᄒᆞᆫ갓 쇼ᄌᆞ(小子)를 희롱ᄒᆞ시믄 니ᄅᆞ디 말고 깁히 실언(失言)ᄒᆞ시미 갓가온가 ᄒᆞ웁ᄂᆞ니 쇼ᄌᆡ 므솜 사
66면 ᄅᆞᆷ이라 ᄎᆞ냥ᄉᆞ(此兩事)를 감당(堪當)ᄒᆞ여 감히 안연(安然)이 ᄉᆞ양(辭讓)치 아니리잇고? 과연 밧드디 못ᄒᆞ리로소이다."

공이 쇼왈(笑曰)

"너ᄂᆞᆫ 모로미 괴이히 넉이디 말고 일이 되여가믈 보고 녕엄(令嚴)의 허락(許諾)을 어든 후ᄂᆞᆫ 네 샤양(辭讓)히 못ᄒᆞᆯ 바를 알나."

공ᄌᆡ 딘실노 깃거 아니 ᄒᆞᄃᆡ ᄒᆡᆼ게(行車) 춍급(悤急)ᄒᆞ고 소공의 말이 딘졍(眞情)으로 발ᄒᆞᄂᆞᆫ 바의 샤양ᄒᆞ여 엇디 못ᄒᆞᆯ 줄 알ᄆᆡ 다만 타일(他日)의 부친(父親)의 결단(決斷)ᄒᆞ시믈 보고ᄌᆞ ᄒᆞ여 긴 셜화(說話)를 아니 ᄒᆞ고 드ᄃᆡ여 ᄇᆡ별(拜別)ᄒᆞᆯᄉᆡ 공이 평ᄉᆡᆼ(平生)의 댱부긔상(丈夫氣像)이 구구유약(區區柔弱)ᄒᆞ여 근어부인ᄌᆞ(近於夫人者)를 아쳐ᄒᆞ며 심긔활달(心氣豁達)ᄒᆞ여 괴로이 거리ᄭᅵᄂᆞᆫ 일이 업ᄉᆞᄃᆡ 공ᄌᆞ의 상별분노(相別分路)키의 밋쳐ᄂᆞᆫ 츄연결휼(惆然訣欻)[232]ᄒᆞ미 듕보(重寶)를 일흐ᄆᆡ 더으니 공ᄌᆞ의 위인긔딜(爲人氣質)[233]이 쇽셰범뉴(俗世

---

231 녕ᄋᆞ쇼져(令兒小姐)를: 규장각본에는 '녕ᄋᆞ소쵀를'로 되어 있음.

232 츄연결휼(惆然訣欻): 추연결훌. 문득 이별함을 슬퍼함.

233 위인긔딜(爲人器質): 위인기질. 사람의 됨됨이와 타고난 재능이나 성질.

凡類)[234]로 더브러 빅승쳔츌(百勝千出)훈 연괴(緣故)어니와 실은 소공의 ᄉ량이 넘ᄢ미라. 공지 친젼(親前)의 졀훈 뜻이 착급(着急)ᄒ여 좀 시도 뉴(留)홀 ᄆ음이 업ᄉ므로 이의셔 비별ᄒ나 ᄯ훈 깁히 감은(感恩)ᄒ고 앙복(仰服)ᄒ여 우러는 ᄯ이 범연(泛然)훈 바의 잇디 아니ᄒ더라. 임의 후회(後會)롤 긔약(期約)ᄒ미 브득이 길흘 난화 소공은 셔(西)흘 ᄇ라고 힝ᄒ며 공ᄌ는 남(南)으로 텬태산[235]을 ᄎᄌ 나아갈ᄉ 디도(地圖)롤 인ᄒ여 쳔산만학(千山萬壑)[236]의 신고(辛苦)히 힝ᄒ여 궁곡험노(窮谷險路)[237]롤 당ᄒ미 소부 창뒤(蒼頭) 능히 불을 ᄌ로 옴기디 못ᄒ고 쳔니미(千里馬) 것기롤 잘 못ᄒ디 공지 홀노 창두의 손을 좁으며 몰 혁(韁)[238]을 붓들고 긔구(崎嶇)[239]훈 등나(藤蘿)[240]롤 붓드러 층층이셕(層層異石)[241]을 말미암아[242] 참암(巉岩)[243]훈 산노(山路)롤 평탄(平坦)훈 디깃치 힝ᄒ여 여러 날이로디 농힝호뵈(龍行虎步)[244] 훈갈깃치 신쇽(迅速)ᄒ니 소부 창뒤 도로혀 이상ᄒ믈 결을치 못ᄒ며 경개(景槪) 더옥 졀 67면

234 쇽셰범뉴(俗世凡類): 속세범류. 세상의 속된 평범한 사람들의 부류.
235 텬태산: 천태산. 정한의 삼종 서제인 정천의 은거지.
236 쳔산만학(千山萬壑): 천산만학. 천 개의 산과 만 개의 깊은 골짜기라는 뜻으로, 수많은 봉우리와 골짜기를 일컫는 말.
237 궁곡험노(窮谷險路): 궁곡험로. 깊은 산골짜기와 험한 길.
238 혁(韁): 고삐.
239 긔구(崎嶇): 기구. 험함.
240 등나(藤蘿): 등라. 등나무의 덩굴.
241 층층이셕(層層異石): 층층이석. 여러 층으로 거듭 쌓인 기이한 돌.
242 말미암아: 말미암다. 지나서 가다.
243 참암(巉岩): 가파른 바위.
244 농힝호뵈(龍行虎步): 용행호보. 용이나 호랑이의 행보라는 뜻으로, 위풍당당한 행동을 이르는 말.

68면 승(絶勝)ᄒᆞ여 동녁 밧틔 모ᄆᆡᆨ(牟麥)[245]이 바야흐로 프ᄅᆞ럿고 셧녁 들희 농뷔(農夫) 젼야(田野)의 모다시며 븍녁 믈의 고기롤 낙고 남녁 뫼희 나믈을 ᄏᆡ며 머리의 뫼쏫ᄎᆞᆯ 옷고 호ᄆᆡ롤 드레메고 산가(山歌)롤 노ᄅᆡᄒᆞ며 믈노ᄅᆡ로 화답(和答)ᄒᆞ니 한가ᄒᆞᆫ 흥미(興味) 공명(功名)이 헌신 ᄀᆞᆺ고 ᄇᆡᆨ운(白雲)마을의 ᄌᆞ디(紫芝)[246]롤 ᄏᆡ며 현가(絃歌)[247]롤 송졍(松亭)의 희롱ᄒᆞ니 셰샹번화(世上繁華)롤 과연 모롤 마ᄃᆡ라. 공ᄌᆡ 졈졈 나아가며 먼니 바라보니 ᄉᆞ오(四五) 군ᄌᆡ(君子) 갈건야복(葛巾野服)의 듁장망혜(竹杖芒鞋)[248]로 완완(緩緩)이 나아오니 고풍긔졀(高風氣節)[249]이 ᄇᆡᆨ이(伯夷)와 슉졔(叔齊)[250] ᄀᆞᆺ고 허위(許由)[251] 탁이(濯耳)ᄒᆞ미 소뷔(巢父)[252] 곳비롤 두로혀 님듕(林中)의 도라감 ᄀᆞᆺᄐᆞ니 디개(志槪)[253] 늠

245 모ᄆᆡᆨ(牟麥): 모맥. 밀과 보리.

246 ᄌᆞ디(紫芝): 자지. 자줏빛 영지.

247 현가(絃歌): 거문고 같은 현악기에 맞춰 부르는 노래.

248 갈건야복(葛巾野服)의 듁장망혜(竹杖芒鞋): 갈건과 베옷을 입고 대지팡이를 짚고 짚신을 신은 모습. 숨어 사는 선비나 처사의 소박하고 간편한 옷차림을 일컫는 말.

249 고풍긔졀(高風氣節): 고풍기절. 고상하고 뛰어난 풍채를 지닌 씩씩한 기상과 절개.

250 ᄇᆡᆨ이(伯夷)와 슉졔(叔齊): 백이와 숙제. 백이는 은나라 때의 현인. 동생인 숙제와 함께 군주에 대한 충성을 끝까지 지킨 의인으로 유명함. 주나라가 천하통일을 이루자 주나라의 곡식을 먹는 것이 부끄럽다 하여 이 두 사람은 함께 수양산에 숨어 살며 고사리를 캐 먹다가 굶어 죽었다고 함.

251 허위(許由): 허유. 요임금 때의 덕망 높은 선비. 요임금이 천하를 양보하려고 하자 영천에서 귀를 씻은 후 기산에 들어가 은거했다고 함.

252 소뷔(巢父): 소부. 요임금 때의 인격이 고결한 선비. 그의 이름은 속세를 떠나 산속 나무 위에서 살던 데서 비롯되었다고 함. 요임금이 허유에게 천하를 양보하려고 하여 허유가 영천에서 귀를 씻은 후 기산에 들어가 은거하자 그는 영천의 물이 더럽혀졌다며 몰고 온 소에게 마시지 못하게 했다고 함.

253 디개(志槪): 지개. 의지와 기개.

연(凜然)ᄒᆞ고 풍골(風骨)이 쇄연(灑然)ᄒᆞ여 빗난 바람의 긴 돌이 운무(雲霧)롤 헤쳣ᄂᆞᆫ ᄃᆞᆺ 홍딘(紅塵)이 딘탕(盡蕩)ᄒᆞ여 쇽긔개쳑(俗氣皆滌)ᄒᆞ니 이 어이 다른 사롬이리오? 부친(父親) 운계션싱이 냥계[254]와 의계[255]공으로 더브러 나아오ᄂᆞᆫ 바의 뒤히 ᄯᅩᄒᆞᆫ 션비 조ᄎᆞ시니 이ᄂᆞᆫ 학운ᄌᆞ 졍쳔이러라. 공ᄌᆡ 학운ᄌᆞ롤 쳐음 보므로 그 뉘믈 아디 못ᄒᆞ나 다만 부안(父顔)과 이슉(二叔)을 쳠망(瞻望)ᄒᆞᄆᆡ 효ᄌᆞ(孝子)의 환환(歡歡)ᄒᆞᆫ 반김과 무궁(無窮)ᄒᆞᆫ 깃브믈 므ᄉᆞ 거ᄉᆡ 비(比)ᄒᆞ리오? 인간의 즐거오미 오날놀의 극딘(極盡)ᄒᆞ니 과연 셕ᄉᆡ(夕死)라도 무한(無恨)이로ᄃᆡ 인무브디족(人無不知足)이라. ᄎᆞ시(此時)롤 당ᄒᆞ여 녯일을 늣기며 그 형의 존망(存亡)을 모로ᄂᆞᆫ 슬프미 응결(凝結)ᄒᆞᆫ 병(病)이 되여 비회층익(悲懷層益)[256]ᄒᆞ나 보보급급(步步急急)ᄒᆞ고 심졍(心情)이 요요(搖搖)ᄒᆞ니 도로혀 어린 사롬 ᄀᆞᆺᄐᆞ여 황망(慌忙)이 나아가 부슉(父叔)의 옷기ᄉᆞᆰ[257]을 븟들며 녜슈(禮數)[258]롤 베플ᄆᆡ 브복(俯伏)ᄒᆞ여 남산지강(南山之剛)[259]을 뭇ᄌᆞᆸ고져 ᄒᆞ니 깃브미 넘ᄧᅧ 슬프미 가득ᄒᆞᄆᆡ 소ᄅᆡ 경열(哽咽)ᄒᆞ여 능히 말을 일우디 못ᄒᆞ고 오히려 태젼(太前)의 현알(見謁)치 못ᄒᆞ여시므로 그 ᄉᆞ이 몸이 나라 왕모(王母)와 ᄌᆞ위(慈 69면

254 냥계: 양계. 정겸의 호.

255 의계: 정염의 호.

256 비회층익(悲懷層益): 슬픈 마음이 거듭 더함.

257 옷기ᄉᆞᆰ: 옷깃.

258 녜슈(禮數): 예수. 서로 만나 인사함.

259 남산지강(南山之剛): 남산은 중국 '종남산'을 뜻하며, 보통 장수를 축원할 때 쓰이는 말로 《시경》에 나옴.

闈)ᄅᆞᆯ 반기디 못ᄒᆞ믈 한(恨)ᄒᆞ니 심신(心身)이 황홀(恍惚)ᄒᆞ여 능히

70면 아모리 ᄒᆞᆯ 줄 모로며 ᄯᅡ히 업ᄃᆡ여 다시 니러나기ᄅᆞᆯ 슈히 못 ᄒᆞ더라.

(책임교주 한정미)

완월회맹연 玩月會盟宴

권디이십뉵 卷之二十六

션시(先時)의 운계션ᄉᆡᆼ[1]이 샤ᄇᆡᆨ(舍伯)[2]을 만니호디(萬里胡地)의 니별 1면
ᄒᆞᄆᆡ ᄉᆡᆼ니(生離)의 슬프미 ᄉᆞ별(死別)의 감ᄒᆞ미 업고 냥ᄌᆞ(兩子)ᄅᆞᆯ 실니(失離)ᄒᆞᆫ 통(痛)이 삼ᄌᆡ츈츄(三載春秋)ᄅᆞᆯ 뒤이ᄌᆞ니[3] 텬뉸ᄌᆞᄋᆡ(天倫慈愛)로뼈 삼년(三年) ᄋᆡ졀ᄒᆞ미 심폐(心肺)의 ᄡᆞ히며 ᄇᆡᆨ톄(百體)의 감긴 병이 심졀(深切)ᄒᆞ니 쳑영(隻影)[4]의 외로오미 안항(雁行)[5]의 긴 거ᄉᆞᆯ 블워ᄒᆞ고 됴셕(朝夕)을 님ᄒᆞ여 훈디(壎篪)[6]의 낙을 엇디 못ᄒᆞ며 침셕(寢席)을 님ᄒᆞᄆᆡ 광금(廣衾)[7]의 외로오믈 늣기ᄂᆞᆫ 바로 이ᄌᆞ(二子)[8]의 존망거쳐(存亡居處)ᄅᆞᆯ 아디 못ᄒᆞᄂᆞᆫ 슬프미 ᄌᆞ하(子夏)의 곡ᄌᆞ디통(哭子之痛)[9]의 비홀 ᄇᆡ로ᄃᆡ 오딕 븍당(北堂)[10]을 밧드러 딘심동동(盡心洞洞)ᄒᆞᆫ 효셩이 촉촉(屬屬)ᄒᆞ여 ᄉᆡᆨ난(色難)[11]으로뼈 더으고 비쳑

1 운계션ᄉᆡᆼ: 정삼.
2 샤ᄇᆡᆨ(舍伯): 사백. 남에게 자기 맏형을 겸손히 이르는 말. 여기서는 정삼의 형 정잠.
3 뒤이ᄌᆞ니: 뒤잇다. 이어지다.
4 쳑영(隻影): 척영. 하나의 그림자. 외로운 사람을 말하는 것으로, 여기서는 형 정잠과 이별하는 정삼을 가리킴.
5 안항(雁行): 줄지어 날아가는 기러기 떼. 형제를 가리킴.
6 훈디(壎篪): 훈지상화(壎篪相和). 형이 훈(壎)이라는 악기를 불면 아우는 지(篪)라는 악기를 불어 화답함. 형제간의 사이가 화목한 것을 비유한 것임. 《시경》 〈하인사(何人斯)〉.
7 광금(廣衾): 넓은 이불. 형제와 함께하지 못하고 홀로 지새우는 밤을 비유한 것.
8 이ᄌᆞ(二子): 이자. 정삼의 두 아들인 정인성과 정인광.
9 ᄌᆞ하(子夏)의 곡ᄌᆞ디통(哭子之痛): 공자의 제자 자하가 서하(西河)에 머물 때 자식을 잃고 너무 슬피 울어 두 눈이 멀었다는 고사에서 옴. 자식 잃은 슬픔으로 '상명지통(喪明之痛)' 혹은 '서하지통(西河之痛)'이라고도 함.
10 븍당(北堂): 북당. 어머니가 있는 곳. 어머니를 이름.
11 ᄉᆡᆨ난(色難): 색난. 얼굴빛을 온화하게 하여 부모님을 섬기는 것, 혹은 부모님의 안색을 맞춰서 봉양하는 것을 말한 것으로 《논어》 〈위정(爲政)〉에 나옴. '쳑영'은 하나의 그림자, 즉 외로운 사람을 말하는 것으로, 여기서는 형 정잠과 이별하는 정삼을 가리킴.

(悲慽)ᄒᆞᆫ 말솜을 낫타ᄂᆡ디 아니ᄒᆞ며 의계와 냥계로 더브러 돈목(敦睦)ᄒᆞ미 타인의 더어 화됴월셕(花朝月夕)의 그림ᄌᆡ 셔로 ᄯᆞ로고 슉식
2면 (宿食)의 일시 ᄯᅥ나미 업더니 쳔만긔약(千萬期約)디 아닌 양부 노ᄌᆡ(奴子) 니ᄅᆞ러 쳥계공의 셔함(書函)을 올니ᄂᆞᆫ 바의 월염·닌광의 상셰(上書) 홈긔 오로니 합문상하(闔門上下) 환환희희(歡歡喜喜)ᄒᆞᆫ 깃븜과 열열쳬쳬(悅悅涕涕)[12]ᄒᆞᆫ 경ᄉᆡ 형언ᄒᆞ여 비우(比寓)ᄒᆞᆯ 곳이 업ᄉᆞ니 다만 디하인(地下人)의 셔젹(書跡)을 ᄃᆡᄒᆞ며 황양(黃壤)[13]의 소식을 드른 ᄃᆞᆺ 태부인[14]으로브터 일개(一家) 희츌망외(喜出望外)ᄒᆞ여 답간을 닷가 양부 챵두를 도라보ᄂᆡ고 닌광의 도라오기를 현망ᄒᆞ여 착급(着急)히 기다리ᄂᆞᆫ 가온ᄃᆡ 닌셩과 녀교의 ᄉᆞᄉᆡᆼ거쳐(死生居處)를 아디 못ᄒᆞᆫ 슬프미 ᄉᆡ로이 ᄋᆡ도(哀悼)ᄒᆞ믈 니긔디 못ᄒᆞ더라. 이러구러 츈삼월(春三月) 모츈(暮春)을 당ᄒᆞ니 일긔(日氣) 화창ᄒᆞ여 믈ᄉᆡᆨ(物色)을 도으니 학운ᄌᆡ[15] 쳐ᄉᆞ[16]긔 고왈(告曰)

"금ᄌᆞ(今者)의 송ᄇᆡᆨ(松栢)이 ᄉᆡ 빗츨 ᄯᅥᆯ치며 요최(瑤草) 신향(新香)을 토ᄒᆞ니 긔홰(奇花) 난만ᄒᆞ고 녕디(靈芝) 무셩ᄒᆞᆫ디라. 셕구명경(石丘名景)[17]을 ᄒᆞᆫ 번도 관답(觀踏)디 못ᄒᆞ미 디긔옹울(志氣壅鬱)ᄒᆞ니 쳥

---

12 열열쳬쳬(悅悅涕涕): 열열체체. 감열체읍(感悅涕泣)을 강조한 표현으로, 감격하여 눈물 흘린다는 의미.

13 황양(黃壤): 황천. 저승.

14 태부인: 서태부인.

15 학운ᄌᆡ: 학운자. 정천의 호.

16 쳐ᄉᆞ: 처사. 정삼.

17 셕구명경(石丘名景): 석구명경. 석구(石丘)는 천석구림(泉石丘林)의 준말로 추정. '산천'으로 봄.

컨ᄃᆡ 잠간 동구(洞口)의 나아가 산샹(山上)의 오로샤이다."

쳐ᄉᆡ 조ᄎᆞ 즉시 이뎨(二弟)로 더브러 ᄒᆞᆷ긔 문을 날ᄉᆡ 홀연 눈을 드니 3면
희작(喜鵲)이 쳠상(檐上)의셔 깃븐 소식을 보ᄒᆞᄂᆞᆫ ᄃᆞᆺ 신긔(神奇)히 울거ᄂᆞᆯ 학운ᄌᆡ 쇼왈(笑曰)

"작셩(鵲聲)이 희희(喜喜)ᄒᆞ여 완유녕합호아[18]ᄒᆞ니 텬뉸단원(天倫團圓)의 부ᄌᆡ(父子) 상봉디셩(相逢之聲)이라. ᄎᆞ공ᄌᆞ(次公子)의 ᄒᆡᆼ게(行車) ᄣᆡ 옴디 아냐셔[19] 산듕의 니ᄅᆞ리로소이다."

쳐ᄉᆡ 미쇼왈(微笑曰)

"슉시(叔氏)의 졈복(占卜)이 신이ᄒᆞ믈 엇디 긔필(期必)ᄒᆞ리오?"

학운ᄌᆡ 쇼왈(笑曰)

"원간 상공도 ᄂᆡ외(內外) 다ᄅᆞ믈 알니로소이다."

쳐ᄉᆡ 답쇼왈(答笑曰)

"딜(姪)이 ᄇᆡᆨᄒᆡᆼ(百行)의 일ᄏᆞᄅᆞᆯ 거시 업ᄉᆞᄃᆡ 오히려 표리(表裏)ᄅᆞᆯ 달니ᄒᆞ믄 유시(幼時)로브터 아니턴 바ᄅᆞᆯ 아ᄅᆞ시려든 슉시 홀연 딜노ᄡᅧ ᄂᆡ외ᄅᆞᆯ 달니ᄒᆞᆫ다 ᄒᆞ시믄 엇딘 연괴뇨?"

학운ᄌᆡ 년쇼왈(連笑曰)

"금일 작셩의 희희ᄒᆞ믈 듯기 젼이라도 ᄎᆞ공ᄌᆞ의 도라올 날을 상공이 몬져 혜아리실 ᄇᆡ어ᄂᆞᆯ 거ᄌᆞᆺ 모로ᄂᆞᆫ 쳬ᄒᆞ시미 ᄂᆡ외 다ᄅᆞ미 아니니잇

18 작셩(鵲聲)이 희희(喜喜)ᄒᆞ여 완유녕합호아: '완유녕합호'는 '완전히 뜻에 맞음에 있지 않은가(完有迎合乎)' 혹은 '완연히 뜻(상황)에 맞음이 있지 않은가(宛有迎合乎)' 등으로 추정. '까치가 울면 반가운 손님이 온다'는 옛 속담의 뜻과 상통하는 것으로 봄.

19 ᄣᆡ 옴디 아냐셔: 때를 옮기지 않아서. '때가 오래지 않아서'라는 뜻.

가?"

쳐ᄉᆡ 미쇼왈(微笑曰)

"ᄋᆞᄒᆡ 미구(未久)의 산듕의 도라올 줄은 져의 셔ᄉᆞ(書辭)로조ᄎᆞ 아ᄂᆞᆫ 4면 ᄇᆡ어니와 그 어ᄂᆡ 날 부ᄌᆡ 상봉ᄒᆞᆯ 바ᄅᆞᆯ 미리 알미 이시리오?"

뎡언간(正言間)의 먼니로조ᄎᆞ ᄊᆞᆯ니 나아오리 이시니 의복이 남누ᄒᆞ고 형뫼(形貌) 피폐ᄒᆞ여 경ᄉᆡᆨ(景色)이 고초(苦楚)ᄒᆞᄃᆡ 다만 신신표표(申申表表)ᄒᆞ여 일만광ᄎᆡ(一萬光彩) 일신(一身)을 둘너시니 아연(峨然)ᄒᆞ여 경하(涇河)의 옥뇽(玉龍)[20]이 오운(五雲)을 멍에ᄒᆞ여 아ᄅᆞᆫ아ᄅᆞᆫᄒᆞᆫ 듯ᄒᆞ며 ᄎᆡ봉(彩鳳)이 쳥산의 나븟기ᄆᆡ 경운(景雲)[21]이 교교(皎皎)ᄒᆞᆫ 듯ᄒᆞ여 긔이ᄒᆞᆫ 모양과 신이ᄒᆞᆫ 골격이 쳔고(千古)의 독보(獨步)ᄒᆞ니 슈년 젼 월쳥강 젹변(賊變)의 실니ᄒᆞᆫ 바 닌광이 아니오 그 뉘리오? 쳐ᄉᆞ의 단엄슉믁(端嚴肅默)ᄒᆞ므로도 희연쳠망(喜然瞻望)ᄒᆞᄆᆡ 낫 우ᄒᆡ 동황(東皇)의 됴흔 빗치 움즉이고 냥계와 의계의 태산디듕(泰山之重)으로도 년망(連忙)이 반기믈 측냥(測量)치 못ᄒᆞ니 도로혀 여취여치(如醉如痴)ᄒᆞᆫ 바의 공ᄌᆡ ᄊᆞᆯ니 츄이딘젼(趨而進前)ᄒᆞ여 부슉(父叔)의 옷ᄉᆞᆯ 븟드러 ᄇᆡ알ᄒᆞᄆᆡ 인ᄒᆞ여 슈히 니러나디 못ᄒᆞ니 냥슉(兩叔)이 좌우로 븟드러 소ᄅᆡ 황망(慌忙)ᄒᆞ믈 ᄭᆡ닷디 못ᄒᆞ여 왈

"딘야(眞也)아? 몽야(夢也)아? 이 아니 ᄭᅮᆷ이오 상시ᄉᆡ(常時事) 아니냐? 네 엇디 그 ᄉᆞ이 이ᄃᆡ도록 댱셩ᄒᆞ엿ᄂᆞ뇨?"

---

20 경하(涇河)의 옥농(玉龍): 경화강의 용을 가리키는 것으로 보임. 경화 용왕은 《서유기》에 나오는데, 그 외에도 '경화강에 사는 용'이 관용적으로 사용되는 듯함.

21 경운(景雲): 태평 시대에 나타난다고 하는 상서로운 구름으로, '오색의 채운(彩雲)'이라고 함.

ᄒᆞ며 쳐ᄉᆡ 집슈무ᄇᆡ(執手撫背)ᄒᆞ여 희허댱탄(噫噓長嘆) 왈 5면
"너의 ᄉᆞ라 도라오믈 보건ᄃᆡ 네 아비 명완(命頑)ᄒᆞᆷ을 ᄭᆡ닷ᄂᆞ니 통운(痛愪)ᄒᆞᆫ 비회(悲懷)의 므ᄉᆞᆷ 말이 이시리오마는 오히려 ᄌᆞ휘(慈候) 디안(至安)ᄒᆞ시고 월ᄋᆞ의 ᄉᆡᆼ존ᄒᆞᆷ을 드ᄅᆞᆫ 바의 부ᄌᆞ회합(父子會合)이 ᄒᆡᆼ희ᄎᆞ열(幸喜且悅)이라 남은 한이 업ᄉᆞᆯ 거시로ᄃᆡ 여형(汝兄)의 ᄉᆞᄉᆡᆼ과 교ᄋᆞ의 소식을 아디 못ᄒᆞ며 문계 형댱(兄丈)이 포통원ᄉᆞ(抱痛怨死)ᄒᆞ샤 인ᄉᆡ 변혁(變革)ᄒᆞ니 쵹쳐비원(觸處悲怨)을 어이 형용ᄒᆞ리오? ᄆᆡᆼ츈(孟春)의 양부 노ᄌᆡ(奴子) 형댱 셔간을 밧들고 너와 월ᄋᆞ의 ᄉᆡᆼ존ᄒᆞᆷ을 드ᄅᆞᄆᆡ 위로ᄒᆞ미 되더니라."
공ᄌᆡ 브복ᄃᆡ왈(俯伏對曰)
"몸이 농조(籠鳥) ᄀᆞᄐᆞ와 ᄯᅥᆯ쳐 날믈 엇디 못ᄒᆞᄋᆞᆸ고 셩회(誠孝) 쳔박(淺薄)ᄒᆞ와 텬신(天神)의 감응(感應)ᄒᆞᆷ을 닙디 못ᄒᆞ오니 쇽졀업시 태향 븍녁히 머흔[22] 구룸을 슬허ᄒᆞ와 쳑호(陟岵)[23]ᄒᆞᄂᆞᆫ 눈믈이 ᄒᆞᆫ갓 구촌(九寸)[24]이 ᄉᆞᆺ쳐디올 ᄲᅮᆫ이러니 존당부모(尊堂父母)의 누인디덕(累仁之德)을 목욕ᄒᆞ와 오날놀 친젼(親前)의 졀ᄒᆞᆷ을 엇ᄉᆞ오니 인ᄉᆡᆼ의 6면 여한이 업ᄉᆞ오며 왕모(王母) 셩휘(聖候) 안강(安康)ᄒᆞ심과 대인(大人) 셩톄(聖體) 디보(支保)ᄒᆞ시미 하회일희(下懷一喜)오ᄃᆡ 죵슉부의 원앙(寃殃)ᄒᆞ신 흉보(凶報)를 조ᄎᆔ셔 듯ᄌᆞ오ᄆᆡ 비원(悲寃)ᄒᆞ미 엇더

22 머흔: 머흘다. 험하다.
23 쳑호(陟岵): 척호. 《시경》 〈위풍〉 '척호'에 나오는 말. 부역을 나간 효자가 어버이를 잊지 못하는 심정을 그린 노래. 여기에서는 어버이를 그리는 모습을 이름.
24 구촌(九寸): 아홉 마디 간장(肝腸). 혹은 구곡간장(九曲肝腸)을 이르는 말.

ᄒᆞ리잇고? 이제 도라오오나 인ᄉᆞ의 밧괴이미 쵹쳐(觸處)의 원회(寃懷)ᄅᆞᆯ 더을 쁜이옵고 ᄇᆡᆨ부 대인이 만니호디(萬里胡地)의 향ᄒᆞ시니 비록 튱의ᄅᆞᆯ 다ᄒᆞ시미나 ᄌᆞ딜(子姪)의 초박(焦迫)ᄒᆞ온 경니ᄂᆞᆫ 비길 곳이 업ᄉᆞᆸ거ᄂᆞᆯ 형의 ᄉᆡᆼ존이 아득ᄒᆞ오며 녀교 죵ᄆᆡ(從妹)의 소식을 디금 아디 못ᄒᆞ오니 ᄉᆞᄉᆞ우절(事事憂切)ᄒᆞ고 쵹쳐비황(觸處悲惶)ᄒᆞ여이다.”

말ᄉᆞᆷ을 맛ᄎᆞᄆᆡ 화긔(和氣)ᄅᆞᆯ 작위(作爲)ᄒᆞ여 야야(爺爺)ᄅᆞᆯ 반기ᄂᆞᆫ 빗치 신신유이(新新柔怡)ᄒᆞ여 텬항(千行)의 구ᄅᆞᆷ이 거더시며 낭원(閬苑)[25]의 봄긔운이 화챵ᄒᆞᆫ디라. 냥계와 의계 좌우로 븟드러 언에(言語) 도착(倒錯)ᄒᆞ고 쳐ᄉᆡ 또ᄒᆞᆫ 깃븐 ᄀᆞ온ᄃᆡ 셕ᄉᆞ(昔事)ᄅᆞᆯ 상감(傷感)ᄒᆞ며 닌셩의 ᄉᆞᄉᆡᆼ을 모로ᄂᆞᆫ 근심이 만복(滿腹)ᄒᆞ여 츄연탄식(惆然嘆息)이러니 날호여 니ᄅᆞᄃᆡ

7면 “너의 젼후 풍상ᄋᆡᆨ화(風霜厄禍)[26]ᄂᆞᆫ 임의 셔젹으로조ᄎᆞ 임의 대강 알미 잇거니와 ᄌᆞ위(慈闈) 너ᄅᆞᆯ 기다리시미 여러 가디 념녀(念慮)ᄅᆞᆯ 동ᄒᆞ시ᄂᆞᆫ 바의 이의 온 후조차 ᄇᆡ현(拜見)ᄒᆞ믈 더ᄃᆡ디 못ᄒᆞ리니 도로간ᄋᆡᆨ(道路艱厄)과 디난 변고ᄂᆞᆫ 죵용이 문답ᄒᆞ미 늣디 아니니 밧비 부듕(府中)의 드러가 ᄌᆞ위긔 뵈오라.”

인ᄒᆞ여 학운ᄌᆞᄅᆞᆯ ᄀᆞᄅᆞ쳐 친쳑의 졍분을 알게 ᄒᆞᆫᄃᆡ 공ᄌᆡ 슈명(受命)ᄒᆞ고 이에 몸을 니러 졀ᄒᆞ니 학운ᄌᆡ 년망이 답읍(答揖)ᄒᆞᆫ 후 쳐ᄉᆞᄅᆞᆯ 향ᄒᆞ여 공ᄌᆞ의 풍위덕딜(風威德質)을 못ᄂᆡ 칭도(稱道)ᄒᆞ니 쳐ᄉᆡ 블감

25 낭원(閬苑): 신선이 노니는 곳. 요지(瑤池), 현포(縣圃) 등과 같은 곤륜산 선경(仙境).

26 풍상ᄋᆡᆨ화(風霜厄禍): 규장각본에는 ‘상ᄋᆡᆨ화’로 되어 있음.

(不堪)ᄒᆞ믈 샤ᄉᆞᄒᆞ며 다시 우어 ᄀᆞ로ᄃᆡ

"슉시(叔氏)의 디음(知音)이 명달(明達)ᄒᆞ니 딜(姪)이 비로소 경복(敬服)ᄒᆞᄂᆞ이다."

학운ᄌᆡ 역쇼왈(亦笑曰)

"쳔이 비록 샤광(師曠)의 뉼(律)을 통ᄒᆞᆷ[27]과 공야댱(公冶長)의 골셩[28]을 디음(知音)ᄒᆞᄂᆞᆫ 신긔(神奇)[29] 업ᄉᆞ나 희작디셩(喜鵲之聲)과 음뉼디됴(音律之調)ᄂᆞᆫ 잠간 알오미 잇ᄂᆞ니 엇디 오날ᄂᆞᆯ ᄎᆞ공[30]의 도라올 바ᄅᆞᆯ ᄊᆡ닷디 못ᄒᆞ리잇가?"

이러틋 슈작(酬酌)ᄒᆞ며 거ᄅᆞᆷ을 두로혀 입문승당(入門升堂)의 딕입ᄂᆡ샤(直入內舍)ᄒᆞᆯᄉᆡ 셔동쇼학(書童小學)이[31] 거ᄅᆞᆷ을 ᄲᆞᆯ니ᄒᆞ여 몬져 드러가 공ᄌᆞ의 유모 난취ᄅᆞᆯ 보고 ᄎᆞ공ᄌᆞ(次公子)의 도라오믈 젼ᄒᆞ니 합개(閤家)[32] 황망(遑忙)이 회친만좌(會親滿座)ᄒᆞ며 인인영ᄃᆡ(人人迎待)ᄒᆞ니 쳐ᄉᆞ와 냥계 등이 드러와 태부인 슬젼(膝前)의 ᄊᆞ러 닌광이 니 8면

27 샤광(師曠)의 뉼(律)을 통ᄒᆞᆷ: 맹자가 "사광의 밝은 귀로도 육율을 쓰지 않으면 오음을 바르게 하지 못한다(師曠之聽 不以六律 不能正五音)."라고 평한 것을 말함. 사광은 춘추시대 진(晉)나라의 악사로, 한번 들으면 길흉을 알 정도로 귀 밝은 것으로 유명한 인물.

28 골셩: 골성. 골경(骨鯁)으로도 보이나 맥락상 소리(聲)를 뜻하는 골성으로 추정. 규장각본에는 '골경'으로 되어 있음.

29 공야댱(公冶長)의 골셩을 디음(知音)ᄒᆞᄂᆞᆫ 신긔(神奇): 공야장의 새소리를 알아듣는 신기함. 공야장은 새소리를 알아듣는 재주를 가지고 있는데, 참새들이 사람의 시체를 먹으러 가자고 하는 소리를 듣고 시체의 위치를 알려주었음. 《논어》 〈공야장〉. '골셩'은 정확히 알 수 없으나 해당 일화의 참새소리(雀)나 새소리를 가리키는 것으로 추정.

30 ᄎᆞ공: 차공. 'ᄎᆞ공자(次公子)'에서 '자'가 누락된 것. 규장각본에는 'ᄎᆞ공'으로 되어 있음. 둘째 공자 정인광을 이름.

31 셔동쇼학(書童小學)이: 규장각본에는 '셔동쇼학'으로 조사가 없음.

32 합개(閤家): 합가. 집안 전체.

ᄅᆞ러시믈 쥬ᄒᆞᆫ 후 공ᄌᆡ 츄이딘젼(趨而進前)ᄒᆞ여 ᄌᆡᄇᆡ문후(再拜問候) ᄒᆞᆯᄉᆡ 슈삼년디간(數三年之間)의 영위동탕(英威動蕩)ᄒᆞ고 긔되(氣度) 댱슉(壯肅)ᄒᆞ미 더옥 신긔발췌(神奇拔萃)ᄒᆞ여 엄연이 댱부의 쳬(體) ᄅᆞᆯ 일워 쥬션(周旋)이 듕도(中道)ᄒᆞ니[33] 그 힝실(行實)이 족ᄒᆞ며 효되(孝道) ᄉᆞᄆᆞᆺᄎᆞ미 엇디 치몽(稚蒙)의 미셩(未成)ᄒᆞᆷ과 쇽ᄌᆞ(俗子)의 범범ᄒᆞᆷ ᄀᆞᆺᄐᆞ리오? 훤졍(萱庭)[34]을 쳠망ᄒᆞ여 팔ᄎᆡ경운(八彩慶雲)[35]이 냥도가월(兩度佳月)[36]의 녕농ᄒᆞ고 옥면쥬슌(玉面朱脣)의 담담ᄒᆞᆫ 츈풍을 유이(柔易)ᄒᆞ여 향험츄협[37]의 쇼용(笑容)을 ᄀᆞ득이 먹음어시니 일좨(一座) ᄒᆞᆫ번 보ᄆᆡ 희위(喜憂) 늉늉(隆隆)ᄒᆞ며 왕모(王母)의 일편된 ᄌᆞᄋᆡ와 ᄌᆞ모(慈母)의 유연(幽然)ᄒᆞᆫ 디ᄌᆞ(至慈)로 격년열셰(隔年閱歲)[38]ᄒᆞ
9면 여 ᄉᆞᄉᆡᆼ을 모로던 ᄇᆡ리오? 이ᄣᆡ 샹하냥졍(上下兩情)의 환희젼도(歡喜顚倒)ᄒᆞ믈 가히 알니러라. 태부인이 ᄲᆞᆯ니 마조 나와 공ᄌᆞ의 손을 잡고 낫출 다히며 반기미 넘찌고 슬프미 가득ᄒᆞ여 실셩뉴톄(失聲流涕)

33 쥬션(周旋)이 듕도(中道)ᄒᆞ니: 응대하는 것이 도에 맞다는 의미. 맹자가 성인(聖人)의 일을 서술하면서 언급한 말인 "행동거지와 응대하는 것이 예(禮)에 맞다(動容周旋中禮)."라는 구절에서 나옴. 《맹자집주》 〈진심 하(盡心下)〉.

34 훤졍(萱庭): 훤정. 훤당(萱堂) 등과 마찬가지로 어머니를 의미함. 여기에서는 정인광의 어머니 화부인.

35 팔ᄎᆡ경운(八彩慶雲): 팔채경운. 팔채는 여덟까지 문채가 있는 요임금의 눈썹으로, 보통 빼어난 군주의 상으로 여겨짐. 여기에서는 빼어난 눈썹을 형용한 것으로 보임. 경운 또한 상서로운 구름으로, 여기에서는 눈썹을 구름에 비유한 것으로 보임.

36 냥도가월(兩度佳月): 양도가월. 두 개의 아름다운 달로, 여기에서는 두 눈을 형용하는 말로 쓰임. 양도(兩度)는 보통 두 번(횟수)을 나타내지만 여기에서는 두 개(개수)로 읽음.

37 향험츄협: '향협취협(香頰醉頰)'을 가리키는 것으로 보임. 향기롭고 취한 듯 붉은 뺨.

38 격년열셰(隔年閱歲): 격년열세. '해가 지나도록'으로 추정.

ᄒᆞ믈 ᄭᆡ닷디 못ᄒᆞ며 화부인[39]은 ᄋᆞᄌᆞ(兒子)의 등을 어로만져 ᄒᆞᆫ 어린 사ᄅᆞᆷᄀᆞᆺ치 말을 일우디 못ᄒᆞ고 닌경과 ᄌᆞ염이 젼후로 븟드러 반기며 슬허ᄒᆞ미 황양(黃壤) 사ᄅᆞᆷ을 상봉ᄒᆞᆷ 갓ᄐᆞ니 공ᄌᆡ ᄯᅩᄒᆞᆫ ᄎᆞᆷ디 못ᄒᆞ여 봉안츄광(鳳眼秋光)의 징쳥(澄淸)이 구으러 ᄇᆡᆨ년용화(白蓮容花)ᄅᆞᆯ 젹시니 쳐ᄉᆡ 화셩유어(和聲柔語)로 모친을 위로ᄒᆞ고 다시 공ᄌᆞᄅᆞᆯ 도라보아 ᄀᆞᆯ오ᄃᆡ

"ᄌᆞ위(慈闈) 상도(傷悼)ᄒᆞ시미 디극히 졀박ᄒᆞ거ᄂᆞᆯ 네 엇디 비안쳑어(悲顔慽語)로ᄡᅧ 존당 비회ᄅᆞᆯ 더으며 아뷔 민박(憫迫)ᄒᆞ믈 돕ᄂᆞ뇨?"

공ᄌᆡ 브복문파(俯伏聞罷)의 다시 절ᄒᆞ여 블초(不肖)ᄅᆞᆯ 샤죄ᄒᆞ고 개용화긔(改容和氣)ᄒᆞ여 왕모슬하(王母膝下)의 ᄂᆞ러 남산디강(南山之剛)과 븍ᄒᆡ디슈(北海之壽)[40]ᄅᆞᆯ 기리 원ᄒᆞᄆᆡ 녕농ᄒᆞᆫ 희ᄎᆡ(喜彩)[41]ᄂᆞᆫ 슈
형(秀炯)ᄒᆞᆫ 미우(眉宇)ᄅᆞᆯ 두로며 젼도(顚倒)ᄒᆞᆫ 환의(歡意)ᄂᆞᆫ 문명(文 10면
明)ᄒᆞᆫ 안ᄎᆡ(眼彩)의 띄여시니 셕ᄉᆞ(昔事)ᄅᆞᆯ 일ᄏᆞᆺ디 아니코 문계 슉부의 원ᄉᆞ(寃死)ᄒᆞᆷ도 슬허치 아닛ᄂᆞᆫ ᄃᆞᆺ 상환변고(喪患變故)의 다ᄃᆞ라ᄂᆞᆫ 인ᄉᆞ의 말도 능히 혀디 못ᄒᆞ여 조모ᄅᆞᆯ 븟드러 관심(寬心)ᄒᆞ시믈 주ᄒᆞ며 경슌위열(敬順慰悅)ᄒᆞᄆᆡ 니긔디 못ᄒᆞᆯ ᄃᆞᆺᄒᆞ니 태부인이 이윽

39 화부인: 정삼의 아내. 정인광의 어머니.

40 남산디강(南山之剛)과 븍ᄒᆡ디슈(北海之壽): 남산과 같은 강건함과 북해와 같이 끝없는 수명을 가리키는 것으로 추정. 비슷한 말로 '남산수(南山壽)'는 장수를 기원하는 표현으로, 《시경》 〈소아(小雅)〉 '천보(天保)'의 임금에 대한 축복 중에 나온 표현에서 유래. 규장각본에는 '남산지강과 북ᄒᆡ지슈'로 되어 있음.

41 희ᄎᆡ(喜彩): 희채. 팔채(八彩)가 정인광의 눈썹에 서술되는 것을 고려할 때, 즐거운 모습을 한 정인광의 눈썹을 가리키는 말로 추정됨.

ᄒᆞᆫ 후 졍신을 뎡ᄒᆞ고 기리 탄식왈(嘆息曰)

"오날놀 너의 도라오믈 보ᄆᆡ 닌셩과 교ᄋᆞ롤 더옥 ᄉᆡᆼ각날 ᄲᅳᆫ 아니라 그 ᄉᆞ이 문운(門運)의 망극ᄒᆞ미 흠뎔[42]이 튱졀(忠節)노ᄡᅧ 포원죄ᄉᆞ(抱冤罪死)ᄒᆞ니 극원디통(極冤之痛)이 이의 더으미 업거놀 노모의 완한(頑狠)ᄒᆞ미 텬상(天喪)[43] 삼긔(三忌)롤 쇽졀업시 맛ᄎᆞ며 구연시식(苟延視息)ᄒᆞ여 염냥(炎凉)이 살 ᄀᆞᆺᄐᆞ믈 디우금일(至于今日)이러니 셰초(歲初)의 월ᄋᆞ와 너의 ᄉᆡᆼ존ᄒᆞᆫ 셔봉(書封)이 니ᄅᆞᄆᆡ 노모의 댱슈(長壽)ᄒᆞ믈 스ᄉᆞ로 하례ᄒᆞ여 일흔 ᄋᆞᄒᆡ 됴히 도라오기롤 쥬쥬야야(晝晝夜夜)의 하날긔 비러 원ᄒᆞ더니 이졔 너롤 산 낫ᄎᆞ로 ᄃᆡᄒᆞ니 노모의 11면 졍니 ᄒᆞᆫ 곳이나 위로홀 ᄇᆡ 잇ᄂᆞᆫ디라. 만ᄒᆡᆼ텬희(萬幸千喜)ᄒᆞ믈 엇디 비길 곳이 이시리오? 월쳥강 봉젹시(逢賊時)의 너와 월염은 엇디ᄒᆞ여 능히 살믈 엇고 닌셩과 녀교ᄂᆞᆫ ᄯᅩ 엇디ᄒᆞ여 거쳬 업ᄂᆞ뇨? 아니 젹슈(賊手)의 ᄒᆡ롤 닙어 냥ᄋᆡ(兩兒) 발셔 쳔ᄃᆡ(泉臺) 아릐 사ᄅᆞᆷ이 되거냐? 너와 월ᄋᆡ 닌셩과 녀교로 더브러 ᄒᆞᆫ ᄇᆡ의 오로미 되엿던 거시니 그 ᄉᆞᄉᆡᆼ을 거의 모로디 아니홀디라. 실(實)노ᄡᅧ 긔(欺)이디 말나."

공ᄌᆡ 조모의 통상(痛傷)ᄒᆞ시믈 우러러 비회층츌(悲懷層出)ᄒᆞ나 강인ᄒᆞ여 이셩낙식(怡聲樂色)으로 위로ᄒᆞ며 왕부삼긔(王父三忌)롤 맛ᄌᆞ옴과 죵슉(從叔)의 원앙(冤殃)ᄒᆞᆫ 슬픔과 위어(慰語)롤 베퍼 ᄃᆡᄒᆞ고 형이 슈심(水心)의 잠기인 바롤 바로 고치 못ᄒᆞ여 다만 봉젹시의 텬디혼흑(天地昏黑)ᄒᆞ며 광풍이 대작ᄒᆞᆫ 바의 ᄆᆡ져(妹姐)ᄂᆞᆫ 혼도(昏倒)

---

42 흠뎔: 흠질. '흠 조카'라는 뜻. 흠은 정흠.

43 텬상(天喪): 천상. 하늘 같은 존재의 상(喪). 여기에서는 남편의 상을 이름.

ᄒᆞ고 ᄌᆞ긔ᄂᆞᆫ 현난망망(眩亂茫茫)ᄒᆞᆯ 즈음의 표풍(漂風)ᄒᆞ미 되여 조쥐 니ᄅᆞ러시므로 형의 ᄉᆞ싱과 ᄆᆡ뎨(妹弟)의 거쳐ᄅᆞᆯ 능히 아디 못ᄒᆞᄃᆡ 결단코 젹ᄒᆡ(賊害)ᄅᆞᆯ 닙든 아냐실 바ᄅᆞᆯ 주ᄒᆞ니 태부인이 공ᄌᆞ의 귀 12면 밋ᄎᆞᆯ 어로만져 근근유유(勤勤柔柔)ᄒᆞᆫ 졍을 형상치 못ᄒᆞᄂᆞᆫ 바의 닌셩도 타일 이ᄀᆞᆺ치[44] 도라오기ᄅᆞᆯ 튝원ᄒᆞ며 쳐음 조쥐 표풍ᄒᆞ엿던 바로브터 도로풍상(道路風霜)과 ᄋᆡᆨ경변난(厄境變亂)을 일일히 니ᄅᆞ라 ᄒᆞᆫᄃᆡ 공ᄌᆡ 모친의 슈븨니쳑(愁悲黧瘠)ᄒᆞᆫ 의화[45]ᄅᆞᆯ 쳠망컨ᄃᆡ 근심이 간졀ᄒᆞ고 슬프미 가득ᄒᆞ니 한셜(閑說)의 뜻이 업ᄉᆞ나 왕모(王母)의 므ᄅᆞ시믈 아니 ᄃᆡ치 못ᄒᆞ여 조쥐 계힝산 요도(妖徒)ᄅᆞᆯ 만나므로뼈 남ᄆᆡ 셕갑(石匣)의 슈계(囚繫)ᄒᆞ여 욕을 본 바와 의긔예 엄도ᄉᆞᄅᆞᆯ 만나 구ᄒᆞ믈 힘닙어 요도ᄅᆞᆯ 멸ᄒᆞ며 셕갑을 버셔나나 다시 표풍ᄒᆞᆫ ᄇᆡ 되여 긔강의 다ᄃᆞ라ᄂᆞᆫ 흉젹을 만나 ᄆᆡ져ᄂᆞᆫ 쳔쳑(千尺)의 고학(高壑)의 써러져 거쳐ᄅᆞᆯ 모로고 ᄌᆞ긔ᄂᆞᆫ 도젹의 에우믈 인ᄒᆞ여 위티키ᄅᆞᆯ 면치 못ᄒᆞ 13면 리러니 운학·경농의 튱의ᄅᆞᆯ 힘닙어 젹화ᄅᆞᆯ 면ᄒᆞᆷ과 ᄆᆡ져의 시신을 ᄎᆞᆺ고져 낙셩촌의 니ᄅᆞ럿다가 ᄇᆡᆨ무셜의 형뎨 쇽미(粟米) 닷토ᄂᆞᆫ ᄡᆞ홈을 인ᄒᆞ여 당헌의게 잡히여 갓던 바로뼈 죵두디미(從頭至尾)ᄅᆞᆯ 일장(一場) ᄒᆡ비(該備)히 고ᄒᆞᆯ시 위졍의 놉흔 공과 언션의 ᄲᆡ혀난 의긔디덕(義氣之德)을 ᄀᆞᆺ초 일ᄏᆞᄅᆞ며 ᄉᆞ셰브득이 당헌의 쇼셩(小星)이 되여 경샤의 올나갓다가 몸을 ᄲᆡ혀 ᄆᆡ져ᄅᆞᆯ 보고 양부 노ᄆᆞ(奴馬)ᄅᆞᆯ 어더 남강 명월촌의 니ᄅᆞ럿다가 믄득 듕병(重病)을 어드ᄆᆡ 손최인과 소

44 이ᄀᆞᆺ치: 규장각본에는 '이갓치'로 되어 있음.
45 의화: 맥락상 '모습'으로 추정됨.

[46]위공의 구활(求活)ᄒᆞᆫ 은혜ᄅᆞᆯ 닙은 바ᄅᆞᆯ 일일히 고ᄒᆞᄃᆡ 밍ᄉᆔ ᄌᆞ긔ᄅᆞᆯ ᄒᆡ코ᄌᆞ 셜계ᄒᆞ던 바와 댱헌의 가변(家變)이며 댱쇼져의 녈절셩ᄒᆡᆼ(烈節聖行)을 굿ᄐᆞ여 일ᄏᆞᆺ디 아냐 모로ᄂᆞᆫ ᄃᆞᆺᄒᆞ고 댱부ᄅᆞᆯ ᄲᅧ나던 날 댱헌을 즐욕난타(叱辱亂打)ᄒᆞ믄 일졀 거드디 아냐 다만 댱헌의 츄셰비루(趨勢鄙陋)ᄒᆞ며 흉퓌(凶悖)ᄒᆞ믈 분연타비(忿然唾鄙)ᄒᆞᆯ ᄲᅳᆫ이니 현하(懸河) ᄀᆞᆺᄐᆞᆫ 언변의 젼후곡졀(前後曲折)이 명ᄇᆡᆨ쾌상(明白快爽)ᄒᆞ여 일분 희미ᄒᆞ미 업ᄉᆞ니 그 만상변ᄋᆡᆨ(萬狀變厄)이 목젼의 버럿ᄂᆞᆫ ᄃᆞᆺᄒᆞ더라. 왕모(王母)와 부모의 ᄆᆞᄋᆞᆷ은 니ᄅᆞ도 말고 좌우쳥문ᄌᆡ(左右聽聞者) 다 ᄒᆞᆫ가지로 위란디경(危亂之境)의 다ᄃᆞ라ᄂᆞᆫ 비록 디난 일이나 경참(驚慘)ᄒᆞ믈 마디 아니ᄒᆞ며 남화위녀(男化爲女)ᄒᆞ여 댱헌의 ᄋᆡ희(愛姬) 되엿던 바의 다ᄃᆞ라ᄂᆞᆫ 가쇼로오믈 니긔디 못ᄒᆞ여 일좌(一座) 대쇼ᄒᆞ고 태부인이 역시 우읍기ᄅᆞᆯ ᄎᆞᆷ디 못ᄒᆞᄃᆡ 쳐ᄉᆡ 안ᄉᆡᆨ을 곳치디 아냐 오ᄃᆡᆨ 승안이열(承顔怡悅)ᄒᆞᆯ ᄯᆞᄅᆞᆷ이러니 날호여 문왈(問曰)

14면

"네 댱부ᄅᆞᆯ ᄲᅧ나던 곡졀을 ᄌᆞ셔히 고치 아니니 아디 못게라. 무고히 탈신(脫身)ᄒᆞ미냐?"

공ᄌᆡ 브복ᄃᆡ왈(俯伏對曰)

"댱공이 쇼ᄌᆞ의 비샹쥬푀(臂上朱表) 업다 ᄒᆞ여 장ᄎᆞ 요란코ᄌᆞ ᄒᆞ므로 ᄲᅢᆯ니 몸을 ᄲᆡ혀 본부로 도라와 슉모 상협(箱篋)을 뒤여 죵형의 닙엇던 옷ᄉᆞᆯ 어더 개장(改裝)ᄒᆞ엿나이다."

46 소위공: 소수.

냥계와 의계공이 당헌의 ᄇᆡ은망덕(背恩忘德)과 실신무상(失信無狀)ᄒᆞ믈 분연절치(憤然切齒)ᄒᆞ며 공ᄌᆞᄅᆞᆯ 녀ᄌᆞ로 아라 통희(寵姬)로 ᄋᆡ듕ᄒᆞ다가 쥬픠 업다 망측히 구던 바ᄅᆞᆯ 괴이코 우어 ᄀᆞᆯ오ᄃᆡ 15면

"당헌이 너다려 잉혈(鶯血)이 업ᄉᆞ믈 심문ᄒᆞᄂᆞᆫ 바의 만일 우슉(愚叔)의 결증(潔症)[47] ᄀᆞᆺᄐᆞ면 눈을 딜너[48] 믜치고 도라오니 네 어이 괴이[49] 도라오냐?"

공ᄌᆡ 밋쳐 ᄃᆡ치[50] 못ᄒᆞ여셔 쳐ᄉᆡ 샤일빵광(射日雙光)[51]을 잠간 드러 ᄋᆞᄌᆞᄅᆞᆯ 보며 냥뎨ᄅᆞᆯ 도라보아 ᄀᆞᆯ오ᄃᆡ

"은ᄇᆡᆨ[52]과 슈ᄇᆡᆨ[53]은 엇디 괴이ᄒᆞᆫ 말노뼈 밋친 ᄋᆞᄒᆡᄅᆞᆯ 돕ᄂᆞ뇨? 타일 댱후ᄇᆡᆨ을 만나면 알녀니와 닌광이 댱유유셔(長幼有序)ᄅᆞᆯ 도라보디 아냐실 ᄃᆞᆺᄒᆞ니 졔 아비의 뜻을 모로미라. ᄉᆞ셰(事勢) 박브득이 남화위녀(男化爲女)ᄒᆞ여시나 져ᄅᆞᆯ 쇽인 그ᄅᆞ미 졔게 잇고 져의게 잇디 아니커놀 그ᄅᆞᆯ 능히 ᄉᆡᆼ각디 못ᄒᆞ며 져 휴휴(休休)[54]ᄒᆞ고 잔곡졀 업ᄉᆞᆫ 후ᄇᆡᆨ의 장부ᄅᆞᆯ 어리오며[55] 심쳔을 여어[56] 허믈을 궁극히 ᄌᆞᆸ아 일일히 긔록

---

47 결증(潔症): '결벽'과 비슷한 의미로 추정. 부정한 것이나 악한 것을 극단적으로 미워하는 성격.

48 딜너: 규장각본에서는 '질너'로 되어 있음.

49 괴이: 맥락상 '고이'와 같은 의미로 추정.

50 ᄃᆡ치: 규장각본에는 'ᄃᆞ답지'로 되어 있음.

51 샤일빵광(射日雙光): 규장각본에는 '샤일쌍'로 되어 있음.

52 은ᄇᆡᆨ: 은백. 정염의 자.

53 슈ᄇᆡᆨ: 수백. 정겸의 자.

54 휴휴(休休): 마음이 아름다운 모습으로, 남을 포용하는 도량을 뜻함. 《대학》에 나옴.

55 어리오며: 어리오다. '어리다'와 같은 의미로 추정. '어리다'는 '상심이 되어 얼떨떨하다'라는 뜻.

ᄒᆞ엿다가 봉인즉셜(逢人則說)코ᄌᆞ ᄒᆞ미 엇디 한심치 아니리오? 우형이 고톄(固滯)ᄒᆞ고 우딕(愚直)ᄒᆞᄆᆡ ᄌᆞ식이 업셔도 이런 능휼간활(能
16면 譎奸猾)ᄒᆞᆫ 거ᄉᆞᆫ ᄉᆞ라시믈 즐겨 아니 ᄒᆞ나 텬셩의 친과 부ᄌᆞ의 유유ᄒᆞᆫ 졍으로뼈 튱년유ᄌᆞ(沖年幼子)ᄅᆞᆯ 노듕젹화(路中賊禍)의 실니ᄒᆞ여 삼ᄌᆡ츈츄(三載春秋)ᄅᆞᆯ ᄉᆞᄉᆡᆼ존망(死生存亡)을 망연브디(茫然不知)라가 텬ᄒᆡᆼ으로 오날ᄂᆞᆯ 상봉ᄒᆞ미[57] 되니 환흡(歡洽)홈과 희ᄒᆡᆼᄒᆞᆫ 경ᄉᆞᄂᆞᆫ 니ᄅᆞ도 말고 신댱(身長)이 나흐로조ᄎᆞ ᄂᆡ도히 길며 톄형(體刑)이 타류(他類)의 승ᄒᆞ니 ᄌᆞ긍심하(自矜心賀)ᄒᆞᄂᆞᆫ 바ᄂᆞᆫ 혹ᄌᆞ 풍상간고(風霜艱苦)의도 ᄒᆡᆼ실을 가다듬고 학문의 딘취ᄒᆞ미 잇ᄂᆞᆫ가 ᄒᆞ엿더니 도로혀 사ᄅᆞᆷ의 허믈을 능ᄉᆞ로 니ᄅᆞ며 패덕(悖德)을 드러ᄂᆡ여 ᄒᆞᆫ 조각 군ᄌᆞ의 돈후(敦厚)ᄒᆞ미 업ᄉᆞ니 깁히 ᄇᆞ라던 ᄇᆡ 아니라. 그 져근 변난(變亂)이 사ᄅᆞᆷ의 보명(保命)치 못ᄒᆞᆯ ᄇᆡ로ᄃᆡ 남ᄆᆡ 살믈 어더 웃ᄂᆞᆫ 낫ᄎᆞ로 어버의게 졀ᄒᆞ믈 어드니 비록 깃브다 ᄒᆞ나 그 광망(狂妄)ᄒᆞ믈 취치 아닛노라."
공ᄌᆡ 야야(爺爺)의 말ᄉᆞᆷ을 듯ᄌᆞ오ᄆᆡ ᄌᆞ긔 심폐(心肺)ᄅᆞᆯ ᄉᆞᄆᆞᆺᄎᆞ 댱헌을 즐욕난타(叱辱亂打)ᄒᆞ믈 발셔 디긔ᄒᆞ샤 이ᄀᆞᆺ치 니ᄅᆞ시믈 경황튝쳑(驚惶蹴踖)ᄒᆞ여 ᄇᆡ한(背汗)이 쳠의(沾衣)ᄒᆞ니 능히 낫ᄎᆞᆯ 드디 못ᄒᆞ
17면 고 머리ᄅᆞᆯ 숙여 일언을 ᄃᆡ치 못ᄒᆞ니 두려ᄒᆞᄂᆞᆫ 모양과 조심ᄒᆞᄂᆞᆫ 거동이 타인디심(他人之心)도 어엿브며 기이ᄒᆞ미 골졀이 녹ᄂᆞᆫ ᄃᆞᆺᄒᆞ거ᄂᆞᆯ ᄒᆞ믈며 왕모(王母)의 귀듕홈과 이슉(二叔)의 년ᄋᆡ(憐愛)ᄒᆞ미리오? 등을 두다리고 머리ᄅᆞᆯ 쓰다듬아 안심ᄒᆞ믈 니ᄅᆞ며 ᄋᆡᄌᆞ(愛子)ᄒᆞ미 타인의

---

56 여어: 엿다. 엿보다. 규장각본에는 '여허'로 되어 있음.

57 상봉ᄒᆞ미: 규장각본에는 '상봉미'로 되어 있음.

더온디라. 태부인이 블승탐ᄋᆡ(不勝耽愛)[58]ᄒᆞ여 쳐ᄉᆞᄅᆞᆯ 보아 ᄀᆞᆯ오ᄃᆡ

“네 평ᄉᆡᆼ 쥰격(俊格)ᄒᆞ미 업고 ᄋᆡᄌᆞ(愛子)ᄒᆞ미 타인의 더으러니 오날 ᄂᆞᆯ 닌광을 ᄎᆡᆨᄒᆞ믄 너모 박졀치 아니냐? ᄋᆞ히 셜혹 그ᄅᆞ미 이셔도 부ᄌᆞ(父者)ᄂᆞᆫ 죵용ᄒᆞ미 귀ᄒᆞ니 쳔쳔이 ᄉᆞ리로 경계ᄒᆞ고 허믈을 곳치게 ᄒᆞ미 올흘가 ᄒᆞ노라.”

쳐ᄉᆡ 공경문파(恭敬聞罷)의 긔이ᄌᆡᄇᆡ(起而再拜) 왈

“ᄌᆞ괴(慈教) 맛당ᄒᆞ시니 쇼ᄌᆡ 엇디 광ᄋᆞᄅᆞᆯ 요란이 ᄎᆡᆨ망ᄒᆞ미 잇ᄉᆞ리잇가? 다만 그 ᄒᆡᆼᄉᆡ 군ᄌᆞ의 광명뎡대(光明正大)ᄒᆞᆫ 도의 멀미 쳔 니 ᄀᆞᆺᄉᆞ오니 한심ᄒᆞ오나 구ᄉᆞ일ᄉᆡᆼ(九死一生)ᄒᆞ와 부ᄌᆞ의 단원(團圓)ᄒᆞ오미 문호(門戶)의 경ᄉᆡ(慶事)라. 깃븜과 반가오미 극ᄒᆞᆫ 바의 십악대죄(十惡大罪)[59]ᄅᆞᆯ 범ᄒᆞ미 아니온즉 ᄀᆞᆺᄐᆞ여 치ᄎᆡᆨ(治責)ᄒᆞ미 업ᄉᆞ리이다.” 18면

의계·냥계 이공(二公)이 댱헌을 위ᄒᆞ여 이 ᄀᆞᆺᄐᆞ믈 병 되다 우으며 공ᄌᆞ의 인약(仁弱)ᄒᆞ믈 나모라 댱헌을 한 ᄎᆞ례 즐타(叱打)치 못ᄒᆞ고 무고히 나오믈 괴이타 ᄒᆞ여 ᄌᆡ삼 댱부의셔 ᄯᅥ나던 날 형상을 므ᄅᆞᄃᆡ 공ᄌᆡ 야야(爺爺)의 ᄇᆞᆰ히 디긔(知機)ᄒᆞ시ᄂᆞᆫ 바ᄅᆞᆯ 보ᄆᆡ 은닉(隱匿)ᄒᆞ미 그ᄅᆞ믈 더으ᄂᆞᆫ 고로 이의 바로 고ᄒᆞᆯᄉᆡ 댱공이 발검(發劍)ᄒᆞ여 ᄌᆞ긔ᄅᆞᆯ 죽이려 ᄒᆞᄆᆡ 년ᄒᆞ여 말노ᄡᅧ 슌히 비ᄅᆞᄃᆡ 흉인의 분뇌 더을 ᄲᆞᆫ이오 일호(一毫) 조출 ᄯᅳᆺ이 업ᄉᆞ므로 ᄌᆞ긔 힘힘히 그 칼흘 바다 명ᄆᆡᆨ(命脈)

---

58 블승탐ᄋᆡ(不勝耽愛): 규장각본에는 ‘불승탐ᄆᆡ’로 되어 있음.

59 십악대죄(十惡大罪): 대명률에 있는 열 가지의 큰 죄를 이름. 모반(謀反), 모대역(謨大逆), 모반(謀叛), 악역(惡逆), 부도(不道), 대불경(大不敬), 불효(不孝), 불목(不睦), 불의(不義), 내란(內亂)이 이에 해당함.

을 씃디 못ᄒᆞ여 브득이 흉인(凶人)의 눈의 ᄌᆡ롤 씨치며 두 ᄲᅣᆷ을 셰너 번 울히고 월장(越墻)ᄒᆞ여 나오믈 고ᄒᆞ니 쳐ᄉᆞᄂᆞᆫ 임의 짐작ᄒᆞᆫ ᄇᆡ라 다시 말이 업ᄉᆞᄃᆡ 의계·냥계 이공(二公)은 긔긔(奇奇)히[60] 우어 징그라오믈[61] 니긔디 못ᄒᆞ니 태부인이

"디ᄌᆞ(知子)ᄂᆞᆫ 막여뷔(莫如父)라. 삼이 닌광을 알오미 ᄇᆰ으니 노뫼 므
19면 ᄉᆞᆷ 말을 ᄒᆞ리오? 슈연(雖然)이나 댱헌은 내 집을 져바리나 내 집은 져와 ᄀᆞᆺ치 결워 져바리디 못ᄒᆞ리니 광이 일시 분두(忿頭)의 힝ᄒᆞ미나 엇디 조부의 문ᄉᆡᆼ(門生)이며 부슉(父叔)의 벗이믈 ᄉᆡᆼ각디 아냐 즐욕난타(叱辱亂打)ᄒᆞ믈 노예ᄀᆞᆺ치 ᄒᆞ뇨? ᄒᆞ믈며 댱ᄋᆞᄂᆞᆫ 그 부모의 ᄌᆞ식이라 ᄒᆞ미 앗가오니 타일(他日)의 거두어 우리 슬하(膝下)ᄅᆞᆯ 삼을디라. 네 나히 어려 밋쳐 댱ᄂᆡᄉᆞ(將來事)ᄅᆞᆯ 념녀치 못ᄒᆞ고 댱시 유무(有無)ᄅᆞᆯ 블관(不關)이 넉이거니와 그 ᄉᆞ이 댱셩슈미(長成秀美)ᄒᆞ미 초츌비상(超出非常)ᄒᆞ리로다."

공ᄌᆡ 왕모(王母)의 말ᄉᆞᆷ을 듯ᄌᆞ오ᄆᆡ ᄉᆡᆼ각ᄒᆞᄃᆡ 댱시 그 블인(不仁)ᄒᆞᆫ 부모의게 보ᄎᆡ여 ᄉᆞ디 못ᄒᆞᆯ 거시니 졔 죽으면 ᄌᆞ긔의게 간셥디 아니리라 ᄒᆞ여 긴 말ᄉᆞᆷ으로 소회(所懷)ᄅᆞᆯ 주(奏)치 아니코 몸을 니러 문묘(門廟)의 ᄇᆡ알ᄒᆞᆯᄉᆡ 왕부(王父) 신위(神位) 앏ᄒᆡ 다ᄃᆞ라 통읍뉴쳬(痛泣流涕)ᄒᆞ믈 ᄭᆡ닷디 못ᄒᆞ여 디통(至痛)과 비회(悲懷)ᄅᆞᆯ 억졔치 못ᄒᆞᄃᆡ 문계공[62] 녕연(靈筵)의 ᄇᆡ곡(拜哭)ᄒᆞ미 밧바 긔이ᄌᆡᄇᆡ(起而再拜)

60 긔긔(奇奇)히: 기기히. 기기하다. 이상야릇하다.

61 징그라오믈: 징그랍다. 재미있다, 즐겁다.

62 문계공: 정흠. 문계는 정흠의 호.

ᄒᆞ고 거름을 두로혀 별쳐의 니ᄅᆞ러 죵슉 녕위(靈位)예 나아가 쳔단 20면
비곡(千端悲哭)의 만단ᄋᆡ상(萬端哀傷)ᄒᆞ여 슬픈 우롬을 능히 니긔디 못ᄒᆞᆯ 거시로ᄃᆡ 화부인[63]과 죵ᄆᆡ(從妹)[64]의 ᄉᆡᆨ거디며 ᄆᆡ여디ᄂᆞᆫ ᄃᆞᆺᄒᆞᆫ 디통(至痛)을 돕디 못ᄒᆞ여 날호여 슉모(叔母)와 죵ᄆᆡᄅᆞᆯ 향ᄒᆞ여 됴곡(吊哭)을 맛고 슉모ᄅᆞᆯ 붓드러 관인(寬忍)ᄒᆞ시믈 쳥ᄒᆞ며 닌웅의 긔이ᄒᆞᆷ과 죵ᄆᆡ의[65] 달효셩ᄒᆡᆼ(達孝聖行)을 일ᄏᆞ라 부인의 궁텬디통(窮天之痛)을 위로ᄒᆞᄆᆡ 간측(懇惻)ᄒᆞᆫ 졍셩과 혈심의 비롯ᄂᆞᆫ 말ᄉᆞᆷ이 인션온냥(仁善溫良)ᄒᆞ여 딘실노 운계션ᄉᆡᆼ의 ᄋᆞᄃᆞᆯ이오 화부인의 ᄉᆡᆼ휵(生畜)이 아니면 이러치 못ᄒᆞ리니 대화부인이 역시 ᄋᆡᄃᆡ취듕ᄒᆞ여 비길 곳이 업더라.

어시(於是)의 소부인이 ᄒᆞᆫ번 쐬ᄅᆞᆯ 그어 계교ᄅᆞᆯ 운동ᄒᆞᄆᆡ ᄒᆞᆫ낫 창두(蒼頭)ᄅᆞᆯ 보ᄂᆡ미 업시 슈륙냥쳐(水陸兩處)의 강병ᄆᆡᆼ댱(强兵猛將)이 듕듕쳡쳡(重重疊疊)ᄒᆞ여 술연이 냥공ᄌᆞ(兩公子)와 이쇼져(二小姐)ᄅᆞᆯ 뭇디ᄅᆞ미 되니 심하의 흔ᄒᆡᆼ(欣幸)ᄒᆞ여 그윽이 닌셩 등의 상뫼(相 21면
模) 헛되믈 우이 넉이며 녀교의게 홰(禍) 밋ᄎᆞ미 초국 진납이ᄅᆞᆯ[66] 쫏ᄎᆞᄆᆡ 님목(林木)의 블이 님ᄒᆞᆷ[67]과 ᄀᆞᆺᄐᆞ믈 헤아려 일단 젹블션(積不善)을

63 화부인: 대화부인을 가리킴. 대화부인은 정흠의 아내.

64 죵ᄆᆡ(從妹): 종매. 사촌누이. 여기서는 정인광의 사촌누이인 정기염을 가리킴.

65 죵ᄆᆡ(從妹)의: 규장각본에는 '과 〃 ᄆᆡ의'로 되어 있음.

66 진납이ᄅᆞᆯ: 규장각본에는 'ᄉᆡᆼ납이'로 되어 있음.

67 초국 진납이ᄅᆞᆯ 쫏ᄎᆞᄆᆡ 님목(林木)의 블이 님ᄒᆞᆷ: 초국망원 화연임목(楚國亡猿 禍延林木). 애꿎은 피해를 입었음을 의미함. 두필의 〈격량문(檄梁文)〉에 초나라에서 잃어버린 원숭이를 잡으려고 불을 지르자 그 불이 숲과 나무에까지 이어지고, 성문이 불타자 연못의 물로 불을 끄니 물고기가 말라 죽게 되었다는 고사가 나옴.

두리ᄆᆡ 날노 은은슉혜(誾誾淑惠)ᄒᆞ믈 힘뼈 흡연ᄒᆞᆫ 셩덕이 여러 일월의 ᄒᆞᆫ갈ᄀᆞᆺᄐᆞ니 ᄇᆡᆨᄒᆡᆼ쳐ᄉᆞ(百行處事)의 엇디 ᄒᆞᆫ 조각 허믈인들 좁을 도리 이시리오? 뉵쳑(六尺) 경눈[68]이 셤약(纖弱)ᄒᆞ여 셰류(細柳)의 약ᄒᆞ미이 잇고[69] 츄슈골격(秋水骨格)이 교교(皎皎)히 담쳥(淡靑)ᄒᆞ여 딘ᄋᆡ(塵埃) 무들미 업ᄉᆞ니 어ᄃᆡ로조ᄎᆞ 이 사ᄅᆞᆷ이 흉ᄑᆡ(凶悖)ᄒᆞᆫ 의ᄉᆞᄅᆞᆯ 두엇다 ᄒᆞ리오? 오딕 졍뎡(貞靜)ᄒᆞ며 고요ᄒᆞ고 나ᄌᆞᆨᄒᆞ며 온용(溫容)ᄒᆞ여 비례(非禮)ᄅᆞᆯ 용납디 아니ᄒᆞ고 블의ᄅᆞᆯ ᄎᆞ마 니ᄅᆞ디 못ᄒᆞᆯ ᄃᆞᆺ 호령이 듕문(中門)의 나디 아니ᄒᆞ며 집법(執法)ᄒᆞ미 존고(尊姑)ᄅᆞᆯ 의방ᄒᆞ여 반졈(半點) 넘난 일이 업ᄉᆞ니 일홈을 어드미 뇨됴(窈窕)ᄒᆞᆫ 현녜(賢女)오 기리믈 취ᄒᆞ미 셩덕(盛德)의 부인이라. 왕망(王莽)의 겸공(謙恭)ᄒᆞᆷ[70]과 님보(林甫)의 구밀복검(口密服劍)[71]으로도 오히려 다ᄅᆞ미 만
22면 ᄒᆞ니 샤광(師曠)의 통(聰)[72]과 니루(離婁)의 명(明)[73]이라도 그 흉교간활(凶狡奸譎)ᄒᆞ믈 디목디 못ᄒᆞᆯ ᄇᆡ라. 태부인의 침믁ᄒᆞᆷ과 쳐ᄉᆞ 부부의

---

68 경눈: 맥락상 신체의 길이를 뜻하는 단어로 추정. 《완월회맹연》 27권에서도 같은 의미로 사용되고 있으며, 《유씨삼대록》 등의 다른 국문장편소설에서도 신체의 길이를 뜻하는 단어로 나옴. 규장각본에는 '경윤'으로 되어 있음.

69 약ᄒᆞ미이 잇고: '약ᄒᆞ미 잇고'에서 '이'가 잘못 추가된 것으로 추정. 규장각본에는 '약ᄒᆞ미 잇고'로 되어 있음.

70 왕망(王莽)의 겸공(謙恭)ᄒᆞᆷ: 왕망의 거짓 공경함. 왕망은 한나라 때의 사람. 왕망은 처음에는 선정을 베풀어 재형(宰衡)이라고 일컬어졌으나 결국 평제(平帝)를 죽이고 그 아들 영(嬰)의 섭정이 되어 가황제(假皇帝)라고 칭하다가, 이후 한나라를 찬탈하고는 국호를 신(新)으로 고침. 왕망의 거짓 공경은 그가 왕위를 찬탈하기 전에 보인 행동을 이름. 《한서(漢書)》 〈왕망전〉에 나옴.

71 님보(林甫)의 구밀복검(口密服劍): 임보는 당나라 현종의 재상 이임보. 중상모략에 능하고 겉과 속이 달라서 '구밀복검(입에는 꿀이 있으나 뱃속에는 칼이 있다)'이라고 불렸음.

함홍(含弘)[74]ᄒᆞ므로도 그림ᄌᆞᄅᆞᆯ 밋쳐 보디 못ᄒᆞ고 엇디 실형(實形)을 ᄌᆞᆸ아 ᄌᆞᄋᆡᄒᆞᄂᆞᆫ 은혜와 우공(友恭)ᄒᆞᄂᆞᆫ 화긔(和氣)ᄅᆞᆯ 문허바리리오? 역시 몽농ᄒᆞ여 ᄭᆡ닷디 못ᄒᆞ며 난측(難測)ᄒᆞ여 혜아리디 못ᄒᆞ니 ᄒᆡᆼ혀도 ᄉᆡᆨ어(色語)의 낫토미 업ᄉᆞᆯ ᄲᅳᆫ 아니라 의심ᄒᆞᄂᆞᆫ ᄇᆡ 몽니(夢裏)의도 잇디 아니ᄒᆞᄃᆡ 소부인의 춍오민달(聰悟敏達)ᄒᆞ미 ᄯᅩ 능히 존고와 쳐ᄉᆞ 부부의 ᄆᆞᄋᆞᆷ을 디긔(知機)ᄒᆞ여 갈ᄉᆞ록 효우ᄅᆞᆯ 낫타ᄂᆡ고 덕ᄒᆡᆼ을 빗ᄂᆡ더니 금년의 다ᄃᆞ라 셰초(歲初)의 홀연 양부 노ᄌᆡ(奴子) 니ᄅᆞ러 샹셔 부녀의 상봉ᄒᆞ믈 주하며 월염·닌광의 글월을 올니니 합가(閤家)의 환ᄒᆡᆼ(歡幸)ᄒᆞ미 블가형언(不可形言)이라 뉘 아니 즐겨ᄒᆞ고 뉘 아니 영ᄒᆡᆼᄒᆞ리오? 져마다 깃거ᄒᆞᄃᆡ 홀노 소부인이 촌심(寸心)이 요요(搖搖)ᄒᆞ여 능히 형상치 못ᄒᆞ니 벽녁(霹靂)이 딘텬(震天)ᄒᆞ여 두골노브터 일신을 울히며 일쳔(一千) 진납이 가ᄉᆞᆷ으로브터 폐간을 즛ᄇᆞᆲᄂᆞᆫ 23면
ᄃᆞᆺ 경ᄀᆡᆨ의 심쇄담녈(心衰膽裂)ᄒᆞᄃᆡ 이 본ᄃᆡ 쇼블인ᄌᆞᆨ난대모(小不忍則亂大謀)[75]ᄅᆞᆯ 경계ᄒᆞ고 은악양션(隱惡佯善)ᄒᆞ여 평ᄉᆡᆼ의 ᄇᆡ텬긔심(背

72 샤광(師曠)의 통(聽): 사광의 총. 사광의 귀 밝음. 사광은 춘추시대 진(晉)나라의 유명한 음악가로 거문고의 명인. 날 때부터 앞을 보지 못했으며 소리를 잘 분간했다고 함. 새들의 소리를 듣고 제나라 군대가 도망친 것을 알아냈다는 고사가《춘추좌씨전》에 있음.

73 니루(離婁)의 명(明): 이루의 명. 이루의 눈 밝음. 이루는 황제 때 사람으로 이름은 주(朱). 눈이 무척 밝은 사람으로 유명함. 백 보 밖에서 가을 터럭의 끝을 볼 수 있었고, 천 리 밖에서 바늘 끝을 볼 수 있었다고 함.《장자》〈병무(駢拇)〉.

74 함홍(含弘):《주역》〈곤괘〉'단(彖)'에 나오는 말로, 땅의 덕을 형용한 것. 여기에서는 처사 정삼 부부의 넓은 덕을 형용함.

75 쇼블인ᄌᆞᆨ난대모(小不忍則亂大謀): 소불인즉난대모. 공자의 "교묘한 말은 덕을 어지럽히고 작은 것을 못 참으면 큰 계책을 어지럽힌다(巧言亂德 小不忍則亂大謀)."라는 말에서 온 것.《논어》〈위령공〉.

天欺心)키를 공부ᄒᆞ믜 간험교힐(奸險狡黠)ᄒᆞ여 인션슉혜(仁善淑惠)ᄒᆞ믈 극단히 낫토ᄂᆞᆫ 고로 월염쇼져의 ᄉᆡᆼ존ᄒᆞᆫ 셔봉(書封)을 바다 밧비 탁열(拓閱)ᄒᆞ믜 ᄉᆞ어(辭語) 일남(一覽)의 젼도(顚倒)ᄒᆞᆫ 희ᄉᆡᆨ이 옥면(玉面)을 두로며 참연ᄒᆞᆫ 슬프미 아황(蛾黃)[76]을 침노ᄒᆞ니 경힝만열(慶幸萬悅)ᄒᆞ믄 월염쇼져의 ᄉᆞ라시미오 참연쳑의(慘然慽意)ᄒᆞ믄 ᄂᆡᆫ셩 등의 ᄉᆡᆼᄉᆞ를 모로미라. 인졍이 극단ᄒᆞ고 ᄌᆞ이 가족ᄒᆞ니 어ᄂᆡ 곳의 간포블인(奸暴不仁)ᄒᆞ미 머므러시리오? 회셔(回書)를 닷가 양부 노ᄌᆞ를 도라보ᄂᆡᆫ 후 ᄂᆡᆫ광의 도라오기를 날노 현망(縣望)ᄒᆞ니 뉘 그 혈심딘졍(血心眞情)이 아니믈 알니오? 임의 ᄂᆡᆫ광공ᄌᆡ 도라오믜 반기미 넘띠며 슬프미 교극(校極)ᄒᆞ여 손을 잡고 낭셩츄파(朗星秋波)의 징싊(澄水) 징동(爭動)ᄒᆞ여 오열블능셜(嗚咽不能說)ᄒᆞ니 옥안이 참담ᄒᆞ며 슈미쳑쳑(秀眉慽慽)ᄒᆞ여 ᄂᆡᆫ셩공ᄌᆞ의 ᄉᆡᆼ존을 모로ᄂᆞᆫ 슬프미 목견의 죽엄을 봄 ᄀᆞᆺᄐᆞ여 츄연감상(惆然感傷)ᄒᆞ고 공ᄌᆡ 더옥 슬프믈 니긔디 못ᄒᆞᄂᆞᆫ디라. 녹빙·계월이 부인으로 더브러 획계(劃計)ᄒᆞ믈 ᄒᆞᆫ가디로 ᄒᆞ믜 노쥬(奴主)의 심장이 상됴(相照)ᄒᆞ여 은닉ᄒᆞ며 긔망(欺罔)ᄒᆞᆯ 일이 업ᄉᆞᄃᆡ 부인이 월염쇼져의 ᄉᆡᆼ존ᄒᆞ믈 드른 후로브터 ᄂᆡᆫ셩을 ᄉᆡᆼ각ᄒᆞ미 더으고 ᄂᆡᆫ광을 보믜ᄂᆞᆫ 반기미 형상치 못ᄒᆞ니 ᄂᆡ외 다ᄅᆞ믈 아나 감히 뭇디 못ᄒᆞ엿더니 이날 밤의 쳐ᄉᆡ ᄂᆡᆫ광을 다리고 화부인 침당(寢堂)의셔 슉침(宿寢)ᄒᆞ며 태부인이 문계 부인 화시와 ᄌᆞ염 등을 블너 상하의 누이고 일족 취침ᄒᆞ니 냥계와 의계공이 다 각각 슉소로

24면

---

76 아황(蛾黃): 옛날 여성들이 쓰던 화장품으로, 주로 이마에 발랐다고 함. 여기에서는 분 바른 아름다운 이마를 지칭하는 것으로 추정.

도라가ᄂᆞᆫ디라. 소부인이 고요히 ᄎᆞᆨ을 ᄃᆡᄒᆞ여 태부인 딘(進)ᄒᆞ실 효션(曉饍)을 다ᄉᆞ리며 그윽이 명도(命途)ᄅᆞᆯ 슬허ᄒᆞ고 일이 ᄯᅳᆺ ᄀᆞᆺ디 못ᄒᆞ믈 탄ᄒᆞ여 슈운(愁雲)이 화압[77]으로조ᄎᆞ 옥셜(玉雪)[78]의 침노ᄒᆞ며 진슈아미(珍秀蛾眉)의 그림ᄌᆡ 상영(相影)ᄒᆞ여 초텬(楚天)의 안개 모히고 무협(巫峽)의 져녁 ᄂᆡ 몽농ᄒᆞ니[79] 츄연블낙(惆然不樂)ᄒᆞ여 즐기ᄂᆞᆫ 빗치 힝혀도 업거ᄂᆞᆯ 녹빙·계월이 상하의 공슈시립(拱手侍立)이라가 ᄀᆞ마니 뭇ᄌᆞ와 ᄀᆞᆯ오ᄃᆡ 25면

"부인이 오날ᄂᆞᆯ ᄉᆡ로이 은우(隱憂)ᄅᆞᆯ 두샤 셩심이 블안ᄒᆞ시믄 하유ᄉᆡ(何由事)니잇고?"

부인이 거울 ᄀᆞᆺᄐᆞᆫ 안ᄎᆡ(眼彩)ᄅᆞᆯ 흘녀 냥비(兩婢)ᄅᆞᆯ 보며 날호여 ᄀᆞᆯ오ᄃᆡ

"아심비셕(我心非石)이오 아심비쳘(我心非鐵)이라. 군ᄌᆞ의 만니위디(萬里危地)ᄅᆞᆯ 근심치 아니코 친측(親側)이 아ᄋᆞ라ᄒᆞ여 텬눈의 ᄌᆞᄋᆡ와 원니디회(遠離之懷)ᄅᆞᆯ 슬허치 아니랴? 너희 날을 위ᄒᆞ여 됴흔 ᄭᅬ와 깁흔 계교로 근심을 ᄑᆞ디 못ᄒᆞ니 어이 한 되디 아니리오?"

냥비ᄌᆞ(兩婢子) 공경문파(恭敬聞罷)의 그윽이 닌셩의게 흉모비계(凶謀秘計) 맛ᄎᆞ믈 죄오더라.[80]

ᄎᆞ야(此夜)의 닌광이 부모ᄅᆞᆯ 뫼셔 삼년(三年) 니슬디졍(離膝之情)을

---

77 화압: 화압(華鴨) 혹은 화압(花鴨). 머리장식 중 하나로 추정.

78 옥셜(玉雪): 옥설. 옥이나 눈과 같이 흰 피부의 얼굴로 추정.

79 초텬(楚天)의 ~ 몽농ᄒᆞ니: 초천과 무협은 두보의 시 〈모춘(暮春)〉 중에서 "초나라 하늘에는 사계절 비가 그치지 않고 무협에는 만릿길 바람이 항상 분다(楚天不斷四時雨 巫峽常吹萬里風)"라는 말에 등장함. 여기에서는 '안개 모히고', '저녁 내가 몽롱하다'로 바뀜. 소교완의 불안하고 서러워하는 모습을 형용하는 데 쓰임.

80 죄오더라: 죄오다. 조이다.

26면 고ᄒᆞ며 형의 싱환ᄒᆞ믈 심니의 암툭(暗祝)ᄒᆞ고 부친의 낫촐 다히며 손을 밧드러 깁흔 ᄯᅳᆺ을 측냥(測量)치 못ᄒᆞᄃᆡ 조심홈과 두리오미 ᄀᆞ득ᄒᆞ여 감히 치ᄌᆞ(稚子)의 미셩(未成)ᄒᆞᆫ 톄롤 못 ᄒᆞᄃᆡ 인싱디희(人生之喜)와 텬뉸디낙(天倫之樂)이 오날놀 더으미 업ᄉᆞ니 만념(萬念)이 프러디고 빅우(百憂)롤 쳑탕(滌蕩)ᄒᆞ여 야심ᄒᆞᆫ 후 좀을 들ᄆᆡ 계명(鷄鳴)의 ᄭᆡ디 못ᄒᆞᄃᆡ 쳐ᄉᆞ 부뷔 굿ᄐᆞ여 ᄭᆡ오디 아니코 부인으로 더브러 존당의 신셩(晨省)ᄒᆞᆫ 후 날호여 외헌(外軒)으로 나아가니 화부인이 다시 침소의 도라오ᄆᆡ 공ᄌᆡ 비로소 ᄭᆡ여 방듕의 쵹광(觸光)이 낫 ᄀᆞᆺᄐᆞ며 부뫼 발셔 니러나 계시믈 놀나 ᄲᆞᆯ니 의ᄃᆡ(衣帶)롤 슈습홀ᄉᆡ 모친을 향ᄒᆞ여 골오ᄃᆡ

"쇼ᄌᆡ[81] ᄆᆞ옴을 노흐니 좀이 깁허 계명(鷄鳴)을 드ᄅᆞᄃᆡ 슈히 ᄭᆡ디 못ᄒᆞ엿ᄉᆞᆸ거니와 ᄌᆞ위 엇디 ᄭᆡ오디 아니ᄒᆞ시니잇고?"

부인이 골오ᄃᆡ

"너의 대인(大人)이 훤젼(萱前)의 문후(問候)ᄒᆞ려 발셔 니러 계시ᄃᆡ
27면 너롤 도로의 구치(久置)ᄒᆞᆫ ᄇᆡ라 ᄒᆞ여 ᄭᆡ오디 아니ᄒᆞ시미니 내 ᄯᅩᄒᆞᆫ 능히 ᄭᆡ오디 못ᄒᆞ롸.[82]"

공ᄌᆡ 다시 골오ᄃᆡ[83]

"대인이 존당의 문후ᄒᆞ신 후 외당으로 나가시니잇가?"

부인이 고개 조으니[84] 공ᄌᆡ 비로소 모친 무릅 압히 나아가 가숨의 손을

---

81 쇼ᄌᆡ: 여기서부터 규장각본은 누락되어 있음.

82 못ᄒᆞ롸: '-롸'는 '-(었)도다'의 의미. '못하였도다'라는 뜻.

83 골오ᄃᆡ: 여기까지 규장각본은 누락되어 있음.

너코 ᄌᆞ안을 우러오ᄆᆡ 눈믈이 비 ᄀᆞᆺᄐᆞ여 ᄀᆞᆯ오ᄃᆡ

"태ᄐᆡ(太太)야, ᄋᆞᄒᆡ 팔 세 어린 나ᄒᆡ 친쳑을 원니(遠離)ᄒᆞ여 허다 참변을 디ᄂᆡ오미 사ᄅᆞᆷ의 겻글 ᄇᆡ 아니로ᄃᆡ 부모 존당의 누인디덕(累仁之德)을 인ᄒᆞ와 보젼ᄒᆞ믈 어덧ᄉᆞᆸ거ᄂᆞᆯ[85] ᄌᆞ위ᄂᆞᆫ 오히려 왕모(王母)ᄅᆞᆯ 시봉(侍奉)ᄒᆞᄋᆞᆸ고 대인을 우러러 계신 바의 누의와 ᄋᆞ이 잇ᄉᆞ오니 슬하의 ᄆᆡ몰ᄒᆞ옴도[86] 그ᄃᆡ도록디 아니ᄒᆞ시거ᄂᆞᆯ 엇디 무익디녀(無益之慮)ᄅᆞᆯ 과히 ᄒᆞ시며 디통을 ᄎᆞᆷ디 못ᄒᆞ샤 셩톄ᄅᆞᆯ 도라보디 아니시미 이러ᄐᆞᆺ 심ᄒᆞ시니잇고? 블최(不肖) 어제날의 ᄌᆞ안(慈顏)을 앙ᄇᆡ(仰拜)ᄒᆞ오ᄆᆡ 간격(肝膈)[87]이 믜여디믈 ᄭᆡ닷디 못ᄒᆞ오ᄃᆡ 왕모와 대인 면젼이라 하회(下懷)ᄅᆞᆯ 달치 못ᄒᆞ엿ᄉᆞᆸᄂᆞ니 ᄌᆞ위(慈闈) 디통(至痛)과 유 28면
한(幽恨)이 엇디 젹으시리잇가마ᄂᆞᆫ 고인이 ᄇᆡᆨ니분상(百里奔喪)을 허치 아냣고[88] 녀ᄌᆡ ᄒᆞᆫ번 가(嫁)ᄒᆞᄆᆡ 다시 도라감도[89] 업ᄉᆞᆸᄂᆞ니 ᄌᆞ위ᄂᆞᆫ 외왕부모(外王父母) ᄌᆡ시(在時)의 ᄌᆞ로 귀령(歸寧)[90]ᄒᆞ샤 슬하의 뫼시미 ᄌᆞ도(子道)ᄅᆞᆯ 다ᄒᆞ시며 님죵디시(臨終之時)의 면결(面訣)ᄒᆞ믈 어드샤 시약봉탕(侍藥奉湯)의 졍셩을 베프시니 녀ᄌᆞ의 엇디 못ᄒᆞᆯ 효되

84 고개 조으니: 고개 조으다. 맥락상 '고개를 끄덕이다'로 추정. 규장각본에는 '고ᄀᆡ 됴으니'로 되어 있음.

85 어덧ᄉᆞᆸ거ᄂᆞᆯ: 규장각본에는 '어더ᄉᆞᆸ거ᄂᆞᆯ'로 되어 있음.

86 ᄆᆡ몰ᄒᆞ옴도: ᄆᆡ몰ᄒᆞ다. 매몰차다.

87 간격(肝膈): 마음속.

88 고인이 ᄇᆡᆨ니분상(百里奔喪)을 허치 아냣고: 공자가 "(여자의 부모 초상이) 백 리 먼 길이면 초상에 달려가지 않는다(不百里而奔喪)."라고 말한 것을 이름. 《소학》 〈내편(內篇)〉.

89 도라감도: 규장각본에는 '도'로 되어 있음.

90 귀령(歸寧): 귀녕. 시집간 딸이 친정에 가서 부모를 뵙는 것.

어ᄂᆞᆯ 삼상(三喪)을 ᄒᆞᆫ가디로 디ᄂᆡ지 못ᄒᆞ시믈 디통을 삼으시믄 ᄌᆞ위의 통달ᄒᆞ시므로 만히 ᄉᆡᆼ각디 못ᄒᆞ시미라. 빌건ᄃᆡ 의리ᄅᆞᆯ 관대히 ᄉᆡᆼ각ᄒᆞ샤 슬프믈 과히 마ᄅᆞ시고 셩후ᄅᆞᆯ 도라보샤 ᄒᆡᄋᆞ(孩兒)의 민박(憫迫)ᄒᆞᆫ 졍ᄉᆞᄅᆞᆯ ᄉᆞᆯ피시미 맛당ᄒᆞᆫ가 ᄒᆞᄂᆞ이다."

셜파(說罷)의 딘진(津津)이 늣겨 울기ᄅᆞᆯ 마디 아니ᄒᆞ니 부인이 ᄯᅩᄒᆞᆫ ᄋᆞᄌᆞ(兒子)의 귀밋ᄎᆞᆯ 어로만져 쳑연(慽然)이 ᄡᅡᆼ누(雙淚)ᄅᆞᆯ ᄡᅳ려 ᄀᆞᆯ오ᄃᆡ "네 어미 완한(頑悍)ᄒᆞ고 블초ᄒᆞ므로ᄡᅥ ᄉᆡᆼ아구로(生我劬勞)의 호텬
29면
대은(昊天大恩)을 터럭ᄭᅳᆺ도 갑ᄉᆞᆸ디 못ᄒᆞ며 여러 쳔니(千里)[91]의셔 삼긔(三忌)ᄅᆞᆯ 맛ᄌᆞ오니 인ᄌᆞ(人子)의 참디 못ᄒᆞᆯ ᄇᆡ로ᄃᆡ 구연시식(苟延視息)ᄒᆞ여 안여평셕(安如平席)ᄒᆞ고 여등(汝等)을 흉젹의 빌ᄆᆡ로 참혹히 실니ᄒᆞ여 ᄉᆞᄉᆡᆼ거쳐(死生去處)ᄅᆞᆯ 모로미 되여시ᄃᆡ 엄연이 거리ᄭᅵ믈 두디 아냐 효ᄋᆡ(孝愛)의 다 버셔나니 텬눈의 박ᄒᆞ미 날 갓ᄐᆞᆫ ᄌᆡ 이실 거시라?[92] 네 도로혀 날을 과도ᄒᆞᆫ가 넉이ᄂᆞ냐? 이제 너의 ᄉᆡᆼ환ᄒᆞ미 셰간의 다시 잇디 아닌 경ᄉᆡ(慶事)나 인욕(人慾)이 무한ᄒᆞ여 족ᄒᆞ믈 아디 못ᄒᆞᄂᆞᆫ 바의 여형(汝兄)의 ᄉᆡᆼ존ᄒᆞ믈 듯디 못ᄒᆞ니 참연ᄒᆞᆫ 회픠 동ᄒᆞ믈 어이 견ᄃᆡ리오마ᄂᆞᆫ 일분 밋ᄂᆞᆫ 밧ᄌᆞᄂᆞᆫ ᄇᆡᆨᄋᆞ(伯兒)의 작픔긔딜(作品器質)이 네 우ᄒᆡ 잇ᄂᆞᆫ디라 텬되(天道) 혹ᄌᆞ 보우(補佑)ᄒᆞ시미 되여 아모 곳의나 뉴우(留遇)ᄒᆞ믈 어덧ᄂᆞᆫ가 ᄇᆞ라거니와 왕발(王勃)[93]

---

91 여러 쳔니(千里): 맥락상 '수천리(數千里)'를 뜻하는 말로 추정.

92 이실 거시라: 맥락상 의문형인 '이실 거시랴'로 추정.

93 왕발(王勃): 당나라의 시인으로 〈등왕각서(滕王閣序)〉를 지음. 천재 시인으로 유명했으나 27세라는 젊은 나이에 배에서 떨어져 익사함.

이 요슈(夭壽)ᄒᆞ고 안연(顔淵)[94]이 단명(短命)ᄒᆞ니 망망ᄒᆞᆫ 텬쉬(天數) 그 엇더ᄒᆞ믈 알니오?"

셜파의 모ᄌᆡ ᄃᆡᄒᆞ여 상도톄희(傷悼涕欷)ᄒᆞ믈 마디 아니ᄒᆞ더니 ᄌᆞ염 쇼졔 조모 침젼으로조ᄎᆞ 나와 모친과 거거(哥哥)의 슬허ᄒᆞ믈 보고 블승경아(不勝驚訝)ᄒᆞ여 나ᄌᆡ이 연고를 뭇ᄌᆞ와 ᄇᆡᆨ형을 ᄉᆡᆼ각ᄒᆞ시민 줄 알고 믄득 이셩낙ᄉᆡᆨ(怡聲樂色)으로 위로ᄒᆞ며 닌광을 향ᄒᆞ여 왕모(王母)긔 문후ᄒᆞ믈 일ᄏᆞᄅᆞ니 공ᄌᆡ 비로소 소셰(梳洗)ᄒᆞ고 나아가 왕모 존후를 뭇ᄌᆞ온ᄃᆡ 태부인이 겻ᄐᆡ 안치고 ᄉᆡ로이 비회를 금억디 못ᄒᆞ며 됴션(朝饍)을 ᄒᆞᆫ 상의셔 딘(進)ᄒᆞ고 도로간난(道路艱難)과 긔아(饑餓)를 더옥 잔인ᄒᆞ니 공ᄌᆡ 댱부를 ᄯᅥ나므로 주린 ᄇᆡ 업ᄉᆞ므로 ᄃᆡ ᄒᆞᆫᄃᆡ 의계공이 웃고 ᄀᆞᆯ오ᄃᆡ 30면

"네 말이 가히 허탄(虛誕)ᄒᆞ다. 댱헌의 집의 머믐과 달나 ᄌᆞ연이 오ᄅᆡ 뉴우(流寓)ᄒᆞ미 되엿거ᄂᆞᆯ 그ᄃᆡ도록 굼고 엇디 살며 댱가의 음식의 ᄯᅩᆼ을 셧거 주미 업ᄉᆞ리니 ᄯᅩ 입의 못 다힐 일이 어이 이시리오?"

공ᄌᆡ 쇼이ᄃᆡ왈(笑而對曰)

"쇼딜이 광망(狂妄)ᄒᆞ오나 엇디 헛말을 가져 존젼의 주(奏)ᄒᆞ오리잇가? 댱가 음식의 더러온 거시 셧겨 못 먹으미 아니오라 그윽이 댱튝의 ᄒᆡᆼ디(行止)를 보옵건ᄃᆡ 위고금다(位高金多)ᄒᆞ여 양양ᄌᆞ득(揚揚自得)ᄒᆞᄂᆞᆫ 거시 사ᄅᆞᆷ의 념치 아니오 금슈의 일뉴(一類)라. 그 녹봉(祿俸)과 범간ᄇᆡᆨ믈(凡間百物)이 다 비법(非法)과 블의(不義)로 비로ᄉᆞ미 31면

94 안연(顔淵): 공자가 가장 아낀 제자인 안회. 30세에 요절함.

라 쇼딜이 셜ᄉᆞ 심디 개결(介潔)치 못ᄒᆞ오나 이의 그 블인의 거ᄉᆞᆯ 낭ᄌᆞ(狼藉)히 먹으리잇가? ᄆᆞᄋᆞᆷ의뼈 밍셰ᄒᆞᄃᆡ 댱튝의 ᄌᆡ믈을 내 몸의 딘이미 호복(胡服)ᄒᆞᄂᆞᆫ 붓그러오미오 댱튝의 쥬찬(酒饌)을 내 닙의 다히미 분즙(糞汁)을 맛보미라 ᄒᆞ여 위졍의게 건어(乾魚)와 미시ᄅᆞᆯ 어더 긔아(饑餓)ᄅᆞᆯ 면ᄒᆞᆯ디언졍 댱튝의 밥과 고기ᄅᆞᆯ 조곰치도 허비치 아냣ᄂᆞ이다."

의계공이 우음을 먹음고 ᄀᆞᆯ오ᄃᆡ

"너의 놉흔 디개(志概)ᄅᆞᆯ 드ᄅᆞᄆᆡ 항복ᄒᆞ믈 니긔디 못ᄒᆞ나 ᄯᅩ 뭇ᄂᆞ니
32면 타일의 형댱(兄丈)이 댱튝을 ᄃᆡᄒᆞ샤 구일(舊日) 됴흔 안면(顔面)을 상ᄒᆡ오디 아니시고 타일 ᄒᆞᆫ 돗 우ᄒᆡ셔 잔을 거후로ᄂᆞᆫ 디경은 너의 이 ᄀᆞᆺᄐᆞᆫ 디개ᄅᆞᆯ 아니 굴(屈)치 못ᄒᆞᆯ 거시니 네 그ᄯᆡ의 엇디코ᄌᆞ ᄒᆞᄂᆞ뇨?"

공ᄌᆡ 낫빗ᄎᆞᆯ 곳치고 댱궤복슈(長跪伏首) 왈

"쇼딜이 편익블민(偏隘不敏)ᄒᆞ오나 댱튝의 쇼딜을 ᄒᆡ코ᄌᆞ ᄒᆞ던 바ᄂᆞᆫ 족히 한을 픔디 아니ᄒᆞ오리니 ᄋᆡᄌᆞ(睚眥)ᄅᆞᆯ 가져 필보(必報)ᄒᆞᆯ 뜻이 업ᄉᆞ오ᄃᆡ ᄇᆡᆨ부대인(伯父大人)과 야야(爺爺)ᄅᆞᆯ ᄒᆡ코ᄌᆞ ᄒᆞ던 바ᄂᆞᆫ 일이 셩여블셩간(成與不成間)의 부슉(父叔)을 도모ᄒᆞᄂᆞᆫ 사ᄅᆞᆷ을 그 ᄌᆞ딜(子姪)이 됴히 ᄃᆡᄒᆞᆯ 인ᄉᆡ 업ᄉᆞᆯ 쓴 아니라 원(怨)이 극슈(極讐)의 이시니 일셕(一席)의셔 술을 마시믄 ᄉᆡ로이 피ᄎᆞ의 얼골을 다시 못 볼 ᄉᆞ이 되리이다."

의계와 냥계 경아왈(驚訝曰)

"댱튝이 냥위형댱(兩位兄丈)을 ᄒᆡ코져 ᄒᆞ믄 엇딘 일이며 네 능히 목도(目睹)ᄒᆞ엿ᄂᆞ냐?"

공ᄌᆡ ᄃᆡ왈(對曰)

"셜〻 댱튝이 뮙다 ᄒᆞᆫ들 눈으로 보디 아니코 귀로 듯디 아냐시면 엇디 구두(口頭)의 올녀 원슈로 치부ᄒᆞ리잇고마ᄂᆞᆫ 모일(某日)의 여ᄎᆞ여ᄎᆞ(如此如此) 화상(畫像)을 그려 김영보롤 인ᄒᆞ여 경태(景泰)긔 밧치려 ᄒᆞ다가 그 유모 교시의 말을 듯고 소화(燒火)ᄒᆞᄂᆞᆫ 거솔 쇼뎔이 목도ᄒᆞ엿ᄉᆞᆸᄂᆞ니 그 후 일은 아디 못ᄒᆞᄃᆡ ᄎᆞ마 사름의 홀 비며 쇼뎔이 져와 됴흔 안면으로 ᄃᆡ홀가 시브니잇가?" 33면

의계ᄂᆞᆫ 믁연ᄒᆞ고 냥계공이 고개 조아[95] ᄀᆞᆯ오ᄃᆡ

"네 인ᄉᆞ의 댱헌을 고이 아니 보미 그ᄅᆞ디 아니타커니와 글노뻐 원슈로 치부토록 ᄒᆞ랴?"

공지 ᄃᆡ왈(對曰)

"여ᄎᆞᄒᆞ온 고로 쇼뎔이 굿ᄐᆞ여 댱튝을 ᄒᆡ코ᄌᆞ 아니 ᄒᆞ고 다만 얼골을 보디 말고ᄌᆞ ᄒᆞᄂᆞ이다."

의계 믄득 ᄀᆞᆯ오ᄃᆡ

"연즉 댱헌이 타일 우리집의 와 슉모롤 뵈오며 두 형댱으로 더브러 담화홀 ᄶᅵ라도 네 피ᄒᆞ리로다?"

공지 밋쳐 ᄃᆡ치 못ᄒᆞ여셔 쳐ᄉᆡ 홀연뎡식(忽然正色) 왈

"현뎨 등은 엇디 실업ᄉᆞᆫ ᄋᆞᄒᆡ로 광망(狂妄)ᄒᆞᆫ 말이 년쇽브졀(連續不絶)ᄒᆞᄂᆞ뇨? 댱후빅의 허믈을 아모리 들추어도 내 임의 알오미 닌광의우ᄒᆡ 잇ᄂᆞ니 졔 셜ᄉᆞ 관듕(管仲)의 탐금(貪金)ᄒᆞ미[96] 이셔도 내 당당이 포ᄌᆞ(鮑子)[97]롤 효측(效則)홀 거시오 이ᄶᅵ의 고관듕작(高官重爵)을 ᄶᅴ 34면

95 조아: '고개를 기울이다, 갸우뚱하다'라는 뜻으로 추정.

여 분쥬ᄒᆞ믈 나모라 ᄒᆞ나 이 ᄯᅩ 관듕(管仲)의 삼젼삼쥬(三戰三走)홈 ᄀᆞᆺᄐᆞ여 비록 당(堂)의 친(親)이 ᄌᆡ(在)치 아냐시나[98] 문호(門戶)의 미약(微弱)ᄒᆞ믈 슬허 향ᄉᆞ(享祀)를 빗니고ᄌᆞ ᄒᆞ미오 실졀무의(失節無義)ᄒᆞ여 관딕을 구홈과 다ᄅᆞ고 농안(龍顔)이 변역(變易)ᄒᆞ여 계시나 종신(宗社)ᄌᆞᆨ 젼후의 ᄒᆞᆫ가디 대명(大明)이니 하ᄉᆞ비군(何事非君)이며 하ᄉᆞ비민(何事非民)이리오?[99] 딘실노 튱효(忠孝)의 득죄ᄒᆞ미 업ᄉᆞ니 이 사ᄅᆞᆷ을 어이 과도히 ᄎᆡᆨ망(責望)ᄒᆞ미 올흐리오? 졔 발셔 형댱(兄丈)과 날을 알ᄆᆡ ᄒᆞᆫ 장 그림이 죡히 ᄌᆞ최를 심방치 못ᄒᆞ리라 ᄒᆞ여 화
35면 도(畫圖)를 일우다가 늙고 쳔ᄒᆞᆫ 양낭의 말이라도 어딜믈 바리디 아니ᄒᆞ여 즉시 화도를 소화(燒火)ᄒᆞ니 뉘 허믈이 업ᄉᆞ리오마ᄂᆞᆫ 곳치미 귀타 ᄒᆞ믄 셩교의 니ᄅᆞ신 ᄇᆡ라.[100] 그 갓ᄐᆞᆫ 사ᄅᆞᆷ을 일ᄏᆞ라 ᄇᆞ졀업시 시비

---

96 관듕(管仲)의 탐금(貪金)ᄒᆞ미: 관중은 관포지교(管鮑之交)의 인물. 제(齊)나라의 재상. 자신을 인정해 준 친구 포숙아의 소개 덕분에 환공(桓公)의 재상이 되어 패자(霸者)가 되게 함. 관중이 탐금했다는 것은 《사기》 〈관중열전〉에서 "포숙아가 나에게 재물을 탐한다고 하지 않았던 것은 내가 가난한 것을 알기 때문이었다(鮑叔不以我爲貪 知我貧也)."라고 한 관중의 언급에서 나옴.

97 포ᄌᆞ(鮑子): 포자. 포숙아. 관포지교 고사의 인물.

98 관듕(管仲)의 ~ 아냐시나: 관중이 일찍이 세 번 전쟁에 나가 세 번 모두 도망쳤으나 포숙아가 그에게 노모가 있음을 알고 겁쟁이라고 하지 않았다는 말에서 유래함. 《사기》 〈관중열전〉에 나옴. 여기에서는 비록 장헌이 관중처럼 노모가 있는 것은 아니지만, 그가 관직과 작위에 연연하는 것이 관중이 전쟁에서 세 번 도망친 것과 같다는 것을 이야기하고 있음.

99 하ᄉᆞ비군(何事非君)이며 하ᄉᆞ비민(何事非民)이리오: 은나라 탕왕의 재상 이윤의 말로 "누가 다스린들 임금이 아니며 누구를 섬긴들 백성이 아니겠는가?"라는 뜻. 《맹자》 〈만장 하(萬章下)〉.

100 곳치미 귀타 ᄒᆞ믄 셩교의 니ᄅᆞ신 ᄇᆡ라: 공자의 말로, "바른 소리로 일러주는 말을 따르지 않을 수 있겠는가. 그러나 그 뒤에 잘못을 고치는 것이 귀중하다(法語之言 能無從乎 改之爲貴)."라는 말이 《논어》 〈자한(子罕)〉에 나옴.

ᄒᆞ며 찰찰히 즐욕능ᄆᆡ(叱辱凌罵)ᄒᆞ믄 그ᄅᆞ미 현뎨 등의게 잇고 져의게 업ᄂᆞ니 쳥컨ᄃᆡ 당헌의 말을 그만ᄒᆞ여 긋치라. 우형이 도로혀 듯기ᄅᆞᆯ 원치 아닛노라. 아등은 ᄌᆞ쇼(自少)로 셩되(性道) 이완(弛緩)ᄒᆞ고 블민블초(不敏不肖)ᄒᆞ여 던짓 혐의와 깁흔 원슈ᄅᆞᆯ 디목ᄒᆞᆯ 곳이라도 쳔ᄒᆞᆫ 셩졍(性情)이 열으므로뼈[101] 오ᄅᆡ 픔어두디 못ᄒᆞᆯ ᄲᅳᆫ 아니라 엄괴(嚴教) 됴흔 안면을 상ᄒᆡ오디 말나 명ᄒᆞ신ᄌᆞᆨ 감히 거역디 못ᄒᆞ엿ᄂᆞ니 셕형이 비슈ᄅᆞᆯ 픔고 션군침뎐(先君寢殿)을 범코져 ᄒᆞᆯ ᄯᆡ의 엇디 블공ᄃᆡ텬(不共載天)ᄒᆞᆯ 극싊 아니리오마ᄂᆞᆫ 션군이 덕화(德化)로 감화ᄒᆞ샤 특별이 현발(顯拔)ᄒᆞ여 벼ᄉᆞᆯ을 엇게 ᄒᆞ시며 상ᄒᆡ 일ᄏᆞ라 ᄀᆞᆯ오ᄉᆞᄃᆡ 셕 36면
형이 ᄒᆞᆫ갓 무용이 졀셰(絶世)ᄒᆞ고 ᄌᆡ략이 특이ᄒᆞᆯ ᄲᅳᆫ 아니라 타일(他日)의 국가ᄅᆞᆯ 븟드러 간셩디댱(干城之將)[102]이 되리라 ᄒᆞ샤 아등(我等)이 져ᄅᆞᆯ 블호ᄒᆞᆫ 낫ᄎᆞ로 보게 못 ᄒᆞ시며 츄밀(樞密) 뇨공[103]으로 더브러 동됴(同朝)의 됴흔 의(義)와 븡우의 두터온 졍을 ᄒᆞᆫ갈ᄀᆞᆺ치 ᄒᆞ시니 아등이 ᄯᅩᄒᆞᆫ 뇨츄밀을 일가존항(一家尊行)ᄀᆞᆺ치 ᄒᆞ엿ᄂᆞᆫ디라. 기시의 만일 닌광이 잇던들 셕형을 ᄒᆞᆫ칼의 버히고 뇨츄밀을 원슈로 디목ᄒᆞᆯ낫다?"

ᄒᆞ니 원ᄂᆡ 셕형은 연국공 월임군[104]의 쳥(請)으로조ᄎᆞ 졍태부(程太夫)ᄅᆞᆯ 범코ᄌᆞ ᄒᆞᆫ ᄌᆞᄀᆡᆨ(刺客)이오 뇨담은 졍태부 친위(親友)로ᄃᆡ 셩되 블

---

101 열으므로뼈: 열으다. '옯다'의 뜻으로 추정.

102 간셩디댱(干城之將): 간성지장. 방패와 성과 같이 나라를 지키는 믿음직한 장군.

103 츄밀(樞密) 뇨공: 추밀 요공. 요담. 정한의 친구이나 정한을 논박함. 하지만 용서를 받음.

104 연국공 월임군: 정한의 정적으로 추정.

명과격(不明過激)ᄒᆞ여 연국 월임군이 졍태부ᄅᆞᆯ 훼(毁)ᄒᆞᄂᆞᆫ 말을 조ᄎᆞ 그ᄅᆞᆺ 연젼(筵前)의셔 문청공을 논박(論駁)ᄒᆞ니 ᄃᆡ실노 당창(臧倉)이 ᄆᆡᆼᄌᆞ(孟子)ᄅᆞᆯ 훼방ᄒᆞ미라.[105] 태뷔 츄호ᄅᆞᆯ 노ᄒᆞ미 업셔 맛ᄎᆞᆷᄂᆡ 뇨
37면 츄밀노 친우디졍(親友之情)이 두텁고 셕형을 쳔발(薦拔)ᄒᆞ여 듕용(重用)ᄒᆞ니 이 말은 의ᄒᆡᆼ녹(義行錄)의 ᄒᆡ비(賅備)ᄒᆞ여시므로 ᄃᆡ강을 긔록ᄒᆞ노라.

공ᄌᆡ 복슈국궁(伏首鞠躬)ᄒᆞ여 듯기ᄅᆞᆯ 다ᄒᆞᄆᆡ 뇨공과 셕형의 일이 당헌의 ᄒᆡᆼᄉᆞ로 ᄂᆡ도ᄒᆞ믈 알오ᄃᆡ 감히 슌셜(脣舌)노 닷토디 못ᄒᆞ며 양계와 의계공이 쳐ᄉᆞ의 말ᄉᆞᆷ이 맛당ᄒᆞ시믈 일ᄏᆞᆺ고 태부인이 맛ᄎᆞᆷᄂᆡ 당가ᄅᆞᆯ ᄇᆞ리디 못ᄒᆞᆯ 바ᄅᆞᆯ 졍녕(丁寧)이 일ᄏᆞᄅᆞ니 공ᄌᆡ 블ᄒᆡᆼᄒᆞ믈 니긔디 못ᄒᆞ나 당녀ᄂᆞᆫ 그 ᄉᆞ이 죽어시리라 혜아려 타일의 그 ᄉᆞ회 될 바ᄂᆞᆫ 념녀치 아니ᄒᆞ더라. 쳐ᄉᆡ 소공긔 글을 닷가 유ᄌᆞ(幼子)ᄅᆞᆯ 구호ᄒᆞ여 도라보ᄂᆡ신 덕의(德義)ᄅᆞᆯ 샤례ᄒᆞ며 공ᄌᆡ ᄯᅩᄒᆞᆫ 만편셔ᄉᆞ(滿篇書辭)의 졍셩을 베퍼 소부 노ᄌᆞᄅᆞᆯ 도라보ᄂᆡᆯᄉᆡ 노비 반젼(返錢)을 풍비히 주어 험노의 됴히 도라가믈 당부ᄒᆞ니 소부 노ᄌᆡ 눈믈을 먹음고 하ᄃᆡᆨ을
38면 고ᄒᆞ여 공ᄌᆞ 쎠나믈 슬허ᄒᆞ거ᄂᆞᆯ 공ᄌᆡ 다시곰 됴히 가믈 니ᄅᆞ더라. 쳐ᄉᆡ ᄋᆞᄌᆞ(兒子)의 도라오믈 인ᄒᆞ여 ᄆᆞᄋᆞᆷ이 태산이탁(太山以託)이 이의 더으미 업셔 흔ᄒᆡᆼᄎᆞ열(欣幸且悅)ᄒᆞ나 삼ᄌᆡ츈츄(三載春秋)ᄅᆞᆯ 도로

105 당창(臧倉)이 ᄆᆡᆼᄌᆞ(孟子)ᄅᆞᆯ 훼방ᄒᆞ미라: 장창은 노나라 평공(平公)의 신하. 악정자의 주선으로 평공이 맹자를 찾아가려고 하였으나 장창이 맹자가 어머니의 초상은 후하게 치르고 아버지의 초상은 박하게 치렀으니 현인이 아니라 하며 막았음. 여기서는 맹자가 이 사실을 듣고도 천운을 탓하고 장창을 탓하지 않았던 일에 정한이 석형과 요담을 용서한 것을 비교하고 있음.

의 뉴락(流落)ᄒᆞ여 희한ᄒᆞᆫ 변고ᄅᆞᆯ 경녁(經歷)ᄒᆞᄆᆡ 학문은 젼혀 부운
(浮雲)의 ᄒᆞᆺ터시믈 헤아려 양계공 일ᄌᆞ 닌명과 의계공 냥ᄌᆞ 닌흥·닌
유의 디은 글을 주어 ᄎᆞ운(次韻)ᄒᆞ라 ᄒᆞᆫᄃᆡ ᄊᆡ의 닌흥은 구셰(九歲)오
닌명은 팔셰(八歲)라. 졍시의 문ᄆᆡᆨ을 니어 탁월ᄒᆞᆫ ᄌᆡ긔 칠보(七步)[106]
의 신쇽ᄒᆞ믈 우으며 딘풍의 쳥결ᄒᆞ믈 나모라ᄒᆞ니 각각 부뫼 과듕희ᄋᆡ
(過中喜愛)ᄒᆞ고 쳐ᄉᆡ 친ᄌᆞᄀᆞᆺ치 ᄉᆞ랑ᄒᆞᄂᆞᆫ디라. 졔ᄋᆡ(諸兒) ᄯᆞ로이 스
ᄉᆡᆼ을 구치 아니ᄒᆞ며 쳐ᄉᆞ긔 슈학ᄒᆞ여 문니(文理) 날노 댱딘(長進)ᄒᆞ
니 쳐ᄉᆡ 슈고로이 교학ᄒᆞ미 업ᄉᆞ나 친ᄌᆞ죵딜(親子從姪)을 간격디 아
냐 문댱ᄇᆡᆨᄒᆡᆼ(文章百行)을 경계ᄒᆞ미 셩교 밧긔 나디 아니ᄒᆞ더라. 닌광
공ᄌᆡ 부명을 밧드러 닌흥 등의 글을 ᄎᆞ운ᄒᆞᄆᆡ 밋쳐 눈을 옴기디 못ᄒᆞ 39면
여 ᄉᆞ오 댱 글을 휘필(揮筆)ᄒᆞ여 부젼의 드리니 쳐ᄉᆡ 냥공(兩公)으로
더브러 보건ᄃᆡ 그 대개 조격(調格)이 고상ᄒᆞᆷ과 문ᄉᆞ(文辭)의 쳥화(淸
華)ᄒᆞ미 ᄀᆞᆺᄐᆞ여 닌흥 등의 시격(詩格)의셔 나은[107] 거시 아니로ᄃᆡ 격녈
ᄒᆞ고 웅댱ᄒᆞ며 횡일(橫溢)ᄒᆞᆫ 경졔 오악(五岳)이 등졍(登頂)ᄒᆞ고 원하
(遠遐)ᄒᆞᆫ 조홰(造化) ᄉᆞ시(四時)의 ᄒᆡᆼ도ᄒᆞᄂᆞᆫ ᄃᆞᆺ 창ᄒᆡ만강(滄海萬江)
을 기우리며 우레 ᄇᆡᆨ호(白虎)ᄅᆞᆯ 여럿ᄂᆞᆫ ᄃᆞᆺ 교룡(蛟龍)이 춤추고 봉황
이 ᄂᆡ의(來矣)ᄒᆞᆯ 상셰(祥瑞) 샹셰(祥瑞)[108] 이시니 신긔 발동ᄒᆞ며 의견
이 고확(高確)ᄒᆞ미 닌흥 등의 시ᄉᆞ(詩詞)의 셰 번 나을 쁜 아니라 슉

106 칠보(七步): 칠보시. 위(魏)나라 조식이 그의 형인 문제(文帝)의 위협으로 일곱 걸음 만에 지은 시로, 형제간 화목하지 못한 것을 가슴 아파하는 내용이 있음. 여기에서는 그만큼 민첩하게 시를 지은 재주를 강조하기 위해 언급됨.

107 나은: 규장각본에는 '흔'이 써 있고 그 위에 지운 표시가 되어 있음.

108 상셰(祥瑞) 샹셰(祥瑞): 중복 필사된 부분.

창(熟昌)ᄒᆞ고 활달ᄒᆞ여 노ᄉᆞ슉유(老士熟儒)의 셕은 글귀 붓ᄉᆞᆯ 씃고 믈너날디라. 엇디 ᄒᆞᆫ 터럭 미딘ᄒᆞ미 이시리오? 이공(二公)의 태악(泰嶽) ᄀᆞᆺᄐᆞᆫ 안견과 쳐ᄉᆞ의 셩문학뎨(聖門學製)로도 능히 미흡ᄒᆞᆫ 곳을 니ᄅᆞ디 못ᄒᆞ고 도로혀 이상ᄒᆞ믈 결을치 못ᄒᆞ니 이공은 칙칙칭션(嘖

40면 嘖稱善)ᄒᆞ여 ᄋᆡ복(愛服)ᄒᆞ믈 마디 아니ᄒᆞ며 쳐ᄉᆞᄂᆞᆫ 날호여 글을 거두어 연갑(硯匣)의 너코 공ᄌᆞᄅᆞᆯ 경계ᄒᆞ여 ᄀᆞᆯ오ᄃᆡ

"너의 문댱ᄌᆡ학(文章才學)이 비록 하등이 아니오 됴셩(早成)ᄒᆞ미 나흐로조ᄎᆞ ᄂᆡ도ᄒᆞ나 인ᄉᆡ 아딕 군ᄌᆞ대도(君子大道)ᄅᆞᆯ 아디 못ᄒᆞᆯ ᄲᆞᆫ 아니라 흔패광탕(很悖狂蕩)ᄒᆞ여 뜻 ᄌᆞᆸ기ᄅᆞᆯ 잘못 ᄒᆞᆯ딘ᄃᆡ 무식경ᄇᆡᆨ(無識經薄)ᄒᆞᆫ ᄌᆡ(者) 되리니 스ᄉᆞ로 ᄒᆡᆼ실을 가다듬아 덕을 길우며 셩문의 디게ᄅᆞᆯ 엿보미 되고 시쇽(時俗)의 ᄌᆡ조ᄅᆞᆯ 미더 ᄉᆞᄒᆡᆼ(四行)[109]을 써ᄅᆞ치ᄂᆞᆫ[110] 패ᄌᆡ(悖子) 되디 말나."

공ᄌᆡ 피셕청교(避席聽教)의 ᄇᆡ슈계슈(拜手稽首)ᄒᆞ여 엄교(嚴教)ᄅᆞᆯ 간폐(肝肺)의 삭이므로뼈 ᄃᆡᄒᆞ며 인ᄒᆞ여 측(側)의 뫼시ᄆᆡ 효슌(孝順)ᄒᆞᆫ 낫빗과 브드러온 셩음이 동일(冬日)의 ᄉᆞ랑ᄒᆞ옴과[111] 츈풍의 화창ᄒᆞ믈 겸ᄒᆞ여 동쵹(洞屬)ᄒᆞᆫ 정셩과 삼엄(森嚴)한 녜뫼(禮貌) 흡흡히 증ᄌᆡ(曾子) 증셕(曾晳)을 밧듬 ᄀᆞᆺᄐᆞ니[112] 조모의 귀듕ᄒᆞᆷ과 이슉(二叔)의 ᄋᆡ

---

109 ᄉᆞᄒᆡᆼ(四行): 사행. 사덕(四德). 《주역》에서 말하는 천지자연의 네 가지 덕인 원(元)·형(亨)·이(利)·정(貞)을 이르는 것으로, 사단(인의예지)을 일컫는 것으로 추정.

110 써ᄅᆞ치ᄂᆞᆫ: 써ᄅᆞ치다. 떨어뜨리다.

111 동일(冬日)의 ᄉᆞ랑ᄒᆞ옴: 동일지애(冬日之愛). 동일가애(冬日可愛)라고도 함. 겨울에 느끼는 태양처럼 온화하고 자애롭다는 의미. 두예가 "여름 해는 사랑스러우나 겨울 해는 무섭다(冬日可愛 夏日可畏)."라고 한 말에서 비롯한 말.

경ᄒᆞ미 날노 더으고 합문(閤門)의 긔딗ᄒᆞ며 앙복ᄒᆞ미 시로 층가ᄒᆞ여 거오(倨傲)ᄒᆞ미 ᄌᆞ연 이실 비로딗 공지 몸이 편ᄒᆞ고 근심이 업술ᄉᆞ록 뜻즙기를 공검히 ᄒᆞ며 힝실 닷그믈 빙옥(氷玉)ᄀᆞᆺ치 ᄒᆞ여 온냥극양(溫良克讓)ᄒᆞ고 겸공하ᄉᆞ(謙恭下士)ᄒᆞ미 대유(大儒)의 ᄌᆞ최롤 붋아 셩문의 승당입실(升堂入室)ᄒᆞ미 쏘 미딘(未盡)ᄒᆞ미 업ᄉᆞ니 쳐ᄉᆡ 심니의 두굿기며 아름다오믈 니긔디 못ᄒᆞ딗 그 긔운이 하날을 밧들 ᄃᆞᆺᄒᆞ고 발월ᄒᆞ여 거칠 거시 업ᄉᆞ믈 념녀ᄒᆞᄆᆡ 가지록 온듕(穩重)ᄒᆞ믈[113] 41면

시셰(是歲) 하오월(夏五月)의 양부 노지 니ᄅᆞ러 양참졍[114] 곤계의 셔함을 올니니 쳐ᄉᆡ 바다 탁열(坼悅)ᄒᆞᄆᆡ 이 믄득 니챵닌[115]이 본ᄉᆡᆼ부모(本生父母)롤 ᄎᆞᄌᆞᆫ 셜홰(說話)로딗 그 ᄉᆡᆼ부(生父) 되ᄂᆞᆫ ᄌᆡ(者) 다른 사롬이 아니라 녜부상셔(禮部尙書) 집금오(執金吾) 댱헌이라 ᄒᆞ엿고 쳥계공 님ᄒᆡᆼ(臨行)의 부쵹(附囑)ᄒᆞ던 말을 베펴 '임의 챵닌을 믈니치디 못 훌 형셰 되여시니 댱헌이 비록 존문을 져ᄇᆞ리나 댱ᄌᆞ롤 기리 바릴 뜻이 업ᄉᆞ며 니츈보 등이 셕보[116]롤 ᄃᆡᄒᆞ여 챵닌의 가취(嫁娶)롤 의논훈 즉 여러 셰월을 쳔연(遷延)ᄒᆞ미 무익다 ᄒᆞ므로 츄간(秋間)의 녜롤 일워 ᄉᆡᆼ녀의 ᄇᆡᆨ년길ᄉᆞ(百年吉事)롤 늣추디 말고ᄌᆞ ᄒᆞᄂᆞ니 형의 뜻이 하 42면

112 증ᄌᆡ(曾子) 증셕(曾晳)을 밧듬 ᄀᆞᆺᄐᆞ니: 증자는 공자의 제자인 증삼이며 증석은 증자의 아버지. 맹자가 사친(事親)을 이야기하면서 증자가 증석을 봉양하는 것처럼 양지(養志)를 해야 한다는 내용이 《맹자》 〈이루 상(離婁上)〉에 나옴.

113 온듕(穩重)ᄒᆞ믈: 맥락상 서술어가 이어져야 하나 여기에서 그침. 규장각본도 동일함.

114 양참졍: 양참정. 양선으로 추정.

115 니챵닌: 이창린. 이빈의 양자였을 때 장창린의 이름.

116 셕보: 석보. 이빈의 자.

여오? 모로미 존당 태부인긔 픔명(稟明)ᄒᆞ여 슈히 회보ᄒᆞ라.' ᄒᆞ엿ᄂᆞᆫ 디라. 쳐ᄉᆡ 간필(看畢)의 다른 ᄉᆞ식이 업시 ᄌᆞ젼(慈前)의 나아가 앙공 등의 셔ᄉᆞ(書事)로뼈 고ᄒᆞ니 태부인이 듯기롤 다ᄒᆞ여ᄂᆞᆫ 그으이 ᄎᆞ탄(嗟嘆)ᄒᆞ여 즐기디 아니ᄒᆞ나 ᄎᆞ역텬의(此亦天意)어든 그 엇디ᄒᆞ리오 ᄒᆞ여 ᄯᅩ한 블호ᄒᆞᆫ 빗촐 낫토디 아니ᄒᆞ고 이연(怡然)이 ᄀᆞᆯ오ᄃᆡ

"ᄇᆡᆨᄋᆞ(伯兒) 챵닌을 과듕년ᄋᆡ(過重戀愛)ᄒᆞᄂᆞᆫ 쁫이 그 아비 비록 블인(不人)이라도 혐의치 아닐 거시오 근본이 남의 고공(雇工)이라도 낫비 넉이디 아냐 가연이 ᄉᆞ회롤 삼으려 ᄒᆞ엿ᄂᆞ니 이졔 엇디 다른 의논이 이시며 ᄯᅩ 노모다려 므롤 일이 이시리오? 회셔(回書)의 댱ᄌᆞ의 텬뉸단원(天倫團圓)ᄒᆞ믈 인ᄉᆞᄒᆞ고 근본이 하쳔(下賤)홈과 달나 댱헌디 ᄌᆡ믈 더옥 ᄌᆞ별이 깃브믈 일ᄏᆞ라 졔 믈니치디 아니커든 친ᄉᆞ(親事)롤

43면 슈히 일워 양공이 월ᄋᆞ의 아비와 어미롤 ᄃᆡᄒᆞ시믈 ᄇᆞ라노라 ᄒᆞ라."

쳐ᄉᆡ ᄇᆡ이슈명(拜而受命)ᄒᆞ여 즉시 회셔롤 닷가 보닐ᄉᆡ 맛ᄎᆞᆷᄂᆡ 블호(不好)ᄒᆞᆫ ᄉᆞ식을 두디 아니ᄒᆞ니 의계공이 참디 못ᄒᆞ여 믄득 ᄎᆞ탄왈(嗟嘆曰)

"월ᄋᆞ 딜녀(姪女)ᄂᆞᆫ 비록 쇼쇼녀ᄌᆞ(少小女子)나 그 작픔긔셩(作品器性)인즉 크게 비범초미(非凡超美)ᄒᆞ여 셩인 ᄀᆞ온ᄃᆡ 호걸이오 녀ᄌᆞ ᄀᆞ온ᄃᆡ 군ᄌᆡ러니 인연이 긔구ᄒᆞ여 그롯 댱헌 블인(不人)의 며ᄂᆞ리 되미 아니 통분ᄒᆞ미니잇가? 이 ᄯᅩᄒᆞᆫ 텬연(天緣)이어니와 원간 슈인ᄉᆞᄃᆡ텬명(修人事待天命)[117]이어ᄂᆞᆯ 죵ᄇᆡᆨ시(從伯氏) 챵닌을 과ᄋᆡᄒᆞ샤 그롯 근

117 슈인ᄉᆞᄃᆡ텬명(修人事待天命): 수인사대천명. 사람의 힘으로 할 수 있는 일을 다 하고 그 후에 천명을 기다린다는 뜻으로, 진인사대천명(盡人事待天命)과도 같음.

본을 모로ᄂᆞᆫ ᄋᆞᄒᆡᄅᆞᆯ 동상(東床)으로 뇌약(牢約)ᄒᆞ여 이제 댱가 블인과 인친(姻親)이 되ᄂᆞᆫ 욕을 당ᄒᆞ시며 월ᄋᆞ 딜녀의 탁월ᄒᆞᆫ 긔딜을 져ᄇᆞ려 향난(香蘭)으로ᄡᅧ 잡초(雜草)의 옴기고 ᄎᆡ봉(彩鳳)을 가져 오작(烏鵲)으로 길드리게 ᄒᆞ시니 딘실노 한홉도소이다."

쳐ᄉᆡ 츄광(秋光)을 빗겨 냥공(兩公)을 완시(緩視)ᄒᆞ며 미미히 우어 ᄀᆞᆯ오ᄃᆡ

"ᄇᆡᆨ시의 원녀(遠慮)와 식감(識鑑)이 은ᄇᆡᆨ 등의게 밋디 못ᄒᆞ시므로 ᄐᆡᆨ셔(擇婿)ᄅᆞᆯ 소리히[118] ᄒᆞ샤 월ᄋᆞ의 구뷔(舅父) 쒸여나게 착지[119] 못ᄒᆞ니 가히 한홉거니와 현뎨(賢弟) 등은 ᄇᆞᆰ은 디감(知鑑)과 특별ᄒᆞᆫ 소견으로 놉흔 가문의 군ᄌᆞ와 덕 된 집의 뇨됴(窈窕)ᄒᆞᆫ 슉녀ᄅᆞᆯ ᄀᆞᆺ초 ᄐᆡᆨᄒᆞ여 며ᄂᆞ리와 ᄉᆞ회ᄅᆞᆯ 삼을 ᄯᆞᄅᆞᆷ이니 남의 친옹(親翁)[120]을 시비ᄒᆞ여 므엇 ᄒᆞ리오?"

냥공(兩公)이 호호박쇼(呼呼拍笑) 왈

"형댱(兄丈)이 니ᄅᆞ디 아니ᄒᆞ셔도 쇼뎨 등은 친옹브터 몬져 ᄀᆞᆯ희고 셔랑(壻郞)과 미부(美婦)ᄅᆞᆯ 조초 ᄐᆡᆨᄒᆞ오리니 아모리타 당헌 ᄀᆞᆺᄐᆞᆫ 블인(不人)으로 상가(相嫁)ᄒᆞᄂᆞᆫ 욕이 잇ᄉᆞ리잇가?"

쳐ᄉᆡ 함쇼왈(含笑曰)

"비록 블인이라도 ᄌᆞ식을 잘 나하실딘ᄃᆡ 슈ᄇᆡᆨ 등이 ᄎᆡᄅᆞᆯ ᄌᆞᆸ아 병구(竝驅)ᄒᆞ믈 닷토디 못ᄒᆞ리니 눈을 ᄲᅵ셔 져 사ᄅᆞᆷ의 놉흔 복을 구경ᄒᆞ고 춤

44면

118 소리히: 솔이(率爾)히. 말이나 행동이 신중하지 못하고 가벼움. 몸가짐이 솔직하고 소탈하여 까다롭지 않음.

119 착지: '유능하다'의 뜻인 '착ᄒᆞ다'의 의미로 추정.

120 친옹(親翁): 사돈.

을 흘녀 블워ᄒᆞᄂᆞᆫ 뜻을 결을치 못ᄒᆞᆯ 시졀의ᄂᆞᆫ 오날ᄂᆞᆯ 블인으로 ᄇᆡ쳑ᄒᆞ던 ᄆᆞᄋᆞᆷ이 ᄌᆡᄀᆞᆺ치 스러디며 ᄂᆡᄀᆞᆺ치 ᄒᆞᆺ터딜가 ᄒᆞ노라."

45면 냥공이 크게 우어 ᄀᆞᆯ오ᄃᆡ

"형댱이 쇼뎨 등을 어리셕게 보시고 닌흉 등을 쁠ᄃᆡ업ᄉᆞᆫ 돈견(豚犬)으로 보샤 져 블인의 삿기ᄅᆞᆯ 감히 ᄇᆞ라디 못ᄒᆞ리라 ᄒᆞ시며 져 더러온 부귀ᄅᆞᆯ 블워ᄒᆞ리라 ᄒᆞ샤 말ᄉᆞᆷ이 크게 쇼뎨 등을 욕ᄒᆞ시기의 밋ᄎᆞ시니 딘실노 평일의 ᄇᆞ라던 ᄇᆡ 아니라. 쇼뎨 등이 비록 고현군ᄌᆞ(古賢君子)의 풍을 ᄯᆞ로디 못ᄒᆞ오나 일단 쳥소ᄒᆞᆫ 뜻이 잇고 닐ᄆᆡ 변치 아니ᄒᆞ며 굽고 펴이ᄆᆡ 밧고이디 아냐 죽어도 관ᄊᆡᆫ ᄆᆡ기ᄅᆞᆯ[121] 효측ᄒᆞᄂᆞ니 쇼뎨 등의 돈견이 비록 긔특디 못ᄒᆞ여도 댱가 블인의 ᄌᆞ녀ᄅᆞᆯ 가져 비길딘ᄃᆡ 쇼ᄉᆡᆼ디지(所生之地) 현격ᄒᆞ니 엇디 ᄀᆞᆺᄐᆞ여 져 블인의 ᄌᆞ식을 긔특다 하여 블워ᄒᆞ리잇가? 디어슈복(至於壽福)의 다ᄃᆞ라ᄂᆞᆫ 더옥 댱튝을 흠션(欽羨)ᄒᆞᆯ 일이 아니라. ᄑᆡᆼ죄(彭祖) 칠ᄇᆡᆨ 셰ᄅᆞᆯ 댱슈(長壽)ᄒᆞ나[122] 그 죡히 므어시 즐거오며 안회(顏回) 닙년(立年)의 요몰(夭沒)ᄒᆞ나[123] 므어시

46면 슬프리잇고? 도쳑(盜跖)[124]이 ᄎᆔ당감쳔인(聚黨敢千人)ᄒᆞ여 블의로 ᄌᆡ믈을 모호ᄆᆡ 누만금을 ᄡᆞ하신들 그 므어시 흠칭(欽稱)ᄒᆞᆯ 거시 이시며

---

121 죽어도 관ᄊᆡᆫ ᄆᆡ기: 공자의 제자 자로가 죽을 때에 위(衛)나라의 싸움에서 관끈이 끊어졌는데 관끈을 다시 매고 죽었다는 고사가 《춘추좌전》에 있음.

122 ᄑᆡᆼ죄(彭祖) 칠ᄇᆡᆨ 셰ᄅᆞᆯ 댱슈(長壽)ᄒᆞ나: 팽조는 하(夏)·은(殷)·주(周) 삼대(三代)에 걸쳐 장수한 것으로 알려진 전설상의 인물. 양생술을 터득해서 800년을 살았다는 고사가 《열선전(列仙傳)》에 있음. 여기에서는 칠백 세로 나옴.

123 안회(顏回) 닙년(立年)의 요몰(夭沒)ᄒᆞ나: 안회는 공자가 가장 아끼던 제자인데, 32세의 나이로 세상을 떠남. 입년은 30세.

124 도쳑(盜跖): 도척. 춘추시대 노나라 때 유명한 도둑.

밍ᄌᆡ(孟子) 졔(齊)·냥(梁)의 블용(不用)ᄒᆞ시고[125] 댱창(臧倉)이 훼방ᄒᆞᆫ 들 그 므어시 한 되미 잇ᄉᆞ리잇고? 쇼뎨 등이 스ᄉᆞ로 긍과(矜誇)ᄒᆞ여 어리기의 갓갑거니와 댱튝의 비ᄒᆞᆯ딘ᄃᆡ 아셩(亞聖)[126]의 ᄌᆞ리ᄅᆞᆯ 닛고 댱튝이 도쳑의 후(後)ᄅᆞᆯ 샤양치 못ᄒᆞ리이다.”

쳐ᄉᆡ 미미히 웃기ᄅᆞᆯ 긋치디 아냐 ᄀᆞᆯ오ᄃᆡ

“현뎨 등이 당우(唐虞) 시졀[127]의 낫던들 풍화(風化)의 어질믈 뎨(帝)긔 들니디 못ᄒᆞ여 이녀(二女)로뼈 맛디시미[128] 업고 요셩(堯聖)과 구가(謳歌)의 스ᄉᆞ로 도라가믈 막아 하날긔 쳔(薦)ᄒᆞ믈[129] 듯ᄌᆞᆸ디 못ᄒᆞᆯ 거시오. 곤(鯀)을 죽이실 ᄣᆡ의 우(禹)ᄅᆞᆯ 한가디로 업시ᄒᆞ여[130] 아비의 ᄉᆞ오나오믈 인ᄒᆞ여 대셩인을 아오로 용납디 아니ᄒᆞ리로다. 이졔 감히 비코ᄌᆞᄒᆞ미 외람ᄒᆞ거니와 빅시 챵닌을 ᄉᆞ회 삼으시미 요(堯)의 이녀(二女)

---

125 밍ᄌᆡ(孟子) 졔(齊)·냥(梁)의 블용(不用)ᄒᆞ시고: 맹자가 도를 통한 뒤에 제(齊)나라에서 선왕(宣王)을 섬겼으나 채용되지 못했고 양(梁)나라에 갔지만 혜왕(惠王)도 그 말을 행하지 못한 고사가 《사기》에 나옴.

126 아셩(亞聖): 아성. 맹자를 이름.

127 당우(唐虞) 시졀: 당우 시절. 요순시대를 의미함.

128 풍화(風化)의 ~ 맛디시미: 요임금이 순(舜)의 효행을 듣고 두 딸로 그의 아내를 삼게 한 것을 두고 정염과 정겸은 그렇게 하지 않았을 것이라 이르는 말.

129 요셩(堯聖)과 ~ 쳔(薦)ᄒᆞ믈: 요성은 요임금. 구가는 임금의 은덕을 칭송하여 부르는 노래. 요임금이 순임금에게 선위하고, 백성 중 구가하는 자도 스스로 돌아가 (순임금이) 하늘로서 선위 받는 일을 가리키는 말. 《맹자》 〈만장 상(萬章上)〉에 나옴. 정염과 정겸이라면 당시 이러한 일을 막았을 것이라 말하고 있음.

130 곤(鯀)을 ~ 업시ᄒᆞ여: 곤은 우(禹)의 아버지로 사흉(四凶) 중 하나. 요임금의 명을 받아 치수(治水)하였으나 9년간 실패하여 죄를 받아 죽음. 이후 순임금은 치산치수(治山治水)를 잘한 우(禹)에게 천자의 자리를 선양함. 정염과 정겸이라면 아버지 곤의 죄를 들어 우를 함께 죽였을 것이라 말하고 있음.

47면 로뼈 슌(舜)의게 맛디시미셔 더으디 아니코 후빅의 쇼쇼과실(小小過失)은 곤(鯀)의게 비ᄒᆞ디 못ᄒᆞ리니 그 ᄌᆞ뎨 듕화(重華)[131]와 하우(夏禹)[132]의 남은 풍을 가져신들 틱부틱셔(擇婦擇婿)와 친옹ᄌᆡ목(親翁材木)을 아모리 갈희ᄂᆞᆫ 사ᄅᆞᆷ이라도 댱후빅을 나모라 ᄇᆞ리디 아니ᄒᆞ리니 그 아비의 쇼쇼디과(小小之過)로뼈 그 ᄌᆞ녀ᄅᆞᆯ 년좌(緣坐)ᄒᆞ여 부셔(婦婿)ᄅᆞᆯ 삼디 아닛ᄂᆞᆫ ᄌᆞᄂᆞᆫ 두낫 계란을 인ᄒᆞ여 간셩(干城) ᄀᆞᄐᆞᆫ 댱슈ᄅᆞᆯ ᄇᆞ리ᄂᆞᆫ 마ᄃᆡ니[133] 은빅 등은 타일을 보고 말을 너모 ᄊᆡᆫ니ᄒᆞ여 그ᄅᆞᆺᄒᆞ디 말나.”

냥공이 박장타슬(拍掌打膝)ᄒᆞ며 가가대쇼(呵呵大笑) 왈

“원간 형댱이 댱튝을 두돈ᄒᆞ샤 그 허믈을 ᄀᆞ리오미 못 촐 ᄃᆞ시[134] ᄒᆞ시니 쇼뎨 등이 다시ᄂᆞᆫ 댱가의 말을 아니 ᄒᆞ오려니와 오히려 겹겹 인호(姻好)의 두터오믈 ᄆᆡᆺ고ᄌᆞ ᄒᆞ샤 챵닌을 칭도ᄒᆞ시ᄂᆞᆫ 즈음의 댱시로뼈 니ᄅᆞ샤 듕화와 하우의 남은 풍이 이신족 두낫 계란으로 간셩디댱(干城之將)을 ᄇᆞ리디 못ᄒᆞ리라 ᄒᆞ시니 그윽이 ᄉᆡᆼ각건ᄃᆡ 댱튝의 작금부 48면 귀(昨今富貴)로뼈 녯 언약을 ᄉᆡ닷디 못ᄒᆞ리니 심산궁협(深山窮峽)의 빈곤ᄒᆞᆫ 한ᄉᆞ(寒士)ᄅᆞᆯ 므엇만 넉여 친옹(親翁)이 되기ᄅᆞᆯ 즐기리오? 반

131 듕화(重華): 중화. 순임금의 이름.

132 하우(夏禹): 순(舜)의 뒤를 이어 임금이 된 우(禹).

133 두낫 계란을 ~ 마ᄃᆡ니: 춘추시대 자사가 위(衛)나라 임금에게 구변을 천거하자 그가 과거 남의 달걀 두 개를 먹었기 때문에 쓰지 않겠다고 함. 이를 두고 자사가 “두 개의 계란으로 인해 방패 같고 성 같은 장수를 버리는 것(而以二卵棄干城之將)”은 안 된다고 함.

134 못 촐 ᄃᆞ시: 못 미칠 듯이. ‘못 밋촐 ᄃᆞ시’에서 ‘밋’이 누락. 규장각본에는 ‘못 밋촐 다시’로 되어 있음.

ᄃᆞ시 당금(當今)의 뎨일권귀(第一權貴)를 ᄀᆞᆯ희여 결혼코ᄌᆞ ᄒᆞ리니 월ᄋᆞ와 닌광으로ᄡᅧ 부셔(婦婿)를 삼을 ᄯᅳᆺ이 어이 이실 거시라 형댱이 도로혀 ᄇᆞ라미 구ᄎᆞᄒᆞ시니잇가? 다만 챵닌이 죵ᄇᆡᆨ시(從伯氏)의 디우(知遇)를 감격ᄒᆞ고 니츈보 등이 셕보를 ᄃᆡᄒᆞ여 구약(舊約)을 셩젼코ᄌᆞ ᄒᆞ므로 쳔만 ᄇᆞ득이 월ᄋᆞ를 거두어 챵닌으로 친영(親迎)케 ᄒᆞ미나 댱튝이 만분블열(萬分不悅)ᄒᆞ리니 기간 별단 ᄉᆞ괴 만흘디라 월ᄋᆞ의 신셰 엇덜 줄 알니잇고? 슈연(雖然)이나 챵닌은 남ᄌᆡ라 져의 친ᄉᆞ로브터 범ᄇᆡᆨ을 니츈보 등으로 상의ᄒᆞ여 졔 소견을 잠간 셰올 도리 잇ᄉᆞ려니와 댱시ᄂᆞᆫ 녀ᄌᆡ라 셜ᄉᆞ 초녀의 빈혀 픔은 졀ᄀᆡ[135] 이신들 도쳑 ᄀᆞᆺᄐᆞᆫ 아비 엇디 능히 두로혀리오? 타문(他門)의 가디 아니ᄒᆞ면 죽을 ᄯᆞ롬이라. 닌광이 댱시를 취키 어려오미 ᄇᆡᆨ운등소(白雲登宵)[136]의 더으리니 형댱이 댱가를 ᄇᆞ라시미 쇽졀업디 아니리잇가?” 49면

쳐ᄉᆡ 쇼왈(笑曰)

“은ᄇᆡᆨ 등이 이 말이 그ᄅᆞ디 아니ᄒᆞ나 다만 인연(因緣)이 듕ᄒᆞ면 이 역텬애(亦天也)라도 면치 못ᄒᆞᄂᆞ니 댱시와 내 ᄋᆞ희 ᄃᆡᆫ짓 연분이 이실딘ᄃᆡ 후ᄇᆡᆨ이 오문(吾門)을 나모라 바려도 ᄌᆞ연 친ᄉᆡ(親事) 셩젼ᄒᆞ리니 현데 등이 날을 구ᄎᆞ타 ᄒᆞ나 댱시ᄂᆞᆫ ᄃᆡᆫ실노 셰간의 희한ᄒᆞᆫ 슉녜니 셩녀슉완(聖女淑婉)이 혹ᄌᆞ 그ᄅᆞᆺ될가 ᄒᆞ미니 엇디 구ᄎᆞᄒᆞ미리오? 닌광

135 초녀의 빈혀 픔은 졀ᄀᆡ: 문맥상 다른 사람에게 혼인하지 않는 절개를 품었다는 의미로 추정.

136 ᄇᆡᆨ운등소(白雲登宵): 백운등소. 흰 구름을 타고 하늘에 오름. 규장각본에는 ‘ᄇᆡᆨ운쇼의’로 되어 있음.

이 댱가의 오릭 머므러시니 댱시의 특츌훈 힝ᄉ를 만히 아라실 거시로딕 언두(言頭)의 거들미 업ᄉ니 졔 임의 긔(欺)이고ᄌ 후는 거술 내 셰쇄(細瑣)히 알녀 후미 괴로와 뭇디 아니후엿거니와 반드시 알기는 ᄌ셔히 후엿ᄂ니라.”

냥공이 밋쳐 딕치 못후여셔 태부인이 쇼왈(笑曰)

“노모와 졔 어미의 뜻이 댱시의 쇼문을 ᄌ셔히 알고 시븐 고로 죵용이 두어 번 므ᄅ딕 광이 슌슌(恂恂)히 모로노라 후니 딘실노 모로는디

50면 알며도 거들기롤 아니려 후민가 기의(其意)롤 모롤너라.”

훈딕 의계공이 우음을 띄여 쥬왈(奏曰)

“닌광이 반드시 댱헌의 가ᄉ롤 셰셰디ᄉ(細細之事)라도 다 아랏ᄉ오리니 어이 댱시의 쇼문을 몰나시리잇고마는 댱가롤 슷ᄎ려 후오미 모로노라 후오미니 형댱이 지좌후신 곳의 광ᄋ롤 블너 실노써 고후라 후샤이다.”

셜파(說罷)의 공ᄌ롤 브ᄅ라 훈딕 슈유(須臾)의 공지 츄딘승명(趨進承命)후니 의푀(儀表) 동탕(動蕩)후며 풍치 슈려쇄락(秀麗灑落)후믄 츄월(秋月)이 등공(登空)훈 듯 풍냥(風凉)이 오월 념텬(炎天)의 셔풍을 쁘리쳐 쳥냥훈 바롬을 닛그러시며 찬찬슈이(燦燦殊異)후여 광명이 아라후고[137] 쇄딜(灑質)이 영위(英偉)후니 골격이 표표호상(飄飄豪爽)후여 표연이 딘욕(塵欲)을 슷쳐시딕 온유(溫柔)후여 쳥허(淸虛)치 아니후니 승ᄉ(乘槎)롤 빗겨 운소(雲霄)의 분등(噴騰)후던 댱건(張

137 아라후고: 아라후다. ‘아스라이 빛나다’라는 뜻으로 추정. 규장각본에는 ‘알라후고’로 되어 있음.

騫)의 무리[138] 아니오 순연강딕(純然剛直)ᄒᆞ여 조ᄒᆡ경쳔[139]ᄒᆞ미 업ᄉᆞ니 ᄒᆡ샹연운(海上煙雲)의 동빈(洞賓)의 ᄂᆔ(類)[140] 아니라 발월쥰위(發越俊偉)ᄒᆞ니 태산을 협(挾)ᄒᆞ고 븍ᄒᆡ롤 넘ᄯᅱᆯ ᄃᆞᆺ 격상늠녈(激上凜烈)ᄒᆞ미 51면
송ᄇᆡᆨ(松栢)을 약히 녁이며 츄상(秋霜)을 낫게 녁이니 다만 셩니(性理)의 대도(大道)ᄅᆞᆯ ᄌᆞᆸ아 뉵ᄒᆡᆼ(六行)[141]이 찬연(燦然)ᄒᆞ고 구덕(九德)[142]이 풍셩ᄒᆞᆫ 군ᄌᆡ로ᄃᆡ 본셩이 초쥰(超俊)ᄒᆞ며 긔예(技藝) 태승(太勝)ᄒᆞ여 청쳥딕딕(淸淸直直)ᄒᆞ미 강확(强確)ᄒᆞ고 녈일(烈日)ᄒᆞ여 비록 승안화긔(承顔和氣)ᄅᆞᆯ 디으나 사ᄅᆞᆷ으로 ᄒᆞ여곰 ᄇᆞ라보ᄆᆡ 알연져상(戞然沮喪)ᄒᆞ니 거샹ᄌᆡ(居上者) 도로혀 숑연(悚然)ᄒᆞ며 거하ᄌᆡ(居下者) 튝쳑(蹙蹐)ᄒᆞ여 향ᄒᆞᆯ 바ᄅᆞᆯ 아디 못ᄒᆞᆯ ᄃᆞᆺᄒᆞ니 의계 등이 ᄉᆡ로이 ᄋᆡ듕ᄒᆞ믈 니긔디 못ᄒᆞ여 날호여 손을 ᄌᆞᆸ아 겻ᄐᆡ 안치고 셔ᄉᆞ의 말을 옴겨 니ᄅᆞ며 댱시의 쇼문을 아ᄂᆞᆫ ᄃᆡ로 고ᄒᆞ라 ᄒᆞ여 ᄉᆞ랑ᄒᆞᄂᆞᆫ 졍과 뭇ᄂᆞᆫ 뜻이 간절ᄒᆞ여 가히 딘졍으로 아니 ᄃᆡ치 못ᄒᆞᆯ ᄇᆡ로ᄃᆡ 공ᄌᆡ ᄇᆞ야흐로 져져의 친ᄉᆡ 댱가 밧긔 나디 아니ᄒᆞ믈 심심통한(深深痛恨)ᄒᆞ여 ᄆᆡ져의 탁초(卓超)ᄒᆞᆫ 위인으로 이제 그ᄅᆞᆺ 댱가의 며ᄂᆞ리 되ᄂᆞᆫ 욕이 이시믈 앗기고 블열ᄒᆞ여 ᄉᆡ로이 댱헌을 믜워ᄒᆞᄂᆞᆫ 바의 이ᄀᆞᆺ치 므ᄅᆞ시믈 당ᄒᆞ니 52면

---

138 승ᄉᆞ(乘槎)ᄅᆞᆯ ~ 댱건(張騫)의 무리: 장건은 한(漢)나라 사신. 대하(大夏)에 사신으로 나가서 뗏목을 타고 천상 은하수에 갔다 왔다는 고사가 있음.

139 조ᄒᆡ경쳔: 미상. 경천은 '가볍고 얕다〔輕淺〕'의 의미로 추정.

140 ᄒᆡ샹연운(海上煙雲)의 동빈(洞賓)의 ᄂᆔ(類): 바다와 구름 위를 노닐던 여동빈의 무리. 여동빈은 당나라 때의 팔선(八仙) 중 하나인 여암(呂巖).

141 뉵ᄒᆡᆼ(六行): 육행. 여섯 가지의 덕행. 효(孝), 우(友), 목(睦), 인(仁), 임(任), 휼(恤)이 해당됨.

142 구덕(九德): 아홉 가지의 덕. 충(忠), 신(信), 경(敬), 강(剛), 유(柔), 화(和), 고(固), 정(貞), 순(順)이 해당됨.

야야(爺爺)의 션견디명(先見之明)을 탄복ᄒᆞ며 이슉(二叔)의 ᄉᆞ랑ᄒᆞᄂᆞᆫ 뜻을 감골ᄒᆞ나 심긔 블예(不豫)ᄒᆞ미 가득ᄒᆞ여 홀연 안ᄉᆡᆨ이 븕으며 ᄒᆞᆫ 빵 가월(佳月)[143]이 ᄒᆡ음업시 찡긔믈 면치 못ᄒᆞ여 ᄃᆡ왈(對曰)

"쇼딜이 평ᄉᆡᆼ 결증이 심ᄒᆞ온 고로 ᄉᆞ셰브득이 댱튝으로 더브러 동거ᄒᆞ믈 오ᄅᆡᄒᆞ엿ᄉᆞ오나 그 가ᄉᆞᄅᆞᆯ 알녀 ᄒᆞ오미 업ᄉᆞᆯ 쁜 아니라 비록 니ᄅᆞᄂᆞᆫ 말이 이셔도 ᄆᆞ음의 담아 듯디 아냐ᄉᆞᆸᄂᆞᆫ디라. 댱녀의 쇼문을 모로오믄 텬양(天壤)이 격(隔)ᄒᆞᆷ ᄀᆞᆺᄉᆞᆸ더니 져져ᄅᆞᆯ 보오려 양아의 니ᄅᆞ온즉 셔슉모와 양도헌 등이 여ᄎᆞ여ᄎᆞ 니ᄅᆞ와 댱녀의 ᄉᆡᆼᄉᆞᄅᆞᆯ 뭇ᄉᆞ오ᄃᆡ 쇼딜이 아디 못ᄒᆞ므로 다만 죽은 쇼문이 업ᄉᆞ므로ᄡᅧ ᄃᆡ답ᄒᆞ엿ᄉᆞᆸᄂᆞ니 그 ᄉᆞ이 댱녜 후궁의 참예ᄒᆞᆫ 동 엇디 알니잇가?"

이공(二公)이 블승ᄎᆞ악(不勝嗟愕)ᄒᆞ여 낫빗ᄎᆞᆯ 곳쳐 ᄀᆞᆯ오ᄃᆡ

"댱헌의 블인무상(不人無狀)ᄒᆞ미 부귀ᄅᆞᆯ 탐ᄒᆞᄂᆞᆫ 블현(不賢)ᄒᆞᆫ 욕심
53면 을 가디록 긋치디 아니ᄒᆞ고 유녀(幼女)의 얼골을 그려 후궁의 드리기ᄅᆞᆯ 희망ᄒᆞ니 이ᄂᆞᆫ 쳔고의 더러온 심욕이오 셰샹의 잇디 아닌 블인(不人)이라. 이 말을 양아의셔 ᄇᆞᆰ히 아라실딘ᄃᆡ 월염 딜녀ᄅᆞᆯ 공규(空閨)의 폐륜디인(廢倫之人)[144]을 삼을딘들 엇디 그거ᄉᆡ 며ᄂᆞ리ᄅᆞᆯ 삼을 길히 이시리오? 양참졍 등이 남달니 격상쥰위(激上俊威)ᄒᆞᄃᆡ 이의 다ᄃᆞ라ᄂᆞᆫ 셩되 므ᄅᆞᆫ 떡이 되여시니 딘실노 아디 못ᄒᆞ리로다."

태부인이 ᄯᅩᄒᆞᆫ 놀나 쳐ᄉᆞᄅᆞᆯ 도라보아 ᄀᆞᆯ오ᄃᆡ

"댱헌의 그ᄅᆞᆺ되미 딘실노 남은 터히 업셧도다. 연이나 댱가 녀ᄋᆞᄂᆞᆫ 강

---

143 가월(佳月): 아름다운 눈썹. 얼굴의 눈썹 부분을 비유하는 말.

144 폐륜디인(廢倫之人): 폐륜지인. 규장각본에는 '륜'에 지워진 표시가 있음.

보(襁褓)로브터 탈이비범(脫異非凡)ᄒᆞ여 규측(閨側)의 셩범(聖範)이 될디라. 결연이 아비의 뜻을 좃디 아냐 목숨을 ᄇᆞ릴디언졍 초녀의 놉흔 졀을 좁으리니 그 가온ᄃᆡ 능히 보명(保命)ᄒᆞ믈 엇디 못ᄒᆞᆯ딘ᄃᆡ ᄇᆡᆨ인(伯人)이 유아이ᄉᆡ(由我而死)[145] 되디 아니랴? 연ᄌᆞᆨ 오문(吾門)의 젹블션(積不善)을 두리ᄂᆞ니 오ᄋᆡ 능히 당녀ᄅᆞᆯ 건져 ᄉᆞᆯ올 도리 이시랴?"

쳐ᄉᆡ ᄋᆞᄌᆞ의 말노조ᄎᆞ 댱쇼져의 화상이 님궁의 가심과 댱헌의 졀졀 54면
(節節) 무상블인(無狀不人)ᄒᆞᆫ 힝ᄉᆞᄅᆞᆯ 드ᄅᆞᄃᆡ 시죵의 낫빗ᄎᆞᆯ 곳치디 아니ᄒᆞ고 다만 봉안빵광(鳳眼雙光)이 징징(澄澄)ᄒᆞ여 공ᄌᆞᄅᆞᆯ 슉시(熟視)ᄒᆞ미 ᄀᆞᆺᄐᆞ여 ᄉᆞ덧디 아니ᄒᆞᄃᆡ 셩ᄂᆡ디 아니ᄒᆞ나 ᄌᆞ연ᄒᆞᆫ 위의 츄텬의 음ᄋᆡ(陰崖)ᄅᆞᆯ 디음 ᄀᆞᆺᄐᆞ니 공ᄌᆡ 대황튝쳑(大慌蹴蹠)ᄒᆞ여 감히 호흡을 통치 못ᄒᆞ고 옥면(玉面)을 슉여 한츌쳠ᄇᆡ(汗出沾背)ᄒᆞᆯ ᄲᅳᆫ이니 향ᄀᆡᆨ(向刻)의 블열통한(不悅痛恨)ᄒᆞ던 긔운이 신풍(迅風)의 셰ᄅᆞᆯ 조ᄎᆞ 부비[146]ᄅᆞᆯ 양(揚)ᄒᆞᆷ ᄀᆞᆺᄐᆞᆫ디라【급ᄒᆞᆫ 바람의 등졔[147]ᄅᆞᆯ ᄭᅡ[148] 바람의 날니미라】. 나ᄌᆞᆨᄒᆞ며 온슌(溫純)ᄒᆞ며 화열(和悅)ᄒᆞ고 안샹(安詳)ᄒᆞ여 유연(柔軟)이 ᄋᆞ녀(兒女)의 결단 업시 어림 ᄀᆞᆺ고 텬셩(天性)의 항항

145 ᄇᆡᆨ인(伯人)이 유아이ᄉᆡ(由我而死): 백인이 유아이사. 백인은 주의(周顗)의 자(字). 동진 원제(元帝) 때 왕돈의 반역으로 그의 종제(從弟) 왕도가 죄를 받을 뻔할 때 주의가 무죄를 밝혔으나 그 사실을 몰랐던 왕도가 왕돈 앞에서 주의를 구원하지 않아 죽게 함. 뒤늦게 주의의 행동을 안 왕도가 "비록 내가 직접 백인을 죽이지 않았지만 백인은 나 때문에 죽었다(我雖不殺伯仁 伯仁由我而死)."라고 함. 여기서는 정씨 가문이 장성완을 죽이지는 않았지만 결과적으로 정씨 가문 때문에 장성완이 죽는다는 뜻임.

146 부비: 부비는 광주리. 여기서는 곡식 따위를 까불러 쭉정이나 티끌을 골라내는 도구인 키를 의미하는 '부비내'로 추정.

147 등졔: 등제. 벼의 껍질인 '등겨'의 방언.

148 ᄭᅡ: 까다. 까부르다.

딕딕(抗抗直直)ᄒᆞᆫ 강위 ᄒᆞ나토 업ᄉᆞᆫ ᄃᆞᆺᄒᆞ니 이공(二公)이 더옥 어엿비 넉여 손을 슈히 노치 못ᄒᆞᄃᆡ 쳐ᄉᆞᄂᆞᆫ 믁연이 말이 업다가 태부인 말ᄉᆞᆷ을 인ᄒᆞ여 긔운을 낫초며 소ᄅᆡᄅᆞᆯ 화히ᄒᆞ여 ᄃᆡ왈(對曰)

“댱후ᄇᆡᆨ이 일시 그ᄅᆞᆺ ᄉᆡᆼ각ᄒᆞ와 기녀(其女)로ᄲᅧ 궁금(宮禁)의 드리고
55면 져 ᄒᆞ나 댱가 녀ᄌᆡ 족히 효졀(孝節)을 완젼ᄒᆞ여 그 아비로 ᄒᆞ여곰 실신무의(失信無義)ᄒᆞᆫ 사ᄅᆞᆷ이 되게 아니 ᄒᆞ오리니 ᄀᆞᆺᄐᆞ여 요슈참몰(夭壽慘沒)ᄒᆞᆯ 념녀 업ᄉᆞᆸ거니와 닌광의 ᄒᆡ연(駭然)ᄒᆞᆫ 안ᄉᆡᆨ과 블슌(不順)ᄒᆞᆫ 언ᄉᆡ(言辭) 존당(尊堂)을 봉시ᄒᆞᄋᆞᆸ고 아비 겻ᄐᆡ 이시믈 ᄉᆡᆼ각디 아니ᄒᆞ오니 블승한심(不勝閑心)ᄒᆞ와 경ᄒᆡ(驚駭)ᄒᆞ믈 니긔디 못ᄒᆞᄋᆞᆸᄂᆞᆫ디라. 부ᄌᆞ(父子)ᄂᆞᆫ 텬셩(天性)의 친(親)이오 디친(至親)은 혈ᄆᆡᆨ(血脈)이 상응(相應)ᄒᆞᆫ 귀ᄒᆞ오미라. 은ᄇᆡᆨ·슈ᄇᆡᆨ이 져의게 죵슉과 ᄌᆡ죵슉으로 졈졈 촌ᄉᆔ 머오믈 쇼ᄌᆞᄂᆞᆫ 늣기오ᄃᆡ 다만 문풍(門風)이 조션(祖先)으로브터 ᄉᆡ복이 동거ᄒᆞ여 ᄒᆞᆫ 솟ᄐᆡ 밥을 난호며 우락(憂樂)을 일쳬로 ᄒᆞ오니 십촌의 니ᄅᆞ히 동거 아니믈 ᄊᆡ닷디 못ᄒᆞᄂᆞᆫ 바ᄅᆞᆯ 미더 ᄒᆡᄋᆡ 은ᄇᆡᆨ 등으로 더브러 의합(意合) 슈젹ᄒᆞ와 됴모(朝暮)의 그림ᄌᆞᄅᆞᆯ ᄯᆞ라 셔로 의디ᄒᆞ오미 타인의 동거도곤 더으니 ᄌᆞ딜이 각각 아비의
56면 ᄯᅳᆺ을 니어 아ᄌᆞ비 알믈 아비와 달니 아니 ᄒᆞ미 올ᄉᆞᆸ거ᄂᆞᆯ 닌광은 텬셩의 소ᄉᆞᄂᆞᆫ 친을 ᄉᆡᆼ각디 못ᄒᆞ여 ᄆᆞᄋᆞᆷ을 두 가디로 ᄒᆞ고 아비ᄅᆞᆯ 속이며 아ᄌᆞ비ᄅᆞᆯ 가ᄇᆡ야이 넉여 블공(不恭)ᄒᆞᆫ ᄉᆞ식(辭色)과 블근(不謹)ᄒᆞᆫ 소ᄅᆡ로 뭇ᄂᆞᆫ 바ᄅᆞᆯ ᄂᆡ도히 ᄃᆡ답ᄒᆞ여 ᄒᆞᆫ갓 졔 ᄯᅳᆺ의 합디 아닌 사ᄅᆞᆷ이라 ᄒᆞ여 댱후ᄇᆡᆨ의 허믈만 드러ᄂᆡ고 댱가녀의 특초(特超)ᄒᆞᆫ 녈졀(烈節)을 ᄲᆞᆫ ᄃᆞ시 ᄀᆞᆷ초오니 심술이 브졍ᄒᆞ며 셩되 간활(奸猾)ᄒᆞ와 남녀 간 승긔ᄌᆞ(勝己者)ᄅᆞᆯ 념디(厭之)ᄒᆞᄂᆞᆫ 픔이 괴이ᄒᆞ도소이다. 고인이 남의

허믈 부ᄌᆞ ᄉᆞ이라도 젼치 말고 남의 어딘 일은 길 사ᄅᆞᆷ다려도 니ᄅᆞ라 ᄒᆞ엿ᄉᆞ오ᄃᆡ 댱가ᄅᆞᆯ 증한(憎恨)ᄒᆞ여 ᄌᆞ딜의 효슌디도(孝順之道)ᄅᆞᆯ 일ᄉᆞ오니 후일을 념녀ᄒᆞ는 ᄇᆡ로소이다."

태부인이 쇼왈(笑曰)

"엄부(嚴父)의 위엄이 비록 듕ᄒᆞ나 맛ᄎᆞᆷᄂᆡ ᄌᆞᄋᆡ(慈愛)ᄅᆞᆯ 합ᄒᆞ여 종용ᄒᆞᆷ만 ᄀᆞᆺᄐᆞ미 업ᄉᆞᄃᆡ 염딜이 셩되 태과(太過)ᄒᆞ여 닌흥 등을 쇼블여의 57면 (少不如意)ᄌᆞᆨ 대단이 즐칙ᄒᆞ믈 노뫼 민망이 넉이ᄂᆞ니 너ᄂᆞᆫ [149]염의 훈ᄌᆞ(訓子)ᄒᆞᄂᆞᆫ 위엄을 흠모치 말고 [150]혐의 화열(和悅)ᄒᆞ믈 ᄇᆡ호라."

ᄎᆞ시(此時) 공ᄌᆡ 야야(爺爺)의 엄졍ᄒᆞᆫ 말ᄉᆞᆷ을 듯ᄌᆞ오ᄆᆡ 황공츅쳑(惶恐蹴踖)ᄒᆞ여 하당쳥죄(下堂請罪)러니 쳐ᄉᆡ ᄌᆞ졍계훈(慈情戒訓)을 슌슌슈명(順順受命)ᄒᆞ고 날호여 공ᄌᆞ의 승당시좌(升堂侍坐)ᄒᆞ믈 명ᄒᆞᆫᄃᆡ 공ᄌᆡ ᄇᆡ이샤죄(拜而謝罪)ᄒᆞ며 드ᄃᆡ여 당의 올나 공슈시립(拱手侍立)ᄒᆞ니 이공(二公)이 쇼왈(笑曰)

"형댱이 댱튝을 귀히 넉이시미 ᄒᆞᆫ 병을 들녀 계신디라. 네 부젼의 득죄ᄒᆞᆫ ᄌᆞ식이 되디 말고ᄌᆞ ᄒᆞ거든 ᄎᆞ후란 댱헌을 존경ᄒᆞ여 댱년슉 대인이라 ᄒᆞ고 혹 댱헌공 합ᄒᆡ(閤下)라 ᄒᆞ여 그 업ᄉᆞᆫ 덕을 낫토며 칭션(稱善)ᄒᆞ믈 마디 아니ᄒᆞᆫᄌᆞᆨ 형댱이 네 등을 두다려 효ᄌᆡ라 칭ᄒᆞ시리라."

공ᄌᆞᄂᆞᆫ 고개ᄅᆞᆯ 숙여 능히 답디 못ᄒᆞ고 쳐ᄉᆡ 한가히 우어 왈

"은ᄇᆡᆨ 등이 댱후ᄇᆡᆨ으로 므ᄉᆞᆷ 혐원(嫌怨)이 잇관ᄃᆡ 내 져ᄅᆞᆯ 두돈ᄒᆞᆫ다 58면 ᄒᆞ여 도로혀 실셩ᄌᆞ(失性者)로 밀위ᄂᆞ뇨? 거세ᄀᆡ탁(擧世皆濁)의 아

149 염: 정염.

150 혐: 정혐. 작품에서 정겸과 정혐을 혼칭하고 있음.

독쳥(我獨淸)ᄒᆞ며 듕인개취(衆人皆醉)의 아독셩(我獨醒)[151]ᄒᆞ리니 내 어이 병들미 이시리오? 현뎨 등의 언ᄉᆡ 딘실노 병들고 취ᄒᆞ엿ᄂᆞᆫ가 ᄒᆞ노라."

이공(二公)이 대쇼(大笑)ᄒᆞ며 담쇼(淡笑) 은은ᄒᆞ여 태부인 우회(憂懷)를 소견(消遣)홀ᄉᆡ 원간 쳐ᄉᆡ ᄌᆞ경의 ᄅᆞᆨᄅᆞᆨᄒᆞ신 가온ᄃᆡ도 월염을 가져 댱가의 며ᄂᆞ리 삼으믈 앗기심 갓ᄐᆞ리오? 됴흔 혼쳐를 어더 딜ᄋᆞ의 평ᄉᆡᆼ이 쾌홀 바를 즐김 ᄀᆞᆺ고 닌광으로ᄡᅧ 댱가 동상을 삼디 못홀가 도로혀 초민홈 ᄀᆞᆺᄐᆞ니 이공(二公)이 그 덕냥(德量)을 항복ᄒᆞ며 공ᄌᆞ 야야(爺爺)의 명감(明鑑)과 션심(善心)이 여ᄎᆞ(如此)ᄒᆞ시믈 앙탁(仰度)ᄒᆞ여 스ᄉᆞ로 밋출 ᄇᆡ 아니믈 알오ᄃᆡ 큰 고집이 구졍(九鼎)도곤 무거오며 강쳘도곤 구더 맛ᄎᆞᆷᄂᆡ 댱시를 취홀 뜻이 업ᄉᆞ니 졔 혹ᄌᆞ ᄉᆞ라
59면 인연을 일울가 도로혀 블힝블열(不幸不悅)ᄒᆞ나 그 ᄉᆞ이 죽어시미 벅벅ᄒᆞ리라[152] ᄒᆞ여 ᄌᆞ긔 댱가 동상이 될가 념은 그ᄃᆡ도록 아니 ᄒᆞ고 다만 댱시 죽오미 되여 ᄌᆞ긔와 인연이 기리 ᄭᅳᆺ춘즉 쾌히 그 문의 표장ᄒᆞ여 졍녈(節烈)을 놉혀주기ᄂᆞᆫ 쥬댱(主張)ᄒᆞ여 도모ᄒᆞ려니와 아딕 ᄉᆡᆼᄉᆞ를 아디 못ᄒᆞ므로 부친이 알고ᄌᆞ ᄒᆞ시ᄃᆡ 함구블언(緘口不言)ᄒᆞ여 댱시의 소문을 젼혀 모로다가 양부의 와 드른 쳬ᄒᆞ고 쳐ᄉᆞᄂᆞᆫ 심폐를 ᄉᆞᄆᆞᆺᄎᆞ 고치 아니ᄒᆞ믈 통한ᄒᆞᄃᆡ 또 굿ᄐᆞ여 다시 므ᄅᆞ미 업ᄉᆞ며 화부인은

---

151 거셰기탁(擧世皆濁)의 아독쳥(我獨淸)ᄒᆞ며 듕인개취(衆人皆醉)의 아독셩(我獨醒)ᄒᆞ리니: 온 세상이 혼탁한데 나 혼자 맑으며, 모든 사람이 취해 있는데 나 혼자 깨어 있다는 뜻. 굴원의 시 〈어부사〉에 나옴.

152 벅벅ᄒᆞ리라: 벅벅ᄒᆞ다. 틀림없다.

두어 번 ᄆᆞᄅᆞᄃᆡ 공ᄌᆡ 여일이 ᄃᆡᄒᆞ므로 디리히 뭇디 아니ᄒᆞ더라. 광음이 슉홀(倏忽)ᄒᆞ여 삼하(三夏)ᄅᆞᆯ 다 보ᄂᆡ고 츄동(秋冬)이 딘(盡)ᄒᆞᄆᆡ 명년신정(明年新正)의 밋ᄎᆞ니 태부인이 ᄉᆡ로이 비회ᄅᆞᆯ 금억(禁抑)디 못ᄒᆞᄂᆞᆫ 바의 상셔의 소식을 아디 못ᄒᆞ여 됴운모우(朝雲暮雨)[153]의 슬픈 졍과 무궁ᄒᆞᆫ 념네(念慮) 심원(心源)을 ᄭᅳᆫ흐며 합문(闔門)의 창고비금(悵古悲今)ᄒᆞᄂᆞᆫ 회픠 신년셰초(新年歲初)ᄅᆞᆯ 당ᄒᆞ여 더으거ᄂᆞᆯ ᄒᆞ믈며 문계공 삼상(三喪)이 슈월이 격ᄒᆞ니 대화부인의 텬디붕녈(天地崩裂) 60면
ᄒᆞᆫ 심ᄉᆞᄅᆞᆯ 어이 비ᄒᆞᆯ 거시 이시며 긔록ᄒᆞᆯ 말이 이시리오? 됴모(朝暮)의 호통(號痛)ᄒᆞ고 일야(日夜)의 고디규텬(叩地叫天)ᄒᆞ여 눈믈이 소상(素床)을 젹시니 혈봉이 만안(滿顔)ᄒᆞ여 소상(瀟湘)의 반듁(班竹)[154]이 어롱디미 죡히 니ᄅᆞᆯ ᄇᆡ 아니오 하날을 기리 블너 쳘운셩문이 문허디믈[155] 죡히 비치 못ᄒᆞᆯ디라. 구곡(九曲)이 소삭(消索)ᄒᆞ며 딘원(眞元)[156]이 초갈(焦渴)ᄒᆞ여 삼긔젼(三忌前) 죽으미 될 거시로ᄃᆡ 텬되 문계공의 튱의대졀(忠義大節)노뼈 원통이 피앙(被殃)ᄒᆞ믈 슬피 넉이샤 그 후ᄅᆞᆯ 빗ᄂᆡ고ᄌᆞ ᄒᆞ시ᄆᆡ ᄒᆞᆫ낫 명녕(螟蛉)[157]이 날노 긔이ᄒᆞ고 시로 슉셩

153 됴운모우(朝雲暮雨): 조운모우. 본래 남녀 간의 정사 혹은 남녀 간 이별할 때에 그리움을 의미하는 말로, 송옥의 〈고당부(高唐賦)〉에 초나라 회왕(懷王)과 헤어진 무산신녀가 하는 말에서 유래. 여기에서는 아들을 그리워하는 서태부인의 마음을 형용하는 데 사용됨.

154 소상(瀟湘)의 반듁(班竹): 소상강은 요임금의 두 딸이자 순임금의 왕비인 아황과 여영이 순임금이 죽은 뒤에 슬피 울다가 빠져 죽은 곳으로, 이때 아황과 여영이 흘린 눈물방울이 대나무에 얼룩졌다는 '소상반죽(瀟湘斑竹)' 고사를 가리킴.

155 하날을 기리 블너 쳘운셩문이 문허디믈: 기량의 아내(기량 처)의 고사. 전국시대 제(齊)나라 사람 기량이 전쟁에 나가서 죽어 돌아오자, 그의 아내가 열흘 동안 슬피 통곡하였더니 성이 무너졌다는 이야기가《열녀전》에 나옴. 이 기량의 아내가 '맹강(孟姜)'이라고 알려지기도 함.

156 딘원(眞元): 진원. 사람 몸의 원기(元氣).

ᄒᆞ여 년보(年甫) 초ᄉᆞ(初四)의 텬셩이 탈쇽(脫俗)ᄒᆞ며 작인(作人)이
이상(異常)ᄒᆞ고 셩효(誠孝)와 ᄇᆡᆨᄒᆡᆼ(百行)이 찬연이 니러 반ᄃᆞ시 승믁
(繩墨)을 드ᄃᆡ여 방원(方圓)을 뎡졔ᄒᆞ니[158] 가히 텬고의 시초ᄉᆡᆼ(是初
生)이라. ᄎᆞᆼ명신이(聰明神異)ᄒᆞ미 만믈의 무블통디(無不通知)ᄒᆞᄂᆞᆫ
바로 그 엇디 양부의 포원죄왕(抱寃罪枉)ᄒᆞ믈 ᄭᆡ닷디 못ᄒᆞ리오? 사
61면 ᄅᆞᆷ이 ᄌᆞ셔히 니ᄅᆞ디 아냐셔 ᄀᆡ년(朞年)으로브터 궁극디지통(窮極之
至痛)을 니긔디 못ᄒᆞᄂᆞᆫ 바의 ᄉᆡᆼ부(生父)의 만니위디(萬里危地)ᄅᆞᆯ 님
ᄒᆞ여 도라올 디쇽(遲速)이 아득ᄒᆞ믈 비도(悲悼)ᄒᆞ여 쳠망(瞻望)ᄒᆞ여
탄식과 텬호(天呼)ᄒᆞ는 눈믈이 마ᄅᆞᆯ 젹이 업ᄉᆞ나 양모부인(養母夫人)
의 통회(痛懷)ᄅᆞᆯ 돕디 아니려 ᄒᆞ여 능히 이셩(怡聲)으로 위로ᄒᆞ며 낙
ᄉᆡᆨ(樂色)으로 봉시(奉侍)ᄒᆞ여 쥬야(晝夜)의 화부인 상하(床下)ᄅᆞᆯ ᄯᅥ
나디 아니ᄒᆞ고 ᄀᆡ염쇼져로 더브러 화부인이 식음(食飮)을 나온즉 ᄯᆞ
라 먹으며 잠을 들면 조ᄎᆞ ᄌᆞ고 비회(悲懷)ᄒᆞᆫ즉 간유(懇諭)ᄒᆞ여 츌텬
(出天)ᄒᆞᆫ 효위(孝爲)로 증ᄆᆡᆼ(曾孟)[159]의 후ᄅᆞᆯ 니을 ᄲᅳᆫ 아니라 딘실노 증
ᄌᆡ(曾子)라도 삼ᄉᆞ셰(三四歲)의 이든 못 ᄒᆞ실 거시오 ᄆᆡᆼᄌᆡ(孟子)라도
이러ᄐᆞᆺ 조셩(早成)ᄒᆞ샤 ᄉᆡᆼ셩대셩(生成大聖)이신즉 ᄆᆡᆼ뫼(孟母) 셰 번

157 명녕(螟蛉): 명령. 양자(養子)를 의미함. 명령은 벌레의 유충으로 《시경》 〈소완(小宛)〉에 나나니벌이 명령을 물어다가 자신의 새끼로 기른다는 내용이 있음. 여기에서는 정흠의 양자인 정인웅을 가리킴.

158 승믁(繩墨)을 드ᄃᆡ여 방원(方圓)을 뎡졔ᄒᆞ니: 먹줄로 방원을 바르게 그린다는 것으로, 모든 행동이 자로 잰 듯 법도에 맞고 바르다는 뜻. “그러므로 먹줄이 진실로 잘 펴지면, 굽고 곧은 것을 속일 수가 없는 것이며(故繩墨誠陳矣 則不可欺以曲直)”라는 말이 《순자》 〈예론편(禮論篇)〉에 나옴.

159 증ᄆᆡᆼ(曾孟): 증맹. 증자와 맹자.

올므시ᄂᆞᆫ[160] 닛브미[161] 업ᄉᆞᆯ디니 만고이ᄅᆡ(萬古以來) 셩현의 더으다 일ᄏᆞᄅᆞ믄 도로혀 외람(猥濫) 근사(近似)치 아니ᄒᆞ거니와 대져 닌웅의 긔이츌범(奇異出凡)ᄒᆞ믈 의논ᄒᆞᆯ딘ᄃᆡ 졍시 노유졔인듕(老儒諸人中)의도 더브러 방블ᄒᆞᆫ ᄌᆡ 업ᄉᆞ니 닌셩의 ᄉᆡᆼ이디셩(生而至成)ᄒᆞᄂᆞᆫ 셩학대 62면
되(聖學大道) 아니면 닌웅이 ᄒᆞᆯ노 ᄌᆞᄉᆡᆼ민이ᄅᆡ(自生民以來)로 일인(一人)일 ᄲᅳᆫ 아니라 긔린디어쥬슈(麒麟至於走獸)와 봉황디어비됴(鳳凰至於飛鳥)와 태산디어구질(泰山至於丘垤)과 대ᄒᆡ디어ᄒᆡᆼ뇨야(大海至於行潦也)의 뉴애(類也)며 셩인디어민(聖人至於民)ᄋᆡ 역뉴애(亦類也)라.[162] 닌셩으로 더브러 비우(比寓)ᄒᆞᆯ딘ᄃᆡ 녀슈(麗水)[163]의 통텬(通天)ᄒᆞᆫ 명쥐(明珠)[164]오 곤산(崑山)[165]의 병ᄉᆡᆼ(竝生)ᄒᆞᆫ 옥싊(玉樹)[166]니 막샹막하(莫上莫下)로 더으며 덜ᄒᆞᆯ 거시 업ᄉᆞᄃᆡ 닌셩공ᄌᆞᄂᆞᆫ 온냥공검

---

160 밍뫼(孟母) 셰 번 올므시ᄂᆞᆫ: 맹모삼천지교(孟母三遷之教). 맹자의 어머니가 무덤 근처에 집을 정하자 맹자가 매장하는 놀이를 하고, 시장 가까이 집을 정하자 맹자가 장사하는 놀이를 했으므로 결국 학교 가까이로 이사를 했다는 내용. 유향의《열녀전》에 나옴.

161 닛브미: 맥락상 '수고롭다, 힘들다'의 의미로 추정.

162 긔린디어쥬슈(麒麟至於走獸)와 ~ 역뉴애(亦類也)라: 기린과 봉황, 큰 산과 큰 바다가 각각 길짐승과 날짐승, 낮고 작은 산과 길에 고인 물과 동류(同類)면서도 그 중에 뛰어나듯, 성인이 일반 사람과 동류면서도 뛰어나다는 뜻. 공자의 뛰어남에 대한 제자 유약의 말로《맹자》〈공손추 상(公孫丑上)〉에 나옴. 여기에서는 공자에 비견되는 인성의 특별함을 강조하고 있음.

163 녀슈(麗水): 여수. 금이 많이 나온다는 장소.《천자문》에 '금생여수(金生麗水)'라는 문구가 있으므로 금(金)을 은어로 여수(麗水)라고 하기도 함.

164 명쥐(明珠): 명주. 춘추시대 한수(漢水) 동쪽에 있던 수나라 수후(隨侯)가 명월주(明月珠)라고 불리는 진귀한 구슬을 갖고 있어서 '수후의 구슬(隨侯之珠)'이라고 하기도 함.《회남자》에 나옴.

165 곤산(崑山): 곤륜산. 서왕모가 다스린다고 여겨지는 전설상의 산.

166 옥싊(玉樹): 옥수. 곤륜산에서 나는 나무로, 옥을 열매로 맺는다고 함.

(溫良恭儉)ᄒᆞ디 풍늉발화(丰茸發花)ᄒᆞ여 ᄇᆡᆨ복(百福)과 신여명(身輿命)이 ᄀᆞᆺ초 보젼홀 ᄌᆡ(者)오 ᄂᆡᆫ웅공ᄌᆞᄂᆞᆫ ᄀᆡ상화열(奇祥和悅)ᄒᆞ고 쇄쇄교결(灑灑皎潔)ᄒᆞ믈 아오라시니 신명ᄒᆞ며 ᄀᆡ이ᄒᆞ믄 츄발(秋髮)[167]도 샤ᄇᆡᆨ(舍伯)을 밋디 못ᄒᆞ미 업셔 오히려 넘은 ᄃᆞᆺᄒᆞ디 완젼특듕(完全特重)ᄒᆞ믄 ᄂᆡᆫ셩공ᄌᆡ 샤뎨(舍弟)의게 삼ᄉᆞ 간 나을더라. 합문(闔門)의 ᄂᆡᆫ웅을 츄양ᄋᆡ복(推讓愛服)ᄒᆞ미[168] 셕년(昔年) ᄂᆡᆫ셩공ᄌᆞ 날 젹의 감(減)치 아니ᄒᆞ거놀 ᄒᆞ믈며 대화부인의 만금디ᄋᆡ(萬金之愛)와 태산디탁(泰山之托)이리오? 딘실노 ᄊᆡᆨ거디며 ᄆᆡ여딜 ᄃᆞᆺ 셰샹의 머믈미 업고ᄌᆞ ᄒᆞ다가도 웅ᄋᆞ의 디효디셩(至孝至誠)으로 관위(寬慰)ᄒᆞᄂᆞᆫ 말솜이 는니(倫理)의 합ᄒᆞ고 녜도(禮道)의 ᄉᆞᄆᆞᆺᄎᆞ믈 보아ᄂᆞᆫ ᄇᆡᆨ통(百痛)이 프러디며 쳔비(千悲) ᄒᆞᆺ터져 신ᄀᆡ롭고 아롬다오믈 결을치 못ᄒᆞ여 이 ᄀᆞᆺᄐᆞᆫ 명녕(螟蛉)의 날노 비상ᄒᆞ믈 부뷔 ᄒᆞᆫ가디로 두굿기디 못ᄒᆞᄂᆞᆫ 바롤 더옥 통혹(痛酷)ᄒᆞ나 ᄌᆞ연이 회포롤 븟쳐 만균(萬鈞)의 밋븐 거시 잇ᄂᆞᆫ ᄃᆞᆺ 일식이 디연ᄒᆞ여 능히 삼긔(三朞)롤 보명(保命)ᄒᆞ미 무ᄉᆞ히 디난더라. 얼픗ᄒᆞᆫ ᄉᆞ이의 문계공 삼긔롤 맛ᄎᆞ 됴셕증상(朝夕烝嘗)을 긋치니 일가의 ᄋᆡ훼참졀(哀毁慘絕)홈과 대화부인 모ᄌᆞ남ᄆᆡ(母子男妹) 민통(憫痛)과 궁원(窮冤)이 초상(初喪)의 감치 아니ᄒᆞ니 쳐ᄉᆡ 모부인의 상도(傷悼)ᄒᆞ시미 셩휘롤 도라보디 아니시믈 민황초조(憫惶焦燥)ᄒᆞ여 비록 쳔비(千悲)와 ᄇᆡᆨ통(百痛)이도 모친 면젼의ᄂᆞᆫ 비ᄉᆞ쳑용(悲辭慽容)을 낫토디 아니려 ᄒᆞ므로 이셩낙식(怡面樂色)으로 열

63면

---

167 츄발(秋髮): 추발. 추호(秋毫)와 같은 뜻.

168 츄양ᄋᆡ복(推讓愛服)ᄒᆞ미: 규장각본에는 '츄양ᄋᆡ복'으로 되어 있음.

의ᄅᆞᆯ 구ᄒᆞᄆᆡ 동동쵹쵹(洞洞屬屬)ᄒᆞ여 ᄉᆞ심을 결을치 못ᄒᆞ고 쥬야(晝
夜)의 시측(侍側)ᄒᆞ여 의ᄃᆡ(衣帶)ᄅᆞᆯ 니긔다 못ᄒᆞᄂᆞᆫ ᄃᆞᆺ 긔운을 ᄂᆡ혀다 64면
못ᄒᆞᄂᆞᆫ ᄃᆞᆺ 디셩이 텬디신인(天地神人)으로 ᄒᆞᆫ가디로 동ᄒᆞ니 태부인
쏘ᄒᆞᆫ 크게 관위ᄒᆞ여 쳐ᄉᆞ의 젼심초려(煎心焦慮)ᄅᆞᆯ 돕디 말고ᄌᆞ ᄒᆞᄆᆡ
침식디졀(寢食之節)의 모ᄌᆡ 셔로 보호ᄒᆞ며 위로ᄒᆞ여 일월을 보ᄂᆡ더
니 츄칠월(秋七月) 삭됴(朔朝)의 노영(虜營)으로조ᄎᆞ 창두 경농이 니
ᄅᆞ러 밋쳐 밧문을 드ᄃᆡ디 못ᄒᆞ여셔 일공ᄌᆞ(一公子)[169]의 ᄉᆡᆼ존ᄒᆞ믈 고ᄒᆞ
고 상셔와 공ᄌᆞ의 봉셔ᄅᆞᆯ 올니니 거실의 환환열열(歡歡悅悅)ᄒᆞ여 쳥
텬(靑天)의 등승(登昇)ᄒᆞᆫ ᄃᆞᆺᄒᆞᆫ 듕 비우창가 황망(惶忙)ᄒᆞ여 쳐ᄉᆡ 발
을 벗고 마조 나오며 태부인이 난함(欄檻)의 나려 그 봉셔ᄅᆞᆯ 바드ᄆᆡ
여취여황(如醉如惶)ᄒᆞ여 개탁(開坼)기ᄅᆞᆯ 슈히 못 ᄒᆞ고 ᄒᆞᆫ갓 경농의
현알(見謁)키ᄅᆞᆯ ᄌᆡ쵹ᄒᆞ니 냥계공이 ᄇᆡᆨ모ᄅᆞᆯ 븟드러 뎡침(正寢)의 좌
ᄒᆞ시믈 쳥ᄒᆞ며 의계 상셔 부ᄌᆞ의 글을 주셔(朱書)[170]ᄒᆞ여 태부인 앏ᄒᆡ
셔 닑을ᄉᆡ 몬져 존후ᄅᆞᆯ 믓ᄌᆞ와 븍고남산(北高南山)의 무강열열(無疆
烈烈)ᄒᆞ시믈[171] 비러 원ᄒᆞ엿고 블초의 ᄒᆡᆼ역디구(行役之久)[172]ᄅᆞᆯ ᄎᆞ(嗟)치 65면
마ᄅᆞ시며 니측디연(離側遲延)을 권(睠)치 마ᄅᆞ샤【ᄎᆞ(嗟)ᄂᆞᆫ 슬허ᄒᆞ단

---

169 일공ᄌᆞ(一公子): 일공자. 정인성.

170 주셔(朱書): 주서. 주묵(朱墨)으로 글씨를 쓴 것으로, 쉽게 지워지지 않게 하기 위해 붉게 글씨를 쓴다는 의미.

171 븍고남산(北高南山)의 무강열열(無疆烈烈)ᄒᆞ시믈: 장수를 기원하는 '남산지강(南山之剛)'과 '북해지수(北海之壽)'와 같은 의미로 추정.

172 ᄒᆡᆼ역디구(行役之久): 행역지구. 오래 길을 떠남. "군자가 오래도록 길을 떠나 세월을 계산할 수 없다(君子行役之久 不可計以日月)."라는 말이 《시경》에 나옴.

말이오 권(睠)은 닛디 못ᄒᆞ단 말이니라】셩녀(聖慮)롤 블숀ᄒᆞ시믈 일콧고 만셰(萬歲) ᄇᆡᆨ안녕의 안뎡(安定)ᄒᆞ샤 니창계 등의 시위(侍衛)ᄒᆞ미 디극ᄒᆞ믈 베퍼시며 ᄌᆞ긔ᄂᆞᆫ 됴셰챵과 ᄒᆞᆫ가디로 잇다가 닌셩을 긔특이 만나 위틱ᄒᆞᆫ 듕 도호믈 엇고 외로온 졍ᄉᆞ의도 ᄌᆞ(子)와 셰(婿) 좌우의 이셔 만균디듕(萬鈞之重)과 븍두디탁(北斗之托)이 겸ᄒᆞᆫ ᄃᆞᆺ 쵹히 ᄇᆡᆨ슈쳔비(百愁千悲)롤 위로ᄒᆞ여 보명ᄒᆞᆯ 도리 이시믈 ᄀᆞᆺ초 쥬(奏)ᄒᆞ여시ᄆᆡ 조곰도 위란(危亂)코 슬픈 졍ᄉᆞ롤 고치 아냐시ᄃᆡ 발셔 ᄇᆡᆨ안녕의 만셰롤 시위치 못ᄒᆞ고 됴ᄌᆞ와 ᄒᆞᆫ가디로 먀션의 셩도[173]의 이시미 위틱ᄒᆞ믈 뭇디 아냐 알디라. 경뇽이 만의 ᄒᆞ나흘 고ᄒᆞᄂᆞᆫ 말이 ᄯᅩᄒᆞᆫ 놀나오며 흉ᄒᆞ여 상셰 영텬관의 허러딘 옥듕의셔 셰 번 죽고 닐곱 번 혼졀ᄒᆞ여 아조 인ᄉᆞ롤 ᄇᆞ리게 되엿더니 일공지 등나부로조ᄎᆞ 니ᄅᆞ러

66면 구호시약(救護侍藥)ᄒᆞᄆᆡ 동동쵹쵹(洞洞屬屬)ᄒᆞᆫ 셩회 앙소텬도(仰昭天道) 하달디로(下達地路)ᄒᆞ여 임의 감텬디셩(感天至誠)ᄒᆞᄆᆡ 공이 회소(回蘇)ᄒᆞ믈 어덧ᄉᆞᆸ고 호인(胡人)이 감동ᄒᆞ여 이심히 굴기롤 덜ᄒᆞ오나 오히려 위디(危地)롤 버ᄉᆞᆯ 길히 업ᄉᆞ믈 알외니 일개 닌셩의 ᄉᆡᆼ존홈과 상셔의 보명ᄒᆞ믈 ᄀᆞᆺ초 반갑고 깃브디 아니미 업ᄉᆞᄃᆡ 다만 노영(虜營)의 계옥(繫獄)ᄒᆞ여 위란을 면치 못ᄒᆞ믈 ᄎᆞ악ᄒᆞ니 희보로조ᄎᆞ 다시 환후롤 드ᄅᆞᄆᆡ 우희교극(憂喜交極)ᄒᆞ여 밧비 닌셩의 글을 보ᄆᆡ 초(初)의 월쳥강의 잠겻다가 계오 일편판쥬(一片板舟)의 실니여 ᄒᆡ외타국(海外他國)의 표류ᄒᆞ던 셜화롤 고ᄒᆞ여시며 이에 와 대야(大爺)

173 먀션의 셩도: 노영을 이름.

ᄅᆞᆯ 봉시(奉侍)ᄒᆞ와 미졍(微情)을 펴나 태모와 부모 슉당의 현알ᄒᆞᆯ 디쇽(遲速)을 뎡치 못ᄒᆞ여 비울통결(悲鬱痛結)ᄒᆞ믈 일ᄏᆞᆺ고 ᄌᆞᆼ슉의 원앙죄몰(寃殃罪歿)ᄒᆞ믈 슬허ᄒᆞᆷ과 왕부(王父) 삼긔(三忌)ᄅᆞᆯ ᄒᆞᆯᄒᆞᆯ히 디ᄂᆡᄃᆡ 만니쳔애(萬里天涯)의 즈음쳐 ᄌᆞ손의 도리ᄅᆞᆯ 펴디 못ᄒᆞ믈 ᄌᆞᆼ신디통(終身之痛)을 삼아시니 만편셔ᄉᆞ(滿篇書辭)의 문니밀찰(文理密察)[174]ᄒᆞ여 필획(筆劃)이 긔이ᄒᆞ믄 니ᄅᆞ도 말고 동동디효(洞洞之孝)와 67면
쵹쵹디셩(屬屬之誠)이 졀졀간측(節節懇惻)ᄒᆞ여 왕모(王母)·양모(養母)와 ᄉᆡᆼ부긔 올닌 셔ᄉᆡ ᄒᆞᆫ갈ᄀᆞᆺ치 원모디졍(遠慕之情)을 비로ᄉᆞᆫ 말ᄉᆞᆷ이오 블초ᄅᆞᆯ 위ᄒᆞ여 셩녀ᄅᆞᆯ 허비치 마ᄅᆞ시믈 간졀이 쳥ᄒᆞ여 그 완슌(婉順)ᄒᆞᆫ 낫빗과 효뎨(孝悌)ᄒᆞᆫ 거동이 목젼의 ᄃᆡᄒᆞᆫ ᄃᆞᆺᄒᆞ며 그 심ᄉᆞ의 쳐황(悽惶)ᄒᆞ믈 보디 아냐 알디라. 슬프고 어엿브미 능히 형상치 못ᄒᆞ니 부ᄌᆞ텬뉸(父子天倫)이 동ᄒᆞ믈 ᄭᆡ닷디 못ᄒᆞ여 쳐ᄉᆡ 갈건(葛巾)을 슉여 쳑연낙누(慽然落淚)ᄒᆞ믈 면치 못ᄒᆞᄃᆡ 혹ᄌᆞ 태부인이 보실가 두려 누흔(淚痕)을 즉시 업시ᄒᆞ며 좌우ᄅᆞᆯ 도라보니 화부인이 집셔ᄋᆡ도(執書哀悼)ᄒᆞᄃᆡ 감히 비창(悲愴)ᄒᆞ믈 낫토디 ᄒᆞ고[175] 소부인이[176] ᄯᅩᄒᆞᆫ 공ᄌᆞ의 글을 손의 노치 못ᄒᆞ며 옥빈보압(玉鬢寶鴨)[177]의 교뤼(交淚) 빈져

174 문니밀찰(文理密察): 문리밀찰. 문(文)은 문장, 이(理)는 조리, 밀(密)은 상세(詳細), 찰(察)은 명변(明辯)을 뜻한다고 함.《중용장구(中庸章句)》에 나옴.

175 낫토디 ᄒᆞ고: 맥락상 '낫토디 못ᄒᆞ고'인데 '못'이 누락된 것으로 추정. 규장각본에는 '낫토지 못ᄒᆞ고'로 되어 있음.

176 소부인이: 규장각본에는 '소분인이'로 되어 있음.

177 옥빈보압(玉鬢寶鴨): '운빈보압(雲鬢寶鴨)'과 같은 의미로 추정. 보압은 오리 모양을 본떠 만든 향로에 대한 미칭(美稱)으로, 운빈보압이란 향로 모양으로 흘러내린 귀밑머리를 말함.

(頻低)ᄒᆞ여 그 ᄒᆡ외타국(海外他國)의 표류ᄒᆞ던 바를 칼히 결닌 ᄃᆞᆺ 잔인ᄒᆞ고 슬허ᄒᆞ미 당금 호듕누옥(胡中陋獄)의 ᄲᅡ져 부ᄌᆞ의 셩명이 아
68면 오로 위ᄐᆡᄒᆞ믈 초조망박(焦燥忙迫)ᄒᆞ미 가부(家夫)를 위ᄒᆞᆫ 졍셩과 ᄌᆞ식을 ᄉᆞ랑ᄒᆞᄂᆞᆫ 뜻이 인졍상니(人情常理)라 굿ᄐᆞ여 일ᄏᆞ롤 ᄇᆡ 아니로ᄃᆡ 소시의 ᄇᆡᆨ쳬만상(百體萬狀)은 슈우(愁憂)ᄒᆞ여 즐기디 아니ᄒᆞ며 ᄋᆡ도ᄒᆞ여 딘슈아미(螓首蛾眉)롤 빈져히 찡긤과 낭모명셩(朗眸明星)이 아연(俄然)이 경동ᄒᆞ믈 인ᄒᆞ여 챵도(愴悼)ᄒᆞᄂᆞᆫ ᄐᆡ되(態度) 샹ᄒᆡ의셔 졀승ᄒᆞ고 ᄋᆡ원ᄒᆞᆫ[178] 형상이 즐기ᄂᆞᆫ ᄯᅢ의셔 고으믈 겸ᄒᆞᄃᆡ 태악(泰嶽) ᄀᆞᆺ치 놉흐며 하ᄒᆡ(河海)갓치 깁허 완ᄉᆞ녀(浣紗女)의 공교로옴과 포ᄉᆞ[179](褒姒)의 ᄆᆡ몰ᄒᆞᄆᆡ 비겨 욕디 못ᄒᆞ리니 오딕 위의(威儀) ᄀᆞ죽ᄒᆞ고 인졍의 디극ᄒᆞ여 희락(喜樂)이 교동(交動)ᄒᆞ니 우즉츌의(憂則出意)ᄒᆞ며 환즉츌낙(歡則出樂)ᄒᆞ여 과명ᄒᆞᆫ ᄀᆡ딜이 군ᄌᆞ의 대도로 흡샤ᄒᆞᆫ디라. 만일 그 ᄆᆞ옴 가디믈 의용쳐신(儀容處身)ᄀᆞᆺ치 홀딘ᄃᆡ 엇디 쳔고의 특별ᄒᆞᆫ 어딘 부인 되기롤 근심ᄒᆞ리오마ᄂᆞᆫ 실노 안과 밧기 현슈현슈(懸殊)ᄒᆞᆫ디라. 상셔의 위ᄐᆡᄒᆞ믈 념녀ᄒᆞ미 등한(等閑)ᄒᆞᆫ 바의 잇디 아니ᄒᆞ나 금픔쉬(今稟受) 금옥(金玉)의 견고ᄒᆞᄆᆡ 더으믈 미드니
69면 가ᄇᆡ야이 쳬루비상(涕淚悲傷)ᄒᆞ미 아니로ᄃᆡ ᄌᆞ긔 교밀(巧密)ᄒᆞᆫ 간뫼(奸謨) 헛곳의 도라져 닌셩의 ᄉᆡᆼ존이 텬디신명(天地神明)이 ᄒᆞᆫ가디로 보우ᄒᆞ미 되여시니 텬뎡이승인(天定而勝人)[180]이믈 ᄭᆡ다라 분원통ᄒᆡ(忿怨痛駭)ᄒᆞ믈 결을치 못ᄒᆞᄆᆡ ᄒᆡ음업시 간을 ᄉᆞᆯ오고 ᄋᆡ롤 ᄐᆡ오ᄂᆞᆫ 눈

---

178 ᄋᆡ원ᄒᆞᆫ: ᄋᆡ원ᄒᆞ다. ‘애처롭다’의 뜻으로 추정.

179 포ᄉᆞ(褒姒): 포사. 주(周)나라 유왕의 총비(寵妃)로, 대표적인 미인.

믈이 스ᄉᆞ로 나리믈 ᄭᅵ닷디 못ᄒᆞ니 쳐ᄉᆞ의 신명ᄒᆞᆷ과 태부인의 명감으로 엇디 소시의 심폐(心肺)를 ᄉᆞᄆᆞᆺ디 못ᄒᆞ리오마ᄂᆞᆫ ᄒᆞᆫ갈ᄀᆞᆺ치 모로ᄂᆞᆫ ᄃᆞᆺᄒᆞ며 화부인이 ᄯᅩᄒᆞᆫ 영영 ᄭᅵᄃᆞᆺ디 못ᄒᆞᄂᆞᆫ ᄃᆞᆺᄒᆞ므로 듕인(衆人)은 더옥 아디 못ᄒᆞ더라. 경농이 이의 오ᄂᆞᆫ 길히 경샤(京師)를 디나와시므로 취령산 양부 셔부인 글월을 밧드러 왓거ᄂᆞᆯ 보건ᄃᆡ 월염쇼졔 구가(舅家)의 나아가 목숨이 니어시나 고상이 만단이라 ᄒᆞ여시니 태부인과 쳐ᄉᆞ 부뷔 칼흘 삼킨 ᄃᆞᆺ 참연ᄒᆞᆫ 우려를 니긔디 못ᄒᆞ나 맛ᄎᆞᆷᄂᆡ 댱헌 부부의 브ᄌᆞ(不慈)ᄒᆞ믈 ᄭᆡ닷디 아니ᄒᆞ고 다만 상셔와 닌셩의 호듕위디(胡中危地)를 우황초려(憂慌焦慮)ᄒᆞ여 태부인이 기리 탄식왈(嘆 70면
息曰)

"인욕(人慾)이 무한(無限)ᄒᆞ여 죡(足)한 줄을 모로믈 스ᄉᆞ로 ᄭᅵ치리로다."

ᄒᆞ더라.

(책임교주 박혜인)

---

180 텬뎡이승인(天定而勝人): 천정이승인. 초나라 신포서의 말로, 복선화음(福善禍淫)을 뜻함. "사람이 많으면 하늘을 이길 수 있으나 하늘이 정해지면 또한 사람을 이긴다(人衆者勝天 天定亦能勝人)."라는 말에서 옴.

완월회맹연 玩月會盟宴

권디이십칠 卷之二十七

어시(於是)의 셔태부인이 탄식왈(嘆息曰) 1면

"인욕(人慾)이 무한(無限)ᄒᆞ여 죡(足)ᄒᆞᆫ 줄을 모로믈 스ᄉᆞ로 ᄭᆡ치리로다. 빅ᄋᆞ(伯兒)[1]ᄅᆞᆯ 니별(離別)ᄒᆞ여 노영(虜營)으로 보ᄂᆡᆫ 후 ᄎᆞᄋᆡ(次兒)[2] 노모(老母)ᄅᆞᆯ 븟드러 산듕의 ᄀᆞᆷ초이ᄆᆡ 셰렴(世念)이 ᄉᆞᆫ허디며 일흔 ᄋᆞ회(兒孩)ᄅᆞᆯ 듕봉(重逢)ᄒᆞ믈 능(能)히 바라디 못ᄒᆞ엿더니 거년(去年)의 닌광이 도라와 슬하의 넘놀고 월ᄋᆞ[3]의 ᄉᆡᆼ존(生存)을 드ᄅᆞ며 노영 소식을 아라 닌셩의 ᄉᆞ라심과 부ᄌᆡ(父子) 상봉(相逢)ᄒᆞᆫ 희ᄉᆞ(喜事)ᄅᆞᆯ ᄀᆞᆺ초 다ᄒᆡᆼ(多幸)코 환열(歡悅)ᄒᆞ나 오히려 져희ᄅᆞᆯ 목젼(目前)의 ᄃᆡ치 못ᄒᆞ여 실연(失緣)ᄒᆞ여 디향(志向)ᄒᆞᆯ ᄇᆡ 업고 비울(悲鬱)ᄒᆞ여 깃븐 줄을 모ᄅᆞᆯ 쁜 아니라 빅ᄋᆞ의 젹상됴쇠(積傷遭衰)ᄒᆞᆫ 긔브(肌膚)로뼈 ᄒᆡ외풍토(海外風土)의 상ᄒᆞ믈 보디 아냐 알 ᄇᆡ오 닌셩이 ᄯᅩ 유약(柔弱)ᄒᆞᆫ 긔딜뼈[4] 만니ᄒᆡ국(萬理海國)의 표류(漂流)ᄒᆞ여 심간(心肝)을 ᄉᆞᆯ오미 무궁(無窮)ᄒᆞ리니 필연 부ᄌᆡ(父子) 슈(壽)ᄅᆞᆯ 감(減)ᄒᆞ며 긔(氣)ᄅᆞᆯ 손(損)ᄒᆞ여 초초(悄悄)ᄒᆞᆫ 셰샹의 훌훌이 머므ᄂᆞᆫ •ᄉᆞ이 2면
의도 댱강(壯強)ᄒᆞᆫ 사ᄅᆞᆷ이 되디 못ᄒᆞ여 신샹(身上)의 병을 시ᄅᆞᆫ 괴로오미 극(極)ᄒᆞ리니 타일의 무ᄉᆞ환귀(無事還歸)ᄒᆞ리라 ᄒᆞ여도 근심이 젹디 아니커ᄂᆞᆯ ᄒᆞ믈며 호듕누옥(胡中陋獄)의 ᄉᆡᆼ딤가? 노모의 심녜(心慮) ᄒᆞ로도 안한(安閑)ᄒᆞ믈 엇디 못ᄒᆞ믄 니ᄅᆞ도 말고 녀ᄋᆞ와

1 빅ᄋᆞ(伯兒): 백아. 첫째 아이. 서태부인의 첫째 아들 정잠을 이름.
2 ᄎᆞᄋᆡ(次兒): 차아. 둘째 아이. 서태부인의 둘째 아들 정삼을 이름.
3 월ᄋᆞ: 월아. 정월염.
4 긔딜뼈: 규장각본에는 '긔딜로뼈'라고 되어 있음.

상군[5]이 닌셩 형뎨와 월ᄋᆞ의 ᄉᆡᆼ존ᄒᆞ믈 드ᄅᆞ면 교ᄋᆞ[6]는 벅벅이[7] 죽어시므로 아라 ᄉᆡ로이 ᄋᆡ상(哀傷)ᄒᆞ미 ᄌᆞ하(子夏)의 상명(喪明)을 니으리니 ᄉᆡᆼ각ᄒᆞᄆᆡ 참담(慘憺)치 아니ᄒᆞ랴?”

쳐ᄉᆞ(處士)[8]와 이공(二公)[9]이 됴흔 말ᄉᆞᆷ과 온화ᄒᆞᆫ 안ᄉᆡᆨ으로 태부인 비회(悲懷)ᄅᆞᆯ 위ᄒᆞ고 날호여 밧긔 나와 경농을 블너 각별이 말을 두어 튱의(忠義)ᄅᆞᆯ 칭도(稱道)ᄒᆞ니 경농이 고두ᄇᆡᆨᄇᆡ(叩頭百拜)ᄒᆞ여 황공블감(惶恐不堪)ᄒᆞ믈 샤ᄒᆞᄂᆞᆫ디라. 쳐ᄉᆡ 드ᄃᆡ여 최언션과 운학이 샹셔[10]ᄅᆞᆯ 밧드러 노듕(虜中)의 이시믈 므ᄅᆞ며 상셔와 공ᄌᆞ[11]의 보명(保命)이 어려온 바ᄅᆞᆯ ᄌᆡ삼 므러 쳐황비도(悽慌悲悼)ᄒᆞ믈 참디 못ᄒᆞ나 ᄋᆞᄌᆞ(兒子)의 달효디셩(達孝至誠)이 텬디신기(天地神祇)ᄅᆞᆯ 감응(感

3면

應)ᄒᆞᆯ ᄇᆡ오 샤ᄇᆡᆨ(舍伯)의 뎡튱대졀(貞忠大節)을 우러러 하날의 븟그럽디 아니ᄒᆞ고 구버 ᄯᅡ히 븟그럽디 아닐 바ᄅᆞᆯ ᄉᆡᆼ각ᄒᆞᄆᆡ 쳔슈만녀(千愁萬慮)ᄅᆞᆯ ᄉᆞᄉᆞ로 위로ᄒᆞ더라. 경농이 회간(回簡)을 밧드러 노영으로 도라가믈 알외니 쳐ᄉᆡ 튱의옛 노ᄌᆞ로 ᄒᆞ여곰 도로의 표딘ᄒᆞ여 죽을가 념녀ᄒᆞ여 다ᄅᆞᆫ 노복(奴僕)을 보ᄂᆡ고ᄌᆞ ᄒᆞᄃᆡ 경농이 디원이 ᄯᅩ다시 십년(十年)을 그음ᄒᆞ여도 샹셔와 공ᄌᆞᄅᆞᆯ 뫼셔 고원(故園)의 도라

5 녀ᄋᆞ와 상군: 여아와 상군. 서태부인의 딸 정태요와 사위 상연을 가리킴.
6 교ᄋᆞ: 교아. 상여교.
7 벅벅이: 틀림없이. 반드시.
8 쳐ᄉᆞ(處士): 처사. 정삼.
9 이공(二公): 정염과 정겸.
10 샹셔: 상서. 정잠.
11 공ᄌᆞ: 공자. 정인성.

즐거오믈 ᄇᆞ라고 이ᄊᆡ의 홀노 편히 잇고ᄌᆞ 아니 ᄒᆞ므로 ᄇᆞ득이 회셔(回書)를 닷가 도라보닐ᄉᆡ 쳐ᄉᆡ 침변야의(枕邊野衣)[12] 일녕(一領)으로ᄡᅧ 경농을 닙혀 은우(恩遇)를 알게 ᄒᆞ며 닌광공ᄌᆡ 낭ᄃᆡ(囊袋)를 아오로 글너주고 누슈(淚水)를 ᄲᅳ려 빅부와 형댱을 밧드러 무ᄉᆞ환귀(無事還歸)ᄒᆞ믈 당부ᄒᆞ며 하딕을 고ᄒᆞᄆᆡ 모다 됴히 가믈 닐너 낫낫치 쳑연(慽然)ᄒᆞᆫ 빗출 ᄯᅴ여 노복을 보ᄂᆡᄂᆞᆫ 바 ᄀᆞᆺ디 아니ᄒᆞ니 이ᄂᆞᆫ ᄒᆞᆫᄀᆞᆺ 경농의 튱셩을 인ᄒᆞ여 듕히 ᄃᆡ졉홈만 아니라 상셔 부ᄌᆞ의 도라올 디쇽(遲速)이 묘연(渺然)ᄒᆞ므로ᄡᅧ 일개(一家) 쳑연비울(慽然悲鬱)ᄒᆞ여 즐기디 아니ᄒᆞ미러라. 임의 경농을 도라보ᄂᆡ고 상셔 부ᄌᆞ와 월염쇼져를 위ᄒᆞᆫ 근심이 간졀(懇切)ᄒᆞ나 그 각각 죽을 곳의 일식(一息)을 니어시믈 텬신(天神)의 보우ᄒᆞᆫ 줄 ᄭᆡ다라 필경(畢境)이 ᄆᆡ몰치 아니리라 ᄒᆞ여 합개(闔家) 통회(痛懷)를 금억(禁抑)ᄒᆞ여 셰월을 보ᄂᆡ더니 일일은 시ᄌᆡ(侍者) 급보(急報)ᄒᆞᄃᆡ 셔쳔 소위공 노애(老爺)[13] ᄂᆡ림(來臨)ᄒᆞ시다 ᄒᆞ거ᄂᆞᆯ 쳐ᄉᆞ와 이공(二公)이 밧비 문의 나 마ᄌᆞ 승당한훤필(升堂寒喧畢)의 국ᄉᆞ(國事)의 망극ᄒᆞ믈 일ᄏᆞ라 만셰(萬歲) 노영(虜營)의 파월(播越)ᄒᆞ시ᄆᆡ 밋쳐ᄂᆞᆫ ᄀᆡ운이 엄ᄉᆡᆨ(掩塞)ᄒᆞᆯ ᄃᆞᆺ 손으로 ᄡᅡ흘 치며 격분강ᄀᆡ(激憤慷慨)ᄒᆞᄂᆞᆫ ᄀᆡ운이 하날을 ᄯᅦ칠 ᄃᆞᆺᄒᆞ니 샤일(射日)이 징딩(澄澄)ᄒᆞ여 츄강(秋江)이 예예ᄒᆞᆫ 듯 그 침엄(沈嚴)ᄒᆞᆫ ᄀᆡ상이 츄텬(秋天)이 뇨활(遙濶)ᄒᆞᆫᄃᆡ 신운(神雲)이 비비(斐斐)ᄒᆞᆫ ᄃᆞᆺ 옥뉸(玉 4면

12 침변야의(枕邊野衣): '밖에서 입고 잘 수 있는 옷'으로 추정. 규장각본에는 '침변야'로 되어 있음.

13 셔쳔 소위공 노애(老爺): 서천 소위공 어르신. 소수.

輪)이 어텬(於天)ᄒᆞᄃᆡ 댱ᄌᆞ(長者)의 면젼(面前)이라 강인단심(强忍斷心)ᄒᆞ고 죵용이 말ᄉᆞᆷ을 열ᄉᆡ 쳐ᄉᆡ 쏘ᄒᆞᆫ 안ᄉᆡᆨ을 슈렴(收斂)ᄒᆞ며 존

5면 톄(尊體) 누디(陋地)의 강님(降臨)ᄒᆞ시미 쳔만녀외(千萬慮外)[14]를 일ᄀᆞᆺ고 근ᄂᆡ 긔거침식디절(起居寢食之節)을 뭇ᄌᆞ올ᄉᆡ 유이(柔怡)ᄒᆞᆫ 셩음(聲音)과 신신(新新)ᄒᆞᆫ 안ᄉᆡᆨ이 이 본ᄃᆡ 난초(蘭草) 우ᄒᆡ 길드려 훤젼(萱前)의 닐위던 ᄇᆡ라 화풍감위(和風甘雨) 습습ᄒᆞ니 샹운(祥雲)이 더옥 므ᄅᆞ녹아 오딕 셔일(瑞日)의 가즉ᄒᆞᆫ디라. 소공이 흠션경ᄋᆡ(欽羨敬愛)ᄒᆞ미 무궁ᄒᆞ며 반기미 친ᄌᆞ딜(親子姪)을 원별디여(遠別之餘)의 단회(團會)ᄒᆞᆷ ᄀᆞᆺᄐᆞ니 능히 손을 노치 못ᄒᆞ고 합문(闔門)의 평부(平否)와 태부인 긔후(氣候)ᄅᆞᆯ 므ᄅᆞ며 닌광이 업ᄉᆞ믈 므ᄅᆞᆫᄃᆡ 쳐ᄉᆡ 비로소 닌광을 ᄉᆞ병(死病)의 구호(救護)ᄒᆞ샤 능히 ᄉᆡᆼ도(生道)ᄅᆞᆯ 엇게 ᄒᆞ심과 디극히 념녀(念慮)ᄒᆞ샤 도라보ᄂᆡ신 바ᄅᆞᆯ 샤례ᄒᆞ고 닌광이 디금 미양(微恙)이 이셔 됴리(調理)ᄒᆞ오나 대단치 아니ᄒᆞ오니 블너 알현케 ᄒᆞ믈 고ᄒᆞᆫᄃᆡ 소공이 급히 말녀 왈

“녕윤(令胤)[15]이 미양(微恙)일지라도 심히 젹상(積傷)ᄒᆞᆫ ᄇᆡ라. 각별이 조심ᄒᆞ여 됴리ᄒᆞ미 올흐니 이졔 ᄲᆞᆯ니 블너 무엇 ᄒᆞ리오? 노뷔(老父)

6면 슈일을 머므러 도라가고ᄌᆞ ᄒᆞᄂᆞ니 죵용(從容)이 보미 늣디 아니ᄒᆞ고 쏘 녕윤이 좌(座)의 업ᄉᆞᆫ ᄊᆡ의 녀ᄇᆡᆨ을 ᄃᆡᄒᆞ여 니ᄅᆞᆯ 말이 이셰라.”

ᄒᆞᆫᄃᆡ 쳐ᄉᆡ 드ᄃᆡ여 공ᄌᆞ 브ᄅᆞ기ᄅᆞᆯ 날회며[16] 냥계 좌우ᄅᆞᆯ 도라보아 소공

---

14 쳔만녀외(千萬慮外): 규장각본에는 '쳔만려의'로 되어 있음.

15 녕윤(令胤): 영윤. 윗사람의 아들을 높여 부르는 말.

16 날회며: 날회다. 느리게 하다. 뒤로 미루다.

의 ᄂᆡ림(來臨)ᄒᆞ시믈 공ᄌᆞ의게 젼치 말나 ᄒᆞ니 이러므로 닌광이 즉시 아디 못ᄒᆞ니라. 이에 의계공이 웃고 ᄀᆞᆯ오ᄃᆡ

"대인이 닌광을 모로게 므ᄉᆞᆷ 말ᄉᆞᆷ을 니ᄅᆞ려 ᄒᆞ시ᄂᆞ니잇가?"

소공이 역쇼왈(亦笑曰)

"굿ᄐᆞ여 닌광을 긔(欺)일 거시 아니로ᄃᆡ 내 그 셩픔을 ᄉᆞᆺ치건ᄃᆡ 격상쥰녈(激上峻烈)ᄒᆞ여 강위태고(强威泰高)ᄒᆞ니 ᄎᆡᆨ인(責人)의 미과(微過)롤 용샤(容恕)치 아닐 ᄃᆞᆺᄒᆞᆫ디라. ᄎᆞ고(此故)로 닌광을 브ᄃᆡ 들니고ᄌᆞ 아닛ᄂᆞᆫ 말이 잇도다."

인ᄒᆞ여 쳐ᄉᆞ다려 ᄀᆞᆯ오ᄃᆡ

"녕ᄇᆡᆨ(令伯)이 챵닌을 언약ᄒᆞ미 굿던가? 댱ᄋᆡ 임의 존문(尊門) 허락을 어더 녕딜쇼져(令姪小姐)롤 취(娶)ᄒᆞ니 아름다온 일홈과 빗난 덕이 먼니 흘너 ᄌᆞ연이 여러 쳔니(千里)의 들니미 잇ᄂᆞᆫ디라. 운ᄇᆡᆨ의 ᄉᆡᆼ훈(生訓)과 존문디엽(尊門枝葉)이 엇디 그러치 아니리오마ᄂᆞᆫ 드롤마다 경복(敬服)ᄒᆞ믈 니긔디 못ᄒᆞᆯ ᄲᅳᆫ 아니라 댱챵닌을 보ᄆᆡ 블셰(不世) 7면
의 긔린(麒麟)이라. 운ᄇᆡᆨ의 ᄐᆡᆨ셔(擇婿)ᄒᆞᆫ 명감(靈感)이 딘실노 비상(非常)ᄒᆞ니 녕딜녀(令姪女)의 평ᄉᆡᆼ을 욕(辱)디 아닐 거시로ᄃᆡ 다만 당헌이 블민(不敏)ᄒᆞ여 운ᄇᆡᆨ의 친옹(親翁) 되미 외람(猥濫)ᄒᆞ니 이거시 흠ᄉᆡ(欠事)어니와 셕(昔)의 당외(唐堯) 고슈디ᄌᆞ(瞽叟之子)로 위셔(爲婿)ᄒᆞ샤 이녀(二女)로ᄡᅧ 가(嫁)ᄒᆞ시니[17] 대져(大抵) 그 인믈이 긔특ᄒᆞᆫ즉 부형의 쇼쇼디과(小小之過)로ᄡᅧ ᄇᆞ리디 아니ᄒᆞ믈 ᄊᆡ칠디라.

17 당외(唐堯) ~ 가(嫁)ᄒᆞ시니: 요임금이 고수의 인물됨에도 불구하고 그 아들 순임금에게 자신의 두 딸을 시집보낸 것을 뜻함.

잠간 드ᄅᆞ니 녀ᄇᆡᆨ이 후ᄇᆡᆨ으로 인호(姻好)의 ᄃᆞᆺ터오믈 ᄆᆡᆼ세(盟誓)ᄒᆞ엿다 ᄒᆞ니 이졔 녯 언약(語約)을 져바리디 말고ᄌᆞ ᄒᆞᄂᆞ냐?[18]"

쳐ᄉᆡ 쥰슌ᄃᆡ왈(逡巡對曰)

"당후ᄇᆡᆨ은 쇼딜 등으로 더브러 골육 ᄀᆞᆺᄉᆞ온 친위(親友)라. 당ᄌᆞ(長子) 챵닌이 텬눈(天倫)을 단원(團圓)ᄒᆞ고 딜녀(姪女)ᄅᆞᆯ 취(娶)ᄒᆞ여 샤ᄇᆡᆨ(舍伯)의 동상(東床)이 되오니 더옥 ᄌᆞ별(自別)ᄒᆞᆫ 뜻을 니ᄅᆞᆯ 거시 이시리잇고마ᄂᆞᆫ 샤ᄇᆡᆨ(舍伯)이 노듕(虜中)의 잠기이며 쇼딜이 심협(深峽)의 ᄆᆞᆺ치여 셰상을 ᄉᆞᆺᄎᆞ미 황양(黃壤)의 감치 아니ᄒᆞ오니 당ᄌᆡ[19] ᄉᆡᆼ관(甥館)[20]의 입막(入幕)ᄒᆞ여 편친(偏親)의 우회(憂懷)ᄅᆞᆯ 위로치 못ᄒᆞᄂᆞᆫ ᄇᆡ 디극ᄒᆞᆫ 한이로ᄃᆡ 혹ᄌᆞ(或者) 타일의 ᄒᆞᆫ 당(堂) ᄀᆞ온ᄃᆡ 모도이ᄆᆞᆯ 어들가 ᄇᆞ라옵ᄂᆞ니 이 밧긔 다ᄅᆞᆫ 뜻이 이시리잇가? 셕일(昔日)의 당후ᄇᆡᆨ으로 더브러 ᄌᆞ녀ᄅᆞᆯ 밧고ᄌᆞ 언약이 ᄀᆞᆺᄉᆞ오나 후ᄇᆡᆨ이 술을 즐기고 졍신(精神)이 온젼치 못ᄒᆞ오니 그 ᄉᆞ이 필연(必然) 니져 ᄉᆡᆼ각디 못ᄒᆞ리이다. 다만 쇼딜은 미돈(迷豚)의 나히 삼십을 그음ᄒᆞ여도 타쳐(他處)의 ᄉᆡᆼ각디 아니ᄒᆞ고 당가 규슈(閨秀)ᄅᆞᆯ 취ᄒᆞ려 ᄒᆞ옵ᄂᆞ니 년슉(緣叔)[21]이 엇디 므ᄅᆞ시ᄂᆞ니잇가?"

소공이 졈두칭디(點頭稱之) 왈

"현ᄌᆡ(賢哉)며 신ᄌᆡ(信哉)라, 녀ᄇᆡᆨ[22]의 덕냥(德量)이여! 당ᄋᆞᄅᆞᆯ 거두고

8면

18 ᄒᆞᄂᆞ냐: 규장각본에는 'ᄒᆞᄂᆞ야'로 되어 있음.

19 당ᄌᆡ: 장자. 장헌의 아들. 곧 장창린.

20 ᄉᆡᆼ관(甥館): 사위가 거처하는 집.

21 년슉(緣叔): 연숙. 아저씨라고 부를 만한 친지.

22 녀ᄇᆡᆨ: 여백. 정삼의 자.

ᄌᆞ ᄒᆞ미 텬셩디덕(天性之德)의 비로ᄉᆞ미라. 그 뜻을 므ᄅᆞᆯ ᄇᆡ 아니어
니와 녀ᄇᆡᆨ이 원간 후ᄇᆡᆨ의 근ᄂᆡ 그ᄅᆞᆺ되믈 아랏ᄂᆞ냐?"
쳐ᄉᆡ 미급답(未及答)의 이공(二公)이 쇼이ᄃᆡ왈(笑而對曰)
"댱후ᄇᆡᆨ의 ᄒᆡᆼᄉᆞᄅᆞᆯ ᄌᆞ셔히 아디 못ᄒᆞ옵더니 죵시(從氏)의 ᄋᆞᄌᆡ(兒子)
음양(陰陽)을 밧고와 후ᄇᆡᆨ의 ᄋᆡ쳡(愛妾)이 되엿던 고로 대강 드럿ᄂᆞ
이다." 9면
소공이 경왈(驚曰)
"그 엇딘 말이며 어ᄂᆡ ᄋᆞᄒᆡ 후ᄇᆡᆨ을 쇽여 남화위녀(男化爲女)ᄒᆞ엿더뇨?"
이공이 웃고 닌광의 젼후ᄋᆡᆨ경(前後厄境)과 댱헌의 젼후블측(前後不
測)ᄒᆞᆫ ᄒᆡᆼᄉᆞᄅᆞᆯ 고ᄒᆞ니 소공이 죵두디미(從頭至尾)ᄅᆞᆯ ᄌᆞ셔히 드ᄅᆞᄆᆡ
스ᄉᆞ로 ᄒᆡ연참측(駭然慘惻)ᄒᆞ미 더으고 그 심술(心術)을 블승통ᄒᆡ
(不勝痛駭)ᄒᆞ며 위ᄒᆞ여 븟그리고 안ᄉᆡᆨ을 변이왈(變而曰)
"여ᄎᆞ(如此)즉 닌광이 댱헌을 구슈(仇讐)로 치부(置簿)ᄒᆞ리로다."
이공이 다시 닌광의 댱헌 ᄇᆡ쳑(排斥)ᄒᆞᄂᆞᆫ 말을 젼ᄒᆞ여 다ᄅᆞᆫ 일은 죡
히 한치 아니ᄒᆞᄃᆡ 부슉(父叔)의 화도(畵圖)ᄅᆞᆯ 일워 ᄒᆡ(害)코져 ᄒᆞ던
바로뼈 크게 치부ᄒᆞ여 됴흔 ᄉᆞ이 되고ᄌᆞ 아니 ᄒᆞ믈 고ᄒᆞ니 소공이 블
ᄒᆡᆼ(不幸)ᄒᆞ믈 니긔디 못ᄒᆞ여 왈
"닌광의 그러ᄒᆞ미 괴이(怪異)치 아닌 일이오 그 고집이 발(發)ᄒᆞᄆᆡ 비
록 엄뷔(嚴父) 졔어ᄒᆞ며 군샹(君上)이 명(命)ᄒᆞ셔도 결연(決然)이 뜻
을 도로혀디 아니ᄒᆞ리니 후ᄇᆡᆨ의 ᄒᆞᄂᆞᆫ 일이 졀졀(節節)이 제 ᄌᆞ식을
ᄀᆡᆼ참(坑塹)의 함닉(陷溺)ᄒᆞ고 제 몸을 스ᄉᆞ로 ᄒᆡᄒᆞ니 져 갓ᄐᆞᆫ 인믈이 10면
어ᄃᆡ 이시리오? 다만 댱ᄋᆡ[23] 초츌특이(超出特異)ᄒᆞᆫ 녈졀이 젼쳔고(前千
古)ᄅᆞᆯ 녁슈(歷數)ᄒᆞ며 후ᄇᆡᆨ셰(後百歲)ᄅᆞᆯ 산계(算計)ᄒᆞ여 그 ᄡᆞᆨ이 업ᄉᆞ

리니 엇디 초녀의 빈혀 픔ᄂᆞᆫ 졀(節)을 족히 귀(貴)타 ᄒᆞ리오?"

인ᄒᆞ여 당쇼져의 낫갓출 벗기고 귀를 버힌 바와 필경(畢境) 적화(賊禍)로ᄡᅧ 닉슈디화(溺水之禍)의 밋ᄎᆞ믈 일장을 셜파(說破)ᄒᆞᆯᄉᆡ 그 유모 시녀비(侍女輩)의 말노조ᄎᆞ 당시의 훼면할이(毁面割耳)ᄒᆞᆫ ᄇᆡ 슈히 복상(復常)ᄒᆞ미 당공의 쇼희(小姬) 신약(神藥)을 주미라 ᄒᆞ거늘 녀ᄌᆞ의 의술(醫術)이 고상(高尙)ᄒᆞ믈 의아ᄒᆞ여 그 거쳐(居處)를 므ᄅᆞᆫ즉 발셔 뽓치여 가다 ᄒᆞᄆᆡ 우연이 드ᄅᆞᆫ ᄇᆡ오 닌광이런 줄은 몽니(夢裏)의도 ᄉᆡᆼ각디 아닌 바를 니ᄅᆞ며 강슈(江水)의 잠기이[24] 시신(屍身)을 닌광이 손으로 건디미 하날이 식이심과 귀신이 ᄀᆞᄅᆞ치미오 범연(泛然)ᄒᆞᆫ 일이 아니믈 일ᄏᆞ라 그 곳곳이 당시를 무심(無心)히 구(救)ᄒᆞᆫ ᄇᆡ나 텬즉(天則) 발셔 유의(留意)ᄒᆞ시믈 닐너 도로혀 신긔(神奇)
11면 ᄒᆞ믈 결을치 못ᄒᆞ고 당시 ᄌᆞ긔로 부녀(父女)의 의(義)를 ᄆᆡᄌᆞ 셔쳔의 이심과 남쥐 연공이 셔도의 올므ᄆᆡ 연부인이 녀ᄋᆞ와 ᄒᆞᆫ곳의 이셔 상의위명(相依爲命)ᄒᆞ믈 ᄀᆞᆺ초 젼ᄒᆞ며 우왈(又曰)

"내 임의 닌광을 ᄃᆡᄒᆞ여 닉슈(溺水)ᄒᆞ엿던 녀ᄌᆡ 연태우의 ᄯᆞᆯ이라 ᄒᆞ엿고 결약남ᄆᆡ(結約男妹)ᄒᆞ믈 쳥ᄒᆞᆯ ᄯᆡ의 여ᄎᆞ여ᄎᆞ(如此如此) 닐너 그 ᄯᅳᆺ을 막ᄌᆞᆯ낫ᄂᆞ니[25] 이제 ᄉᆡ로이 당가 녀ᄌᆡ믈 니ᄅᆞ디 말고 ᄒᆞᆫ갈ᄀᆞᆺ치 연가 녀ᄌᆞ로 내 죵뎨(從弟)의 ᄯᆞᆯ을 양녀(養女)ᄒᆞᆷᄀᆞᆺ치 니ᄅᆞ며 죵용(從容)이 내 집의셔 녜(禮)를 일워 도라보ᄂᆡ미 엇더ᄒᆞ뇨?"

---

23 당이: 장아. 장성완.

24 잠기이: 규장각본에는 '잠기인'으로 되어 있음.

25 막ᄌᆞᆯ낫ᄂᆞ니: 막ᄌᆞ르다. 거절하다.

쳐ᄉᆡ 당시의 ᄋᆞ시작셩(兒時作性)을 인ᄒᆞ야 셩효녈졀(誠孝烈節)이 초츌특이(超出特異)ᄒᆞᆫ 바ᄂᆞᆫ 다시 일ᄏᆞ롤 ᄇᆡ 아니로ᄃᆡ 오히려 십셰튱년(十歲沖年)의 무교(無敎)히 셩취(成就)ᄒᆞ고 블언(不言)이 딘학(進學)ᄒᆞ여 원녀텬견(遠慮淺見)이 발호ᄒᆞ며 셩효녈졀(誠孝烈節)이 디극ᄒᆞ여 큰 결단(決斷)을 깁히 잡아 묽은 ᄯᅳᆺ을 구디 ᄃᆡᆨ희ᄆᆡ 그 졍뎡담담(貞靜淡淡)ᄒᆞ고 고고결결(高高潔潔)ᄒᆞ미 결부(潔婦)의 쳥고(淸高)홈과 왕부의 결개(潔介)ᄒᆞᄆᆡ 디나니 녈일뎡슉(烈溢貞淑)ᄒᆞ미 녀종(女宗) 12면

의 ᄆᆡᆼ녈(猛烈)ᄒᆞ믈[26] 족히 일콧디 못홀디라. 졍신(精神)을 고요히 ᄒᆞ여 듯기롤 다ᄒᆞᄆᆡ 긔이(奇異)ᄒᆞ미 ᄇᆞ란 밧기오 특초(特超)ᄒᆞ미 혜아린 바의 디나니 스ᄉᆞ로 심심경복(深深敬服)홈과 홀홀션탄(忽忽羨歎)ᄒᆞ믈 결을치 못ᄒᆞᄂᆞᆫ 듕 위ᄒᆞ여 참연(慘然)이 잔인ᄋᆡ졀(殘忍哀切)ᄒᆞ믈 니긔디 못ᄒᆞ니 ᄒᆡ음업시 빵광(雙光)의 신쳔(呻泉)이 어릐여 츄연함쳑(惆然含慽)ᄒᆞ며 이공(二公)이 ᄒᆞᆫ가지로 당시의 셩ᄒᆡᆼ녈졀(聖行烈節)을 드ᄅᆞᄆᆡ 쳐ᄉᆞ의 디인명감(知人明鑑)을 ᄉᆡ로이 션복(羨服)ᄒᆞ고 당시의 어린 나ᄒᆡ 사ᄅᆞᆷ의 ᄉᆡᆼ각디 못홀 졀조녈ᄒᆡᆼ(節操烈行)이 쳔고이ᄅᆡ(千古以來)의 독보(獨步)ᄒᆞ믈 복복탄칭블승(僕僕歎稱不勝)ᄒᆞ며 닌광이 당시의 비샹(非常)ᄒᆞᆫ 졀개(節介)롤 ᄇᆰ히 아라시ᄃᆡ 맛ᄎᆞᆷᄂᆡ 언간(言間)의 거들미 업고 영영 ᄇᆡ쳑(排斥)ᄒᆞ여 아조 ᄉᆞᆺᄎᆞ미 ᄒᆞᆫ 조각 인졍이 머므디 아니ᄒᆞ믈 ᄀᆞ장 어려이 넉이며 타일의도 당시 ᄉᆞ라시믈

26 녀종(女宗)의 ᄆᆡᆼ녈(猛烈)ᄒᆞ믈: 여종은 송나라 포소의 아내로, 포소가 위(衛)나라에 가서 소실을 얻은 것을 알고도 시어머니를 봉양했음. 친정에서 돌아오라 했으나 거절한 고사가 《열녀전》에 실려 있음.

13면 바로 닐너ᄂᆞᆫ 결단ᄒᆞ여 혼ᄉᆡ(婚事) 슌편(順便)이 되디 못ᄒᆞᆯ 거시니 소공이 니ᄅᆞ시ᄂᆞᆫ 바ᄅᆞᆯ 조ᄎᆞ 댱시로ᄡᅧ 연가 녀ᄌᆡ라 ᄒᆞ고 ᄯᅩ 소공의 양녀(養女)라 ᄒᆞ여 됴히 길ᄉᆞ(吉事)ᄅᆞᆯ 일운 후 ᄂᆡ력(來歷)을 셔셔히 니ᄅᆞᄂᆞᆫ 거시 맛당ᄒᆞ믈 일ᄏᆞᄅᆞᄃᆡ 쳐ᄉᆡ 오라도록 쳐챵(悽愴)ᄒᆞᆫ 빗치 잇셔 말이 업더니 날호여 소공을 향ᄒᆞ여 왈

"쇼딜(小姪)이 혼미쇼암(昏迷疏暗)ᄒᆞ여 먼니 혜아리디 못ᄒᆞ오며 미ᄅᆡᄅᆞᆯ 근심치 못ᄒᆞ오므로 댱후ᄇᆡᆨ의 쳥ᄒᆞᄂᆞᆫ 바ᄅᆞᆯ 조ᄎᆞ 인아(姻婭)의 됴ᄒᆞ믈 긔약ᄒᆞ엿ᄉᆞ오나 이 블과 피ᄎᆞ 쥬ᄇᆡ간(酒盃間) 희롱(戲弄)이라. 쇼딜은 후ᄇᆡᆨ의 셩픔이 쇼졀(小節)을 거리ᄭᅵ디 아니믈 아오므로 구약(舊約)을 ᄉᆡᆼ각디 못ᄒᆞ리라 ᄒᆞ여 기녀ᄅᆞᆯ 타쳐(他處)의 도라보닐가 앗기ᄂᆞᆫ ᄯᅳᆺ이 이시ᄃᆡ 인연(因緣)이 듕ᄒᆞ면 이역텬애(異域天涯)라도 면치 못ᄒᆞ웁ᄂᆞ니 미돈(迷豚)이 삼십이 되기ᄅᆞᆯ 그음ᄒᆞ여 후ᄇᆡᆨ이 ᄇᆞ리디 아니ᄒᆞ올딘ᄃᆡ 특별이 댱가의 입막디빈(入幕之賓)을 삼고ᄌᆞ ᄒᆞ오
14면 ᄃᆡ 그 ᄉᆞ이 후ᄇᆡᆨ의 ᄯᅳᆺ이 변치 아니믈 밋디 못ᄒᆞ와 그윽이 우려ᄒᆞ웁더니 뉘 ᄉᆡᆼ각디 아닌 바의 댱가 쇼녀의 강강(剛剛)ᄒᆞᆫ 졍녈(貞烈)과 녈녈(烈烈)ᄒᆞᆫ 셩ᄒᆡᆼ(性行)이 초녀의 빈혀 픔으믈 우이 넉이고 왕과부(王寡婦)의 팔 버히믈[27] 낫게 넉여 십 셰 어린 나희 훼면할이(毁面割耳)ᄒᆞ여 녈녈(烈烈)이 ᄆᆞᆰ은 ᄯᅳᆺ을 엄히 잡을 줄 알니잇고? ᄒᆞᆫ갓 셰ᄃᆡ(世代)의 그 둘히 업ᄉᆞᆯ 쁜 아냐 젼고(前古)ᄅᆞᆯ 녁상(歷想)ᄒᆞ오나 튱년녀ᄌᆞ(沖年女子)로 그 ᄀᆞᆺᄐᆞ믈 듯디 못ᄒᆞᆫ ᄇᆡ오니 긔이(奇異)ᄒᆞ며 탁아(卓雅)ᄒᆞ

27 왕과부(王寡婦)의 팔 버히믈: 왕응의 처 이씨에 대한 고사로 추정.

미 쇼딜의 져근 돈견(豚犬)으로 뽀디을 빈 도로혀 외람과분(猥濫過分)토소이다. 대인이 댱가 ᄋᆞ히를 ᄉᆞ디(死地)의 구활(救活)ᄒᆞ샤미 아니면 쳔고무쌍(千古無雙)ᄒᆞᆫ 졀부녈녀(節婦烈女) 쇽졀업시 강어복식(江魚腹食)이 되오리니 비록 디난 일이나 싱각ᄒᆞ믜 심골(心骨)이 경ᄒᆞᆫ(驚悍)ᄒᆞ옵고 그 죽으미 빅인(伯仁)이 유아이ᄉᆞ(由我而死) 쁜 아냐 젼혀 쇼딜의 헛된 언약[28]으로뼈 죽으미니 엇디 쇼딜의 부ᄌᆡ 손으로 ᄒᆡ(害)ᄒᆞᆷ과 다ᄅᆞ며 그 젹블션(積不善)의 앙홰(殃禍) 또 어ᄂᆡ 곳의 밋출 줄 알니잇고? 대인이 댱ᄋᆞ를 거두어 도라가샤 디금보명(至今保命)ᄒᆞ믈 엇게 ᄒᆞ시미 ᄒᆞᆫ갓 댱ᄋᆞ의게 대은(大恩)을 깃치실만 아니라 쇼딜의게 쳡쳡대은(疊疊大恩)을 더으시니 쇼딜이 감골각심(感骨刻心)ᄒᆞ믈 니긔여 주홀 바를 아디 못ᄒᆞ리로소이다. 닌광이 협쳔야박(狹淺野薄)ᄒᆞ여 ᄋᆡᄌᆞ(睚眥)[29]의 원(怨)을 먹음고 져근 일의 한을 픔어 회식(晦塞)ᄒᆞᆫ 고집을 능히 두로혀디 못ᄒᆞ니 쇼딜이 블승통한(不勝痛恨)ᄒᆞ오ᄃᆡ 어하훈ᄌᆞ(御下訓子)의 용암블엄(庸暗不嚴)ᄒᆞ와 어린 ᄌᆞ식을 잘 졔어(制御)치 못ᄒᆞ오므로 블초ᄌᆡ 블통ᄒᆞᆫ 고집으로 미렬(微劣)ᄒᆞᆫ 쇼집을 쾌히 굿치지 못ᄒᆞ옵거니와 타일의 냥가ᄌᆞ녀(兩家子女) 됴히 ᄌᆞ라 친ᄉᆞ(親事)를 일울 ᄢᅴ의 밋쳐는 굿ᄐᆞ여 댱시를 가져 연시라 쇽여 취(娶)토록 ᄒᆞ리잇가? 아딕 져희 나히 가취(嫁娶)를 의논홀 ᄢᅵ 아니오 빅ᄋᆞ(伯兒) 닌셩이 실산(失散)ᄒᆞ여 ᄉᆞ싱거쳐(死生居處)를 모로다가 거츈(去春)의야 샤빅(舍伯)이 비로소 노영(虜營)의셔 만나 부ᄌᆡ(父子) 상 15면

28 언약: 규장각본에는 '어약'으로 되어 있음.

29 ᄋᆡᄌᆞ(睚眥): 애자. 흘겨보는 눈초리로, 아주 작은 원망을 뜻함.

의위명(相依爲命)ᄒᆞᆷ을 슈월젼(數月前)의 드룬디라. 젼ᄌᆞ(前者)의 니
16면 빈디녀로 약혼ᄒᆞ미 이실 쁜 아냐 형뎨 ᄎᆞ례롤 밧고와 인뉸대ᄉᆞ(人倫
大事)롤 일우디 못ᄒᆞ오리니 이제 칠팔지(七八載)롤 그음ᄒᆞ여도 샤빅
(舍伯)이 빅ᄋᆞ(伯兒)로 더브러 도라와 니가의 구약(舊約)을 셩젼(成
全)ᄒᆞᆫ 후 닌광을 취실(娶室)ᄒᆞ리이다."
소공이 쳐ᄉᆞ의 말숨이 ᄌᆞᄌᆞ(字字)히 맛당ᄒᆞᆷ을 일ᄏᆞᄅᆞᄃᆡ 댱시롤 구호
(救護)ᄒᆞ므로뼈 일ᄏᆞᄅᆞᆷ은[30] 당치 못ᄒᆞᆯ와 샤양ᄒᆞ며 쏘 닌광이 고집이
어려오믈 닐너 취실(娶室)키가지 댱시 ᄉᆞ라시믈 니ᄅᆞ디 말고 연가 녀
ᄌᆡ라 닐너 쇽이미 무방(無防)ᄒᆞᆷ을 일ᄏᆞᄅᆞ니 이공(二公)이 쏘ᄒᆞᆫ 소공
의 말숨이 닌광을 아ᄅᆞ시미라 ᄒᆞ여 그ᄃᆡ로 ᄒᆞ미 올흐믈 일ᄏᆞᄅᆞᆫᄃᆡ 쳐
ᄉᆡ 셔이ᄃᆡ왈(徐以對曰)
"ᄎᆞᄉᆞ(此事)ᄂᆞᆫ 님시(臨時)ᄒᆞ여 됴흘 ᄃᆡ로 ᄒᆞ리니 미리 의논ᄒᆞᆯ ᄇᆡ 아
니어니와 부ᄌᆞ디간(父子之間)의 가취대ᄉᆞ(嫁娶大事)롤 당ᄒᆞ여 몬져
져롤 쇽이미 일의 올치 아닌가 ᄒᆞ노라."
이공이 쇼왈(笑曰)
"형댱(兄丈)이 텬셩디친(天性之親)으로 쇽이믈 ᄎᆞ마 못 ᄒᆞ시나 닌광
이 댱후빅을 심한졀치(甚恨切齒)ᄒᆞ미 댱시롤 역시 구슈디녀(仇讎之
17면 女)로 아라 밋고 쁜ᄐᆞ시 영영 인연(因緣)을 버히고ᄌᆞ ᄒᆞᄂᆞ니 소대인
ᄀᆞᄅᆞ치시ᄂᆞᆫ ᄃᆡ로 아냐ᄂᆞᆫ 닌광이 슌히 취치 아닐 거시오 취(娶)ᄒᆞᆫ 후
ᄂᆞᆫ ᄆᆞ음의 블힝(不幸)이 녁이나 발셔 업친 믈이 되엿고 형댱의 칙훈

30 일ᄏᆞᄅᆞᆷ은: 규장각본에는 '닐ᄂᆞᄅᆞᆷ은'으로 되어 있음.

(責訓)을 도라보며 댱시의 셩힝녈졀(聖行烈節)을 감동(感動)ᄒᆞ여 대단이 요란ᄒᆞ믈 일위디 못ᄒᆞ고 일시 블평ᄒᆞ믈 픔엇다가 ᄌᆞ연 화합(和合)ᄒᆞ미 되리니 그 잠간 긔(欺)이미 므솜 대ᄉᆡ(大事)리잇고? 형댱이 잠잠ᄒᆞ시면 님시ᄒᆞ여 쇼뎨 등이 닌광을 쇽여 니리이다."

쳐ᄉᆡ 잠쇼무언(潛笑無言)이나 닌광의 심의(心意)ᄅᆞᆯ 측냥(測量)치 못ᄒᆞ여 '댱가의셔 굴디명약(屈指命藥)ᄒᆞ며 댱시ᄅᆞᆯ 복상(復常)케 ᄒᆞ믄 므솜 쥬읜고? 또 이의 와 댱시의 셩효졀힝(誠孝節行)을 뽄 ᄃᆞ시 긔이믄 므솜 용심(用心)이뇨?' ᄒᆞ여 그윽이 ᄋᆞᄒᆡ ᄆᆞ옴을 고로디 아니케 넉이다가 다시 ᄭᆡ쳐 왈 댱공이 ᄌᆞ긔 곤계(昆季) 화도(畵圖)ᄅᆞᆯ 일우믈 인ᄒᆞ여 댱가ᄅᆞᆯ 슷ᄎᆞ려 ᄒᆞ민 줄 혜아리믹 그 셩졍이 심히 셰ᄎᆞ고 격상(激上)ᄒᆞ여 부형이라도 위엄(威嚴)으로 ᄊᆡᆨ디ᄅᆞ기 어려오믈 ᄉᆡᆼ각ᄒᆞ니 일이 되여가믈 보아 소공의 ᄀᆞᄅᆞ치믈 듯고ᄌᆞ ᄒᆞ나 부ᄌᆞ디간(父子之間)의 속이믈 ᄎᆞ마 못 ᄒᆞ여 도로혀 깃거 아니 ᄒᆞ더라. 소공이 쳐음의 닌광을 만나 그 위인(爲人)을 과망(過望)ᄒᆞ며 문치ᄅᆞᆯ 황홀(恍惚)ᄒᆞ여 몬져 뎡혼ᄒᆞᆫ 곳이 이시믈 아디 못ᄒᆞ고 ᄌᆞ긔 만니필와(晩來畢娃)로ᄡᅧ 젹승(赤繩)의 가연(佳緣)을 유의(留意)ᄒᆞ여 공ᄌᆞ와 슈작(酬酌)ᄒᆞ던 바ᄅᆞᆯ 일일히 젼ᄒᆞ며 딘졍(眞情)으로 빈실(嬪室)을 혐의(嫌疑)치 아냐 골오ᄃᆡ 18면

"근간(近間)의 아녀와 댱ᄋᆞᄅᆞᆯ ᄒᆞᆫ곳의 두고 볼ᄉᆞ록 닌광의게 ᄒᆞᆫ가디로 도라보닐 뜻이 날 쁜 아니라 댱가 ᄋᆞᄒᆡ 임샤(任姒)의 덕(德)[31]이 이시

31 임샤(任姒)의 덕(德): 임사지덕(任姒之德). 임사는 주(周) 문왕(文王)의 어머니 태임과 그의 비(妃) 태사. 태임과 태사는 부덕이 뛰어난 것으로 유명한 인물. 아내로서의 덕행을 이름.

며 아녜 번월(樊越)의 어딜믈 니을 ᄃᆞᆺᄒᆞ니 셩인(聖人)의 문(門)을 인
ᄒᆞ여 군ᄌᆞ(君子)의 측(側)을 욕되이 ᄒᆞᆯ가 념녀(念慮)ᄂᆞᆫ 업ᄉᆞᆯ디라. 여
ᄇᆡᆨ은 노부(老夫)의 한쳔비박(寒賤菲薄)ᄒᆞ믈 혐의(嫌疑)치 말고 이ᄯᆡ
의 쾌히 허락을 두엇다가 타일(他日)의 블민쇼녀(不敏小女)로ᄡᅧ 당ᄋᆞ
의 뒤흘 니어 닌광을 셤기게 ᄒᆞ라."
19면 쳐ᄉᆡ 댱궤문필(長跪聞畢)의 긔이ᄌᆡᄇᆡ(起而再拜)ᄒᆞ여 블감황공(不
堪惶恐)ᄒᆞ믈 일ᄏᆞᄅᆞ며 능히 허치 못ᄒᆞ니 소공이 ᄌᆡ삼 간쳥(懇請)ᄒᆞ
ᄃᆡ 쳐ᄉᆡ 십분외람(十分猥濫)ᄒᆞ고 혈심(血心)으로 블안ᄒᆞ여 ᄌᆞ긔 묘
복(眇福)으로ᄡᅧ 감승(堪承)치 못ᄒᆞᆯ 바ᄅᆞᆯ 년ᄒᆞ여 일ᄏᆞᄅᆞᄃᆡ 소공의 쳥
혼(請婚)ᄒᆞ미 디리ᄒᆞ여 가히 믈니치디 못ᄒᆞᆯ디라. 도로혀 난민우(難憫
憂)ᄒᆞ여 댱ᄌᆞ의 간졀ᄒᆞᆫ 쳥이 간격(間隔)을 빗최ᄆᆡ 다ᄃᆞ라ᄂᆞᆫ ᄆᆡ몰이
ᄶᅦ치디 못ᄒᆞ고 블슌히 닷토디 못ᄒᆞ여 오ᄃᆡᆨ 슌슌(順順) ᄇᆡ샤계슈(拜謝
稽首)ᄒᆞ며 ᄃᆡ왈(對曰)
"블초 닌광이 므ᄉᆞᆷ 사ᄅᆞᆷ이완ᄃᆡ 대인의 이러ᄐᆞᆺ 디우과ᄋᆡ(知遇過愛)ᄒᆞ
샤믈 니긔여 당ᄒᆞ리잇가? 존문고벌(尊門高閥)과 대인의 만ᄂᆡ교옥(晩
來嬌玉)으로ᄡᅧ 닌광의 젹거ᄇᆡ항(嫡居配行)을 의논(議論)ᄒᆞ여도 오히
려 쇼딜의 부ᄌᆡ 외람ᄒᆞ여 당치 못ᄒᆞᆯ ᄃᆞᆺᄒᆞᄋᆞᆸ거ᄂᆞᆯ ᄒᆞ믈며 위ᄎᆞ(位差)ᄅᆞᆯ
현격(懸隔)히 강등(降等)ᄒᆞ여 빈희(嬪姬)로 의논ᄒᆞ미니잇가? 쇼딜이
어린 ᄌᆞ식을 가져 아ᄃᆡᆨ 취실(娶室)ᄒᆞᆯ 년긔(年紀)도 못 된 바로 다시
외월(猥越)ᄒᆞᆫ ᄯᅳᆺ을 두어 문풍(門風)의 업ᄉᆞᆫ 번화(繁華)ᄅᆞᆯ ᄉᆡᆼ각ᄒᆞᄋᆞᆸ도
20면 묘복을 더옥 손ᄒᆞ고 ᄌᆡ앙(災殃)을 밧비 취ᄒᆞᆯ 마딜 ᄲᅳᆫ 아니라 ᄎᆞ마 대
인(大人)의 교옥으로ᄡᅧ 블초ᄌᆞ의 빈실(嬪室)노 마ᄌᆞ믈 안연(晏然)이
못 ᄒᆞ오리니 대인이 ᄌᆡ삼 슉ᄉᆞ디(熟思之)ᄒᆞ샤 타일의 뉘웃ᄂᆞᆫ 탄이 업

게 하실더라. 쇼뎔이 이 마듸의 닌광으로 더브러 감슈손복(減壽損福)ᄒᆞ미 니롤디언졍 대인의 디우대혜(至優大惠)롤 져ᄇᆞ려 니ᄅᆞ시논 바의 쏘 감히 거역(拒逆)디 못ᄒᆞ웁ᄂᆞ니 이졔논 뎡약(定約)ᄒᆞ며 퇴혼(退婚)ᄒᆞ믈 대인 존의(尊意)딕로 ᄒᆞ쇼셔."

소공이 쳐ᄉᆞ의 뜻이 ᄆᆡ연박졀(埋然迫切)치 못ᄒᆞ여 블승외람(不勝猥濫)ᄒᆞ고 츅연브ᄌᆞ안(蹴然不自安)홀디언졍[32] 능히 믈니치디 못ᄒᆞ믈 보ᄆᆡ 흔희대열(欣喜大悅)ᄒᆞ여 년망(連忙)이 칭샤(稱謝)ᄒᆞ며 인ᄒᆞ여 구든 언약을 두어 타일 댱ᄋᆞ롤 취(娶)ᄒᆞ고 쇼녀롤 져ᄇᆞ리디 말믈 촉부(囑付)홀ᄉᆡ 만금쇼교(萬金小嬌)의 디위(地位) 경쳔(輕賤)ᄒᆞ여 사ᄅᆞᆷ의 아ᄅᆡ 되논 괴로오믈 호발(毫髮)도 거리찌디 아니ᄒᆞ며 혈심딘졍(血心眞情)으로 댱쇼져롤 흠ᄋᆡ칭도(欽愛稱道)ᄒᆞ여 ᄌᆞ긔 녀ᄋᆡ(女兒) 용쇽(庸俗)기롤 면ᄒᆞ여시나 댱ᄋᆞ의게 비기ᄆᆡ 태산(泰山)과 구질(丘垤)ᄀᆞᆺ고 대ᄒᆡ(大海)와 셰류(細流) ᄀᆞᆺᄐᆞ여 우쥬(宇宙)의 앙망블급(仰望不及)이라 ᄒᆞ며 닌광이라도 오히려 댱ᄋᆞ의게논 당치 못ᄒᆞ미 이시리라 ᄒᆞ니 이공(二公)이 역시 흠ᄋᆡ경복(欽愛敬服)ᄒᆞ믈 니긔디 못ᄒᆞ여 비로소 댱헌의 블인(不人)ᄒᆞ믈 기녀(其女)의게 년좌(連座)치 못ᄒᆞ리라 ᄒᆞ여 향ᄌᆞ(向者)의 댱가와 결혼ᄒᆞ믈 블가히 넉이던 뜻이 일시의 ᄒᆡ셕(解釋)ᄒᆞ고 쳐ᄉᆞ의 디감(知鑑)을 다시곰 일ᄏᆞ라 복복경탄(僕僕敬歎)ᄒᆞ더라. 소공이 문계의 명녕(螟蛉)과 이공의 졔ᄌᆞ(諸子)롤 다 보아디라 혼ᄃᆡ 쳐ᄉᆡ 즉시 졔ᄋᆞ롤 블너 알현케 홀ᄉᆡ 닌광공ᄌᆡ 소공의 니ᄅᆞ러 21면

32 츅연브ᄌᆞ안(蹴然不自安)홀디언졍: 규장각본에는 '츄연부ᄌᆞ안홀지언졍'으로 되어 있음.

시믈 젼연(全然)이 아디 못ᄒᆞ다가 부슉(父叔)의 명이 군죵제뎨(群從諸弟)ᄅᆞᆯ 다 브ᄅᆞ시믈 의아ᄒᆞ여 닌흥다려 왈

"현뎨(賢弟) 등이 임의 낫 문안(問安)을 파(罷)ᄒᆞ여시니 독셔키ᄅᆞᆯ 위ᄒᆞ여 브ᄅᆞ디 아니실 듯ᄒᆞ거ᄂᆞᆯ 엇디 다 나오라 ᄒᆞ시ᄂᆞ뇨?"

흥ᄋᆡ 미급답(未及答)의 닌필이 쇼이ᄃᆡ왈(笑而對曰)

22면 "향ᄀᆡᆨ(向刻) 쇼뎨 냥계 슉쥬(叔主)긔 당헌ᄌᆞ의 말ᄉᆞᆷ을 뭇ᄌᆞᆸ더니 슉ᄇᆡ(叔父) 밋쳐 니ᄅᆞ디 못ᄒᆞ여셔 셔쳔 소위공이라 ᄒᆞ리 왓다고 드러가라 ᄒᆞ시거ᄂᆞᆯ 즉시 드러왓더니 이졔 졔형(諸兄)을 브ᄅᆞ시ᄂᆞᆫ 명이 계시니 필연 소공긔 알현ᄒᆞ라 ᄒᆞ시민가 시버이다."

닌광이 ᄎᆞ언(此言)을 드ᄅᆞᄆᆡ 반기ᄂᆞᆫ 뜻이 가득ᄒᆞ여 즉시 의ᄃᆡ(衣帶)ᄅᆞᆯ 슈렴(收斂)ᄒᆞ고 졔죵(諸從)으로 더브러 밧그로 나올ᄉᆡ 츄이과졍(趨而過庭)ᄒᆞ여 승당젼셕(升堂前席)의 족확여야(足躩如也)ᄒᆞ며 국궁여야(鞠躬如也)ᄒᆞ여 소공긔 ᄌᆡ비(再拜)ᄒᆞ고 소ᄅᆡᄅᆞᆯ 낫초와 존개(尊駕) 누쳐(陋處)의 강님(降臨)ᄒᆞ심과 원졍구치(遠程驅馳)ᄅᆞᆯ 인ᄉᆞᄒᆞ며 별후(別後) 앙모디졍(仰慕之情)을 잠간 베픈후 공슈시립(拱手侍立)ᄒᆞ니 툭쳑여야(蹴蹠如也)ᄒᆞ여 흡흡(吸吸)히 경당존ᄉᆞ디녜(敬長尊士之禮) 셩인(聖人)의 남은 ᄒᆡᆼ실(行實)이라. 그 풍ᄎᆡ쳑탕(風采滌蕩)ᄒᆞ고 거디슉연(擧止肅然)ᄒᆞ믄 다시 니ᄅᆞᆯ 거시 업거니와 셜ᄇᆡ(雪膚) 교교(皎皎)ᄒᆞ며 옥골(玉骨)이 쇄락(灑落)ᄒᆞ믄 임의 ᄂᆡ이 본 ᄇᆡ니 ᄉᆡ로이 칭도(稱道)ᄒᆞᆯ ᄇᆡ 아니나 그 ᄉᆞ이 신댱이 ᄌᆞ히나 더ᄒᆞᆫ 듯ᄒᆞ고 톄위 엄듕(嚴重)ᄒᆞ여 웅호탁낙(雄豪卓犖)ᄒᆞ며 ᄀᆡ위ᄀᆡᆼ걸(奇偉宏傑)

23면 ᄒᆞ미 완연(完然)이 노셩댱ᄌᆞ(老成長者)[33]의 풍완(豐緩)ᄒᆞᆫ 덕딜(德質)을 다ᄒᆞ여시니 녜뫼(禮貌) 슉슉(肅肅)ᄒᆞ고 문딜(文質)이 빈빈(彬彬)

ᄒᆞ여 쥰승(準繩)과 규귀(規矩) 좌우를 조ᄎᆞ시며 도(道)와 슐(術)이 신명을 ᄯᅡ라시니 볼ᄉᆞ록 긔이ᄒᆞ고 ᄃᆡ홀ᄉᆞ록 경복(敬服)ᄒᆞᄂᆞᆫ 듕 닌흥 등이 개ᄀᆡ히 옥을 다둠은 얼골이오 금을 단년(鍛鍊)ᄒᆞᆫ 힝실이라. 은은ᄒᆞᆫ ᄌᆞ질(資質)이 화시(和氏)의 긔벽(奇璧)[34]이오 슈호(隋侯)의 구슬일 ᄲᅮᆫ 아니라 소담ᄒᆞᆫ 풍되(風道) 송ᄇᆡᆨ(松柏)의 놉흐미며 난초(蘭草)의 빗나미니 문명(文明)과 ᄌᆡ덕(才德)이 발어외모(發於外貌)ᄒᆞ여 영긔동인(英氣動人)ᄒᆞ고 문ᄎᆡ특이(文彩特異)ᄒᆞᆫᄃᆡ ᄒᆞᆫ갈ᄀᆞᆺ치 돈후(敦厚)ᄒᆞ며 슌근(醇謹)ᄒᆞ여 져마다 셩문학뎨(聖門學製) 낫타나니 소공이 보ᄂᆞᆫ 눈이 결을 업손 가온ᄃᆡ 닌웅의 신명(神明)ᄒᆞ고 발ᄎᆔ(拔萃)ᄒᆞᆫ ᄌᆞ픔(姿稟)이 즁듕(衆中)의 ᄉᆞᄉᆞ나믈 크게 비상히 넉여 좌슈(左手)로 닌광의 좌(座)를 명ᄒᆞ여 갓가이 안ᄌᆞ믈 니ᄅᆞ며 우슈(右手)로 닌웅의 손을 잡아 겻ᄐᆡ 안치ᄆᆡ 번연역ᄉᆡᆨ(幡然易色)ᄒᆞ고 홀홀대찬(忽忽大讚)ᄒᆞ여 명도(明道)와 이쳔(伊川)[35]의 더은 셩덕긔딜(聖德氣質)이믈 복복칭도(僕僕稱道)ᄒᆞ며 문계공이 이 ᄀᆞᆺᄐᆞᆫ 명녕(螟蛉)을 두어 후ᄉᆞ(後事) 빗날 ᄲᅮᆫ 만셰의 셕디 아닐 아름다오미라 ᄒᆞ여 튱녈디ᄉᆞ(忠烈志士)의 여음(餘蔭)이 범연(泛然)치 아니ᄒᆞ믈 ᄌᆡ삼 일ᄏᆞᆺ고 닌광을 ᄃᆡᄒᆞ여 별후(別後) 구구ᄉᆞ렴(區區思念)ᄒᆞ던 회포(懷抱)를 여러 반김과 ᄉᆞ랑ᄒᆞ미 존듕ᄒᆞᆫ 위의를 ᄃᆡ희디 못ᄒᆞ니 공ᄌᆡ ᄯᅩᄒᆞᆫ 우러러 반기ᄂᆞᆫ 빗치 면모(面貌)의 님ᄲᅧ 기간 존휘(尊候) 만강(萬康)ᄒᆞ시믈 크게 흔열(欣悅)ᄒᆞ 24면

33 노셩댱ᄌᆞ(老成長者): 규장각본에는 '노셩군ᄌᆞ'로 되어 있음.

34 화시(和氏)의 긔벽(奇璧): 화씨벽(和氏璧).

35 이쳔(伊川): 이천. 정이의 호. 북송 때의 유학자.

며 죵용이 말ᄉᆞᆷ을 ᄃᆡᄒᆞ여 공경(恭敬)ᄒᆞᄂᆞᆫ 녜모(禮貌)와 의앙(依仰)ᄒᆞᄂᆞᆫ 경셩(精誠)이 일가 존항(尊行)의 감치 아니ᄒᆞ더라. 소공이 이에셔 슈일(數日)을 머믈ᄉᆡ 닌광공ᄌᆡ 신질(身疾)이 미ᄎᆞ(未差)ᄒᆞ여시ᄃᆡ 젹막(寂寞)히 ᄂᆡ루(內樓)의셔 됴리ᄒᆞ믈 위ᄒᆞ여 은인(恩人)의 니ᄅᆞᆫ ᄊᆡ의 초초(草草)히 ᄒᆞᆫ번 인ᄉᆞᄒᆞ고 즉시 드러가믈 스ᄉᆞ로 ᄆᆡ연 박악(迫惡)히 넉여 이날노브터 셔헌(書軒)의 나와 존당(尊堂)의 신셩(晨省) 밧근 소공의 겻ᄐᆡ 써나디 아니ᄒᆞ니 이공(二公)이 함쇼왈(含笑曰)

"닌광이 소대인 활ᄒᆡ디덕(闊海之德)을 감골(感骨)ᄒᆞ미 인졍(人情)의
25면 녜ᄉᆡ어니와 타일을 쳠ᄒᆞ여 소대인 슬하ᄅᆞᆯ 튱간[36]ᄒᆞᄂᆞᆫ 시졀(時節)의도 반ᄃᆞ시 친측(親側)의 도라오믈 니져 셔쳔의 머리ᄅᆞᆯ ᄂᆡ왓디 못ᄒᆞ리로다."

공ᄌᆞᄂᆞᆫ 야애(爺爺) ᄌᆡ좌(在座)ᄒᆞ신 고로 답디 못ᄒᆞ고 소공이 흔연쇼왈(欣然笑曰)

"은ᄇᆡᆨ은 엇디 남의 셔랑(婿郞)이 졔 악댱(岳丈)의게 졍 피믈 보고 만히 복통(腹痛)ᄒᆞᄆᆡ 밋쳣ᄂᆞ뇨? 노뷔 비록 용우(庸愚)ᄒᆞ나 일단 사ᄅᆞᆷ 아ᄂᆞᆫ 구ᄉᆞᆯ이 브희디[37] 아냣ᄂᆞ니 녕딜이 빙가(聘家)ᄅᆞᆯ 웃듬ᄒᆞ여 친측(親側)을 니ᄌᆞ며 규방(閨房)의 아릿다온 ᄉᆞ령(使令)이 되여 머리ᄅᆞᆯ ᄂᆡ왓디 못ᄒᆞᆯ 인믈(人物)이면 결단코 두 ᄯᆞᆯ을 허ᄒᆞ여 황영(皇英)의 고ᄉᆞ(故事)[38]ᄅᆞᆯ 닛디 아니ᄒᆞ리라."

---

36 튱간: '충간(充間)'으로 추정.

37 브희디: 사람을 알아보는 눈을 구슬로 비유했는데, 이를 고려하면 '사람 보는 눈이 잘못되지 않았다', 곧 '사람 보는 구슬이 부서지지 않았다'로 추정됨.

38 황영(皇英)의 고ᄉᆞ(故事): 황영은 아황과 여영. 요임금의 두 딸로 모두 순임금에게 시집감.

이공(二公)이 함쇼ᄒᆞ고 닌광으로 ᄒᆞ여곰 영영 모로게 ᄒᆞ려 ᄒᆞ여시므로 짐덧 ᄃᆡ왈(對曰)

"년슉(緣叔)이 쇼딜 등의 말ᄉᆞᆷ을 듯디 아니ᄒᆞ시며 굿ᄐᆞ여 닌광을 타일의 동상(東床)을 삼고ᄌᆞ ᄒᆞ시거니와 이놈이 유하(乳下)ᄅᆞᆯ 계오 면ᄒᆞ고 치발(齒髮)이 밋쳐 기디 못ᄒᆞ여셔 동상을 구ᄒᆞᆯ ᄌᆡ 이셔 뎡혼ᄆᆡᆼ 26면
약(定婚盟約)ᄒᆞ미 피ᄎᆞ의 져ᄇᆞ리디 못ᄒᆞᆯ 형셰(形勢)니 만일 쳐음 뎡혼(定婚)ᄒᆞᆫ 곳을 몬져 셩녜(成禮)케 되면 대인의 교옥 냥쇼져(兩小姐)ᄅᆞᆯ 위ᄅᆞᆯ 낫초와 빈관(嬪館)의 두리니 ᄒᆞᆫ갓 존문고벌(尊門高閥)을 욕(辱)ᄒᆞᆯ 쁜 아니라 닌광의 ᄆᆞᄋᆞᆷ이 안연(晏然)치 못ᄒᆞ오리니 그 가온ᄃᆡ 반ᄃᆞ시 별단거죄(別段擧措) 이실디라. ᄉᆞᄉᆡ 므어시 편당(偏堂)타 ᄒᆞ리잇가? 다시 ᄉᆡᆼ각ᄒᆞ믈 더으샤 닌광을 믈니치쇼셔."

소공이 미미(微微)히 우어 왈

"노부의 ᄠᅳᆺ이 발셔 녕딜(令姪) 일인(一人)의 긔특ᄒᆞ믈 취ᄒᆞ고 타ᄉᆞᄅᆞᆯ 혐의(嫌疑)치 아닛ᄂᆞ니 만일 뎡혼(定婚)ᄒᆞᆫ 곳이 이실딘ᄃᆡ 몬져 뉵녜(六禮)ᄅᆞᆯ 구ᄒᆡᆼ(具行)ᄒᆞᆫ 후 버거 노부의 양녀와 쇼녀ᄅᆞᆯ 빈관의 거둘디라. 엇디 션후ᄎᆞ례(先後次例)와 위ᄎᆞ존비(位次尊卑)ᄅᆞᆯ 녹녹(錄錄)히 의논(議論)ᄒᆞ리오?"

이공(二公)이 ᄯᅩᄒᆞᆫ 웃고 인ᄒᆞ여 다ᄅᆞᆫ 셜화ᄅᆞᆯ 시작ᄒᆞ니 공ᄌᆡ 감히 알고ᄌᆞ ᄒᆞᄂᆞᆫ ᄉᆞᄉᆡᆨ(辭色)을 못 ᄒᆞ나 노야야(老爺爺)의 번화(繁華)ᄅᆞᆯ 원 27면
슈ᄀᆞᆺ치 넉이ᄂᆞᆫ 셩픔으로ᄡᅧ 튱년쇼ᄌᆞ(冲年少子)ᄅᆞᆯ 가져 여러 곳의 허혼(許婚)ᄒᆞ시믈 ᄀᆞ장 의아ᄒᆞ며 소공이 브ᄃᆡ 댱쇼져로ᄡᅧ ᄌᆞ가의게 도라보ᄂᆡ려 ᄒᆞᄂᆞᆫ ᄠᅳᆺ을 아디 못ᄒᆞᄆᆡ 도로혀 괴이(怪異)히 넉이ᄃᆡ 의ᄉᆡ 평ᄉᆡᆼ 교밀(巧密)ᄒᆞᆫ 곳의 잇디 아니ᄒᆞ므로 소공이 당시ᄅᆞᆯ 변셩(變姓)

ᄒᆞ여 연시라 ᄒᆞ믄 능히 ᄭᅢ닷디 못ᄒᆞ더라. 댱쇼져의 필경이 엇디 된고? 하회(下回)를 ᄉᆞᆯ피라.

ᄎᆞ시(此時) 소공이 경아의 머믄 디 슈일(數日)의 텬태산 승경(勝景)을 유완(遊玩)ᄒᆞ고 인ᄒᆞ여 도라갈ᄉᆡ 쳐ᄉᆡ 이공(二公)과 닌광으로 더브러 십니졍(十里程)의 ᄇᆡ별(拜別)ᄒᆞ여 의의경경(猗猗耿耿)ᄒᆞ믈 니긔디 못ᄒᆞ니 소공이 ᄯᅩᄒᆞᆫ 츄연쳑상(惆然惕傷)ᄒᆞ여 다만 후회(後會)를 일ᄏᆞᄅᆞ며 닌광의 손을 ᄌᆞᆸ아[39] 더옥 년년(戀戀)ᄒᆞ다가 날이 느ᄌᆞ므로 브득이 건녀(蹇驢)[40]를 두로혀니 쳐ᄉᆞ 부ᄌᆞ 슉딜(叔姪)이 챵결(悵缺)ᄒᆞ
28면 믈 ᄡᅵ여 먼니 가도록 ᄇᆞ라보다가 이윽고 ᄌᆞ최 훌훌ᄒᆞ여 그림ᄌᆡ 가리이ᄆᆡ 부듕(府中)으로 도라오니라.

션시(先時)의 댱상셔 금오공이 교랑의 졍간으로조ᄎᆞ 졍쳥계 곤계의 화도(畫圖)를 소화(燒火)ᄒᆞᆫ 후 김영보를 인ᄒᆞ여 뎐폐(殿陛)의 올녀 졍상셔 등의 ᄌᆞ최를 심방(尋訪)ᄒᆞᆯ 계교(計巧)를 긋치ᄆᆡ 스ᄉᆞ로 김영보를 ᄃᆡᄒᆞ여 니를 말이 업ᄉᆞ믈 민민블쾌(憫憫不快)ᄒᆞ고 졍미인을 목젼(目前)의 죽이디 못ᄒᆞ여 무한ᄒᆞᆫ 욕(辱)만 보고 헛도이 일흔 ᄇᆡ 되믈 심심통한(深深痛恨)ᄒᆞᄂᆞᆫ 바의 ᄌᆡ를 너흔 눈과 즛울녀 마ᄌᆞᆫ ᄲᅣᆷ이 여러 날이 되도록 괴로이 ᄈᆞᆯ힌 듯 알녀 슈히 나으믈 엇디 못ᄒᆞ니 ᄒᆞᆫ갓 신음ᄒᆞ미 졀박(切迫)ᄒᆞᆯ ᄲᅳᆫ 아니라 박시의 비쇼(誹笑)ᄒᆞ여 ᄉᆞ뭇ᄂᆞᆫ 말이 ᄒᆞᆫ ᄯᅢ도 긋치디 아니ᄒᆞ니 ᄌᆞ연 ᄃᆡ답이 싀훤치 못ᄒᆞ고 ᄌᆞ긔 압

39 ᄌᆞᆸ아: 규장각본에는 'ᄌᆞᆸ고'로 되어 있음.

40 건녀(蹇驢): 건려. 다리를 저는 시원찮은 나귀로, 행차의 소박함을 드러내는 관용적 표현으로 쓰임.

히 디극히 그ᄅᆞ므로 됴흔 ᄃᆞ시 드롤 만ᄒᆞ나 쇽으로 심홰 되여 분통(憤痛)ᄒᆞ믈 니긔디 못ᄒᆞ니 ᄌᆞ연이 병셰(病勢) 더어 슉식(宿食)을 ᄡᅵ로 일우디 못ᄒᆞ며 흐ᄅᆞᄂᆞᆫ 술노 타ᄂᆞᆫ 목을 년ᄒᆞ여 젹실 ᄲᅳᆫ이러니 홀연(忽然) 태운산 가샤롤 딕희엿던 노ᄌᆡ 니ᄅᆞ러 거야젹환(去夜賊患)을 쥬(奏)ᄒᆞ고 쇼져노쥬(小姐奴主) ᄉᆞ인(四人)의 거쳬(去處) 업ᄉᆞᄆᆞᆯ 일ᄏᆞ라 죽기롤 쳥ᄒᆞ니 댱공과 박시 본인디졍(本人之情)과 텬셩디의(天性之義)롤 아오로 상망(喪忘)ᄒᆞ여 월ᄋᆞ쇼져의 인효셩힝(仁孝誠行)을 조곰도 ᄉᆡᆼ각디 아니ᄒᆞ며 참혹(慘酷)ᄒᆞᆫ 병잔디인(病殘之人)으로 음힝악ᄉᆞ(淫行惡事)롤 ᄀᆞᆺ초 겸ᄒᆞ여 디금의 죽디 아니ᄒᆞᄆᆞᆯ 도로혀 쥬쳐 어ᄌᆞ러이 넉이고 일분년셕(一分憐惜)ᄒᆞᄂᆞᆫ 의ᄉᆡ 업시 황홀탐ᄋᆡ(恍惚貪愛)ᄒᆞᄂᆞᆫ 밧ᄌᆡ 교랑 ᄒᆞ나ᄲᅳᆫ이러니 오날놀의 거쳬 업다 ᄒᆞᄆᆞᆯ 드ᄅᆞᄃᆡ 대단이 경동(驚動)ᄒᆞ미 업셔 다만 졔노(諸奴)롤 블너 부듕의 두엇던 ᄌᆡ빅(財帛)이 이시며 업ᄉᆞᄆᆞᆯ 몬져 뭇고 여러 창뒤(蒼頭) 잇셔 젹뉴(賊類)롤 방비(防備)치 못ᄒᆞᄆᆞᆯ 경칙(警責)홀디언졍 쇼져 유무롤 언두(言頭)의 드노치 아니ᄒᆞ더니 희린 등이 오ᄅᆡ 유질(有疾)ᄒᆞ여 듕헌(中軒)의 누엇다가 이변(異變)을 듯고 대경ᄎᆞ악(大驚嗟愕)ᄒᆞ여 망극비통(罔極悲痛)ᄒᆞ여 머리롤 브드잇고 가슴을 두다려 실셩댱통(失聲長痛)ᄒᆞ며 져져(姐姐)롤 브ᄅᆞ디져 악착(齷齪)히 원망ᄒᆞᄆᆡ 독ᄒᆞᆫ 셩(性)과 급ᄒᆞᆫ 말이 날닌 칼 ᄀᆞᆺᄐᆞ니 댱공 부뷔 녀ᄋᆞ의 거쳐 아디 못ᄒᆞᆷ은 ᄀᆞᆺᄐᆞ여 근심되미 업ᄉᆞᄃᆡ 이ᄌᆞ(二子)의 과도ᄒᆞᆫ 거동을 보ᄆᆡ 십분초조(十分焦燥)ᄒᆞ여 좌우로 븟드러 다ᄅᆡ고 어로ᄆᆞᆫ져 위로ᄒᆞᄆᆞᆯ 마디 아니ᄒᆞᄃᆡ 이ᄋᆡ(二兒) 머리롤 ᄀᆞ로져으며 팔흘 ᄲᅩᆸᄂᆡ여 모딘 눈을 홉ᄯᅳ고 니롤 갈며 아비와 어미롤 ᄀᆞᄅᆞ쳐 누의 죽인 원쉬(怨讐)

라 ᄒᆞ고 혹 골육을 잔ᄒᆡ(殘害)ᄒᆞᄂᆞᆫ 블인(不人)이라 ᄒᆞ여 간간이 돌 갓
ᄐᆞᆫ 대골노 부모의 가ᄉᆞᆷ을 즛울히며 아비 옷ᄉᆞᆯ 믜잇고 어미 치마ᄅᆞᆯ 쥐
여ᄡᅳ더 누의ᄅᆞᆯ ᄎᆞᄌᆞᄂᆡ라 보ᄎᆡᄂᆞᆫ 말이 쳔단악악(千端諤諤)ᄒᆞ며 만
단괴려(萬端乖戾)ᄒᆞ여 소견(所見)의 ᄒᆡ연(駭然)ᄒᆞᆯ ᄲᅳᆫ 아니라 사ᄅᆞᆷ
이 능히 견ᄃᆡ여 안ᄌᆞᆺ디 못ᄒᆞ게 셔도라[41] 조ᄅᆞ고 보ᄎᆡ니 댱공 부뷔 온
31면 가디로 다ᄅᆡ다가 못ᄒᆞ여 졍신이 현황(炫煌)ᄒᆞ며 긔운이 싀딘ᄒᆞᆯ ᄃᆞᆺᄒᆞ
ᄆᆡ 공은 녀ᄋᆞᄅᆞᆯ ᄎᆞᄌᆞ보렷노라 ᄒᆞ고 잠간 몸을 ᄲᅢ혀 후졍(後庭) 그윽
ᄒᆞᆫ 곳의 피ᄒᆞ며 박시ᄂᆞᆫ 친부의 도라가 ᄉᆞ오일을 머므러다가 부뷔 일
실의 모도ᄆᆡ 이ᄋᆡ 더옥 누의ᄅᆞᆯ 죽어시므로 밀워여 조로고 보ᄎᆡ미 ᄒᆞᆫ
갈ᄀᆞᆺᄐᆞ니 댱공 부뷔 녀ᄋᆞᄅᆞᆯ 위ᄒᆞ여 슬프며 근심되믈 아디 못ᄒᆞᄃᆡ 텬
셩의 친이 혈ᄆᆡᆨ(血脈)의 상응(相應)ᄒᆞ믈 조ᄎᆞ 모로ᄂᆞᆫ 가온ᄃᆡ 심혼(心
魂)이 ᄌᆞ로 놀납고 회픠 쳐창(悽悵)ᄒᆞ여 쳑연비상(慽然悲傷)ᄒᆞ믄 니
ᄅᆞ도 말고 냥ᄌᆞ의 고약히 보ᄎᆡᄂᆞᆫ ᄇᆡ 큰 우환(憂患)이 되여 일일십이
시(一日十二時)와 일월삼십일(一月三十日)의 일ᄀᆞᆨ 잠시도 슈미(愁
眉)ᄅᆞᆯ 펴디 못ᄒᆞ며 긔운을 ᄂᆡ혀디 못ᄒᆞ여 스ᄉᆞ로 명도(命途)ᄅᆞᆯ 탄(嘆)
ᄒᆞ고 신셰ᄅᆞᆯ 슬허ᄒᆞ나 ᄯᅩ 감히 냥ᄋᆞ(兩兒)ᄅᆞᆯ ᄃᆡᄒᆞ여ᄂᆞᆫ 블효ᄌᆞ 두믈
한탄(恨嘆)치 못ᄒᆞ니 그 용녈(庸劣)코 어리미 쳑동쇼ᄋᆞ(尺童小兒)ᄅᆞᆯ
32면 능히 졔어(制御)치 못ᄒᆞ미 되여 그 보ᄎᆡ믈 네ᄉᆞ로이 아나 침블안셕
(寢不安席)ᄒᆞ여 식블감미(食不甘味)ᄒᆞ니 졈졈 병(病)이 니러 셩ᄒᆞ던
박시도 상요(牀–)[42]ᄅᆞᆯ ᄯᅥ나디 못ᄒᆞ거든 ᄒᆞ믈며 유병(有病)턴 댱공을

41 셔도라: 셔돌다. 서두르다.

42 상요(牀–): '침상에 편 요'라는 뜻으로, '잠자리'를 이르는 말.

니ᄅᆞ리오? 긔운이 날노 싀딘(澌盡)ᄒᆞ여 의홰(儀華) ᄡᅵ로 초취(憔悴)ᄒᆞ믹 ᄒᆞᆫ낫 촉뇌[43] 되여시ᄃᆡ ᄎᆞ마 작딕(爵職)을 샤(辭)치 못ᄒᆞ믄 녹봉(祿俸)을 앗기미라. 죽ᄂᆞᆫ 날 긋치기를 위ᄒᆞ고 계오 긔거(起居)ᄒᆞ여 관부츌입(官府出入)과 옥궐비됴(玉闕拜朝)를 폐치 아니ᄒᆞ나 집의 들믹ᄂᆞᆫ 고ᄃᆡ ᄡᅳ러디며 업더딜 ᄃᆞᆺ ᄒᆡᆼ보(行步)를 임의치 못ᄒᆞᄃᆡ 냥교 등이 조곰도 념녀치 아니ᄒᆞ고 아비와 어미ᄂᆞᆫ 쳔ᄇᆡᆨ셰(千百歲)를 살 줄 아라 누의 죽인 원망(怨望)만 쳘텬(徹天)ᄒᆞ니 가듕경식(家中景色)이 그 엇더ᄒᆞ리오? 니ᄅᆞᆫ바 죡반거샹(足反居上)이오 슈고거히(首顧居下)라.[44] 눈강(倫綱)이 패멸(敗滅)ᄒᆞ니 안히ᄂᆞᆫ 디아비를 노예(奴隸)갓치 호령(號令)ᄒᆞ며 ᄋᆞ돌은 아비를 홍모(鴻毛)ᄀᆞᆺ치 경히ᄒᆞ믹 노쥬(奴主) ᄎᆞ례(次例)를 일코 샹히(上下) 존비(尊卑)를 아디 못ᄒᆞ여 져근 일이라도 분괘홈만 심ᄒᆞ고 호발디니(毫髮之利)라도 투싀옴만 극(極)ᄒᆞ여 날이 ᄉᆡ며 어둡기를 그음ᄒᆞ여 샹하의 즐욕디셩(叱辱之聲)과 징힐디젼(爭詰之戰)이 긋치디 아니ᄒᆞ나 댱공이 근녁(筋力)이 밋디 못ᄒᆞ여 능히 아른 체를 못 ᄒᆞ니 졈졈 패란(悖亂)ᄒᆞ여 장ᄎᆞ 긔괴(奇怪)ᄒᆞᆫ 변(變)이 닐게 되엿더니 삼월디회(三月之晦)의 텬우신조(天佑神助)ᄒᆞ샤 십 년 젼 소쥬 ᄒᆡᆼ도(行途)의셔 일흔 ᄋᆞ히를 ᄎᆞᄌᆞ믹 이 곳 니공ᄌᆞ 챵닌이라. 33면
어시(於時)의 연부인이 남쥬로조ᄎᆞ 모부인을 뫼시고 거거(哥哥) 등으

43 촉뇌: 맥락상 '촉누(髑髏)'로 추정.

44 죡반거샹(足反居上)이오 슈고거히(首顧居下)라: 위아래가 전도되어 발이 도리어 위에 있고 머리가 도리어 아래에 있다는 뜻으로, 위계질서가 파괴됨을 이르는 말. 《통감절요(通鑑節要)》에 나옴.

로 더브러 셔도로 향ᄒᆞ다가 길히셔 소쥐 힝도의 난(亂)을 짓고 유ᄌᆞ
(幼子)를 아오로 도젹(盜賊)ᄒᆞ여 간 젹당(賊黨)을 잡으ᄆᆡ 연태위 엄
형츄문(嚴刑推問)ᄒᆞᆯ 즈음의 니부 노ᄌᆞ 계튱이 긔특이 니ᄅᆞ러 챵닌공
ᄌᆡ 니부의셔 십슈년(十數年)을 무ᄉᆞ히 ᄌᆞ라시믈 고ᄒᆞ여 부ᄌᆞ모ᄌᆡ(父
子母子) 듕봉(重逢)ᄒᆞ여 텬눈(天倫)을 단원(團圓)ᄒᆞ며 십슈 년 젹년
디회(積年之懷)를 펴믄 의(意) 《밍셩호연》의 ᄌᆞ셰(仔細)ᄒᆞ므로 ᄎᆞ편
(此篇)의ᄂᆞᆫ 대개(大概)만 긔록ᄒᆞ노라.

ᄎᆞ셜(且說). 챵닌공ᄌᆡ 본ᄉᆡᆼ부모(本生父母)를 ᄎᆞᄌᆞ 도라오ᄆᆡ 가듕경
34면 ᄉᆡᆨ(家中景色)이 무비히연괴디실(無非駭然怪之事) 쁜 아니라 평ᄉᆡᆼ 아
디 못ᄒᆞ던 보화와 셰간(世間)의 보디 못ᄒᆞ던 호ᄉᆞ(豪奢)ᄂᆞᆫ 니ᄅᆞ도 말
고 그 부친이라 ᄒᆞᄂᆞᆫ ᄌᆞ의 츄셰비악(趨勢卑惡)ᄒᆞᆫ 힝ᄉᆞ와 탐ᄌᆡ닌셕(貪
財吝惜)ᄒᆞᆫ 거동이 니부 말좌쳔노(末座賤奴)의도 이런 거ᄉᆞᆫ 업ᄉᆞᆯ더라.
ᄒᆞᆫ갓 쳥념(淸廉)ᄒᆞᆫ 디개(志概)를 병드리며 걸호(傑豪)ᄒᆞᆫ 셩졍(性情)
을 상히올 쁜 아니라 히연(駭然)이 망극ᄒᆞ고 착닙(着笠)ᄒᆞ고 셰샹의
날 ᄯᅳᆺ이 업ᄉᆞ며 거두(擧頭)ᄒᆞ여 ᄃᆡ인(對人)ᄒᆞᆯ 면목(面目)이 업ᄉᆞ니
스ᄉᆞ로 죽어 모로고ᄌᆞ ᄒᆞ여 발검ᄌᆞ경(拔劍自刭)코ᄌᆞ ᄒᆞ다가 홀연(忽
然) ᄌᆞ긔 힝ᄉᆡ 블통ᄒᆞ고 셩회 쳔박(淺薄)ᄒᆞ믈 ᄊᆡ다라 죽을 의ᄉᆞ(意
思)를 긋친 후 계하(階下)의셔 머리를 두다려 부친의 실덕실톄(失德
失體)ᄒᆞ시믈 간(諫)ᄒᆞᆯᄉᆡ 눈믈이 히음업ᄉᆞ며 두골이 분쇄(粉碎)ᄒᆞᆯ ᄃᆞᆺ
거동(擧動)이 참담(慘澹)ᄒᆞᄃᆡ 공경ᄒᆞᄂᆞᆫ 녜모(禮貌)와 효슌(孝順)ᄒᆞᆫ
말ᄉᆞᆷ이 ᄉᆡᆼ쳘(生鐵)을 녹이고 셕목(石木)을 감동ᄒᆞᆯ ᄃᆞᆺᄒᆞ니 박시 홀연
그 거동이 셩완으로 방블ᄒᆞ믈 늣기며 반겨 측냥업ᄉᆞᆫ 인믈과 모양 업
35면 ᄉᆞᆫ 셩졍(性情)의도 텬눈(天倫)이 ᄌᆞ동(自動)ᄒᆞ여 ᄆᆞᆫ득 셩완을 ᄉᆡᆼ각ᄂᆞᆫ

뜻을 창닌의 두로혀ᄆᆡ 연부인 믜오믈 셩완의게 옴기고 셩완 ᄉᆞ랑ᄒᆞ오믈 챵닌의게 옴기니 이 본ᄃᆡ 목강(穆姜)[45]의 인ᄌᆞᄒᆞ믈 귀히 넉이ᄂᆞᆫ ᄇᆡ 아니오 녀희(呂姬)의 신ᄉᆡᆼ(申生) 죽이믈[46] 올히 넉이ᄂᆞᆫ ᄇᆡ로ᄃᆡ 셩픔이 요약미형(妖弱迷形)ᄒᆞ여 헛된 소ᄅᆡᄅᆞᆯ 딜너 것ᄎᆞ로 앙당(鞅掌)[47]ᄒᆞᆫ 쳬ᄒᆞ며 위엄(威嚴) 잇ᄂᆞᆫ 쳬ᄒᆞ여 녀듕호걸(女中豪傑)노 ᄌᆞ임(自任)ᄒᆞᆯ 디언졍 ᄎᆡᆨ우쳐 ᄉᆞ오납도 못ᄒᆞᆫ 인믈이라. 디감(知鑑)이 ᄇᆞᆰ고 ᄉᆞ리(事理)ᄅᆞᆯ 통ᄒᆞ여 챵닌을 ᄉᆞ랑ᄒᆞᄂᆞᆫ 거시 아니라 그 셩되(性度) 쥬ᄒᆞᆫ 거시 업ᄉᆞ므로 인ᄒᆞ여 믄득 챵닌을 어엿비 넉이ᄂᆞᆫ 의ᄉᆡ 동ᄒᆞ니 댱공의 몸을 ᄌᆞᆸ아 흔들며 ᄋᆞ돌의 말이 혹 올흔 일도 잇다 ᄒᆞ여 친히 챵닌을 븟드러 올니고 ᄯᅩ ᄀᆞ마니 묘계(妙計)ᄅᆞᆯ ᄉᆡᆼ각ᄒᆞ노라 ᄒᆞ여 챵닌으로ᄡᅧ 연가ᄅᆞᆯ ᄭᅳᆫ허 표문(表門)을 박가로 ᄒᆞ고ᄌᆞ ᄒᆞ더니 이ᄣᆡ 교랑 요믈(妖物)이 창닌이 댱가로 도라오던 날의 ᄒᆞᆫ번 여어보고 블ᄀᆞᆺ튼 욕심(慾心)이 안개 집희ᄃᆞᆺ 구롬이 모히ᄃᆞᆺ 능히 형용(形容)치 못ᄒᆞᄆᆡ 금누옥궐(金樓玉闕)의 만승(萬乘)을 겻디음도 부운 ᄀᆞᆺᄐᆞ며 ᄒᆞᆫ갓 댱ᄌᆞ의 ᄇᆡ필(配匹)이 되여 화쵹디연(華燭之緣)을 밋기ᄅᆞᆯ 갈망초조(渴望焦燥)ᄒᆞ니 엇디 박시 다ᄅᆡ기ᄅᆞᆯ 헐우히[48] ᄒᆞ리오? 챵닌으로ᄡᅧ 표문을 박가로 ᄒᆡᆼᄒᆞ믄 36면

45 목강(穆姜): 진(晉)나라 정문구의 후처. 전처가 낳은 네 아들에게 미움을 받았으나 더욱 자상히 하여 옷밥을 자신의 아들보다 배로 하며 감복시켰다는 '목강무자(穆姜撫子)'라는 말이 《삼강행실도》에 나옴.

46 녀희(呂姬)의 신싱(申生) 죽이믈: 여희는 진(晉)나라 헌공(獻公)의 아내로, 자신의 아들 해제(奚齊)를 태자로 삼으려고 태자 신생을 참소하여 죽게 함. 《사기》 〈진세가(晉世家)〉.

47 앙당(鞅掌): 앙장. 바쁘고 번거로움.

48 헐우히: 헐(歇)하다. 대수롭지 않다, 만만하다.

쳔만블개(千萬不可)라 ᄒᆞ고 그윽이 쓰을 빗최여 져로ᄡᅧ 챵닌의 ᄇᆡ쳬(配妻)를 삼을딘ᄃᆡ 슉딜디졍(叔姪之情)이 모녀의 더은 바로 다시 고식(姑媳)의 의를 겸ᄒᆞ여 평싱 슬하의 봉시(奉侍)ᄒᆞ미 동동(洞洞)ᄒᆞᆫ 졍셩과 촉촉(屬屬)ᄒᆞᆫ 효심(孝心)으로 ᄇᆡᆨ년(百年)을 ᄒᆞᆫ갈ᄀᆞᆺᄐᆞ믈 일ᄏᆞ라 공교로온 언에(言語) 박시의 심폐(心肺)를 어로녹이니 쥬의(主義) 업ᄉᆞᆫ 박시 엇디 니언신문(以言信聞)치 아니리오? 언언(言言)이 고개 조아 됴타 됴타 ᄒᆞ며 즉시 챵닌을 블너 니ᄅᆞ고ᄌᆞ ᄒᆞ거ᄂᆞᆯ 교랑 요믈이 져의 쳥쵹(請囑)이믈 블츌구외(不出口外)ᄒᆞ라 ᄒᆞ고 몬져 댱공과 의논(議
37면 論)ᄒᆞᆫ 후 버거 챵닌다려 니ᄅᆞ쇼셔 ᄒᆞ니 농박[49]이 말마다 올타 ᄒᆞ며 이에 댱공과 의논ᄒᆞᆯ시 댱공이 챵닌의 문치긔상(文彩氣像)이 당ᄃᆡ의 무젹(無敵)이믈 만심과듕(滿心過重)ᄒᆞ여 브ᄃᆡ 권귀(權貴)를 ᄀᆞᆯᄒᆡ여 결혼코ᄌᆞ ᄒᆞ니 엇디 박상규로 상가ᄒᆞ믈[50] 즐기리오마ᄂᆞᆫ 슌히 허락디 아냐ᄂᆞᆫ 박시 큰 변을 닐 둣ᄒᆞ고 교랑의 표문(表門)【범도위라】을 ᄯᅩᄒᆞᆫ 볼일이 만흔 듕 박상귀 작위(爵位) 쳥현(淸顯)ᄒᆞ니 다른 날의 디위(地位) ᄌᆡ렬(宰列)의 거ᄒᆞᆯ동 엇디 알니오? 침샤냥구(沈思良久)의 잠쇼왈(潛笑曰)

“내 ᄋᆞᄒᆡ를 가져 혼인(婚姻)을 구ᄒᆞᆯ딘ᄃᆡ 어ᄂᆡ 공후각뇌(公侯閣老) 징션(爭先)치 아니리오마ᄂᆞᆫ 며ᄂᆞ리 ᄌᆡ목이 교ᄋᆞ만 ᄒᆞᆫ ᄌᆡ 쉽디 아니ᄒᆞ고 피ᄎᆞ 형셰 편호(便好)ᄒᆞ여 엇기 어려온 혼쳐(婚處)라. 계힝을 보아 의논ᄒᆞ여 셩녜(成禮)ᄒᆞ미 됴토다. 연이나 챵닌이 남달니 뎡딕(正直)ᄒᆞ

---

49 농박: 맥락상 ‘박씨’를 가리킴.

50 상가ᄒᆞ믈: 서로 사돈을 맺는 일로 추정.

니 취쳐디ᄉᆞ(娶妻之事)의도 졔 쇼견(所見)을 아니 쓰디 못ᄒᆞᆯ디라. 이졔 블너 므ᄅᆞ미 올타."

ᄒᆞ고 좌우로 공ᄌᆞᄅᆞᆯ 브ᄅᆞ니 슈유의 챵닌이 츄이딘(趨而進)ᄒᆞ여 승당ᄇᆡ슈(昇堂拜首)의 브ᄅᆞ신 바ᄅᆞᆯ ᄃᆡᄒᆞᆫᄃᆡ 댱공과 박시 ᄒᆞᆷ긔 혼쳐ᄅᆞᆯ 니 38면
ᄅᆞ며 규슈(閨秀)의 긔이(奇異)ᄒᆞ믈 칭찬(稱讚)ᄒᆞ미 혜 달흘 ᄃᆞᆺᄒᆞ니 챵닌이 그 부친이 졍문(程門)을 원슈로 ᄇᆡ쳑(排斥)ᄒᆞ여 ᄆᆡ뎨(妹弟)ᄅᆞᆯ 죽이기의 니ᄅᆞᄃᆡ 닌광으로 셩녜(成禮)ᄒᆞᆯ 뜻이 업던 바ᄅᆞᆯ 임의 닉이 드러시나 ᄌᆞ긔 니아로조ᄎᆞ 도라온 디 블과 일순이오 ᄯᅩ 모친긔 알현(謁見)ᄒᆞᆯ 뜻이 착급(着急)ᄒᆞ여 셔ᄒᆡᆼ(西行)을 말ᄆᆡ암고ᄌᆞ ᄒᆞᄆᆡ 슈일ᄉᆞ이의 발ᄒᆡᆼ(發行)코ᄌᆞ ᄒᆞᄂᆞᆫ디라. 밋쳐 타ᄉᆞᄅᆞᆯ 결을치 못ᄒᆞ고 부친의 츄셰비린(趨勢鄙吝)ᄒᆞᆷ만 망극ᄒᆞᆯ ᄯᆞᄅᆞᆷ이러니 이 말ᄉᆞᆷ을 드ᄅᆞᄆᆡ 크게 놀나 안ᄉᆡᆨ을 곳치며 ᄃᆡᄒᆞ여 ᄀᆞᆯ오ᄃᆡ

"대인이 셕년(昔年)의 완월ᄃᆡ상의셔 졍상셔 곤계와[51] 니대인이 셔로 ᄌᆞ녀ᄅᆞᆯ 가져 뎡혼ᄆᆡᆼ약(定婚盟約)ᄒᆞ시미 금셕(金石) ᄀᆞᆺ던 바ᄅᆞᆯ ᄉᆡᆼ각ᄒᆞ시ᄂᆞ니잇가?"

댱공이 믄득 머리ᄅᆞᆯ 흔드러 왈

"녯날 쥬후광언(酒後狂言)으로 우연(偶然)이 연인결친(緣因結親)키 39면
ᄅᆞᆯ 닐너시나 피ᄎᆞ 납폐문명(納幣問名)[52]을 ᄒᆡᆼᄒᆞᆷ과 다ᄅᆞ니 죡히 니ᄅᆞᆯ 거시 아니오 딘실노 ᄎᆡ폐문명(采幣問名)이 잇셔도 이 시졀(時節)의

51 곤계와: 규장각본에는 '곤계'로 되어 있음.

52 납폐문명(納幣問名): 《의례》에 있는 혼인 절차인 육례(六禮)를 가리킴. 납채(納采), 문명(問名), 납길(納吉), 납징(納徵), 청기(請期), 친영(親迎)이 있음.

져 집과 결혼ᄒᆞ기ᄂᆞᆫ 안ᄌᆞ셔 참화(慘禍)ᄅᆞᆯ 브ᄅᆞ미니 너ᄂᆞᆫ 괴이(怪異)
ᄒᆞᆫ 말을 남 듯게 말나. 오ᄋᆡ(吾兒) ᄒᆞ믈며 니ᄋᆞ로 이실 젹과 달나 내
집의 도라와 본셩(本姓)을 ᄡᅳ니 인뉸대ᄉᆞ(人倫大事)ᄅᆞᆯ 그 아비 쥬장
(主張)ᄒᆞᆯ디라. 내 ᄠᅳᆺ의 졍가ᄅᆞᆯ 블합(不合)ᄒᆞ여 타쳐(他處)의 셩친(成
親)ᄒᆞᆫ들 뉘라셔 감히 시비(是非)ᄒᆞᆯ ᄌᆡ 이시리오? 오ᄋᆡ 셕보의 오활
(傲猾)이 ᄀᆞᄅᆞ치믈 바다 셰졍(世情)과 문니(文理)ᄅᆞᆯ 바히 아디 못ᄒᆞ
니 내 실노 근심되믈 니긔디 못ᄒᆞ노라."

언필(言畢)의 졍가ᄅᆞᆯ 원슈ᄀᆞᆺ치 녁이ᄂᆞᆫ 긔ᄉᆡᆨ(氣色)이 츌어면모(出於
面貌)ᄒᆞ여 ᄌᆞ공(子貢)[53]과 소댱(蘇長)[54]의 능변(能辯)으로도 이ᄢᅴ의ᄂᆞᆫ
댱공의 ᄠᅳᆺ을 두로혈 길히 업ᄉᆞᆫ디라. 공ᄌᆡ 간(諫)ᄒᆞ여 듯디 아닐 줄 ᄇᆞᆰ
히 디긔ᄒᆞᄆᆡ 인ᄌᆞ디도(人子之道)의 부형을 긔망(欺罔)ᄒᆞ미 크게 가
치 아니ᄒᆞ므로 믄득 피셕ᄇᆡ궤(避席拜跪)ᄒᆞ여 발셔 졍시 취(娶)ᄒᆞᆫ 바
40면 ᄅᆞᆯ 고ᄒᆞ니 공이 쳥미(聽未)의 안ᄉᆡᆨ이 여회(如灰)ᄒᆞ여 눈을 모흐로 ᄯᅳ
며 졀박(切迫)히 초조(焦燥)ᄒᆞ여 ᄀᆞᆯ오ᄃᆡ

"너의 빗난 거동과 댱셩ᄒᆞᆫ 긔되 동치(童稚)의 미셩(未成)ᄒᆞᆷ과 ᄂᆡ도ᄒᆞ
믈 알오ᄃᆡ 내 소활(疎闊)ᄒᆞ여 즉시 뭇디 못ᄒᆞ엿더니 네 원간 졍가 녀ᄌᆞ
ᄅᆞᆯ 발셔 취(娶)ᄒᆞ닷다? 내 녀ᄋᆞᄅᆞᆯ 실산(失散)ᄒᆞ여 ᄉᆞᄉᆡᆼ거쳐(死生居處)
ᄅᆞᆯ 모ᄅᆞᆯ 쁜 아니라 ᄎᆞᄌᆞ도 무용디믈(無用之物)이 되엿고 희린 등이 심

53 ᄌᆞ공(子貢): 자공. 춘추시대 노나라의 학자이자 '공문10철'의 한 사람으로, 언변이 좋은 인물로 유명함. 공손추가 맹자에게 하는 말 중에 "(공자의 제자 중에) 재아와 자공은 말을 잘한다(宰我子貢 善爲說辭)."라는 말이《맹자》에 있음.

54 소댱(蘇長): 소장. 소진과 장의. 전국시대 때의 변론가. 소진은 합종(合縱)을 주장하고 장의는 연횡(連橫)을 주장함. 말을 잘하는 대표적 인물로 언급됨.

히 강박(强迫)ᄒᆞ여 부모를 보디 아니ᄒᆞ며 쥬야의 몹쁠 말노 조로니 심신이 산난(散亂)ᄒᆞ던 바의 너를 ᄎᆞᄌᆞ 텬뉸(天倫)을 단원(團圓)ᄒᆞ고 십슈년(十數年) 밋쳣던 한을 ᄒᆞ로앗춤의 프러바릴 쁜 아니라 너의 긔딜픔싊(氣質稟受) 나의 본 바 쳐음이니 단원디합(團圓之合)이 평싱 극희(極喜)ᄂᆞᆫ 니ᄅᆞ디 말고 심듕의 당당ᄒᆞᆫ 긔약(期約)이 졀계등화(折桂登華)의 목젼슬하(目前膝下)를 훤영(暄榮)ᄒᆞ며 쇠문(衰門)을 딘긔(振起)ᄒᆞ여 부귀(富貴)를 긔필(期必)홀가 ᄒᆞ엿더니 싱각디 아닌 졍가의 입막디빈(入幕之賓)이 되여시니 너의 젼졍(前程)이 아모리 될 줄을 모로ᄂᆞᆫ디라. 나의 놀나온 심원(心源)이 쒸놀기를 면치 못ᄒᆞᄂᆞ니 이 ᄆᆞ 41면
ᄋᆞᆷ을 엇디 졉아 긴 날의 괴로온 념녀(念慮)를 무한이 ᄒᆞ리오? 아디 못게라, 디금 졍녜 어ᄂᆡ 곳의 잇ᄂᆞ뇨? 네 비록 져를 위ᄒᆞᆫ 졍이 듕ᄒᆞ나 아븨 심ᄉᆞ를 쏘ᄒᆞᆫ 아니 도라보디 못ᄒᆞ리니 졍녀를 내 집의 다려올 의ᄉᆞ(意思)란 말고 남이 혹 뭇ᄂᆞ니 잇셔도 졍가의 ᄉᆞ회 되엿노라 말을 일졀 말나."

셜파(說罷)의 블힝경악(不幸驚愕)ᄒᆞ믈 마디 아니ᄒᆞ니 공ᄌᆞᄂᆞᆫ 디회(至孝)라 일이 마디못ᄒᆞ여 졍시를 취ᄒᆞᆫ 바를 쥬ᄒᆞᆫ 후 그 부친의 실셩괴이(失性奇異)[55]ᄒᆞᆫ 언ᄉᆞ(言辭) 가온ᄃᆡ도 희린 등을 블초히 넉이다가 ᄌᆞ긔를 ᄎᆞᄌᆞ 바라미 듕ᄒᆞ고 깃브미 넘찌이믈 보ᄆᆡ 도로혀 감읍쳑의(感泣慽意)ᄒᆞ여 져두뉴쳬(低頭流涕)ᄒᆞ며 일셰(一世)의 ᄇᆡ은망덕(背恩忘德)과 실신무의(失信無義)ᄒᆞᆫ ᄆᆡ명(罵名)이 그 부친긔 모도 안쳐

55 실셩괴이(失性奇異): 실성괴이. 규장각본에는 '실덕괴이'로 되어 있음.

시믈 망극비황(罔極悲惶)ᄒᆞ여 오ᄅᆡ 말을 못 ᄒᆞ더니 날호여 졍가의 능
산대은(陵山大恩)과 활ᄒᆡ디덕(闊海之德)을 굿ᄐᆞ여 거드디 아니ᄒᆞ고
42면 다만 셰리(世利)와 흥쇠(興衰)로뼈 일ᄏᆞ라 졍개 비록 일시 침페(沈敗)
ᄒᆞ여시나 타일의 반ᄃᆞ시 긔운을 펼 시졀이 이실 바ᄅᆞᆯ 고ᄒᆞ며 졍쳥계
노영(虜營)을 ᄉᆞᄆᆞᆺᄎᆞ 나아가 튱졀(忠節)을 다ᄒᆞ믈 ᄀᆞᆺ초 일ᄏᆞ라 부친
의 츄셰비린(趨勢鄙吝)ᄒᆞᆫ ᄆᆞᄋᆞᆷ을 위로ᄒᆞᄃᆡ 댱공이 발셔 졍문을 ᄇᆡ쳑
ᄒᆞ믄 ᄒᆞᆫ 병이 되여 ᄋᆞᄌᆞ의 말을 이외(耳外)로 듯고[56] 졍시ᄅᆞᆯ 결단ᄒᆞ여
다려오디 못ᄒᆞ리라 ᄒᆞ니 공ᄌᆡ 또ᄒᆞᆫ 욱이지 아니코 명ᄃᆡ로 ᄒᆞ믈 ᄃᆡᄒᆞ
거ᄂᆞᆯ 박시 왈

"상공이 졍녀ᄅᆞᆯ 며ᄂᆞ리로 아디 아닛ᄂᆞᆫ 디경의ᄂᆞᆫ 네 안ᄒᆡ로 알기 어려
올디라. 이ᄊᆡ의 졀혼(絶婚)ᄒᆞ여 아조 ᄇᆞ리고 아딜녀(我姪女)의 슉뇨
(淑窈)ᄒᆞ믈 ᄧᆞᆨ디으라."

ᄒᆞ니 공ᄌᆡ 쇼이ᄃᆡ왈(笑而對曰)

"쇼ᄌᆡ 빙ᄎᆡ빅냥(聘采百兩)[57]으로 졍시ᄅᆞᆯ 취ᄒᆞ여 부부대륜(夫婦大倫)
이 두렷ᄒᆞᆯ 거시로ᄃᆡ 피ᄎᆞ 나히 어리고 쇼ᄌᆞ의 셩픔이 승쇼(僧蕭) ᄀᆞᆺ
ᄐᆞ여 그 유무ᄅᆞᆯ 관듕(關重)ᄒᆞ미 업ᄉᆞ올 ᄲᆞᆫ 아니라 쳔빅미인(千百美
人)이 앏ᄒᆡ 잇셔도 눈을 드러 볼 의ᄉᆡ 업ᄉᆞ오니 쇼ᄌᆞᄂᆞᆫ ᄉᆡᆼ각ᄒᆞᄋᆞᆸ건ᄃᆡ
43면 쇼ᄌᆞᄅᆞᆯ 좃ᄂᆞᆫ 녀ᄌᆞᄂᆞᆫ 출하리 형산의 듕을 조ᄎᆞ 츌가ᄒᆞ미 올홀디라. 쇼
ᄌᆡ 아마도 망뉸(忘倫)ᄒᆞᄂᆞᆫ 죄인(罪人)이 되기ᄅᆞᆯ 면치 못ᄒᆞᆯ가 ᄒᆞᄋᆞᆸᄂᆞ

---

56 이외(耳外)로 듯고: '귓등으로 듣다, 귀담아 듣지 않다'의 의미로 추정.

57 빅냥(百兩): 백량. 성대한 혼인을 치르는 것을 의미함. 제후의 딸을 시집보낼 때에는 수레 백 대를 동원하여 보낸다는 말이 《시경》에 나옴. 여기서는 혼인의 예를 뜻함.

니 박연슉 교ᄋᆞ를 취ᄒᆞ여 ᄒᆞᆫ 구셕의 두기야 므어시 어려오리잇가마ᄂᆞᆫ 그 녀ᄌᆞ의 일싱이 ᄎᆞ악(嗟愕)ᄒᆞ고 ᄌᆞ괴(慈敎) 또 졍시를 이의 졀혼(絶婚)ᄒᆞ라 ᄒᆞ시나 슈양부모의 은덕(恩德)이 싱아구로(生我劬勞)의 감치 아니ᄒᆞ온디라 은애(恩爺) 졍시로ᄲᅧ 쇼ᄌᆞ의 안ᄒᆡ로 아ᄅᆞ시며 은모(恩母)와 슉당(叔堂)이 태모긔 픔명(稟命)ᄒᆞ여 졍시를 취케 ᄒᆞ시니 일시의 무죄(無罪)ᄒᆞᆫ 녀ᄌᆞ를 졀혼ᄒᆞ오미 하상디원(夏霜之怨)[58]이 두리옵고 또 져를 거졀(拒絶)치 못ᄒᆞ며 다른 녀ᄌᆞ를 취ᄒᆞ오믄 한ᄉᆞ(寒士)의 냥쳬(兩妻) 젼고(前古)의 업ᄉᆞᆫ 일이오니 쇼지 비록 탐식호방(貪色豪放)ᄒᆞ오나 법외디ᄉᆞ(法外之事)ᄂᆞᆫ 아니 ᄒᆞ올디라. 박부의 이ᄃᆡ로 고ᄒᆞ샤 ᄉᆞ셰(事勢) 편당치 못ᄒᆞ믈 알게 ᄒᆞ쇼셔."

인ᄒᆞ여 뫼셔 다른 말ᄉᆞᆷ을 시쟉ᄒᆞᄆᆡ 승안(承顔)ᄒᆞᄂᆞᆫ 화긔(和氣) 츈풍(春風) ᄀᆞᆺ고 유열(愉悅)ᄒᆞᆫ 셩음(聲音)이 사ᄅᆞᆷ의 심간(心肝)을 훤츨케 ᄒᆞ더라. 44면

어시(於時)의 뎡공 부뷔 ᄋᆞᄌᆞ의 도도(滔滔)ᄒᆞᆫ 말ᄉᆞᆷ을 드ᄅᆞᄆᆡ 다시 ᄒᆞᆯ 말이 업ᄉᆞ며 오딕 그 텬양경일디풍(天壤傾日之風)을 ᄃᆡᄒᆞ여 깁히 ᄉᆞ랑ᄒᆞ고 그윽이 다ᄒᆡᆼᄒᆞᄂᆞᆫ 바의 냥교동(兩嬌童)의 무궁ᄒᆞᆫ 작폐(作弊) 져기 프러져 형이 도라오므로브터 부모를 악착(齷齪)히 원망ᄒᆞ며 디독히 조로기를 잠간 긋치고 낫갓촐 펴 부모를 ᄃᆡᄒᆞ며 앙믈디[59] 아닌 소ᄅᆡ로 말을 ᄃᆡ답ᄒᆞ여 녜ᄉᆞ로온 거동이 이시니 효순(孝順)ᄒᆞᆫ ᄋᆞ돌이라

58 하상디원(夏霜之怨): 하상지원. '여자가 한을 품으면 오뉴월에도 서리가 내린다.'라는 속담과 같은 의미.

59 앙믈디: 악물다.

ᄒᆞᆯ 거손 아니로ᄃᆡ 젼ᄌᆞ(前者)보다가ᄂᆞᆫ ᄂᆡ도ᄒᆞ니 댱공 ᄂᆡ외(內外) 알오믄 냥 교동으로ᄲᅧ 감히 하풍(下風)도 츄쥬(趨走)치 못ᄒᆞᆯ 줄 알고 챵닌은 바로 대셩인으로 밀위여 그 말이 난즉 언언(言言)이 쳥죵(聽從)ᄒᆞᄃᆡ 챵닌이 다시 경가 다히 말을 아니 ᄒᆞ고 다만 경문 대은(大恩)을 함호결초(含湖結草)[60]ᄒᆞ믈 ᄉᆡᆼ각ᄒᆞ여 져 집을 져바리디 말고ᄌᆞ ᄒᆞ더라.

ᄎᆞ시(此時) 박녀 교랑이 댱ᄉᆡᆼ의 영풍옥골(英風玉骨)을 ᄎᆞ마 샤치 못
45면 ᄒᆞ여 ᄒᆞᆫ 덩이 음탕(淫蕩)ᄒᆞᆫ 졍젹(情迹)이 흉듕(胸中)의 뭉킈ᄆᆡ 비록 닛고ᄌᆞ ᄒᆞ여도 능히 닛디 못ᄒᆞ며 졀연(截然)이 ᄉᆡᆼ각디 말고져 ᄒᆞ여도 침좌간(寢坐間)의 몬져 ᄉᆡᆼ각이 되니 엇디 화광(火狂)ᄒᆞ여 ᄂᆡ닷디 아니ᄒᆞ고 상셩(喪性)ᄒᆞ여 딜츄(疾趨)치 아니ᄒᆞ리오? 허다 음패망측디ᄉᆡ(淫悖罔測之事) 댱챵닌의 츄상(秋霜)이 녈녈(烈烈)ᄒᆞ며 빙옥(氷玉)이 결결(潔潔)ᄒᆞᆫ ᄆᆞ음을 온가디로 뎟ᄂᆡ고 필경(畢竟)은 슉모의 위엄과 댱공의 입을 비러 챵닌의 부실(副室)이 되여시나 챵닌이 ᄲᅧ 안히로 아디 아니ᄒᆞ여 여시노인(如視路人)이러니 박녜 경쇼져를 편ᄒᆞᆫ 곳의 됴히 두고 댱ᄉᆡᆼ이 ᄌᆞ로 왕ᄂᆡᄒᆞ여 보ᄂᆞᆫ 바를 ᄭᅥ리ᄆᆡ 댱공을 다릐여 경쇼져를 다려오니 박녜 온가디로 경쇼져를 함ᄒᆡ(陷害)ᄒᆞ여 심원벽쳐(沈園僻處)의 가돈 후 산쳔(山川)의 긔도(祈禱)ᄒᆞ며 무복(巫卜)을 식여 튝원(祝願)ᄒᆞ여 댱ᄉᆡᆼ의 은통(恩寵)을 독당(獨當)코ᄌᆞ ᄒᆞᄃᆡ 호발(毫髮)의 효험(效驗)을 보디 못ᄒᆞ여 착급초조(着急焦燥)ᄒᆞ믈 니긔디 못ᄒᆞᆯ 즈음의 금황뎨(今皇帝) 일공쥬(一公主) 셜능은 초(初)의

60 함호결초(含湖結草): '결초보은'과 같은 의미. 죽어서도 은혜를 갚음.

군쥬위호(君主位號)로 태학ᄉᆞ 등슈의 부인이 되엿더니 금황이 즉위 ᄒᆞᄆᆡ 셜능군쥬로 공쥬위호(公主位號)롤 주고 등슈로뻐 부마도위(駙馬都尉) 관면(冠冕)을 ᄀᆞ초와 일픔(一品)의 거(居)ᄒᆞ게 ᄒᆞ니 권위(權威) 일시의 겯우리 업더라. 셜능공쥬의 댱녀(長女) 낙션군쥐 우연이 누ᄃᆡ(樓臺)로조ᄎᆞ 노샹(路上)을 관망(觀望)ᄒᆞ다가 댱챵닌을 ᄒᆞᆫ 번 보고 일일디ᄂᆡ(一日之內)의 셰 번 혼졀ᄒᆞ며 두 번 ᄉᆞ병(死病)을 일위니 공쥬와 부매 블승민졀(不勝悶絶)ᄒᆞ여 텬졍(天庭)의 쥬달(奏達)ᄒᆞ고 댱챵닌으로 샤혼(賜婚)을 쳥ᄒᆞ여 녜롤 일우ᄆᆡ 댱공과 박시의 희열과망(喜悅過望)ᄒᆞ믄 다시 니롤 거시 업거니와 박녜 셩덕의 원군을 공연이 함ᄒᆡ(陷害)ᄒᆞ고 셰간(世間)의 무빵ᄒᆞᆫ 강젹을 만나니 그 형셰 어ᄃᆡ가 거워나 보리오마ᄂᆞᆫ 댱싱의 박ᄃᆡ 힝노(行路) ᄀᆞᄐᆞ믄 져로 더브러 고히(高下) 업ᄉᆞ니 드드여 징투(爭鬪)ᄒᆞ미 업ᄉᆞ나 피ᄎᆞ 안듕졍(眼中釘)을 업시코ᄌᆞ ᄒᆞᄆᆡ ᄌᆞ최롤 ᄡᆞ로며 그림ᄌᆞ롤 조ᄎᆞ 흔극(釁隙)과 참언(讒言)이 니러나 댱공과 박시 귀예 니음ᄎᆞ니 댱공 ᄂᆡ외 오됴(烏鳥)의 ᄌᆞ웅(雌雄)을 골희디 못ᄒᆞ고 낙션은 권위(權威)롤 보아 그 니ᄅᆞᄂᆞᆫ 말을 올타 ᄒᆞ며 박녀ᄂᆞᆫ 졍이 ᄃᆞᆺ거워시므로 ᄆᆡ양(每樣) 낙션의게 굴(屈)ᄒᆞ여 ᄡᅡ호디 말나 경계(警戒)ᄒᆞ되 낙션의 보ᄂᆞᆫ ᄃᆡᄂᆞᆫ 교랑의게 ᄌᆞ별(自別)ᄒᆞᆫ 졔롤 못 ᄒᆞ더니 슈년이 계오 디나며 댱싱이 일편셔간(一片書簡)으로뻐 부모롤 하딕ᄒᆞ고 표연(飄然)이 쳔니구(千里駒)롤 치쳐 노영의 나아가 은야(恩爺)롤 봉시(奉侍)ᄒᆞ니 ᄌᆞ최 훌훌(欻欻)ᄒᆞ여 대히(大海)의 평초(萍草) ᄀᆞᄐᆞᆫ디라. 어ᄃᆡ로조ᄎᆞ ᄎᆞ졸 도리 이시리오? ᄒᆞᆫ갓 댱공이 ᄎᆞ악비도(嗟愕悲悼)ᄒᆞᆯ ᄲᅳᆫ 아니라 박녀와 낙션이 쥬야상ᄉᆞ(晝夜相思)ᄒᆞ던 졍을 터럭긋도 펴디 못ᄒᆞ고 쇽졀업시 텬션(天仙)

ᄀᆞᆺᄐᆞᆫ 풍위(風威)ᄅᆞᆯ 일흐ᄆᆡ 다시 딜(疾)을 닐위니 등부매 ᄉᆞ쳐(四處)로 사ᄅᆞᆷ을 흣터 댱싱의 ᄌᆞ최ᄅᆞᆯ 심방(尋訪)ᄒᆞᄃᆡ 능히 ᄎᆞᆺ디 못ᄒᆞ고 박가의셔ᄂᆞᆫ 구ᄐᆞ여 교량을 위ᄒᆞ여 댱싱을 ᄎᆞᄌᆞ려 아니 ᄒᆞᄃᆡ 다만 녀ᄋᆞ의 힝ᄉᆡ 무상ᄒᆞ믈 통한(痛恨)ᄒᆞ더라.

ᄎᆞ시(此時) 졍쇼졔 심원누디(沈園陋地)의 고상이 만단(萬端)인 듕 산후블평(産後不平)ᄒᆞ여 아조 ᄉᆞ경(死境)의 니ᄅᆞᄆᆡ 시ᄋᆞ(侍兒) 셤옥이

48면 쇼져ᄅᆞᆯ ᄃᆡ신ᄒᆞ여 거ᄌᆞᆺ 죽ᄂᆞᆫ 거동(擧動)을 뵈고 니부 됴부인이 계오 쇼져ᄅᆞᆯ 구ᄒᆞ여 그으ᄒᆞᆫ 곳의 옴긴 후 유ᄋᆞ(幼兒)와 산모(産母)ᄅᆞᆯ 보호ᄒᆞ미 디극ᄒᆞ믈 힘닙어 쇼졔 죽기ᄅᆞᆯ 면ᄒᆞ며 셤옥이 미조ᄎᆞ 도라와 쇼져ᄅᆞᆯ 봉시ᄒᆞ니【시ᄋᆞ 셤옥은 초(初)의 경부의셔[61] 태쥬로 하거지시(下去之時)의 도듕(途中) 젹변(賊變)[62]의 쇼져의 몸을 ᄃᆡ신ᄒᆞ여 경왕(景王)[63]의게 잡혀가던 ᄌᆡ(者)니 능히 셩명(性命)을 보젼(保全)ᄒᆞ며 신상(身上)을 더러이디 아냐 비샹홍졈(臂上紅點)을 완젼이 ᄒᆞ고 도쥬(逃走)ᄒᆞ여 오니라】 이 셜화ᄂᆞᆫ 《밍셩호연》의 ᄒᆡ비(賅備)ᄒᆞ엿고 댱싱의 연부인을 ᄎᆞᄌᆞ 셔도의 니ᄅᆞᆷ과 취쳐(娶妻)ᄒᆞ던 셜홰(說話)며 노영(虜營)의 드러가 니공을 밧드던 셩효(誠孝)와 젼후힝젹(前後行蹟)의 츌셰비상(出世非常)홈과 졍쇼져의 구가(舅家)로 도라간 후 익홰(厄禍) 무궁(無窮)ᄒᆞᆫ 셜홰 만흐므로 이의 다 긔록디 못ᄒᆞ고 간간이 베프니라.[64]

---

61 경부의셔: 규장각본에는 '경부로셔'로 되어 있음.

62 젹변: 규장각본에는 '젼변'으로 되어 있음.

63 경왕(景王): 영종의 동생.

64 베프니라: 규장각본에는 '올니노라'로 되어 있음.

화표. 션시의 졍상셔 쳥계공이 만셰 븍젹(北狄)의 욕(辱)을 바드샤 농거(龍車)를 노영의 파천(播遷)ᄒᆞ시믈 비상통혹(悲傷痛酷)ᄒᆞ여 ᄉᆞᄉᆞ로 ᄒᆞᆫ번 죽어 국ᄉᆞ(國事)의 망극ᄒᆞ믈 모로미 되고ᄌᆞ ᄒᆞ다가 ᄌᆞ교(慈敎)의 의로오미[65] 왕손가디모(王孫賈之母)[66]의 더으믈 인ᄒᆞ여 합연(溘然)코ᄌᆞ ᄒᆞ던 ᄠᅳᆺ을 긋치고 당당대의(堂堂大義)와 녈일뎡튱(烈日貞忠)이 ᄉᆞᄉᆞ(私私)를 부운(浮雲)의 더져 외로온 편모(偏母)를 하딕ᄒᆞ며 곤계(昆季) 손을 난화 ᄯᅥᆯ니 노영으로 나아갈ᄉᆡ 낫으로뼈 밤을 니어 일시도 편히 쉬고 먹으미 업셔 일긔(一器) 미시로 ᄐᆞᄂᆞᆫ 목을 젹시며 쳔니구(千里駒)를 칫쳐 힝ᄒᆞ믈 긋치디 아니ᄒᆞ니 최언션과 운학·경농이 블승민민(不勝憫憫)ᄒᆞ나 공이 능히 식음(食飮)을 슌강(順康)치 못ᄒᆞ고 ᄒᆞᆫ번 먹으ᄆᆡ 삼 일 신고(辛苦)ᄒᆞ미 되ᄂᆞᆫ 고로 감히 식반(食飯)을 가져 권치 못ᄒᆞ며 쥬야로 힝ᄒᆞ여 븍변 ᄒᆡ슈(海水)를 건너ᄆᆡ 임의 오랑ᄏᆡ 디경(地境)이라. 븍ᄒᆡ의 음한(陰寒)ᄒᆞᆫ 바람과 ᄂᆞᆯᄂᆞᆯ(慄慄)ᄒᆞᆫ 치위 ᄉᆞ결(四節)의 변치 아닛ᄂᆞᆫᄃᆡ ᄒᆞ믈며 졍월셜한(正月雪寒)을 니ᄅᆞ리오? 음산의 눈이 ᄡᅡ혀 초목(草木)을 보디 못ᄒᆞ고 볼ᄒᆡ(渤海)의 급ᄒᆞᆫ 믈결 소ᄅᆡ 탕낭ᄒᆞᆫᄃᆡ 시름ᄒᆞᄂᆞᆫ 구름이 참참ᄒᆞ여 구즌비 몽몽(濛濛)ᄒᆞ며 나ᄂᆞᆫ 눈이 셕하ᄒᆞ니 이 니른바 ᄇᆡᆨ일(白日)이 빗최디 못ᄒᆞ고 양츈(陽春)이 아득ᄒᆞᆫ 곳이라. 일힝(一行)이 한쳘골닝(寒徹骨冷)ᄒᆞ

49면

50면

65 의로오미: 맥락상 '외로오미'의 의미로 추정.

66 왕손가디모(王孫賈之母): 왕손가지모. 왕손가는 전국시대 제나라 사람으로, 그가 민왕을 섬길 때 그의 어머니가 "네가 아침에 나가 저녁에 돌아오면 내가 집 문에 기대어 너를 기다렸고, 저녁에 나가서 돌아오지 않으면 내가 마을 문에 기대어 너를 기다렸다(如朝出而晩來 則吾倚門而望 女暮出而不還 則吾倚閭而望)."라고 말한 고사가 《전국책》에 나옴.

믈 니긔디 못ᄒᆞ여 니롤 두다리니 졍공의 쇠패(衰敗)ᄒᆞᆫ 긔운과 초븨(焦膚)ᄒᆞᆫ 신화로뼈 능히 디보(支保)ᄒᆞ여 빅안영 등의 ᄉᆞ뭇ᄎᆞᆷ믈 엇디 못ᄒᆞᆯ 비로ᄃᆡ 텬되(天道) 명실을 죄치 아니샤 튱신(忠臣)을 술오고ᄌᆞ ᄒᆞ시미 사롬이 아디 못ᄒᆞ나 빅신(百神)이 보호ᄒᆞ여 계오 호디(胡地)를 째쳐 빅안영 셩하의 다ᄃᆞᄅᆞ니 ᄎᆞ시 니학ᄉᆞ 창계공이 평싱 허탄(虛誕)ᄒᆞ믈 새리고 미리롤 아른 톄 아니 ᄒᆞ나 ᄎᆞ일 졍공의 니롤 줄을 붉히 혜아려 어장(御帳)을 호위(護衛)ᄒᆞᆫ 군졸을 일인을 닉여보닉여 만일(萬一) 고국인(故國人)이 오미 잇거든 즉시 고ᄒᆞ라 ᄒᆞ엿ᄂᆞᆫ디라 그 군ᄉᆡ 녈니 드러와 졍공의 와시믈 고ᄒᆞ니 창계와 창명이 다시 젹실(的實)ᄒᆞ믈 므ᄅᆞ며 졍공의 쳥ᄃᆡᄒᆞ믈 기다리디 아니ᄒᆞ고 바로 농탑하(龍

51면 榻下)의 쥬(奏)ᄒᆞ여 젼 녜부상셔(禮部尙書) 졍좀이 영문 밧긔 쳥ᄃᆡᄒᆞ믈 알외니 텬심(天心)이 크게 경동(驚動)ᄒᆞ샤 반기시미 무궁(無窮)ᄒᆞ시나 씨의 마션의 작난(作亂)이 날노 더으므로 군신상히(君臣上下) 아모리 홀 바롤 아디 못ᄒᆞ며 비원분히(悲怨憤駭)홈만 일일층가(日日層加)ᄒᆞ던디라. 셩의(聖意)예 졍공의 니른 바롤 깃거치 아니시미 아니로ᄃᆡ 마션이 바야흐로 니빈과 양션을 마ᄌᆞ 아ᄉᆞ가 만분[67]의 누귀(陋鬼)롤 숨고져 ᄒᆞ니 졍좀을 또 엇디 괴이 둘 줄 알니오? 혹ᄌᆞ(或者) 흉노(匈奴)의 독ᄒᆞᆫ 슈단이 샤딕(社稷)의 간셩디ᄌᆡ(干城之材)롤 힉ᄒᆞ미 될가 졍좀을 위ᄒᆞ여 도로혀 니른 바롤 근심되이 넉이시ᄂᆞᆫ디라. 팔칙농미(八彩龍眉)의 슈운(愁雲)이 어릐여 골오샤ᄃᆡ

67 만분: 영종황제를 따라 마선의 노영에 온 정잠과 조세창이 갇혀 있던 곳.

“딤(朕)의 박덕블명(薄德不明)ᄒᆞ미 졀졀(節節)이 튱냥(忠良)을 져ᄇᆞ리고 스ᄉᆞ로 숑휘흠(宋徽欽)[68]의 오국셩(五國城)[69] 욕(辱)을 감심(甘心)ᄒᆞ거ᄂᆞᆯ 냥보(良輔)와 현신(賢臣)은 딤의 허믈을 ᄉᆡᆼ각디 아니ᄒᆞ며 젹심튱녈(赤心忠烈)이 병약일월(炳若日月)의 니ᄅᆞ고 당당대졀(堂堂大節)이 능두송ᄇᆡᆨ(凌頭松栢)ᄒᆞ여 져마다 위ᄐᆡ ᄒᆞᄆᆞᆯ 피치 아냐 ᄉᆞ디ᄅᆞᆯ 가 52면
연이 님ᄒᆞ니 이 ᄯᅩ 딤이 튱냥을 살ᄒᆡᄒᆞ미라. ᄆᆞᄉᆞᆷ 면목(面目)으로 경경을 ᄃᆡᄒᆞ리오? 실노 붓그러오미 더으려니와 임의 니ᄅᆞ러시니 밧긔 오ᄅᆡ 두디 못ᄒᆞᆯ디라. ᄲᆞᆯ니 드러와 군신(君臣)이 반기믈 명ᄒᆞ라.”

ᄒᆞ신ᄃᆡ 니빈과 양션이 고두ᄉᆞ샤(叩頭辭謝)ᄒᆞ여 황숑(惶悚)ᄒᆞᄆᆞᆯ 일ᄏᆞᄅᆞ며 졍상셰 명을 니어 즉시 딘알(進謁)ᄒᆞᆯᄉᆡ 뎡침(正寢) 젼후좌우(前後左右)의ᄂᆞᆫ ᄒᆞᆫ 조각 눈이 엉긔미 업ᄉᆞᄆᆞᆯ 괴이(怪異)히 넉이ᄃᆡ 니챵계의 슈단(手段)이 텬디ᄅᆞᆯ ᄌᆡ작ᄒᆞ고 ᄉᆞ시(四時)ᄅᆞᆯ 밧고미 문댱시률(文章詩律)노 비로ᄉᆞᄆᆞᆯ 오히려 ᄎᆡᆨ 아디 못ᄒᆞ더라. 졍샹셰 이의 농안(龍顔)을 앙됴(仰朝)ᄒᆞᆯᄉᆡ 쳐연심경(悽然心境)ᄒᆞ여 계슈ᄇᆡᆨᄇᆡ(稽首百拜)ᄒᆞ며 호읍경열(號泣哽咽)ᄒᆞ여 귀밋과 슈염의 항뉘(行淚) 년낙(連落)ᄒᆞᄆᆡ 피ᄅᆞᆯ 화ᄒᆞ고 업ᄃᆡᄆᆡ ᄌᆞ리의 ᄂᆡ흘 일워 거의 바다흐로 비길 ᄃᆞᆺᄒᆞ니 엇디 일언(一言)을 일우리오? 텬안(天顔)으로브터 시위졔신(侍衛諸臣)이 졍공을 밧비 ᄉᆞᆯ피건ᄃᆡ 슈쳑니븨(愁瘠黧悲)ᄒᆞ여 돈연이 53면
영휘(英候) 감(減)ᄒᆞ며 긔상(氣象)이 최찰ᄒᆞ여 위ᄐᆡᄒᆞᆫ 거동이 남산이 최최(崔崔)ᄒᆞᆫᄃᆡ 약쉬(弱水) ᄲᆞᆯ니이고 엄ᄌᆡ 황황ᄒᆞᆫᄃᆡ 낙일(落日)이 님

68 숑휘흠(宋徽欽): 송휘흠. 북송의 황제 휘종과 흠종. 금국에 포로로 잡혀가 그곳에서 사망함.
69 오국셩(五國城): 오국성. 북송의 황제 휘종과 흠종이 금나라의 포로로 끌려가 살다 죽은 곳.

소홈 ᄀᆞᆺᄐᆞ니 텬안(天顔)이 ᄎᆞ악(嗟愕)ᄒᆞ샤 농누(龍淚)ᄅᆞᆯ ᄡᅳ리시고 밧비 어측(御側)의 갓가이 오로믈 ᄌᆡ촉ᄒᆞ시니 공이 ᄉᆞ양ᄒᆞ여 엇디 못ᄒᆞ고 명을[70] 옥폐(玉陛)의 츄딘(趨進)ᄒᆞ여 뎐샹(殿上)의 딘알(進謁)ᄒᆞᆯᄉᆡ 슉슉(肅肅)ᄒᆞᆫ 녜모(禮貌)와 늠늠(凜凜)ᄒᆞᆫ 공경이 평일의 다ᄅᆞ미 업ᄂᆞᆫ디라. 이에 탑하(榻下)의 브복(俯伏)ᄒᆞ여 고두뉴톄(叩頭流涕) 왈

“블튱쇼신(不忠小臣)이 아비 상구(喪具)ᄅᆞᆯ 붓드러 태쥬로 도라가오ᄆᆡ 어미 병이 시졀(時節)노 졈가(漸加)ᄒᆞ오며 아비 삼긔(三忌)ᄅᆞᆯ 맛디 못ᄒᆞ엿ᄉᆞ오므로 셩쥬(聖主)의 피란(避亂)ᄒᆞ시믈 능히 아디 못ᄒᆞᄋᆞᆸ고 헛도이 화봉인(華封人)의 셩쥬(聖主)의 슈복(壽福) 빌믈[71] 효측(效則)ᄒᆞᄋᆞᆸ더니 종샤(宗社)의 블힝(不幸)ᄒᆞ오며 국운이 망극(罔極)ᄒᆞ와 셔졀구투(鼠竊狗偸)[72]의 작얼(作孼)이 장ᄎᆞ 만승(萬乘)의 밋쳐 농톄(龍體) 호디(胡地)의 님(臨)ᄒᆞ시ᄃᆡ 블튱미신(不忠微臣)이 쥬욕신
54면 ᄉᆞ(主辱臣死)ᄅᆞᆯ 힝(行)치 못ᄒᆞᄋᆞᆸ고 비로 금일의 농안(龍顔)을 ᄇᆡ등ᄒᆞ오니 신슈토목(臣雖土木)이오나 텬위(天威)ᄅᆞᆯ 쳠망(瞻望)ᄒᆞ오ᄆᆡ 호디굴욕(胡地屈辱)을 듯ᄌᆞᆸ디 아냐 아올디라. 오ᄂᆡ미탕(五內靡蕩)ᄒᆞ오며 간담(肝膽)이 븡쇄(崩碎)ᄒᆞ오니 통원(痛怨)을 니긔여 쥬(奏)ᄒᆞᆯ 바ᄅᆞᆯ 아디 못ᄒᆞ리로소이다.”

텬안(天顔)이 참연함쳑(慘然含慽)ᄒᆞ샤 ᄡᆞᆯ니 어슈(御手)로ᄡᅧ 상셔의

---

70 명을: ‘명을 받아’에서 ‘받아’가 누락된 것으로 보임.

71 화봉인(華封人)의 셩쥬(聖主)의 슈복(壽福) 빌믈: 화봉인은 화 땅의 국경지기. 요임금을 만나 그의 덕을 칭송하며 수(壽)와 부(富)와 다남자(多男子)를 축원하는 고사가 《장자》에 나옴.

72 셔졀구투(鼠竊狗偸): 서절구투. 쥐나 개처럼 몰래 물건을 훔치는 좀도둑.

손을 년(連)ᄒᆞ시고 농누(龍淚)를 ᄂᆞ리와 ᄀᆞᆯ오샤ᄃᆡ

“텬작얼(天作孼)은 유가위(猶可違)어니와 ᄌᆞ작얼(自作孼)은 블가활(不可活)[73]이라. 이 다 딤(朕)의 블민패덕(不敏悖德)이니 친쇼인원현신(親小人遠賢臣)[74]ᄒᆞ므로뼈 견융(犬戎)의 참욕(慘辱)을 바드ᄆᆡ ᄒᆞᆫ갓 딤의 슬프며 괴로온 회포 ᄲᆞᆫ이 아니라 우흐로 조종녈셩(祖宗列聖)의 욕(辱)을 씻치와 블회(不孝) ᄉᆡᆼ흘 터히 업고 아ᄅᆡ로 튱신녈ᄉᆞ(忠臣烈士)를 살육(殺戮)ᄒᆞ여 딤의 잔히ᄒᆞᆫ 듕 남은 ᄌᆞ를 다시 오랑캐 병긔(兵器)의 맛치미 되게 ᄒᆞ니 곳곳이 딤의 허믈이 아니미 업ᄉᆞᆫ디라. 능히 고국의 도라갈 바를 ᄇᆞ라디 못ᄒᆞ고 심듕의 날노 비러 ᄲᅧᆯ니 합연(溘然)【승하(昇遐)ᄒᆞ믈 원ᄒᆞ시단 말ᄉᆞᆷ이니라】ᄒᆞ여 좌우 현냥(賢良)으로 ᄒᆞ여곰 딤의 앙화(殃禍)를 옴기디 말고져 ᄒᆞ나 능히 득(得)디 못ᄒᆞ더니 경이 ᄯᅩ 션태부의 튱녈대도(忠烈大道)를 니어 딤의 ᄉᆞ오나오믈 ᄉᆡᆼ각디 아니ᄒᆞ고 만니위디(萬理危地)를 겻보ᄃᆞᆺ 니ᄅᆞ니 딤의 반기ᄂᆞᆫ ᄯᅳᆺ과 깃븐 경을 므어ᄉᆡ 비ᄒᆞ시리오마ᄂᆞᆫ 근심된 밧ᄌᆞᄂᆞᆫ 흉젹(匈賊)의 작난(作亂)이 근일(近日)의 더ᄒᆞ니 딤의 좌우의 튱녈디ᄉᆡ(忠烈之士) 버러시믈 싀이(撕捱)[75]ᄒᆞ여 별단흉ᄉᆞ(別端凶事)를 디어 경등(卿等)을 히 55면

---

73 텬작얼(天作孼)은 유가위(猶可違)어니와 ᄌᆞ작얼(自作孼)은 블가활(不可活): “하늘이 내린 재앙은 오히려 피할 수 있으나, 스스로 초래한 재앙은 피할 수 없다(天作孼猶可違 自作孼不可逭)”라는 말로, 《서경》 〈태갑중(太甲中)〉에 나옴. 여기에서는 ‘환(逭)’ 대신 ‘살다’의 뜻으로 추정되는 ‘활(活)’로 바뀜.

74 친쇼인원현신(親小人遠賢臣): 제갈량이 〈출사표〉에서 “소인을 가까이하고 어진 신하를 멀리한 그것이 후한이 무너진 까닭입니다(親小人遠賢臣 此後漢所以傾頹也).”라고 한 데서 온 것.

75 싀이(撕捱): 시애. 서로 자기주장만을 고집하여 문제를 끌면서 결정짓지 못함.

(害)ᄒᆞ미 이실가 두리노라."

상셰 복슈국궁(伏首鞠躬)ᄒᆞ여 셩교(聖教)ᄅᆞᆯ 듯ᄌᆞ오ᄆᆡ 더옥 통감(痛感)ᄒᆞ믈 니긔디 못ᄒᆞᄃᆡ 텬심(天心)의 비도(悲悼)ᄒᆞ시믈 돕ᄉᆞ오미 블가(不可)ᄒᆞ여 빵톄(雙涕)ᄅᆞᆯ 거두고 계슈ᄇᆡ복(稽首拜伏)ᄒᆞ여 쥬왈(奏曰) "셩쥐(聖主) 일시실덕(一時失德)ᄒᆞ시므로ᄡᅧ 졔신(諸臣)의 참망(僭妄)ᄒᆞᆷ과 창ᄉᆡᆼ(蒼生)의 실연ᄒᆞ미 비ᄒᆞᆯ ᄃᆡ 업ᄉᆞ오나 명실조종(明室祖宗)의 덕홰(德化) 너ᄅᆞ오며 녈셩(列聖)의 혜ᄐᆡᆨ(惠澤)이 창ᄉᆡᆼ(蒼生)의 ᄇᆡ엿ᄉᆞᆸᄂᆞᆫ 고로 증민(蒸民)이 오ᄃᆡᆨ 텬도(天道)ᄅᆞᆯ 삼가믈 인ᄒᆞ여 츈츄(春秋)의 대의(大義)와 션왕(先王)의 법도(法度)ᄅᆞᆯ ᄭᆡ닷ᄉᆞᆸᄂᆞᆫ디라. 이제 셔졀구틔(鼠竊狗偸) 역텬무도(逆天無道)ᄒᆞᄆᆡ 밋쳐 외월이 텬위(天
56면 威)ᄅᆞᆯ 호디(胡地)의 굴님(屈臨)ᄒᆞ시게 ᄒᆞ오니 그 망ᄒᆞ미 날을 혜여 머디 아니ᄒᆞ올디라. ᄒᆞ믈며 우겸 등이 국듕(國中)의 공허(空虛)ᄒᆞ믈 두리고 종샤(宗社)ᄅᆞᆯ 위ᄒᆞ와 경왕(景王)을 밧드러 위(位)ᄅᆞᆯ 님케 ᄒᆞ오니 그 뜻이 ᄒᆞᆫ갓 경왕만 위ᄒᆞ미 아니오라 난셰(亂世)ᄅᆞᆯ 당ᄒᆞ여 인심(人心)을 딘졍(鎭定)ᄒᆞ오며 호인(胡人)을 격유(隔留)ᄒᆞ와 농거(龍車)ᄅᆞᆯ 안귀고국(安歸故國)고ᄌᆞ ᄒᆞ오미오 됴졍의 진회(秦檜)[76] ᄀᆞᄐᆞᆫ 쇼인(小人)이 잇디 아니ᄒᆞ온디라 폐ᄒᆡ(陛下) 호디의 굴욕(屈辱)ᄒᆞ시미 그 셰월(歲月)이 오ᄅᆡ디 아니ᄒᆞ오리니 셩의(聖意)ᄅᆞᆯ 엇디 번난(煩亂)ᄒᆞ여 옥톄(玉體) 손상(損傷)ᄒᆞ시믈 더으시고 블튱미신(不忠微臣)으로 ᄒᆞ여곰 황공(惶恐)ᄒᆞ오미 용납(容納)디 못ᄒᆞᆯ 셩의(聖意)ᄅᆞᆯ 두시ᄂᆞ니잇가?

76 진회(秦檜): 송나라의 간신. 금나라와의 화친을 주장함. 금나라 군대를 격파한 송나라의 충신 악비를 모함해 죽임.

흉젹(匈賊)의 작난(作亂)이 근일(近日)의 더ᄒᆞ올딘ᄃᆡ 니빈·양션 등은
일시도 어측(御側)을 ᄯᅥ나디 못ᄒᆞ오리니 미신(微臣)으로ᄡᅧ 호인의게
보ᄂᆡ샤 대국(大國) 인믈(人物)을 구ᄒᆞᄂᆞᆫ 쓧을 맛ᄎᆞ시고 미신의 어린
튱셩(忠誠)을 ᄇᆞᆰ히게 ᄒᆞ시면 신슈블튱(臣雖不忠)이오나 니릉(李陵)의
ᄉᆞ항(詐降)[77]이 위률(衛律)의 딘항(眞降)[78]으로 다ᄅᆞ디 아니ᄒᆞ오며 외람 57면
(猥濫)이 소무(蘇武)의 슈양 치ᄂᆞᆫ 의(義)[79]롤 입ᄂᆡᄂᆡ오리니 미신(微臣)
일인의 유무(有無)ᄂᆞᆫ 만호(萬毫)의 일발(一髮)을 ᄲᆡ힘 ᄀᆞᆺ고 일노ᄡᅧ
어장(御帳)의 작변(作變)이 밋디 아니ᄒᆞ오면 신이 호디(胡地)의 쇄골
분신(碎骨粉身)ᄒᆞ오나 즐거온 혼ᄇᆡᆨ(魂魄)이 되리로소이다."
인ᄒᆞ여 녁ᄃᆡ뎨왕(歷代帝王)의 흥쇠(興衰)롤 쥬론(主論)ᄒᆞ며 국계(國
計)롤 널니 의논(議論)ᄒᆞᄆᆡ 풍ᄉᆡᆼ운집(風生雲集)ᄒᆞ여 웅댱(雄壯)ᄒᆞ미
왕ᄒᆡ(汪海)롤 헤치고 뇌락(磊落)ᄒᆞ미 균텬(鈞天)을 ᄡᅳ리친 ᄃᆞᆺ 한홰
(閑話) 호연(浩然)ᄒᆞ며 간쉬 ᄉᆡᆼ졀(生節)ᄒᆞ니 방어젹미(魴魚頳尾)의
왕실여훼(王室如燬)ᄒᆞ나[80] 졍공의 왕뎨롤 논녈ᄒᆞ여 셩덕ᄉᆞ(聖德事)롤
일위여 뎨실(帝室)을 광보(匡輔)코ᄌᆞ ᄒᆞ미 쥬션의 듕흥(中興)[81]ᄒᆞᆷ과 윤

77 니릉(李陵)의 ᄉᆞ항(詐降): 이릉의 거짓 항복. 이릉은 한(漢)나라 무제 때 사람으로, 흉노를 토벌하러 갔다가 도리어 흉노에게 항복함. 이를 두고 사마천은 이릉이 중과부적으로 어쩔 수 없이 거짓 항복한 것이라 두둔하여 한 무제의 분노를 삼.

78 위률(衛律)의 딘항(眞降): 위율의 진짜 항복. 위율은 한나라 사람으로 흉노에게 사신 갔다가 항복한 자. 선우의 명을 받아 소무에게 항복을 종용했다는 고사가 《한서》에 있음.

79 소무(蘇武)의 슈양 치ᄂᆞᆫ 의(義): 소무가 흉노에게 사신 갔다가 항복하지 않아 19년 동안 잡혀 있을 때 흉노가 소무에게 숫양을 키우게 하면서 숫양이 새끼를 낳게 되면 돌아가게 했다는 데서 나온 것. 《한서》.

80 방어젹미(魴魚頳尾)의 왕실여훼(王室如燬)ᄒᆞ나: 낚싯줄에 걸려서 몸부림치는 물고기처럼 백성들이 곤고해지고 왕실이 불타는 듯한 것을 의미함. 《시경》에 나옴.

종의 윤치ᄒᆞ믈 안ᄌᆞ셔 긔필(期必)ᄒᆞᆯ디라. 젼ᄌᆞ의 됴야(朝野) ᄉᆞ세논
디(事勢論之) 왈 '졍상셔 쳥계공이 비록 탁이긔이(卓而奇異)ᄒᆞ나 그
부공 문쳥션ᄉᆡᆼ긔 비기ᄆᆡᄂᆞᆫ 쳔블ᄉᆞ만급(千不似萬及)[82]이라.' ᄒᆞ더니
오날ᄂᆞᆯ 보건ᄃᆡ 원이망디(遠而望之)의 양휴태산(兩携泰山)ᄒᆞ고 박이
찰디(博而察之)ᄋᆡ 유왕대ᄒᆡ(猶汪大海)라. 위이블망(威以不望)ᄋᆡ 간
58면 간여 은은이 구ᄌᆡ기듕(具在其中)ᄒᆞ니 풍녁위망(風力位望)이 죡디 아
니미 아니라 상ᄒᆡ 긔운을 안안이 ᄒᆞ여 발양(發揚)치 아니ᄒᆞᄆᆡ 셰샹이
풍운(風雲)을 니ᄅᆞ혀 뇌졍(雷霆)이 딘쳡(震疊)ᄒᆞ믈 아디 못ᄒᆞ나 명댱
경인(鳴將驚人)이오 비댱튱텬(蜚將冲天)[83]이라. 텬신(天神) ᄀᆞᆺᄐᆞᆫ 위풍
(威風)과 일월 ᄀᆞᆺᄐᆞᆫ 의홰(儀華) 의의최최(猗猗崔崔)ᄒᆞ여 션태부 문쳥
이 뎐폐(殿陛)ᄅᆞᆯ 님(臨)ᄒᆞ여 고금(古今)을 쥬론(主論)ᄒᆞᆷ ᄀᆞᆺᄐᆞ니 문풍
(門風)을 니은 덕딜(德質)과 부형(父兄)을 효측(效則)ᄒᆞᄂᆞᆫ ᄌᆞ뎨 명도
(明道)의 후(後)로조ᄎᆞ 금셰샹 뎨일위인(第一偉人)이믈 가히 볼디라.
셩심(聖心)의 깁히 듕히 넉이시미 탁뉵쳑디고(託六尺之孤)ᄒᆞ며 부ᄇᆡᆨ
니디명(付百里之命)ᄒᆞ여[84] 위신블긔군(爲臣不欺君)ᄒᆞ고 님ᄉᆞ블구역디
인(臨死不咎易之人)[85]으로 밀위샤 깃거ᄒᆞ실 ᄲᅳᆫ 아니라 양·니 이공(二

---

81 쥬션의 듕흥(中興)ᄒᆞᆷ: 주(周)나라 선왕이 아버지 여왕이 축출되었을 때 숨어 있다가 여왕이 죽자 귀국하여 즉위한 후 주나라 초기의 성대한 모습을 회복한 것.

82 쳔블ᄉᆞ만급(千不似萬及): 규장각본에는 '쳔블ᄉᆞ만블급'으로 되어 있음.

83 명댱경인(鳴將驚人)이오 비댱튱텬(蜚將冲天)이라: 춘추시대 초(楚) 장왕이 정사를 행하지 않는 것을 보고 오거가 새의 비유로 꾸짖자 장왕이 "3년 동안 날지 않았어도 한번 날면 하늘에 솟구칠 것이요, 3년 동안 울지 않았어도 한번 울면 사람을 놀라게 할 것이다(三年不蜚 蜚將冲天 三年不鳴 鳴將驚人)."라고 대답한 것에서 온 것. 《사기》.

公)이 ᄒᆞᆫ가디로 텬위(天位)ᄅᆞᆯ 보호ᄒᆞ여 마션의 작난(作亂)ᄒᆞ믈 방비
(防備)ᄒᆞᆯ가 만심환희(滿心歡喜)ᄒᆞ더라. 경공이 잠간 몸을 두로혀 댱
외(帳外)의 나와 니·양·소·화 등 졔공으로 반기믈 니ᄅᆞᄃᆡ 쳑ᄉᆞ반언
(尺辭半言)이 ᄉᆞᄉᆞ(私私)의 밋디 아냐 다 ᄋᆡ군위국(愛君爲國)ᄒᆞᄆᆡ 비
롯ᄂᆞᆫ디라. 마션이 여러 번 ᄌᆞᄀᆡᆨ(刺客)으로ᄡᅧ 뇽톄(龍體)ᄅᆞᆯ 범코ᄌᆞ ᄒᆞ 59면
던 바ᄅᆞᆯ 드ᄅᆞᄆᆡ 모골(毛骨)이 숑연(悚然)ᄒᆞ믈 니긔디 못ᄒᆞᄂᆞᆫ 듕 니챵
계 셕뵈 슌슌(恂恂)이 방비(防備)ᄒᆞ믈 긔특이 넉이고 삭텬(朔天)의 녈
풍(熱風)이 음음(陰陰)ᄒᆞ며 ᄉᆞ방의 ᄇᆡᆨ셜(白雪)이 참참ᄒᆞᆫ ᄣᆡᄅᆞᆯ 당ᄒᆞ여
양창명이 일곡(一曲) 가샤ᄅᆞᆯ 딧고 니창계 칠현금(七絃琴)을 취ᄒᆞ여
곡됴(曲調)ᄅᆞᆯ 발ᄒᆞᄆᆡ 텬디(天地)ᄅᆞᆯ ᄌᆡ작(製作)ᄒᆞ며 우쥬(宇宙)ᄅᆞᆯ 번
복(飜覆)ᄒᆞ여 어장(御帳) 좌우의 ᄡᆞ힌 빙셜(氷雪)을 녹이고 텬긔(天
氣)ᄅᆞᆯ 화명(和明)케 ᄒᆞ여 경운(景雲)이 흥(興)ᄒᆞ며 셔일(瑞日)이 광화
(光華)ᄒᆞ니 군양(群羊)이 무리ᄅᆞᆯ 모화 쳑툑(躑躅)ᄒᆞ고 ᄇᆡᆨ학(白鶴)이
홀ᄂᆡ(忽來)ᄒᆞ여 춤추니 샤주(沙洲) 기러기 브ᄅᆞ디지미 고요ᄒᆞ며 ᄒᆡ파
(海波)의 뇌우(雷雨)ᄒᆞᆫ 긔운이 나ᄌᆞᆨᄒᆞ여 담담(淡淡)이 창낭(滄浪)이
ᄇᆡᆨᄒᆡ의 미만(彌滿)ᄒᆞᆫ 흑긔 거드치고[86] 기ᄅᆞᆷ으로 ᄢᅵᄉᆞᆫ ᄃᆞᆺᄒᆞ니 호인(胡

---

84 탁뉵쳑디고(託六尺之孤)ᄒᆞ며 부ᄇᆡᆨ니디명(付百里之命)ᄒᆞ여: 정잠에 대한 황제의 믿음을 이른 말로 "육 척의 어린 임금을 맡길 만하고 제후국의 명을 부탁할 만하며 큰 절조를 세울 때를 당하여 굽히지 않는다면 그가 바로 군자이다(可以託六尺之孤 可以寄百里之命 臨大節而不可奪也 君子人與 君子人也)."라는 말이 《논어》에 나옴.

85 위신블긔군(爲臣不欺君)ᄒᆞ고 님ᄉᆞ블구역디인(臨死不咎易之人): 황제가 보는 정잠의 사람됨을 이른 말로, 위나라 고윤이 죽음을 앞두고도 거짓말을 하지 않자 그를 칭찬하며 태무제(太武帝)가 "죽음에 임해서도 말을 바꾸지 않는 것은 신(信)이요, 신하가 되어 임금을 속이지 않는 것은 정(貞)이라(臨死不易辭 信也 爲臣不欺君 貞也)."라고 한 데서 온 것. 《소학》.

人)이 일노조ᄎᆞ 경황(驚惶)ᄒᆞᆫ 뜻이 더으믈 화도헌과 소태위 젼ᄒᆞ니 졍공이 고요히 듯기를 다ᄒᆞ미ᄂᆞᆫ 슈용졍광(收容整光)ᄒᆞ며 블승경탄이 칭복(不勝驚歎而稱服)ᄒᆞ니 양·니 이공(二公)이 당치 못ᄒᆞ믈 일ᄏᆞᆺ고
60면 허탄(虛誕)ᄒᆞ믈 붓그리노라 ᄒᆞ더라. 창계 니공의 허다 신긔ᄒᆞᆫ ᄌᆡ조와 젹심튱의(赤心忠義)ᄂᆞᆫ 셩호연[87]의 ᄒᆡ비(該備)ᄒᆞ엿고 양챵명공의 ᄉᆞ젹이 또《양시가록》의 이시므로 ᄎᆞ젼(此傳)의 긔록디 아니ᄒᆞ노라.

이ᄣᅢ 마션이 여러 번 흉ᄉᆞ(凶事)를 ᄒᆡᆼ(行)ᄒᆞ나 능히 뜻을 일우디 못ᄒᆞ고 분분(紛紛)ᄒᆞ믈 니긔디 못ᄒᆞ여 날마다 샤ᄌᆞ(使者)로ᄡᅧ ᄉᆞ오나온 말노 텬위(天威)를 범ᄒᆞ며 니빈과 양션 이인(二人)을 다 져의게 보ᄂᆡ실딘ᄃᆡ 뉵칠 년을 그음ᄒᆞ고 텬위를 밧드러 듕국(中國)으로 도라가시게 ᄒᆞ려니와 블연(不然)이면 웅병밍댱(雄兵猛將)을 니ᄅᆞ혀 듕국을 뭇디ᄅᆞᆫ 후 다시 안영을 즛쳐 숑휘흠(宋徽欽)의 아ᄉᆞ(餓死)홈도 능히 바라디 못ᄒᆞ고 딘민뎨(晉愍帝)[88] 의개를 밧드다가 죽으미 되리라 ᄒᆞ여 브도디셜(不道之說)이 니음ᄎᆞ니 양·니 졔공이 격분강개(激憤慷慨)ᄒᆞ며 비원졀치(悲怨切齒)ᄒᆞ여 스ᄉᆞ로 몸을 ᄲᅢ혀 마션 흉젹(匈賊)을 디ᄅᆞ고 ᄒᆞᆫ번 죽고져 ᄒᆞᄃᆡ 이 본ᄃᆡ 디텬명(知天命)ᄒᆞ며 달인ᄉᆞ(達
61면 人事)ᄒᆞ여 ᄌᆞ긔 등이 어장(御帳)을 잠간 ᄯᅥ나미 되면 뇽톄(龍體)의 위ᄐᆡ(危殆)ᄒᆞ시미 누란(累卵)의 더으믈 헤아리미 스ᄉᆞ로 죽기도 임의치

---

86 거드치고: 거두치다. 거두어 치워버리다.

87 셩호연: 《밍셩호연》을 가리키는 것으로 추정됨.

88 딘민뎨(晉愍帝): 진민제. 13세에 진(晉) 황제가 되었으나 유총이 장안을 함락했을 때 포로로 잡혀 평양으로 압송되어 수모를 당하다가 다음 해에 피살됨.

못ᄒᆞ고 통분(痛憤)ᄒᆞ믈 니긔디 못ᄒᆞᆯ 쁜이러니 마션이 쏘 졍태부 문쳥 션싱의 댱ᄌᆞ(長子) 녜부상셔 쳥계공이 니ᄅᆞ러 어측(御側)을 시위(侍衛)ᄒᆞ믈 듯고 외월(猥越)ᄒᆞᆫ ᄆᆞ옴과 참남(僭濫)ᄒᆞᆫ 뜻이 텬됴 튱냥현보(忠良賢補)로뼈 져의 좌하(座下)의 븍면빅됴(北面拜朝)ᄒᆞ믈 보고ᄌᆞ 블긋튼 욕심이 능히 긋치디 못ᄒᆞ니 날노 흉언패셜(凶言悖說)이 텬위를 침노(侵擄)ᄒᆞ며 브도극악(不道極惡)ᄒᆞ미 시로 층익(層益)ᄒᆞ여 셩샹(聖上)이 졍쳥계를 호듕(胡中)의 보ᄂᆡ기로 허ᄒᆞ시미 업ᄉᆞᆫ즉 장ᄎᆞᆺ 큰 화(禍)를 니ᄅᆞ혀 농톄를 범ᄒᆞ미 업디 아닐디라. 졍공이 뜻을 결ᄒᆞ여 시ᄉᆞ여귀(視死如歸)ᄒᆞᄆᆡ 비록 텬측(天側)을 시위(侍衛)치 못ᄒᆞ미 비졀(悲切)ᄒᆞ나 스ᄉᆞ로 마션의 영듕(營中)을 향ᄒᆞ여 농톄의 위틔ᄒᆞ시믈 덜고ᄌᆞ ᄒᆞ므로 졍원(情願)을 쥬달(奏達)ᄒᆞ여 ᄌᆞ긔를 노영(虜營)으로 보ᄂᆡ시믈 쳥ᄒᆞᆫᄃᆡ 샹이 이의 다ᄃᆞ라ᄂᆞᆫ 농뉘(龍淚) 어의(御衣)를 젹시샤 ᄎᆞ마 응윤(應允)치 못ᄒᆞ시더니 흉노(匈奴)의 작홰(作禍) 졈졈 62면 더으고 빅안쳠모ᄋᆡ 쏘ᄒᆞᆫ 쥬ᄒᆞ여 졍·니·양 삼인(三人) 듕의 ᄒᆞ나흘 잠간 보ᄂᆡ샤 텬위의 급화(急禍)를 면ᄒᆞ시며 뉵칠ᄌᆡ(六七載)를 그음ᄒᆞ여 안귀고국(安歸故國)ᄒᆞ실 문셔를 바드시미 맛당ᄒᆞ믈 알외니 샹이 형세 마디못ᄒᆞ샤 비로소 졍공의 원을 조ᄎᆞ시나 텬안(天顔)이 참연쳑의(慘然慽意)ᄒᆞ시고 옥음(玉音)이 블셩졀(不成哲)ᄒᆞ샤 졍공을 집슈하루(執手下淚)ᄒᆞ샤 골오샤ᄃᆡ

"됴셰챵이 만셰(萬歲)의 뻑디 아닐 튱녈(忠烈)노뼈 쳔고의 듯디 못ᄒᆞᆫ 대공(大功)이 이시ᄃᆡ 딤(朕)이 ᄒᆞᆫ 터럭 씃출 갑흐미 업거ᄂᆞᆯ 이졔 다시 경을 노영의 보ᄂᆡ미 목젼(目前)의 죽임만 굿디 못ᄒᆞᆫ디라. 녁ᄃᆡ(歷代) 망국디쥐(亡國之主) 튱신(忠臣)을 살육(殺戮)ᄒᆞ고 현보(賢輔)를 참

뉵(斬戮)ᄒᆞ미 혹 잇ᄉᆞ나 딤 ᄀᆞᆺᄐᆞᆫ 바ᄅᆞᆯ ᄯᅩᄒᆞᆫ ᄉᆡᆼ각디 못ᄒᆞᄂᆞ니 ᄌᆞ작디
얼(自作之孽)이 ᄒᆞᆫ갓 딤의 몸만 구욕(毆辱)ᄒᆞ미 아니오 무죄ᄒᆞᆫ 튱냥
(忠良)의 ᄒᆡ명살신(害命殺身)ᄒᆞ미 되니 딤이 ᄉᆞ라셔 조종(祖宗)의 죄
인이오 죽어 녈셩(列聖)의 알현ᄒᆞᆯ 면목이 업ᄉᆞᆫ디라. ᄉᆡᆼᄉᆞ(生死)의 참
63면 치슈괴(慘恥羞怪)ᄒᆞ미 훌훌히 숨을 드리그어 한을 ᄡᆞ흘 ᄲᅳᆫ이니 ᄎᆞ시
ᄅᆞᆯ 당ᄒᆞ여 션태부의 기셰(棄世)ᄒᆞ미 더옥 방가(邦家)의 블ᄒᆡᆼ이오 딤
(朕)으로뻐 동궁(桐宮)의 ᄂᆡ칠 ᄌᆡ[89] 업던 ᄇᆡ 심히 한 되ᄂᆞᆫ디라. 만일 태
뷔 ᄌᆡ시런들 왕딘 아냐 됴괴(趙高)[90] 잇셔도 딤의 괴롭고 슬프미 이의
니ᄅᆞ디 아녀시리니 ᄯᆞ라 ᄉᆡᆼ각ᄒᆞᄆᆡ 감쳑(感慽)디 아니ᄒᆞ리오? 딤이
깁히 원ᄒᆞ며 바라ᄂᆞ니 경은 큰 튱셩으로뻐 놉흔 졀(節)을 ᄌᆞᆸᄂᆞᆫ 가온
ᄃᆡ도 셩명(性命)을 보젼ᄒᆞ여 소무(蘇武)의 십구 년 븍ᄒᆡ샹의 모조라
딘 졀월(節鉞)노 도라오던 바ᄅᆞᆯ[91] 니을딘ᄃᆡ 딤의 긧브미 형상(形象)치
못ᄒᆞᆯ 바ᄂᆞᆫ 니ᄅᆞ도 말고 후셰의 딤으로 ᄒᆞ여곰 튱냥을 낫낫치 ᄒᆡ튝ᄒᆞᆫ
허믈을 ᄒᆞᆫ 곳이나 면ᄒᆞᆯ디라. 쳥컨ᄃᆡ 경은 딤의 밋ᄂᆞᆫ 바ᄅᆞᆯ 기리 져ᄇᆞ리
디 말고 군신(君臣)이 산 낫ᄎᆞ로 다시 반기믈 일위게 ᄒᆞ라."
경공이 브복쳥교(俯伏聽教)의 황공비만(惶恐痞滿)ᄒᆞ믈 니긔디 못ᄒᆞ
64면 여 냥슈(兩手)로 어슈(御手)ᄅᆞᆯ 밧들며 눈믈이 방방(滂滂)ᄒᆞ여[92] 의금

89 딤으로뻐 동궁(桐宮)의 ᄂᆡ칠 ᄌᆡ: 상나라의 황제 태갑이 포악하자 신하 이윤이 동궁으로 추방하고 3년 뒤에 개과하자 다시 재위에 오르게 한 일을 말함.

90 됴괴(趙高): 조고. 진(秦)나라의 환관. 호해(胡亥)를 2세 황제로 앉히고 온갖 위세와 횡포를 부린 일이 《후한서》에 있음.

91 소무(蘇武)의 ~ 도라오던 바: 한 무제 때 흉노에게 사신으로 갔던 소무가 19년 만에 돌아왔을 때 가지고 갔던 절월이 다 닳았다는 것. 《한서》에 나옴.

(衣襟)을 젹시니 능히 말솜을 일우디 못ᄒᆞ딕 셩심(聖心)의 비통(悲痛)ᄒᆞ시믈 민박(憫迫)ᄒᆞ여 계오 슬프믈 딘뎡(鎭定)ᄒᆞ고 고두빅쥬(叩頭拜奏)ᄒᆞ여 블튱미신(不忠微臣)의 셩녀(聖慮)롤 더으디 마ᄅᆞ시믈 일ᄏᆞ라 일호난연(一毫赧然)ᄒᆞ미 업더라.

ᄎᆞ시(此時) 흉노(匈奴) 먀션이 임의 텬ᄌᆞ의 졍좀을 도라보닉시ᄂᆞᆫ 허락을 어드믹 환텬희디(歡天喜地)[93]ᄒᆞ여 뉵칠 년을 긔약(期約)ᄒᆞ고 뇽거(龍車)롤 밧드러 안귀고국(安歸故國)ᄒᆞ실 바롤 문셔(文書)롤 일워 텬ᄌᆞ긔 헌(獻)ᄒᆞ며 졍공을 지쵹ᄒᆞ니 군신(君臣)의 회푀(懷抱) 암암(暗暗)ᄒᆞ여 별슈(別手)의 ᄎᆞ악(嗟愕)ᄒᆞ미 엇디 부ᄌᆞ디간(父子之間)의 감ᄒᆞ미 이시리오? 양·니·소·화 등 졔공이 ᄯᅩᄒᆞᆫ 분메(分袂)ᄒᆞᄂᆞᆫ ᄯᅳᆺ이 동긔디별(同氣之別)의 다ᄅᆞ미 업ᄉᆞᆫ 바의 샹이 졍공의 손을 ᄎᆞ마 노치 못ᄒᆞ샤 보듕(保重)ᄒᆞ믈 당부ᄒᆞ시믹 텬에(天語) 간곡(懇曲)ᄒᆞ시고 셩은(聖恩)이 권권(睠睠)ᄒᆞ샤 쳐참달도(悽慘達悼)ᄒᆞ시믈 니긔디 못ᄒᆞ시며 니·양 등 졔공이 디존엄위지디(至尊嚴位之地)의 감히 셜만(褻慢)ᄒᆞᆫ ᄉᆞ졍(私情)을 펴디 못ᄒᆞ나 졍공을 보닉ᄂᆞᆫ ᄆᆞᄋᆞᆷ이 출하리 관(棺)을 빗겨 울[94]만 ᄀᆞᆺ디 못ᄒᆞ니 그 쳐황(悽惶)ᄒᆞᆫ 거동을 ᄯᅩ 어딕 비ᄒᆞ리오마ᄂᆞᆫ 임의 이의 시위(侍衛)치 못ᄒᆞᆯ 바로 호디의 나아가믈 더딕디 못ᄒᆞ여 텬안(天顔)의 빅샤하딕(拜謝下直)ᄒᆞ고 니·양 등 졔공으로 분슈작별(分手作別)ᄒᆞᆯᄉᆡ 피ᄎᆞ 모 65면

92 방방(滂滂)ᄒᆞ여: 방방ᄒᆞ다. 눈물이 비 오듯 흐르다.

93 환텬희디(歡天喜地): 환천희지. 하늘도 즐거워하고 땅도 기뻐할 정도로 아주 기쁘고 즐거움.

94 관(棺)을 빗겨 울: '관 옆에서 울다'의 의미로 보임.

드미 미급슌여(未及旬餘)의 써나미 쌘ᄅᆞ미 이 갓ᄐᆞ니 양·니 이공이 스ᄉᆞ로 나아가고져 ᄒᆞ다가 ᄯᅳᆺ 곳디 못ᄒᆞ여 위틔(危殆)홈과 근심되믈 모도 안기미 능히 촘디 못홀 ᄇᆡ라. 각각 말솜을 븟쳐 쳔금디구(天金之軀)롤 보듕(保重)ᄒᆞ믈 원ᄒᆞᄆᆡ 안싊(眼水) 여우(如雨)ᄒᆞ며 구령이 소삭(蕭索)ᄒᆞ니 영웅의 ᄯᅳᆺ이 셜셜ᄒᆞᆫ디라. 경공이 도로혀 슬픈 빗출 거두고 됴흔 말솜으로 만셰 농가(龍駕)롤 호위(護衛)ᄒᆞ여 즐거이 고국으로 환귀(還歸)ᄒᆞ믈 쳥ᄒᆞ며 가연이 ᄉᆞᄆᆡ롤 ᄯᅥᆯ쳐 먀션의 영듕(營中)으로 향ᄒᆞ니 셩심(聖心)이 비도(悲悼)ᄒᆞ믈 마디 아니시고 졔공이 위ᄒᆞ여 참연(慘然)ᄒᆞᆫ 근심을 노치 못ᄒᆞ더라.

시시(是時)의 먀션이 됴후암을 구ᄒᆞ여 만분의 너흐ᄃᆡ 디금의 ᄯᅳᆺ을 두
66면 로혀미 업고 갈ᄉᆞ록 항항딕직(抗抗直直)ᄒᆞ며 녈일강댱(烈日强壯)ᄒᆞ여 튱의대졀(忠義大節)이 창망(悵惘)을 흔들고 빅옥을 유화(柔和)ᄒᆞ니 텬황디로(天荒地怒)ᄒᆞ여 도후암의 ᄯᅳᆺ은 두로혈 길히 업ᄉᆞ니 흉심(凶心)이 망망(茫茫)ᄒᆞ믈 격ᄒᆞ여 구디 니·양 등을 급히 앗고져 ᄒᆞ다가 경쳥계의 마ᄌᆞ 니ᄅᆞ러시믈 드ᄅᆞᄆᆡ 호인(胡人)이 본ᄃᆡ 션태부 위명(威名)을 드ᄅᆞ면 튝연ᄒᆞ여 긔운을 삼키던 ᄇᆡ니 ᄉᆞ이빈복(事而賓服)ᄒᆞ여 공이 기셰(棄世)ᄒᆞᆫ 후의 화외이젹(華外夷狄)이라도 함통민휼(含痛憫恤)ᄒᆞ며 혈읍츄모(血泣追慕)ᄒᆞᄃᆡ 먀션은 이젹(夷狄) 듕 ᄯᅩ ᄒᆞᆫ 별죵(別種)이라 경태뷔 기셰(棄世)ᄒᆞ고 텬지 실덕(失德)ᄒᆞ시는 ᄯᅢ롤 인ᄒᆞ여 난(亂)을 디으며 이졔 셩인(聖人)의 후손으로 군ᄌᆞ의 싱훈(生訓)을 니어 텬됴(天朝) 명신(名臣)이 졔게 도라오면 방가(邦家)의 복이 이의 더으미 업ᄉᆞ리라 ᄒᆞ고 니·양 등 이공(二公)보다 경쳥계롤 밧비 닐위고져 ᄒᆞ여 흉패부도디셜(凶悖不道之說)이 긋치디 아니ᄒᆞ

67면

ᄆᆡ 텬ᄌᆡ 졍공을 보ᄂᆡ시ᄃᆡ 젼혀 허ᄒᆞ시ᄂᆞᆫ ᄯᅳᆺ이 아니오 뉵칠 년을 그음 ᄒᆞ여도 고국의 도라가실 바ᄅᆞᆯ 위ᄒᆞ여 문셔(文書)ᄅᆞᆯ 바드시민 줄을 ᄯᅩ 능히 앙탁(仰度)ᄒᆞᄃᆡ 사ᄅᆞᆷ마다 됴후암 갓ᄐᆞ믄 의외(意外)라 졍쳥계로 뼈 져의 상 아ᄅᆡ 졀ᄒᆞ미 될가 환열극ᄒᆡᆼ(歡悅極幸)ᄒᆞ미 만심(慢心)을 흔득이ᄆᆡ 졍공의 니ᄅᆞᄂᆞᆫ 날의 듕신(重臣)과 건간왕[95]을 보ᄂᆡ여 십니졍(十里程)의 마ᄌᆞ 궁문(宮門)의 들ᄉᆡ 슈문ᄌᆡ(守門者) 협문(狹門)을 여러 드리고ᄌᆞ ᄒᆞ거ᄂᆞᆯ 졍공이 족용(足踊)을 듕디ᄒᆞ고 날호여 ᄀᆞᆯ오ᄃᆡ

"오슈피폐(吾雖疲弊)[96]ᄒᆞ나 당당ᄒᆞᆫ 대국ᄌᆡ렬(大國宰列)이라. 디위 엇디 호이(胡夷)의 군왕(君王)만 ᄀᆞᆺ디 못ᄒᆞᆯ 거시라 이 곳 호국신ᄌᆞ(胡國臣子)의 됴회왕ᄂᆡ(朝會往來)ᄒᆞᄂᆞᆫ 협문이니 딕노(直路)ᄅᆞᆯ ᄇᆞ리고 곡노(曲路)ᄅᆞᆯ 취ᄒᆞ여 녜(禮) 아닌 문으로 드러가리오?"

셜파(說罷)의 최언션 등을 명ᄒᆞ여 마션의 츌입ᄒᆞᄂᆞᆫ 졍문(正門)을 미러 열나 ᄒᆞ니 ᄀᆞᆺᄐᆞ여 분분(紛紛)이 요란(擾亂)치 아니ᄒᆞ나 문명(文明)이 ᄉᆞ히(四海)ᄅᆞᆯ 동ᄒᆞᄂᆞᆫ 가월슈미(佳月秀眉)ᄂᆞᆫ 텬창을 인ᄒᆞ여 츄상(秋霜)이 ᄲᅳ리며 괴위(魁偉)[97] 댱엄(壯嚴)ᄒᆞᆫ 긔상(氣像)이 됴둔(趙盾)의 하일디위(夏日之威)[98]예 더ᄒᆞ니 인인(人人)이 블감앙시(不敢仰

---

95 건간왕: 마선의 동생.

96 오슈피폐(吾雖疲弊): 규장각본에는 '오수쇄폐'로 되어 있음.

97 괴위(魁偉): 규장각본에는 '디위'로 되어 있음.

98 됴둔(趙盾)의 하일디위(夏日之威): 조순의 하일지위. 조순은 진(晉)나라 대부. 하일지위(夏日之威)는 여름 해 같은 두려운 위엄을 의미함. 진(晉)나라 가계가 그를 두고 "조순은 여름 날의 태양이다(趙盾夏日之日也)."라고 했는데, 그 주(註)에 "여름 햇빛은 사람을 두렵게 한다(夏日可畏)."라고 되어 있음. 《춘추좌씨전》.

68면 視)라. 호인(胡人)이 슌히 문을 여디 아녓다가 몬져 됴후암의게 속으미 잇ᄂᆞᆫ 고로 금번도 감히 닷토디 못ᄒᆞ여 운학 등의 박ᄎᆞ 열기ᄅᆞᆯ 기다리디 아니ᄒᆞ고 슌히 여러 드러가게 ᄒᆞ니 공이 드ᄃᆡ여 마션의 잇ᄂᆞᆫ 바 금난뎐의 다ᄃᆞᄅᆞ니 호이(胡夷)의 무디(無知)ᄒᆞ미나 졍공의 명문(名聞)을 귀에 우레ᄀᆞᆺ치 드러 일ᄌᆞᆨ 만호디귀(萬戶之貴)와 쳔금디부(千金之富)며 옥녀디ᄉᆡᆨ(玉女之色)을 구치 아니코 졍쳥계 좌젼을 님ᄒᆞ여 쳥광을 앙모(仰慕)ᄒᆞ믈 원ᄒᆞ더니 이에 당ᄒᆞ여 보건ᄃᆡ 망디여운(望之如雲)이오 취디여일(就之如日)이라.[99] 신신요요(申申夭夭)[100]ᄒᆞ여 츄양(秋陽)을 폭ᄒᆞᆫ ᄃᆞᆺᄒᆞ며 강한(江漢)을 탁(濯)ᄒᆞᆫ ᄃᆞᆺᄒᆞ니[101] 팔쳑경뉸(八尺經綸)의 원비(猿臂)·일요[102]ᄂᆞᆫ 언연이 당ᄌᆞ의 톄(體)오 귀인(貴人)의 격(格)이어ᄂᆞᆯ 삼각미염(三角美髥)은 가ᄉᆞᆷ의 디나 ᄇᆞ람의 나븟기니 촉한(蜀漢) 슈졍휘(壽亭候)[103] ᄉᆡᆼ환(生還)ᄒᆞᆫ ᄃᆞᆺ ᄉᆞᆨᄉᆞᆨ(肅肅)히 ᄆᆞᆰ은 긔딜이 도셩션(道性善)ᄒᆞ여 습샹슌(習尙純)ᄒᆞ시ᄃᆡ 언필칭요슌(言必稱堯

---

99 망디여운(望之如雲)이오 취디여일(就之如日)이라: 요임금의 덕을 묘사하는 말로 "요임금은 이름은 방훈으로 인(仁)은 하늘과 같고 지(知)는 신과 같아 나아가는 것이 해와 같고 바라는 것이 구름과 같다(帝堯者放勳 其仁如天 其知如神 就之如日 望之如雲)."라는 말이 《사기》에 나옴.

100 신신요요(申申夭夭): 공자의 모습을 묘사한 것으로, "공자가 한가히 거처할 적에는 마음이 활짝 풀어진 듯하고 즐거운 듯하였다(子之燕居 申申如也 夭夭如也)."라는 말이 《논어》 〈술이(述而)〉에 나옴.

101 츄양(秋陽)을 폭ᄒᆞᆫ ᄃᆞᆺᄒᆞ며 강한(江漢)을 탁(托)ᄒᆞᆫ ᄃᆞᆺᄒᆞ니: 증자가 공자를 찬양하면서 비유한 말로, "장강(長江)과 한수(漢水)의 물에서 빨아 가을 햇볕에 말리면 그보다 더 하얗게 될 수가 없다(江漢以濯之 秋陽以暴之 皜皜乎不可尙已)."라는 말이 《맹자》 〈등문공 상〉에 있음.

102 원비(猿臂)·일요: 원비는 원숭이처럼 팔이 길다는 뜻으로, 활을 잘 쏘는 사람을 말함. 한나라의 무장 이광이 팔이 길고 활을 잘 쏜 데서 유래함. 일요는 《완월회맹연》 권2의 '일희 허리 곧 이리 허리'를 조합한 글자로 보임. 이리 허리는 남자의 유연한 허리를 비유하는 말.

103 촉한(蜀漢) 슈졍휘(壽亭候): 촉한 수정후. 관우를 이름.

舜)[104]ᄒᆞ여 앙블괴텬(仰不愧天)이오 부블괴디(俯不愧地)[105]ᄒᆞ시던 ᄌᆞ여(字輿)[106]의 ᄌᆞ최ᄅᆞᆯ 니어시니 뉵농(六龍)[107]이 승어(昇於)[108]ᄒᆞᄂᆞᆫ 풍의(風威)와 만믈(萬物)이 뉴형ᄒᆞᄂᆞᆫ 도량이 건곤(乾坤)의 함홍톄모(含弘體貌)ᄒᆞ믈 픔ᄒᆞ여 원형니졍(元亨利貞)[109]의 됴화(調和)ᄅᆞᆯ 합명(合明)ᄒᆞ니 호이(胡夷) 일쳠(一瞻)의 여실상(如失狀)ᄒᆞ고 부견(復見)의 츅쳑연(蹴蹐然)ᄒᆞ여 감히 산호비무(山呼背舞)[110]ᄅᆞᆯ 브ᄅᆞ디 못ᄒᆞ더니 먀션이 듕신(衆臣)을 도라보아 졍공을 ᄀᆞᄅᆞ치며 녜ᄅᆞᆯ 식이라 ᄒᆞᆫᄃᆡ 듕관(衆官)이 비로소 산호비무ᄅᆞᆯ ᄌᆡ촉ᄒᆞᄂᆞᆫ디라. 졍공이 어히업셔 샹층계의 단졍(端正)히 셔셔 호이의 니ᄅᆞᄂᆞᆫ 말을 못 듯ᄂᆞᆫ ᄃᆞᆺ ᄒᆞ니 먀션이 다ᄉᆞᆺ 번 ᄌᆡ촉ᄒᆞ여 녜(禮)ᄅᆞᆯ 베프미 업ᄉᆞ믈 보고 년ᄒᆞ여 소집을 므러 긋치디 아니커놀 졍공이 비로소 안식을 뎡히 ᄒᆞ며 입을 열ᄉᆡ 오륜(五倫)을 ᄀᆞᆺ초 베플고 삼강(三綱)을 녑이 닐너 힝운뉴슈(行雲流水) ᄀᆞᄐᆞᆫ 말ᄉᆞᆷ과 일월이 광화(光華)ᄒᆞᆫ 언논(言論)이 젹심단튱(赤心丹忠)의 비로셔 셔리ᄅᆞᆯ 낫게 69면

104 도셩션(道性善)ᄒᆞ여 습샹슌(習尙純)ᄒᆞ시ᄃᆡ 언필칭요슌(言必稱堯舜)ᄒᆞ여: 《맹자》의 "맹자가 성선설을 이야기했는데 그때마다 반드시 요순을 칭했다(孟子道性善 言必稱堯舜)."라는 구절에서 온 것.

105 앙블괴텬(仰不愧天)이오 부블괴디(俯不愧地)ᄒᆞ시던: 우러러보아 하늘에 부끄럽지 않고 굽어보아 사람에게 부끄럽지 않다는 뜻. 《맹자》 〈진심〉.

106 ᄌᆞ여(字輿): 자여. 공자의 제자인 증자. 춘추전국시대 노나라의 학자.

107 뉵농(六龍): 규장각본에는 '뉵농'으로 되어 있음. 한자 병기는 규장각본에 따름.

108 승어(昇於): 규장각본에는 '승어텬(昇於天)'으로 되어 있음.

109 원형니졍(元亨利貞): 원형이정. 《주역》에서 말하는 천지자연의 네 가지 덕으로, 사단(인의예지)을 일컫는 것으로 추정.

110 산호비무(山呼背舞): 산호배무. 산호(山呼)는 산호만세(山呼萬歲)를 이르는 말. 황제를 축수하기 위해 신하들이 손을 들고 '만세(萬歲)', '천세(千歲)'를 외치는 일이라고 함. 배무(背舞)는 서로 등지고 서서 추는 춤.

넉이고 창숑(蒼松)[111]을 약(弱)히 넉이니 머리의 부월(斧越)이 님ᄒᆞ며 몸이 유확(油鑊)의 잠기나 튱녈(忠烈)의 ᄆᆞ음은 밧고디 아닐ᄌᆡ니 윤공극양(允恭克讓)[112]ᄒᆞ여 셩시인졍(誠是仁政)ᄒᆞ고 힝텬하디대도(行天下之大道)[113]ᄒᆞ여 공검근후(恭儉勤厚)ᄒᆞ미 됴후암의 격샹쥰녈(激上俊
70면 烈)ᄒᆞ며 강위ᄐᆡ고(彊威太高)ᄒᆞᆷ과 다ᄅᆞ미 이시나 졀의(節義)와 튱녈(忠烈)인ᄌᆞᆨ 호발(毫髮)의 다ᄅᆞ미 업ᄉᆞ니 오확(烏獲)·박몽[114]의 힘과 밍분(孟賁)·하휵(夏育)[115]의 용(勇)이라도 졍공의 구졍디심(九鼎之心)과 만균디듕(萬鈞之重)을 움ᄌᆞᆨ이디 못ᄒᆞᆯ 거시오 소댱(蘇張)의 구변(口辯)과 댱쥬(莊周)의 이단(異端)[116]으로도 공의 ᄯᅳᆺ을 두로혀디 못ᄒᆞ리니 오딕 공밍디도(孔孟之道)로 쳐ᄒᆞᆫ 후의야 비로소 그 ᄆᆞ음을 두로혈디라. 먀션이 졍쳥계의 굴(屈)치 아닐 바ᄅᆞᆯ 보고 노한(怒恨)ᄒᆞ며 분앙(忿怏)ᄒᆞ여 ᄯᅩ 만분의 너허 됴ᄌᆞ와 ᄀᆞᆺ치 ᄲᅧᆨ일디언졍 도라보닐 ᄯᅳᆺ이 업ᄉᆞ니 쳥계공의 셩명(性命)이 엇디 된고? 하회(下回)ᄅᆞᆯ ᄉᆞᆯ피라.

(책임교주 박혜인)

111 창숑(蒼松): 규장각본에는 '송ᄇᆡᆨ'으로 되어 있음.

112 윤공극양(允恭克讓): 요임금의 덕을 칭송한 말로, 진실 공손하면서 겸양한다는 뜻. 《서경》 〈요전(堯典)〉에 나옴.

113 힝텬하디대도(行天下之大道): 행천하지대도. 대장부에 대한 맹자의 말로 "천하의 넓은 곳에 거하고, 천하의 올바른 자리에 서며, 천하의 큰 도를 실천한다(居天下之廣居 立天下之正位 行天下之大道)."라는 말이 《맹자》 〈등문공 하〉에 나옴.

114 박몽: 장사의 이름으로 추정.

115 하휵(夏育): 하육. 춘추시대의 장사. 천균(千鈞)의 무게를 들어올렸다고 함.

116 댱쥬(莊周)의 이단(異端): 장주의 이단. 장주는 장자를 이름. '장자의 도교'를 의미함.

완월회맹연
玩月會盟宴

권디이십팔
卷之二十八

화셜(話說). 경상셔 청계공이 만분의 든 디 슈슌(數旬)의 아조 인ᄉᆞᄅᆞᆯ 1면
바려 혼혼블셩(昏昏不醒)이러니 일일은 두 번 혼졀ᄒᆞ엿다가 ᄭᆡᄆᆡ 홀연 블너 왈

"ᄌᆞ의[1]아, 네 어ᄃᆡ 안ᄌᆞᆺᄂᆞᆫ다?"

됴어ᄉᆡ[2] 바야흐로 공의 머리ᄅᆞᆯ 집흐며 손을 쥐므ᄅᆞ던디라. ᄃᆡ왈(對曰)

"쇼ᄌᆡ 이의 이셔 악댱(岳丈)의 손을 밧드럿거ᄂᆞᆯ 능히 아디 못ᄒᆞ시ᄂᆞ니잇가?"

공이 믄득 ᄋᆡ호삼셩(哀號三聲)의 희허탄식(噫噓嘆息) 왈

"군이 내 앏ᄒᆡ 안ᄌᆞ시ᄃᆡ 나의 알오미 혼미ᄒᆞ여 아라보디 못ᄒᆞ도다. 내 이졔 현셔(賢婿)의게 말을 붓치ᄂᆞ니 ᄌᆞ의ᄂᆞᆫ 닉이 드럿다가 타일 환귀(還歸)ᄒᆞᆯ ᄯᆡ의 편위(偏闈)와 샤뎨(舍弟)의게 고ᄒᆞ라. ᄌᆞ졍(慈情)이 오ᄅᆡ 고ᄌᆞ(孤子)ᄅᆞᆯ 위명(委命)ᄒᆞ시고 일뎨 ᄉᆞᄉᆡᆼ으로ᄡᅧ 긔약ᄒᆞ여 낭패의의(猗猗)ᄒᆞ며 유ᄌᆞ(幼子)ᄅᆞᆯ 실니(失離)ᄒᆞ여 디금의 ᄉᆡᆼ존을 아디 못ᄒᆞ니 이 ᄒᆞᆫ 몸이 죽으ᄆᆡ 모뎨(母弟) ᄌᆞ녀ᄅᆞᆯ 홈긔 져바리미 되ᄂᆞᆫ디라.
효의와 ᄋᆡᄌᆞ의 박ᄒᆞ믈 다시 니ᄅᆞᆯ 거시 업ᄉᆞ니 ᄉᆡᆼᄌᆞ의 디통이 ᄉᆞ후의 2면
더으려니와 일단 ᄉᆡᆼ각ᄒᆞᄆᆡ 슬프디 아니ᄒᆞ미 ᄯᅩ 잇ᄂᆞ니 인ᄉᆡᆼ이 필유ᄉᆡ(必有死)라. 슈단(壽短)을 인ᄒᆞ여 션휘(先後) 다ᄅᆞᆯ디언졍 어나 사ᄅᆞᆷ이 ᄒᆞᆫ 번 나ᄆᆡ ᄒᆞᆫ 번 죽기ᄅᆞᆯ 면ᄒᆞ리오? 임의 몸을 나라ᄒᆡ 허ᄒᆞᆫ ᄇᆡ로ᄃᆡ 님군이 호디(胡地)의 굴욕(屈辱)ᄒᆞ시믈 당ᄒᆞ여 즉시 죽디 못ᄒᆞ미 션군의 대도ᄅᆞᆯ 츄락ᄒᆞ미 심ᄒᆞᆫ디라. ᄆᆞ음의 븟그림과 슬프미 가득ᄒᆞ더

1 ᄌᆞ의: 자의. 조세창의 자(字).

2 됴어ᄉᆡ: 조어사. 조세창.

니 이졔 만분 가온ᄃᆡ 목숨을 맛ᄎᆞ미 되니 이 굿ᄐᆞ여 튱의로 비로ᄉᆞ미 아니로ᄃᆡ 인신의 도ᄅᆞᆯ 일치 아냣ᄂᆞᆫ디라. 외람이 튱셩된 뜻을 일허바리미 아니니 셕ᄉᆡ(夕死)라도 무한(無恨)이로다."

언흘(言訖)의 혼혼블셩(混婚不醒)ᄒᆞ여 엄연 댱셔(長逝)ᄒᆞ니 됴어ᄉᆡ ᄎᆞ경(此境)을 당ᄒᆞ여[3] 텬디 혼흑(昏黑)ᄒᆞ며 여할통셕(如割痛惜)ᄒᆞ여 항뉘(行淚) 삼삼이 ᄯᅥ러디믈 면치 못ᄒᆞᆯ ᄲᆞᆫ 아니라 흉금이 옹ᄉᆡᆨ(壅塞)ᄒᆞ여 능히 말을 일우디 못ᄒᆞ고 최언션 등은 머리ᄅᆞᆯ 브ᄃᆡ이ᄌᆞ며 가ᄉᆞᆷ을 두다려 경ᄀᆡᆨ(傾刻)의 죽어 좃고ᄌᆞ ᄒᆞ니 하날의 ᄉᆞᄆᆞᆺᄂᆞᆫ 소ᄅᆡ와

3면 ᄯᆞᄒᆡ 괴이ᄂᆞᆫ 눈믈이 텬디ᄅᆞᆯ 변ᄉᆡᆨ(變色)ᄒᆞ고 산쳔을 늣기니 됴어ᄉᆡ 날호여 슬프믈 강인ᄒᆞ여 운학 등의 어ᄌᆞ러오믈 금ᄒᆞ며 ᄒᆞᆫ 조각 삿ᄎᆞᆯ 경히 ᄯᅥ러 공의 몸을 ᄀᆞ리오고 ᄉᆞ말(四末)과 뉵긔(六氣)[4]ᄅᆞᆯ 어로만져 보ᄃᆡ 과연 일분도 바랄 거시 업ᄉᆞ니 ᄯᆡᄅᆞᆯ 기다려 상ᄉᆞ(喪事)ᄅᆞᆯ 발ᄒᆞᆯ 거시로ᄃᆡ 오히려 목 우ᄒᆡ 가ᄂᆞᆫ 실낫ᄀᆞᆺᄐᆞᆫ 숨이 아조 ᄭᅳᆺ든 아냐시니 비록 ᄉᆡᆼ도(生道)ᄅᆞᆯ 만분디일(萬分之一)도 ᄇᆞ라디 못ᄒᆞᆯ ᄇᆡ나 소리히[5] 발상치 못ᄒᆞ고 다만 이의 와 비명(非命)과 비례(非禮)로 몰(沒)케 되니 복션(福善)의 명응(冥應)이 도상(倒喪)ᄒᆞ믈 한ᄒᆞ여 텬도ᄅᆞᆯ 탄ᄒᆞ며 국개(國家) 간셩(干城) 갓ᄐᆞᆫ 현ᄌᆡᄅᆞᆯ 일흐시믈 통셕ᄒᆞ여 죵일 달야(達夜)토록 누쉬 졈의(沾衣)ᄒᆞ믈 ᄭᆡ닷디 못ᄒᆞ더라. 이ᄯᆡ 건간왕이 ᄆᆡ양 이

3 당ᄒᆞ여: 규장각본에는 '보ᄆᆡ'로 되어 있음.

4 ᄉᆞ말(四末)과 뉵긔(六氣): 사말과 육기. 사말은 사지말단(四肢末端), 즉 두 팔과 두 발의 끝을 이르는 말. 육기는 사람 몸에 흐르는 호(好), 오(惡), 희(喜), 노(怒), 애(愛), 낙(樂)의 여섯 기운.

5 소리히: 규장각본에는 '슬이히'로 되어 있음.

의 와 엿보믈 계얼니 아니 ᄒᆞ여 졍공의 병휘(病候) 임의 ᄇᆞ랄 거시 업ᄉᆞ믈 보고 이젹디심(夷狄之心)의도 ᄎᆞ악ᄒᆞ믈 니긔디 못ᄒᆞ여 먀션을 보와 그 옹셔(翁婿)의 젼후언ᄉᆞ(前後言辭)와 졍공이 목금 아조 죽기 4면
의 니ᄅᆞ러시믈 고ᄒᆞ니 먀션이 믄득 은혜로ᄡᅧ 혹ᄌᆞ 졍공의 회소(回蘇)홀딘ᄃᆡ 져를 감덕(感德)ᄒᆞ여 그 ᄠᅳᆺ을 두로혀미 될가 혜아리기ᄅᆞᆯ 여러 가디로 ᄒᆞᆫ 후의 좌우ᄅᆞᆯ 명ᄒᆞ여 옥문을 열고 몬져 됴후암의 일힝을 쥬식과 찬션(饌饍)을 갓초와 주며 의술(醫術)이 고명ᄒᆞᆫ ᄌᆞᄅᆞᆯ 갈희여 졍상셔의 병을 보와 약을 다ᄉᆞ리라 ᄒᆞ고 ᄯᅩ 방문(榜文)을 븟쳐 졍상셔의 ᄉᆞ병을 구ᄒᆞ여 싱도의 니ᄅᆞ게 ᄒᆞᄂᆞᆫ ᄌᆞᄂᆞᆫ 쳔금으로 상ᄒᆞ리라 ᄒᆞᄃᆡ 다만 만분 밧긔 병인이 나가기ᄅᆞᆯ 허치 아니ᄒᆞ고 춍병도독(摠兵都督) 모용금을 명ᄒᆞ여 슈쳔 쳘긔(鐵騎)ᄅᆞᆯ 거ᄂᆞ려 만분 밧문을 에워ᄡᆞ ᄉᆞ면을 가리오고 듕국 사ᄅᆞᆷ을 왕ᄂᆡ치 못ᄒᆞ게 ᄒᆞ니 모용금이 명을 바다 만분을 에우미 쇠셩(鐵城) 갓거ᄂᆞᆯ 먀션의 녕(令)이 ᄒᆞᆫ번 나리ᄆᆡ 후암공의게 식반을 가져옴과 여러 의ᄌᆡ(醫者) 분분이 모다 졍공의 병을 논 5면
ᄒᆞ미 ᄌᆞ못 요란키의 밋쳐 약뉴(藥類) 쳔방ᄇᆡᆨ초(千方百草)의 갓디 아닌 거시 업ᄉᆞᄃᆡ 후암이[6] 더옥 블열(不悅)ᄒᆞ며 통완(痛惋)ᄒᆞ여[7] 친히 식상(食床)을 더져 ᄒᆡ분(解忿)ᄒᆞ고 의ᄌᆞᄅᆞᆯ 즐퇴(叱退)ᄒᆞ며 먀션의게 젼어왈(傳語曰)

“졍상셰 의(義)ᄅᆞᆯ 집고 졀(節)을 ᄌᆞᆸ아 튱의로ᄡᅧ 명이 딘키ᄅᆞᆯ 긔약ᄒᆞᄆᆡ ᄉᆞ라셔 역텬무도(逆天無道)ᄒᆞᆫ 흉젹을 만단쥬륙(萬端誅戮)디 못ᄒᆞ

6 후암이: 규장각본에는 ‘조후암이’로 되어 있음.

7 통완(痛惋)ᄒᆞ여: 규장각본에는 ‘통한ᄒᆞ믈 마지 아니ᄒᆞ여’로 되어 있음.

믈 디한(至恨)을 삼아 ᄎᆞᆯ하리 죽어 신이ᄒᆞᆫ 녕ᄇᆡᆨ(靈魄)이 되여 음쥬(陰主)ᄅᆞᆯ 졍히 ᄒᆞ고ᄌᆞ ᄒᆞ거ᄂᆞᆯ 흉젹이 므ᄉᆞᆷ 뜻으로 견융(犬戎)의 간병(看病)ᄒᆞ던 의ᄌᆞ와 더러온 약뉴(藥類)ᄅᆞᆯ 보ᄂᆡ여 졍상셔의 됴흔 뜻을 욕고ᄌᆞ ᄒᆞᄂᆞ뇨? 졍샹셰 발셔 인ᄉᆞᄅᆞᆯ ᄇᆞ리션 디 여러 날이므로 너의 보ᄂᆡᆫ 의ᄌᆞ와 약ᄂᆔ 일홈을 아디 못ᄒᆞ나 만일 졍신을 슈습ᄒᆞ여 알오미 되실딘ᄃᆡ 그 흉ᄒᆡ참측(凶害慘惻)히[8] 녁이시미 일만장(一萬場) 분곡(焚
6면 谷)의 ᄲᆞ딤도곤 더을디라. 내 임의 공의 뜻을 알며 그 인ᄉᆞᄅᆞᆯ ᄇᆞ리신 ᄲᆡ라 ᄒᆞ여 고고결결(高高潔潔)ᄒᆞ던 ᄆᆞ음을 욕디 못ᄒᆞ리니 흉젹은 다시 의ᄌᆞᄅᆞᆯ 보ᄂᆡᆯ ᄉᆡᆼ심도 말고 내 ᄯᅩ 만분 ᄀᆞ온ᄃᆡ 아ᄉᆞ(餓死)ᄅᆞᆯ 면치 못ᄒᆞᆯ디언졍 너의 더러온 음식을 갓가이ᄒᆞ여 나의 ᄆᆞᆰ은 복장(腹腸)을 흐리오디 아니ᄒᆞ리니 모로미 네 구복(口腹)이나 ᄎᆡ오고 나의게 일졀 보ᄂᆡ디 말나."

셜파(說罷)의 호인(胡人)을 일제히 모라 ᄂᆡ치니 비록 만분 밧긔 에워ᄡᆞᆫ 갑졸(甲卒)을 헤치디 못ᄒᆞ나 만분 안ᄒᆡᄂᆞᆫ 호ᄂᆔ(胡類) ᄒᆞ나토 머믄 ᄌᆡ 업ᄉᆞᆫ디라. 먀션이 됴어ᄉᆞ의 젼언을 듯고 대로ᄒᆞᄃᆡ 오히려 아조 죽일 ᄆᆞ음은 업셔 그러ᄒᆞᆯᄉᆞ록 위엄으로ᄡᅧ 져히며 덕으로 감화ᄒᆞ여 그 뜻을 두로혀고져 ᄒᆞ므로 ᄯᅩ 젼어왈(傳語曰)

"네 딘실노 져러ᄐᆺ 완포(頑暴)ᄒᆞ고 흉한(凶漢)ᄒᆞ여 하날을 두리디 아닐딘ᄃᆡ 내 가히 명뎨(明帝)ᄅᆞᆯ 뇌옥(牢獄)의 엄슈(嚴囚)ᄒᆞ여 신ᄌᆞᄅᆞᆯ
7면 녜로ᄡᅧ ᄀᆞᄅᆞ치디 못ᄒᆞ믈 알게 ᄒᆞ리라."

8 흉ᄒᆡ참측(凶害慘惻)히: 규장각본에는 '흉암참측히'로 되어 있음.

ᄒᆞ거ᄂᆞᆯ 됴어ᄉᆡ 듯기롤 다 못 ᄒᆞ여 분뇌(忿怒) 돌올(突兀)ᄒᆞ니 놉흔 셩을 니긔디 못ᄒᆞ여 졸연이 닓더나며 말을 젼ᄒᆞᄂᆞᆫ 호인(胡人)의 두 발목을 즙아 것구로 돌 우희 ᄇᆞᄃᆡ이ᄌᆞᄆᆡ[9] 칼흘 ᄡᅳ미 업시 두골이 ᄲᆞ희 구을고 뉴혈(流血)이 돌디(突地)ᄒᆞᄂᆞᆫ디라. 이의 소ᄅᆡ롤 놉히 ᄒᆞ여 만분 밧글 에운 슈댱(首將) 모용금을 블너 갓가이 니ᄅᆞᄆᆡ 호령이 산악 ᄀᆞᆺ고 위풍이 질풍뇌우(疾風雷雨) ᄀᆞᆺᄐᆞ니 비컨ᄃᆡ 뇽이 창ᄒᆡ(滄海)의 음ᄋᆡ(陰靄)롤 디어 풍운을 니ᄅᆞ혀며 범이 태산의 위엄을 가다듬ᄂᆞᆫ ᄃᆞᆺ 봉안(鳳眼)을 놉히 ᄯᅳᄆᆡ 목ᄌᆡ딘녈(目眥盡裂)이오 광미(廣眉)롤 거ᄉᆞ리니 두발이 샹디ᄒᆞ여 일만위풍(一萬威風)이 규규(赳赳)히 신위(神威)롤 조ᄎᆞ시니 회음후(淮陰侯)[10]의 놉흔 호령과 쥬아부(周亞夫)의 엄훈 위의 그 므어시 두려오리오? 모용금이 일견쳠망(一見瞻望)의 상혼낙담(喪魂落膽)ᄒᆞ여 졔 ᄯᅩ 녀공[11]의 화롤 바들가 ᄎᆞ악(嗟愕)ᄒᆞ니 엇디 슘인들 놉히 ᄒᆞ리오? 고개롤 슉여 그 니ᄅᆞᄂᆞᆫ 바롤 공경ᄒᆞ여 드롤ᄉᆡ 됴어ᄉᆡ 소ᄅᆡ롤 가다듬아 먀션의 궁흉패악(窮凶悖惡)의 역텬무도(逆天無道)롤 닐너 젼어ᄒᆞᄃᆡ ᄌᆞ긔 호병을 두려 몸을 ᄲᅱ여나디 못ᄒᆞ미 아니로ᄃᆡ 샹명(上命)을 조ᄎᆞ 만분 슈계(囚繫)롤 달게 녁임과 ᄌᆞ긔 용녁(勇力)이 먀션을 버히디 못훌가 ᄒᆞ미 아니로ᄃᆡ 샹의(上意)롤 조ᄎᆞ 고요히 잇ᄂᆞᆫ 바롤 ᄀᆞᆺ초 일ᄏᆞᄅᆞ며 호인(胡人)의 쇄골(碎骨)훈 시신을 8면

9 ᄇᆞᄃᆡ이ᄌᆞᄆᆡ: 부ᄃᆡ이다. 부딪치다.

10 회음후(淮陰侯): 한신. 유방을 도와 한나라를 건설한 인물.

11 녀공: '여공(呂公)'으로 추정, 여공은 후한 말 장수로, 유표의 명령을 받고 양양 전투에 나가 손견을 계곡으로 유인하여 죽였으나 혼란한 와중에 정보에게 죽은 인물.

더져 먀션을 뵈라 ᄒᆞᆫᄃᆡ 모용금이 블승츅쳑(不勝蹴踖)ᄒᆞ고 즉시 도라가 먀션을 보고 됴어ᄉᆞ의 젼후슈말(前後首末)을 고ᄒᆞ니 먀션이 관공(關公)을 샤(赦)ᄒᆞ던 조ᄆᆡᆼ덕(曹孟德)[12]의 ᄆᆞᄋᆞᆷ일디라도 이의 다ᄃᆞ라ᄂᆞᆫ 됴후암을 죽이고 긋칠 거시로ᄃᆡ 견간왕 등이 후암을 구ᄒᆞ미 디극ᄒᆞᆫ 듕 먀션의 ᄯᅳᆺ이 ᄯᅩᄒᆞᆫ 후암을 죽이고ᄌᆞ ᄒᆞ다가도 좌위(左右) 간(諫)ᄒᆞᆷ 곳 드ᄅᆞ면 노분이 츈셜(春雪) 스ᄃᆞᆺ ᄒᆞ여 능히 죽이디 못ᄒᆞ고 궁극히 그 회심ᄒᆞ기만 ᄇᆞ라니 이 ᄯᅩᄒᆞᆫ 됴후암이 슈복(壽福)을 하날긔 각별이 타난 연괴러라. 먀션이 됴어ᄉᆞ의 셩도(性度)와 용녁(勇力)을 재려 다시 졍공을 위ᄒᆞ여 간병(看病)ᄒᆞᆷ과 ᄯᅩ 젼어(傳語)ᄒᆞ여 됴어ᄉᆞᄅᆞᆯ ᄶᅮ디 ᄌᆞᆯ 의ᄉᆞᄅᆞᆯ 못 ᄒᆞ고 다만 모용금으로 ᄒᆞ여곰 쥬야로 만분을 에워 ᄒᆡᄐᆡ(解怠)치 말나 ᄒᆞ며 졍공의 죽을 바ᄅᆞᆯ 심히 앗기ᄂᆞᆫ 의ᄉᆡ 잇더라. 이러구러 졍공이 엄연ᄒᆞᆫ 시신이 되연 디 슈삼 일이 되니 운학 등의 망극ᄒᆞ미야 엇디 비ᄒᆞᆯ ᄃᆡ 이시리오? 비록 쥬군(主君)의 쳥고개결(淸高介潔)ᄒᆞ며 녈일뎡슉(烈日貞淑)ᄒᆞᆫ ᄯᅳᆺ이 죽으나 관ᄉᆡᆫ을 밋고 급ᄒᆞ나 경도(徑道)ᄅᆞᆯ 말ᄆᆡ암디 아닐 줄 알오ᄃᆡ 뎡히 망극초황(罔極焦惶)ᄒᆞ믈 인ᄒᆞ여 먀션의 보ᄂᆡᆫ 바 의약으로ᄡᅧ 구ᄒᆞ미나 잇던들 일분디효(一分之效)ᄅᆞᆯ 볼넌가 ᄒᆞ여 됴어ᄉᆞ의 ᄧᅩᆺᄎᆞ ᄂᆡ친 바ᄅᆞᆯ ᄋᆡᄃᆞᆯ와 ᄒᆞ미 업디 아니ᄒᆞ거ᄂᆞᆯ 어ᄉᆡ 댱탄왈(長嘆曰)

“오슈블인무상(吾雖不仁無狀)ᄒᆞ나 악댱(岳丈)의 회혼(回魂)ᄒᆞ시믈

9면

12 관공(關公)을 샤(赦)ᄒᆞ던 조ᄆᆡᆼ덕(曹孟德): 관공은 관우, 조맹덕은 조조. 관우가 유비를 만나기 위해 5관을 돌파하며 조조의 여섯 장수를 죽였으나 조조가 관우를 토벌하지 않고 용서한 것.

ᄇᆞ라ᄂᆞᆫ 뜻이야 엇디 여등(汝等)만 ᄀᆞᆺ디 못ᄒᆞ리오마ᄂᆞᆫ 환후증셰(患候症勢) 쳐음으로브터 범연(泛然)ᄒᆞᆫ 질환이 아니오 이졔 당ᄒᆞ여ᄂᆞᆫ 더옥 일분디망(一分之望)이 업ᄉᆞ니 셰쇽(世俗) 범범ᄒᆞᆫ 의치(醫治)로ᄂᆞᆫ ᄒᆞᆫ 10면
조각 효험을 엇디 못ᄒᆞᆯ디라. ᄒᆞ믈며 악당의 뎡ᄒᆞ신 쥬의(主義) 먀션의 음식을 갓가이 아니 ᄒᆞ려 ᄒᆞ신 ᄇᆡ니 만일 아ᄅᆞ시ᄂᆞᆫ 바 ᄀᆞᆺᄐᆞ면 약믈이 만분 안ᄒᆡ 들게 아니 ᄒᆞ시리니 여등이 비록 챵황망극(愴惶罔極)ᄒᆞ믈 인ᄒᆞ미나 위쥬튱심(爲主忠心)이 이신 바의 어이 쥬인의 뜻을 ᄒᆞᆫ갈ᄀᆞᆺ치 쥰봉(遵奉)치 아니ᄒᆞᄂᆞ뇨?”
운학 등이 톄읍ᄇᆡ샤(涕泣拜謝)ᄒᆞ여 맛당ᄒᆞ시믈 일ᄏᆞᆺ고 쇽슈ᄃᆡ텬(束手待天)ᄒᆞ여 혈톄ᄒᆡᆼ뉴(血涕行流)ᄒᆞᆯ 쁜이니 아디 못게라. 경쳥계 병휘 맛ᄎᆞᆷᄂᆡ 가복(可復)ᄒᆞ믈 엇디 못ᄒᆞᆫ가? 하회(下回)ᄅᆞᆯ ᄉᆞᆯ피라.
화셜(話說). 션시의 졍공ᄌᆞ 닌셩이 금국 샤신(使臣) 목도달의 ᄒᆡᆼ듕(行中)의 ᄒᆞᆫ가디로 승션(乘船)ᄒᆞ여 고국으로 도라올 뜻이 시위 ᄡᅥ난 살 ᄀᆞᆺᄐᆞ여 엇디 일시 반ᄀᆡᆨ(半刻)을 게얼니ᄒᆞ미 이시리오마ᄂᆞᆫ 다시 표풍(飄風)ᄒᆞᄂᆞᆫ 화ᄅᆞᆯ 만나 몬져 다람갈의 나라ᄒᆡ 니ᄅᆞ고 후의 ᄯᅩ 등나부의 니ᄅᆞ니 공ᄌᆞ의 텬양경일디풍(天壤傾日之風)과 태산암암디위(太山巖巖之威)ᄅᆞᆯ 화외우ᄆᆡᆼ(華外愚氓)이 보ᄂᆞ니마다 황홀경복(恍惚驚服)ᄒᆞ여 텬션(天仙)이 강님ᄒᆞᆷᄀᆞᆺ치 노유(老幼) 무리 디어 구경ᄒᆞ니 엇게 바ᄋᆡ며[13] 11면
대뢰(大路) 메여시ᄆᆡ 능히 헤칠 길히 업ᄂᆞᆫ디라. 공ᄌᆡ 스ᄉᆞ로 표치풍광(標致風光)이 남다ᄅᆞ믈 깃거 아닛ᄂᆞᆫ 바의 ᄯᅩ 그 ᄌᆞ최 니ᄅᆞᄂᆞᆫ 곳마

13 바ᄋᆡ며: ‘바ᄋᆡ다’는 ‘빛나다’의 의미인데, 맥락상 맞지 않음. 비슷한 표현으로 ‘바아디다’, ‘바아지다’가 있는데, 이는 ‘부수어지다’의 의미. 후자의 의미에 더 가까운 것으로 추정.

다 념딜(染疾)이 간졍ᄒᆞ고 요얼(妖孼)이 먼니 피ᄒᆞ며 셔로 닐너 왈 “대됴(大朝) 딘셩귀인(眞聖貴人)이 ᄒᆡ외 쇼국의 강님ᄒᆞ시니 우리 요ᄉᆞ(妖邪)의 의형(儀形)을 감히 뵈디 못ᄒᆞ리라.”

ᄒᆞ여 쥐 숨듯 허여디거ᄂᆞᆯ 이ᄣᆡ 다람갈의ᄂᆞᆫ 바야흐로 요얼이 셩ᄒᆞ다가 공ᄌᆡ 니ᄅᆞ며 요샤(妖邪)의 작난이 긋치고 등나부의ᄂᆞᆫ 념딜(染疾)이 치셩(熾盛)ᄒᆞ여 가가호호(家家戶戶)의 죽디 죽디 아니면[14] 알ᄂᆞᆫ 소ᄅᆡ러니 공ᄌᆡ 니ᄅᆞ던 날의 쾌히 소셩(蘇醒)ᄒᆞ니 냥도 국군(國君)이 친히 나와 별관의셔 졍공ᄌᆞᄅᆞᆯ 보며 ᄇᆡᆨ능팔복(白綾八幅)을 가져 딘필(眞筆) 졔요문(除妖文)을 구ᄒᆞ니 공ᄌᆡ 다만 요블승덕(妖不勝德)이오 샤블범졍(邪不犯正)이믈 일ᄏᆞ라 요샤ᄅᆞᆯ 업시ᄒᆞ미 국군(國君)이 덕을 닷그ᄆᆡ 잇고 타인의 문ᄌᆞᄅᆞᆯ 머므러 두므로ᄡᅧ 효험이 잇디 아니ᄒᆞ므로 12면 ᄃᆡᄒᆞᄃᆡ 냥국 국군이 쳥ᄒᆞ여 브ᄃᆡ 공ᄌᆞ의 필젹(筆蹟)을 머므ᄅᆞ고ᄌᆞ ᄒᆞᄆᆡ ᄌᆞ못 디리ᄒᆞ믈 ᄭᆡ닷디 못ᄒᆞ며 구ᄒᆞᄂᆞᆫ 말을 긋치디 아니ᄒᆞ니 공ᄌᆡ 마디못ᄒᆞ여 병풍셔(屛風書)ᄅᆞᆯ 깃치ᄆᆡ 그 구ᄒᆞᄂᆞᆫ 바ᄅᆞᆯ 무류히 아니 ᄒᆞᄃᆡ 굿ᄐᆞ여 술ᄉᆞ(術士)의 허망ᄒᆞᆫ 작법(作法)으로 졔요튝귀(除妖逐鬼)ᄒᆞᄂᆞᆫ 방문(榜文)을 ᄡᅳ디 아니ᄒᆞ고 뉸상(倫常)을 읏듬ᄒᆞ여 글을 디어 대ᄌᆞ(大字)로 ᄡᅳ니 엇디 셰쇽의 언언(言言)이 금슈(錦繡)와 ᄌᆞᄌᆞ쥬옥(字字珠玉)으로 일ᄏᆞᆺᄂᆞᆫ 쇼쇼문인의 영발(英發)ᄒᆞᆫ ᄌᆡ죄리오? 셩문(聖文) 대학(大學)의 근원을 실ᄎᆞ(悉箚)ᄒᆞ며 웅문건필(雄文健筆)의 창뇽(蒼龍)이 변화ᄒᆞ고 만ᄆᆡ(萬馬) ᄌᆡᆼ분(爭奮)ᄒᆞᄂᆞᆫ ᄃᆞᆺ 뎡대온듕(正大穩

14 죽디 죽디 아니면: ‘죽디’가 중복됨. 규장각본에는 ‘쥭지 아니면’으로 되어 있음.

重)ᄒᆞ믄 왕문듕(王文中)[15]의 오경(五經)을 닛ᄂᆞᆫ 개셰디략(蓋世智略)이오 광명뎡대(光明正大)ᄒᆞ믄 한챵녀(韓昌黎)[16]의 니학(理學)을 궁구(窮究)ᄒᆞ여 쳐음으로 셩학을 여러닌 온ᄌᆞ(穩藉)ᄒᆞᆫ 학문이라. 다람갈과 등나뷔 ᄒᆡ외(海外) 쇼국으로 문학의 광달(廣達)치 못ᄒᆞᆫ디라 공ᄌᆞ의 찬난ᄒᆞᆫ 필획을 인ᄒᆞ여 황홀ᄒᆞ미 문의에 됴흐며 깁흐믄 밋쳐 아디 못ᄒᆞ고 군신샹ᄒᆡ(君臣上下) 슈무죡도(手舞足蹈)ᄒᆞ여 긔이(奇異)타 일 13면
ᄀᆞᆺ기ᄅᆞᆯ 마디 아니ᄒᆞ며 일노뼈 국듕의 읏듬 보화ᄅᆞᆯ 삼아 국군이 됴히 녁이미 됴승지쥬(照乘之珠)와 년셩디벽(連城之璧)의 더으고 졍공ᄌᆞᄅᆞᆯ 공경ᄒᆞ여 밧드ᄂᆞᆫ 졍셩이 디극ᄒᆞᄃᆡ 공ᄌᆡ 도라갈 뜻이 착급ᄒᆞᄆᆡ 다람갈의 슈일을 뉴ᄒᆞ고 등나부의셔 또 슈일을 머므러 명일의 션쳑(船隻)을 슈습(收拾)ᄒᆞ여 니발(離發)코ᄌᆞ ᄒᆞᆯᄉᆡ 공ᄌᆡ ᄆᆡ양 텬문(天文)을 졈(占)ᄒᆞᄆᆡ 십분 신긔ᄒᆞᄃᆡ 슈학의 오히려 미ᄒᆡᄒᆞ믈 스ᄉᆞ로 깃거 아니 ᄒᆞ더니 졸연(猝然)이 ᄎᆞ야삼경(此夜三更)을 당ᄒᆞ여 역학(易學)을 외와 독좌상냥(獨座商量)의 미묘ᄒᆞᆫ 곳을 방통ᄒᆡ발(方通解發)ᄒᆞ여 ᄇᆡ호미 업시 활연관통ᄒᆞ니 강졀(康節)[17]의 신긔와 관뇌(管輅)[18]의 영ᄆᆡ(英

---

15 왕문듕(王文中): 왕문중. 왕통(王通)으로 별호는 문중자(文中子). 수나라의 유학자.

16 한챵녀(韓昌黎): 한창려. 당나라 때의 정치가이자 사상가 한유. 송대 이학(理學)의 선구자로 여겨지며 당송팔대가(唐宋八大家) 중 한 사람.

17 강졀(康節): 강절. 소강절. 소강절은 송나라의 철학자인 소옹을 이름, 도가와 불가의 영향을 받아, 유교의 역철학(易哲學)을 새롭게 해석한 상수학(象數學)을 창안함. 두견새의 울음소리를 듣고 왕안석의 출현을 예견했으며, 당시 그는 앞일을 예견하는 사람으로 유명했다고 함.

18 관뇌(管輅): 관로. 후한 말기 때의 점술가. 주역과 수학에 정통하고 관상술에 능하며 8, 9세 때 이미 천문을 보는 것을 즐겼다고 함. 관로와 관련한 여러 일화가 《삼국지》와 《삼국지연의》에도 등장함.

邁)ᄒᆞ믈 족히 블워ᄒᆞᆯ ᄇᆡ 아니라. 임의 텬시ᄅᆞᆯ ᄉᆞᄆᆞᆺᄎᆞ ᄇᆡᆨ 가디 니(理)와 만권셔(萬卷書)의 무블통디(無不通知)ᄒᆞ니 일월을 혜ᄂᆞᆫ 슬긔ᄂᆞᆫ ᄒᆞᆫ 터럭 ᄭᅳᆺ도 어긔미 업ᄉᆞᆫ 바의 부ᄌᆞ대륜(父子大倫)과 혈ᄆᆡᆨ상응디졍
14면 (血脈相應之情)으로ᄡᅧ 양부(養父)의 호디ᄋᆡᆨ화(胡地厄禍)ᄅᆞᆯ 흘노 ᄭᆡ닷디 못ᄒᆞ리오? 임의 심신이 경황ᄒᆞ여 ᄲᅧᆯ니 몸을 니러 졍듕(庭中)의 나려 앙관일쳠(仰觀一瞻)의 ᄒᆞᆫ 소ᄅᆡᄅᆞᆯ 기리 늣기며 피ᄅᆞᆯ 토ᄒᆞ고 ᄯᆞ히 구러디니 오ᄅᆡ도록 인ᄉᆞᄅᆞᆯ ᄇᆞ려 ᄒᆞᆫ 죽엄이 되여시ᄃᆡ 사ᄅᆞᆷ이 알 니 업ᄉᆞ므로 즉시 구치 못ᄒᆞ더니 목도달이 여측(如廁)고 도라오다가 이 경상(景狀)을 보ᄆᆡ ᄎᆞ악대경(嗟愕大驚)ᄒᆞ여 ᄲᅧᆯ니 븟드러 구호ᄒᆞ니 ᄀᆞ장 오란 후 공ᄌᆡ 졍신을 ᄎᆞᆯ혀 황황히 닓더셔며[19] ᄭᆡᄅᆞᆯ 뭇거ᄂᆞᆯ 목도달이 ᄃᆡ왈(對曰)

"계명(鷄鳴)이 초동(初動)ᄒᆞ거니와 현ᄉᆡ 밧비 므러 무엇 ᄒᆞ며 금야거디(今夜擧止) ᄯᅩ 엇디 젼일과 만히 다ᄅᆞ시니잇고?"

공ᄌᆡ 초황망극(焦遑罔極)ᄒᆞ미 비ᄒᆞᆯ ᄃᆡ 업셔 일쳔(一千) 줄 안쉬(眼水) ᄇᆡᆨ옥용화(白玉容華)ᄅᆞᆯ 젹셔 ᄀᆞᆯ오ᄃᆡ

"친측(親側)을 ᄯᅥ난 디 거의 삼년(三年)의 어안(魚雁)[20]이 쳑셔(尺書)ᄅᆞᆯ 젼ᄒᆞᆯ 길히 업ᄉᆞ니 어ᄃᆡ로조ᄎᆞ 평문(平聞)을 알니오? 내 이졔 혜건ᄃᆡ 가친이 식녹(食祿)ᄒᆞ시던 ᄌᆡ렬(宰列)노 텬ᄌᆞ(天子) 호디(胡地)의 굴
15면 욕ᄒᆞ시믈 괄연(恝然)이 멸시치 못ᄒᆞ샤 인신의 튱녈을 다ᄒᆞ시리니 반

19 닓더셔며: 규장각본에는 '닓더나며'로 되어 있음.

20 어안(魚雁): 물고기와 기러기를 통해 편지를 전(轉)한다고 하여 그 자체로 '편지'라는 의미를 지님. 여기에서는 편지를 전할 존재로서 언급됨.

ᄃᆞ시 노영의 화ᄅᆞᆯ 면치 못ᄒᆞ실디라. 날이 ᄇᆞᆰ기ᄅᆞᆯ 기다리디 못ᄒᆞ여 바로 노영으로 ᄉᆞᄆᆞᆾ고ᄌᆞ ᄒᆞᄂᆞ니 이의셔 분슈(分手)ᄒᆞᆯ 뜻이 결연ᄒᆞ나 나의 심ᄉᆡ 황황망망(遑遑茫茫)ᄒᆞ여 한셜(閑說)을 시작디 못ᄒᆞᄂᆞ니 공은 쳥컨ᄃᆡ 만 니 힝도(行途)의 조심ᄒᆞ여 무ᄉᆞ히 왕반(往返)ᄒᆞ믈 어드라.”

언필(言畢)의 거ᄅᆞᆷ을 ᄲᆞᆯ니 두로혀 마구의 쳔니구(千里駒)ᄅᆞᆯ 그ᄅᆞ거ᄂᆞᆯ 목도달이 ᄯᆞ라와 븟들고 니ᄅᆞᄃᆡ

“현ᄉᆞ의 신셩영달(神聖靈達)ᄒᆞ시므로 일을 그ᄅᆞᆺ 혜아릴 ᄇᆡᄂᆞᆫ 아니어니와 밤이 아딕 머럿고 효괴(曉鼓) 밋쳐 동ᄒᆞ믈 기다리디 아냐 총총발마(悤悤發馬)ᄒᆞ믄 블가ᄒᆞ니 잠간 머므러 일긔미듁(一器糜粥)으로 긔아(饑餓)ᄅᆞᆯ 면ᄒᆞ며 오경(五更) ᄇᆞᆨ을 기다려 힝ᄒᆞ미 늣디 아닐가 ᄒᆞ노라.”

인하여 죵ᄌᆞ로 ᄒᆞ여곰 일긔 온미ᄅᆞᆯ 가져다가 공ᄌᆞᄅᆞᆯ 권ᄒᆞ니 공ᄌᆡ 심신이 망망통혹(茫茫痛酷)ᄒᆞ나 목도달의 니ᄅᆞᄂᆞᆫ 말이 그ᄅᆞ디 아니ᄒᆞ고 ᄯᅩ ᄉᆡᄇᆡ ᄇᆞᆨ이 동치 아냐셔 타국 사ᄅᆞᆷ이 가다가 ᄌᆞᆸ히ᄂᆞᆫ 환을 만난족 일시 괴롭기ᄂᆞᆫ 의논ᄒᆞᆯ ᄇᆡ 아니어니와 밧븐 힝거ᄅᆞᆯ 늣추미 될 고로 착 16면
급히 고셩(鼓聲)을 기다리며 목도달의 주ᄂᆞᆫ 온미ᄅᆞᆯ 두어 번 쳘음(啜飮)ᄒᆞ더니 비로소 쳘괴(鐵鼓) 늉늉ᄒᆞᄆᆡ 총총이 몸을 니러 목도달을 작별ᄒᆞ고 ᄆᆞᆯ긔 오ᄅᆞ니 목도달이 위ᄒᆞ여 근심ᄒᆞ며 슬허 눈믈을 나리오더니 ᄇᆞᆰᄂᆞᆫ 날 등·나 국군(國君)의게 소유(所由)ᄅᆞᆯ 주(奏)ᄒᆞ고 즉시 션쳑(船隻)을 다ᄉᆞ려 텬도로 향ᄒᆞ니라. 등·나 국군이 목도달의 쥬ᄉᆞ(奏辭)ᄅᆞᆯ 보고 즉시 방문(榜文)을 븟쳐 졍공ᄌᆞᄅᆞᆯ 만나ᄂᆞᆫ ᄌᆡ어든 각별이 호숑ᄒᆞ라 ᄒᆞ더라.

ᄎᆞ시(此時) 졍공ᄌᆡ 쳔니구(千里駒)ᄅᆞᆯ ᄎᆡ쳐 노영(虜營)으로 향ᄒᆞᆯᄉᆡ 호

인(胡人)을 만나ᄂᆞᆫ ᄌᆞᆨᄌᆞᆨ 경상셔 쳥계공이 옥가(玉駕)ᄅᆞᆯ 봉시(奉侍)ᄒᆞ여 ᄇᆡᆨ안영의 잇ᄂᆞᆫ가 므ᄅᆞᆫᄌᆞᆨ 져마다 공ᄌᆞ의 신위긔상(身位氣像)을 경복ᄒᆞ여 드ᄅᆞᆫ 바ᄅᆞᆯ 일일히 고ᄒᆞ나 이 무리 먀션의 나라 사ᄅᆞᆷ이 아니니 ᄌᆞ셔히 알기ᄅᆞᆯ 긔필(期必)치 못ᄒᆞ고 혹 됴후암이라 ᄒᆞ리 만분의 슈계
17면 (囚繫)ᄒᆞ엿ᄂᆞ니라 ᄒᆞ며 혹 경상세라 ᄒᆞ리도 그 가온ᄃᆡ 가도이다 ᄒᆞ여 젹보(適報)ᄅᆞᆯ 알 길히 업ᄉᆞ나 ᄌᆞ긔 혜아림과 양대인 쥬셩(主星)을 츄이(推移)컨ᄃᆡ 호듕누옥(胡中陋獄)의 ᄉᆡᆼ이 위ᄐᆡᄒᆞ미 벅벅ᄒᆞ니 다시 므ᄅᆞᆯ 말이 업ᄉᆞᆫ ᄃᆞᆺᄒᆞ여 슈일을 쥬야 ᄒᆡᆼᄒᆞ여 변하 샹뉴(上流)의 니ᄅᆞ러ᄂᆞᆫ 일엽쥬(一葉舟)ᄅᆞᆯ 어더 건너고져 ᄒᆞᄃᆡ 이 믈이 녜ᄉᆞ 하슈(河水)와 다ᄅᆞ고 ᄉᆞ젹븍 십오부ᄅᆞᆯ 다 통ᄒᆞ여시니 바람을 그ᄅᆞᆺ 만나면 아모 나라흐로 가ᄂᆞᆫ 줄을 모로니 일ᄌᆞᆨ 쇼션(小船)을 ᄡᅳᄂᆞᆫ 일이 업셔 슈쳔상고(數千商賈)의 무리 ᄃᆡ은 대션(大船)이 아니면 젹국이 상격ᄒᆞ는 젼션(戰船)이라. 상히 가ᄇᆡ야이 ᄒᆡᆼ션을 못 ᄒᆞᄂᆞᆫ 고로 션ᄇᆡ(船夫) ᄃᆡ후(待候)ᄒᆞ여 잇디 아니ᄒᆞ니 어ᄃᆡ로조ᄎᆞ 션쳑(船隻)을 구ᄒᆞ리오? 슈일을 간격(肝膈)을 ᄉᆞᆯ오고 쥬야ᄇᆡ도(晝夜倍道)[21]ᄒᆞ여 이의 니ᄅᆞ미 도로혀 목도달을 ᄯᆞ라 변하 하류로 ᄒᆡᆼᄒᆞᆷ만 ᄀᆞᆺ디 못ᄒᆞ니 스ᄉᆞ로 홍곡(鴻鵠)의 날개ᄅᆞᆯ 비디 못ᄒᆞᄆᆞᆯ 통도(痛悼)ᄒᆞ여 우러러 하날을 보며 구
18면 버 ᄯᆞ흘 보아 신혼(神魂)이 날니고 거디(擧止) 실조(失調)ᄒᆞ여 톄뤼(涕淚) 여우(如雨)ᄒᆞᆯ ᄲᅮᆫ이니 초조졀급(焦燥切急)ᄒᆞᄂᆞᆫ 거동이 비록 사ᄅᆞᆷ이 보디 못ᄒᆞ므로 위ᄒᆞ여 늣기디 못ᄒᆞ나 신명의 감동ᄒᆞᄆᆞᆯ 둘디라.

21 ᄇᆡ도(倍道): 배도. '배도겸행(倍道兼行)'의 준말. 이틀 길을 하루에 걷는다는 의미.

ᄉᆞ변(沙邊)의 방황ᄒᆞ여 뎡히 몸을 쒸여 ᄒᆡ슈ᄅᆞᆯ 건널 ᄯᅳᆺ이 이시ᄆᆡ 위ᄐᆡ홈과 죽을 바ᄅᆞᆯ 도라보디 아니터니 홀연 먼니로조ᄎᆞ 금셩(琴聲)이 뇨량(嘹喨)ᄒᆞ여 ᄇᆡᆨ운을 ᄡᅳ리쳐 쳥텬(靑天)을 ᄉᆞᄆᆞᆺᄎᆞᄆᆡ 팔음(八音)[22]이 조화ᄒᆞ며 뉵뉼(六律)[23]이 화명(和鳴)ᄒᆞ니 ᄇᆡᆨ아(佰牙)[24]의 죽은 넉시 도라오고 ᄌᆞ긔(子期)[25]의 ᄉᆞᆺᄎᆞᆫ 혼이 니러날 ᄃᆞᆺᄒᆞᆫ디라. 공ᄌᆡ 삼년츈츄(三年春秋)ᄅᆞᆯ ᄒᆡ외 타국의 표류ᄒᆞ여 젹호(狄胡)의 무리와 우ᄆᆡᆼ(愚氓)[26]의 쥰쥰무디(蠢蠢無知)ᄒᆞᆫ 소ᄅᆡᄅᆞᆯ 드ᄅᆞᆯ ᄲᅳᆫ이오 이런 긔이ᄒᆞᆫ 금셩(琴聲)은 엇디 ᄭᅮᆷ의나 드러보아시리오? 심신이 의황ᄒᆞ여 광능산(廣陵散) 신션의 남은 곡됴(曲調)[27]가 의심ᄒᆞ고 신신이 반가오믈 니긔디 못ᄒᆞᄃᆡ ᄌᆞ긔 졍ᄉᆡ 망극착급(罔極着急)ᄒᆞ여 셰샹 소ᄅᆡᄅᆞᆯ 귀의 머므러 듯ᄂᆞᆫ ᄇᆡ 업ᄉᆞ므로 ᄀᆞᆺᄐᆞ여 금셩이 나ᄂᆞᆫ 곳을 알녀 아니 ᄒᆞ더니 믄득 아으 19면
라히 풍범(風帆)을 날니며 거ᄉᆞ리 ᄒᆡᆼᄒᆞ여 샹뉴(上流)로 오ᄂᆞᆫ 바의 경ᄀᆡᆨ의 몸을 쒸여 져 ᄇᆡ의 올나 노영으로 향ᄒᆞᆯ ᄯᅳᆺ이 더옥 착급ᄒᆞ더니 임

22 팔음(八音): 여덟 가지 악기나 그 소리. 악기를 만드는 여덟 가지의 재료를 일컫기도 함. 8종의 악기는 금(金), 석(石), 사(絲), 죽(竹), 포(匏), 토(土), 혁(革), 목(木).

23 뉵뉼(六律): 육률. 십이율(十二律) 중 양성(陽聲)에 속하는 여섯 가지 소리. 곧 황종(黃鍾), 태주(大簇), 고선(姑洗), 유빈(蕤賓), 이칙(夷則), 무역(無射).

24 ᄇᆡᆨ아(佰牙): 백아. 춘추시대 진(晋)나라의 대부. '백아(伯雅)'라고도 함. 거문고를 잘 타기로 유명하나 친구 종자기가 죽자 세상에 지음(知音)이 없음을 한탄하며 거문고 줄을 끊고 연주하지 않았음.

25 ᄌᆞ긔(子期): 자기. 종자기. 춘추시대 초나라 사람. 거문고로 유명한 백아의 친구임.

26 우ᄆᆡᆼ(愚氓)의: 규장각본에는 '우ᄆᆡᆼ의 우ᄆᆡᆼ의'로 중복 표기되어 있음.

27 광능산(廣陵散) 신션의 남은 곡됴(曲調): 광릉산은 거문고 곡조 이름으로, 죽림칠현 중 하나인 혜강이 낙서(洛西)에서 놀 때 화양정에서 신선으로 보이는 어떤 객에게 전수받았다고 함. 《진서(晉書)》에 나옴.

의 갓가이 다ᄃᆞᄅᆞ믈 보고 눈을 들ᄆᆡ 일위 노ᄉᆡ(老士)[28] 션듕의 광의대ᄃᆡ(廣衣大帶)로 단졍이 좌ᄅᆞᆯ 일워시ᄆᆡ 놉흔 관 아ᄅᆡ 흰 머리털이 엇게의 바ᄋᆡ며[29] 묽은 귀밋ᄐᆡ ᄀᆞ을 빗치 싁싁ᄒᆞ니 츄상녈일(秋霜烈日)이 광텬대양(廣天大洋)을 삼켯고 긔산영슈(箕山潁水)[30]의 묽은 디취(志趣) 표표(飄飄)ᄒᆞ며 가ᄂᆞᆫ ᄒᆡ의 청풍이 탁탁(卓卓)ᄒᆞᆫᄃᆡ 옥금(玉琴)을 취ᄒᆞ여 곡됴(曲調)[31]ᄅᆞᆯ 발ᄒᆞ니 금셩(琴聲)은 낭낭(朗朗)ᄒᆞ고 긔상은 교교ᄒᆞ여 호호히 딘ᄋᆡ(塵埃)ᄅᆞᆯ 버섯거ᄂᆞᆯ 좌우의 두낫 동ᄌᆡ ᄉᆞᄆᆡ 좁은 쳥의(靑衣)ᄅᆞᆯ 길과 가ᄌᆞᆨ이 ᄒᆞ여 닙고 거동이 쏘ᄒᆞᆫ 용쇽(庸俗)디 아니터라. 이윽고 노ᄉᆡ(老士) ᄉᆞ변(沙邊)의 ᄇᆡᄅᆞᆯ 다히며 팔흘 드러 공ᄌᆞᄅᆞᆯ 향ᄒᆞ여 읍왈(揖曰)

"현ᄉᆡ(賢士) 만일 이 믈을 건고ᄌᆞ ᄒᆞᆯ딘ᄃᆡ 션범(船帆)이 누츄ᄒᆞ나 혐의치 말고 오로미 엇더ᄒᆞ뇨?"

공ᄌᆡ 년망(連忙)이 ᄌᆡᄇᆡ왈(再拜曰)

20면 "만ᄆᆡᆨ호디(蠻貊胡地)의 이뢰(夷虜) 무리 디으며 우ᄆᆡᆼ(愚氓)이 왕ᄂᆡᄒᆞᆯ디언졍 듕국 인젹이 ᄉᆞᆺ쳣ᄉᆞᆸ거ᄂᆞᆯ 노대인은 하쳐ᄅᆡ(何處來)ᄒᆞ시니잇고? 원컨ᄃᆡ 존셩대명(尊姓大名)을 드러디이다. 쇼ᄌᆡ 바야흐로 븍디노영(北地虜營)을 향ᄒᆞᆯ 뜻이 급ᄒᆞᄃᆡ ᄒᆡ슈ᄅᆞᆯ 건널 길히 업셔 초조ᄒᆞᄋᆞᆸ더니 노션ᄉᆡᆼ이 우회(愚懷)ᄅᆞᆯ 밋쳐 듯디 아냐 쳔심(賤心)을 예탁(豫度)

28 노ᄉᆡ(老士): 노사. 엄정.

29 바ᄋᆡ며: 바ᄋᆡ다. 빛나다, 부시다.

30 긔산영슈(箕山潁水): 기산영수. 기산은 요임금의 선양을 거절한 허유가 숨은 곳. 영수는 허유가 자신에게 선위하려던 요임금의 말을 듣고 가서 귀를 씻은 곳.

31 곡됴(曲調): 곡조. 규장각본에서는 '구소'로 되어 있음. 구소(九韶)는 순임금의 음악.

ᄒᆞ시니 감은(感恩)ᄒᆞ믈 니긔디 못ᄒᆞ리로소이다."

노ᄉᆡ 쇼왈(笑曰)

"군의 심ᄉᆡ 바야흐로 창황망급(悵遑惘急)ᄒᆞ여 타ᄉᆞ(他事)를 결을치 못ᄒᆞᆯ 즈음이니 야촌(野村) 노인의 셩명을 아라 므엇 ᄒᆞ리오? ᄲᆞᆯ니 션듕(船中)의 오로라."

공ᄌᆡ 기리 칭샤ᄒᆞ고 션듕의 오로ᄆᆡ 신풍이 이이(異異)ᄒᆞ여 ᄇᆡ 닷기롤 흐ᄅᆞᄂᆞᆫ 별ᄀᆞᆺ치 ᄒᆞ더니 믄득 션뷔(船夫) 디져괴며 사ᄅᆞᆷ의 시신(屍身)이 ᄯᅥ온다 ᄒᆞ거놀 노ᄉᆡ 경동ᄎᆞ악(驚動嗟愕)ᄒᆞ여 션부로 ᄒᆞ여곰 건디라 ᄒᆞᄃᆡ 슈히 건디지 못ᄒᆞ니 경공ᄌᆡ 초조우젼(焦燥憂煎)ᄒᆞᄂᆞᆫ 심ᄉᆡ 다른 일을 밋쳐 결을치 못ᄒᆞ나 목젼의 사ᄅᆞᆷ의 시신이 ᄯᅥ나려가ᄃᆡ 션뷔 잘 건디지 못ᄒᆞ믈 개연(慨然)ᄒᆞ여 친히 ᄇᆡ젼의 나아가 원비(猿臂)를 느리혀 딘녁(盡力)히 시신을 건디니 이 믄득 구쳑댱뷔(九尺丈夫)라. 21면

공ᄌᆞ의 버들이 연ᄒᆞᆫ 팔과 삭춍(削蔥) ᄀᆞᆺᄐᆞᆫ 손으로 구쳑댱부(九尺丈夫)의 비ᄃᆡ(肥大)ᄒᆞᆫ 몸을 틧글ᄀᆞᆺ치 건디믈 션뷔(船夫) 대경ᄒᆞ며 노ᄉᆡ(老士) 칭탄ᄒᆞ더라. 이의 그 시신을 션듕의 드려노흐ᄆᆡ 노ᄉᆡ 친히 어로만져 참연이 눈믈을 흘니고 혀 ᄎᆞ 골오ᄃᆡ

"ᄉᆡᆼ아구로(生我劬勞)의 호텬막대디은(昊天莫大之恩)을 버금ᄒᆞ며 국녹(國祿)을 먹은 ᄇᆡ 업시 님군을 위ᄒᆞᆫ 튱셩이 집을 샤(捨)ᄒᆞ여 만 니롤 겻보ᄃᆺ 학발ᄡᅡᆼ노(鶴髮雙老)를 개연이 하딕ᄒᆞ고 총총발ᄆᆞ(悤悤發馬)ᄒᆞ여 쥬욕신ᄉᆞ(主辱臣死)를 힝코ᄌᆞ ᄒᆞ더니 엇디 도로혀 님군긔 ᄒᆞᆫ 터럭 튱셩을 낫토디 못ᄒᆞ고 헛도이 명을 바려 호인(胡人)으로 ᄒᆞ여곰 곽창셕의 튱녈을 모로게 ᄒᆞᄂᆞ뇨?"

셜파(說罷)의 낭듕(囊中)으로조ᄎᆞ 회ᄉᆡᆼ약(回生藥)을 ᄂᆡ여 입의 프러

너흐며 구호ᄒᆞ믈 디극히 ᄒᆞ거ᄂᆞᆯ 경공ᄌᆡ ᄯᅩᄒᆞᆫ 시톄ᄅᆞᆯ ᄉᆞᆯ피니 오히려 명ᄆᆡᆨ(命脈)은 아조 ᄭᅳᆺ든 아녓고 그 작셩(作性)이 비쇽(非俗)ᄒᆞ여 의

22면 픠(儀表) 당당ᄒᆞ며 신ᄎᆡ 늠늠ᄒᆞ여 잠미봉안(蠶眉鳳眼)의 연함호두(燕頷虎頭)[32]오 구쳑신댱(九尺身長)의 원비(猿臂)·일요ᄲᅳᆫ 아니라 원복(遠福)과 긴 슈(壽)ᄅᆞᆯ 타나 상모(相貌)의 부귀ᄅᆞᆯ 완젼ᄒᆞᆯ 격(格)이니 심니(心裏)의 아ᄅᆞᆷ다이 넉여 노ᄉᆞ긔 문왈(問曰)

"노션ᄉᆡᆼ이 ᄎᆞ인(此人)의 근본을 아ᄅᆞ시ᄂᆞᆫ가 시브오니 원간 엇던 사ᄅᆞᆷ으로셔 이 ᄯᅡᄒᆡ 와 닉슈디화(溺水之禍)ᄅᆞᆯ 만낫ᄂᆞ니잇고? ᄒᆞᆫ번 듯고ᄌᆞ ᄒᆞᄂᆞ이다."

노ᄉᆡ 왈

"ᄎᆞ인(此人)은 국초의 공창후(鞏昌侯) 곽흥(郭興)의 후예(後裔)니 각노(閣老) 곽언의 손(孫)이오 쳐ᄉᆞ 곽슈의 ᄎᆞᄌᆡ(次子)라. 만셰(萬歲) 노영의 파월(播越)ᄒᆞ시믈 듯고 블승강개(不勝慷慨)ᄒᆞ여 여ᄎᆞ여ᄎᆞ(如此如此) 부모ᄅᆞᆯ 하딕ᄒᆞᆫ 후 모월일(某月日)의 발마ᄒᆞ여 븍디ᄅᆞᆯ ᄉᆞᄆᆞᆺ고ᄌᆞ ᄒᆞᆫ 거시 길ᄒᆡ셔 병이 듕ᄒᆞᄆᆡ 누월(累月)을 신고(辛苦)ᄒᆞ다가 계오 ᄎᆞ경(差境)의 니ᄅᆞ러 다시 변하ᄅᆞᆯ 건너고ᄌᆞ ᄒᆞ더니 ᄒᆡ듕의셔 일진괴풍(一陣怪風)을 만나 ᄇᆡᄅᆞᆯ 업치ᄆᆡ 션듕의 드럿던 ᄌᆡ(者) 슈ᄉᆞ(水死)ᄒᆞ믈 면치 못ᄒᆞᄃᆡ ᄎᆞ인이 오히려 명이 ᄭᅳᆺ디 아냐시니 현ᄉᆞ의 구활디은(救活之恩)이 아니랴?"

---

32 연함호두(燕頷虎頭): 귀한 골상(骨相)을 의미하는 것으로, 후한 때 반초의 골상. 일찍이 관상가가 그의 골상을 보고 "제비의 턱에 범의 머리라서 날아다니며 고기를 먹는 상이니, 이는 곧 만리후가 될 상이다(燕頷虎頭 飛而食肉 此萬里侯相也)."라고 함. 《후한서》.

공ᄌᆡ 곽ᄉᆡᆼ의 튱의ᄅᆞᆯ 칭션ᄒᆞ며 ᄒᆞᆫ가디로 구호ᄒᆞ여 두어 시ᄀᆡᆨ이 디나ᄆᆡ 곽ᄉᆡᆼ이 비로[33] 23면 한업ᄉᆞᆫ 믈을 토ᄒᆞ고 괴이ᄒᆞᆫ 소ᄅᆡᄅᆞᆯ 디ᄅᆞ며 몸을 버ᄅᆞᆺ져겨[34] 믈 ᄀᆞ온ᄃᆡ 드럿던 형상을 ᄒᆞ거ᄂᆞᆯ 노ᄉᆡ(老士) 년ᄒᆞ여 약을 ᄡᅳ고 경공ᄌᆡ 그 몸을 눌너 셕양의 곽ᄉᆡᆼ이 경신을 잠간 슈습ᄒᆞᄆᆡ ᄌᆞ긔ᄅᆞᆯ 구호ᄒᆞᄂᆞᆫ 노ᄉᆡ 조쥬 태힝산 엄쳐ᄉᆡ(嚴處士)믈 ᄊᆡ다라 누슈(淚水)ᄅᆞᆯ 흘니며 몸을 움ᄌᆞᆨ이고ᄌᆞ ᄒᆞᄃᆡ 능히 못 ᄒᆞ거ᄂᆞᆯ 쳐ᄉᆡ 그 손을 ᄌᆞᆸ아 편히 누어시믈 니ᄅᆞ고 다쇼셜화(多少說話)ᄅᆞᆯ 시작디 아냐 다만 ᄇᆡᄅᆞᆯ 급히 져어 ᄒᆞᆫ 곳 ᄉᆞ변(沙邊)의 다히ᄆᆡ 이 믄득 다ᄅᆞᆫ 나라흐로 크게 갓디 아닌디라 시당초하(時當初夏)의 일긔 화화챵(和暢)ᄒᆞᆯ[35] 거시로ᄃᆡ 삭텬(朔天)의 녈풍(烈風)이 음음ᄒᆞ며 ᄉᆡ방(塞方)의 슈셜이 비비(霏霏)ᄒᆞ니 경공ᄌᆡ 경아(驚訝)ᄒᆞ여 쳐ᄉᆞ긔 문왈(問曰)

"녜브터 호디(胡地)의 무화최(無花草)라[36] ᄒᆞ엿ᄉᆞ오나 쇼ᄌᆡ ᄒᆡ외 여러 나라흘 보아시ᄃᆡ ᄊᆡ 여ᄅᆞᆷ의 다ᄃᆞᆺ도록 셜풍음긔(雪風陰氣) 이 ᄀᆞᆺᄐᆞ믈 보디 못ᄒᆞ엿ᄉᆞ오니 이 아니 먀션의 토디니잇가?"

쳐ᄉᆡ 졈두왈(點頭曰)

"연(然)ᄒᆞ다. 븍디ᄒᆡ국(北地海國)의 슈퇴(水土) 괴이ᄒᆞ고 일한(日寒)이 심ᄒᆞᆫᄃᆡ 24면 당금의 역텬무도(逆天無道)ᄒᆞᆫ ᄌᆡ 먀션의 더은 ᄌᆡ 업ᄂᆞᆫ 고로 그 거ᄒᆞᆫ 바 토디(土地)의 ᄉᆞ오나온 바람과 뉼녈(栗烈)ᄒᆞᆫ 치위 사ᄅᆞᆷ

---

33 비로: '비로소'에서 '소'가 누락된 듯함. 규장각본에는 '비로소'로 되어 있음.

34 버룻져겨: 버룻져기다. 버릇져기다. 버르적거리다, 버둥거리다.

35 화화챵(和暢)ᄒᆞᆯ: 규장각본에는 '화챵ᄒᆞᆯ'로 되어 있음.

36 호디(胡地)의 무화최(無花草)라: 당나라 동방규의 〈소군원(昭君怨)〉에 "오랑캐 땅에는 꽃과 풀이 없어, 봄이 와도 봄 같지 않네(胡地無花草 春來不似春)."라는 말이 있음. 《전당시(全唐詩)》.

이 이의 머믈ᄆᆡ 상ᄒᆞ미 벅벅ᄒᆞ리니 현ᄉᆞ의 쳔금듕신(千金重身)이 일노조ᄎᆞ 쳠상(添傷)ᄒᆞᆫ 병을 더을디라. 위ᄒᆞ여 근심되디 아니ᄒᆞ랴? 녕뎨(令弟)ᄂᆞᆫ 셩인의 덕딜(德質)이 현ᄉᆞᄅᆞᆯ 잠간 밋디 못ᄒᆞ나 먼 슈복을 유향(猶享)ᄒᆞ여 핑조(彭祖)ᄅᆞᆯ 단명(短命)이 넉일 긔픔(氣品)이 졍시 션ᄃᆡ(先代)로 나려오ᄂᆞᆫ 바의 쳐음이니 위화(危禍)의 걸니며 ᄉᆞ병(死病)의 님ᄒᆞ나 가히 념녀로온 사ᄅᆞᆷ이 아니어니와 군은 하날을 밧들 긔운과 태산을 넘쒈 댱웅(壯雄)ᄒᆞ미나 심간(心肝)을 병드리믄 녕뎨의 뉘 아니니 그 슈(壽)ᄅᆞᆯ 감(減)ᄒᆞ여 손(損)ᄒᆞ미 ᄎᆞ홉디 아니랴?"

공ᄌᆡ 청필(聽畢)의 신연ᄒᆞ여 그 ᄋᆞ을 본 연고(緣故)ᄅᆞᆯ 뭇거ᄂᆞᆯ 쳐ᄉᆡ 잠간 웃고 닌광의 젼후익경(前後厄境)을 대강 젼ᄒᆞ며 다시 ᄀᆞᆯ오ᄃᆡ

"녕뎨 긔강디지의셔 위화(危禍)ᄅᆞᆯ 디ᄂᆡ여시나 이ᄣᅴ의ᄂᆞᆫ 발셔 친측(親側)의 도라가 딜츄(跌墜)의 노ᄅᆞᆷ과 열무(悅舞)의 즐기미[37] 이시리니 군
25면 은 녕뎨ᄅᆞᆯ 위ᄒᆞ여 근심치 말나."

공ᄌᆡ 쳐ᄉᆞ의 말노조ᄎᆞ ᄆᆡ져(妹姐)와 닌광의 ᄉᆡᆼ존ᄒᆞ믈 알ᄆᆡ 힝심극의(幸甚極矣)나 이 ᄯᅡ히 마션의 디방이믈 드ᄅᆞ니 대야(大爺)의 머므시ᄂᆞᆫ 곳을 ᄎᆞᄌᆞ 병후(病候)ᄅᆞᆯ 구호ᄒᆞᆯ 뜻이 더옥 착급ᄒᆞᆫ 바의 능히 한셜(閑設)을 못 ᄒᆞ고 다만 노ᄉᆞ의 거쥬셩시(居住姓氏)ᄅᆞᆯ 다시 므러 조쥐 엄졍이믈 알ᄆᆡ 젼ᄌᆞ의 알오미 업시 ᄌᆞ긔의 초조우젼(焦燥憂煎)ᄒᆞᄂᆞᆫ 심ᄉᆞᄅᆞᆯ ᄉᆞᆯ펴 몸을 건네며 누의와 ᄋᆞ의 ᄉᆡᆼ존ᄒᆞᆫ 소식을 젼ᄒᆞ여 편간의[38]

37 딜츄(跌墜)의 노롬과 열무(悅舞)의 즐기미: 노래자의 효행을 의미. 노래자는 춘추시대 초나라 효자. 늙으신 부모님을 즐겁게 해드리려고 일흔이라는 나이에도 어린아이가 입는 색동옷을 즐겨 입고 춤을 추고 걷다가 일부러 넘어져(跌墜) 울기도 하였다고 함. 《소학》에 나옴.

얽힌 념녀롤 플게 ᄒᆞ믈 ᄇᆡ이샤(拜而辭)ᄒᆞ고 거롬을 두로혀 노영으로 향코ᄌᆞ ᄒᆞᆯᄉᆡ 곽싱을 ᄀᆞᄅᆞ치며 쳐ᄉᆞ긔 고왈(告曰)

"ᄎᆞ인(此人)은 셰간(世間)의 다시 잇디 아닌 튱의디ᄉᆡ(忠義志士)라. 노대인 존의(尊意)롤 앙탁(仰度)ᄒᆞ옵건ᄃᆡ 반ᄃᆞ시 ᄎᆞ인을 ᄉᆞᆯ와 튱의롤 다ᄒᆞ게 ᄒᆞ시리니 쇼ᄌᆡ 년유미튱(年幼微沖)[39]이 므ᄉᆞᆷ 별 의견을 알외오리잇고마ᄂᆞᆫ 그 쳬덜이 비상ᄒᆞ여 무용ᄒᆞᆫ 졸ᄉᆡ(拙士) 아니오니 잠간 그 낫기롤 기다려 어림호위ᄉᆞ(御臨護衛士)롤 초모(招募)ᄒᆞᄂᆞᆫ 바의 나아가 응ᄒᆞ라 권ᄒᆞ쇼셔. 댱부의 무명(無名)ᄒᆞᆯ ᄇᆡ 아니니이다." 26면

쳐ᄉᆡ 머리 조아 ᄀᆞᆯ오ᄃᆡ

"군이 창셕을 위ᄒᆞ여 이러ᄐᆞᆺ 붉히 디휘ᄒᆞ니 졔 인ᄉᆞ롤 ᄎᆞᆯ힐딘ᄃᆡ 활명디은(活命之恩) 밧긔 발신디교(發身之敎)롤 여러 가디로 감격ᄒᆞ리로다. 노신이 평싱 우암블민(愚暗不敏)ᄒᆞ여 아ᄂᆞᆫ 일이 업ᄉᆞ니 또 현ᄉᆡ긔 븟칠 말이 업거니와 녕대인(令大人)이 만분 누옥(陋獄)의 계계ᄒᆞ여 딜환(疾患)이 위듕ᄒᆞ시나 현ᄉᆞ의 달효디셩(達孝之誠)이 앙조텬도(仰照天道)ᄒᆞ고 하달디로(下達地路)[40]ᄒᆞ여 쳔만위란(千萬危亂) 듕의도 ᄒᆞᆫ번 회운(回運)ᄒᆞ미 계시리니 군은 모로미 과도히 초황(焦惶)치 말나. 광음(光陰)이 숙홀(倏忽)ᄒᆞ여 ᄇᆡᆨ구디과극(白駒之過隙)[41]이니 오뉵년(五六年) 츈츄(春秋) 그 언마 ᄉᆞ리오? 텬운의 굴욕(屈辱)ᄒᆞ시미

38 편간: '폐간(肺肝)'의 의미로 보임. 규장각본에는 '폐간'으로 되어 있음. 해석은 규장각본을 따름.

39 년유미튱(年幼微沖): 연유미충. 열 살 안팎의 어린 나이.

40 하달디로(下達地路)ᄒᆞ여: 규장각본에는 '하달지리'로 되어 있음.

ᄒᆞᆫ갈ᄀᆞᆺ디 아니시고 이졔 흉광(凶狂)ᄒᆞ미 스ᄉᆞ로 그 망ᄒᆞ믈 ᄌᆡ촉ᄒᆞ미라. 군은 우흐로 건슈ᄅᆞᆯ 통ᄒᆞ며 아ᄅᆡ로 이술이 ᄇᆰ을 ᄡᅳᆫ 아니라[42] ᄀᆞ온ᄃᆡ로 인간만믈디니(人間萬物之理)의 블통미ᄒᆡ(不通未解)ᄒᆞᆫ 곳이 업ᄉᆞ리니 늙고 병든 ᄌᆡ 어린 쇼견을 펴디 아냐도 텬니(天理)ᄅᆞᆯ 좌탁(坐度)ᄒᆞᄂᆞᆫ 바의 호발도 희미ᄒᆞ미 업ᄉᆞᆯ 거시로ᄃᆡ 셩회 고인의 념으믈 인
27면 ᄒᆞ여 목금우환(目今憂患)의 젼심초려(煎心焦慮)ᄒᆞ미 간위(肝胃)ᄅᆞᆯ 상ᄒᆡ올가 우려ᄒᆞ노라."

공ᄌᆡ 후의(厚意)ᄅᆞᆯ 샤례ᄒᆞ며 ᄇᆰ히 디교(指教)ᄒᆞ믈 칭복ᄒᆞ고 춍춍(悤悤)이 ᄌᆡᄇᆡ분슈(再拜分手)ᄒᆞᆯᄉᆡ 쳐ᄉᆞᄂᆞᆫ ᄌᆡ삼 보듕(保重)ᄒᆞ믈 쳥ᄒᆞ여 후회(後會)ᄅᆞᆯ ᄀᆡ약ᄒᆞᄃᆡ 곽ᄉᆡᆼ은 오히려 인ᄉᆞᄅᆞᆯ ᄎᆞᆯ히디 못ᄒᆞ므로 엄쳐ᄉᆞᄂᆞᆫ 그 형의 빙악(聘岳)[43]으로 동향구면목(同鄉舊面目)이라. 계오 아라보고 반기며 슬허ᄒᆞᆯ디언졍 공ᄌᆞ의 져ᄅᆞᆯ 건짐과 ᄒᆞᆫ가디로 구호ᄒᆞ다가 만분으로 향ᄒᆞᄂᆞᆫ 바ᄂᆞᆫ 능히 ᄭᆡ닷디 못ᄒᆞ더라. 졍공ᄌᆡ 쳔니구(千里駒)ᄅᆞᆯ 밧비 모라 마션의 국도셩(國都城)의 다ᄃᆞᄅᆞ니 텬ᄉᆡᆨ(天色)이 창챵ᄒᆞ여 태ᄇᆡᆨ(太白)이 셔방의 걸니고 슉되(宿鳥) 님노(林路)의 짓괴ᄂᆞᆫ ᄃᆡ[44] 인셩(人聲)이 훤괄(喧聒)ᄒᆞ며 ᄒᆡᆼ인이 잡답ᄒᆞ여 ᄇᆞ야흐로 셩문(城

---

41 ᄇᆡᆨ구디과극(白駒之過隙): 백구지과극. 인생이 너무도 빨리 허무하게 흘러가는 것을 비유하여 "흰 말이 달려 지나가는 것을 문틈으로 보는 것처럼 잠깐일 따름이다(若白駒之過隙 忽然而已)."라고 한 말.《장자》〈지북유(知北遊)〉.

42 건슈ᄅᆞᆯ 통ᄒᆞ며 아ᄅᆡ로 이술이 ᄇᆰ을 ᄡᅳᆫ 아니라: 건슈는 천문(天文)의 의미로 '건수(乾數)', 이술은 지리(地理)의 의미로 '이술(理術)'을 쓴 것으로 추정. 즉 '위로 천문에 대해 잘 알고 아래로 지리에 대해 잘 아는 것(上通天文 下達地理)'을 가리키는 말로 추정.

43 빙악(聘岳): 빙모(聘母)와 악장(岳丈). 여기에서는 악장, 즉 장인어른.

44 짓괴ᄂᆞᆫᄃᆡ: 규장각본에는 '짓고이ᄂᆞᆫᄃᆡ'로 되어 있음.

門)의 들기ᄅᆞᆯ 닷토ᄂᆞᆫ 바의 공ᄌᆞ의 너른 ᄉᆞᄆᆡ와 긴 의복이 당당이 공부ᄌᆞ(孔夫子)[45]의 디어ᄂᆡ신 치격[46]으로 졸연이 ᄆᆞᆯ을 쒸여 셩문으로 드니 긔샹이 신신표표(申申表表)ᄒᆞ여 일만광ᄎᆡ(一萬光彩) 만신을 둘넛거ᄂᆞᆯ 다만 아연(峨然)ᄒᆞ여 경하(涇河)의 옥농(玉龍)이 오운(五雲)을 멍 28면
에ᄒᆞ여 운소(雲霄)의 등비(騰飛)ᄒᆞ니 비상ᄒᆞᆫ 골격이 만고ᄅᆞᆯ 기우려 둘히 이시믈 듯디 못ᄒᆞᆫ ᄇᆡ니 ᄒᆞ믈며 ᄒᆡ외이젹(海外夷狄)이 이 ᄀᆞᆺᄐᆞᆫ 텬션(天仙)을 몽니(夢裏)의나 구경ᄒᆞ여시리오? 져마다 손바닥을 두다리고 볼을 굴너 옥경신션(玉京神仙)이 하강(下降)ᄒᆞᆫ가 경의(驚疑)ᄒᆞ믈 마디 아니ᄒᆞ니 어나 결을의 타국 ᄉᆞᄅᆞᆷ이라 ᄒᆞ여 머므ᄅᆞ며 국군의게 알외리오? 슈문댱졸(守門將卒)이 ᄒᆞᆫ가디로 공ᄌᆞ의 ᄆᆞᆯ 뒤흘 조ᄎᆞ 구경코ᄌᆞ 어ᄌᆞ러이 짓괴고 분분이 ᄯᆞ로니 공ᄌᆡ 괴로오믈 니긔디 못ᄒᆞ여 밧비 ᄆᆞᆯ을 ᄎᆡ쳐 나아가다가 호뉴(胡類)다려 젼의 텬사(天使) 드던 영텬관이 어ᄃᆡ런고 므ᄅᆞ니 호인(胡人)이 ᄃᆡ답ᄒᆞᄃᆡ

"남녁 형극(荊棘) 안ᄒᆡ 둥근 담을 ᄉᆞᄆᆞᆺᄎᆞ 깁흔 굴헝을 보면 영텬관 빈 터히믈 알니라."

ᄒᆞ거ᄂᆞᆯ 공ᄌᆡ 우문왈(又問曰)

"경쳥계와 됴후암이 슈계(囚繫)ᄒᆞ미 되엿ᄂᆞ냐?"

호인이 답왈(答曰)

"연(然)ᄒᆞ거니와 엇디 뭇ᄂᆞ뇨?"

공ᄌᆡ 다시 답디 아니ᄒᆞ고 ᄆᆞᆯ을 ᄲᆡᆯ니 모라 만분의 다ᄃᆞ라 몬져 눈으로 29면

45 공부ᄌᆞ(孔夫子): 공부자. 공자를 높여 부르는 말.

46 치격: 문맥상 격식을 일컫는 '치격(値格)'으로 추정.

ᄉᆞᆯ피건ᄃᆡ 이 믄득 슈계ᄒᆞᆫ 곳이라. 춍병 모용금이 슈쳔갑ᄉᆞ(數千甲士) ᄅᆞᆯ 거ᄂᆞ려 ᄉᆞ면으로 에우기ᄅᆞᆯ 쳘통ᄀᆞᆺ치 ᄒᆞ여시니 비죄(飛鳥)라도 나라드디 못ᄒᆞᆯ 바의 혈혈쳑신(孑孑尺身)이 엇디 능히 ᄲᅳᆫ 거ᄉᆞᆯ 헤쳐 드러가믈 어드리오? 공ᄌᆡ 경상셔 ᄌᆞ뎨(子弟)믈 실노 닐너 비록 국왕의 명이 텬됴인을 드리디 말나 ᄒᆞ여시나 그 부형이 이에 슈계(囚繫)ᄒᆞ여 시ᄆᆡ 그 ᄌᆞ뎨 ᄯᆞ라 니ᄅᆞ러 거취(去就)ᄅᆞᆯ ᄒᆞᆫ가디로 ᄒᆞ고ᄌᆞ ᄒᆞᄆᆡ 호발도 노듕(虜中)의 ᄒᆡ 되미 업ᄉᆞ믈 일ᄏᆞ라 잠간 졍ᄉᆞ(情事)ᄅᆞᆯ 베프ᄆᆡ 듯ᄂᆞᆫ ᄌᆞ로 ᄒᆞ여곰 토목디심(土木之心)과 ᄉᆡᆼ쳘디댱(生鐵之臟)이라도 감연(感然)ᄒᆞ여 감동ᄒᆞ믈 둘 ᄲᅳᆫ 아니라 셩인의 톄격이 만목(萬目)을 경동ᄒᆞ며 군ᄌᆞ의 긔딜이 늠연이 셰간 쒸여나니 요(堯)의 니마와 ᄌᆞ산(子産)의 엇게[47] 방블ᄒᆞ여 쥰골(俊骨)이 ᄆᆡ왕ᄒᆞ고 쇄딜이 영위(英威)
30면 ᄒᆞ여 비컨ᄃᆡ 태산(泰山)이 줄호(崒乎)ᄒᆞ며 대ᄒᆡ(大海) 왕양블뇨(汪洋不撓)ᄒᆞ여 동졍츄월(洞廷秋月)의 셔리 놉핫고 창ᄒᆡ(滄海)의 됴양(朝陽)이 소ᄉᆞ 듕텬(中天)의 오로ᄂᆞᆫ ᄃᆞᆺ 긴 눈섭과 ᄆᆞᆰ은 눈ᄢᅵ 강산의 졍긔ᄅᆞᆯ 오로디 ᄲᆞ혀시며 흰 귀밋과 븕은 닙이 나부(羅敷)[48]의 단장ᄒᆞᆫ 곱기ᄅᆞᆯ 더러이 넉이니 미묘 졀셰ᄒᆞ여 션풍옥골(仙風玉骨)이 쳔만ᄃᆡᄅᆞᆯ 녁슈(歷數)ᄒᆞ나 그 둘히 잇디 아니ᄒᆞ니 노듕(路中) 호뉘 엇디 황홀경복(恍惚敬服)디 아니ᄒᆞ리오? 춍병 모용금이 손을 드러 만분을 향ᄒᆞᆯ 바

47 요(堯)의 니마와 ᄌᆞ산(子産)의 엇게: 《동계집》 제1권 〈동문(東門)〉에 비슷한 구절이 나옴. 이에 의거해 귀인의 모습을 비유하는 관용적 표현으로 추정.

48 나부(羅敷): 한단 사람 진씨의 딸로, 말단 관리 왕인의 처. 왕인의 상관인 조왕이 뽕잎을 따던 나부의 미모에 반하여 유혹하려 했으나 나부는 쟁(箏)을 연주하며 "사군께서는 부인이 있고, 나부도 부군이 있습니다."라고 하며 단호히 거절하여 정절을 지킴.

롤 ᄀᆞᄅᆞ치고 갑졸을 명ᄒᆞ여 ᄡᆞᆫ 거ᄉᆞᆯ 잠간 프러 여니 공ᄌᆡ 즉시 만분을
ᄉᆞᄆᆞᆺᄎᆞ 나아갈ᄉᆡ 탓던 ᄆᆞᆯ을 호뉴(胡類)롤 주며 보보급급(步步急急)
ᄒᆞ며 심혼(心魂)이 망망초우(茫茫焦憂)ᄒᆞ므로조ᄎᆞ 몸이 동졍낙엽(洞
庭落葉)ᄀᆞᆺ치 날니여 옥문(獄門)의 다ᄃᆞᄅᆞᄆᆡ 황망(惶忙)ᄒᆞᆫ 소ᄅᆡ로 됴
후암을 블너 왈
"쇼뎨 졍닌셩이 이의 왓ᄂᆞ니 현형(賢兄)이 가친(家親)을 뫼셔 옥듕
(獄中)의 계시니잇가?"
셜파의 돌문을 들혀고 옥듕으로 드러가니 션시의 졍상셔 쳥계공의 딜 31면
휘(疾候) 위극(危極)ᄒᆞ여 망연이 ᄉᆡᆼ도롤 ᄭᅳᆺ쳐시니 엄연이 ᄒᆞᆫ낫 시신
이 되여 옥듕의 인ᄉᆞ롤 ᄇᆞ련 디 ᄉᆞ오일(四五日)의 밋쳐ᄂᆞᆫ 됴후암의
견고댱확(堅固壯確)ᄒᆞ므로도 비졀ᄒᆞ며 통상ᄒᆞ믈 니긔디 못ᄒᆞ여 기리
텬도(天道)롤 탄ᄒᆞ고 ᄌᆞ로 브ᄅᆞ디져 읍읍(泣泣)ᄒᆞᄆᆡ 셜셜이 부인디
회(婦人之懷)롤 면치 못ᄒᆞ다가 간간 흉노의 무상ᄒᆞ믈 분연통ᄒᆡ(忿然
痛駭)ᄒᆞ여 ᄯᆞ흘 두다려 즐ᄆᆡ(叱罵)ᄒᆞ며 분ᄒᆞᆫ 긔운이 하날을 세칠 ᄃᆞᆺ
스ᄉᆞ로 강개(慷慨)ᄒᆞ믈 니긔디 못ᄒᆞ니 ᄯᅩ 혈육디신(血肉之身)이라
옥듕 고상이 사ᄅᆞᆷ의 견ᄃᆡᆯ ᄇᆡ 아니어ᄂᆞᆯ 참연ᄒᆞᆫ 심녀(心慮)롤 요동(搖
動)ᄒᆞᄆᆡ 노분이 잠간 새디면 긔운이 ᄉᆡ딘(澌盡)ᄒᆞᆯ ᄃᆞᆺᄒᆞᆫ 고로 빙공(聘
公)의 인ᄉᆞ롤 ᄇᆞ리고 누엇ᄂᆞᆫ 겻ᄐᆡ 구러져 역시 혼혼침침(昏昏沈沈)ᄒᆞ
미 ᄌᆞ즌 고로 졍공ᄌᆡ 브ᄅᆞᄃᆡ 능히 아디 못ᄒᆞ더니 홀연 옥문이 열니며
밧그로조ᄎᆞ 드러오ᄂᆞᆫ ᄌᆡ 이시믈 보고 혹ᄌᆞ 먀션의 샤ᄌᆡ(使者) 오ᄂᆞᆫ 32면
가 분연ᄒᆞ여 ᄲᆞᆯ니 니러날ᄉᆡ 밋쳐 ᄉᆞᆯ피디 못ᄒᆞ여셔 운학 등이 홀홀망
망ᄒᆞ여 쥬군의 뒤흘 좃고ᄌᆞ ᄒᆞ다가 옥문이 열니믈 조ᄎᆞ 졸연(猝然)이
닓더나 대공ᄌᆡ 오신다 ᄒᆞ며 일변 쳬읍고두(涕泣叩頭)ᄒᆞ고 일변 븟드

러 황황이 반기믈 니긔디 못ᄒᆞ니 됴어ᄉᆡ ᄯᅩᄒᆞᆫ 심신이 의황ᄒᆞ여 밧비 ᄉᆞᆯ피건ᄃᆡ 이 과연 경공ᄌᆞ 닌셩이라. 반가옴과 슬프미 교극(交極)ᄒᆞᄆᆡ 이상ᄒᆞ며 신긔ᄒᆞ믈 결을치 못ᄒᆞ니 도로혀 어린 ᄃᆞᆺᄒᆞ여 능히 이의 니ᄅᆞᆫ 곡졀을 뭇디 못ᄒᆞ여셔 공ᄌᆡ 부공의 누으신 앏ᄒᆡ 나아가 두 번 졀ᄒᆞ고 낫출 덥흔 슈건을 열ᄆᆡ 이 벅벅이 셰샹을 바린 거동이오 산 사ᄅᆞᆷ의 형용은 아니라. 믄득 머리ᄅᆞᆯ 피나게 브ᄃᆡ이져 ᄋᆡ호통곡(哀號痛哭)의 ᄯᅩ ᄒᆞᆫ 죽엄이 되여 경ᄀᆞᆨ(頃刻)의 인ᄉᆞᄅᆞᆯ ᄉᆞᆺᄎᆞ니 정쳥계 부ᄌᆞ의 필경
33면 이 엇디 된고? 셕남하회(釋覽下回)ᄒᆞ라.

어시(於是)의 됴어ᄉᆡ 참담ᄒᆞ믈 니긔디 못ᄒᆞ여 밧비 운학 등으로 더브러 슈족을 쥐므ᄅᆞᄆᆡ ᄀᆞ장 이윽ᄒᆞᆫ 후 회소(回蘇)ᄒᆞ여 다시 부친 낫출 다히며 후암의 손을 잡아 말을 일우고ᄌᆞ ᄒᆞᄃᆡ 간격(肝膈)이 믜여디고 흉금(胸襟)이 젼식(塡塞)ᄒᆞ니 오딕 황황ᄒᆞ여 ᄌᆞ긔 명으로 ᄃᆡ홀 ᄃᆞᆺ 홀홀ᄒᆞ여 밧들 ᄃᆞᆺ 망망이 ᄯᆞ로고ᄌᆞ ᄒᆞ며 졀졀이 좃고ᄌᆞ ᄒᆞ니 됴어ᄉᆡ 그 머리ᄅᆞᆯ 븟들고 어로만져 ᄀᆞᆯ오ᄃᆡ

“현보[49]야, 네 어ᄃᆡ로조ᄎᆞ 이의 니ᄅᆞ거뇨? 쳥컨ᄃᆡ 잠간 딘뎡ᄒᆞ라. 셩인은 난을 당ᄒᆞ여 더옥 죵용ᄒᆞ시니 현뵈 ᄌᆞ도(子道)ᄅᆞᆯ 다ᄒᆞ며 악댱(岳丈) 병후ᄅᆞᆯ 밧들고ᄌᆞ ᄒᆞᆯ딘ᄃᆡ 이러치 아냠 ᄌᆞᆨᄒᆞ고 하날이 널노 ᄒᆞ여곰 만분을 ᄎᆞᄌᆞ 니ᄅᆞ게 ᄒᆞ시미 악댱의 딜독위름(疾毒危懍)ᄒᆞ신 바ᄅᆞᆯ 두로혀 특별이 하원(遐遠)ᄒᆞᆫ 슈복(壽福)을 빌니신가 ᄒᆞᄂᆞ니 현보ᄂᆞᆫ 모로미 쳔금디구(千金之軀)ᄅᆞᆯ ᄀᆞ부야이 상ᄒᆡ오디 말나.”

49 현보: 정인성의 자.

공지 읍혈뉴톄(泣血流涕) 왈
"현형아, 쇼뎨의 죄악이 엇디 이디도록 ᄒᆞ니잇고? 쇼뎨 비록 솔고ᄌᆞ 34면
ᄒᆞ나 한과 죄 몸의 ᄡᆞ히며 ᄆᆞ음이 얽히니 능히 못 니길디라. 또 엇디 명교(明教)의 득죄ᄒᆞ믈 면ᄒᆞ리잇고? 원간 질환이 이러ᄐᆞᆺ 위극ᄒᆞ샤 긔믹(氣脈)이 통치 못ᄒᆞ시미 그 몃날이니잇가?"
어ᄉᆡ 왈
"듕츈모일(仲春某日)의 만분의 슈계(囚繫)를 당ᄒᆞ샤 여ᄎᆞ여ᄎᆞ 환휘(患候) 날노 더어 모일의 두 번 혼졀ᄒᆞ여 계시다가 계오 정신을 슈습ᄒᆞ샤 날을 ᄃᆡᄒᆞ여 여ᄎᆞ여ᄎᆞ(如此如此) 니ᄅᆞ시고 다시 인ᄉᆞ를 ᄇᆞ리시미 ᄉᆞ오일의 ᄒᆞᆫ갈ᄀᆞᆺᄐᆞ시니 이제ᄂᆞᆫ 쇽슈ᄃᆡ텬(束手待天)ᄒᆞ올 밧 홀일업술가 ᄒᆞ엿더니 현뵈 오날놀의 니ᄅᆞ니 디효정셩(至孝精誠)이 텬디신기(天地神祇)를 감응(感應)ᄒᆞ믈 보디 아냐 알디라. 일노조ᄎᆞ 악당이 회운ᄒᆞ믈 어드실가 ᄉᆞ심이 만힝일 쁜 아니라 우리 셩쥐(聖主) 튱현(忠賢)을 일치 아니실가 희환(喜歡)ᄒᆞ믈 니긔디 못ᄒᆞ리로다."
ᄒᆞ더라.
어시(於是)의 정샹셔 청계공이 딘(盡)ᄒᆞᆫ 긔력(氣力)이 엄엄위위(奄奄危危)ᄒᆞ여 신졍(神精)이 아오로 혼혼침침ᄒᆞ니 사ᄅᆞᆷ이 겻ᄐᆡ 이셔 블 35면
너도 ᄒᆞᆫ 소ᄅᆡ를 답디 못ᄒᆞᄃᆡ ᄋᆞᄌᆞ의 텬디망ᄉᆡᆨ(天地亡色)은 졍경은 이듕의도 참연이셕(慘然哀惜)ᄒᆞ며 별뉸디ᄋᆡ(別倫之愛)의 무궁ᄒᆞᆫ 졍은 황양(黃壤) 길흘 바앨ᄉᆞ록 능히 슷디 못ᄒᆞ니 계오 가ᄂᆞᆫ 소ᄅᆡ로 ᄋᆞᄌᆞ의 보젼ᄒᆞ믈 니ᄅᆞ고 눈을 ᄡᅧ 좌우를 두어 번 보며 오히려 ᄋᆞᄌᆞ의 손을 노치 못ᄒᆞ더니 이윽고 ᄉᆞ말(四末)과 뉵긔(六氣) 다 틀니여 블너도 ᄃᆡ치 못ᄒᆞ며 말ᄒᆞ여도 듯디 못ᄒᆞ미 엄연ᄒᆞᆫ 시신이 되여 평일노 크게 다

ᄅᆞᆫ디라. 공ᄌᆡ 이 경상(景狀)을 당ᄒᆞ여 ᄇᆡᆨ통(百痛)이 구비ᄒᆞ고 쳔비촌ᄋᆡ(千悲寸哀)ᄒᆞ니 스ᄉᆞ로 야야(爺爺)의 쵹탁(囑托)을 져ᄇᆞ리디 말고ᄌᆞ ᄒᆞ나 능히 ᄉᆞᆯ기ᄅᆞᆯ 엇디 못ᄒᆞᆯ디라. 황황망망(遑遑忙忙)이 칼흘 ᄲᆡ혀 만신(滿身)을 싹그며 뼈흐러 피ᄅᆞᆯ ᄂᆡ고ᄌᆞ ᄒᆞᄃᆡ 손을 잘 놀니디 못ᄒᆞ고 몸이 ᄯᅥᆯ니며 톄혈(體血)이 안화(眼花)ᄅᆞᆯ ᄀᆞ리와 능히 사ᄅᆞᆷ을 아라보디 못하ᄂᆞᆫ디라. 됴어ᄉᆡ 그 허리ᄅᆞᆯ 안고 손을 붓드러 닐너 ᄀᆞᆯ오ᄃᆡ

36면 "환후증셰(患候症勢)ᄅᆞᆯ 뵈오ᄆᆡ 흉조(凶兆)와 패증(敗症)이 아닌 곳이 업ᄉᆞ나 오히려 미들 밧ᄌᆞᄂᆞᆫ ᄆᆡᆨ되(脈度) 아조 슷ᄎᆞ미 업ᄉᆞ니 궁극히 ᄉᆡᆼ각건ᄃᆡ 현뵈 쥬공(周公)을 효측ᄒᆞ여[50] 삼가 시험ᄒᆞ면 힝혀 텬도디감(天道之感)이 이실딘ᄃᆡ 악댱(岳丈)이 회운(回運)ᄒᆞ시미 이 가온ᄃᆡ 두렷ᄒᆞ리니 졍문의 늉경(隆慶)은 니로 긔록디 못ᄒᆞᆯ디라. 오슈블민(吾雖不敏)이나 현뵈 나간 ᄉᆞ이의 환후ᄅᆞᆯ 구호ᄒᆞ오미 범연(泛然)ᄒᆞᆯ ᄇᆡ 아니리니 현보ᄂᆞᆫ 내 말을 헛도이 듯디 말고 튝텬치셩(祝天致誠)ᄒᆞ여 신명(神明)의 감응(感應)ᄒᆞ미 되게 ᄒᆞ라."

인ᄒᆞ여 ᄌᆡ삼 권유ᄒᆞ니 언에(言語) 딘실ᄒᆞ며 ᄉᆞ긔 화평ᄒᆞ여 활연이 텬니ᄅᆞᆯ ᄇᆞᆰ히 ᄉᆞ뭇ᄂᆞᆫ ᄃᆞᆺᄒᆞ니 공ᄌᆡ 이연신디(怡然信之)ᄒᆞ여 잠간 신혼(神魂)을 뎡ᄒᆞ고 니러 졀ᄒᆞ여 왈

"쇼뎨의 죄악이 관영(貫盈)ᄒᆞ니 능히 텬도디감(天道之感)을 긔억디[51]

---

50 쥬공(周公)을 효측ᄒᆞ여: 주공은 주나라 문왕의 아들이자 무왕의 동생. 무왕이 병으로 위독해지자 자신의 목숨을 대신하기를 하늘에 비는 기도문을 써 무왕의 병이 일시적으로 회복되었다고 함. 《주서(周書)》 〈금등(金縢)〉.

51 긔억디: 맥락상 '기약디'로 보임.

못ᄒᆞ오나 현형은 현인이시라 내 젼혀 밋고 ᄇᆞ라ᄂᆞ니 딘실노 형의 니ᄅᆞ심 ᄀᆞᆺᄐᆞᆯ딘ᄃᆡ 쇼뎨 엇디 ᄒᆞᆫ갓 동긔디의(同氣之義)쁜이리오? 삼ᄉᆡᆼ(三生)의 결초보은(結草報恩)ᄒᆞ리이다.”

어ᄉᆡ 븟드러 말니며 다시곰 관위(款慰)ᄒᆞ니 공ᄌᆡ 크게 뎡ᄒᆞ여 야야 37면
(爺爺)ᄅᆞᆯ 뵈오ᄆᆡ 과연 ᄆᆡᆨ되(脈道) ᄭᅳᆺ디 아냐 일분디망(一分之望)이 잇ᄂᆞᆫ디라. 이의 됴후암을 당부ᄒᆞ여 그 ᄉᆞ이 시호(侍護)ᄒᆞ믈 쳥ᄒᆞ고 드ᄃᆡ여 운학과 육ᄌᆡ로 더브러 옥문을 나 긔슈산을 향ᄒᆞᆯᄉᆡ 졀당초ᄒᆡ(節當初夏)라. 듕국으로 혜건ᄃᆡ ᄇᆞ람이 희미ᄒᆞ며 일긔 온화ᄒᆞ여 뎡히 더울 ᄯᆡ로ᄃᆡ 븍망한긔(北邙寒氣)ᄂᆞᆫ ᄉᆞ졀(四節)의 ᄒᆞᆫ가디라. 음산의 ᄡᆞ힌 눈이 초목을 ᄀᆞ리오고 발ᄒᆡ의 노ᄒᆞᆫ 파되(波濤) 탕낭(蕩浪)ᄒᆞ니 일ᄉᆡᆨ(日色)이 음음ᄒᆞ여 양츈(陽春)이 아득ᄒᆞᆫ디라. 긔슈산이 비록 호디(胡地)의 명산이나 창황망박(蒼黃忙迫)ᄒᆞᆫ 심ᄉᆞ의 어ᄃᆡ로 인ᄒᆞ여 길흘 잘 ᄎᆞᄌᆞ리오마ᄂᆞᆫ 뉵ᄌᆡᄂᆞᆫ 이에 이시미 일월이 오ᄅᆡᆫ 고로 븍망디형(北邙地形)을 알오미 괴이치 아니ᄒᆞ고 공ᄌᆞᄂᆞᆫ 셩인이라. 산두(山頭)ᄅᆞᆯ 인ᄒᆞ여 나아갈ᄉᆡ 산쳔이 험조(險阻)ᄒᆞ며 디ᄆᆡᆨ(地脈)이 녕슈(靈秀)ᄒᆞ거ᄂᆞᆯ 신긔로온 뫼히나 셕확이 고슈(高秀)ᄒᆞ고 싀랑이 삿기 치ᄆᆡ 호뉴(胡類)의 녕한(獰悍)ᄒᆞ므로도 ᄀᆞᄇᆞ야이 님치 못ᄒᆞᄂᆞᆫ 곳이라. 공
ᄌᆡ 긔력이 싀딘(澌盡)ᄒᆞᆫᄃᆡ 이곳을 힝ᄒᆞᄆᆡ 각녁(脚力)이 능히 촌보(寸 38면
步)ᄅᆞᆯ 옴기디 못ᄒᆞ여 거ᄅᆞᆷ마다 업더디니 운학이 망극ᄒᆞ여 업어 힝코ᄌᆞ ᄒᆞᄃᆡ 공ᄌᆡ 듯디 아니ᄒᆞ고 졍신을 가다ᄃᆞᆷ아 막ᄃᆡᄅᆞᆯ 집흐며 등나(藤蘿)ᄅᆞᆯ 븟드러 힝ᄒᆞ니 신고(辛苦)ᄒᆞᄂᆞᆫ ᄉᆞ이의 날이 어두엇더라. 뫼 쥬봉(主峰) 텬강봉의 올나 등나ᄅᆞᆯ 헤치고 형극(荊棘)을 버히ᄆᆡ 과연 긔도(祈禱)ᄒᆞᆯ 곳이라. 공ᄌᆡ 칼흘 ᄲᆞ혀 젼조단발(剪爪斷髮)ᄒᆞ며 몸의 ᄇᆡᆨ

모(白茅)ᄅᆞᆯ 닙고 디젼(紙箋)을 ᄉᆞᆯ오며 피ᄅᆞᆯ 쌤어 슬픈 글을 디으니 ᄉᆞ의(辭意) 참담ᄒᆞ고 정셩이 간측(懇惻)ᄒᆞ니 딘실노 쥬공(周公)의 무왕(武王)을 비ᄅᆞ시미라도 이러치 못ᄒᆞᆯ ᄇᆡ오 와룡(臥龍)의 한실(漢室)을 위ᄒᆞ여 명을 빌미라도[52] 여긔 비치 못ᄒᆞᆯ ᄇᆡ니 달효디셩(達孝之誠)이 하날의 ᄢᅦ치며 귀신을 늣길 ᄇᆡ로ᄃᆡ 쾌ᄒᆞᆫ 감응이 업ᄉᆞ니 젼혀 ᄌᆞᄎᆞ(咨嗟)ᄒᆞ미 정셩이 쳔박(淺薄)ᄒᆞᆫ 고로 감텬(感天)을 못 ᄒᆞ민가 ᄒᆞ여 디통(至痛)이 간혈(肝血)의 ᄆᆡᆺ치여 민원이 텬디의 ᄉᆞᄆᆞᆺᄎᆞ니 이ᄊᆡ의 비
39면 러 엇디 못ᄒᆞᆫ족 과연 텬되(天道) 무심ᄒᆞ고 효ᄌᆡ 목숨을 ᄂᆞᆺ디 못ᄒᆞᆯ디라. 죵야토록 등나ᄅᆞᆯ 츼오며 빙탄을 ᄡᆞᆨ고 산계(山溪)의 나아가 목욕ᄒᆞᄆᆡ 일긔 늠녈(凓冽)ᄒᆞ미 텬한빙동(天寒氷凍)으로 ᄒᆞᆫ가디라. 운학·뉵ᄌᆡ 돌노 어름을 ᄭᆡ 믈을 ᄂᆡ나 즉시 얼고 공ᄌᆡ 몸 우ᄒᆡ 믈을 언ᄌᆞᄆᆡ 살이 다 얼며 두발(頭髮)이 다 빙박(氷箔)이 가득ᄒᆞᄃᆡ 공ᄌᆡ 어려이 녁이ᄂᆞᆫ ᄇᆡ 업셔 심신을 뎡ᄒᆞ고 용(勇)을 발ᄒᆞᄆᆡ ᄯᅩᄒᆞᆫ 긔운이 ᄉᆡᆨᄉᆡᆨᄒᆞᆫ디라. 셕암(石岩) ᄉᆞ이의 향쵹(香燭)을 베플며 칠등을 ᄇᆞᆰ히고 그 소ᄉᆞ(訴辭)ᄅᆞᆯ ᄂᆞᆰ고 ᄉᆞᆯ오며 머리ᄅᆞᆯ 두다려 ᄌᆞ긔 명으로ᄡᅥ 양부(養父)의 명을 ᄃᆡᄒᆞ믈 슬피 비니 소ᄅᆡ와 눈믈이 ᄒᆞᆫ가지로 발ᄒᆞ고 정셩과 효의 가ᄌᆞᆨ히 하날의 ᄉᆞᄆᆞᆺᄎᆞ니 텬디감응(天地感應)ᄒᆞ미 긔여필득(期如必得)이라. 이 뫼히 본ᄃᆡ 호표싀랑(虎豹豺狼)의 ᄒᆡᄅᆞᆯ 닙어 호뉴(胡類)의 ᄇᆡᆨ골이 ᄡᆞ히고 ᄇᆡᆨ쥬(白晝)의 귀곡(鬼哭)이 긋치디 아니니 시름ᄒᆞᄂᆞᆫ 안

52 와룡(臥龍)의 한실(漢室)을 위ᄒᆞ여 명을 빌미라도: 와룡은 제갈공명의 별호. 전쟁 중에 자신이 죽을 때가 되자 수명 연장을 위해 하늘에 기도하는 의식을 행하지만 중간에 위연의 방해를 받아 무산되었다는 고사가 소설《삼국지연의》에서 나옴.

개 일식을 가리오며 근심ᄒᆞᄂᆞᆫ 구룸이 봉만(峰巒)을 둘너시니 그 음참(陰慘)ᄒᆞ믈 측냥치 못홀너니 공ᄌᆞ의 놉흔 문당과 신긔ᄒᆞᆫ 소릐로 도셔를 ᄉᆞᆯ오고 텬디를 소감(昭鑑)ᄒᆞ며 귀신이 스ᄉᆞ로 다라나고 망냥(魍魎)이 흣터져 텬디명낭(天地明朗)ᄒᆞ며 풍싊(風水) ᄌᆞ츄(自吹)ᄒᆞ고 기운 송님과 묵은 잔남글 의디ᄒᆞ여 변화ᄒᆞᄂᆞᆫ 늙은 곰과 도ᄉᆞᆯᄒᆞᄂᆞᆫ 비얌이며 ᄉᆞ오나온 호피 다 긔운을 나즈이 ᄒᆞ고 면슈져미이국궁(俛首低眉而鞠躬)ᄒᆞ니 운학·뉵지 쳐음은 두리며 져허 살 의ᄉᆡ 업다가 일일디ᄂᆡ(一日之內)의 ᄇᆡᆨ쉬(百獸) 슬공복호(膝恭服扈)ᄒᆞ믈 보니 놀나고 긔특이 넉여 텬디긔 샤례ᄒᆞ며 비로소 방심(放心)ᄒᆞ여 공ᄌᆞ의 긔도ᄒᆞ믈 볼ᄉᆡ 공지 죵일토록 움즉이디 아니코 암튝(暗祝)ᄒᆞ여 감응ᄒᆞ믈 ᄇᆞ라더니 날이 반오(半午)의 다시 목욕ᄒᆞ고 ᄯᅩ 황혼의 목욕ᄒᆞ며 ᄒᆞᆫ갈갓치 게어ᄅᆞ미 업더니 뎨삼일(第三日)의 니ᄅᆞ도록 텬긔(天氣) 명낭ᄒᆞ고 셩신이 창명(暢明)ᄒᆞ며 쥬등이 ᄇᆞᆰ은디라. 공지 다ᄒᆡᆼᄒᆞ여 가디록 졍셩을 디극히 ᄒᆞ나 그 ᄉᆞ이 부친 환후를 모로니 초젼ᄒᆞ여 ᄒᆞᆫ갓 혈누(血淚)를 ᄡᅳ리고 입의 피를 ᄲᅮᆷ다 긔운이 혼미ᄒᆞᄃᆡ 스ᄉᆞ로 슈습ᄒᆞ여 졍셩이 신기를 감동ᄒᆞ며 상님(桑林)의 빌미 구만니(九萬里)의 오로믈[53] 긔약ᄒᆞ더니 뎨ᄉᆞ일(第四日)의 밋쳐 홀연 광풍이 크게 니러나 비ᄉᆞ쥬셕(飛砂走石)ᄒᆞ고 님목(林木)이 창창(蒼蒼)ᄒᆞ여 어ᄌᆞ러이 ᄯᅳ러디며 우징(雨徵)이 발발(勃勃)ᄒᆞ니 공지 야ᄉᆡᆨ(夜色)이 창망(滄茫)ᄒᆞ고 흑뮈(黑霧) 아득ᄒᆞ믈 인ᄒᆞ여 셩슈(星宿)를 ᄌᆞ셔히 ᄉᆞᆯ피디 못ᄒᆞ나 대인

53 상님(桑林)의 빌미 구만니(九萬里)의 오로믈: 은나라 때 7년 동안 가뭄이 들자 탕왕이 상림(桑林)의 들에 가서 산천에 기도했는데, 수천 리 지방에 큰비가 내렸다고 함. 《십팔사략》.

(大人)의 쥬셩(主星)이 황황ᄒᆞ여 블빗 ᄀᆞᆺ더니 믄득 ᄌᆞ리ᄅᆞᆯ 써나고져
요요히 오로락나리락 시ᄀᆡᆨ이 위급ᄒᆞ니 쥬셩이 이의 니ᄅᆞᆫ 후ᄂᆞᆫ 도텬튝
졔(禱天祝祭)ᄒᆞ미 므ᄉᆞᆷ 유익ᄒᆞ믈 어드리오? 아디 못게라, 맛ᄎᆞᆷᄂᆡ 텬
도의 감응ᄒᆞᄂᆞᆫ 효험을 엇디 못ᄒᆞᆫ가? 일야의 졍신을 온젼이 ᄒᆞ여 머리
ᄅᆞᆯ 피나게 두다리며 븍두(北斗)의 ᄎᆞ걸(且乞)ᄒᆞ여 몸으로ᄡᅧ 양부(養
父)의 명을 ᄃᆡᄒᆞ믈 도튝(禱祝)ᄒᆞᄆᆡ 간곡(肝曲)이 회젼ᄒᆞ고 심장이 ᄉᆞᆺ
쳐져 아으라히 감셩ᄒᆞ믈 ᄇᆞ라다가 도ᄎᆞ디경(到此地境)ᄒᆞ여 인ᄉᆞ와
42면 텬의ᄅᆞᆯ ᄒᆞᆫ가지로 바라미 ᄉᆞᆺ쳐디니 과연 졍셩이 미쳔(微淺)ᄒᆞ여 쥬공
(周公)의 무왕(武王) 비ᄅᆞ시믈 ᄯᆞ로디 못ᄒᆞ믈 통원각골(痛怨刻骨)ᄒᆞ
ᄆᆡ 기리 ᄒᆞᆫ 소ᄅᆡᄅᆞᆯ 늣기며 닙으로 무슈히 토혈(吐血)ᄒᆞ고 인ᄒᆞ여 혼
졀ᄒᆞ니 셰샹이 잠연(潛然)ᄒᆞᆫ디라. 운학·뉵ᄌᆡ ᄯᅩᄒᆞᆫ 여러 날을 졀곡(絶
穀)ᄒᆞ며 공ᄌᆞ의 뒤흘 조ᄎᆞ 텬디의 암튝(暗祝)ᄒᆞᄂᆞᆫ 졍셩이 심녁(心力)
을 딘갈(盡竭)ᄒᆞ여 남은 졍신이 업섯ᄂᆞᆫ디라. 공ᄌᆞ의 혼도ᄒᆞ여 구러디
믈 당ᄒᆞᄆᆡ 망극ᄒᆞ미 젹은 거시 아니로ᄃᆡ 일종 약음(藥飮)을 어더 구
호ᄒᆞᆯ 길히 업ᄉᆞ니 심산고봉(深山高峰)의 호표(虎豹)의 소ᄅᆡ 어ᄌᆞ럽
고 산져야록(山猪野鹿)이 왕ᄂᆡᄒᆞ여 상인ᄒᆡ믈(傷人害物)ᄒᆞᄂᆞᆫ 악슈(惡
獸)와 들ᄉᆡ 슈ᄅᆞᆯ 혜디 못ᄒᆞᆯ ᄇᆡ니 공ᄌᆡ 졍신을 슈습ᄒᆞᆯ ᄯᆡᄂᆞᆫ 오히려 두
리온 줄을 모로다가 공ᄌᆡ 인ᄉᆞᄅᆞᆯ ᄇᆞ리믈 보ᄆᆡᄂᆞᆫ 졍신이 황황ᄒᆞ며 혼
ᄇᆡᆨ이 경월ᄒᆞ여 아모리 ᄒᆞᆯ 줄 모로고 ᄒᆞᆫ갓 어ᄅᆞᆷ믈을 우희여 공ᄌᆞ 닙의
43면 드리오며 호통비졀(號痛悲絶)ᄒᆞᆯ ᄲᅮᆫ이러니 믄득 급ᄒᆞᆫ 비 담아 븟드시
나리고 뇌졍벽녁(雷霆霹靂)이 어ᄌᆞ러이 즛울히며 텬디딘녈(天地震
裂)ᄒᆞ니 냥뇌(兩奴) 공ᄌᆞᄅᆞᆯ 븟드러 구호ᄒᆞ다가 이 ᄀᆞᆺᄐᆞᆫ 대우(大雨)ᄅᆞᆯ
마ᄌᆞ니 긔딘녁갈(氣盡力竭)ᄒᆞ여 역시 혼도엄졀(昏倒奄絶)ᄒᆞᄆᆡ 노쥬

삼인(奴主三人)이 긔험쥰녕(奇險峻嶺)의 명믹을 아오로 긋쳐 빅골도 고원(故園)의 도라가믈 엇디 못홀 디경의 밋ᄎᆞ니 아디 못게라, 졍상셔 부ᄌᆞ의 셩명이 하여(何如)오?

션시(先時)의 엄쳐ᄉᆞ 광능지 광창셕을 구호ᄒᆞ여 두어 날이 디나ᄆᆡ 이 본ᄃᆡ 태산을 녑히 씨고 븍히롤 넘뛸 긔상이라. 괴로이 여러 날 신고ᄒᆞ미 업시 졍신을 슈렴ᄒᆞ며 가연이 몸을 니러 쥬반(酒飯)을 쾌히 나오고 졍공지 ᄌᆞ긔롤 구ᄒᆞ여 살 곳의 닐윈 연유롤 드ᄅᆞᄆᆡ 활명디은(活命之恩)을 감골ᄒᆞ여 갑흘 바롤 아디 못ᄒᆞ니 엄쳐ᄉᆡ 범ᄉᆞ롤 디휘ᄒᆞ며 신약을 주어 골오ᄃᆡ

"졍ᄌᆞ 닌셩은 딘실노 쳔고 이리의 다시 잇디 아닌 사ᄅᆞᆷ이라. 요(堯)·슌(舜)·우(禹)·탕(湯)·문(文)·무(武)·쥬공(周公)[54]과 공밍(孔孟)·안증(顔曾)[55]은 엇더ᄒᆞ시던디 그 용화긔상(容華氣象)이 업ᄉᆞᆫ디라. 인싱ᄉᆞ셰(人生斯世)의 당뷔 되여 져의 치롤 잡고 막ᄃᆡ롤 셤겨[56] 도롤 드ᄅᆞ며 힝실을 쫄올딘ᄃᆡ 죵신극경(終身極慶)은 니ᄅᆞ도 말고 디하(地下)의 영광이 무궁홀디라. 군은 모로미 금월 십오 일을 밋쳐 긔슈산 쳔강봉의 나아가 졍ᄌᆞ의 위티ᄒᆞ믈 구ᄒᆞ여 셰낫 환약으로뻐 그 긋ᄎᆞᆫ 명을 니으라. 졔 비록 텬인으로 빅신(百神)이 호위ᄒᆞᆫ ᄇᆡ나 인녁이 바히 업디 44면

54 요(堯)·슌(舜)·우(禹)·탕(湯)·문(文)·무(武)·쥬공(周公): 중국의 상고시대부터 세워진 초기 국가의 왕인 당(唐)나라의 요임금, 우(虞)나라의 순임금, 하(夏)나라의 우임금, 상(商)나라의 탕임금, 주(周)나라의 문왕과 무왕, 주공을 이름.

55 공밍(孔孟)·안증(顔曾): 유학 사상가들 이름으로, 공자와 맹자, 공자의 제자인 안회와 증자를 이름.

56 져의 치롤 잡고 막ᄃᆡ롤 셤겨: 맥락상 '수레를 몰고 섬기다.'라는 뜻으로 해석.

못ᄒᆞ리니 군이 만일 습오 일을 어긔온죽 능히 ᄉᆞ디 못ᄒᆞ리라.”

ᄒᆞ고 ᄯᅩ ᄒᆞᆫ낫 환약을 주어 왈

“이ᄂᆞᆫ 졍ᄌᆡ 인ᄉᆞᄅᆞᆯ 출힌 후 내 말노뼈 젼ᄒᆞ여 그 병 병후의 ᄡᅳ게[57] ᄒᆞ라.”

ᄒᆞ니 곽ᄉᆡᆼ이 슌슌(順順)이 바다 낭듕(囊中)의 간ᄉᆞᄒᆞᆫ 후 긔이ᄌᆡᄇᆡ(起而再拜) 왈

“노대인은 딘실노 신인이시라. 텬긔ᄅᆞᆯ 목젼(目前)ᄀᆞᆺ치 보시며 미ᄅᆡᄅᆞᆯ 좌이탁디(坐而度知)ᄒᆞ시니 쇼ᄌᆡ 슈블민(雖不敏)ᄒᆞ오나 엇디 교어(教
45면 語)ᄅᆞᆯ 두시ᄂᆞᆫ 바의 감히 어긔오리잇고? 졍ᄌᆡ 챵셕을 구ᄒᆞ여 살니오니 ᄌᆡᄉᆡᆼ디은(再生之恩)이 늉산활ᄒᆡ(隆山濶海)ᄒᆞ오나 노대인의 명견만니(明見萬里)ᄒᆞ시ᄂᆞᆫ 명감과 인명의 디듕ᄎᆞ대(至重且大)ᄒᆞ믈 혜아리시ᄂᆞᆫ 놉흔 덕ᄐᆡᆨ(德澤) 곳 아니면 경ᄌᆞᄅᆞᆯ 초의 ᄇᆡ의 올니미 업ᄉᆞ오리니 근본이 챵셕 블인(不人)을 위ᄒᆞ여 만니이국(萬里異國)을 겻 보ᄃᆞᆺ니ᄅᆞ샤 쳔ᄒᆞᆫ 목숨을 ᄉᆞᆯ오시니 ᄉᆡᆼ아ᄌᆞ(生我者)ᄂᆞᆫ 부뫼오 ᄌᆡᄉᆡᆼᄌᆞ(再生者)ᄂᆞᆫ 노대인이시라. 죵신토록 가엄(家嚴)과 ᄀᆞᆺ치 셤겨 져ᄇᆞ리미 업ᄉᆞ리이다.”

쳐ᄉᆡ 기리 샤양왈(辭讓曰)

“노뷔 우연이 쥬류ᄒᆞ여 이의 니ᄅᆞᄆᆡ 현계(賢季)[58]ᄅᆞᆯ 만날 연분이어니와 본ᄯᅳᆺ이 사ᄅᆞᆷ의 과도ᄒᆞᆫ 일ᄏᆞᄅᆞ믈 듯고ᄌᆞ 아닛ᄂᆞ니 쳥컨ᄃᆡ 다시 니ᄅᆞ디 말나. 일노조ᄎᆞ 분메(分袂)ᄒᆞᄂᆞ니 현계ᄂᆞᆫ 만셰 옥가(玉駕)ᄅᆞᆯ 봉

---

57 그 병 병후의 쓰게: 규장각본에는 ‘그 병후의 삐게’로 되어 있음.

58 현계(賢季): 남을 높이어 그의 아우를 지칭하는 말. 여기에서는 엄처사가 사위의 동생인 곽창석을 지칭할 때 사용함.

시ᄒᆞ여 기리 즐거이 귀환ᄒᆞ면 노부의 무리 뫼 탁쥬와 들나믈노벼 빅니의 마ᄌᆞ리라."

곽싱이 크게 창연비졀(愴然悲絶)ᄒᆞ나 쳐시 비를 두로혀 밧비 힝코ᄌᆞ ᄒᆞᄆᆡ 능히 머므ᄅᆞ디 못ᄒᆞ여 ᄇᆡ이숑별(拜而送別)ᄒᆞ고 ᄆᆞᆯ을 칙쳐 어림호위ᄉᆞ(御臨護衛士)를 모호ᄂᆞᆫ 곳의 나아가 ᄌᆡ략(才略)과 용무(勇武)를 시험ᄒᆞᄆᆡ 듕듕(衆中)의 초츌(超出)ᄒᆞ여 무예졀셰(武藝絶世)ᄒᆞ며 용녁(勇力)이 무빵ᄒᆞ니 항우(項羽)의 구졍(九鼎) 들믈 족히 일ᄏᆞᆯ ᄇᆡ 아니라 즉일의 셩명이 ᄌᆞᄌᆞ(藉藉)ᄒᆞ고 니튼날 어댱(御帳)을 호위홀ᄉᆡ 융복(戎服)을 뎡졔(整齊)히 ᄒᆞ며 댱졸을 거ᄂᆞ리고 텬안(天顔)의 ᄇᆡ됴(拜朝)ᄒᆞᄆᆡ 신ᄎᆡ 당당ᄒᆞ고 풍위(風威) 늠늠ᄒᆞ여 쥰걸(俊傑)의 긔상이니 ᄉᆞ히(四海)의 영웅을 쳐 텬하를 횡힝ᄒᆞ며 쳥산의 활을 걸고 황하를 뛰여 쳔병만ᄆᆞ(千兵萬馬)를 슈하(手下)의 디휘(指揮)ᄒᆞ며 우쥬를 흔드러 금인(金刃)을 횡요(橫腰)ᄒᆞ고 ᄉᆞ샹의 뉵ᄆᆞ(六馬)[59]를 달녀 의긔(意氣)를 치빙(馳騁)ᄒᆞ며 ᄒᆡᄂᆡ(海內)의 일홈이 ᄀᆞ득ᄒᆞ고 운ᄃᆡ(雲臺)[60]의 공이 놉하 귀ᄒᆞ미 왕후(王侯)의 상이오 부ᄒᆞ미 쳔승(千乘)을 긔필홀디라. 텬심(天心)이 대열(大悅)ᄒᆞ샤 툥우(寵遇)ᄒᆞ시미 일시의 혁연(赫然)ᄒᆞᆫ 듯 니챵계 등이 ᄯᅩᄒᆞᆫ ᄒᆡᆼ심만열(幸甚萬悅)ᄒᆞ여 샹(上)긔 득인(得人)ᄒᆞ시믈 하례ᄒᆞ고 그 ᄲᅢ혀난 튱의를 칭복(稱服)홀ᄉᆡ 챵셕이 뎐폐(殿陛)의 업ᄃᆡ여 져의 ᄉᆞ경(死境)을 디ᄂᆡᆫ 연유와

46면 47면

59 뉵ᄆᆞ(六馬): 육마. 수레를 끄는 여섯 마리의 말. 임금의 수레를 비유적으로 이름.

60 운ᄃᆡ(雲臺): 운대. 후한 명제 때 등우 등 전대의 명장 28인의 초상화를 그려서 걸어놓고 추모한 공신각의 이름.

엄졍과 졍닌셩의 활명디은(活命之恩)을 닙어 ᄌᆡᄉᆡᆼᄒᆞᆫ 바ᄅᆞᆯ 일일히 쥬
(奏)ᄒᆞ며 졍ᄌᆡ 노영(虜營)의 드러간 후 ᄉᆞᄉᆡᆼ을 아디 못ᄒᆞ니 슈삼일(數
三日) 말ᄆᆡᄅᆞᆯ 어더 졍닌셩을 ᄎᆞᄌᆞ보고 도라오믈 알외니 샹이 바야흐로
ᄇᆡᆨ안의 쥬ᄒᆞ므로조ᄎᆞ 졍공의 병셰 만분위독(萬分危篤)ᄒᆞ믈 드ᄅᆞ시
ᄆᆡ 셩심이 참연통도(慘然痛悼)ᄒᆞ샤 튱냥현보(忠良賢輔)ᄅᆞᆯ 앗가이 맛
촐 바ᄅᆞᆯ ᄎᆞ마 ᄉᆡᆼ각디 못ᄒᆞ시니 뇽뉘(龍淚) 가바야이 ᄯᅥ러져 어의(御
衣)ᄅᆞᆯ 젹시ᄂᆞᆫ디라. 니·양 등이 졍공을 앗기ᄂᆞᆫ 졍이 엇디 골육의 감ᄒᆞ
미 이시리오마ᄂᆞᆫ 샹의 과도ᄒᆞ시믈 민황ᄒᆞ여 도로혀 위로ᄒᆞ오믈 디극
48면 히 ᄒᆞᄃᆡ 심회(心懷)ᄌᆞᆨ 쳐초비열(悽憔悲嗚)ᄒᆞ믈 니긔디 못ᄒᆞ더니 곽
창셕이 스ᄉᆞ로 원ᄒᆞ여 져곳의 나아가믈 쳥ᄒᆞᄆᆡ 그윽이 흔ᄒᆡᆼ(欣幸)ᄒᆞ
믈 니긔디 못ᄒᆞ고 샹이 졍좀디ᄌᆡ 그 아비ᄅᆞᆯ ᄎᆞᄌᆞ ᄉᆞ디(死地)의 나아
가믈 ᄎᆞ셕(嗟惜)ᄒᆞ시며 곽창셕의 ᄯᅳᆺ을 조ᄎᆞ샤 졍ᄌᆞᄅᆞᆯ 보고 오라 ᄒᆞ시
니 챵셕이 ᄇᆡ복샤은(拜伏謝恩)ᄒᆞᆫ 후 엄쳐ᄉᆞ의 니ᄅᆞ던 말을 ᄉᆡᆼ각ᄒᆞ여
바로 긔슈산으로 향코ᄌᆞ ᄒᆞᄆᆡ 길히 단녀본 곳이 아니므로 ᄎᆞᄌᆞ미 더
ᄃᆡᆯ가 ᄒᆞ여 습ᄉᆞ일(拾四日)의 니발승도(離發乘途)ᄒᆞ엿더니 반일디후
(半日之後)의 풍한(風寒)이 이상ᄒᆞ여 눈을 ᄯᅳᆯ 길히 업ᄉᆞᆫ디라 능히 ᄒᆡᆼ
치 못ᄒᆞ고 녀실(旅室)의셔 쉬ᄆᆡ 이날 밤이 다 가도록 광풍과 뇌위(雷
雨) 딘쳡(震疊)ᄒᆞ여 사ᄅᆞᆷ으로 ᄒᆞ여곰 심경낙담(心驚落膽)ᄒᆞ믈 ᄭᆡ닷
디 못ᄒᆞᆯ ᄇᆡ니 챵셕이 민민블낙(憫憫不樂)ᄒᆞ여 간격(肝膈)을 ᄉᆞᆯ오더니
명일(明日) 인시말ᄀᆡᆨ(寅時末刻)의야 비로소 풍위(風雨) 긋치거ᄂᆞᆯ 의ᄉᆡ
49면 착급ᄒᆞ여 이의 긔슈산 텬강봉을 ᄎᆞᄌᆞ 나아갈ᄉᆡ 산뇌(山路) 참엄ᄒᆞ여 블
ᄇᆞᆺ치기 어려오ᄃᆡ 신고(辛苦)히 ᄒᆡᆼᄒᆞ여 긔구(崎嶇)ᄒᆞᆫ 등나ᄅᆞᆯ ᄇᆞᆺ들며 층
등(層等)ᄒᆞᆫ 이셕(異石)을 말ᄆᆡ암아 산샹으로 더위잡고ᄌᆞ ᄒᆞᄆᆡ 연죄(靈

鳥)[61] 쳥아(淸雅)히 우러 산곡(山谷)으로 나라드니 그 신긔훈 거동이 쇼호씨(少昊氏) 젹 우던 시[62] 아니면 듀(周) 문왕시(文王時)의 나린 봉[63]이라. 창셕이 긔이히 넉여 그 시롤 조ᄎ 텬강봉의 오로미 작야(昨夜) 풍우의 뫼히 문허치고 바회 써러져 쳔년댱송(千年長松)과 빅년고목(百年古木)이라도 허리 브러디며 블희[64] 킈이여 온젼훈 거시 업ᄉ니 사롬이 이 뫼히 올나 그 풍우롤 만날딘되 어이 빅골이나 남을 비리오? 쇽졀업시 뫼히 구을너 써러지ᄂ 암셕으로조ᄎ 쇄골분신(碎骨紛身)ᄒ믈 뭇디 아냐 알디라. 곽싱이 눈을 드러 젼후좌우롤 솔피미 사롬이 형영(形影)도 업ᄉ니 심니(心裡)의 ᄎ셕(嗟惜)ᄒ여 혜오되

'경지 만일 이의 와시면 작야풍우(昨夜風雨)의 쇄골분신(碎骨粉身)ᄒ여실 비오 요힝 오디 아냐시면 셩명을 보젼ᄒ여시리니 두로 ᄎᄌ 보믈 게얼니 아니 ᄒ려니와 엄션싱의 좌탁쳔니(坐度千里)ᄒ시ᄂ 신명으로뼈 엇디 그롯 니ᄅ미 이시리오? 명빅히 날을 당부ᄒ샤 습오일(拾五日)의 이의 와 그 위티ᄒ믈 구ᄒ라 ᄒ시더니 이제 형이 업ᄉ니 어디로 향ᄒ여 눌다려 므ᄅ리오?' 50면

이쳐로 혜아리며 민민초조(憫憫焦燥)ᄒ믈 마디 아니ᄒ더니 뫼 토굴

61 연죄(靈鳥): 맥락상 '영조(靈鳥)'로 추정. 뒷부분에는 같은 새가 '녕조(靈鳥)'로 표기되어 있음.

62 쇼호씨(少昊氏) 젹 우던 시: 소호씨는 '소호금천씨(少昊金天氏)'로 고대 신화 속 삼황오제(三皇五帝) 중 오제의 한 명. 즉위할 때에 봉황이 날아든 뒤로 관직명을 새 이름으로 삼았다고 함.

63 듀(周) 문왕시(文王時)의 나린 봉: 주나라 문왕이 태어나자 기산에 봉황이 출현하여 울었다는 것.

64 블희: 불휘. 뿌리.

쇽으로조ᄎᆞ ᄒᆞᆫ 긔이ᄒᆞᆫ 즘싱이 나오니 그 형상이 ᄉᆞ슴 ᄀᆞᆺ고 쇠ᄉᆞ리며 뫼의 불이오 니마의 ᄒᆞᆫ 쁠이 잇고 쁠 우희 살이 이시니 창셕이 쳐음은 싀랑의 뉘가 넉여 놀나며 두려 졍히 ᄒᆡ코ᄌᆞ ᄒᆞ더니 연되(靈鳥) 그 즘싱을 위ᄒᆞ여 묽게 울고 토굴노 들낙날낙ᄒᆞ며 그 즘싱이 ᄯᅩ 굴쇽으로 츌입ᄒᆞ여 거동이 유인(誘引)ᄒᆞᄂᆞᆫ 듯ᄒᆞ거ᄂᆞᆯ 창셕이 비로소 신긔ᄒᆞᆫ 즘싱인 줄 알고 조ᄎᆞ 나아가 토굴 가온ᄃᆡ롤 드리미러 보니 등쵹을 버린
51면 곳의 셰 사ᄅᆞᆷ이 죽어 구러진 거동이 참담ᄒᆞᆫ 듕 그 즘싱이 피롤 흘닌 신톄 앏ᄒᆡ 나아가 ᄌᆞ로 머리롤 조으며 ᄶᅡ흘 허위여[65] 망망착급(忙忙着急)ᄒᆞᄂᆞᆫ 모양이니 창셕이 크게 이상히 넉여 밧비 그 쇽의 드러가 보니 이거시 토굴이 아니라 큰 암셕이 ᄧᅥ러져 젼후좌우로 기동ᄀᆞᆺ치 괴얏ᄂᆞᆫᄃᆡ 너른 암셕이 덥히여 은연(隱然)이 집 모양을 일웟고 것ᄎᆞ로 뫼히 문허져 한업순 흙이 ᄡᆞ혀시니 그 좌향(坐向)이 긔묘타 ᄒᆞᆯ 거순 아니로ᄃᆡ 대져 이상ᄒᆞ여 밧그로 보미ᄂᆞᆫ 암혈(岩穴) ᄀᆞᄐᆞ니 텬되 보우ᄒᆞ샤 산신토신(山神土神)이 일시의 바회롤 운젼ᄒᆞ며 뫼흘 문흐쳐 집을 일우미 아니면 능히 이러치 못ᄒᆞᆯ ᄇᆡ어ᄂᆞᆯ ᄯᅩ 신긔롭고 측냥치 못ᄒᆞᆯ 바ᄂᆞᆫ 칠등(七燈)과 향쵹(香燭) 버린 거시 의연ᄒᆞ며 졍공ᄌᆞ의 소화ᄒᆞᆫ 바 도셰(禱書) 인녁(人力)을 허비ᄒᆞ여 암셕의 금ᄌᆞ로 ᄀᆡᆨ(刻)ᄒᆞ미라도 이러ᄐᆞᆺ 일ᄌᆞ반획(一字半劃)이 어긔미 업시 명빅디 못ᄒᆞᆯ디라. 산녕(山靈)과 텬신(天神)의 조홰(造化) ᄒᆞᆫ가지로 긔이ᄒᆞ니 곽싱이 만심의 신긔
52면 ᄒᆞ믈 결을치 못ᄒᆞ나 목젼(目前)의 사ᄅᆞᆷ의 시신(屍身)이 경참(驚慘)ᄒᆞ

65 허위여: 허비다. 긁어 파다.

여 도셔의 ᄉᆡᆼ혀난 문의(文意)ᄅᆞᆯ 밋쳐 ᄉᆞᆯ피디 못ᄒᆞ고 몬져 피 흘닌 시신을 븟드러 보니 실노 ᄉᆡᆼ되(生途) 망연(茫然)ᄒᆞ여 죽으미 반ᄃᆞᆺᄒᆞᆫ디라. 면부(面膚)의 양긔(陽氣) 업ᄉᆞ며 ᄆᆡᆨ되(脈度) ᄭᅳᆺ쳐시니 이 엇디 황양(黃壤) 사ᄅᆞᆷ이 아니리오마ᄂᆞᆫ 그 작셩긔질(作性氣質)이 탁셰쇽뉴(濁世俗流)로 크게 ᄀᆞᆺ디 아니ᄒᆞ니 건곤(乾坤)의 함홍톄원(含弘體遠)ᄒᆞᆷ과 일월의 녕슈호형(永垂浩形)ᄒᆞᆷ과 ᄉᆞ히(四海)의 왕왕블냥(汪汪不量)ᄒᆞ미며 어딜고 ᄆᆞᆰ으며 졍ᄒᆞ고 ᄇᆞᄅᆞ며 너ᄅᆞ고 깁흐며 멀고 ᄉᆡᆼ혀나미 엄쳐ᄉᆞ의 니ᄅᆞ던 바ᄂᆞᆫ 심히 셔의(齟意)ᄒᆞᆫ디라. 곽ᄉᆡᆼ이 향ᄌᆞ(向者)의 져ᄅᆞᆯ 건져 구ᄒᆞ던 ᄣᆡᄂᆞᆫ 졍신 인ᄉᆡ 아득ᄒᆞ여 졍공ᄌᆡ 뉘며 이갓치 비상ᄒᆞ믈 아디 못ᄒᆞ고 오날ᄂᆞᆯ 쳐음으로 보ᄆᆡ 복복경앙(僕僕敬仰)ᄒᆞ며 심심션탄(深深羨歎)ᄒᆞ여 혹ᄌᆞ 이ᄯᆡ의 블ᄒᆡᆼᄒᆞᆯ딘ᄃᆡ 인ᄉᆡᆼᄉᆞ셰(人生斯世)의 다시 이 ᄀᆞᆺᄐᆞ니ᄅᆞᆯ 뫼셔 그 도ᄅᆞᆯ 드ᄅᆞ믈 엇디 못ᄒᆞᆯ디라 앗기ᄂᆞᆫ ᄆᆞ음이 ᄉᆡᆨ거디ᄂᆞᆫ ᄃᆞᆺᄒᆞ고 슬픈 의ᄉᆡ 젼도(顚倒)ᄒᆞ여 •시톄ᄅᆞᆯ 우러러 기 53면
리 졀ᄒᆞ며 참연함누(慘然含淚) 왈

“창셕이 은인의 덕의(德義)ᄅᆞᆯ 갑디 못ᄒᆞᆯ가 슬허ᄒᆞ미 아니라 부ᄌᆞ의 슝문대도(崇門大道)ᄅᆞᆯ 니은 디현디셩(至賢至聖)이 시운(時運)이 건둔(蹇屯)ᄒᆞ믈 인ᄒᆞ여 쇽졀업시 요몰조셰(夭沒早逝)ᄒᆞᆯ가 비원각졀(悲怨刻切)ᄒᆞᄂᆞ니 ᄆᆡᆼ셰ᄒᆞ여 은인을 구치 못ᄒᆞᆯ딘ᄃᆡ 창셕이 도라가미 업ᄉᆞ리라.”

언필(言畢)의 낭듕(囊中)으로조ᄎᆞ 엄쳐ᄉᆞ의 주던 환약을 ᄂᆡ여 쳥슈(淸水)의 화ᄒᆞ여 닙의 드리오며 그 ᄠᅳᆺ이 가ᄌᆞᆨᄒᆞ고 ᄆᆞ음이 쵹쵹(屬屬)ᄒᆞ여 졍셩이 디극ᄒᆞᆫ디라. 엇디 골육디친(骨肉之親)의 나린 ᄇᆡ 이시리오? 날이 맛도록 구호ᄒᆞ며 간간이 약믈을 ᄡᅧ 두 죵ᄌᆞ의 닙의 너허 회

운ᄒᆞ믈 기다리더니 셕양(夕陽)의 공ᄌᆡ 비로소 숨을 ᄂᆡ쉬고 ᄉᆡᆼ긔뉴동(生氣流動)ᄒᆞ니 이 젼혀 엄쳐ᄉᆞ의 약회(藥效) 신긔ᄒᆞ여 ᄉᆞ라진 간위(肝胃)ᄅᆞᆯ 니으며 초진(焦盡)ᄒᆞᆫ 구곡(九曲)을 늣추어 니운 플의 우뢰(雨露) 졋고 마른 남긔 ᄉᆡ 닙히 난 ᄃᆞᆺ 뉵ᄆᆡᆨ(六脈)이 관통(貫通)ᄒᆞ여 긔
54면 운이 슌화ᄒᆞ니 어졧날 죽엇던 사ᄅᆞᆷ이 완연이 회소ᄒᆞ며 냥뇌(兩奴) ᄯᅩᄒᆞᆫ 슺ᄎᆞᆫ 뉵ᄆᆡᆨ(六脈)이 니이고 죽은 넉시 운소(雲霄)로조ᄎᆞ 다시 도라오니 노쥬(奴主) 삼 인이 일시의 회양(回陽)ᄒᆞᄆᆡ 의황난측(意惶難惻)ᄒᆞ여 인세믈 ᄭᆡ닷디 못ᄒᆞ고 현난블셩(眩亂不醒)ᄒᆞ여 황양(黃壤)인가 넉이니 여취여광(如醉如狂)ᄒᆞ여 밋쳐 말을 일우디 못ᄒᆞ여셔 곽ᄉᆡᆼ이 향젼샤례(向前謝禮) 왈

"창셕은 은인을 아디 못ᄒᆞ여 엄션ᄉᆡᆼ의 ᄀᆞᄅᆞ치시므로조ᄎᆞ 비로소 은인의 대셩존휘(大姓尊諱)ᄅᆞᆯ 드ᄅᆞ며 이의 ᄎᆞᄌᆞ ᄇᆡ알(拜謁)ᄒᆞ거니와 은인은 향ᄌᆞ의 창셕을 건져 구활(救活)ᄒᆞᆫ ᄇᆡ라 거의 알오미 이시리이다."

공ᄌᆡ 곽ᄉᆡᆼ의 말노조ᄎᆞ 눈을 드러 ᄉᆞᆯ피고 긔동(起動)ᄒᆞ여 답녜(答禮)코ᄌᆞ ᄒᆞ나 실노 근녁(筋力)이 능히 니러나디 못ᄒᆞᄆᆡ ᄒᆞᆫ갓 손을 드러 답샤ᄒᆞᆯ ᄯᆞᄅᆞᆷ이라. 곽ᄉᆡᆼ이 다시 므러 ᄀᆞᆯ오ᄃᆡ

"은인이 그 뫼ᄒᆡ 오ᄅᆞᆫ 디 그 몃 날이 되니잇고?"

공ᄌᆡ 잠간 졍신을 거두ᄆᆡ 부공의 환후가감(患候加減)을 아디 못ᄒᆞ여 심혼(心魂)이 망망초우(茫茫焦憂)ᄒᆞ니 언ᄉᆡ(言辭) ᄎᆞ셔(次序)ᄅᆞᆯ 다
55면 히디 못ᄒᆞ며 창셕의 낫ᄎᆞᆯ 우러러 가엄(家嚴)의 병후 가감을 뭇고 ᄌᆞ 그 이 뫼ᄒᆡ 오로던 날이 습유일(拾有日)[66] 일이라 ᄒᆞᆫᄃᆡ 곽ᄉᆡᆼ이 혜오ᄃᆡ

'졍공의 병후ᄂᆞᆫ 내 아디 못ᄒᆞ거니와 졍공ᄌᆞ의 거동이 병휘 더으다 ᄒᆞ

여ᄂᆞᆫ 살기 어려오니 아딕 거ᄌᆞᆺ ᄃᆡᄒᆞ여 ᄎᆞ되(差度) 잇다 ᄒᆞ리라.'

ᄒᆞ고 이의 공의 환휘 만히 나으믈 ᄃᆡᄒᆞ니 공ᄌᆡ 반신반의(半信半疑)ᄒᆞ여 의ᄉᆡ ᄌᆞ못 황황착급(遑遑着急)ᄒᆞ더라. 운학·뉵ᄌᆡ 번연이 니러 안ᄌᆞ며 어졧날 풍위(風雨) 본 바 쳐음이믈 일ᄏᆞᆺ고 암혈(岩穴)의 노쥐(奴主) 드러시믈 의괴난측(疑怪難測)ᄒᆞ거ᄂᆞᆯ 곽ᄉᆡᆼ이 비로소 도셔[67]ᄅᆞᆯ 닉이 보아 그 문댱도학(文章道學)을 복복갈ᄎᆡ(僕僕喝采)ᄒᆞ여 운학·뉵ᄌᆡᄅᆞᆯ 도라보아 ᄀᆞᆯ오ᄃᆡ

"너희 ᄯᅩᄒᆞᆫ 문ᄌᆞᄅᆞᆯ 통ᄒᆞ리니 이 튝셔(祝書)ᄅᆞᆯ ᄒᆞᆫ번 보라. 가히 달효디셩(達孝之誠)이 텬디 신기ᄅᆞᆯ 격감(激感)치 못ᄒᆞ랴? 하날이 딘셩 군ᄌᆞ의 대효튝ᄉᆞ(大孝祝辭)ᄅᆞᆯ 몰몰히 민멸(泯滅)ᄒᆞ믈 앗기샤 암셕의 ᄀᆡᆨ셔(刻書)ᄒᆞ시니 문ᄌᆞᄅᆞᆯ 앗기심도 이 갓거ᄂᆞᆯ ᄒᆞ믈며 그 진짓 사ᄅᆞᆷ이야 ᄇᆡᆨ신이 호위ᄒᆞ믈 등한이 ᄒᆞ리오? 여등과 공ᄌᆡ 인ᄉᆞᄅᆞᆯ ᄇᆞ린 ᄀᆞ온ᄃᆡ 산 56면
녕(山靈)과 토디신(土地神)이 조화(造化)ᄒᆞ여 암혈(岩穴)의 안신(安身)케 ᄒᆞ고 모딘 풍우ᄅᆞᆯ 면케 ᄒᆞ니 하날 ᄯᅳᆺ이 맛ᄎᆞᆷᄂᆡ 박(薄)디 아니ᄒᆞ시도다."

운학·뉵ᄌᆡ 이연신문(怡然信聞)ᄒᆞ여 우러러 하날긔 샤례ᄒᆞ며 굽어 ᄯᆞ히 샤례ᄒᆞ여 신긔ᄒᆞ믈 니긔디 못ᄒᆞᄃᆡ 공ᄌᆞᄂᆞᆫ 그 허탄(虛誕)ᄒᆞ믈 블쾌ᄒᆞ고 부친안부(父親安否)ᄅᆞᆯ ᄌᆞ셔히 아디 못ᄒᆞ여 착급초조(着急焦燥)ᄒᆞ미 몸이 나라 만분으로 가디 못ᄒᆞ믈 한ᄒᆞ더니 믄득 먼니셔브터 쳘텬(徹天)ᄒᆞᆫ 곡셩(哭聲)이 참참ᄋᆡᄋᆡ(慘慘哀哀)ᄒᆞ여 텬디의 ᄉᆞᄆᆞᆺᄎᆞ니

66 습유일(拾有日): 습(拾)은 십(十)과 동일한 의미로 '십여 일'.

67 도셔: 규장각본에는 '비'로 되어 있음.

기셩(其聲)이 졀졀비만(節節痞滿)ᄒᆞ여 망극ᄒᆞᆫ 태우의 원분쳘텬(寃憤徹天)ᄒᆞ미 아니면 상쥬(喪主)ᄒᆞᆫ 튱노(忠怒)의 혈읍망망(血泣茫茫)ᄒᆞᆫ 경ᄉᆡ라. 공ᄌᆡ 얼프시 듯기를 ᄎᆞ 못 ᄒᆞ여셔 신ᄉᆡᆨ(身色)이 황황경동(遑遑驚動)ᄒᆞ여 밧비 운학을 블너 왈

"이 분명 경농의 소ᄅᆡᆫ가 시브니 네 긔운을 출혀 나아가 솔피미 엇더ᄒᆞ뇨?"

ᄒᆞ며 황황(遑遑)ᄒᆞᆫ 빗출 뎡치 못ᄒᆞ더라.

57면 시시(是時)의 됴어ᄉᆞ 후암이 졍공ᄌᆞ의 도텬(禱天)ᄒᆞ라 가믈 보ᄆᆡ 기리 텬디(天地)긔 암튝(暗祝)ᄒᆞ여 감셩(感成)ᄒᆞ시믈 ᄇᆞ라고 쥬야의 빙공(聘公)을 ᄃᆡ희여 구호ᄒᆞᄂᆞᆫ 쯧이 ᄒᆞᆫ갈ᄀᆞᆺ치 게어ᄅᆞ디 아닌디라. 졍공이 비록 혼미(昏迷)ᄒᆞᆫ 듕이나 뉵ᄆᆡᆨ이 니이여 끗쳐지디 아냣고 ᄉᆞ말(四末)과 뉵긔(六氣) 틀니임도 더ᄒᆞ미 업ᄉᆞ니 크게 다힝ᄒᆞ여 졈졈 낫기를 죄오더니 뎨ᄉᆞ일 야(夜)의 밋쳐ᄂᆞᆫ 공이 졍신이 아조 혼미ᄒᆞ여 ᄉᆞ디(四肢)를 브ᄃᆡ이ᄌᆞ며 몸을 ᄀᆞ마니 두디 못ᄒᆞ여 ᄒᆞᆫ 소ᄅᆡ ᄃᆡᄒᆞ미 업고 엄연이 죽으므로 다ᄅᆞ미 업ᄉᆞᄃᆡ 요동ᄒᆞ미 심히 ᄒᆞ니 통혹ᄒᆞ여 악연댱탄(愕然長嘆) 왈

"금야(今夜)를 능히 디팅(支撑)치 못ᄒᆞ리니 홀일업거니와 현보로 ᄒᆞ여곰 오날놀을 뫼와 잇디 못ᄒᆞ미 젼혀 나의 타시라. 효ᄌᆞ의 궁양디통(窮壤之痛)을 더으미 ᄎᆞ마 견ᄃᆡ여 볼 ᄇᆡ냐?"

언필(言畢)의 경농·언션으로 ᄒᆞ여곰 뫼셔시라 ᄒᆞ고 잠간 나와 건상(乾象)을 솔피니 졍공의 쥬셩(主星)이 바야흐로 ᄌᆞ리를 써나고ᄌᆞ ᄒᆞ며 황황(慌慌)ᄒᆞ며 급급(急急)ᄒᆞᆫ디라. 어ᄉᆡ 요하(腰下)의 칠셩신요검을 ᄲᆡ혀 집고 소ᄅᆡᄒᆞ여 별을 딘압홀ᄉᆡ 스ᄉᆞ로 다예다릉(多藝多能)

58면

ᄒᆞ여 귀신을 복ᄉᆞ(服事)ᄒᆞᆯ 술을 ᄇᆞᆰ히 알ᄆᆡ 정셩과 반ᄌᆞ디도(半子之道)[68]를 딘갈(盡竭)ᄒᆞ니 졍공의 쥬셩이 샹하(上下)키를 두세 번의 비로소 녯 ᄌᆞ리의 도라가ᄃᆡ 광풍이 대작(大作)ᄒᆞ며 흑믜(黑霧) 만텬(萬天)ᄒᆞ여 셩슈(星宿)를 ᄌᆞ셔히 보디 못ᄒᆞᆯ디라. 날호여 드러가 공을 보ᄆᆡ 만신을 브ᄃᆡ잇고 ᄉᆞ디(四肢)를 용동(聳動)ᄒᆞ던 바 잠간 긋쳐시나 ᄆᆡᆨ되(脈度) 임의 긋쳐디고ᄌᆞ ᄒᆞ며 면부(面膚)의 양긔(陽氣) 업셔 낫빗치 찬 ᄌᆡ ᄀᆞᆺᄐᆞ니 이에 다ᄃᆞ라ᄂᆞᆫ 회운키를 바라ᄂᆞᆫ 거시 인ᄉᆞ를 모로ᄂᆞᆫ 작시라. 후암이 ᄋᆡ도규셩(哀悼叫聲)ᄒᆞ여 왈

"악댱(岳丈)은 이의어니와 현보ᄂᆞᆫ 내 죽이미니 이를 ᄎᆞ마 엇디 목도(目睹)ᄒᆞ리오?"

말노조ᄎᆞ 안슈(眼水) 비ᄀᆞᆺ치 ᄡᅥ러디믈 ᄭᅵ닷디 못ᄒᆞ니 경농·언션이 통읍망망(痛泣茫茫)ᄒᆞ믈 니긔디 못ᄒᆞ여 고디규텬(叩地叫天)ᄒᆞ고 밍탁이 공ᄌᆞ를 ᄎᆞᄌᆞ 도라오고ᄌᆞ ᄒᆞ나 대풍과 뇌위(雷雨) 텬디를 딘녈(震裂)ᄒᆞ여 죵야(終夜)토록 ᄒᆞᆫ갈ᄀᆞᆺᄐᆞᆯ 쁜 아니라 호인(胡人) 남녀노쇠(男女老少) 홍홍분분(洶洶紛紛)[69]ᄒᆞ여 셔로 ᄀᆞ마니 젼셜(傳說)ᄒᆞᄃᆡ '작야(昨夜) 뇌우(雷雨)의 국군(國君)이 텬벌(天罰)을 닙어 죽엇다.' ᄒᆞ며 혹 '일식(一息)이 긋치디 아냐시나 벽녁화(霹靂火)의 쇄분(碎紛)ᄒᆞ고 남은 몸이 창질(瘡疾)을 닐위여 보기의 흉참타.' ᄒᆞᄃᆡ ᄀᆞ장 비밀이 닐너 소릐도 놉히디 아니ᄒᆞ며 효신(曉辰)이 되도록 셩문(城門)을 엄히 다ᄃᆞ 열미 업ᄉᆞ니 밍탁이 긔슈산을 ᄎᆞᄌᆞ 나아갈 길히 업셔 초

59면

68 반ᄌᆞ디도(半子之道): 반자지도. 반자는 사위, 반자지도는 사위로서의 도리를 말함.
69 홍홍분분(洶洶紛紛): 어수선하고 뒤숭숭함.

민(焦悶)ᄒᆞ더라. 날이 장ᄎᆞ 반오(半午)의 정공이 홀연 죽은 몸을 동ᄒᆞ고 ᄭᅳᆺ촌 혼을 니어 믄득 숨을 길게 쉬며 정신이 완연ᄒᆞ고 셩음이 뇨료(瞭了)ᄒᆞ여 ᄀᆞᆯ오ᄃᆡ

"내 ᄋᆞᄒᆡ 아비의 ᄭᅳᆺ촌 명을 닛기의 발심딘녁(發心盡力)ᄒᆞ여 디효디셩(至孝至誠)이 앙소텬도(仰昭天道)ᄒᆞ며 하달디로(下達地路)ᄒᆞ여 죽은 아비를 ᄉᆞᆯ오기의 밋ᄎᆞ니 고금이 다ᄅᆞ나 디극ᄒᆞᆫ 정셩이 신기(神
60면 祇)를 감응(感應)ᄒᆞ고 상님(桑林)의 빌미 구만니의 ᄉᆞᄆᆞᆺᄎᆞ믈 엇디 족히 니를 ᄇᆡ리오? ᄎᆞ회(嗟乎)라. 내 ᄋᆞᄒᆡ ᄌᆞ딜과 덕을 타나니 극히 션ᄒᆞᄃᆡ 나 블인(不人)의 계후(繼後)ᄒᆞᆫ ᄇᆡ 되여 나의 젹앙(積殃)이 어린 ᄌᆞ식의게 밋쳐 긔구(崎嶇)ᄒᆞᆫ ᄌᆡ앙(災殃)이 졔 몸의 안치이고 져의 인효셩덕(仁孝盛德)이 흡흡히 내 몸의 올마 영화로뼈 깃치니 이 엇딘 텬되(天道)뇨? 샹뎨(上帝) 나의 블인(不仁)을 칙ᄒᆞ시ᄆᆡ 어딘 ᄌᆞ식의 댱원(長遠)ᄒᆞᆫ 슈(壽)를 단박(短薄)히 ᄒᆞ시며 닌셩의 달효디셩(達孝至誠)을 갑흐시미 나의게 영녹(榮祿)과 슈복(壽福)으로뼈 빌니시니 내 ᄎᆞ마 사ᄅᆞᆷ의 아비 되여 ᄌᆞ식을 져ᄇᆞ리믈 이ᄀᆞᆺ치 ᄒᆞ고 타연ᄒᆞ랴? 우ᄎᆞ(吁嗟) 우ᄎᆞ(吁嗟). 닌셩은 오히려 길션영복(吉善榮福)이 극ᄒᆞ거니와 웅ᄋᆞ[70]ᄂᆞᆫ 하죄(何罪)리오? 내 웅ᄋᆞᄅᆞᆯ 위ᄒᆞ여 참연통셕ᄒᆞᄂᆞᆫ ᄇᆡ 잇거ᄂᆞᆯ 또 엇디 져의 단박(短薄)ᄒᆞᆫ 셰샹으로뼈 나의 디리ᄒᆞᆫ 셰간의 삼 년을 보ᄐᆡ오미 되엿ᄂᆞ뇨? 알쾌라, 비웅ᄋᆞ디죄애(非○兒之罪也)오 오디젹앙(吾之積殃)이니 신명ᄒᆞ여 덕부텬애(德府天也)로다."

---

70 웅ᄋᆞ: 웅아. 정잠의 쌍둥이 아들 중 둘째인 정인웅.

셜파(說罷)의 강개통도(慷慨痛悼)ᄒᆞ여 상연츌톄(傷然出涕)ᄒᆞ니 됴어ᄉᆞ와 언션 등이 공의 시슈ᄅᆞᆯ ᄃᆡᄒᆞ여 녕원이 최할(摧割)ᄒᆞ며 심담이 붕녈(崩裂)ᄒᆞ니 오ᄃᆡᆨ 공ᄌᆞᄅᆞᆯ ᄎᆞᄌᆞ 도라와 상ᄉᆞ(喪事)ᄅᆞᆯ 발ᄒᆞ믈 ᄉᆡᆼ각ᄒᆞᆯ ᄲᅳᆫ이오 이러틋 완연 회ᄉᆡᆼᄒᆞ여 어언(語言)이 뇨연(瞭然) 평셕(平席) ᄀᆞᆺᄐᆞᆫ 바ᄂᆞᆫ 만만긔약(萬萬期約)디 아닌 ᄇᆡ라. 다ᄒᆡᆼᄒᆞ고 신이ᄒᆞ여 밧비 면건(面巾)을 아ᄉᆞ며 관형찰ᄉᆡᆨ(觀形察色)ᄒᆞᄆᆡ 공의 안뫼(顔貌) 의구(依舊)ᄒᆞ고 졍신이 여젼ᄒᆞ여 임의 고항ᄉᆞ딜(膏肓死疾)이 혈연이 ᄉᆞ라져 츄텬(秋天) ᄀᆞᆺᄐᆞᆫ 긔운이 흡연이 녯날 긔운이 도라와시니 엇디 삼년최마지여(三年最痲之餘)의 졍신이 소탈(銷脫)ᄒᆞ며 긔식이 엄엄(奄奄)ᄒᆞᆫ 바로ᄡᅧ 만니ᄒᆡ국(萬里海國)의 구치ᄒᆞᆷ과 누옥삼삭(陋獄三朔)의 셰 번 엄홀(掩忽)ᄒᆞ고 두 번 아조 죽어 셰샹을 잠연이 바렷던 바와 ᄀᆞᆺᄐᆞ리오? 후암의 만균디듕(萬鈞之重)과 구졍지심(九鼎之心)으로도 즐거오미 극ᄒᆞᄆᆡ 슬프미 니러나며 깃브미 넘ᄶᅵᄆᆡ 놀나오미 극ᄒᆞ여 ᄲᆞᆯ니 공의 두 손을 밧들고 머리ᄅᆞᆯ 집허 ᄀᆞᆯ오ᄃᆡ 61면

“악댱(岳丈)의 회운ᄒᆞ시미 만만 긔약디 아닌 ᄇᆡ라. 텬되 맛ᄎᆞᆷᄂᆡ 박(薄)디 아니시믈 알니로소이다. 연이나 어졧날 딘코ᄌᆞ ᄒᆞ시던 바와 오ᄅᆡ 위름(危懍)ᄒᆞ시던 바로 츄이(推移)ᄒᆞ건ᄃᆡ 이러틋 졸연(猝然)이 가경의 니ᄅᆞ시미 하날 조화(造化)와 신명의 복우(保佑)ᄒᆞ시미[71] 아니면 인녁으로 능히 못 ᄒᆞ올 ᄇᆡ라. 과연 신긔코 이상ᄒᆞ믈 결을치 못ᄒᆞ리로소이다.” 62면

71 복우(保佑)ᄒᆞ시미: 규장각본에는 ‘보우ᄒᆞ시미’로 되어 있음. 한자 병기는 규장각본을 따름.

공이 기리 탄식ᄒᆞ며 ᄯᅩᄒᆞᆫ 어ᄉᆞ의 손을 어로만져 ᄀᆞᆯ오ᄃᆡ

"죽은 사ᄅᆞᆷ이 곳쳐 ᄉᆞᆯᄆᆡ 범ᄇᆡᆨ(凡百)의 희ᄒᆡᆼ(喜幸)ᄒᆞ다 니ᄅᆞᆯ 거시로ᄃᆡ 그 가온ᄃᆡ ᄯᅩ 블ᄒᆡᆼᄒᆞ미 이셔 어린 ᄌᆞ식이 블인의 아비로ᄡᅧ 긴 슈(壽)ᄅᆞᆯ 만히 감ᄒᆞ미 되니 위인부(爲人父)ᄒᆞ여 그 심회(心懷) 가히 참연ᄒᆞ믈 참으랴? 내 ᄋᆞᄒᆡ 아비의 명을 빌ᄆᆡ 졔 목숨을 도라보디 아니ᄒᆞ니 만일 긔슈산 샹의셔 도텬튝졔(禱天祝祭)ᄒᆞ여 몰몰히 맛ᄎᆞᆯ딘ᄃᆡ 내 ᄎᆞ마 엇디 견ᄃᆡ리오? 쳥컨ᄃᆡ 현셔(賢壻)ᄂᆞᆫ 경농을 보ᄂᆡ여 내 ᄋᆞᄒᆡᄅᆞᆯ ᄎᆞᄌᆞ 도라오게 ᄒᆞ라."

어ᄉᆡ 칭희ᄎᆞ열(稱喜且悅)ᄒᆞ여 ᄀᆞᆯ오ᄃᆡ

"현보ᄂᆞᆫ 셩인이라. 텬디우디(天地佑之)ᄒᆞ샤 귀신과 사ᄅᆞᆷ이 ᄒᆞᆫ가디로
63면 거ᄉᆞ리디 못ᄒᆞᆯ ᄇᆡ니 그 위ᄐᆡᄒᆞ믈 겻거 무ᄉᆞᄒᆞ미 명니의 난을 문왕(文王)이 면ᄒᆞ시고 화산의 급ᄒᆞ믈 버셔나심[72] ᄀᆞᆺᄐᆞ리니 악당은 과도히 우려ᄒᆞ믈 더ᄅᆞ쇼셔. 원간 악당이 인ᄉᆞᄅᆞᆯ ᄇᆞ리샤 혼혼침침(昏昏沈沈)ᄒᆞ신 ᄯᆡ의 현뵈 긔슈산의 도텬코ᄌᆞ 갓ᄉᆞᆸ거ᄂᆞᆯ 이졔 연유ᄅᆞᆯ 고ᄒᆞ미 업시 대인이 엇디 아ᄅᆞ시미 명ᄇᆡᆨᄒᆞ시니잇가?"

공이 탄왈(嘆曰)

"내 ᄋᆞᄒᆡ 달효디셩(達孝至誠)이 늉운(隆運)이 댱폐(障蔽)ᄒᆞ여 ᄉᆞ롱[73]이 막히이며 듕동(仲冬)[74]이 어두엇ᄂᆞᆫ 구만니(九萬里) 댱공(長空)의 쇼소히 ᄉᆞᄆᆞᆺᄎᆞ 텬신이 츄연이 감동ᄒᆞ시믈 두거든 내 비록 몸이 죽어시

72 명니의 난을 문왕(文王)이 면ᄒᆞ시고 화산의 급ᄒᆞ믈 버셔나심: 미상.

73 ᄉᆞ롱: '사통(四通)'으로 보임.

74 듕동(仲冬): 중동. '겨울이 한창인 때'라는 뜻으로, 음력 11월을 달리 이르는 말.

나 오히려 녕뵉(靈魄)이 잇ᄂᆞᆫ 바로 내 ᄋᆞ히 텬디 망극ᄒᆞᆫ 졍니ᄅᆞᆯ 아디 못ᄒᆞ랴? ᄌᆞ연이 나의 혼뵉이 유유(悠悠)ᄒᆞ여 오ᄋᆞ의 도텬튝졔(禱天祝祭)ᄒᆞ믈 늣기괘라.[75]”

원ᄂᆡ 졍공이 인ᄉᆞᄅᆞᆯ ᄇᆞ려 셰샹이 잠연(潛然)ᄒᆞᆫ 가온ᄃᆡ 혼뵉이 표표탕탕(漂漂蕩蕩)이 옥경(玉京)의 ᄉᆞᄆᆞᆺᄎᆞ 옥궐(玉闕)의 됴회(朝會)홀ᄉᆡ 하날 황뎨긔 졍녕(丁寧)ᄒᆞᆫ 됴셔(詔書)ᄅᆞᆯ 밧ᄌᆞᆸ고 븍두셩(北斗星)의 슈단(壽短) 마련ᄒᆞ믈 보건ᄃᆡ 닌셩의 인효셩덕(仁孝盛德)이 일보 텬셔(天書)의 ᄀᆞ득이 빗나며 슈복(壽福)이 쏘ᄒᆞᆫ 하원(遐遠)ᄒᆞᄃᆡ 금번 긔 슈산의셔 도텬(禱天)ᄒᆞ여 그 몸으로뼈 양부(養父)의 명을 비ᄂᆞᆫ 졍셩이 샹달텬신(上達天神)ᄒᆞ고 하달디로(下達地路)ᄒᆞ니 효ᄌᆞ의 디원(至願)을 아니 좃디 못ᄒᆞ리라 ᄒᆞ여 닌셩의 삼십년(三十年) 슈(壽)ᄅᆞᆯ 더러 졍공의 명을 니으며 쏘 닌웅의 삼년(三年) 슈ᄅᆞᆯ 감ᄒᆞ여 그 아비의게 븟치믈 닌셩과 ᄀᆞᆺ치 ᄒᆞ니 공이 일노조ᄎᆞ 삼십 년을 닉슈(益受)ᄒᆞ여 영녹부귀(榮祿富貴)ᄅᆞᆯ 극딘히 누리고 냥ᄌᆞ(兩子)의 효양(孝養)이 무궁키로 마련ᄒᆞᄃᆡ 닌셩이 공의 계후(繼後) 되미 발셔 무한ᄒᆞᆫ ᄌᆡ익(災厄)과 간난(艱難)을 니ᄅᆞ혀미로ᄃᆡ 대효대셩(大孝大聖)이 텬도ᄅᆞᆯ 딜원(疾怨)치 아니ᄒᆞ며 신명을 탓ᄒᆞ디 아니므로 목젼(目前)의 거복(巨福)을 닐위고 후셰의 여음(餘蔭)이 이시리라. 젼졍(前程)을 마련ᄒᆞ미 원ᄂᆡ디ᄉᆡ(遠來之事) 안져(眼底)의 버럿ᄂᆞᆫ ᄃᆞᆺᄒᆞ며 닌웅의 튱효덕ᄒᆡᆼ(忠孝德行)을 베픈 ᄇᆡ 닌셩의게 호발도 나리디 아니ᄒᆞᄃᆡ 젼셰(前 64면

75 늣기괘라: ‘-괘라’는 ‘-었도다’의 의미. 느끼었도다.

65면 世)의 결원(結怨)ᄒᆞᆫ 곳이 듕ᄒᆞ여 금ᄉᆡᆼ(今生)의 그 함ᄒᆡ(陷害)ᄒᆞ믈 면
치 못ᄒᆞ리라 ᄒᆞ여시나 ᄌᆞ손과 후ᄉᆞ(後嗣)ᄅᆞᆯ 빗ᄂᆡ 마련ᄒᆞ믄 디극ᄒᆞᆫ디
라. 공이 알기ᄅᆞᆯ ᄉᆞ못ᄒᆞ고 시ᄀᆡᆨ이 오ᄅᆡ므로 옥폐(玉陛)의 고두샤은이
퇴(叩頭謝恩而退)ᄒᆞᆯᄉᆡ 모든 셩신이 긔슈산을 ᄀᆞᄅᆞ치며 닌셩이 도뎐
ᄒᆞ믈 보라 ᄒᆞ거ᄂᆞᆯ 공이 ᄋᆞᄌᆞ의 참담(慘憺)ᄒᆞᆫ 거동과 ᄋᆡ졀(哀切)ᄒᆞᆫ 경
ᄉᆡᆨ(景色)을 보ᄆᆡ ᄡᅨ져리고 담(膽)이 믜여져 심쇄신산(心碎神散)ᄒᆞ니
창황(愴惶)이 어로만디며 일장을 호통비절(號痛悲切)이러니 구령신[76]
이 하날 븍을 울니ᄂᆞᆫ 소ᄅᆡ ᄌᆞ못 뇨량ᄒᆞ거ᄂᆞᆯ 흠신경각(欠伸頃刻)ᄒᆞ니
이 곳 만분 옥듕의셔 죽엇던 혼ᄇᆡᆨ이 도라오미라. ᄭᅮᆷ이 길고 ᄉᆞ셜(辭
說)이 허다ᄒᆞᄃᆡ 공이 평ᄉᆡᆼ의 허무탄망(虛無誕妄)ᄒᆞᆫ 거ᄉᆞᆯ 아쳐ᄒᆞ므로
여ᄎᆞ(如此) 신몽(神夢)을 일긔(日記)예 올니미 업더라. 됴어ᄉᆡ 빙공
(聘公)의 말ᄉᆞᆷ으로조ᄎᆞ 긔이코 이상ᄒᆞ믈 결을치 못ᄒᆞᄂᆞᆫ 듕 공ᄌᆞᄅᆞᆯ 밧
비 보고ᄌᆞ ᄒᆞ므로 ᄆᆡᆼ탁으로 ᄒᆞ여곰 셩문을 통개(通開)ᄒᆞ엿ᄂᆞᆫ가 아라
66면 보아 공ᄌᆞᄅᆞᆯ ᄎᆞᄌᆞ 도라오게 ᄒᆞᄃᆡ 그ᄉᆞ이 우젼(憂煎)ᄒᆞ미 공ᄌᆞ의 ᄉᆞᄉᆡᆼ
을 뎡치 못ᄒᆞ미나 공의 우려ᄒᆞ믈 돕디 못ᄒᆞ여 됴흔 말ᄉᆞᆷ과 깃븐 ᄉᆞ식
으로 위로ᄒᆞ믈 마디 아니ᄒᆞ더라. 이ᄯᆡ 뉵ᄌᆡ 공ᄌᆞ의 말노조ᄎᆞ 십분강
작(十分強作)ᄒᆞ여 산하로 나려오더니 경뇽을 만나 반기며 상셔의 회
운ᄒᆞᆫ 바ᄅᆞᆯ 드ᄅᆞᄆᆡ 블승희ᄒᆡᆼ(不勝喜幸)ᄒᆞ여 손을 닛글고 암혈(岩穴)
노 드러올ᄉᆡ 공ᄌᆡ 밋쳐 경뇽의 ᄇᆡ례(拜禮)ᄅᆞᆯ 기다리디 못ᄒᆞ여셔 소ᄅᆡ
급ᄒᆞ며 ᄉᆞ식이 초민ᄒᆞ여 밧비 므러 왈

76 구령신: '하늘 북을 울리는 신'이라는 점을 고려하면 '구령(口令)을 담당하는 신'으로 추정.

“대인 환휘(患候) 그 ᄉᆞ이 엇더ᄒᆞ신고? 네 모로미 밧비 니ᄅᆞ라.”

경농이 공ᄌᆞ의 낫촐 우러러 고두ᄇᆡ필(叩頭拜畢)의 즐기ᄂᆞᆫ 눈섭이 춤
추며 모양을 바로 못 ᄒᆞ여 큰 입이 귀가디 벌고 만흔 슈한(愁恨)이 일
시의 딘탕(盡蕩)ᄒᆞ여 환텬열디(歡天悅地)ᄒᆞ니 ᄯᅩ 엇디 분의(分義)ᄅᆞᆯ
딕희여 경근디네(敬謹地禮)ᄅᆞᆯ 잡으리오? ᄒᆡ음업시 공ᄌᆞ의 손을 어로
만디며 옥용(玉容)을 ᄉᆞ못 보아 몬져 듕쳡(重疊)ᄒᆞᆫ 희ᄉᆞ(喜事)ᄅᆞᆯ 고
(告)코ᄌᆞ ᄒᆞᄃᆡ 닙이 결을 업고 소ᄅᆡ 황황급급(遑遑急急)ᄒᆞ여 능히 젼
후ᄅᆞᆯ ᄌᆞ셔히 베프디 못ᄒᆞ며 다만 노야(老爺)의 회운(回運)ᄒᆞ심과 공 67면
ᄌᆡ 역시 ᄌᆡᄉᆡᆼᄒᆞ믈 흔하브졀(欣賀不絶)ᄒᆞ여 거동이 밋치디 아냐시면
므숨 증(症)을 들닌 것 ᄀᆞᆺᄐᆞ니 공ᄌᆡ 야야(爺爺)의 회운ᄒᆞ시믈 드ᄅᆞᄆᆡ
경농의 모양 업ᄉᆞᆫ 거동을 ᄯᅩᄒᆞᆫ 괴이타 못 ᄒᆞᆯ디라. ᄌᆞ긔 역시 하날긔
샤은ᄒᆞ고 ᄯᅡᄒᆡ 샤례ᄒᆞ여 긔운을 강작ᄒᆞ며 니러 안고ᄌᆞ ᄒᆞᄃᆡ 과연 근
녁이 밋디 못ᄒᆞ여 도로 누어 경농의 팔흘 두다려 ᄀᆞᆯ오ᄃᆡ

“이 진짓 말이냐? 운학·뉵ᄌᆡᄂᆞᆫ 거야(去夜)의 죽엇던 바로 긔진갈녁
(氣盡竭力)ᄒᆞ여 날을 운젼ᄒᆞᆯ 길히 업ᄉᆞ니 네 능히 날을 업어 만분 ᄀᆞ
온ᄃᆡ 일위여 엄안(嚴顔)을 밧비 뵈ᄋᆞᆸ게 ᄒᆞᆯ소냐?”

경농이 ᄃᆡ왈(對曰)

“쇼복(小僕)이 엇디 공ᄌᆞᄅᆞᆯ 업어 ᄒᆡᆼ치 못ᄒᆞ리잇고마ᄂᆞᆫ 다만 두리ᄋᆞᆸᄂᆞᆫ
바ᄂᆞᆫ 풍뇌(風雷) 심ᄒᆡᄒᆞ와 귀톄 위름(危懍)ᄒᆞ신 바의 상ᄒᆞ실가 ᄒᆞᄋᆞᆸ
ᄂᆞ니 밤을 디ᄂᆡ고 명됴의 ᄒᆡᆼᄒᆞ시미 올흘가 ᄒᆞᄂᆞ이다.”

공ᄌᆡ 머리ᄅᆞᆯ 흔드러 ᄀᆞᆯ오ᄃᆡ

“네 엇디 이러ᄐᆞᆺ 이완(弛緩)ᄒᆞᆫ 말을 ᄒᆞᄂᆞ뇨? 내 금야ᄅᆞᆯ 암혈(巖穴)의
셔 됴보(調保)ᄒᆞ면 댱ᄉᆡᆼ블ᄉᆞ(長生不死)ᄒᆞ리라 ᄒᆞ여도 엄안을 못 뵈 68면

오미 간격(肝膈)이 마ᄅᆞᆯ ᄃᆞᆺᄒᆞ니 대인(大人)이 블초(不肖)ᄅᆞᆯ 기다리시믄 더옥 일시ᄅᆞᆯ 착급히 넉이실 거시니 효양(孝養)으로뼈 닐위디 못ᄒᆞᆫ들 엇디 병친(病親)의 심우(心憂)ᄅᆞᆯ 더으리오? 쳥컨ᄃᆡ 날을 업어 옥듕(獄中)으로 향ᄒᆞ믈 ᄇᆞ라노라."

곽ᄉᆡᆼ이 말을 니어 왈

"디효군ᄌᆞ(至孝君子)의 친안(親顔)을 뵈오미 일시ᄅᆞᆯ 밧비 넉이믄 인졍의 당연ᄒᆞᆫ디라. 이에셔 됴보(調保)ᄒᆞ미 가(可)치 아니ᄒᆞ니 모로미 업어 힝ᄒᆞ라."

인ᄒᆞ여 낭듕(囊中)으로조ᄎᆞ ᄒᆞᆫ낫 환약을 ᄂᆡ여 공ᄌᆞ의게 권ᄒᆞ며 엄쳐ᄉᆞ의 말노뼈 고ᄒᆞ니 공ᄌᆡ 엄쳐ᄉᆞ의 덕의ᄅᆞᆯ 감골(感骨)ᄒᆞ여 조쥬ᄅᆞᆯ 바라고 칭은숑혜(稱恩頌惠)ᄒᆞ믈 마디 아니ᄒᆞ더라. 이에 약환을 ᄉᆞᄆᆡ의 너코 경농의게 업혀 힝ᄒᆞ랴 ᄒᆞᆯ시 곽ᄉᆡᆼ으로 분메(分袂)ᄒᆞᄂᆞᆫ 졍이 의의(猗猗)ᄒᆞ여 피ᄎᆞ(彼此)의 구활(救活)ᄒᆞᆫ 은혜ᄅᆞᆯ 일ᄏᆞᄅᆞ며 후회(後會)ᄅᆞᆯ 긔약ᄒᆞ여 디극ᄒᆞᆫ 뜻이 문경(刎頸)의 갑고ᄌᆞ 의ᄉᆡ[77] 이시니 그 졍이 ᄒᆞᆫ가지로ᄃᆡ 그 ᄃᆡ졉이 상반ᄒᆞ여 곽ᄉᆡᆼ은 공ᄌᆞ의 셩ᄒᆡᆼ도덕(聖行道德)
69면 과 긔ᄌᆡ대질(奇才大質)을 복복경앙(僕僕敬仰)ᄒᆞ고 의의션탄(猗猗羨歎)ᄒᆞ여 ᄎᆡᄅᆞᆯ ᄌᆞᆸ아 ᄆᆞᆯ 뒤흘 조ᄎᆞ믈 감심ᄒᆞ여 경공ᄌᆞ 노예(奴隸)의 튱슈(充數)ᄒᆞ믈 샤양치 아니ᄒᆞ며 경공ᄌᆞᄂᆞᆫ 곽ᄉᆡᆼ의 걸츌(傑出)ᄒᆞᆫ 위인의 발월(發越)ᄒᆞᆫ 긔상을 아ᄅᆞᆷ다이 넉여 션히 ᄀᆞᄅᆞ쳐 깁히 ᄉᆞ괴믈 두고ᄌᆞ ᄒᆞᄂᆞᆫ디라. 곽ᄉᆡᆼ이 엇디 만분을 조ᄎᆞ가 경공을 ᄇᆡ견코ᄌᆞ 아니리

---

77 문경(刎頸)의 갑고ᄌᆞ 의ᄉᆡ: 문경지교(刎頸之交). 목을 벨 수 있는, 즉 생사를 함께할 수 있는 관계를 이름.

오마ᄂᆞᆫ 마션이 텬별을 닙으므로 긔찰(譏察)이 방방곡곡(坊坊曲曲)이 잇고 셩듕(城中)이 믈 ᄭᅳᆯ틋 ᄒᆞ므로 만분의 듕국 사ᄅᆞᆷ이 왕ᄂᆡᄒᆞᄂᆞᆫ 거ᄉᆞᆯ 허치 아닛ᄂᆞᆫ디라. 만일 잡히이미 되면 일장변난(一場變亂)이 이실 거시므로 임의 공ᄌᆡ 회싱ᄒᆞ고 졍공이 쾌히 회운(回運)ᄒᆞᄆᆡ 깃브미 가득ᄒᆞᆫ 듕 브졀업시 만분의 나아가 블 우ᄒᆡ 기ᄅᆞᆷ을 더으ᄂᆞᆫ 홰(禍) 이실가 져허 이곳의셔 분슈(分手)ᄒᆞᄆᆡ 님별(臨別)의 훌연(欻然)ᄒᆞ믈 니긔디 못ᄒᆞ더라. 경농이 공ᄌᆞᄅᆞᆯ 업어 힝ᄒᆞ며 뉵ᄌᆡ와 운학이 ᄒᆞᆫ가디로 나려올ᄉᆡ 녕조(靈鳥)와 그 신이ᄒᆞᆫ 즘ᄉᆡᆼ이 혹션혹후(或先或後)ᄒᆞ여 공
ᄌᆞᄅᆞᆯ ᄯᆞ로니 운학 등은 이 므ᄉᆞᆷ 즘ᄉᆡᆼ이믈 아디 못ᄒᆞ여 ᄒᆞᆫ갓 신긔히 넉 70면
일 ᄲᅮᆫ이로ᄃᆡ 공ᄌᆞᄂᆞᆫ 이거시 긔린과 봉되(鳳鳥)믈 ᄭᆡᄃᆞ라 믄득 신ᄉᆡᆨ(神色)이 쳑의(慽意)ᄒᆞ여 기리 ᄎᆞ탄(嗟嘆)ᄒᆞ믈 마디 아니ᄒᆞ고 ᄌᆞ긔ᄅᆞᆯ 위ᄒᆞ여 호디(胡地)의 니ᄅᆞᆫ 바ᄅᆞᆯ 앗기며 쳑연이 탄왈(嘆曰)

"셕의 부ᄌᆡ(夫子) 댱힝됴(將行趙)ᄒᆞ실ᄉᆡ 님하(臨河)의 탄ᄒᆞ샤 왈 'ᄐᆡ(胎)ᄅᆞᆯ 헤치고 디아비ᄅᆞᆯ 죽이ᄆᆡ 긔린이 오디 아니타.' ᄒᆞ시니라.[78]"

(책임교주 박혜인)

---

78 부ᄌᆡ(夫子) ~ ᄒᆞ시니라: 공자가 위나라에서 등용되지 못해 서쪽으로 가다가 황하에 이르러 두명독과 순화가 죽었다는 소식을 듣고 탄식하며 "배를 갈라서 태아를 꺼내어 어린것을 죽이면 기린이 교외에 이르지 않는다(刳胎殺夭則麒麟不至)."라고 한 데서 온 것. 《사기》 〈공자세가(孔子世家)〉에 나옴. 여기에서는 새끼(夭)가 아닌 남편(夫)으로 바꾸어 말하고 있음.

완월회맹연 玩月會盟宴

권디이십구 卷之二十九

ᄎᆞ셜(且說)[1]. 졍공ᄌᆡ[2] 쳑연(慽然)이 니ᄅᆞᄃᆡ 1면

"셕(昔)애 부ᄌᆡ(夫子)[3] 댱ᄒᆡᆼ됴(將行趙)ᄒᆞ샤 님하(臨河)의 탄왈(嘆曰) 'ᄐᆡ(胎)ᄅᆞᆯ 헤치고 디아비ᄅᆞᆯ 죽이ᄆᆡ 긔린이 그 들ᄒᆡ 니ᄅᆞ디 아니ᄒᆞ고 긔ᄎᆞᆯ 치고 알흘 ᄣᆞ리ᄆᆡ 봉황(鳳凰)이 그 나라ᄒᆡ 님(臨)치 아니ᄒᆞ고 믈을 프고 고기ᄅᆞᆯ 잡으ᄆᆡ 뇽(龍)이 그 모ᄉᆡ 오디 아니ᄒᆞᄂᆞ니[4] 그 냥신(良臣)을 장젹(將謫)ᄒᆞ고 님군을 찬(簒)코ᄌᆞ ᄒᆞᄆᆡ 내 엇디 하(河)ᄅᆞᆯ 건너리오?' ᄒᆞ시니 금(今)애 먀션이 역텬무도(逆天無道)ᄒᆞ여 궁흉패만(窮凶悖慢)ᄒᆞ고 무륜극악(無倫極惡)ᄒᆞ여 대역(大逆)의 죄악(罪惡)이 텬디(天地)의 가득ᄒᆞ엿거ᄂᆞᆯ 닌(麟)과 봉(鳳)이 엇디 더러온 븍방(北方) 오랑ᄏᆡ ᄯᆞ흘 피(避)치 아냐 니ᄅᆞ미 되엿ᄂᆞ뇨?"

인ᄒᆞ여 ᄒᆞᆫ 글을 읇허 그 ᄣᆡᄅᆞᆯ 만나디 못ᄒᆞ고 그ᄅᆞᆺ 호디(胡地)의 니ᄅᆞ믈 탄셕ᄎᆞ한(嘆惜嗟恨)ᄒᆞ니 소ᄅᆡ로조ᄎᆞ 츌쳬(出涕) 쳠포(沾布)ᄒᆞ여 일월안광(日月眼光)이 져상(沮喪)ᄒᆞᆫ디라. ᄒᆞ믈며 놉흔 문댱(文章)이 ᄌᆞ장(子長)[5]의 광달(廣達)ᄒᆞᆷ과 창녀(昌黎)[6]의 슉창(熟彰)ᄒᆞ므로 니ᄅᆞ 2면
디 못ᄒᆞ여 완연이 츈츄(春秋)의 여필(餘筆)[7]노 근원이 은하ᄅᆞᆯ 거ᄒᆞᆯ너

---

1 ᄎᆞ셜(且說): 차설. 고소설에서 화제를 돌리거나 새로운 권이 시작될 때 쓰는 말.

2 졍공ᄌᆡ: 정공자. 정인성.

3 부ᄌᆡ(夫子): 부자. 공자를 높여 부르는 말.

4 ᄐᆡᄅᆞᆯ 헤치고 ~ 아니ᄒᆞᄂᆞ니: 《사기》 〈공자세가〉의 "배를 갈라서 태아를 꺼내어 어린 것을 죽이면 기린이 교외에 이르지 않고, 연못을 마르게 하여 고기잡이를 하면 교룡은 음양의 조화를 이루려 하지 않으며, 둥지를 뒤엎어 알이 훼손되면 봉황이 날아오지 않는다(刳胎殺夭則麒麟不至郊 竭澤涸漁則蛟龍不合陰 覆巢毁卵則鳳皇不翔)."에서 온 것.

5 ᄌᆞ장(子長): 자장. 전한 시대의 역사가인 사마천.

6 창녀(昌黎): 창려. 당나라 때의 사상가이자 문장가인 한유. 그의 선조가 창려에 살았기 때문에 세인들이 그를 '한창려'라고 부르기도 했다고 함.

시의(詩意) 암암(暗暗)ᄒᆞ고 ᄉᆞᄒᆡ(四海) 망망(茫茫)ᄒᆞ여 동ᄒᆡ(東海)의 부셩(富盛)ᄒᆞᆷ과 태산(泰山)의 동등ᄒᆞ미니 텬디됴화(天地調和)ᄅᆞᆯ 호호(浩浩)히 거두어 우쥬(宇宙) 변화ᄒᆞ고 만믈(萬物)이 뉴형(流形)ᄒᆞᆫ디라. 신됴(神鳥)와 닌(麟)이 공ᄌᆞ의 글을 읇흐믈 듯고 더옥 갓가이 나아와 혹 옷솔 믈며 혹 머리ᄅᆞᆯ 조아 낙(樂)ᄒᆞᄂᆞᆫ 듯 쳑(慽)ᄒᆞᄂᆞᆫ 듯 측냥(測量)치 못ᄒᆞᆯ너니 졈졈 힝ᄒᆞ여 만분의 다ᄃᆞᄅᆞᄆᆡ 녕되(靈鳥) ᄆᆞᆰ게 울며 닌이 머리 조아 하딕(下直)을 고(告)ᄒᆞᄂᆞᆫ 듯ᄒᆞ더니 이윽고 녕되 아아(峨峨)히 놉히 날고 닌이 몸을 두로치ᄆᆡ[8] 야ᄉᆡᆨ(夜色)이 창망(滄茫)ᄒᆞ고 ᄆᆞᄋᆞᆷ이 닌봉(麟鳳)의 잠착(潛著)ᄒᆞ미 업ᄉᆞᆫ 고로 그 간 바ᄅᆞᆯ 아디 못ᄒᆞ리러라. 이날 졍공[9]이 경농의 도라오미 더ᄃᆡ믈 착급(着急)ᄒᆞ여 ᄋᆞᄌᆞ(兒子)의 ᄉᆞᄉᆡᆼ(死生)이 엇던고 엄읍초젼(掩泣焦煎)ᄒᆞ믈 마디 아니ᄒᆞ니 됴어ᄉᆡ 쇽으로 우젼(憂煎)ᄒᆞ며 민녀(憫慮)ᄒᆞ미 공(公)
3면 의 버금이로ᄃᆡ 것ᄎᆞ로 화열(和悅)ᄒᆞ믈 닐위여 위로ᄒᆞ믈 디극히 ᄒᆞ더니 밍탁이 공ᄌᆞ의 도라오믈 먼니셔 현망(懸望)ᄒᆞ여 알고 몬져 고(告)ᄒᆞ니 어ᄉᆡ(御使)[10] 몸이 니ᄂᆞᆫ 줄 ᄭᆡ닷디 못ᄒᆞ여 마조 나오며 공이 도로혀 의희여황(依俙如惶)ᄒᆞ여 아모리 ᄒᆞᆯ 바ᄅᆞᆯ 모로고 다만 언션으로 ᄒᆞ여곰 ᄌᆞ긔ᄅᆞᆯ 붓드러 니ᄅᆞ혀라 ᄒᆞ니 언션이 년망(連忙)이 공을 붓드러 좌(座)ᄅᆞᆯ 일우ᄆᆡ 비록 언션의게 의디(依支)ᄒᆞ여시나 침병(沈病)ᄒᆞᆫ 후

7 츈츄(春秋)의 여필(餘筆): 공자가 편한 사서(史書)인 《춘추》의 유풍이라는 뜻으로, 뛰어난 문필을 의미하는 것으로 봄.

8 두로치ᄆᆡ: 두로치다. 몸을 돌리다.

9 졍공: 정공. 정잠.

10 어ᄉᆡ(御使): 어사. 조세창.

쳐음이라 스ᄉᆞ로 힝심(幸甚)ᄒᆞ미 무궁(無窮)ᄒᆞ더라. 공ᄌᆡ(公子) 만분을 ᄇᆞ라보ᄆᆡ 의ᄉᆡ(意思) 더옥 착급(着急)ᄒᆞ여 경농의 옷ᄉᆞᆯ 흔드러 거ᄅᆞᆷ의 둔(鈍)ᄒᆞ믈 ᄌᆡ쵹ᄒᆞ며 밧비 가믈 ᄇᆞ야더니 됴어ᄉᆡ 마조 ᄂᆡ다라 ᄉᆞᆫ을 ᄌᆞᆸ고 만면희ᄉᆡᆨ(滿面喜色)이 삼츈혜풍(三春惠風)을 ᄂᆡ그러 환환(歡歡)ᄒᆞ믈 니긔디 못ᄒᆞ니 ᄒᆞᆫ갓 하날을 ᄀᆞᄅᆞ쳐 왈

"피창(彼蒼)이 비록 놉흐시나 드ᄅᆞ미 소소(昭昭)ᄒᆞ시믈 알니로다."

ᄒᆞ며 열열(悅悅)ᄒᆞᆫ 희셩(喜聲)이 몬져 슌개치열(脣開齒列)ᄒᆞ니 밋쳐 긴 셜화(說話)ᄅᆞᆯ 펴디 못ᄒᆞ고 공ᄌᆡ 다만 야야(爺爺)의 긔운을 여러 번 4면
뭇ᄌᆞ와 쾌히 회소(回蘇)ᄒᆞ시믈 만만힝열(萬萬幸悅)ᄒᆞ여 ᄲᆞᆯ니 만분으로 드러가며 엄안(嚴顔)을 쳠망(瞻望)ᄒᆞᄆᆡ 인간 깃브미 이 밧긔 더으미 업고 셰샹의 즐거오미 오날ᄂᆞᆯ의 디극(至極)ᄒᆞᆫ디라. 홀연 이ᄅᆡ(以來)ᄅᆞᆯ ᄉᆡᆼ각ᄒᆞᄆᆡ 야야(爺爺)의 ᄌᆞᄋᆡ(慈愛) 모ᄌᆞ디의(母子之義)ᄅᆞᆯ 겸(兼)ᄒᆞ니 존엄ᄒᆞ믈 덜고 효ᄌᆞ의 ᄋᆡ친(愛親)ᄒᆞᄂᆞᆫ 뜻이 경근(敬謹)ᄒᆞ믈 니ᄌᆞ미 아니로ᄃᆡ 그 고항ᄉᆞ질(膏肓死疾)을 쾌히 회운(回運)ᄒᆞ신ᄇᆡ 신이코 희한ᄒᆞ여 황홀ᄒᆞᆫ 경(情)을 더옥 억졔(抑制)치 못ᄒᆞᆯ디라. ᄇᆞᆺ들녀 ᄇᆡ례(拜禮)ᄅᆞᆯ 일우ᄆᆡ 몸을 긔여 야야 슬하(膝下)의 나아가 손으로뻐 부안(父顔)을 우희며 ᄌᆞ긔 머리ᄅᆞᆯ 가져 부공(父公) 슬샹(膝上)의 셔운이 박아 스ᄉᆞ로 졍녁(精力)을 슈습(收拾)ᄒᆞ고 긔운을 딘뎡(鎭靜)ᄒᆞ여 말을 일우고ᄌᆞ ᄒᆞᄃᆡ 호흡이 쳔축(喘促)ᄒᆞ여 능히 못 ᄒᆞᄂᆞᆫ디라. 공(公)이 ᄯᅩᄒᆞᆫ ᄋᆞᄌᆞ(兒子)ᄅᆞᆯ 보ᄆᆡᄂᆞᆫ 깃븜과 즐거오미 넘ᄧᅵ이니 반가오미 흐뭇ᄒᆞ고 슬프미 동(動)ᄒᆞ여 역시 당황ᄒᆞᄆᆡ 어린 ᄃᆞᆺ 실혼(失 5면
魂)ᄒᆞ여 인ᄉᆞ(人事) 업ᄉᆞᆫ ᄃᆞᆺᄒᆞ니 샹하냥졍(上下兩情)의 귀듕(貴重)ᄒᆞᄂᆞᆫ ᄆᆞ옴이 더으며 덜ᄒᆞ미 이시리오? 이윽이 말솜을 일우디 못ᄒᆞ다

가 ᄋᆞᄌᆞ의 머리를 쓰다듬고 일신(一身)을 어로만져 그 ᄉᆞ디빅톄(四肢百體)를 무심히 보는 거시 업ᄉᆞ니 이ᄯᅴ 만실화긔(滿室和氣) 작야경식(昨夜景色)으로 비기미 텬디(天地) 변작(變作)ᄒᆞᆫ ᄃᆞᆺ 형언치 못ᄒᆞ며 긔록(記錄)디 못ᄒᆞ니 운학 등은 손을 모화 하날긔 타왓다[11] 샤례ᄒᆞ는 환셩(歡聲)이 요요(擾擾)ᄒᆞ고 됴어ᄉᆞ는 악댱(岳丈)[12]의 낫출 우럴며 공ᄌᆞ(公子)의 손을 잡아 쳔만환희(千萬歡喜)ᄒᆞᆫ 흔하(欣賀) 열열브졀(烈烈不絕)ᄒᆞᆫ 듕 공ᄌᆞ는 도로혀 긔운이 혼미(昏迷)ᄒᆞ여 계오 야야(爺爺)의 나오신 바 약니(藥利)를 뭇즙고 공은 이윽게야 숨을 길게 쉬며 비톄농낙(悲涕濃落)ᄒᆞ여 왈

"내 ᄋᆞ히 목숨을 ᄇᆞ려 아비를 ᄉᆞᆯ오고 스ᄉᆞ로 ᄉᆞ디 못ᄒᆞ면 인ᄌᆞ(人子)의 역니(逆理)ᄒᆞ믈 니ᄅᆞ도 말고 죽어 영화로옴만 ᄀᆞᆺ디 못ᄒᆞ니 결(決)ᄒᆞ여 ᄉᆞᆯ미 업고ᄌᆞ ᄒᆞ다가 명텬(明天)이 믁우(默祐)ᄒᆞ시니 이는 다 ᄋᆞ히 달효디셩(達孝至誠)으로 비로ᄉᆞ미라. 금일디후(今日至後)로 내 명(命)을 니으미 ᄋᆞ히 디효(至孝)로다. 엇딘 연고(緣故)로 내 젹앙(積殃)이 어딘 ᄌᆞ식을 경화(慶華)로 갑디 못ᄒᆞ고 지앙으로ᄡᅧ 더으ᄂᆞ뇨?"

6면

셜파(說罷)의 순협(脣頰)을 졉ᄒᆞ며 익듕년셕(愛重憐惜)ᄒᆞ미 골졀(骨節)이 므ᄅᆞ녹는디라. 공지(公子) 오릭 딘뎡(鎭靜)ᄒᆞ여 복이디왈(伏而對曰)

"환휘(患候) 오릭 위름(危懍)ᄒᆞ샤 신졍(神精)을 슈습(收拾)디 못ᄒᆞ시니 하회(下懷) 초박우젼(焦迫憂煎)ᄒᆞ와 감히 녯 셩인의 도텬(禱天)ᄒᆞ

11 타왓다: '도움을 입다'는 뜻으로 봄.

12 악댱(岳丈): 악장. 장인. 여기서는 정잠.

시던 바ᄅᆞᆯ 입ᄂᆡᄂᆡ여 ᄀᆡ슈산의 도튝(禱祝)ᄒᆞ오미 ᄉᆞ졍(事情)의 망극(罔極)ᄒᆞ믈 인(因)ᄒᆞ오미나 블초(不肖)의 무상(無狀)ᄒᆞ오미 신귀(神鬼)ᄅᆞᆯ 감응(感應)ᄒᆞ시믈 ᄇᆞ라디 아냣ᄉᆞᆸ더니 대애(大爺) 튱딕셩(忠直性)[13]으로ᄡᅧ 위환(危患)의 신고(辛苦)ᄒᆞ시믈 텬되(天道) 슬피 넉이샤 쾌히 회운(回運)ᄒᆞ시믈 두시니 ᄋᆞᄒᆡ 쏘ᄒᆞᆫ 조션여경(祖先餘慶)과 대인여ᄐᆡᆨ(大人餘澤)을 닙ᄉᆞ와 ᄀᆡ쥰험녕(崎峻險嶺)의 악싀흉호디ᄒᆡ(惡豺凶虎之害)ᄅᆞᆯ 면(免)ᄒᆞ와 오날ᄂᆞᆯ 친측(親側)의 뫼시믈 엇ᄌᆞ오니 인ᄉᆡᆼ의 디락(至樂)이 이에 디나미 업ᄉᆞ오ᄃᆡ 블초의 쳔효(淺孝)와 박셩(薄誠)을 경계(警戒)치 아니시고 도로혀 황튝블감(惶蹙不堪)ᄒᆞᆫ 교어(敎語)ᄅᆞᆯ 두시니 블승젼뉼(不勝戰慄)ᄒᆞ와 쥬(奏)ᄒᆞᆯ 바ᄅᆞᆯ 아디 못ᄒᆞ리로소이다.”

말을 맛ᄎᆞᄆᆡ ᄀᆡ운을 강작(强作)ᄒᆞ며 신졍(神精)을 거두어 ᄌᆞ약평상(自若平常)코ᄌᆞ ᄒᆞ나 ᄌᆞ연 밋디 못ᄒᆞ니 초췌(憔悴)ᄒᆞᆫ 안뫼(顔貌) ᄇᆡᆨ셜(白雪)이 ᄂᆡᆼ담(冷淡)ᄒᆞ고 슈셩(秀聖)ᄒᆞᆫ 옥골(玉骨)이 초연특닙(悄然特立)ᄒᆞ니 빵험의 쏫빗치 감(減)ᄒᆞ며 쥬슌(朱脣)의 단ᄉᆡ(丹砂) 딘(盡)ᄒᆞ여 모도 다 희엿ᄂᆞᆫᄃᆡ 츄슈(秋水) 졍신이 기리 감(減)ᄒᆞ고 ᄉᆞ일빵광(射日雙光)이 빗ᄎᆞᆯ 일헛거ᄂᆞᆯ 가월빵미(佳月雙眉)[14]의 팔ᄎᆡ(八彩)[15] 감(減)ᄒᆞ여 프른 빗치 몽농ᄒᆞ니 원산(遠山)의 모연(暮煙)이 잠기며 7면

13 튱딕셩(忠直性): 규장각본에는 ‘충딕셩심’으로 되어 있음.

14 가월빵미(佳月雙眉): 가월쌍미. 가월은 얼굴의 눈썹 부분을 비유하므로 곧 두 눈썹.

15 팔ᄎᆡ(八彩): 팔채. 요임금의 눈썹에 여덟 가지 채색이 있었다는 전설에서, 임금의 위용을 이르는 말. 여기서는 정인성의 눈썹을 가리킴.

옥쉬(玉樹) 약ᄒᆞ여 풍젼(風前)의 뿔니이니 태양이 광ᄎᆡᄅᆞᆯ 일허 함디(陷地)의 ᄧᅧ러디고 츄텬(秋天)이 소삭(蕭索)ᄒᆞ여 졍긔(精氣)ᄅᆞᆯ 아여시며 운발(雲髮)이 흣트러 편옥(片玉) ᄀᆞᆺᄐᆞᆫ 니마ᄅᆞᆯ 덥허시니 봉(鳳)이 깃ᄉᆞᆯ 거ᄉᆞ려[16] 기산(岐山) 봉두(峰頭)의 업ᄃᆡ엿고 농(龍)이 조화(造化)ᄅᆞᆯ 일허 야슈[17]의 주린 ᄃᆞᆺᄒᆞ니 위ᄐᆡᄒᆞ미 일월ᄉᆞ딜(一月邪疾)의 셰샹을 ᄇᆞ렷던 상셔공(尙書公)의 더은디라. 공(公)이 잔등(殘燈)을 드러 ᄋᆞᄌᆞ(兒子)의 낫치 빗최여 보기ᄅᆞᆯ 다 못 ᄒᆞ여셔 앗기며 슬허ᄒᆞ미 흉격(胸膈)을 통도(痛悼)ᄒᆞᄆᆡ 이의 ᄋᆞᄌᆞᄅᆞᆯ 다리고 ᄌᆞ리의 누으며 운
8면 학·뉵ᄌᆡᄅᆞᆯ 도라보아 긔슈산의 가 도튝(禱祝)ᄒᆞ던 바ᄅᆞᆯ 므ᄅᆞ니 냥뇌(兩奴) 대강(大綱)을 고(告)ᄒᆞᆫᄃᆡ 공이 드ᄅᆞᆯᄉᆞ록 위ᄒᆞ여 ᄡᅢᄅᆞᆯ 알코 살히 져리믈 ᄭᆡ닷디 못ᄒᆞᄂᆞᆫ 듯 곽창셕을 감은(感恩)ᄒᆞ미 평ᄉᆡᆼᄋᆡ 져ᄇᆞ리디 아니려 ᄒᆞ더라. 졍상셔 부ᄌᆞ옹셰(父子翁婿) 무ᄉᆞ히 디보(支保)ᄒᆞ여 흉노(匈奴)ᄅᆞᆯ 졔어ᄒᆞ며 옥가(玉駕)ᄅᆞᆯ 봉시(奉侍)ᄒᆞ고 환귀고국(還歸故國)ᄒᆞ믈 어든가 분셕하회(分釋下回)ᄒᆞ라.

시시(是時)의 졍상셔 쳥계공이 운학의 말노조ᄎᆞ 곽창셕의 은혜ᄅᆞᆯ 못ᄂᆡ 감은ᄒᆞ며 이 밤을 부ᄌᆞ옹셰며 ᄉᆞ개(四個) 튱노(忠奴)와 언션 의인(義人)으로 더브러 디닐ᄉᆡ 공ᄌᆡ(公子) 엄도ᄉᆞ의 보ᄂᆡᆫ 바 약환(藥丸)을 쳥슈(淸水)의 화(和)ᄒᆞ여 부친(父親)긔 나오고 ᄌᆞ긔ᄂᆞᆫ 조곰도 위ᄐᆡᄒᆞᄆᆡ 니ᄅᆞ디 아닌 바ᄅᆞᆯ 일ᄏᆞ라 이셩낙식(怡聲樂色)으로 위열(慰悅)ᄒᆞ믈 디극히 ᄒᆞ며 스ᄉᆞ로 몸을 보호ᄒᆞ여 혹ᄌᆞ(或者) 병친(病親)의

16 거ᄉᆞ려: 거사리다. 긴 것을 힘 있게 빙빙 돌려서 포개어지게 하다.

17 야슈: 미상.

이우(貽憂)ᄅᆞᆯ 깃칠가 근심ᄒᆞ니 이날이야 비로소 헌 살이 앏흐믈 ᄭᆡ다
라 ᄀᆞ마니 ᄡᆡ미고 건육(乾肉)과 미시ᄅᆞᆯ 구ᄒᆞ여 복듕(腹中)이 공허ᄒᆞᆫ
거ᄉᆞᆯ 메오며 운학·눅ᄌᆡᄅᆞᆯ ᄯᅩᄒᆞᆫ 요긔(療飢)케 ᄒᆞᄆᆡ 야심(夜深)ᄒᆞ믈 조 9면
ᄎᆞ 편히 슉침(宿寢)ᄒᆞᆯ시 부ᄌᆡ(父子) 셔로 손을 년(連)ᄒᆞ고 몸을 어로
만져 다힝ᄒᆞᆷ과 귀듕ᄒᆞ믈 니긔디 못ᄒᆞᄃᆡ 공ᄌᆡ 몸을 두로 헐워 상ᄒᆞᆫ 곳
이 듕(重)ᄒᆞ므로 부친이 아ᄅᆞ실가 져허 ᄀᆞᆷ초믈 못 밋출 ᄃᆞᆺᄒᆞ더라. 일
노브터 부ᄌᆡ 셔로 보호ᄒᆞ믈 여린 옥(玉)ᄀᆞᆺ치 ᄒᆞᆯ ᄲᅳᆫ 아니라 엄도ᄉᆞ의
약회(藥效) 신긔ᄒᆞ여 ᄇᆡᆨ골(白骨)의 ᄉᆡᆼ육(生肉)ᄒᆞ고 고목(枯木)이 ᄉᆡᆼ
형(生形)ᄒᆞ므로 비(比)ᄒᆞᆯ ᄇᆡ니 공(公)은 임의 텬신(天神)의 보우(保
佑)ᄒᆞ시믈 닙어 쾌복회소(快復回蘇)ᄒᆞᆫ 바의 엄쳐ᄉᆞ의 신약디효(神藥
之效)ᄅᆞᆯ 겸(兼)ᄒᆞ여 긔부(肌膚)와 졍녁(精力)이 완연평셕(完如平席)
ᄒᆞ며 공ᄌᆞᄂᆞᆫ 오ᄅᆡ 간격(肝膈)을 슬오고 심장을 슷쳐 딘원(眞元)이 초
갈(焦竭)ᄒᆞ며 구곡(九曲)이 소삭(消削)ᄒᆞ엿ᄂᆞᆫ 바의 살ᄒᆞᆯ ᄡᅡᆨ가 것ᄎᆞ
로 상(傷)ᄒᆞᆷ도 비경(非輕)ᄒᆞᆫ 고로 긔력이 ᄉᆡ딘(衰盡)ᄒᆞ여 ᄡᅳ러딜 ᄃᆞᆺ
ᄒᆞ미 ᄌᆞ즈나 엄쳐ᄉᆞ의 약효ᄅᆞᆯ 힘닙어 명ᄆᆡᆨ(命脈)을 닛고 신긔(身氣)
ᄅᆞᆯ 보양(補陽)ᄒᆞ여 맛ᄎᆞᆷ니 엄엄(奄奄)[18]ᄒᆞᆷ과 위ᄐᆡᄒᆞ므로ᄡᅧ 부친긔 뵈 10면
디 아냐 ᄒᆞᆫ갈ᄀᆞᆺ치 온화ᄒᆞᆫ ᄉᆞ식(辭色)과 유열(柔悅)ᄒᆞᆫ 셩음(聲音)으로
친의(親意)ᄅᆞᆯ 위열(慰悅)ᄒᆞ여 공심소의(恭心素意)ᄒᆞᄆᆡ 경슌(敬順)ᄒᆞ
믈 니긔디 못ᄒᆞᆯ ᄃᆞᆺ 동동쵹쵹(洞洞屬屬)ᄒᆞ여 ᄉᆞ심(私心)을 결을치 못
ᄒᆞ니 ᄌᆞ연이 병을 니ᄌᆞ며 졍신을 ᄉᆡᆨᄉᆡᆨ이 ᄒᆞ여 긔거ᄒᆞ믈 평상(平常)이

18 엄엄(奄奄): 숨이 곧 끊어지려 하거나 매우 약한 상태에 있는 것.

ᄒᆞ니 됴어ᄉᆡ 실노 이상히 넉여 일일(一日)은 그 살흘 ᄡᅡᆨ근 곳을 보ᄆᆡ 임의 완합(完合)ᄒᆞ여 평일(平日)노 다ᄅᆞ미 업ᄉᆞ니 스ᄉᆞ로 신긔ᄒᆞ믈 니긔디 못ᄒᆞ여 비로소 공(公)을 ᄃᆡ(對)ᄒᆞ여 젼젼슈말(前前首末)을 다 고(告)ᄒᆞᆫᄃᆡ 공이 비록 디난 일이나 경참(驚慘)ᄒᆞ믈 마디 아니코 목금(目今) 상톄 완합(完合)ᄒᆞ믈 ᄒᆡᆼ심(幸甚)ᄒᆞ여 ᄋᆞᄌᆞ(兒子)ᄅᆞᆯ 나호여 망녕(妄靈)되믈 닐너 후일(後日)을 경계(警戒)ᄒᆞ고 어ᄉᆞ(御使)ᄅᆞᆯ 향ᄒᆞ여 왈

"현셰(賢壻) 엇디 번연이[19] 사ᄅᆞᆷ의 죽을 바ᄅᆞᆯ 알며 구(救)치 아니ᄒᆞ뇨? 만일 텬우신조(天佑神助)ᄒᆞ시미 아니런들 ᄡᅳᆯᄃᆡ업ᄉᆞᆫ 아비 살고 ᄋᆞᄌᆞ
11면 (兒子)ᄅᆞᆯ 구치 못ᄒᆞ미 그런 역니(逆理) 어ᄃᆡ 이시리오? 비록 왕ᄉᆡ(往事)나 심ᄇᆡᆨ(心魄)이 경월(驚越)ᄒᆞ믈 ᄭᆡ닷디 못ᄒᆞ리로다."

어ᄉᆡ(御使) 웃고 ᄃᆡ왈(對曰)

"쇼ᄌᆡ(小子) 비록 블민(不敏)ᄒᆞ오나 엇디 사ᄅᆞᆷ의 명을 ᄉᆞᆺᄎᆞ믈 범연괄시(泛然恝視)ᄒᆞ리잇고마ᄂᆞᆫ 말니믈 디셩으로 ᄒᆞᄃᆡ 듯디 아니ᄒᆞ며 븟드러시나 ᄲᅥᆯ치오니 가히 홀 길 업ᄉᆞ와 그 죽으믈 영ᄃᆡ(迎待)ᄒᆞ미러니 당금(當今)ᄒᆞ여 대인(大人)이 회소(回蘇)ᄒᆞ시고 현보의 살미 의심 업ᄉᆞ오니 디셩(至誠)이 감텬(感天)ᄒᆞ믈 알니로소이다."

운학·경농이 말ᄉᆞᆷ이 긋치기ᄅᆞᆯ 기다려 쥬왈(奏曰)

"우리 공ᄌᆞ(公子) 냥위(兩位)[20]ᄂᆞᆫ 딘실노 텬인(天人)이시라. 만일 쇽ᄐᆡ범골(俗胎凡骨)이실딘ᄃᆡ 그 위ᄐᆡᄒᆞ믈 겻거 평안ᄒᆞ믈 엇디 닐위리잇

19 번연이: 번연히. 어떤 일의 결과를 훤히 들여다보듯 분명하게.

20 냥위(兩位): 양위. 정인성과 정인광을 가리킴.

가?"

인ᄒᆞ여 ᄎᆞ공ᄌᆞ(次公子)[21]의 젼젼풍상(前前風霜)과 그강 ᄉᆞ변(事變)을 ᄀᆞᆺ초 고(告)ᄒᆞᆯ시 ᄉᆡ로이 당딘뉴의 무상(無狀)ᄒᆞ믈 원슈로 마련ᄒᆞ니 공ᄌᆡ ᄋᆞ의 고상(苦狀)을 잠간 드러시나 이러ᄐᆞᆺ ᄉᆞ화(死禍)롤 디닌믈 금일(今日) 쳐음으로 듯ᄂᆞᆫ디라 ᄎᆞ악경ᄒᆡ(嗟愕驚駭)ᄒᆞ믈 니긔디 못ᄒᆞ 12면
여 당헌을 무상히 넉이나 ᄎᆡᆨ망(責望)ᄒᆞ미 업거ᄂᆞᆯ 됴후암[22]이 역시 닌광의 ᄉᆞ변을 놀나고 당헌을 금슈이젹(禽獸夷狄)ᄀᆞᆺ치 넉이더라.

시시(是時)의 븍노왕(北虜王) 마션이 하날 위엄(威嚴)이 딘쳡(震疊)ᄒᆞ여 급ᄒᆞᆫ 뇌졍(雷霆)의 일신(一身)을 고형(苦刑)ᄒᆞ딕 이상ᄒᆞᆫ 밧ᄌᆞᄂᆞᆫ 일식(一息)이 ᄭᅳᆺ치디 아닌디라. ᄉᆞ디ᄇᆡᆨ톄(四肢百體)롤 쥬야(晝夜)로 고통ᄒᆞ나 간활극악(奸猾極惡)ᄒᆞᆫ 의ᄉᆞᄂᆞᆫ 쥬러디미 업셔 텬ᄌᆞ(天子)의 환귀(還歸)ᄒᆞ시믈 허(許)치 아니ᄒᆞ고 됴후암과 졍쳥계[23]롤 도라보닐 ᄯᅳᆺ이 업ᄉᆞ나 다만 졍닌셩을 밧비 됴현(朝見)ᄒᆞ믈 ᄌᆡ쵹디 못ᄒᆞᄂᆞᆫ 바ᄂᆞᆫ 뇌졍이 딘쳡ᄒᆞᆯ ᄣᅴ의 타인은 듯디 못ᄒᆞ딕 마션의 귀예ᄂᆞᆫ 금갑신(金甲神)[24]이 명ᄇᆡᆨ히 슈죄(數罪)ᄒᆞᄂᆞᆫ 바의 '텬ᄌᆞ롤 호디(胡地)의 좀으며 튱신(忠臣)과 효ᄌᆞ(孝子)롤 ᄉᆞ경(死境)의 닐위다 ᄒᆞ고 만일 졍닌셩이 ᄉᆞ디 못ᄒᆞᆯ딘딕 너 흉노(匈奴)롤 ᄇᆡᆨ골(白骨)도 남기디 아닐 거시로딕 닌셩이 ᄉᆞᆯ믜 너롤 오히려 일명(一命)을 빌니ᄂᆞ니 삼가 조심ᄒᆞ여 13면

21 ᄎᆞ공ᄌᆞ(次公子): 차공자. 둘째 공자. 곧 정인광을 가리킴.
22 됴후암: 조후암. 조세창.
23 졍쳥계: 정청계. 정잠.
24 금갑신(金甲神): 문맥상 '지옥 혹은 저승의 신'으로 봄.

텬됴(天朝) 튱신효ᄌᆞ(忠臣孝子)를 공경ᄒᆞ며 듕ᄃᆡ(重待)ᄒᆞ고 외월(猥越)ᄒᆞᆫ ᄠᅳᆺ을 두디 말나. 블연(不然)이면 다시 텬위(天威)를 발(發)ᄒᆞ여 쇄골분신(碎骨粉身)ᄒᆞ믈 면(免)치 못ᄒᆞ리라.' ᄒᆞ여시므로 이 말을 가져 듕신(衆臣)다려 니ᄅᆞ디 아니ᄒᆞ나 졍ᄌᆞ(程子)를 블너드릴 의ᄉᆞ를 못 ᄒᆞ여 다만 믈고 못 먹ᄂᆞᆫ 고기 갓ᄐᆞᆫ디라. 이러므로 감히 텬ᄌᆞ긔 문셔(文書)를 ᄯᅩ 쳥ᄒᆞ여 졍닌셩을 앗디 못ᄒᆞ더라.

션시(先時)의 곽창셕이 ᄇᆡᆨ안영의 도라가 옥폐(玉陛)의 됴알(朝謁)ᄒᆞᆯ
ᄉᆡ 졍공(程公)의 회ᄉᆡᆼ(回生)ᄒᆞ미 기ᄌᆞ(其子) 닌셩의 달효디셩(達孝至
誠)을 힘닙은 연유와 닌셩의 대현대도(大賢大道)를 일일히 주달(奏
達)ᄒᆞ온ᄃᆡ 텬심(天心)이 만ᄒᆡᆼᄎᆞ열(萬幸且悅)ᄒᆞ샤 닌셩의 달현(達賢)
ᄒᆞᆫ 효의(孝義)와 특이ᄒᆞᆫ 위인(爲人)을 탄칭션ᄋᆡ(歎稱善愛)ᄒᆞ시며 좌
우시신(左右侍臣)이 홀홀경복(忽忽敬服)ᄒᆞ여 만구칭션(滿口稱善)
ᄒᆞ믈 마디 아니니 니창계의 깃븜과 다ᄒᆡᆼᄒᆞ믄 이 가온ᄃᆡ 잇더라. 먀션
14면 의 텬벌 닙으미 명ᄇᆡᆨ(明白)ᄒᆞ믈 텬지 드ᄅᆞ시고 그윽이 쾌히 넉이시
며 니·양 등 졔공(諸公)의 징그라오미 만신(滿身)의 가려온 ᄃᆡ를 소
제(掃除)ᄒᆞᆫ ᄃᆞᆺ 창텬(蒼天)의 소소(昭昭)ᄒᆞ시믈 일ᄏᆞᄅᆞᄃᆡ 오히려 그
명ᄆᆡᆨ(命脈)을 아조 ᄭᅳᆫ치 아니ᄒᆞ믈 통한ᄒᆞ니 원ᄂᆡ 대명(大明) ᄉᆞ긔(史
記)의ᄂᆞᆫ 먀션이 텬벌(天伐)을 닙어 죽다 ᄒᆞ니라.

ᄎᆞ셜(且說). 졍상셔 쳥계공이 ᄋᆞᄌᆞ(兒子)와 됴후암으로 더브러 만분 옥듕(獄中)의셔 심ᄉᆞ(心思)를 휜츌이 ᄒᆞ여 ᄇᆡᆨ우(百憂)를 소쳑(掃滌)ᄒᆞ고 만슈(萬愁)를 ᄲᅳ리쳐 셰월을 보ᄂᆡ니 ᄇᆡᆨ안영으로조ᄎᆞ 어샤(御賜)ᄒᆞ시ᄂᆞᆫ 바 건어(乾魚)와 미시 등믈(等物)이 아니면 다시 먹ᄂᆞᆫ 거시 업ᄂᆞᆫ디라. 반ᄀᆡᆼ(飯羹)의 마술 아디 못ᄒᆞ며 슈양산(首陽山) 긔아(饑餓)

의 ᄎᆡ미(採薇)[25]ᄅᆞᆯ 블워ᄒᆞᆯ ᄇᆡ로ᄃᆡ 능히 아ᄉᆞ(餓死)ᄒᆞ믈 면ᄒᆞ고 운학·언션 등은 건간의 주ᄂᆞᆫ 바 식미(食糜)로ᄡᅧ 긔아ᄒᆞ미 업더니 명년(明年) 신정(新正)의 밋쳐ᄂᆞᆫ 상셰(尙書) ᄌᆞ후(慈候)의 평부(平否)와 일가(一家) 존문(存門)을 아디 못ᄒᆞ미 간위(肝胃)ᄅᆞᆯ ᄉᆞᆯ오ᄂᆞᆫ 병이 되ᄂᆞᆫ 고로 경농이 원ᄒᆞ여 고국(故國)을 왕환(往還)ᄒᆞᆯᄉᆡ 상셔 부ᄌᆡ(父子) 만ᄒᆞᆫ 셔장(書狀)의 무한ᄒᆞᆫ 정셩을 베펴 긴긴히 봉(封)ᄒᆞ며 경농의 님발(臨發)의 손을 ᄌᆞᆸ아 무ᄉᆞ히 왕반(往返)ᄒᆞ믈 쵹부(囑咐)ᄒᆞ니 경농이 고두ᄇᆡᆨᄇᆡ(叩頭百拜)ᄒᆞ여 하ᄃᆡᆨ(下直)ᄒᆞᄆᆡ 만니ᄒᆡ도(萬里海道)의 쳔신만고(千辛萬苦)ᄅᆞᆯ ᄇᆡ블니 격고 계오 구ᄉᆞ일ᄉᆡᆼ(九死一生)ᄒᆞ여 고국(故國)의 니ᄅᆞᄆᆡ 경도(京都)ᄅᆞᆯ 디나니 거목쵹쳐(擧目觸處)의 비상(悲傷)ᄒᆞ믈 니긔디 못ᄒᆞᆯ디라. 눈믈을 ᄲᅳ리며 뎐태산을 ᄎᆞᄌᆞ 나아가 셔간(書簡)을 드린 후 임의 회답(回答)을 밧ᄌᆞ오ᄆᆡ 상셔(尙書)의 초조현망(焦燥縣望)ᄒᆞᄂᆞᆫ 회포ᄅᆞᆯ 혜아려 ᄲᆞᆯ니 노영(虜營)으로 도라오니 이목(耳目)이 초젼(焦煎)ᄒᆞ고 만니이국(萬里異國)을 왕반(往返)ᄒᆞᄆᆡ 슈죡(手足)이 ᄒᆡ여디며 집 문을 에워 쳐ᄌᆞ(妻子)ᄅᆞᆯ 보디 아니코 왓ᄂᆞᆫ디라. 그 튱의(忠義) 녑녑(曄曄)ᄒᆞ고 정성이 간측(懇惻)ᄒᆞ여 고ᄌᆞ(古者) 튱의디ᄉᆞ(忠義之士)의 겸연(謙然)ᄒᆞ미 업ᄉᆞ니 정공 부ᄌᆞ(父子)의 과듕우ᄃᆡ(過重優待)ᄒᆞ믄 ᄯᅩᄒᆞᆫ 평ᄉᆡᆼ의 져바리지 아닐 ᄯᅳᆺ이 잇ᄂᆞᆫ디라. 밧비 봉셔(封書)ᄅᆞᆯ 탁열(坼閱)ᄒᆞᄆᆡ 태부인 존휘(存候) 안강(安康)ᄒᆞ심과 합문(闔門)의 무ᄉᆞᄒᆞ미며 닌광이 도라와 존당(尊堂)을 봉시(奉侍) 15면

25 슈양산(首陽山) 긔아(饑餓)의 ᄎᆡ미(採薇): 백이와 숙제가 주나라 곡식 먹기를 거부하고 수양산에 들어가 몸을 숨기고 고사리를 캐어 먹고 연명한 것.

ᄒᆞ미 ᄀᆞᆺ초 다힝코 깃브디 아닌 ᄇᆡ 업거ᄂᆞᆯ 니창닌이 본ᄉᆡᆼ(本生) 부모
16면 ᄅᆞᆯ ᄎᆞᄌᆞ 텬뉸(天倫)이 단원(團圓)ᄒᆞ고 월염으로 화쵹(華燭)의 녜(禮)
ᄅᆞᆯ 일워 부부의 상젹(相適)ᄒᆞ미 텬ᄉᆡᆼ일ᄃᆡ(天生一對)로 두굿거오며 아
ᄅᆞᆷ다오나 니ᄌᆡ(李子) 변ᄒᆞ여 댱ᄌᆡ(張子) 되ᄆᆡ 믄득 댱헌 블인(不仁)
의 ᄋᆞ돌이라 심니(心裏)의 ᄎᆞ상(嗟傷)ᄒᆞ고 블쾌ᄒᆞ미 업디 아니ᄒᆞᄃᆡ
한(恨)ᄒᆞ여 ᄆᆡᆺ촐 ᄇᆡ 아니오 창닌을 ᄉᆞ랑ᄒᆞ므로ᄡᅧ 그 부형(父兄)의 블인
을 념연(恬然)[26]이 거리ᄭᅵ믈 두디 아냐 혁연(赫然)이 블쾌ᄒᆞ믈 ᄉᆞᆯ와 ᄇᆞ
리고ᄌᆞ ᄒᆞ므로 ᄉᆞᄉᆡᆨ(辭色)의 낫토디 아니ᄒᆞ니 됴어ᄉᆡ 텬태산 졍부합
문(程府閤門)의 녕안(寧安)ᄒᆞ믈 흔하(欣賀)ᄒᆞ며 인ᄒᆞ여 우어 ᄀᆞᆯ오ᄃᆡ
"악댱(岳丈)이 ᄉᆞ회ᄅᆞᆯ ᄀᆞᆯᄒᆡ시ᄆᆡ[27] 친옹(親翁)을 ᄀᆞᆯᄒᆡ지 못ᄒᆞ여 계시니
츄회(追悔)ᄒᆞ시미 업ᄉᆞ시니잇가?"
졍공이 태부인 셔찰(書札)을 슈듕(手中)의 밧드러 ᄭᆡ 오ᄅᆡᄃᆡ 노치 못ᄒᆞ
고 쳐ᄉᆞ와 닌광의 셔찰을 므릅 아ᄅᆡ 노흐며 의계와 냥계의 셔간(書簡)
을 좌우로 펴노화 ᄇᆞ야흐로 보ᄂᆞᆫ 눈이 결을이 업고 반기ᄂᆞᆫ 졍이 늉흡
(隆洽)ᄒᆞᄆᆡ ᄆᆞᄋᆞᆷ ᄀᆞ온ᄃᆡ ᄀᆞ득이 일편(一片) 셔ᄉᆞ(書辭)의 음용(音容)이
17면 업ᄉᆞᆫ 필젹(筆跡)과 헛되믈 ᄭᆡ닷디 못ᄒᆞ여 비회교집(悲懷交集)ᄒᆞ미 만
단졍화(萬端情懷)ᄅᆞᆯ 여ᄂᆞᆫ ᄃᆞᆺᄒᆞ더니 어ᄉᆞ의 말을 듯고 기리 우어 ᄀᆞᆯ오ᄃᆡ
"내 ᄒᆞᆫ갓 ᄐᆡᆨ셔(擇壻)ᄅᆞᆯ 놉히 ᄒᆞᆯ 쁜 아니라 인친(姻親)을 ᄀᆞᆯ희믈 디극
히 ᄒᆞ엿ᄂᆞᆫ디라. 댱녀(長女)로ᄡᅧ 존문(尊門)의 쇽현(續絃)ᄒᆞᄆᆡ 녕친
(令親)의 셩덕가풍(盛德家風)이 셰간(世間)의 희한(稀罕)ᄒᆞ며 ᄎᆞ녀

26 념연(恬然): 염연. 욕심이 없이 마음이 흔들리지 않게 함.
27 ᄀᆞᆯᄒᆡ시ᄆᆡ: ᄀᆞᆯᄒᆡ다. ᄀᆞᆯ희다. 갈희다. 가리다.

(次女)로뼈 당챵닌의 긔췌(箕帚)ᄅᆞᆯ 쇼임(所任)ᄒᆞᄆᆡ 그 양부ᄌᆞ(養父者)ᄂᆞᆫ 니셕뵈[28]니 날노 더브러 종유(從遊)[29]의 디음(知音)이오 관포(管鮑)[30]의 알오미라. 피ᄎᆞ(彼此) 희한ᄒᆞ믈 다시 니ᄅᆞᆯ ᄇᆡ 업거니와 ᄉᆡᆼ부ᄌᆞ(生父者)ᄂᆞᆫ 당후빅이니 ᄎᆞ역(此亦) 아등(我等)으로 이셩동긔(異姓同氣)의 감(減)치 아닌디라 엇디 범연(泛然)ᄒᆞ미 이시리오?”

이ᄯᆡ 닌셩공ᄌᆡ 고국(故國)을 ᄯᅥ나미 여러 셰월의 만니애각(萬里崖角)을 즈음쳐 슬하(膝下)의 졀ᄒᆞᆯ 긔약이 아득ᄒᆞ니 녕원이 쳐쳐(悽悽)ᄒᆞ고 심담(心膽)이 최운(摧隕)ᄒᆞᆫ디라. 쳑호(陟岵)[31]ᄒᆞᄂᆞᆫ 눈믈이 한삼(汗衫)을 젹시며 쳠망(瞻望)ᄒᆞᄂᆞᆫ 탄식이 슈미(愁眉)ᄅᆞᆯ 좀으ᄃᆡ[32] 대야(大爺)의 비회(悲懷)ᄅᆞᆯ 요동(搖動)ᄒᆞ실가 두려 가마니 누흔(淚痕)을 업시ᄒᆞ고 안ᄉᆡᆨ을 디어 온화ᄒᆞ믈 닐위고ᄌᆞ ᄒᆞ나 ᄯᅩ 능히 강인(强忍)치 18면 못ᄒᆞ거ᄂᆞᆯ 됴어ᄉᆡ 츄연(惆然)이 낫빗ᄎᆞᆯ 곳치며 그 손을 잡아 ᄀᆞᆯ오ᄃᆡ

“현보[33]야, 너의 망운(望雲)ᄒᆞᄂᆞᆫ 회푀(懷抱) 창연(愴然)ᄒᆞ여 듕니(中裡)로조ᄎᆞ 발어ᄉᆞᄉᆡᆨ(發於辭色)ᄒᆞ믈 더옥 ᄭᆡ닷ᄂᆞ니 녕당(令堂)은 현보ᄅᆞᆯ 이의 ᄯᅥ나미 계시나 ᄌᆡ보 등이 슬하의 봉시(奉侍)ᄒᆞ여 황향(黃

---

28 니셕뵈: 이석보. 이빈.

29 종유(從遊): 학식이나 덕행이 높은 사람을 좇아 함께 지내는 것.

30 관포(管鮑): 관중과 포숙. 이들의 어떤 상황에서도 변치 않는 무조건적인 우정을 ‘관포지교(管鮑之交)’라고 함.

31 쳑호(陟岵): 척호. 민둥산에 오른다는 뜻으로, 아버지를 그리워함을 이르는 말. 《시경》 〈위풍〉 ‘척호’의 “저 민둥산에 올라 아버지 계신 곳을 바라보네(陟彼岵兮 瞻望父兮).”에서 유래함.

32 좀으ᄃᆡ: 좀으다. 잠기다.

33 현보: 정인성.

香)의 션침(扇枕)[34]과 증ᄌᆞ(曾子)의 양디(養志)[35]를 효측(效側)ᄒᆞ니 좌와(坐臥)의 젹막ᄒᆞ시미 업고 심녀(心慮)의 념녀ᄒᆞ시미 오히려 나으시려니와 우리 친위존당(親闈尊堂)은 다른 ᄌᆞ손이 업시 다만 블초(不肖) 셰창쁜이라. 일즉 몸을 나라히 허(許)ᄒᆞ여 농방(龍逄)의 튱딕(忠直)[36]과 급암(汲黯)의 딕간(直諫)[37]을 ᄇᆡ호고ᄌᆞ ᄒᆞ다가 경히 화호블셩(畫虎不成)[38]ᄒᆞ니 션박튱졀의 졸무셩(卒無成)ᄒᆞ고 효ᄂᆞᆫ ᄇᆡᆨᄒᆡᆼ(百行)의 근원이 니져지니 노년왕존(老年王尊)과 노경빵친(老境雙親)의 만ᄂᆡ디듕(晩來之重)이 문호(門戶)를 븟치시며 일신을 긔탁(寄託)ᄒᆞ샤 쟝셩(長城)과 교악(喬嶽)의 두시믈 념연(恬然)이 거리ᄭᅵ디 아냐 ᄒᆡᆼ신(行身)을 삼가지 아니ᄒᆞ미 몸이 긔화(奇禍)의 걸니고 참형(慘刑)의 님(臨)
19면 ᄒᆞ여 부모의 젼이싱디(全以生之)[39]ᄒᆞ시믈 훼상(毁傷)ᄒᆞ미 악졍ᄌᆞ츈

---

34 황향(黃香)의 션침(扇枕): 황향의 선침. 효심이 지극함. 《동관한기》 〈황향전〉에서 황향이라는 효자가 여름이면 부모님의 베개에 미리 부채질을 해두어서 시원하게 주무실 수 있도록 했다는 이야기에서 유래됨.

35 증ᄌᆞ(曾子)의 양디(養志): 증자의 양지. 증자는 공자의 제자 증삼으로, 효로 이름난 인물. 양지는 그의 부모 봉양 방법으로 '부모의 뜻을 봉양한다'는 의미.

36 농방(龍逄)의 튱딕(忠直): 용방의 충직. 용방은 중국 하나라 걸왕의 신하로 임금에게 충간하다가 죽음을 당했음.

37 급암(汲黯)의 딕간(直諫): 급암의 직간. 급암은 전한(前漢) 무제 때의 신하로 성정이 엄격하고 직간을 잘했다고 함.

38 화호블셩(畫虎不成): 화호불성. 《후한서》 〈마원전(馬援傳)〉의 "호랑이를 그리려다 잘못 그리면 개를 닮게 된다(畫虎不成反類狗)."에서 유래한 것으로, 섣불리 훌륭한 사람의 언행을 모방하려고 하면 도리어 경박한 사람이 됨을 비유하는 말.

39 젼이싱디(全以生之): 전이생지. 부모가 온전히 낳아주신 것. 《예기》 〈제의(祭義)〉에 "하늘이 낳고 땅이 기르는 것 중에 사람보다 귀한 것이 없으니 '부모가 온전히 낳아주셨으면 자식이 온전히 지켜 돌아가야(全以生之 全以歸之)' 효(孝)라 할 수 있다."라는 말이 있음.

(樂正子春)[40]의 붓그리믈 니으며 무한흔 블효(不孝)와 악착(齷齪)흔 졀우(切憂)로뼈 왕존과 친위(親闈)의 더으고 이졔 만니히국(萬里垓國)의 슈계(囚繫)ᄒ여 소무(蘇武)의 슈양 치든 튱녈(忠烈)[41]이 업시 븍히(北海)샹의 더져시니 아국(我國)의 보(報)흔 글이 한뎨(漢帝)의 상님유ᄉ(上林有事)[42]의 밋ᄎ믈 흉노(匈奴)의 들닐 길히 업ᄉ며 모즈라진[43] 졀월(節鉞)이 십구 년의도 두로혀믈 긔필(期必)치 못흘디라. 하일하시(何日何時)의 환귀고국(還歸故國)ᄒ여 존당친위(尊堂親闈)예 졀ᄒ고 ᄌ도(子道)롤 베퍼 반치(班彩)의 즐김[44]과 질츄(疾趨)의 노롬[45]을 다ᄒ리오? 블초(不肖)ᄂ 임의 ᄉ졍(私情)을 슷쳐 영모(永慕)ᄒᄂ 회포롤 두디 아니ᄒ거니와 왕존과 빵친이 츈풍츄월(春風秋月)의 셰창 블초(不肖)롤 구구(區區)히 ᄉ렴(思念)ᄒ샤 목젼(目前)의 죽엄을 디ᄒ미 업시 ᄌ하(子夏)의 상명(喪明)을 니으며 좌우의 젹막비고(寂寞悲苦)ᄒ미 집현노옹(集賢老翁)[46]으로 방블(彷彿)흘 비로디 위인ᄌ(爲

---

40 악정ᄌ츈(樂正子春): 악정자춘. 춘추시대 노나라 사람으로, 마루에서 내려오다 발에 상처를 입자 부모가 물려주신 몸을 지키지 못했다고 자책했다고 함.

41 소무(蘇武)의 슈양 치든 튱녈: 소무는 한(漢) 무제 때의 충신으로, 흉노에 사신으로 갔다가 약 19년 동안 억류되었으나 끝까지 굴복하지 않고 충절을 지켰으며, 이때 흉노 선우는 소무를 북해로 보내 숫양을 치게 하면서 그 양이 새끼를 낳으면 보내주겠다고 했다고 함.

42 한뎨(漢帝)의 상님유ᄉ(上林有事): 한 무제가 상림원에서 기러기 다리에 매여 있는 소무의 편지를 보고 그의 충절을 알게 되어 한나라로 돌아오게 한 일.

43 모즈라진: 모즈라지다. 닳아 이지러지다.

44 반치(班彩)의 즐김: 반채의 즐김. 색동옷을 입고 즐겁게 해드림. 노래자가 나이 든 후에도 부모님을 기쁘게 해드리기 위해 늙으신 부모님 앞에서 아이처럼 색동옷을 입고 춤을 추었다는 고사에서 유래한 것.

45 질츄(疾趨)의 노롬: 질추의 놀음. 빠르게 종종걸음으로 모시는 효.

人子)의 심ᄉᆡ(心事) 안연ᄌᆞ락(晏然自樂)ᄒᆞ여 블효ᄅᆞᆯ 슬허ᄒᆞ미 업ᄉᆞ니 무디(無知)ᄒᆞ고 흉완(凶頑)ᄒᆞ미 ᄌᆞ고(自古)의 듯디 못ᄒᆞᆫ ᄇᆡ 은공
20면 (溫公)[47]의 ᄉᆞ업(史業)이나 방금의 일니(一厘)ᄅᆞᆯ 일위디 못ᄒᆞᄂᆞᆫ 바의 후셰(後世)의 블튱블효(不忠不孝)ᄅᆞᆯ ᄊᆞ디ᄌᆞ믄 니ᄅᆞ도 말고 당금(當今)의 셰창 ᄀᆞᆺ튼 블회 잇디 아니ᄒᆞ리니 녯 ᄉᆞ젹(史籍)을 피람(披覽)ᄒᆞ여 뎨슌(帝舜)[48]·증왕(曾王)[49]의 대효(大孝)ᄂᆞᆫ 감히 의논치 못ᄒᆞ려니와 금셰(今世) 효ᄌᆞᄅᆞᆯ 보아도 츄연(惆然)이 개쳑(愾慽)ᄒᆞ믈 니긔디 못ᄒᆞ거든 현보ᄅᆞᆯ 여러 일월(日月)의 주야(晝夜)로 ᄃᆡᄒᆞ여 대효대현(大孝大賢)이 고ᄅᆡ(古來) 군ᄌᆞ의 더으믈 보건ᄃᆡ 스ᄉᆞ로 괴황(愧惶)ᄒᆞ여 ᄯᆞ라 ᄀᆞᆺ고ᄌᆞ ᄒᆞ나 감히 ᄇᆡ호믈 엇디 못ᄒᆞ고 ᄒᆞᆫ갓 복복션탄(僕僕羨歎)ᄒᆞ여 악댱(岳丈)의 복되시믈 칭하(稱賀)ᄒᆞ노라."

셜파(說罷)의 ᄋᆡ호삼셩(哀號三聲)ᄒᆞ며 희허일영(噫噓一詠)ᄒᆞ여 빗난 안광(眼光)의 징쳥(澄淸)이 요동ᄒᆞ고 일뉸(一輪)의 슈운(愁雲)이 침면(侵面)ᄒᆞ여 가월(佳月)의 그림ᄌᆡ 영합(迎合)ᄒᆞ니 비컨ᄃᆡ 츄텬(秋天)이 삭막ᄒᆞᆫᄃᆡ 쳔년노룡(千年老龍)이 튁졍(澤汀)의 구슈(求水)ᄒᆞᆫ ᄃᆞᆺᄒᆞᆫ디라. 졍공ᄌᆡ 후암의 긴 말ᄉᆞᆷ이 긋치믈 기다려 몸을 니러 블감(不堪)ᄒᆞ믈 샤(謝)ᄒᆞ며 과상(過傷)ᄒᆞ믈 기리 샤양ᄒᆞᄂᆞᆫ ᄀᆞ온ᄃᆡ 그 쳑
21면 희(慽噫)ᄒᆞ믈 위로ᄒᆞ고 잠간 희ᄒᆡ(戲諧)[50]로뼈 향ᄀᆡᆨ(向刻) 후암이 ᄉᆞ

---

46 집현노옹(集賢老翁): 집현은 백아절현(伯牙絶絃) 고사의 주인공인 종자기의 고향으로, 집현노옹은 종자기의 아버지를 이름.

47 은공(溫公): 온공. 사마온공(司馬溫公) 곧 사마광. 규장각본에는 '온공'으로 되어 있음.

48 뎨슌(帝舜): 제순. 순임금.

49 증왕(曾王): 증자와 왕상. 두 사람 모두 지극한 효성으로 이름난 인물.

회ᄅᆞᆯ 골희ᄆᆡ 친옹(親翁)을 골희디 아니타 ᄒᆞ미 망발(妄發)의 갓가오믈 일ᄏᆞ라 봉목(鳳目)을 흘니 쓰니 옥이 우으며 쏫치 ᄆᆞᄅᆞ녹은 면모(面貌)의 화(和)ᄒᆞᆫ 우음을 ᄯᅴ여 쥬순(朱脣)이 열니ᄂᆞᆫ 곳의 옥치(玉齒) 찬연ᄒᆞ여 슈미(愁眉)ᄅᆞᆯ 딘탕(盡蕩)ᄒᆞ고 희셩(喜聲)이 츈풍의 화란(和暖)ᄒᆞ니 졀셰(絶世)ᄒᆞᆫ 용의(容儀)와 쇄락ᄒᆞᆫ 풍광(風光)이 나부(懶婦)의 단장ᄒᆞᆫ 곱기ᄅᆞᆯ 더러이 넉이니 만고(萬古)의 무젹(無敵)이오 쳔츄(千秋)의 긔남ᄌᆞ(奇男子)라. 말ᄉᆞᆷ이 침담(沈淡)ᄒᆞ여 근신(謹身)ᄒᆞ며 안상(安詳)ᄒᆞᆯ디언졍 희소(戲笑)의 무미(無味)ᄒᆞᆫ ᄇᆡ 아니오 ᄌᆞ하(子夏)·ᄌᆞ공(子貢)[51]의 셜ᄉᆞ(說辭)ᄅᆞᆯ 둔(鈍)히 넉일디라. 시작ᄒᆞᄆᆡ 번거ᄒᆞ믈 두리고 디리(支離)ᄒᆞ믈 피ᄒᆞ여 경박ᄒᆞ며 브잡(浮雜)ᄒᆞᆯ가 념ᄒᆞ여 긋칠디언졍 소진(蘇秦)[52]이 다시 ᄉᆞᆯ고 댱의(張儀)[53] 도라오나 공ᄌᆞ의 쥬론ᄆᆡᆼ변(周論孟辨)을 밋ᄎᆞᆯ 길히 업ᄉᆞ니 후암의 긔변활논(奇辯闊論)이라도 당(當)치 못ᄒᆞ여 흔연이 박쇼(拍笑)ᄒᆞ며 노형(老兄)을 침노ᄒᆞᆫ다 ᄭᅮ디ᄌᆞᆫᄃᆡ 경공이 희연(喜然)이 두긋기고 ᄉᆞ랑ᄒᆞ여 역시 비황(悲惶)ᄒᆞᆫ 심ᄉᆞᄅᆞᆯ 위로ᄒᆞ미 만터라. 이러틋 부ᄌᆞ옹셰(父子翁壻) 셔로 위회(慰 22면
懷)ᄒᆞ여 일월(日月)을 보ᄂᆡ미 되여시나 화식(火食)을 먼니ᄒᆞ니 비록 어샤(御賜)ᄒᆞ시ᄂᆞᆫ 바로ᄡᅧ 긔아이ᄉᆞ(饑餓而死)ᄅᆞᆯ 면(免)ᄒᆞ나 혈육디

---

50 희ᄒᆡ(戲諧): 규장각본에는 '희희'로 되어 있음.

51 ᄌᆞ하(子夏)·ᄌᆞ공(子貢): 자하와 자공. 모두 공자의 제자로 '공문10철'에 들어가는 인물들임.

52 소진(蘇秦): 춘추전국시대의 변론가로 진(秦)나라에 맞서 동방의 6국이 연합하여 진나라를 제압하자는 합종책(合縱策)을 주장함.

53 댱의(張儀): 장의. 춘추전국시대의 변론가로 동방의 6국이 진(秦)나라 복종하여 섬기자는 연횡설(連衡說)을 주장함.

신(血肉之身)의 견딜 ᄇᆡ 아니러니 ᄎᆞ년(此年) 츈(春)의 엄쳐ᄉᆡ[54] 뎨ᄌᆞ(弟子) 일인(一人)을 튝디(縮地)와 은힝법(隱行法)을 ᄀᆞᄅᆞ쳐 만 니ᄅᆞᆯ 신고(辛苦)ᄒᆞ미 업시 힝케 ᄒᆞ여 단약(丹藥) 너흔 호로(葫蘆)로뼈 졍공ᄌᆞ의게 보ᄂᆡ니 공ᄌᆡ 쳐ᄉᆞ의 큰 덕과 놉흔 혜ᄅᆞᆯ 글노뼈 만만칭샤(萬萬稱謝)ᄒᆞ여 도뎨(道弟)ᄅᆞᆯ 도라보ᄂᆡᆫ 후 호로ᄅᆞᆯ 열고 단약을 ᄂᆡ여 몬져 야야(爺爺)와 됴어ᄉᆞ긔 나오며 버거 ᄌᆞ긔와 언션 등 졔뇌(諸奴) 먹을ᄉᆡ 이 곳 블노댱ᄉᆡᆼ(不老長生)ᄒᆞᄂᆞᆫ 플흘 모도와 등소[55]와 복녕(茯苓)과 셕밀(石密)과 오ᄆᆡ(烏梅)와 송엽(松葉)을 단ᄉᆞ(丹砂)의 작환(作丸)ᄒᆞᆫ ᄇᆡ라. ᄒᆞᆫ 환(丸)을 삼키ᄆᆡ 장ᄇᆡ(臟腑) 포만(飽滿)ᄒᆞ고 훈열(薰熱)ᄒᆞ며 쳥냥(淸凉)ᄒᆞ며 향긔로와 십 년을 밥 먹을 ᄯᅳᆺ이 업고 졍신이 ᄇᆡ(倍)히 ᄉᆡᆨᄉᆡᆨᄒᆞ여 타연(泰然)이 긔아(飢餓)ᄅᆞᆯ 모로며 ᄉᆞ식(私食)ᄒᆞᆯ 의ᄉᆡ 업셔 무ᄉᆞ무려(無思無慮)히 셰월을 보ᄂᆡᆯᄉᆡ 엄쳐ᄉᆡ 반년(半年)의
23면 ᄒᆞᆫ 번식 튝디와 은힝법이 신능(神能)ᄒᆞᆫ 뎨ᄌᆞ(弟子)ᄅᆞᆯ 보ᄂᆡ여 문후(問候)ᄒᆞ고 단약(丹藥)을 슌슌(巡巡)이 보ᄂᆡᄃᆡ 낫슈와 일월을 혜아려 핍졀(乏切)ᄒᆞ미 업게 ᄒᆞ니 졍공 부ᄌᆞ의 감은(感恩)ᄒᆞ미 무궁ᄒᆞ며 언션이 졔노(諸奴)로 더브러 조쥬ᄅᆞᆯ 바라 냥도(良道)ᄅᆞᆯ 미더시니 됴어ᄉᆡ 도로혀 우어 이 도ᄉᆞ의 사ᄅᆞᆷ을 ᄉᆞ괴ᄆᆡ ᄡᅳᆯ 곳이 잇고 은혜ᄅᆞᆯ 닙으미 듕(重)타 ᄒᆞ더라. 이러틋 뇨ᄉᆡᆼ(僥生)ᄒᆞ여 일월을 보ᄂᆡ니 비록 ᄉᆡᆼ활의 괴로오믈 결을ᄒᆞ여 ᄉᆡᆼ각디 아니ᄒᆞ나 초벌[56]의 볼뫼 삼ᄉᆞ(三四) ᄌᆡ(載)의

---

54 엄쳐ᄉᆡ: 엄처사. 엄정.

55 등소: 단약(丹藥)의 재료로 봄.

56 초벌: 처음. 애초.

밋ᄎᆞ니 남관(藍關)의 슬픈 곡되(曲調)[57] 영웅의 댱심(壯心)을 ᄉᆞᆯ흐며 셔하(西夏)[58]의 갓치이미 젹셰(積歲)의 밋ᄎᆞᄃᆡ 긔화(奇花)ᄅᆞᆯ 아라보리 업ᄉᆞ니 훤초(萱草)의 깃브믈 졀ᄒᆞ지 못ᄒᆞᄂᆞᆫ디라. 쇽졀업시 삭망(朔望)[59]을 당ᄒᆞ여 망븍(望北) 팔ᄇᆡ(八拜)ᄒᆞ고 영모(永慕)ᄒᆞ고 영모ᄒᆞᄂᆞᆫ 졍을[60] 니긔디 못ᄒᆞ여 휘루톄읍(揮淚涕泣)ᄒᆞᆯ ᄯᆞ롬이니 몽혼(夢魂)은 만 니 관산(關山)이 멀믈 ᄭᆡ닷디 못ᄒᆞ여 표혼(漂魂)이 고국의 도라가 ᄎᆡ무(彩舞)ᄅᆞᆯ 드러 훤졍(萱情)을 하례ᄒᆞ며 화셩(和聲)으로 친후(親候)ᄅᆞᆯ 뭇ᄌᆞᆸ다가 ᄒᆡ국(垓國) 요란ᄒᆞᆫ 풍셩(風聲)과 오랑ᄏᆡ 졀ᄎᆞ 업ᄉᆞᆫ 쇠븍소ᄅᆡ의 놀나 ᄭᆡ치면 만분 누옥(陋獄) 듕의 몸이 더져시니 고원(故園)은 쳔산만쉬(千山萬水) 격(隔)ᄒᆞ여 어안(魚雁)이 쳑셔(尺書)ᄅᆞᆯ 젼ᄒᆞᆯ 길히 업고 쳥죄(靑鳥)[61] 블ᄂᆡ(不來)ᄒᆞ니 어ᄃᆡ로조ᄎᆞ 고국 소식을 알며 친후의 만강(萬康)ᄒᆞ심과 일가군쳑(一家群戚)의 무양(無恙)ᄒᆞ믈 드ᄅᆞ리오? ᄒᆞᆫ갓 쳠망부혜시(瞻望父兮詩)[62]ᄅᆞᆯ 외오고 쳑피모혜시(陟彼母兮時)[63]ᄅᆞᆯ 읇허 쳑연하루(慽然下淚)치 아닐 젹이 업ᄉᆞ니 비록 심회(心懷) 활인(闊忍)ᄒᆞ여 위회(慰懷)ᄒᆞ믈 웃듬ᄒᆞ나 텬뉸(天倫)의

24면

57 남관(藍關)의 슬픈 곡되(曲調): 당나라 문장가 한유가 좌천되어 조주(潮州)로 가다가 남관에 이르러 큰 눈을 만나 더 이상 나가지 못할 때 조카 한상에게 장강(瘴江) 가에 자신을 묻어달라고 하는 시를 읊었다는 것에서 온 듯함.

58 셔하(西夏): 서하. 중국의 서북부 지역. 여기서는 조세창이 억류된 마선의 땅을 가리킴.

59 삭망(朔望): 상중(喪中)에 있는 집에서 매달 초하룻날과 보름날 아침에 지내는 제사.

60 영모(永慕)ᄒᆞ고 영모ᄒᆞᄂᆞᆫ 졍을: 규장각본에는 '영모ᄒᆞᄂᆞᆫ 졍을'로 되어 있음.

61 쳥죄(靑鳥): 청조. 반가운 사자(使者)나 편지를 이르는 말. 푸른 새가 온 것을 보고 동방삭이 서왕모의 사자라고 한 고사에서 유래함.

62 쳠망부혜시(瞻望父兮詩): 《시경》〈위풍〉 '척호'의 '아버지 계신 곳 바라본다' 부분. '척호'는 부모님에 대한 그리움을 노래한 시.

유연ᄒᆞᆫ 은ᄋᆡ(恩愛)와 디졍(至情)의 버히디 못ᄒᆞ므로 만니분톄(萬里分體)ᄅᆞᆯ 삼상(參商)[64]을 격ᄒᆞ니 초초관산(超超關山)의 념귀(念歸) 심열(甚烈)ᄒᆞ여 쳑호(陟岵)의 눈이 멀고 쳠망(瞻望)의 구촌(九寸)이 ᄭᅳᆺ쳐디니 금옥의 견고(堅固)ᄒᆞᆷ과 만균(萬鈞)의 듕(重)이라도 당금ᄎᆞ시(當今此時)ᄒᆞ여ᄂᆞᆫ 부인의 셜셜(屑屑)[65]ᄒᆞ믈 습(習)ᄒᆞ여 톄읍(涕泣)이 무상(無常)ᄒᆞᆫ디라. 튱신의 우국ᄋᆡ군(憂國愛君)ᄒᆞᄂᆞᆫ 시ᄅᆞᆷ이 튱만ᄒᆞ믈 겸ᄒᆞ여 마션의 역텬극악(逆天極惡)을 통ᄒᆡ(痛駭)ᄒᆞᆫ 원분(怨憤)이 쳘
25면 텬(徹天)ᄒᆞ고 효ᄌᆞ의 ᄉᆞ친영모(思親永慕)ᄒᆞᄂᆞᆫ 슬프미 신기(神祇)ᄅᆞᆯ 늣기니 이 부ᄌᆞ와 구ᄉᆡᆼ(舅甥)[66]의 튱효(忠孝)만 ᄒᆞ여도 텬디(天地) 위ᄒᆞ여 슬피 넉일 ᄇᆡ어ᄂᆞᆯ ᄒᆞ믈며 만승(萬乘)이 파월(播越)ᄒᆞ샤 호디(胡地)의 곤(困)ᄒᆞ시미 츄회(追懷)ᄒᆞ며 ᄌᆞ칙(自責)ᄒᆞ믈 겸(兼)ᄒᆞ샤 옥톄농상(玉體龍床)의 슉식(宿食)이 ᄊᆡ로 완회치 못ᄒᆞ시니 셩휘(聖候) 엇디 녕안(寧安)ᄒᆞ시믈 어드리오? 졈졈 옥휘(玉候) 블예(不豫)[67]ᄒᆞ샤 텬안(天顔)이 환탈(換脫)ᄒᆞ시고 농휘(龍候) 위름(危懍)ᄒᆞ시니 양·니 등 졔공(諸公)이 망망(忙忙)이 농슈(龍水)ᄅᆞᆯ 밧드러 호읍(號泣)ᄒᆞ며 딘실노 궁검(宮禁)[68]을 ᄇᆞ리실딘ᄃᆡ 일반 튱신이 반ᄃᆞ시 몬져 죽어 텬붕디

63 쳑피모혜시(陟彼母兮詩): 《시경》 〈위풍〉 '쳑호'의 "쳑피호혜(陟彼岵兮)여 쳠망모혜(瞻望母兮)로다."를 줄인 것. 쳑피호혜는 '저 민둥산에 올라'라는 뜻이고, 쳠망모혜는 '어머니 계신 곳 바라본다'는 뜻으로, 어머니에 대한 그리움을 의미함.

64 삼상(參商): 삼성(參星)과 상성(商星)이 동서로 멀리 떨어져 있는 데서 나온 것으로, 멀리 떨어져서 그리워함을 이르는 말.

65 셜셜(屑屑): 설설. 번다하고 침착하지 못한 모양.

66 구싱(舅甥): 구생. 장인과 사위.

67 블예(不豫): 불예. 임금이나 왕비가 편치 않거나 죽음.

통(天崩之痛)을 보디 아니키로 긔약ᄒᆞ니 갈튱디셩(竭忠至誠)이 황텬(皇天)이 감위(減危)ᄒᆞ신 ᄇᆡ 되여 셩슈(聖壽)의 영증(永增)ᄒᆞ시믈 어드시니 이 셜화(說話)ᄂᆞᆫ《밍셩호연》과《양시가록》의 이시ᄆᆡ ᄎᆞ젼(此傳)의ᄂᆞᆫ 대개(大槪)ᄅᆞᆯ 드노라.

옥휘(玉候) 소화(蘇化)ᄒᆞ시므로조ᄎᆞ 졔신(諸臣)이 환텬희디(歡天喜地)ᄒᆞ여 이의 ᄇᆡᆨ안으로 ᄒᆞ여곰 야션의게 보ᄂᆡ여 젼일(前日)의 졍죰을 만분의 너흘 ᄊᆡ의 ᄉᆞ오년(四五年)을 그음ᄒᆞ여 옥가(玉駕)ᄅᆞᆯ 귀국ᄒᆞᆯ 긔약이 분명ᄒᆞ더니 이졔 실신(失信)ᄒᆞᄆᆡ 그 허믈이 텬됴(天朝)의 잇디 아니ᄒᆞ믈 ᄀᆞᆺ초 일ᄏᆞ라 쳔단유셰(千端遊說)ᄒᆞ고 만단개유(萬端開諭)ᄒᆞ여 셕현 ᄀᆞᆺᄐᆞᆫ 명댱(名將)이 병마도춍ᄉᆡ 되여시며 곽챵셕 ᄀᆞᆺᄐᆞᆫ 용ᄉᆡ(勇士) 어림호위댱이 되여시니 화친(和親)의 일우믈 취(取)치 아닐딘ᄃᆡ ᄒᆞᆫ번 병ᄆᆞ(兵馬)ᄅᆞᆯ 니ᄅᆞ혀 승부ᄅᆞᆯ 결ᄒᆞᄂᆞᆫ 날의 토목(土木)의 패(敗)ᄒᆞᆫ 분을 ᄡᅵ셔 븍방(北方)을 도륙(屠戮)ᄒᆞ리라 ᄒᆞ니 야션이 뇌우(雷雨)의 반ᄉᆡᆼ반ᄉᆞ(半生半死)ᄒᆞᆫ 듯 창딜(瘡疾)이 누년(累年)을 신고(辛苦)ᄒᆞᄆᆡ 심약ᄉᆞ회(心若死灰)ᄒᆞ고 형여고목(形如枯木)ᄒᆞ여 간활극악(奸猾極惡)ᄒᆞᆫ 의ᄉᆡ 일분 주러디미 되여 스ᄉᆞ로 쳐음 언약을 ᄉᆡᆼ각ᄒᆞ여 텬ᄌᆞ(天子)의 환귀(還歸)ᄒᆞ시믈 비로소 허락ᄒᆞᄃᆡ 졍쳥계 부ᄌᆞ와 됴후암을 ᄎᆞ마 샤(赦)ᄒᆞ여 일시의 도라보ᄂᆡ디 못ᄒᆞᆯ디라. 이에 ᄀᆞᆯ오ᄃᆡ

"졍죰과 됴셰창을 아국(我國)의 머므러 화우(和友)ᄅᆞᆯ ᄆᆡᄌᆞ니 이졔ᄂᆞᆫ 졍·되 내 신ᄒᆡ라. 텬ᄌᆡ 환귀ᄒᆞ시미 대개 져 냥인(兩人)으로 비로ᄉᆞ미 26면

68 궁검(宮禁): 궁금. 임금이 거처하는 집, 곧 궁궐.

니 듕국(中國) 신하로 아디 마ᄅᆞ쇼셔 ᄒᆞ라."

ᄇᆡᆨ안이 텬ᄌᆡ 환귀ᄒᆞ시믈 ᄒᆡᆼ심(幸甚)ᄒᆞ여 다ᄅᆞᆫ 말을 아니 ᄒᆞ고 ᄲᅧᆯ니
27면 도라와 긧분 긔별노ᄡᅧ 주(奏)ᄒᆞ니 군신샹ᄒᆡ(君臣上下) 희환(喜歡)ᄒᆞ미 텬디(天地)의 가득ᄒᆞ나 일단심(一段心)이 참도(慘悼)ᄒᆞ며 통운(痛慎)ᄒᆞᄂᆞᆫ 바ᄂᆞᆫ 경좀과 됴셰창을 만분의 더디고 도라가ᄂᆞᆫ 심회(心懷) 목젼(目前)의 시슈(屍首)롤 당ᄒᆞ여 쾌히 우롬만 ᄀᆞᆺ디 못ᄒᆞ샤 텬안(天眼)이 참연휘루(慘然揮淚)ᄒᆞ시믈 마지 아니시며 양·니 등 제공(諸公)이 비졀통탄(悲絶痛嘆)ᄒᆞ믈 니긔디 못ᄒᆞ나 이 본ᄃᆡ 텬시(天時)와 인ᄉᆞ(人事)롤 ᄇᆞᆰ히 아ᄂᆞᆫ디라. 경샹셔 구싱(舅甥)의 긔흔궁익(奇釁窮厄)이 타류(他類)의 더어 금번(今番) 옥가(玉駕)롤 시위(侍衛)ᄒᆞ여 ᄒᆞᆫ가디로 도라가디 못ᄒᆞ믈 혜아려 욕곡(欲哭)즉 블가(不可)ᄒᆞ고 욕읍(欲泣)의 근어부인(近於婦人)이믈 ᄡᆡ다롤 ᄲᅮᆫ 아니라 셩심(聖心)의 상도(傷悼)ᄒᆞ시믈 더으디 못ᄒᆞ여 경좀과 됴셰창이 븍방호디(北方胡地)의 ᄆᆡ몰(埋沒)ᄒᆞ지 아닐 바롤 쥬(奏)ᄒᆞ여 위로ᄒᆞ올ᄉᆡ 니언(怡言)이 광니통달(廣理通達)ᄒᆞ니 셩심이 잠간 딘뎡(鎭靜)ᄒᆞ샤 ᄇᆡᆨ안으로 나아가 군신이 환국ᄒᆞ믈 젼ᄒᆞ라 ᄒᆞ시며 슈됴(手詔)롤 나리와 보명(保命)ᄒᆞ믈 누누히 당부ᄒᆞ시고 군신이 ᄒᆞᆫ가디로 도라가믈 엇디 못ᄒᆞ믈 디극히 통
28면 상(痛傷)ᄒᆞ샤 권권(眷眷)ᄒᆞ시 엇디 부ᄌᆞ의 친(親)과 텬뉸의 졍(情)으로 다ᄅᆞ미 이시리오? 양·니 등 제공(諸公)이 각각 일 편 셔간의 만단정회(萬端情懷)롤 ᄡᅳ다 쳔금디긔(千金之己)롤 보듕ᄒᆞ여 슈양의 ᄉᆡᆼ유(生乳)ᄒᆞ믈[69] 기다려 환됴(還朝)ᄒᆞ믈 쳥ᄒᆞ며 댱창닌·양슈광의 쇼년ᄇᆡ(少年輩) 다 경공과 됴후암의게 글을 븟쳐시니 원간 니·양·소·화 등 제공의 ᄌᆞ뎨(子弟)들이 노영(虜營)의 니ᄅᆞ러 부형(父兄)을 봉시(奉

侍)ᄒᆞ여 원졍(遠征) 영모디회(永慕之懷)롤 위로ᄒᆞᄂᆞᆫ디라. 댱ᄌᆞ[70] 창닌은 니공[71]을 시측(侍側)고ᄌᆞ 이의 완 디 일월(日月)이 오라므로 여러 졀셰(節勢)롤 뒤이ᄌᆞ미 되여시나 먀션이 텬됴인(天朝人)을 만분의 왕닉치 못ᄒᆞ게 ᄒᆞ므로 빙공(聘公)을 빅견(拜見)치 못ᄒᆞ고 글월노뼈 도라가ᄂᆞᆫ 바롤 고ᄒᆞ며 됴어ᄉᆞᄭᅴ 간졀ᄒᆞᆫ 졍회(情懷)롤 베퍼 맛ᄎᆞᆷᄂᆡ 이에 셔 셔로 보디 못ᄒᆞ고 도라가ᄂᆞᆫ ᄇᆡ 창결(悵缺)ᄒᆞ믈 일ᄏᆞ라 셔젹(書跡)을 빅안공의게 븟쳐 죵형(從兄)과 빙공ᄭᅴ 젼ᄒᆞ라 ᄒᆞ니 ᄎᆞ시(此時) 빅안이 어찰과 졔공의 셔간을 픔고 만분의 니ᄅᆞ러 졍·됴 이공(二公)ᄭᅴ 젼ᄒᆞᄆᆡ 이공이 의ᄃᆡ(衣帶)롤 곳쳐 향안(香案)을 픠오며 공경ᄒᆞ여 어찰을 밧드러 ᄒᆞᆫ번 보ᄆᆡ 튱신의 감동ᄒᆞᆫ 회포와 ᄉᆞ군(事君)ᄒᆞᄂᆞᆫ 심ᄉᆡ 비홀 곳이 업셔 오읍뉴톄(嗚泣涙涕)ᄒᆞ나 환귀ᄒᆞ시미 힝심극열(幸甚極悅)ᄒᆞ여 ᄲᆞᆯ니 디필(紙筆)을 나와 샹표칭하(上表稱賀)ᄒᆞᆯᄉᆡ 블튱미신(不忠微臣) 등을 셩녀(聖慮)의 머므ᄅᆞ디 마ᄅᆞ시믈 쳥ᄒᆞ고 날호여 졔공(諸公)의 셔간을 회답ᄒᆞᄆᆡ 휘쇄(揮灑)ᄒᆞ기롤 풍우ᄀᆞᆺ치 ᄒᆞ여 편각(片刻)의 여러 댱(張) 답간(答簡)을 일워 빅안을 주며 기리 칭샤ᄒᆞ며 말솜이 위의(威儀)롤 일치 아냐 위곡(委曲)ᄒᆞ믈 겸ᄒᆞ니 빅안이 블감(不堪)ᄒᆞ믈 ᄉᆞ샤(謝辭)ᄒᆞ고 춍춍이 도라가 표문(表文)을 옥폐하(玉陛下)의 헌(獻)ᄒᆞ며 답찰(答札)을 졔공(諸公)ᄭᅴ 젼ᄒᆞ니 샹이 졍공의 29면

69 슈양의 싱유(生乳)ᄒᆞ믈: 한(漢)나라의 소무가 흉노에 사신으로 갔다가 자신의 노복이 되라는 선우의 말에 굴복하지 않자 선우는 숫양이 새끼를 낳으면 풀어주겠다고 하여 소무가 19년간이나 억류되었던 일에서 온 것. 여기서는 고국으로 돌아갈 수 있는 날을 의미.

70 댱ᄌᆞ: 장자. 장씨의 아들, 곧 장헌의 아들.

71 니공: 이공. 이빈.

표문을 보시건ᄃᆡ 문댱(文章)이 텬디(天地)의 근원을 거훌너 ᄉᆞ의(辭意) 댱강(長江)을 헤쳐시믄 ᄉᆡ로이 니ᄅᆞ디 말고 튱셩(忠誠)이 뽀다져 간졀ᄒᆞ며 ᄋᆡ창(哀愴)ᄒᆞᄆᆡ 갓가오니 스ᄉᆞ로 만분 슈계(囚繫)의 비분통원(悲憤痛寃)ᄒᆞ믈 쥬(奏)코ᄌᆞ ᄒᆞᆫ ᄇᆡ 아니로ᄃᆡ 글이 듕심(中心)으로 발(發)ᄒᆞ니 니ᄅᆞᆫ바 '현호시ᄒᆞ며 돈후소졔라.'[72] 텬심이 블승창결(不勝
30면 悵缺)ᄒᆞ샤 농뉘(龍淚) 어의(御衣)ᄅᆞᆯ 잠으시니 졔신(諸臣)이 호언화ᄉᆡᆨ(好言和色)으로 관위(寬慰)ᄒᆞ오며 인ᄒᆞ여 농어(龍御)ᄅᆞᆯ 밧드러 니발(離發)ᄒᆞᆯᄉᆡ ᄒᆞᆯ노 ᄇᆡᆨ안이 ᄇᆡᆨ 니(里)의 뫼셔 텬안(天顔)을 하ᄃᆡᆨᄒᆞᆫ 후 졔공으로 더브러 분슈(分手)ᄒᆞᆯᄉᆡ 피ᄎᆞ 결연(缺然)ᄒᆞᆫ 졍을 일필난긔(一筆難記)러라. 여러 날 ᄒᆡᆼᄒᆞ여 몽고디경(蒙古地境)의 니ᄅᆞ시니 국왕이 쳑발유로뼈 샤신(使臣)을 삼아 어가(御駕)ᄅᆞᆯ 디영(祗迎)ᄒᆞᆯᄉᆡ 쳑발유ᄂᆞᆫ 션상ᄌᆡ(善相者)[73]라 농거(龍車)ᄅᆞᆯ 시위(侍衛)ᄒᆞᆫ 졔신을 ᄒᆞᆫ번 보ᄆᆡ 블승경탄(不勝驚歎)ᄒᆞᄂᆞᆫ 듕 곽창셕의 풍위(風威) 쥰슈ᄒᆞ믈 흠ᄋᆡ(欽愛)ᄒᆞ여 죵용이 곽ᄉᆡᆼ을 보아 쇼녀로뼈 빈실(嬪室)의 튱슈(充數)ᄒᆞ믈 쳥ᄒᆞ고 인ᄒᆞ여 텬졍(天庭)의 쥬달(奏達)ᄒᆞ온ᄃᆡ 샹(上)이 그 디졍(至情)을 감동ᄒᆞ샤 곽창셕의게 샤혼(賜婚)ᄒᆞ시니 곽ᄉᆡᆼ이 본ᄃᆡ 쇼졀(小節)을 거리ᄭᅵ디 아닛ᄂᆞᆫ디라 스ᄉᆞ로 헤오ᄃᆡ '몽고의 ᄯᆞᆯ을 작쳡(作妾)ᄒᆞᆫ들 나조ᄎᆞ 몽괴 되랴?' ᄒᆞ여 샹교(上敎)ᄅᆞᆯ 밧ᄌᆞ오며 쳑발유의

---

72 현호시ᄒᆞ며 돈후소졔라: '현호시귀(見乎蓍龜) 동호사체(動乎四體)'를 말하는 것으로 보임. 《중용장구(中庸章句)》의 "나라가 장차 망하려 할 때에는 반드시 흉한 징조가 있어 시초점(蓍草占)과 거북점〔귀점(龜占)〕에 나타나며 사체(四體)의 움직임에 드러난다(國家將亡 必有妖孽 見乎蓍龜 動乎四體)."에서 온 것.

73 션상ᄌᆡ(善相者): 선상자. 관상을 잘 보는 사람.

쳥(請)을 조ᄎᆞ 보완으로뼈 쇼희(小姬)롤 삼으니 비록 몽고디녜(蒙古之女)나 쳥현작뇨(淸賢綽淖)ᄒᆞ여 낙신(洛神)[74]의 남은 긔식이 이셔 경셩경국디식(傾城傾國之色)이오 위인(爲人)이 ᄀᆞ장 춍오혜힐(聰悟慧黠)ᄒᆞ니 창셕이 십분통이(十分寵愛)ᄒᆞ여 블관(不款)이 넉이미 업더라. 쳑발위 어가(御駕)롤 호위ᄒᆞ고 문무(文武)롤 디ᄒᆞ여 졍공ᄌᆞ 닌셩의 셩덕대ᄌᆡ(盛德大慈)롤 일ᄏᆞ라 능히 결을치 못ᄒᆞ더니 금국 샤신 아락괴와 다람갈·등나부 샤신이 ᄒᆞᆷ긔 니ᄅᆞ러 됴회(朝會)ᄒᆞ며 졔국(諸國) 인민(人民)의 솔오미 졍공ᄌᆞ 닌셩의 덕홰(德化)라 일킷고 딘짓 텬인(天人)이라 ᄒᆞ니 샹과 문무졔신(文武諸臣)이 크게 긔이히 넉이더라. 어개 환귀ᄒᆞ샤 고국 남궁(南宮)의 머므신 바와 그 ᄉᆞ이 국ᄉᆞ(國事)의 티여블티(治與不治)ᄂᆞᆫ 《ᄉᆞ긔》 본긔 밧긔 《양시가록》과 《밍셩호연》의 ᄌᆞ셔ᄒᆞ므로 ᄎᆞ젼(此傳)의ᄂᆞᆫ 대개만 올니노라. 31면

어시(於是)의 만셰황애(萬歲皇爺)[75] 고국의 환귀ᄒᆞ샤 대샤텬하(大赦天下)[76]ᄒᆞ시며 곽창셕 등을 봉(封)ᄒᆞ여 상작(賞爵)을 더으시ᄃᆡ 양·니 등 졔공(諸公)의 다ᄃᆞ라ᄂᆞᆫ 작상(爵賞)이 니ᄅᆞ미 업ᄉᆞ니 이 과연 뎨실(帝室)을 광보(匡輔)ᄒᆞ여 일셰(一世)롤 치졍코ᄌᆞ ᄒᆞ미 튱신녈ᄉᆞ(忠臣烈士)의 쇼원이라 ᄒᆞᆫ가디 대명종샤(大明宗社)와 션덕황뎨(宣德皇帝) ᄉᆡᆼ훈(生訓)이 샹황여경태(上皇與景泰)의 간격이 업ᄉᆞ니 하ᄉᆞ비군(何

---

74 낙신(洛神): 중국 고대 전설상의 왕인 복희씨의 딸 복비(宓妃)로, 낙수에 빠져 죽어 물의 신이 되었다 함. 위나라 조식이 지은 〈낙신부〉에서 미인의 의미가 더해졌다고 함.

75 만셰황애(萬歲皇爺): 만세황야. 천자를 가리킴.

76 대샤텬하(大赦天下): 대사천하. 온 나라의 죄인을 사면함.

32면 事非君)이며 하ᄉᆞ비민(何事非臣)이리오마ᄂᆞᆫ[77] 녈심(烈心)이 당당ᄒᆞ고 튱졀(忠節)이 늠늠ᄒᆞ여 닙어셰힝어됴(立於世行於朝)의 쥬공(周公)·듕니(仲尼)[78] 긔셩(氣性)이 쳐ᄒᆞ며 방금 국ᄉᆡ(國事) 한심ᄒᆞ여 샹황(上皇)[79]이 태ᄌᆞ(太子)ᄅᆞᆯ 봉(封)ᄒᆞ엿더니 경태(景泰) 폐(廢)ᄒᆞ여 긔왕(沂王)을 봉ᄒᆞ고 친ᄌᆞ(親子)ᄅᆞᆯ 셰워 태ᄌᆞᄅᆞᆯ 봉ᄒᆞᄆᆡ 오라디 아냐 텬디신명(天地神明)이 외오 넉이샤 신황ᄌᆡ(新皇子) 홀연 블명(不明)ᄒᆞ니 됴신(朝臣) 댱·윤 등이 샹황이 환쇄(還刷)ᄒᆞ시믈 인ᄒᆞ여 샹표쳥알(上表請謁)ᄒᆞ며 긔왕을 다시 셰워 위(位)ᄅᆞᆯ 더으믈 쳥ᄒᆞ온ᄃᆡ 샹황이 국ᄉᆞᄅᆞᆯ 간예(干預)ᄒᆞ시미 업ᄉᆞ므로 댱·윤 등을 믈니쳐 그 말을 다시 못 ᄒᆞ게 ᄒᆞ시더니 경태 알고 냥인(兩人)을 옥의 나리와 엄형(嚴刑)ᄒᆞ며 샹황을 남궁(南宮) 밧긔 나디 못ᄒᆞ게 졀졔(節制)ᄒᆞ니 션됴제신(先朝諸臣)과 일ᄃᆡ(一代) 현냥디ᄉᆡ(賢良志士) 블승강개(不勝慷慨)ᄒᆞ여 나아가ᄆᆡ 븍문(北門)의 근심을 ᄑᆞᆷ고 믈너오ᄆᆡ 초원비분(憔怨悲憤)ᄒᆞ믈 니긔디 못ᄒᆞ니 이 시졀을 당ᄒᆞ여 엇디 몸을 나와 작녹(爵祿)을 즐기리오? 상쟉(賞爵)이 힝(行)치 못ᄒᆞ미 크게 다힝ᄒᆞ여 다만 남궁호위
33면 ᄉᆞᄅᆞᆯ 과망(過望)ᄒᆞᆯ ᄯᆞᄅᆞᆷ이러니 오라디 아냐셔 경태(景泰) 니빈을 죄의 얽어 찬츌(竄黜)ᄒᆞ니 공이 도라완 디 슈삼(數三) 삭(朔)의 넘디 못

77 하ᄉᆞ비군(何事非君)이며 하ᄉᆞ비민(何事非臣)이리오마ᄂᆞᆫ: 은나라 탕왕의 재상 이윤의 말로, "누가 다스린들 임금이 아니며 누구를 섬긴들 백성이 아니겠는가?"라는 뜻. 《맹자》 〈만장하(萬章下)〉.

78 쥬공(周公)·듕니(仲尼) : 주공과 중니. 주공은 주(周) 왕조를 세운 문왕의 아들. 중니는 공자의 자(字).

79 샹황(上皇): 상황. 제위에서 물러난 황제.

ᄒᆞᆫ디라. 샹황(上皇)이 그 튱셩을 작샹(爵賞)으로ᄡᅧ 갑디 못ᄒᆞ시고 죄로ᄡᅧ 더으믈 통한비분(痛恨悲憤)ᄒᆞ시나 시러곰 ᄒᆞᆯ일업셔 원젹(遠謫)을 프디 못ᄒᆞ시며 ᄒᆞᆫ갓 통탄ᄒᆞ실 ᄡᅳᆫ이라. 니공이 개연(慨然)이 젹소(謫所)로 나아가고 화도헌 등이 다 뎐니(田里)의 퇴(退)ᄒᆞ엿더니 경태 홀연 양션으로 도어ᄉᆞᄅᆞᆯ ᄒᆞ인ᄃᆡ 양공이 도라온 디 슈년(數年)의 비로소 작딕(爵職)의 나아간디라 엇디 ᄒᆡᆼ공(行公)ᄒᆞᆯ 뜻이 이시리오마ᄂᆞᆫ 니ᄅᆞᆫ바 '쇼블인ᄌᆞᆨ난대뫼(小不忍則亂大謀)'라 대사(大事)ᄅᆞᆯ 도모코ᄌᆞᄒᆞᄆᆡ 져근 혐의ᄅᆞᆯ 도라보디 못ᄒᆞ여 됴흔 ᄃᆞ시 찰딕(察職)ᄒᆞ며 니빈디뎨 니시랑으로 병부시랑(兵部侍郎)을 힘ᄡᅧ 도모ᄒᆞ여 복딕(復職)게 ᄒᆞ고 니한님 슌으로ᄡᅧ 군무호위랑을 더으게 ᄒᆞ니 니시랑 등이 실노 깃거 아니 ᄒᆞ나 양어ᄉᆞ의 위곡(委曲)ᄒᆞᆫ 뜻을 조ᄎᆞ 역시 ᄒᆡᆼ공찰임(行公察任)ᄒᆞᆯ시 냥인(兩人)이 본ᄃᆡ 항항딕딕(抗抗直直)ᄒᆞ여 일ᄌᆞᆨ 사ᄅᆞᆷ의게 굴(屈)ᄒᆞᆷ과 구치ᄒᆞ미 업더니 근일(近日)의 튱셩이 위곡(委曲)ᄒᆞ 34면 며 간절ᄒᆞᄆᆡ 쇼쇼구ᄎᆞ(小小苟且)와 져근 ᄇᆞᆺ그리믈 두디 아냐 친소(親疎) 믈논(勿論)ᄒᆞ고 튱녈디ᄉᆞ(忠烈之士)와 모략디인(謀略之人)은 ᄀᆞᆺ초 쳥ᄒᆞ여 호블고하간(好不高下間)의 당임(當任)의 승탁(陞擢)ᄒᆞ니 이 가온ᄃᆡ 위국ᄌᆞ(爲國者)ᄂᆞᆫ 부어ᄉᆞ 셔유정과 오위대댱군 댱졔와 좌영도독 댱네니 양어ᄉᆞ의 디휘(指揮)ᄅᆞᆯ 조ᄎᆞ며 셕현 등은 외응(外應)ᄒᆞ기ᄅᆞᆯ 쇠ᄒᆞ니 임의 형셰ᄅᆞᆯ 일웟거ᄂᆞᆯ 경태(景泰) 맛초와 유질(有疾)ᄒᆞᆫ디라 듕신(衆臣)이 황태후긔 쥬(奏)ᄒᆞ고 남궁(南宮)의 통보ᄒᆞ온ᄃᆡ 샹황(上皇)이 허(許)ᄒᆞ신디라. ᄐᆡᆨ일(擇日)ᄒᆞ여 셔어ᄉᆞ 부듕(府中) 후원으로 몬져 취집(聚集)ᄒᆞᆯ시 셔공이 본ᄃᆡ 건슈(乾數)ᄅᆞᆯ ᄇᆞᆰ히 통ᄒᆞᄆᆡ 앙관텬시(仰觀天時)ᄒᆞ며 하찰인ᄉᆞ(下察人事)ᄒᆞ니 텬의(天意) 뎟뎟시

뎡(定)ᄒᆞ신디라 금야(今夜)롤 어긔오디 못ᄒᆞ리라 ᄒᆞ고 댱졔 등이 슈하(手下)의 빅ᄆᆞ(白馬)를 죽여 삽혈동밍(歃血同盟)[80]의 범구(汎具)롤 경졔ᄒᆞᆫ 후 쥬반(酒飯)으로뼈 면유(面諭)ᄒᆞ기롤 파(罷)ᄒᆞᄆᆡ 가인(家人) 친쳑을 ᄃᆡᄒᆞ여 왈

35면 "일이 일면(一面) 샤딕(社稷)의 복(福)이오 블연(不然) 죽어 도라오디 못ᄒᆞ리니 ᄉᆞᄉᆡᆼ(死生)이 유졍(有定)ᄒᆞ고 화복(禍福)이 ᄌᆡ텬(在天)이라 튱신의 단심(丹心)이 날을 ᄣᅵ여시니 녈ᄉᆞ(烈士)의 졀ᄒᆡᆼ(節行)이 셔리롤 뼈 붋으미 가(可)치 아니ᄒᆞ랴?"

ᄒᆞᆫᄃᆡ 가인이 각각 일의 셩패롤 보와 ᄉᆞᄉᆡᆼ을 결(決)ᄒᆞ려 ᄒᆞ더라. ᄎᆞ야(此夜)의 ᄒᆞᆫ번 븍 쳐 ᄒᆡᆼ군(行軍)ᄒᆞᆯᄉᆡ 화광(火光)이 튱텬(衝天)ᄒᆞ며 봉인(鋒刃)이 상셜(霜雪) ᄀᆞᄐᆞᆫ 듯 인셩(人聲)이 훤동(喧動)ᄒᆞ여 하날이 문허디고 ᄯᅡ히 ᄭᆡ디ᄂᆞᆫ 듯 숑인문으로 말ᄆᆡ암아 금호문을 ᄉᆞᄆᆞᆺᄎᆞ니 ᄎᆞ(此) 소위(所謂) 블의디변(不意之變)이라. 창황망급디듕(蒼黃忙急之中)의 산악이 의의(猗猗)ᄒᆞ며 녈홰(熱火) 급급ᄒᆞᆫ 형셰롤 뉘 이셔 져당(抵當)ᄒᆞ리오? ᄒᆞ믈며 슈문도독(守門都督) 셕공이 궐문을 통기(通開)ᄒᆞ여 졔군(諸軍)을 믈미ᄃᆞᆺ 드리니 냑간(若干) 입딕디신(入直之臣)과 호위군졸(護衛軍卒)이 모다 담과 굼그로 도망ᄒᆞ미 아니면 망망(忙忙)이 그믈의 신 고기와 빅쥬(白晝)의 업된 녀호ᄀᆞᆺ치 동으로 다

36면 ᄅᆞ며셔 도망ᄒᆞ여 혹 ᄉᆞ모(紗帽)롤 벗고 혹 옷술 메와[81] 다 손을 뭇그며

80 삽혈동밍(歃血同盟): 삽혈동맹. 희생물을 잡아 서로 그 피를 들이마셔 입술을 벌겋게 하고 서약을 꼭 지킨다는 맹세를 신에게 하는 것.

81 메와: 메왓다. 한쪽 어깨를 벗다.

머리롤 두다려 긔(旗)롤 바라 졀ᄒᆞ며 ᄇᆞ람을 조ᄎᆞ 업ᄃᆡ니 군듕(軍衆)이 황황망망(遑遑忙忙)ᄒᆞ여 크게 요란ᄒᆞ더라. 이윽고 븍소릐 딘동(震動)ᄒᆞ며 샹황(上皇)이 남궁으로조ᄎᆞ 이어(移御)ᄒᆞ샤 황극뎐의 드ᄅᆞ샤 위(位)예 복(復)ᄒᆞ시고 경태(景泰)롤 폐(廢)ᄒᆞ여 셔히로 옴기신 후 군신이 드ᄃᆡ여 하례롤 드리며 '경태 칠년'을 곳쳐 '슌텬(順天) 원년(元年)'이라 ᄒᆞ고 ᄎᆞ년(此年) 졍튝(丁丑) 이월 십일일 갑ᄌᆞ(甲子)의 황태휘(皇太后) 텬하의 교유(敎諭)ᄒᆞ샤 폐경태(廢景泰)ᄒᆞ믈 텬히 다 알게 ᄒᆞ며 샹황이 복위(復位)ᄒᆞ시믈 구쥬(九州)의 대샤(大赦)롤 쓰시고 공훈(功勳)을 ᄎᆞ례로 논상(論賞)ᄒᆞ여 격조(檄朝)[82]의 짓궤과 ᄉᆞ듕(士衆)의 말ᄒᆞ미 업게 ᄒᆞ라 ᄒᆞ시니 샹(上)이 젼일(前日) 원통이 피젹(被謫)ᄒᆞᆫ 뉴(類)롤 고관듕작(高官重爵)으로 승탁(陞擢)ᄒᆞ시며 딕간(直諫)으로뻐 형양(桁楊)[83]의 맛ᄎᆞᆫ ᄌᆞ(者)롤 일졔히 공후대관(公侯大官)으로 츄증(追贈)[84]ᄒᆞ시고 녜관(禮官)으로뻐 치졔(治祭)ᄒᆞ여 쳔양(泉壤)[85] 원빅(寃魄)을 위로ᄒᆞ며 팔황구쥬(八荒九州)[86]의 됴셔(詔書)롤 나리와 간신녈ᄉᆞ(諫臣烈士)롤 형뉵(刑戮)ᄒᆞ고 튱냥현보(忠良賢輔)롤 먼니ᄒᆞ여 ᄉᆞ오나온 환관(宦官)을 통용(寵用)ᄒᆞᆫ 연고로 븍노(北虜)의 참욕(慘辱)이 만셰(萬歲)의 씻디 못ᄒᆞᆯ 붓그리믈 더으며 토목젼장(土木戰場)의 슈 37면

82 격조(檄朝): 조정의 격문. 여기서는 조정 관료의 상소를 말함.
83 형양(桁楊): 죄인의 목에 씌우던 칼과 발에 채우던 차꼬를 아울러 이르는 말.
84 츄증(追贈): 추증. 나라에 공로가 있는 벼슬아치가 죽은 뒤에 품계를 높여주는 것.
85 쳔양(泉壤): 천양. 사람이 죽은 뒤에 그 혼이 가서 산다고 하는 세상.
86 팔황구쥬(八荒九州): 팔황구주. 팔황은 여덟 방위의 멀고 너른 범위라는 뜻으로, 온 세상을 이르는 말. 구주는 중국 고대에 전국을 나눈 9개의 주. 곧 온 세상 혹은 온 나라라는 뜻.

ᄇᆡᆨ냥신(數百良臣)을 어육(魚肉)ᄒᆞ여 디금(只今)의 ᄇᆡᆨ골을 잘 거두디 못ᄒᆞ미 다 딤(朕)의 블인패악(不仁悖惡)ᄒᆞ믈 인(因)ᄒᆞ미라 ᄒᆞ샤 ᄀᆞ득이 뉘웃 바ᄅᆞᆯ ᄒᆡᄂᆡ 다 알게 ᄒᆞ시고 토목의 젼망신(戰亡臣) 영국공 댱보와 상셔 탕야와 학ᄉᆞ 됴밍 등 이ᄇᆡᆨ여(二百餘) 인(人)을 ᄎᆞ례로 츄증(追贈)ᄒᆞ시며 후록(厚祿)을 ᄌᆞ손의 젼(傳)케 ᄒᆞ시니 셩덕이 비로소 광화(光華)ᄒᆞ여 일월이 ᄉᆡ로이 ᄇᆞᆰ으니 은종(殷宗)[87]의 운슈(運數)와 쥬션(周宣)의 듕흥(中興)을 니어 은급고골(恩及枯骨)ᄒᆞ고 덕급곤튱(德及昆蟲)ᄒᆞ니 됴애(朝野) 열복(悅服)ᄒᆞ며 ᄉᆞᄒᆡ(四海) 낙업(樂業)ᄒᆞ여 셩쥬(聖主)의 치졍(治政)이 혁연소명(赫然昭明)ᄒᆞ샤 촌민(村民)과 목동(牧童)이라도 아니 환열(歡悅)ᄒᆞ리 업ᄂᆞᆫ디라. ᄒᆞ믈며 창계션ᄉᆡᆼ 니빈으로ᄡᅧ 집현뎐 태학ᄉᆞ 풍헌댱관으로 머리 짓ᄂᆞᆫ 어ᄉᆞ태우 집금오 겸 졔국공을 ᄒᆞ
38면 이샤 텬하ᄅᆞᆯ 춍찰(總察)ᄒᆞ고 ᄇᆡᆨ뇨(百僚)ᄅᆞᆯ 권솔(眷率)케 ᄒᆞ시니 공의 믈망(物望)이 됴야(朝野)의 오ᄅᆡ 기다려 바란 ᄇᆡ라. ᄒᆡᆼ공(行公)[88]ᄒᆞ믈 인ᄒᆞ여 져ᄌᆡ거리 ᄋᆞᄒᆡ 태평을 긔약ᄒᆞ며 들 ᄂᆞᆰ으니 이슈가ᄋᆡᆨ(以手加額)[89]ᄒᆞ여 홍복(洪福)을 치하ᄒᆞ니 위망(威望)이 기리 낫타나고 덕업이 놉히 광화(光華)ᄒᆞᆫ디라. 굴(屈)ᄒᆞ니 신(伸)ᄒᆞ고 왕(往)ᄒᆞ니 복(復)ᄒᆞ미 하

87 은종(殷宗): 은나라 고종(高宗)으로 봄. 《서경》 〈열명(說命)〉에 은나라 고종이 나라를 부흥시킬 어진 인재를 찾던 중 상제가 어진 신하를 준다고 하면서 부열(傅說)의 모습을 보여주는 꿈을 꾼 후 그대로 얼굴을 그려서 찾은 끝에 길을 닦고 담을 쌓는 일을 하던 부열을 찾았다는 내용이 있음.

88 ᄒᆡᆼ공(行公): 행공. 문맥상 벼슬아치가 사모관대를 차리고 출근하여 사무를 보는 것을 의미하는 '관대행공(冠帶行公)'의 줄임말로 봄.

89 이슈가ᄋᆡᆨ(以手加額): 이수가액. 이마에 손을 얹는다는 말로, 기뻐하거나 경하하거나 공경하는 마음을 표시하는 것. 규장각본에는 '슈가ᄋᆡᆨ'으로 되어 있음.

날이오 망망훈 긴 밤도 싀미 이시며 막막훈 궁텬(窮天)도 붉으미 이시니 졍쳥계와 됴후암이 만분 슈계(囚繫)ᄒᆞ민들 엇디 평싱의 면치 못ᄒᆞ고 튱의대졀(忠義大節)을 헛도이 노영호디(虜營胡地)의 몰몰(歿歿)훌[90] 텬니(天理) 이시리오? 샹(上)이 복위ᄒᆞ신 디 미급일삭(未及一朔)의 경상셔 좀과 됴어ᄉᆞ 셰창이 븍방(北方)으로조ᄎᆞ 환됴(還朝)ᄒᆞᄂᆞᆫ 표문(表文)을 올니니 샹이 바야흐로 졍·됴를 위ᄒᆞ샤 참연이 슈통(愁痛)을 니긔디 못ᄒᆞ시니 복위ᄒᆞ시므로브터 권권(眷眷)ᄒᆞ심과 ᄎᆞ셕(嗟惜)ᄒᆞ시미 일일층가(日日層加)ᄒᆞ시더니 무ᄉᆞ히 환귀ᄒᆞ여 표문을 올니고 셩명(成命)[91]을 딕죄(待罪)ᄒᆞ믈 드ᄅᆞ시니 텬심(天心)이 경동만열(驚動萬悅)ᄒᆞ샤 환희젼도(歡喜顚倒)ᄒᆞ시믈 씨닷디 못ᄒᆞ시더니 옥톄(玉體)를 농상(龍床)의 안좌(安坐)치 못ᄒᆞ샤 번연긔동(翻然起動)ᄒᆞ시며 옥음(玉音)이 쏘훈 썀ᄅᆞ샤 밋쳐 표문을 어람(御覽)치 못ᄒᆞ시고 옥교(玉轎)를 지쵹ᄒᆞ샤 친히 졍·조를 마ᄌᆞ 오고ᄌᆞ ᄒᆞ실ᄉᆡ 그 입현(入見)ᄒᆞ믈 니ᄅᆞ디 아니ᄒᆞ시며 어개(御駕) 밧비 궐문을 나시니 만됴문뮈(滿朝文武) 좌우로 호위ᄒᆞ여 거러 나아오니 은툥(恩寵)과 영광이 일셰(一世)의 무비(無比)ᄒᆞ더라. 어시(於是)의 니각노 챵계공이 젹소(謫所)로조ᄎᆞ 도라와 고관대작(高官大爵)을 죽기로뼈 고샤(固辭)ᄒᆞ여 다ᄉᆺ 번 표(表)를 올녀 외람ᄒᆞ며 황공ᄒᆞ믈 ᄀᆞ초 베펴 ᄉᆞ양ᄒᆞ딕 셩의(聖意) 슌슌블윤(巡巡不允)ᄒᆞ시더니 필경(畢竟)은 니공이 쇄두고샤(碎頭固辭)ᄒᆞ여 뉴혈(流血)이 면소(綿素)의 의금(衣襟)을 븕히니 텬심(天心)이 39면

90 몰몰(歿歿)훌: 규장각본에는 '몰훌'로 되어 있음.

91 셩명(成命): 성명. 임금이 신하의 신상과 관련해 내리는 명령.

경동(驚動)ᄒᆞ샤 졔국공을 환슈(還授)ᄒᆞ신 후 니빈·양션을 도도와 좌우승샹을 ᄇᆡ(拜)ᄒᆞ시니 이공(二公)이 봉공(奉公)ᄒᆞ시믈 더옥 외람블열(猥濫不悅)ᄒᆞ던 바로 임의 왕작(王爵)을 환슈ᄒᆞ신 바의 다ᄅᆞᆫ 작임(爵任)을 ᄯᅩ 샤양ᄒᆞ미 셩은(聖恩)[92]을 만홀(漫忽)ᄒᆞ미 갓가온 고로 브
40면 득이 ᄒᆡᆼ공(行公)ᄒᆞᆫ 셜화(說話)와 샹황(上皇)이 복위ᄒᆞ시던 ᄉᆞ젹(事跡)은《밍셩호연》과《양시가록》의 ᄒᆡ비(該備)ᄒᆞ여시므로 ᄎᆞ젼(此傳)의ᄂᆞᆫ 대개(大蓋)만 긔록ᄒᆞ노라.

화셜(話說). 션시(先時)의 쳥계공과 후암 됴공이 만세(萬歲) 노영호디(虜營胡地)를 ᄯᅥ나 고국의 환귀ᄒᆞ시니 ᄒᆡᆼ심낙희(幸甚樂喜)ᄒᆞ여 ᄌᆞ긔 등의 궁험긔흔(窮險奇釁)으로 거리ᄭᅵ디 아니ᄒᆞᄃᆡ ᄇᆡᆨ안영의셔 어찰(御札)을 밧들고 양·니 등의 문후(問候)ᄒᆞ던 셔신(書信)이 ᄭᅳᆺ치이며 ᄉᆞ모팔면의 의앙(依仰)이 업ᄉᆞᆫ디라. 고위(孤危)ᄒᆞ고 쳐황(悽惶)ᄒᆞ미 인간만믈(人間萬物)의 비홀 곳이 업ᄉᆞ며 슬프고 의디(依支) 업ᄉᆞ미 일노조ᄎᆞ 더으ᄃᆡ 후암은 견고당ᄆᆡᆼ(堅固壯猛)함과 녈일장확(烈日壯矍)ᄒᆞ미 타류(他類)와 다ᄅᆞᆫ디라 이의 슈계(囚繫)ᄒᆞ여 여러 셰월의 ᄒᆞᆫ갈ᄀᆞᆺ치 ᄉᆞᄉᆡᆨ(辭色)디 아니ᄒᆞ며 만분의 방ᄉᆞ(房舍)를 일운 후도 ᄌᆞ긔 본ᄯᅳᆺ이 아닌 고로 ᄆᆡ양 녈홰(熱火) 밋디 아닌 곳의 좌쳐(坐處)를 뎡ᄒᆞ고 젹소(謫所)로조ᄎᆞ ᄒᆞᆫ번 닙은 옷시 이의 니ᄅᆞ러 졀셰(節勢)를 밧고ᄃᆡ ᄯᅩᄒᆞᆫ 곳치며 변ᄒᆞ미 업시 살이 드러날 디경의 밋쳐도 오랑ᄏᆡ
41면 필ᄇᆡᆨ(匹帛)으로ᄡᅧ 몸의 더으디 아니ᄒᆞ니 녈녈강개(烈烈慷慨)ᄒᆞᆫ 긔딜

92 셩은(聖恩): 규장각본에는 '승은'으로 되어 있음.

이 창송(蒼松)의 약(弱)ᄒᆞ믈 나모라고 츄상(秋霜)의 엄(嚴)치 못ᄒᆞ믈 낫게 넉이니 ᄯᅩ 엇디 괴로온 질병이 감히 그 몸을 침노ᄒᆞ리오? 졍신이 싁싁ᄒᆞ며 긔운이 당당ᄒᆞ여 츄텬(秋天)이 고원(高遠)ᄒᆞ고 하일(夏日)이 의의(猗猗)ᄒᆞ니 ᄒᆞᆫ번 신음ᄒᆞᄂᆞᆫ 거동과 쇠잔(衰殘)ᄒᆞᆫ 형상이 업셔 우슈(憂愁)ᄒᆞ며 ᄋᆡ상(哀傷)ᄒᆞ믈 아쳐ᄒᆞ니 효의와 인졍이 젹은 거시 아니로ᄃᆡ 심관활인(心寬闊仁)ᄒᆞ여 ᄇᆡᆨ우(百憂)ᄅᆞᆯ 소셕(消折)ᄒᆞ고 쳔녀(千慮)ᄅᆞᆯ 쳑탕(滌蕩)ᄒᆞ여 풍운이 비양(飛揚)ᄒᆞᄆᆡ 일월이 실광(失光)ᄒᆞ여 텬운(天運)의 굴(屈)ᄒᆞ미 이 ᄀᆞᆺᄐᆞ나 굽으며 펴이미 ᄌᆞ고유디(自古有之)라 ᄌᆞ긔 곤ᄋᆡᆨ(困厄)과 화돈(禍敦)ᄒᆞ미 칠팔 ᄌᆡ(載) 넘디 아니믈 소연(昭然)[93]이 혜아려 길슈(吉數)ᄅᆞᆯ 등ᄃᆡ(等待)ᄒᆞ고 괴로온 잔념녀로 댱부의 긔상을 최찰(摧擦)치 아니ᄒᆞ니 도로혀 무ᄉᆞ무려(無思無慮)ᄒᆞᄆᆡ 갓가와 유유히 셰월을 보ᄂᆡ니 광음(光陰)이 슉홀(倏忽)ᄒᆞ여 ᄇᆡᆨ구디과극(百驅之過隙)이라 얼픗ᄒᆞᆫ ᄉᆞ이의 칠팔 년 츈츄(春秋)ᄅᆞᆯ 뒤이ᄌᆞ니 졍공의 슈계(囚繫)ᄒᆞ미 후암으로 더브러 일 년이 밋디 못ᄒᆞ나 븍당훤위(北堂萱闈)의 긔거(起居)ᄅᆞᆯ 아디 못ᄒᆞ고 됴셕(朝夕)의 의 42면
려이망(依閭而望)ᄒᆞ샤 창안(蒼顔)이 고고히 초췌ᄒᆞ시며 간담이 촌촌(寸寸)이 회젼(回剪)ᄒᆞ샤 쥬쥬야야(晝晝夜夜)의 쳑쳑우상(慽慽憂傷)ᄒᆞ시믈 혜건ᄃᆡ 효ᄌᆞ의 블효ᄅᆞᆯ 슬허ᄒᆞᄂᆞᆫ 회푀(懷抱) 날노 더으고 영모(永慕)ᄒᆞᄂᆞᆫ 졍이 시로 간졀ᄒᆞ니 ᄒᆞᆫ갓 고국을 ᄇᆞ라 긴 한숨과 져ᄅᆞᆫ 탄식의 븕은 눈믈이 흰 ᄉᆞᄆᆡ의 홍ᄆᆡ(紅梅)ᄅᆞᆯ 졋친 ᄃᆞᆺᄒᆞᆫ디라. 됴어ᄉᆡ 빙

---

93 소연(昭然): 일이나 이치 따위가 밝고 선명함.

공(聘公)의 슈통우상(愁痛憂傷)ᄒᆞ시미 유ᄒᆡ무익(有害無益)ᄒᆞ믈 일
ᄏᆞ라 관위(寬慰)ᄒᆞ믈 디극히 ᄒᆞ며 닌셩공ᄌᆡ 일야(日夜)의 븟드러 이
셩낙ᄉᆡᆨ(怡聲樂色)으로 관위ᄒᆞ며 부공(父公)이 일종쳥ᄉᆔ(一種淸水)
라도 마시면 ᄯᆞ라 마시고 안침(安寢)ᄒᆞ신ᄌᆞᆨ 조ᄎᆞ ᄌᆞ며 비우(悲憂)ᄒᆞ
신ᄌᆞᆨ 간유(懇諭)ᄒᆞ여 공의 소회(消懷)ᄅᆞᆯ 요구ᄒᆞ고 됴후암으로 더브
러 희ᄒᆡ(戲諧)ᄅᆞᆯ 찬조(贊助)ᄒᆞ여 우ᄉᆡᆨ(憂色)과 쳑희(慽唏)로뼈 일졀
뵈오디 아니ᄒᆞ여 동동(洞洞)ᄒᆞᆫ 디셩(至誠)과 쵹쵹(屬屬)ᄒᆞᆫ 디회(至
孝) 순증(舜曾)[94]의 머므신 츌텬대회(出天大孝)라 먹디 아니ᄒᆞ되 한셔
43면 (寒暑)ᄅᆞᆯ 니긔디 못ᄒᆞ여 ᄋᆡ잔이 괴로와ᄒᆞᄂᆞᆫ ᄉᆞ식(辭色)이 업ᄉᆞ니 댱
셩(長城)의 밋븜과 교악(嶠嶽)의 밋브미 온젼ᄒᆞ여 다ᄅᆞᆫ 념녜(念慮)
업ᄉᆞᆫ디라. 공ᄌᆡ 젹뇨침잠(寂寥沈潛)ᄒᆞᆫ 가온ᄃᆡ 만믈(萬物)의 니(理)
ᄅᆞᆯ 궁구ᄒᆞ여 다시 ᄇᆡ호며 것칠 거시 업ᄉᆞ니 문니(文理) 밀찰(密察)ᄒᆞ
고 혈ᄆᆡᆨ(血脈)이 관통ᄒᆞ여 아연(峨然)이 셩인의 도통(道統)을 니어시
ᄆᆡ 졍공의 문댱ᄇᆡᆨ딜(文章百質)이 딘션딘슉(盡善盡淑)ᄒᆞᆷ과 됴후암의
초츌탁이(超出卓異)ᄒᆞᆫ 위인긔딜(爲人氣質)노도 닌셩의 다ᄃᆞ라ᄂᆞᆫ 과
연 밋출 길히 업ᄉᆞᆫ디라. ᄒᆞ믈며 그 톄형(體形)이 댱슉(長熟)ᄒᆞ믄 풍
상우고(風霜雨苦)의 ᄡᆞ힌 바 ᄀᆞᆺ디 아니ᄒᆞ니 엄연이 대현군ᄌᆞ(大賢君
子)의 긔상을 일워 팔쳑댱신(八尺長身)의 원비(猿臂)·일외 언연셕대
(偃然碩大)ᄒᆞ여 됴후암과 ᄀᆞᆺ치 셔ᄆᆡ 신댱(身長)이 오히려 슈촌(數寸)
이 넘으며 좌(座)ᄅᆞᆯ ᄀᆞᆺ치 ᄒᆞᄆᆡ 풍용덕딜(風容德質)이 십승쳔츌(十乘

94 순증(舜曾): 순증. 순임금과 증자. 두 사람 모두 효행으로 유명한 인물.

千出)ᄒᆞ니 공의 두굿김과 귀듕ᄒᆞ믈 므어ᄉᆡ 형용ᄒᆞ리오? 어개(御駕) 환귀ᄒᆞ시고 창계 등이 도라가 시졀의 홍홍ᄒᆞ믈 뎡(定)ᄒᆞ여시ᄃᆡ ᄌᆞ긔 이에 슈계(囚繫)ᄒᆞ여 도라갈 디쇽(遲速)을 뎡치 못ᄒᆞ더니 먀션의 역 텬극악(逆天極惡)ᄒᆞ미 맛ᄎᆞᆷᄂᆡ 텬신(天神)의 노(怒)ᄒᆞ시믈 닙어 일일 44면
의 풍위(風雨) 대작(大作)ᄒᆞ며 뇌졍(雷霆)이 딘쳡(震疊)ᄒᆞᄂᆞᆫ 바의 먀 션이 다시 폭뇌(暴雷)의 딘ᄉᆞ(震死)ᄒᆞ여 쇄골분신(碎骨紛身)ᄒᆞ니 본 ᄃᆡ ᄌᆞ식이 업고 기쳐(其妻) 갈연시 대동왕을 ᄉᆞ통(私通)ᄒᆞ여 졍이 듕 (重)ᄒᆞᄃᆡ 먀션의게ᄂᆞᆫ ᄒᆞᆫ 조각 졍이 업던 고로 먀션의 텬벌(天伐)을 닙 어 죽으믈 굿ᄐᆞ여 슬허치 아니ᄒᆞ고 대동왕이 먀션의 위(位)ᄅᆞᆯ 니어 갈 연시ᄅᆞᆯ 통ᄒᆡᆼ(寵幸)ᄒᆞ며 당태종(唐太宗)의 고ᄉᆞ(古事)ᄅᆞᆯ 일ᄏᆞ라 남녜 (男女) 다 흉음(凶淫)ᄒᆞᆫ 변괴(變故)믈 아디 못ᄒᆞ니 오랑ᄏᆡ 풍쇽이 이 러ᄐᆞᆺ 참괴(慙愧)ᄒᆞ더라. 먀션이 텬벌을 닙어 죽은 시신의 셰 줄 텬셔 (天書)ᄅᆞᆯ 등의 삭여시ᄃᆡ '굴만승(屈萬乘)이 역텬(逆天)ᄒᆞ고 함ᄒᆡ튱신 효ᄌᆞ(陷害忠臣孝子)ᄒᆞ니 죄악이 블면텬쥬(不免天誅)라.' ᄒᆞ여시니 븍노군신(北虜君臣)이 대황대구(大惶大懼)ᄒᆞ여 대동왕이 위ᄅᆞᆯ 니으 며 즉시 졍쳥계와 됴후암을 밧드러 별관으로 올므믈 쳥ᄒᆞᆯᄉᆡ 일변(一 邊) 별관을 슈소(修掃)ᄒᆞ여 다시 영텬관이라 ᄒᆞ고 문무신뇨(文武臣 僚)로 더브러 만분의 나아가 졍·됴 이공(二公)을 ᄇᆡ견(拜見)ᄒᆞ며 군 45면
신샹ᄒᆡ(君臣上下) 가ᄉᆡᄅᆞᆯ 디고[95] 슬ᄒᆡᆼ포복(膝行怖伏)ᄒᆞ여 ᄉᆞ죄(謝罪) ᄅᆞᆯ 쳥ᄒᆞ며 ᄇᆡᆨᄇᆡ고두(百拜叩頭)ᄒᆞ여 형의 극악대죄(極惡大罪)ᄅᆞᆯ 하날

95 가ᄉᆡᄅᆞᆯ 디고: 망자재배(芒刺在背). 가시를 등에 진다는 뜻으로, 주위에 꺼리고 두려워하는 사람이 있어 마음이 편치 않음을 가리킴.

이 벌ᄒᆞ샤 뇌우(雷雨)의 딘ᄉᆞ(震死)ᄒᆞ믈 고(告)ᄒᆞ고 텬됴대신(天朝大臣)으로ᄲᅧ 오릐 누옥(陋獄)의 곤(困)케ᄒᆞ믈 청죄(請罪)ᄒᆞ여 져의 목숨을 드려 븍방싱녕(北方生靈)의 명을 빌ᄆᆡ 녜뫼(禮貌) 공근(恭勤)ᄒᆞ며 언ᄉᆡ(言辭) 슌화(純化)ᄒᆞ여 식ᄉᆞ(飾詐)ᄒᆞ미 업ᄉᆞ니 갈연시를 ᄉᆞ통(私通)ᄒᆞ미 흉음홀디언졍 먀션의 역텬극악(逆天極惡)ᄒᆞ므로 비컨ᄃᆡ 크게 ᄂᆡ도ᄒᆞ여 소양(霄壤)이 블모(不侔)ᄒᆞ니[96] 졍·됴 이공(二公)이 비로 관듕(關中)으로 올믈ᄉᆡ 븍노문뮈(北盧文武) 공경위로ᄒᆞ여 관듕의 나아가 범ᄉᆞ(凡事)의 밧들미 번국(藩國)이 텬샤(天使)를 ᄃᆡ졉ᄒᆞᄂᆞᆫ 녜(禮)를 다ᄒᆞ고 대동왕이 감히 승당ᄃᆡ좌(昇堂對坐)치 못ᄒᆞ여 복복경슌(僕僕敬順)ᄒᆞ믈 마디 아니ᄒᆞ니 냥공(兩公)이 ᄇᆡᆨ안의 낫출 아니 보디 못홀 비오 황샹(皇上)이 도라가신 디 오라ᄃᆡ 됴졍(朝廷)이 먀션의 죄를 뭇디 아니ᄒᆞ며 힘힘히 화친(和親)을 일홈ᄒᆞ여 눈을 흘긔여 븍방(北方)을 도라봄도 업ᄉᆞᆫ 바의 먀션이 임의 텬벌을 닙어 죽으미 되엿고 건간과 대동왕은 죄를 디으미 업ᄂᆞᆫ디라 셜ᄉᆞ 포악ᄒᆞ미 먀션의 버금일디라도 ᄌᆞ긔 등이 초(初)의 텬샤(天使)로 이에 옴도 아니오 뎡벌(征伐)노 니롬도 아니라 븍노(北虜)의 싱살(生殺)을 가음알미 가(可)치 아니ᄒᆞ니 텬졍(天庭)의 쥬(奏)ᄒᆞ여 황샹의 명결(明決)ᄒᆞ시믈 기다리미 맛당ᄒᆞ거놀 ᄒᆞ믈며 무죄ᄌᆞ(無罪者)를 공연이 몽죄면칙(蒙罪面責)ᄒᆞ리오? ᄌᆡ삼(再三) 승당(昇堂)ᄒᆞ믈 일ᄏᆞ라 쥬ᄀᆡᆨ(主客)의 녜(禮)로 ᄃᆡ졉ᄒᆞ며 기리 말ᄉᆞᆷ을 여러 디난 바와 당금(當今)을 니ᄅᆞ고 녁슈(曆數)[97]

46면

96 소양(霄壤)이 블모(不侔)ᄒᆞ니: '소양불모'는 하늘과 땅의 차이처럼 현격한 차이를 의미함. '천양지차(天壤之差)'와 같은 말.

ᄅᆞᆯ 논변(論辯)ᄒᆞᆯᄉᆡ 언논(言論)이 뎡대(正大)ᄒᆞ며 긔(其) 되(道) 삼엄ᄒᆞᆯ ᄲᆞᆫ 아니라 함황광대(含弘廣大)[98]ᄒᆞ미 츄텬(秋天)이 고광(高曠)ᄒᆞ고 챵ᄒᆡ(滄海) 호활(浩濶)ᄒᆞ니 븍노군신(北虜君臣)이 복복흠경(僕僕欽敬)[99]ᄒᆞ여 블감앙쳠(不敢仰瞻)이라. 그 교어(敎語)ᄅᆞᆯ 밧드러 평ᄉᆡᆼ의 어그ᄅᆞᆺᄎᆞ미 업고ᄌᆞ ᄒᆞᄆᆡ 군신이 의논ᄒᆞ여 냥공(兩公)의 앏ᄒᆡ ᄲᅮ려 동반(銅盤)의 피ᄅᆞᆯ 맛보며 단졈(壇坫)의 ᄆᆡᆼ셰ᄅᆞᆯ 두어 금일디후(今日之後)로 븍뇌 ᄌᆞᄌᆞ손손(子子孫孫)이 텬됴(天朝)ᄅᆞᆯ 부모디국(父母之國)으로 47면 셤겨 다시 침범ᄒᆞ미 업ᄉᆞᆯ 바ᄅᆞᆯ 일ᄏᆞᄅᆞ니 냥공(兩公)이 사양왈(辭讓曰) "이ᄂᆞᆫ 대ᄉᆡ(大事)라. 아등(我等)이 초(初)의 교유사(敎諭使)로 이의 니름과 다ᄅᆞ니 엇디 우리의 앏ᄒᆡ셔 삽혈동ᄆᆡᆼ(歃血同盟)을 두리오? 사신(使臣)이 황도(皇都)의 드러가 텬ᄌᆞ(天子)긔 젼죄(前罪)ᄅᆞᆯ 쳥ᄒᆞ고 번신(藩臣)의 녜ᄅᆞᆯ 다ᄒᆞ미 맛당ᄒᆞ니 동반의 피ᄅᆞᆯ 우리의 앏ᄒᆡ셔 나오디 말나."

대동왕이 ᄇᆡ이사(拜而謝)ᄒᆞ며 하날을 ᄀᆞᄅᆞ쳐 ᄆᆡᆼ셰ᄒᆞ고 대됴(大朝)ᄅᆞᆯ 부모ᄀᆞᆺ치 셤겨 ᄌᆞᄌᆞ손손이 변치 아닐 바ᄅᆞᆯ ᄇᆞᆰ히며 문무졔신(文武諸臣)이 븍면시위(北面侍衛)[100]ᄒᆞ여 연악(宴樂)을 나오고ᄌᆞ ᄒᆞ니 냥공(兩公)이 ᄆᆡᄆᆡ(罵罵)히 믈니쳐 맛ᄎᆞᆷᄂᆡ 연향(宴饗)ᄒᆞᄂᆞᆫ 상을 밧디 아니코

97 녁슈(曆數): 역수. 임금이 천명을 받고 제위에 오르는 일.

98 함황광대(含弘廣大): 원문은 '함황광대'이나 문맥상 너그럽고 광대한 덕을 의미하는 '함홍광대'가 맞는 것으로 보임. 규장각본에도 '함황광ᄃᆡ'로 되어 있음.

99 복복흠경(僕僕欽敬): 규장각본에는 '복〃 흠션'으로 되어 있음.

100 븍면시위(北面侍衛): 북면시위. '북면'은 신하가 임금을 대할 때에는 반드시 북쪽을 향하는 것. '시위'는 신하가 임금을 곁에서 호위하는 것.

풍악을 먼니ᄒᆞ니 이ᄂᆞᆫ 샹황(上皇)이 안귀(安歸)ᄒᆞ시나 위(位)예 님
(臨)ᄒᆞ시믈 엇디 못ᄒᆞ샤 남궁(南宮)의 우슈(憂愁)히 침굴(沈屈)ᄒᆞ시
믈 통탄비원(痛嘆悲怨)ᄒᆞ여 연악의 흥황(興況)이 업ᄉᆞᆫ 연괴(緣故)러
라. 임의 호디(胡地) 누옥(陋獄)을 버셔나ᄆᆡ 고국의 도라가미 시ᄌᆡᆨ(時
刻)에 밧븐디라 엇디 별관의 안와(安臥)ᄒᆞ여 시일(時日)을 쳔연(遷
48면 延)ᄒᆞ리오? 이날을 계오 머므러 니튼날 효신(曉晨)의 ᄯᅥᆯ니 니발(離
發)ᄒᆞᆯᄉᆡ 대동왕이 슈일(數日) 머믈믈 쳥ᄒᆞ여 득(得)디 못ᄒᆞ고 다만
문무신뇨(文武臣僚)ᄅᆞᆯ 거ᄂᆞ려 ᄇᆡᆨ니졍(百里亭)의 나와 숑병(送別)[101]ᄒᆞᆯ
ᄉᆡ 국듕(國中)을 잠간 딘뎡ᄒᆞᆫ 후 ᄇᆡᆨ안과 문무제신(文武諸臣)을 거ᄂᆞ
려 텬됴(天朝)의 드러가 죄ᄅᆞᆯ 쳥ᄒᆞ며 인ᄒᆞ여 됴알(朝謁)ᄒᆞᆯ 바ᄅᆞᆯ 일ᄏᆞ
라 후회(後會)ᄅᆞᆯ 긔약ᄒᆞ니 냥공(兩公)이 졈두응낙(點頭應諾)ᄒᆞ고 ᄇᆡᆨ
안쳠모ᄅᆞᆯ 향ᄒᆞ여 각별이 말을 두어 비록 이국(異國)을 즈음쳐 후회ᄅᆞᆯ
뎡(定)치 못ᄒᆞ나 텬위(天位)ᄅᆞᆯ 영듕(營中)의 위안(衛安)ᄒᆞ여 군신대
의(君臣大義)ᄅᆞᆯ 문희치디 아니홈과 만분의 왕ᄂᆡᄒᆞ여 블고위험(不顧
危險)ᄒᆞ고 어찰(御札)을 밧드러 놉흔 공을 샤례ᄒᆞ여 맛ᄎᆞᆷᄂᆡ 져ᄇᆞ리디
아닐 바ᄅᆞᆯ 일ᄏᆞᄅᆞ니 ᄇᆡᆨ안이 슌슌(諄諄)이 블감(不堪)ᄒᆞ믈 샤(辭)ᄒᆞ며
이에 누슈(淚水)ᄅᆞᆯ 쓰려 니별을 앗기ᄃᆡ 시러곰 일시도 머므ᄅᆞ믈 엇디
못ᄒᆞ여 ᄌᆡᄇᆡ숑별(再拜送別)ᄒᆞ니 냥공이 ᄯᅥᆯ니 승도발마(乘道發馬)ᄒᆞᆯ
49면 ᄉᆡ 최언션과 운학 등 제뇌(諸奴) 건간왕을 향ᄒᆞ여 만분 누옥(陋獄)의
아ᄉᆞ(餓死)ᄅᆞᆯ 면케 ᄒᆞ신 은혜ᄅᆞᆯ ᄇᆡᆨᄇᆡ칭샤(百拜稱謝)ᄒᆞ여 ᄎᆞᄉᆡᆼ(此生)

101 숑병(送別): 규장각본에는 '송별'로 되어 있음.

의 다 갑흐믈 긔필(期必)치 못ᄒᆞ니 후싱(後生)의 견미(犬馬) 되여 만(萬)의 ᄒᆞ나흘 보(報)ᄒᆞ믈 누누히 일ᄏᆞᄅᆞ니 건간이 기리 샤양ᄒᆞ고 써 나믈 훌연ᄒᆞ여 ᄒᆞ더라. 경공이 임의 가(駕)를 두로혀미 공ᄌᆞ와 후암이 밧드러 보호ᄒᆞ믈 디극히 홀 쓴 아니라 븍디누옥(北地陋獄)을 버셔 고국으로 향ᄒᆞ믈 어더시니 평싱의 밋친 원이 업순 돗 냥익(兩掖)이 움즉이며 정신이 소챵(消暢)ᄒᆞ여 뎡히 홍곡(鴻鵠)의 날개를 비러 만니관산(萬里關山)을 날 뜻이 이시니 엇디 변히풍도(邊海風濤)와 이각험노(崖角險路)의 일시 괴로오믈 알니오? 공이 ᄌᆞ셔(子婿)를 디ᄒᆞ여 왈 "만니션뇌(萬里船路) 심히 위티ᄒᆞ다 니ᄅᆞ려니와 우리 고국으로 도라갈 뜻이 시긱(時刻)이 급ᄒᆞ믈 디완(遲緩)ᄒᆞ여 뉵노(陸路)로 힝홀딘디 쥬야(晝夜)를 혜디 아냐도 ᄌᆞ연 슈삼(數三) 삭(朔)이나 되리니 출하리 일엽쥬(一葉舟)를 인ᄒᆞ여 슈로(水路)로 힝ᄒᆞ면 블과(不過) 일삭(一朔)의 뎨도(帝都)[102]를 드딜디라. ᄌᆞ의와 오ᄋᆞ(吾兒)의 뜻이 엇더ᄒᆞ뇨?" 공ᄌᆞ는 션노(船路)의 순순(巡巡)히 히(害)를 보아시나 금번 힝도(行途)의는 운쉬(運數) 대통(大通)ᄒᆞ여 슈륙간(水陸間)의 유히(有害)치 아닐 바를 아는 고로 오딕 부명(父名)을 밧들 쁜이오 됴어ᄉᆞ는 본뜻이 슈로로 힝코ᄌᆞ ᄒᆞ던 비라 이에 맛당ᄒᆞ믈 일ᄏᆞᆺ고 즉시 션칙(船舴)을 다ᄉᆞ려 고원(故園)으로 향홀시 하날이 길시(吉時)를 허(許)ᄒᆞ시미 만시(萬事) 뜻을 좃는디라. 치범(彩帆)은 창낭(滄浪)의 듕뉴(中流)ᄒᆞ여시며 화장(華帳)은 동풍(東風)의 빗기 븟치미 담파(淡波)는 양양 50면

102 뎨도(帝都): 제도. 황제가 있는 나라의 서울. 규장각본에는 '예도'로 되어 있음.

(洋洋)ᄒᆞ여 슈경을 ᄉᆡ랏고 츈공(春空) 은은ᄒᆞ여 양긔(陽氣)ᄅᆞᆯ 토ᄒᆞ니 슈텬(水天)이 ᄒᆞᆫ 빗치오 풍낭(風浪)이 고요ᄒᆞᆫᄃᆡ ᄇᆡ ᄒᆡᆼ(行)ᄒᆞ여 ᄲᆞᄅᆞ미 흐ᄅᆞᄂᆞᆫ 살 ᄀᆞᆺᄐᆞ니 만 니 션노(船路)의 위ᄐᆡᄒᆞ믈 아디 못ᄒᆞ고 일삭디ᄂᆡ(一朔之內)의 뎨향(帝鄕)을 더위잡아 강촌의 다ᄃᆞᄅᆞ니 만믈쵹경(萬物觸景)이 눈 가온ᄃᆡ ᄀᆞ득이 반가오믈 도을 쁜 아니라 비로소 국ᄉᆞ(國事)ᄅᆞᆯ 드ᄅᆞᄆᆡ 샹황(上皇)이 복위ᄒᆞ시며 경태(景泰) 폐(廢)ᄒᆞ여 셔ᄒᆡ로 올므미 되다 ᄒᆞᄂᆞᆫ디라. 이공(二公)이 심ᄒᆡᆼ의열(甚幸意悅)
51면 ᄒᆞ여 이 밤을 계오 강촌의 디ᄂᆡᆯᄉᆡ 시졀이 바야흐로 듕츈념간(仲春念間)[103]이라 양뉴(陽柳)ᄂᆞᆫ 쳐음으로 누ᄅᆞᆫ 안개ᄅᆞᆯ 머므럿고 산화(山花)ᄂᆞᆫ 비로소 븕은 별이 달녀시니 동풍이 뉴디(柳枝)의 도라오ᄆᆡ 방최(芳草) 짜 우ᄒᆡ 얽혓ᄂᆞᆫ디라. 이 니ᄅᆞᆫ바 '셕(昔)애 왕(往)ᄋᆡ의 우셜(雨雪)이 비비(霏霏)러니 금(今)의 왕(往)애 양ᄂᆔ(楊柳) 의의(依依)'[104]러라. ᄎᆞ시(此時)ᄂᆞᆫ 텬슌(天順) 원년(元年) 츈이월(春二月) 념간(念間)이라 시졀이 뎡히 화창ᄒᆞᆫ디라. 쳥계공이 심환대락(甚歡大樂)ᄒᆞ여 현금(絃琴)을 취ᄒᆞ여 곡됴(曲調)ᄅᆞᆯ 발ᄒᆞᆯᄉᆡ 공이 고위(顧謂) 후암 왈

"셩문(聖門)의 음뉼(音律)이 디음(知音)[105]을 웃듬ᄒᆞ며 녜악(禮樂)의 비

---

103 듕츈념간(仲春念間): 중춘염간. 중춘은 음력 2월. 염간은 스무날 전후.

104 셕(昔)애 ~ 의의(依依): 변방에서 오래 수자리 살다가 고향에 돌아오는 병사의 심경을 읊은 시인《시경》〈채미(采薇)〉 중 "옛날에 내가 길을 떠날 때에는 푸른 버들가지가 휘휘 늘어졌는데 지금 내가 돌아올 때에는 함박눈이 펄펄 내리네(昔我往矣 楊柳依依 今我來思 雨雪霏霏)."에서 온 것. 규장각본에는 '셕애 왕의의 우셜이 비〃러니 금의 ᄂᆡ의 냥ᄂᆔ 의〃'로 되어 있음.

105 디음(知音): 지음. 춘추전국시대 거문고의 명인이던 백아가 연주한 거문고 소리를 두고 종자기가 어떤 것을 표현한 연주인지 알아준 것.

로ᄉᆞ미 젼혀 브졍(不淨)ᄒᆞ믈 아라ᄂᆡ여야 진짓 음뉼을 됴화(調和)ᄒᆞᄂᆞ니 내 이졔 국가ᄅᆞᆯ 위ᄒᆞ여 황샹(皇上)이 복위ᄒᆞ시믈 하례ᄒᆞ고 집의 편위(偏闈)의 안강(安康)ᄒᆞ시믈 튝(祝)ᄒᆞᄂᆞ니 금셩(琴聲)으로조ᄎᆞ 경낙연일(慶樂宴日)이 완젼ᄒᆞ믈 어들가 ᄌᆞ의의 관통(貫通)ᄒᆞ믈 ᄇᆞᆰ히 아라 니ᄅᆞᆯ디어다.”

후암이 ᄇᆡ슈왈(拜手曰)

“쇼ᄌᆞ(小子)의 용누(庸陋)ᄒᆞ미 셩문녜악(聖門禮樂)을 엇디 지음ᄒᆞ리
잇고마ᄂᆞᆫ 악댱(岳丈)이 쇼ᄌᆞ의 블쵸(不肖)ᄒᆞ믈 할이셕(割而析)ᄒᆞ샤
과히 우ᄃᆡ(優待)ᄒᆞ시니 쇼ᄌᆡ ᄯᅩᄒᆞᆫ 우러러 외람ᄒᆞ오믈 닛고 디긔(知 52면
己) 되믈 ᄇᆞ라ᄂᆞ니 대인(大人)이 시험ᄒᆞ샤 곡됴(曲調)ᄅᆞᆯ 디으실딘ᄃᆡ
쇼ᄌᆡ 그 ᄒᆞ나 둘흘 ᄒᆡ득(解得)ᄒᆞ리이다.”

공이 고개 조으며 광슈(廣袖)로조ᄎᆞ 쇼슈(素手)ᄅᆞᆯ 움즉여 일곡(一曲)을 됴화ᄒᆞ니 기뉼(其律)이 신신이이(申申怡怡)ᄒᆞ여 평년 일곡의 텬디상감(天地相感)ᄒᆞ고 만믈(萬物)이 상화(相和)ᄒᆞ며 기셩(其聲)이 졀졀화평(節節和平)ᄒᆞ니 남풍이 은은ᄒᆞ여 만곡(萬谷)이 어ᄅᆡᄂᆞᆫ ᄃᆞᆺ 경운(景雲)이 흔흔(欣欣)ᄒᆞ여 샹세(祥瑞) 환환(煥煥)ᄒᆞᆫ ᄃᆞᆺ 징딩녈녈(澄澄洌洌)ᄒᆞ여 셩문의 깃친 녜악(禮樂)이라. 날호여 금현(琴絃)을 믈녀 뉼(律)을 맛ᄎᆞᄆᆡ 후암이 할연경복(豁然敬服)[106]ᄒᆞ여 홀홀히 낫빗ᄎᆞᆯ 곳치고 두 번 졀ᄒᆞ여 왈 음뉼(音律)의 긔이ᄒᆞ미 ᄒᆞᆫ갓 광능산(廣陵散)[107] 식곡(熄曲)일 ᄲᆞᆫ 아니라 바로 셩문녜악(聖門禮樂)으로 풍운이 일등(一

106 할연경복(豁然敬服): 활연경복. 활연은 의문을 밝게 깨달은 모양이고, 경복은 존경하여 복종하거나 감복하는 것. 규장각본에는 '활연경복'으로 되어 있음.

騰)의 만믈(萬物)이 뇌락(磊落)ᄒᆞ며 텬디박남(天地博覽)의 홍진(紅塵)이 진탕(震湯)ᄒᆞ믈 크게 일ᄏᆞᆺ고 인ᄒᆞ여 논난(論難)ᄒᆞ믈 명ᄇᆡᆨ히 ᄒᆞ
53면 여 가국(家國)이 ᄒᆞᆫ가지로 태평무ᄉᆞ(太平無事)ᄒᆞᆷ과 샹ᄒᆡ(上下) 일쳬로 즐길 바ᄅᆞᆯ 본 ᄃᆞ시 니ᄅᆞᆯ 쁜 아니라 공이 ᄯᅩ 원방(遠邦)의 ᄉᆞ환(仕宦)ᄒᆞᆯ 바 죵ᄂᆡ(從來)의 곡ᄌᆞ디통(哭子之痛)이 이실 바ᄅᆞᆯ 비록 바로 일ᄏᆞᆺ디 아니ᄒᆞ나 잠간 언단(言端)의 빗최미 이시니 공은 고개 조아 맛당ᄒᆞᆷ과 그 명견(明見)을 탄칭(歎稱)ᄒᆞ며 공ᄌᆞᄂᆞᆫ 측(側)의 뫼셔 야야(爺爺)의 금셩(琴聲)을 드ᄅᆞᄆᆡ 후암이 ᄇᆞᆰ히히[108] 니ᄅᆞ기ᄅᆞᆯ 기다리디 아냐셔 목금(目今)과 원녀(遠慮)ᄅᆞᆯ 디긔(知機)ᄒᆞᄆᆡ 즐기ᄂᆞᆫ 의ᄉᆡ 업ᄉᆞᄃᆡ 형ᄉᆡᆨ(形色)의 낫토디 아니ᄒᆞ더니 명됴(明朝)의 이공(二公)이 궐하로 나아갈ᄉᆡ 공ᄌᆞᄂᆞᆫ 양아로 향ᄒᆞ여 표슉(表叔) 등을 ᄇᆡ견(拜見)ᄒᆞ려 ᄒᆞ더라.

화셜(話說). 만셰황애(萬歲皇爺) 옥교(玉轎)ᄅᆞᆯ ᄌᆡ촉ᄒᆞ여 궐문을 나실ᄉᆡ 문뮈(文武) 밋쳐 됴회(朝會)ᄅᆞᆯ 파(罷)치 못ᄒᆞ엿던 고로 일시의 어가(御駕)ᄅᆞᆯ 호위ᄒᆞ여 나오며 경·됴 이공이 표문(表文)을 듕셔싱으로
54면 인ᄒᆞ여 농탑(龍榻) 하의 헌(獻)ᄒᆞ고 바야흐로 비답(批答)을 기다려 입현(入見)코ᄌᆞ ᄒᆞ더니 쳔만의외(千萬意外)예 셩개(聖駕) 친영(親迎)ᄒᆞ시믈 드ᄅᆞᄆᆡ 블승외월(不勝畏越)ᄒᆞ여 년망(連忙)이 됴의(朝衣)ᄅᆞᆯ

---

107 광능산(廣陵散): 광릉산. 거문고 곡조 이름으로, 죽림칠현 중 하나인 혜강이 낙서(洛西)에서 놀 때 신선으로 보이는 객에게 전수받았다고 하며, 혜강이 형장에서 죽을 때 마지막으로 그 곡을 연주하면서 "광릉산 곡조가 이제는 없어지는구나(廣陵散 於今絶矣)."라고 탄식했다는 고사가 있음.

108 ᄇᆞᆰ히히: 규장각본에는 'ᄇᆞᆰ히'로 되어 있음.

가(加)ᄒᆞ며 ᄉᆞ모(紗帽)ᄅᆞᆯ 어로만져 각ᄃᆡ(角帶)ᄅᆞᆯ 뎡(整)히 ᄒᆞᄆᆡ 쎨니 옥교(玉轎)ᄅᆞᆯ 바라고 고두ᄇᆡ무(叩頭拜務)ᄒᆞ온ᄃᆡ 샹(上)이 뇽안(龍顔)으로ᄡᅧ 졍·됴 이공(二公)을 보시ᄆᆡ 젼도(顚倒)ᄒᆞ시며 옥음(玉音)이 급ᄒᆞ샤 옥교ᄅᆞᆯ ᄲᆞᄅᆡ 나리와 ᄀᆞᆯ오샤ᄃᆡ

"딤(朕)이 조모(朝暮)의 ᄉᆞ상(思想)ᄒᆞ던 졍·됴 이공을 보게 ᄒᆞ라."

ᄒᆞ시니 이공이 고두ᄇᆡ무ᄒᆞ여 가(可)치 아니믈 알외고 입궁승년(入宮昇殿)[109]ᄒᆞ시믈 쳥ᄒᆞᄆᆡ 황공ᄒᆞᆫ ᄉᆞ쇡(辭色)과 블안ᄒᆞᆫ 거동이 말ᄉᆞᆷ 밧긔 넘ᄶᅵ니 샹이 이의 머므디 못ᄒᆞᆯ 줄 아ᄅᆞ샤 잠간 옥교ᄅᆞᆯ 머므ᄅᆞ시며 졍·됴 이공을 ᄒᆞᆫ가디로 오로라 ᄒᆞ샤 왈

"졍·됴 이공이 블셰디공(不世之功)이 이시니 딤이 노영(虜營)의 잠겨 ᄂᆡ공[110]의 봉인(鋒刃)을 션비(先批)ᄒᆞ여 위급디시(危急之時)의 능히 명ᄆᆡᆨ(命脈)을 니으믄 됴경[111]의 주미오 마션의 문셔ᄅᆞᆯ 바다 고국의 환귀ᄒᆞ믄 졍경[112]의 주미니 칠팔 ᄌᆡ(載)ᄅᆞᆯ 만분 누옥(陋獄)의 화식(火食)을 먼니ᄒᆞ고 당당ᄒᆞᆫ 튱졀을 ᄌᆞᆸ아 븍노(北虜)ᄅᆞᆯ 경복(敬服)ᄒᆞᄂᆞᆫ 바ᄂᆞᆫ 죡히 니ᄅᆞ디 말고 딤의 오날ᄂᆞᆯ을 보미 냥공(兩公)의 늉공대덕(隆功大德)이니 딤슈박덕블명(朕雖薄德不明)이나 엇디 이졔 조ᄎᆞ 튱냥보필(忠良輔弼)을 먼니ᄒᆞ리오? ᄯᅳᆺ을 결(決)ᄒᆞ여 부귀와 우락(憂樂)을 일톄로 55면

109 입궁승년(入宮昇殿): 입궁승전. 규장각본에는 '입궁승면'으로 되어 있음. 문맥상 '입궁승전'이 적절함.

110 ᄂᆡ공: 내공. 마선의 부하로, 영종황제가 마선에 억류되었을 때 영종황제를 해치려다 도리어 조세창에게 목숨을 잃었음.

111 됴경: 조경. 조세창.

112 졍경: 정경. 정잠.

ᄒᆞ여 휴쳑(休戚)의 다ᄅᆞ미 업게 ᄒᆞ리니 냥경(兩卿)은 딤의 뜻을 디실(知悉)ᄒᆞ여 거샹(車上)의 ᄒᆞᆫ가디로 올나 입궐ᄒᆞ믈 샤양치 말나."

이공(二公)이 쳥교(聽教)의 대황대공(大惶大恐)ᄒᆞ여 면관돈슈(免冠頓首) 왈

"미신(微臣) 등이 죽을디언정 셩교(聖教)를 감승(敢承)치 못ᄒᆞ오리니 다만 ᄉᆞ죄를 쳥ᄒᆞ올 ᄯᅳᆫ이로소이다."

샹이 밧비 이공의 관을 쓰라 ᄒᆞ시며 탄(嘆)ᄒᆞ여 ᄀᆞᆯ오샤ᄃᆡ

"딤이 냥경의 ᄉᆡᆼ환ᄒᆞ믈 보ᄆᆡ 희한ᄒᆞ미 듕심(中心)으로 발(發)ᄒᆞᆯ ᄯᅳᆫ 아니라 깁히 튱의대졀(忠義大節)을 져바리디 말고ᄌᆞ ᄒᆞᄆᆡ 딤으로 더브러 교샹(轎上)의 ᄒᆞᆫ가디로 오로믈 쳥ᄒᆞ여 만됴(滿朝)로 ᄒᆞ여곰

56면 은영(恩榮)[113]을 뵈고ᄌᆞ ᄒᆞ고 다시 군신의 ᄉᆞ모ᄒᆞ던 졍을 위로코ᄌᆞ ᄒᆞ미러니 냥경의 ᄉᆞ양홈과 블안ᄒᆞ여 ᄒᆞ믈 보ᄆᆡ 딤의 ᄆᆞ옴을 빗쳘 길히 업도다."

드ᄃᆡ여 금거옥눈(金車玉輪)을 나오라 ᄒᆞ샤 이공의 오로믈 쳥ᄒᆞ시니 이공이 ᄯᅩ 고샤(固辭)ᄒᆞ여 주왈(奏曰)

"만되(滿朝) 다 어가(御駕)를 거러 ᄌᆞᆺᄌᆞᆺ습거ᄂᆞᆯ 신등(臣等)이 므슴 사ᄅᆞᆷ이완ᄃᆡ 외람이 거륜(車輪)을 취(取)ᄒᆞ리잇가? ᄇᆡᆨ뇨(百僚) 가온ᄃᆡ 시위(侍衛)ᄒᆞ여 입궐ᄒᆞ오믈 바라ᄂᆞ이다."

샹(上)이 그 뜻이 구드믈 시러곰 욱이디 못ᄒᆞ실 ᄯᅳᆫ 아니라 그 ᄉᆡᆼ환ᄒᆞᆫ 연유를 므ᄅᆞ시미 밧브시므로 이에 그 뜻ᄃᆡ로 ᄒᆞ라 ᄒᆞ시고 옥교(玉轎)

113 은영(恩榮): 임금의 은덕을 입는 영광.

ᄅᆞᆯ 두로혀실ᄉᆡ 경·됴 이공(二公)이 만됴(滿朝)로 더브러 호가(扈駕)ᄒᆞ여 입궐ᄒᆞᄆᆡ 셩궁(聖躬)을 밧드와 승뎐(昇殿)ᄒᆞ신 후 졔신(諸臣)이 뎐폐(殿陛)의 국시위(鞠侍衛)[114] ᄒᆞ오ᄆᆡ 샹(上)이 경·됴 이공을 갓가이 나아오라 ᄒᆞ샤 좌우로 그 손을 잡으시며 반기시고 깃브시[115] 넘ᄭᅵ샤 텬 57면 안(天眼)이 츄연함쳑(惆然含慽)ᄒᆞ여 ᄀᆞᆯ오샤ᄃᆡ

"아디 못게라, 오날놀 우리 군신이 녜 갓ᄐᆞ미 ᄭᅮᆷ이냐 상시(生時)냐? 딤(朕)은 졔신의 튱의(忠義)와 냥경(兩卿)의 뉴공대졀(隆功大節)을 힘닙어 이에 도라오믈 어덧거니와 이경(二卿)은 엇디ᄒᆞ여 ᄲᅧ곰 호디누옥(胡地陋獄)을 버셔낫ᄂᆞ뇨? 아니 놉흔 튱녈을 텬디신기(天地神祇) 감동ᄒᆞ여 ᄌᆞ연ᄒᆞᆫ 가온ᄃᆡ 감응ᄒᆞ시미 되여 먀션이 죄ᄅᆞᆯ 밧고 이경이 호디ᄅᆞᆯ 버셔나미냐? 임의 ᄉᆡᆼ환ᄒᆞᆯ딘ᄃᆡ 엇디 녈읍졔로(列邑諸路)의 션문(先文)을 보(報)치 아냐 딤(朕)으로 ᄒᆞ여곰 문외(門外)의 나 맛디 못ᄒᆞ게 ᄒᆞ뇨?"

이공(二公)이 셩은을 황감ᄒᆞ여 ᄯᅩᄒᆞᆫ 눈믈을 흘니며 먀션의 뇌우(雷雨)의 딘ᄉᆞ(震死)ᄒᆞᆫ 후 대동이 위(位)ᄅᆞᆯ 니어 번신디녜(藩臣之禮)ᄅᆞᆯ 폐(廢)치 말고ᄌᆞ ᄒᆞ던 바ᄅᆞᆯ 주(奏)ᄒᆞ고 비로소 몸을 버셔 고국의 도라오기ᄅᆞᆯ 당ᄒᆞ여 의ᄉᆡ 착급(着急)ᄒᆞᄆᆡ 슈로(水路)로 ᄒᆡᆼ(行)ᄒᆞ므로 션문이 업ᄉᆞᆷ을 알외며 셩교(聖敎)ᄅᆞᆯ 당(當)치 못ᄒᆞᆷ을 고샤(固辭)ᄒᆞ온ᄃᆡ

---

114 국시위(鞠侍衛): 국궁시위(鞠躬侍衛). 국궁은 윗사람 앞에서 존경의 뜻으로 몸을 굽히는 것이고, 시위는 임금을 곁에서 호위하는 것. '궁(躬)' 자가 탈락한 것으로 보임. 규장각본에는 '국궁신위'로 되어 있음.

115 깃브시: '깃브미'의 오기로 보임.

58면 샹이 냥공(兩公)의 손을 어로만디시며 졔신(諸臣)을 도라보아 ᄀᆞᆯ오샤ᄃᆡ

"딤의 명(命)을 니어 흉젹의 병인(兵刃)을 면(免)케 ᄒᆞᆫ ᄌᆞ(者)ᄂᆞᆫ 됴셰챵이오 딤으로ᄡᅧ 고국의 환귀케 ᄒᆞᆫ ᄌᆞᄂᆞᆫ 졍경이라. 그 튱녈이 당당ᄒᆞ고 졀의 특별ᄒᆞᆫ 바ᄂᆞᆫ 니ᄅᆞ디 말고 쳔고의 희한ᄒᆞᆫ 공덕이 산고ᄒᆡ활(山高海闊)ᄒᆞ니 엇디 ᄡᅧ 갑하야 맛당ᄒᆞ뇨?"

ᄒᆞ시며 인ᄒᆞ여 희허탄식(噫噓嘆息)ᄒᆞ샤 노영(虜營)의 위ᄐᆡ턴 바ᄅᆞᆯ 니ᄅᆞ시고 마션의 텬뇌(天雷)의 딘ᄉᆞᄒᆞᆷ을 크게 쾌히 넉이시니 듕신(衆臣)이 일시의 졍·됴 이인(二人)의 ᄉᆡᆼ환ᄒᆞᆷ을 ᄇᆡ하(拜賀)ᄒᆞ여 늉공대덕(隆功大德)을 갑흐시미 안흐로 일픔딕(一品職)을 더으시며 밧그로 ᄯᅡᄒᆞᆯ 버혀 봉(封)ᄒᆞ시믈 쥬(奏)ᄒᆞ온ᄃᆡ 샹(上) 왈

"딤이 이ᄅᆞᆯ 모로미 아니라 공덕을 범연(泛然)이 녈토봉왕(裂土封王)ᄒᆞ므로ᄂᆞᆫ 갑디 못ᄒᆞ리니 오딕 국됴(國朝) 맛도록 우고환낙(憂苦歡樂)을 일톄로 ᄒᆞ여 셰셰(世世)로 그 ᄌᆞ손을 져ᄇᆞ리디 말 ᄯᆞᄅᆞᆷ이라."

ᄒᆞ시고 환ᄌᆞ(宦者)로 잔을 브으라 ᄒᆞ샤 몬져 나오신 후 이공(二公)을
59면 친히 주시니 이공이 황공ᄒᆞ여 련망(連忙)이 밧ᄌᆞ와 거후ᄅᆞ기ᄅᆞᆯ 다ᄒᆞᄆᆡ 계슈샤은(稽首謝恩)ᄒᆞ여 황은을 감격ᄒᆞ미 골슈의 ᄉᆞᄆᆞᆺ더라. 샹이 다시 ᄀᆞᆯ오샤ᄃᆡ

"딤이 호디(胡地)로조ᄎᆞ 환귀ᄒᆞ여 졔공(諸公)의 튱녈을 힘닙어 위(位)ᄅᆞᆯ 복(復)ᄒᆞ나 졍·됴 이경이 호디ᄅᆞᆯ 버셔나디 못ᄒᆞᆷ을 ᄋᆡ돌와 딤의 만승디위(萬乘之位)로ᄡᅧ 이경의 호디곤익(胡地困厄)을 밧고고ᄌᆞᄒᆞ나 우흐로 종샤(宗社)의 디듕ᄎᆞ대(至中且大)ᄒᆞᆷ을 념(念)ᄒᆞ고 아ᄅᆡ로 듕신(衆臣)의 의논을 막디 못ᄒᆞᆯ 거시므로 능히 ᄉᆡᆼ의(生意)치 못ᄒᆞ

여 쥬쥬야야(晝晝夜夜)의 젼뎐통셕(輾轉痛惜)ᄒᆞᄆᆡ 과연 슉식(宿食)이 ᄊᆡ롤 일우디 못ᄒᆞ더니 텬되(天道) 소소(昭昭)ᄒᆞ샤 이경(二卿)의 달튱대절(達忠大節)을 감동ᄒᆞ시ᄆᆡ 마션의 역텬극악(逆天極惡)을 벌ᄒᆞ시며 션악(善惡) 갑기롤 디극(至極)ᄒᆞ므로조ᄎᆞ 이경이 환귀ᄒᆞ여 딤(朕)의 깃븜과 즐거오미 비ᄒᆞᆯ 곳이 업ᄉᆞᆯ ᄲᅳᆫ 아니라 됴얘(朝野) ᄒᆞᆫ가디로 흔흔쾌열(欣欣快悅)ᄒᆞ리니 군신(君臣)이 부ᄌᆞ일톄(父子一體)오 븡우(朋友)ᄂᆞᆫ 형뎨디졍(兄弟之情)이라 엇디 이 깃브믈 표(表)치 아니리오? 졔경(諸卿)은 딤의 뜻을 조ᄎᆞ 가인부ᄌᆞ디녜(家人父子之禮)로 좌(座)롤 일워 즐기믈 다ᄒᆞ고 딤의 잔을 샤양치 말나." 60면

드ᄃᆡ여 뇽상(龍床) 하(下)의 녈좌(列坐)ᄒᆞ믈 ᄌᆡ쵹ᄒᆞ시니 졔신(諸臣)이 셩명을 밧ᄌᆞ와 가인부ᄌᆞ형뎨디녜(家人父子兄弟之禮)로 좌롤 일울ᄉᆡ 니각노 창계공과 양각노 챵명공이 좌우로 머리 디어 뇽상 하의 녈좌ᄒᆞ엿더라. 샹이 오히려 졍·됴 이공(二公)의 손을 노치 못ᄒᆞ샤 만심(滿心)이 환힝(歡幸)ᄒᆞ믈 니ᄀᆡ디 못ᄒᆞ시니 이공이 ᄯᅩᄒᆞᆫ 손을 ᄲᆡ히디 못ᄒᆞ여 감은ᄒᆞᆫ 눈믈이 귀밋과 슈염의 ᄌᆞ로 ᄡᅥ러딜 ᄲᅳᆫ이러라. 샹이 니·양·소·화 등의 노영(虜營) 고상(苦狀)과 그 튱의롤 ᄉᆡ로이 션탄(羡歎)ᄒᆞ시며 복위롤 도모ᄒᆞᆫ 공신 등의 위국디셩(爲國之誠)을 쾌히 니ᄅᆞ디 아니ᄒᆞ시나 작상(爵賞)을 더으미 임의 디극ᄒᆞ신디라. 이날 ᄎᆞ례로 옥ᄇᆡ(玉杯)롤 샤(賜)ᄒᆞ샤 튱의롤 포댱(褒奬)ᄒᆞ시고 젼과(前過)롤 ᄌᆞ칙(自責)ᄒᆞ샤 ᄉᆡ로이 치국디도(治國之道)와 치민디졍(治民之情)을 의논ᄒᆞ실ᄉᆡ 외읍군현(外邑郡縣)의 민폐(民弊)와 풍쇽션악(風俗善惡)을 ᄎᆡ방(採訪)ᄒᆞ시ᄆᆡ 졔신이 각각 쇼견(所見)을 딘쥬(秦奏)ᄒᆞ며 간폐(肝肺)롤 거후ᄅᆞᄂᆞᆫ ᄀᆞ온ᄃᆡ 졍쳥계의 인현대도(仁賢大道)와 61면

됴후암의 항항딕딕(抗抗直直)ᄒᆞ미 말ᄉᆞᆷ으로조ᄎᆞ 나타나니 셩심(聖心)이 흔열ᄒᆞ샤 즐기믈 마디 아니시니 팔ᄎᆡ경운(八彩景雲)이 농미(龍眉)의 ᄌᆞ로 니러나 남풍이 온화ᄒᆞ여 셩념(聖念)을 침노ᄒᆞ니 일한(日寒)이 명녀(明麗)ᄒᆞ고 농안(龍顔)을 도아시며[116] 향연(饗宴)이 작션(爵線)을 둘넛더라. 샹(上)이 졍ᄌᆞᆷ과 됴셰창을 ᄶᅡ흘 버혀 봉왕(封王)키ᄅᆞᆯ 결단ᄒᆞ시니 이공(二公)이 대경(大驚)ᄒᆞ여 죽기로ᄡᅧ 샤양ᄒᆞᆯᄉᆡ 스ᄉᆞ로 개ᄌᆞ츄(介子推)의 블타 죽으믈[117] 흠모ᄒᆞ고 고관대작(高官大爵)을 딘졍(眞正)으로 원치 아냐 만일 강박(强迫)ᄒᆞ실딘ᄃᆡ ᄌᆞ최ᄅᆞᆯ ᄀᆞᆷ초와 셰샹을 하딕(下直)고ᄌᆞ ᄒᆞᄂᆞᆫ 바ᄅᆞᆯ ᄀᆞᆺ초 쥬(奏)ᄒᆞ여 말ᄉᆞᆷ이 혈심(血心)으로조ᄎᆞ 니러나니 샹이 도로혀 블열(不悅)ᄒᆞ샤 왈

"딤이 브ᄌᆡ박덕(不才薄德)으로ᄡᅧ 다시 이 위(位)ᄅᆞᆯ 님(臨)ᄒᆞ믄 제공(諸公)의 튱의대공(忠義大功)을 힘닙으미라. 국개(國家) 비로소 뎡(靜)ᄒᆞᄆᆡ 공(功)을 조ᄎᆞ 작상(爵賞)을 더으믄 ᄒᆞᆫ 사ᄅᆞᆷ의 ᄉᆞᄉᆡ(私事) 아니라 녜 션왕(先王)의 법을 의방(依倣)ᄒᆞ미로ᄃᆡ 이제 졔공이 딤의 과실이 호대(浩大)ᄒᆞ믈 말ᄆᆡ암아 동궁(桐宮)[118]의 ᄌᆞ칙(自責)을 밋디
62면 못ᄒᆞᆯ가 의심ᄒᆞᄆᆡ 작상을 샤양ᄒᆞ기의 머리ᄅᆞᆯ ᄡᆞ려 피 소ᄉᆞ나기의 밋고 닙됴샤환(入朝仕宦)ᄒᆞ기ᄅᆞᆯ 져마다 위화(危禍)로 알오미 되여시니

---

116 도아시며: 돋다. 돋우다.

117 개ᄌᆞ츄(介子推)의 블타 죽으믈: 개자추는 춘추시대 진(晉)나라의 은사(隱士)로 문공(文公)과 19년 동안 함께 망명 생활을 했으나 후에 왕위에 오른 문공이 등용하지 않자 산에 들어가 살았는데 이를 안 문공이 그를 나오게 하려고 산에 불을 질러도 나오지 않고 결국 타 죽었음.

118 동궁(桐宮): 동궁. 상나라의 황제 태갑이 포악하자 신하 이윤이 동궁으로 추방하고 3년 뒤에 개과하자 다시 재위에 오르게 했음.

이ᄂᆞᆫ 딤(朕)의 과실이라. 비록 뉘웃ᄎᆞ며 슬허ᄒᆞ믈 디극히 ᄒᆞ나 어이 밋출 길히 이시리오? 이졔 졍·됴 이경(二卿)이 관작(官爵)을 원슈ᄀᆞᆺ치 녁여 딤으로 ᄒᆞ여곰 작상(爵賞)을 더으디 못ᄒᆞ게 ᄒᆞ니 이 과연 딤의 과실을 칙ᄒᆞ여 튱냥보필(忠良輔弼)을 그ᄅᆞᆺ 져바리믈 한(恨)ᄒᆞ미라. 딤이 비록 낫치 ᄃᆞᆺ거오나 이에 당ᄒᆞ여 난연(赧然)ᄒᆞ믈 잘 면ᄒᆞ랴? 됴경을 젼ᄌᆞ(前者)의 형뉵(刑戮)으로 참혹히 더어 븍변(北邊)의 ᄂᆡ치인 바ᄂᆞᆫ ᄎᆞ마 ᄉᆡᆼ각ᄒᆞᆯᄉᆞ록 심혼이 경악ᄒᆞ믈 니긔디 못ᄒᆞᄂᆞ니 ᄒᆞ믈며 됴경의 ᄉᆡᆼ각이냐?”

졍·됴 이공(二公)이 셩교(聖敎)ᄅᆞᆯ 밧ᄌᆞ오ᄆᆡ 블승대황젼뉼(不勝大惶戰慄)ᄒᆞ여 면관ᄒᆡᄃᆡ(免冠解帶)ᄒᆞ고 ᄇᆡᆨᄇᆡ계슈(百拜稽首)ᄒᆞ여 ᄉᆞ죄ᄅᆞᆯ 쳥ᄒᆞ며 톄읍쥬왈(涕泣奏曰)

“신등(臣等)이 폐하의 젼일(前日) 실덕(失德)ᄒᆞ시믈 함포(含抱)ᄒᆞ와 작딕(爵職)의 나아가믈 원치 아니ᄒᆞ리잇가마ᄂᆞᆫ 사ᄅᆞᆷ이 미(微)ᄒᆞᆫᄃᆡ 명위(名位) 듕(重)ᄒᆞ고 공(功)이 젹은ᄃᆡ 부귀 극(極)ᄒᆞ미 샹셰(祥瑞) 아니라 63면 복이 분(分)의 과ᄒᆞᆫ즉 ᄌᆡ앙이 니러나며 됴흔 거시 죵시(終始)의 ᄀᆞᆺ디 못ᄒᆞ온즉 미신(微臣) 등의 브덕(不德)이 낫타나오리니 셩쥬(聖主)ᄅᆞᆯ 보호치 못ᄒᆞᆸ고 도로혀 샤딕(社稷)의 근심을 깃치올가 져허ᄒᆞᆸᄂᆞ니 이곳 미신 등의 명(命)을 앗기며 집(執)을 념(念)ᄒᆞ미 아니오라 ᄒᆞᆫ 조각 ᄆᆞᄋᆞᆷ이 편옥(片玉)의 쪄러 ᄇᆞ리올가 두리옵ᄂᆞ니 비록 ᄌᆡ상(宰相)의 픔딕(品職)과 간관(諫官)의 덕이 흡흡(洽洽)디 못ᄒᆞ오나 신(臣) 졍ᄌᆞᆷ은 젼일(前日) 뉵경(六卿)[119]이라 젼딕(前職)을 졔슈(除授)ᄒᆞ시고 신 됴셰챵은 풍헌대각(風憲臺閣)이라 다시 녯 벼ᄉᆞᆯ을 주실ᄃᆡᆫᄃᆡ 비록 외람ᄒᆞ오나 죽기ᄅᆞᆯ 그ᄋᆞᆷᄒᆞ와 다시 뇽뎐(龍殿)의 시위(侍衛)ᄒᆞ오며 믈너나올 ᄠᅳᆺ을 두디 아니ᄒᆞ오려니와 한마(汗馬)의 공[120]이 업시 녹(祿)이 녈후(列侯)[121]의 잇고 부귀 오졍(五鼎)[122]의 극(極)ᄒᆞᆫ 바ᄂᆞᆫ 죽어도 감승(敢承)치 못ᄒᆞ리로소이다."

주파(奏罷)의 다시 ᄇᆡᆨᄇᆡ돈슈(百拜頓首)ᄒᆞ며 눈믈을 흘녀 빗난 귀밋과 아ᄅᆞᆷ다온 슈염을 젹시니 샹(上)이 변ᄉᆡᆨ찰시(變色察視)ᄒᆞ시고 옥음(玉音)을 화평이 ᄒᆞ샤 왈

"이경(二卿)은 모로미 평신(平身)ᄒᆞ여 군신(君臣)이 오ᄅᆡ ᄉᆞ모ᄒᆞ던
64면 졍을 펴라. 딤(朕)의 호대(浩大)ᄒᆞᆫ 허믈이 당당ᄒᆞ고 디감(知鑑)이 블명ᄒᆞ여 튱신녈ᄉᆞ(忠臣烈士)ᄅᆞᆯ 막연이 먼니ᄒᆞ며 역신흉당(逆臣凶黨)을 폐부(肺腑)의 친(親)을 두어 쳔고의 씻디 못ᄒᆞᆯ 참욕과 만고의 업ᄉᆞᆫ 변고ᄅᆞᆯ 당ᄒᆞ여 튱의현상(忠義賢相)으로 ᄒᆞ여곰 어육(魚肉)한 한(恨)을 구원(久遠)의 끔게 ᄒᆞ니 텬황디로(天荒地老)ᄒᆞ나 멸(滅)치 아닐ᄇᆡ라. 뉘웃ᄎᆞ미 만복(滿腹)ᄒᆞ고 ᄌᆞ칙ᄒᆞ미 디극ᄒᆞ나 튱신녈ᄉᆡ(忠臣烈士) 오히려 밋디 아니ᄒᆞ며 냥경(兩卿)의 작상(爵賞)을 샤양ᄒᆞ미 아니 밋ᄎᆞᆯ 곳이 업ᄉᆞ니 딤이 엇디 협박(脅迫)ᄒᆞ여 청심고의(淸心高義)ᄅᆞᆯ

---

119 뉵경(六卿): 육경. 주(周)나라 때에 둔 육관(六官)의 우두머리.

120 한마(汗馬)의 공: 한마지공(汗馬之功). 말이 달려 땀투성이가 되는 공으로, 혁혁한 공로를 의미.

121 녈후(列侯): 열후. 봉건 시대에 일정한 영토를 가지고 그 영내의 백성을 지배하는 권력을 가지던 사람.

122 오졍(五鼎): 오정. 다섯 개의 솥이라는 뜻으로, 소·양·돼지·물고기·고라니를 다섯 개의 솥에 담아 신(神)에게 바치는 것을 이르던 말. 이후 부귀함을 일컫게 됨. 당(唐) 숙종 연간에 활동한 나찬이라는 선사의 시에 "부귀하나 오정 음식 되레 가볍고, 빈궁하나 대그릇 밥 만족한다네(富貴猶經五鼎飡 貧窮自足一簞食)."라는 구절이 있음.

상(傷)킈오리오? 딤이 쾌히 뜻을 조ᄎᆞ 스ᄉᆞ로 관작(官爵)을 쳥치 못 홀디언졍 이경(二卿)의 ᄆᆞ옴을 블안ᄒᆞ미 업게 ᄒᆞ리라."

드ᄃᆡ여 졍공으로 태ᄌᆞ태부(太子太傅)[123] 참디졍ᄉᆞ(參知政事) 금ᄌᆞ광녹 태우(金紫光祿大夫)를 ᄒᆞ이샤 그 문(門)의 친작어필(親作御筆)노 포장(褒獎)[124]ᄒᆞ라 ᄒᆞ실ᄉᆡ 그 편모(偏母)를 밧드러 샹경ᄒᆞᆫ 후 샤연샤악(賜宴賜樂)ᄒᆞ샤 공의 셩효를 빗ᄂᆡ고 모ᄌᆞ의 상니디졍(相離之情)을 위로 코ᄌᆞ ᄒᆞ시니 졍공이 이의 다ᄃᆞ라ᄂᆞᆫ 너모 샤양ᄒᆞ미 셩은을 져바림 갓 ᄐᆞᆫ 고로 ᄒᆞᆫ갓 계슈샤은(稽首謝恩)ᄒᆞ여 셩은의 호탕(浩蕩)ᄒᆞ시믈 일 ᄏᆞ를 ᄯᆞ름이러라. 샹(上)이 됴셰챵으로 니부상셔(吏部尙書)[125] 홍문관(弘文館)[126] 태학ᄉᆞ(太學士)[127]의 춍도당(總都堂) 톄찰ᄉᆞ(體察使)[128]를 ᄒᆞ이 시니 이 엇디 샹위(上位)를 밋디 못ᄒᆞ미 이시리오? 공이 실노 깃거 아 니 ᄒᆞ나 슌슌샤양(順順辭讓)ᄒᆞ여 셩은 늉듕(隆重)ᄒᆞ시믈 격간(格諫) ᄒᆞ미 블가(不可)ᄒᆞ여 ᄯᅩᄒᆞᆫ ᄇᆡ복샤은(拜伏謝恩)ᄒᆞ더라. 샹이 할토봉 공(割土封功)치 못ᄒᆞ믈 탄(嘆)ᄒᆞ시나 그 뜻이 구드므로뼈 더으디 못 ᄒᆞ시고 드ᄃᆡ여 군신의 즐김과 깃브믈 다ᄒᆞ샤 치졍(治定)을 논칙(論責)ᄒᆞ시며 ᄇᆡ쥬(杯酒)로 흥을 도으시더니 이윽고 금외(金烏)[129] 몰셔(沒 65면

---

123 태ᄌᆞ태부(太子太傅): 태자태부. 고대 중국의 관직으로 태자소부(太子太傅)와 함께 황태자의 스승이 되어 교육을 담당했음.

124 포장(褒獎): 공이 있는 사람에게 칭찬하고 장려하는 것.

125 니부상셔(吏部尙書): 이부상서. 이부(吏部)의 으뜸 벼슬.

126 홍문관(弘文館): 임금의 자문 기관의 하나.

127 태학ᄉᆞ(太學士): 태학사. 홍문관과 예문관의 으뜸 벼슬.

128 톄찰ᄉᆞ(體察使): 지방에 군란(軍亂)이 있을 때 임금을 대신하여 그곳에 가서 일반 군무를 맡아보던 임시 벼슬로 보통 재상이 겸임함.

西)ᄒᆞᄆᆡ 모연(暮煙)이 창망(滄茫)ᄒᆞ니 상님(霜林)의 져녁 가마괴 우ᄂᆞᆫ디라. 샹이 됴회(朝會)ᄅᆞᆯ 파(罷)ᄒᆞ샤 제신(諸臣)을 도라보ᄂᆡ시ᄃᆡ 졍·됴 이공(二公)을 머러[130] ᄀᆞᆯ오샤ᄃᆡ

"딤(朕)이 노영(虜營)의 ᄇᆞ혀실 젹의 됴경이 아니면 몸이 의디ᄒᆞᆯ 곳이 업고 ᄆᆞᄋᆞᆷ을 븟칠 ᄊᆡ 업ᄉᆞᆫ디라. 딤은 뼈 ᄒᆞᄃᆡ 댱셩(長城)의 밋븜과 교악(嶠嶽)의 구드믈 겸ᄒᆞ여 ᄂᆡ공 흉젹의 ᄒᆡ(害)ᄅᆞᆯ 면(免)ᄒᆞ며 인ᄒᆞ여 군신의 부ᄌᆞ의 죵요로오ᄆᆡ 다ᄅᆞ믈 아디 못ᄒᆞ여 기리 ᄣᅥ나미 업ᄉᆞᆯ가 ᄒᆞ엿더니 흉젹의 아ᄉᆞ므로조ᄎᆞ 만분의 너코 ᄇᆡᆨ안영의 ᄒᆞᆫ가디로 잇디 못ᄒᆞ미 깁흔 한이오 졍경이 딤을 조ᄎᆞ 노영의 니ᄅᆞᆫ 디 블과 슌일(旬日)의 만분 흉디(凶地)의 슈계(囚繫)ᄒᆞᆫ ᄇᆡ 칼흘 삼킨 ᄃᆞᆺ 침좌(寢座)의 낫디 못ᄒᆞ리러니 이제 환가(還家)ᄒᆞᄆᆡ 그 집이 다 향니(鄕里)의 잇ᄂᆞᆫ디라 ᄉᆡᆼ환ᄒᆞ믈 밋쳐 아디 못ᄒᆞ여 문녀(門閭)의 망ᄃᆡ(望待)[131]ᄒᆞ리 업ᄉᆞ리니 그 븡우(朋友)ᄅᆞᆯ ᄎᆞᄌᆞ 밤을 디ᄂᆡ미 군신 셰 사ᄅᆞᆷ이 ᄒᆞᆫ가디로 좀만 ᄀᆞᆺ디 못ᄒᆞᆯ디라. 모로미 딤의 졍을 ᄉᆡᆼ각ᄒᆞ여 믈너가지 말고 이에셔 헐슉(歇宿)ᄒᆞ라."

ᄒᆞ신ᄃᆡ 이공이 텬은을 감격ᄒᆞ여 고두샤은(叩頭謝恩)ᄒᆞ며 인ᄒᆞ여 농탑(龍榻) 하(下)의 시위(侍衛)ᄒᆞ니 샹이 슈라와 이공의 식상(食床)을 ᄒᆞᆫ가디로 나오라 ᄒᆞ샤 먹기ᄅᆞᆯ 권ᄒᆞ실ᄉᆡ 찬션(饌饍)을 친히 옴겨 이공

66면

---

129 금외(金烏): 금오. 해, 태양. 태양 속에 세 개의 발을 가진 까마귀가 있다는 전설에서 유래함.

130 머러: 머물러. 규장각본에는 '머므러'로 되어 있음.

131 문녀(門閭)의 망ᄃᆡ(望待): 의려지망(倚閭之望). 어머니가 동구 밖에까지 나가서 자녀가 돌아오기를 초조히 기다리는 것으로, 부모님의 자식 걱정을 의미함.

의 상의 노흐시미 만흐니 이공이 블감황공감은(不堪惶恐感恩)ᄒᆞ여 딘반(進飯)ᄒᆞ미 오히려 형상치 못ᄒᆞ더라. 이에 슈라와 이공(二公)의 상을 믈니ᄆᆡ 만분 간난(艱難)과 닌셩의 대셩디효(大聖至孝)ᄅᆞᆯ ᄉᆡ로 67면
이 일ᄏᆞᄅᆞ샤 죵용이 논회(論懷)ᄒᆞ기ᄅᆞᆯ 마디 아니시다가 날호여 농상(龍床)의 취침ᄒᆞ실ᄉᆡ 텬에(天語) 간간졀졀(懇懇切切)ᄒᆞ샤 누을 곳을 ᄌᆡ삼 ᄀᆞᄅᆞ치시고 어의(御衣)로뼈 이공을 덥흐라 ᄒᆞ샤 왈

"딤(朕)이 광무(光武)[132]의 덕이 업ᄉᆞ니 경등(卿等)이 엇디 상가의 좌(座)ᄅᆞᆯ 즐기리오마ᄂᆞᆫ 셜ᄉᆞ 산님의 고ᄉᆡ(高士)라도 딤의 경셩이 이 ᄀᆞᆺᄐᆞ믈 보아ᄂᆞᆫ ᄇᆡ 우ᄒᆡ 블 언기ᄅᆞᆯ 샤양치 아닐 ᄃᆞᆺᄒᆞ거ᄂᆞᆯ 이공은 엇디 고쳬(古體)ᄒᆞᆫ 녜문(禮文)을 ᄌᆞᆸ으미 심야(深夜)의 더ᄒᆞ뇨? 쳥컨ᄃᆡ 안휴(安休)ᄒᆞ여 만 니의 구치(驅馳)ᄒᆞᆫ 병이 잇게 말나."

이공이 황공블안(惶恐不安)ᄒᆞ미 비ᄒᆞᆯ 곳이 업ᄉᆞ나 쏘 감히 샤양치 못ᄒᆞ여 농상(龍床) 하(下)의 시침(侍寢)[133]ᄒᆞᆯᄉᆡ 어쉬(御手) 년(連)ᄒᆞ여 이공의 팔과 손을 어로만디시니 이공이 황공감은(惶恐感恩)ᄒᆞ미 갑ᄉᆞ올 바ᄅᆞᆯ 아디 못ᄒᆞ더니 이 밤을 디ᄂᆡ고 명됴(明朝)의 영친(迎親) 말ᄆᆡᄅᆞᆯ 쳥ᄒᆞ온ᄃᆡ 샹 왈

"칠팔 ᄌᆡ(載)ᄅᆞᆯ 니가(離家)ᄒᆞ여 ᄉᆞ졍(私情)의 ᄎᆞᆷ디 못ᄒᆞᆯ 바ᄅᆞᆯ 만히 견ᄃᆡ미 딤의 연괴(緣故)라. 경경의 태부인과 됴경의 부뫼 다 ᄒᆞᆫ가디로 ᄉᆡᆼ환ᄒᆞ믈 망ᄃᆡ(望待)ᄒᆞ미 시일(是日)노조ᄎᆞ 더으리니 엇디 도라가 반 68면

132 광무(光武): 광무제. 후한(後漢)의 초대 황제로, 학문을 장려하고 예교주의의 기초를 다진 인물.

133 시침(侍寢): 임금을 모시고 잠자는 일.

기믈 더ᄃᆡ게 ᄒᆞ리오마ᄂᆞᆫ 딤이 다시 위(位)ᄅᆞᆯ 님(臨)ᄒᆞᄆᆡ 츈초(春初)의 경과(慶科)[134]ᄅᆞᆯ 뎡(定)ᄒᆞ엿ᄂᆞᆫ디라. 계오 슈일(數日)이 격(隔)ᄒᆞ여시니 이경(二卿)의 놉흔 문당으로ᄡᅧ 딤을 도와 냥필현ᄌᆡ(良弼賢才)ᄅᆞᆯ ᄐᆡᆨ(擇)ᄒᆞ고 즉시 환가(還家)ᄒᆞ미 엇더ᄒᆞ뇨? 딤이 태산과 녀강의 샤(使)ᄅᆞᆯ 보ᄂᆡ여 경경의 태부인 안부ᄅᆞᆯ 뭇고 졍염과 졍혐[135]을 경조와 태ᄌᆞ쇼부(太子少傅)로 딩쇼(徵召)ᄒᆞ여시며 됴태ᄉᆞ와 금오ᄅᆞᆯ 다 입됴(入朝)ᄒᆞ믈 쳥ᄒᆞ여시니 일슈(日數)ᄅᆞᆯ 혜건ᄃᆡ 금명간(今明間)의 ᄉᆡ(使) 도라 올디라. 냥경(兩卿)이 삼ᄉᆞ 일을 ᄎᆞ뢰(且賴)ᄒᆞ미 무방ᄒᆞ도다."

이공이 훤당(萱堂)[136]의 ᄇᆡ알(拜謁)ᄒᆞ미 시ᄀᆡᆨ(時刻)이 밧브나 셩괴(聖敎) 여ᄎᆞᄒᆞ신 바의 ᄯᅥᆯ치고 도라가미 인신(人臣)의 도리 아닌디라 민민졀박(憫憫切迫)ᄒᆞ나 마디못ᄒᆞ여 ᄇᆡ샤슈명(拜謝受命)이러니 믄득 녀강과 텬태산의 갓던 샤ᄌᆡ(使者) 도라오믈 쥬(奏)ᄒᆞ거ᄂᆞᆯ 샹이 밧비 브ᄅᆞ샤 뎐폐(殿陛)의 ᄇᆡ무(拜務)ᄒᆞᄆᆡ ᄆᆡᆺ쳐ᄂᆞᆫ 냥가(兩家) 안부ᄅᆞᆯ 므ᄅᆞ시니 ᄉᆡ 무ᄉᆞᄒᆞ믈 쥬ᄒᆞ며 졍혐은 유딜(有疾)ᄒᆞ여 승탁(陞擢)ᄒᆞ시ᄂᆞᆫ 은권(恩眷)을 능히 밧드디 못ᄒᆞ고 표문(表文)을 올녀시ᄃᆡ 졍염은 샤
69면 ᄅᆞᆯ 조ᄎᆞ 궐하(闕下)의 ᄃᆡ죄(待罪)ᄒᆞ며 젼 태ᄉᆞ 됴겸은 노병(老病) 브딘(不進)ᄒᆞᄃᆡ 젼 집금오 됴현[137]은 ᄯᅩᄒᆞᆫ 궐하의 ᄃᆡ죄ᄒᆞ믈 주ᄒᆞ온ᄃᆡ 텬안(天顔)이 반기시믈 씌이샤 냥공(兩公)의 됴회(朝會)ᄅᆞᆯ ᄌᆡ촉ᄒᆞ시니

---

134 경과(慶科): 나라에 경사스러운 일이 있을 때 이를 기념하고자 보게 하던 과거.

135 졍혐: 정혐. 정겸. 작품 내에서 정겸과 정혐이 혼칭되고 있음.

136 훤당(萱堂): 훤은 원추리로 어머니가 계신 곳에 원추리를 심었기 때문에 어머니가 계신 곳을 훤당이라 하고 어머니를 가리키는 말로 썼음.

137 됴현: 조현. 조정.

ᄎᆞ시(此時) 됴후암이 그 부친이 궐하의 니ᄅᆞ러시믈 드ᄅᆞᄆᆡ 심신이 착급(着急)ᄒᆞ여 ᄉᆞ식(辭色)이 황황(遑遑)ᄒᆞ믈 ᄭᆡ닷디 못ᄒᆞ니 년망(連忙)이 단디(段地)의 ᄇᆡ복왈(拜伏曰)

"신부(臣父)를 밧비 됴현(朝見)ᄒᆞ라 ᄒᆞ시나 신이 이졔 잠간 나아가 아뷔 얼골을 반기옵고 즉시 됴회ᄒᆞ믈 ᄇᆞ라ᄂᆞ이다."

샹(上)이 윤허(允許)ᄒᆞ샤

"마ᄌᆞ 즉시 드러와 딤(朕)의 기다리믈 위로ᄒᆞ라."

공이 고두샤은이퇴(叩頭謝恩而退)ᄒᆞ여 궐문을 나ᄆᆡ 됴금외[138] ᄇᆞ야흐로 샹명(上命)을 기다리ᄂᆞᆫ디라. 후암이 ᄒᆞᆫ번 엄안(嚴顔)을 바라 의ᄉᆡ 고등(高騰)ᄒᆞ니 ᄲᆞᆯ니 면젼(面前)의 ᄌᆡᄇᆡ(再拜)ᄒᆞᆯᄉᆡ 팔ᄎᆡ경운(八彩慶雲)의 가월(佳月)이 낭소(朗宵)의 녕형(英瑩)ᄒᆞ며 옥면쥬슌(玉面朱脣)이 간간유이(懇懇柔怡)ᄒᆞ여 부안(父顔)을 다시 쳠망(瞻望)ᄒᆞᄆᆡ 효ᄌᆞ의 반기ᄂᆞᆫ 경셩이 듕니(中裏)를 흔드러시니 도로혀 감쳑(感慽)ᄒᆞ믈 니긔디 못ᄒᆞ여 쌍안(雙眼)의 징쳥(澄淸)이 빗기 ᄯᅥ러져 쳥운(靑雲) 70면 ᄀᆞᆺᄐᆞᆫ 청슈(靑須)의 ᄆᆡᆺ치이믈 ᄭᆡ닷디 못ᄒᆞᄂᆞᆫ디라. 됴금외 쳔만긔약(千萬期約)디 아닌 바의 쇼듕과ᄋᆡ(所重過愛)ᄒᆞ던 만금ᄋᆞᄌᆡ(萬金兒子) 호디함졍(胡地陷穽)을 버셔 고국(故國)의 ᄉᆡᆼ환(生還)ᄒᆞ믈 어더 슬하(膝下)의 ᄇᆡ알(拜謁)ᄒᆞ믈 당ᄒᆞ니 ᄯᅩᄒᆞᆫ 환텬희디(歡天喜地)ᄒᆞ여 ᄭᅮᆷ인가 의심ᄒᆞ더라.

(책임교주 탁원정)

---

138 됴금외: 조금오. 조정.

완월회맹연 玩月會盟宴

권디삼십 卷之三十

화표(話表)[1]. 됴금의 쳔만긔약(千萬旣約)디 아닌 바 쇼듕과ᄋᆡ(所重過 1면
愛)ᄒᆞ던 만금ᄋᆞᄌᆡ(萬金兒子) 호디(胡地)의 함정(陷穽)을 버셔 고국의
싱환ᄒᆞ믈 어더 이날 슬하의 ᄇᆡ알(拜謁)ᄒᆞ믈 당ᄒᆞ니 쏘ᄒᆞᆫ 환텬희디(歡
天喜地)ᄒᆞ여 쑴인가 의심ᄒᆞ다가 눈을 드러 ᄉᆞᆯ피기ᄅᆞᆯ 이윽이 ᄒᆞᄆᆡ 팔
쳑신댱(八尺身長)의 영ᄌᆞ(英資)ᄒᆞᆫ 풍의(風威)와 탁낙(卓犖)ᄒᆞᆫ 골상
(骨相)의 츄월(秋月)이 등농(燈籠)ᄒᆞᆫ 풍광(風光)이 ᄌᆞ긔(自己) ᄋᆞᄌᆞ
(兒子) 셰창이 아니오 그 뉘리오? 비로소 심신을 뎡(靜)ᄒᆞᄆᆡ 샹니디
시(相離之時)의 닙 우희 슈염이 블희ᄅᆞᆯ 동(動)ᄒᆞᆫ 년셰(年歲)러니 금
ᄌᆞ(今者)의 쳥슈미염(淸秀美髥)이 가ᄉᆞᆷ의 셔려 댱ᄌᆞ(長者)의 톄(體)
ᄅᆞᆯ 일워시며 ᄇᆡᆨ년빈샹(百蓮鬢上)의 금빗치 녕농ᄒᆞ여 귀인의 작ᄎᆞ(爵
次)ᄅᆞᆯ ᄒᆞ여시니 셰월이 오ᄅᆡ믈 가히 알 ᄇᆡ어ᄂᆞᆯ 그 젼후의 호리ᄒᆞᆫ 하
리(下吏) 개얌[2]이 뿌시고 벌이 뭉킈여시니 홍문관(弘文館) 집니(執
吏)[3]며 니부(吏部) 도리(都吏)[4]와 풍헌(風憲) 하리(下吏) 블가승싊(不
可勝數)라. 후암이 나오ᄆᆡ 관부(官府) 츄죵(騶從)[5]이 감히 희학(戲謔)
을 못 ᄒᆞ고 츄복(騶僕)[6] 블감앙시(不敢仰視)ᄒᆞ여 머리ᄅᆞᆯ 굽히며 싸흘 2면
집허 황황(遑遑)이 실혼(失魂)ᄒᆞᆫ ᄃᆞᆺ 췌췌(惴惴)ᄒᆞ여 어ᄅᆞᆷ 못ᄉᆞᆯ 님ᄒᆞᆫ
ᄃᆞᆺ 아모리 ᄒᆞᆯ 바ᄅᆞᆯ 모로니 그 위풍(威風)을 가히 알 ᄇᆡ라. 금의 깃븜과

---

1 화표(話表): 권(卷)을 시작할 때 사용하는 어두사.

2 개얌: 개야미. 개미.

3 집니(執吏): 집리. 중앙 관아에서 사무를 나누어 맡아보던 주임급의 구실아치.

4 도리(都吏): 각 관아 아전들의 우두머리.

5 츄죵(騶從): 추종. 윗사람을 따라다니는 종.

6 츄복(騶僕): 추복. 추종과 같은 말.

다힝ᄒᆞ미 디난 슬픔과 근심되믈 일시의 소셕(消折)ᄒᆞᆫ디라. 날호여 그 손을 ᄌᆞᆸ고 등을 어로만져 왈

“셕년(昔年)의 만 니 분슈(分手)를 당ᄒᆞ여 부ᄌᆞ(父子) 산 낫ᄎᆞ로 반기믈 긔약디 못ᄒᆞ엿더니 오날놀 뜻 아닌 단봉디합(丹鳳之合)[7]이 평싱 극희(極喜)ᄂᆞᆫ 니ᄅᆞ도 말고 훤당(萱堂)의 초우비상(焦憂悲傷)ᄒᆞ시ᄂᆞᆫ 셩녀(聖慮)를 일노조ᄎᆞ 쾌히 위로ᄒᆞ와 디난 블효디죄(不孝之罪)를 쇽(贖)ᄒᆞ리니 여러 가디로 ᄆᆞ옴의 힝열(幸悅)ᄒᆞ니 무익(無益)히 상도(傷悼)ᄒᆞ미 ᄋᆞ녀ᄌᆞ(兒女子)의 셜셜(屑屑)홈과 ᄀᆞᆺ디 아니ᄒᆞ랴? 너를 ᄯᅥ난 후 우리의 비졀(悲絶)ᄒᆞ믄 니ᄅᆞ도 말고 존당(尊堂)이 과상(過傷)ᄒᆞ시미 너의 시슈(屍首)를 겻틔 노흠과 일양(一樣)이로ᄃᆡ 다힝이 텬우신됴(天佑神助)ᄒᆞ샤 칠팔 년 ᄉᆞ이의 대단ᄒᆞᆫ 딜환(疾患)이 아니 계시고 합개(闔家) 무양(無恙)ᄒᆞ믈 어더실 ᄲᅮᆫ 아니라 여뫼(汝母) 또 ᄉᆡᆼ녀(生女)ᄒᆞ여 임의 뉵 셰 쳣 봄이라. 비록 녀ᄌᆞ(女子)나 그 작인
3면 (作人)이 셩요(聖堯)[8]의게 나리디 아니니 훤당이 냥교(兩嬌)로ᄡᅧ 만히 소회(消懷)ᄒᆞ시니 가히 다힝치 아니ᄒᆞ랴? 뭇ᄂᆞ니 오ᄋᆞ(吾兒)ᄂᆞᆫ 엇디ᄒᆞ여 만분 누옥(陋獄)을 버셔 환귀(還歸)ᄒᆞ미 되엿ᄂᆞ뇨? 텬뉸ᄌᆞᄋᆡ(天倫慈愛)로ᄡᅧ ᄌᆞ식의 죽으믈 영ᄃᆡ(迎待)ᄒᆞᆯ 인심(人心)이 잇디 아닐 거시로ᄃᆡ 혹ᄌᆞ(或者) 니릉(李陵)의 ᄉᆞ항(詐降)이 한뎨(漢帝)를 갑고ᄌᆞ ᄒᆞ던 본의(本意)를 ᄇᆞᆰ히디 못ᄒᆞ고 무한ᄒᆞᆫ 욕(辱)으로 죵신(終身)

7 단봉디합(丹鳳之合): 단봉지합. 단봉은 황제가 있는 도성을 의미하므로 도성 혹은 황실에서 만나게 된 것을 의미함. 규장각본에는 '난봉긔합'으로 되어 있음.

8 셩요(聖堯): 성요. 성군(聖君)의 대명사인 요임금.

홈[9] 굿톨딘딕 출하리 속화(速化)[10] ᄒᆞ여 텬됴(天朝) 위엄을 떠러바리디 말고져 ᄒᆞ엿더니 년(連)ᄒᆞ여 듯ᄂᆞᆫ 말이 블튱블의(不忠不義)예 죄(罪)롤 면(免)ᄒᆞ며 능히 튱녈(忠烈) 두 ᄌᆞ(字)의 참예ᄒᆞ여 오날놀 네 아비 얼골노 반기게 ᄒᆞ미 극(極)ᄒᆞᆫ 영홰(榮華)라. ᄌᆞ긍심하(自矜心賀)ᄒᆞ여 호디누옥(胡地陋獄)의 긔아이ᄉᆞ(饑餓而死)홀 바롤 슬허치 아니터니 금(今)애 상봉이 만만녀외(萬萬慮外) 아니랴?"

니뷔(吏部) 부젼(父前)의 궤복(跪伏)ᄒᆞ여 빵슈(雙手)로 부친 손을 밧들고 교어(教語)롤 듯ᄌᆞ오니 인싱디락(人生至樂)이 오날놀의 더으미 업ᄉᆞᆫ디라. 딘실노 셕ᄉᆡ(夕死)나 무한(無恨)이어놀 야야(爺爺) 신관(神觀)[11]과 셩톄(聖體)롤 유의ᄒᆞ여 솔피건딕 팔 년 ᄉᆞ이의 신관이 쇠로(衰老)ᄒᆞ미 업ᄉᆞ니 그 광달(曠達)ᄒᆞᆫ 심ᄉᆞ(心思)와 통활(通闊)ᄒᆞ시미 텬시(天時)와 인ᄉᆞ(人事)롤 붉히 아ᄅᆞ시므로 ᄌᆞ긔(自己) 블효(不好) 4면
롤 더으디 아니려 스ᄉᆞ로 관회(寬懷)ᄒᆞ시며 억졔ᄒᆞ시고 치신양셩(致身養性)ᄒᆞ샤 이 굿ᄐᆞ신 줄 만만다ᄒᆡᆼ(萬萬多幸)ᄒᆞ며 ᄇᆡᆨ분희열(百分喜悅)ᄒᆞ여 다시 니러 졀ᄒᆞ고 드딕여 영모(永慕)ᄒᆞ던 졍ᄉᆞ(情私)롤 고(告)ᄒᆞ여 왕존(王尊)과 ᄌᆞ후(慈候)의 안강(安康)ᄒᆞ시믈 뭇ᄌᆞ오며 누의 쏘 나시딕 모로던 바롤 일ᄏᆞ라 환희ᄒᆞ믈 마디 아니ᄒᆞ고 인ᄒᆞ여 호디롤 버셔나미 먀션의 텬벌(天罰)노 뇌우(雷雨)의 딘ᄉᆞ(震死)ᄒᆞ므로

9 니릉(李陵)의 ~ 죵신(終身)홈: 이릉은 한 무제 때 장수로 흉노를 토벌하러 갔다가 도리어 흉노에게 항복하고 선우의 딸과 결혼해 왕이 되었는데, 후에 사마천이 이릉의 항복은 한 무제를 위하는 본의를 밝히지 않고 목숨을 아껴 거짓 항복(詐降)한 것이라고 함.

10 속화(速化): 맥락상 '죽음'으로 보임.

11 신관(神觀): '얼굴'을 높여 부르는 말.

힘닙은 바로 딕강 고(告)ᄒᆞ더니 샹(上)이 환시(宦侍)로 입됴(入朝)ᄒᆞ라 ᄒᆞ시므로 ᄉᆞ졍을 날회고 즉시 입궐됴현(入闕朝見)ᄒᆞ온딕 샹이 셜니 슈돈(繡墩)을 미ᄅᆞ샤 경염과 홈긔 오ᄅᆞ라 ᄒᆞ시거ᄂᆞᆯ 냥공(兩公)이 구디 샤양ᄒᆞ되 셩괴(聖教) 간졀ᄒᆞ시믹 밋쳐ᄂᆞᆫ 마디못ᄒᆞ여 뎐(殿)의 올나 브복(仆伏)ᄒᆞ오니 샹이 됴금오의 손을 잡으샤 노공(老公)의 안부를 므ᄅᆞ신 후 후암의 튱의대졀(忠義大節)과 늉늉(隆隆)ᄒᆞᆫ 덕화(德化)를 만만칭탄(萬萬稱歎)ᄒᆞ시며 그 갓튼 튱의대ᄌᆡ(忠義大才)를 박(薄)히 ᄒᆞ신 허믈을 뉘웃ᄎᆞ시고 옥빈(玉杯)를 상샤(賞賜)ᄒᆞ샤 ᄋᆞ돌 잘 나하시믈 포댱(褒獎)ᄒᆞ시니 됴공이 블승황공(不勝惶恐)ᄒᆞ여 언언(言言)이 블감당(不堪當)이믈 주(奏)ᄒᆞ며 뇽게(龍車) 호디(胡地)의 굴(屈)ᄒᆞ시딕 ᄯᆞ라 뫼시디 못ᄒᆞ믈 쳥죄(請罪)ᄒᆞ여 말솜이 겸공(謙恭)ᄒᆞ며 ᄉᆞ긔(辭氣) 뎡튱(貞忠)ᄒᆞ여 갈ᄉᆞ록 교ᄉᆞ(巧詐)ᄒᆞ미 업고 볼ᄉᆞ록 항항딕딕(抗抗直直)ᄒᆞ니 이 아비 이시믹 후암 ᄀᆞᆺ튼 ᄋᆞ돌이 이시미 괴이치 아니ᄒᆞ더라. 샹이 ᄯᅩ 경염을 딕ᄒᆞ샤

"젼일(前日) 셔로(西路)를 안찰(按察)ᄒᆞ여 민심(民心)을 딘뎡(鎭定)ᄒᆞ믹 덕이 크고 교홰(教化) 널너 도젹이 변ᄒᆞ여 냥민(良民)이 되게 홈과 악착(齷齪)ᄒᆞᆫ 인심(人心)으로ᄡᅧ 요슌디치(堯舜之治)[12]를 화(化)ᄒᆞ미 경(卿)의 ᄌᆡ덕(才德)이로딕 딤(朕)이 녕신(佞臣)의 간참듕(奸讒中)의 잇셔 븍노(北虜)를 친뎡(親征)코ᄌᆞ ᄒᆞ믹 만ᄉᆡ(萬事) 등한(等閒)ᄒᆞ여 ᄒᆞᆫ ᄌᆞ(字) 글과 ᄒᆞᆫ 필(匹) 깁으로ᄡᅧ 상샤(賞賜)를 더으디 못ᄒᆞ고 인

12 요슌디치(堯舜之治): 요순지치. 요임금, 순임금과 같은 덕치(德治).

ᄒᆞ여 호디(胡地)의 잠기이믹 냥보대지(良輔大材)를 바려 다시 쇽(屬)디 못홀가 탄돌(嘆咄)ᄒᆞ더니 비로소 위(位)를 복(復)ᄒᆞ믹 벼술이 덕의 ᄎᆞ디 못ᄒᆞ며 상이 공의 맛갓디 못ᄒᆞ나 군신이 부ᄌᆞ(父子) 일톄(一體)라 아비 ᄉᆞ디(死地)로조ᄎᆞ 도라오믹 ᄌᆞ식이 그 아비의 젼과(前過)를 조희 ᄒᆞ여 셔로 얼골을 딕치 아닐 인졍이 업ᄉᆞᆫ 고로 이에 훌훌히 븟그리믈 ᄡᆞ코 참연(慘然)이 뉘웃ᄎᆞ믈 베퍼 경등(卿等)을 딩소(徵召)ᄒᆞ엿더니 졍혐이 칭질브딘(稱疾不進)ᄒᆞ고 경이 니ᄅᆞ니 딤(朕)이 일즉은 다힝한 듯 일즉은 븟그리미 더ᄒᆞ도다." 6면

인ᄒᆞ여 샤쥬(賜酒)ᄒᆞ시며 졍흠의 튱졀딕간(忠節直諫)을 블납(不納)ᄒᆞ신 고로 만승(萬乘)을 굴욕ᄒᆞ시믈 슬허ᄒᆞ시고 기녀(其女)의 디셩녈(至誠烈)이 칠 셰 유녀(幼女)의 싱각디 못홀 힝ᄉᆡ(行事)를 ᄉᆡ로이 탄칭이복(歎稱愛服)ᄒᆞ샤 문녀(門閭)의 졍표(旌表)[13] ᄒᆞ시기를 결단(決斷)ᄒᆞ시딕 이씨의 국ᄉᆞ(國事)의 미결(未決)ᄒᆞᆫ 거시 여산(如山)ᄒᆞ며 만긔(滿期)의 다ᄉᆞ(多事)ᄒᆞ미 밋쳐 이런 젹은 일의 결을치 못ᄒᆞ믈 아딕 함구(緘口)ᄒᆞ시더라. 졍의계[14] 셩교(聖敎)를 블감(不堪)ᄒᆞ므로 머리를 두다려 황공(惶恐)ᄒᆞ믈 쥬(奏)ᄒᆞ고 뇽게(龍車) 호디의 봉욕(逢辱)ᄒᆞ시딕 능히 죽디 못ᄒᆞ여 쥬욕신ᄉᆞ(主欲臣死)를 힝치 못ᄒᆞ온 블튱(不忠)을 쳥죄(請罪)ᄒᆞ여 말숨이 튱근(忠勤)ᄒᆞᆫ 가온딕 화활(和闊)ᄒᆞ여 괴로

13 문녀(門閭)의 졍표(旌表): 문려정표(門閭旌表). 효자·효부·열녀의 행실을 칭찬하고 장려하기 위해 하사하는 것으로, 대체로 벼슬이나 물건을 상으로 주되 마을 입구나 집 문 앞에 정려문을 세우기도 함.

14 졍의계: 정의계. 정염.

온 념녀(念慮)를 거리씨믈 두디 아니ᄒᆞ니 풍의덕딜(風儀德質)이 쏘
7면 ᄒᆞᆫ 싁싁 헌앙(軒昻)ᄒᆞ여 옥폐금난(玉陛禁欄)을 시위(侍衛)ᄒᆞᄆᆡ 니ᄇᆡᆨ(李白)의 호일(浩逸)ᄒᆞ믈 밋치게 넉이며 급암(汲黯)[15]의 강딕(剛直)ᄒᆞ믈 너모 강협(强狹)히 넉이니 오딕 병길(丙吉)의 음양(陰陽)을 니(理)히 ᄒᆞᄂᆞᆫ 슈단(手段)[16]이 잇고 누ᄉᆞ덕(婁師德)[17]의 관후(寬厚)ᄒᆞ믈 됴히 넉이ᄂᆞᆫ 뜻이 이시니 딘짓 ᄌᆡ상(宰相)의 덕이오 댱ᄌᆞ(長者)의 쳬(體)라. 셩심(聖心)이 흡연탄디(翕然歎之)ᄒᆞ시며 만됴(滿朝) 환연경복(歡然敬服)ᄒᆞ여 졍의계와 됴금오로 큰 그릇ᄉᆞᆯ 밀위여[18] 됴금오ᄂᆞᆫ 친(親)을 양(養)ᄒᆞ기를 위ᄒᆞᄆᆡ 혈심딘졍(血心眞情)으로 분쥬(奔走)ᄒᆞ믈 원치 아니ᄒᆞᄂᆞᆫ 고로 샹(上)이 그 뜻을 앗디 못ᄒᆞ샤 대ᄉᆞ도(大司徒) 태ᄌᆞ쇼ᄉᆞ(太子小傅)를 졔슈(除授)ᄒᆞ샤 공ᄉᆞ쳐결(公私處決)을 동관(同官)의게 밀우고 삭망(朔望)으로 됴알(朝謁)ᄒᆞ라 ᄒᆞ시니 됴공이 셩은을 황감ᄒᆞ여 다시 샤양치 못ᄒᆞ고 오딕 계슈샤은(稽首謝恩)ᄒᆞ더라. 이

15 급암(汲黯): 전한 무제 때의 신하로, 성정이 엄격하고 직간을 잘했다고 함.

16 병길(丙吉)의 음양(陰陽)을 니(理)히 ᄒᆞᄂᆞᆫ 슈단(手段): 병길은 한(漢)나라 선제 때 공신으로, 항상 대의예양을 중히 여김. 길에서 불량배들이 싸우는 것을 단속하는 일은 시장의 직분이므로 재상이 관여할 바가 아니지만, 수레를 끄는 소가 숨을 헐떡이는 것은 계절의 변조 탓일지도 모르므로 '음양을 다스리고 사시(四時)를 순조롭게 하는 것(理陰陽順四時)'은 재상의 직분이라고 함.

17 누ᄉᆞ덕(婁師德): 누사덕. 당나라의 장수이자 재상으로 성품이 온후하고 관인하여 아무리 무례한 일을 당해도 그 자세에 흔들림이 없는 것으로 유명했음. 일찍이 동생이 "누가 만약 제 얼굴에 침을 뱉는다면 저는 손으로 닦아낼 겁니다(自今雖有人唾某面 某拭之而已)."라고 하자 "그 또한 좋지는 않다. 저절로 마를 때까지 두거라(適逆其意 止使自乾耳)."라고 응수한 일화가 있으며, 여기에서 '타면자건(唾面自乾)'이란 말이 나왔음.

18 밀위여: 밀위다. 미루다. 여기에서는 '이미 알려진 것으로써 다른 것을 미루어 헤아리다.'의 뜻.

날 져믈기롤 그음ᄒᆞ여 샹(上)이 졍·됴·니·양·소·화 등 졔신(諸臣)으로 논회(論會)ᄒᆞ시니 졍샹셔 쳥계공이 의계와 인옹을 보ᄆᆡ 반기ᄂᆞᆫ 의ᄉᆡ(意思) 젼도(顚倒)ᄒᆞᄃᆡ 디존(至尊) 디쳑지디(咫尺之地)의 감히 ᄉᆞ졍(私情)을 펴디 못ᄒᆞ여 오딕 눈으로ᄡᅧ 졍을 보닐 ᄯᅳᆫ이러니 셕양의 비로소 파됴(罷朝)ᄒᆞ신ᄃᆡ 졍참졍과 됴니뷔 ᄯᅩᄒᆞᆫ ᄉᆞ실(私室)노 퇴(退) 8면
ᄒᆞ믈 쥬(奏)ᄒᆞ여 일시의 믈너 계오 궐문을 나ᄆᆡ 양각노 창명공이 하리(下吏)로 ᄒᆞ여곰 햐쳐(下處)롤 발셔 뎡(定)ᄒᆞ엿ᄂᆞᆫ디라 이졍(二程)과 됴ᄉᆞ도 부ᄌᆞ(父子)롤 인ᄒᆞ여 나아가ᄆᆡ 만됴(滿朝) 녈후국공(列侯國公)이 노유믈논(老幼勿論)ᄒᆞ고 일졔히 졍·됴롤 조ᄎᆞ 승당녜필(昇堂禮畢)의 비로소 ᄉᆡᆼ환(生還)ᄒᆞ믈 하례(賀禮)ᄒᆞ며 튱졀(忠節)을 칭복(稱服)ᄒᆞ니 졍태부 쳥계공과 됴니부 후암공이 좌슈우응(左隨右應)의 블감(不堪)ᄒᆞ믈 ᄉᆞ샤(謝辭)ᄒᆞ나 ᄆᆞ음이 딘실노 ᄃᆡ빈졉ᄀᆡᆨ(待賓接客)의 잇디 아냐 됴후암은 구모디여(久慕之餘)의 친안(親顔)을 득승(得勝)ᄒᆞ여 환환(歡歡)ᄒᆞᆫ 깃븜과 무궁ᄒᆞᆫ 졍셩이 강보(襁褓)의 ᄌᆞ모(慈母)롤 ᄃᆡᄒᆞᆷ ᄀᆞᆺᄐᆞ니 듕인(衆人)의 흔하(欣賀)ᄒᆞᄂᆞᆫ 소ᄅᆡ 이외의 잇고 졍쳥계ᄂᆞᆫ 의계와 됴공을 보ᄆᆡ 피ᄎᆞ 반기미 유명(幽明)이 격(隔)ᄒᆞ여 ᄉᆞ모ᄒᆞ며 ᄎᆞ상(嗟傷)ᄒᆞ던 바롤 완연이 ᄃᆡᄒᆞᆷ ᄀᆞᆺᄐᆞ니 도로혀 여취여광(如醉如狂)ᄒᆞ여 아모리 홀 줄을 모로고 의계롤 향ᄒᆞ여 다만 ᄌᆞ후(慈候)의 안강(安康)ᄒᆞ심과 일가군친(一家群親)의 유무(有無)롤 므러 긋칠 줄을 모로니 구교(舊交)의 녯 안면(顔面)과 고우(故友)의 반기ᄂᆞᆫ 소ᄅᆡ로 ᄯᅩᄒᆞᆫ 반가오미 헐(歇)ᄒᆞ미 아니로ᄃᆡ 우국(憂國)ᄒᆞᄂᆞᆫ 슬픔과 9면
ᄋᆡ군(愛君)ᄒᆞᄂᆞᆫ 근심을 비로소 낫초ᄆᆡ 디효(至孝)의 간졀ᄒᆞᆷ과 ᄉᆞ졍(私情)의 무궁ᄒᆞ믈 능히 금억(禁抑)디 못ᄒᆞᄂᆞᆫ디라. 만됴거경(滿朝巨

卿)이 그 졍니(情理) 그러ᄒᆞᆯ 바ᄅᆞᆯ 혜아려 보리ᄂᆞᆫ 명일(明日) ᄎᆞᆺ기ᄅᆞᆯ 일ᄏᆞ라 각각 ᄒᆞᆺ터딜ᄉᆡ 놉흔 술위와 귀ᄒᆞᆫ ᄀᆡᆨ이 졔졔(齊齊)히 도라가ᄆᆡ 좌샹(座上)이 황연(晃然)이 븨여디고 다만 종유(從遊)의 디음(知音)을 ᄌᆞ허(自許)ᄒᆞᄂᆞᆫ ᄌᆞ(者)와 관포(管鮑)의 디긔(知己)ᄒᆞ던 군ᄌᆡ(君子) 머므러 셕식(夕食)을 ᄒᆞᆫ가디로 밤을 디닐ᄉᆡ 됴ᄉᆞ되 ᄋᆞᄌᆞ(兒子)의 손을 잡고 어로만디며 경태부ᄅᆞᆯ 향ᄒᆞ여 왈

“현형(賢兄)이 미돈(迷豚)으로 더브러 만분 우고(憂苦)와 호디풍상(胡地風霜)을 겻거 구ᄉᆡᆼ(舅甥) 두 사ᄅᆞᆷ이 능히 튱의대졀(忠義大節)을 완젼(完全)이 ᄒᆞ여 빗ᄂᆡ 회환(回還)ᄒᆞ니 닌상여(藺相如)의 구슬을 픔고 강진(强津)의 힝ᄒᆞ여 무ᄉᆞ환됴(無事還朝)ᄒᆞᄆᆞᆯ[19] 죡히 니ᄅᆞᆯ ᄇᆡ 아니오 소무(蘇武)의 븍ᄒᆡ샹(北海上) 십구 년의 한졀(漢節)을 잡아 ᄉᆡᆼ
10면 환고국(生還故國)ᄒᆞᄆᆞᆯ[20] 죡히 귀(貴)타 못ᄒᆞᆯ디라. 존문(尊門)의 늉경(隆慶)과 오가(吾家)의 ᄉᆞᄒᆡᆼ(私幸)이 이에 더ᄒᆞ디 아니ᄒᆞ되 그 근본을 ᄉᆡᆼ각ᄒᆞ니 눌노 비로섯ᄂᆞ뇨? 블초미돈(不肖迷豚)이 존문(尊門)의 탁젹(託迹)ᄒᆞ여 인형(仁兄)의 튱의녜디(忠義禮智)로 훈회(訓誨)ᄒᆞᄆᆞᆯ 밧드러 ᄒᆞᆫ 조각 관광(寬廣)ᄒᆞᆫ 뜻이 님군을 ᄉᆞ랑ᄒᆞ며 나라흘 근심ᄒᆞᄆᆞᆯ 겸(兼)ᄒᆞ여 국가 급난디시(急亂之事)ᄅᆞᆯ 당ᄒᆞ여 신ᄌᆞ(臣子)의 딕분(職

---

19 닌상여(藺相如)의 ~ 무ᄉᆞ환됴(無事還朝)ᄒᆞᄆᆞᆯ: 전국시대 조(趙) 혜문왕의 신하 인상여가 진왕이 유명한 구슬인 화씨벽을 가지고 진나라의 성 15개와 바꾸자고 요구해 오자 왕명을 받들고 사신으로 가서 기지를 발휘해 구슬과 함께 무사히 돌아온 것.

20 소무(蘇武)의 ~ ᄉᆡᆼ환고국(生還故國)ᄒᆞᄆᆞᆯ: 전한(前漢)의 충신 소무가 흉노에 사신으로 갔다가 자신의 노복이 되라는 선우의 말에 굴복하지 않아 19년간 북해에 억류되었음에도 끝내 한나라 부절(符節)을 지키고 살아 돌아온 것.

分)을 폐(廢)치 아녀 외람(猥濫)이 튱녈(忠烈)의 일홈을 어드니 엇디
현형(賢兄)의 주미 아니리오? 쇼뎨(小弟) 디ᄂᆞᆫ 우고(憂苦)와 팔 년 상
니(相離)의 참연ᄋᆡ졀(慘然哀切)ᄒᆞ믄 닛고 스ᄉᆞ로 ᄌᆞ식 두믈 ᄌᆞ랑ᄒᆞ
ᄂᆞ니 몬져 인형의게 칭샤(稱謝)치 아념 즉ᄒᆞ랴?"

경공이 희연(喜然)이 슈염을 쓰다ᄃᆞᆷ아 ᄀᆞᆯ오ᄃᆡ

"녕윤(令允)이 튱년(冲年)의 졍튱대졀(貞忠大節)은 하날이 유의(留
意)ᄒᆞ샤 명됴(明朝)ᄅᆞᆯ 보우(保佑)코ᄌᆞ ᄂᆡ신 ᄇᆡ니 다만 형과 쇼뎨 ᄋᆞ
돌과 ᄉᆞ회라 ᄒᆞ여 두굿길 쁜 아니라 우흐로 국가ᄅᆞᆯ 위ᄒᆞ여 흔하(欣
賀)ᄒᆞ고 아ᄅᆡ로 문호(門戶)의 ᄒᆡᆼ(幸)과 문난(門欄)[21]의 광(光)을 일ᄏᆞ
ᄅᆞᆯ디니 쇼뎨 초(初)의 ᄌᆞ의ᄅᆞᆯ 보ᄆᆡ 벗의 ᄋᆞ돌과 나의 슬하(膝下) 동 11면
상(東床)이믈 ᄭᆡ닷디 못ᄒᆞ여 놉흔 스싱을 뫼신 ᄃᆞᆺ ᄉᆡ로이 경앙(敬仰)
ᄒᆞ믈 니긔디 못ᄒᆞ며 혹ᄌᆞ(或者) 쇼뎨의 병으로 인ᄒᆞ여 졍신을 혼난ᄒᆞ
고 언어ᄅᆞᆯ 그ᄅᆞᆺᄒᆞ여 텬됴위엄(天朝威嚴)을 손상ᄒᆞ며 듕국녜졀(中國
禮節)을 문희쳐 ᄌᆞ의로 ᄒᆞ여곰 일셕(一席)의 타의(他意)ᄒᆞ믈 욕(辱)
되게 ᄒᆞᆯ가 도로혀 삼가고 조심ᄒᆞ여 딜병우고(疾病憂苦)의 ᄆᆞᄋᆞᆷ을 요
동치 아니ᄒᆞ며 계오 보명(保命)ᄒᆞ믈 어더 고국(故國)의 환귀(還歸)
ᄒᆞᆫ ᄇᆡ 젼혀 ᄌᆞ의의 효(孝)ᄅᆞᆯ 튝(逐)ᄒᆞ미니 댱ᄌᆡ(長者) 쇼ᄌᆞ(少者)의
게 ᄇᆡ호믈 ᄇᆡᆨ발(白髮)이 쳥슈츈광(靑鬚春光)을 스싱ᄒᆞ여 오날ᄂᆞᆯ가디
법(法)ᄒᆞ미 되엿ᄂᆞᆫ디라. 범아부(范亞夫)[22]의 칠십옹(七十翁)이 댱ᄌᆞ방
(張子房)의 쇼년(少年)을 밋디 못ᄒᆞ믈 ᄭᆡ닷거ᄂᆞᆯ 인형이 엇디 당치 아

21 문난(門欄): 한 가족이 사는 집안을 이르는 말.

22 범아부(范亞夫): 범증. 70세에 항량의 참모로 초나라 회왕을 세우고 나중에 항우의 신하가 됨.

닌 말노 쇼뎨롤 위ᄌᆞ(慰籍)ᄒᆞ여 븟그리믈 보고ᄌᆞ 짐즛 칭샤(稱謝)ᄒᆞ믈 발(發)ᄒᆞ시ᄂᆞ뇨? 다만 구싱(舅甥)이 셔로 의뢰(依賴)ᄒᆞ여 명(命)을 니으미 하날이 도으시미 아니라 못 ᄒᆞ리라."

셜파(說罷)의 됴ᄉᆞ되 대쇼왈(大笑曰)

12면 "형이 미돈(迷豚)으로뼈 스싱ᄒᆞ미 이시면 쇼뎨롤 존(尊)ᄒᆞ여 왕ᄉᆞ댱(王師長)으로 디졉ᄒᆞ염 즉ᄒᆞ거놀 별녜(別禮)롤 쓰미 업셔 인옹(隣翁)으로 디졉ᄒᆞᄂᆞ뇨?"

졍공이 역쇼왈(亦笑曰)

"ᄌᆞ의의 튱졀(忠節)을 찬칭(讚稱)ᄒᆞ여 ᄌᆞ연이 이 ᄀᆞᆺ투믈 면(免)치 못ᄒᆞ거니와 셩방[23]이 므솜 긔특ᄒᆞ미 나의 왕ᄉᆞ댱을 감당(勘當)코ᄌᆞ ᄒᆞᄂᆞ뇨?"

인ᄒᆞ여 녀ᄋᆞ(女兒)의 안부롤 므ᄅᆞ니 됴공이 여러 셰월의 딜병(疾病)이 업시 안한(安閒)ᄒᆞ믈 디ᄒᆞ며 그 쳔연(天然)ᄒᆞᆫ 덕힝과 츌뉴(出類)ᄒᆞᆫ 효셩이 진효부(陳孝婦)[24]의 더으믈 기리 칭션(稱善)ᄒᆞ미 다ᄃᆞ라ᄂᆞᆫ 쇼용(笑容)이 환연(歡然)ᄒᆞ고 슈미(秀眉) 희희(凞凞)ᄒᆞ여 잠미(蠶眉)롤 기리 춤추이며 ᄋᆡ듕ᄒᆞᄂᆞᆫ 졍이 츌어듕심(出於中心)ᄒᆞ고 현어ᄉᆞ식(現於辭色)ᄒᆞᄂᆞᆫ디라. 졍공이 함쇼왈(含笑曰)

"인졍(人情)이 그 ᄌᆞ식을 어디다 일ᄏᆞᄅᆞ믈 드ᄅᆞ니 ᄉᆞ오납다 나모라ᄂᆞᆫ 바의 비(比)치 못ᄒᆞ여 극심극의(極甚極矣)어니와 디ᄌᆞ(知子)ᄂᆞᆫ 막여뷔(莫如父)라 쇼녜(小女) 온용디덕(溫容之德)이 부도(婦道)의 안뎡

23 셩방: 성방. 조정.

24 진효부(陳孝婦): 전한(前漢) 문제(文帝) 때의 사람으로, 변방 수비군으로 떠난 남편이 죽은 후 주위의 개가 권유를 듣지 않고 끝까지 시어머니를 잘 모신 인물. 《소학》 〈선행(善行)〉.

(安定)ᄒᆞ믈 혹 어덧다 ᄒᆞ려니와 졔 므어시 특이ᄒᆞ여 인형(仁兄)의 과
히 칭희(稱喜)ᄒᆞ믈 감당ᄒᆞ리오?"

됴공이 년(連)ᄒᆞ여 ᄌᆞ부(子婦)의 셩효덕힝(誠孝德行)을 일ᄏᆞ라 졔우 13면
(諸友)의 ᄌᆞ랑키ᄅᆞᆯ 춤이 마ᄅᆞ고 혜 달흘 ᄃᆞᆺᄒᆞ니 ᄎᆞ시(此時) 니뷔(吏
部) 부공(父公)과 졔공(諸公)의 침금(寢衾)을 포셜(鋪設)ᄒᆞᆯᄉᆡ 몸가디
미 쳑동쇼ᄌᆞ(尺童小子)의 친위(親闈)ᄅᆞᆯ 밧듬과 댱ᄌᆞ(長者)ᄅᆞᆯ 뫼셔 공
경ᄒᆞ미 어긔오미 업ᄉᆞ니 졔공이 암암(暗暗)히 칭긔(稱奇)ᄒᆞ더라. 됴
ᄉᆞ되 ᄋᆞᄌᆞ(兒子)ᄅᆞᆯ 발칙로 누이고 강보ᄅᆞᆯ 후휼(厚恤)ᄒᆞᄂᆞᆫ ᄃᆞᆺᄒᆞ여 ᄌᆞ
뫼(慈母) 아니믈 ᄭᆡ닷디 못ᄒᆞᆯ디라. 벼개ᄅᆞᆯ 니어 졔공을 도라보며 ᄋᆞ
ᄌᆞ의 등을 어로만져 우어 왈

"졔형(諸兄)은 디극ᄒᆞᆫ 복인(福人)이라 슬하(膝下)의 장옥(璋玉)[25]이 션
션(詵詵)[26]ᄒᆞ여 슌시(荀氏)의 팔농(八龍)[27]을 블워 아닐 ᄇᆡ니 됴현의 구
구(區區)ᄒᆞ믈 우ᄉᆞ려니와 쇼뎨(小弟)의 졍니(情理)ᄂᆞᆫ 타인(他人)으로
더브러 만히 다ᄅᆞᆫ디라. 훤당학발(萱堂鶴髮)과 현의 부뷔(夫婦) 셰챵
일신(一身)의 문호(門戶)ᄅᆞᆯ 븟치며 ᄉᆡᆼ젼(生前)의 의디ᄒᆞ고 후ᄉᆞ(後
嗣)ᄅᆞᆯ 긔탁(寄託)ᄒᆞᄆᆡ 듕ᄋᆡ(重愛)ᄒᆞ미 텬뉸(天倫) 밧긔 ᄌᆞ별(自別)ᄒᆞ
더니 오날ᄂᆞᆯ 원별디여(遠別之餘)의 단회(團會)ᄅᆞᆯ 당ᄒᆞ여 졔 나히 삼
십의 갓가와시니 내 또 부인의 강보ᄅᆞᆯ 픔음과 다ᄅᆞᆫ 줄을 모로디 아니 14면

25 장옥(璋玉): 장중보옥(掌中寶玉). 보배처럼 여기는 사랑하는 자식.

26 션션(詵詵): 선선. 메뚜기가 의좋게 날아 모여드는 모양. 부부가 화합하여 자손이 많음을 비유하여 이르는 말. 《시경》〈주남(周南)〉'종사편(螽斯篇)'의 "수 많은 베짱이들 화목하게 모여들 듯, 그대의 자손 또한 번성하리라(螽斯羽 詵詵兮 宜爾子孫 振振兮)."에서 옴.

27 슌시(荀氏)의 팔농(八龍): 후한(後漢) 순숙(荀淑)의 재주 있는 8형제를 당시 사람들이 칭한 말.

ᄒᆞᄃᆡ 부ᄌᆞ(父子)의 졍이 흡흡(洽洽)ᄒᆞ여 능히 엄부(嚴父)의 위의(威儀)ᄅᆞᆯ ᄃᆡᆨ희디 못ᄒᆞ노라.”

언필(言畢)의 니상국 양각뇌 답쇼왈(答笑曰)

“셩방의 부ᄌᆡ(父子) 상봉(相逢)의 희한(稀罕)ᄒᆞ미 비록 극(極)ᄒᆞ나 디난 바ᄅᆞᆯ ᄉᆡᆼ각ᄒᆞ니 소ᄅᆡᄒᆞ여 우디 아니미 난부난ᄌᆡ(難父難子)[28]라 엇디 ᄋᆡ듕(愛重)ᄒᆞ믈 구구타 ᄒᆞ리오? 쇼뎨 등은 블쵸(不肖)ᄒᆞᆫ ᄋᆞᄃᆞᆯ이 여러히 이시나 텬눈의 졍인ᄌᆞᆨ 잘 금(禁)치 못ᄒᆞᄂᆞ니 셩방의 만금일윤(萬金一允)이 타인(他人)의 ᄇᆡᆨᄌᆞ쳔손(百子千孫)을 압두(壓頭)ᄒᆞᄂᆞᆫ 일픔긔딜(一品氣質)이냐?”

됴공이 쇼왈(笑曰)

“미돈(迷豚)이 블튱신절(不忠臣節)을 면(免)ᄒᆞ여시나 냥형(兩兄)의 닌ᄋᆞ봉츄(麟兒鳳雛)[29]ᄅᆞᆯ 엇디 ᄡᆞ로리오?”

인ᄒᆞ여 ᄋᆞᄌᆞ(兒子)ᄅᆞᆯ 졉면교싀(接面敎示)ᄒᆞ여 간간절절(懇懇切切)ᄒᆞᆫ ᄉᆞ랑이 강보ᄅᆞᆯ 인ᄒᆞᆫ ᄃᆞᆺᄒᆞ니 니뷔(吏部) 황공츅쳑(惶恐踧踖)ᄒᆞ여 숨도 크게 못 ᄒᆞ미 거야(去夜)의 텬궁(天宮)을 시위(侍衛)ᄒᆞᆷ ᄀᆞᆺᄐᆞ니 졍참졍 쳥계공이 졔공(諸公)으로 더브러 일침동금(一寢同衾)ᄒᆞ여 디극ᄒᆞᆫ 졍이 우ᄋᆡ(友愛)ᄒᆞᄂᆞᆫ 동긔(同期) 아니믈 ᄭᆡ닷디 못ᄒᆞᄃᆡ 몸이 나
15면 라 태산의 나아가 훤초(萱草)ᄅᆞᆯ 하례(賀禮)ᄒᆞ며 쳐ᄉᆞ와 냥계로 더브러 광금디락(廣衾之樂)과 댱침디회(長忱之懷)ᄅᆞᆯ 펴디 못ᄒᆞᄂᆞᆫ 바ᄅᆞᆯ

---

28 난부난ᄌᆡ(難父難子): 난부난자. 누가 더 낫다고 할 수 없을 정도로 우열을 가리기 어려움.

29 닌ᄋᆞ봉츄(麟兒鳳雛): 닌아봉추. 닌아는 지혜와 재주가 썩 뛰어난 사람을, 봉추는 지략이 뛰어난 젊은이를 비유하는 말.

한(恨)ᄒᆞ고 다시 문계의 원앙(寃殃)ᄒᆞ믈 슬허 ᄉᆡ로이 비회쳑감(悲懷慽憾)ᄒᆞ여 말ᄉᆞᆷ이 환쇼(歡笑)의 뜻이 업더니 됴ᄉᆞ되 ᄋᆞᄌᆞ를 ᄉᆞ랑ᄒᆞ미 져 ᄀᆞᆺ투믈 보ᄆᆡ 우어 ᄀᆞᆯ오ᄃᆡ

"셩방은 모로미 녕윤(令胤)으로 ᄒᆞ여곰 편히 ᄌᆞ고ᄌᆞ ᄒᆞ거든 너모 져ᄀᆞᆺ치 말나. 거야(去夜)의 셩은(聖恩)이 늉듕(隆重)ᄒᆞ샤 뇽상(龍床) 하(下)의 시침(侍寢)ᄒᆞ믈 하교(下敎)ᄒᆞ시ᄆᆡ 믈너나디 못ᄒᆞ여 궐졍(闕庭)의셔 밤을 디닐ᄉᆡ 망극(罔極)ᄒᆞ온 은우(恩遇)를 나리오샤 블튱(不忠) 등을 어로만디시ᄆᆡ 밋ᄎᆞ시니 황튝(惶蹙)ᄒᆞ고 젼뉼(戰慄)ᄒᆞ여 갑ᄉᆞ올 바롤 아디 못ᄒᆞᄆᆡ 능히 한 ᄌᆞᆷ을 일우디 못ᄒᆞ엿ᄂᆞ니 ᄌᆞ의 목금(目今) 황감(惶感)ᄒᆞ여 츅쳑(踧踖)ᄒᆞᆫ 거동(擧動)이 셩은을 당ᄒᆞᄆᆡ 만히 나리디 아니ᄒᆞ니 년(連)ᄒᆞ여 안헐(安歇)치 못ᄒᆞ면 만니구치(萬里驅馳)의 ᄒᆞ로도 편히 쉬디 못ᄒᆞ여 딜(疾)이 일가 두리노라."

됴공이 ᄭᆡ다라 웃고 ᄋᆞᄌᆞ를 명(命)ᄒᆞ여 겻ᄐᆡ셔 편히 ᄌᆞ라 ᄒᆞᄃᆡ 오히 16면
려 권권ᄒᆞ미 이시니 이 ᄀᆞᆺ툰 ᄌᆞ이(慈愛)로ᄡᅥ 팔 년 원니(遠離)의 듕심(中心)의 통도(痛悼)ᄒᆞ던 바를 뭇디 아냐 알니러라.

이러틋 ᄎᆞ야(此夜)를 디ᄂᆡ고 명됴(明朝)의 제공(諸公)이 입궐됴현(入闕朝見)ᄒᆞᆫ 후 각각(各各) 부듕(府中)으로 향ᄒᆞᆯᄉᆡ 됴ᄉᆞ도 부ᄌᆞ와 경쳥계 형뎨 태운산 고ᄐᆡᆨ(古宅)의 도라오ᄆᆡ 됴공 부ᄌᆞᄂᆞᆫ 존당(尊堂)의 즉시 ᄇᆡ알(拜謁)치 못ᄒᆞ믈 결훌(缺欻)ᄒᆞᆯ디언졍 심회(心懷) 쳑상(慽傷)ᄒᆞᆯ 일은 ᄀᆞᆺ투여 업ᄉᆞᄃᆡ 경쳥계와 경조ᄂᆞᆫ 밋쳐 태운산을 더위잡디[30] 못

30 더위잡디: 더위잡다. 붙잡다, 끌어잡다. 여기에서는 '도착하다, 이르다'의 뜻으로 해석됨.

ᄒᆞ여셔 쳑연ᄌᆞ상(慽然自傷)ᄒᆞ믈 니긔디 못ᄒᆞ더니 닌셩공ᄌᆡ 양아[31]로
조ᄎᆞ 도라와 셔헌(書軒)을 몬져 슈소(修掃)ᄒᆞ고 노복(奴僕)을 거ᄂᆞ려
길가의 나아와 야야(爺爺)ᄅᆞᆯ 마ᄌᆞ며 경조공을 ᄇᆡ알ᄒᆞᆯᄉᆡ 노복(奴僕)이
고두알현(叩頭謁見)의 디난 바ᄅᆞᆯ 슬허 톄읍통열(涕泣痛咽)ᄒᆞ니 이공
(二公)이 ᄯᅳᆺ이 ᄒᆞᆫ가디로 창도(愴悼)ᄒᆞᆫ 바의 ᄌᆞ연 쳑희(慽唏)ᄒᆞ미 더
으ᄃᆡ 경조공의 눈이 결을 업고 의ᄉᆡ(意思) 당황ᄒᆞ믄 닌셩이 거젼(車
17면 前)의셔 뵈미라. 셕ᄌᆡ(昔者) 무진의 분슈지시(分手之時)ᄅᆞᆯ 당ᄒᆞ여 팔
셰 존문(尊門)의 인ᄌᆡ(人才) 고현군ᄌᆞ(高賢君子)의 풍(風)이 완연(完
然)ᄒᆞ여 ᄉᆡᆼ셩대셩(生成大聖)을 일워 그 풍의골상(風儀骨相)이 반악
(潘岳)[32]의 미묘(美貌)와 진평(陳平)[33]의 옥용(玉容)이라도 만블급(萬不
及)이니 오날ᄂᆞᆯ 더옥 긔이히 넉일 ᄇᆡ 아니로ᄃᆡ 이팔디셰(二八之歲)ᄅᆞᆯ
계오 디나ᄆᆡ 신ᄎᆡ긔딜(身體氣質)이 셰간(世間)의 독보(獨步)ᄒᆞᆯ 쁜 아
니라 쳔고(千古)의 듯디 못ᄒᆞᆫ ᄇᆡ니 셩탕(成湯)[34]의 십쳑댱(十尺長)은
그 너모 과(過)ᄒᆞ거니와 하우(夏禹)[35]의 구쳑신(九尺身)이 당당(堂堂)
ᄒᆞᄃᆡ 뉵뇽(六龍)이 승어(昇於)ᄒᆞᄂᆞᆫ 풍의(風儀)와 만믈(萬物)이 뉴형
(流形)ᄒᆞᆫ 도량이 건곤(乾坤)의 함홍톄모(含弘體貌)ᄒᆞ믈 픔(稟)ᄒᆞ여

---

31 양아: 양씨 부중.

32 반악(潘岳): 서진(西晉)의 문장가로, 문을 나서면 여인들이 던진 귤로 수레가 가득 찰 정도의 미남으로 유명했음.

33 진평(陳平): 전한(前漢)의 건국 공신으로, 항우의 책사였으나 유방을 도와 천하를 평정했으며 기골이 장대하고 풍채가 좋았다고 함.

34 셩탕(成湯): 성탕. 중국 고대 상(商)나라의 임금.

35 하우(夏禹): 중국 고대 하(夏)나라를 창건한 우(禹)임금.

원형니졍(元亨利貞)의 쥬슌(朱脣)이 함홍(含紅)ᄒᆞ니 옥으로 ᄉᆞᆨ근 니마의 두발(頭髮)이 삽삽(颯颯)ᄒᆞ여 오히려 관(冠)치 못ᄒᆞ여시ᄃᆡ 팔ᄎᆡ(八彩) 늠늠(凜凜)ᄒᆞ여 문왕(文王)의 샹셔로온 안ᄉᆡᆨ(顏色)[36]과 쇼호(少昊)의 신긔ᄒᆞᆫ 격(格)[37]을 아오라 함호기취(含乎其就)ᄒᆞ고 발호기셩(發乎其性)ᄒᆞ니 경죄 일쳠(一瞻)의 셕연(釋然)이 낫빗치 변ᄒᆞ며 홀홀(忽忽)이 경탄ᄒᆞᄂᆞᆫ 듕 이공(二公)의 하리츄죵(下吏騶從)이 곡듕(谷中)의 메여[38] 의의(猗猗)ᄒᆞᆫ 영광(榮光)이 젼ᄌᆞ(前者)의 감(減)치 아닌디라 18면
녯날 위고금다(位高金多)ᄒᆞ믈 ᄯᆞ라 다시 늣겨 탄돌(嘆咄)ᄒᆞᆯ 거시 업ᄉᆞᄃᆡ 이공의 심회(心懷)ᄌᆞᆨ 쵹쳐감상(觸處感傷)이오 거목층쳑(擧目層慽)이라. 정당(正堂)을 우러러 구원션친(九原先親)을 츄모(追慕)ᄒᆞ여 희허일셩(噫噓一聲)의 쳬ᄉᆡ(涕泗) 방타(滂沱)ᄒᆞ고 고듁헌을 우러러 안항(雁行)의 듕단(中斷)ᄒᆞᆫ 슬픔만 아니라 문계의 원혹포통(寃酷抱痛)ᄒᆞ미 명(命)이 아니오 텬니(天理) 박졀(迫切)ᄒᆞ미 간위(肝胃) ᄭᅳᆫ허디며 창ᄌᆡ 블허질 ᄃᆞᆺᄒᆞᆫ디라. 광슈(廣袖)로 낫ᄎᆞᆯ ᄀᆞ리오고 ᄋᆡ호통열(哀呼痛咽)ᄒᆞ믈 마디 아니ᄒᆞ니 공ᄌᆡ 블승초민(不勝焦悶)ᄒᆞ여 이셩낙ᄉᆡᆨ(怡聲樂色)으로 부슉(父叔)을 관위(寬慰)ᄒᆞ더니 의의(猗猗)ᄒᆞᆫ 벽졔(辟除)[39] 소ᄅᆡ 년(連)ᄒᆞ며 인친국쳑(姻親國戚)[40]과 공경녈후(公卿列

---

36 문왕(文王)의 샹셔로온 안ᄉᆡᆨ(顏色): 주나라 문왕이 태어나자 기산에 봉황이 출현하여 울었다고 전함.

37 쇼호(少昊)의 신긔ᄒᆞᆫ 격(格): 소호는 소호금천씨(少昊金天氏)로 고대 신화 속 삼황오제(三皇五帝) 중 오제의 한 명. 즉위할 때에 봉황이 날아들었다고 함.

38 메여: 규장각본에는 '메여'로 되어 있음.

39 벽졔(辟除): 벽제. 지위가 높은 사람이 행차할 때 따르는 종들이 잡인의 통행을 금하던 일.

侯)의 니림(來臨)ᄒᆞ믈 고(告)ᄒᆞᄆᆡ 밋쳐ᄂᆞᆫ 무익(無益)ᄒᆞᆫ 비회(悲懷)를 여러 심ᄉᆞ(心思)를 샹손(傷損)ᄒᆞ고 존빈귀ᄀᆡᆨ(尊賓貴客)을 ᄆᆡ몰이 샤(辭)ᄒᆞ미 블가(不可)ᄒᆞ여 문윤각의 쥬셕(酒席)을 널니 베퍼 제빈(諸

19면 賓)을 영졉(迎接)ᄒᆞᆯᄉᆡ 닌셩공ᄌᆞᄂᆞᆫ 잠간 믈너 듁셔루의 잇더니 허다빈ᄀᆡᆨ(許多賓客)이 졍공을 향ᄒᆞ여 작일(昨日) 막ᄎᆞ(幕次)[41]의셔 훌훌히 보믈 인ᄉᆞ(人事)ᄒᆞ며 ᄉᆡ로이 븍디고경(北地苦境)과 ᄉᆡᆼ환고국(生還故國)ᄒᆞ믈 치하(致賀)ᄒᆞ여 어졔 말을 오날 다시 ᄒᆞᄃᆡ 쳥계공의 튱의대졀(忠義大節)은 드롤ᄉᆞ록 빗난다라. 참졍과 경좌 제공(諸公)의 다시 ᄎᆞᄌᆞ 니ᄅᆞ믈 샤례(謝禮)ᄒᆞ고 녯 집의 도라오니 심회(心懷) 더옥 쳐챵(悽愴)ᄒᆞ믈 일ᄏᆞ라 범간슈작(凡間酬酌)ᄲᅳᆫ이오 한셜(閑說)을 열미 업ᄉᆞᄃᆡ 구교(舊交)의 두터온 졍(情)과 동됴(同朝)의 의(誼)며 쳑분(戚分)의 근본을 ᄎᆞᄌᆞ 뭇ᄂᆞᆫ[42] ᄌᆡ(者) 의의(猗猗)ᄒᆞᆫ 거롬과 호셩(浩盛)ᄒᆞᆫ 안모(顏貌)로 황금을 횡ᄃᆡ(橫帶)ᄒᆞ고 ᄇᆡᆨ옥(白玉)을 울녀 년쇽브졀(連續不絶)ᄒᆞ며 작벌운집(雀筏雲集)ᄒᆞ니 능히 슈(數)를 혜디 못ᄒᆞᆯ너라. 참졍공이 디금(只今) 태산의 ᄉᆡᆼ환ᄒᆞ믈 고(告)치 못ᄒᆞᄆᆡ 착급(着急)ᄒᆞ여 잠간 경조로ᄡᅧ ᄃᆡᄀᆡᆨ(待客)ᄒᆞ라 ᄒᆞ고 가노(家奴)를 태산의 보니려 ᄒᆞ므로 일(一) 장(張) 셔복[43]을 일운 후 듁셔루의 와 ᄋᆞᄌᆞ(兒子)로 셔장

---

40 인친국쳑(姻親國戚): 인친국척. 인친은 혼인으로 맺어진 관계나 혼인 관계로 척분(戚分)이 있는 사람. 국척은 임금의 인친.

41 막ᄎᆞ(幕次): 막차. 의식이나 거둥 때에 임시로 장막을 쳐서 왕이나 고관들이 잠깐 머무르게 하던 곳.

42 뭇ᄂᆞᆫ: 규장각본에는 '못ᄂᆞᆫ'으로 되어 있음.

43 셔복: '편지'로 추정됨.

(書狀)을 일워 보ᄂᆡ라 ᄒᆞ니 공ᄌᆡ ᄃᆡ왈(對曰)
"ᄋᆞᄒᆡ(兒孩) 임의 고국(故國)의 도라오ᄆᆡ 국가의 ᄆᆡ인 몸이 아니오니 20면
금명간(今明間) 태산으로 향ᄒᆞ오미 맛당ᄒᆞ오ᄃᆡ 엄훈(嚴訓)을 듯ᄌᆞᆸ디 못ᄒᆞ엿ᄉᆞᆸᄂᆞᆫ 고로 기간(其間) 슈일(數日)을 허숑(虛送)ᄒᆞ온디라 명일(明日)이라도 니발(離發)ᄒᆞ믈 쳥(請)ᄒᆞ옵ᄂᆞ니 쇼ᄌᆡ(小子) 가ᄂᆞᆫ 바의 대인(大人) 셔함(書函)을 밧들디언졍 ᄋᆞᄒᆡ 셔장은 브졀업ᄉᆞᆯ가 ᄒᆞᄂᆞ이다."

공 왈

"오ᄋᆡ(吾兒) 이리 니ᄅᆞ디 아니ᄒᆞ나 여뷔(汝父) 귀향디심(歸鄕之心)이 시ᄀᆡᆨ(時刻)이 밧브믈 아디 못ᄒᆞ리오마ᄂᆞᆫ 셩샹(聖上)이 여ᄎᆞ여ᄎᆞ(如此如此) 디교(指敎)ᄒᆞ시므로 브득이 삼ᄉᆞ일을 경도(京都)의셔 머믈 거시오 원방(遠方) 션ᄇᆡ와 졀박ᄒᆞᆫ ᄉᆞ괴(事故) 잇ᄂᆞᆫ ᄌᆞ(者)ᄂᆞᆫ 이 과장(科場)의 나아가믈 밋쳐 념(念)치 못ᄒᆞ려니와 ᄌᆡ학(才學)을 두고 큰 ᄉᆞ괴 업ᄉᆞᆫ ᄌᆞᄂᆞᆫ 금번(今番) 경과(慶科)ᄅᆞᆯ 아니 응(應)ᄒᆞᄂᆞᆫ ᄌᆞᄂᆞᆫ 심히 그ᄅᆞᆫ디라. 널노뻐 브ᄃᆡ 참방(參榜)[44]ᄒᆞ여 영녹(榮祿)을 구코ᄌᆞ ᄒᆞ미 아니라 나의 뜻이 결(決)ᄒᆞ여 너ᄅᆞᆯ 과일(科日)가디 머므러 잠간 관광(觀光)[45]ᄒᆞᆫ 후 날노 함긔 하향(下鄕)코ᄌᆞ ᄒᆞᄂᆞ니 슈삼 일 견ᄃᆡ면 부ᄌᆡ(父子) 션후(先後) 업시 도라갈 거시라. 그 ᄉᆞ이 참으미 졀박(切迫)ᄒᆞ 21면
거니와 만분 고상(苦狀)도 뉵칠 ᄌᆡ(載)ᄅᆞᆯ ᄎᆞᆷ아시니 이졔 엇디 슈일(數日)을 못 견ᄃᆡ리오? 몬져 운학이어나 경농을 보ᄂᆡ여 부ᄌᆞ의 ᄉᆡᆼ환(生

44 참방(參榜): 과거에 급제하여 이름이 방목(榜目)에 오르던 일.

45 관광(觀光): 과거 보러 가는 것. 혹은 그런 길이나 과정.

還)ᄒᆞ믈 아ᄅᆞ시게 ᄒᆞ고 과후(科後)의 ᄯᅥᆯ니 갈 거시라."

ᄒᆞᆫᄃᆡ 공ᄌᆡ 실노 과욕(科慾)[46]이 ᄉᆞ연(捨然)ᄒᆞ며 귀향디심(歸鄕之心)이 졀박히 밧븐디라 야야(爺爺)의 ᄯᅳᆺ이 발셔 결(決)ᄒᆞ신 빈니 간(諫)ᄒᆞ여 엇디 못홀디라. 명(命)ᄒᆞ시ᄂᆞᆫ 빈 역시 비법(非法)이 아니오 비록 부귀 ᄅᆞᆯ 괴로이 피ᄒᆞ나 그윽이 야(爺)의 ᄯᅳᆺ을 ᄉᆞᆺ친족 귀향(歸鄕)을 슈삼 일 늣추미 될디라도 영화(榮華)와 희ᄉᆞ(喜事)로ᄡᅧ 븍당(北堂)의 닐위여 조모의 열의(悅意)ᄅᆞᆯ 구(求)코ᄌᆞ ᄒᆞ시믈 헤아려 빅ᄉᆞ(百事)의 ᄯᅳᆺ 밧ᄌᆞ오미 웃듬이라 감히 민울(憫鬱)ᄒᆞᆫ ᄉᆞ식(辭色)을 뵈옵디 못ᄒᆞ고 빈 이슈명(拜而受命)ᄒᆞ며 즉시 필연(筆硯)을 나와 존당(尊堂)과 부모긔 샹셔(上書)ᄅᆞᆯ 올닐ᄉᆡ 공이 한댱(閑長)ᄒᆞᆫ 셜화(說話)ᄂᆞᆫ 날회고 대강만

22면

베플나 ᄒᆞ여 ᄡᅳ기ᄅᆞᆯ 맛ᄎᆞ미 운학을 주어 ᄯᅥᆯ니 가라 ᄒᆞ니 운학이 슈명 하딕(受命下直)ᄒᆞ고 즉시 태산으로 가니라.

ᄎᆞ시(此時) 졍참졍 쳥계공이 운학을 태산의 보ᄂᆡ고 다시 나와 ᄃᆡ긱 (待客)ᄒᆞ더니 이윽고 졔긱(諸客)이 흣터디며 날이 황혼의 밋쳐 취령 산으로조ᄎᆞ 니상국과 양각뇌 니ᄅᆞ러 밤을 ᄒᆞᆫ가디로 디ᄂᆡ려 홀ᄉᆡ 션시 (先時)의 공ᄌᆡ 표문(表門)의 나아가 졔슉(諸叔)을 빈견(拜見)ᄒᆞᆫ 후 니 부[47]의 가 져져(姐姐)[48]ᄅᆞᆯ 반기려 ᄒᆞ엿더니 맛초아[49] 져졔 산졈(產漸)이 급(急)ᄒᆞ여 인ᄉᆞ(人事)ᄅᆞᆯ 모로고 고통이 심ᄒᆞᆫ 바의 니부 태부인과 상

---

46 과욕(科慾): 과거에 급제하고자 하는 욕망.

47 니부: 이부. 이씨 부중.

48 져져(姐姐): 저저. 누이. 여기서는 정월염.

49 맛초아: 맛초다. 맞추다.

국군 부인이 흔 씨를 써나디 아냐 구호(救護)흔다 흐므로 비편(非便)이 넉여 외루(外樓)의만 단녀와시므로 져져를 못 보앗는디라 이에 표슉(表叔)[50]과 니공을 마좁시 하당영디(下堂迎之)흐여 승당시좌(昇堂侍坐)의 샤미(舍妹)의 평부(平否)를 뭇즈온디 양각뇌 우어 왈

"유복(有福)흔 놈의게 근심된 일이 잇기 쉬오냐? 냥개(兩個) 긔린(麒麟)을 빵싱(雙生)흐니 창닌이 발셔 ᄋ돌이 셰히 되엿ᄂ디라. 쇼빅(少輩) 듕(中)의 어룬이 몬져 되니 엇디 긔특디 아니리오?"

공지 흔열(欣悅)흐여 디왈(對曰) 23면

"쇼딜(小姪)이 작일(昨日)의 니아의 갓ᄉ오나 샤미의 병셰(病勢) 급(急)흐믈 듯즈오미 심신(心身)이 ᄎ악(嗟愕)홀디언졍 발셔 ᄋ돌을 두어시믄 아디 못흐옵고 도라왓숩ᄂ디라. 원간 난 디 몃 셰월이 되엿ᄉ오며 샤미롤 조ᄎ 니아[51]의 잇숩ᄂ니잇가?"

상국(相國)은 공즈의 손을 좁고 등을 어로만디며 귀밋출 쓰러 ᄉ랑흐ᄂ 졍과 친ᄋ(親愛)흐ᄂ 뜻이 농난(濃爛)흐여[52] 도로혀 말흐기롤 니졋거놀 양각뇌 쇼왈(笑曰)

"딜녜(姪女) 초(初)의 여ᄎ여ᄎ 참변(慘變)을 만나 흔낫 죽엄이 된 거술 니부의셔 구(求)흐여 다려와 무ᄉ히 분산(分産)흐믈 어덧다 흐ᄂ디라. 그씨 일을 보디 못흐여시니 어이 알니오마ᄂ ᄋ히 난 디 삼 년의 졔 아비 도라와 텬뉸(天倫)의 졍을 펴랴 흔죽 댱튝(張畜)이 대로(大

50 표슉(表叔): 표숙. 외숙. 여기서는 양각로 양선.

51 니아: 이씨 부중.

52 농난(濃爛)흐여: 농란하다. 무르익은 상태에 있다.

怒)ᄒᆞ여 몲은 가듕(家中)의 깃친다 ᄒᆞ더니 쵹(蜀)으로조ᄎᆞ 연태위 년(連)ᄒᆞ여 쳥현화딕(淸賢華職)의 나아가ᄆᆡ 졸연(猝然)이 챵닌디ᄌᆞ롤

24면 ᄎᆞᄌᆞ 나와 작인긔셩(作人氣性)의 특츌비상(特出非常)ᄒᆞ믈 일ᄏᆞ롤 쁜 아니라 니형[53]의 의법(依法)ᄒᆞᆫ 손ᄌᆞ(孫子)로 ᄉᆞ랑ᄒᆞ며 츈보 등이 종손(宗孫)으로 친ᄋᆡ(親愛)ᄒᆞ더니 홀연이 ᄌᆞ손(子孫)의 막혓던 졍이 열니여 급급(急急)히 아ᄉᆞ가더니 근일(近日) 드ᄅᆞ미 오 셰 유ᄋᆞ(幼兒)롤 다리고 잔도검각(殘盜檢覺)[54]으로 말ᄆᆡ암아 셔쳔(西天)으로 가다 ᄒᆞ니 그 ᄒᆞᄂᆞᆫ 일이 ᄉᆞᄉᆞ(事事)의 ᄒᆡ괴(駭怪)ᄒᆞ여 측냥(測量)업ᄉᆞᆫ디라 엇디 일ᄏᆞ람 즉ᄒᆞᆫ 말이 이시리오? 네 누의 디금(只今) 누명(陋名)을 신빅(伸白)디 못ᄒᆞ고 깁흔 곳의 친쳑(親戚)도 보ᄂᆞᆫ 일이 업시 두문블츌(杜門不出)ᄒᆞ니 사ᄅᆞᆷ의 궁ᄋᆡᆨ(窮厄)[55]이라도 어이 그ᄃᆡ도록 궁혹(窮惑)ᄒᆞ리오?"

참졍(參政)이 쇼녀의 초군특이(超群特異)ᄒᆞ므로뼈 무상블의(無想不意)예 당헌의 며ᄂᆞ리 되믈 그ᄋᆞᆨ이 탄(嘆)ᄒᆞ나 텬뎡(天定)이라 ᄒᆞ여 ᄉᆞ식(辭色)디 아니ᄒᆞ고 작일(昨日) 양·니 등으로 년침(連寢)ᄒᆞᆯ ᄣᆡ의 그 안부(安否)롤 므롤 줄 모로미 아니오 ᄯᅩ 닛디 아닌 ᄇᆡ로ᄃᆡ 그 가온ᄃᆡ

---

53 니형: 이형. 이빈.

54 잔도검각(殘盜檢覺): 잔도는 본래 험한 벼랑 같은 곳에 낸 사다리 길을 말하는데, 과거에 주로 중국의 중원에서 촉(蜀)으로 가는 과정에 촉의 잔도를 통할 수밖에 없었기 때문에 촉의 잔도를 가리키는 것이 일반적임. 검각 역시 촉으로 가는 길에 있는 요해지로, 산벼랑에 판자 따위를 엮어서 선반을 걸듯이 길을 낸 각도(閣道)가 있어 이렇게 부르며, 일반적으로 험난한 곳을 지칭함.

55 궁익(窮厄): 궁액. 재앙으로 입은 불운으로 고생함.

드럼 즉디 아닌 말이 이실 거시므로 뭇디 아니ᄒᆞ엿더니 ᄎᆞ언(此言)을 드ᄅᆞ미 심니(心裏)의 블힝(不幸)ᄒᆞ며 잔인히[56] 넉이나 또ᄒᆞᆫ 식에(色語) 업셔 믁연(默然)이어놀 경좌 통한(痛恨)ᄒᆞ믈 니긔디 못ᄒᆞ여 왈 25면

"당헌 튝싱(畜生)이 므ᄉᆞ 일노 오 셰 유ᄋᆞ(幼兒)를 다려 쵹디(蜀地) 삼쳔여 리롤 힝(行)ᄒᆞ뇨? 이 아니 졔 손지 아니오 음부(淫婦)의 쇼싱이라 ᄒᆞ여 위리찬젹(圍籬竄謫)[57]ᄒᆞᄂᆞᆫ 모양이냐? 챵닌으로 니른들 비록 츌뉴발췌(出類拔萃)ᄒᆞ다 ᄒᆞ나 당헌이 그 아비ᄌᆞ 어이 담디 아니ᄒᆞ리오?"

니상국이 쇼왈(笑曰)

"은빅의 말이 졍히 내 뜻과 ᄀᆞᆺ도다. 챵닌을 유하(乳下)로브터 비록 내 양휵(養畜)ᄒᆞᆫ 비나 이졔 당헌의게 도라가신즉 그 졀졔(節制)를 바드리니 셰ᄉᆞ(世事)를 어이 측냥(測量)ᄒᆞᆯ 비리오?"

양각뇌 니어 답쇼왈(答笑曰)

"블연(不然)ᄒᆞ다. 챵닌은 튱효대지(忠孝大才)라 그 아비 블인(不仁)ᄒᆞ미 이신즉 죽기로뼈 간(諫)ᄒᆞ리니 엇디 그 아비의 심통을 달므며 효측(效則)ᄒᆞᆯ 비 이시리오?"

참졍(參政)이 날호여 웃고 ᄀᆞᆯ오ᄃᆡ

"은빅은 남의 셔랑(壻郞)과 인옹(姻翁)을 심히 욕ᄒᆞ니 내 ᄆᆞᄋᆞᆷ이 심

56 잔인히: 규장각본에는 '잔잉히'로 되어 있음. 문맥상 애처롭고 불쌍하여 차마 보기 어려운 데가 있다는 의미의 '잔잉하다'가 적절함.

57 위리찬젹(圍籬竄謫): 위리찬적. 위리는 유배된 죄인이 거처하는 집의 둘레에 가시로 울타리를 치던 일. 찬적은 벼슬을 빼앗고 귀양 보내는 것.

26면 히 아쳐롭고 니형은 사ᄅᆞᆷ의 경듕(輕重)을 ᄉᆞᆯ피디 아니ᄒᆞ며 아비 년좌(緣坐)ᄅᆞᆯ ᄌᆞ식의게 ᄡᅳ미 과도(過度)치 아니냐? 두 사ᄅᆞᆷ이 다 고맙디 아니ᄒᆞᄃᆡ 오ᄃᆡᆨ 양형[58]이 아셔(我婿)의 긔특ᄒᆞ믈 능히 알고 그 인효(仁孝)ᄒᆞ믈 ᄇᆞᆰ히 ᄉᆞᄆᆞᆺᄎᆞ니 디인(知人)ᄒᆞᄂᆞᆫ 구ᄉᆞᆯ이 브희디 아니ᄒᆞ믈 가히 알니로다.”

경죄 이연(怡然)이 웃고 ᄃᆡ왈(對曰)

“양형이 평ᄉᆡᆼ(平生)의 긔위(氣宇) 싁싁ᄒᆞ여 쥰녈(峻烈)ᄒᆞᆫ 픔되(品度)러니 홀연 경ᄐᆡ(景泰)ᄅᆞᆯ 셤겨 만히 궤샤(詭詐)ᄒᆞ믈 ᄒᆡᆼ(行)ᄒᆞ며 다시 말쇽셰ᄐᆡ(末俗世態)ᄅᆞᆯ ᄯᆞ라 아당(阿黨)ᄒᆞ여 ᄆᆞᄋᆞᆷ을 깃기고[59] 형셰ᄅᆞᆯ 븟좃ᄎᆞ미 댱ᄌᆞ(張子)의 빙악(聘岳)과 슈양뷔(收養父) ᄌᆡ좌(在座)ᄒᆞ믈 보ᄆᆡ 믄득 댱ᄌᆞᄅᆞᆯ 암암칭긔(暗暗稱奇)ᄒᆞ여 그 빙악을 이열(怡悅)케 ᄒᆞ니 이 엇디 쇼인(小人)의 아ᄉᆞᆰ이ᄂᆞᆫ[60] ᄐᆡ(態)와 쳠녕(諂佞)ᄒᆞᄂᆞᆫ 언ᄉᆡ(言辭) 아니리오?”

경·니 이공(二公)이 미급답(未及答)의 양각뇌 호연(浩然)이 크게 우어 왈

“은ᄇᆡᆨ이 댱ᄌᆞ의 긔특(奇特)ᄒᆞ믈 홀연븍통(忽然腹痛)ᄒᆞ여 싀ᄋᆡ(撕捱)ᄒᆞᆫ ᄆᆞᄋᆞᆷ이 극(極)ᄒᆞᄆᆡ 날을 도로혀 아요쳠녕(訝訞諂佞)ᄒᆞᄂᆞᆫ 쇼인(小人)으로 밀위여 좌듕(座中)의 다시 일ᄏᆞᆺ디 못ᄒᆞ게 ᄒᆞ거니와 나ᄂᆞᆫ 은

27면 ᄇᆡᆨ의 투현딜능(妬賢嫉能)ᄒᆞᄂᆞᆫ 용심(庸心)을 ᄉᆞᆺ치ᄆᆡ 형이 스ᄉᆞ로 아

58 양형: 양선.

59 깃기고: 깃기다. 기뻐하게 하다.

60 아ᄉᆞᆰ이ᄂᆞᆫ: 아ᄉᆞᆰ이다. 알랑거리다, 아양 떨다.

ᄉᆞᆰ이ᄂᆞᆫ ᄐᆡ 업ᄉᆞᆯ와 ᄒᆞ여 공연이 욕(辱)ᄒᆞ미 이 ᄀᆞᆺᄐᆞ나 이 노야(老爺) 면젼(面前)의셔 국궁ᄇᆡ시(鞠窮陪侍)[61]ᄒᆞ고 블감앙쳠(不敢仰瞻)ᄒᆞᆯ디라. 분욕(憤辱)을 쾌셜(快雪)ᄒᆞ미 명일(明日)의 이시니 가히 한(恨)치 아니ᄒᆞ거니와 댱ᄌᆞᄅᆞᆯ 원슈ᄀᆞᆺ치 믜워ᄒᆞᄂᆞᆫ 심슐(心術)을 통ᄒᆡ(痛駭)ᄒᆞ여 ᄒᆞ노라."

경죄 완이(莞爾)히 쇼왈(笑曰)

"이 졍염이 초모(草茅)의 깃드려 우쥬(宇宙)로 ᄌᆞ락(自樂)ᄒᆞ니 ᄇᆡᆨ운(白雲) 마을의 ᄌᆞ디(紫芝)ᄅᆞᆯ ᄏᆡ고 공산야월(空山夜月)의 황졍경(黃庭經)[62]을 외오미 평ᄉᆡᆼ의 쇼원이오 부귀와 공명을 내 아디 못ᄒᆞᄂᆞ니 댱ᄌᆞᄅᆞᆯ 내 잠간 쵹범(觸犯)ᄒᆞ미 그 므ᄉᆞᆷ 죄리오? 공이 ᄋᆡᄌᆞ(睚眥)ᄅᆞᆯ 필보(必報)ᄒᆞ나[63] 슈가(須賈)[64]의 공슌(恭順)ᄒᆞ믈 감심(甘心)치 아냐 ᄒᆞᆫ번 ᄉᆞᄆᆡᄅᆞᆯ ᄯᅥᆯ쳐 향니(鄕里)로 도라가리로다."

니상국이 니어 쇼왈(笑曰)

"챵닌이 므ᄉᆞᆷ 사ᄅᆞᆷ이완ᄃᆡ 양형과 은ᄇᆡᆨ이 셔로 힐젼(詰戰)ᄒᆞ여 ᄒᆞ나흔 ᄋᆡᄌᆞᄅᆞᆯ 갑기ᄅᆞᆯ 마련ᄒᆞ고 ᄒᆞ나흔 향니로 도라가기ᄅᆞᆯ 결단(決斷)ᄒᆞᄂᆞ뇨? 아디 못ᄒᆞᆯ 일이로다. 슈연(雖然)이나 챵닌이 후ᄇᆡᆨ의 블명무디(不 28면

61 국궁ᄇᆡ시(鞠窮陪侍): 국궁배시. 국궁은 윗사람 앞에서 존경의 뜻으로 몸을 굽히는 것이고, 배시는 어른이나 지위가 높은 사람을 곁에서 모시는 것.

62 황졍경(黃庭經): 황정경. 양생과 수련의 원리를 담고 있는 도가(道家)의 경서.

63 ᄋᆡᄌᆞ(睚眥)ᄅᆞᆯ 필보(必報)ᄒᆞ나: 눈을 흘기는 정도의 조그만 원한도 반드시 갚는다는 것. 《사기》 〈범수채택열전〉의 "밥 한 그릇의 은혜도 반드시 갚고, 눈을 흘기는 정도의 조그만 원한도 반드시 갚는다(一飯之德必償 睚眦之怨必報)."에서 온 것.

64 슈가(須賈): 수가. 전국시대 유명한 변론가 범수를 모함해 진(秦)으로 망명하게 한 후 사신으로 갔다가 복수를 위해 헤진 옷을 입고 나타난 범수에게 솜옷을 챙겨줘 용서받고 살아남.

明無知)ᄒᆞ믈 담디 아냐 ᄇᆡᆨᄒᆡᆼ(百行)이 완젼(完全)ᄒᆞ여 군ᄌᆞ(君子) 못 고지의 죡히 한 방셕을 샤양치 아닐 만ᄒᆞᆫ 쥰걸(俊傑)의 무리로 우소(迂疏)[65]ᄒᆞ믈 면ᄒᆞ여 상두(上頭)ᄅᆞᆯ 강(降)ᄒᆞᆯ 만ᄒᆞ니 은ᄇᆡᆨ은 남의 ᄋᆞᄃᆞᆯ을 너모 하ᄌᆞ(瑕疵)치 말나. 내 일시 당우(戇愚)ᄅᆞᆯ 역정(逆情)ᄒᆞ미나 닌ᄋᆞ의 젼젼민연(輾轉憫然)ᄒᆞᆫ 형셰와 우민(憂悶)ᄒᆞᆫ 회포(懷抱)ᄅᆞᆯ ᄉᆡᆼ각건ᄃᆡ 년셕(憐惜)ᄒᆞ미 무궁ᄒᆞ고 그 아뷔 허믈을 가리오디 못ᄒᆞᆯ가 슈우(愁憂)ᄒᆞ므로뼈 뵈디 아니ᄒᆞ며 허다 변괴(變故) 니러 사ᄅᆞᆷ의 ᄎᆞᆷ디 못ᄒᆞᆯ 형셰의 분울(憤鬱)ᄒᆞ므로뼈 언두(言頭)의 올니디 아니ᄒᆞ여 거지(擧止) 안상(安詳)ᄒᆞ니 그 심경이 협익(狹隘)ᄒᆞᆫ 후는 능히 그러치 못ᄒᆞᆯ 거시오 쳔만인(千萬人)이 보아도 당후ᄇᆡᆨ이 ᄌᆞ식을 못 나핫다 ᄒᆞᆯ ᄇᆡ 업고 쇼데(小弟) 못 가ᄅᆞ쳣다 말은 면ᄒᆞᆯ 만ᄒᆞᆫ디라. 우슌(虞舜)의 대셩(大聖)으로 고슈(瞽叟)[66]와 곤(鯤)[67]의 허믈을 ᄀᆞ리오디 못ᄒᆞ샤 만셰(萬世)의 젼ᄒᆞ미 되여시니 챵닌이 그 아비의 허믈을 곰촐 길히 어

29면 이 쉬오리오? 다만 졔 ᄒᆡᆼ신(行身)을 디극히 닷가 비록 슌우(舜禹)의 대셩(大聖)을 밋디 못ᄒᆞ나 군ᄌᆞ의 ᄉᆞᄒᆡᆼ(四行)이 가ᄌᆞᆨᄒᆞᆯ딘ᄃᆡ 셰상이 당헌디ᄌᆡ라 바리든 아니리니 운ᄇᆡᆨ은 ᄐᆡᆨ셔(擇婿)ᄅᆞᆯ 잘못ᄒᆞ디 아냣고 녕딜(令姪)이 위(衛) 당강(莊姜)[68]과 한비(漢妃)[69]의 박명(薄命)은 면(免)ᄒᆞᆯ디라. 일시운슈(一時運數)로 누셜(陋說)의 잠겨시믈 죡(足)히 한

---

65 우소(迂疏): 세상 물정에 어둡고 민첩하지 못함.

66 고슈(瞽叟): 고수. 순임금의 아버지. 새로 맞은 부인의 아들 상(象)과 순임금을 여러 차례 해치려 했으나 뜻을 이루지 못함.

67 곤(鯤): 하나라 우임금의 아버지. 요임금의 명령을 받고 홍수를 다스리려고 했으나 실패하고 순임금에 의해 우산(羽山)으로 추방당하여 죽은 것으로 되어 있음.

(恨)ᄒᆞᆯ ᄇᆡ 아니오 삼개긔린(三個麒麟)이 댱가(張家)ᄅᆞᆯ 흥긔(興起)ᄒᆞ
ᄆᆞᆯ 보디 아냐 알디니 므ᄉᆞᆷ 일을 험흔(險釁)타 ᄒᆞ리오?"

경죄 쇼왈(笑曰)

"쇼뎨(小弟) 우연이 분개(憤慨)ᄒᆞ믈 ᄎᆞᆷ디 못ᄒᆞ여 댱가ᄅᆞᆯ ᄇᆡ쳑(排斥)ᄒᆞ기의 밋쳣더니 ᄯᅳᆺ 아닌 댱튝(張畜)의 형셰(形勢) 태산(泰山)의 의의(猗猗)ᄒᆞᆷ ᄀᆞᆺᄐᆞ여 좌디우디(左之右之)의 공후ᄌᆡ상(公侯宰相)이 댱가ᄅᆞᆯ 두호(斗護)ᄒᆞ여 그 ᄋᆞᄃᆞᆯ을 혹 슌우디셩(舜禹之聖)의도 밀우며 혹 당ᄃᆡ무젹(當代無敵)으로 의논ᄒᆞ여 아등(我等)의 구폐(久弊)ᄒᆞᆫ 형셰와 셕은 ᄌᆞ최로ᄂᆞᆫ 져 댱튝을 거울[70] 길히 업ᄉᆞ니 죡히 시쇽(時俗)을 조ᄎᆞ 무디블측(無知不測)ᄒᆞ고 츄셰비루(趨勢鄙陋)ᄒᆞᆫ 흉패극악(凶悖極惡)ᄒᆞᆫ 심통을 모로ᄂᆞᆫ 쳬ᄒᆞ여 그 의(誼)예 두터온 거ᄉᆞᆯ 상(傷)ᄒᆡ오디 말 거시 샹칙(上策)이로다."

양·니 이공(二公)이 쇼왈(笑曰)

"은ᄇᆡᆨ이 오히려 연무(煙霧) 듕(中)의 잇더니 이제야 비로 니ᄒᆡ(利害) 30면
ᄅᆞᆯ ᄭᆡ쳐 댱가ᄅᆞᆯ ᄇᆡ쳑(排斥)디 못ᄒᆞᆯ 바ᄅᆞᆯ 아ᄂᆞᆫ 일이 ᄀᆞ장 요ᄒᆡᆼ(僥倖)ᄒᆞ도다."

경죄 흔흔(欣欣)이 웃고 다시 말을 ᄂᆡ고ᄌᆞ ᄒᆞ더니 셔동(書童)이 됴ᄉᆞ

---

68 당강(莊姜): 장강. 제나라 공녀였는데 매우 아름다워 위후(衛侯) 장공에게 시집갔으나 자식을 낳지 못해 위장공에게 냉대받았다고 함.

69 한비(漢妃): 한(漢)나라 성황제의 비(妃)인 조비연. 황제의 손바닥 위에서 춤을 추었다 하여 조비연이라는 별명을 얻었으며, 황제가 죽자 탄핵당해 서인(庶人)으로 전락했고 결국 자살하였음.

70 거울: 거우다. 겨루다, 대적하다.

도 부ᄌᆞ(父子)의 ᄂᆡ림(來臨)ᄒᆞ믈 고(告)ᄒᆞ며 됴니뷔 그 부친(父親)을 뫼셔 당(堂)의 오로ᄂᆞᆫ디라. 졔공(諸公)이 반겨 마ᄌᆞ 쵹하(燭下)의셔 한화(閑話)홀ᄉᆡ 됴ᄉᆞ되 닌셩의 녜알(禮謁)ᄒᆞ믈 조ᄎᆞ 눈을 드러 보고 ᄋᆡ경칭디(愛敬稱之)ᄒᆞ믈 결을치 못ᄒᆞ여 오딕 졍참졍과 니상국을 도라보아 흔하(欣賀)ᄒᆞ며 칭탄(稱歎)ᄒᆞ여 졍문(程門) 흥복(興福)과 국가 보상(輔相)이믈 ᄀᆞᆺ초 일ᄏᆞ라니 졍공은 당(當)치 못ᄒᆞ믈 ᄃᆡ(對)ᄒᆞ고 니상국은 굿ᄐᆞ여 샤양(辭讓)치 아냐 ᄀᆞᆯᄋᆞᄃᆡ

"아셔(我壻)ᄂᆞᆫ 도덕션ᄒᆡᆼ(道德善行)이 츈츄(春秋)[71]의 여풍(餘風)이라. 오날놀 ᄉᆡ로이 칭션(稱善)홀 ᄇᆡ 아니라 샤ᄅᆞᆷ이 긔이(奇異)ᄒᆞᄆᆡ ᄌᆞ연이 볼 젹마다 아ᄅᆞᆷ다오믈 니긔디 못ᄒᆞᄂᆞ니 타일(他日) 문난(門欄)의 광ᄎᆡ(光彩)와 입막(入幕)[72]의 쾌(快)ᄒᆞ믄 십여(十餘) 젼(前)브터 긔약
31면 (旣約)ᄒᆞ미라. 이제 냥ᄋᆡ(兩兒) 댱셩(長成)ᄒᆞ여 이팔디셰(二八之歲) 넘어시니 시쇽(時俗)의 조혼쇼빙(早婚少聘)[73]을 경계(警戒)치 아니므로 의논컨ᄃᆡ 냥가ᄌᆞ녀(兩家子女) 엇디 늣디 아냐시리오? 당(堂)의 편친(偏親)이 혼ᄉᆡ(婚事) 더ᄃᆡ믈 밧비 녁이시고 태산 ᄇᆡᆨ모부인(伯母婦人)이 ᄯᅩᄒᆞᆫ 굼거이[74] 녁이시리니 ᄌᆞ연 하츄간(夏秋間)의 브ᄃᆡ 셩혼(成婚)코ᄌᆞ ᄒᆞ노라."

---

71 츈츄(春秋): 춘추. 기원전 5세기 초에 공자가 엮은 것으로 알려진 중국의 사서(史書).

72 입막(入幕): 입막지빈(入幕之賓). 장막 뒤에서 남의 말을 엿듣는 참모라는 뜻으로, 특별히 가까운 손님이나 비밀을 서로 말할 수 있는 상대를 가리키기도 함. 여기에서는 '사위'의 뜻으로 쓰임.

73 조혼쇼빙(早婚少聘): 조혼소빙. 일찍 혼인하고 젊어서 장가가는 것.

74 굼거이: 궁금하게.

경공이 맛당ᄒᆞ믈 일ᄏᆞ라 삼월회(三月晦)와 ᄉᆞ월디초(四月之初)로 길일(吉日)을 ᄀᆞᆯ희라 ᄒᆞᆫᄃᆡ 됴샹셔 후암이 웃고 쥬왈(奏曰)

"니숙 대인(大人)과 악댱(岳丈)이 ᄌᆞ녀(子女)의 년과(年過)ᄒᆞ믈 심히 밧바ᄒᆞ시나 오히려 목젼(目前)의 노대(老大)ᄒᆞ고 완증(頑憎)ᄒᆞᆫ 거슬 아릿다이 보시ᄂᆞᆫ가? 엇디 ᄒᆞᆫ낫 ᄎᆞᆷ관과 얽민 망건(網巾)을 변통(變通)치 못ᄒᆞ샤 노도령의 두발(頭髮)을 거ᄉᆞ릴 의논을 아니 ᄒᆞ시ᄂᆞ니잇가? 쇼ᄌᆞ(小子)의 쇼견(所見)은 혼긔(婚期)ᄂᆞᆫ 둘ᄌᆡ오 관(冠)ᄒᆞ미[75] 밧블가 ᄒᆞᄂᆞ니 가증코 늙기나 덜홀가 시브니이다."

졍·니 이공(二公)이 ᄯᅩᄒᆞᆫ 우어 왈

"아등(我等)이 심히 소활(疏闊)ᄒᆞ여 이ᄅᆞᆯ 밋쳐 념(念)치 못ᄒᆞ엿더니 ᄌᆞ의의 말이 ᄀᆞ장 맛당ᄒᆞᆫ디라. 연(然)이나 우명일(又明日)이 과일(科 32면
日)이니 명일(明日)의 셩ᄂᆡ(城內)로 드러갈디라 ᄡᅥ러딘 ᄎᆞᆷ관과 얽민 망건도 밋쳐 변통치 못ᄒᆞ여시니 엇디ᄒᆞ리오?"

됴상셰 ᄃᆡ왈(對曰)

"근일(近日)의 ᄀᆡᆨ번(客翻)[76]ᄒᆞ믈 조ᄎᆞ 각듕(閣中)을 둘너보디 아냣ᄉᆞᆸ더니 ᄂᆞᆨᄌᆡ 등이 우연이 쇼ᄌᆞ(小子)의 거쳐(居處)ᄒᆞ던 쳥듁헌을 슈소(修掃)ᄒᆞᄋᆞᆸ다가 낡은 관과 히여진 망건을 어더ᄂᆡ엿ᄉᆞᆸ거ᄂᆞᆯ 쇼ᄌᆡ 노도령의 관ᄒᆞ기ᄅᆞᆯ 념ᄒᆞ와 명됴(明朝)의 가져오라 ᄒᆞ엿ᄉᆞᆸᄂᆞ니 그 머리털이나 ᄀᆞᆷ초ᄉᆞ이다."

참정과 졔공(諸公)이 깃거 일월(日月)을 길여블길(吉與不吉)을 의논

75 관(冠)ᄒᆞ미: 전통사회의 성인식인 관례를 행하는 것.

76 ᄀᆡᆨ번(客翻): 객번. 객지 생활.

치 아니코 명일의 공ᄌᆞ(公子)ᄅᆞᆯ 관ᄒᆞ려 ᄒᆞᆯᄉᆡ 경좌 우어 ᄀᆞᆯᄋᆞᄃᆡ

"우리 형댱(兄丈)이 일픔ᄌᆡ샹(一品宰相)의 거(居)ᄒᆞ신 ᄇᆡ로ᄃᆡ 심히 피폐(疲弊)ᄒᆞ믈 알니로소이다. 다만 ᄌᆞ의의 낡은 관과 헌 망건이 아니런들 닌셩의 녹발(綠髮)이 호ᄇᆡᆨ(皓白)ᄒᆞ여도 관녜(冠禮)ᄅᆞᆯ 못 ᄒᆞ리로소이다. 닌광은 관ᄒᆞ연 디 셰월이 오라ᄃᆡ 쳐ᄉᆞ(處士)[77] 형댱이 고집히
33면 역혼(逆婚)[78]●을 못 ᄒᆞ리라 ᄒᆞ샤 디금(只今) 실가(室家)ᄅᆞᆯ 두디 못ᄒᆞᄆᆡ 환부(鰥夫)의 구구(區區)ᄒᆞ미 잇고 노챵(老蒼)ᄒᆞ미 셩딜[79]의게 더으미 이시며 만인브젹디용(萬人不敵之勇)이 ᄒᆞᆫ 팔 가온ᄃᆡ 잇ᄂᆞᆫ디라. 쳔만무심듕(千萬無心中) 흉장(兇壯)ᄒᆞᆫ 젹당(敵黨) 슈십(數十) 명이 산샹(山上)으로 돌입(突入)ᄒᆞ니 우리 곤계(昆季) ᄒᆞᆫ가디로 위ᄐᆡᄒᆞ믈 면치 못ᄒᆞᆯ 바의 닌광이 손의 촌쳘(寸鐵)이 업시 여ᄎᆞ여ᄎᆞ ᄒᆞᆯ노 당(當)ᄒᆞ여 젹당을 쾌히 즛치니 그 갓ᄐᆞᆫ 용ᄆᆡᆼ은 쳔고(千古)ᄅᆞᆯ 녁상(歷想)ᄒᆞ고 후ᄇᆡᆨ셰(後百世)ᄅᆞᆯ 심구(尋究)ᄒᆞ여도 잇디 아니ᄒᆞ리이다."

참졍이 쳥파(聽罷)의 젹변(賊變)을 경ᄒᆡ(驚駭)ᄒᆞ여 비록 디난 일이나 안ᄉᆡᆨ(顏色)이 ᄌᆞ로 변ᄒᆞ며 좌듕제공(座中諸公)이 쳐ᄉᆞ의 ᄉᆡᆼᄌᆡ(生子) 개ᄀᆡ(箇箇)히 츌어범뉴(出於凡類)ᄒᆞ믈 션탄(羨歎)ᄒᆞ더라. 이 밤을 디ᄂᆡ고 니·양 등 제공(諸公)이 ᄒᆞᆫ가디로 셩ᄂᆡ(城內)로 드러가려 ᄒᆞ더니 명됴(明朝)의 ᄂᆞᆨᄌᆡ 등이 ᄎᆡ포장복(緇布章服)[80]을 밧드러 니ᄅᆞ럿거ᄂᆞᆯ

---

77 쳐ᄉᆞ(處士): 처사. 정삼.

78 역혼(逆婚): 형제나 자매 중에서 나이가 적은 사람이 먼저 결혼하는 일.

79 셩딜: 성질. 인성 조카.

80 ᄎᆡ포장복(緇布章服): 치포장복. 치포관과 장복. 치포관은 선비가 평상시에 쓰던 검은 베로 만든 관. 장복은 옛날 벼슬아치들의 공복(公服).

됴상셰 정공긔 고왈(告曰)

"초솔(草率)[81]ᄒᆞ오며 규귀(規矩) 업ᄉᆞ오미 난듕인ᄉᆞ(亂中人事)로 다ᄅᆞ미 업ᄉᆞ오나 노ᄌᆞ(老子)의 편발(編髮)[82]이 소견(所見)의 ᄒᆡ이(解頤)ᄒᆞ니 시ᄀᆞᆨ(時刻)을 늣추디 말고 관(冠)ᄒᆞ샤이다." 34면

공이 고개 조아 왈

"작야(昨夜)의 의논을 뎡(定)ᄒᆞᄆᆡ 엇디 다시 ᄆᆞᄅᆞ리오?"

드ᄃᆡ여 공ᄌᆞᄅᆞᆯ 도라보아 ᄌᆞ의의 ᄀᆞᄅᆞ치믈 조ᄎᆞ 관ᄒᆞ라 ᄒᆞᆫᄃᆡ 공ᄌᆡ 구ᄐᆞ여 말이 업시 ᄌᆡᄇᆡ슈명(再拜受命)ᄒᆞ고 쳥ᄉᆞ(廳事)로 나오ᄆᆡ 됴샹셰 즉시 공ᄌᆞ의 쳥운(青雲) ᄀᆞᆺᄐᆞᆫ 두발(頭髮)을 거두어 빵환운고(雙鬟雲髻)ᄅᆞᆯ 일우며 ᄇᆡᆨ옥건잠(白玉巾簪)을 졍히 ᄒᆞ여 줄을 드리온 후 관과 옷ᄉᆞᆯ 바로 ᄒᆞᄆᆡ 편ᄀᆞᆨ(片刻)의 ᄋᆞᄒᆡ 변ᄒᆞ여 어룬이 된디라. 이에 모든 ᄃᆡ ᄇᆡ례(拜禮)ᄒᆞᆯᄉᆡ 그 용의신ᄎᆡ(容儀身體)ᄅᆞᆯ 다시 베플 ᄇᆡ 아니라 다만 놉흔 관이 졔급ᄒᆞ고 긴 의복과 너ᄅᆞᆫ ᄉᆞᄆᆡ 나븟기니 공부ᄌᆡ(孔夫子) 디어ᄂᆡ신 녜법(禮法)과 셩문(聖門)의 슝상(崇尙)ᄒᆞ신 복ᄉᆡᆨ(服色)이라. 온화ᄒᆞᆫ 안ᄉᆡᆨ과 슉목(肅穆)ᄒᆞᆫ 거지(擧止)ᄂᆞᆫ 아셩(亞聖) 안연(顔淵)의 삼월블위인(三月不爲仁)ᄒᆞ미로ᄃᆡ[83] 믄득 공검(恭儉)ᄒᆞ며 신신요요(申申夭夭)ᄒᆞ믄 흡연(洽然)이 싀양부ᄌᆞ(是兩夫子)ᄅᆞᆯ 보온 ᄃᆞᆺ 삼

81 초솔(草率): 거칠고 엉성하여 볼품이 없음.

82 편발(編髮): 관례를 하기 전에 하고 있던, 길게 땋아 늘인 머리.

83 아셩(亞聖) 안연(顔淵)의 삼월블위인(三月不爲仁)ᄒᆞ미로ᄃᆡ: 안연은 공자가 가장 아낀 제자인 안회. 안회의 지극한 인에 대해 공자가 말한 것으로, 《논어》 〈옹야〉의 "안회는 그 마음이 석 달 동안 인에서 떠나지 않았으나 그 나머지 사람들은 하루나 한 달 정도만 머무를 뿐이다(回也 其心三月不違仁 其餘則日月至焉而已矣)."에서 온 것.

35면 년을 웃디 아니ᄒᆞ고 삼 년을 밥 먹디 아니ᄒᆞ나 현가(絃歌)ᄅᆞᆯ 농(弄)ᄒᆞ시ᄂᆞᆫ 대도(大道)의 어긔디 아니ᄒᆞ니 ᄒᆞᆫ번 몸을 움ᄌᆞᆨ이ᄆᆡ 셔일(瑞日)과 샤양(射陽)을 옴기ᄂᆞᆫ ᄃᆞᆺ ᄒᆞᆫ번 팔흘 쏘ᄌᆞ ᄎᆡ례(采禮)ᄅᆞᆯ 츄(追)ᄒᆞᄆᆡ ᄌᆞ봉(雌鳳)이 만니댱텬(萬里長天)의 아ᄋᆞ라히 나ᄂᆞᆫ ᄃᆞᆺ 기리 ᄇᆡ례(拜禮)ᄅᆞᆯ 일우ᄆᆡ 긔린이 초야(草野)의 나린 ᄃᆞᆺ 휘휘(輝輝)ᄒᆞ여 형상을 측냥(測量)치 못ᄒᆞ니 좌위(左右) 쇄연변ᄉᆡᆨ(灑然變色)ᄒᆞ여 슈연이 경복(敬服)ᄒᆞ며 참경의 취듕과ᄋᆡ(醉中過愛)ᄒᆞ믄 이날 ᄉᆡ로이 긔특ᄒᆞ미 아니라 셕ᄉᆞ(昔事)ᄅᆞᆯ 감상(感傷)ᄒᆞ고 부ᄌᆡ(父子) 상의위명(相依爲命)ᄒᆞ여 허다(許多) 고상(苦狀)과 변ᄋᆡᆨ(變厄)을 ᄀᆞᆺ초 디ᄂᆡ고 계오 ᄉᆡᆼ환(生還)ᄒᆞ여 오날ᄂᆞᆯ을 보ᄆᆡ 텬우신조(天佑神助)ᄒᆞ미 아니라 못 ᄒᆞᆯ디라. 희한(稀罕)ᄒᆞ며 환열(歡悅)ᄒᆞ므로조ᄎᆞ 귀듕(貴重)ᄒᆞ미 더으고 감창(感愴)ᄒᆞ며 쳐초(悽憔)ᄒᆞ믈 인(因)ᄒᆞ여 년셕(憐惜)ᄒᆞᄂᆞᆫ 의ᄉᆡ 층익(層益)ᄒᆞ니 공ᄌᆞᄅᆞᆯ 겻ᄐᆡ 나호여[84] 손을 ᄌᆞᆸ고 희허일영(唏噓一詠)의 항뉘(行淚) 쩌러디믈 ᄭᆡ닷디 못ᄒᆞ며 ᄀᆞᆯ오ᄃᆡ

"오날ᄂᆞᆯ 너ᄅᆞᆯ 관(冠)ᄒᆞ기의 당(當)ᄒᆞ니 만분 가온ᄃᆡ 돌돌(咄咄)ᄒᆞᆫ 누
36면 귀(陋鬼) 되기ᄅᆞᆯ 면치 못ᄒᆞᆯ너니 어변셩뇽(魚變成龍)ᄒᆞᄂᆞᆫ 경ᄉᆡ(慶事) ᄒᆡᆼ심극의(幸甚極矣)라 이에셔 더 즐겁기ᄅᆞᆯ ᄇᆞ라미 긋칠 줄 모ᄅᆞᆷ ᄀᆞᆺᄐᆞ나 인고브디족(人固不知足)이라. 왕·셕 병인(竝人)의 슉딜(淑質)노뼈 부ᄌᆞᄅᆞᆯ 뎡(定)ᄒᆞᄆᆡ 우흐로 빵친(雙親)을 밧드ᄋᆞᆸ고 가온ᄃᆡ로 구족(九族)이 함취(咸聚)ᄒᆞ여 늉늉(隆隆)ᄒᆞᆫ 즐거오미 츈풍(春風)을 닛그

---

84 나호여: 나호다. 나오게 하다.

럿더니 목금(目今) 쳐초(凄楚)ᄒᆞᆫ 경식이 창감(愴感)ᄒᆞ믄 니ᄅᆞ디 말고 ᄋᆞ히 밧괴여 어룬이 되나 도라 두굿기믈 고홀 곳이 업시 ᄌᆞ위(慈闈)긔도 즉시 알현(謁見)치 못ᄒᆞ니 일마다 ᄇᆡᆨ비쳔한(百悲千恨)이 극(極)ᄒᆞᆫ디라. 네 심회(心懷) 쳑감(慽感)ᄒᆞ믈 ᄉᆡ로이 일ᄏᆞᆯ ᄇᆡ 아니어니와 오ᄋᆞ(吾兒)ᄂᆞᆫ 아비의 셜셜(屑屑)홈과 ᄀᆞᆺ디 아냐 만히 관ᄃᆡ(寬待)ᄒᆞᆫ디라. 모로미 무익(無益)ᄒᆞᆫ 비회(悲懷)ᄅᆞᆯ 상손(傷損)치 말고 과후(科後)의 즉시 도라가 환희(歡喜)ᄒᆞ시믈 돕ᄉᆞ오라."

공ᄌᆡ 존당부모(尊堂父母)ᄅᆞᆯ 아ᄋᆞ라히 원모(遠慕)ᄒᆞᄂᆞᆫ 회포(懷抱)ᄲᅮᆫ 아니라 유명(幽明)을 ᄌᆞ음쳐 양모부인을 츄원영모(追遠永慕)ᄒᆞᄆᆡ ᄀᆞ만ᄒᆞᆫ 가온ᄃᆡ 홍뉘(紅淚) 방타(滂沱)ᄒᆞ여 ᄉᆞᄆᆡ와 침변(枕邊)의 혈식(血色)이 어롱디ᄃᆡ 야야(爺爺)의 비회(悲懷)ᄅᆞᆯ 더을가 두리며 평ᄉᆡᆼ 관인(寬忍)을 위쥬(爲主)ᄒᆞᄂᆞᆫ디라 브복문교(仆伏聞敎)의 긔이ᄌᆡᄇᆡ(起而再拜)ᄒᆞ여 쳑의(慽意)ᄒᆞᆫ ᄉᆞᄉᆡᆨ(辭色)을 낫토디 아니ᄒᆞᄃᆡ 잠간 고개ᄅᆞᆯ 두로혀ᄆᆡ 믯쳐ᄂᆞᆫ 빵안(雙眼)의 츄ᄑᆡ(秋波) 어릐고 봉미(鳳眉)의 슈운(愁雲)이 니러나니 그 쳐황(悽慌)ᄒᆞᆫ 안ᄉᆡᆨ(顔色)이 더옥 졀츌(絶出)ᄒᆞ며 긔려(奇麗)ᄒᆞᆫ디라. 양각뇌 ᄯᅩᄒᆞᆫ ᄆᆡᄌᆞ(妹者)의 보디 못ᄒᆞ믈 슬허 츄연(惆然)이 타루(墮淚)ᄒᆞ고 니상국과 됴ᄉᆞ되며 됴니부와 경경죄 위ᄒᆞ여 감창(感愴)ᄒᆞᄆᆡ 도로혀 됴흔 빗치 업더니 경죄 셔동(書童)을 명(命)ᄒᆞ여 쥬반(酒飯)을 나올ᄉᆡ 임의 최언션이 호쥬셩찬(好酒盛饌)을 ᄃᆡ후(待候)ᄒᆞ엿ᄂᆞᆫ디라. 제공(諸公)이 슈삼ᄇᆡ(數三盃)ᄅᆞᆯ 거후ᄅᆞ고 후암과 공ᄌᆞᄅᆞᆯ 권ᄒᆞ니 냥인(兩人)이 부젼(父前)의 음쥬(飮酒)ᄒᆞ믈 황공(惶恐)ᄒᆞ여 기리 사양ᄒᆞᄃᆡ 경공이 친히 잔을 ᄌᆸ아 됴니부ᄅᆞᆯ 주며 니공이 ᄯᅩᄒᆞᆫ 공ᄌᆞᄅᆞᆯ 간권(懇勸)ᄒᆞᄆᆡ 각각 가졍(家庭)이 명ᄒᆞ여 당ᄌᆞ 37면

38면 (長子)의 후의(厚意)로 밧들나 ᄒᆞᄂᆞᆫ디라. 냥인이 ᄃᆞ디여 쥬ᄇᆡ(酒杯)를 나오고 즉시 상을 아슨 후 참졍이 ᄋᆞᄌᆞ(兒子)의 장옥졔구(場屋諸具)[85]를 초초(草草)히 출혀 몬져 셩ᄂᆡ(城內)로 드려보ᄂᆡ고 미조ᄎᆞ 궐ᄂᆡ(闕內)로 향홀ᄉᆡ 양·니 이공(二公)을 도라보아 골오ᄃᆡ

"녕윤(令胤) 등도 과옥(科屋)의 다 드리ᄂᆞ냐?"

양각뇌 답왈(答曰)

"쇼뎨(小弟)의 블초(不肖)ᄒᆞᆫ ᄌᆞ딜(子姪)이 ᄒᆞ나둘히 아니나 이에 일즉 응과(應科)코ᄌᆞ 뜻이 업ᄉᆞᄃᆡ 가형(家兄)이 브ᄃᆡ 필광을 드리라 ᄒᆞ시니 쇼뎨의 ᄌᆞ식이나 임의(任意)치 못ᄒᆞ여 필ᄋᆞ(畢兒)[86]만 입과(入科)ᄒᆞ게 ᄒᆞ노라."

니각뇌 니어 답왈(答曰)

"챵현은 졔 표문(表門)의 가셔 오디 아냐시니 관광(觀光)도 못 ᄒᆞ려니와 챵닌이 무고(無故)ᄒᆞ니 명일(明日) 과장(科場)의 들게 ᄒᆞ엿노라."

이러ᄐᆞᆺ 문답(問答)ᄒᆞ며 셩ᄂᆡ(城內)로 드러오더니 참졍공이 우연이 ᄂᆞᆺ출 들ᄆᆡ 도듕(道中)의 일위(一位) 쇼년ᄉᆡᆼ(少年生)이 허다(許多) 향유(鄕儒) 무리의 셧겨시ᄃᆡ 용치의홰(容彩儀華) 츌어범뉴(出於凡類)홀 쁜 아니라 가월ᄡᅡᆼ미(佳月雙眉)의 문명(文明)이 영영(盈盈)홈과 샤일츄광(射日秋光)의 영긔(英氣) 동인(動人)ᄒᆞ미 졍시(程氏) 문명(文明)을 니은 혈ᄆᆡᆨ(血脈)이오 타문(他門) ᄉᆡᆼ츌(生出)이 아니어늘 놀나 다
39면 시 보ᄆᆡ 이 분(分)이 경조 의계의 댱ᄌᆞ(長子) 닌흥이라. 비록 대쇠(大

85 장옥졔구(場屋諸具): 장옥제구. 과거 보는 데 필요한 갖가지 준비물.

86 필ᄋᆞ(畢兒): 필아. 막내아들.

小) ᄂᆡ도ᄒᆞ여시나 유시(幼時)의 발월호상(發越豪爽)ᄒᆞ던 긔상(氣像)이 변치 아냐시니 반가오믈 니긔디 못ᄒᆞ여 거샹(車上)의셔 의계ᄅᆞᆯ 도라보아 문왈(問曰)

"현뎨(賢弟) 닌흥 등을 과옥의 들나 명(命)ᄒᆞ미 잇더냐?"

의계 ᄃᆡ왈(對曰)

"쇼뎨 태산의 이실 제 닌광과 닌흥을 입과(入科)코ᄌᆞ 일ᄏᆞᄅᆞᄃᆡ 쳐ᄉᆞ 형댱(兄丈)이 닌광의 입과ᄒᆞ믈 허(許)치 아니시므로 닌흥만 외로이 샹경(上京)ᄒᆞ라 못 ᄒᆞ여 ᄉᆞ셰(事勢)ᄅᆞᆯ 보아 신실(信實)ᄒᆞᆫ 동ᄒᆡᆼ(同行)이 잇거든 오라 ᄒᆞ엿더니 우금(于今) 소식이 업ᄉᆞ오니 못 오ᄂᆞᆫ가 시버이다."

참졍이 잠간 웃고 막ᄎᆞ(暮次)의 드러 닌흥을 블너 볼ᄉᆡ 그 ᄌᆞᆨ셩댱대(作性長大)ᄒᆞ미 임의 댱ᄌᆞ(長者)의 톄(體)ᄅᆞᆯ 일워시믈 친ᄌᆞ(親子)ᄀᆞᆺ치 ᄉᆞ랑ᄒᆞ며 두굿겨 절ᄒᆞ기ᄅᆞᆯ 기다려 나호여 손을 ᄌᆞᆸ고 밧비 ᄌᆞ후(慈候)와 일가평부(一家平否)ᄅᆞᆯ 므ᄅᆞ니 공ᄌᆡ 대모(大母)의 안강(安康)ᄒᆞ심과 합문(闔門)의 평안이 디ᄂᆡ믈 주(奏)ᄒᆞ며 고국(故國)의 환귀(還歸)ᄒᆞ시믈 하례(賀禮)ᄒᆞᆯᄉᆡ 말ᄉᆞᆷ이 딘션슉달(眞善熟達)ᄒᆞ니 참졍의 40면
ᄋᆡ듕(愛重)ᄒᆞ미 경조의 더ᄒᆞᆫ ᄃᆞᆺ 밧비 닌셩의 머므ᄂᆞᆫ 곳을 ᄀᆞᄅᆞ쳐 보ᄂᆡ고 드드여[87] 입궐(入闕)ᄒᆞ니라.

익셜(益說). 텬슌원년(天順元年) 츈삼월 삭조(朔朝)의 만셰황애(萬歲皇爺) 문덕뎐의 뎐좌(殿座)ᄒᆞ샤 됴회(朝會)ᄅᆞᆯ 베프실ᄉᆡ 문무딘신(文

87 드드여: '드ᄃᆡ여', '드듸여'의 오기로 보임.

武縉臣)이 반녈(班列)을 뎡졔(整齊)ᄒᆞ여 단봉(丹鳳)을 시위(侍衛)ᄒᆞ니 위의(威儀) 쳬쳬ᄒᆞ더라.[88] 텬문(天門)의 븍을 울녀 만인다ᄉᆞ(萬人多士)ᄅᆞᆯ 뎐폐(殿陛)의 모호니 쳔만유ᄉᆡᆼ(千萬儒生)이 졔졔(齊齊)히 뇽거(龍車)의 ᄃᆡ령(待令)ᄒᆞᆯᄉᆡ 고건광ᄃᆡ(高巾廣帶) 졍졍졔졔(整整齊齊)ᄒᆞ여 홍곡(鴻鵠)이 ᄯᅦᄅᆞᆯ 디어 항녈(行列)을 ᄀᆞᆺ초ᄆᆡ[89] 회(膾)예 무리ᄅᆞᆯ 모화 ᄇᆡ반(杯盤)을 니은 ᄃᆞᆺ 거국(擧國) 태우디ᄌᆞ와 산님쳔ᄐᆡᆨ(山林川澤)의 오유ᄌᆞ락(傲遊自樂)ᄒᆞ던 고ᄉᆡ(高士) 아니 모드미 업ᄉᆞ니 셩쥐(聖主) 다시 위(位)ᄅᆞᆯ 님(臨)ᄒᆞ샤 일월(日月)이 ᄉᆡ로이 광화(光華)ᄒᆞ고 만방(萬邦)이 비로소 협화(協和)ᄒᆞᄆᆡ 졍히 군ᄌᆞ(君子)의 몸을 나오며 현ᄌᆞ(賢者)의 시졀을 일울 ᄯᅵ라. 안연(顔淵)의 안빈(安貧)과 허유(許由)의 쳥념(淸廉)과 승젼의 고ᄒᆡ[90]라도 오날ᄂᆞᆯ 셩화(聖化)ᄅᆞᆯ 현망(懸
41면 望)치 아니리 업ᄉᆞ니 픔화(品花)의 노롬을 즐기던 픔쉬(禀受)라도 이에 밋쳐 희탁뇽문(喜托龍門)[91]ᄒᆞ여 구텬(九泉)의 뇽(龍)의 비늘을 밧들고 만니댱공(萬里長空)의 봉(鳳)의 날개ᄅᆞᆯ 좁고ᄌᆞ ᄒᆞ니 가히 이윤(伊尹)[92]의 보좌(補佐)ᄒᆞ기ᄅᆞᆯ 디극히 ᄒᆞ미 일노ᄡᅧ 알디라. 니상국·양각뇌·

---

88 쳬쳬ᄒᆞ더라: 체체하다. 행동이나 몸가짐이 너절하지 않고 깨끗하며 트인 맛이 있다.

89 홍곡(鴻鵠)이 ᄯᅦᄅᆞᆯ 디어 항녈(行列)을 ᄀᆞᆺ초ᄆᆡ: 기러기 떼가 날아갈 때 위계질서가 엄격하여 가장 우두머리가 맨 앞에서 나는 것. 항렬. 이를 '안항(雁行)'이라고 하는데《예기》에 형제가 나이대로 줄지어 가는 것을 안항이라 한다고 되어 있음.

90 승젼의 고ᄒᆡ: 미상.

91 희탁뇽문(喜托龍門): 희탁용문. 당나라 문인인 왕발의 〈등왕각서〉에 "오늘 소매를 받쳐 들고 용문에 기탁하니 기쁘도다(今晨捧袂 喜托龍門)."라는 구절이 있음. 등용문이 용문에 오른다는 것으로 어려운 관문을 통과하여 크게 출세하게 됨을 의미하므로, 벼슬길에 올라 출세하는 것을 의미하는 것으로 보임.

경참경으로 더브러 졔후(諸侯)롤 통솔졔집(統率齊集)ᄒᆞ여 엄연이 만됴(滿朝)롤 딘압(鎭壓)ᄒᆞ니 혁혁ᄉᆞ윤(赫赫師尹)의 민구어텸(民具爾瞻)[93]을 오날놀 볼디라. 텬하(天下)롤 딘복(震服)ᄒᆞ고 거셰(擧世)롤 임보(任補)ᄒᆞ여 음양을 니(利)히 ᄒᆞ며 ᄉᆞ시(四時)롤 슌(順)ᄒᆞ여 이부(伊傅)[94]·쥬소(周召)[95]의 윤치(潤治)롤 흡흡(洽洽)히 관망(觀望)홀디니 하날을 긋치ᄂᆞᆫ[96] 쇄약(鎖鑰)[97]이오 태공(太空)을 밧치ᄂᆞᆫ 동냥(棟樑)이라. 츄텬(秋天)의 고원(高遠)ᄒᆞᆫ 긔상(氣像)이오 함홍(含弘)ᄒᆞ고 호호(浩浩)ᄒᆞᆫ 위풍(威風)으로 곤의보블(袞衣黼黻)[98]을 드리워 좌우로 텬측(天測)을 시위(侍衛)ᄒᆞ여시며 디ᄎᆞ(之次)[99]의 일위(一位) 대귀인(大貴人)이 디위(地位) 졔후(諸侯)의 쳠(瞻)ᄒᆞ고 벼솔이 칠각노(七閣老)롤 가ᄌᆞᆨ이 ᄒᆞ여 텬하ᄉᆡᆼ민(天下生民)의 ᄉᆡᆼ살(生殺)을 셕권(席捲)ᄒᆞ며 일셰

---

92 이윤(伊尹): 이윤은 상(商)나라의 재상. 황제 태갑이 탕왕의 정치를 본받지 않자 그를 바로잡기 위해 노력했으나 태갑이 여전하자 이윤은 그를 동궁으로 추방했다가 훗날 태갑이 개과천선하자 다시 재위에 오르게 했음.

93 혁혁ᄉᆞ윤(赫赫師尹)의 민구어텸(民具爾瞻): 《시경》 〈소아(小雅)〉 '절남산(節南山)'에 "빛나고 빛나는 태사(太師) 윤씨여, 백성들이 모두 그대를 바라본다(赫赫師尹 民具爾瞻)."라는 구절이 나옴.

94 이부(伊傅): 이윤과 부열. 두 사람 모두 나라의 정사를 바로잡은 유명한 재상.

95 쥬소(周召): 주공과 소공. 두 사람은 모두 주(周)나라의 정치인으로, 어린 나이에 즉위한 성왕을 도와 주나라의 안정에 기여했음.

96 긋치ᄂᆞᆫ: 긋치다. 굳게 하다.

97 쇄약(鎖鑰): 문을 잠그는 자물쇠. 변방을 지키는 단단한 요새라는 의미로도 씀.

98 곤의보블(袞衣黼黻): 곤의보불. 곤의는 임금이 입던 정복으로 누런빛이나 붉은빛의 비단으로 지었으며 가슴과 등과 어깨에 용의 무늬를 수놓았음. 보불은 임금이 예복으로 입던 하의인 곤상(袞裳)의 도끼와 '아(亞)' 자 모양의 수.

99 디ᄎᆞ(之次): 지차. 다음이나 버금.

창싱(一世蒼生)을 젹복비뉵(積福肥育)ᄒᆞᄂᆞᆫ 보신(輔臣)으로 튁인(擇人)을 힘ᄡᅳ고 춍졔감(總裁監)의 쇼임(所任)으로 츄텬(秋天)을 등ᄃᆡ

42면 (等對)ᄒᆞᄂᆞᆫ 긔상(氣像)과 셔리롤 능만(凌漫)ᄒᆞᄂᆞᆫ 긔졀(氣節)이 호디누옥(胡地陋獄)의 팔 년을 먹디 아니ᄒᆞ며 닙디 아니ᄒᆞ여도 당당싁싁ᄒᆞ여 태산교악(泰山喬嶽)이 쥰호창망(峻豪蒼茫)ᄒᆞᆫ 경계(境界)오 댱셩(長城) 만 니의 산하(山河)롤 딘복(震服)ᄒᆞᄂᆞᆫ 긔량(器量)이니 동경호 ᄇᆡᆨ의 ᄉᆞᄒᆡ(四海)롤 빗ᄂᆡᄂᆞᆫ 광명(光明)이오 만국태양(萬國太陽)이 팔황(八荒)을 됴회(照會)ᄒᆞᄂᆞᆫ 광휘(光輝)라. 이ᄂᆞᆫ 풍헌(風憲) 춍도당(總都堂) 톄찰ᄉᆞ(體察使) 홍문관(弘文館) 태학ᄉᆞ(太學士) ᄂᆡ부샹셔(吏部尙書) 됴셰챵이니 영쥐각 태혹ᄉᆞ 셔슈관으로 더브러 시관(試官)[100]의 머리디어 탁봉(拆封)ᄒᆞ며 표문(表文)ᄒᆞ미 다 이에 잇더라. 샹(上)이 졔신(諸臣)의 됴회(朝會)롤 바드신 후 대신(大臣)으로 더브러 글졔롤 의논ᄒᆞ여 ᄂᆡ시니 놉고 너ᄅᆞ며 멀고 깁흐미 태공(太空)을 측냥(測量)치 못홈과 하ᄒᆡ(河海)롤 건너기 어려오므로 흡ᄉᆞ(恰似)ᄒᆞᆫ디라. 븕은 깁의 금ᄌᆞ(金字)[101]로 뼈 걸고 다ᄉᆞ(多士)롤 블너 보게 ᄒᆞ니 '텬고일월명(天高日月明)이오 디후초목싱(地厚草木生)이라.'[102] ᄒᆞ엿거놀 졔유(諸儒) ᄒᆞᆫ번 보ᄆᆡ 경신이 흣터디며 금회(襟懷) 막히이믈 ᄭᆡ닷

---

100 시관(試官): 과거 시험에 관계되는 시험관을 통틀어 이르는 말.

101 금ᄌᆞ(金字): 금자. 금박을 올리거나 금빛 수실로 수를 놓거나 금물로 써서 금빛이 나는 글자.

102 텬고일월명(天高日月明)이오 디후초ᄆᆡᆨ싱(地厚草木生)이라: 하늘이 높으니 해와 달이 밝고, 땅이 두터우니 풀과 나무가 난다는 뜻. 유명한 시구를 모아놓은 작자 미상의 오언절구 시집 《추구(推句)》의 첫 시 두 구절임. 규장각본에는 '텬고일월명이오 디후초목싱이라'로 되어 있음.

디 못ᄒᆞ여 황황여실(惶惶如失)ᄒᆞ고 양양(揚揚)턴 긔운이 주러디믈 면(免)치 못ᄒᆞ더라. 43면

ᄎᆞ일(此日) 졍공ᄌᆞ 닌셩이 죵뎨(從弟)로 더브러 쟝옥(場屋)의 나아가미 부명(父命)을 승슌(承順)ᄒᆞ미오 본뜻이 귀향디심(歸鄕之心)이 착급(着急)ᄒᆞ고 과욕(科慾)은 게어론디라.[103] 닌흥을 만나 반가오미 흐뭇ᄒᆞ며 다힝ᄒᆞ미 극(極)ᄒᆞ여 ᄌᆡ삼(再三) 훤당(萱堂)의 존후(存候)를 뭇좁고 졔뎨(諸弟) 등의 댱셩(長成)ᄒᆞ여심과 학달(學達)ᄒᆞ믈 깃그며 일가안부(一家安否)를 뭇기의 착심(着心)ᄒᆞ여 글졔를 보ᄃᆡ 붓술 들 의ᄉᆡ 업ᄂᆞᆫ디라. 닌흥이 웃고 왈

"슉뷔(叔父) 형댱(兄丈)의 밧븐 힝거(行車)를 늣추어 과후(科後)의 태산으로 향(向)코ᄌᆞ ᄒᆞ시믄 일분(一分) 영화(榮華)를 희망ᄒᆞ시미어ᄂᆞᆯ 형댱이 엇디 글 디을 의ᄉᆡ 업ᄂᆞ니잇가? ᄒᆞ믈며 쇼뎨(小弟)ᄂᆞᆫ 여러 쳔니(千里)의셔 과장(科場)을 젼위(專爲)ᄒᆞ여 샹경(上京)ᄒᆞᆫ ᄇᆡ라 스ᄉᆞ로 학박블인(學薄不仁)ᄒᆞ믈 ᄭᆡ닷디 못ᄒᆞ고 산야궁협(山野窮峽)의 잠겻던 눈으로 옥당난좌(玉堂鸞座)[104]를 우러러 ᄇᆡᆨ옥(白玉)이 장장(鏘鏘)[105]ᄒᆞ며 아홀(牙笏)[106]이 의의(猗猗)ᄒᆞ믈 보건ᄃᆡ 심심갈치(心心喝采)ᄒᆞ여

---

103 게어론디라: 규장각본에는 '게으론디라'로 되어 있음.

104 옥당난좌(玉堂鸞座): 옥당은 궁중의 문헌을 관리하고 왕에게 자문하던 홍문관의 다른 이름. 난좌는 '난좌은대(鸞座銀臺)'의 줄임말로, 임금이 앉는 자리와 임금의 출납이나 명령을 받아 문서를 꾸미는 일을 맡아보던 곳. 곧 임금 측근의 높은 벼슬을 의미하는 것으로 보임.

105 장장(鏘鏘): 옥이나 쇠붙이 따위가 맑게 울리는 소리. 또는 그 모양.

106 아홀(牙笏): 조선 시대에 정일품에서 사품까지의 벼슬아치가 몸에 지니던 홀(笏)로, 무소뿔이나 상아로 만들었음.

44면 방목(榜目)의 일홈을 거러 뇽문(龍門)의 희탁(喜托)ᄒᆞ믈 졀망(切望)ᄒᆞᄋᆞᆸᄂᆞ니 금번(今番) 쇼뎨 하말(夏末)의 참방(參榜)ᄒᆞ믈 어드면 힝심극의(幸甚極矣)어니와 블힝(不幸)이 낙방(落榜)ᄒᆞ기의 밋출딘ᄃᆡ 심삭감열(心削膽裂)[107]ᄒᆞ여 츄과(秋科)롤 밋쳐 기다리디 못ᄒᆞ고 이팔디년(二八之年)의 함원(含寃)ᄒᆞᆫ 슈귀(愁鬼) 되리로소이다."

공지(公子) 쳥필(聽畢)의 기리 우어 왈

"현뎨(賢弟)로 분악(分握) 십 년의 비로[108] 상봉(相逢)ᄒᆞ믈 어드ᄆᆡ 삼쳑쇼동(三尺小童)이 변ᄒᆞ여 팔쳑댱부(八尺丈夫)의 언건(偃蹇)ᄒᆞ믈 다ᄒᆞ여시니 우형(愚兄)의 희환(喜歡)ᄒᆞᆫ 심ᄉᆡ(心思) 비(比)홀ᄃᆡ 업거놀 현뎨ᄂᆞᆫ 모로미 ᄌᆡ조롤 너모 ᄌᆞ랑치 말고 ᄆᆞ음의 착급(着急)ᄒᆞ거든 어셔 명지(名紙)[109]롤 다히고[110] 나리 ᄲᅳᆯ디어다."

닌흥이 우으며 시ᄀᆡᆨ(時刻)이 느져시믈 인(因)ᄒᆞ여 필연(筆硯)을 나와 ᄡᅳ기롤 풍우(風雨)ᄀᆞᆺ치 ᄒᆞ니 문의(文意) 슉챵(熟昌)ᄒᆞ고 필법(筆法)이 쳥화(淸華)ᄒᆞ여 니두(李杜)[111]의 호일쳥신(豪逸淸新)ᄒᆞ믈 겸(兼)ᄒᆞ여 ᄌᆞᄌᆞ금슈(字字錦繡)와 언언쥬옥(言言珠玉)으로 풍운(風雲)이 변ᄉᆡᆨ(變色)ᄒᆞ며 귀신(鬼神)이 브ᄅᆞ디지ᄂᆞᆫ디라. 닌셩이 닌흥의 ᄌᆡ조롤 아룸다이 넉이ᄃᆡ 그 너모 발양(發揚)ᄒᆞ여 온용(溫容)ᄒᆞᆫ 거시 브족(不

45면 足)ᄒᆞ믈 니ᄅᆞᆫᄃᆡ 닌흥이 쇼이ᄃᆡ왈(笑而對曰)

---

107 심삭감열(心削膽裂): 규장각본에는 '심삭담열'로 되어 있음.

108 비로: 규장각본에는 '비로소'로 되어 있음.

109 명지(名紙): 과거 시험에 쓰던 종이.

110 다히고: 다히다. 닿다, 대다.

111 니두(李杜): 이두. 문장과 필법으로 유명한 이백과 두보.

“시문(詩文)이 각각 셩졍(性情)으로조ᄎᆞ 발(發)ᄒᆞᄂᆞᆫ 고로 능히 곳치디 못ᄒᆞᄂᆞᆫ디라. 야야(爺爺)와 슉당(叔堂)이 ᄆᆡ양(每樣) 일노뼈 ᄎᆡᆨ(責)ᄒᆞ시ᄂᆞ이다.”

공ᄌᆡ 왈

“병집[112]을 내 모로고 쓰면 홀일업거니와 너모 격상(激上)ᄒᆞ고 발양ᄒᆞ므로뼈 취ᄒᆞ여 온용ᄒᆞᆫ 거시 브죡ᄒᆞ미 우흔 연괴(緣故)로다.”

이리 니ᄅᆞ며 ᄯᅩᄒᆞᆫ 쓰기ᄅᆞᆯ 시쟉ᄒᆞᆯᄉᆡ 평ᄉᆡᆼ 대ᄌᆡ(大材)ᄅᆞᆯ 이날 ᄯᅥᆯ치니 엇디 문인(文人)의 경발(驚拔)[113]ᄒᆞᆫ 문톄(文體)와 쇼쇼(小小)ᄒᆞᆫ 시ᄌᆡ(詩才)로 의논ᄒᆞ리오? 임의 셩문(聖門)의 도통(道統)을 니어 웅문건필(雄文健筆)의 창농(蒼龍)이 변화ᄒᆞ고 만ᄆᆡ(萬馬) 징분(爭紛)ᄒᆞᄂᆞᆫ ᄃᆞᆺᄒᆞᆫ디라. 이에 션장(先場)[114]의 밧치고 쥬과(酒果)ᄅᆞᆯ 나와 닌흥으로 더브러 통음(通飮)ᄒᆞ며 시ᄉᆞ(詩辭)ᄅᆞᆯ 문답(問答)ᄒᆞ더니 ᄎᆞ시(此時) 셩샹(聖上)이 제신(諸臣)으로 더브러 여러 장 시권(試券)[115]을 ᄎᆞ례로 고하(高下)ᄅᆞᆯ 뎡(定)ᄒᆞ시더니 밋 닌셩의 글을 어드시ᄆᆡ 문필(文筆)의 긔이(奇異)ᄒᆞ믄 니ᄅᆞ도 말고 시의(詩意) 청건쇄락(淸健灑落)ᄒᆞ며 디략(智略)이 광대(廣大)ᄒᆞ고 격죄(格調) 온용함튝(溫容含蓄)ᄒᆞ여 빈빈(彬彬)ᄒᆞᆫ 군ᄌᆞ의 덕딜(德質)이 글 가온ᄃᆡ ᄲᆞ혀시니 비컨ᄃᆡ 양츈(陽春)이 ᄌᆡ양(載陽)[116]ᄒᆞᄆᆡ 만믈(萬物)이 ᄉᆡᆼ화(生化)ᄒᆞ며 오악(五嶽)이 슈츌(秀出)ᄒᆞ여 46면

112 병집: 깊이 뿌리박힌 잘못이나 결점.

113 경발(驚拔): 착상 따위가 아주 독특하고 뛰어남.

114 션장(先場): 선장. 과거를 볼 때 과거장에서 가장 먼저 글장을 바치던 일.

115 시권(試券): 과거를 볼 때 글을 지어 올리던 종이.

116 ᄌᆡ양(載陽): 재양. 절기가 비로소 따뜻함.

일월(日月)의 영긔(靈氣)ᄅᆞᆯ 씌여시니 좌위(左右) 놀나 실셩대찬(失聲大讚)ᄒᆞ여 말셰탁쇽(末世濁俗)의 이 ᄀᆞᆺᄐᆞᆫ 셩학대ᄌᆡ(聖學大材) 이시믈 암암칭도(暗暗稱道)ᄒᆞ고 텬안(天顔)이 ᄯᅩᄒᆞᆫ 쇄연(灑然)이 동ᄉᆡᆨ(動色)ᄒᆞ샤 막블칭디(莫不稱之)ᄒᆞ시더니 날호여 셔슈관 등으로 고하(高下)ᄅᆞᆯ 뎡(定)ᄒᆞ신 후 비로소 탁봉(坼封)ᄒᆞ여 호명(呼名)ᄒᆞᄆᆡ 샹(上)이 크게 희열(喜悅)ᄒᆞ샤 왈

"졍닌셩의 대효대셩(大孝大誠)과 도덕셩ᄒᆡᆼ(道德性行)이 몬져 ᄒᆡ외졔국(海外諸國)의 드레ᄂᆞᆫ ᄇᆡ 되엿더니 ᄇᆡᆨᄒᆡᆼ(百行)이 찬연(燦然)의 만ᄉᆡ(萬事) 딘션(進善)ᄒᆞ믈 비로소 보리니 이 가히 명됴(明朝)의 상셰(祥瑞)라. 딤(朕)이 복위디초(復位之初)의 명됴(明朝) 보샤(保社)[117]ᄒᆞᆯ 냥필(良弼)을 어드니 희환(喜歡)ᄒᆞ믈 능히 다 니긔디 못ᄒᆞ리로다."

ᄒᆞ신ᄃᆡ 듕신(衆臣)이 ᄯᅩᄒᆞᆫ 눈을 ᄡᅵᆺ고 댱원낭(壯元郞)의 응명(應命)ᄒᆞ기ᄅᆞᆯ 기다리더니 임의 옥폐(玉陛)의 츄이딘알(推而進謁)ᄒᆞᄆᆡ 쥬션듕규(周旋中規)ᄒᆞ며 필션듕구(切旋中矩)ᄒᆞ여[118] ᄉᆡᆨ블여야(色勃如也)ᄒᆞ고 튝쳑여야(蹴踖如也)ᄒᆞ니[119] 딘실노 봉(鳳)이 기산(岐山)의 셔고 츄위(秋雨) 쥬교(舟橋)[120]의 나리미라. 츄양(秋陽) ᄀᆞᆺᄐᆞᆫ 의표(儀表)와 경운

117 보샤(保社): 규장각본에는 '보좌'로 되어 있음.

118 쥬션듕규(周旋中規)ᄒᆞ며 필션듕구(切旋中矩)ᄒᆞ여: 《예기》 〈옥조(玉藻)〉의 군자의 바른 몸가짐 중 "둥글게 돌 적에는 규(規)에 맞게 하고 꺾어 돌 적에는 구(矩)에 맞게 하며(周還中規 折還中矩)"에서 온 것.

119 ᄉᆡᆨ블여야(色勃如也)ᄒᆞ고 튝쳑여야(蹴踖如也)ᄒᆞ니: 《논어》 〈향당〉 3장의 "임금께서 불러 국빈을 접대할 때는 낯빛을 변하시며 발걸음을 조심하셨다(君召使儐 色勃如也 足躩如也)."와 2장의 "임금이 계실 때에는 조심하기를 적절히 하셨다(君在 踧踖如也 與與如也)."를 결합한 것.

120 쥬교(舟橋): 주교. 작은 배를 한 줄로 여러 척 띄워놓고 그 위에 널판을 건너질러 깐 배다리.

47면

(景雲) ᄀᆞᄐᆞᆫ 풍치(風采)ᄂᆞᆫ 오악(五嶽)이 슈긔(秀氣)를 탈쇽(脫俗)ᄒᆞ며 ᄉᆞ히(四海)의 운곡(雲谷)이 가어(可御)ᄒᆞ여 프른 셔리의 긴 무디게 화ᄒᆞᆫ ᄃᆞᆺ 뉵뇽(六龍)이 시승(試乘)ᄒᆞ미 만믈(萬物)이 뉴형(流形)ᄒᆞᄂᆞᆫ디라. ᄌᆞ딜(資質)이 늠연(凜然)ᄒᆞ고 풍녁(風役)이 당당(堂堂)ᄒᆞ니 왕양(汪洋)ᄒᆞ며 온냥공검(溫良恭儉)ᄒᆞ여 션왕(先王)을 헌(憲)ᄒᆞᄂᆞᆫ ᄌᆞᄉᆞ(子思)[121]를 보온 ᄃᆞᆺ 신신요요(申申夭夭)ᄒᆞ여 녜(禮)를 뭇ᄌᆞ와 힝(行)ᄒᆞ시고 손을 ᄃᆡ졉ᄒᆞ미 나가시게 ᄒᆞ시던 공부ᄌᆞ(孔夫子)[122]를 법바드니 의의(猗猗)ᄒᆞ여 딕셜(稷契)[123]의 일뉴(一流)오 방블(彷彿)ᄒᆞ여 고요(皐陶)[124]의 무리라. 샹이 비록 그 일홈을 놉히 드러 계시나 그 얼골을 보시믄 쳐음이라 뇽안(龍顔)이 흘흘경희(忔忔驚喜)ᄒᆞ샤 ᄲᆞᆯ니 뎐(殿)의 올니시고 화리(華履)를 별튁(別擇)ᄒᆞ여 쥬시며 어슈(御手)로 댱원(壯元)의 옥비셤슈(玉臂纖手)를 년집(連執)ᄒᆞ샤 칭디왈(稱之曰)

"공시디문(孔氏之門)의 ᄌᆞᄉᆞᄌᆡ(子思子) 잇고 증셕(曾晳)의 아ᄃᆞᆯ 증ᄌᆡ(曾子)[125] 이시니 션상부(先相府)의 손애(孫兒)오 운계 쳐ᄉᆞ의 ᄉᆡᆼ휵(生畜)으로 참정공의 계후(繼後)ᄒᆞᆫ 바ᄅᆡ 엇디 범연(泛然)타 ᄒᆞ리오마ᄂᆞᆫ 오히려 부조(父祖)의 더은 긔딜(器質)의 당금(當今)을 니ᄅᆞ디 말고 쳔

121 션왕(先王)을 헌(憲)ᄒᆞᄂᆞᆫ ᄌᆞᄉᆞ(子思): 춘추시대 노나라 목공의 스승이 되었던 공자의 손자 자사.

122 손을 ᄃᆡ졉ᄒᆞ미 ᄂᆞ가시게 ᄒᆞ시던 공부ᄌᆞ(孔夫子)를: 공자가 국빈을 모신 이후 국빈이 물러가면 임금에게 "손님이 돌아보지 않고 잘 갔습니다."라고 보고하여 임금의 염려를 풀게 한 일. 《논어》 〈향당〉 3장.

123 딕셜(稷契): 직설. 후직과 설. 모두 순임금 때의 어진 신하.

124 고요(皐陶): 순임금 때의 어진 신하. 법에 통달하여 법을 만들어 형벌을 제정하였음.

125 증ᄌᆡ(曾子): 증자. 공자의 제자인 증삼. 효로 이름난 인물.

48면 고(千古)의 다시 잇디 아니ᄒᆞ니 명도(明道)와 이쳔(伊川)이 브싱(復生)ᄒᆞ나 이에 더으디 못ᄒᆞᆯ디라. 셩현(聖賢)의 학(學)과 유ᄌᆞ(儒者)의 되(道) 그 션조시조(先朝始祖)의 바룬 줄ᄆᆡᆨ[126]을 니어시니 아됴(我朝) 치국디초(治國之初)로 이에 니ᄅᆞ히 쳐음이라. 딤(朕)이 므슴 복(福)으로 이 ᄀᆞᆺ튼 보필(輔弼)을 어드미 되엿ᄂᆞ뇨? ᄒᆞᆫ갓 졍시(程氏)의 쳔니귀(千里驅)쁜 아니라 암낭(巖廊)의 대뵈(臺輔)오 샤딕(社稷)의 간셩(干城)이라 명실(明室)의 대경(大慶)이 이에셔 더으미 업도다."

ᄒᆞ신ᄃᆡ 만되(滿朝) 일시의 만셰롤 블너 득인(得人)ᄒᆞ시믈 하례(賀禮)ᄒᆞ고 댱원(壯元)이 ᄇᆡᆨᄇᆡ계슈(百拜稽首)ᄒᆞ여 고샤블감(固辭不堪)ᄒᆞ오ᄆᆡ 딘슉(振肅)ᄒᆞᆫ 녜모(禮貌)와 온냥(溫良)ᄒᆞᆫ 쥬션(周旋)이 볼ᄉᆞ록 긔이ᄒᆞ니 좌위(左右) 칭찬ᄒᆞ믈 마디 아니ᄒᆞ더라. 방하(榜下)롤 ᄎᆞ례로 블너드릴ᄉᆡ 뎨이(第二)ᄂᆞᆫ 댱창닌이니 년(年)이 이십 셰오 부(父)ᄂᆞᆫ 젼임(前任) 녜부상셔(禮部尙書) 집금오(執金吾) 헌이오 뎨삼(第三)은 양필광의 년이 십뉵 셰니 부ᄂᆞᆫ 우각노(右閣老) 창명션싱 션이오 뎨ᄉᆞ(第四)ᄂᆞᆫ 졍닌흥의 년이 십뉵 셰니 부ᄂᆞᆫ 경조윤(京兆尹) 염이라. 기여(其餘)ᄂᆞᆫ 니로 다 긔록디 못ᄒᆞ노라. 댱창닌이 모든 방하롤 거
49면 ᄂᆞ려 일시의 구텬(九天)의 날개롤 펴며 댱공(長空)의 농닌(龍麟)[127]을 밧드러 유의유건(儒衣儒巾)으로뻐 어화쳥삼(御花靑衫)[128]과 보ᄃᆡ아홀

126 줄ᄆᆡᆨ: 줄맥. 맥, 맥락.

127 농닌(龍麟): 용린. 천자나 영웅의 위엄을 비유적으로 이르는 말.

128 어화쳥삼(御花靑衫): 어화청삼. 어화는 문무과에 급제한 사람에게 임금이 하사했던 종이로 만든 꽃인 어사화를 말함. 청삼은 푸른 적삼이라는 뜻으로, 품계가 낮은 관원의 복장을 말함.

(寶帶牙笏)[129]을 바드미 특이훈 긔딜과 쳑탕(滌蕩)훈 풍칆(風采)는 이날 더옥 빗나니 낙쳔(樂天)[130]을 묘시(藐視)ᄒ고 두목(杜牧)[131]을 능만(凌漫)홀디라. 쥰앙(俊昂)훈 의표(儀表)는 쳔니(千里)의 닷는 믹아디오 표표(飄飄)훈 거동은 히악(海嶽)의 써러딘 운학(雲鶴)이라. 삼녀(三閭)[132]의 고고(高高)훈 긔도(氣度)와 숑옥(宋玉)[133]의 미미(亹亹)훈 풍의(風儀)로 팔쳑신댱(八尺身長)이 현연(顯然)이 댱즈(長者)의 됴흔 톄(體)어놀 원비(猿臂) 일외 앙앙슈슈(昂昂秀秀)히 귀인(貴人)의 놉흔 격(格)이라. 궁원(窮園)의 독닙(獨立)훈 한송(寒松)이오 옥폐(玉陛)의 욱욱(郁郁)훈 향난(香蘭)이니 옥쉬(玉樹) 교교(皎皎)ᄒ여 샹셔(祥瑞)를 씌여시며 션홰(鮮花) 난난(爛爛)ᄒ여 광칆를 즈랑ᄒ니 우취뉴디(雨醉柳枝)의 풍신(風神)이 동탕(動蕩)ᄒ고 읍양졀ᄎ(揖攘節次)의 규구(規矩)와 쥰승(準繩)이 가즉ᄒ니 안연(顔淵)·즈긔(子奇)[134]의 어질믈 ᄯ로며 민즈(閔子)·듕궁(仲弓)[135]의 덕을 니어 즈유(子由)·즈하(子[136]

---

129 보딕아홀(寶帶牙笏): 보대아홀. 보대는 보옥으로 장식한 띠이며, 아홀은 정일품에서 정사품까지의 벼슬아치가 몸에 지니던 홀로 무소뿔이나 상아로 만들었음.

130 낙쳔(樂天): 낙천. 중국 중당(中唐) 때의 대표적 시인 백거이.

131 두목(杜牧): 중국 만당(晩唐) 때의 대표적 시인.

132 삼녀(三閭): 삼려. 굴삼려. 전국시대 초나라의 정치가이자 시인인 굴원. 초나라에서 삼려대부(三閭大夫)를 지냈기에 '굴삼려'라고 함. 모함을 입어 초나라에서 쫓겨나 결국 멱라수에 투신해 죽음.

133 숑옥(宋玉): 송옥. 기원전 3세기경 중국의 시인. 굴원의 후계자로 알려져 있음.

134 안연(顔淵)·즈긔(子奇): 안연과 자기. 《통감절요》 19권에 "안연과 자기는 세상에 드문 분인데, 이것을 가지고 격식을 삼고자 한다면 편벽되지 않겠는가(且顔淵子奇 曠代一有 而欲以斯爲格 不亦偏乎)."라는 내용이 있음.

135 듕궁(仲弓): 중궁. 춘추시대 노나라의 학자이자 '공문10철'의 한 사람인 염옹. 공자가 제자 중 유일하게 임금이 될 만한 인물이라고 평했다고 함.

夏)[137]의 묘특(妙測)과 ᄌᆞ하·ᄌᆞ공(子貢)의 셜ᄉᆞ(說辭)를 겸(兼)ᄒᆞ여 빅유(伯瑜)[138]의 어딘 일홈이 거국(擧國)의 들님과 왕손가(王孫賈)의 튱

50면 회(忠孝) 붉히 낫타나미 그 근본(根本)이니 노련(魯連)[139]의 간장(肝臟)이오 이졔(夷齊)[140]의 쳥심(淸心)이라. 그 아룸답기 일목디화(一木之花)와 일슈싱금(一水生金)이오 실노 방가(邦家)를 굉쥬(肱柱)[141]홀 동냥(棟梁)이며 딘번(陳蕃)[142]·니응(李膺)[143]의 디난디라. 텬심(天心)이 찬연대열(燦然大悅)ᄒᆞ샤 각각 뎐(殿)의 올녀 디극훈 늉우(隆遇)를 뵈시고 댱원(壯元)으로브터 모든 신니(新來)[144]를 옥비향온(玉杯香醞)을 샤

---

136 ᄌᆞ유(子由): 자유. 춘추시대 노나라의 학자이자 '공문10철'의 한 사람인 안연, 자하와 함께 공자가 가장 아낀 제자였다고 함.

137 ᄌᆞ하(子夏): 자하. 춘추시대 노나라의 학자이자 '공문10철'의 한 사람. 자신보다 먼저 세상을 여읜 아들의 죽음을 비통해하다 실명(失明)한 것으로 유명함.

138 빅유(伯瑜): 백유. 효성으로 이름난 한(漢)나라 한백유로 봄. 한백유는 어머니가 회초리를 때리는데 전에 비해 아프지 않자 어머니의 노쇠하심이 슬퍼서 울었다는 '백유읍장(伯瑜泣杖)'의 이야기로 알려져 있음.

139 노련(魯連): 전국시대 제나라 사람인 노중련. 고상한 절조와 지조를 지녔으며 재물이나 녹봉, 작위 등을 받지 않았던 청사(淸士)로 유명함.

140 이졔(夷齊): 이제. 백이와 숙제. 백이와 숙제는 중국 은나라 때의 현인으로 군주에 대한 충성을 끝까지 지킨 의인(義人)으로 유명함. 주(周)나라가 천하통일을 이루자 주나라의 곡식을 먹는 것이 부끄럽다 하여 두 사람이 함께 수양산에 숨어 살며 고사리를 캐 먹다가 굶어 죽었다고 함.

141 굉쥬(肱柱): 굉주. '고굉주석(股肱柱石)'의 준말. 고굉은 임금에게 다리와 팔같이 중요한 신하를 뜻하며, 주석은 기둥과 주춧돌처럼 중요한 자리를 맡은 사람을 뜻함. 그러므로 굉주는 한 나라를 떠받칠 수 있는 능력을 말함.

142 딘번(陳蕃): 진번. 후한 환제(桓帝) 때 태위로, 환관의 전횡을 규탄했고 영제(靈帝) 때에는 외척인 두무와 같이 환관 조절, 왕보 등을 몰아내려 했으나 결국 살해당함.

143 니응(李膺): 이응. 후한 때의 관리이자 장수로, 외적의 침입을 막아내고 환관 처벌에 앞장섰으나 결국 '2차 당고의 화' 때 목숨을 잃었음.

144 신니(新來): 신래. 과거에 급제한 사람.

(賜)ᄒᆞ시며 졍참졍·양각노·졍경조를 특별이 샤쥬(賜酒)ᄒᆞ샤 계후(繼後) 잘홈과 ᄉᆡᆼᄌᆞ(生子)의 긔특ᄒᆞ믈 ᄌᆡ삼(再三) 일ᄏᆞᄅᆞ실ᄉᆡ 댱헌은 말미를 바다 쵹도(蜀道)의 가시므로 이에 참예치 못ᄒᆞ엿고 니빈이 댱ᄌᆞ를 슈양(收養)ᄒᆞ믈 젼일(前日) 드ᄅᆞ신 바ㅣ라 ᄯᅩᄒᆞᆫ 어온(御醞)을 권ᄒᆞ샤 챵닌을 아롬다이 ᄀᆞᄅᆞ쳐 국가의 보필(輔弼) 삼으믈 칭션(稱善)ᄒᆞ시니 이졍과 양·니 등이 황공블감(惶恐不堪)ᄒᆞ여 기리 셩은(聖恩)을 ᄉᆞ샤(謝辭)ᄒᆞ더라. 어젼(御前)의셔 신ᄂᆡ를 유희(遊戲)ᄒᆞ미 임의 일ᄉᆡᆨ(日色)이 느졋ᄂᆞᆫ디라. 샹(上)이 됴회(朝會)를 파(罷)ᄒᆞ시고 만되(滿朝) 일시의 퇴(退)ᄒᆞ미 졍댱원이 ᄯᅩᄒᆞᆫ 방하(榜下)를 거ᄂᆞ려 궐문(闕門)을 날ᄉᆡ 니원풍악(梨園風樂)[145]은 환약훤텬(歡若喧天)ᄒᆞ며 챵부희ᄌᆞ(倡夫戲者)의 환쇼셩(歡笑聲)은 노샹(路上)이 딘동(振動)ᄒᆞᆫᄃᆡ 허다(許多) 하리츄죵(下吏騶從)은 위의(威儀)를 좁아 젼ᄎᆞ후옹(前遮後擁)[146]ᄒᆞ니 편편(翩翩)ᄒᆞᆫ 무슈(舞袖)ᄂᆞᆫ 일광(日光)의 ᄇᆞ이고 녈녈(烈烈)ᄒᆞᆫ 가셩(歌聲)은 ᄒᆡᆼ운(行雲)이 여쥬(如注)ᄒᆞ니 사롬으로 ᄒᆞ여곰 ᄒᆞᆫ번 관광(觀光)ᄒᆞ미 엇게 으슥이고 춤이 마ᄅᆞ믈 ᄭᆡ닷디 못ᄒᆞ니 ᄒᆞ믈며 각각 부형(父兄)의 두굿기ᄂᆞᆫ ᄆᆞ옴이리오? 졍참졍의 공근겸약(恭勤儉約)ᄒᆞ미 셩만(盛滿)ᄒᆞ믈 원슈ᄀᆞᆺ치 넉이ᄃᆡ 부ᄌᆡ(父子) 구ᄉᆞ일ᄉᆡᆼ(九死一生)ᄒᆞ여 ᄒᆞᆫ가디로 오날놀 경화(慶華)를 당ᄒᆞ미ᄂᆞᆫ 인졍(人情)이 ᄌᆞ연(自然) 흔열(欣悅)ᄒᆞ고 ᄒᆡᆼ심(幸甚)ᄒᆞ믈 니긔디 못ᄒᆞ여 댱원(壯元)

51면

---

145 니원풍악(梨園風樂): 이원풍악. 궁중에서 벌이는 잔치 놀이. '이원'은 당나라 현종이 스스로 배우의 기술을 가르치던 곳으로 이후 배우 집단을 총칭하게 됨.

146 젼ᄎᆞ후옹(前遮後擁): 전차후옹. 많은 사람들이 앞과 뒤에서 보호하며 따르는 것.

의 손을 잡으며 등을 어로만디믈 면(免)치 못ᄒᆞ고 경조의 환열(歡悅)ᄒᆞ믄 닌흥의 등과(登科)ᄒᆞ믈 버금ᄒᆞ며 닌셩의 댱원낭(壯元郎)이 되믈 크게 두굿기ᄂᆞ디라. 날이 져믈므로뼈 운산을 향(向)치 못ᄒᆞ고 바로 셩닉(城內) 상부의 나아가 밤을 디닉려 ᄒᆞ더라.

화셜(話說). 경국공 상연의 곤계(昆季) 셩샹(聖上)의 승탁(昇擢)ᄒᆞ
52면 시믈 닙어 금일(今日)이야 비로소 고향으로조ᄎᆞ 도라와 궐하(闕下)의 샤은(謝恩)ᄒᆞᆫ 후 홍화방 고틱(古宅)의 편친(偏親)을 뫼시며 부인과 ᄌᆞ부녀ᄋᆞ(子婦女兒)의 쳐소(處所)를 뎡(定)ᄒᆞ여 ᄉᆡ로온 부귀와 호호(浩浩)ᄒᆞᆫ 영광이 구일번화(舊日繁華)를 니어시니 관옥(冠玉)[147] ᄀᆞᆺ튼 ᄌᆞ셔(子婿)와 화월(花月) ᄀᆞᆺ튼 ᄌᆞ부녀ᄋᆡ(子婦女兒) 남좌녀우(男左女右)를 년(連)ᄒᆞ여 슬하(膝下)의 시립(侍立)ᄒᆞᄆᆡ 복경(福慶)이 늉늉(隆隆)ᄒᆞ여 젹막(寂寞)ᄒᆞᆫ 근심이 잇디 아니ᄒᆞᄃᆡ 상공과 졍부인의 가솜 가온ᄃᆡ 젹은 칼흘 곌은 ᄃᆞᆺ ᄒᆞᆫ 조각 돌흘 삼켜 여러 셰월의 심ᄉᆡ(心思) 감열(減悅)ᄒᆞ믈 픔어 각골통상(刻骨痛傷)ᄒᆞᄂᆞᆫ 바ᄂᆞᆫ 평싱 쇼교(小嬌)의 ᄉᆞ싱거쳐(死生去處)를 망연브디(茫然不知)ᄒᆞ미라. 댱ᄌᆞ(長子) 안국이 부인 소시로 더브러 화락(和樂)ᄒᆞ여 발셔 이ᄌᆞ일녀(二子一女)를 두엇고 ᄎᆞᄌᆞ(次子) 평국이 시듕(侍中) 화춘의 녀(女)를 취(取)ᄒᆞ여 부부의 아름다오미 옥슈경디(玉樹瓊枝)[148] ᄀᆞᆺ거놀 금슬(琴瑟)이 화합ᄒᆞ여 관져(關雎)[149]의 즐기미 극(極)ᄒᆞᆫ 바의 일ᄌᆞ일녀(一子二女)를 싱(生)

147 관옥(冠玉): 옥으로 꾸민 관. 혹은 아름답게 생긴 남자의 얼굴을 이르는 말.

148 옥슈경디(玉樹瓊枝): 옥수경지. 옥처럼 아름다운 나뭇가지라는 뜻으로, 번성하는 집안의 귀한 자손들을 이르는 말.

ᄒᆞ며 삼ᄌᆞ(三子) 광국이 츄밀ᄉᆞ 니상의 녀(女)ᄅᆞᆯ 취ᄒᆞ니 이 곳 니상국 챵계공의 딜녜(姪女)라. 니쇼져의 슉미현쳘(淑美賢哲)ᄒᆞ미 인뉴(人類)의 특이ᄒᆞ니 광국이 과듕후ᄃᆡ(過重厚待)ᄒᆞ여 또 ᄉᆡᆼ산(生産)의 길 53면
흘 여러 일ᄌᆞ(一子)ᄅᆞᆯ 두엇고 댱녀(長女) 옥교ᄂᆞᆫ 참디정ᄉᆞ 셩의ᄇᆡᆨ 뉴화의 댱ᄌᆞ(長子) 뉴원과 셩친(成親)ᄒᆞ니 이 곳 국초(國初)의 개국공신(開國功臣) 뉴긔의 젹댱현손(嫡長玄孫)이라. 뉴ᄉᆡᆼ의 탁월긔이(卓越奇異)ᄒᆞᆫ 문ᄎᆡ(文彩)와 동탕(動蕩)ᄒᆞᆫ 풍위(風威) 니두(李杜)의 디나고 쇼져(小姐)의 미려(美麗)ᄒᆞ미 만ᄉᆞ(萬事)의 무흠(無欠)ᄒᆞ니 뉴아의셔 신부ᄅᆞᆯ ᄋᆡ듕(愛重)ᄒᆞ며 상부의셔 신낭(新郞)을 과망(過望)ᄒᆞ여 냥가(兩家)의 화긔(和氣) 츈풍 ᄀᆞᆺ고 발셔 ᄌᆞ녀ᄅᆞᆯ ᄉᆡᆼ산ᄒᆞ여 두낫 화옥(華玉)을 두어시며 ᄎᆞ녀(次女) 녀괴 어나곳 쳔호(千戶)의 ᄯᅥ러져 몸을 맛ᄎᆞ시면 문호(門戶)의 욕(辱)이 비경(非輕)ᄒᆞ리니 그 ᄉᆞ라 도라오미 므슴 경ᄉᆡ(慶事)리오? 쳔ᄉᆞ만녜(千思萬慮) 능히 니긔디 못ᄒᆞᄂᆞᆫ 듕(中) 뎡국공은 ᄌᆞ연이 심홰(心火) 동(動)ᄒᆞ여 고요ᄒᆞᆫ 밤과 좌위(左右) 젹연(寂然)ᄒᆞ믈 당ᄒᆞ면 희허탄식(噫噓嘆息)의 ᄋᆡ영읍하(哀詠泣下)ᄒᆞ여 심회(心懷)ᄅᆞᆯ ᄉᆞᆯ오다가 졸연 긔디ᄒᆞ여 션ᄌᆞ(扇子)로 손을 두다리고 퇴호츌보(退戶出步)ᄒᆞ여 경ᄀᆡᆨ(頃刻)의 화광(化狂)ᄒᆞ며 상셩(喪性)ᄒᆞᆯ ᄃᆞᆺᄒᆞ미 ᄌᆞ즈니 졍부인이 비졀(悲絶)ᄒᆞ믈 ᄎᆞᆷ고 도로혀 공을 위로ᄒᆞ며 ᄌᆞ녜(子女) 븟드러 거죄(擧措) 과도(過度)ᄒᆞ믈 간(諫)ᄒᆞᆫᄌᆞᆨ 54면
공이 혹(或) 웃고 혹 탄(嘆)ᄒᆞ여 ᄀᆞᆯ오ᄃᆡ

149 관저(關雎): 관저. 《시경》 〈주남〉의 첫 번째 시로, 군자와 숙녀가 서로 어울리는 짝이라는 내용을 담고 있음.

"날을 이러치 말고ᄌᆞ ᄒᆞ거든 교ᄋᆞ의 ᄇᆡᆨ골(白骨)을 어더 ᄒᆞᆫ 조각 됴흔 싸ᄒᆡ 그 쎠를 경히 곰촐딘ᄃᆡ 내 ᄒᆞᆫ번 쾌히 울고 타연(妥然)이 니져 ᄉᆡᆼ각ᄒᆞ미 업ᄉᆞ리라."

ᄒᆞᆫᄃᆡ 안국 등이 멀며 갓가오믈 혜디 아냐 ᄆᆡ뎨(妹弟)의 거쳐(去處)를 ᄎᆞᄌᆞ 부모의 참연상도(慘然傷悼)ᄒᆞ시믈 덜고ᄌᆞ 민민초박(憫憫焦迫)ᄒᆞ더니 오날놀 경샤(京師) 고ᄐᆡᆨ(古宅)의 도라오ᄆᆡ 졍국공과 졍부인이 훤당(萱堂)을 위ᄒᆞ여 화긔(和氣)를 일치 아니ᄒᆞ나 거목쵹경(擧目觸景)의 상심통도(傷心痛悼)ᄒᆞ여 니부인 앏흘 ᄯᅥ나면 몬져 눈믈이 ᄯᅥ러져 옷 압흘 젹시ᄂᆞᆫ디라. ᄌᆞ부녀ᄋᆡ(子婦女兒) 이셩낙ᄉᆡᆨ(怡聲樂色)으로 관위(寬慰)ᄒᆞ믈 디극히 ᄒᆞ더니 믄득 밧기 드레며 니원풍악(梨園風樂)이 텬디(天地)를 흔드ᄂᆞᆫ ᄃᆞᆺ 창부희ᄌᆞ(倡夫戲者)의 훤갈쇼셩(喧喝騷聲)이 문젼(門前)의 님(臨)ᄒᆞ니 졍부인이 비로소 문왈(問曰)

"금일(今日)이 과장(科場)이라 ᄒᆞ더니 태산 졔딜(諸姪) 등이 뉘 입과(入科)ᄒᆞ여 참방(參榜)ᄒᆞ미 되엿ᄂᆞ냐? 너희 형뎨군죵(兄弟群從)과 여등(汝等)은 츄과(秋科)를 기다리고 밋쳐 참예치 못ᄒᆞ여시며 뉴ᄉᆡᆼ이
55면 입과(入科)ᄒᆞ여시나 요ᄒᆡᆼ(僥倖) 참방(參榜)ᄒᆞ여도 바로 이곳으로 오디 아니리니 이 분명이 닌딜 등 밧긔 나지 아니토다."

좌위(左右) 미급답(未及答)의 상공의 ᄎᆞ뎨(次弟) 시듕(侍中)이 드러와 졍참졍의 ᄂᆡ림(來臨)ᄒᆞᆷ과 닌셩이 댱원낭(壯元郞)이 되고 닌흥이 뎨ᄉᆞ(第四)의 등뎨(登第)ᄒᆞ여 바로 이의 니롬과 뉴원이 뎨칠(第七)의 등양(騰揚)ᄒᆞ여시믈 춍망(悤忙)이 젼(傳)ᄒᆞ며 희ᄉᆡᆨ(喜色)이 가득ᄒᆞ여 나가거ᄂᆞᆯ 뎡국공이 ᄒᆞᆫ갓 셔랑(婿郞)의 등과(登科)를 깃블 ᄲᅮᆫ 아니라 150 경공 부ᄌᆞ(父子)의 만ᄉᆞ여ᄉᆡᆼ(萬死餘生)이 이 ᄀᆞᆺᄐᆞᆫ 경화(慶華)를 당

ᄒᆞ여시믈 위ᄒᆞ여 흔심만열(欣甚萬悅)ᄒᆞᆫ디라. ᄲᅧᆯ니 몸을 니러 셔헌(書軒)으로 향ᄒᆞᆯ식 졍부인이 교ᄋᆞ롤 ᄉᆡᆼ각고 통원비졀(痛寃悲絶)ᄒᆞᆫ 듕이나 듕쳡(重疊)ᄒᆞᆫ 희ᄉᆞ(喜事)롤 드ᄅᆞ미 만심(滿心)이 흔열(欣悅)ᄒᆞ여 안국으로 ᄒᆞ여곰 거거(哥哥)와 딜ᄋᆡ(姪兒) 외루(外樓)의셔 한훤(寒喧)[151]을 파(罷)ᄒᆞ거든 즉시 뫼셔 드러오라 ᄒᆞ고 졍히 셔셔 기다리더라.

ᄎᆞ시(此時) 졍참졍이 경조로 더브러 ᄌᆞ딜(子姪)을 거ᄂᆞ려 상부의 다ᄃᆞᄅᆞ니 명국공 곤계(昆季) 년망(連忙)이 반기ᄂᆞᆫ 빗촐 ᄯᅴ여 피ᄎᆞ(彼此) 녜(禮)롤 베프디 못ᄒᆞ셔 상공이 참졍과 경조의 손을 잡아 디난 고상(苦狀)을 인ᄉᆞᄒᆞ며 목금(目今) 경화(慶華)롤 치하ᄒᆞ여 희열(喜悅)ᄒᆞ믈 니긔디 못ᄒᆞ고 닌셩의 텬일(天日) ᄀᆞᆺᄐᆞᆫ 의표(儀表)와 경운(景雲) ᄀᆞᆺᄐᆞᆫ 풍취(風趣) 유시(幼時)의 더으믈 황홀ᄋᆡ모(恍惚愛慕)ᄒᆞ여 밧비 당(堂)의 올녀 별니 ᄉᆞ려(思慮)롤 베플고ᄌᆞ ᄒᆞᄃᆡ 상시듕과 태우공이 오히려 쇼년호흥(少年豪興)이 ᄡᅢ지 아냣ᄂᆞᆫ디라 냥(兩) 신니(新來)롤 온가지로 유희(遊戱)ᄒᆞ여 당의 올닐 의식 업ᄉᆞ니 참졍과 경죄 ᄌᆞ딜(子姪)을 상듕 형뎨롤 맛져 두고 명국공으로 더브러 회포롤 펼식 안국 등이 다 긔려(奇麗)ᄒᆞᆫ 댱뷔(丈夫) 되여 혹 프른 슈발(鬚髮)이 쥬슌(朱脣)을 가리오고ᄌᆞ ᄒᆞ며 혹 슈염이 블희롤 동(動)코ᄌᆞ ᄒᆞ여 다 사ᄅᆞᆷ의 아비 되여 치몽(稚蒙)이 미뎡(未定)ᄒᆞ던 바로 니도ᄒᆞ니 그 ᄡᅥ나미 셰월이 오ᄅᆡ여시믈 가히 알디라. 츄연(惆然)이 셕ᄉᆞ(昔事)롤 감상(感傷)ᄒᆞ고 목금 경화롤 도라 고(告)ᄒᆞᆯ 곳이 업ᄉᆞ니 비열함쳑(悲咽 56면

150 만ᄉᆞ여ᄉᆡᆼ(萬死餘生): 만사여생. 죽을 고비를 넘기고 살게 된 남은 생.

151 한훤(寒喧): 날씨의 춥고 더움을 말하는 인사라는 뜻으로 문안 인사를 이르는 말.

含憾)ᄒᆞ여 밋쳐 한댱(閑長)ᄒᆞᆫ 말ᄉᆞᆷ을 베프디 못ᄒᆞ여셔 안국이 모친
57면 의 착급(着急)히 기다리시믈 고(告)ᄒᆞ며 시듕과 태우긔 신ᄂᆡᄅᆞᆯ 날호
여 보ᄎᆡ시고 ᄌᆞ위(慈闈)긔 알현(謁見)케 ᄒᆞ믈 쳥ᄒᆞ니 냥(兩) 상공(相
公)이 비로소 당의 올녀 계오 슈어(數語)ᄅᆞᆯ 일워 피ᄎᆞ 녜ᄉᆞ인ᄉᆞ(例事
人事)ᄅᆞᆯ 파(罷)ᄒᆞᄆᆡ 안국 등이 표슉(表叔)과 표뎨(表弟) 등의 입ᄂᆡ(入
內)ᄅᆞᆯ 쳥ᄒᆞᆫᄃᆡ 상공이 친히 냥 졍공을 인도ᄒᆞ여 안국 등이 댱원(壯元)
의 곤계(昆季)ᄅᆞᆯ 닛그러 드러가ᄆᆡ 남ᄆᆡ슉딜(男妹叔姪)이 십 년 분니
(分離)의 비로소 상봉(相逢)ᄒᆞ믈 어드니 그 반기ᄂᆞᆫ 뜻과 깃븐 졍을 블
가형언(不可形言)이라. ᄒᆞ믈며 참졍 부ᄌᆞᄂᆞᆫ 만ᄉᆞ여ᄉᆡᆼ(萬死餘生)으로
오날ᄂᆞᆯ 경화ᄅᆞᆯ 몽니(夢裏)의도 긔약디 아닌 ᄇᆡ니 엇디 황양(黃壤)의
ᄇᆡᆨ골(白骨)이 완연회ᄉᆡᆼ(完然回生)ᄒᆞ여 듕쳡(重疊)ᄒᆞᆫ 영광을 ᄯᅴ여시
므로 다ᄅᆞ미 이시리오? 졍부인이 황망이 녜(禮)ᄅᆞᆯ 못다 일워 좌슈(左
手)로 참졍의 금포(錦袍)ᄅᆞᆯ 븟들고 우슈(右手)로 댱원(壯元)의 호셔
(瓠犀)[152] ᄀᆞᆺ튼 옥슈(玉手)ᄅᆞᆯ 년(連)ᄒᆞ여 그 계디쳥삼(桂枝靑衫) ᄀᆞ온ᄃᆡ
영풍옥골(英風玉骨)이 학우(鶴羽) 니ᄇᆡᆨ(李白)과 승난(乘鸞) ᄌᆞ딘(子
晉)[153]이라도 이에 더으디 못ᄒᆞᆯ ᄲᅮᆫ 아니라 츄텬(秋天)의 양일(亮一)ᄒᆞᆫ
긔상(氣像)과 츄월(秋月)의 됴요(照耀)ᄒᆞᆫ 신ᄎᆡ(神彩)로 온냥공검(溫
58면 良恭儉)ᄒᆞ여 셩ᄌᆞ(聖者)의 톄ᄆᆡᆨ(體脈)을 니어시니 션태부(先太傅) 풍
의(風儀)로 흡연방블(洽然彷彿)ᄒᆞ믈 보ᄆᆡ 심회(心懷) 더옥 층감(層

---

152 호셔(瓠犀): 호서. 박의 속과 씨. 보통 박속같이 희고 고른 것을 비유할 때 씀.

153 ᄌᆞ딘(子晉): 자진. 왕자진. 주(周)나라 영왕의 태자로, 생황을 잘 불어 봉황의 소리를 본떠 〈봉황곡〉을 만들었으며 선학(仙學)을 배워 신선이 되었다고 함.

感)ᄒᆞ여 셕ᄉᆞ(昔事)를 슬허ᄒᆞ며 당금(當今) 즐거오믈 아디 못ᄒᆞ여 ᄒᆞᆫ 소ᄅᆡ를 기리 늣기ᄆᆡ 옥면화싀(玉面華顋)의 일ᄇᆡᆨ 낫 딘쥬(珍珠)를 흣터 능히 말을 일우디 못ᄒᆞ니 참졍이 ᄯᅩᄒᆞᆫ 쳑연희허(惕然噫嘘) 왈

"골육(骨肉)이 분니(分離) 십ᄌᆡ(十載)의 비로소 단회(團會)ᄒᆞ믈 어드니 기간(其間) 풍상ᄉᆞ변(風霜事變)의 디난 바를 슈거셔(數車書)의 다 긔록디 못ᄒᆞᆯ디라. 엇디 일시 슌셜(脣舌)노 니ᄅᆞ리오? ᄒᆡᆼ혀 션군(先君)의 튱녈여ᄐᆡᆨ(忠烈餘澤)과 ᄌᆞ위(慈闈)의 셩덕여음(盛德餘蔭)으로 부ᄌᆞ(父子) 고국(故國)의 ᄉᆡᆼ환(生還)ᄒᆞ여 오날놀 ᄋᆞ히 농문(龍門)의 등양(騰揚)ᄒᆞ믈 어드니 경ᄉᆡ(慶事) 아니라 니ᄅᆞ디 못ᄒᆞᆯ디라. 깃브믈 ᄌᆞ위긔 즉시 고(告)치 못ᄒᆞ고 쵹쳐(觸處)의 상심(傷心)ᄒᆞ미 더을 ᄲᅮᆫ이니 인셰호화(人世豪華)를 아디 못ᄒᆞᆯ ᄇᆡ로ᄃᆡ 은ᄇᆡᆨ 부ᄌᆞ의 젼(傳)ᄒᆞ므로조ᄎᆞ ᄌᆞ위 안강(安康)ᄒᆞ심과 일가(一家)의 무고(無故)ᄒᆞ믈 드ᄅᆞ미 ᄒᆡᆼ심극의(幸甚極矣)오 이의 와 현ᄆᆡ(賢妹)를 ᄃᆡ(對)ᄒᆞ니 졔딜(諸姪)이 다 입댱쉬가(入丈娶嫁)ᄒᆞ여 댱ᄌᆞ(長者)의 톄(體) 거연(巨然)ᄒᆞ고 사ᄅᆞᆷ의 아비와 어미 되여 ᄉᆡᆼ산(生産)의 길흘 여ᄅᆞ미 풍셩(豐盛)ᄒᆞ니 ᄋᆞ히 변ᄒᆞ여 어룬이 되며 업던 ᄋᆞ히 층층(層層)ᄒᆞ여 창졸(倉卒)의 슈(數)를 아디 못ᄒᆞ니 무숙과 현ᄆᆡ(賢妹)의 복경(福慶)이 사ᄅᆞᆷ의 블워ᄒᆞᆯ ᄇᆡ라. 비록 교ᄋᆞ를 실산(失散)ᄒᆞ여 거쳐(去處)를 디우금(至于今) 아디 못ᄒᆞ미 통절(痛切)ᄒᆞ나 닌셩 등의 ᄉᆞ라나믈 츄이(推移)컨ᄃᆡ 교ᄋᆞ의 작셩(作性)이 박복요몰(薄福夭沒)ᄒᆞᆯ ᄋᆞ히 아니니 그 ᄉᆡᆼ환(生還)ᄒᆞ믈 보디 아냐 긔필(期必)ᄒᆞ리니 현ᄆᆡᄂᆞᆫ 모로미 심회(心懷)를 상손(傷損)치 말나."

졍부인이 날호여 쌍누(雙淚)를 거두고 비로소 말ᄉᆞᆷ을 여러 별ᄂᆡ(別 59면

來)ᄅᆞᆯ 잠간 베플ᄉᆡ 디난 슬픔과 목금(目今) 깃브미 교극(交極)ᄒᆞ여 우희병츌(憂喜併出)ᄒᆞ니 혹비혹희(惑悲惑喜)ᄒᆞ여 말ᄉᆞᆷ이 교ᄋᆞ의 밋쳐ᄂᆞᆫ 경열(哽咽)ᄒᆞ여 소ᄅᆡᄅᆞᆯ 일우디 못ᄒᆞ며 상공이 ᄯᅩᄒᆞᆫ 풍화(豊華)ᄒᆞᆫ 얼골과 긴 슈염의 누쉬(淚水) 여우(如雨)ᄒᆞ여 목젼(目前)의 죽으믈 봄과 ᄀᆞᆺ디 못ᄒᆞ믈 일ᄏᆞᄅᆞ니 참졍과 경죄 과도(過度)ᄒᆞ믈 위로ᄒᆞ고 셔로 한화(閑話)ᄒᆞᆯᄉᆡ 부인이 그 ᄉᆞ이 ᄒᆞᆫ번 태산의 귀령(歸寧)ᄒᆞ여 모부
60면 인(母夫人) 측(側)의 슈월(數月)을 뫼셧던디라 그 후 여러 셰월을 뒤이져 삼 년이 되여시므로 경조ᄅᆞᆯ ᄃᆡᄒᆞ여 ᄌᆞ위(慈闈) 침슈디졀(寢睡之節)을 다시 뭇ᄌᆞ오며 닌흥으로 등과(登科)ᄒᆞ믈 딘심(盡心)으로 희열(喜悅)ᄒᆞ니 엇디 친딜(親姪) ᄌᆡ죵딜(再從姪)의 간격(間隔)ᄒᆞ미 이시리오? 졍회(情懷)ᄅᆞᆯ 밋쳐 펴디 못ᄒᆞ여셔 명공거경(名公巨卿)이 상아로 모다 신ᄂᆡ(新來)ᄅᆞᆯ 브ᄅᆞᄂᆞᆫ 소ᄅᆡ 딘동(振動)ᄒᆞ니 이공(二公)이 ᄌᆞ딜(子姪)을 거ᄂᆞ려 나가고 뎡국공이 ᄯᅩᄒᆞᆫ 나와 야심(夜深)토록 희쇼달난(喜笑團欒)ᄒᆞ여 ᄇᆡᆨ조관젼(百朝官前)의셔 냥(兩) 신ᄂᆡᄅᆞᆯ 쳔만 가지로 유희(遊戱)ᄒᆞᆯᄉᆡ 댱원(壯元)은 비록 댱ᄌᆞ디셩학ᄒᆞ고 쥬연싱지교ᄒᆞ여 ᄎᆡ무[154](彩舞)의 희ᄒᆡ(戱諧)와 남산[155](南山)의 곡됴(曲調)ᄅᆞᆯ 브ᄅᆞ나 사ᄅᆞᆷ되오미 녜의(禮儀) 가ᄌᆞᆨᄒᆞ니 두용딕(頭容直)ᄒᆞ며 슈용공(手容恭)ᄒᆞ고 ᄉᆡᆨ용댱(色容壯)ᄒᆞ며 죡용듕[156](足容重)ᄒᆞ고 졀졀(切切) ᄉᆡᆨᄉᆡᆨᄒᆞ

154 ᄎᆡ무(彩舞): 채무. 채색옷을 입고 추는 춤이라는 뜻으로, 노래자가 나이 든 후에도 부모님을 기쁘게 해드리기 위해 늙으신 부모님 앞에서 아이처럼 색동옷을 입고 춤을 추었다는 고사에서 유래한 것.

155 남산(南山): 중국 종남산. 장수를 축원할 때 '남산무강지수(南山無疆之壽)'라는 표현을 씀.

여 엄연이 놉흔 하날과 먼 날 ᄀᆞᆺᄐᆞ니 거샹ᄌᆡ(居上者) 도로혀 송연(悚然)ᄒᆞ며 ᄌᆡ하ᄌᆡ(在下者) 툭쳑(蹴蹐)ᄒᆞ여 향(向)ᄒᆞᆯ 바ᄅᆞᆯ 아디 못ᄒᆞ고 만됴유희디시(滿朝遊戲之時)의 닌흥의 츌뉴(出類)ᄒᆞᆫ ᄌᆡ긔(才氣)와 발양(發揚)ᄒᆞᆫ 픔딜(稟質)노 호흥(豪興)을 다ᄒᆞ여 댱ᄌᆞ(長者)의 ᄯᅳᆺ을 61면
깃기며 ᄉᆞ관(司官)의 명을 슌(順)ᄒᆞ여 졀조(節調)의 유법(有法)ᄒᆞ미 잠간 장원(壯元)을 밋디 못ᄒᆞᆯ ᄃᆞᆺᄒᆞ나 그 신위(身威)의 일만광ᄎᆡ(一萬光彩)와 딘퇴(進退)의 긔이(奇異)ᄒᆞᆫ 졀ᄎᆡ(節次) 사ᄅᆞᆷ으로 ᄒᆞ여곰 넉시 날고 춤이 말나 의ᄉᆡ(意思) 젼도(顚倒)ᄒᆞ믈 ᄭᆡ닷디 못ᄒᆞ니 당샹(堂上)의 믁믁(默默)한 ᄌᆡ렬(宰列)과 녈녈(烈烈)ᄒᆞᆫ 됴ᄉᆞ(朝士)의 쳘심셕장(鐵心石臟)이라도 냥(兩) 신ᄂᆡ(新來)ᄅᆞᆯ 관광(觀光)ᄒᆞᄂᆞᆫ 눈이 결을이 업ᄉᆞ며 졍신이 최활(摧猾)ᄒᆞ여 스ᄉᆞ로 어린 ᄃᆞᆺᄒᆞ기ᄅᆞᆯ 마디 아니ᄒᆞ더니 날호여 냥 신ᄂᆡᄅᆞᆯ 당(堂)의 올녀 잠간 말ᄉᆞᆷᄒᆞᄆᆡ 댱원은 임의 언어동용(言語動靜)이 셩ᄌᆞ(聖者)의 틀이 이러 만ᄉᆡ(萬事) 대군ᄌᆞ(大君子)의 녜되(禮度) 흡흡(洽洽)ᄒᆞ니 다시 ᄀᆞᆺᄐᆞᆫ ᄌᆞ(者)ᄅᆞᆯ 보디 못ᄒᆞᆯ ᄇᆡ어니와 닌흥의 걸츌(傑出)ᄒᆞᆫ 위인(爲人)과 상활(爽闊)ᄒᆞᆫ 담논(談論)이 졍시(程氏)의 문ᄆᆡᆨ긔딜(門脈之節)을 니어 영쥰(英俊)의 긔상(氣像)과 군ᄌᆞ(君子)의 대도(大道)ᄅᆞᆯ 겸(兼)ᄒᆞ여 십뉵 셰 쇼년의 앙댱표일(鞅掌飄逸)ᄒᆞ미 셰간(世間)의 희한(稀罕)ᄒᆞ니 듕인(衆人)이 비록 댱원만

156 두용딕(頭容直)ᄒᆞ며 슈용공(手容恭)ᄒᆞ고 ᄉᆡᆨ용댱(色容壯)ᄒᆞ며 족용듕(足容重): 《예기》 〈옥조(玉藻)〉에 나오는, 군자가 수행하고 처신함에 있어서 응당 지켜야 할 아홉 가지 자세인 구용(九用) 중 네 가지로, 머리 모양은 곧아야 하고 손가짐은 공손해야 하고 얼굴빛은 엄숙해야 하며 걸음걸이는 무겁게 해야 한다는 것.

못ᄒᆞ믈 ᄻᅴ다ᄅᆞ나 그 ᄌᆡ풍영위(才風英威)ᄅᆞᆯ 긔경ᄋᆡᄃᆡ(貴敬愛待)ᄒᆞ여
62면 유녀ᄌᆞ(有女者)ᄂᆞᆫ 져마다 ᄯᅳᆺ을 기우리ᄂᆞᆫ 듕(中) 상시듕이 일녀(一女)
ᄅᆞᆯ 두어 방년(芳年) 십삼의 도요(桃夭)[157]의 시ᄅᆞᆯ 노ᄅᆡᄒᆞ여 이 니ᄅᆞᆫ바
보화이농의오화열[158]이니 후문디엽(侯門枝葉)이라 덕용(德容)이 가ᄌᆞᆨ
ᄒᆞ고 셩ᄒᆡᆼ(性行)이 슉혜(淑慧)ᄒᆞ니 시듕이 ᄂᆡᄒᆞᆼ을 탐혹과ᄋᆡ(耽惑過
愛)ᄒᆞ여 ᄯᅳᆺ을 기우리미 디극(至極)ᄒᆞ더라.

ᄎᆞ시(此時)의 댱창닌이 금슈쳥삼(綿繡青衫)의 냥지계화(兩枝桂花)ᄅᆞᆯ
숙이고 금안ᄇᆡᆨ마(金鞍白馬)의 집ᄉᆞ아역(執事衙役)이 대로(大路)ᄅᆞᆯ
덥허시며 니원풍뉴(梨園風流)와 쳥나빵개(青羅傘蓋)[159]로 태운산의 니
ᄅᆞ러 빙공(聘公)을 ᄇᆡ견(拜見)홀ᄉᆡ 경조공이 심듕(心中)의 아름다이
넉이나 쳐음브터 증염(憎厭)ᄒᆞᄂᆞᆫ 말을 ᄂᆡ엿고 참경긔 즉시 ᄇᆡ알(拜
謁)치 아니믈 그ᄅᆞ다 ᄒᆞ여시므로 짐ᄌᆞᆺ 괴롭도록 보ᄎᆡ려 ᄒᆞ여 오ᄅᆡ 당
(堂)의 올니디 아니ᄒᆞ며 ᄇᆡᆨ 가디 우은 거조와 쳔 가디 괴로온 유희(遊
戲)로 졀도디ᄉᆡ(絶倒之事) 아니 밋촌 곳이 업ᄉᆞ니 만좌(滿座) 막블대
쇼(莫不大笑)ᄒᆞ고 쇼년명뉴(少年名儒) ᄯᅩᄒᆞᆫ 환쇼(歡笑)ᄒᆞ여 댱ᄉᆡᆼ으
로 ᄒᆞ여곰 괴로오믈 니긔디 못ᄒᆞ게 ᄒᆞᄃᆡ 댱ᄉᆡᆼ이 굿ᄐᆞ여 최찰(摧竄)ᄒᆞ
63면 미 업셔 큰 킈ᄅᆞᆯ 굽닐며[160] 빗난 ᄉᆞ미ᄅᆞᆯ 나븟기미 옥(玉)이 경경(磬磬)
이 울고 금(金)이 연연(娟娟)이 빗나니 홍안(鴻雁)이 우비어텬(羽飛

157 도요(桃夭): 복숭아나무에 물이 올라 싱싱하다는 것으로, 혼인할 때를 뜻함. 《시경》 〈국풍〉 '도요'.

158 보화이농의오화열: 미상.

159 쳥나빵개(青羅傘蓋): 청나산개. 청색 비단으로 만든 일산(日傘).

160 굽닐며: 굼닐다. 몸을 굽혔다 일으켰다 하다.

於天)의 ᄇᆡᆨᄋᆡ(白鵝) 실쇼(失沼)ᄒᆞ며 기양(祁陽)이 뎡뎡(亭亭)ᄒᆞ여 ᄒᆡ학(海鶴)이 ᄉᆞ구(砂丘)의 써러지고 샹운(祥雲)이 셔봉(西峯)의 잠긴 ᄃᆞᆺ 그 빗난 풍의(風儀)와 ᄲᆡ혀난 긔상(氣像)을 능히 측냥(測量)치 못ᄒᆞᆯ디라. 참졍이 우음을 먹음고 경조ᄅᆞᆯ 도라보아 왈

“댱ᄇᆡᆨ승[161]이 우형(愚兄)으로 더브러 구ᄉᆡᆼ(舅甥)의 의ᄅᆞᆯ ᄆᆡᄌᆞ미 칠팔ᄌᆡ(載)의 상견(相見)ᄒᆞ미 금일(今日) 쳐음이라. 비록 유시(幼時)의 ᄌᆞ딜(子姪)ᄀᆞᆺ치 보아시나 그 댱대(長大)ᄒᆞᆫ 거동을 금일 비로소 쳐음 보ᄂᆞᆫ ᄇᆡ어ᄂᆞᆯ 현뎨(賢弟)와 졔공(諸公)이 엇디 나의 졍니(情理)ᄅᆞᆯ ᄉᆞᆯ피지 아냐 ᄇᆡᆨ승으로 ᄒᆞ여곰 못 견ᄃᆡ도록 보ᄎᆡ려 ᄒᆞᄂᆞ뇨? 쳥컨ᄃᆡ 그만ᄒᆞ여 승당(昇堂)ᄒᆞ믈 허(許)ᄒᆞ라.”

경죄 쇼이ᄃᆡ왈(笑而對曰)

“형댱(兄丈)이 아니 계신 ᄯᆡᄂᆞᆫ ᄇᆡᆨ승이 현알(見謁)치 못ᄒᆞ미 괴이치 아니ᄒᆞ거니와 환경(還京)ᄒᆞ신 ᄃᆡ 여러 날이 되여시ᄃᆡ 금일의 비로소 구폐(垢弊)ᄒᆞᆫ 문젼(門前)의 빗난 위의(威儀)로 님(臨)ᄒᆞ미 뇽방승연(龍榜陞筵)을 인ᄒᆞ여 녜ᄉᆞ(例事) 유과(遊街)[162] 일체(一體)로 빙•악(聘 64면
岳)을 ᄎᆞᄌᆞ뵈오미오니 형댱(兄丈)은 비록 ᄉᆞ졍(私情)이 듕(重)ᄒᆞ시나 그 완만(頑慢)ᄒᆞ고 무신(無信)ᄒᆞ믈 ᄉᆡᆼ각ᄒᆞ샤 구구(區區)ᄒᆞ믈 뵈디 마ᄅᆞ쇼셔.”

됴니뷔 웃고 쥬왈(奏曰)

161 댱ᄇᆡᆨ승: 장백승. 장창린.

162 유과(遊街): 유가. 과거 급제자가 3일 동안 광대를 데리고 풍악을 울리면서 시가행진을 벌이고 시험관, 선배 급제자, 친척 등을 찾아보던 일.

"악댱(岳丈)이 환경ᄒᆞ신 후 ᄇᆡᆨ승이 즉시 알현(謁見)치 못ᄒᆞ오믄 신양(身恙)이 잇던가 시브오니 오날놀 슬하(膝下)를 훤영(暄榮)ᄒᆞᄂᆞᆫ 경ᄉᆡ(慶事) 족히 젹은 허믈을 샤(赦)ᄒᆞ실 ᄲᅮᆫ 아니라 부영쳐귀(夫榮妻貴)ᄂᆞᆫ ᄌᆞ고(自古)의 덧덧ᄒᆞ오니[163] 존슈(尊嫂) 부인이 일노조ᄎᆞ 팔좌(八座)[164]의 존(尊)과 ᄂᆡᄌᆞ지귀(內子之貴)를 누리실지라. 귀부(貴府)의 이만 더은 경ᄉᆡ(慶事) 업ᄉᆞ오니 쳔만인(千萬人)이 ᄇᆡᆨ승을 그ᄅᆞ다 ᄒᆞ여도 귀부 샹하(上下)ᄂᆞᆫ ᄇᆡᆨ년ᄀᆡᆨ(百年客)으로 이러치 아니ᄒᆞ셤 즉ᄒᆞ니 엇디 벌(罰)이 힝치 못ᄒᆞᆯ 곳의 시험코ᄌᆞ ᄒᆞ시ᄂᆞ니잇가?"

경죄 호호(浩浩)히 크게 우어 왈

"말쇽셰되(末俗世道) 아마 닙 누른 ᄋᆞᄒᆡ[165]라도 빙가(聘家)라 ᄒᆞ면 ᄆᆞ옴의 뼈 연후연두[166]코ᄌᆞ ᄒᆞ미 시풍(時風)이 되여시믈 내 ᄀᆞ장 괴이히 넉엿더니 ᄌᆞ의ᄂᆞᆫ 탈쇽(脫俗)ᄒᆞᆫ 인믈이로ᄃᆡ 오히려 시톄(時體)를 ᄯᆞ
65면 로고ᄌᆞ ᄒᆞ여 ᄇᆡᆨ년ᄀᆡᆨ을 경멸(輕蔑)치 못ᄒᆞ리라 ᄒᆞ거니와 짐즛 ᄇᆡᆨ승을 비겨 발셜(發說)ᄒᆞ여 흉휼(凶譎)ᄒᆞ미 노대익댱(老大益壯)ᄒᆞ여 쇼ᄇᆡ(少輩)를 ᄀᆞᄅᆞ치ᄂᆞᆫ도다. 심히 냥슌(良順)치 아니ᄒᆞ니 몬져 ᄌᆞ의를 벌ᄒᆞ고 ᄇᆡᆨ승을 버거 벌ᄒᆞ리라."

니뷔 함쇼ᄃᆡ왈(含笑對曰)

"쇼ᄉᆡᆼ(小生)은 존부(尊府) 동상(東床)을 모쳠(慕瞻)ᄒᆞ오미 하마 십슈

---

163 덧덧ᄒᆞ오니: 덧덧하다. 떳떳하다.

164 팔좌(八座): 육상서(六尙書)와 좌우복야(左右僕射)를 통틀어 일컫는 말.

165 닙 누른 ᄋᆞᄒᆡ: 황구소아(黃口小兒). 젖내 나는 어린아이라는 뜻으로, 철없이 미숙한 사람을 낮잡아 이르는 말.

166 연후연두: 미상. 규장각본에는 '연후연주'로 되어 있음.

년(十數年)의 악댱(岳丈)과 졔년슉(諸緣叔)을 밧드옵기 경근(敬謹)ᄒᆞ믈 다ᄒᆞ여시니 스ᄉᆞ로 완만ᄒᆞᆫ 허믈이 이시믄 ᄭᆡ닷디 못ᄒᆞᆯ ᄲᅳᆫ 아니라 쇼ᄉᆡᆼ ᄀᆞᄐᆞᆫ 현낭(賢郎)을 오히려 브죡(不足)ᄒᆞ여 벌코ᄌᆞ ᄒᆞ시ᄂᆞᆫ ᄆᆞᄋᆞᆷ이 긋칠 바ᄅᆞᆯ 모로시ᄆᆡ 밋ᄎᆞ시니 만일 벌을 힝코ᄌᆞ ᄒᆞ실딘ᄃᆡ 쇼ᄉᆡᆼ이 가엄(家嚴)의 구교(久敎)ᄅᆞᆯ 경만(經慢)치 못ᄒᆞ여 유죄무죄(有罪無罪)ᄅᆞᆯ 분변(分辨)치 아니ᄒᆞ고 됴흔 일ᄀᆞᆺ치 봉승(奉承)ᄒᆞ려니와 그 가온ᄃᆡ 허믈되믄 년슉의게 잇디 아니ᄒᆞ리잇가?”

경죄 크게 웃고 참졍이 미쇼왈(微笑曰)

“은ᄇᆡᆨ이 년쇼(年少)로 더브러 긔롱(譏弄)이 아니면 ᄌᆡᆼ힐(爭詰)노 날을 보ᄂᆡᆯ 셩졍(性情)이어니와 우형(愚兄)은 신낭(新郎)으로 회포ᄅᆞᆯ 펴미 밧븐디라. 그만ᄒᆞ여 ᄇᆡᆨ승을 당(堂)의 올닐디어다.” 66면

경조와 만좨(滿座) 우음을 씌여 댱ᄉᆡᆼ의 오로기ᄅᆞᆯ 쳥ᄒᆞ니 댱ᄉᆡᆼ이 비로소 승당시례(昇堂施禮)ᄒᆞᆯᄉᆡ 경죄 짐ᄌᆞᆺ ᄀᆡᆨ셕(客席)의 좌(座)ᄅᆞᆯ 쳥ᄒᆞᆫᄃᆡ 댱ᄉᆡᆼ이 듄슌ᄉᆞ샤(逡順謝辭)ᄒᆞ여 돗글 피ᄒᆞ고 몸을 두로혀 댱원(壯元)의 곤계(昆季)로 병항병좌(併行併坐)러니 다시 궤이공슈(跪而拱手)ᄒᆞ여 참졍긔 말ᄉᆞᆷ을 닐욀ᄉᆡ 호디누옥(胡地陋獄)의 만고쳔상(萬苦千傷)을 경녁(經歷)ᄒᆞ시ᄃᆡ 존톄(尊體) 안강(安康)ᄒᆞ샤 튱의대졀(忠義大節)을 빗ᄂᆡ니 완젼(完全)ᄒᆞ여 무ᄉᆞ환경(無事還京)ᄒᆞ심과 현보의 뇽방고등(龍榜高登)ᄒᆞ믈 ᄀᆞᆺ초 일ᄏᆞᄅᆞ며 쳔질(賤疾)이 미류(彌留)ᄒᆞ여 즉시 알현(謁見)치 못ᄒᆞ고 금일(今日) 비로소 ᄇᆡ견(拜見)ᄒᆞ오니 졍니(情理)와 인ᄉᆞ(人事)의 가(可)치 아니믈 기리 샤(謝)ᄒᆞᆯᄉᆡ 언ᄉᆡ(言事)
167
경슌(敬順)ᄒᆞ며 위곡(委曲)ᄒᆞ여 반ᄌᆞ(半子)의 도(道)ᄅᆞᆯ 다ᄒᆞᄃᆡ ᄒᆞᆫ 조각 구구(區區)ᄒᆞ고 셰쇄(細瑣)ᄒᆞ미 업셔 협태산이초븍히(狹泰山而超

北海)ᄒᆞᆯ 긔상이로ᄃᆡ ᄯᅩ 능히 안상(安詳)ᄒᆞ며 고요ᄒᆞ믈 겸(兼)ᄒᆞ니 동용쳐변(動容處變)이 졀듕(切中)ᄒᆞ고 뎡대(正大)ᄒᆞᄃᆡ 다시 쥬편화홍(周偏和弘)ᄒᆞ여 년쇼(年小)의 격상감열(激上感悅)홈도 업ᄉᆞ며 고ᄉᆞ
67면 (高士)의 단아뎡ᄃᆡᆨ(端雅正直)홈도 업ᄉᆞ니 흐리고 프러디ᄆᆡ ᄂᆡ도ᄒᆞ며 미렬(迷劣)ᄒᆞ고 용우(庸愚)ᄒᆞᄆᆡ 멀오미 이시니 오ᄃᆡᆨ ᄇᆡᆨᄒᆡᆼ(百行)이 슌편비구(順便非苟)ᄒᆞ여 쳥탁(淸濁)의 무소실(無所失)ᄒᆞ니[168] 우인디우(愚人之愚)ᄒᆞ며 낙인디낙(樂人之樂)[169]ᄒᆞ여 너ᄅᆞᆫ 도량과 깁흔 셩졍(性情)의 먼 긔상이 구텬(九天)의 구듬과 오악(五嶽)의 ᄃᆡᆨ(直)ᄒᆞ미 이시니 망디여운(望之如雲)이오 쳠디여일(瞻之如日)이라[170] 엇디 ᄒᆞᆫ갓 옥 ᄀᆞᆺᄐᆞᆫ 얼골과 버들 ᄀᆞᆺᄐᆞᆫ 풍ᄎᆡ(風采)로 쇼쇼(小小)히 일ᄏᆞᄅᆞᆯ ᄇᆡ리오? 운농풍호(雲龍風虎) ᄀᆞᆺᄐᆞᆫ 거동이 엄듕(嚴重)[171]ᄒᆞ고 탁이(卓異)ᄒᆞ여 명공ᄌᆡ렬(名公宰列)의 쳑쳑(戚戚)ᄒᆞᆫ 격조(格調)ᄲᅮᆫ 아니라 그 부(富)ᄒᆞ미 일국(一國)을 어(御)ᄒᆞ며 귀(貴)ᄒᆞ미 쳔승(千乘)을 긔필(期必)ᄒᆞᆯ ᄇᆡ니 슈

---

167 반ᄌᆞ(半子): 반자. 아들이나 다름없이 여긴다는 뜻으로, 사위를 이르는 말.

168 쳥탁(淸濁)의 무소실(無所失)ᄒᆞ니: 《소학》 〈가언(嘉言)〉의 "두계량이 호협하고 의를 좋아하여 남의 근심을 걱정하고 남의 즐거움을 즐거워하여 청탁에 잃는 바가 없었다(杜季良豪俠好義 憂人之憂 樂人之樂 淸濁無所失)."라는 데서 온 것.

169 우인디우(愚人之愚)ᄒᆞ며 낙인디낙(樂人之樂): 남의 근심을 함께 걱정하고 남의 즐거움을 함께 즐거워함.

170 망디여운(望之如雲)이오 쳠디여일(瞻之如日)이라: 《사기》 권1 〈오제본기(五帝本紀)〉에 "제요란 분은 이름이 방훈이니, 그 인덕(仁德)은 하늘과 같았고, 그 지혜는 신과 같았으며, 가까이 나아가 보면 따스한 햇볕과 같았고, 멀리서 바라보면 촉촉이 비를 내려주는 구름 같았다(帝堯者放勳 其仁如天 其知如神 就之如日 望之如雲)."라고 하여 요임금을 칭송하는 말이 나오는데, 여기에서 온 것으로 보임.

171 엄듕(嚴重): 규장각본에는 '엄준'으로 되어 있음.

[172]부귀다남ᄌᆞ(壽富貴多男子)ᄂᆞᆫ ᄎᆞ좌(此座)의 홀노 웃듬 되기ᄅᆞᆯ 샤양치 아니ᄒᆞᆯ디라. 참졍이 비록 댱헌 블인(不仁)을 미흡(未洽)히 넉이ᄂᆞᆫ ᄇᆡ나 창닌의 긔특ᄒᆞ믈 듕ᄋᆡ(重愛)ᄒᆞ여 맛ᄎᆞᆷᄂᆡ 넙 밧긔 ᄂᆡ디 아니ᄒᆞ더니 목젼(目前)의 이 ᄀᆞᆺᄐᆞᆫ 풍광긔질(風光器質)을 ᄃᆡ(對)ᄒᆞᄆᆡ ᄉᆡ로이 흠션ᄋᆡ복(欽羨愛服)ᄒᆞ여 깃븐 ᄉᆞ식(辭色)과 반기ᄂᆞᆫ 졍을 펴 문답(問答)을 죵용이 ᄒᆞᄃᆡ 굿ᄐᆞ여 녀ᄋᆞ(女兒)의 평문(平問)과 누셜(陋說)의 참참(慘慘)ᄒᆞ믈 뭇디 아니ᄒᆞ고 경죄 심니(心裏)의 ᄋᆡ경(愛敬)ᄒᆞ믈 니긔디 못ᄒᆞ여 비로소 ᄉᆡᆼᄌᆞ(甥子)의 긔특ᄒᆞ미 댱헌을 밋츨 길히 업ᄉᆞ믈 ᄭᆡ다라 쳐음브터 호흥(豪興)을 인ᄒᆞ여 댱가(張家)ᄅᆞᆯ 심히 ᄇᆡ쳑(排斥)ᄒᆞ엿ᄂᆞᆫ 고로 황홀과듕(恍惚過重)ᄒᆞᆫ 빗ᄎᆞᆯ 낫토디 아니ᄒᆞ더라. 됴니뷔 상부인이 ᄂᆡ루(內樓)의 이시믈 듯고 댱싱으로 더브러 잠간 드러가 알현(謁見)코ᄌᆞ 홀ᄉᆡ 안국 등이 인도(引導)ᄒᆞ여 드러오니 상부인이 공경(恭敬)ᄒᆞ여 마ᄌᆞ 몬져 후암을 ᄃᆡᄒᆞ여 졍튱대졀(貞忠大節)이 앙고텬도(仰高天道)ᄒᆞ고 하달디로(下達地路)ᄒᆞ여 화(禍)ᄅᆞᆯ 도로혀 복(福)을 삼으며 호디(胡地) 풍상(風霜)으로ᄡᅧ 고원영귀(高遠榮貴)ᄅᆞᆯ 밧고 아시믈 기리 하례(賀禮)ᄒᆞ고 버거 댱싱을 향ᄒᆞ여 농방승연(龍榜陞筵)을 칭하(稱賀)ᄒᆞ며 블초딜녜(不肖姪女) 미딜(微質)노 대군ᄌᆞ(大君子)ᄅᆞᆯ ᄧᆞᆨᄒᆞ미 여러 셰월이로ᄃᆡ 경향(京鄕)의 분니(分離)ᄒᆞ여 션풍(仙風)을 상ᄃᆡ(相對)ᄒᆞ미 느ᄌᆞ믈 일ᄏᆞᄅᆞᆯᄉᆡ 말ᄉᆞᆷ이 간냑(簡略)ᄒᆞ고 녜되(禮度) 손슌(遜順)ᄒᆞ니 단뎡(端整)ᄒᆞ며 온화ᄒᆞ미 디극ᄒᆞᆫ 법되(法度)라. 68면

172 슈부귀다남ᄌᆞ(壽富貴多男子): 수부귀다남자. 오래오래 부자로 귀하게 살며 자손이 번창하라는 의미.

됴·댱 이인(二人)이 공경문파(恭敬聞罷)의 블감(不堪)ᄒᆞ믈 ᄉᆞ샤(謝
69면 辭)ᄒᆞ고 참졍공의 무ᄉᆞ환경(無事還京)홈과 현보의 과경(科慶)을 일ᄏᆞ라 셔로 하례(賀禮)ᄒᆞ더니 이윽고 ᄊᆡ 디나ᄆᆡ 하딕(下直)고 밧그로 나아가니 상공 부인이 됴상셔의 츌뉴(出類)홈과 댱ᄉᆡᆼ의 탁월(卓越)ᄒᆞ믈 볼ᄉᆞ록 딜ᄋᆞ(姪兒)의 평ᄉᆡᆼ(平生)이 쾌(快)ᄒᆞᆯ 바ᄅᆞᆯ 흔열(欣悅)ᄒᆞ더라.

참졍공이 슈일(數日) 후(後) 태산으로 향(向)코ᄌᆞ ᄒᆞ므로 녀ᄋᆞ(女兒)ᄅᆞᆯ 잠간 보고 가려 ᄒᆞ여 댱원(壯元)과 댱ᄉᆡᆼ을 다리고 니아로 나아가니 경죄 닌흥을 다리고 ᄯᅩᄒᆞᆫ 니부로좇ᄎᆞ 왓더라. 니공이 흔연영디(欣然迎之)ᄒᆞ여 쇼작(小酌)을 여러 즐기믈 다ᄒᆞᆯᄉᆡ 댱원(壯元)의 화풍(和風)과 경운(慶雲)이 ᄉᆡ롭고 녜양(禮讓)과 문딜(文質)[173]이 가지록 ᄉᆞᆼ고 ᄒᆞ며 신신(申申)ᄒᆞ여 텬도(天道)ᄅᆞᆯ 밧들고 오악(五嶽)을 괴이ᄂᆞᆫ 긔운이 더옥 슉슉(肅肅)ᄒᆞ므로 니공이 ᄋᆡ경흠션(愛敬欽羨)ᄒᆞ며 귀듕탐혹(貴重耽惑)ᄒᆞ미 친ᄌᆞ(親子)의 감(減)치 아니ᄒᆞ니 댱원이 ᄯᅩᄒᆞᆫ 니공의 셩학대도(聖學大道)ᄅᆞᆯ 깁히 항복(降服)ᄒᆞ여 존ᄉᆞ(尊師)갓치 셤기더라. 졍공이 니공을 향ᄒᆞ여 부녜(父女) 셔로 보믈 쳥ᄒᆞᆫᄃᆡ 니공이 츄연(惆然)이 됴흔 빗치 업셔 탄왈(嘆曰)

"ᄋᆞ뷔(兒婦) 부운(浮雲) ᄀᆞᆺᄐᆞᆫ 누얼(陋孽)을 인(因)ᄒᆞ여 깁고 것츤 곳[174]의 죄인으로 ᄌᆞ쳐(自處)ᄒᆞᄂᆞ니라."

70면 ᄒᆞ더라.

(책임교주 탁원정)

---

173 문딜(文質): 문질. 무늬와 바탕이라는 뜻으로, 글의 형식과 내용을 의미하거나 사람의 성품과 몸가짐을 비유하기도 함.

174 것츤 곳: 규장각본에는 '거츤 곳'으로 되어 있음.

교주 완월회맹연 3

1판 1쇄 발행일 2022년 1월 17일

완월회맹연 번역연구모임

발행인 김학원
발행처 (주)휴머니스트출판그룹
출판등록 제313-2007-000007호(2007년 1월 5일)
주소 (03991) 서울시 마포구 동교로23길 76(연남동)
전화 02-335-4422 **팩스** 02-334-3427
저자·독자 서비스 humanist@humanistbooks.com
홈페이지 www.humanistbooks.com
유튜브 youtube.com/user/humanistma **포스트** post.naver.com/hmcv
페이스북 facebook.com/hmcv2001 **인스타그램** @humanist_insta

편집책임 문성환 **편집** 윤무재 **디자인** 박진영
조판 홍영사 **용지** 화인페이퍼 **인쇄** 청아디앤피 **제본** 민성사

ISBN 979-11-6080-795-0 94810
979-11-6080-792-9 (세트)